KB008775

중고생이 꼭 읽어야 할

한국고전소설
45

초판 1쇄 발행 2022년 12월 15일
초판 4쇄 발행 2024년 9월 25일

지은이　박지원 외
엮은이　권정현, 김형주, 리베르 문학팀
펴낸이　박찬영
편집　권은영, 정예림, 김지은
디자인　박민정
삽화　양보윤
마케팅　조병훈, 박민규, 김도언, 이다인
낭송　성우 유지원

발행처　리베르
주소　서울특별시 성동구 왕십리로 58 서울숲포휴 11층
등록신고번호　제2013-17호
전화　02-790-0587, 0588
팩스　02-790-0589
홈페이지　www.liber.site
커뮤니티　blog.naver.com/liber_book(블로그)
e-mail　skyblue7410@hanmail.net

ISBN　978-89-6582-358-2(43810)

리베르(Liber 전원의 신)는 자유와 지성을 상징합니다.

중고생이 꼭 읽어야 할

한국 고전 소설 45

박지원 외 지음 | 권정현 · 김형주 · 리베르 문학팀 엮음

리베르

머리말

　고전은 고리타분한 것이라고 생각하기 쉽다. 실감하기 어려울 만큼 오래전의 작품이기도 하고, 어려운 한자어와 이해하기 힘든 어투가 섞여 있어 더욱 그렇다. 그러나 고전의 중요성은 날로 커져만 가고 있다. 누군가는 시험을 잘 준비하기 위해 고전을 알아야 한다고 말하고, 누군가는 상식을 쌓기 위해 고전을 읽어야 한다고 말한다. 또 누군가는 우리의 옛날을 이해하기 위해 고전을 봐야 한다고 말한다.

　어떤 이유에서건 고전을 읽을 필요성은 충분하지만, 막상 고전을 즐기며 읽기는 힘들다. 중학생과 고등학생이 접할 수 있는 고전 소설 선집은 대체로 축약되거나 생략된 것이 많다. 중학생과 고등학생은 교과서에 일부 소개된 작품들의 전문을 따로 구해서 읽어야 하므로 번거로울 뿐만 아니라 비용도 만만치 않게 소모한다. 겨우 작품을 펼쳐 들어도 지루한 내용 때문에 금방 책을 덮기도 한다.

　『한국고전소설 45』는 교과서 수록 작품을 중심으로 작품을 선정했으며 가급적 전문을 실었다. 중학생과 고등학생이 고전을 쉽고 재미있게 읽을 수 있도록 어휘 풀이와 주석을 달았다. 중간중간 삽화를 추가해 다채로운 독서가 가능하도록 했고, 상세한 해설을 통해 고전은 어려운 것이라는 고정관념을 깼다. 원문의 맛을 살리는 동시에 최대한 전문을 수록한 『한국고전소설 45』의 작품 선정 기준과 장점을 밝혀 둔다.

1. 『한국고전소설 45』는 교과서 수록 작품 위주로 수록했다

　문학 교과서에서 다루는 작품들은 대체로 전문가의 평가와 대중의 사랑을 받아온 작품들이다. 교과서 수록 작품은 수능과 논술 시험에도 출제될 가능성이 높기 때문에 45편이라는 많은 편수로 수록했다. 또한, 역사적 가치가 증명된 고전 작품들도 함께 실었다. 가급적 전문을 실어 완전한 감상을 유도했고, 시대별·갈래별로 다양한 작품을 소개했다.

2. 해설은 '작품 길잡이, 작가와 작품 세계, 구성과 줄거리, 생각해 볼까요?'
로 나누어 작품의 완전한 이해를 도모했다

'작품 길잡이'를 통해 작품의 기본적인 성격을 파악할 수 있다. 고전 작품
은 작자 미상인 경우가 많으므로 작자가 확실한 경우에만 '작가와 작품
세계'를 밝혔다. '구성과 줄거리'를 보며 작품의 구성 단계(발달, 전개, 위
기, 절정, 결말)를 이해할 수 있다. '생각해 볼까요?'는 각종 시험과 수행
평가에 대비해 작품을 다각도에서 바라볼 수 있도록 구성했다.

3. '인물 관계도'와 '소설 한 장면' 삽화를 넣어 독서의 효율성을 높였다

작품을 읽기 전, 등장인물과 인물 간의 관계를 한눈에 파악할 수 있도록
'인물 관계도'를 만들었다. 고전 작품의 특성상 인물 이름이나 호칭이 헷
갈려도 '인물 관계도'를 통해 작품을 쉽게 파악할 수 있다. 작품 중간중간
에는 작품의 구성 단계에 따른 '소설 한 장면' 삽화를 넣음으로써 독서가
효율적으로 이루어질 수 있도록 했다.

4. 원전을 충분히 느끼면서 쉽고 재미있게 읽을 수 있도록 구성했다

무조건 원전에 충실한 독서만이 좋은 독서는 아니다. 원전만 보면 이해
가 잘 가지 않아 가독성이 떨어질 수밖에 없다. 반면, 완전히 현대식으로
고친 것은 원전의 맛을 느낄 수가 없다. 원칙적으로 고어는 현대어로 고
치되 이해하는 데 지장이 없는 한 원문을 살렸다. 『한국고전소설 45』는
특히 중학생과 고등학생의 눈높이에서 작품을 쉽고 재미있게 읽을 수 있
도록 주력했다.

5. 어휘 풀이와 간략한 주석을 보며 내용을 바로 이해할 수 있도록 정리했다

작품 속에서 어휘 풀이는 각주가 아니라 내주로 처리해 즉시 확인할 수
있도록 가독성을 높였다. 중요한 한자어에는 한자를 표기하고 현대어 풀
이를 덧붙였다. 또한, 작품 중간중간 형광펜으로 칠한 듯한 주석을 달았
다. 주석을 통해 작품의 핵심을 쏙쏙 파악할 수 있고, 작품을 읽는 동시에
참고서를 보는 일석이조 효과를 누릴 수 있다.

엮은이 씀

목차

머리말 · 4

작품 미리보기 · 7

신화   단군 신화 · 18 / 주몽 신화 · 22 / 신라 시조 혁거세왕 · 34

김수로왕 신화 · 38

설화   구토 설화 · 44 / 도미 설화 · 48 / 온달 설화 · 52

가실과 설씨녀 설화 · 58 / 지귀 설화 · 62 / 연오랑 세오녀 · 68

화왕계 · 72 / 조신몽 · 78 / 김현감호 · 84

경문 대왕 이야기 · 90 / 바리데기 · 96

가전체   공방전 · 108 / 국순전 · 116 / 국선생전 · 124

전기 소설   만복사저포기 · 134 / 이생규장전 · 148 / 설공찬전 · 168

설화 소설   심청전 · 178 / 흥부전 · 212

우화 소설   토끼전 · 232 / 장끼전 · 260 / 호질 · 278 / 까치전 · 290

풍자 소설   배비장전 · 300 / 이춘풍전 · 326 / 옹고집전 · 350

양반전 · 370 / 광문자전 · 380

염정 소설   춘향전 · 390 / 운영전 · 438 / 구운몽 · 462 / 심생의 사랑 · 520

가정 소설   장화홍련전 · 532 / 콩쥐팥쥐전 · 558 / 사씨남정기 · 576

군담 소설   박씨전 · 622 / 임경업전 · 654 / 유충렬전 · 684 / 조웅전 · 730

사회 소설   홍길동전 · 746 / 허생전 · 776

신화

◆ 단군 신화 ◆

환인의 아들 환웅은 인간 세상을 널리 이롭게 하기 위해 지상으로 내려온다. 환웅은 인간이 되고 싶어 하는 곰과 범에게 쑥과 마늘을 주며 백 일 동안 햇빛을 보지 말라고 알려 준다. 그중 곰만이 시련을 참고 인간 여자로 변해 웅녀가 된다. 환웅은 웅녀와 혼인해 단군을 낳고, 단군은 우리나라 최초의 국가인 고조선을 건국해 다스린다.

◆ 주몽 신화 ◆

천제의 아들 해모수는 하백의 세 딸 중 유화와 혼인을 치르지만 혼자 하늘로 올라간다. 화가 난 하백은 예법에 따르지 않고 해모수와 혼인한 유화를 쫓아내 바닷속으로 귀양 보낸다. 금와왕은 그물에 걸린 유화를 구출해 별궁에 머무르게 한다. 유화는 햇빛을 받아 알 하나를 낳는다. 알에서는 주몽이 태어나는데, 그는 온갖 고난을 극복하고 고구려를 건국한다.

◆ 신라 시조 혁거세왕 ◆

육부 촌장들은 모두 모여 임금을 세울 것을 논의하던 중, 우물가에 이상한 기운이 드리우고 흰말이 자줏빛 알을 품고 있는 모습을 본다. 알에서 사내아이가 태어나자 촌장들은 아이의 이름을 혁거세라고 지은 뒤 거슬한이라는 칭호를 준다. 알영정에서는 계룡이 나타나 옆구리로 알영을 낳는다. 혁거세와 알영은 각각 왕과 왕후가 되어 신라를 다스린다.

◆ 김수로왕 신화 ◆

천지가 개벽한 후로, 나라 이름도 임금과 신하의 칭호도 없던 때이다. 하늘에서 목소리가 들려와 나라를 새로 세우고 임금이 내려올 것을 예언한다. 사람들은 목소리가 알려준 대로 구지가를 부르고 춤을 추며 임금의 출현을 기대한다. 이후 하늘에서 내려온 알 여섯 개에서 각각 사람이 태어나 육가야를 세운 뒤 각 나라의 임금이 된다.

설화

◆ 구토 설화 ◆

동해 용왕의 딸이 병들자 의원은 약으로 쓸 토끼의 간이 필요하다고 말한다. 거북은 토끼의 간을 구하러 육지로 올라간다. 거북이 토끼를 속여 용궁으로 데려가던 중, 토끼의 간을 약으로 쓸 것이라고 한다. 토끼가 꾀를 발휘해 간을 육지에 두고 왔다고 하자 거북은 다시 육지로 돌아간다. 거북은 토끼에게 속고, 토끼는 위기에서 벗어난다.

◆ 도미 설화 ◆

개루왕과 도미는 여성의 정절에 관해 상반된 입장을 보인다. 개루왕은 아름답고 지조있기로 유명한 도미의 아내를 시험해 보기로 한다. 개루왕은 도미를 멀리 보낸 뒤 도미의 아내를 취하려고 하지만, 도미의 아내는 기지를 발휘해 개루왕에게서 벗어난다. 탈출한 도미와 도미의 아내는 고구려에서 구차하게 살다 일생을 마친다.

◆ 온달 설화 ◆

공주는 어려서부터 울 때마다 바보 온달과 혼인해야 한다는 평강왕의 농담을 믿고 자란다. 다 자란 공주는 평강왕의 반대에도 불구하고 궁궐을 나가 온달과 혼인하고, 현명하게 살림을 꾸려간다. 온달은 공주의 도움을 받아 훌륭하게 성장해 나라를 위기에서 구한다.

◆ 가실과 설씨녀 설화 ◆

설씨는 노쇠한 아버지가 군역을 지게 되자 근심한다. 평소 설씨를 흠모하던 가실은 설씨 아버지의 군역을 맡아주는 대신 설씨와 혼인 약속을 하고, 서로 거울을 한 조각씩 나눠 가진다. 설씨는 어떤 위기에도 굴하지 않고 가실을 끝까지 기다린 뒤 돌아온 가실과 혼인한다.

◆ 지귀 설화 ◆

지귀는 비천한 신분임에도 불구하고 선덕 여왕을 사모한다. 선덕 여왕은 지귀를 가엾게 여겨 절 앞에서 자신을 기다리라고 말한다. 선덕 여왕을 기다리던 지귀는 깜빡 잠이 들었는데, 뒤늦게 깨어나 선덕 여왕이 두고 간 팔찌를 보고 감격한 나머지 화신이 된다. 화신이 된 지귀는 온 거리를 불바다로 만든다. 선덕 여왕은 불을 잠재우고 화재를 예방하기 위해 주문을 지어 널리 알린다.

◆ 연오랑 세오녀 ◆

연오랑은 해조를 캐던 중 바위를 타고 일본으로 가 왕이 된다. 남편 연오랑을 찾던 세오녀도 바위를 타고 일본으로 가 귀비가 된다. 한편, 신라에서는 연오랑과 세오녀가 사라지자 해와 달이 빛을 잃는다. 세오녀가 짠 비단으로 제사를 드리자 신라의 해와 달이 정기를 되찾는다.

◆ 화왕계 ◆

화왕이 동산에 나타나자 모든 꽃이 화왕에게 몰려간다. 그중 장미가 화왕에게 아부를 하며 신하가 되기를 원하자 화왕은 고민에 빠진다. 백두옹은 화왕에게 간신을 버리고 충신을 택하라고 조언한다. 화왕은 백두옹의 충언을 받아들이고, 잠시나마 고민에 빠졌던 것을 반성한다.

◆ 조신몽 ◆

조신은 태수 김흔의 딸 김씨 낭자를 사모해 그녀와의 혼인을 소망한다. 꿈속에서 조신은 김씨 낭자와 부부가 되지만, 가난 때문에 힘들어한다. 어쩔 수 없이 김씨 낭자와 헤어진 조신은 꿈에서 깨어난 뒤 모든 것이 일장춘몽에 불과하다는 것을 깨닫는다.

◆ 김현감호 ◆

김현은 탑돌이를 하러 갔다가 호녀와 정을 통했는데, 호녀가 호랑이라는 사실을 뒤늦게 깨닫는다. 호녀는 사람을 많이 죽인 오라버니들의 업보와 김현의 입신양명을 위해 자신을 희생하기로 결심한다. 호녀는 호랑이로 변해 자결하고, 김현은 호랑이 사체를 사람들에게 보여 준다. 출세한 김현은 호녀의 명복을 빌어준다.

◆ 경문 대왕 이야기 ◆

경문 대왕은 현명한 성품 덕분에 헌안 대왕의 인정을 받고 왕위에 오르지만, 당나귀 귀라는 비밀 때문에 항상 귀를 가리고 다닌다. 복두장은 경문 대왕의 비밀을 간직하다가 죽을 때가 되어서야 남몰래 대숲에서 비밀을 발설한다. 한편, 경문 대왕은 뱀과 친하게 지내거나 화랑이 지은 노래를 듣고 기뻐하기도 한다.

◆ 바리데기 ◆

바리데기는 일곱 번째 딸이라는 이유만으로 부모에게서 버려진다. 부모가 병들자 바리데기는 부모를 살릴 약려수를 구하러 먼길을 떠난다. 무상신선은 약려수를 주기 전, 바리데기에게 노동과 출산을 요구한다. 우여곡절 끝에 부모를 살린 바리데기는 무신이 되어 이승과 저승을 오가며 영혼들을 달래는 일을 맡는다.

가전체

◆ 공방전 ◆

황제는 공방의 좋은 기질이 점차 드러날 것이라는 상공의 말을 믿고 공방을 등용한다. 출셋길에 오른 공방은 백성을 상대로 탐욕을 부리며 악행을 저지른다. 공우는 상소문을 올려 공방을 비판하고, 공방은 조정에서 쫓겨난다. 사신은 공우의 충언이 좀 더 일찍 받아들여졌으면 좋았을 것이라고 평가한다.

◆ 국순전 ◆

순은 벼슬하지 않고 숨어 지내던 집안 출신으로, 아버지 주 때부터 세상에 알려지기 시작한다. 어느 날 순은 임금의 눈 밖에 나 조정에서 물러나는데, 집으로 돌아와 하룻밤 만에 병들어 죽는다. 사관은 순이 임금을 제대로 보필하지 않았다고 부정적으로 평가한다.

◆ 국선생전 ◆

국성은 어려서부터 훌륭한 사람들과 교류하며 자란다. 국성이 임금의 총애를 받으며 권세를 누리자 국성의 세 아들은 아버지만 믿고 오만하게 행동하다 사약을 마시고 자결한다. 국성은 스스로 벼슬에서 물러난 뒤 천수를 다하고 죽는다. 사관은 국성이 잘한 일과 못한 일을 두루 평가한다.

전기 소설

◆ 만복사저포기 ◆

혼자 외롭게 살던 양생은 부처님과의 내기에서 이겨 배필을 내려 달라고 빈다. 양생은 갑자기 나타난 여인과 행복한 시간을 보내지만, 여인이 왜구에게 죽임을 당한 처녀의 환신이라는 것을 알게 된다. 양생은 여인의 제사를 지내준 뒤 지리산에 들어가 혼자 살다 죽는다.

◆ 이생규장전 ◆

이생과 최랑은 담장 너머로 시를 주고받으며 사랑을 키운다. 두 사람은 부모의 반대를 극복하고 혼인하지만, 홍건적이 나타나 최랑을 죽인다. 이생은 죽은 최랑과 재회하지만 곧 이별하고, 병들어 죽는다.

◆ 설공찬전 ◆

설충란은 순창의 부유한 가문 출신이지만 딸과 아들을 모두 일찍 잃는다. 그중 아들 공찬은 요절한 뒤 넋이 된다. 공찬의 넋은 사촌 공침의 몸을 자유자재로 드나들며 공침을 괴롭히고, 공침의 아버지 충수를 조롱한다. 또한, 공찬의 넋은 저승에서 겪은 신기한 이야기를 들려주기도 한다.

설화 소설

◆ 심청전 ◆

심 봉사는 부인과 함께 오순도순 살다 뒤늦게 딸 심청을 얻는다. 부인이 죽고 심 봉사는 심청과 가난한 생활을 이어간다. 어느 날, 심 봉사는 앞을 볼 수 있다는 말에 덜컥 쌀 시주를 약속한다. 심청은 심 봉사를 위해 쌀을 받는 대가로 남경 상인들에게 자신을 팔아 인당수에 빠지기를 자청한다. 용왕에게 구출된 심청은 황제를 만난 뒤 황후 자리에 오르고, 아버지를 찾기 위해 맹인 잔치를 연다. 심 봉사는 우여곡절 끝에 맹인 잔치에 참석해 심청과 재회한다. 이후 두 사람은 오랫동안 행복하게 산다.

◆ 흥부전 ◆

심보가 고약한 놀부는 부모가 죽자 흥부를 집에서 쫓아낸다. 전국을 유랑하며 가난하게 살던 흥부는 가족과 함께 고향으로 돌아온다. 다친 제비의 다리를 고쳐준 착한 흥부는 박을 얻어 부자가 된다. 놀부는 부자가 된 흥부를 보고 욕심을 부려 제비 다리를 일부러 부러뜨린 뒤 박을 얻는다. 그러나 박에서 나온 괴물들에게 모든 걸 빼앗기고 패가망신한다. 흥부는 놀부를 돕고, 놀부는 깊이 반성한다.

우화 소설

◆ 토끼전 ◆

동해 용왕이 병에 걸리자 자라는 토끼를 꾀어내서 동해 용왕의 약으로 쓰기 위해 육지에 간다. 자라는 달콤한 말로 토끼를 속여 용궁까지 데려온다. 토끼는 간을 두고 왔다고 말하는 기지를 발휘해 동해 용왕을 속이고, 육지에 올라와 독수리에게 잡아먹힐 위기에서도 무사히 벗어난다.

◆ 장끼전 ◆

징끼와 까투리는 아들딸들을 데리고 산기슭을 오른다. 장끼는 우연히 발견한 콩알을 먹으려 하고, 까투리는 위험하다며 장끼를 말린다. 결국 콩알을 먹다 덫에 걸려 죽어가던 장끼는 까투리에게 재혼하지 말라는 유언을 남긴다. 까투리는 장끼의 장례를 치러준 뒤 홀아비 장끼와 재혼한다.

◆ 호질 ◆

북곽 선생과 동리자는 훌륭하다고 소문난 사람들이지만 남몰래 밀회를 즐긴다. 밀회가 들통날 위기에 처하자 북곽 선생은 허겁지겁 도망치다 똥구덩이에 빠진다. 설상가상으로 호랑이와 마주친 북곽 선생은 비굴하게 목숨을 구걸하고, 호랑이는 북곽 선생을 호되게 꾸짖는다.

◆ 까치전 ◆

까치 부부의 잔치에 초대받지 못한 비둘기는 심술을 부리며 수까치와 다툰다. 싸움 도중, 수까치는 비둘기에 의해 죽는다. 그러나 비둘기는 뇌물을 건네고 풀려난다. 암까치는 암행어사 난춘에게 억울함을 호소하고, 난춘은 사건의 진상을 밝힌다. 비둘기가 처형된 뒤 암까치 가문은 대대손손 부귀영화를 누리며 산다.

풍자 소설

◆ 배비장전 ◆

배 비장은 제주 목사로 부임하는 김경 일행을 따라 제주도에 간다. 정 비장이 애랑에게 빠져 추하게 행동하는 모습을 본 배 비장은 여자에게 빠지지 않겠다고 다짐

한다. 방자와 애랑은 합세해 배 비장을 놀려주고자 한다. 결국 배 비장은 애랑의 교태에 넘어가 온갖 망신을 당한다.

◆ 이춘풍전 ◆
주색잡기로 유산을 탕진한 춘풍은 아내에게 모든 것을 일임하고, 춘풍의 아내는 열심히 집안을 일군다. 춘풍은 장사를 하기 위해 호조 돈을 빌려 평양으로 가지만, 기생 추월에게 홀려 금방 거지가 된다. 춘풍의 아내는 남장을 하고 평양에 가 춘풍과 추월을 호되게 꾸짖는다. 춘풍은 개과천선해 아내와 함께 행복하게 살아간다.

◆ 옹고집전 ◆
옹고집은 고약한 성품 때문에 많은 사람에게 미움을 산다. 학 대사는 옹고집의 버릇을 고쳐주기 위해 허수아비로 가짜 옹고집을 만들어 보낸다. 두 옹고집은 서로 자신이 진짜라며 다투는데, 그중 가짜 옹고집이 진짜라고 인정받는다. 뒤늦게 반성한 옹고집은 도승에게 용서를 받은 뒤 집으로 향하고, 원래 자리를 되찾는다.

◆ 양반전 ◆
양반은 가난한 형편 때문에 환곡을 빌리다 많은 빚을 진다. 부자는 양반의 환곡 빚을 갚아주는 대신 양반 신분을 산다. 군수는 양반과 부자의 모습에 감동해 양반 매매를 돕는다. 군수가 부자에게 양반으로서 해야 하는 절차와 양반의 횡포에 대해 알려주는데, 부자는 군수의 말에 기겁해 양반 되기를 포기한다.

◆ 광문자전 ◆
광문은 거지 아이를 죽였다는 누명을 쓰고 거지 소굴에서 쫓겨난다. 주인 영감은 광문이 의로운 사람이라는 것을 알고 약방 점원으로 일할 수 있게 돕는다. 약방 주인은 광문의 성품을 확인하고 광문을 인정한다. 이후 광문이 신의 있고 선량한 사람이라는 사실이 널리 퍼진다.

염정 소설

✦ 춘향전 ✦

춘향과 몽룡은 광한루에서 만나 인연을 맺지만, 몽룡이 다시 서울로 올라가야 해서 헤어진다. 새로 부임한 사또 변학도는 춘향에게 수청을 강요한다. 춘향은 변학도의 수청을 거부하며 온갖 고초를 견딘다. 암행어사가 되어 돌아온 몽룡은 춘향을 구해주고, 두 사람은 혼인해 행복하게 산다.

✦ 운영전 ✦

서비 유영은 안평 대군이 살던 수성궁을 방문한다. 그곳에서 잠든 유영은 꿈속에서 궁녀 운영과 김 진사의 이야기를 듣는다. 두 사람은 서로 사랑하지만 안평 대군에게 관계를 들킨 뒤 운영은 자결하고 김 진사는 식음을 전폐하다 죽는다. 운영과 김 진사는 자신들의 이야기가 담긴 책을 유영에게 남긴다.

✦ 구운몽 ✦

육관 대사의 제자인 성진은 속세에 대한 미련을 놓지 못하다 스승에 의해 지옥으로 떨어진다. 꿈속에서 성진은 양소유로 환생해 입신양명한다. 양소유는 온갖 부귀를 누리다가 인생무상을 느끼고 불교에 귀의하고자 한다. 다시 육관 대사가 나타나 성진의 꿈을 깨워주자 성진은 마음을 고쳐먹고 정진한다. 이후 성진은 팔선녀와 함께 극락세계로 간다.

✦ 심생의 사랑 ✦

심생은 우연히 소녀를 보고 사랑에 빠져 소녀의 집까지 찾아간다. 심생이 꾸준히 소녀를 찾아오자 소녀는 심생의 마음을 받아들인다. 그러나 심생과 소녀는 신분의 차이 때문에 사랑을 드러내지 못한다. 심생이 공부하러 산에 간 사이, 소녀는 병에 걸려 세상을 떠난다. 심생은 슬픔에 빠져 공부를 그만두고 무관이 되지만 일찍 죽는다.

가정 소설

◆ 장화홍련전 ◆

배 좌수는 장화와 홍련이라는 두 딸을 얻지만, 부인 장씨를 일찍 잃고 허씨를 두 번째 부인으로 맞는다. 허씨는 거짓으로 모함해 장화를 죽게 하고, 홍련은 장화를 뒤따라 연못에 빠져 죽는다. 홍련이 넋으로 나타나 철산 부사 정동호에게 하소연하자 부사는 진실을 밝혀낸다. 이후 장화와 홍련은 쌍둥이로 새롭게 태어난다.

◆ 콩쥐팥쥐전 ◆

콩쥐가 태어난 지 얼마 되지 않아 부인 조씨가 죽자 콩쥐의 아버지 최만춘은 배씨와 재혼한다. 배씨와 배씨의 딸 팥쥐는 콩쥐를 구박한다. 팥쥐는 감사와 혼인한 콩쥐를 부러워하다 못해 물에 빠뜨려 죽인 뒤 콩쥐 행세를 한다. 이후 콩쥐의 죽음이 밝혀지자 배씨와 팥쥐는 엄한 벌을 받는다.

◆ 사씨남정기 ◆

유연수는 장원급제한 후 현명하다고 소문난 사씨와 혼인한다. 시간이 지나도 후사가 없어 사씨는 교씨를 첩으로 들인다. 교씨는 사씨를 모함해 집에서 쫓아낸다. 그런 뒤 정을 통하던 동청과 합심해 유연수에게도 누명을 씌운다. 유연수는 우연히 사씨와 재회하고 벼슬에도 다시 오른다. 교씨는 유연수에게 붙잡혀 죽음을 맞는다.

군담 소설

◆ 박씨전 ◆

조선 인조 때 이시백이라는 총명한 젊은이는 아버지의 제안으로 박씨와 혼인한다. 박씨는 추한 외모 때문에 사람들에게 무시 받지만, 신통력으로 남편을 돕고 집안을 일으킨다. 이후 박씨는 환골탈태해 아름답게 변한 뒤 오랑캐 왕이 보낸 자객과 군사를 연이어 물리치고 도술을 발휘해 나라를 구한다.

◆ 임경업전 ◆

임경업은 무예를 단련하고 병서를 읽으며 훌륭하게 성장한다. 호국은 가달의 침입을 막고자 도움을 청하고, 임경업은 명군을 이끌고 출전한다. 그러나 호국이 오히려 조선을 침범하자 임경업은 나라를 구하기 위해 애쓴다. 임경업은 독보의 배신과 김자점의 모략으로 여러 고난을 겪지만, 죽은 뒤 임금에 의해 억울함을 푼다.

◆ 유충렬전 ◆

자식이 없던 유심 부부는 뒤늦게 유충렬이라는 사내아이를 얻는다. 정한담과 최일귀는 유심을 모함해 귀양 보내고, 유심 가족은 뿔뿔이 흩어진다. 때마침 국력이 약해지자 오랑캐가 곳곳에서 침범한다. 유충렬이 나타나 위기에 빠진 나라를 일으키고, 황실 사람들을 구한다. 유충렬은 가족을 되찾고 오랫동안 부귀영화를 누린다.

◆ 조웅전 ◆

조웅의 아버지는 이두병의 모략으로 인해 자결하고, 조웅은 태자와 어울리며 자란다. 이두병은 태자 대신 스스로 황제가 되어 태자를 쫓아낸다. 조웅은 도망쳐 도승들에게 무술을 익힌다. 이후 조웅은 위왕과 연합해 이두병을 물리치고 태자에게 황제 자리를 되찾아 준다. 조웅은 제후가 되어 서번을 다스리며 행복하게 산다.

사회 소설

◆ 홍길동전 ◆

홍길동은 홍 판서의 서자로 태어나 온갖 천대를 받는다. 집을 나온 홍길동은 활빈당에 들어가 두목이 되어 가난한 사람들을 구제한다. 임금은 홍길동을 잡으려 하지만 실패하고, 홍길동은 율도국을 차지한 다음 왕이 되어 태평성대를 이룬다.

◆ 허생전 ◆

가난한 선비 허생은 부인의 타박으로 인해 집을 나간다. 허생은 부자 변씨에게서 만 냥을 빌린 뒤 매점매석으로 큰돈을 벌고, 도적들을 빈 섬으로 데려가 이상국을 건설한다. 다시 돌아온 허생은 변씨에게 빌렸던 돈을 열 배로 갚는다. 이후 허생은 이완에게 인재 양성을 위한 계책을 알려주지만, 이완의 회의적인 태도에 분노한다.

신화

신화란 고대인의 사고방식이 반영된 신성한 이야기이다. 주로 우주의 기원, 신이나 영웅의 행적, 어떤 민족이 아주 오래 전부터 지녀온 역사나 설화, 성씨의 시조, 마을의 수호신, 민간 신앙 등 다양한 내용을 담고 있다.

우리나라의 대표적인 신화로는 건국 신화가 있다. 말 그대로 국가의 기원을 설명한 신화로 고조선의 단군 신화, 신라의 박혁거세 신화, 고구려의 주몽 신화, 가야의 김수로왕 신화 등이 있다. 건국 신화는 대체로 '영웅의 일대기적 구조'라는 서사구조로 이루어져 있다. 주인공이 고귀한 혈통을 지니고 비정상적으로 태어나 위기를 겪지만 주변의 도움을 받아 영광을 차지한다는 내용이다. 이러한 서사 유형은 위기를 극복하고 현실에서의 성취를 중시하는 고대인들의 사고방식을 잘 보여 주며, 조선 후기 영웅 소설에도 영향을 미쳤다.

신화는 내용의 현실성이나 합리성을 떠나 전승 집단의 구성원들에게 진실하고 신성한 이야기로 여겨진다. 신화는 특정한 집단에 의해서만 신성시되므로 강한 종교성을 띤다는 점, 집단 내에서 전해진다는 점, 이야기의 분위기가 진지하고 엄숙하다는 점 등이 특징이다.

단군 신화

#고조선   #건국신화   #홍익인간   #토테미즘

⚓ 작품 길잡이

작가: 미상
갈래: 건국 신화, 설화
성격: 신화적, 서사적, 민족적
주제: 홍익인간의 이념과 단일 민족의 역사성
출전: 『삼국유사』 권1 「고조선」

📷 인물 관계도

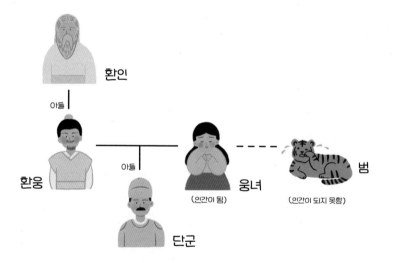

환웅	하늘의 신 환인의 아들로, 인간 세상에 내려와 홍익인간의 이념을 펼친다.
웅녀	시련을 참고 견딘 끝에 사람이 되어 환웅과 혼인하고 단군을 낳는다.
단군	고조선을 건국한 시조이자 고조선의 정치적·종교적 지도자이다.

단군 신화

고기 古記 단군의 사적을 기록한 「단군고기」 는 이렇게 전한다.

옛날에 환인 桓因 환웅의 아버지이며 단군의 할아버지이자 하늘의 신 의 서자 庶子 본래는 첩의 아들이라는 뜻이나 맏아들을 제외한 여러 아들을 이름 환웅 桓雄 은 늘 천하에 뜻을 두고 인간 세상을 다스려 보고 싶은 욕망이 있었다. 아들의 뜻을 알게 된 환인이 삼위 태백산 三危太伯山 여기서 '危'는 '높다'는 뜻으로 '세 개의 높은 산 가운데 태백산'을 의미함 을 내려다보니 그곳이 가히 인간 세계를 널리 이롭게 할 만한 곳으로 적합하다고 생각했다. 이에 환인은 환웅에게 천부인 天符印 신의 위력과 영험을 표상하는 부적과 도장 세 개를 주어 지상에 내려가서 세상을 다스리게 했다.

환웅은 삼천 명의 무리를 이끌고 태백산 太佰山 지금의 묘향산 꼭대기에 있는 신단수 神壇樹 신에게 제사를 지내는 제단인 신단에 서 있는 나무로 하늘과 땅을 연결하는 신성한 지점의 표지 밑에 내려왔다. 그는 이곳을 신시 神市 고대 사회에서 제사와 정치의 중심지 라 불렀다. 환웅 천왕 桓雄天王 으로 불리는 그는 풍백 風伯, 우사 雨師, 운사 雲師 각각 바람, 비, 구름을 주관하는 주술사로 추정됨 를 거느리고 곡식, 수명, 질병, 형벌, 선악 등 인간에 관한 삼백예순 가지나 되는 일을 주관하면서 인간 세상을 널리 교화했다.[1]

이때 곰 한 마리와 범 한 마리가 같은 굴에 살고 있었다. 이들은 늘 신웅 神雄 환웅 에게 사람이 되고 싶다고 빌었다. 이에 신웅이 신령한 쑥 한 심지 묶음 와 마늘 스무 개를 주면서 당부했다.[2]

"너희가 이것을 먹고 백 일 동안 햇빛을 보지 않는다면 너희의 소원대로 사람이 될 것이다."

곰과 범은 쑥과 마늘을 받아서 먹었다. 곰은 기 忌 몸과 마음을 깨끗이 하고 삼감 한 지 삼칠일 三七日 21일 만에 여자의 몸이 되었으나 기하지못한 범은 사람이 되지 못했다. 곰은 여자, 즉 웅녀가 되었지만 자신과 혼인할 상대가 없었으므로 늘 신단수 밑에서 아이를 밸 수 있기를 기원했다. 이에 웅녀의 소원을 받아들여 임시로 사람으로 화신 化身 어떤 추상적인 특질이 구체화 또는 유형화된 것 한 환웅은 웅녀와 혼인했고 웅녀는 아들을 낳았다. 아들은 단군왕검 檀君王儉 이라 불렀다.

---

1) 홍익인간(弘益人間), 즉 인간 세상을 널리 이롭게 하고자 뜻을 펼쳤다는 의미다.

2) 쑥과 마늘은 주술적 효력을 가진 식물로, 인간이 되고자 하는 곰이 반드시 극복해야 하는 통과의례를 상징한다. 이는 곧 고난을 견디고 극복하는 우리 민족의 민족성을 나타낸다.

요堯 중국 고대 전설상의 임금 임금이 왕위에 오른 지 50년인 경인년 요임금의 즉위 원년은 무진이니, 즉위 50년은 경인이 아닌 정사년이지만 확실한지 여부는 의심스러움, 단군은 평양성平壤城에 도읍을 정한 다음 이곳을 조선朝鮮이라 불렀다. 그는 뒤에 도읍을 백악산白岳山 아사달阿斯達 아침 해가 비치는 곳이라는 의미로, 조선의 본뜻으로 추정됨로 옮겼는데 그곳을 궁弓 홀산忽山 또는 금미달今彌達이라 한다. 그는 이곳에서 일천오백 년 동안 나라를 다스렸다.

주周의 무왕武王이 왕위에 오른 기묘년에 기자箕子 중국 은나라 주왕의 친척으로 우리나라에 와서 기자조선을 세웠다는 설이 있지만, 현재 우리나라 역사학계에서는 기자조선을 인정하지 않음를 조선의 제후로 봉하매 단군은 장당경藏唐京 황해도 구월산 아래의 땅 이름으로 옮기었다가 훗날 아사달에 돌아와 산신山神이 되었다. 그때 단군의 나이는 일천구백팔 세었다.

혼인해 아이를 갖고 싶습니다.

🍎 소설 한 장면 인간이 된 웅녀가 환웅과 혼인해 단군을 낳음

📡 생각해 볼까요?

 선생님 환웅이 천상계에서 지상계로 내려온 것은 어떤 의미일까요?
💬 1 ♥ 1

↳ **학생 1** 신이 인간 세상으로 내려왔다는 것은 곧 하늘이 선택한 곳임을 보여 줘요. 환웅이 세상에 내려올 때 천부인 세 개를 지닌 것은 신의 영험한 힘을 의미하고, 풍백·우사·운사를 거느린 것은 농경 생활이 시작되었음을 뜻해요. 또한, 홍익인간이라는 건국 이념을 밝히면서 천손의 혈통이라는 민족적 긍지를 반영하고 있어요.

 선생님 환웅과 웅녀의 결혼은 무엇을 상징할까요?
💬 2 ♥ 2

↳ **학생 1** 당시 곰과 범은 원시 사회에서 신성하게 여기는 동식물 또는 자연물인 토템의 대상이었어요.

↳ **학생 2** 그중 곰만 인간이 되었던 것은 곰을 숭배하는 부족이 범을 숭배하는 부족보다 우위에 있었기 때문이에요. 환웅과 웅녀의 결혼은 신과 인간의 결합이자 이주족(다른 지역에서 온 민족)과 선주족(먼저 살던 민족)의 결합을 의미하기도 해요.

🔍 고조선 ▼ 🔍

연관 검색어 대종교 홍익인간 삼국유사

고조선은 우리나라 역사상 최초의 국가이다. 기원전 2333년경 단군왕검이 건국했고, 우리나라 대동강 유역과 중국 랴오닝 지방을 중심으로 발전했다. 탁자식 고인돌, 비파형 동검, 미송리식 토기 등 고조선 유물이 만주와 한반도 북부 지역에서 주로 출토된 것을 통해 고조선의 세력 범위를 짐작할 수 있다. 고조선의 시조인 단군왕검은 한민족의 신화적인 시조이자 고조선의 정치적·종교적 지도자를 겸하는데, 대종교에서는 신앙의 대상으로 여겨진다.

주몽 신화

#고구려   #건국신화   #동명왕   #영웅의일대기구조

⚓ 작품 길잡이

작가: 미상
갈래: 건국 신화, 설화
성격: 서사적, 영웅적
주제: 주몽의 탄생과 고구려의 건국 내력
출전: 『동국이상국집』 권3 「동명왕」편

📷 인물 관계도

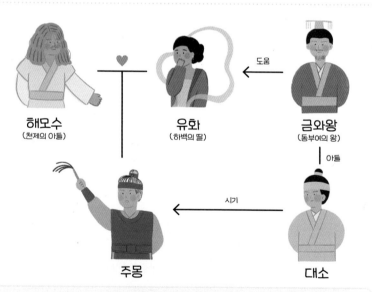

해모수	하늘을 다스리는 천제의 아들로, 유화와 정을 통한다.
유화	물을 다스리는 하백의 딸로, 해모수와 정을 통해 주몽을 잉태한다.
주몽	용모와 능력이 비범하고 후에 고구려를 세운다.

📋 구성과 줄거리

발단   천제의 아들 해모수가 하백의 딸 유화와 만남

부여왕의 옛 도읍지에 내려온 해모수는 하백의 세 딸을 보고 반한다. 해모수는 세 딸을 붙잡아 두려고 하지만 유화만이 해모수에게 붙들린다. 해모수는 유화와 함께 하백을 찾아가 혼인을 치르지만 해모수는 혼자 하늘로 올라간다. 하백은 딸의 행동거지를 나무라며 입을 늘린 뒤 바닷속으로 귀양 보낸다.

전개   주몽이 유화가 낳은 알을 깨고 나옴

동부여의 금와왕이 그물로 건져 올린 여자를 별궁에 두자 햇빛이 여자를 비춘다. 이후 여자는 알을 낳는다. 금와왕이 상스럽지 못하다 여겨 알을 버리게 했으나 온갖 짐승이 알을 보호한다. 마침내 알을 깨고 한 사내아이가 나왔는데, 그가 바로 주몽이다.

절정   주몽이 부여에서 탈출해 나라를 세움

주몽이 성장하면서 재주가 출중하고 활을 잘 쏘자 금와왕의 아들들을 비롯해 많은 사람이 그를 시기한다. 금와왕의 아들과 신하 들의 모함을 우려한 주몽은 추격하는 병사를 따돌리고 부여에서 도망 나와 나라를 세운다.

결말   주몽이 비류왕과의 대결에서 승리함

비류국의 왕 송양은 주몽이 지닌 용모와 재주의 비상함에 놀란다. 송양이 도읍을 먼저 세웠음을 주장하나 주몽은 갖은 신력으로 위엄을 보이고 일주일간 장맛비를 내려 도읍을 수몰시킨다. 송양은 결국 주몽에게 항복하고 나라를 넘겨준다. 주몽은 나라 이름을 고구려라 하고 성을 고씨로 삼는다.

주몽 신화

한漢 신작神雀 삼년 임술壬戌년에 천제는 아들 해모수북부여의 시조를 부여왕의 옛 도읍지에 내려 보냈다. 해모수가 하늘에서 내려올 때 오룡거五龍車 다섯 마리의 용이 끈다는 전설 속의 수레를 타고 종자從者 남에게 종속되어 따라다니는 사람 일백 여인들은 모두 백곡白鵠 고니을 타니 채색 구름이 위에 뜨고 음악이 구름 속에서 흘러나왔다. 웅심산熊心山 압록강가에 있었다고 전해지는 산에 머물다 십여 일이 지난 후에야 비로소 내려왔는데 머리에는 오우관烏羽冠 까마귀 깃으로 된 관을 쓰고 허리에는 용광검龍光劍 옛날 장수들이 쓰던 보검을 찼다. 아침에 정사政事 정치 또는 행정상의 일를 펼치고 저녁이면 하늘로 올라가니 세상 사람들은 이를 천왕랑天王郎이라 했다.

성북城北 청하靑河의 하백河伯 황하의 신으로 물을 주관함에게는 아름다운 세 딸이 있었다. 장녀는 유화柳花, 차녀는 훤화萱花, 계녀膜내딸는 위화葦花라고 불렀다. 세 딸이 청하로부터 웅심연熊心淵 위로 놀러 나가니 선녀 같은 자태에 수식한 패옥佩玉 왕과 왕비의 법복이나 문무백관의 예복과 제복의 좌우에 이어지게 차던 옥이 어지럽게 울려 한고漢皐와 진배없었다. 해모수는 하백의 세 딸을 보고 좌우에 말했다.

"이들을 왕비로 삼아 아들을 두리로다."

하백의 세 딸은 그녀는 왕을 보자 즉시 물속으로 들어가 버렸다. 그러자 좌우에서 아뢨다.

"대왕께서는 궁전을 지어 여자들이 들어가기를 기다렸다가 문을 닫는 게 마땅하오이다." 하니 왕이 동의하며 말 채찍으로 땅을 그었다. 문득 동실銅室이 생기니 과연 장관이었다. 방 가운데에는 세 자리와 동이 술을 마련해 두었다. 하백의 세 딸이 각각 그 자리에 앉아서 서로 술을 권하며 마시니 크게 취했다. 이때 해모수가 급히 나가 문을 닫으니 여자들이 놀라서 달아났지만 장녀인 유화만이 왕에게 붙들렸다.

이에 크게 노한 하백은 사자를 보내 꾸짖었다.

"너는 도대체 누구이기에 나의 딸을 머물게 했는가?"

왕이 대답했다.

"나는 천제의 아들로 하백의 딸에게 구혼하고자 하노라."

하백이 다시 사자를 보내 말했다.

"내 딸에게 구혼을 하려 한다면 중매를 보내야 마땅할 터인데 나의 딸을 붙잡아 둔 것은 실례가 아닌가?"

이를 부끄럽게 여긴 왕은 방으로 들어가지 못하고 유화를 놓아주려고 했으나 이미 왕과 정이 든 유화는 떠나려고 하지 않았다. 유화가 왕에게 권했다.

"오룡거만 있으면 하백의 나라에 갈 수 있습니다."

왕이 하늘을 가리켜 고하니 문득 오룡거가 공중에서 내려왔다. 왕과 유화가 수레를 타니 갑자기 풍운風雲이 일어나 순식간에 하백의 궁전에 이르렀다. 하백은 예禮를 갖추어 이들을 맞이하고 자리를 정한 뒤에 말했다.

"천하에 통용하는 혼인의 예법이 있거늘 어찌하여 예를 잃고 나의 가문을 욕되게 하는가? 왕이 천제의 아들이라면 무슨 신이함신기하고 이상함이 있지 않겠나?"

이에 하백이 이어鯉魚 '잉어'의 원말로 변해 뜰 앞의 연못에서 노닐자 왕은 수달로 변해 이를 잡았다. 하백이 다시 사슴이 되어 달아나니 왕은 늑대가 되어 쫓고, 하백이 꿩이 되니 왕은 매가 되어 내리쳤다. 이에 하백은 해모수를 참으로 천제의 아들이라 여기고 예로써 혼인을 치렀다. 하백은 해모수가 자신의 딸을 데려갈 마음이 없을까 두려워 잔치를 베풀고 왕에게 술을 권해서

🍎 소설 한 장면　　발단　천제의 아들 해모수가 하백의 딸 유화와 만남

크게 취하게 한 뒤 딸과 함께 작은 혁여革輿 가죽 수레에 넣어 용거龍車에 실어서 천상으로 올려 보냈다. 혁여가 물속을 채 빠져나오기 전에 술에서 깨어난 해모수는 유화의 황금 비녀를 뽑아서 혁여를 찔러 구멍을 낸 후, 그 구멍으로 혼자 빠져 나와 하늘로 올라갔다.

하백은 크게 노하여 유화에게 말했다.

"너는 나의 가르침을 따르지 않고 나의 가문을 욕되게 했다."

하백은 좌우에 명령해서 딸의 입을 잡아 늘리도록 했다. 그리고 노비 두 사람만 딸려서 우발수優渤水로 귀양을 보냈다.

어사漁師 어부를 높여 부르는 말 강력부추強力扶鄒가 동부여의 금와동부여의 왕에게 고했다.

"요즈음 양중梁中 어량 속. 물고기를 잡는 장치에 고기를 가져가는 짐승이 있으나 어떤 짐승인지 알지 못하겠나이다."

왕이 어사에게 그물로 그것을 끌어내게 했더니 그물이 찢어졌다. 다시 쇠 그물로 끌어내니 비로소 한 여자가 돌 위에 앉은 채 나왔다. 그 여자가 입술이 길어 말을 못 하기에 입술을 세 번 잘랐다. 왕은 그 여자가 천제 아들의 비妃 임금이나 황태자의 아내임을 알고 별궁別宮에 두었다. 여자는 햇빛을 받아 임신한 뒤 신작神雀 사년 계해癸亥년 하사월夏四月에 주몽朱蒙을 낳았다. 울음소리가

🍎 소설 한 장면 　전개　 주몽이 유화가 낳은 알을 깨고 나옴

매우 크고 골격이 기이해 영웅다웠다.

유화는 처음 주몽을 낳을 때 왼편 겨드랑이로 알 하나를 낳았다. 크기가 닷 되^升들이쯤 되었다. 이를 괴이하게 여긴 왕이 말했다.

"사람이 알을 낳은 것은 상서롭지 못하다."

이 알을 마목^{馬牧 말 목장}에 버리게 했으나 말들이 밟지 않고 피해 다녔다. 이번에는 깊은 산에 버렸으나 백수^{百獸 온갖 짐승}가 모두 알을 보호했다. 구름이 낀 날에도 알 위에는 언제나 햇빛이 비쳤으므로 왕은 알을 그 어미에게 보내 기르도록 했다.

마침내 알을 깨고 한 사내아이가 나왔는데,[1] 알에서 나온 지 한 달이 못 되어 말을 하기 시작했다. 사내아이는 파리들이 눈을 물어 잠을 잘 수 없으니 활과 화살을 만들어 달라고 어머니에게 부탁했다. 어머니가 갈대로 활과 화살을 만들어 주니, 아이가 화살을 쏘면 방거^{紡車 물레} 위에 있는 파리가 모두 맞았다. 그때 부여에서는 활 잘 쏘는 사람을 주몽이라고 불렀다. 나이가 들고 기골이 장대해지자 재주도 눈에 띄게 늘었다. 금와에게는 아들이 일곱 명 있었는데 그들은 늘 주몽과 함께 사냥을 다녔다. 왕자들과 종자 사십여 명이 겨우 사슴 한 마리를 잡았으나 주몽은 활로 많은 사슴을 명중시켜 잡았다. 왕자들은 이를 질투하여 주몽을 나무에 매어 놓고 사슴을 빼앗아가 버렸지만 주몽은 나무를 뽑은 뒤 돌아왔다. 태자^{太子} 대소^{帶素}가 왕에게 아뢨다.

"주몽은 신용^{神勇 사람의 지혜로는 도저히 생각할 수 없는 신기한 용기}이 있고 눈길이 남다르니 일찍 도모하지 않으면 반드시 후환이 있을 것이옵니다."

왕은 주몽을 시험하기 위해 말을 기르게 했다. 주몽은 속으로 한을 품고 어머니에게 말했다.

"제가 천제의 손^孫인데 다른 사람을 위해 말을 먹이고 있으니 사는 것이 죽는 것만 못합니다. 남쪽 땅으로 가서 국가를 세우고자 하나 어머니가 계시기에 감히 마음대로 못합니다."

어머니가 말했다.

"그것 때문에 내가 밤낮 속이 상했다. 내가 듣기로는 먼 길을 가는 사람에게는 말이 좋아야 큰 도움이 된다고 하니 직접 말을 골라 주겠다."

---

1) 주몽이 기존 질서에서 벗어나 새로운 국가를 건설할 것임을 상징한다.

어머니가 말 기르는 곳에 가서 긴 채찍으로 말들을 마구 치니 말들이 놀라서 달리기 시작했다. 그중에서 누른 말 한마리가 두 길이나 되는 난간을 뛰어넘었다. 주몽은 그 말이 준마빠르게 잘 달리는 말임을 알아차리고 몰래 말의 혀 끝에 바늘을 찔러 놓았다. 그 말은 혀가 아파서 물과 풀을 먹지 못했다. 그러자 말은 점차 야위어 갔다.

마목을 순행하던 왕은 말들이 살찐 것을 보고 크게 기뻐하고 주몽에게는 마른 말을 주었다. 주몽은 말의 혀에서 바늘을 뽑아 잘 먹였다. 주몽은 오이烏伊, 마리摩離, 협보陜父 등 세 사람과 함께 남으로 향해 도망가다 개사수蓋斯水에 이르렀으나 배가 없어 건너갈 수가 없었다. 주몽은 추격하던 병사들이 들이닥칠까 두려워 채찍으로 하늘을 가리키며 탄식했다.

"나는 천제의 손이요 하백의 외손으로서 난을 피해 여기에 이르렀나이다. 황천후토皇天后土 하늘의 신과 땅의 신는 나를 불쌍히 여겨 급히 주교舟橋 배처럼 떠 있는 다리를 보내 주옵소서."

주몽이 말을 마치고 활로 물을 치니 물고기와 자라들이 떠올라 서로의 몸을 이어 다리를 만들었다. 주몽 일행은 무사히 물을 건널 수 있었다. 곧 추병追兵 추격하는 군사이 강물에 이르자 물고기와 자라 들이 물속으로 들어가 버

나는 천제의 손이요 하백의 외손으로서 난을 피해 여기에 이르렀나이다. 황천후토는 나를 불쌍히 여겨 급히 주교를 보내 주옵소서.

🍎 소설 한 장면   절정   주몽이 부여에서 탈출해 나라를 세움

려 이미 다리 위에 올라섰던 자들은 모두 죽었다.

주몽이 어머니와 이별하면서 차마 떨어지지 못하니 어머니가 말했다.

"어미 염려는 하지 마라."

어머니가 오곡의 씨앗을 싸서 주었으나 주몽은 그것을 잃어버리고 말았다. 주몽이 큰 나무 아래서 쉬고 있는데 한 쌍의 비둘기가 날아왔다. 주몽은 "의당 이것은 신모神母 신어미가 보리씨를 보내는 것이다."라고 말한 후 활을 쏘아 한 번에 두 마리를 잡았다. 주몽은 비둘기의 목구멍을 열고 보리씨를 꺼냈다. 그런 다음 주몽이 비둘기에게 물을 뿜으니 비둘기는 다시 살아나서 날아갔다. 왕主蒙은 스스로 띠 자리 위에 앉아서 임금과 신하의 위계를 정했다.

비류국沸流國 송양松讓 비류국의 임금이 사냥을 나왔다가 왕을 보니 그 용모가 비상해 자리를 내주고 물었다.

"이곳이 바닷가에 치우쳐 있어 일찍이 군자를 본 일이 없던 차에 오늘날 이렇게 만나 보니 얼마나 다행인가. 그대는 누구이며 어디에서 왔는가?"

왕이 대답하고 다시 물었다.

"과인은 천제의 손으로 서국의 왕이거늘 감히 묻겠느니 군왕은 누구를 계승했는가?"

송양이 대답했다.

"나는 선인仙人 신선의 후예로서 여러 대代 왕 노릇을 했는데 지역이 매우 협소해 두 지역으로 나누는 것은 불가하다. 그러니 나라를 세운 지가 얼마 안 되는 그대가 나에게 부용附庸 작은 나라가 큰 나라에 의탁해서 지내는 일함이 마땅하지 않겠는가?"

왕은 송양을 꾸짖었다.

"과인은 천제를 계승했고 당신은 신神의 자손이 아니면서 억지로 왕이라고 칭하니 나에게 부용하지 않는다면 하늘이 용서치 않을 것이다."

왕이 여러 번 본인을 천손天孫이라고 말하자 의심을 품은 송양은 왕의 재주를 시험하고자 "나와 함께 활쏘기를 하자."라고 제안했다. 송양은 사슴을 그려서 백 보 안에 놓고 쏘았는데 그 화살이 사슴의 배꼽에 미치지도 못했는데 힘에 겨워했다. 왕은 옥지환玉指環 옥가락지을 백 보 밖에 걸게 하고 화살을 쏘았는데 기와가 깨지듯 부서졌다. 송양은 크게 놀랐다. 왕은 신하들에게 말했다.

"나라의 창업을 새로 해서 아직 고각鼓角 군중에서 호령할 때 쓰던 북과 나발의 위의威儀 위엄이 있고 엄숙한 태도나 차림새가 없어 비류국의 사자가 왕래해도 내가 능히 왕례로써 영송迎送 맞아들이는 일과 보내는 일하지 못하니 나를 가볍게 보는 것이 아니냐."

종신 부분노扶芬奴 고구려 초기의 장군가 나와 말했다.

"신이 대왕을 위해 비류국의 북을 취해 오겠습니다."

왕이 물었다.

"다른 나라에서 감춘 물건을 네가 어떻게 가져온단 말이냐?"

부분노가 대답했다.

"그 북은 하늘이 준 물건인데 취하지 못할 까닭이 있습니까? 부여扶餘에서 곤困 곤란할 때 대왕이 여기에 이를 줄 누가 알았겠습니까? 이제 대왕이 만 번 죽을 위기에서 몸을 빼내어 요좌遼左 지금의 중국 랴오닝성 인근 지역에서 이름을 드날리니 이것은 천제가 명해서 된 것인데 이루지 못할 게 무에 있겠습니까?"

이에 부분노 등 세 사람이 비류국에 가서 고각을 취해 왔다. 왕은 고각을 어둡게 색칠해서 오래된 것처럼 했더니 송양이 와서 보고 다투지 못하고 돌아갔다. 송양은 도읍을 세운 선후先後를 따져 부용시키고자 했다. 이에 왕은 썩은 나무로 기둥을 만들어 궁궐을 지으니 마치 천 년이나 오래된 것 같았다. 궁궐을 본 송양은 감히 도읍 세운 것의 선후를 다투지 못했다.

왕은 서쪽으로 사냥을 가서 흰 사슴을 잡은 다음 해원蟹原이란 곳에 거꾸로 매달고 주술을 행하며 말했다.

"하늘이 비를 내려서 비류의 왕도王都를 표몰漂沒 배 따위가 물 위에 떠돌아다니다가 가라앉음시킨 연후에야 너를 놓아 줄 것이다. 이 난관을 면하려면 네가 하늘에 호소하라."

사슴이 슬피 울기 시작하자 울음소리가 하늘에까지 사무쳤다. 장맛비가 칠 일이나 내려 송양의 도읍이 떠내려가 버렸다. 왕이 갈대 새끼줄을 가로 질러 늘이고 압마鴨馬 헤엄을 잘 치는 말를 타니 백성이 모두 그 줄을 잡고 구명救命 목숨을 구함했다. 주몽이 채찍으로 물을 그으니 물이 줄어들었다. 유월에 송양은 나라를 주몽에게 넘기고 항복했다.

칠월에 검은 구름이 골령을 덮으니 산은 보이지 않고 수천 명의 사람이 나무 베는 소리만 들렸다.

"하늘이 나를 위해 성을 쌓는다."라고 왕이 말하니 칠 일 만에 구름과 안개가 스스로 걷히고 성곽과 궁대宮臺가 모습을 드러냈다. 왕은 하늘에 절하고 나아간 뒤 그곳에서 살았다.

　왕은 추구월^{秋九月 음력9월의 가을철}에 하늘로 올라가서 다시는 내려오지 않았다.
그때 왕의 나이가 사십이었다. 태자^{太子}는 왕을 용산^{龍山}에 장사 지냈다.

나라 이름을 고구려로 하고
성을 고씨로 삼자.

🍎 소설 한 장면　　결말　주몽이 비류왕과의 대결에서 승리함

🎺 생각해 볼까요?

선생님 주몽의 혈통은 어떠한가요?
💬 2 ♥ 2

↳ **학생 1** 주몽은 천신(태양신)과 수신(물의 신) 사이에서 태어났어요. 아버지 해모수는 천제(天帝)의 아들이고 어머니 유화는 수신인 하백의 딸이에요.

↳ **학생 2** 광개토 대왕의 비문에 따르면 고구려의 역대 왕들은 건국 시조의 혈통을 긍지로 여겼고, 주몽과 유화 부인에게 매년 국가가 주관하는 제를 올렸다고 해요.

선생님 유화가 햇빛을 받아 알을 낳은 것은 무엇을 상징할까요?
💬 1 ♥ 1

↳ **학생 1** 유화가 햇빛을 받고 잉태한 것은 고구려인의 태양 숭배 사상을 의미해요. 주몽이 알에서 태어났다는 것은 하늘의 기운을 받았다는 것을 의미하고요. 게다가 알은 하늘을 마음껏 날아다니는 조류의 산물이고, 빛을 발하는 동그란 모양으로 태양을 닮았어요.

선생님 「주몽 신화」와 「단군 신화」의 공통점과 차이점은 무엇인가요?
💬 3 ♥ 3

↳ **학생 1** 두 신화는 모두 '천제-해모수-주몽'과 '환인-환웅-단군'이라는 3대(三代) 구조를 보이고 있어요.

↳ **학생 2** 하늘과 땅의 결합에 의해 태어난 자가 나라를 세운 점도 같아요.

↳ **학생 3** 그러나 알에서 태어난 주몽은 태양 숭배 사상을, 웅녀의 아들로 태어난 단군은 곰 토템 신앙을 상징한다는 차이점을 보여요.

선생님 주몽이 건국 과정에서 시련을 겪는 것은 어떤 의미일까요?
💬 3 ♥ 3

↳ **학생 1** 주몽이 송양과의 싸움에서 승리하는 대목은 고구려를 건국한 후에도 정복 전쟁을 활발하게 진행했음을 의미해요.

↳ **학생 2** 비류수 상류 지역을 두고 주몽과 송양이 싸움을 벌였을 때 주몽이 7일간 장맛비를 내려 송양의 나라를 멸망시켜요. 이를 통해 수리 관개권, 즉 물을 이용하기 위한 권리를 둘러싸고 치열한 쟁탈전이 있었음을 짐작할 수 있어요.

↳ **학생 3** 당시 사람들은 강 가까이에서 농사를 지으며 먹고 살았어요. 사람들이 많이 모이다 보니 자연스럽게 번성했어요. 또한, 교통이 편리하고 군사적 요충지여서 나라를 세울 때도 강의 위치가 중요했다고 해요. 그러니 주몽은 비류수를 꼭 차지하고 싶었을 거예요.

선생님 주몽의 이야기를 다룬 또 다른 작품으로 이규보의 「동명왕편」이 있는데, 이 작품의 특징은 무엇일까요?

↳ **학생 1** 이규보는 「동명왕편」에서 동명왕, 즉 주몽을 영웅으로 내세워 중화사상을 떨치고 우리 민족에 대한 자긍심을 드러내고자 했어요. 또한, 우리 고유의 전통문화를 올바르게 이해하는 게 중요하다고 생각했지요.

↳ **학생 2** 당시 고려에는 외세의 침입이 잦아 백성들이 극심한 고통을 겪었어요. 이규보는 문학 작품으로나마 현실의 고통을 승화하고, 우리 민족과 역사의 정신적 지주로 고구려를 지목했어요. 따라서 「동명왕편」에는 고구려 계승 의식이 나타나 있어요.

↳ **학생 3** 이규보는 「동명왕편」을 지으며 주몽의 굳건한 기상을 칭송했어요. 이는 무신 정권 아래서 부패한 채 살아가던 지배층을 간접적으로 비판한 것과 같아요. 강력한 힘을 바탕으로 고구려를 건국한 주몽과 무력으로 고려를 장악한 무신들을 비교해볼 수도 있고요.

영웅의 일대기 구조 ▽ 🔍

연관 검색어   신화   시련과 갈등   성공

'영웅의 일대기 구조'는 영웅이 주인공인 이야기에 나타나는 일종의 공식이다. 고구려의 건국 신화인 「주몽 신화」에도 영웅의 일대기 구조가 잘 드러나 있다.

첫 번째는 '고귀한 혈통'이다. 이는 주몽이 하늘과 땅(물)의 정기를 받고 태어난 것을 통해 알 수 있다. 두 번째는 '비정상적인 잉태나 탄생'이다. 주몽은 유화가 낳은 알에서 태어났다. 세 번째는 '기아와 구출'이다. 기아(棄兒)란 아이를 길러야 할 의무가 있는 사람이 남몰래 아이를 버리거나, 그렇게 버려진 아이를 뜻하는 말이다. 금와왕은 유화가 낳은 알을 버리게 했지만, 알은 짐승들 덕분에 다시 유화에게 돌아왔다. 네 번째는 '비범한 능력'이다. 주몽은 외모가 뛰어나고 머리가 영특했을 뿐만 아니라 활을 잘 쏘았다. 다섯 번째는 '성장 후 시련'이다. 주몽은 자신을 죽이려고 하는 금와왕의 아들들을 피해 도망치다 강을 만나 길이 막히는 시련을 겪었다. 여섯 번째는 '위기 극복과 성공'이다. 길이 막혀 당황하던 주몽은 물고기와 자라가 놓아 준 다리를 건너 무사히 도망쳤고, 고구려를 건국했다.

신라 시조 혁거세왕

#신라   #건국신화   #기이한출생   #알영부인

⚓ 작품 길잡이

작가: 미상
갈래: 건국 신화, 난생 설화
성격: 서사적, 신이적, 상징적
주제: 혁거세와 알영의 탄생 및 그들이 왕과 왕후가 된 내력
출전: 『삼국유사』 권1 「신라 시조 혁거세왕」

📷 인물 관계도

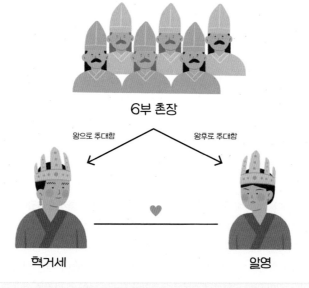

6부 촌장

왕으로 추대함 / 왕후로 추대함

혁거세 ♥ 알영

혁거세	하늘에서 내려온 알에서 태어난 뒤 신라의 제1대 왕이 된다.
알영	계룡의 옆구리에서 태어난 뒤 신라의 제1대 왕후가 된다.

신라 시조 혁거세왕

중국 전한前漢 지절地節 원년元年 임자壬子 3월 초하루에 육부六部 알천 양산촌, 돌산 고허촌, 무산 대수촌, 취산 진지촌, 금산 가리촌, 명활산 고야촌 의 촌장들이 저마다 자제子弟를 거느리고 회의를 하기 위해 알천閼川 언덕 위에 모였다.

"우리에게는 위에 군림해 백성을 다스려 갈 임금이 없다. 이에 뭇 백성을 다스리지 못하므로 백성이 모두 방일放逸 제멋대로 방탕하게 뇲하여 행동하니 덕이 있는 분을 찾아 임금으로 삼아서 나라도 세우고 도읍을 세우는 것이 마땅하다."

그들이 높은 곳에 올라가서 남쪽을 바라보니 양산楊山 아래 나정蘿井이란 우물가에 번개 빛 같은 이상한 기운이 땅에 드리웠다. 그곳엔 흰말 한 마리가 꿇어앉아서 절하는 형상을 하고 있었다. 가까이 찾아가 살펴보니 자줏빛 알 한 개가 있었다. 말은 사람들을 보고 길게 소리를 뽑아 울더니 하늘로 올라가 버렸다.

말이 떠난 자리에 놓인 알을 깨 보니 사내아이가 있었다. 그 모습이 단정하고 아름다웠다. 모두 놀라 이상하게 여겨 동천東泉에서 목욕을 시켰더니, 몸에서 광채가 나고 짐승이 덩달아 모두 춤을 췄다. 이내 하늘과 땅이 진동하고 해와 달이 더욱 청명하게 비추었다.

촌장들은 아이에게 혁거세赫居世라는 이름을 지어 주고 거슬한居瑟邯 신라 초기의 왕호로 거서간이라고도 함 이란 칭호를 부여했다. 이에 사람들이 앞다투어 치하했다.

"이제 천자天子가 내려오셨으니 곧 마땅히 덕이 있는 왕후를 찾아 배필로 삼아야 합니다."

이날 사량리에 있는 알영정에 계룡鷄龍 머리와 발이 닭과 같은 용이 나타나더니 왼쪽 옆구리로 한 계집아이를 낳았다. 계집아이는 얼굴이 아름다웠으나 입술이 마치 닭의 부리와 같아서 월성月城 뒤의 냇물로 데리고 가서 목욕을 시켰더니 비로소 부리가 뽑혀져서 떨어졌다. 이후에 그 시내를 발천撥川이라고 불렀다.

남산 서쪽 기슭에 궁실宮室을 짓고 성스러운 두 아이를 받들어 길렀다. 사내는 알에서 나왔으니 알은 박瓠과 같았다. 향인鄕人 같은 고향 사람들은 박을 '박朴'이라고 하기 때문에 성을 박씨라고 지었다. 여자는 자기가 나왔던 우물 이름을 따서 '알영'이라고 지었다.

오봉五鳳 원년元年 갑자甲子에 두 성인의 나이 13세에 이르러 사내는 임금이 되고 여자는 왕후가 됐다. 나라 이름은 서라벌^{徐羅伐} 또는 서벌^{徐伐}, 혹은 사라^{斯羅} 또는 사로^{斯盧}라고도 불렀다. 처음에 왕후가 계정에서 탄생했으므로 계림국^{鷄林國}이라고도 했다. 이것은 계림이 상서^{祥瑞 복되고 길한 일이 일어날 조짐}를 나타내기 때문이다.

일설에는 탈해왕^{신라의 제4대 왕} 때 김알지^{신라 때 경주 김씨의 시조}를 얻었는데, 그때 닭이 숲속에서 울었다 해서 나라 이름을 계림으로 고쳤다고 하기도 한다. 신라라고 국호^{國號}를 정한 것은 후대의 일이다.

혁거세왕은 나라를 다스린 지 61년 만에 하늘로 올라갔다. 이레 후에야 유해가 흩어져서 땅 위로 떨어졌고 왕후 역시 왕을 따라 세상을 떠났다.

나라 사람들이 왕의 유해를 모아 장사를 지내려고 했더니, 커다란 구렁이가 쫓아다니면서 이를 방해하며 장사를 치르지 못하게 했다. 사람들은 할 수 없이 오체^{五體 사람의 온몸}를 각각 장사 지내어 오릉^{五陵}을 만들고 능의 이름을 사릉^{蛇陵}이라고 불렀다. 담엄사^{曇嚴寺} 뒤에 있는 왕릉이 바로 그것이다.

태자 남해왕^{南解王}이 왕위를 계승했다.

소설 한 장면 우물 옆에 놓인 알에서 혁거세가, 계룡의 옆구리에서 알영이 태어남

생각해 볼까요?

 선생님 우물, 흰말, 자줏빛 알은 무엇을 각각 상징할까요?
💬 3 🤍 3

↳ **학생 1** 우물은 부족이 농경 생활을 하고 있었음을 의미해요.
↳ **학생 2** 흰말은 비를 주관하는 동물로 알려져 있어요. 따라서 흰말의 등장 역시 우물과 동일하게 농경 생활의 단면을 보여 주는 것으로 이해할 수 있어요.
↳ **학생 3** 하늘에서 내려온 자줏빛 알에서 임금이 탄생했다는 것에는 신라인들이 태양신의 후손이라는 관념이 내재되어 있어요.

선생님 혁거세왕의 탄생 과정을 단군, 주몽의 탄생 과정과 비교해 볼까요?
💬 3 🤍 3

↳ **학생 1** 「단군 신화」, 「주몽 신화」에서는 초자연적 절대자인 천제가 등장해요. 또한, 부모의 결혼을 통해 국조가 태어나요. 하지만 「신라 시조 혁거세왕」에서는 천제가 직접 등장하지 않고 탄생 과정도 분명하게 드러나지 않아요. 물론 신비로운 기운이 땅에 드리운 뒤 백마가 길게 울며 하늘로 올라갔다는 내용을 통해 혁거세가 하늘의 정기를 받아 태어난 천신의 자손임을 알 수 있지요.
↳ **학생 2** 주몽과 혁거세는 모두 알에서 태어나지만, 주몽은 천신과 지신이 결합해 태어나고 혁거세는 갑자기 나타난 알에서 태어나요.
↳ **학생 3** 「신라 시조 혁거세왕」의 또 다른 특징으로는 「주몽 신화」에서 나타나는 투쟁 과정이 없다는 점, 시조의 죽음까지 상세히 다루고 있다는 점을 꼽을 수 있어요.

🔍 **난생 설화** ▽

연관 검색어   신화 탄생 설화 알

난생 설화는 시조(始祖)가 알 혹은 알같이 둥근 것에서 태어났다는 내용의 설화로, 우리나라 시조들의 탄생 설화 중 가장 많은 형태를 차지하고 있다. 이때 알은 하늘에서 내려오는 경우도 있고 인간에 의해 잉태되는 경우도 있는데, 두 경우 모두 알의 원천은 하늘에 있는 것으로 나온다. 이는 알에서 태어난 시조를 신성시하고, 인간 생명의 근원이 하늘에서부터 시작되었음을 나타낸다. 대표적인 난생 설화의 주인공으로는 「주몽 신화」의 주몽, 「신라 시조 혁거세왕」의 혁거세, 「김수로왕 신화」의 김수로 등이 있다.

김수로왕 신화

#가야 #건국신화 #구지가 #난생설화

⚓ 작품 길잡이

작가: 미상
갈래: 건국 신화, 설화
성격: 신화적, 상징적
주제: 김수로왕의 강림과 가락국(가야) 건국
출전: 『삼국유사』권2 「가락국기」

📷 인물 관계도

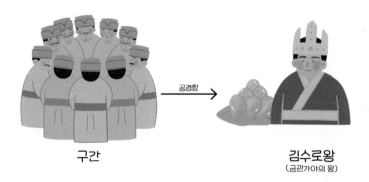

구간   → 공경함   김수로왕
(금관가야의 왕)

구간	왕이 나타나기 전, 사람들을 통솔하며 나라를 다스린다.
수로왕	하늘에서 내려온 알에서 태어나 금관가야의 왕이 된다.

김수로왕 신화

천지가 개벽한 후로, 이곳에는 아직 나라 이름이 없었고 임금과 신하의 칭호도 없었다, 이때 아도간, 여도간, 피도간, 오도간, 유수간, 유천간, 신천간, 오천간, 신귀간이라는 구간九干 아홉 추장이 있었다. 구간들은 백성 일만 호에 7만 5천 명을 통솔했다.[1] 백성들은 산과 들에 모여 살면서 우물을 파서 마시거나 밭을 갈아서 농사를 지어 먹고 살았다.

후한 광무제중국 후한 제1대 황제 건무 18년 임인년기원후 42년 3월 상사일, 북쪽 구지龜旨 거북이 엎드린 모양을 닮은 산봉우리에서 이상한 소리가 났다. 구간들과 마을 사람 2, 3백 명이 한 곳에 모였다. 사람의 목소리가 나는 듯 했으나 형상은 보이지 않고 목소리만 들렸다.

목소리가 "여기 누가 있느냐?"라고 물었고, 구간들이 "저희가 있습니다."라고 대답했다.

목소리 "내가 있는 곳이 어디냐?"라고 물었고, 구간들이 "구지로소이다."라고 대답했다.

목소리가 다시 "하늘이 나에게 이곳에 와서 나라를 새로 세우고 임금이 되라고 하시기에 하강했느니라.[2] 너희들은 모름지기 산마루를 파고 흙을 집으면서 노래를 부르고 춤을 추어라. '거북아, 거북아, 머리를 내놓아라, 내놓지 않으면 구워서 먹으리'[3] 이는 곧 하늘에서 임금을 맞이하는 너희들의 즐거운 춤이 될 것이다."라고 말했다.

구간들은 마을 사람들과 함께 기뻐하면서 노래하고 춤을 추었다. 얼마 후 하늘을 쳐다보니 자줏빛 밧줄이 하늘에서 내려왔다. 밧줄 끝을 보니 분홍 보자기에 금합金盒 금으로 만든 그릇이 싸여 있었다. 금합을 열어보니 그 속에는 황금색 알이 여섯 개가 있었는데, 태양같이 둥글었다. 사람들은 모두 놀라고 기뻐하며 다 함께 절을 했다. 알을 보자기에 싸고 아도간의 집으로 안고 와서 탁자 위에 모셔두었다. 이튿날 아침이 되어 금합을 여니 여섯 알은 모두

---

1) 아직 국가로 발전하지 않은 씨족 연합체 사회를 말한다.
2) 하늘의 부름을 받아 나라를 세웠다는 점을 내세워 건국의 정당성과 신성성을 강조한다.
3) 4구체 형식의 고대 가요「구지가」이다.「김수로왕 신화」안에 삽입된 형태로 전해진다.

어린 동자로 변했는데, 용모가 매우 거룩했다. 동자들이 좌정하자 사람들은 모두 절하고 경하慶賀 경사스러운 일을 축하함하면서 극진히 공경했다.

동자들이 나날이 장성한 지 열흘이 지났다. 구척 신장은 상나라 탕 임금과 같고, 용안龍顔 임금의 얼굴은 한 고조와 같으며, 팔채八彩 고대 중국 요 임금의 눈썹에 여덟 가지 색채가 있었다는 전설에서 나온 말로, 임금의 위엄을 뜻함 눈썹은 요 임금과 같고, 눈동자는 우나라 순 임금과 같았다.

그달 보름날, 동자가 즉위하자 세상에 처음 나타났다는 뜻에서 이름을 수로首露 또는 수릉首陵이라고 했다. 나라 이름은 대가락大駕洛 또는 가야국伽倻國이라 일컬으니, 곧 육가야六伽倻 중의 하나가 되었다. 나머지 다섯 사람은 각각 오가야의 임금이 되었다. 육가야의 동쪽은 황산강黃山江 지금의 낙동강, 서남쪽은 창해, 서북쪽은 지리산, 동북쪽은 가야산으로써 국경을 삼았고, 남쪽은 나라의 끝이 되었다.

• 뒷부분 줄거리

김수로왕은 신답평에서 사방을 둘러보며 도읍을 정한다. 그곳에 성곽과 궁터를 짓기 시작하고, 궁궐은 그해 10월에 공사를 마친다. 김수로왕은 좋은 날을 택해 새 궁궐로 거처를 옮긴 뒤 부지런히 국정을 다스린다.

노래를 부르고 춤을 추며 임금을 맞이하라.

거북아, 거북아, 머리를 내놓아라, 내놓지 않으면 구워서 먹으리.

🎬 소설 한 장면 하늘에서 목소리가 들리며 왕의 출현을 예고함

🔭 생각해 볼까요?

선생님 「김수로왕 신화」에 등장하는 거북, 자줏빛 밧줄, 황금색 알은 각각 무슨 의미일까요?

💬 2 ♥ 2

↳ **학생 1** 거북은 신령한 존재이자 주술을 들어주는 대상이에요. 자줏빛 밧줄을 통해 거북과 사람들이 연결되고요.

↳ **학생 2** 황금색 알은 새로운 생명과 질서를 상징해요. 즉, 새로운 임금의 탄생을 뜻하지요.

선생님 수로왕의 비범함이 드러나는 대목을 이야기해 볼까요?

💬 3 ♥ 3

↳ **학생 1** 수로왕은 하늘에서 내려온 알에서 태어났어요. 이를 난생 설화라고 하는데 「주몽 신화」, 「신라 시조 혁거세왕」, 「석탈해 신화」 등도 난생 설화에 속해요.

↳ **학생 2** 수로왕뿐만 아니라 알에서 태어난 여섯 동자는 모두 열흘 만에 성인으로 성장해요. 그만큼 비범한 인물들이라는 뜻이지요.

↳ **학생 3** 수로왕은 은나라 탕 임금처럼 키가 크고 한 고조처럼 생겼으며 당나라 요 임금과 같은 눈썹, 우나라 순 임금과 같은 눈동자를 지니고 있어요. 수로왕이 역사적으로 훌륭한 중국 고대 임금들과 닮았다고 말하며 수로왕 또한 훌륭한 임금이라는 것을 강조하고 있지요.

선생님 「김수로왕 신화」에 나오는 「구지가」의 특징에 관해 말해 볼까요?

💬 4 ♥ 4

↳ **학생 1** 「구지가」는 왕을 맞이하며 부르는 노래, 즉 영신군가(迎神君歌)라고 해요. 또는 노동요, 주술요, 의식요, 잡귀를 쫓는 주문 등으로 해석되기도 하지요. 형태적으로 「구지가」는 4구체 향가와 유사해요.

↳ **학생 2** 「구지가」의 내용 중 머리를 내놓으라는 부분은 새로운 생명의 탄생을 뜻해요. 새로운 생명은 수로왕, 즉 새로운 임금을 뜻하고요. 이를 통해 고대인들은 머리를 생명의 의미라고 보았음을 알 수 있어요.

↳ **학생 3** 거북에게 머리를 내놓으라고 명령하거나 그렇지 않으면 구워 먹겠다고 위협하는 등 「구지가」의 노랫말은 무척 직설적이에요. 이러한 명령조의 표현 방법을 통해 그만큼 고대 사람들이 왕의 출현을 간절히 기다렸다는 것을 알 수 있지요.

↳ **학생 4** 「구지가」는 현존하는 가장 오래된 집단 무가(巫歌)이자 주술성을 지닌 노동요예요. 사람들이 집단으로 모여 창작한 고대 시가의 대표적인 작품이기도 하고요.

선생님 현재 전해지는 우리나라 고대 가요로는 「공무도하가」, 「황조가」, 「구지가」가 있어요. 이 세 작품들을 비교 및 정리해 볼까요?

💬 3 ♥ 3

↳ **학생 1** 「공무도하가」는 세 작품 중에서 가장 오래된 고대 가요예요. 화자가 임과 이별하는 슬픈 상황을 노래했지요. 고대 가요가 발전하는 동안, 집단 서사시에서 개인적 서정시로 넘어가는 과도기에 지어진 작품이기도 해요.

↳ **학생 2** 「황조가」는 고구려 주몽의 아들인 유리왕이 지은 고대 가요예요. 유리왕은 화희와 치희라는 두 아내 중 치희와 헤어져 슬픈 심경을 노래했어요. 유리왕은 정다운 꾀꼬리 한 쌍을 보며 더욱 슬퍼했는데, 이때 꾀꼬리는 유리왕의 슬픔과 외로움을 강조하는 '객관적 상관물'이지요.

↳ **학생 3** 「구지가」는 세 작품 중 가장 후대에 지어진 작품이에요. 일반적으로 고대 가요는 집단적 서사시에서 개인적 서정시로 발전되어 왔다고 여겨져요. 하지만 「구지가」 이전에 지어진 집단적 서사시가 전해지지 않아 아쉬울 따름이에요. 즉, 고대 가요의 발전 과정에 따르면 「구지가」, 「공무도하가」, 「황조가」의 순서로 창작된 것 같지만 실제 창작 연대에 따른 순서는 「공무도하가」, 「황조가」, 「구지가」예요.

허황후 ▾ 🔍

연관 검색어   인도   아유타국   김해 허씨

허황후는 수로왕의 왕비로, 수로왕과의 사이에서 아들 열 명을 두었는데 그중 두 명에게 허씨 성을 물려주었다. 따라서 허황후는 한국 성씨 중 김해 허씨의 시조이기도 하다. 허황후가 묻힌 수로왕비릉은 경상남도 김해시에 있으며 우리나라 사적 제74호로 지정되어 있다.

『삼국유사』에 따르면 허황후는 인도 아유타국에서 배를 타고 가야로 온 공주라고 한다. 허황후의 출신에 대해서는 기록 그대로 인도에서 왔다는 설, 인도가 아닌 다른 곳에서 온 이주민이라는 설, 허황후의 신성성을 높이기 위해 불교를 끌어들여 인도라고 기록했다는 설 등 다양한 이야기가 존재한다. 그러나 현재 남아있는 가야사 관련 유물과 기록이 적기 때문에 허황후의 정확한 출신지 또한 베일에 싸여 있다.

설화

✉ 설화에 대하여

설화는 오랫동안 구전되어 온 이야기를 말하며 신화, 전설, 민담으로 나눌 수 있다. 추후 설화가 문자로 정착되어 문학적 형태를 가지면서 설화 문학이라고 일컫기 시작했다.

신화는 신이나 영웅의 위업, 민족의 오랜 역사를 주요한 소재로 다룬다. 아득히 먼 옛날을 배경으로 삼고, 대부분 신이 주인공으로 나온다. 우리나라의 초기 신화로는 「단군 신화」, 「주몽 신화」 등 건국 시조를 다룬 신화가 많다. 신화가 전해지는 집단의 구성원들은 신화의 내용이 진실하다고 믿으므로 신화는 강한 종교성을 띤다.

전설은 어떤 공동체의 내력이나 자연물의 유래를 소재로 하는 경우가 많고, 구체적인 증거물로 이야기의 신빙성을 높인다. 한 지역의 역사적인 이야기를 다루므로 향토사담(鄕土史談)이라고도 한다. 그렇기 때문에 전설에서는 지역성과 역사성이 중요하다. 지역성이 강해지면 지역 전설이라 부르고, 역사성이 강해지면 역사 전설이라 부른다.

민담은 전설과 같이 예로부터 민간에 전해 내려오면서 흥미 위주로 꾸며진 이야기를 말한다. 민담의 특징으로는 신화나 전설과 달리 증거물이 꼭 필요하지 않다는 점을 꼽을 수 있다. 또한, 평범한 사람이 주인공으로 등장하며 이야기의 배경이 되는 시간과 장소가 불확실한 경우가 많다. 따라서 민담은 이야기가 민중 위주로 창작되었다는 뜻의 민중성, 오랜 시간 전해져 내려왔다는 뜻의 구전성이 강하다.

구토 설화

#우화　　#위기극복　　#허욕경계　　#토끼와거북이

⚓ 작품 길잡이

작가: 미상
갈래: 설화, 민담
성격: 우화적, 풍자적, 교훈적, 서사적
배경: 시간 - 옛날 / 공간 - 용궁과 산속
주제: 위기 극복의 지혜(토끼), 분수에 넘치는 행위 경계(토끼·거북이), 속고 속이는 인간 세태에 대한 풍자
연대: 신라 선덕 여왕 11년(642)
출전: 『삼국사기』 권41 「열전 김유신 상(上)」

📷 인물 관계도

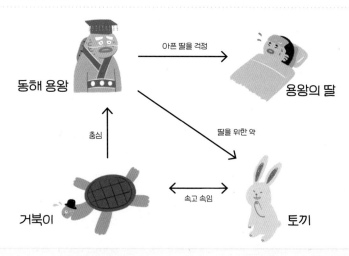

거북이	토끼의 간을 찾으러 직접 육지로 나선다.
토끼	거북이에게 속을 뻔했으나 기지를 발휘해 위기에서 벗어난다.

구토 설화

옛날에 동해 용왕의 딸이 병들어 앓아누워 있었다.

의원은 용왕에게 토끼의 간을 구해 약을 만들어 먹이면 능히 나을 것이라고 말했다. 그러나 바닷속에는 토끼가 없으므로 어떻게 할 도리가 없었다.

이때 거북이가 용왕에게 아뢨다.

"신이 토끼의 간을 구해 오겠습니다."

마침내 거북이가 육지로 올라가서 토끼를 만나 이렇게 꾀었다.

"바닷속에 가면 섬이 하나 있다. 그곳은 샘물이 맑고 돌도 깨끗하다. 숲이 우거져 맛있는 과일도 많이 열리고, 춥지도 덥지도 않다. 매나 독수리와 같은 것들도 감히 침범할 수 없는 곳이다. 네가 그곳으로 가면 아무런 근심도 없이 편안히 살 것이다."

거북이는 토끼를 꾀어 등 위에 업고 바다에 떠서 한 이삼 리쯤 헤엄쳐 갔다. 이때 거북이가 토끼를 돌아보며 말했다.

"지금 용왕의 따님이 병들어 앓아누워 있는데 토끼의 간을 약으로 써야만 낫는다고 한다. 그러기에 내가 수고스러움을 무릅쓰고 너를 업고 가는 것이다."

토끼는 이 말을 듣고 말했다.

"아아, 그런가, 나는 신명神明 천지의 조화를 주재하는 온갖 신령, 즉 '천지신명'의 준말 의 후예로서 능히 오장五臟 간장, 심장, 비장, 폐장, 신장의 다섯 가지 내장을 통틀어 이르는 말을 꺼내어 깨끗이 씻어 이를 다시 배 속에 넣을 수 있는 능력이 있다.

그런데 요사이 마침 마음에 근심스러운 일이 있어 간을 꺼내어 깨끗하게 씻어서 말리려고 잠시 동안 바윗돌 밑에 두었다. 바닷속 세계가 좋다는 너의 말만 듣고 급히 오느라 그만 간을 그대로 두고 왔다.

내 간은 아직 바윗돌 밑에 있으니 내가 다시 돌아가서 간을 가지고 오지 않으면, 어찌 네가 간을 구해서 가지고 돌아간다고 말할 수 있겠는가. 나는 간이 없어도 살 수가 있으니, 간을 가지고 오면 어찌 둘 다 좋은 일이 아니겠는가."

거북이는 이 말을 곧이듣고 다시 육지로 올라왔다.

토끼는 풀숲으로 뛰어가면서 거북이를 놀렸다.

"거북아, 너는 참으로 어리석구나. 어찌 간이 없이 사는 놈이 있단 말인가?"[1]

거북이는 멋쩍어서 아무 말도 못하고 돌아갔다.

📺 소설 한 장면   토끼가 육지에 간을 두고 왔다고 거북을 속임

---

1) 서민을 대표하는 토끼의 날카로운 풍자와 해학이 잘 담겨 있는 부분이다. 당시 서민들은 현실에 대한 불만을 문학 작품으로 승화하고자 했다.

🔭 생각해 볼까요?

선생님 「구토 설화」와 「용원 설화」를 함께 비교해 볼까요?
💬 1   🤍 1

↳ **학생 1** 「구토 설화」는 우화 설화로서 인도의 「용원 설화」를 바탕으로 만들어졌어요. 「구토 설화」와 「용원 설화」는 내용과 구조가 거의 일치해요. 다만 「용원 설화」에서는 용왕의 딸이 아닌 용왕의 임신한 왕비가, 토끼가 아닌 원숭이가 등장하지요.

선생님 근원 설화가 서사 문학으로 발전하는 과정에서 수많은 이본(異本)이 생겨났는데, 이본마다 이야기의 내용이 조금씩 다르기도 해요. 「구토 설화」의 내용은 어떻게 달라졌을까요?
💬 3   🤍 3

↳ **학생 1** 경판본 「토생전」에서는 거북이 토끼에게 속았다는 충격에 스스로 목숨을 끊어요. 그러자 용왕은 충신을 잃었다며 슬퍼하고 세자에게 왕위를 물려준 뒤 세상을 떠나지요. 이때 경판본이란 서울에서 펴낸 목판본을 뜻해요.

↳ **학생 2** 가람본 「별토가」에서는 용왕이 거북을 기다리다 못해 세자에게 왕위를 물려주고 죽어요. 이때 가람본이란 국문학자인 가람 이병기 선생이 해석한 판본을 말해요.

↳ **학생 3** 판소리 작가 신재효가 쓴 완판본 「퇴별가」는 내용이 조금 독특해요. 거북이 토끼의 간 대신 토끼의 똥을 가져와 용왕의 병을 고치거든요. 이때 완판본이란 전주(옛날의 완주)에서 펴낸 목판본을 의미하지요.

『삼국사기』 　　　　　　　　　　　　　▼ 🔍

연관 검색어　　김부식　기전체　역사서

『삼국사기』는 고려 시대의 학자이자 정치가였던 김부식이 지은 역사서로, 현재까지 전해지는 우리나라 역사서 중 가장 오래되었다. 또한, 일연의 『삼국유사』와 더불어 삼국 시대를 연구하기 위해 빠뜨릴 수 없는 필수 사료이기도 하다. 현존하는 삼국 시대 관련 사료 중 가장 양이 많기 때문이다.

현재 남아있는 『삼국사기』 원서 중 김부식이 편찬한 원본은 없고, 후대에 새로 인쇄하거나 필사한 판본들만 남아있다. 『삼국사기』의 번역본은 다양한 학자들의 손을 거쳐 지금까지도 활발하게 출판되고 있다.

도미 설화

#열녀   #정절   #관탈민녀설화   #지배층의횡포

🍚 작품 길잡이

작가: 미상
갈래: 열녀 설화
성격: 교훈적, 저항적, 서사적
배경: 시간 - 백제 개루왕(재위 128~166년) 때 / 공간 – 백제
주제: 도미의 아내의 정절 칭송 및 지배 계층의 횡포 폭로
출전:『삼국사기』권48「열전 제8 도미」

📷 인물 관계도

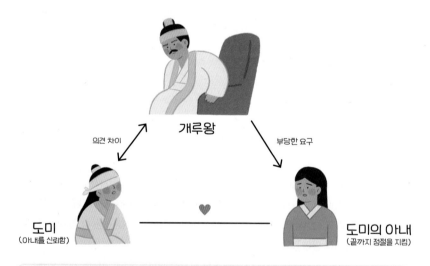

개루왕	도미와 그의 아내를 시험하기 위해 부당한 요구를 지시한다.	
도미	미천한 백성이지만 인간의 도리를 알며 자기 아내를 믿는다.	
도미의 아내	아름답고 절행이 있어 사람들로부터 두루 칭찬을 받는다.	

도미 설화

백제^{百濟} 사람 도미는 비록 미천한 백성이었지만 인간의 도리와 의리를 알았다. 그의 아내는 용모가 아름답고 절행^{節行 절개를 지키는 행실}이 있어 사람들이 칭찬해 마지않았다. 개루왕^{蓋婁王 백제의 제4대 왕}은 이를 전해 듣고 도미를 불러 말했다.

"무릇 부인의 덕이 정결^{貞潔 정조가 굳고 행실이 깨끗함}하다 하나 어둡고 사람이 없는 곳에서 잘 꾀기만 하면 마음이 변할 사람이 많을 것이다."

도미가 말했다.

"사람의 마음은 헤아릴^{짐작으로 가능하여 살필} 수 없사오나 신의 아내는 비록 죽는 한이 있어도 딴 뜻을 지니지 않을 것입니다."

왕은 이를 시험하고자 사건을 만들어 도미를 머물게 했다. 그런 뒤 한 근신^{近臣 임금을 가까이에서 모시던 신하}에게 왕의 의복을 입히고 말을 태워 도미의 집으로 보냈다.

그 집 사람에게 먼저 왕이 왔다 하고, 그 아내에게 말했다.

"내 오랫동안 네가 아름답다는 말을 듣고 좋아한 지 오래다. 도미와 내기를 해서 이겼으므로 너를 얻게 되었다. 이후부터 너의 몸은 내 것이다. 내일은 너를 들여 궁인^{宮人}으로 삼겠노라."

그러자 도미의 아내가 아뢰었다.

"왕께서 거짓말을 하실 리 만무하므로 제가 왕의 말씀에 따르겠습니다. 대왕께서는 먼저 방으로 드시옵소서. 옷을 갈아입고 뒤따라 들어가리다."

그런 후 한 비자^{婢子 계집종}를 단장시켜 왕이 있는 방에 들여보냈다. 그 뒤 왕은 속은 것을 알고 크게 노하여 도미의 두 눈을 빼낸 뒤 배에 태워 강에 띄워 보냈다.

왕은 도미의 아내를 궁으로 잡아들였다. 왕이 강제로 붙들고 놀려 하매 도미의 아내가 아뢰었다.

"내 이제 남편을 잃었으니 홀몸으로 누구를 의지하겠습니까. 더구나 대왕의 뜻을 어찌 어기겠습니까. 지금은 월경^{月經}으로 몸이 더러우니, 다른 날에 목욕을 하고 오겠습니다."

왕은 그 말을 믿었다. 도미의 아내는 밤을 틈타 도망쳐 나왔지만 앞에는 강물이 흐르고 뒤에는 군사들이 쫓아오고 있었다. 도미의 아내가 하늘을 우러러 보며 통곡하니 조각배가 물결을 타고 떠내려왔다.

도미의 아내는 조각배를 잡아타고 천성도泉城島에 갔다. 남편을 만나 보니, 풀뿌리로 연명하고 있었다. 그들은 함께 배를 타고 고구려高句麗로 갔다. 그곳에서 고구려 사람들이 준 의복과 음식으로 구차한 생활을 하며 일생을 마쳤다.[1]

🗣 소설 한 장면   개루왕과 도미가 여성의 절행을 두고 서로 다른 주장을 펼침

---

1) 도미의 아내가 개루왕의 부당한 요구에 저항하고 끝까지 남편과의 신의를 지켰다는 대목에서 피지배층 여성이 지닌 순수한 애정이 강조된다.

생각해 볼까요?

 선생님 열녀 설화의 전형인 「도미 설화」는 후대 작품에 어떻게 반영되었나요?
💬 2 ♥ 2

↳ **학생 1** 「도미 설화」 속에서 도미의 아내는 개루왕의 온갖 유혹을 물리치고 정절을 지켜요. 이러한 유형의 설화는 후대 열녀 이야기의 근원이 되었는데, 「춘향전」에 설화적 모티프를 제공했으며 박종화가 쓴 「아랑의 정조」의 기본 틀이 되기도 했어요.

↳ **학생 2** 구전되어 전해지는 또 다른 관탈민녀형 이야기로는 「우렁각시」 민담과 제주도의 「산방덕」 설화를 예로 들 수 있지요.

 선생님 개루왕과 도미의 여성관은 어떻게 다른가요?
💬 2 ♥ 2

↳ **학생 1** 개루왕은 여성의 정조란 믿을 수 없다는 견해를 갖고 있어요. 끊임없이 도미의 아내를 시험하며 여성에 대한 부정적인 태도를 드러내지요.

↳ **학생 2** 도미는 사람의 마음에 대해 회의적인 태도를 지니고 있지만, 자신의 아내만큼은 철저히 신임해요. 결과적으로 도미는 인간 긍정의 태도를 보여 주지요.

관탈민녀 설화   ▼ 🔍

연관 검색어   남녀대립   계층갈등   저항

관탈민녀(官奪民女) 설화는 지배층 남성이 권력을 이용해 피지배층 여성의 정절을 빼앗으려 하지만, 피지배층 여성이 끝내 저항하는 내용의 이야기이다. '관(官)'은 지배층을, '민(民)'은 피지배층, 즉 민간을 의미한다. 관탈민녀 설화에서 보이는 주요한 갈등은 남성과 여성의 대립, 지배층과 피지배층의 대립으로 피지배층이 죽거나 수모를 겪는 등 갈등의 결과가 순탄하지 않은 경우가 많다.

관탈민녀 설화의 영향을 받은 대표적인 이야기로는 「춘향전」을 꼽을 수 있다. 독특하게도 「춘향전」에서는 춘향의 노력이 널리 인정받고, 이 도령과 춘향이 재결합하는 것으로 대립의 결과가 긍정적으로 마무리된다.

온달 설화

#영웅 #전기형식 #주체적여성 #바람직한인물상

⚓ 작품 길잡이

작가: 미상
갈래: 설화, 전(傳)
성격: 역사적, 영웅적
주제: 온달의 입신양명, 평강 공주의 주체적인 삶의 태도
출전: 『삼국사기』권45 「열전」

📷 인물 관계도

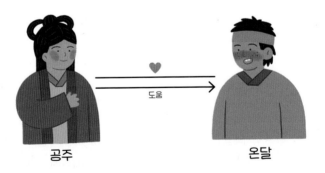

도움

공주   온달

공주 온달과 혼인해 신의를 지키고, 온달이 성장하도록 돕는다.
온달 공주의 도움을 받아 훌륭하게 성장한 뒤 나라를 구한다.

온달 설화

온달은 고구려 평강왕 _{고구려 제25대 왕으로 평원왕이라고도 함} 때 사람이다. 그는 추하게 생겼으나 마음씨가 착했다. 집이 매우 가난하여 걸식 _{乞食 음식 따위를 빌어먹음} 으로 어머니를 봉양했고, 떨어진 옷과 해어진 신발로 거리를 왕래했으므로 사람들은 그를 바보 온달이라고 불렀다.

한편, 평강왕은 어린 공주가 울 때마다 "너는 항상 울기만 해 시끄러우니 자라서 사대부의 아내는 될 수 없고 바보 온달에게나 시집을 보내야겠다." 라고 말했다.

공주가 16세에 이르자 왕은 공주를 상부의 고씨에게 시집을 보내려고 했다. 이에 공주가 "대왕께서는 항상 저에게 온달의 아내가 되라고 하셨는데, 어찌 전에 하신 말씀을 바꾸십니까? 필부 _{匹夫 평범한 남자} 도 식언 _{食言 약속을 지키지 않음} 을 하지 않는데 하물며 지존 _{至尊 임금을 높여 이르는 말} 께서 희언 _{戲言 실없는 말} 하실 수는 없습니다. 대왕의 명은 잘못된 것이오니 소녀는 받들지 못하겠습니다."라고 했다.

왕이 노하여, "네가 나의 말에 따르지 않는다면 나의 딸이라 할 수 없다. 어찌 함께 살 수가 있겠느냐? 마땅히 너의 갈 곳으로 가라."라고 했다.

공주는 보물 팔찌 수십 개를 가지고 궁궐을 나와 혼자서 길을 걸었다. 그러던 중 한 사람을 만나 온달의 집을 물어 곧바로 그 집에 갔다. 공주는 눈이 먼 노모에게 절을 하고 온달이 있는 곳을 물었다.

노모는 "내 아들은 가난하고 추하니 귀인이 가까이할 바가 못 됩니다. 그대는 향기가 무척 좋고, 손은 솜과 같이 부드러우니 반드시 천하의 귀인이군요. 누구의 속임수로 이곳에 오셨는지요. 내 자식은 굶주림을 참지 못하여 느릅나무 껍질을 벗기러 산으로 간 지 오래되어 아직 돌아오지 않았습니다." 라고 했다.

공주는 집을 나와 산 밑에 가더니 온달이 느릅나무 껍질을 지고 오는 것을 보고, 자신의 뜻을 전했다. 그러자 온달이 성을 내며, "어찌 그런 말씀을 하십니까. 이는 마땅한 행실이 아닙니다."라고 말했다. 온달은 "필시 사람이 아니라 여우나 귀신이겠군. 가까이 오지 마라."라고 말하며 혼자 돌아갔다. 공주는 홀로 돌아와 사립문 밑에서 잤다.

이튿날 아침, 공주가 다시 온달 모자에게 자세하게 설명했으나 그들은 공주의 말을 믿지 못했다. 온달의 노모가 "내 자식은 못생겼으니 귀인의 배필로 부족하고, 내 집은 지극히 가난하여 귀인이 거처하기에 마땅하지 않습니다."라고 했다.

공주는 "옛사람이 말하기를, 한 말의 곡식도 찧어서 나눠 먹을 수 있고, 한 자의 베도 꿰매서 나눠 입을 수 있다고 했습니다. 서로 마음만 같다면 부귀하지 않더라도 같이 살 수 있습니다."라고 말했다. 공주는 가지고 온 금팔찌를 팔아 전택을 마련하고 노비, 우마牛馬 소와 말, 기물器物 살림살이에 쓰는 그릇을 사들였다. 말을 살 때 공주는 온달에게 "시장 사람들이 파는 말은 사지 말고, 반드시 병들고 야위어 버려진 국마國馬를 사 오십시오."하고 말하니, 온달이 그 말대로 했다. 공주는 말을 매우 부지런히 길렀고, 말은 날마다 살찌고 건장해졌다.

고구려에서는 항상 봄철 3월 3일이면 낙양樂浪 중국 허난성 서북부에 있는 도시 언덕에 모여 사냥을 했다. 사람들은 잡은 돼지와 사슴으로 하늘과 산천 신에게 제사를 지냈다. 그날이 되면 왕도 나가 사냥을 하는데, 여러 신하와 병사들도 따라 나갔다. 온달도 공주가 기른 말을 타고 갔는데, 그는 항상 앞에서 달렸으며 잡은 짐승 또한 많아 그를 따를 자가 없었다. 왕이 불러 이름을 물어보고는 놀라고 이상히 여겼다.

한편, 후주의 무제가 군사를 일으켜 요동을 쳤다. 왕이 군사를 거느리고 나가 싸우는데 온달은 선봉이 되어 날래게 싸웠다. 온달이 적군 여럿을 참살하니 승기가 기운 틈을 타 적을 쳐서 크게 이겼다. 군사들끼리 싸운 공을 의논할 때, 온달을 첫째로 꼽지 않는 자가 없었다. 왕은 크게 감탄하며 "이 사람이 바로 나의 사위이다."라고 말했다. 왕은 예를 갖추어 온달을 맞이하고 작위를 주었다. 온달은 왕의 총애를 받으며 그 위엄과 권세가 날로 커졌다.[1]

영왕왕 고구려 제26대 왕이 즉위하자 온달은 "신라가 우리 땅을 빼앗았으니 백성들이 몹시 원통해합니다. 원컨대 대왕께서 저에게 군사를 주신다면 반드시 우리 땅을 되찾아 오겠습니다."라고 부탁했는데, 왕이 이를 허락했다.

온달은 떠나기 전 "계립현鷄立峴과 죽령竹嶺 서쪽의 땅을 되찾지 못하면 돌아오지 않겠습니다."라고 맹세했는데, 아단성阿旦城 지금의 아차산성 아래에서 신라군과

---

1) 추하고 가난한 온달이 공주를 만나 출세한다는 점에서 미천한 사람도 위대해질 수 있다고 믿은 당대인들의 생각을 짐작해볼 수 있다.

싸우다가 화살에 맞아 죽었다.

　온달의 장사를 지내던 중 관이 움직이지 않았다. 공주가 와서 온달의 관을 어루만지며 "죽고 사는 것은 이미 결판이 났습니다. 아아, 돌아가십시오." 라고 말하자 드디어 관이 움직여 장사를 지낼 수 있었다.[2] 대왕은 온달의 소식을 듣고 몹시 슬퍼했다.

반드시 병들고 야위어 버려진 국마를 사 오십시오.

🍎 **소설 한 장면**　　공주와 온달은 현명하게 살아가며 가정을 꾸림

---

2) 온달의 관이 움직이지 않은 것은 온달의 조국애가 그만큼 강력함을 보여 준다. 공주의 위로에 온달의 관이 움직인 것은 두 사람의 사랑이 깊음을 보여 준다.

🔭 생각해 볼까요?

 선생님 온달과 공주의 성격에 관해 이야기해 볼까요?
💬 2 🤍 2

↳ **학생 1** 온달은 못생기고 가난하지만 노모를 봉양하며 열심히 살아가요. 온달의 긍정적이고 효심 깊은 성격을 알 수 있지요. 또한, 공주의 조언을 유념해 뛰어난 사람으로 성장하므로 온달은 수용적인 성격이에요. 신라에 빼앗긴 땅을 되찾기 위해 군사를 움직이는 대목에서는 온달의 진취적이고 용맹한 성격을 엿볼 수 있지요.

↳ **학생 2** 공주는 어릴 적부터 왕이 한 말을 지키려고 노력하므로 신의를 중시하는 성격이에요. 홀로 궁궐을 나와 온달을 찾아가는 대목에서는 공주가 주체적이고 의지적인 성격의 소유자라는 것도 알 수 있고요. 또한, 야윈 말을 잘 길러 국마로 만들었으므로 몹시 지혜롭기도 해요.

 선생님 「온달 설화」의 주제 의식은 무엇일까요?
💬 2 💜 2

↳ **학생 1** 공주는 어린 시절부터 들어온 말을 지키기 위해 궁궐을 나와 힘든 환경에서 자신의 삶을 개척했어요. 온달이 훌륭한 사람으로 성장하도록 물심양면 돕기도 했고요. 즉, 「온달 설화」는 여성이 전통적 질서를 벗어나 스스로 삶을 개척해 나가는 모습을 주제 의식으로 삼고 있어요.

↳ **학생 2** 하지만 공주의 주체적 삶이 온달의 성장과 아버지의 인정에 의해 완성되었다는 점은 「온달 설화」의 한계라고 볼 수도 있어요.

 선생님 「온달 설화」는 전(傳) 형식의 설화인데, 전이 어떤 갈래인지 알아 볼까요?
💬 3 💜 3

↳ **학생 1** 전은 한문 문체 중 하나로, 특정 인물의 생애를 기록하는 동시에 그 인물에 대한 평가도 함께 서술해요. 실존 인물의 생애를 기록한 것도 있고, 허구적 인물의 생애를 기록한 것도 있어요.

↳ **학생 2** 중국 전한의 역사가 사마천이 『사기』에서 처음으로 전을 사용한 이후, 한자 문화권에서 발달했어요. 고려 시대 신진 사대부들에 의해 만들어진 가전(假傳)도 전의 일종이에요.

↳ **학생 3** 우리나라의 대표적인 전으로는 최치원의 「현수전」, 임춘의 「공방전」과 「국순전」, 이규보의 「국선생전」, 남효온의 「육신전」 등이 있어요.

선생님 당대 사람들은 「온달 설화」를 읽고 어떤 생각을 했을지 말해 볼까요?

💬 3 ♥ 3

↳ **학생 1** 온달은 비록 못생기고 가난한 집안 출신이지만 효심이 깊었어요. 능력이 조금 모자라도 인간으로서 도리를 지켰으니 당대 사람들은 온달을 마음씨 고운 효자라고 생각했을 거예요.

↳ **학생 2** 온달은 공주의 남편이 되어 출세하고, 뛰어난 능력으로 나라에 도움을 주었어요. 여기에는 입신양명에 대한 당대 사람들의 바람이 투영되어 있지요. 또한, 온달이 나라를 구하다 전사하는 대목에서는 애국심과 존경심을 느꼈을 거예요.

↳ **학생 3** 온달이 훌륭하게 성장할 수 있도록 지원을 아끼지 않은 공주를 통해서는 지혜로운 아내, 현명한 조력자의 역할을 중시했던 당대 사람들의 생각을 읽어낼 수 있지요.

「서동 설화」 ▼ 🔍

연관 검색어   백제 무왕   선화 공주   미륵사지

「서동 설화」는 훗날 백제 무왕이 되는 서동이 꾀를 써서 신라의 선화 공주와 결혼한 뒤 미륵사지라는 사찰을 세웠다는 내용의 이야기이다. 서동은 선화 공주와 결혼하기 위해 아이들에게 마를 나누어 주며 「서동요」을 부르게 한다. 「서동요」는 서동과 선화 공주가 사랑에 빠졌다는 내용으로, 4구체 향가이자 현존하는 향가 중 길이가 가장 짧은 작품이며 가장 오래된 향가이다.

「서동 설화」는 신분이 낮은 남성이 고귀한 신분의 여성과 맺어진다는 점, 결혼 후 여성의 조력으로 남성이 출세한다는 점에서 「온달 설화」와 유사하다. 반면, 「서동 설화」에서는 남성인 서동이 주체적으로 행동하고 「온달 설화」에서는 여성인 평강 공주가 주체적으로 행동한다는 차이가 있다.

가실과 설씨녀 설화

#신물 #거울 #사랑의증표 #혼사장애

⚓ 작품 길잡이

작가: 미상
갈래: 신물 설화, 민담
성격: 사실적, 교훈적, 낭만적, 축약적
주제: 서민 남녀의 사랑과 신의
출전: 『삼국사기』 권48 「열전」

📷 인물 관계도

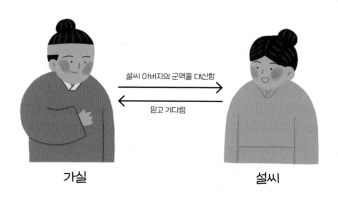

설씨 아버지의 군역을 대신함

믿고 기다림

가실   설씨

가실 흠모하는 설씨를 위해 설씨 아버지 대신 군역을 맡는다.
설씨 혼인하지 않고 가실을 기다리며 신의를 지킨다.

가실과 설씨녀 설화

설씨는 신라 율리^{栗里}에 살던 처녀였다. 미천한 가문 출신이었지만 용모가 단정하고 행실이 깔끔해 설씨를 보고 흠모하는 이가 많았다.

진평왕^{眞平王 신라 제26대 왕} 시절, 설씨의 아버지가 정곡^{正谷}이라는 곳으로 군역을 갈 차례가 왔다. 설씨는 연로한 아버지를 멀리 보낼 수도 없고, 그렇다고 여자의 몸으로 아버지를 따라갈 수도 없어서 나날이 근심했다.

사량부^{沙梁部 신라에 있었던 6부 중 하나}에는 가실^{嘉實}이라는 젊은이가 살았는데, 마음에 품은 뜻이 꼿꼿한 남자였다. 가실은 마음 깊이 설씨를 흠모하되 감히 입을 떼지 못하고 있었다. 설씨가 아버지로 인해 근심하자 가실은 설씨 아버지의 군역을 대신하기를 원했다. 설씨는 크게 기뻐하며 이를 아버지에게 알렸다. 설씨의 아버지는 가실을 불러 말했다.

"당신이 나의 군역을 대신해준다면 이런 고마운 일이 또 어디 있겠소. 일이 이렇게 된 김에 내 딸과 혼인해 함께 사는 게 어떻겠소."

가실은 설씨의 아버지에게 절하며 그러겠노라 말했다. 이에 가실이 결혼할 날짜를 정하려 하는데 설씨가 말했다.

"혼인은 인륜대사^{人倫大事 사람이 살아가면서 치르는 중대한 일}이거늘 어찌 급하게 처리하겠습니까. 저는 이미 마음으로 당신을 허락했고 당신이 돌아오실 때까지 절개를 지킬 터이니, 차차 택일성체^{擇日成體 운수가 좋은 날을 골라 일을 이룸}해도 늦지 않을 것입니다."

설씨는 거울을 반으로 쪼갠 뒤 가실과 한 조각씩 나누어 가졌다.

"이것을 신물^{信物 훗날 증거로 삼을 수 있도록 서로 주고받는 물건}로 삼아 후일에 맞춰 봅시다."

가실에게는 말 한 마리가 있었는데 가실이 설씨에게 말을 건네며 말했다.

"이 말은 천하의 양마^{良馬 좋은 말}입니다. 내가 먼 걸음을 하며 데리고 갈 수도 없고 길러 줄 사람도 없으니, 당신이 맡아서 거느려 주시오."

가실은 작별인사를 하고 길을 떠났다. 마침 나라에 사고가 있어 가실은 군역을 교대하지 못했다. 삼 년 기한을 넘어 어언 칠 년이 지나자 설씨의 아버지가 말했다.

"벌써 이렇게 시간이 흘렀으니 너는 그만 다른 데로 시집을 가는 게 어떻겠느냐."

"저는 부모를 봉양하기 위해 가실에게 언약을 했고, 제 말을 믿은 가실은 여러 해 동안 먼 국경에서 나라를 지키고 있습니다. 그런데 어찌 기한이 지난 탓으로 언약을 배반한다는 말씀을 하십니까. 저는 그리하지 못하겠으니 아버지께서도 인정을 어기지 마십시오."

그러나 설씨의 아버지는 날로 쇠약해졌고, 과년한 채 혼자 지내는 딸의 처지를 딱하게 여겼다. 설씨를 억지로 시집보내려 몰래 다른 사람에게 혼약을 정하고 날까지 받아서 그 사람을 데려왔지만, 설씨는 거절한 것으로도 모자라 도망까지 꾀했다.

겨우 교대를 하게 된 가실이 홀연 마을에 나타났다. 가실은 고생에 쪼들린 나머지 살이 말라 뼈만 남고, 입은 옷은 비렁뱅이보다 남루했다. 마을 사람들이 가실을 알아보지 못했으나 가실은 사람들 앞에 나서서 목숨보다 소중히 지녀 온 거울 조각을 보여 주었다. 거울 조각을 본 설씨의 눈에서 눈물이 쏟아지자 설씨의 아버지와 마을 사람 모두 감동하고 기뻐했다. 설씨와 가실은 그 자리에서 날을 정해 혼례를 치른 뒤 일생을 함께 살아갔다.[1]

🎞 소설 한 장면 가실이 설씨 아버지의 군역을 대신하고, 설씨와 혼인을 약속함

---

1) 짧은 길이의 작품이지만 행복-불행-행복으로 이어지는, 전통적이고 탄탄한 서사 구조를 지니고 있다.

생각해 볼까요?

 선생님 「가실과 설씨녀 설화」에 반영된 시대상은 어떠한가요?

 2 ♥ 2

 학생 1 「가실과 설씨녀 설화」는 신라 때부터 구전되다가 고려 초 『삼국사기』에 수록
되었어요. 평범한 백성들이 주요 인물로 등장하는데, 설씨처럼 신의를 지키는
훌륭한 백성도 있고 가실처럼 전쟁과 군역으로 수고롭게 살아가는 백성도
있지요.

학생 2 설씨는 가실과의 약속을 믿고 기다리며 다른 사람과 혼인하지 않았어요. 이는
그만큼 신의를 지키는 게 중요하다고 생각했던 당대 사람들의 인식을 보여
줘요. 신의는 지배층만 지키는 게 아니라 신분을 초월해 평범한 백성들도 지
켜야 할 가치였지요.

 선생님 가실과 설씨가 한 조각씩 나누어 가진 거울은 어떤 의미인가요?

 1 ♥ 1

 학생 1 거울은 가실과 설씨녀가 혼인을 약속하며 나누어 가졌으므로 두 사람의 혼
인 약속을 뒷받침하는 증표이자 사랑의 증표예요. 이때 거울을 신물(信物)이
라고 하는데, 신물이란 훗날 증거로 삼을 수 있도록 서로 주고받는 물건을
의미하지요.

「가실」

연관 검색어   이광수   신물   설화 모티프

「가실」은 이광수가 1923년 〈동아일보〉에 발표한 단편 소설이다. 『삼국사기』에 수록
된 「가실과 설씨녀 설화」를 바탕으로 창작되었으며 총 4장으로 이루어져 있다. 극적
인 요소가 약하지만, 이광수 특유의 민족 계몽적 목소리에서 벗어나 성실한 인간상과
신의의 중요성을 내세운 작품이다.

이광수의 「가실」에는 「가실과 설씨녀 설화」에서보다 가실의 인간적인 모습, 성실함,
설씨를 향한 사랑이 강조되어 있다. 그러나 「가실」이 만들어질 무렵, 상하이 임시 정
부에서 돌아온 이광수는 현실을 직시하기보다 개인의 문제에 천착해 역사 속으로 도
피했으며, 「가실」을 통해 자기변명의 의도를 드러냈다는 비판을 받기도 했다.

지귀 설화

#화신설화   #순애보   #영묘사화재사건   #민간신앙

⚓ 작품 길잡이

작가: 미상
갈래: 설화, 민담
성격: 순애적, 주술적
별칭: 「심화요탑(心火繞塔)」이란 제목으로 박인량의 『수이전』에 실렸음
주제: 지귀의 순애와 선덕 여왕의 인자한 품성
출전: 『대동운부군옥』[(1589)] 권 20

📷 인물 관계도

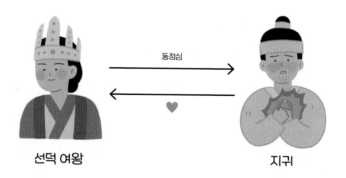

선덕 여왕 ──── 동정심 ────▶ 지귀
         ◀──── ♥ ────

선덕 여왕 ── 신라 최초의 여왕으로, 아름답고 지혜로우며 불심도 깊다.
지귀 ── 선덕 여왕을 사모하다 못해 스스로 불에 타버린 뒤 불귀신으로 변한다.

지귀 설화

신라 선덕 여왕 때 활리역活里驛에 지귀志鬼라는 젊은이가 살았다. 하루는 서라벌에 나갔다가 행차하는 선덕 여왕을 보았다. 여왕이 어찌나 아름다웠던지 그는 한눈에 여왕을 사모하게 됐다. 진평왕의 맏딸인 선덕 여왕은 성품이 인자하고 지혜로울 뿐만 아니라 용모가 아름다워서 모든 백성으로부터 칭송을 받았다.[1] 그래서 여왕이 행차를 하면 여왕을 보려고 사람들이 몰려나와 거리를 온통 메웠다. 지귀도 그런 사람들 틈에서 여왕을 한 번 본 뒤에 혼자 여왕을 사모하게 된 것이다.

지귀는 잠도 자지 않고 밥도 먹지 않고 정신이 나간 사람처럼 선덕 여왕을 부르다가 그만 미치고 말았다. 그는 거리를 뛰어다니며 이렇게 외쳐 댔다.

"아름다운 여왕이여, 나의 사랑하는 선덕 여왕이여!"

어느 날 여왕이 행차를 하는 날이었다. 그때 골목에서 지귀가 선덕 여왕을 부르면서 나오다가 사람들에게 붙들렸다. 사람들이 웅성거리자 여왕은 관리에게 물었다.

"도대체 무슨 일이냐?"

"어떤 미친 사람이 여왕님 앞으로 뛰어나오다가 다른 사람들에게 붙들려서 그러하옵니다."

"왜 나에게 온다는데 붙잡았느냐?"

"아뢰옵기 황송하오나 저 사람은 지귀라고 하는 미친 사람인데 여왕님을 사모한다고 하옵니다."

관리는 큰 죄나 지은 사람처럼 머리를 숙이며 말했다.

"고마운 일이로구나!"

여왕은 혼잣말처럼 이렇게 말하고는 지귀가 자신을 따라오도록 관리에게 지시한 다음 절을 향해 출발했다. 여왕의 명령을 전해들은 사람들은 모두 깜짝 놀랐지만 지귀는 매우 기뻐서 춤을 덩실덩실 추며 여왕의 행렬을 뒤따랐다.

---

1) 선덕 여왕은 신라의 제27대 왕이자 신라 최초의 여왕이다. 지혜로운 성품으로 유명했으며 첨성대를 지어 천문학을 발전시켰다.

선덕 여왕이 절에 이르러 부처에게 불공을 올리는 동안 지귀는 절 앞의 탑 아래에 앉아서 여왕이 나오기를 기다렸다. 그러나 여왕은 좀체 나오지 않았다. 시간이 흐를수록 지귀는 안타깝고 초조했다. 기다리다 지친 지귀는 그만 그 자리에서 잠이 들고 말았다.

여왕은 불공을 마치고 나오다가 탑 아래에서 잠든 지귀를 보았다. 여왕은 그가 가엾다는 듯이 물끄러미 바라보고는 팔목에 감았던 금팔찌를 벗어서 지귀의 가슴에 놓은 뒤 궁궐로 돌아갔다. 여왕이 돌아간 뒤에 잠에서 깬 지귀는 가슴 위에 놓인 여왕의 금팔찌를 보고는 깜짝 놀랐다. 그는 여왕의 금팔찌를 가슴에 꼭 껴안고 기뻐서 어찌할 줄을 몰랐다. 한없는 기쁨이 불씨가 되어 가슴속에서 활활 타올랐다. 그러디가 온몸이 불덩어리가 되는가 싶더니 이내 숨이 막히는 것 같았다. 가슴속에서 타고 있던 불길이 몸 밖으로 터져 나와 지귀는 어느새 새빨간 불덩어리가 되고 말았다. 처음에는 가슴이 타더니 다음에는 머리와 팔다리로 옮아가 마치 기름이 묻은 솜뭉치처럼 활활 타올랐다. 지귀가 있는 힘을 다해 탑을 잡고 일어서자 불길은 탑으로 옮겨져서 이내 탑도 불기둥으로 변했다.[2] 지귀가 꺼져 가는 숨을 내쉬며 멀리 사라지는 여왕을 따라가려고 허우적허우적 걸어가자 몸에 있던 불기운이 거리까지 퍼져 온 거리가 불바다를 이루었다.

그 이후부터 지귀는 불귀신이 되어 온 세상을 떠돌아다니게 되었다. 사람들이 불귀신을 두려워하자 선덕 여왕이 불귀신을 쫓는 주문을 지어 백성에게 내놓았다.

志鬼心中火 지귀심중화

燒身變火神 소신변화신

流移滄海外 유이창해외

不見不相親 불견불상친

---

2) 『삼국유사』에 실려 전해지는 영묘사 관련 이야기들과 흡사하다. 영묘사는 선덕 여왕 때 도깨비들이 연못을 하룻 밤 만에 메운 뒤 세운 사찰이라고 알려졌으며, 실제로 선덕 여왕이 영묘사 법회에 참석했다는 기록이 남아 있다. 또한, 영묘사는 유독 화재가 잦았던 사찰로 유명하다. 옛사람들은 이를 지귀가 일으킨 화재라고 믿기도 했다.

지귀의 마음속에서 일어난 불이
몸을 태워 화신으로 변했네
푸른 바다 밖으로 멀리 흘러갔으니
보지도 말고 가까이하지도 말지어다

백성들은 여왕이 지어 준 주문을 써서 대문에 붙였다. 그러자 비로소 불 기운이 멈췄다. 이런 일이 있은 뒤 사람들은 이 노랫말로 화재를 억눌렀는데, 이는 불귀신이 된 지귀가 선덕 여왕의 뜻만 쫓기 때문이라고 한다.

🕐 소설 한 장면 　지귀는 여왕이 두고 간 금팔찌를 안고 기뻐하다 화신으로 변함

🔭 생각해 볼까요?

선생님 선덕 여왕과 지귀는 각각 어떤 인물로 그려지고 있나요?
💬 2 ♥ 2

↳ **학생 1** 선덕 여왕은 품성이 어질고 불심이 깊으며 배려심 또한 겸비한 인물이에요. 평민인 지귀가 자신을 사모한다는 말을 전해 듣고 '고마운 일'이라고 표현하지요. 지귀에게 자신을 따라 절에 오라고 제안하기도 해요. 즉, 낮은 신분의 백성까지 배려하는 선덕 여왕의 인간적인 면모가 강조되지요.

↳ **학생 2** 지귀는 선덕 여왕을 사모하다 못해 불이 되었다는, 다소 비현실적인 설정을 가진 인물이에요. 게다가 지귀는 선덕 여왕과 한 번도 제대로 대면하지 못해요. 이는 당대 사람들이 신분을 초월한 사랑에 대해 부정적으로 인식했음을 알려 줘요.

선생님 「지귀 설화」에 나오는 불, 잠, 금팔찌, 바다는 각각 어떤 의미인가요?
💬 4 ♥ 4

↳ **학생 1** 「지귀 설화」는 사랑의 정염(情炎)을 화재 예방을 위한 풍속과 연관시켜 문학적으로 형상화한 작품이에요. 즉, 뜨겁게 타오른다는 속성을 매개로 사랑을 불에 비유한 거예요.

↳ **학생 2** 지귀가 여왕을 기다리다 지쳐 잠든 대목에서는 여왕을 향한 지귀의 사랑이 허망하다는 것과 당대에 여왕과 평민의 만남이 용납되지 않았다는 것을 알 수 있어요.

↳ **학생 3** 여왕이 주고 간 금팔찌는 지귀에 대한 연민을 나타내요. 금팔찌는 지귀의 가슴에 욕망의 불을 붙여 놓지요.

↳ **학생 4** 욕망의 불은 바다(물)로 제압하는 것이 순리예요. 바다는 너그러운 생명의 모태로서, 모든 것을 소멸시키는 불과 대립 관계에 있어요. 물과 불은 공존할 수 없으며 둘 중 한쪽이 완전히 소멸할 때까지는 대립이 끝나지 않으니까요.

선생님 「지귀 설화」는 후대 문학에 어떤 영향을 끼쳤을까요?
💬 2 ♥ 2

↳ **학생 1** 「지귀 설화」는 선덕 여왕이 주문을 지어 불귀신의 원한을 달래 물리친 내력을 말하고 있어요. 따라서 일종의 한풀이 기능을 가진 서사 문학으로 여기지요. 한(恨)의 정서는 우리 민족의 전통적인 정서로, 옛날부터 우리나라 문학 작품에 자주 등장해왔어요.

↳ **학생 2** 한은 주로 사랑하는 사람과의 이별이나 죽음으로 인해 생기는 정서예요. 한의 정서가 담긴 작품으로는 고조선 시대에 지어진 「공무도하가」, 백제 가요인 「정읍사」, 고려 가요인 「가시리」, 일제 강점기에 시인으로 활동했던 김소월의 「진달래꽃」 등이 있지요.

선생님 「지귀 설화」에 영향을 끼쳤다고 알려진 「술파가 설화」에 대해 알아 볼까요?

 💬 2 🤍 2

 학생 1 「술파가 설화」는 인도의 고승 용수가 지었다고 알려진 불교 설화예요. 어부 술파가는 왕녀를 짝사랑하며 시름시름 앓아요. 왕녀와 만나고자 했지만 하늘의 신이 방해해 잠들어 버렸지요. 뒤늦게 일어난 술파가는 왕녀의 목걸이를 부여잡고 울부짖다가 죽음을 맞아요.

 학생 2 「지귀 설화」와 「술파가 설화」는 내용이 아주 유사해요. 다만 「술파가 설화」는 지나친 애정을 경계하기 위해 만들어진 종교 설화이고, 「지귀 설화」는 선덕 여왕의 위엄을 강조하기 위해 지어졌다는 차이점이 있어요.

 선생님 「지귀 설화」처럼 주술적인 성격의 설화로 「처용가」를 들 수 있어요. 「처용가」는 어떤 내용의 이야기인지 설명해 볼까요?

 💬 2 🤍 2

 학생 1 「처용가」는 신라 헌강왕 때 처용이 지어 불렀다고 알려진 8구체 향가예요. 『삼국유사』에 실려 전해지며, 지금은 사라진 울산의 망해사와도 관련이 있어요.

 학생 2 「처용가」는 역신(疫神), 즉 전염병을 쫓기 위해 만들어진 노래예요. 옛날에는 천연두에 걸리면 목숨을 잃을 가능성이 컸거든요. 그런데 처용의 얼굴을 그려 붙인 집에는 역신이 들어오지 못했다고 해요. 당시 사람들은 「처용가」를 즐겨 부르며 전염병을 예방하고자 했을 거예요.

민간 신앙	▼ 🔍

연관 검색어 민중 주술 원시신앙

민간 신앙은 특정한 종교나 교리, 조직을 가지지 않은 채 민중의 생활 속에 전승되어 온 주술적인 신앙 형태를 말한다. 특정한 창시자도 없고 체계적인 조직체도 없으며 언제 어디서 시작되었는지조차 불분명하다. 주로 작은 규모의 생활 공동체에 국한되어 전해지며 자연, 정령, 신당, 기타 종교 등을 숭배한다. 숭배 대상과 방식이 제각각이기 때문에 민간 신앙의 성격 또한 다채로운 것이 특징이다.

연오랑 세오녀

#해와달   #광명숭배사상   #태양신화   #한일교류

⚓ 작품 길잡이

작가: 미상
갈래: 설화, 일월 신화
성격: 서사적, 전설적
배경: 시간 - 신라 제8대 아달라왕 때 / 공간 - 영일현
주제: 광명의 상실과 회복, 일월신의 새로운 세계(일본) 개척
출전: 『삼국유사』 권1 「연오랑 세오녀」

📷 인물 관계도

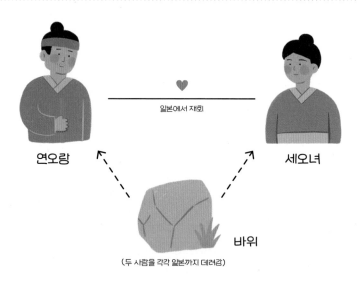

연오랑 ♥ 세오녀
일본에서 재회

연오랑 ← 바위 → 세오녀

바위
(두 사람을 각각 일본까지 데려감)

연오랑   바닷가에서 해조를 따며 생활하던 중, 바위에 실려 일본으로 가 왕이 된다.
세오녀   연오랑의 아내로, 사라진 남편을 찾다가 바위에 실려 일본으로 간다.

연오랑 세오녀

신라 제8대 아달라왕^{阿達羅王} 즉위 4년 정유^{丁酉}년의 일이다. 동해 바닷가에 연오랑과 세오녀 부부가 살았다.

어느 날 연오랑이 바다에 가서 해조^{海藻 바다에서 나는 해조류를 통틀어 이르는 말}를 따고 있었다. 이때 갑자기 바위 하나가 나타나 연오랑을 싣고 일본으로 건너가 버렸다. 이것을 본 일본 사람들이 말했다.

"그는 범상한 사람이 아니다."

그들은 연오랑을 왕으로 모시기 시작했다.

세오녀는 남편이 돌아오지 않는 것을 이상히 여겨 바닷가에 나가 남편을 찾다가 한 바위 위에 연오랑이 벗어 놓은 신발이 있는 것을 발견했다. 세오녀가 그 바위 위에 올라가니, 바위는 전처럼 세오녀를 싣고 일본으로 건너갔다.

일본 사람들이 놀라 왕에게 아뢰니 마침내 부부가 서로 만나게 되었고 세오녀는 귀비^{貴妃 임금의 아내를 일컫는 말}가 됐다.

이때 신라에서는 까닭 모르게 해와 달이 광채를 잃으니 일관^{日官 삼국 시대에 천문 관측과 점성술을 담당했던 관원}이 왕에게 아뢰었다.

"해와 달의 정기^{精氣}가 우리나라에 있다가 일본으로 건너가 버렸기 때문에 이런 변괴^{變怪 이상야릇한 일이나 재변}가 생긴 것입니다."[1]

왕은 일본으로 사자^{使者}를 보내 두 사람에게 돌아오라고 부탁했다. 연오랑이 사자에게 말했다.

"내가 이 나라에 온 것은 하늘의 뜻이니 어찌 돌아갈 수가 있겠소.[2] 그러나 나의 비^妃가 짠 세초^{고운 비단}를 줄 터이니 이것으로 하늘에 제사를 드리면 빛을 찾을 수 있을 것이오."

연오랑이 사자에게 비단을 주니, 사자가 돌아와서 왕에게 사실대로 고했다. 연오랑의 말대로 하늘에 제사를 올리니 해와 달이 예전처럼 빛났다.

---

1) 당시 사람들은 해가 뜨고 짐에 따라 하루하루를 보내거나 해의 움직임을 토대로 절기를 나눠 농사에 활용하는 등 태양을 무척 소중히 여겼다

2) 「연오랑 세오녀」는 고대의 한일 관계를 다룬 유일한 설화로서, 양국 간 교류에 관해 구체적이고 역사적인 맥락을 함축하고 있다.

이에 그 비단을 어고^{御庫 대궐 안에서 임금이 쓰는 곳간}에 간수하고 국보로 삼았다.[3] 그 곳간의 이름을 귀비고^{貴妃庫}라 했고, 하늘에 제사 올린 곳은 영일현^{迎日縣} 또는 도기야^{都祈野}라 했다.

◑ 소설 한 장면　　세오녀가 짠 세초 덕분에 신라에 있는 해와 달의 정기가 되살아남

---

3) 신라는 세오녀가 짠 비단을 통해 해와 달의 정기를 되찾았지만, 연오랑과 세오녀는 신라로 돌아오지 않았다. 이는 우리나라가 예로부터 일본을 경계했음을 의미한다.

🔭 생각해 볼까요?

선생님 「연오랑 세오녀」에서 신화, 전설, 민담의 요소는 각각 어떻게 드러나나요?
💬 3 ♥ 3

↳ **학생 1** 연오랑과 세오녀가 바위를 타고 일본으로 건너가고, 두 사람이 각각 해와 달의
정기를 상징한다는 점에서 신화적 요소가 강하게 드러나요.

↳ **학생 2** 신라 아달라왕 때라는 구체적 시간과 영일현이라는 구체적 지명이 나타나는
것은 전설적 요소라고 할 수 있고요.

↳ **학생 3** 연오랑과 세오녀가 해조를 캐며 살아가는 평범한 인물이었다가 일본의 왕과
귀비가 되는 것은 민담의 요소라고 할 수 있지요.

선생님 「연오랑 세오녀」를 통해 알 수 있는 당시 사람들의 생활과 의식은 어떠한가요?
💬 2 ♥ 2

↳ **학생 1** 연오랑과 세오녀가 일본으로 건너가자 해와 달이 광채를 잃었다는 것은 광명
숭배 사상을 나타내고, 당시 농경 사회와도 깊은 관련이 있어요.

↳ **학생 2** 세오녀가 짠 비단을 가져와 하늘에 제사를 드리는 대목에서는 당시에 제천
의식, 즉 하늘을 숭배하고 제사 지내는 원시 종교의식이 행해졌음을 알 수
있어요.

선생님 당시 신라와 일본과의 관계가 「연오랑 세오녀」에 어떻게 나타났을까요?
💬 1 ♥ 1

↳ **학생 1** 연오랑과 세오녀가 일본에 건너가서 왕과 귀비가 된 것은 우리 민족의 우월
의식을 반영하고, 해와 달의 정기를 일본에 빼앗겼다는 것은 일본에 대한 경
계심을 반영해요.

일월 신화 ▽ 🔍

연관 검색어 광명숭배 태양신 제천의식

일월 신화란 해와 달이 생겨난 과정이나 내력에 대해 소개하는 이야기를 말한다. 세계
적으로 널리 퍼져 있는 내용의 신화이며, 우주의 기원에 관한 내용을 담고 있는 경우도
있다. 해와 달이 각각 존재한다는 점에서 하늘과 땅, 남자와 여자, 음과 양 등 원시적인
이분 체계를 보여 주는 신화적 세계관을 담고 있다. 「연오랑 세오녀」는 우리나라 유일
의 일월 신화이다.

화왕계

#교훈   #의인화   #우화   #충신과간신

⚓ 작품 길잡이

갈래: 창작 설화, 우화
성격: 풍자적, 교훈적, 우의적(寓意的)
주제: 제왕의 도리에 대한 충언
연대: 신라 신문왕 때
출전: 『삼국사기』 권46 「설총 열전」

📷 인물 관계도

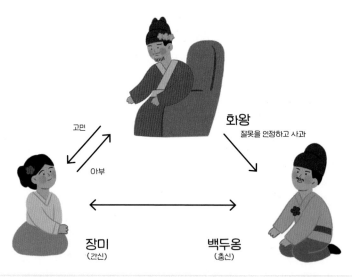

화왕	꽃 중의 꽃인 모란이자 현실 세계의 '왕'을 빗댄 사물이다.
장미	겉모습이 무척 화려하고 젊은 미인이며 아첨에 능숙하다.
백두옹	검소하게 차려입은 백발의 남성으로 우직하고 충성스러운 성격이다.

❀ 작가와 작품 세계

설총(薛聰, 655~?)

신라 경덕왕 때 학자. 원효(元曉) 대사가 아버지고, 요석 공주(瑤石公主)가 어머니이다. 신라에서 똑똑하기로 이름난 열 사람을 뜻하는 신라십현(新羅十賢) 가운데 한 사람으로서 강수(强首), 최치원(崔致遠)과 함께 신라 삼문장(新羅三文章)으로도 꼽힌다. 『증보문헌비고』에 경주 설씨의 시조로 기록되어 있다.

설총이 향찰을 집대성한 것이 '설총 이두 창제설(薛聰吏讀創製說)'로 잘못 알려지기도 했다. 향가 표기식 방법인 향찰은 설총 이전인 568년(진흥왕 29년) 북한산 비봉(碑峰)에 세운 진흥왕 순수비문에 나타나 있다. 설총은 『육경(六經)』을 읽고 새기는 방법을 창안해 한문을 국어화하고 유학을 발전시키는 데 공헌했다.

🗓 구성과 줄거리

발단   화왕이 동산에 나타남

온갖 꽃을 능가하는 화왕(모란)이 동산에 나타나자 꽃들이 화왕을 보러 몰려간다. 화왕의 그윽하고 탐스러운 자태는 동산에 있는 모든 꽃 중 으뜸이다.

전개   장미와 백두옹이 화왕의 신하가 되기를 청함

아름답게 치장한 장미가 화왕 앞에 나아가 화왕을 칭찬하며 아부한다. 한편 검소한 차림의 백두옹(할미꽃)이 등장해 화왕에게 간신이 아니라 충신을 택해야 한다고 말한다.

위기   화왕은 장미와 백두옹 중 누구를 선택할지 망설임

한 신하가 화왕에게 누구를 신하로 받아들일 건지 묻는다. 화왕은 백두옹의 말에 일리가 있으나 가인인 장미도 얻기 어려운 존재라며 고민한다.

절정   백두옹이 임금에게 직언을 함

백두옹은 고민하는 화왕에게 간사하고 아첨하는 자를 멀리하고, 정직하고 어진 자를 가까이 해야 한다고 말한다.

결말   화왕은 잘못을 뉘우치며 백두옹을 선택함

화왕은 백두옹의 직언을 듣고 나서야 자신의 잘못을 깨달은 뒤 반성한다.

화왕계

화왕花王 꽃 중의 왕, 모란을 이름이 처음 이 세상에 나와 향기로운 동산에 자리잡았다. 화왕은 푸른 휘장揮帳 여러 폭의 천을 이어 만든 장막으로 둘러싸여 있었는데, 삼춘가절三春佳節 봄철 석 달의 좋은 시절을 맞아 빼어나게 예쁜 꽃을 피우니, 꽃 중에 유달리 아름다웠다. 이에 멀고 가까운 곳에서 온갖 꽃들이 화왕을 보려고 다투어 모여들었다.

문득 한 가인佳人 미인이 화왕 앞으로 나왔다. 붉은 얼굴에 옥 같은 치아를 가진 가인은 탐스러운 감색 나들이옷을 입고 무희처럼 얌전하게 아장거리며 걸어와 화왕에게 아뢰었다.

"이 몸은 백설의 모래사장을 밟고 거울같이 맑은 바다를 바라보며 자랐습니다. 봄비가 내릴 때는 비로 목욕하여 몸의 먼지를 씻었고, 상쾌하고 맑은 바람이 불 때는 그 속에서 유유자적하며 지냈습니다. 제 이름은 장미라 하옵니다. 임금님의 높은 덕을 익히 듣고, 꽃다운 침소에 그윽한 향기를 더하고자 찾아왔습니다. 청컨대 임금님께서는 이 몸을 받아 주십시오."

이때 머리가 백발인 장부 하나가 베옷을 입고, 허리에는 가죽띠를 두르고, 손에는 지팡이를 짚은 채 둔중한 걸음으로 앞으로 나와 공손히 허리를 굽히며 말했다.

"이 몸은 서울 밖 한길 옆에 사는 백두옹白頭翁 머리가 흰 노인이라는 뜻으로, 할미꽃을 의미함이라 하옵니다. 아래로는 창망滄茫 넓고 멀어서 아득함한 들판을 내려다보고, 위로는 우뚝 솟은 산 경치를 바라보고 있습니다. 가만히 살펴보옵건대, 어떤 신하는 고량膏粱 기름지고 살진 고기와 좋은 곡식으로 만든 음식과 향기로운 차와 술로 수라상을 받들어 임금님의 식성을 흡족하게 하고, 정신을 맑게 해 드리고 있사옵니다. 또 어떤 신하는 고릿적에 보관해 둔 양약으로 임금님의 원기 회복을 돕고, 금석金石의 극약으로써 임금님의 몸에 있는 독을 제거해 줄 것입니다. 옛말에 이르기를, '군자 된 자는 비록 사마絲麻 명주실과 삼실, 즉 가장 좋은 것을 의미함가 있어도 관괴菅蒯 관은 도롱이와 삿갓을, 괴는 돗자리를 짜는 원료로, 두 번째로 좋은 것을 의미함를 버리지 않고 부족할 때를 대비한다[1]'라고 하였사옵니다. 임금님께서도 이러한 뜻을 지니고 계신지 모르겠나이다."

한 신하가 화왕에게 아뢰었다.

---

1) 사마는 당장 누릴 수 있는 부귀나 만족을 의미하고, 관괴는 미래를 위한 대비책을 의미한다.

"장미와 백두옹이 왔는데, 임금님께서는 누구를 취하고 누구를 버리시겠습니까?"

화왕은 이렇게 대답했다.

"장부의 말도 도리가 있기는 하나, 가인은 얻기 어려우니 이를 어찌할꼬?"

그러자 장부가 앞으로 나와 말했다.

"제가 이렇게 찾아온 것은 총명하신 임금님께서 모든 사리를 잘 판단하신다고 들었기 때문입니다. 그러나 지금 뵈오니 그렇지 않아 보입니다. 무릇 임금으로서 간사하고 아첨하는 자를 멀리하고, 정직한 자를 가까이하는 이가 드뭅니다. 때문에 맹자^{孟子}는 불우한 가운데 일생을 마쳤고, 풍당^{馮唐 중국 한나라 안릉 사람으로 어진 인재였지만 벼슬이 평생 낭관에만 머물렀다고 함}은 낭관^{郎官 정5품 통덕랑 이하의 당하관을 통틀어 이르던 말}으로 지내며 머리가 백발이 되었습니다.[2] 예부터 이러하오니 저라고 그들과 다르겠습니까?"

잘못을 깨달은 화왕은 마침내 다음의 말을 되풀이했다.

"내가 잘못했도다. 잘못했도다."

부디 충신을 가까이 두소서.

임금님을 모시고 싶습니다.

📕 소설 한 장면 화왕은 장미와 백두옹 중 누구를 선택할지 망설임

---

2) 맹자와 풍당처럼 자질이 훌륭한데도 임금에게 외면당하는 인재가 있어서는 안 된다는 뜻이다. 즉, 간사한 무리를 멀리하고 충성스러운 신하를 등용하라는 백두옹의 충언이다.

🔭 생각해 볼까요?

선생님 장미와 백두옹은 각각 어떤 인물인가요?
💬 3 ❤️ 3

↳ **학생 1** 백설의 모래사장에서 살고 나들이옷을 입고 다니는 가인은 고량과 차와 술로 쓰이면서 현재의 부귀에 만족하는 '사마'의 역할을 해요.

↳ **학생 2** 이에 반해 서울 밖 한길 옆에서 살고 베옷을 입고 다니는 백두옹은 금석의 극약으로 쓰이면서 미래에 대비하는 '관괴'의 역할을 하지요.

↳ **학생 3** 간신으로 나오는 가인은 아리따운 여자로 표현되고, 충신으로 나오는 백두옹은 늙은 장부로 표현되었어요. 남성과 여성이 극단적으로 대비되는 모습은 유교 사상이 점점 강해지던 당시의 사회상을 드러내요. 통일 이후 신라는 왕권을 강화하고 유교 정치 이념을 확립하고자 했거든요.

선생님 설총이 「화왕계」를 창작한 동기는 무엇인가요?
💬 2 ❤️ 2

↳ **학생 1** 「화왕계」는 설총이 신문왕의 무료함을 달래기 위해 들려준 교훈담이에요. 설총의 이야기에 감화된 신문왕은 이야기를 글로 적어 널리 전하라고 명령했어요. 후세의 왕들이 부귀에 안주하며 요망한 무리를 가까이하지 않도록 조언하기 위해서였지요.

↳ **학생 2** 설총은 자신의 뜻을 직접 말하지 않고, 설화에 등장하는 백두옹을 통해 간접적으로 전달했어요. 이처럼 다른 대상에 빗대어 넌지시 말하는 방식을 우언(寓言)이라고 해요.

선생님 「화왕계」는 우리나라 의인화 문학의 시초 작품 중 하나예요. 이후 등장한 의인화 문학들의 흐름을 정리해 볼까요?
💬 3 ❤️ 3

↳ **학생 1** 우리나라 의인화 문학의 또 다른 시초 작품으로 「구토 설화」를 들 수 있어요. 거북과 토끼를 의인화해 인간 세태를 풍자한 작품이지요. 고려 시대에 이르러서는 가전체라는 의인화 문학이 만들어져 크게 발전했어요.

↳ **학생 2** 의인화 문학은 조선 시대에도 꾸준히 이어졌어요. 동물을 의인화한 소설, 식물을 의인화한 소설, 마음을 의인화한 소설 등 다양한 작품이 나왔지요. 「규중칠우쟁론기」처럼 바느질 도구를 의인화한 독특한 작품도 있고요.

↳ **학생 3** 근대에 들어서는 안국선의 신소설 「금수회의록」이 등장했어요. 여러 동물이 인간 사회의 모순과 비리를 비판하는 작품으로, 당대 주요한 과제였던 개화와 근대화를 촉구하는 내용이지요.

선생님 「화왕계」의 문학사적 의의를 말해 볼까요?

 2 2

 학생 1 「화왕계」는 우리나라 최초의 창작 설화라는 데 의의가 있어요.

　학생 2 꽃을 의인화해 인간 세계를 빗댄 「화왕계」는 문학적 표현 방식의 새로운 영역을 개척했어요. 특히 사물을 화자로 내세운 설화 문학인 가전(假傳)에 많은 영향을 줬어요.

 선생님 백두옹은 고사를 인용하며 화왕에게 직언을 하는데, 이는 어떤 효과를 일으킬 수 있을까요?

 1 1

 학생 1 「화왕계」에서 고사는 백두옹이 화왕을 설득하고 교훈을 주기 위해 사용되었어요. 자신의 주장에 고사를 근거로 덧붙임으로써 주장의 타당성을 높일 수 있지요. 또한, 고사를 통해 자신의 주장을 뒷받침하고 있으므로 비판과 풍자의 의도도 한층 강화돼요.

의인화 문학

연관 검색어　우화　우언　가전체

의인화란 사람이 아닌 것을 사람에 빗대어 표현하는 수사법을 말한다. 의인화 문학은 상고 시대에 나타난 설화로부터 시작해 고려 시대의 가전 문학으로 이어졌다. 대표적인 가전 문학으로는 임춘의 「국순전」과 「공방전」, 이규보의 「국선생전」, 이곡의 「죽부인전」 등이 있다. 조선 시대에는 동물, 식물, 사물 등 다양한 대상이 의인화되어 소설 속 화자로 등장했다. 동물을 의인화한 소설로는 「장끼전」, 「토끼전」 등이 있고, 식물을 의인화한 소설로는 임제의 「화사」, 이이순의 「화왕전」 등이 있다. 특히 이이순의 「화왕전」은 조선 시대에 지어진 한문 소설로, 꽃을 의인화했다는 점에서 「화왕계」와 유사하다.

조신몽

#꿈   #액자구조   #사찰연기설화   #헛된욕망

🥄 작품 길잡이

작가: 미상
갈래: 한몽(幻夢) 설화, 전설
성격: 환몽적, 불교적, 서사적, 교훈적
주제: 세속적 욕망의 무상함
출전: 『삼국유사』 권3 「탑상(塔像)」편

📷 인물 관계도

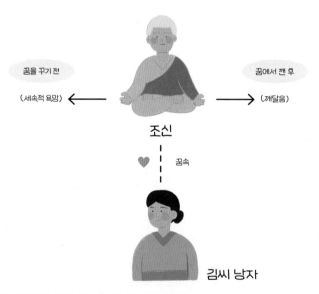

꿈을 꾸기 전   꿈에서 깬 후

(세속적 욕망) ←   → (깨달음)

조신

💜 - - - 꿈속

김씨 낭자

조신	승려의 신분으로 세속적 욕망에 빠졌다가 꿈에서 깨달음을 얻는다.
김씨 낭자	조신의 꿈속에서 조신과 결혼해 힘겹게 살아가다 서로 헤어진다.

📋 구성과 줄거리

도입(현실)　**꿈을 꾸기 전, 조신은 관음보살에게 소원을 빎**

세규사 장원을 관리하던 조신은 태수 김흔의 딸인 김씨 낭자를 보고 사랑에 빠진다. 조신은 승려의 신분임에도 불구하고 낙산사 관음보살상 앞에서 김씨 낭자와 인연을 맺게 해달라고 소원을 빈다. 그런데 김씨 낭자는 다른 사람과 혼인을 하고, 조신은 관음보살을 원망하며 울다가 잠깐 잠이 든다.

전개(꿈)　**조신은 자신의 소망을 꿈속에서 체험함**

조신은 꿈속에서 김씨 낭자와 부부의 연을 맺는다. 두 사람은 50년 동안 고락을 같이 하며 살아가지만, 형편이 너무 가난한 나머지 제대로 먹거나 입지도 못한다. 자식들은 굶어 죽거나 병들어도 치료를 받을 수 없고, 김씨 낭자의 고운 얼굴과 의복도 흔적조차 남아 있지 않다. 결국 김씨 낭자는 조신에게 헤어지자고 제안한다. 조신은 슬프지만 제안을 받아들인다.

종결(현실)　**조신은 꿈에서 깨어난 뒤 세속적 욕망의 허무함을 깨달음**

꿈에서 깨어난 조신의 수염과 머리카락은 하룻밤 만에 하얗게 새어버린다. 조신은 꿈에서 굶어 죽은 자식을 묻었던 땅을 파헤쳐 보다가 돌미륵을 발견한다. 세속적 욕망이 얼마나 덧없는 것인지 뒤늦게 깨달은 조신은 세규사 장원에서 물러난다. 그리고 전 재산을 털어 정토사를 세우고 부지런히 수행한다.

조신몽

신라 시대에 세규사^{지금의 강원도 영월군 태화산에 있었던 절}의 장원 莊園 궁정·귀족·관료의 사유지은 명주 溟洲 지금의 강원도 강릉 날리군에 있었다. 본사 本寺에서 승려 조신을 보내 장원을 관리하게 했는데, 조신은 태수 김흔의 딸을 보고 그만 반해 버렸다.

조신은 남몰래 여러 번 낙산사 관음보살 앞에 가서 그 여인과 함께 살 수 있게 해 달라고 빌었다. 그로부터 몇 해가 흘러 여인에게는 배필이 생겼다. 조신은 불당 앞에 가서 관음보살이 자신의 소원을 들어주지 않는다고 원망하며 날이 서물도록 슬피 울다가 삼시 잠이 들었다.¹⁾ 꿈속에 갑자기 김씨 낭자가 기쁜 낯빛을 하고 문으로 들어와 활짝 웃으면서 말했다.

"저는 일찍이 스님을 잠깐 뵌 뒤로 마음속으로 사랑해서 잠시도 잊지 못했으나 부모의 강요에 못 이겨 억지로 다른 사람에게 시집을 갔습니다. 그러나 지금 부부가 되기를 원해서 이렇게 찾아왔습니다."

조신은 크게 기뻐하며 낭자와 함께 고향으로 돌아갔다. 조신은 그녀와 사십여 년 동안 함께 살면서 자녀를 다섯이나 두었다. 집이라곤 네 벽이 전부였고, 음식마저도 계속 먹을 수 없었다. 조신은 형편이 너무 어려워 식구들을 이끌고 사방으로 다니면서 걸식하며 지냈다. 이렇게 십 년 동안 초야를 헤매다 보니 옷은 갈래갈래 찢어져 몸도 가릴 수 없게 되었다.

명주 해현령 蟹縣嶺을 지날 때 열다섯 살 되는 큰아이가 굶어 죽자 통곡하면서 길가에 묻었다. 조신 내외는 남은 네 식구를 데리고 우곡현으로 가서 길가에 모옥 茅屋 띠나 이엉 따위로 지붕을 이어 만든 집을 짓고 살았다. 이제 내외가 늙고 병이 든데다 굶주려서 일어나지도 못했다. 그 후 열 살 되는 계집아이가 밥을 동냥하다가 개에게 물렸다. 아이가 신음하며 누워 있었으나 부모는 하염없이 눈물만 흘렸다.

부인이 눈물을 씻더니 갑자기 이렇게 말했다.

"처음 당신을 만났을 때 저는 젊고 아름다웠으며 깨끗한 옷을 입고 있었습니다. 음식 하나도 당신과 나눠 먹었고 옷 한 벌도 나누어 입었습니다. 제가 집을 나온 뒤 오십 년 동안 정은 깊어지고 사랑은 굳어졌으니 실로 당신과

---

1) 여기서부터 입몽(入夢), 즉 조신이 꾸는 꿈속의 내용이다.

두터운 인연이라 하겠습니다.

　그러나 해마다 병이 깊어지고 굶주림과 추위가 심해지는데도 곁방살이나 하고 있고, 이제는 보잘것없는 음식조차 빌어먹을 수가 없게 되었으니, 문전걸식하는 부끄러움은 산더미보다 더 무겁습니다. 아이들이 추위에 떨고 배고파해도 돌봐 주지 못하는 처지에 어찌 부부간의 정을 나눌 수 있겠습니까? 꽃다운 얼굴과 화사한 웃음도 풀 위의 이슬이요, 지초芝草와 난초 같은 약속도 바람에 나부끼는 버들가지나 마찬가지입니다.[2] 이제 저는 당신에게 누累가 되고 저는 당신으로 인해 근심스럽습니다.

　가만히 지난날의 즐거운 일들을 생각해 보니, 바로 그것이 근심의 시작이었습니다. 당신과 제가 어찌해서 이런 지경에 이르렀습니까? 뭇 새가 함께 굶어 죽는 것보다는 차라리 짝 잃은 난조鸞鳥 중국 전설에 나오는 상상의 새가 거울을 향해 짝을 부르는 게 나을 것입니다. 추우면 버리고 더우면 가까이하는 것은 인정상 차마 못할 일입니다. 하지만 행하거나 행하지 않는 것은 사람의 힘으로 되는 것이 아니고, 헤어지고 만나는 것도 운수가 있는 것입니다. 원컨대 제 말에 따라 헤어지기로 합시다.”

　조신은 부인의 말을 듣고 옳게 여기고 각자 아이를 둘씩 데리고 떠나려 했다.

　“저는 고향으로 갈 테니 당신은 남쪽으로 가십시오.”

　라고 부인이 말한 뒤 각자 길을 떠나려는 순간, 조신은 갑자기 꿈에서 깨어났다.[3]

　이때 타다 남은 등잔불이 깜박거리다가 날이 새어 아침이 되었다. 조신의 수염과 머리털이 모두 희어지니 세상일에 뜻이 없게 되었다.[4] 힘들게 살아가는 것도 이제는 싫어졌다. 마치 한평생의 고생을 다 겪고 난 것 같아 재물을 탐하는 마음도 얼음 녹듯이 깨끗이 없어졌다. 이런 생각이 들자 갑자기 관음보살의 상像을 대하기가 부끄러워지고 잘못을 뉘우치는 마음을 억누를 수가 없었다.

---

2) 이슬은 해가 뜨면 사라지고 버들가지는 작은 바람에도 흔들린다. 그만큼 삶이 힘겨워 부부로서의 약속을 지키기가 어려움을 비유적으로 표현했다.

3) 여기서부터 각몽(覺夢), 즉 조신이 꿈에서 깨어난 이후의 내용이다.

4) 조신이 꿈에서 겪은 고통이 그만큼 컸음을 의미하고, 동시에 세속적 욕망이 부질없다는 깨달음을 얻은 조신의 상태가 나타나 있다.

조신이 해현에 돌아가서 죽은 큰아이를 묻었던 자리를 파 보니 돌미륵이 나왔다. 그는 돌미륵을 물로 씻어서 근처에 있는 절에 모신 후 서울로 돌아갔다. 장원을 맡은 책임을 내놓고 사재를 털어 정토사淨土寺를 지었으며, 후에도 착한 일을 많이 했다.[5] 그 후 조신이 어디에서 삶을 마쳤는지는 아무도 알 수 없었다.

모든 것은 일장춘몽에 불과하도다.

🌀 소설 한 장면   조신은 꿈에서 깨어난 뒤 세속적 욕망의 허무함을 깨달음

5) 전설에는 증거물이 등장함으로써 이야기의 신빙성을 높여준다. 「조신몽」의 증거물인 정토사는 신라 말~고려 초, 충북 충주시에 세워졌던 것으로 추정되지만 현재는 절터와 탑 몇 개만 남아 있어 정확한 창건 연대는 알 수 없다.

생각해 볼까요?

 선생님 「조신몽」에서 꿈은 어떤 역할을 하고 있나요?
💬 2 🤍 2

↳ **학생 1** 조신은 자신이 추구하던 욕망을 꿈속에서 맛보지만, 꿈에서 깨어난 후에는 세속적 욕망의 덧없음을 깨달아요. 즉, 꿈을 통해 헛된 욕망에서 벗어나지요.

↳ **학생 2** 고대 철학자들은 꿈을 비이성적인 행위라고 보아 '광기'에 비유했고, 프로이트는 욕망의 상징적 충족이라는 관점에서 꿈의 필요성을 역설하기도 했어요. 오늘날까지도 꿈을 풀이하는 풍습이 있는 것은 사람들이 꿈에서 교훈을 얻을 수 있다고 생각하고, 꿈속에 무언가 감춰져 있다고 생각하기 때문이에요.

 선생님 꿈의 형식을 빌린 장르로서 몽유록과 몽자류 소설은 어떻게 다른가요?
💬 3 🤍 3

↳ **학생 1** 사대부들이 모순된 현실과 타락한 권력을 비판할 때 일종의 안전장치로 꿈의 형식을 빌려 쓴 글을 '몽유록'이라고 해요. 세조의 왕위 찬탈 과정을 폭로한 「원생몽유록(元生夢遊錄)」을 예로 들 수 있어요.

↳ **학생 2** '몽자류 소설'은 꿈을 꾸기 전과 후를 대비하며 꿈을 통해 깨달음을 얻는다는 발상을 적극적으로 활용하는데, 대표적인 작품으로 김만중의 「구운몽」을 꼽을 수 있어요.

↳ **학생 3** 꿈에서 깬 후 세속적 욕망의 허무함을 깨닫는 「조신몽」은 몽자류 소설의 근원 설화예요.

🔍 **사찰 연기 설화** ▼

연관 검색어 불교 설화 사원 연기 설화 불사 창시 설화

> 사찰 연기 설화는 절터를 정한 사연, 절 이름에 대한 내력 등 절의 창시와 관련된 내용을 소개하는 불교 설화로, 구전되어 전해지거나 문헌에 기록되기도 했다. 주로 해당 사찰을 신성화해 불교를 대중에게 널리 알리고, 불교 사상을 생활 속에 스며들게 하는 데 목적을 두었다. 구체적인 사찰을 증거물로 제시해 이야기의 신빙성을 높이기도 했다. 이후 사찰 연기 설화에서 종교적 색채가 옅어지고 문학적 상상력이 첨가되면서 후대 서사문학 발전에 깊은 영향을 끼쳤다.

김현감호

#희생　　#변신담　　#사찰연기설화　　#살신성인

🍵 작품 길잡이

작가: 미상
갈래: 사원 연기(寺院緣起) 설화, 호원(虎願) 설화
성격: 불교적, 전기적(傳奇的)
배경: 시간 - 신라 / 공간 - 경주
주제: 자기희생을 통한 사랑의 승화
출전: 『삼국유사』 권5, 『대동운부군옥』 권15

📷 인물 관계도

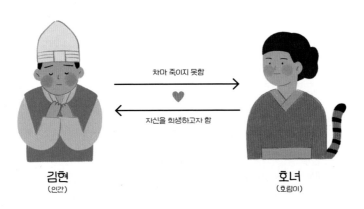

차마 죽이지 못함

♥

자신을 희생하고자 함

김현
(인간)

호녀
(호랑이)

김현	호녀를 사랑하지만 호녀를 죽여 입신양명해야 하는 상황에 처한다.
호녀	김현과 부부의 연을 맺으나 오라비들을 대신해 죽기로 결심한다.

📋 구성과 줄거리

기　**김현은 탑돌이에서 만난 처녀와 사랑에 빠짐**

신라 원성왕 때 김현이라는 청년은 입신양명하고자 밤늦게 흥륜사의 탑을 돌며 소원을 빈다. 그러던 중 함께 탑돌이를 하던 아름다운 처녀를 만나 사랑에 빠진다. 처녀 또한 김현에게 사랑을 느끼고, 두 사람은 정을 통한다.

승　**호녀는 김현에게 자신을 죽여달라고 부탁함**

처녀의 정체가 호녀(虎女), 즉 호랑이라는 사실이 밝혀진다. 호녀에게는 사나운 세 오라비가 있었는데 사람을 마구 해치는 바람에 하늘의 분노를 산다. 하늘에서 목소리가 들려와 그중 한 마리를 죽이겠다고 경고하자 호녀는 오라비를 대신해 희생하기로 결심한다. 호녀는 김현에게 자신을 죽여달라고 부탁한다. 김현은 입신양명하기 위해 배필을 죽일 수는 없다고 거절하지만 호녀의 굳센 의지에 눈물만 흘린다.

전　**호녀가 성안으로 들어와 사람들을 공격함**

호녀는 자신이 일찍 죽어 가족과 연인에게 복을 줄 수 있다면 오히려 기쁨이라고 말한다. 그러면서 자신이 죽은 뒤 절을 짓고 불경을 전파해 달라고 김현에게 부탁한다. 이튿날, 성안에 호랑이가 나타나 많은 사람을 해친다. 나라에서는 호랑이를 잡는 사람에게 큰 상을 주겠다고 한다. 어쩔 수 없이 나선 김현은 숲속으로 가 호녀와 마주한다.

결　**호녀는 자결하고, 김현은 벼슬에 오름**

호녀가 김현의 칼로 스스로 목숨을 끊자 호랑이의 사체로 모습이 바뀐다. 김현은 호랑이의 사체를 들고 숲 밖으로 나와 공로를 인정 받고 높은 벼슬에 오른다. 이후 김현은 호원사라는 절을 세우고 불경을 전파하며 호녀의 명복을 빈다.

김현감호

신라 풍속에 해마다 이월이 되면, 초팔일로부터 십오 일까지 서울의 남자와 여자들은 흥륜사의 전탑殿塔 전각과 탑 을 앞다투어 돎으로써 그것을 복회福會 복을 빌기 위한 모임 로 삼았다.

원성왕 때 낭군 김현이 밤이 깊도록 홀로 탑을 돌면서 쉬지 않았다. 이때 한 처녀가 불경을 외우면서 김현을 따라 돌았다. 그러다가 서로 정이 움직여 눈길을 주었다. 김현은 탑돌이를 마치자 처녀를 구석진 곳으로 이끌고 가서 관계했다.

처녀가 집으로 돌아가려 하자 김현이 따라갔다. 처녀가 사양하고 거절했으나 김현은 억지로 따라갔다. 서산 기슭에 이르러 한 초가에 들어가니 늙은 할미가 처녀에게 물었다.

"함께 온 이가 누구냐?"

처녀가 사실대로 말하자 늙은 할미가 말했다.

"비록 좋은 일이라도 안 한 것보다 못하다. 그러나 이미 저지른 일이니 나무랄 수도 없다. 그를 구석진 곳에 숨겨 두어라. 네 형제들이 나쁜 짓을 할까 두렵구나."

처녀는 김현을 이끌고 가서 구석진 곳에 숨겼다.

조금 뒤에 세 마리의 호랑이가 으르렁거리면서 오더니 사람의 말로 말했다.

"집 안에서 비린내가 나는구나! 요깃거리를 찾던 차에 어찌 다행이 아닐꼬?"

늙은 할미와 처녀는 꾸짖었다.

"너희 코가 잘못이지 무슨 미친 소리냐?"

이때 하늘에서 목소리가 외쳤다.

"너희들은 생명을 너무 많이 해치는구나. 한 놈을 죽여서 너희들의 악을 징계하겠다."[1]

세 짐승이 그 소리를 듣고 모두 근심하는 기색이어서 처녀가 말했다.

"세 분 오빠가 멀리 피해 가서 스스로 징계하겠다면 제가 그 벌을 대신

---

1) 호랑이를 심판하는 대상으로 하늘이 등장하는데, 이는 당시 사람들이 호랑이의 힘을 두려워했으며 호랑이를 심판할 수 있는 존재가 하늘뿐이라고 생각했음을 드러낸다.

받겠습니다."

세 오빠는 기뻐하며 도망가고, 처녀가 들어와 김현에게 말했다.

"처음에 저는 낭군이 우리 집에 오시는 것이 부끄러워 짐짓 사양하고 거절했으나 이제는 숨김없이 감히 진심을 말하겠습니다. 또한, 저와 낭군은 비록 같은 유는 아니지만 하룻저녁의 즐거움을 같이했으니 부부의 의를 맺은 것입니다. 이제 세 오빠의 악을 하늘이 미워하시니 우리 집안의 재앙을 제가 혼자 당하려 하는데, 다른 사람의 손에 죽는 것과 낭군의 칼날에 죽어서 은덕을 갚는 것이 어찌 같겠습니까? 제가 내일 시가에 들어가 사람들을 해치면 사람들이 저를 어찌할 수 없으므로, 임금께서 반드시 높은 벼슬을 내세워 사람을 모집해 저를 잡게 할 것입니다. 그때 낭군은 겁내지 말고 저를 좇아 성 북쪽의 숲속까지 오시면 제가 그곳에서 낭군을 기다리고 있겠습니다."

"사람과 사람끼리 관계함은 인륜의 도리지만 다른 유와 관계함은 대개 떳떳한 일이 아니오. 우리는 잘 지냈으니 진실로 하늘이 복을 내린 것이오. 그런데 어찌 배필의 죽음을 팔아서 벼슬을 바랄 수 있겠소?"

"낭군께서는 그런 말씀을 하지 마십시오. 제가 이렇게 일찍 죽음을 맞이하는 것은 하늘의 명령이며 제 소원입니다. 또한, 낭군의 경사요, 우리 일족의 복이며, 나라 사람들의 기쁨입니다. 제가 한 번 죽음으로써 다섯 가지 이익이 갖추어지는데, 어찌 그것을 어길 수 있겠습니까? 다만 저를 위해 절을 지어 불경을 강講 불경을 외우고 논의함 해 좋은 과보果報 인과응보를 얻는 데 도움을 주신다면, 은혜가 이보다 더 큰 것이 없겠습니다."

마침내 둘은 서로 울면서 작별했다.

다음 날 과연 사나운 호랑이가 성안으로 들어와서 사람들을 해쳤으나 감히 이를 당해 낼 수 없었다. 원성왕신라 제38대 왕은 이 소식을 듣고 영을 내려 말했다.

"호랑이를 잡는 사람에게는 이 급의 벼슬을 주겠다."

김현은 대궐로 나아가 아뢰었다.

"소신이 그 일을 해내겠습니다."

이에 임금은 벼슬부터 먼저 주어 그를 격려했다. 김현이 칼을 쥐고 숲속으로 들어가니, 호랑이는 낭자로 변해 반가이 웃으면서 말했다.

"어젯밤에 저와 낭군의 정이 서로 결합된 일을 잊지 마십시오. 오늘 저의 발톱에 상처를 입은 사람은 모두 흥륜사의 장을 그 상처에 바르고, 그 절의 나발 소리를 들으면 상처가 나을 것입니다."

낭자는 김현이 찼던 칼을 뽑아 스스로 목을 찔렀다.[2] 그러고는 곧 호랑이로 변했다.

김현은 숲에서 나와 사람들에게 거짓말을 했다.

"내가 지금 범을 잡았소."

그러나 그 사유는 숨기고 말하지 않았다. 다만 낭자가 일러준 대로 상처를 치료하니 상처가 모두 나았다. 지금도 민간에서는 호랑이에게 입은 상처에는 그 방법을 쓴다.

김현은 벼슬하자 서천西川가에 절을 지어 호원사라 이름 짓고, 상시 『범망경梵網經』을 강해, 호랑이의 저승길을 인도하고 호랑이가 제 몸을 희생해 자기를 성공하게 한 은혜에 보답했다. 김현이 죽을 때, 지나간 일에 깊이 감동해 붓으로 적어 전기를 만들었으므로 세상에서는 그제야 비로소 알게 되었다. 그래서 그 글의 제목을 「논호림論虎林」이라 했는데 지금까지 전해져 온다.

🍎 소설 한 장면   호녀는 자결하고, 김현은 벼슬에 오름

---

2) 호녀는 김현이 자신을 죽이고 죄책감을 느낄까 염려해 김현의 칼로 자결한다. 짐승임에도 불구하고 사랑하는 사람의 마음을 헤아릴 줄 아는 호녀의 따뜻한 성품이 나타나 있다.

생각해 볼까요?

 선생님 호녀의 죽음에는 어떤 의미가 담겨 있을까요?
 2 ♥ 2

↳ **학생 1** 『삼국유사』를 쓴 일연은 호녀의 죽음을 윤리적 차원에서 해석했어요. 호녀는 형제들의 악한 행동을 대신 속죄하기 위해, 연인 김현의 입신양명을 위해 자기희생적 죽음을 맞았어요. 일반 사람들은 호랑이에게 잡아 먹힐지도 모른다는 공포에서 벗어났고요. 즉, 호녀가 말했듯 "한 번 죽음으로써 다섯 가지 이익을 얻게 된다."라고 보았지요.

↳ **학생 2** 하지만 호녀의 죽음을 선뜻 받아들이기는 어려워요. 오히려 인간 중심적이고 남성 중심적인 사고방식이라고 볼 수도 있어요. 작품 안에서는 호녀의 행동이 긍정적으로 나타날지 몰라도, 결국 호녀는 가문의 영광과 존속을 위해 자신의 삶을 포기한 여성을 상징하기 때문이에요.

 선생님 「김현감호」 설화와 중국의 「신도징(申屠澄)」 설화는 서로 어떤 점에서 다를까요?
 2 ♥ 2

↳ **학생 1** 「신도징」 설화에 등장하는 호녀는 신도징과 부부의 연을 맺어 1남 1녀를 낳고 행복하게 살아요. 그러던 중 향수병에 걸린 호녀는 고향 집으로 돌아가 벽에 걸려 있는 호랑이 가죽을 뒤집어쓰고 다시 호랑이가 되어 숲속으로 가요.

↳ **학생 2** 「신도징」 설화에 나오는 호녀는 자기중심적인 반면, 「김현감호」 설화에 등장하는 호녀는 가문과 연인을 위해 자신을 희생하는 인물로 그려졌어요.

변신 설화 ▼

연관 검색어   변신 모티프   변신담

변신은 초인간적 존재가 가진 특별한 능력으로 여겨졌기 때문에 국가와 지역을 막론하고 신화, 전설, 민담 등에서 폭넓게 발견되는 소재이다. 현재까지도 다수의 문학 작품에서 변신 모티프가 빈번하게 나타난다. 사람이 변신해 사람이 아닌 존재가 되는 경우도 있고, 반대로 사람이 아닌 존재가 사람으로 변하는 경우도 있다.
대체로 서양의 고대 설화에서는 사람이 동물이나 식물로 바뀌고, 아시아의 고대 설화에서는 동물이 사람으로 바뀌는 이야기가 많다. 이는 현재 전해지는 설화들의 특징일 뿐 문화 차이 때문이라고 단정 짓기는 어렵다.

경문 대왕 이야기

#현명한임금   #비밀   #유언비어   #미다스왕

⚓ 작품 길잡이

작가: 미상
갈래: 설화
성격: 설화적, 보편적
주제: 경문 대왕의 됨됨이
출전: 『삼국유사』 권2 「경문 대왕」

📷 인물 관계도

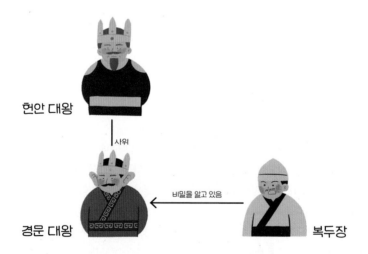

헌안 대왕

│ 사위

경문 대왕 ← 비밀을 알고 있음 ─ 복두장

| 경문 대왕 | 현명하고 비범한 왕이지만 당나귀 귀라는 비밀을 가지고 있다. |

경문 대왕 이야기

경문 대왕景文大王 신라 제48대 왕의 휘는 응렴膺廉이고 열여덟 살에 국선國仙 화랑의 지도자이 되었다. 약관스무 살의 나이가 되자 헌안 대왕憲安大王 신라 제47대 왕은 낭郎 경문 대왕을 말함을 불러 궁중에서 연회를 베풀었다.

"낭은 화랑이 되어 사방을 유람했는데 무슨 특별한 것이라도 보았는가?"

"신은 아름다운 행실을 가진 사람 셋을 보았습니다."

"그 이야기를 들려주게."

"다른 사람보다 위에 있을 만한데도 겸손하게 다른 사람 아래에 있는 사람이 그 하나요, 세력 있고 부유한데도 의복이 검소한 사람이 둘이요, 권세가 있는데도 힘을 펼치지 않는 사람이 그 셋입니다."

낭의 말을 들은 왕은 낭이 어진 것을 알고는 자기도 모르게 눈물을 흘리며 말했다.

"짐에게는 두 딸이 있는데 그대에게 시집 보내 시중을 들게 하고자 한다."

낭은 머리를 조아려 절한 후 물러났다. 그리고 이를 부모에게 말하니 부모가 놀라고 기뻐하며 자제들을 모아 의논했다.

"첫째 공주는 외모가 아주 보잘것없지만 둘째 공주는 매우 아름다우니, 둘째에게 장가를 드는 것이 좋겠다."

이때 범교사範敎師 헌안왕 때 국선이었던 사람가 이 말을 듣고는 집으로 찾아와 낭에게 물었다.

"대왕께서 공주를 공에게 시집 보낸다는 것이 사실이오?"

낭이 그렇다고 대답했다. 그러자 그가 물었다.

"그럼 둘 중에서 누구를 선택하겠소?"

"부모님께서는 나에게 둘째 공주를 선택하라고 하셨소."

"그렇군요. 하지만 낭이 첫째 공주에게 장가를 든다면 반드시 세 가지 좋은 일이 있을 것이니 잘 살펴 결정하시오."

얼마 후 왕이 날을 잡고 사람을 보내 낭에게 말했다.

"나의 두 딸 가운데 누구를 선택할 것인지는 오직 그대의 뜻에 따르겠다."

심부를 갔던 사람이 돌아와 첫째 공주를 받들겠다고 한 낭의 뜻을 아뢰었다. 그리고 석 달이 지나자 병이 위독해진 왕은 신하들을 불러 말했다.

"짐에게는 아들이 없으니 그 뒤의 일은 첫째 공주의 남편인 응렴이 이어받도록 하라."

이튿날 왕이 죽자 낭은 유조遺詔 임금의 유언를 받들어 즉위했다. 그러자 범교사가 왕에게 와서 아뢰었다.

"제가 아뢴 세 가지 좋은 일이 이제 모두 이루어졌습니다. 왕께서 첫째 공주를 선택하셨기 때문에 지금 왕위에 오르신 것이 그 한 가지이고, 왕위에 오른 지금은 아름다운 둘째 공주까지 취할 수 있게 된 것이 그 두 가지이며, 첫재 공주를 선택했기 때문에 선왕과 부인이 매우 기뻐하셨던 것이 그 세 가지입니다."

왕은 범교사의 말을 고맙게 여겨 대덕大德 본래 부처를 의미했으나 덕망이 높은 고승을 가리키는 말로 바뀜이란 벼슬을 주고 많은 금을 내렸다. 이후 왕이 죽은 뒤에는 그 시호를 경문景文이라 했다.

왕의 침전에는 매일 저녁 수많은 뱀이 모여들었는데, 이를 놀라고 무서워한 대궐 사람들이 뱀을 몰아내려 하자 왕이 말했다.

"나는 뱀이 없으면 편히 잠들 수가 없으니 몰아내지 마라."

왕이 매일 침소에 들 때면 뱀이 혀를 내밀어 왕의 가슴을 덮었다.

왕은 즉위한 후 귀가 갑자기 당나귀 귀처럼 자랐다. 왕후와 궁인들은 모두 이 사실을 알지 못하고 오직 복두장㡤頭匠 왕의 모자를 만드는 장인 한 사람만이 알고 있었다. 그러나 복두장은 왕의 비밀을 평생토록 다른 사람에게 말하지 않았다.

어느 날 복두장이 죽을 때가 되자 도림사道林寺 지금의 경상북도 월성군에 있던 절 대숲 한 가운데로 들어가 사람이 없는 곳에서 대나무를 향해 외쳤다.[1]

"우리 임금님 귀는 당나귀 귀다."

그 뒤로 대숲에 바람이 불면 이런 소리가 났다.

"우리 임금님 귀는 당나귀 귀다."

그러자 왕이 대나무를 모두 베어 버리고는 산수유를 심으라고 명했는데, 그곳에 바람이 불면 이런 소리가 났다.

"우리 임금님 귀는 당나귀 귀처럼 길다."

---

1) 신하인 복두장의 입장에서 임금의 비밀을 발설한다는 것은 있을 수 없는 일이지만, 인간에게 내재된 발설 욕구와 세상에 영원한 비밀은 없으며 언젠가 드러날 수도 있다는 점을 함께 보여 준다.

한편, 화랑인 요원랑邀元郎은 동료인 예흔랑譽昕郎, 계원桂元, 숙종랑叔宗郎 등과 함께 금란金蘭 지금의 강원도 통천을 유람하면서 가사 세 수를 짓고, 임금을 보필하며 나라를 다스리고자 하는 뜻을 품었다. 또한, 그들은 사지舍知 신라의 관직인 17관등 중 제13위 관등 심필心弼에게 공책針卷 글을 쓸 수 있도록 종이를 꿰매어 만든 책을 주며 대구화상大矩和尙 향가를 잘 지었던 승려로, 신라 제51대 왕인 진성여왕의 명으로 향가집 『삼대목』을 편찬함에게 보내어 노래 세 수를 짓게 했다.

대구화상이 지은 노래 중 첫째는 현금포곡玄琴抱曲이고, 둘째는 대도곡大道曲이며, 셋째는 문군곡問群曲이다. 이 노래들을 왕에게 아뢰니 왕이 아주 기뻐하며 상을 내렸다고 한다.

우리 임금님 귀는 당나귀 귀다!

🍅 소설 한 장면   복두장이 대숲에서 남몰래 임금의 비밀을 발설함

🔭 생각해 볼까요?

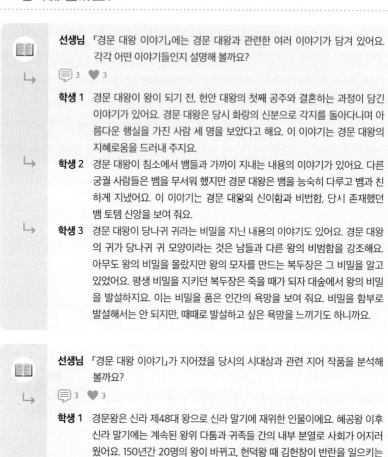

선생님 「경문 대왕 이야기」에는 경문 대왕과 관련한 여러 이야기가 담겨 있어요. 각각 어떤 이야기들인지 설명해 볼까요?

💬 3   ♥ 3

학생 1 경문 대왕이 왕이 되기 전, 헌안 대왕의 첫째 공주와 결혼하는 과정이 담긴 이야기가 있어요. 경문 대왕은 당시 화랑의 신분으로 각지를 돌아다니며 아름다운 행실을 가진 사람 세 명을 보았다고 해요. 이 이야기는 경문 대왕의 지혜로움을 드러내 주지요.

학생 2 경문 대왕이 침소에서 뱀들과 가까이 지내는 내용의 이야기가 있어요. 다른 궁궐 사람들은 뱀을 무서워 했지만 경문 대왕은 뱀을 능숙히 다루고 뱀과 친하게 지냈어요. 이 이야기는 경문 대왕의 신이함과 비범함, 당시 존재했던 뱀 토템 신앙을 보여 줘요.

학생 3 경문 대왕이 당나귀 귀라는 비밀을 지닌 내용의 이야기도 있어요. 경문 대왕의 귀가 당나귀 귀 모양이라는 것은 남들과 다른 왕의 비범함을 강조해요. 아무도 왕의 비밀을 몰랐지만 왕의 모자를 만드는 복두장은 그 비밀을 알고 있었어요. 평생 비밀을 지키던 복두장은 죽을 때가 되자 대숲에서 왕의 비밀을 발설하지요. 이는 비밀을 품은 인간의 욕망을 보여 줘요. 비밀을 함부로 발설해서는 안 되지만, 때때로 발설하고 싶은 욕망을 느끼기도 하니까요.

선생님 「경문 대왕 이야기」가 지어졌을 당시의 시대상과 관련 지어 작품을 분석해 볼까요?

💬 3   ♥ 3

학생 1 경문왕은 신라 제48대 왕으로 신라 말기에 재위한 인물이에요. 혜공왕 이후 신라 말기에는 계속된 왕위 다툼과 귀족들 간의 내부 분열로 사회가 어지러웠어요. 150년간 20명의 왕이 바뀌고, 헌덕왕 때 김헌창이 반란을 일으키는 등 극심한 혼란기였지요. 신라의 신분제도인 골품제도 무너지기 시작했어요.

학생 2 이러한 상황 속에서 「경문 대왕 이야기」가 지어졌다는 것은 작품에 당시의 혼란스러운 분위기가 반영되어 있을 뿐만 아니라 왕권을 찬탈하려는 세력이 많아졌음을 의미하기도 해요. 왕의 귀가 당나귀 귀를 닮아서 함부로 드러낼 수 없는 약점으로 여겨진다면, 이를 명분 삼아 모반을 일으킬 수 있으니까요. 즉, 치열한 왕위 쟁탈전 속에서 왕과 반대편에 있는 세력이 조직적으로 「경문 대왕 이야기」를 창작하고 퍼트렸을 가능성도 있지요.

학생 3 그렇다면 「경문 대왕 이야기」는 시간이 흐르며 유언비어가 문학으로 정착한 작품이라고 볼 수도 있어요. 순수한 창작 욕구에서 지어지지 않은 작품도 경우에 따라선 문학이 될 수 있다는 것을 알려 주지요.

선생님 경문 대왕이 뱀과 가까이 지내고 능숙하게 다룰 수 있었던 이유는 무엇일까요?

 1 ♥ 1

학생 1 「경문 대왕 이야기」에서 뱀은 경문 대왕이 편안하게 잘 수 있도록 경문 대왕을 지켜주는 존재예요. 즉, 혼란스러웠던 당대 사회에서 왕의 신변을 보호해줄 수 있었던 세력을 의미해요. 따라서 뱀은 경문 대왕과 뜻을 같이 했던 화랑의 무리, 육두품 지식인들이라고 이해할 수 있어요.

미다스 왕

연관 검색어   그리스 로마 신화   황금손 신화   임금님 귀는 당나귀 귀

미다스 왕은 기원전 8세기경 프리기아(지금의 터키 부근인 소아시아 중서부에 있었던 고대 국가)의 왕으로, 그리스 로마 신화에 등장한다. 신화를 토대로 만들어진 '미다스(마이너스)의 손'이라는 용어로도 널리 알려져 있다.

신화에 따르면, 자연과 목축의 신 판이 태양신 아폴론에게 음악 실력을 겨루자고 제안했다. 아폴론은 리라의 신이기도 할 만큼 음악 실력이 뛰어나 판과의 승부에서 승리를 거두었다. 그런데 판을 숭배하던 미다스 왕이 승부 결과를 부정하자 아폴론은 미다스 왕의 귀를 당나귀 귀로 바꿔 버렸다. 미다스 왕은 커다란 모자로 귀를 가리고 다녔지만 이발사에게 비밀을 들켰고, 이발사는 들판의 구덩이 안에 남몰래 비밀을 외쳤다. 이후 들판에 자란 풀이 바람에 흔들릴 때마다 미다스 왕의 비밀이 널리 퍼져 나갔다고 한다. 이 이야기를 통해 인간은 신을 평가할 수 없고, 감히 신을 평가한 인간은 심판을 받는다는 메시지를 확인할 수 있다. 즉, 신의 횡포를 보여 주는 이야기이기도 하다.

미다스 왕의 황금손과 관련된 이야기도 존재한다. 미다스 왕은 술의 신 디오니소스에게 자신의 손에 닿는 모든 것을 황금으로 바꾸는 능력을 달라고 청했다. 처음에 미다스 왕은 부자가 될 생각에 기뻤지만, 음식도 집어 먹을 수 없고 사랑하는 딸마저 황금으로 변하자 이내 후회했다. 이 이야기는 과도한 욕심을 경계해야 한다는 메시지를 전달해 준다.

바리데기

#효심   #기아   #무가   #영웅의일대기구조

⛵ 작품 길잡이

구술·채록: 김복순 구술, 최정여·서대석 채록
갈래: 서사 무가(巫歌), 무속 서사시
성격: 주술적, 신화적, 서사적, 무속적, 교훈적
주제: 바리데기가 겪는 고난과 소원 성취의 과정
출전: 경상북도 영일 지방의 무가

📷 인물 관계도

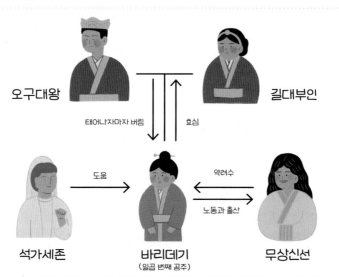

오구대왕, 길대부인	불라국의 임금과 왕비로, 일곱 번째 딸인 바리데기를 버린다.
석가세존	초월적인 능력을 지닌 존재로, 바리데기를 도와주는 조력자이다.
바리데기	태어나자마자 버림받았으나 부모를 위해 약려수를 구하러 길을 떠난다.
무상신선	바리데기에게 9년간의 노동과 출산을 요구한 뒤 약려수를 준다.

📋 구성과 줄거리

발단　오구대왕과 길대부인은 바리데기를 내다 버림

불라국의 오구대왕과 길대부인은 슬하에 딸만 여섯을 두고 있다. 일곱 번째로 바리데기(버려진 아이라는 뜻)가 태어나자 오구대왕과 길대부인은 아이를 내다 버린다. 이후 바리데기는 석가세존의 부탁을 받은 어느 노부부에 의해 길러진다.

전개　오구대왕과 길대부인이 병에 걸리자 바리데기를 찾음

오구대왕과 길대부인은 중병에 걸렸는데, 서천 서역국에서만 구할 수 있는 약려수가 특효약이라는 것을 알게 된다. 그러나 여섯 공주 중 아무도 약려수를 구하러 가겠다고 나서지 않는다. 길대부인은 꿈을 통해 계시를 받은 뒤 신하를 보내 바리데기를 찾아오라고 명한다. 신하는 까막까치가 알려 준 곳으로 가서 바리데기를 찾아 자초지종을 설명한다.

위기　바리데기는 부모를 살리기 위해 모험을 떠남

그동안 신령의 도움으로 무사히 지내다가 부모와 만난 바리데기는 자청해서 약려수를 구하러 길을 떠난다. 중간에 석가세존이 나타나 바리데기를 도와주기도 한다. 이후 바리데기는 우여곡절 끝에 서역국에 도착한다.

절정　바리데기가 약려수를 구해 돌아옴

약려수를 지키던 무상신선은 바리데기에게 3년 동안 물을 길어다 줄 것, 3년 동안 불을 때 줄 것, 3년 동안 나무를 베어다 줄 것을 요구한다. 그동안 바리데기는 무상신선과 결혼해 일곱 아들을 낳으며 힘든 노동에 시달린다. 겨우 약려수와 신비한 꽃을 얻은 바리데기는 불라국으로 돌아온다.

결말　바리데기의 효성 덕분에 오구대왕과 길대부인이 살아남

그동안 오구대왕과 길대부인은 이미 죽어 상여에 실려 나간다. 마침 바리데기가 도착해 두 사람의 입에 약려수를 흘려 넣는다. 오구대왕과 길대부인은 되살아나고, 바리데기는 공로를 인정 받아 죽은 사람을 저승으로 인도하는 오구신이 된다. 무상신선과 일곱 아들들도 신이 된다.

바리데기

• 앞부분 줄거리

옛날 어느 왕국의 왕이 즉위해 결혼을 하기 전에 문복問卜 점쟁이에게 길흉을 묻는 일을 한다. 점쟁이는 금년에 결혼을 하면 공주만 일곱을 낳을 것이고, 내년에 결혼을 하면 왕자 셋을 낳을 것이라고 한다. 왕은 점쟁이의 말을 따르지 않고 그해에 결혼을 했는데, 왕비는 공주만 여섯을 낳는다. 점쟁이의 예언대로 되자 왕은 왕자를 낳게 해 달라고 신에게 치성을 드린다. 왕과 왕비는 상서로운 태몽을 꾸고 일곱째 아기를 낳았으나 또 공주였다. 화가 난 왕은 일곱 번째 공주를 옥함에 넣어 강물에 띄워 버린다. 석가 세존의 지시를 받은 바리공덕 할아버지와 바리공덕 할머니는 바리데기를 구출한 뒤 양육한다. 바리데기가 열다섯 살이 되었을 때 왕은 병이 들었는데, 왕의 꿈에 청의 동자靑衣童子 푸른 옷을 입고 신선의 시중을 든다는 사내아이가 나타난다. 청의동자는 하늘이 내려 준 바리데기를 버린 죄로 병이 들었으니, 병을 고치려면 바리데기를 찾아 신선 세계의 약려수를 구해 먹어야 한다고 말한다. 충성스러운 신하가 고생 끝에 바리데기를 찾아오고, 바리데기는 여섯 언니가 모두 마다한 일을 자청해 홀로 약려수를 구하러 길을 떠난다.

ð 소설 한 장면   발단   오구대왕과 길대부인은 바리데기를 내다 버림

 소설 한 장면 　전개　 오구대왕과 길대부인이 병에 걸리자 바리데기를 찾음

 소설 한 장면 　위기　 바리데기는 부모를 살리기 위해 모험을 떠남

일곱 번째 공주를 불러내어,

"부모 소양^{봉양} 가려느냐?"

"국가에 은혜와 신세는 안 졌지만은 어마마마 배 안에 열 달 들어 있던 공으로 소녀가 가겠습니다."

"거동시위^{군사들의 호위를 받음}로 해 주랴, 구수덩^{오색 구슬로 꾸민 가마} 싸덩^{비단으로 꾸민 가마}을 주랴?"

"필마단기^{匹馬單騎 홀로 한 마리 말을 탐}로 가겠나이다."

사승포^{四升布} 고의적삼 오승포^{五升布} 두루마기 짓고 쌍상투^{머리를 둘로 갈라 틀어 올린 상투} 짜고 세패래이^{새로 만든 패랭이} 닷죽^{다섯죽, 즉 50개} 무쇠주랑^{무쇠 지팡이} 짚고 은지게에 금줄 설어 내고 양전^{兩殿 왕과 왕비}마마 수결^{手決 확인 표시} 받아 바지끈에 매고,

"여섯 형님이여 삼천 궁녀들아, 대왕 양 마마님께서 한날한시에 승하하실지라도 나 돌아올 때까지 기다려서 인산거동^{因山擧動 임금이 죽어 상여가 나가는 것} 내지 마라."

양전마마와 여섯 형님에게 하직하고 궐문 밖으로 내달으니 갈 바를 알지 못하는구나.

우여 슬프다. 선후망^{先後亡 먼저 죽은 사람이나 나중에 죽은 사람}의 아모 망재^{어느 망자} 일곱 번째 공주 뒤를 쫓으면은 서방 정토 극락세계 후세발원^{後世發願 내세에서 소원을 빎} 남자 되어 연화대^{蓮花臺 부처상과 보살상을 앉히는 자리}로 가는 날이로성이다.

아기가 주랑^{지팡이}을 한 번 휘둘러 짚으니 한 천 리^{一千里}를 가나이다. 두 번을 휘둘러 짚으니 두 천 리^{二千里}를 가나이다. 세 번을 휘둘러 짚으니 세 천 리^{三千里}를 가나이다.¹⁾

이때가 어느 때냐 춘삼월 호시절이라. 이화도화^{梨花桃花 배꽃과 복숭아꽃} 만발하고 향화방초^{香花芳草 향기로운 꽃과 싱그러운 풀} 흩날리고 누른 꾀꼬리는 양류^{楊柳 버드나무} 사이로 날아들고 앵무공작 깃 다듬는다. 뻐꾹새는 벗 부르며 서산에 해는 지고 월출동령^{月出東嶺 달이 동쪽에 있는 재에서 떠오름} 달이 솟네.

앉아서 멀리 바라보니 어렁성^{어둑어둑해짐} 금 바위에 반송^{盤松 키가 작고 가지가 옆으로 퍼진 소나무}이 덮였는데 석가세존이 지장보살과 아미타불과 설법^{說法 불교의 교의를 풀어 밝힘}을 하는구나.

아기가 가까이 가서 삼배나삼배^{三拜又三拜 삼배한 뒤 또 삼배함} 삼삼구배^{三三九拜}를 드리니,

"네가 사람이냐 귀신이냐? 이곳은 날김생^{날짐승} 길버러지^{기어 다니는 벌레}도 못

---

1) 바리데기가 지닌 신비한 능력이 드러나는 대목으로 이야기의 비현실성을 높인다.

들어오는 곳인데 어떻게 들어왔느냐?"

아기 하는 말이,

"국왕의 세자인데, 부모 소양 나왔다가 길을 잃었사오니 부처님 은덕恩德으로 길을 인도하옵소서."

석가세존 하는 말이,

"국왕에게 칠 공주가 있다는 말은 들었어도 세자 대군이 있다는 말은 금시초문이다. 너를 대양서촌大洋西村에 버렸을 때 너의 얼마 남지 않은 목숨을 구해 준 것이 나이다. 그도 그러하려니와 평지 육천 리를 왔지마는 험로險路 삼천 리를 어찌 가려느냐?"

"가다가 죽을지라도 가겠나이다."

"나화羅花 비단으로 만든 꽃를 줄 것이니 이것을 가지고 가거라. 도중에 큰 바다가 나올 테니 이것을 흔들어라. 대해大海가 육지가 될 것이니라."[2]

가시성 가시나무 울타리로 둘러친 성 철성鐵城이 하날하늘에 닿은 듯하니, 부처님 말씀을 생각하고 나화를 흔드니 팔 없는 귀신, 다리 없는 귀신, 눈 없는 귀신 억만 귀졸鬼卒 온갖 잡스러운 귀신이 앙마구리 잘 우는 참개구리를 뜻하는 '악머구리'에서 온 말로, 많은 사람이 모여서 시끄럽게 떠드는 모양 끌듯 하는구나.

칼산지옥, 불산지옥, 팔만사천 모든 지옥문을 열어, 십왕+王 저승에서 죽은 사람을 재판하는 열 명의 대왕 갈 이 사람 십왕으로, 지옥 갈 이 지옥으로 보낼 때,

우여 슬프다. 선후망의 아모 망재 썩은 귀 썩은 입에 자세히 들었다가 제 보살에게 외오면 바리공주 뒤를 따라 서방 정토 극락세계로 가는 날이로성이다.

아기가 한곳을 바라보니, 동에는 청유리靑琉璃 장문墻門 담장에 난 문이 서 있고 북에는 흑유리黑琉璃 장문이 서 있고, 한가운데는 정렬문貞烈門 여성의 행실이나 지조가 곧음을 기리기 위해 세운 문이 서 있는데 무상신선이 서 있다. 키는 하늘에 닿은 듯하고, 얼굴은 쟁반만 하고 눈은 등잔만 하고, 코는 줄병질흙으로 만든 병 매달린 것 같고, 손은 소댕釜蓋 솥뚜껑만 하고 발은 석 자 세 치라.

하도 무섭고 끔찍해 물러나 삼배를 드리니 무상신선 하는 말이,

"그대가 사람이뇨, 귀신이뇨? 날김생 길버러지도 못 들어오는 곳에 어떻게

---

2) 석가세존은 바리데기가 태어나자마자 버려졌을 때는 물론이고 부모를 봉양하기 위해 험한 길을 지날 때도 바리데기를 도와준다. 즉, 석가세존은 위기에 처한 주인공을 돕는 조력자의 역할을 맡고 있다.

들어왔으며 어디서 왔느뇨?"

"나는 국왕마마 세자로서 부모 봉양 왔나이다."

"부모 봉양 왔으면은 물값 가지고 왔소? 나무값 가지고 왔소?"

"총망길에^{바쁘게 오느라} 잊었나이다."

"물 삼 년 길어 주소, 불 삼 년 때어 주소, 나무 삼 년 베어 주소."

석삼년 아홉 해를 살고 나니 무상신선 하는 말이,

"그대가 앞으로 보면 여자의 몸이 되어 보이고, 뒤로 보면 국왕의 몸이
되어 보이니, 그대하고 나하고 백년가약을 맺어 일곱 아들 산전바더^{낳아 주고}
가면 어떠하뇨?"

"부모 봉양할 수 있다면 그렇게 하겠소."

천지天地로 장막帳幕을 삼고, 등칙^{등나무}으로 베개 삼고, 잔디로 요를 삼고, 때
구름으로 차일 遮日 ^{햇볕 가리개}을 삼고, 샛별로 등촉燈燭 ^{등불과 촛불}을 삼아, 초경初更 ^{저녁 일곱}
^{시에서 아홉 시 사이}에 허락하고, 이경二更 ^{밤 아홉 시부터 열한 시 사이}에 머무시고, 삼경三更 ^{밤 열한 시에서}
^{새벽 한 시 사이}에 사경오경 四更五更에 근연 近緣 ^{가까이해 인연을 맺음} 맺고, 일곱 아들 산전바더
준 연후에 아기 하는 말이,

"아무리 부부 정도 중하지만 부모 소양 점점 늦어 감네. 초경에 꿈을 꾸니
은바리^{은그릇}가 깨져 보입니다. 이경에 꿈을 꾸니 은수저가 부러져 보입니다.
양전마마 한날한시에 승하하옵신 게 분명하오. 부모 봉양 늦어 가요."

"그대 깃든^{긷던} 물 약려수藥靈水 ^{생명수}이니 금장군^{금으로 만든 물항아리}에 지고 가오. 그대
비든^{베던} 나무는 살살이^{살을 살리는 것} 뼈살이^{뼈를 살리는 것}니 가지고 가오."

소설 한 장면 절정 바리데기가 약려수를 구해 돌아옴

(중략)

"앞바다 물 구경하고 가오."

"물 구경도 경景 경황이 없소."

"꽃동산의 꽃구경하고 가오."

"꽃구경도 경이 없소."

"전에는 혼자 홀아비로 살아왔거니와 이제는 일곱 아들 홀아비가 되어 어찌 사나? 일곱 아기 데리고 가오."

"그도 부모 소양이면 그리하여이다."

큰 아기는 걷게 하고 어린 아기 업고, 무상신선 하는 말이,

"그대 뒤를 쫓으면 어떠하오?"

"여필종부女必從夫 아내는 반드시 남편을 따라야 한다는 말라 했으니 그도 부모 소양이면 그리하여이다. 한 몸이 와서 아홉 몸이 돌아가오."

• 뒷부분 줄거리

바리데기가 돌아와 보니 왕과 왕비는 이미 죽어 상여가 나가고 있다. 바리데기는 약려수로 왕과 왕비를 살린다. 왕은 바리데기의 공을 인정해 소원을 들어준다. 바리데기는 무신巫神이 되어 무당의 제향祭享을 받는다. 또한, 바리데기의 남편 무상신선은 산신山神이 되고, 바리데기의 일곱 아들은 각각 저승의 대왕이 된다.

소설 한 장면 **결말** 바리데기의 효성 덕분에 오구대왕과 길대부인이 살아남

☜ 생각해 볼까요?

선생님 「바리데기」에 나타난 서사 구조의 특징은 무엇인가요?

💬 2 🖤 2

↳ **학생 1** 바리데기는 단순히 버려진다는 점에서는 「숙향전」의 '숙향'이나 「적성의전」의 '성의'와 다르지 않고, 버림받은 딸이 부모에게 도움을 준다는 점에서는 「바보 온달」의 '평강 공주'나 「숯 굽는 총각」의 '셋째 딸'과 유사해요.

↳ **학생 2** 바리데기가 아버지를 살리기 위해 자신을 희생한다는 점에서는 「효녀 지은」의 '지은'이나 「심청전」의 '심청'과 같고, '시련 - 극복'의 영웅적 서사 구조로도 볼 수 있어요. 요컨대 「바리데기」 이야기는 기아(棄兒 남몰래 아이를 내다 버림), 구약(求藥 약을 구함), 희생의 과정을 거치는 효행 설화예요.

선생님 '무가'는 주술적 기능이 강조된 무당의 노래를 말해요. 「바리데기」의 구전 양식인 무가의 특징은 무엇인가요?

💬 2 🖤 2

↳ **학생 1** 신에게 복을 빌거나 화를 피하기 위한 노래라는 점에서 무가는 무속인뿐만 아니라 일반인도 부를 수 있는 노래예요.

↳ **학생 2** 무가는 주술적 기능과 함께 오락적·문학적 기능도 동시에 가지고 있어요. 즉, 무가는 '굿판'이라는 축제의 장에서 펼쳐지던 노래가 구전되어 전해지다 문학으로 정착했다고 할 수 있지요.

선생님 「바리데기」에 나타난 '영웅의 일대기 구조'를 정리해 볼까요?

💬 3 🖤 3

↳ **학생 1** 첫 번째, '고귀한 혈통'이에요. 바리데기는 공주라는 고귀한 혈통으로 태어났어요. 두 번째, '비정상적 출생'이에요. 오구대왕과 길대부인은 바리데기를 낳기 전, 아들로 낳게 해달라고 신에게 치성을 드렸어요. 세 번째, '기아(어려서 버려짐)'예요. 바리데기는 남아선호사상에 의해 태어나자마자 버려졌어요.

↳ **학생 2** 네 번째, '조력자의 도움'이에요. 석가세존은 버려진 바리데기를 구조해 어느 노부부에게 맡겼어요. 다섯 번째, '비범한 능력'이에요. 바리데기는 지팡이를 한 번 휘둘러 천 리를 가는 등 뛰어난 능력을 지녔어요. 여섯 번째, '고난'이에요. 바리데기는 부모를 위해 약려수를 구하러 길을 떠나요. 그 과정에서 많은 고난을 겪었지요.

↳ **학생 3** 일곱 번째, '고난의 극복'이에요. 바리데기는 힘든 여정을 마치고 약려수를 구한 뒤 부모를 살렸어요. 마지막으로 여덟 번째, '업적 달성'이에요. 훌륭하게 임무를 완수한 바리데기는 신이 되어 죽은 영혼을 이끄는 역할을 맡았지요.

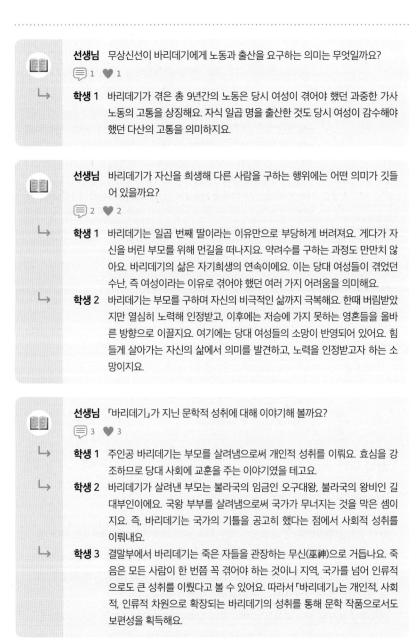

선생님 무상신선이 바리데기에게 노동과 출산을 요구하는 의미는 무엇일까요?
💬 1 ♥ 1

↳ **학생 1** 바리데기가 겪은 총 9년간의 노동은 당시 여성이 겪어야 했던 과중한 가사 노동의 고통을 상징해요. 자식 일곱 명을 출산한 것도 당시 여성이 감수해야 했던 다산의 고통을 의미하지요.

선생님 바리데기가 자신을 희생해 다른 사람을 구하는 행위에는 어떤 의미가 깃들어 있을까요?
💬 2 ♥ 2

↳ **학생 1** 바리데기는 일곱 번째 딸이라는 이유만으로 부당하게 버려져요. 게다가 자신을 버린 부모를 위해 먼길을 떠나지요. 약려수를 구하는 과정도 만만치 않아요. 바리데기의 삶은 자기희생의 연속이에요. 이는 당대 여성들이 겪었던 수난, 즉 여성이라는 이유로 겪어야 했던 여러 가지 어려움을 의미해요.

↳ **학생 2** 바리데기는 부모를 구하며 자신의 비극적인 삶까지 극복해요. 한때 버림받았지만 열심히 노력해 인정받고, 이후에는 저승에 가지 못하는 영혼들을 올바른 방향으로 이끌지요. 여기에는 당대 여성들의 소망이 반영되어 있어요. 힘들게 살아가는 자신의 삶에서 의미를 발견하고, 노력을 인정받고자 하는 소망이지요.

선생님 「바리데기」가 지닌 문학적 성취에 대해 이야기해 볼까요?
💬 3 ♥ 3

↳ **학생 1** 주인공 바리데기는 부모를 살려냄으로써 개인적 성취를 이뤄요. 효심을 강조하므로 당대 사회에 교훈을 주는 이야기였을 테고요.

↳ **학생 2** 바리데기가 살려낸 부모는 불라국의 임금인 오구대왕, 불라국의 왕비인 길대부인이에요. 국왕 부부를 살려냄으로써 국가가 무너지는 것을 막은 셈이지요. 즉, 바리데기는 국가의 기틀을 공고히 했다는 점에서 사회적 성취를 이뤄내요.

↳ **학생 3** 결말부에서 바리데기는 죽은 자들을 관장하는 무신(巫神)으로 거듭나요. 죽음은 모든 사람이 한 번쯤 꼭 겪어야 하는 것이니 지역, 국가를 넘어 인류적으로도 큰 성취를 이뤘다고 볼 수 있어요. 따라서 「바리데기」는 개인적, 사회적, 인류적 차원으로 확장되는 바리데기의 성취를 통해 문학 작품으로서도 보편성을 획득해요.

선생님 작가 황석영은 바리데기 설화를 차용해 소설 『바리데기』를 창작했어요. 황석영의 소설 『바리데기』에서 '약려수'에 해당하는 것은 무엇인가요?

 2 ♥ 2

학생 1 황석영의 『바리데기』에 나오는 주인공 바리는 자신을 버린 부모를 만나기는 커녕 힘든 일만 겪다가 딸을 사고로 잃기까지 해요. 이후 바리는 환상 속의 생명수를 찾아 서천국으로 여행을 떠나지만, 동네에서 '밥해 먹는 샘물'이 생명수였다는 사실을 깨달아요. 이는 생명수가 멀리 있지 않고 우리 가까이에 있다는 것, 즉 삶에 진정 필요한 것은 우리의 마음속에 있다는 뜻이에요.

학생 2 덕분에 바리는 산 자와 죽은 자를 가리지 않고 대화하며 삶의 의미를 이해해요. 불행과 고난으로 가득 찬 삶에서 벗어나기 위해 쉼 없이 달려왔지만, 실은 이미 지나온 삶에 희망이 있다는 걸 깨달았거든요.

서사 무가 ▼ 🔍

연관 검색어 무속 신화 민담 굿

서사 무가(敍事巫歌)는 굿의 바탕이 되는 무속 신의 이야기로 본풀이라고도 한다. 반주에 맞추어 노래를 부르는 식으로 진행되기 때문에 구비 서사시의 형태로 전해졌다. 영고, 동맹, 무천 등 고대 국가의 제천의식에서부터 형성되었고, 오랜 세월을 거쳐 전해지는 동안 고대 소설, 판소리 등에도 영향을 주었다.

현재까지 채록된 서사 무가는 수백여 종에 달한다. 대표적인 지역별 서사 무가로는 서울·경기의 「바리공주」, 강원도의 「바리데기」, 전북의 「제석굿」, 경남의 「심청굿」, 제주도의 「천지왕본풀이」 등을 꼽을 수 있다.

가전체

✉ 가전체에 대하여

가전은 사물을 화자로 내세운 설화 문학의 한 형태로, 고려 때 신진 사대부들에 의해 발달했다. 여기서 '전(傳)'은 위인전처럼 어느 인물의 일생을 서술한 글을 말한다. 가전은 '가짜 전'이라는 뜻으로, 전의 형식을 빌려 의인화한 대상의 일생을 서술한다. 가전체라는 문체로 문학 작품을 창작하면 바로 가전이 되는 것이다.

가전은 독자에게 교훈이나 경계심을 주기 위해 창작된 경우가 많다. 주인공의 행적을 따라 읽다 보면 이야기 속에 숨겨진 진짜 주제를 알 수 있기 때문에 풍자적인 성격을 지닌 갈래라고도 말할 수 있다. 또한, 가전은 설화와 소설을 잇는 다리 역할을 했다. 상상력을 발휘해 쓴 창의적인 글이어서 이후 소설이 등장하는 데 영향을 미쳤기 때문이다.

설화는 특정 집단 속에서 구전되는 이야기이고, 소설은 작가의 상상력에 의해 만들어진 허구의 이야기이다. 가전은 그 중간에 존재하며 사물을 통해 작가의 생각을 우회적으로 전한다. 가전은 고려 시대뿐만 아니라 조선 시대에도 꾸준히 창작되었다. 대표적인 가전 작품으로는 임춘의 「공방전」과 「국순전」, 이규보의 「국선생전」, 설총의 「화왕계」, 남성중의 「화사」 등을 꼽을 수 있다.

공방전

#돈   #의인화   #일대기형식   #세태비판

⚓ 작품 길잡이

갈래: 임춘
갈래: 가전체
성격: 풍자적, 교훈적, 전기적, 우의적
주제: 경세(經世)에 대한 비판, 물욕에 대한 풍자
연대: 고려 중엽
출전: 『서하선생집』, 『동문선』

📷 인물 관계도

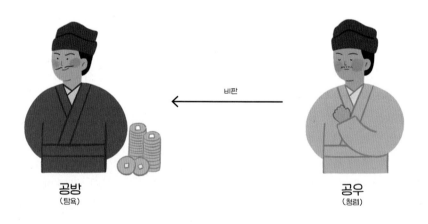

공방
(탐욕)

비판

공우
(청렴)

공방	욕심이 많고 염치가 없으며 관리로 일하는 동안 부정부패를 일삼는다.
공우	성품이 올곧고 청렴하며 공방을 비판하는 상소를 올린다.

❀ 작가와 작품 세계

임춘(林椿, ?~?)

고려 시대 문인. 자는 기지(耆之), 호는 서하(西河). 이인로, 오세재 등과 죽림고회(竹林高會)를 만들어 강좌칠현(江左七賢)으로 이름을 높였다. 관운이 따르지 않아 과거에 번번이 낙방해 술과 시로 세상에 대한 울분을 달래며 평생을 보냈다. 양반의 후예로서 가난한 삶을 살아야 했던 그는 사회에 대한 비판적 태도와 현실 지향성을 보여 주는 작품을 많이 남겼다. 이인로가 유고를 모아 『서하선생집(西河先生集)』 6권을 엮었다. 대표적인 시문은 『삼한시귀감(三韓詩龜鑑)』에 전하고, 가전체 소설 「국순전」과 「공방전」 등은 『동문선(東文選)』에 전한다.

🗒 구성과 줄거리

도입 공방이 세상에 이름을 알리며 출셋길에 오름

수양산에 숨어 지내던 공방의 집안은 황제 때 공방이 출사하면서 비로소 세상에 이름을 알린다. 그러나 공방은 성정이 지나치게 올곧아 처세에 능히 대처하지 못한다. 어느 날 황제가 상공을 불러 공방의 관상을 보라고 하자, 상공은 조금만 다듬으면 숨어 있는 본바탕이 드러날 것이라고 말한다. 그 말대로 머지않아 공방은 출셋길에 오른다.

전개 타락한 공방은 공우의 상소문으로 인해 조정에서 쫓겨남

공방은 욕심 많고 염치없는 사람으로 전락한다. 그는 나라의 재물을 관리했는데 백성을 상대로 악착같이 이익을 챙기고, 세도가를 등에 업고 온갖 비리와 악행을 저지른다. 나라의 살림살이가 어려워지자 공우는 상소를 올려 공방을 비판하고, 결국 공방은 조정에서 쫓겨난다.

비평 사신이 공방에 대해 평가함

공방이 죽자, 그를 따르던 무리들이 남송 조정에 등용된다. 그들은 권력자들에게 붙어 정직한 사람들을 모함한다. 사신은 일찍이 공우의 간언을 받아들여 공방의 무리를 모두 몰아냈다면 이러한 후환은 없었을 것이라고 비평한다. 하지만 그렇게 하지 않는 바람에 후세에 폐단이 이어졌다고 탄식한다.

공방전

공방孔方 안에 네모난 구멍이 있는 엽전을 말함의 자字는 관지貫之 엽전을 꿰는 끈이나 꼬챙이이다. 그의 조상은 일찍이 수양산에 숨어들어 한 번도 세상에 나온 일이 없었다. 그러다가 황제黃帝 중국 고대 전설상의 제왕 시절에 잠시 조정에 출사한 적이 있으나, 워낙 성질이 굳세어 세상일에는 그다지 쓸 만하지 못했다.

어느 날 황제가 상공相工 관상쟁이을 불러 공방의 관상을 보게 했다. 상공은 공방을 한참 들여다보고 나서 말했다.

"공방은 산야의 거친 성질을 지녀서 지금으로서는 쓸 만하지 않습니다. 다만 풀무나 망치로 때를 긁어내고 빛을 낸다면 차츰 본바탕이 드러날 것입니다. 무릇 왕이란 모든 사람을 올바른 그릇이 되게 이끌어야 합니다. 원컨대 폐하께서는 공방을 쓸모없는 완고한 구리처럼 내버리지 마시옵소서."

이리하여 공방은 그 이름을 세상에 알리기 시작했다. 또한 공방은 난리를 피해 강가의 숯 굽는 거리에 눌러살게 되었다. 그의 아버지 천泉 중국 전한 말에 왕망이 주조한 엽전인 화천을 뜻함은 주나라의 대재大帝로서 나라의 세금에 관한 일을 맡고

공방의 관상이 어떠한가.

🗣 소설 한 장면　도입　공방이 세상에 이름을 알리며 출셋길에 오름

있었다.

공방의 생김새는 밖은 둥글고 안은 모나게 뚫렸다.[1] 그때그때 일을 잘 처리하는 재주가 있어 한나라 때 홍려경鴻臚卿 중국 한나라의 관직으로 외국 손님을 접대하는 벼슬이 되었다. 당시 오왕吳王의 비妃가 교만하고 분수에 넘는 짓을 잘해 나라의 권력을 손에 쥐고 있었는데, 공방은 여기에 붙어서 많은 이익을 보았다.[2] 무제중국 전한의 제7대 황제 때에는 경제가 몹시 어려워 국고가 바닥이 났다. 나라를 걱정하던 임금은 공방에게 나라의 재정을 담당하는 부민후富民侯의 벼슬을 내렸다. 그리고 그의 무리인 염철승鹽鐵丞 소금과 철의 전매 사업을 담당하는 승상 근僅과 함께 조정에 있게 했다. 이때 근은 공방에게 항상 형이라 하고 이름을 부르지 않았다.

공방은 욕심이 많은 데다가 염치도 없었다. 이런 사람이 나라의 재물을 도맡아 처리하게 된 것이다. 그는 백성과 한 푼의 이익이라도 다투는 한편, 물건 값을 낮추어 곡식을 몹시 천하게 만들고 다른 재물을 중하게 여겼다. 그리하여 백성들이 본업인 농업을 버리고 사농공상士農工商의 맨 끄트머리인 장사에만 매달리게 하여 농사짓는 것을 방해했다. 이에 사간원과 사헌부에서는 상소를 올려 공방의 잘못을 임금에게 간했다. 하지만 임금은 이 말을 듣지 않았다.

공방은 또 권세 있는 사람의 비위를 맞추는 데도 재주가 있어 그들의 집에 자주 드나들면서 세도를 부렸다. 또한, 그들을 등에 업고 매관매직賣官賣職 돈이나 재물을 받고 벼슬을 시킴해 사람을 승진시키거나 파면하는 일을 좌지우지했다. 이렇게 되니 날고기는 정승들까지도 모두 절개를 꺾고 그를 따르게 되었다. 공방의 창고에는 나날이 곡식이 쌓였고, 뇌물의 목록을 적은 문서와 증서가 산더미처럼 쌓여 그 수를 헤아릴 수 없게 되었다.

공방은 사람을 대할 때 그 인물의 됨됨이에는 개의치 않아, 아무리 하찮은 시정잡배라도 재물만 많이 가졌으면 친하게 지냈다. 때때로 그는 거리의 불량소년들과 어울려 바둑도 두고 투전도 했다. 그는 이렇게 사람을 가리지 않고 남과 사귀는 것을 좋아했다.

원제元帝 중국 남북조 시대 동진의 제1대 황제가 왕위에 오르자 공우貢禹 중국 한나라 때의 관리로, 청렴하고 정직했다고 함가 상소문을 올려 말했다.

---

1) 공방(엽전)의 생김새를 통해 돈이 가진 이중적인 속성, 즉 물자 교류에 이용할 수 있다는 긍정적인 점과 사람의 욕망을 자극해 타락시킬 수 있다는 부정적인 점을 동시에 나타낸다.

2) 돈의 유래나 내력과 관련된 역사적 사실을 제시함으로써 사실성을 높이고 교훈을 제시한다. 이는 가전 문학의 특징이기도 하다.

"공방이 중요한 직책을 오랫동안 맡아보는 사이, 그는 농사가 국가의 근본임을 잊은 채 오직 장사꾼의 이익만을 돌보아 왔습니다. 그가 나라를 좀먹고 백성을 해침으로써 나라와 백성이 모두 곤궁해졌습니다. 뿐만 아니라 뇌물이 성행하고 뒤로 청탁하는 일이 버젓이 행해지고 있습니다. '짐을 지고 수레에 타면 도둑이 온다負乘致寇 부승치구'는 것은 『주역』에서 분명히 경계하고 있는 말입니다. 재물을 탐하는 관리가 있으면 주변에 그것을 노리는 무리들이 몰리게 마련입니다. 청컨대 그를 면직시켜 욕심 많고 더러운 자들을 모두 징계하시옵소서."

이때 경제에 관한 공부를 많이 하여 정계에 진출한 이가 있었다. 그는 군대의 물자를 맡은 장군인데 변방을 믹는 빙책을 세우러 했다. 이에 공방을 미워하는 자들이 그 일을 위해 또 한 번 임금에게 조언했다. 임금이 이들의 말을 받아들여 마침내 공방은 조정에서 쫓겨나는 신세가 되었다.

공방은 자기 문하에서 가르침을 받은 이들을 모아 놓고 말했다.

"나는 지난 시절 임금을 만나 뵌 이래 혼자서 온 천하의 정치를 도맡아보았다. 그리하여 장차 나라의 경제가 융성하고 백성들이 풍족하게 살게 하려고 애썼다. 그런데 이제 까닭도 모른 채 내쫓기고 말았구나. 하지만 이 몸이 나가서 조정에 쓰이거나, 쫓겨나 버림을 받거나 나에겐 아무것도 손해될

🍎 소설 한 장면 전개 타락한 공방은 공우의 상소문으로 인해 조정에서 쫓겨남

것이 없다. 이제 나는 부평초 나그네와 같은 행색으로 곧장 강회江淮 중국의 장강과 회수 지방에 있는 별장으로 돌아가련다. 시냇물에 낚싯대를 드리우고 고기를 낚아 술을 마시거나 바다의 장사꾼들과 배를 타고 떠돌면서 남은 인생을 마치면 그만이다. 제아무리 천 가지 봉록俸祿 벼슬아치에게 주는 금품이나 다섯 솥의 좋은 음식인들 내 어찌 부러워해 이와 바꾸겠느냐. 하지만 내 심술이 오래되면 다시 발작을 일으킬 것만 같다.”

진晉나라에 화교和嶠 중국 진나라 때 사람으로 집이 부유했으나 매우 인색했다고 함라는 사람이 있었다. 그는 공방과 가까이 사귀어 수만 냥의 재산을 모았다. 마침내 화교는 공방을 몹시 좋아해 공방과 비슷한 사람이 되고 말았다. 이를 본 노포魯褒 중국 진나라 남양 사람. 「전신론」을 써서 돈을 비판함는 글을 써서 화교를 비난하고, 그릇된 풍속을 바로잡기에 애썼다.

화교의 무리 중에는 오직 완적阮籍 죽림칠현의 한 사람. 술을 즐기고 거문고를 타며 세상을 풍자함만이 성품이 밝아 속물을 멀리했다. 그런데도 공방의 무리와 어울려 술집에 다니면서 취하도록 마시고는 했다. 왕이보王夷甫 중국 위진 시대 사람. 성품이 담백했다고 함는 한 번도 입으로 공방의 이름을 부른 적이 없었다. 그는 공방을 가리켜 ‘그것’이라는 말로 대신했다. 맑은 일을 하는 사람들에게 공방은 이렇게 천대를 받았다.

당나라 세상이 되자 유안劉晏이 조정의 재산을 관리하게 되었다. 당시 국고가 넉넉지 못했으므로 그는 공방을 이용해 국가 경제를 살리고자 했다. 그러나 그때는 공방이 죽은 지 이미 오래였고, 그의 제자들만이 사방에 흩어져 살고 있었다. 나라에서는 이들을 불러 공방 대신 쓰게 했다. 이리하여 공방이 썼던 술책이 개원·천보開元·天寶 중국 당나라 현종 때의 연호 때 널리 쓰였고, 심지어는 국가에서 죽은 공방에게 조의대부소부승朝議大夫少府丞이라는 벼슬을 내려 그의 지위를 높여주기까지 했다.

남송 신종조神宗朝 때에는 왕안석王安石 중국 송나라 때의 학자이자 정치가이 나랏일을 맡아 다스렸다. 이때 여혜경呂惠卿도 불러서 함께 일을 돕게 했다. 이들은 청묘법靑苗法 봄·가을에 백성에게 돈과 곡식을 싼 이자로 꾸어 줌을 처음 시행했는데, 그 폐단으로 온 천하가 시끌시끌했다. 이에 소식蘇軾 중국 송나라 때의 시인이 그들을 혹독하게 비난하며 배척하려 했으나, 도리어 그들의 모함에 빠져 자신이 귀양을 가게 되었다. 이로부터 조정의 모든 관리는 그들에게 감히 반대하지 못했다. 사마광司馬光 중국 북송의 정치가이자 학자이 정승으로 들어가고 나서야 그 법을 폐지하게 되었고, 소식을 천거해 높은 자리에 썼다. 이로부터 공방의 무리는 차츰 세력이 꺾이더니 다시 힘을 쓰지 못했다. 공방의 아들 윤輪은 경박해 세상의 욕을 먹었고, 수형령 水衡令 세금을 담당하던 관리이 되었으나 장물죄가 드러나 사형에 처해졌다고 한다.

사신 史臣 사초를 쓰던 신하 은 이렇게 평했다.[3]

"신하된 몸으로 딴마음을 품고 큰 이익만을 좇는 자를 어찌 충성된 사람이라 이를 것인가. 공방은 좋은 주인을 만나 나라의 은혜를 적지 않게 입었다. 그러면 의당 국가를 위해 이익이 되는 일을 하고 해를 없애 임금의 은혜에 보답했어야 한다. 그런데도 도리어 교만한 비妃를 도와 나라의 권세를 독차지하고 사사로이 당을 만들기까지 했으니, 이것은 충신의 도리에 어긋나는 일이다."

공방이 죽자 남은 무리는 다시 남송南宋에 쓰였다. 그들은 국정을 잡은 권력자들에게 붙어서 도리어 올바른 사람들을 모함했다. 세상 이치야 알 수 없지만, 만일 원제가 일찍이 공우의 말을 받아들여 이들을 모두 없애버렸던들 이러한 후환은 없었을 것이다. 그런데 이들을 없애지 않고 억제하기만 해서 마침내 후세에 폐단을 끼치고 말았으니, 무릇 행동보다 말이 앞서는 자는 언제나 미덥지 못한 것을 어찌할 수가 없다.

공방은 국가를 위해 이익이 되는 일을 했어야 한다. 그런데도 도리어 권세를 독차지하고 당을 만들기까지 했으니, 이것은 충신의 도리에 어긋나는 일이다.

◐ 소설 한 장면   비평   사신이 공방에 대해 평가함

---

3) 대체로 가전의 끝부분에는 인물에 대한 사신의 비평이 덧붙는데, 소설에 나타나는 서술자의 개입과 유사하다. 이 작품에서는 공방을 비판하며 돈의 부정적인 면모를 강조한 작가의 생각이 사신의 비평을 통해 드러나 있다.

🔭 생각해 볼까요?

 선생님 공방이라는 이름은 무엇을 뜻하나요?

💬 1 🤍 1

↳ **학생 1** '공(孔)'은 둥근 모양을 뜻하고, '방(方)'은 모난 모양을 뜻해요. 즉, 테두리는 둥글지만 안에 모난 구멍이 뚫린 엽전을 가리키지요. 엽전의 생김새를 통해 돈의 긍정적 측면과 부정적 측면을 모두 엿볼 수 있어요.

 선생님 「공방전」은 작가 임춘의 삶과 어떤 관련이 있을까요?

💬 2 🤍 2

↳ **학생 1** 고려 의종 때 문인이었던 임춘은 과거에 번번이 낙방했을 정도로 관운이 따르지 않았다고 해요. 이후 무신 정변이 일어나자 도망친 임춘은 목숨을 겨우 보전했으나 평생 가난하게 살았어요. 따라서 임춘이 「공방전」에서 돈의 폐해를 강조한 것은 혼란한 시대에 궁핍한 삶을 살았던 자신의 삶과 밀접한 관련이 있지요.

↳ **학생 2** 임춘은 「공방전」을 통해 돈이 권력자들에게만 집중되고, 자신과 같이 힘없는 사람들은 고난을 겪어야 했던 당시 사회를 비판하고 있어요.

무신 정변 ▼ 🔍

연관 검색어   문벌 귀족   최충헌   교정도감

고려의 문벌 귀족은 특정 가문끼리 정치적 권력을 세습하거나 대토지를 독점하는 등 많은 특권을 가지고 있었다. 또한, 농민들에게 혹독한 조세와 부역을 부과해 경제적으로 압박했다. 게다가 당시 임금이었던 의종은 향락에 빠져 정사를 돌보지 않았다. 이뿐만 아니라 무신에 대한 차별이 만연했으며, 무신들은 나라를 위해 일한 대가도 제대로 받을 수 없었다.

불만을 품은 무신들은 1170년 정변을 일으켰다. 그렇지 않아도 이자겸의 난, 묘청의 서경 천도 운동 등으로 동요하고 있었던 고려의 문벌 귀족 사회는 완전히 붕괴되었다. 이후 무신들은 돌아가며 권력을 잡았는데 중간중간 파벌에 따라 싸움이 일어나기도 했다. 그중 최충헌이 집권한 이후로는 약 60년간 최씨 무인 정권이 이어졌다. 무인 정권기에 고려는 몽골의 침입을 받았고, 농민과 천민의 봉기가 이어져 큰 혼란을 겪었다.

국순전

#술 #의인화 #풍자 #가전체의효시

⚓ 작품 길잡이

작가: 임춘(109쪽 '작가와 작품 세계' 참조)
갈래: 가전체
성격: 풍자적, 교훈적, 전기적, 우의적
주제: 간사한 벼슬아치들에 대한 풍자
연대: 고려 중엽
출전: 『서하선생집』, 『동문선』

📷 인물 관계도

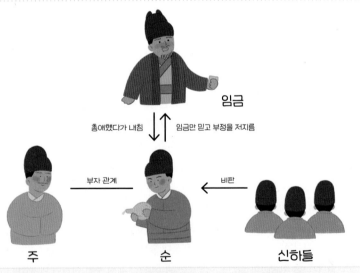

임금 — 순을 가까이 두며 향락에 빠지기도 하고, 갑자기 순을 내치기도 한다.
주 — 한때 세상에 이름을 알리기도 했지만, 풍류를 즐기며 일생을 마친다.
순 — 임금의 총애를 받았으나 조정을 어지럽힌 탓에 사람들에게 비판을 받는다.

📋 구성과 줄거리

도입   순의 가계를 소개함

순의 조상은 농서라는 지역 출신의 사람이다. 그중 90대조인 모는 주 왕조의 시조 후직을 도와 백성을 먹여 살린 공이 있는데도 벼슬길에 나서지 않고 밭을 갈면서 조용히 지낸다. 이에 감동한 임금이 예물과 땅을 후하게 내려 한동안 순의 집안이 태평성대를 이룬다. 국이라는 성씨도 이때 받는다. 그러나 강왕이 왕이 되자 순의 집안은 박대를 받아 점차 숨어 살기 시작한다.

전개   순의 행적과 죽음을 설명함

순의 집안이 다시 세상에 알려진 것은 아버지 주 때부터다. 주의 아들 순은 성품이 맑고 도량이 넓어 모든 사람이 그를 좋아한다. 정계에 진출한 순은 권세를 얻고 나라의 중대사를 도맡아 관장한다. 그러나 그는 임금의 후광 아래 전횡과 부정 축재를 일삼는다. 또한, 주색과 향락에 빠진 임금에게 간언하지 않아 그를 비난하는 여론이 들끓는다. 그러던 중 순의 입에서 냄새가 난다며 임금이 순을 내친다. 순은 정계에서 은퇴하고 집으로 돌아와 병을 얻어 죽는다.

비평   사관이 순의 삶을 평가함

사관은 순의 조상 중 백성을 위해 공을 세운 자가 있어 가문의 기풍이 좋다고 평가한다. 그러나 순이 보잘것없는 지혜로 정계에 진출해 왕실을 어지럽히며 임금을 제대로 보필하지 않았다고 부정적으로 평가하기도 한다.

국순전

국순 麴醇 국은 누룩, 순은 술을 뜻함 의 자字 는 자후子厚 흐뭇함 이다. 그 조상은 농서 隴西 중국 진한 시대의 지역 이름 사람인데, 90대조인 모牟 보리 가 순임금 때 농사일을 다스리던 후직 后稷 을 도와 백성을 먹여 살린 공이 있었다. 『시경詩經』에 이르기를 "내게 밀과 보리를 주었도다."라고 한 내용이 그것이다.

벼슬도 하지 못하고 숨어 살던 모는 밭에서 생활하며 "나는 밭을 갈아야 먹으리라."라고 했다. 어느 날 임금은 모에게 자손이 있다는 말을 듣고 조서 詔書 임금의 명령을 적은 문서 를 내려 그를 불러오게 했다. 그를 부를 때 긱 고을에 명헤 후하게 예물을 보내라 하고 신하를 시켜 그 집과 교분을 맺게 했다. 그리하여 모는 차츰 훈훈한 기운이 스며들어 친근하고 편안한 맛을 지니게 되었다. 이에 모는 기뻐하며 말했다.

"나를 이루어 주는 자는 벗이라 하더니 과연 그 말이 옳구나."

그 후로 모에게 맑은 덕이 있다는 소문이 자자해지니, 임금은 그 집에 정문 旌門 충신을 기리기 위해 집 앞에 세우던 붉은 문 을 내려 치하했다. 또한, 임금을 따라 원구 園丘 천자가

📖 소설 한 장면　도입　순의 가계를 소개함

118　한국고전소설 45

동짓날 하늘에 제사를 지내던 곳에 제사한 공으로 중산후中山侯에 봉하고, 식읍食邑 조세를 거둘 수 있도록 공신에게 내린 영지 일만 호戶에 식실봉食實封 나라에서 공신에게 민가의 조세를 차지하고 용역을 마음대로 부릴 수 있게 한 것 오천 호를 내린 후 성을 국씨麴氏라 칭했다. 모의 5대손은 성왕成王을 도와 나랏일을 제힘으로 다해 태평성대를 이루었다.

그러나 강왕康王이 즉위하자 모의 후손은 점차 박대를 받아 금고禁錮 벼슬에 오르지 못하도록 함에 처해졌다.[1] 그리하여 후세에 나타난 자가 없고, 모두 민간에 숨어 살았다.

위魏나라 초기에 이르러 순의 아비 주酎 진한 술가 세상에 이름을 널리 알렸다. 그는 상서랑尙書郞 서막徐邈 중국 위나라 때 애주가로 유명했던 사람과 친하게 지냈다. 서막이 주를 얼마나 좋아했던지 조정에까지 끌어들여 주가 입에서 떠날 날이 없었다. 이를 안 어떤 이가 임금에게 상소를 올렸다.

"막이 주와 사사로이 사귀니 앞으로 조정을 어지럽힐 것이옵니다."

임금은 크게 노해 막을 불러 진상을 물었다. 막은 머리를 조아리고 임금에게 사죄하며 말했다.

"신이 주와 친하게 지내는 것은 사실이오나, 그에게 성인의 덕이 있기에 수시로 그 덕을 마신 것뿐입니다."

임금은 그를 책망하며 내보냈다.

그 후 진晉나라 세상이 되자 주는 세상이 어지러워질 것을 미리 알고 유영劉伶과 완적阮籍 중국 진나라 때 죽림칠현에 속했던 사람들의 무리와 함께 죽림竹林 대나무 숲에서 노닐며 일생을 마쳤다.

주의 아들 순은 재능이 많고 도량이 넓었다. 출렁대고 넘실거림이 만경창파萬頃蒼波 한없이 넓은 바다와 같아 맑게 하려 해도 맑아지지 않고, 뒤흔들어도 흐려지지 않으며, 그 풍미가 세상을 뒤덮어 제 기운을 사람에게 더해 주었다. 일찍이 섭법사葉法師 『태평광기』의 '섭법선' 설화에 등장하는 승려와 온종일 담론할 때, 동석한 사람들이 모두 몸을 가누지 못하게 되었다. 그 이름이 드디어 유명하게 되니 호를 국 처사麴處士라 했다. 이리하여 공경公卿, 대부大夫, 신선神仙, 방사方士 신선의 술법을 닦는 사람로부터 머슴, 목동, 오랑캐, 외국인에 이르기까지 그 향기로운 이름을 맛보는 자는 모두 그에게 반해, 여럿이 모일 때마다 순이 없으면 한결같이 쓸쓸하게 여겼다.

---

1) 강왕 때 이르러 금주령이 내려졌다는 뜻으로, 국씨 집안이 겪은 우여곡절이 드러난다.

"국 처사가 없으면 자리가 즐겁지 않다."

그는 이렇게 세상 사람들에게 사랑을 받고 귀히 여겨졌다.

태위太尉 고려 시대에 왕의 고문 역할을 맡았던 관리 산도 山濤 죽림칠현의 한 사람 는 사물의 좋고 나쁨, 옳고 그름을 가릴 줄 아는 사람이었다. 어느 날 그가 순을 가리켜 "어떤 늙은 할미가 요런 영악한 아이를 낳았는가. 세상 사람들을 그르칠 자가 바로 이놈일 것이다."라고 했다.

관청에서 그를 불러 청주종사靑州從事 좋은 술 로 삼았으나, 격에 맞지 않는 벼슬자리라 하여 다시 평원독우平原督郵 좋지 않은 술 를 시켰다. 그는 얼마 뒤에 탄식하며 말했다.

"내가 쌀 닷 말 때문에 허리를 굽혀 향리鄕里의 소아小兒 어린아이 에게 절하느니, 차라리 술자리에서 아이들과 이야기하며 노는 게 낫겠다."

그때 관상을 잘 보는 자가 그에게 귀띔했다.

"그대 얼굴에 붉은빛이 도니, 뒤에 반드시 귀해져서 천 가지 녹을 누릴 것이오. 좀 기다리면 누군가 큰 값을 치르고 모셔갈 테니 그때를 기다려 벼슬에 나아가시오."

진陳의 후주後主 중국 남북조 시대 진나라의 마지막 임금 때에 이르러 그는 양가良家 양민의 집 의 아들로서 주객主客 원외랑員外郞 이 되었다. 임금은 그의 남다른 도량을 보고 장차 큰일에 쓸 재목이라 생각하고, 당장에 벼슬을 올려 광록대부光祿大夫 예빈경禮賓卿 으로 삼고, 작을 올려 공公 으로 삼았다. 이로부터 군신이 회의를 할 때는 언제나 순을 시켜 잔을 채우게 했다. 술잔을 내고 물리며 주고받는 것이 임금과 신하들의 마음에 꼭 들었다. 임금은 그를 크게 칭찬했다.

"경卿 이야말로 곧고도 맑구나. 내 마음을 열어 주고 편안하게 하는 자로다."

이리하여 순은 권세를 얻어 마음대로 일을 하게 되었다.[2] 어진 이와 사귀고 손님을 접대하며, 늙은이를 봉양해 술과 고기를 주고, 귀신에게 고사하고 종묘宗廟에 제사하는 일을 모두 순이 주관했다. 임금이 밤에 잔치를 할 때도 오직 그와 궁인宮人만이 모실 수 있었고, 아무리 가까운 신하라 해도 이에 참여하지 못했다.

이로부터 임금은 곤드레만드레 취해 정사를 돌볼 생각을 하지 않았다.

---

2) 「국순전」에서는 신하와 임금의 관계를 술과 사람의 관계에 빗대어 설명하고 있다. 술이 과하면 사람을 망치듯이, 임금의 비위만 맞추고 충언을 하지 않는 신하는 임금을 망칠 수 있음을 뜻한다.

순이 이런 임금에게 굳게 입을 다물고 충언을 하지 않았으므로 예법을 아는 선비들은 그를 원수같이 미워하게 되었다. 임금만이 언제나 그를 감싸고 돌았다. 순이 또 돈을 거둬들여 재산을 모으는 데 열중하니 시론은 그를 더럽다고 비난했다.

하루는 임금이 물었다.

"경에게 어떤 버릇이 있는고?"

순이 대답했다.

"옛날에 두예杜預 중국 서진의 정치가 는 『좌전左傳 중국 노나라의 좌구명이 『춘추』를 해설한 책 』을 좋아하는 벽癖 고치기 어렵게 굳어 버린 버릇 이 있었고, 왕제王濟 중국 진나라 사람으로 글재주가 뛰어났음 는 말을 좋아하는 벽이 있었으며, 신臣은 돈에 대한 벽이 있나이다."

임금은 호탕하게 웃고 그를 더욱 아껴 주었다.

그러던 어느 날, 순이 임금 앞에 나아갔을 때였다. 본래 순의 입에서는 냄새가 났는데 임금이 갑자기 이것을 싫어하며 말했다.

"경이 이제 늙어 내가 맡기는 일을 감당하지 못하는가?"

순은 그 말을 알아듣고 관冠을 벗고 사죄하며 아뢰었다.

순 때문에 조정이 어지럽구나.

🎬 소설 한 장면 　전개　 순의 행적과 죽음을 설명함

"신이 작爵을 받고 사양치 않으면 마침내 몸을 망칠 염려가 있사오니, 부디 신을 제 집으로 돌려보내 주시면 신은 그것으로 제 분수를 알겠나이다."

임금은 신하들에게 명해 그를 부축해 집으로 돌아가게 했다. 순은 집에 오자마자 갑자기 병들어 하룻저녁에 죽었다. 그에게는 아들이 없고 먼 친척인 청淸이 있었는데, 뒤에 당唐나라에 출사해 벼슬이 내공봉內供奉에 이르렀고, 자손이 다시 중국에서 번성했다.

사신은 이렇게 평했다.[3]

"국씨는 그 조상이 백성에게 공功이 있었고, 청백함을 자손에게 물려주었다. 이것은 창鬯꽃을 넣어 만든 술로 제사에 사용함이 주周나라에 있는 것과 같아 향기로운 덕이 하늘에까지 이르렀으니, 가히 세 할아버지의 풍도風度 풍채와 태도가 느껴진다고 했다. 그러나 순은 술동이 정도의 작은 지혜로 가난한 집에서 일찍 조정에 진출해 권세를 누리면서도, 옳고 그름을 따져 간언하지 않고 왕실이 어지러워져도 이를 바로잡지 못했다. 그리하여 마침내 천하의 웃음거리가 되고 말았으니, 거원巨源 산도의 또 다른 이름의 말이 실로 믿을 만하도다."

순은 일찍 조정에 진출해 권세를 누리면서도, 간언하지 않고 왕실이 어지러워져도 이를 바로잡지 못했다.

🗨 소설 한 장면   비평   사관이 순의 삶을 평가함

---

3) 사신의 비평, 즉 서술자의 개입이 들어간 대목이다. 사신은 순이 신하의 도리를 다하지 못했다며 부정적으로 평가한다.

🔭 생각해 볼까요?

선생님 「국순전」의 소재인 술은 무엇을 의미할까요?
💬 2 ❤️ 2

↳ **학생 1** 술은 비에 빗대어 설명할 수 있어요. 적당히 내리면 오곡백과를 풍성하게 만들지만, 지나치면 홍수가 나니까요. 마찬가지로 술도 적당히 마시면 생활에 활력을 주지만, 지나치게 마시면 이성을 잃거나 타락하고 말지요.

↳ **학생 2** 「국순전」에서는 인간과 술의 관계를 임금과 신하의 관계에 비유해요. 당시 술에 빠져 향락을 일삼던 고려 의종과 그에게 빌붙어 득세하던 부패한 간신배들의 타락상을 고발하고 있지요.

선생님 「국순전」에 나타난 가전 문학의 세 가지 요소를 말해 볼까요?
💬 3 ❤️ 3

↳ **학생 1** 첫째, 교훈성이에요. 가전은 의인화된 인물의 행적을 통해 인간으로서 지녀야 할 올바른 태도와 처세술을 알려 줘요. 「국순전」에서는 술로 인해 방탕하거나 타락하는 것을 경계하라고 귀띔해 주지요.

↳ **학생 2** 둘째, 서사성이에요. 가전은 한 인물의 일생을 연대기적으로 서술해요. 먼 조상의 가계도에서부터 시작해 후손이 살았던 삶까지 언급하지요. 「국순전」에서는 국순이라는 인물의 일대기를 서술하고 있어요.

↳ **학생 3** 셋째, 우의성이에요. 이는 사물을 사람처럼 표현한다는 뜻이지요. 「국순전」에서는 술을 의인화해 현실을 우회적으로 비판하고 풍자해요.

🔍 신진 사대부 ▼ 🔍

연관 검색어   고려 후기   성균관   경기체가

신진 사대부는 고려 말 권문세족에 대항해 새롭게 부상한 정치 세력을 말한다. 1170년 무신 정변 이후 등장한 지방 향리 출신들인 경우가 많았고 가전 문학, 경기체가를 즐겨 창작하는 등 문학적 소양을 갖추고 있었다. 또한, 사회 개혁과 문화 혁신을 강조하며 세속화된 불교를 비판해 권문세족과 대립했다.

이후 신진 사대부는 이성계를 비롯한 신흥 무인 세력과 결탁했는데, 고려 왕조를 유지하자고 주장한 온건 개혁파와 새로운 왕조를 세워야 한다고 주장한 급진 개혁파로 나뉘었다. 급진 개혁파는 위화도 회군을 계기로 세력을 잡은 뒤 온건 개혁파의 일부를 제거했다. 조선 왕조가 세워지자 급진 개혁파는 조선의 지배층이 되었다.

국선생전

#술   #의인화   #신하의충절   #교술

⚓ 작품 길잡이

작가: 이규보
갈래: 가전체
성격: 교훈적, 전기적, 우의적
주제: 위국충절 및 군자의 처신을 경계
연대: 고려 중엽
출전: 『서하선생집』, 『동문선』

📷 인물 관계도

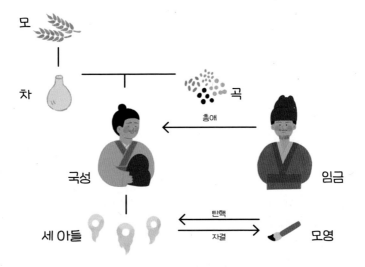

국성	도량이 넓고 침착한 성품으로, 나아갈 때와 물러날 때를 스스로 안다.
임금	국성을 총애해 곁에 뒀으나 일련의 사건 이후 국성을 고향으로 보내준다.

❦ 작가와 작품 세계

이규보(李奎報, 1168~1241)

고려 중기의 문인. 자는 춘경(春卿), 호는 백운거사(白雲居士). 초기 작품은 도연명(陶淵明)의 영향을 받았으나 점차 개성을 살려 독자적인 시풍을 이룩했다. 말년에 시, 거문고, 술을 좋아해 스스로 삼혹호선생(三酷好先生)이라고 칭할 만큼 호탕한 인물이었다. 강좌칠현으로 불리던 이인로, 오세재, 임춘, 조통, 황보항, 이담지, 함순 등과 교류하며 그들의 사상에 공감했으나 한편으로 그들과 달리 현실 도피적인 사상을 배척했다. 저서로 『동국이상국집(東國李相國集)』, 『백운소설(白雲小說)』 등이 있고, 문학 작품으로 「국선생전」, 「동명왕편(東明王篇)」 등이 있다.

🗒 구성과 줄거리

도입　**국성의 가계와 신분을 소개함**

국성의 먼 조상은 원래 온이라는 곳에서 농사를 지으며 생활하다가, 국성의 할아버지 모가 처음으로 주천에 이사 와서 살기 시작한다. 국성의 아버지 차는 집안사람 가운데 처음으로 벼슬을 하고, 사농경 곡씨와 혼인해 성, 즉 국성을 낳는다.

전개　**국성의 행적을 이야기함**

국성은 어릴 때부터 도량이 넓었고, 자라서는 도잠, 유영 등과 사귀며 임금의 총애를 받는다. 그러나 국성이 권세를 누리면서 세 아들이 아버지의 힘을 믿고 오만방자하게 굴어 사방에서 그들을 비방하는 소리가 높아진다. 결국 아들들은 모영의 탄핵을 받아 자결하고, 국성도 벼슬에서 쫓겨난다. 그 무렵 도둑 떼가 기승을 부리자 국성은 조정에 다시 기용된다. 국성은 도둑들을 토벌한 공으로 높은 벼슬을 얻지만, 임금의 만류에도 불구하고 고향으로 돌아간 뒤 조용히 살다가 죽는다.

비평　**사관이 국성의 삶을 평가함**

국성은 넓은 도량과 뛰어난 재주로 임금의 심복이 되어 정사에 참여해 큰 공을 세운다. 그러나 임금의 사랑이 극에 달하자 나라를 어지럽히고 그의 세 아들까지 방자한 행태를 보인다. 사관은 국성이 스스로 물러난 뒤 천수를 다하고 죽었으니 순리를 잘 알고 현명하게 처신했다고 평가한다.

국선생전

    국성의 자字는 중지中之요, 관향貫鄕 시조의 고향은 주천酒泉이다. 국성은 '맑은 술'을, 중지는 '곤드레만드레'를 뜻한다. 어려서 서막徐邈 밑주를 만들어 마신 인물의 사랑을 받아 그가 이름과 자를 지어 주었다. 국성의 먼 조상은 본래 온溫이라는 고장 사람으로, 열심히 농사를 지어 풍족하게 먹고살았다. 정鄭나라가 주周나라를 칠 때 포로로 잡혀 왔으므로 그 자손들이 정나라에 살게 되었다.

    국성의 증조曾祖는 역사에 이름을 남긴 적이 없고, 조부 모牟 보리는 주천으로 옮겨 가 그곳 사람이 되었다. 아버지 치醝 흰 술에 이르러 비로소 벼슬길에 나아가 평원독우가 되고, 사농경司農卿 중국 한나라 때 미곡과 전적을 관장하던 관직 곡穀 술을 빚을 때 쓰는 곡식 씨의 딸과 결혼해 성麴을 낳았다.[1]

    성은 어렸을 때부터 도량이 넓고 침착했다. 손님들은 그의 아버지를 보러 왔다가도 그의 모습을 유심히 보고 매우 귀여워했다.

🍎 소설 한 장면   도입   국성의 가계와 신분을 소개함

---

1) 국성의 가계를 설명하는 대목은 곧 보리(모)가 술(치)로 변화하는 과정을 표현한 것이다. 또한, 국성의 성이 누룩을 뜻하는 국 씨임을 고려하면, 발효의 매개체인 누룩이 곡식(곡)을 만나 술이 되는 과정을 나타냈다고 볼 수 있다.

"이 아이의 마음 그릇이 출렁출렁 넘실넘실 넓디넓은 바다의 물결과 같구려. 가라앉히더라도 더 맑아지지 않으며 뒤흔들어도 탁해지지 않으니 그대와 이야기하기보다는 성과 함께 노는 것이 낫겠소."

성은 자라서 중산中山의 유영劉伶 술의 덕을 찬양한 중국 위진 시대 죽림칠현의 한 사람, 심양瀋陽의 도잠陶潛 도연명의 본명과 벗이 되었다. 이 두 사람은 성을 몹시 좋아해 하루라도 성을 만나지 못하면 몹시 괴롭고 이상한 생각이 들 정도였다. 그들은 만나면 해가 질 때까지 같이 놀고 헤어질 때는 항상 섭섭해했다.

이런 성에게 나라에서 조구연糟丘椽 술지게미을 시켰으나 성은 사양했다. 이에 삼정승과 육판서가 그를 청주종사에 계속해 천거했다. 임금은 수레를 보내 성을 극진히 모셔 오라는 명령을 내렸다. 성이 도착하기 전 태사太史가 임금에게 아뢰었다.

"지금 주기성酒旗星이 크게 빛을 발할 때입니다."

그런지 얼마 안 되어 성이 궐에 들어갔는데, 과연 그 말이 옳은 듯해 임금은 성을 더욱 기특하게 여겼다. 임금은 즉시 성에게 주객낭중主客郎中 손님을 맞이하는 벼슬을 내리고, 얼마 지나지 않아 국자제주國子祭酒 국가적인 제례에 사용하는 술를 맡겨 예의사禮儀使 예의범절을 주관하는 관리를 겸직하게 했다.

성은 신하들이 임금을 알현하는 예식이나 종조宗朝의 제사, 천식薦食 봄과 가을에 신에게 올리는 제사 음식, 진작進酌 임금에게 나아가 술을 올림의 예를 행할 때 임금의 뜻에 맞지 않음이 없었다. 이에 임금은 그의 그릇이 듬직하다고 해 승정원 재상으로 승진시키고 융숭히 대접했다. 성은 대궐에 출입할 때에도 교자轎子 높은 벼슬아치가 타는 가마. '술상'을 뜻함를 타고 드나들었으며, 이름 대신 국 선생이라 불리었다. 임금은 불쾌할 때도 성만 보면 크게 웃을 만큼 성을 마음에 들어 했다.

성은 원래 성질이 구수하고 아량이 있었다. 날이 갈수록 사람들과 친해지고 특히 임금과 스스럼없이 가까이 지냈다. 그러니 자연히 임금의 사랑을 받게 되어 항상 임금을 따라다니면서 잔치를 함께 즐겼다.

성에게는 혹獨한 술과 폭酼진한 술 혹은 단 술, 역醶쓴 술이라는 세 아들이 있었다. 이들은 자신의 아버지가 임금에게 사랑받는 것을 믿고 오만방자하게 굴었다. 이에 중서령中書令 모영毛穎 붓을 의인화한 것이 임금에게 상소를 올려 이들을 탄핵했다.

"국성이 폐하의 사랑을 독차지하고 있다는 사실을 모르는 사람이 없사옵니다. 그런데 이제 그가 삼품 벼슬에 오르더니 많은 도둑을 궁중으로 끌어들이고 사람들을 마음대로 휘감아 해치기를 일삼고 있사옵니다. 이것을 모든 사람이 통탄하며 그를 반대하고 골머리를 앓고 가슴 아파합니다. 국성은 나라의 잘못됨을 바로잡는 충신이 아니라 만백성에게 해를 주는 도둑이옵니다. 더구나 성의 자식 셋은 제 아비가 폐하께 총애받는 것을 믿고 제멋대로 횡포를 부리며 방자하게 굴어 모든 사람이 괴로워하고 있사옵니다. 바라옵건대 이들에게 모두 사형을 내리셔서 모든 사람의 원성을 잠재우시옵소서."

이에 성의 아들 셋은 스스로 독약을 마셨다. 또한, 성도 벌을 받아 서인庶人으로 강등되었다. 한편 치이자鴟夷子 술을 보관하는 말가죽 주머니 도 성과 친하게 지냈다 하여 수레에서 떨어져 자살했다.

처음에 치이자는 우스갯소리를 잘해서 임금의 사랑을 받았다. 지언히 국성과도 친하게 지내며 궐에 출입할 때는 항상 수레를 타고 다녔다. 어느 날 치이자가 몸이 피곤해 누워 있을 때 성이 희롱하며 물었다.

"자네는 배는 크지만 속이 텅 비었으니 그 속에 무엇을 넣겠는가?"

치이자가 대답했다.

"자네들 수백 명은 넉넉히 수용할 수가 있지."

두 사람은 항상 우스갯소리를 주고받으며 지냈다.

아들들아……

□ 소설 한 장면 　전개　 국성의 행적을 이야기함

성이 벼슬을 그만두자 제齊 배꼽 고을과 격鬲 가슴 고을에 도둑이 떼 지어 일어났다. 이에 임금은 이 고을의 도둑들을 토벌하라는 어명을 내렸다. 하지만 이 일을 맡을 적임자를 쉽게 찾지 못했다. 하는 수 없이 다시 성을 기용해서 도둑 떼를 토벌하도록 했다. 성은 군사들을 몹시 엄하게 통솔했고, 또 모든 고생을 군사들과 함께했다.[2] 그는 수성愁城 근심을 뜻함에 물을 대어 한판 싸움으로 이를 함락하고, 거기에 장락판長樂阪 오래도록 즐거워함을 쌓고 회군했다. 임금은 그 공로로 성을 상동후湘東侯에 봉했다.

그 뒤 이 년이 지나 성은 임금에게 벼슬에서 물러나게 해 달라고 청했다.
"신은 본래 가난한 집안의 자식이옵니다. 어려서는 여기저기 팔려 다니는 신세였습니다. 그러다가 우연히 폐하를 뵙게 되었는데, 폐하께서는 마음을 터놓으시고 신을 받아들이셔서 구차한 이 몸을 건져 주시고 너그럽게 돌봐 주셨습니다. 하오나 신은 폐하께서 일을 크게 하시는 데 보탬을 주지 못했고, 국가의 체면을 조금도 빛나게 하지 못했습니다. 지난번에 몸조심하지 못한 탓으로 시골로 물러나 편안히 있었사온데, 비록 신이 보잘것없으나 충심을 간직하고 있어 감히 폐하께서 계신 것을 기뻐하며 다시금 악을 물리칠 수 있었나이다. 때가 되면 넘어진다는 것은 사물의 정해진 이치이옵니다. 이제 신의 목숨은 소갈증消渴症 갈증이 심하고 물과 음식을 많이 먹으나 몸은 여위고 소변량이 많아지는 병으로 거품보다 위태롭사옵니다. 바라옵건대 폐하께서는 신으로 하여금 물러가 여생을 보내게 해 주시옵소서."
그러나 임금은 승낙하지 않고 사람을 보내 송계, 창포 등의 약을 가지고 그 집에 가서 병을 돌보도록 했다. 성은 여러 번 글을 올려 이를 사양했다. 임금은 할 수 없이 그의 뜻을 받아들여 마침내 성을 고향으로 돌려보냈다. 성은 천수를 다하고 조용히 세상을 떠났다.
성의 아우는 현賢 약주이다. 그는 벼슬이 이천 석二千石에 올랐다. 아들이 넷인데, 익 색깔이 있는 술과 두중앙주. 발효 도중에 다시 곡물과 누룩을 넣어 빚은 술, 앙막걸리, 남과일주이다. 이들은 도화 즙을 마셔 신선이 되는 법을 배웠다. 또 성의 조카들로는 주알 수 없는 술, 만막걸리 같은 데 끼어 있는 불순물, 염신맛이 나는 술이 있다. 이들은 모두 적籍을 평씨萍氏에게 소속시켰다.

2) 잘못을 저질러 정계에서 물러났지만 임금의 명에 따라 나라를 바로잡기 위해 솔선수범하는 모습에서 국성의 충심을 확인할 수 있다. 또한, 나아갈 때와 물러날 때를 구분할 줄 아는 이상적인 신하상이 드러난다.

사신은 이렇게 평했다.

"국씨는 조상 대대로 농촌에서 살았다. 성이 유독 덕이 많고 재주가 맑아, 임금의 심복이 되어 국정을 돕고 임금의 마음을 흐뭇하게 했으니 장한 일이다. 하지만 임금의 총애가 지나쳐 나라의 기강을 어지럽혔으니 결국 그 화가 자손에게 미쳤다. 그러나 만년에는 자기 분수를 알고 스스로 물러나 천수를 다했다.[3] 『주역』에 기미를 보아 떠난다^{見機而作 순리를 알고 처신한다}는 말이 있는데, 성이야말로 이에 가깝다 하겠다."

잘못을 저지른 적도 있지만 자기 분수에 맞게 잘 처신했군.

📖 소설 한 장면   비평   사관이 국성의 삶을 평가함

---

3) 사신의 평가가 가미된 부분으로, 사신은 국성의 긍정적인 면과 부정적인 면을 모두 언급한다. 그러나 대체로 국성을 긍정적으로 평가하고 있다.

🔭 생각해 볼까요?

선생님 임금이 국성을 국 선생으로 예우한 까닭은 무엇인가요?
💬 1 ❤️ 1

↳ **학생 1** 도량이 매우 깊은 국성은 신하로서 충직한 모범을 보였기 때문에 임금이 그를 '국 선생'이라고 불렀어요. 훗날 국성과 세 아들이 교만하게 굴어 집안이 한 순간에 몰락했지만, 국성은 나라가 위기에 처했을 때 용감히 나아가 도적 떼를 물리침으로써 신하의 도리를 지켰어요.

선생님 술을 소재로 한 「국순전」과 「국선생전」은 어떤 점에서 다른가요?
💬 2 ❤️ 2

↳ **학생 1** 「국순전」의 국순은 임금의 총애를 받으며 부정을 일삼다가 버림받아 죽었지만, 「국선생전」의 국성은 임금의 넘치는 사랑을 믿고 방종하다가 스스로 뉘우치고 관직에서 물러나요. 국순은 술의 부정적인 측면을, 국성은 술의 긍정적인 측면을 나타낸다고 할 수 있어요.

↳ **학생 2** 「국순전」이 국순의 일생을 통해 방탕한 임금과 간신배들의 타락상을 고발하고 있다면, 「국선생전」에서 국성은 애국과 충절을 상징하는 인물로 나타나 사회적 교훈을 강조하고 있어요. 나라를 잘 다스리기 위해서는 국성 같은 충직한 신하가 꼭 필요하니까요.

선생님 가전이 등장했을 당시의 시대상에 대해 알아 볼까요?
💬 2 ❤️ 2

↳ **학생 1** 가전 문학은 사회적으로 혼란이 가중되었던 고려 중엽에 등장했어요. 당시 고려는 무신 정변 이후 몽골의 침입까지 겹치자 나라 안팎으로 몹시 혼란스러웠어요. 이로 인해 도덕의식의 부재가 사회 문제로 떠올랐지요.

↳ **학생 2** 교술 장르인 가전 문학이 등장하게 된 것은 바로 이 때문이에요. 가전체 문학은 도덕의식을 회복하려는 목적에서 만들어졌어요.

선생님 교술(教述)이란 대상이나 세계를 객관적으로 묘사하고 설명하는 것을 뜻해요. 결과적으로는 교훈을 전달하기 위함이지요. 「국선생전」에 나타난 교술적 요소에는 어떤 것들이 있을까요?
💬 1 ❤️ 1

↳ **학생 1** 첫째, 술이라는 실제 사물에 관해 이야기해요. 둘째, 술의 양면성을 통해 교훈을 전달해요. 이때 작가와 서술자는 같은데, 작가의 주장이 사신의 입을 통해 우회적으로 드러나요.

선생님 가전과 소설의 공통점과 차이점에는 무엇이 있을까요?

💬 3 🤍 3

↳ **학생 1** 가전과 소설은 모두 작가가 창의력을 발휘해 쓴 허구의 이야기예요. 산문 문학 형식이며, 인물들이 사건을 통해 갈등을 빚는 내용으로 이루어지지요.

↳ **학생 2** 가전의 주인공이 의인화된 동물이나 사물인 반면, 소설의 주인공은 주로 사람이에요. 가전은 교술적 성격이 더 강하지만 소설은 서사적 성격이 더 강해요. 또한, 가전은 전기처럼 일대기적인 형식이 대부분이고, 소설은 있는 그대로를 나열하는 것이 아니라 문학적 형상화를 통해 내용을 전개하지요.

↳ **학생 3** 가전은 소설에 비해 전개나 구성이 유기적이기 못 해요. 가전에서는 사건들이 서로 맞물리며 전개되기보다는 의인화된 인물의 내력, 속성, 가치 등에 초점을 두고 이야기가 펼쳐져요. 한편 소설에서는 다양한 사건이 유기적으로 연결되며 이야기가 흘러가요.

고려청자	▼ 🔍

연관 검색어 상감 기법 매병 비색

고려청자는 중국 송나라의 영향을 받아 만들어지기 시작했지만, 점점 고려만의 독자적인 기술로 발전했다. 고려청자를 만들 때는 토기를 빚어 800도에서 한 번 구워낸 뒤 철 성분이 들어있는 유약을 바르고 1300도에서 한 번 더 굽는다. 이때 아궁이를 흙으로 막아 공기를 차단하는데, 유약의 철 성분이 토기의 흙과 합쳐져 비취색을 띠는 유리 같은 재질로 바꾸기 위함이었다.

고려청자 중 가장 유명한 것은 '청자 상감 운학문 매병'인데, '상감'은 도자기에 문양을 새기는 기법을 말한다. 먼저 무늬를 새긴 뒤 흰 흙을 바르고 긁어낸다. 그리고 다시 무늬를 새긴 뒤 흙을 바르고 긁어낸다. 초벌로 토기를 굽고 유약을 발라 재벌로 굽는 과정까지 마쳐야 상감 청자가 완성된다. 청자의 화려한 무늬를 통해 고려청자 문화의 뛰어난 예술성과 기술력을 확인할 수 있다. 참고로 '운학문'은 구름과 학을 그린 무늬를 뜻하고, '매병'은 술이나 물을 담는 그릇을 뜻한다.

전기 소설

✉ 전기 소설에 대하여

전기(傳奇) 소설은 '기이한 것을 기록해 전한다'라는 의미를 담고 있는 당나라의 소설집 『전기』에서 유래했다. 이후 당나라 시기의 소설들을 가리키는 말로 쓰이다가 사실주의적 소설들과 달리, 주로 비현실적이거나 비과학적인 몽환의 세계를 다루는 소설들을 지칭하는 말로 사용되기 시작했다. 가장 대표적인 중국의 전기 소설로는 명나라 때 구우가 지은 『전등신화』를 꼽을 수 있다. 『전등신화』는 조선 초기에 우리나라에 유입되어 큰 인기를 끌었고, 김시습이 『금오신화』를 창작하는 데 적잖은 영향을 미쳤다.

전기 소설에서 다루는 공간은 주로 신선 세계, 천상 세계, 저승 세계, 용궁 세계 등이다. 주인공이 현실의 인간 생활에서 벗어나 초현실로 떠나거나 초현실적인 세계에서 온 인물이 등장하는 경우도 있다. 그러나 이는 단순히 흥미를 위한 설정에 그치는 게 아니라, 작가의 의도로 설정된 경우가 많다. 즉, 현실의 문제를 간접적으로 비판하거나 작가의 개성을 효과적으로 드러내고자 환상을 차용하는 것이다.

우리나라의 대표적인 전기 소설로는 김시습의 『금오신화』를 비롯해 「이화전」, 「안락국전」, 「삼설기」, 「금우태자전」 등이 있다.

만복사저포기

#금오신화   #한문소설   #계유정난   #이승과저승

🥄 작품 길잡이

작가: 김시습
갈래: 한문 소설, 애정 소설, 시애(屍愛 산 사람과 죽은 사람의 사랑을 그림) 소설,
　　　 명혼 소설, 단편 소설
성격: 전기적, 환상적, 낭만적
배경: 시간 - 조선 전기(15세기 후반) / 공간 - 전라도 남원의 만복사
주제: 이승과 저승을 넘나드는 남녀 간의 사랑
연대: 조선 세조 때
출전: 『금오신화』

📷 인물 관계도

양생
(이승의 사람)

여인
(저승의 영혼)

양생	홀로 외롭게 살아가다가 여인을 만나 짧은 사랑을 나눈다.
여인	양생과 부부의 연을 맺은 뒤, 다른 곳에서 새롭게 태어난다.

🌸 작가와 작품 세계

김시습(金時習, 1435~1493)

조선 전기의 문인. 자는 열경(悅卿), 호는 매월당(梅月堂). 유불선 사상을 폭넓게 받아들였고 생육신의 한 사람이기도 하다. 어려서부터 시와 경서에 뛰어나 세종의 총애를 받았으나, 단종 폐위후 충격을 받아 승려로 방랑의 세월을 보냈다. 여러 차례에 걸쳐 세조의 소명을 거절하고 입산해금오산실(金鰲山室)을 짓고 살았다. 47세에 속세로 돌아왔으나 폐비 윤씨 사건으로 방랑길에올랐다가 59세에 충청남도 부여의 무량사에서 세상을 떠났다. 저서로 시문집 『매월당집(梅月堂集)』과 한국 최초의 한문 소설집 『금오신화(金鰲神話)』가 있다.

📖 구성과 줄거리

발단 양생이 혼자 외롭게 살아가고 있음

만복사에서 혼자 외롭게 살던 양생은 부처님과 저포 놀이를 한다. 놀이에서 이긴양생은 부처님에게 배필을 점지해 달라는 소원을 빈다.

전개 양생이 여인을 만나 인연을 맺음

마침내 양생의 앞에 아름다운 여인이 나타나고, 양생은 여인과 마음이 통해 그날로남녀의 인연을 맺는다. 양생은 여인의 집에 사흘간 머물며 꿈처럼 달콤한 시간을보낸다.

위기 양생과 여인이 이별함

사흘이 지나자 여인은 이제 헤어져야 할 시간이라며 양생에게 은주발 하나를 준다.그리고 다음 날 보련사로 가는 길가에 서 있다가 자신의 부모님을 만나 인사를 드리라고 부탁한다.

절정 양생이 죽은 여인을 위해 제사를 올림

양생은 여인이 시킨 대로 보련사로 가는 길가에 서 있다가 그녀의 부모님을 만난다.사실 여인은 왜구들의 손에 죽임을 당한 처녀의 환신으로 이승의 사람이 아니다.양생은 여인을 다시 만나 하룻밤을 보낸다. 이튿날 양생은 여인을 위한 제를 올리고,두 사람은 영원히 이별한다.

결말 여인과 영원히 이별한 양생이 속세를 떠남

양생은 여인과 이별한 뒤 지리산으로 들어가 혼자 약초를 캐며 살다가 죽는다.

만복사저포기

　전라도 남원의 한 고을에 양생이란 사내가 있었다. 그는 부모를 일찍 여의고 장가도 가지 못한 채 만복사^{萬福寺 전라북도 남원 기린산에 있는 절} 동쪽 방에 혼자 머물고 있었다. 그 방 바깥에는 배나무 한 그루가 서 있었다. 바야흐로 봄이 무르익어 배꽃이 활짝 피니 마치 붉은 구슬나무에 은^銀이 가득 매달려 있는 것 같았다. 양생은 달이 밝은 밤이면 언제나 배나무 아래를 거닐면서 낭랑한 목소리로 시를 읊곤 했다.

　활짝 핀 배꽃이 쓸쓸한 마음을 달래 주지만
　달 밝은 밤을 홀로 지새우자니 외롭기만 하네
　젊은 몸 홀로 누운 호젓한 창가에
　아름다운 임이 나를 위해 피리를 불어 주네

　짝 잃은 비취^{翡翠 물총새}는 저 홀로 날아가고
　혼자된 원앙새는 맑은 냇물에 몸을 씻네
　바둑돌 놓으며 인연을 그리다가
　등불로 점을 치고 창가에 기대앉네

　양생이 시를 다 읊자 허공에서 홀연 낯선 목소리가 들려왔다.
　"좋은 배필을 얻고자 하는 마음이 간절하다면 어찌 이루어지지 않는다고 근심만 하리오."
　양생은 그 소리를 듣고 마음이 설레었다. 이튿날은 삼월 스무 나흘이었다. 고을 사람들이 만복사로 가서 등불을 켜고 복을 비는 날이다. 청춘남녀가 함께 몰려들어 각기 제 소원을 빌었다. 해가 저물어 저녁 예불이 끝나자 사람들은 서둘러 자기 집으로 돌아갔다. 양생은 그 틈을 타 소매 속에 저포^{樗蒲 나무로 만든 주사위의 일종}를 넣고 불상 앞에 섰다. 그리고 저포를 던지기 전에 소원을 빌었다.
　"제가 오늘 부처님과 함께 저포 놀이를 하려고 합니다. 만약 제가 진다면 법연^{法筵 부처님을 기리고 불법을 널리 알리는 집회}을 열어 불공을 드리겠습니다. 그러나 만약 부처님께서 지신다면 아름다운 여인을 구해 주시어 제 소원을 이루어 주십시오."

소원을 다 빌고 나서 저포를 던진 결과 양생이 이겼다. 양생은 곧 부처 앞에 무릎을 꿇고 말했다.

"인연은 이미 정해졌습니다. 저버리지 마시기 바랍니다."

양생은 불상 밑에 숨어서 배필이 나타나기를 기다렸다. 잠시 후, 머리를 두 갈래로 갈라 늘어뜨린 어여쁜 아가씨가 나타났는데, 나이는 열대여섯 살 정도 되어 보였으며 깨끗한 옷차림을 하고 있었다. 그 자태가 마치 하늘나라 선녀와 같았으며 볼수록 몸가짐이 단정하고 조심스러웠다. 여인은 희고 고운 손으로 등잔불을 켜고 향로에 향을 꽂은 뒤, 세 번 절하고 꿇어앉아 한숨을 내쉬며 탄식했다.

"사람의 운명이 아무리 기구하다 한들 이럴 수가 있을까?"

그러더니 품속에서 축원문^{祝願文}을 꺼내 불상 앞에 놓았다. 거기에는 이런 글이 적혀 있었다.

아무 고을 아무 마을에 사는 소녀 아무개가 부처님께 아뢰옵니다. 지난번 변방의 방어가 무너져 왜구^{倭寇}가 쳐들어왔을 때, 눈앞에 창이 비 오듯 난무하고 일 년 내내

배필을 내려 주시기 바랍니다.

⏾ 소설 한 장면 발단 양생이 혼자 외롭게 살아가고 있음

봉화^{烽火}가 피어올랐습니다. 왜적이 마을에 불을 지르고 다니며 사람들을 잡아가니 제 가족도 도망치고 하인들도 사방으로 뿔뿔이 흩어졌습니다. 소녀는 버들처럼 몸이 약해 피난을 가지 못했지만 규방 깊숙이 숨어 끝내 정절을 지키고 난리의 화를 피했습니다. 부모님께서는 여자로서의 절개를 지켰다고 해 한적한 시골에서 혼자 살게 해 주셨습니다. 그것도 이제 삼 년, 저는 가을 달밤이나 꽃 피는 봄날을 아픈 마음으로 외롭게 살면서 하릴없는 나날을 보내 왔습니다. 처녀로서 깊은 골에 떨어져 사는 인생을 한탄했고 홀로 밤을 지새우며 짝 잃은 새의 외로운 춤을 슬퍼했습니다. 이렇듯 세월이 가니 이제 혼마저 나가 버리고, 긴긴 여름날과 겨울밤에는 간담이 찢어지고 창자마저 끊어질 듯 아픕니다. 자비하신 부처님께 비오니 불쌍한 이 몸을 굽어살피옵소서. 인생은 태어나기 전부터 정해져 있으며 그 업보는 피할 수 없다고 했습니다. 제 타고난 운명에도 인연이 있을 것이오니 어서 배필을 정해 주시기를 간절히 바라옵니다.

여인은 부처에게 빌며 흐느껴 울기 시작했다. 불상 밑에 숨어 있던 양생은 아름다운 여인을 보고 참을 수 없는 마음에 뛰어나가 말을 걸었다.

"조금 전에 부처님께 축원문을 올리셨지요. 무슨 일 때문입니까?"

여인이 올린 글을 읽고 양생의 얼굴이 기쁨으로 흘러넘쳤다.

"아가씨는 누구신데 이곳에 홀로 왔습니까?"

여인이 대답했다.

"소녀 또한 사람입니다. 무엇을 의심하십니까? 당신은 아름다운 배필만 얻으면 됐지, 제 이름을 물을 필요는 없지요."[1]

이때 만복사는 이미 퇴락해 스님들은 구석진 방에서 거처하고 있었다. 법당 앞에는 행랑채만 덩그렇게 있고, 행랑채 끝에는 작은 판자방이 하나 있었다. 양생은 여인을 그곳으로 이끌었다. 여인은 별 주저함 없이 양생을 따랐다. 그들은 방 안에서 서로 즐거움을 나누었는데 여인은 보통 사람과 다름없었다. 이윽고 밤이 깊어 달그림자가 창에 비치자 밖에서 발자국 소리가 들려왔다. 여인이 물었다.

"누구냐, 시녀가 찾아온 게냐?"

"예, 접니다. 평소 아가씨는 출타하시더라도 중문 밖을 나가지 않으셨고 산책을 하셔도 몇 걸음 걷지 않으셨는데, 어제 저녁에는 한번 나가시더니

---

1) 이 대목을 통해 오히려 여인의 정체에 의문이 생기며, 작품의 분위기가 더욱 비현실적이고 환상적으로 느껴진다.

어찌 이 먼 곳까지 오셨습니까?"

여인이 대답했다.

"내 오늘 하늘이 도우시고 부처님이 돌보셔서 임을 만나 백년해로를 하게 되었느니라. 비록 부모님 허락 없이 혼인을 하는 것은 예법에 어긋나지만 둘이 서로 즐거이 맞이하게 된 것 또한 특별한 인연일 것이다. 너는 집에 가서 앉을 자리와 술상을 마련해 오너라."

시녀는 여인의 명을 따랐다. 이윽고 정원에 술자리가 펼쳐졌는데 시간은 사경四更 새벽 한 시에서 세 시 사이에 가까웠다. 술자리는 품위가 있었고 음식이 넉넉하고 먹음직스러웠으며 모든 물건에 경박한 무늬라고는 찾아볼 수 없었다. 술에서는 진한 향기가 풍겨져 나왔는데 그 맛은 인간 세상의 것이라고 볼 수 없었다. 양생은 한편으로 이상한 생각이 들었으나 여인의 언행이 맑고 얌전해 틀림없이 귀한 집 처녀가 몰래 나온 것이려니 여기고 더 이상 의심하지 않았다. 여인은 시녀에게 노래를 불러 흥을 돋우라 하더니 양생에게 술잔을 올리며 말했다.

"이 아이는 옛 곡조밖에 모릅니다. 저를 위해 새로운 곡을 하나 지어서 흥을 돋우면 어떻겠습니까?"

양생은 매우 기뻐하며 흔쾌히 승락하고 만강홍滿江紅 중국 남송 시대 무장인 악비의 한시 가락으로 가사를 지어 시녀에게 부르게 했다.

봄추위는 쌀쌀한데 명주 적삼은 아직도 얇아
향로가 꺼질까 몇 차례나 마음 졸았나
해 저문 산은 붓으로 그린 눈썹 같고
저녁 구름은 우산처럼 퍼졌는데
원앙금침에 함께 누울 이가 없어
금비녀 반만 꽂고 통소를 부네
안타깝구나, 세월이 이다지도 빠르던가
마음속 깊은 시름 답답하기만 해라
등불은 가물거리고 병풍을 둘렀으니
나 홀로 눈물짓는다 한들 그 누가 보아줄까
기뻐라, 오늘 밤 추연鄒衍 음양오행설을 처음으로 주장한 중국 전국 시대의 제나라 사람의 피리 소리에 봄이 왔으니

쌓이고 쌓인 한을 후련히 떨쳐 내고
가냘픈 옛 노래에 술잔을 기울이네
한 많은 지난날을 이제 와 슬퍼 돌아보니
눈썹을 찌푸리며 외로운 방에서 잠이 들었었지

시녀의 노래가 끝나자 여인은 수심에 잠겨 말했다.

"일찍이 봉래도 蓬萊島 중국의 당 현종과 양귀비의 고사에 등장하는 신선들이 사는 곳에서 만나자는 약속은 어겼지만 오늘 소상 瀟湘 중국 후난성의 남부를 흐르는 강에서 옛 낭군을 다시 보게 되었으니 어찌 하늘이 준 행운이 아니겠습니까? 낭군께서 만일 저를 버리지 않으신다면 언제까지나 낭군의 시중을 들겠습니다. 그러나 제 소원을 들어주시지 않는다면 영원히 자취를 감추겠습니다."

양생은 이 말을 듣고 한편으로 감동하고 한편으로 놀라며 말했다.

"내 어찌 당신의 말을 따르지 않으리오."

이때 달은 기울어 서쪽 봉우리에 걸리고 마을에서 닭 우는 소리가 들렸다. 이내 절에서는 첫 종소리가 울렸다. 날이 밝아 오자 여인이 시녀에게 말했다.

"너는 술자리를 거두어 집으로 돌아가거라."

시녀는 대답하자마자 사라졌는데 어디로 갔는지 자취를 찾을 수 없었다. 시녀가 사라지자 여인은 양생에게 말했다.

"인연이 정해졌으니 낭군과 함께 간들 상관이 없겠지요?"

양생은 여인의 손을 잡고 마을을 지나갔다. 그런데 길 가던 사람이 여인은 보지 못하고 양생에게 물었다.

"서생은 새벽부터 어디를 다녀오시오?"

양생이 대답했다.

"어젯밤 만복사에서 술에 취해 누워 있다가 친구가 사는 마을을 찾아가는 길입니다."

날이 새자 여인은 양생을 이끌고 깊은 숲을 헤치고 들어갔다. 이슬이 흠뻑 내려 길을 찾을 수 없자 양생이 물었다.

"어찌 사는 곳이 이렇소?"

여인이 대답했다.

"홀로 사는 여인의 거처는 이런 법입니다."

마침내 그들은 개령동 開寧洞에 도착했다. 다북쑥 국화과의 여러해살이풀이 들판을 덮고 가시나무가 하늘을 향해 치솟은 곳에 작고 아름다운 집 한 채가 서 있었다. 양생은 여인을 따라 들어갔다. 이부자리와 휘장이 잘 정돈된 여인의 방이 어젯밤과 같았다.

양생은 그 집에서 여인과 사흘을 머물렀는데 하루하루가 꿈 같았다. 시녀는 아름다우면서도 교활하지 않았고 그릇은 깨끗하면서도 사치스러운 문양이 없었다. 양생은 그곳이 인간 세상이 아니라는 생각이 들었으나 여인의 극진한 정성에 마음이 끌려 더 이상 그런 생각을 하지 않았다.

여인이 말했다.

"이곳에서의 사흘은 인간 세상의 삼 년과 같습니다. 서방님은 이제 집으로 돌아가셔서 생업을 돌보십시오."

마침내 이별의 잔치가 벌어지자 양생은 탄식했다.

"어찌 이별이 이다지도 빠른가?"

여인이 대답했다.

"걱정 마십시오. 다시 만나 평생의 소원을 풀 것입니다. 서방님이 이런 누추한 곳까지 오시게 된 것은 반드시 정해진 인연이 있었기 때문입니다. 제 친구들을 한번 만나 보시겠습니까?"

양생이 허락하자 여인은 곧 시녀를 시켜 그들을 불러 모았다.

🎙️ 소설 한 장면   전개   양생이 여인을 만나 인연을 맺음

모인 사람은 정씨, 오씨, 김씨, 유씨 등 네 여인이었다. 모두 지체 높은 귀족의 딸들로 여인과 한마을에 사는 친척 처녀들이었다. 하나같이 온화한 성품에 자태는 아름다웠으며 총명하고 시문에 능통해 시를 지어 즐기며 놀았다.

마침내 잔치가 끝나고 이별의 시간이 다가왔다. 여인은 은주발 하나를 꺼내 양생에게 주며 말했다.[2)]

"내일 보련사寶蓮寺 전라북도 남원에 있는 절에서 부모님이 제게 음식을 내려 주시기로 했습니다. 만약 저를 버리지 않으실 거라면 보련사로 가는 길가에서 부모님을 기다리고 계시다가 함께 절로 가서 제 부모님께 인사를 드려 주십시오."

"좋소."

이튿날 양생은 여인이 말한 대로 은주발을 들고 보련사 가는 길가에서 여인의 부모님을 기다렸다. 이윽고 어떤 지체 높은 집안에서 딸의 대상大祥 죽은 지 두 해 만에 지내는 제사을 치르기 위해 수레와 말을 줄줄이 이끌고 보련사로 가고 있었다. 이때 은주발을 든 길가의 양생을 본 종이 주인에게 말했다.

ⓐ 소설 한 장면 위기 양생과 여인이 이별함

---

2) 은주발은 양생이 여인의 부모에게 여인과의 특별한 관계를 설명하기 위해 필요한 물건으로, 사건 전개에 필연성을 부여하고 이승에 있는 여인의 부모와 저승에 있는 여인을 이어주는 매개체 역할을 한다.

"아가씨 장례 때 함께 묻었던 그릇을 어떤 이가 가지고 있습니다."

"그게 무슨 말이냐?"

"저 서생이 가지고 있는 은주발을 보십시오."

주인은 말을 몰아 양생에게로 다가갔다. 그리고 은주발을 가지고 있는 연유를 물었다. 양생은 전날 여인과 약속한 바를 그대로 이야기했다. 주인은 놀라 의아해하더니 잠시 후 입을 열었다.

"내 슬하에 외동딸이 있었네. 그런데 그 아이는 왜구들이 쳐들어와 난리가 났을 때 목숨을 잃고 말았지.[3] 정식으로 장례도 치르지 못한 채 개령사開寧寺 옆에다 묻어 주고 오늘에 이르게 되었네. 오늘이 벌써 대상 날이라 절에서 재齋를 올려 명복이나 빌어 줄까 해서 가는 길일세. 자네가 약속을 지키려거든 내 딸을 기다리고 있다가 같이 오게. 그리고 조금도 놀라지 말게."

주인은 말을 마치고 보련사로 먼저 떠났다. 양생은 그 자리에 우두커니 서서 여인을 기다렸다. 과연 약속한 시간이 되자 여인은 시녀를 데리고 양생에게 왔다. 그들은 손을 잡고 기뻐하며 보련사로 갔다.

여인은 절 안에 들어서자 부처에게 절을 올리고 하얀 휘장 안으로 들어갔다. 부모와 친척, 승려들은 모두 여인을 보지 못했다. 오직 양생의 눈에만 보일 뿐이었다. 여인은 양생에게 말했다.

"저녁이나 드시지요."

양생은 여인의 말을 그녀의 부모에게 전했다. 그 부모는 시험 삼아 함께 밥을 먹자고 했다. 오직 수저가 그릇에 부딪치는 소리만 들렸는데 인간이 먹는 소리와 다를 바 없었다. 여인의 부모는 이에 탄식해 마지않더니 양생에게 장막 옆에서 여인과 함께 자도록 권했다. 밤중에 양생과 여인의 이야기 소리가 들렸지만, 사람들이 가만히 엿들으려고 하면 곧 그쳤다.

여인이 양생에게 말했다.

"제가 처녀로서의 법도를 어겼다는 것은 잘 알고 있습니다. 어릴 때 『시경』과 『서경』을 읽었으므로 예의에 대해서는 조금이나마 알고 있습니다. 그러나 다북쑥이 우거진 깊은 골에 너무 오랫동안 묻혀 버림받은 몸이 되고 보니 사랑의 욕구가 피어올라 걷잡을 수 없게 된 것입니다. 지난번 절에 가서

---

3) 여인이 목숨을 잃으면서까지 정조를 지키려고 했던 행동은 곧 작가 김시습이 세조를 따르지 않고 단종에게 충성을 지키려고 한 행동과 같은 맥락으로 이해할 수 있다.

부처님께 향불을 올리고 박명한 인생을 탄식했더니 뜻밖에도 삼세三世 전세·현세·내세의 인연을 만나게 되었습니다. 검소한 아내로서 서방님을 받들고 평생 절개를 지키며, 술을 빚고 옷을 꿰매며 지어미의 도리를 다하려 했습니다. 그러나 한스럽게도 업보를 피할 수 없어 즐거움을 다하지도 못한 채 저승으로 가야만 합니다. 이제는 떠나야 할 때입니다. 구름과 비는 해 뜨는 곳에서 사라지듯, 까마귀와 까치들이 은하에서 흩어져 견우직녀가 헤어지듯, 이제는 헤어져야 하니 훗날 다시 만날 것을 기약할 수 없습니다. 이별이 닥치니 처량하고 아득해 어찌할 바를 모르겠습니다."

여인의 혼이 떠날 때 울음소리가 끊이지 않더니 혼이 문밖에 이르러서는 은은한 노랫소리만 들려왔다.

저승 가는 길 임박했으니
슬프게 떠나야 하네
우리 임에게 비오니
날 버리지는 마옵소서
애달프구나, 우리 부모
나의 짝을 못 지었으니
아득한 구천에서
마음에 한이 맺히겠네

노랫소리가 점점 작아지면서 목메어 우는 소리와 분별할 수가 없게 되었다. 여인의 부모는 그제야 모든 일이 사실임을 알고 더 이상 의심하지 않았다. 양생 또한 여인이 귀신임을 알고 더욱 슬픔이 북받쳐 여인의 부모와 함께 머리를 맞대고 울었다.

여인의 부모가 양생에게 말했다.

"은주발은 자네에게 맡기겠네. 그리고 내 딸 몫으로 둔 밭 몇 마지기와 노비 몇 사람을 신표로 줄 테니 자네는 그것을 받고 내 딸을 잊지 말게."

이튿날 양생은 고기와 술을 준비해 개령동을 찾아갔다. 그곳에는 과연 임시로 만든 듯한 무덤 하나가 있었다. 양생은 가져간 제물을 차려 놓고 슬피 울었다. 양생은 무덤 앞에서 지전紙錢 종이로 만든 돈을 불사르고 장례를 치른 뒤 제문을 지어 위로했다.

"아아, 임이시여. 당신은 태어날 때는 온순했고 자라면서는 얼굴이 맑디 맑았소. 자태는 서시西施 중국 월나라 때 미인 같았고, 문장은 숙진淑眞 중국 송나라 때 여류 시인 보다 나았으며, 규방 밖에는 나가지 않고 가정 교육을 잘 받았소. 난리를 겪으면서 정조를 지켰지만 왜구의 손에 목숨을 잃었구려. 다북쑥 무성한 골에 홀로 묻혀 지내면서 꽃 피고 달 밝은 밤에 마음이 얼마나 아팠겠소. 봄바람에 애가 끊어지면 두견새의 피울음을 슬퍼했고, 가을밤 찬 서리에는 버림받은 비단 부채를 보며 탄식했겠구려.

지난날 하룻밤 당신을 만나 두 마음이 얽혀 이승과 저승이 다름에도 물 만난 고기처럼 즐거움을 다했소. 장차 백 년을 함께 지내려 했건만 하룻저 녁에 헤어지게 될 줄이야 어찌 알았겠소? 그대는 달나라에서 난새중국 전설에 나 오는 상상의 새를 타는 선녀가 되고 무산巫山에 비를 내리는 신녀가 될 것이니 땅이 어두워서 돌아오기도 어렵고 하늘이 아득해서 바라보기도 어렵겠구려. 나는 집에서도 멍해 말을 못하고, 밖에서도 아득해 갈 곳이 없다오. 영혼을 모신 휘장을 볼 때마다 흐느껴 울고 술을 마실 때에는 마음이 더욱 슬퍼진다오. 아름다운 당신의 모습 눈에 선하고, 낭랑한 당신의 목소리 귀에 들리는 듯 하오. 아아, 슬프구려! 총명한 당신의 성품, 말쑥한 당신의 기상. 몸은 비록

🕯 소설 한 장면   절정   양생이 죽은 여인을 위해 제사를 올림

흩어져 사라졌지만 혼령이야 어찌 없어지겠소? 이곳으로 내려와 뜰에 오르시고 내 옆에서 슬픔을 위로하소서. 비록 생과 사는 다르지만 이 글을 읽는 당신은 감동하리라 믿소."

양생은 장례를 지낸 후에도 슬픔을 이기지 못했다. 양생은 집과 땅을 모두 팔아 절로 들어가 사흘 내리 저녁 불공을 올렸다. 하루는 여인이 나타나 양생을 부르며 말했다.

"서방님이 정성껏 올리신 불공 덕에 저는 이미 다른 나라에서 남자의 몸으로 태어났습니다.[4] 저승과 이승은 가로막혀 있지만 서방님의 은혜에 깊은 감사를 드립니다. 서방님께서도 이제 다시 착한 업을 닦으시어 저와 함께 속세의 티끌에서 벗어나십시오."

그 뒤 양생은 다른 여자와 결혼하지 않고 지리산으로 들어가 약초를 캐면서 혼자 살았다. 양생이 언제 어디서 세상을 떠났는지는 아무도 알지 못했다.

 소설 한 장면　**결말**　여인과 영원히 이별한 양생이 속세를 떠남

---

4) 불교의 윤회사상이 드러난 대목으로, 지극정성을 다하면 생사의 운명을 바꿀 수도 있다는 작가의 내세관이 표현되어 있다.

🔭 생각해 볼까요?

선생님 「만복사저포기」에 삽입된 시는 어떤 역할을 하나요?
💬 2 ❤️ 2

↳ **학생 1** 소설 속에 삽입된 시는 앞으로 일어날 사건을 암시하거나 인물의 성격이나 주제를 간접적으로 제시하기도 해요.

↳ **학생 2** 소설은 전하고자 하는 메시지를 확산시키고, 시는 메시지를 응축시켜요. 따라서 작품 속에 시를 삽입하는 것은 메시지 전달 효과를 극대화하기 위한 장치로 볼 수 있어요. 시를 통해 상황에 따른 주인공의 심리를 묘사할 수도 있고요.

선생님 김시습이 지은 우리나라 최초의 한문 소설집 「금오신화」는 어떤 특징을 가지고 있을까요?
💬 2 ❤️ 2

↳ **학생 1** 「금오신화」는 중국 명나라 때 작가 구우가 지은 「전등신화」의 영향을 받은 것으로 알려져 있어요. 하지만 「전등신화」를 그대로 모방하지 않고, 김시습만의 독창성을 발휘해 창작했어요. 우리나라를 배경으로 하고 우리나라 사람을 등장시키며 우리나라만의 전통적인 사상과 감정을 담아냈지요.

↳ **학생 2** 「금오신화」에 실린 소설들은 모두 소재와 주제가 특이하고 비현실적, 비극적 성격을 띠는 게 특징이에요. 또한, 유려한 문어체 문장으로 쓰였고, 시가 자주 삽입되어 인물의 심리를 효과적으로 드러내요.

🔍 사육신과 생육신   ▽ 🔍

연관 검색어   수양 대군   단종   계유정난

> 세조는 아직 수양 대군이던 시절, '계유정난'을 일으켜 조정 대신들을 제거한 뒤 어린 단종을 물러나게 했다. 당시 왕위를 찬탈한 세조를 비판하고 단종을 향해 충절을 지킨 신하들을 일컬어 사육신(死六臣)과 생육신(生六臣)이라고 한다.
> 사육신들은 서로 모여 세조를 암살할 계획과 단종을 복위시킬 계획을 세우다가 발각되어 살해당했다. 생육신들은 사육신들의 뜻을 이어받아 벼슬에 나아가지 않고 초야에 묻혀 지냈다. 생육신 중 김시습은 사육신들의 시신을 거두어 묻어 주기도 했다.

이생규장전

#환신   #비현실적   #비극적사랑   #유불선

🥄 작품 길잡이

작가: 김시습(135쪽 '작가와 작품 세계' 참조)
갈래: 한문 소설, 명혼(冥婚 죽은 남녀를 함께 묶어 인연을 맺게 함) 소설, 단편 소설
성격: 전기적, 환상적, 낭만적, 비극적
배경: 시간 - 고려 공민왕 때 / 공간 - 송도(개성)
주제: 죽음을 초월한 남녀 간의 사랑
연대: 조선 세조 때
출전: 『금오신화』

📷 인물 관계도

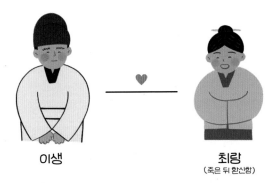

이생   최랑
                        (죽은 뒤 환신함)

이생	국학에 다니던 선비로, 담장 너머로 우연히 최랑을 보고 사랑에 빠진다.
최랑	이생과 어렵게 부부의 연을 맺지만, 홍건적의 난으로 인해 죽은 뒤 환신한다.

📋 구성과 줄거리

발단　**이생과 최랑이 만나 서로 사랑에 빠짐**

송도에 사는 이생은 국학에 다니다가 지체 높은 가문의 딸 최랑을 알게 된다. 이생은 밤마다 그 집 담을 넘어 다니며 최랑과 사랑을 나눈다.

전개　**이생과 최랑이 부모의 반대를 극복하고 혼인함**

이생의 행실을 눈치챈 부모가 이생을 울주로 보내 버린다. 최랑이 상사병 때문에 죽을 지경에 이르자 최랑의 부모는 중매쟁이를 보내 청혼을 한다. 이생의 부모는 이생의 장래를 걱정해 처음에는 거절했으나 최씨 집의 간절한 청에 결국 승낙한다. 이생과 최랑은 마침내 결혼하고, 다음 해 이생이 과거에 급제해 출세하며 둘의 행복은 절정에 달한다.

위기　**홍건적의 난으로 인해 최랑이 죽음**

홍건적의 난이 일어나자 이생과 최랑 모두 가족들과 뿔뿔이 흩어진다. 최랑은 홍건적 무리에게 겁탈을 당하지 않으려고 저항하다 처참하게 죽는다. 이생은 난이 수습된 뒤 집으로 돌아왔지만 가족의 생사를 확인하지 못한다.

절정　**이생이 죽은 최랑과 재회함**

이생은 슬픔에 잠겨 있는데, 그날 밤 죽은 최랑이 환신해 돌아온다. 그들은 난리 통에 겪은 일들을 이야기하며 서로의 사랑을 확인한다. 그 뒤 부모님의 유골을 거두어 예를 다해 장사를 지낸 두 사람은 행복한 나날을 보낸다.

결말　**이생과 최랑이 영원히 이별함**

3년이 지난 어느 날, 최랑은 이승에서의 시간이 다 되었음을 알리고 이생의 곁을 영원히 떠난다. 이생은 유언대로 최랑의 시체를 찾아 장사 지낸다. 그런 뒤 이생도 얼마 살지 못하고 병들어 죽는다.

이생규장전

송도 松都 개성의 옛 이름 낙타교 駱駝橋 고려 때 개경의 동남쪽에 있던 다리 인근에 이씨 성을 가진 서생이 살고 있었다. 그는 나이 열여덟에 풍채가 말쑥하고 재주가 뛰어나 일찍부터 국학 國學 탄현문 안에 있던 성균관에 다녔으며, 길을 걸으면서도 시서 詩書를 읽었다.

송도 선죽리 善竹里 선죽교 인근 마을의 한 귀족 가문에는 최씨 처녀가 살고 있었다. 나이는 열대여섯쯤 되었는데 자태가 아름답고 수도 잘 놓았으며 시와 문장도 잘 지었다. 세상 사람들은 이들을 칭찬해 이렇게 노래를 불렀다.

풍류를 아는구나, 이씨 집안 총각
아름답구나, 최씨 집안 처녀
그 재주와 그 얼굴을
누구인들 찬탄치 않으리오[1]

이생은 국학에 갈 때마다 최씨 집 북쪽 담을 지나갔다. 수십 그루의 수양버들이 간들간들 늘어져 담을 둥글게 둘러싸고 있는 곳이었다. 어느 날 수양버들 아래에서 쉬게 된 이생이 담장 안을 엿보았는데, 이름난 꽃들이 활짝 핀 정원에 벌들이 날아다니고 새들이 지저귀고 있었다. 꽃들 사이로는 작은 누각이 은은하게 비쳤다. 구슬발로 반쯤 가린 누각에는 비단 휘장이 낮게 드리워졌는데, 한 아름다운 처녀가 수를 놓다가 잠시 손을 멈추더니 턱을 괴고 시를 읊었다.

사창 紗窓 비단을 바른 창에 기대앉아 수놓기도 더딘데
숲 속에 꾀꼬리 소리 다정도 해라
소리 없는 봄바람을 부질없이 원망하며
조용히 바늘을 멈추고 생각에 잠겼어라

---

1) 작가 김시습은 자신의 작품들에서 시를 자주 활용했다. 삽입된 시는 인물의 심리를 비유적으로 드러내고, 서정적인 분위기를 자아낸다.

저기 가는 저 총각은 어느 집 도련님일까?
푸른 옷깃 넓은 띠, 버들가지 사이로 비치네
이 몸이 죽어서 제비라도 된다면
구슬발 가볍게 걷고 담장 위를 날아 넘으리

　이생은 처녀가 읊은 시를 듣고 마음이 조급해 참을 수 없었다. 그러나 그 집의 담은 높고 안채는 깊숙한 곳에 있었다. 이생은 어쩔 수 없이 서운한 마음을 품은 채 국학으로 갔다. 그리고 돌아오는 길에 흰 종이 한 장에다 시 세 수를 써서 기와 조각에 매달아 담장 안으로 던져 넣었다.

무산巫山 열두 봉우리 첩첩이 감싼 안개
그 위로 솟은 봉우리 붉고도 푸르구나
양왕襄王의 외로운 꿈을 수고롭게 하지 마오
구름 되고 비가 되어 양대陽臺에서 만나 보세

사마상여司馬相如 중국 전한 때의 문인가 되어 탁문군卓文君 사마상여의 연인을 꾀어내듯
마음속에 품었던 생각 이미 넘쳐흘렀네
붉은 담장 위의 복사꽃과 오얏꽃은 요염한데
바람에 날려서 어디로 떨어지나

좋은 인연 되려는지 나쁜 인연 되려는지
부질없는 이내 시름 하루가 일 년 같네
스물여덟 자 시로써 인연을 맺었으니
어느 날 남교藍橋에서 신선을 만나려나

　최랑은 몸종 향아를 시켜서 편지를 주워다 보았다. 바로 이생이 지은 시임을 확인하고 기쁜 마음에 두세 번 거듭 읽었다. 최랑은 종이쪽지에 글을 써서 담장 밖으로 던졌다.
　'임이여, 의심 마세요. 황혼녘에 만나기로 해요.'
　황혼이 되자 이생은 최랑의 집으로 찾아갔다. 담장 아래 이르니 문득 복사꽃 가지 하나가 넘어오면서 하늘거리는 그림자가 나타났다. 이생이 살펴

보니 그넷줄에 매달린 대바구니가 아래로 늘어뜨려지는 것이었다. 이생은 그 줄을 잡고 담을 넘었다.

　마침 달이 동산에 떠오르고 꽃 그림자가 드리워지며 맑은 향내가 그윽하게 풍겨 왔다. 이생은 신선계에 들어온 듯 기뻤지만, 사랑 때문에 몰래 숨어들어온 일을 떠올리자 머리칼이 곤두섰다. 이생이 좌우를 둘러보니 최랑이 꽃떨기 속에서 향아와 함께 꽃을 꺾어 머리에 꽂고 구석진 곳에 자리를 마련해 앉아 있었다. 최랑은 이생을 보고 방긋 웃으며 시 두 구절을 먼저 읊었다.

　복사와 오얏 가지 사이로 꽃송이 탐스럽고
　원앙금침 베개 위에 달빛도 고와라

　이생은 최랑의 뒤를 이어 시를 읊었다.

　어느 때인가 봄소식이 새 나간다면
　무정한 비바람에 더욱 가련해지리

🌙 소설 한 장면　　발단　이생과 최랑이 만나 서로 사랑에 빠짐

최랑은 얼굴빛이 변하며 이생에게 말했다.

"저는 본디 도련님과 부부가 되어 영원히 즐거움을 누리려고 했습니다. 그런데 당신은 어찌 그렇게 말씀하십니까? 저는 비록 여자의 몸이지만 아무 의심 없이 태연한데 장부의 의기를 가지고도 어찌 그런 말씀을 하십니까? 규방의 일이 누설되어 친정에서 꾸지람을 듣더라도 저 혼자 책임을 지겠습니다. 향아야, 술과 안주를 가져오너라."

향아가 최랑의 분부를 받고 술과 안주를 가지러 가자 사방이 고요해 아무런 인기척도 없었다. 이생이 최랑에게 물었다.

"이곳은 어디입니까?"

최랑이 대답했다.

"이곳은 뒷동산에 있는 작은 누각 아래입니다. 저희 부모님께서 외동딸인 저를 사랑하시어 부용지芙蓉池 못가에다 이 누각을 따로 지어 주셨지요. 봄이 되어 꽃들이 활짝 피면 몸종 향아와 함께 즐겁게 경치를 즐기라고 하신 것입니다. 부모님이 계신 곳은 여기서 멀기 때문에 웃고 크게 이야기해도 쉽게 들리지 않는답니다."

최랑은 술 한 잔을 따라 이생에게 권하고 고풍시古風詩 한 편을 읊었다.

부용못 푸른 물을 난간에서 굽어보니
물 위의 연꽃 무리, 사람과 더불어 속삭이네
향기로운 안개 자욱하고 봄빛이 화창한데
새 노래 지어 백저사白紵詞 중국 오나라 때 민요로, 춤을 추기 위해 지었음를 불러 보네
꽃그늘에 달빛이 비껴 방석에 스며들고
긴 가지 잡아당기니 붉은 꽃비가 떨어지네
바람이 향내를 날려 옷자락에 묻어나고
첫봄을 맞은 아가씨 봄볕 속에 춤추네
비단 소매 가볍게 해당화를 스쳤다가
꽃 사이에 졸고 있던 앵무새만 깨웠네

이생도 바로 시를 지어 화답했다.

도원桃源에 몰래 드니 복사꽃 만발한데

사모하는 이내 마음 말로 다 할 수 없네
구름같이 쪽 찐 머리에 금비녀 낮게 꽂고
산뜻한 봄 적삼을 새로 지어 푸르구나
봄바람 산들 불어 꽃가지를 꺾었으니
많고 많은 꽃가지에 비바람아 불지 마오
선녀의 소맷자락 나부끼니 그림자도 하늘거리고
계수나무 그늘 속에서는 항아姮娥 달에 산다는 전설 속의 선녀가 춤을 추네
좋은 일 마치기 전에는 시름이 따를 테니
함부로 새 곡조 지어 앵무새에게 가르치지 마오

최랑은 술자리가 끝나자 이생에게 말했다.

"오늘의 일은 분명 작은 인연이 아닙니다. 저를 따라오셔서 정을 맺는 것이 좋겠습니다."

최랑은 말을 마치고 북쪽 창문으로 들어갔다. 이생도 최랑의 뒤를 따라갔다. 누각에 달린 사다리를 타고 올라가니 그 안에 방이 있었다. 방 안에는 문방제구와 책상이 말끔했고 한쪽 벽에는 연강첩장도烟江疊嶂圖 안개가 자욱하게 낀 강 너머로 산봉우리가 보이는 그림와 유황고목도幽篁古木圖 그윽한 대숲과 고목을 그린 그림가 걸려 있었다. 모두 이름난 그림들이었다. 그림 위에는 시가 씌어 있었는데 누가 지은 시인지는 알 수 없었다.

첫 번째 그림에는 이런 시가 씌어 있었다.

어떤 사람의 붓 끝에 힘이 넘쳐
깊은 강 첩첩산중을 이렇게 그렸던가
웅장하구나, 삼만 길의 방호산方壺山 신선이 산다는 삼신산 중의 하나
아득한 구름 사이로 반쯤만 드러났네
저 멀리 산자락 몇백 리까지 뻗었는데
푸른 소라처럼 쪽 찐 머리가 가까이 보이네
끝없이 푸른 물결 하늘가에 닿았는데
저녁노을 바라보니 고향이 그리워라
이 그림 바라보니 사람 마음 쓸쓸해져
소상강 비바람에 배 띄운 듯해라

두 번째 그림에는 이런 시가 씌어 있었다.

그윽한 대숲에서는 가을 소리가 들리는 듯
비스듬히 솟은 고목들 사모의 정을 품었어라
구부러진 늙은 뿌리에는 이끼가 끼어 있고
굵고 곧은 가지는 바람과 천둥을 이겨 왔네
마음속에 담겨 있는 조화가 끝없으니
미묘한 이 풍경을 누구에게 말할 텐가
위언 韋偃 노송과 괴석을 잘 그린 중국 당나라 때 화가 과 여가 輿可 중국 북송 때 화가 도 이미 귀신이 되었으니
드높은 조화로움을 아는 이가 몇이려나?
활짝 갠 창 너머로 그윽이 마주 보니
삼매경에 든 필법이 못내 사랑스러워라

한쪽 벽에는 사계절의 경치를 읊은 시가 각각 네 수씩 붙어 있었는데 그 역시 누가 지었는지는 알 수 없었다. 글씨는 송설 松雪 중국 원나라 때 서예가인 조맹부의 호 의 서체를 본받아 정교하고 단정했다.
그 첫째 폭에는 이런 시가 씌어 있었다.

연꽃 그림 휘장은 따뜻하고 은은한 향내는 실 같은데
창밖에 붉은 살구꽃이 비 내리듯 뿌려지네
누대에서의 하룻밤 꿈 파루 罷漏 새벽 세 시부터 다섯 시경에 쇠북을 서른세 번 치는 것 소리에 깨고 보니
개나리 무성한 둑에 때까치가 울어 대네
제비 새끼 커 가는데 규방 깊숙이 들어앉아
귀찮은 듯 말도 없이 금바늘을 멈추었네
꽃 아래로 쌍쌍이 나는 나비들
그늘진 동산에서 지는 꽃을 따라가네
꽃샘추위가 초록 치마를 스쳐 가니
무정한 봄바람에 이내 간장 끊어지네
말 없는 심정을 그 누가 알아줄까?
온갖 꽃 만발한 뜰에 원앙새가 춤추는구나
깊어 가는 봄빛이 세상에 가득한데

붉은 꽃잎 푸른 나뭇잎 사창紗窓에 비치었네
뜰의 꽃과 풀들은 봄기운을 이기지 못해
주렴을 가볍게 걷고 지는 꽃을 바라보네

두 번째 폭에는 이런 시가 씌어 있었다.

피어나는 밀싹 위로 제비 새끼 날아드는데
남쪽 뜰 곳곳엔 석류꽃이 피었구나
푸른 창가에 앉아 길쌈하는 아가씨는
붉은 비단을 마름질해 새 치마를 짓는다네
매화 열매 익는 철에 부슬부슬 비가 내리는데
홰나무 그늘에 꾀꼬리 울고 제비는 주렴으로 날아드네
한 해 봄 풍경은 또 한 번 시들어 가니
고련꽃 떨어지고 죽순이 솟아나네
푸른 살구 가지 손에 쥐고 꾀꼬리를 깨우니
남쪽 난간에 서늘한 바람 해그림자 더디어라
연잎 향기롭고 못에 물이 가득한데
푸른 물결 깊은 곳에서 원앙이 목욕하네
등藤 콩과의 낙엽 덩굴성 식물 평상 대자리에 무늬가 물결 지고
소상강瀟湘江 그린 병풍에는 구름이 한 자락 있네
고달픔 못 이겨 낮 꿈을 깨고 나니
창가에 비낀 햇살이 뉘엿뉘엿 넘어가네

세 번째 폭에는 이런 시가 씌어 있었다.

가을바람 쌀쌀한데 찬 이슬이 맺히고
달빛은 고와서 물빛 더욱 푸르구나
한 소리 또 한 소리 기러기 울며 돌아가는데
우물에 오동잎 지는 소리 다시금 듣고파라
평상 밑에서는 온갖 벌레 구슬프게 울어 대고
평상 위에서는 어여쁜 아가씨가 구슬 눈물을 떨구네

만 리 밖 싸움터에 가신 임에게도
오늘밤 옥문관玉門關 중국의 감숙성 돈황 서쪽 관문에 달빛이 환하겠지
새 옷을 마르려니 치수에 맞게 자르려니 가위가 차가워라
나직이 시녀 불러 다리미를 청했지만
다리미에 불 꺼진 걸 미처 알지 못하다가
나직이 혀를 차고 머리를 긁적이네
작은 못에 연꽃 지고 파초 잎도 누레지니
원앙 그린 기왓장이 첫서리에 젖었네
묵은 시름 새 원한을 막을 길이 없는데
귀뚜라미 울음소리 골방에 들리네

네 번째 폭에 쓰인 시는 이러했다.

매화 가지 그림자 하나가 창가로 뻗었는데
바람 센 서쪽 행랑에 달빛 더욱 밝아라
화롯불 아직 살아 부저로 뒤적이고는
아이를 불러다 차솥을 바꾸라네
밤 서리에 놀란 잎이 자주 흔들리고
돌개바람이 눈을 날려 긴 마루로 들어오네
임 그리는 마음에 밤새도록 뒤척이니
빙하氷河가 어디런가, 그 옛날 전쟁터일세
창에 가득한 붉은 햇볕 봄날처럼 따뜻한데
시름에 잠긴 눈썹에 졸음까지 더하네
병에 꽂힌 작은 매화는 필 듯 말 듯 하는데
수줍어 말 못 하고 원앙새만 수를 놓네
쌀쌀한 서리 바람이 북쪽 숲을 스치는데
처량하게 우는 까마귀 근심만 더해 주네
등불 앞에 임 생각 눈물 되어 흐르니
가는 실에 떨어져 바늘 꿰기 힘이 드네

한쪽에는 작은 방 하나가 따로 있었는데 휘장, 요, 이불, 베개들이 아주

깨끗했다. 휘장 밖에는 사향을 태우고 난향蘭香 기름으로 촛불을 밝혀 놓았는데 대낮처럼 밝았다. 이생은 최랑과 마음껏 즐거움을 누리면서 여러 날을 머물렀다. 그러던 어느 날 이생이 최랑에게 말했다.

"옛 성현들 말씀에 어버이가 계시면 나가 놀더라도 반드시 가는 곳을 알려야 한다고 했소. 오늘로서 내가 집을 떠난 지 사흘이나 되어 부모님께서 기다리실 테니 어찌 자식 된 도리라 할 수 있겠소?"

최랑은 서운하게 여기면서도 고개를 끄덕이고 담을 넘어 보내 주었다. 이생은 그 후로 저녁마다 최랑을 찾아갔다. 그러던 어느 날 이생의 아버지는 이생을 꾸짖으며 말했다.

"네가 아침에 나갔다가 저녁에 돌아오는 것은 옛 성현의 어질고 의로운 가르침을 배우기 위해서다. 그런데 요즘은 저녁에 나갔다가 새벽에 돌아오니 이게 어떻게 된 일이냐? 필시 경박한 놈들의 행실을 배워 남의 집 아가씨나 엿보고 다니는 것이 아니냐? 이런 일이 사람들에게 알려지면 남들은 모두 내가 자식을 엄하게 가르치지 못했다고 할 것이다. 또 그 처녀도 지체 높은 집안의 딸이라면 반드시 너의 분별없는 짓 때문에 가문에 누를 입히게 될 것이다. 남의 집에 죄를 지었으니 너의 잘못이 작지 않다. 영남으로 내려가서 종들이 농사하는 것이나 감독하거라. 그리고 다시는 돌아오지 말거라."

이튿날 이생의 아버지는 이생을 울주蔚州 울산의 옛 이름 로 내려보냈다. 최랑은 저녁마다 화원에서 이생을 기다렸지만 여러 달이 되어도 이생은 돌아오지 않았다. 최랑은 이생이 병에 걸린 게 아닌가 하여 향아를 시켜 이생의 근황을 몰래 이웃들에게 물어 오게 했다. 이웃 사람들이 이렇게 대답했다.

"그 집 도령은 아버지에게 죄를 지어 영남으로 떠난 지가 벌써 여러 달이나 되었다오."[2]

최랑은 이 소식을 듣고 병이 들어 자리에서 일어나지도 못하고 음식도 먹지 못했다. 말을 해도 알아듣지 못하고 얼굴이 점점 초췌해졌다. 최랑의 부모가 이상히 여겨 물었지만 최랑은 아무런 말도 하지 않았다. 하지만 부모가 딸의 방 안에 있는 상자 속을 들추어 보았더니 이생과 주고받은 시들이 있었다. 최랑의 부모는 그제야 놀라 무릎을 치며 말했다.

---

2) 이생은 부모의 허락 없이 연애를 했다는 이유만으로 다른 지역에 보내진다. 이를 통해 당대의 유교 사상이 매우 엄격했음을 알 수 있다.

"어이구, 자칫하면 우리 딸자식을 잃어버릴 뻔했구려."

그러고는 최랑에게 물었다.

"이생이 누구냐?"

이렇게 되자 최랑도 더이상 숨길 수 없어 기어드는 목소리로 부모에게 말했다.

"부모님께서 길러 주신 은혜가 깊사온데 어찌 사실을 숨기겠습니까? 생각해 보니 남녀가 사랑을 느끼는 것은 인간의 정리情理 중에서도 가장 중요합니다. 그러므로 '떨어지는 매화 열매처럼 좋은 날을 놓치지 마라'라고 한 말은 『시경詩經』의 「주남周南」편에도 나타나고, '여자가 정조를 지키지 못하면 흉하다'라고 『역경易經』에서도 경계했습니다. 그런데 저는 사내와 눈이 맞아 죄가 이미 가득 찼으니 집안에 누를 끼치고 말았습니다. 또한, 아름다운 도련님과 정을 통한 뒤부터는 도련님에 대한 원망이 천만 번 생기게 되었습니다. 연약한 몸으로 괴로움을 참으며 홀로 살아가려니 사모하는 마음은 나날이 깊어 가고 아픈 상처가 나날이 더해 죽을 지경에 이르렀습니다. 이제는 원한 맺힌 귀신이 될 것 같습니다. 부모님께서 제 소원을 들어주신다면 남은 목숨을 보존하게 될 것이나 거절하신다면 죽음만이 있을 뿐입니다. 이생 도련님과 저승에서 다시 만나 노닐지언정 맹세코 다른 가문으로 시집가지는 않겠습니다."

일이 이렇게 되자 부모도 딸의 굳은 뜻을 알게 되었다. 그들은 최랑의 병에 대해 두 번 다시 묻지 않고 딸의 마음을 달랬다. 그리하고는 중매인을 시켜 예를 갖추어 이생의 집으로 보냈다. 이생의 아버지는 최씨 가문이 얼마나 번성한지 물은 뒤에 말했다.

"우리 집 아이가 비록 어린 나이에 바람이 났지만 학문에 정통하고 신수가 제법 훤합니다. 아마도 앞으로 장원 급제를 할 것이며 훗날 이름을 세상에 떨칠 것이니 서둘러 혼처를 정하고 싶지 않습니다."

중매인이 돌아가서 그대로 아뢰자 최씨는 다시 중매인을 보내어 말하게 했다.

"지금 친구들이 모두 그 댁 아드님의 재주가 남달리 뛰어나다고 칭찬하고 있습니다. 아직은 똬리를 틀고 있지만 어찌 끝까지 연못 속에 잠겨만 있겠습니까? 빨리 혼삿날을 정해 두 집안의 즐거움을 이루는 것이 좋겠습니다."

중매인이 가서 최랑 부모의 말을 전했더니 이생의 아버지가 말했다.

"나도 젊었을 때부터 책을 읽고 학문을 닦았지만 다 늙도록 성공하지 못했소. 종들도 흩어지고 친척도 도와주지 않아 살림도 신통치 않고 궁색해졌소. 그러니 문벌 좋고 번성한 집안에서 어찌 한갓 빈한한 선비를 사위로 삼으려 하시겠소? 이는 반드시 일 만들기 좋아하는 이들이 우리 집안을 지나치게 칭찬해서 귀댁을 속이려는 것일 거요."

중매인이 돌아와서 이생 아버지의 말을 최씨 집안에 전하자 최씨 집안에서는 이렇게 말했다.

"혼례를 치르기 위한 모든 절차와 예물은 모두 저희 집에서 갖추겠습니다. 좋은 날을 가려서 화촉의 시기만 정해 주시면 좋겠습니다."

상황이 이쯤 되자 이씨 집에서도 고집을 꺾을 수밖에 없었다. 이생의 아버지는 사람을 보내 이생을 불러다 그의 뜻을 물었다. 이생은 기쁨을 이기지 못하고 곧 시 한 수를 지었다.

쪼개진 거울이 다시 둥글게 되니 만남도 때가 있어
은하수에 오작교가 우리 만남을 돕는구나
이제야 월하노인月下老人 부부의 인연을 맺어 준다는 전설상의 노인이 붉은 실을 잡아매었으니
봄바람이 불더라도 소쩍새를 원망 마소

📖 소설 한 장면　　전개　이생과 최랑이 부모의 반대를 극복하고 혼인함

최랑은 이생의 시를 듣고 병세가 차츰 나아져 답시를 지었다.

나쁜 인연이 좋은 인연 되어
그 옛날 맹세가 마침내 이루어졌네
임과 함께 작은 수레 끌고 갈 날 그 언제일까?
아이야, 나를 일으켜 다오. 내 꽃 비녀를 손질하련다

길한 날을 가려 마침내 혼례를 올리니 끊어졌던 사랑이 다시 이어지게 되었다. 그들은 부부가 된 후에 서로 사랑하면서 공경해 마치 손님처럼 대하니 비록 그 옛날의 양홍梁鴻과 맹광孟光 중국 후한 시대에 훌륭한 부부로 알려진 인물들 이라도 그들의 절개와 의리를 따를 수가 없었다. 이생이 이듬해 문과에 급제해 높은 벼슬에 오르자 그의 이름이 조정에 알려졌다.

신축년辛丑年 고려 공민왕 10년에 홍건적紅巾賊 중국 원나라 말기에 붉은 두건을 쓰고 활동한 도적의 무리이 서울을 침략하자 임금은 복주福州 지금의 안동로 피난을 갔다. 적들은 집을 불태워 없애 버렸으며 사람을 죽이고 가축은 잡아먹었다. 부부와 친척끼리도 서로를 보호하지 못했고 동서로 달아나 각자 살길을 찾는 수밖에 없었다. 이생은 가족을 이끌고 외진 산골로 숨었는데 한 무리의 도적이 칼을 빼어 들고 뒤를 쫓아왔다. 이생은 달아나 목숨을 건졌지만 최랑은 도적에게 사로잡혔다. 도적이 최랑을 겁탈하려 하자 최랑은 크게 꾸짖었다.

"호랑이에게 잡아먹힌 귀신 같은 놈들아. 나를 죽여 씹어 먹어라. 내 차라리 죽어서 이리의 뱃속에 들어갈지언정 어찌 개돼지 같은 놈의 짝이 되겠느냐?"

도적이 크게 화가 나서 최랑을 죽이고 살을 도려내 황야에 뿌렸다. 이생은 거친 들판에 숨어서 겨우 목숨을 보전하다가 도적이 도망갔다는 소식을 듣고 부모님이 사시던 옛집을 찾아갔다. 그러나 집은 이미 난리 통에 불타 없어진 뒤였다. 또 최랑의 집에도 가 보았더니 행랑채는 황량했으며 쥐와 새들의 울음소리만 요란했다. 이생은 슬픔을 이기지 못해 눈물을 흘리며 길게 한숨을 쉬었다. 날은 저물어 가는데 우두커니 홀로 앉아 지난날을 생각해 보니 모두가 한바탕 꿈인 것만 같았다.

이경二更 저녁 아홉 시부터 열한 시 사이이 되자 희미한 달빛이 깔리는데 어디에선가 발자국 소리가 들려왔다.[3] 발자국 소리는 멀리서부터 차츰 가까이 다가왔다. 가까이에서 보니 바로 최랑이었다. 이생은 최랑이 이미 죽은 것을 알고 있었지만 너무도 사랑하는 마음에 의심하지 않고 물었다.

"당신은 어디로 피난을 가서 목숨을 보전했소?"

최랑은 이생의 손을 잡고 구슬피 울더니 사정을 이야기했다.

"저는 본디 양가의 딸로서 어릴 때부터 어버이의 가르침을 받아 수놓기와 바느질에 힘썼고, 시서와 예법을 배웠습니다. 그러니 규방의 법도만 알 뿐 바깥의 일이야 어찌 알겠습니까? 그런데 마침 서방님이 붉은 살구꽃이 핀 담장 안을 엿보신 후 저는 스스로 서방님께 몸을 의탁했지요. 꽃 앞에서 한 번 웃고 평생의 가약을 맺었고, 휘장 속에서 다시 만날 때에는 그 사랑이 백 년을 넘쳐흘렀습니다. 아아, 이렇게 말하고 보니 슬프고도 부끄러워 견딜 수가 없군요. 장차 백 년을 함께하자고 했는데, 뜻밖에 횡액을 만나 도랑으로 곤두박질할 줄이야 어찌 알았겠습니까? 늑대 같은 놈들에게 끝

내 차라리 죽어서 이리의 뱃속에 들어갈지언정 어찌 개돼지 같은 놈의 짝이 되겠느냐?

🗨 소설 한 장면 위기 홍건적의 난으로 인해 최랑이 죽음

3) 「이생규장전」은 현실을 다루는 전반부와 비현실을 다루는 후반부로 나뉘어 있다. 산 자와 죽은 자가 생사를 초월해 다시 인연을 맺는다는 대목에서 비현실성이 두드러진다.

까지 정조를 잃지 않았지만 제 몸은 진흙탕에서 찢겨졌답니다. 저는 당신과 외딴 산골에서 헤어진 뒤 짝 잃은 외기러기 신세가 되었지요. 집도 없어지고 부모님도 돌아가셨으니 피곤한 혼백을 의지할 곳도 없어졌습니다. 절개는 무겁고 목숨은 가벼우니 쇠잔한 몸뚱이일망정 치욕을 면한 것만이라도 다행스럽게 여겼지요. 그러나 마디마디 끊어진 제 마음을 그 누가 불쌍하게 여겨 주겠어요? 애끊는 썩은 창자에만 맺혀 있을 뿐이지요. 해골은 들판에 내던져졌고 간과 쓸개는 땅바닥에 널려졌으니 가만히 옛날의 즐거움을 생각해 보면 오늘의 슬픔을 위한 것이 아니었나 여겨집니다. 이제 봄바람이 깊은 골짜기에 불어오기에 저도 이승으로 돌아왔지요. 서방님과 저는 봉래산 십이 년의 약속으로 얽힌 몸, 삼세三世의 향이 향기로우니 오랫동안 뵙지 못한 한을 이제 풀어 옛 맹세를 저버리지 않겠습니다. 서방님이 지금도 그 맹세를 잊지 않으셨다면 저도 끝까지 잘 모시고 싶답니다. 서방님께서는 허락해 주시겠지요?”

이생은 고마워하며 말했다.

“그게 바로 내 소원이오.”

그러고는 서로 정답게 심정을 털어놓았다. 도적들이 재산을 얼마나 노략질해 갔는지 이생이 묻자 여인이 대답했다.

🍵 소설 한 장면   절정   이생이 죽은 최랑과 재회함

"조금도 잃지 않고 어느 산 어느 골짜기에 묻어 두었답니다."

"두 집 부모님의 유골은 어디에 모셨소?"

"어느 곳에 버려져 있습니다."

부부는 이야기를 끝낸 뒤 잠자리를 같이했는데 지극한 즐거움이 옛날과 다름없었다. 이튿날 최랑은 이생과 함께 자기가 묻혀 있던 곳을 찾아갔는데 과연 금과 은 몇 덩어리와 재물도 약간 있었다. 그들은 두 집 부모님의 유골을 거두고 금과 재물을 팔아 각각 오관산五冠山 기슭에 합장合葬하고, 나무를 심고 제사를 올려 예절을 모두 다 마쳤다.

그 뒤에 이생은 벼슬도 하지 않고 최랑과 함께 살았다. 목숨을 구하려고 달아났던 종들도 다시 돌아왔다. 이때부터 이생은 인간 세상의 모든 일을 다 잊어버렸으며 친척이나 이웃의 길흉사가 있더라도 방문을 닫아걸고 나가지 않았다. 언제나 최랑과 더불어 시를 지어 주고받으며 금실 좋게 살았다.

그럭저럭 몇 년이 지난 어느 날 저녁, 최랑이 이생에게 말했다.

"서방님과 세 번이나 가약을 맺었지만 즐거움이 다하기도 전에 슬픈 이별을 해야만 하겠어요."[4]

최랑이 목메어 울자 이생은 놀라며 물었다.

"어찌 그런 말을 하는 것이오?"

"저승길은 피할 수가 없답니다. 하느님께서 저로 하여금 서방님을 모시게 한 것은 우리 두 사람의 연분이 끊어지지 않았고, 또 전생에 아무런 죄도 짓지 않았기 때문입니다. 그래서 이 몸을 환생시켜 당신과 잠시라도 시름을 풀게 해준 것입니다. 그러나 오랫동안 인간 세상에 머물면서 산 사람을 미혹시킬 수는 없습니다."

그러고는 몸종 향아를 시켜 술을 올리게 하고 옥루춘곡玉樓春曲 한가락을 지어 부르며 이생에게 술을 권했다.

칼과 창이 부딪히며 싸움이 가득한 판에
옥 부서지고 꽃은 떨어지고 원앙도 짝을 잃었네

---

4) 첫 번째는 담장을 사이에 두고 만난 이생과 최랑이 연을 맺은 것을 말하고, 두 번째는 양가 부모의 반대를 극복하고 혼인한 것을 말한다. 세 번째는 이생과 최랑이 생사를 넘어 함께 지낸 것을 말한다.

흩어진 해골은 그 누가 묻어 주랴?

피투성이로 떠도는 혼백 하소연할 곳 없구나

무산선녀巫山仙女가 고당高堂에 한 번 내려온 뒤에

깨어진 거울 거듭 갈라지니 마음 더욱 쓰라리네

이제 작별하면 두 사람 서로 아득히 떨어질 테니

하늘과 인간 세상 사이에 소식마저 막히리라

가락마다 눈물이 자꾸 흘러내려 거의 곡조를 이루지 못했다. 이생도 슬
픔을 걷잡지 못하며 말했다.

"내 차라리 부인과 황천黃泉으로 갈지언정 어찌 쓸쓸히 홀로 여생을 보내
겠소? 지난번 난리를 겪은 후에 친척과 종들이 뿔뿔이 흩어지고 돌아가신
부모님 유골이 들판에 내버려져 있었는데, 부인이 아니었다면 그 누가 장
사를 지내 드렸겠소? 옛 성현 말씀에 어버이 살아생전 예로써 섬기고 돌아
가신 뒤에도 예로써 장사 지내라 했는데, 이런 일을 모두 부인이 감당해 주
었소. 정말 부인은 천성이 효성스럽고 인정이 두터운 사람이오. 나는 부인
에게 감격해 부끄러움을 견디지 못하겠소. 부인도 인간 세상에 더 오래 머
물다가 백 년 뒤에 나와 함께 티끌이 되었으면 좋겠구려."

최랑이 말했다.

"서방님 목숨은 아직 남아 있지만 저는 이미 귀록鬼錄 저승에서 죽은 사람의 이름을 기록해
두는 장부에 실려 있답니다. 그래서 더 있을 수가 없지요. 제가 인간 세상에 미
련을 가져 명부의 법도를 어긴다면 저에게만 죄가 미치는 게 아니라 서방
님에게도 누가 미칠 것입니다.[5] 저의 유골이 어느 곳에 흩어져 있으니 만약
은혜를 베풀어 주시려면 비바람이나 맞지 않게 해 주세요."

두 사람은 서로 바라보며 눈물만 줄줄 흘렸다.

"서방님, 부디 안녕히 계십시오."

말을 마치자 차츰 사라지더니 마침내 최랑의 자취가 사라졌다.

이생은 최랑의 유골을 거두어 부모님 무덤 곁에 장사를 지내 주었다. 장
사를 지낸 뒤에는 이생도 부인 생각에 병을 얻어, 몇 달 만에 세상을 떠났다.

---

[5] 이생과 최랑이 생사를 초월해 다시 만나기는 했지만, 삶과 죽음은 결국 갈라져 있다는 작가의 불교적인 관념이
나타난다.

이 이야기를 들은 사람들은 모두 가슴이 아파 탄식했고, 그들의 아름다운 절개를 사모하지 않는 사람이 없었다.

🍎 **소설 한 장면**　결말　이생과 최랑이 영원히 이별함

🪶 **생각해 볼까요?**

 선생님 최랑이라는 인물을 통해 작가는 무엇을 말하고자 했을까요?

💬 2　❤️ 2

↳ **학생 1** 최랑은 이생과의 만남, 혼인, 재회로 이어지는 일련의 과정에서 주도적인 역할을 해요. 부모의 명을 감히 거역하지 못하고 시골로 내려간 이생과 달리, 최랑은 부모에게 자신의 주장을 끝까지 피력하지요. 즉, 「이생규장전」에서는 남성인 이생보다 여성인 최랑이 더 적극적인 인물로 그려지고 있어요.

↳ **학생 2** 작가는 최랑이라는 인물을 통해 유교적인 규율에 얽매이지 않는 진보적인 여성관을 드러내고자 했어요. 아울러 시대를 앞서가는 근대적 자유연애 사상도 엿볼 수 있지요.

 선생님 「이생규장전」과 앞에서 살펴본 「만복사저포기」는 모두 김시습이 지었어요. 두 작품의 공통점에 대해 알아볼까요?

💬 2　❤️ 2

↳ **학생 1** 「이생규장전」의 이생과 최랑, 「만복사저포기」의 양생과 여인은 모두 능력이 뛰어나고 외모가 단정한 인물들이에요. 특히 여성 인물들은 적극적으로 나서서 사랑을 쟁취하려고 하지요.

↳ **학생 2** 결말이 비극적이라는 것도 두 작품의 공통점이에요. 잠시 재회하기는 하지만, 이승의 사람과 저승의 영혼은 결국 이별할 수밖에 없으니까요.

> 『금오신화』 ▼ 🔍

연관 검색어　경주 금오산　환상성　전기 소설

우리나라 최초의 한문 소설로, 중국의 괴기 소설인 『전등신화』의 영향을 받았으나 많은 부분에서 김시습이 독창성을 발휘해 창작했다. 『금오신화』에 실린 소설들은 모두 우리나라를 배경으로 하고, 우리나라 사람이 등장해 우리 민족 고유의 정서를 잘 보여 주고 있다. 또한, 소재와 주제가 독특하고 비현실적인 내용이 많이 담겨 있다는 점, 문장이 유려하다는 점, 소설 속에 시가 삽입된 부분이 있다는 점, 대부분 비극적인 결말로 끝난다는 점 등이 특징으로 꼽힌다.

『금오신화』에 수록된 소설들로는 「만복사저포기」와 「이생규장전」을 비롯해 「취유부벽정기」, 「남염부주지」, 「용궁부연록」이 있다.

설공찬전

#귀신　　#사후세계　　#사회비판　　#최초의국문필사본

⚓ 작품 길잡이

작가: 채수
갈래: 한문 소설, 전기 소설, 풍자 소설
성격: 전기적, 현실 비판적, 풍자적
배경: 시간 – 16세기 / 공간 – 전라도 순창
주제: 저승 이야기를 통해 당시의 혼란스러운 정치 상황을 풍자
출전: 이문건『묵재일기』

📷 인물 관계도

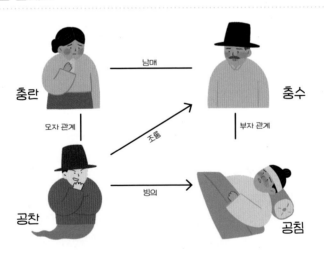

충란 ─── 남매 ─── 충수
모자 관계　　　　조롱　　　　부자 관계
공찬 ─── 빙의 ─── 공침

충수	아들 공침의 병을 낫게 하기 위해 백방으로 노력한다.
공찬	죽은 뒤 넋으로 나타나 공침의 몸을 드나들며 공침을 괴롭힌다.
공침	공찬의 넋에 씌여 정신을 차리지 못하고 죽어간다.

❀ 작가와 작품 세계

채수(蔡壽, 1449~1515)

조선 중기의 문신이자 학자. 자는 기지(耆之), 호는 난재 또는 나재(懶齋). 21세의 이른 나이로 장원 급제해 사헌부 감찰을 제수받았다. 홍문관에서 일하거나 이조정랑을 지내기도 하는 등 입신양명했지만, 연산군의 생모인 폐비 윤씨를 옹호하다 벼슬을 잃었다. 이후 명나라에 사신으로 다녀오기도 했고, 중종반정이 일어나자 반정 측에 가담하기도 했다. 유불선에 능통했을 뿐만 아니라 패관소설에도 많은 관심을 두었다. 대표 작품으로는 한글로 필사된 우리나라 최초의 소설 「설공찬전」이 있고, 저서로는 『나재집』 2권이 있다.

📖 구성과 줄거리

발단   순창에 살던 설충란의 딸과 아들이 차례로 죽음

순창에 살던 설충란은 부유하고 훌륭한 가문 출신으로, 슬하에 딸과 아들을 하나씩 두고 있다. 설충란의 딸은 시집간 지 얼마 되지 않아 아이 없이 죽고, 설충란의 아들 공찬은 장가도 가지 못한 채 일찍 죽는다.

전개   공찬의 넋이 공침을 마음대로 부림

설충란에게는 남동생 설충수가 있었는데, 그의 아들은 공침이다. 공찬의 누나가 설충수의 집에 넋으로 나타나 공침을 괴롭히자 공침은 앓아눕는다. 충수가 귀신을 쫓아내자 공찬의 누나는 달아나며 공찬의 넋을 불러오겠다고 말한다.

위기   충수는 공침을 낫게 하기 위해 애쓰지만 소용이 없음

공찬의 넋이 공침의 몸에 수시로 드나들자 공침의 병세는 더욱 깊어진다. 충수는 아들 공침을 낫게 하기 위해 백방으로 애를 쓰지만 소용이 없다. 충수는 공찬의 넋에게 사과하고, 공찬의 넋은 사촌 동생인 설위와 윤자신을 불러오라고 말한다.

절정   공찬의 넋이 저승 이야기를 들려줌

공찬의 넋은 공침 안에 들어간 채 설위와 윤자신에게 저승 이야기를 들려준다. 저승은 이승과 아주 멀리 떨어져 있고 세상의 모든 죽은 자들이 모여 있는 곳이다. 이승에서 선하게 산 자는 저승에서 귀하게 살고, 이승에서 악하게 산 자는 저승에서 천한 대접을 받는다.

설공찬전

예전에 순창淳昌 ^{지금의 전라북도 순창군}에 설충란薛忠蘭이라는 사람이 살고 있었는데, 설충란은 좋은 가문 출신인 데다가 매우 부유했다.¹⁾ 설충란에게는 딸과 아들이 하나씩 있었는데, 딸은 혼인해 서방을 맞이했지만 자식이 없는 상태에서 일찍 죽었다. 설충란의 아들은 이름이 공찬公瓚이고 아이 때 이름은 숙동이였다. 공찬은 어릴 때부터 글공부하기를 좋아해 한문과 문장 작법을 즐겨 읽고 글도 아주 잘 썼다. 갑자년甲子年에 공찬의 나이 스물인데도 장가를 들지 않고 있더니 병들어 죽고 말았다.

설충란이 죽은 아들을 불쌍히 여겨 신주神主 ^{죽은 사람의 위패}를 만들어 두고 조석으로 매일 울면서 제사를 지냈다. 병인년丙寅年에 삼년상이 끝나자 설충란이 조카딸에게 말했다.

"죽은 아들이 장가도 가지 못하고 죽으니 그 신주에게 제삿밥 먹일 사람도 없구나. 이제는 어쩔 수 없이 묻어야겠다."

설충란은 곧 신주를 가지고 나가더니 아들의 무덤 곁에 묻은 다음, 이레^{일곱날} 동안 밥도 먹지 않고 서러워했다.

설충란의 동생은 설충수薛忠壽였다. 그 아들의 이름은 공침公琛이고, 아이 때 이름은 업종이었다. 그 동생은 업동이다. 공침은 어렸을 때부터 글을 배웠지만 얼마 못 가 그만두었다.

정덕正德 ^{명나라 제11대 황제 무종의 연호} 무신년戊申年 칠월 이십일, 공침이 충수의 집에 올 때였다. 어느 고운 계집아이가 나뭇가지를 끌고 공중에서 내려오더니 춤을 추는 것이었다. 공침이 매우 놀라 집에 겨우 들어가니 이윽고 무어라고 지껄이는 소리가 들렸다. 공침은 뒷간에 갔다가 병을 얻은 뒤 앓아누웠고, 정신을 차려보니 기운이 쇠해 있었다.

때마침 충수는 시골에 가 있다가 종이 즉시 이 사실을 아뢰자 울면서 집에 돌아왔는데, 공침의 병이 깊어 한없이 서러워했다. 충수는 공침에게 어쩌다가 이렇게 되었느냐고 물었으나 공침은 잠자코 누워 대답이 없었다. 충수는

---

1) 실제 지역을 공간적 배경으로 삼고, 그 지역을 본관으로 하는 설씨 집안 인물들을 등장시켜 작품의 신빙성을 강조한다. 이외의 다른 등장인물도 역사적 인물과 허구적 인물을 뒤섞어 친숙하면서도 비현실적인 분위기를 조성했다.

슬피 울면서도 요사스러운 귀신에게 빌미를 줄까 봐 무서워 김석산을 불렀다. 김석산은 귀신 쫓는 사람이었는데, 충수의 집에 와서 이렇게 저렇게 손을 쓰더니 귀신의 말을 대신 전해 주었다.

"나는 계집이므로 이기지 못하지만 내 오라비 공찬이를 데려오겠다."

귀신이 사라지자 이윽고 공찬의 넋이 들어와 제 사촌 아우 공침을 붙들고 그 입을 빌어 말했다.

"아주버님이 백방으로 양재禳災 재난을 제거함 하시지만 오직 아주버님의 아들을 상하게 할 뿐입니다. 나는 늘 하늘가로 다니기 때문에 내 몸이 상할 일은 없습니다. 게다가 새끼를 꼬아 문밖에 두르면 내가 어찌 들어올 수 있겠습니까?"

충수가 그 말을 곧이듣고 똑같이 행하자 공찬의 넋이 웃으며 말했다.

"숙부님이 하도 남의 말을 곧이들으시기에 저도 한번 속여보았더니 과연 숙부님은 제 술수에 빠졌습니다."

그로부터 공찬의 넋은 충수의 집에 자주 드나들었다.

공찬의 넋이 들어오면 공침의 마음과 기운은 점점 약해졌다. 공찬의 넋이 물러가 집 뒤쪽 살구나무 정자에 가서 앉더니 넋의 모습으로 밥을 하루 세 번씩 먹되 왼손으로 먹었다. 이에 충수가 물었다.

"전에 왔을 때는 오른손으로 먹더니 어찌 왼손으로 먹는가?"

이에 공찬이 대답했다.

"저승에서는 다 왼손으로 먹느니라."

공찬의 넋이 물러가면 공침의 마음도 원래대로 돌아왔는데, 그럴 때마다 공침은 몹시 서러워하며 밥도 못 먹고 목을 놓아 우느라 옷이 다 젖었다. 공침이 제 아비에게 말했다.

"나는 매일 공찬이에게 보채여 서럽습니다."

충수가 아픈 아들을 애달프게 여겨 다시 사람을 보내서 김석산을 불러왔다. 김석산이 말했다.

"주사朱砂 수은으로 이루어진 광물로, 옛사람들이 신기해하며 귀하게 여겼음 한 냥을 사두고 나를 기다리십시오. 내가 가면 넋이 제 무덤 밖에도 나다니지 못할 것입니다."

김석산은 넋에게 건넬 말도 알려 주었다. 심부름 간 사람이 돌아와 김석산의 말을 전하자, 공찬의 넋이 듣고 말했다.

"이렇듯이 나를 때리시면 공침의 얼굴을 변화시키겠습니다."

공침의 사지가 마구 비틀어지고, 눈을 뜨니 눈자위가 자지러지고, 혀도 파서 베어냈다. 또한, 공찬은 공침의 코 위에 올랐다가 귀 뒤로 나갔다. 늙은 종이 곁에서 공침을 병구완^{아픈 사람을 돌봐주는 일}하자 공침은 한참 만에야 겨우 기어 몸을 움직일 수 있었다. 충수는 몹시 두려워 넋을 잃었다가 다시 공찬을 향하여 빌며 말했다.

"석산이를 다시는 부르지 않으마."

그러자 한참 만에야 공침의 얼굴이 본래 모습으로 돌아왔다.

하루는 공찬이 편지를 보내 사촌 동생 설위와 윤자신을 함께 불렀다. 두 사람이 함께 와 보니, 그때는 아직 공찬의 넋이 오지 않은 때였다. 공침이 설위와 윤자신에게 말했다.

"나는 병들어 죽을 것이다."

이윽고 공침은 고개를 쭉 빼서 눈물을 흘리고 베개에 누웠다.

얼마 후, 공찬의 넋이 들어간 공침은 기지개를 켜고 일어나 앉더니 말했다.

"내 너희와 이별한 지 다섯 해가 지났고, 서로 멀리 떨어져 있어 매우 슬펐다."

설위와 윤자신은 그 말을 듣고 공찬을 매우 기특하게 여기며 저승 기별을 물어보았다. 그러자 공찬은 저승에 관해 다음과 같이 자세히 설명했다.

"저승은 바닷가이로되 아주 멀리 있다. 여기서 거기 가는 것이 사십 리인데, 우리는 몹시 빠르게 돌아다니니 여기에서 술시^{오후 일곱 시부터 아홉 시까지}에 나서서 자시^{밤 열한 시부터 새벽 한 시까지}에 들어가 축시^{새벽 한 시부터 세 시까지}에 성문이 열려 있으면 들어간다.[2]

우리나라 이름은 단월국^{檀越國}이라고 한다. 중국과 모든 나라의 죽은 사람이 다 여기 모이니, 하도 많아 그 수를 세지 못한다. 우리 임금의 이름은 비사문천왕^{불교의 세계관에서 수미산 북쪽 비사문천을 다스리는 왕으로, 항상 불법을 경청하고 중생에게 재물을 베풀어 준다고 함}이다. 육지의 사람이 죽으면 반드시 이승 생활에 대해 묻는다. '네 부모, 동생, 족친^{族親 가까운 친척은 아니지만 같은 성을 가진 피붙이}들을 말해보라'라고 하며 쇠채^{쇠로 만든 채}로 치는데, 많이 맞는 것을 서러워하면 책을 상고^{詳考 꼼꼼히 따져서 검토함}한 뒤 명이 다하지 않았으면 그냥 두고, 명이 다했으면 즉시 연좌^{蓮座 불보살이 앉는 연꽃 모양의 자리}로 잡아간다.

나도 죽은 뒤에 그리로 잡혀갈 때 쇠채로 맞는 것이 매우 서러워 먼저 죽은

---

2) 저승은 비현실적인 공간이지만 공간에 대한 설명, 거리, 출입 시간 등을 자세히 제시함으로써 사실성을 높인다.

어머니와 누님의 이름을 불렀다. 그들이 또 나를 치려고 하길래 증조부 설위 薛緯로부터 편지를 받아다가 관원한테 전하니 놓아주었다. 증조부 설위는 이승에서 대사성大司成 고려와 조선 시대에 성균관의 으뜸 벼슬 벼슬을 하였다시피 저승에 가서도 좋은 벼슬을 하고 있었다.

이승에 어진 재상이면 죽어서도 재상으로 다니고, 이승에서는 비록 여편 네 몸이었어도 약간이라도 글을 잘하면 저승에서 아무 소임이나 맡아 잘 지낸다. 이승에서 비록 비명非命 제 명대로 다 살지 못하고 죽음에 죽었어도 임금께 충성 하여 간하다가우어른이나 임금의 잘못을 고치도록 말하는 죽은 사람이면 저승에 가서도 좋은 벼슬을 하고, 비록 여기에서 임금 노릇을 했더라도 주전충중국 오대십국 시대 후량의 제1대 황제로, 당나라 때 황소의 난을 제압한 뒤 황제를 몰아내고 나라를 세웠음 같은 반역자는 모두 지옥에 들어가 있었다. 또한, 적선을 많이 한 사람이면 이승에서 비록 천하게 다니다가도 저승에서는 가장 높은 품계에 있다. 이승에서 존귀한 존재로 살다가도 악을 쌓으면 저승에서 수고롭고 불쌍하게 다닌다. 이승에서 귀하게 다니고 남의 원한 살만한 일을 하지 않고 악덕을 베풀지 않았으면 저승에 가서도 귀하게 다니고, 이승에서 사납게 다니고 각별히 공덕을 쌓은 게 없으면 저승에서 그 가지자손을 의미함까지 처지가 사나워진다. 민후가 비록 이승에서 특별한 행 실은 없었어도 청렴했기 때문에 저승에 가서는 좋은 벼슬을 하고 있었다.

염라왕이 있는 궁궐이 특히 장대하고 위엄이 매우 성하니, 비록 중국의 임금이라도 미치지 못할 정도이다. 염라왕이 명하면 모든 나라의 임금과 어진 사람이 나오는데, 앉아서 예악禮樂 예법과 음악을 즐겼다. 거기에 앉은 사람 들을 보니 증조부 설위는 허리께에 앉고, 민후는 아래에서 두어 자쯤에 앉아 있었다.

하루는 성화 황제중국 명나라 제8대 황제가 신하 애박이를 염라왕에게 보내 아무개는 내가 가장 어여쁘게 여기는 사람이니 한 해만 잡아 오지 말아 달라고 청하자, 염라왕은 천자의 말씀이라 거스르지 못하고 부득이 들을 것이지만, 한 해가 아니라 한 달만 기다려 주겠다고 했다.

애박이가 다시 한 해를 달라고 아뢰자 염라왕은 매우 화를 냈다. 비록 황제가 천자라고 하지만, 사람을 죽이고 살리고 하는 것은 전부 염라왕의 권한에 속하므로 거듭 빌어 청해도 소용이 없었다. 염라왕은 더이상 황제의 말을 들으려고 하지 않았다.

성화 황제가 이를 들으시고는 즉시 위의威儀 위엄 있는 태도나 차림새를 갖추시고 친히 가시더라. 이에 염라왕은 황제를 교상交床의자에 앉히고, 황제가 청하던 사람을 즉시 잡아 오라고 했다. 또한, 염라왕은 황제가 청하던 사람의 죄가 중하니 그의 손을 빨리 삶으라고 했다."

🍎 소설 한 장면   충수는 공침을 낮게 하기 위해 애쓰지만 소용이 없음

🔭 생각해 볼까요?

선생님 「설공찬전」의 내용상 특징으로는 어떤 것들이 있나요?
💬 2 ♥ 2

↳ **학생 1** 「설공찬전」에는 우리나라에서 전통적으로 친숙하게 여겨지는 원귀 관념, 무속 신앙 등이 반영되어 있어 비현실성이 강해요.

↳ **학생 2** 조선 시대의 많은 문학 작품이 유교 이념에 따라 창작되었던 것과 달리 「설공찬전」은 유교 이념을 비판하고 풍자해요. 따라서 「설공찬전」은 풍자 소설이라고도 볼 수 있어요.

선생님 「설공찬전」에 나타난 저승은 어떤 공간인지 말해 볼까요?
💬 3 ♥ 3

↳ **학생 1** 이승에서 높은 벼슬을 했으면 저승에 가서도 높은 벼슬을 할 수 있어요. 공찬도 증조부 설위의 편지 덕분에 쇠채로 맞지 않았으니까요. 따라서 이승과 저승은 분리된 공간이 아니라 연결된 공간임을 알 수 있어요.

↳ **학생 2** 하지만 이승에서 악행을 저지르고 살았다면 저승에 가서 귀하게 살 수 없어요. 반대로 이승에서 선행을 하며 살았다면 저승에서도 귀한 대접을 받지요. 즉, 저승은 이승에서 했던 일이 권선징악의 요소를 통해 반영되는 공간이에요.

↳ **학생 3** 「설공찬전」이 창작되었을 무렵, 조선은 엄격한 유교 질서에 따라 여성들의 사회 진출을 제한했어요. 하지만 「설공찬전」 속 저승에서는 여성이어도 글을 잘하면 소임을 맡을 수 있어요. 여성을 차별했던 당시 조선에 대한 비판 의식이 담겨 있는 공간인 셈이지요.

선생님 「설공찬전」의 결말부는 왜 미완성으로 남았을까요?
💬 3 ♥ 3

↳ **학생 1** 「설공찬전」은 인기가 아주 많아 일반 백성들 사이에서도 한글로 번역돼 자주 필사되곤 했지요. 그러나 채수가 「설공찬전」을 통해 중종반정을 비판하려 한다는 의심을 받은 이후, 채수는 관직에서 쫓겨나고 「설공찬전」 역시 금서가 되었어요.

↳ **학생 2** 그렇게 역사 속으로 사라진 듯했던 「설공찬전」의 국문 필사본이 1996년 발견되었어요. 이는 최초의 국문 창작소설로 알려진 「홍길동전」보다 100여 년 앞선 시기예요. 하지만 결말 부분이 필사되지 않아 미완성 형태로 전해질 수밖에 없었지요.

↳ **학생 3** 사실 「설공찬전」의 국문 필사본이 발견되기 전부터 학계에서는 「홍길동전」보다 이른 시기에 지어진 국문 소설이 있을 거라고 가정해왔어요. 「홍길동전」은 장편인 데다가 완성된 형태의 서사 구조를 지니고 있었기 때문이지요. 「설공찬전」은 국문 번역소설로서 현재 국문 필사본만 남아 있지만, 학계의 가설이 어느 정도 입증된 셈이에요.

선생님 「설공찬전」이 발표되자 당시 조선에서는 큰 논란이 일었는데, 그 이유가 무엇이었을지 이야기해 볼까요?

 2 ♥ 2

↳ **학생 1** 소재부터 특이하기 때문이에요. 귀신이나 넋이 등장해 저승의 이야기를 하는 괴담 소설이 당대로서는 드물었거든요.

↳ **학생 2** '주전충 같은 반역자는 모두 지옥에 들어가 있었다.'라는 구절이 문제가 되었어요. 주전충은 절도사의 난을 일으켜 당나라를 멸망시킨 사람이에요. 당시 조선의 임금은 연산군을 몰아내고 왕위를 차지한 중종이었고요. 자칫 중종을 겨냥한 문장으로 읽힐 염려가 있었지요.

괴담 ▼ Q

연관 검색어   괴이 소설   고딕 소설   요재지이

괴담이란 요괴나 괴물 같은 존재가 등장하는 이야기, 괴상하고 기이한 내용의 이야기를 통틀어 일컫는 말이다. 이처럼 초현실적인 것에 대한 흥미와 관심은 동서고금을 막론하고 존재해 왔다.

서양의 괴담은 그리스 신화와 북유럽 신화에서도 초기 형태를 찾아볼 수 있으며, 18세기 중반부터 19세기 초까지는 고딕 양식으로 지어진 건축물을 배경으로 공포감을 조성하는 내용의 고딕 소설이 유행했다.

동양의 괴담도 서양과 마찬가지로, 고대부터 구전되어온 민간설화 속에서 초기 형태를 찾아볼 수 있다. 중국의 경우, 청나라 때 작가 포송령이 기이한 이야기를 모아 『요재지이』라는 소설집으로 묶었다. 한국의 경우, 중국 전기 소설의 영향을 받아 고려 시대에 패관문학(설화가 기록되는 과정에서 기록자의 윤색이 더해진 산문 문학 양식)이 형성되었고 김시습의 『금오신화』가 지어졌다. 일본의 경우, 괴담의 내용을 바탕으로 우키요에를 그리거나 가부키 극(일본 전통 연극)으로 공연을 선보이기도 했다.

설화 소설

설화 소설은 말 그대로 설화를 소재로 하는 고전 소설이다. 여기서 '설화'는 오랫동안 구전되어온 이야기이며, 어느 지역의 특수한 이야기가 아니라 훨씬 더 넓은 범위에서 구전되는 이야기를 말한다. 이러한 의미에서 본다면 『춘향전』은 설화 소설이 아니지만, 『심청전』은 설화 소설이라고 할 수 있다. 『춘향전』의 근원 설화인 「열녀 설화」, 「암행어사 설화」 등은 몇몇 지역에만 국한된 이야기이기 때문이다.

반면 『심청전』의 근원 설화로는 「효행 설화」, 「영웅 설화」, 「인신공희 설화」 등이 있고, 주요한 모티프로는 환생 모티프, 용궁 모티프, 맹인 모티프 등이 있다. 이중 『심청전』의 주축을 이루는 설화나 모티프는 대부분 세계적인 범위에서 전해 내려오는 것이므로 『심청전』을 설화 소설이라고 분류할 수 있다.

설화 소설과 유사하지만 다른 갈래로는 우화 소설, 동화 소설 등이 있다. 우화 소설은 특정한 무엇을 풍자한다는 점에서 설화 소설과 다르다. 동화 소설은 설화 중 동화만 소재로 채택한다는 점에서 설화 소설과 차이를 보인다.

심청전

#효심   #권선징악   #신분상승   #고난극복

⚓ 작품 길잡이

작가: 미상
갈래: 판소리계 소설, 설화 소설, 윤리 소설
배경: 시간 - 중국 송나라 말기 / 공간 - 황주 도화동
성격: 교훈적, 전기적
주제: 부모에 대한 효성과 인과응보
출전: 완판본 『심청전』

📷 인물 관계도

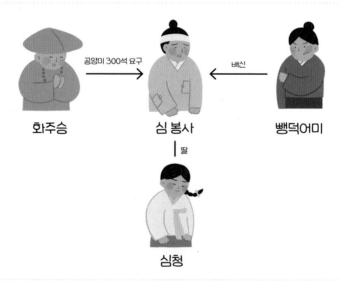

공양미 300석 요구

배신

화주승

심 봉사

뺑덕어미

딸

심청

심 봉사	맹인인 데다가 가난한 살림 탓에 홀로 어렵게 심청을 기른다.
심청	효심이 지극한 나머지, 아버지인 심 봉사를 위해 인당수에 뛰어든다.

📋 구성과 줄거리

발단　**심청은 태어난 지 며칠 만에 어머니를 잃음**

황주 도화동에 사는 심 봉사는 매우 가난하지만, 부인과 함께 오순도순 산다. 그러나 부인은 딸을 낳은 지 며칠 만에 갑자기 죽고 만다. 심 봉사는 홀로 힘들게 딸을 키우고, 15세가 된 심청은 아버지를 극진히 모신다.

전개　**심 봉사가 몽운사 화주승에게 시주를 약속함**

심 봉사는 저녁이 되어도 돌아오지 않는 심청을 찾아 나섰다가 개천에 빠진다. 마침 근처를 지나던 몽운사 화주승이 물에 빠진 심 봉사를 구해 준다. 화주승은 쌀을 부처님에게 공양하면 눈을 뜰 수 있다고 귀띔한다. 이에 심 봉사는 덜컥 시주를 약속한다.

위기　**심청이 인당수에 뛰어듦**

심청은 공양미를 마련할 방법이 없어 근심한다. 때마침 남경 뱃사람들이 제물로 쓸 여인을 찾고 있자 심청은 자진해서 제물이 되고자 한다. 심청은 인당수로 뛰어들지만 용왕에 의해 구출되고 수정궁에서 머물다가 연꽃에 싸여 인간 세상으로 돌아온다.

절정　**황후가 된 심청은 맹인잔치를 열어 심 봉사를 찾고자 함**

뱃사람들은 심청이 들어있는 연꽃을 황제에게 바친다. 황후가 된 심청은 황제에게 자신의 과거를 고백하고, 아버지를 찾기 위해 맹인잔치를 연다. 한편 뺑덕어미에게 배신당한 심 봉사는 정처 없이 떠돌다가 맹인잔치 소식을 듣는다.

결말　**심 봉사와 심청은 재회한 뒤 행복하게 삶**

심 봉사는 맹인잔치가 끝날 무렵에야 대궐로 들어간다. 심청과 심 봉사 두 사람이 상봉하는 순간, 심 봉사가 눈을 번쩍 뜬다. 부원군이 된 심 봉사는 뺑덕어미를 찾아내 벌주고 심청과 더불어 오래오래 행복하게 산다.

심청전

옛날 옛적 황주 땅 도화동에 심학규라는 사람이 살고 있었다. 심학규의 집안은 대대로 벼슬을 했으나 형편이 점점 기울었다. 심학규는 눈까지 멀어 벼슬길이 끊어지고 높은 자리에 오를 희망 또한 사라졌다. 심학규는 가까운 친척도 없고 인정해 주는 사람은 없었지만 양반의 후예로 행실이 청렴하고 선비로서 지조가 곧아 사람들이 모두 군자라고 칭송했다.

심 봉사의 아내 곽 부인은 마음이 어질고 지혜로워서 임사^{任姒 중국 주나라 문왕의 어머니인 태임과 아내인 태사} 같은 덕행과 장강^{莊姜 춘추 시대 위나라 장공의 아내} 같은 아름다움과 목란^{木蘭 중국 양나라 때 아버지를 대신해 전쟁에 나갔다는 소녀} 같은 절개를 가졌다. 곽 부인은 『예기』의 가례^{家禮}「내칙」 편과 「주남^{周南}」, 「소남^{召南}」, 「관저시^{關雎詩}」 등을 두루 알았다. 또한, 이웃과 화목하고 아랫사람에게 따뜻하며 집안 살림하는 솜씨가 빈틈없고 늘 청렴했다.

곽 부인은 남편을 대신해 몸소 품을 팔아 생계를 꾸려 갔다. 남녀 의복을 가리지 않고 잔누비질^{잘게 누비는 일}을 했으며, 빨래하고 풀 먹이기, 망건 꾸미기, 갓끈 접기, 초상난 집 일손 돕기, 음식 장만하기 등을 일 년이면 삼백예순날을 했다. 곽 부인은 하루 한시도 놀지 않고 일했다. 푼을 모아 돈을 짓고 돈을 모아 양을 만들어, 일수놀이 장리변^{長利邊 봄에 돈이나 곡식을 빌려준 뒤 가을에 빌려준 만큼의 절반을 이자로 받는 일}으로 착실한 이웃집에 빚을 주어 실수 없이 받아들였다. 때가 되면 조상님 제사를 챙기고, 아침저녁 입에 맞는 반찬과 갖은 별미를 차려 지성으로 남편을 공경하니 사방에서 곽 부인을 칭송했다. 하루는 심 봉사가 곽 부인에게 물었다.

"여보, 마누라. 우리는 나이 마흔이 되도록 슬하에 자식이 없구려. 이러다가 조상 제사를 끊게 되었으니 죽어 저승에 간들 무슨 면목으로 조상을 뵈올 것이고 우리 부부 죽어 저승에 가 있을 때 해마다 돌아오는 제삿날에 밥 한 그릇 물 한 모금 그 누가 차려 주겠소? 명산대찰^{名山大刹 이름난 산과 큰 절}에 공을 들여 아들이고 딸이고 낳아 보면 평생 한을 풀 것이니 지성으로 빌어 보는 것이 어떻겠소."

곽 부인이 대답했다.

"옛글에 이르기를 '불효한 일이 삼천 가지나 되지만 그중에 자식 못 낳는 일이 가장 크다'라고 했습니다. 우리에게 자식 없음은 다 저의 못난 탓입니다. 마땅히 내쫓을 일인데도 당신의 넓은 아량으로 지금까지 살아오고 있습니다. 자식 두고 싶은 마음은 저 역시 간절하오니 지성으로 공을 들여 보겠습니다."

이날 이후 곽 부인은 명산대찰 영신당을 비롯해 오래된 성황당과 부처님, 보살님, 미륵님을 찾아다니며 온갖 정성을 다 들였다. 지성이면 감천이었다. 갑자년 사월 초파일에 꿈을 꾸니, 상서로운 기운이 공중에 어리고 무지개가 영롱한 가운데 한 선녀가 학을 타고 내려오는데, 몸에는 색동옷을 입고, 머리에는 화관을 썼다. 계화꽃계수나무의꽃 한 가지를 손에 들고 부인에게 절하고 곁에 와 앉는 모양은 뚜렷한 달 기운이 품 안에 드는 듯, 남해 관음이 바다에서 다시 돋는 듯 심신이 황홀해 진정하기 어려웠다. 선녀가 부인에게 말했다.

"저는 서왕모西王母 중국 신화에 나오는 신녀 의 딸입니다. 반도蟠桃 3,000년마다 한 번씩 열매가 열린다는 신선 세계의 복숭아를 진상하러 가는 길에 옥진 비자선녀를 만나 둘이 놀았는데 이에 상제께서 벌을 내리시며 인간으로 내치셨습니다. 갈 바를 모르고 있는데 석가여래님이 부인 댁으로 가라 하시기에 왔사옵니다. 부디 어여삐 받아 주소서."

말이 끝나자 선녀가 품 안으로 들어오는데 놀라 깨어 보니 꿈이었다. 즉시 남편을 깨워 꿈 이야기를 하니 두 사람의 꿈이 같았다. 영험을 얻었는지 과연 그달부터 태기가 있었다. 곽 부인은 마음을 어질게 갖고 밤낮으로 몸가짐을 조심했다. 마침내 해산하는 날이 닥쳤다.

"아이고 배야, 아이고 배야!"

곽 부인은 아침부터 배를 움켜쥐고 신음했다. 심 봉사는 한편으로 반갑고 한편으로는 놀라서 짚 한 줌을 깨끗이 추려 깔고 정화수 한 사발을 소반에 받쳐 놓고 단정히 꿇어앉아 빌었다.

"비나이다, 비나이다, 삼신 제왕님께 비나이다. 우리 부인 늘그막에 낳는 아이입니다. 부디 순산하게 해 주옵소서."

기도가 끝나자 향내가 방에 가득하고, 오색 무지개가 둘러 정신이 가물가물한 가운데 아기가 태어나니 딸이었다. 심 봉사는 삼을 갈라탯줄을끊고 누여 놓고 기뻐했다. 곽 부인은 정신을 차리고 물었다.

"여보시오 봉사님. 아들이오, 딸이오?"

심 봉사가 아기의 아랫도리를 만져 보니 손이 나룻배 지나듯 거침없이 지나갔다.

"아마도 묵은 조개가 새 조개를 낳았나 보오."

곽 부인은 서러워하며 말했다.

"공을 들여 늘그막에 얻은 자식이 딸이란 말이오?"

심 봉사가 대답했다.

"순산했으면 그만이지 그게 웬 말이오. 딸이라도 잘 두면 어느 아들과 바꾸겠소?"

심 봉사는 정성껏 밥을 지어 삼신상에 받쳐 놓고 옷매무새 바로 하고 두 손 들어 빌었다.

"삼십삼천三十三天 도솔천兜率天 미륵보살이 지상에 내려갈 때를 기다리며 머무는 곳 제석님께 비나이다. 사십 넘어 점지한 자식이 비록 무남독녀 딸이오나 동방삭東方朔 서왕모의 복숭아를 훔쳐 먹고 아주 오랫동안 살았다고 전하는 인물의 명을 주시고, 태임太任 중국 주나라 문왕의 어머니의 덕행과 대순大舜 중국 고대 임금 증자曾子 공자의 제자의 효행, 반희班姬 중국 초나라 장왕의 아내의 재질, 복은 석숭石崇 중국 서진의 갑부의 복을 점지해 주시고 잔병 없이 일취월장하게 해 주옵소서."

심 봉사는 더운 국밥 퍼다 놓고 산모를 먹인 후에 혼자 아기를 어르며 기뻐했다.

"귀여운 내 딸아이야, 금을 준들 너를 사리, 옥을 준들 너를 사리. 어화둥둥 내 딸아이야, 논밭을 장만한들, 산호 진주를 얻었던들, 어찌 너만 하리냐?"

심 봉사가 이렇듯 진심으로 기뻐하니 곽 부인의 서운함도 가시었다. 그러나 어이하랴. 어질고 마음씨 고왔던 곽 부인은 해산 후 며칠 뒤 병이 들어 그만 자리에 몸져눕고 말았다.

"애고 나 죽네, 애고."

심 봉사는 기가 막혀 아내 몸을 두루 만지며 한탄했다.

"정신 차리고 말을 해 보오. 체했는가, 삼신께서 노하셨나?"

병세가 점점 위중해지자 심 봉사는 급히 건넛마을 성 생원을 불러다가 진맥한 후에 약을 썼다. 그러나 약을 쓴들 죽을병에는 약이 없는 법이라. 병세가 점점 깊어져서 속절없이 죽게 됐으니, 곽 부인도 살지 못할 줄 알고 남편의 손을 잡고 말했다.

"봉사님, 제 말씀 좀 들으시오. 하나밖에 없는 우리 낭군, 추위 더위 가리지 않고 아랫동네 윗동네로 다니면서 품을 팔아 밥도 받고 반찬도 얻어, 식은 밥은 내가 먹고 더운밥은 낭군 드려 배고프지 않고 춥지 않게 극진히 공경했는데, 천명이 그뿐인지 인연이 끊겨 그러한지 하릴없게 되었군요.

어찌 눈을 감고 갈까? 어느 누가 헌 옷이라도 지어 주고 맛난 음식 어느 누가 권하리오. 내가 죽으면 눈 어두운 우리 가장 의탁할 곳이 없어 바가지 손에 들고 지팡막대 부여잡고 때맞추어 나가다가 구렁에도 빠지고 돌에도 채여 신세 한탄 우는 양을 눈으로 보는 듯하오. 명산대찰 신공 들여 사십에 낳은 자식 젖 한 번도 못 먹이고 얼굴도 채 못 보고 죽는단 말이오? 어린것이 전생에 무슨 죄를 지었길래 이승에 태어나서 어미도 없이 누구 젖을 먹고 자라겠소. 가장의 일신도 주체 못 하는데 또 저것을 어찌하며, 그 모양 어찌할까? 멀고 먼 황천길에 눈물겨워 어찌 가며, 앞이 막혀 어찌 갈까? 천행으로 이 어린것이 죽지 않고 자라나서 제 발로 걷거든, 앞세우고 길을 물어 내 무덤 앞에 찾아와서 '너의 죽은 어머니 무덤이다' 하고 가르쳐 모녀 상면하면 혼이라도 원이 없겠소. 부디 이승에서 못다 한 인연 다시 만나면 그때는 이별 말고 삽시다. 저 아이 이름을 심청이라 지어 주고, 내가 끼던 옥가락지 이 함 속에 있으니 심청이 자라거든 날 본 듯이 내주오."

말을 마치고 눈을 감으니 두 줄기 눈물이 흘러 낯을 적셨다. 한숨지어 부는 바람 소슬바람 되어 있고, 눈물 맺어 오는 비는 보슬비가 되어 있다. 하늘은 나직하고 검은 구름 자욱한데 수풀에 우는 새는 둥지에 잠이 들고, 시내에 도는 물은 흐느끼듯 흘러가니 하물며 사람이야 어찌 서러워하지 않으리? 딸꾹질 두세 번에 숨이 덜컥 지니 심 봉사는 그제야 부인이 죽은 줄 알고, 가슴을 두드리며 머리를 부딪치며 엎어지고 자빠지며 슬퍼했다.

"여보, 마누라. 그대 살고 내가 죽으면 저 자식을 키울 것인데 내가 살고 그대 죽어 저 자식을 어떻게 키우잔 말이오? 애고애고, 모진 목숨, 살자 하니 무엇을 먹고살며 함께 죽자 한들 어린 자식 어찌할까. 동지섣달 찬바람에 무엇 입혀 키워 내며, 달은 지고 어두운 빈방 안에 젖 먹자 우는 소리 누구의 젖 먹여 살려낼까? 제발 죽지 마오. 평생 정한 뜻이 같이 죽어 한곳에 묻히자 하더니 염라국이 어디라고 날 버리고 간단 말이오?"

심 봉사 통곡 소리에 도화동 사람들 남녀노소 모두 모여 눈물을 흘리며 이구동성으로 속삭였다.

"곽 부인 불쌍히도 죽었구나. 우리 동네 백여 집이 십시일반으로 장례나 치러주세."

공론이 모이자 이내 수의와 관이 마련되었다. 양지바른 곳을 가리어서 사흘 만에 장례 지낼 적에 슬픈 소리로 상두가 ^{상여가 나갈 때 부르는 노래}를 불렀다.

워어워어 워어리 넘차 워어 워어리. 북망산이 멀다더니 건넛산이 북망일세. 워어워어 워어리 넘차 워어. 황천길이 멀다더니 방문 밖이 황천이라. 상여가 이리저리 건너갈 적에 심 봉사 거동 보니 어린아이 강보에 싼 채 귀덕 어미에게 맡겨 두고, 지팡막대 흩어 짚고 논틀밭틀^{논두렁과 밭두렁을 따라서 난 좁은 길} 쫓아와서 상여 뒤채 부여잡고 소리치며 넘어진다.

"내가 죽고 마누라가 살아야 어린 자식 살려내지, 천하 천지 몹쓸 마누라야, 그대 죽고 앞 못 보는 내가 살았으니 어린 자식 어떻게 키워 낸단 말이오."

이렇게 심 봉사가 슬피 우니 장례에 온 손님들이 말려 진정시켰다.

심 봉사가 장례 끝나고 집으로 들어가니 부엌은 적적하고 방은 텅 비어 있었다. 어린아이 데려다가 빈방에 눕히고 태백산 갈까마귀 게 발 물어 던지듯이 홀로 누우니 마음은 더욱 적적했다. 벌떡 일어나 이불도 만져 보고 베개도 더듬으며 전에 덮던 이부자리 전과 같이 있지만 독수공방 누구와 함께 덮고 자리. 농짝을 치며 바느질 상자도 덥석 만져 보고, 머리 빗던 빗도 집어서 던져 보고, 받은 밥상도 더듬더듬 만져 보고, 부엌을 향해 공연히 불러 보며, 수시로 이웃집을 찾아가 물었다.

"우리 마누라 여기 왔소?"

비틀거리며 돌아와 어린아이 품에 품고 홀로 중얼거렸다.

"너의 어머니 무상하다. 어찌 너를 두고 죽었을꼬? 오늘은 젖을 얻어먹었지만 내일은 누구 집으로 가 젖을 먹일까? 애고애고, 야속하고 무정한 귀

너의 어머니 무상하다.
어찌 너를 두고 죽었을꼬?

🕐 소설 한 장면　발단　심청은 태어난 지 며칠 만에 어머니를 잃음

신이 우리 마누라를 잡아갔구나."

심 봉사는 종일 애통해하다가 마음을 돌려 또 생각했다.

'죽은 사람은 다시 살아올 수 없는 법이라, 할 수 없으니 이 자식이나 잘 키워 내리라.'

이날 이후, 어린아이가 있는 집을 차례로 물어 동냥젖을 얻어 먹일 적에 눈 어두워 보지는 못하고 귀는 밝아 눈치로 가늠하고 앉았다가 아침 해가 돋을 적에 우물가에서 들리는 소리 얼른 듣고 나서면서 소리쳤다.

"여보시오 아주머님, 여보 아씨님네, 내 자식 젖을 좀 먹여 주오. 나를 본들 어찌 괄시하고, 우리 마누라 살았을 적 인심으로 생각한들 차마 어찌 괄시하겠소. 어미 없는 어린것이 불쌍하지 아니하오. 댁네 귀하신 아기 먹이고 남은 젖이나마 한 통 먹여 주시오."

슬피 울며 부탁하니 어느 누가 주는 걸 마다하리? 육칠월 김매던 여인이 쉬는 곳에 찾아가서 애걸해 젖을 얻어 먹이고, 또 시냇가에 빨래하는 데도 찾아갔다. 어떤 부인은 달래주고 따뜻이 먹여 주며 훗날도 찾아오라고 했다. 아이는 젖을 얻어 먹여 누워 놓고 심 봉사는 사이사이 동냥할 적에 삼베 전대 두 동 지어 한 머리는 쌀을 받고 한 머리는 벼를 받아 모았다. 또 장날이면 가게마다 다니며 한 푼 두 푼 얻어 모아 아이 간식거리로 갱엿이나 홍합도 샀다. 이렇게 살면서 매월 초하루 보름과 소상, 대상, 기제사를 빠짐없이 지냈다. 심청은 장래 귀히 될 사람이라, 천지 귀신이 도와주고 여러 부처와 보살이 남몰래 도와주어 잔병 없이 자라나서 제 발로 걸어 다니며 어린 시절을 보냈다. 무정한 세월이 물 흐르듯 하여 심청은 어느덧 예닐곱 살이 되었다. 얼굴이 아름답고 행동이 민첩하며, 효행이 뛰어나고 소견이 탁월하며, 인자함이 기린이었다. 아버지의 조석공양과 어머니의 제사를 법도대로 할 줄 아니, 어느 누가 칭찬하지 않으리? 심청이 하루는 아버지에게 여쭈었다.

"까마귀 같은 날짐승도 저녁이 되면 먹을 것을 물어다가 제 어미를 먹일 줄 아는데 하물며 사람이 날짐승만 못하겠어요? 아버지 눈 어두우신데 밥 빌러 가시다가 높은 데 깊은 데, 좁은 길로 여기저기 다니시다가 엎어져서 몸 상하시기 십상입니다. 비바람 부는 궂은 날과 눈서리 치는 추운 날이면 병이 나실까 밤낮으로 염려됩니다. 제 나이 예닐곱이나 되었는데 낳아서 길러 주신 부모 은덕을 지금 갚지 못하면 후에 불행하신 날에 애통한들 갚 겠어요? 오늘부터 아버지는 집을 지키세요. 제가 나서서 밥을 빌어다가 끼니 걱정 덜게 해 드리겠어요."

심 봉사가 웃으며 말했다.

"네 말이 참으로 예쁘고 기특하구나. 말은 그러하나 어린 너를 내보내고 앉아 받아먹는 내 마음은 어찌 편하겠느냐. 다시는 그런 말 하지 마라."

심청이 말했다.

"중국 춘추 시대의 선비 자로는 백 리 길에 쌀을 져다 부모를 봉양했고, 한 문제 시절 순우공의 딸 제영은 낙양 감옥에 갇힌 아버지를 제 몸 팔아 구해 냈다고 합니다. 그런 일을 생각하면 사람이 예나 지금이나 다르겠어요? 고집부리지 마세요."

심 봉사는 심청의 말을 옳게 여겨 허락했다.

"효녀로다 내 딸아. 네 말대로 그리하여라."

심청은 이날부터 밥 빌러 나섰다. 먼 산에 해 비치고 앞마을에 연기 나면, 헌 버선에 대님 치고 말기치마나 바지 따위의 맨 위에 둘러서 댄 부분만 남은 베 치마, 앞섶 없는 겹저고리 이렁저렁 얽어 메고, 청목 휘양 둘러쓰고 버선 없이 발을 벗고, 뒤축 없는 신을 끌고 헌 바가지 옆에 끼고 노끈 매어 손에 들고, 엄동설한 모진 날에 추운 줄 모르고 이 집 저 집 들어가서 청했다.

"어머니는 세상 떠나시고 우리 아버지는 눈 어두워 앞 못 보시는 줄 뉘 모르시겠어요? 십시일반이오니 밥 한술 덜 잡수시고 주시면 눈 어두운 제 아버지 시장을 면하겠습니다."

보고 듣는 사람들이 감동해 밥 한술, 김치 한 그릇을 아끼지 않고 주며 먹고 가라 했다. 이때마다 심청은 고개를 저었다.

"추운 방에서 늙으신 아버지가 기다리고 계시니 돌아가 아버지와 함께 먹겠어요."

두세 집 밥을 모아서 넉넉해지면 급히 돌아와 아버지를 불렀다.

"아버지, 춥고 시장하지 않으셨어요? 여러 집을 다니다 보니 이렇게 더디었어요."

심 봉사는 문을 열며 반갑게 소리쳤다.

"애고애고, 모진 목숨 구차히 살아서 자식 고생만 시키는구나."

이때마다 심청은 아버지를 위로했다.

"아버지, 어찌 그런 말씀을 하세요. 자식이 부모를 봉양하는 게 당연하니 그런 걱정일랑 마시고 진지나 잡수셔요."

심청의 천성이 바르고 바느질 솜씨가 좋아 동네 바느질로 공밥 먹지 않고, 삯을 주면 받아 와서 아버지 의복과 반찬을 마련했다. 일 없는 날은 밥을 빌어 근근이 연명했다. 그러던 가운데 세월이 물 흐르듯 흘러가서 심청의 나이 열다섯 살이 되었다. 얼굴이 빼어나고 효행이 뛰어나며, 행동이 침착하고 하는 일이 비범하니 여자 중의 군자요, 새 중의 봉황이었다. 심청의 소문이 온 이웃에 자자하니, 하루는 월명 무릉촌 장 승상 댁 시비侍婢 계집종가 심청에게 찾아왔다. 부인이 부른다기에 심청은 아버지에게 말했다.

"어른이 부르시니 시비를 따라 다녀오겠습니다. 제가 가서 늦게 오더라도 잡수실 진짓상을 보아 두었으니 시장하시거든 잡수세요."

심청은 아버지 걱정에 계속 뒤를 돌아보며 집을 나섰다. 시비를 따라가며 손을 들어 가리키는 곳을 바라보니 집 주위에 버드나무가 가득했다. 대문 안으로 들어서니 왼편에 벽오동은 맑은 이슬이 뚝뚝 떨어져 학의 꿈을 놀래 깨우고 오른편에 있는 늙은 소나무는 용이 꿈틀거리는 듯했다. 높은 누각 앞에 부용당은 갈매기가 날고 있는데 안중문안뜰로 들어가는 문 들어서니 규모가 굉장했다. 안으로 들어가니 머리가 반쯤 센 부인이 옷매무새 단정히 하고 앉아 심청을 맞이했다.

"네가 심청이로구나. 과연 듣던 소문과 같구나."

부인이 심청의 가련한 처지를 위로하며 자세히 살펴보니 타고난 미인이었다. 옷깃을 여미고 앉은 모습은 비 갠 맑은 시냇가에서 목욕하고 앉은 제비가 사람 보고 놀라는 듯했다. 또 황홀한 심청의 얼굴은 하늘 가운데 돋은 달이 수면에 비친 것과 같았고 바라보는 저 눈길은 새벽빛 맑은 하늘에 빛나는 샛별 같았다. 부인은 감탄하며 말했다.

"내 말을 잘 들어라. 우리 승상은 일찍 세상을 떠나셨다. 또 두셋 있는 아들들은 서울로 가 벼슬하고 다른 자식과 손자는 없으니 슬하에 재미없고 눈앞에 말벗이 없구나. 각 방의 며느리는 아침저녁 문안한 뒤 다 각기 제 일을 하니, 적적한 빈방에서 대하느니 촛불이요 보느니 책뿐이로구나. 너의 신세 생각하면 양반의 후예로 이렇듯 어려우니 어찌 불쌍하지 않겠느냐. 내 수양딸이 되면 살림도 가르치고 글공부도 시켜 친딸같이 길러 말년 재미 보려 한다. 네 뜻이 어떠하냐?"

심청은 부인에게 두 번 절하고 말했다.

"태어난 지 이레월곱날 만에 어머니가 세상을 떠나셨고 그 뒤 눈 어두운 아버지가 동냥젖으로 저를 키우셨습니다. 어머니의 얼굴도 모르고 하루하루 슬픔이 끊일 날이 없었기에 저의 부모 생각해 남의 부모도 공경해 왔습니다. 부인의 말씀을 좇으면 몸은 영화롭고 부귀하겠지만 눈 어두우신 우리 아버지 음식 공양과 사철 의복 어느 누가 돌보아 드리겠습니까? 제가 만일 곁에 없으면 저의 아버지 남은 수명을 마칠 길이 없을 터입니다. 애틋한 정으로 서로 의지해 제 몸이 다하도록 길이 모시려 하옵니다."

눈물이 흘러 얼굴을 적시니 부인도 가련히 여겨 말했다.

"과연 효녀로다. 마땅히 그래야지. 늙고 정신없는 내가 미처 생각지 못했구나."

이런저런 담소하는 중에 날이 저물었다.

"부인의 크신 덕을 입어 종일토록 모셨으니 이제 날이 저물었기에 급히 돌아가 아버지의 기다리시는 마음을 위로하고자 합니다."

부인은 아쉬운 마음을 달래며 옷감과 양식을 후히 주고 시비와 함께 보냈다.

"너는 부디 나를 잊지 말고 모녀간의 의를 두어라."

심청은 깍듯이 대답했다.

"부인의 고마우신 뜻이 이러하시니 삼가 그 말씀을 따르도록 하겠습니다."

한편 심 봉사는 딸을 보낸 후에 배가 고프고 방이 너무 추워 턱이 떨어질 지경이었다. 혼자 고즈넉이 앉아 딸을 기다리는데 마침 절에서 북을 치니 날 저문 줄 짐작하고 혼자 생각했다.

'우리 심청이는 무슨 일이 바빠 날이 저문 줄도 모르는가. 주인에게 잡혀 못 오는가, 아니면 무슨 변고라도 생겼는가?'

심 봉사는 개 짖는 소리만 들려도 안절부절못했다.

"거기 심청이 오느냐?"

바람 소리만 창에 부딪쳐도 벌떡 몸을 일으켰다.

"거기 심청이 오느냐?"

기다리다 지친 심 봉사는 답답한 마음에 지팡이를 찾아 짚고 사립 밖으로 나섰다. 그러나 마음이 급해 움직임이 예전 같지 않았다. 얼마 못 가서 발을 헛디뎌 넘어지니 하필이면 한 길 넘은 개천 바닥이었다. 얼굴은 흙빛이요 의복은 얼음이라, 뒤뚱거리다 도로 더 빠지고 나오자니 미끄러져 하릴없이 죽게 되었다. 심 봉사는 미친 듯이 소리쳐 구원을 요청했다.

"거기 아무도 없소, 아이쿠 사람 죽네!"

질긴 게 사람 목숨인지라 마침 그곳을 지나던 화주승化主僧 시주를 받아 절에 양식을 대는 승려이 그 소리를 들었다. 재빨리 달려가니 어떤 사람이 개천에 빠져서 거의 죽게 되었다. 급히 물속으로 뛰어들어 사람을 꺼내 보니 안면이 있는 심 봉사였다.

"누구신데 저를 구해 주셨소?"

심 봉사는 겨우 정신을 차려 물었다.

"소인은 몽운사 화주승이올시다."

심 봉사는 엎드려 사례했다.

"죽을 사람을 살려 주시니 은혜가 백골난망白骨難忘 죽어서 백골이 되어도 잊을 수 없다는 뜻이오."

화주승은 심 봉사를 업어 집으로 데려다주었다. 심 봉사는 신세를 한탄해 물에 빠진 연유를 들려주었다. 화주승은 심 봉사가 딱하다는 듯이 대답했다.

"듣고 보니 안됐구려. 눈을 뜰 수 있는 방법이 있긴 한데 이 집 살림에 아무래도 어렵겠소."

"그게 무슨 말이오?"

심 봉사는 귀가 번쩍했다.

"공양미 삼백 석을 부처님께 올리고 치성으로 불공을 드리면 반드시 눈을 떠서 천지 만물을 보게 될 것입니다."

"그럼 내 삼백 석을 내겠소. 어서 눈을 뜨게 해 주시오."

화주승은 허허 웃고 대답했다.

"허허, 댁의 형편을 살펴보니 삼백 석은커녕 쌀 서 말도 힘들겠소."

심 봉사는 자신도 모르게 화를 버럭 냈다.

"어느 놈이 부처님께 빈말하겠소? 걱정일랑 말고 문서로 적으시오."

그러자 화주승은 종이를 펼쳐 놓고 붓을 꺼내 적었다.

'심학규, 공양미 삼백 석.'

화주승을 보내고 비로소 번쩍 정신이 든 심 봉사는 뒤늦게 후회했지만 소용이 없었다. 뒤늦게 땅을 치며 서럽게 우니 후회한들 무슨 소용이 있으리오.

"애고, 내 팔자야. 전생에 무슨 죄가 있어 맹인이 되었으며 형세조차 가난할꼬. 일월같이 밝은 것을 분별할 길 전혀 없고, 처자같이 친한 사람을 대해도 못 보겠네. 우리 아내 살았다면 끼니 근심 없을 것을. 다 커 가는 딸자식을 온 동네에 내놓아서 품을 팔게 하고 밥을 빌어 근근이 살아가는 형편인데 공양미 삼백 석을 호기롭게 적어 놓았으니 백 가지로 생각한들 방법이 없구나."

한참 서럽게 울 때 심청이 돌아왔다.

"아버지, 어쩌다가 이런 욕을 보셨나요? 승상 댁 노부인이 굳이 잡고 만류해 이렇게 늦었어요."

심청은 승상 댁 시비를 불러 부엌에 불 좀 지펴 달라 부탁하고 치마폭을 거듬거듬 걷어잡고 밥상을 차렸다.

"너운 진지 가져왔으니 국을 먼저 잡수세요."

심 봉사는 근심으로 인해 밥 먹을 뜻이 조금도 없었다.

"어디 아프세요?"

"이게 다 못난 내 탓이다. 너를 찾아 나가다가 한 길이 넘는 개천에 빠져서 거의 죽게 되었는데 뜻밖에 몽운사 화주승이 나를 건져 살려 주었다. 그런데 그 중이 하는 말이 '공양미 삼백 석을 시주하면 생전에 눈을 떠서 천지 만물 보리라' 하더구나. 홧김에 약속을 하고 그 중을 보냈는데 도대체 삼백 석을 어디서 구한단 말이냐?"

심 봉사가 자초지종을 설명하니 심청은 제 아버지를 위로했다.

공양미 삼백 석을 시주하면 생전에 눈을 떠서 천지 만물 보리라.

🗨 소설 한 장면　전개　심 봉사가 몽운사 화주승에게 시주를 약속함

"아버지, 걱정 마시고 진지나 잡수세요. 아버지가 눈만 뜰 수 있다면 그깟 공양미 삼백 석을 준비 못 하겠어요?"

심 봉사는 고개를 설레설레 흔들었다.

"소용없구나. 우리 형편에 어림도 없다."

"지성이면 감천이라고 했습니다. 아무 걱정 말고 기다리세요."

심청은 이날부터 정화수 한 그릇을 떠 놓고 북쪽을 향해 빌었다.

"심청이 간절히 비옵나이다. 천지신명이시여, 굽어 살피소서. 하느님이 만드신 해와 달은 사람에게 눈과 같사옵니다. 해와 달이 없으면 무슨 분별을 할 수 있으리오? 저의 아버지 무자생戊子生으로 일찍부터 눈이 어두워 사물을 못 보오니 아버지 허물을 제 몸으로 대신하옵고 아버지 눈을 밝혀 주소서."

이렇게 빌기를 계속하던 중에 하루는 이웃에 사는 귀덕 어미가 찾아왔다.

"남경 장사 뱃사람들이 열다섯 살 난 처녀를 사려 한다."

심청은 그 말을 반겨 듣고 귀덕 어미를 통해 사람 사려 하는 까닭을 자세히 물어보게 했다.

"우리는 남경 뱃사람이오. 인당수를 건널 때 산 제물로 제사하면 너른 바다를 무사히 건너고 수만금 이익을 내기 때문에 처녀를 사러 돌아다니는 것이오."[1]

심청은 뱃사람의 말을 반겨 듣고 청했다.

"우리 아버지가 앞을 못 보시는데 공양미 삼백 석을 치성으로 불공하면 눈을 뜰 것이라 들었습니다. 그런데 집에 공양미 삼백 석이 없습니다. 내 몸을 팔려 하니 받아 주시겠소?"

"오는 삼월 보름날에 배가 떠나니 준비에 만전을 기하시오."

뱃사람들은 심청의 말을 듣고 쌀 삼백 석을 몽운사로 날라 주었다. 그들이 떠나자 심청은 아버지에게 말했다.

"아버지, 공양미 삼백 석을 몽운사에 이미 실어다 주었으니 이제는 근심하지 마세요."

심 봉사는 깜짝 놀라 물었다.

---

1) 산 사람을 제물로 삼아 바다에 던지면 항해의 안녕이 보장된다고 믿고 있다. 이를 희생제의라고 하는데, 바닷가 지역의 민간 신앙에서 이야깃거리로 자주 나타난다.

"너 그 말이 웬 말이냐?"

심청은 거짓말로 속여 대답했다.

"장 승상 댁 노부인이 쌀 삼백 석을 내주시기에 수양딸로 팔리기로 했습니다."

심 봉사는 안도의 한숨을 내쉬었다.

"그렇다면 고맙구나. 그 부인은 한 나라 재상의 부인이라 아마도 다르리라. 복을 많이 받겠구나. 저러하기에 그 아들 삼 형제가 벼슬길에 나아갔나보구나. 그나저나 언제 가느냐?"

심청은 제 아비 몰래 눈물을 뚝뚝 흘리며 말했다.

"나음 날 보름날에 데려간다 합니다."

아버지와 떨어질 생각을 하니 눈물이 앞을 가려 심청은 이날 이후 식음을 전폐하고 근심했다. 이때부터 춘추 의복, 하절 의복 지어 들여 놓고, 동절 의복 솜을 넣어 보에 싸서 농에 넣고, 청목으로 갓끈 접어 갓에 달아 벽에 걸고, 망건 꾸며 당줄 달아 걸어 두고, 배 떠날 날을 헤아리니 어느새 날이 훌쩍 지나 하룻밤이 남아 있었다. 밤은 깊어 삼경三更 밤 열한 시에서 새벽 한 시 사이인데 은하수 기울어졌다. 촛불을 대해 두 무릎을 마주 꿇고 머리를 숙이고 한숨을 길게 쉬니, 눈물이 앞을 가렸다. 아버지가 깰까 봐 크게 울지도 못하고 흐느끼며 얼굴을 대어 보고 손발도 만져 본다.

"이제 아버지와 떨어질 날도 꼭 하루가 남았구나. 내가 죽으면 아버지는 누구를 의지하고 사실까? 누가 밥을 지어 드리고 누가 밥을 먹여 드릴까? 애고애고, 서러운지고, 불쌍한 내 아버지. 이제 어이하랴?"

울며 밤을 지새울 때 멀리서 닭 우는 소리가 들렸다.

"닭아, 울지 마라. 제발 울지 마라. 네가 울면 날이 새고 날이 새면 나 죽는다. 죽는 건 겁나지 않지만 우리 아버지 잊고 어찌 가잔 말이냐?"

어느덧 날이 밝아 오니 벌써 뱃사람들이 당도하여 소리쳤다.

"오늘이 배 떠나는 날이니 어서 밖으로 나서시오."

심청은 정신이 어지러운 가운데 뱃사람들을 불러 소곤거렸다.

"여보시오 선인네들, 내 몸 팔린 줄을 아버지는 아직 모르십니다. 잠깐만 기다리시면 제 손으로 따뜻한 진지나 지어 마지막으로 잡수시게 하고 떠나겠어요."

"그렇게 하시오."

심청은 눈물로 밥을 지어 아버지에게 올리고, 상머리에 마주 앉아 자반도 떼어 입에 넣어 드리고 김쌈^{김으로 밥을 싼 음식}도 수저에 놓아 드렸다.

"꼭꼭 씹어 잡수세요."

심 봉사는 아무것도 모르고 좋아했다.

"허허, 오늘은 반찬이 유난히 좋구나. 누구 집에서 제사 지냈느냐?"

심청이 말이 없자 심 봉사는 간밤에 꾼 꿈 이야기를 들려주었다.

"이상한 일도 있더구나. 간밤에 꿈을 꾸니 네가 큰 수레를 타고 한없이 가지 않더냐. 수레라 하는 것이 귀한 사람이 타는 것인데 우리 집에 무슨 좋은 일이 있으려나 보다."²⁾

심청은 저 죽을 꿈인 줄 짐작하고 둘러대었다.

"참으로 묘한 길몽입니다."

마침내 심청은 세수하고 새 옷으로 차려입고 하직 인사를 올렸다.

'못난 심청이는 아버지의 눈을 뜨게 하기 위해 인당수 제물로 몸을 팔러 갑니다. 이 불효를 부디 용서하십시오.'

심청이 울며 아버지 앞에 나와 두 손을 부여잡고 통곡하니 심 봉사는 깜짝 놀라 물었다.

"아가, 이게 웬일이냐? 정신 차려라, 왜 이러느냐?"

"그동안 아버지를 속였어요. 공양미 삼백 석을 누가 저에게 주겠어요. 남경 뱃사람들에게 제물로 몸을 팔아 오늘이 떠나는 날이에요. 마지막으로 제 손을 잡아 주세요."

심 봉사는 대경실색했다.

"그게 참말이냐? 이게 웬 말인고? 못 간다. 자식 죽여 눈을 뜬들 그게 차마 할 일이냐? 여보시오 동네 사람들, 뱃사람들을 쫓아 주시오!"

울고불고 땅에 엎어져 통곡했지만 이미 때는 늦었다. 심청은 제 아버지를 붙들고 위로했다.

"아버지, 할 수 없어요. 아버지는 눈을 떠서 밝은 세상 보시고, 착한 사람 구하셔서 아들딸 낳아 후사나 전하고, 오래오래 평안히 계십시오."

---

2) 심 봉사는 심청이 죽으러 가는 줄 모르고 꿈을 긍정적으로 해석한다. 꿈 내용과 실제 일어날 사건의 내용이 상반되면서 비극적인 분위기가 고조되는데, 「심청전」의 전체 내용을 고려하면 심 봉사의 꿈은 심청이 훗날 황후가 됨을 예견하는 복선 역할을 하기도 한다.

뱃사람들은 심청의 딱한 형편을 보고 모여 앉아 의견을 나누었다.

"심 소저의 효성과 심 봉사의 일생 신세 생각해 봉사님 굶지 않고 헐벗지 않게 한 살림을 꾸려 주면 어떻겠소?"

의논이 모이자 쌀 이백 석과 돈 삼백 냥, 무명 삼베 각 한 동씩 마을에 들여놓고 동네 사람들을 모아 당부했다.

"쌀 이백 석과 돈 삼백 냥을 착실한 사람 주어 실수 없이 온전하게 늘려 심 봉사에게 드리시오. 이백 석 가운데 이십 석은 올해 양식으로 제하고, 나머지는 해마다 빚을 주어 이자를 받으면 양식을 하고, 이런 내용을 관청으로 공문을 보내 알려 주시오."

모든 일이 끝나자 마침내 심청에게 가자고 이르니, 무릉촌 장 승상 댁 부인이 그제야 심청의 소식을 듣고 급히 시비를 보내어 심청을 불렀다. 심청이 시비를 따라오니 승상 부인은 문밖으로 내달아 심청의 손을 잡고 울며 말했다.

"나는 너를 자식으로 알았는데 너는 나를 어미같이 알지를 않았구나. 일찍 나와 의논했더라면 진작 주선해 주었지. 쌀 삼백 석을 이제라도 내줄 것이니 뱃사람들 도로 주고 당치 않은 말 다시 말라."

심청은 울며 말했다.

"이제야 후회한들 어쩌겠습니까? 또 어찌 남의 명분 없는 재물을 바라고 쌀 삼백 석을 도로 내주면 뱃사람들 일이 낭패이니 그도 또한 어렵겠지요. 부인의 하늘 같은 은혜는 저승에 가서도 잊지 않겠나이다."

부인이 다시 보니 엄숙한지라 차마 말리지 못하고 놓지도 못했다. 심청은 눈물을 흘리며 부인에게 말했다.

"부인은 전생에 나의 부모라. 어느 날에 다시 모시겠어요? 글 한 수를 지어 정을 표하오니 보시면 아실 것입니다."

부인이 종이와 붓을 내주니 붓을 들고 글을 쓸 적에 눈물이 비가 되어 점점이 떨어졌다. 그 눈물이 송이송이 꽃이 되니 그림 족자였다. 안방에 걸고 보니 그 글은 이러했다.

사람의 죽고 사는 건 꿈이어라
하물며 어찌 정 때문에 눈물을 흘리랴
다만 가장 서러운 것은
한 번 떠난 임, 다시 돌아오지 못하는 일이라

심청의 글을 읽고 부인도 붓을 들어 답시를 적어 주었다.

어두운 밤에 난데없이 비바람이 불어오니
아름다운 꽃 날려 떨어지도다
인간의 운명을 하늘이 정하셔서
아버지와 자식이 살아생전 정을 끊는구나

심청은 글을 품에 품고 눈물로 이별했다. 이를 지켜보던 사람들은 모두 대성통곡했다. 심청이 돌아와서 아버지에게 하직하자 심 봉사는 심청을 붙들고 뒹굴며 소리쳤다.

"못 간다, 날 데리고 가거라. 너 혼자는 못 간다."

심청은 아버지를 위로하며 말했다.

"액운이 막혀 있고 생사가 때가 있어 하느님이 하신 일이니 한탄한들 어찌하겠어요? 인정으로 할 양이면 떠날 날이 없을 것입니다."

심청이 아버지를 동네 사람에게 붙들게 하고 뱃사람들을 따라갈 제, 소리 내어 우니 눈물이 연신 치마폭을 적셨다. 엎어지며 자빠지며 붙들어 나갈 적에 사람들을 바라보며 소리쳐 흐느꼈다.

"여러 어르신들, 여러분만 믿고 떠나오니 불쌍한 저희 아버지 살펴 주옵소서."

동네 남녀노소 눈이 붓도록 서로 붙들고 울며 심청을 보냈다. 하늘도 이별을 슬퍼하는 듯 어두침침한 구름이 사방에 자욱하고 강물 소리조차 흐느끼며 흘렀다. 돌아보고 재촉하기를 거듭해 마침내 강두江頭 나루터에 다다르니 기다리고 있던 뱃사람들이 심청을 인도해 빗장 안에 싣고 닻을 올렸다.

"어기야, 어기야."

둥둥, 북을 울리면서 노를 저어 힘차게 나아가니 심청은 제 아버지 생각에 울다 기절하고 다시 깨어나 울기를 반복했다. 배는 마침내 큰 바다로 나아갔다. 망망한 너른 바다에 거친 물결이 일고 갈매기는 갈대숲으로 날아들고 북쪽의 기러기는 남으로 날아갔다.

오랜 항해 끝에 한곳에 다다라 돛을 지우고 닻 내리니 그곳이 바로 인당수였다. 갑자기 거센 바람 크게 일어 어룡이 싸우는 듯, 벽력이 일어난 듯, 너른 바다 한가운데 일천 석 실은 배, 노도 잃고 닻도 끊어지고 사면은 어둑하고 천지가 적막해 간신히 떠오르는데 뱃전은 탕탕, 돛대도 와지끈, 순식간에 위태했다. 이에 도사공都沙工 뱃사공의 우두머리을 비롯해 모두 겁을 냈다. 뱃사람들이 고사 제물 차릴 적에 섬 쌀로 밥을 짓고, 동이 술에 큰 소 잡고, 큰 돼지 통째로 삶아 큰 칼 꽂아 기는 듯이 받쳐 놓고, 삼색 실과 오색 탕수, 갖은 고기 식혜류와 온갖 과일 차려 놓고, 심청을 목욕시켜 흰옷으로 갈아입혀 상머리에 앉힌 뒤에 도사공이 앞에 나서 북을 둥둥 울리면서 고사했다.

　"어화둥둥, 용왕님아. 우리 말씀 들어 보소. 우리 동무 스물네 명이 장사를 시작해 십여 세에 조수 타고 서호를 떠다니다가 인당수 용왕님은 사람 제물을 받기에 유리국 도화동에 사는 십오 세 효녀 심청을 제물로 드리옵니다. 사해 용왕님은 고이고이 받으소서. 동해신 아명 서해신 거승이며, 남해신 축융 북해신 우강이며, 칠금산 용왕님, 자금산 용왕님, 개개섬 용왕님, 영각대감 성님, 허리간의 화장 성황 이물 고물 성황님네 다 굽어보소서. 물길 천 리 먼먼 길에 바람구멍 열어 내고, 낮이면 골을 넘어 대야에 물 담은 듯이, 배도 무쇠가 되고 닻도 무쇠가 되고 용총 마루 닻줄 모두 다 무쇠로 점지하시고, 빠질 근심 없고 재물 잃을 근심 없애시어 억만금 이문 남겨 대끝에 봉기鳳旗 물고기가 많이 잡히길 기원하는 굿을 할 때 대나무를 쪼개어 가지마다 조화를 매단 깃발 질러 웃음으로 즐기고 춤으로 기뻐하게 점지해 주옵소서."

🕐 소설 한 장면　위기　심청이 인당수에 뛰어듦

도사공은 북을 둥둥 치며 안쪽을 향해 소리쳤다.

"시각이 급하니 심청은 바삐 물에 들라."

심청은 두 손을 합장하고 빌기 시작했다.

"비나이다, 비나이다, 하느님 전에 비나이다. 심청이 죽는 일은 추호라도 섧지 아니합니다. 병든 아버지 깊은 한을 생전에 풀어 드리려 이 죽음을 당하옵니다. 하늘은 감동하시어 어두운 아버지의 눈을 밝게 띄워 주옵소서."

심청은 죽는 순간까지도 오직 아버지 걱정뿐이었다. 마침내 뱃전에 올라서서 치마폭을 뒤집어쓰고 파도 위로 풍덩 몸을 던졌다. 심청이 바다에 떨어지자 들끓던 파도가 가라앉고 물결이 잔잔해졌다. 광풍이 삭아지며 안개가 자욱이 사방에 깔리니 뱃사람들이 서로 말했다.

"고사를 지낸 후에 날씨가 순통順通 일이 순조롭게 잘 통함하니 심청이 덕이로다."

모두 손을 모아 심청의 넋을 위로했다.

한편 무릉촌 장 승상 부인은 심청이 남긴 글을 벽에다 걸어 두고 날마다 살피는 것을 낙으로 삼았다. 하루는 족자에 물이 흐르고 빛이 변해 검어지는지라 "기어이 심청이가 물에 빠져 죽었구나."하고 탄식한 뒤에 그날 밤 강가에 나가 심청의 혼을 불러 위로하는 제사를 지냈다.

이때 바다에 뛰어든 심청은 물결 속으로 끝없이 떨어졌으나 무지개가 영롱하고 사방에 향내가 은은한지라 깜짝 놀라 정신을 차렸다. 주변을 바라보니 무수한 바다의 장군과 군사들이 모여들어 심청을 에워쌌다. 원참군 별주부, 승지 도미, 빈랑 낙지, 감찰왕 잉어, 수찬 송어와 한림 붕어, 수문장 메기, 청령사령 자가사리, 승지 북어, 삼치, 갈치, 앙금, 방게, 수군 백관과 백만 물고기 병사, 무수한 선녀들이 백옥 가마를 마련한 후에 물로 뛰어드는 심청을 받은 것이었다. 심청은 깜짝 놀라 물었다.

"내가 죽었소, 살았소? 이곳이 대체 어디란 말이오?"

여러 선녀가 대답했다.

"옥황상제님의 지엄한 분부가 내려 그대는 살았나이다. 어서 가마에 올라 용왕님을 찾아가 뵈소서."

"옥황상제님의 분부란 무엇을 말함이오?"

"옥황상제께서 인당수 용왕님과 사해용왕 지부왕에게 일일이 명을 내리셨으니 '내일 효녀 심청이가 인당수로 뛰어내릴 것이니 몸에 물 한 점 묻지 않게 할 것이며, 만일 모시기를 실수하면 사해용왕에게는 천벌을 주고 지부왕은 파문을 내릴 것이니 수정궁으로 맞아들여 삼 년 동안 받들고 단장해 세상으로 돌려보내라'[3] 하시었습니다."

심청은 그제야 마지못해 가마를 탔다. 팔 선녀는 가마를 메고 여섯 용은 심청을 곁에서 모셨다. 바다의 장군과 군사들이 심청을 좌우로 호위하고 청학 탄 두 동자는 앞길을 인도해 나아갔다. 이윽고 수정궁으로 들어가니 인간 세계와는 다른 별천지였다.

이날 이후, 심청은 용궁에 머물렀는데 대접이 극진했다. 사해용왕이 각기 시녀를 보내어 조석으로 문안하고, 번갈아 당번을 서 호위했다. 금수능라 비단옷을 입고, 화용월태花容月態 아름다운 여인의 얼굴과 맵시 고운 얼굴 교태하며 웃는 시녀와 얌전하게 차린 시녀, 천성으로 고운 시녀, 수려한 시녀들이 주야로 심청을 모시면서 사흘마다 작은 잔치, 닷새마다 큰 잔치를 베풀었다. 또 상당에서 비단 백 필, 하당에서 진주 서 되를 바쳤다. 이처럼 받들면서도 오히려 잘못하지나 않을까 각별히 조심했다.

하루는 광한전 옥진 부인이 온다 하니 용왕이 겁을 내어 사방이 분주했다. 옥진 부인은 다름 아닌 죽은 심 봉사의 처 곽씨 부인이었다. 옥진 부인은 자신의 딸 심청이가 수중에 왔단 말을 듣고 상제에게 말미를 얻어 모녀 상면하러 달려오는 길이었다. 심청은 다가오는 부인이 누군 줄도 모르고 멀리 서서 바라볼 뿐이었다. 무지개 어린 오색 가마를 옥기린에 높이 싣고, 벽도화碧桃花 복숭아꽃 단계화丹桂花 계수나무 꽃를 좌우에 벌여 꽂고, 각 궁 시녀들은 부인을 곁에서 모시고 청학 백학들은 앞길을 인도하며 가마가 사뿐히 다가왔다. 이윽고 가마의 주렴珠簾 구슬 따위를 꿰어 만든 발이 걷히며 안에 있던 사람이 심청을 불렀다.

"심청아, 여기 네 어미가 왔다."

심청은 깜짝 놀라며 달려갔다.

"어머니, 정녕 어머니가 틀림없소? 나를 낳고 초칠일 안에 돌아가시어 지금까지 십오 년을 얼굴도 모르고 살아왔으니 천지간 깊은 한이 갤 날이 없었습니다."

두 모녀는 부둥켜안고 서로 통곡했다. 이윽고 심청이 말했다.

"다만 마음에 걸리는 것은 우리 모녀는 서로 만나 보니 좋지만 외로우신

---

3) 죽음과 재생의 모티프를 통해 현실 세계와 초월적 세계가 이어지고 있다. 심청은 아버지를 위해 죽음도 불사했기 때문에 통과의례를 무사히 지나쳐 다시 살아난다.

아버님은 누구를 보고 반기시겠습니까? 아버지 생각이 새롭군요."

부인은 울며 말했다.

"내 어찌 너의 아버지를 잊었겠느냐. 너의 아버지가 나 죽은 뒤 너를 키워 서로 의지했는데 너와도 이별하니 너 떠나던 날 그 모습이 오죽하랴?"

부인은 얼굴도 대어 보고 손발도 만져 보며 새삼 딸의 얼굴을 쳐다보았다.

"귀와 목이 희니 너의 아버지를 닮았구나. 손과 발이 고운 것은 어찌 아니 내 딸이랴. 내가 끼던 옥지환도 네가 지금 가졌으며, 수복강녕 壽福康寧 오래 살면서 복을 누려 건강하고 평안함 태평 안락 양편에 새긴 돈을 고운 붉은 주머니 청홍 당사 唐絲 중국 명주실 별 매듭 별 모양의 매듭 끈도 네가 찼구나. 아버지와 이별했지만 어미를 다시 봤으니 두 가지 다 온전하기 어려운 것이 인간 고락 苦樂 괴로움과 즐거움을 아울러 이르는 말 인가 보구나."

두 모녀는 같이 며칠을 보냈다. 며칠 뒤 옥진 부인이 말했다.

"광한전 맡은 일을 오래 비워 두기 어려워 다시금 이별해야 하니 애통하고 딱하다만 내 맘대로 못하는구나. 한탄한들 어이할쏘냐? 후에라도 다시 만나 즐길 날이 있으리라."

떨치고 일어서니 심청은 울며 어머니와 하직하고 자신은 수정궁에 머물렀다.[4]

한편 심 봉사는 딸을 잃고 모진 목숨 죽지 못해 겨우 연명했다. 도화동 사람들이 이를 불쌍히 여겨 극진히 보살폈다. 마을 사람들이 심 봉사의 돈과 곡식을 늘려 주어서 집안 형편이 해마다 늘어 갔다. 하지만 심청을 떠나보내고 어느 곳에도 마음을 붙이지 못하는지라 심 봉사는 외로움 속에서 나날을 보냈다.

마침 한마을에 사는 뺑덕어미는 자원해 심 봉사의 첩이 되었다. 뺑덕어미가 심 봉사 돌보기를 자청한 것은 심 봉사의 돈과 곡식을 탐했기 때문이다. 첩이 된 뺑덕어미는 심 봉사의 재산을 물 쓰듯 했다. 쌀 주고 엿을 사 먹고, 벼주고 고기를 사고, 이웃집에 욕 잘하고, 동무들과 싸움 잘하고, 술 취해 큰소리로 떠들고, 재산을 흥청망청 탕진하니 얼마 가지 않아 다시 밥을 빌어먹게 되었다. 이에 하루는 심 봉사가 뺑덕어미를 불러 놓고 타일렀다.

"내 딸의 목숨과 바꾼 돈으로 근근이 목숨을 이어 왔는데 근래에 어찌해서

---

4) 수정궁은 효심 깊은 심청에게 보상이 주어지는 공간이자 심청이 현실 세계로 돌아가 부친과 재회하고 고귀한 신분이 되기 위해 잠시 머무는 공간이다. 또한, 죽은 어머니와의 만남이 가능한 공간이다.

다시금 빌어먹게 된 것이오?"

뺑덕어미는 태연하게 대답했다.

"봉사님, 여태 잡수신 게 무엇이오? 식전마다 해장하신다고 죽 값이 여든두 냥이요, 살구는 어찌 그리 먹고 싶던지, 살구값이 일흔석 냥이오."

심 봉사는 속이 탔지만 애써 참았다.

"예부터 계집 먹은 것은 쥐 먹은 것이라 하니 따져 봐야 소용없다. 동네 사람 부끄러우니 우리 세간 기물을 다 팔아 타향으로 가세."

동네 사람 보기에 창피했던 심 봉사는 마침내 남은 살림살이 다 팔아서 이고 지고 타향으로 떠돌이 생활에 나섰다.

하루는 옥황상제가 사해용왕에게 말을 전했다.

"심 소저 혼약할 기한이 가까우니 인당수로 돌려보내 좋은 때를 잃지 말게 하라."

옥황상제의 분부가 지엄하니 사해용왕이 명을 듣고 심청을 보낼 적에 큰 꽃송이에 넣고 두 시녀로 하여금 곁에서 모시게 했다. 또 아침저녁 먹을 것과 비단 보배를 많이 넣고 옥 화분에 고이 담아 인당수로 보냈다. 이때 사해 용왕이 친히 나와 전송했다.

잠깐 사이에 인당수에 번듯 떠 뚜렷이 수면을 영롱케 하니 천신의 조화요, 용왕의 신령이었다. 바람이 분들 끄떡하며 비가 온들 떠내려갈쏘냐? 오색 무지개가 꽃봉오리 속에 어리어 둥덩실 떠 있을 적에 남경 갔던 뱃사람들이 막대한 이문을 내고 고국으로 돌아오다가 바다 한곳을 바라보니 한 송이 꽃봉오리 너른 바다 가운데 두둥실 떠 있는지라. 뱃사람들이 의아하게 여겨 중얼거렸다.

"심 소저의 영혼이 꽃이 되어 떴나 보다."

가까이 가서 보니 과연 심청이가 빠졌던 곳이어서 마음이 감동해 꽃을 건져 내었다. 꺼내 놓고 보니 크기가 수레바퀴처럼 생겼고 두세 사람이 넉넉히 앉을 만했다.

"참으로 기이하구나. 이 꽃은 세상에 없는 꽃이다."

"꽃을 황제 폐하께 진상해야겠다."

뱃사람들은 꽃을 고이 받들어 황제가 있는 장안으로 향했다.

이때 송나라 천자는 황후가 별세한 후 간택하지 않고 화초를 구해 상림원 上林苑 중국 장안 서쪽에 있는 황제의 정원 에다 채우고 황극전 뜰 앞에도 여기저기 심어두고 기화요초 琪花瑤草 옥같이 고운 풀에 핀 구슬같이 아름다운 꽃 를 벗 삼아 지내고 있었다.

이때 남경 뱃사람들이 인당수에서 얻은 진귀한 꽃 한 송이를 가져와 천자에게 바치니 천자는 반기어 그 꽃을 황극전에 놓고 보았다. 꽃의 빛이 찬란해 해와 달처럼 빛을 내는 것 같고 향기가 특출하니 세상 꽃이 아니었다.

"달빛에 그림자가 분명하니 계수나무 꽃도 아니요, 요지연의 흰 복숭아 동방삭이 따온 후에 삼천 년이 못 되니 벽도화도 아니다. 그렇다면 서역국에 연화 씨가 떨어져 그것이 꽃 되어 바다에 떠왔는가?"

천자는 기뻐하며 꽃 이름을 '강선화降仙花'라고 칭했다. 자세히 살펴보니 붉은 안개가 둘러 있고 상서로운 기운이 어리었으니, 천자는 크게 기뻐하며 화단으로 옮겨 놓았다. 하루는 천자가 화단을 배회하는데, 밝은 달이 뜰에 가득하고 산들바람 부는 중에 문득 강선화 봉오리가 흔들리며 가만히 벌어졌다. 천자가 몸을 숨기고 가만히 살펴보니, 예쁜 용녀가 얼굴을 들어 꽃봉오리 밖으로 반만 내다보더니 사람 자취 있음을 보고 도로 헤치고 들어갔다. 천자가 보고 문득 몸과 마음이 황홀해 아무리 서 있어도 다시는 기척이 없었다. 가까이 가서 꽃봉오리를 가만히 벌리고 보니 한 처녀와 두 미인이 있기에 천자가 반기며 물었다.

"너희가 귀신이냐, 사람이냐?"

미인은 즉시 나와 땅에 엎드려 여쭈었다.

"소녀는 남해 용궁 시녀이온데 소저를 모시고 세상으로 나왔다가 황제의 모습을 뵈오니 극히 황공하옵니다."

듣고 난 천자는 마음속으로 생각했다.

'상제께옵서 좋은 인연을 보내주신 게로구나. 하늘이 내리신 바를 받아들이지 않으면 이런 좋은 기회가 다시는 오지 않으리라.'

천자는 크게 기뻐하며 꽃 속 처녀와 혼인을 하기로 작정했다. 태사관으로 하여금 날을 잡으라고 명을 내리니, 곧 오월 오일 갑자일이었다. 마침내 혼인날이 닥쳐 황제가 잔치 자리에 나와 서니 꽃봉오리 속에서 두 시녀가 소저를 부축하며 나왔다. 이때 향기가 사방에 진동하고 북두칠성에 좌우 보필이 갈라서 있는 듯, 궁중이 휘황해 바로 보기 어려웠다. 나라의 경사라, 온 나라에 사면령을 내리고, 남경 갔던 도선주都船主를 특별히 무장태수로 임명하고, 온 조정 여러 신하는 축하를 보내고 온 백성은 기뻐 환호했다.

심 황후의 덕과 은혜가 지중하여 해마다 풍년이 들어 태평세월을 다시 보니 태평성대가 되었다. 심 황후는 부귀 극진하나 늘 마음속에 숨은 근심이 아버지 생각뿐이었다. 하루는 근심을 이기지 못해 시종을 데리고 옥 난간에 기대 서 있었더니, 가을 달은 밝아 산호 발에 비쳐 들고 슬피 우는 귀뚜라미 소리 방 안에 흘러들었다. 심 황후는 길게 탄식했다.

"오느냐, 너 기러기. 거기 잠깐 머물러서 나의 말 들어 봐라. 소중랑 蘇中郞 중국 한 무제 때 흉노의 포로로 19년간 억류됐으나 끝내 항복하지 않았던 소무를 말함 이 북해에서 편지 전하던 기러기냐, 푸른 물 흰 모래밭에 이끼도 푸른데 그리움을 못 이겨 내려오는 기러기냐. 도화동에 사는 우리 아버지 편지를 매고 네 오느냐. 이별한 지 삼 년 동안 소식 한 번을 못 들으니 내가 이제 편지를 써서 네게 전할 테니 부디부디 잘 전하거라."

이때 황제가 내전에 들어오다가 황후를 바라보니 고운 얼굴에 눈물이 가득했다. 황제는 놀라며 물었다.

"무슨 근심이 있기에 눈물 흔적이 있는 거요?"

심 황후가 대답했다.

"저는 용궁 사람이 아니오라 황주 도화동에 사는 맹인 심학규의 딸이옵니다. 아버지의 눈 뜨기를 위해 몸을 뱃사람에게 팔아 인당수에 제물로 빠졌었습니다."

심 황후는 그동안 있었던 일을 자세히 말했다.

"그러하면 어찌 진작 말을 하지 않았소? 어렵지 않은 일이니 너무 근심치 마오."

황제는 다음 날 조정 신하들을 불러 명했다.

"황주로 관리를 보내어 심학규를 부원군으로 대우해 모셔 오라."

그러자 황주 자사가 장계를 올렸다.

"분명히 본 주의 도화동에 맹인 심학규가 있었으나 일 년 전에 마을을 난 뒤로 사는 곳을 알 수 없습니다."

심 황후는 장계를 받고 황제에게 말했다.

"제게 좋은 생각이 있사옵니다. 이 땅의 모든 백성이 다 임금의 신하이온데 백성 중에 불쌍한 사람은 홀아비, 과부, 고아, 자식 없는 늙은이 네 부류일 것입니다. 그 가운데 가장 불쌍한 사람이 병든 사람이며, 병든 사람 중에도 특히 맹인이오니 천하 맹인을 모두 모아 잔치를 여시옵소서. 그들이 하늘과 땅과 해와 달과 별이며, 희고 검고 길고 짧은 것과, 부모 처자를 보아도 보지 못해 품은 한을 풀어 주옵소서. 그러하면 그 가운데 혹시 저의 아버님을 만날 수도 있지 않겠사옵니까?"

황제가 듣고 크게 칭찬하기를 "과연 여자 중의 요순堯舜 고대 중국의 요임금과 순임금이로소이다. 그렇게 합시다." 하고 다음 날 명을 내려 천하에 반포했다.

"높은 관리에서 서민에 이르기까지 맹인이면 성명과 거주지를 기록해 각 읍으로부터 올리도록 하라. 그들을 잔치에 참례參禮 예식에 참여함하게 하되, 만일 맹인 하나라도 명을 몰라 참례치 못한 자가 있으면 해당 도의 감사와 수령은 마땅히 중한 벌을 받을 것이다."

호령이 추상같으니 각 도와 읍이 놀라고 두려워 성화같이 시행했다. 맹인 잔치 소식은 이곳저곳 떠돌던 심 봉사의 귀에도 들어갔다. 심 봉사는 뺑덕어미에게 의견을 물었다.

"사람이 세상에 났으니 서울 구경 한번 해 보세. 낙양 천 리 멀고 먼 길을 나 혼자는 갈 수 없으니 나와 함께 가는 것이 어떠한가? 길에 다니다가 밤이야 우리 할 일 못 하겠는가?"

뺑덕어미도 찬성했다.

"어서 갑시다. 가서 배터지게 먹어 봅시다."

뺑덕어미를 앞세우고 길을 가다가 한 역촌에 이르러 잠을 자게 되었다. 마침 그 근처에 황 봉사라고 하는 소경시각 장애인을 낮잡아 이르는 말이 있었는데 그는 반소경이었고 집안 형편도 넉넉했다. 그는 뺑덕어미를 빼내려고 주인을 시켜 갖가지로 꼬였다. 뺑덕어미의 마음도 크게 흔들렸다.

ⓒ 소설 한 장면 절정 황후가 된 심청은 맹인잔치를 열어 심 봉사를 찾고자 함

'막상 내가 따라가더라도 잔치에 참례할 길이 전혀 없고, 돌아온들 형편도 전만 못하고 살길이 전혀 없을 테니, 차라리 황 봉사를 따라가면 말년 신세는 편안하겠구나.'

뺑덕어미는 못 이기는 척 황 봉사의 청을 받아들였다.

'심 봉사 잠들기를 기다려 내빼리라.'

뺑덕어미는 일부러 자는 척하고 누워 있다가 심 봉사가 깊은 잠에 빠지자 두말없이 도망해 달아났다. 다음 날 잠에서 깬 심 봉사는 길게 탄식했다.

"여봐라, 뺑덕어미 날 버리고 어디 갔는가. 이 무상하고 고약한 계집아, 서울 천 리 먼먼 길 누구와 함께 벗을 삼아 가리오."

심 봉사는 한참을 울다가 또 중얼거렸다.

"공연히 그런 잡년한테 정붙였다가 살림만 날리고 도중에 낭패로구나. 이 모든 것이 나의 운수소관이로구나. 누구를 원망하고 누구를 탓하랴? 우리 어질고 음전 ^{말이나 행동이 곱고 우아함} 하던 곽 부인 죽는 양도 보고 효녀 심청이도 물에 빠져 죽어 생이별했으니 내 팔자가 형편없구나."

사람을 데리고 수작하듯 혼자 구시렁거리다가 날이 밝으니 다시 떠나갔다. 이때는 마침 오뉴월이라 더위는 심하고 땀은 흘러 등을 적셨다. 마침 물 흐르는 곳이 있어 심 봉사는 의관과 봇짐을 벗어 놓고 목욕을 했다. 그러나 목욕을 끝내고 나와 보니 의관과 봇짐이 간데없었다. 강변을 두루 다니며 사면을 더듬는데 더듬은들 어디 있을쏘냐? 오도 가도 못 하게 된 심 봉사는 소리 내어 울부짖었다.

"애고애고, 서울 천 리 멀고 먼 길을 어찌 가리. 네 이놈 도적놈의 자식아, 내 것을 어디에 쓰려고 가져갔느냐? 부잣집의 남는 재물이나 가져다가 쓸 일이지, 눈먼 놈의 것을 갖다 먹고 온전할까. 빨래하는 아낙네도 없으니 누구한테 가서 밥을 빌며 의복을 빌리리."

한창 이리 울며 탄식할 적에 마침 무릉 태수가 지나갔다.

"이놈, 물렀거라."

하고 왁자하게 내려오니 심 봉사는 길을 비키라는 소리를 반겨 듣고, 독을 내고 앉았다가 행차가 가까이 오니 엉금엉금 땅을 기었다. 좌우의 나졸들이 달려들어 밀쳐내니 심 봉사는 무슨 유세나 하는 줄로 여기며 소리쳤다.

"네 이놈들! 나를 이렇게 대하다니. 나는 지금 황성으로 가는 소경이다. 너의 성명은 무엇이며 이 행차는 어느 고을 행차신지 썩 일러라."

주변이 소란하자 무릉 태수가 물었다.

"너는 어디 있는 소경이며 어찌 옷을 벗었으며 무슨 말을 하고자 하느냐?"

심 봉사는 황망히 말했다.

"저는 황주 도화동에 사는 심학규이옵니다. 잔치가 있다 해서 서울로 가는 길인데 날이 너무 더워 잠깐 목욕을 했습니다. 나와 보니 어느 못된 도적 놈이 의관과 봇짐을 모두 다 가져가서 낮에 나온 도깨비처럼 이러지도 저러지도 못하고 있었습니다. 제 의관과 봇짐을 찾아 주시거나 별도로 마련해 주시옵소서. 그렇게 안 해 주시면 잔치에 가지 못하니 나리께서 특별히 살펴 주시기를 바라옵니다."

태수는 고개를 끄덕이며 대답했다.

"듣고 보니 사정이 참으로 딱하구나."

태수는 통인 조선 시대에 지방관의 잔심부름을 하던 하급 관리 을 불러 고리짝을 열고 의복 한 벌을 내주었다. 또 급창 及唱 관아에서 내린 명령을 큰소리로 전달하는 남자 노비 을 불러 가마 뒤에 달린 갓을 떼어 주고, 수행 관리를 불러 노잣돈을 꺼내 주었다. 심 봉사는 내친김에 말했다.

"그 흉한 도적놈이 담뱃대마저 가져가 버렸소."

태수가 웃으면서 담뱃대를 내주니 심 봉사는 넙죽 절하고 서울을 향해 길을 떠났다. 가다가 지치면 들에서 잠을 자고 잠에서 깨면 또 걷기를 여러 날, 마침내 고대하던 서울이 가까웠다. 낙수교를 지나 서울 근교로 들어가니 한곳에 방앗간이 있어 여러 여자가 방아를 찧고 있었다. 심 봉사는 더위를 식히려고 방앗간 그늘에 앉아 쉬고 있었다. 여러 사람이 심 봉사를 보고 말했다.

"애고, 저 봉사도 잔치에 오는 봉사인가 보오? 요즈음에 봉사들 살판이 생겼네. 그리 앉았지 말고 방아나 좀 찧어 주지."

심 봉사가 대답했다.

"천 리 타향에서 힘들게 올라오는 사람더러 방아 찧으라 하오? 무엇이나 좀 주면 찧어 주지."

"애고, 그 봉사 음흉해라. 주기는 무엇을 주어 점심이나 얻어먹지."

"고작 점심 얻어먹으려고 찧어 줄까."

"그러면 무엇을 주어, 고기나 줄까?"

심 봉사는 허허 웃으며 "그렇다면 방아를 찧어 보리라." 하고 그럭저럭 방아를 찧고 점심까지 얻어먹었다. 봇짐에다 술을 넣어 등에 지고 성안으로 들어가니 억만 장안이 모두 다 소경들로 가득해 서로 '딱딱' 부딪쳐 다니기 어려웠다. 그러다가 한 곳을 지나는데 어떤 여자가 문밖에 섰다가 심 봉사를 불렀다.

"거기 가는 분이 심 봉사이시오?"

심 봉사는 놀라 돌아보며 물었다.

"누가 나를 찾나?"

"그럴 일이 있으니 거기 잠깐 머물러 계시오."

여자는 다짜고짜 심 봉사를 인도해 사랑에다 앉히고 저녁밥을 내왔다. 심 봉사는 속으로 생각했다.

'괴이한 일이구나. 이게 어찌 된 일인고?'

차려온 음식과 반찬이 예사 음식이 아니어서 밥을 달게 먹었다. 어느덧 날이 저물어 황혼이 되니 여인이 다시 나와서 말했다.

"여보시오 봉사님, 나를 따라서 안방으로 들어갑시다."

심 봉사가 물었다.

"이 집에 바깥주인이 있는지 없는지는 모르겠지만 어찌 남의 안방으로 들어가겠소?"

"그런 것은 캐묻지 마시고 나만 따라오시오."

대청마루에 올라앉으니 아까와 다른 여인이 다가와 말을 붙였다.

"내 성은 안가인데 불행히도 부모님이 모두 돌아가시고 홀로 이 집을 지키고 있습니다. 나이가 스물다섯 살이나 되었는데도 아직 시집을 가지 못하고 있지요. 일찍이 점치는 법을 배워서 배필 될 사람을 알아보았더니, 며칠 전에 우물에 해와 달이 떨어져 물에 잠기기에 제가 건져 품에 안는 꿈을 꾸었답니다. 가만히 생각해 보니, 하늘의 해와 달은 사람의 눈인데 해와 달이 떨어졌으니 맹인을 뜻하고, 물에 잠겼으니 심씨인 줄 알았지요. 그날부터 아침 일찍 종을 시켜 문에 지나가는 맹인에게 차례로 물어온 지 여러 날 만에 천우신조天佑神助 하늘이 돕고 신령이 도움 로 이제야 만나니 연분인가 합니다."

심 봉사는 어안이 벙벙했다.

"말이야 좋소만 그게 쉬운 일이오?"

안씨 여인이 종을 불러 차를 들이고 권했다.

"사시는 곳은 어디며 어떻게 되시는 분이신지요?"

심 봉사는 자기 신세 전후 사정을 낱낱이 말하며 눈물을 흘렸다. 안씨 여인은 심 봉사를 위로하고 이날 밤에 함께 잠자리에 들었다. 그러나 심 봉사는 제대로 잠을 이루지 못했다. 첫날밤이니 오죽 좋으랴마는 이상하게 잠자리가 편치 않고 사나운 꿈이 전신을 휘감았다. 아침이 되어도 머릿속이 뒤숭숭하니 안씨 여인이 걱정해 물었다.

"무슨 일로 그리 앉아 계시오?"

심 봉사는 안씨 여인에게 지난밤 꿈을 이야기해 주었다.

"나는 본디 팔자가 기박해 평생을 두고 살펴보니 막 좋을 일이 있으면 항상 서러운 일도 같이 생기곤 했소. 이제 또 간밤에 꿈을 꾸니 평생 불길할 징조가 보입디다. 내 몸이 불에 들어가고, 내 가죽을 벗겨 북을 만들고, 또 나뭇잎이 떨어져 뿌리를 덮으니 아마도 내가 죽을 꿈이 아닌가 하오."

안씨 여인이 꿈 내용을 듣고 해몽해 주었다.

"참으로 꿈이 좋습니다. 몸이 불 속에 들어가니 누군가를 만날 기약이 있고, 가죽을 벗겨 북을 만드니 가죽은 궁성宮聲이라 궁궐에 들어갈 징조입니다. 또 낙엽은 결국 뿌리로 돌아가니 자손을 만날 꿈입니다."

심 봉사가 웃으며 말했다.

"내 본디 자손이 없는데 누구를 만나겠소. 잔치에 참례하면 궁궐에 들어가고 관청의 밥이나 먹게 될 테지요."

안씨 여인이 다시 말했다.

"지금은 내 말을 믿지 않으시지만 두고 보십시오."

때가 되어 심 봉사는 고개를 갸웃거리며 집을 나섰다. 대궐 문밖에 다다르니 벌써 맹인 잔치가 시작되었는지라 그 안이 오죽 좋으랴마는 거무칙칙하고 소경 냄새가 진동했다. 심 황후는 아버지가 나타나길 눈이 빠지게 기다렸다. 그런데 맹인 명부를 아무리 들여놓고 보아도 심씨 맹인이 없는지라 혼자 탄식했다.

'이 잔치를 연 까닭은 아버님을 뵈옵자는 것이었는데, 아버님이 내가 인당수에 빠져 죽은 줄로만 아시고 애통해 돌아가신 것인가, 아니면 몽운사 부처님이 영험하시어 그동안에 눈을 떠서 천지 만물을 보시어 맹인 축에서 빠지신 것인가. 오늘이 마지막 잔칫날이니 내가 몸소 나가 보리라.'

심 황후가 뒷동산에 자리를 잡고 맹인잔치를 구경하는데 풍악이 낭자하며 음식도 풍성했다. 잔치를 다 끝낸 뒤에 맹인 명부를 올리라 해 의복 한 벌씩을 내주니 맹인들이 모두 사례하는데 명단에 들지 못한 맹인 하나가 우두커니 서 있었다. 황후가 보고 물었다.

"저 사람은 어떤 맹인이오?"

상궁을 보내어 물으니 심 봉사가 겁을 내며 대답했다.

"저는 집이 없어 천지로 집을 삼고 사해로 밥을 부치며 떠돌아다니오니 어느 고을에 산다고 할 수가 없습니다."

황후는 반가워하며 가까이 들라 일렀다. 상궁이 명을 받아 심 봉사의 손을 끌어 별전으로 인도했다. 심 봉사는 무슨 영문인 줄 모르고 겁이 나 더듬거리는 걸음으로 별전에 들어가 계단 아래 섰는데, 얼굴은 몰라볼 만큼 변해 있었고 머리에는 흰 머리카락이 듬성듬성했다. 황후가 삼 년 동안을 용궁에서 지내다 보니 아버지의 얼굴이 가물가물해 물어보았다.

"처자는 있으신가요?"

심 봉사는 땅에 엎드려 눈물을 흘리면서 말했다.

"여러 해 전에 아내를 잃고, 초칠일이 못 지나서 어미 잃은 딸이 하나 있었습니다. 제가 어두운 눈으로 어린 자식을 품고 동냥젖을 얻어 먹이며 근근이 길러내고, 딸이 점점 자라면서 효행이 뛰어나 옛사람을 앞서더니 요망한 중이 와서 '공양미 삼백 석을 시주하면 눈을 떠서 볼 것입니다' 했습니다. 저의 딸이 이 말을 듣고 '어찌 아비 눈 뜨리란 말을 듣고 그저 가만히 있으리오' 하고 남경 뱃사람들에게 삼백 석에 몸을 팔아서 인당수에 제물로 빠져 죽었습니다. 그때 제 딸의 나이가 열다섯이었습니다. 눈도 뜨지 못하고 자식만 잃었사오니 자식 팔아먹은 놈이 세상에 살아 무엇하겠습니까. 제발 죽여 주옵소서."

황후는 심 봉사의 말을 듣자 분명히 아버지인 줄 알 수 있었다. 황후는 버선발로 뛰어 내려오며 소리쳤다.

"아버지, 제가 인당수에 빠져 죽었던 심청이에요."

심 봉사는 깜짝 놀라 물었다.

"이게 무슨 일이냐?"

이 순간 뜻밖에 두 눈에서 딱지가 떨어지는 소리가 나면서 눈이 활짝 밝았다. 이 자리에 가득 모여 있던 맹인들이 심 봉사 눈 뜨는 소리에 일시에 눈들이 뜨이는데, 까치 새끼 밥 먹이는 소리 같았다. 뭇 소경이 밝은 세상을 보게 되고, 집 안에 있는 소경, 계집 소경도 눈이 다 밝고, 배 안의 소경, 배 밖의 맹인, 반소경 청맹과니걸보기에는 눈이 멀쩡하지만 앞을 보지 못하는 사람까지 모조리 다 눈이 밝았으니, 맹인에게는 천지개벽이나 다름없었다.

심 봉사는 반갑기는 반가우나 눈을 뜨고 보니 도리어 처음 보는 얼굴이라. 딸이라 하니 딸인 줄 알지마는 한 번도 보지 못한 얼굴이라. 그러나 어찌 머뭇거릴 수 있으리오. 이내 딸에게 달려들어 두 부녀가 부둥켜안고 통곡했다.

"정녕 꿈이런가. 내 딸 청이가 틀림없는가. 얼씨구절씨구 지화자 좋을씨고. 죽은 딸 심청이를 다시 보니 양귀비가 죽었다가 다시 살아났는가, 우 미인이 도로 살아서 돌아왔는가, 아무리 보아도 내 딸 심청이지. 딸 덕으로 어두웠던 눈을 뜨니 해와 달이 다시 밝아져 더욱 좋도다. 태평세월 다시 보니 얼씨구 좋을씨고."

심 봉사의 노랫소리에 맞추어 무수한 소경들도 춤추고 기뻐했다. 심 봉사는 그날로 예복을 입고 임금과 신하의 예로 인사를 하고 다시 내전에 들어가서 여러 해 쌓였던 회포를 풀며 안씨 여인의 일까지 낱낱이 이야기했다. 황후는 심 봉사의 말을 듣고 비단 가마를 내보내어 안씨를 데리고 와서 아버지와 함께 살게 했다. 황제는 심학규를 부원군에 봉하고 안씨는 정렬부인으로 봉하고, 또 장 승상 부인에게는 특별히 많은 재물을 상으로 내렸다. 도화동 동민들에게는 부역을 면제해 주고 많은 재물을 상으로 내려 마을에 어려운 일을 도와주라 하니, 도화동 사람들이 하늘 같고 바다 같은 은혜에 감사하는 소리가 온 천지에 진동했다.[5]

부원군에게 옷가지와 여비를 제공했던 무창 태수를 불러 예주 자사로 올렸다. 그리고 황 봉사와 뺑덕어미를 즉시 잡아들이라 엄하게 분부했다. 예주 자사가 삼백예순 관청으로 사람을 보내 황 봉사와 뺑덕어미를 잡아 올렸다. 부원군이 천청루에 자리를 잡고 앉아서 황 봉사와 뺑덕어미를 친히 꾸짖었다.

"너는 어찌하여 재산을 탕진한 것도 모자라 나를 배신하고 황 봉사에게 붙었느냐?"

뺑덕어미는 뒤늦게 후회하며 목숨을 빌었다. 부원군은 뺑덕어미를 옥에 가두고 이번에는 황 봉사를 불러 꾸짖었다.

"너는 어찌하여 남의 아내를 꾀어내었느냐? 마땅히 죽일 일이지만 특별히 귀양을 보내니 원망하지 말라. 뒷날 세월이 흐른 후에 세상 사람이 이런 불의한 일을 본받지 않게 하자는 뜻이니라."

---

[5] 미천한 사람이라도 선행을 베풀면 언젠가 보상을 받아 고귀한 신분이 될 수 있다고 믿었던 당대 민중의 신분 상승 욕구가 반영되어 있다.

이렇게 나무라니 온 조정의 벼슬아치며 천하 백성들이 부원군의 덕화德化 홀륭한 행실로 사람들에게 좋은 영향을 끼침를 기렸다. 자손이 번성하고 천하에 아무런 어려움도 없으니 심 황후의 덕화가 온 천하에 덮였으며 칭송이 끊이지 않았다. 이날 이후 태평성대가 지속되니 백성들은 곳곳에서 춤추고 노래했으며 부원군은 심 황후와 더불어 오래오래 행복하게 살았다.

소설 한 장면　결말　심 봉사와 심청은 재회한 뒤 행복하게 삶

생각해 볼까요?

 선생님 판소리계 소설의 특징은 무엇인가요?

💬 2 ❤ 2

↳ **학생 1** 판소리계 소설이란 판소리적 요소와 설화적 요소를 두루 갖추고 있는 소설을 말해요. 따라서 판소리계 소설에는 초인적인 능력을 가진 영웅이 등장하지 않아요. 사건 전개에서도 인과 관계가 더 중요하고요.

↳ **학생 2** 판소리계 소설의 문체는 운문과 산문이 혼합되어 있고, 세련된 언어와 평민층의 비속어, 욕설, 재담 등이 뒤섞여 있어요. 삶의 고통을 정면으로 마주하는 비장함이 구수한 해학, 신랄한 풍자 등과 공존하면서 조선 후기 사회의 생활상을 진솔하게 보여 주고 있지요.

 선생님 「심청전」의 발전 과정에 대해 알아볼까요?

💬 1 ❤ 1

↳ **학생 1** 「심청전」 창작의 근간이 된 근원 설화로는 「효녀 지은 설화」가 있어요. 이후 판소리 「심청가」가 등장했지요. 판소리가 기록되면서 고전소설 「심청전」이 지어졌고요. 이후 개화기가 되자, 「심청전」의 내용을 바탕으로 신소설 「강상련」이 창작되었어요.

인신 공희	▼ 🔍

연관 검색어 희생양 산 제물 인주 설화

인신 공희(人身供犧)는 신에게 산 사람을 제물로 바치는 풍습을 뜻하며 인신 공양(人身供養)이라고도 부른다. 인신 공희의 내용을 바탕으로 한 인신 공희 설화는 지역에 따라서 특정한 증거물 없이 민담으로 널리 구전된다. 주로 한 사람이 마을이나 단체를 대표해 희생한다는 점, 산 제물을 바친 이후로 평화가 찾아와 인신 공양의 풍습이 사라진다는 점 등을 특징으로 꼽을 수 있다. 인신 공희 설화들은 시간이 흐름에 따라 내용이 굴절되고 변형되며 고소설(19세기 이전에 창작된 소설을 이르는 말로, 우리나라의 경우 신소설이 나오기 전까지 만들어진 소설을 뜻함)에 반영되었다. 『심청전』에 반영된 인신 공희 설화로는 「효녀 지은 설화」, 「거타지 설화」 등이 있다.

흥부전

#권선징악   #형제의우애   #풍자   #빈자와부자

⚓ 작품 길잡이

작가: 미상
갈래: 판소리계 소설, 설화 소설, 국문 소설
배경: 시간 - 조선 후기 / 공간 - 충청도, 경상도, 전라도의 경계
성격: 풍자적, 해학적, 교훈적
주제: 표면적 - 형제간의 우애와 권선징악 / 이면적 - 빈부 갈등
출전: 신재효본 『박흥보가』

📷 인물 관계도

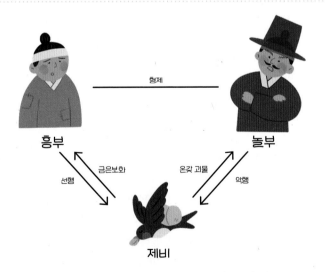

흥부 ————형제———— 놀부

금은보화 / 선행   온갖 괴물 / 악행

제비

흥부	착하고 인정 많지만 가난한 살림 탓에 힘겹게 살아간다.
놀부	부유하지만 심보가 고약하고 인정이 없어 남을 위해 베풀지 않는다.

📋 구성과 줄거리

발단　**형 놀부가 동생 흥부네 가족을 내쫓음**
형 놀부는 심술이 고약하고 욕심이 많지만, 동생 흥부는 착하고 심성이 어질다. 놀부는 유산을 독차지하려고 흥부네 가족을 집에서 내쫓는다.

전개　**흥부네 가족은 전국을 떠돌며 구걸하다 귀향함**
집에서 쫓겨난 흥부네 가족은 여러 곳을 전전하며 구걸로 먹고산다. 그러다가 결국 고향 근처로 돌아오고, 흥부는 쌀을 구걸하러 놀부를 찾아가지만 매만 맞는다. 아이들은 점점 늘어 가고 흥부 내외는 날품을 팔며 가난하게 살아간다.

위기　**흥부가 제비 다리를 고쳐주고 박씨를 선물로 받음**
어느 해 봄, 흥부는 구렁이의 공격을 받아 다리가 부러진 제비를 발견하고 정성껏 치료해 준다. 제비는 강남으로 돌아갔다가 이듬해 다시 날아와 흥부에게 박씨 하나를 선물로 준다.

절정　**박에서 금은보화가 쏟아져 나옴**
박이 열리자 그 속에서 금은보화가 쏟아져 나와 흥부는 큰 부자가 된다. 흥부의 소식을 들은 놀부는 욕심 때문에 멀쩡한 제비 다리를 일부러 부러뜨린 후 치료해 준다. 얼마 뒤 놀부의 박 속에서는 온갖 요물과 이상한 사람들이 쏟아져 나온다. 놀부는 이들에게 재산을 빼앗기고 패가망신한다.

결말　**패가망신한 놀부가 잘못을 뉘우침**
놀부의 소식을 들은 흥부는 자신이 가진 재산을 나누어 주며 놀부를 위로한다. 놀부는 흥부의 마음씨에 감동해 잘못을 뉘우친다. 이후 두 사람은 오래도록 행복하게 살아간다.

흥부전

충청도와 전라도, 경상도가 경계를 이루는 지점에 양반 연 생원이 살고 있었다. 연 생원은 슬하에 아들 둘을 두었는데 형은 놀부요, 동생은 흥부였다. 한 부모 밑에서 난 두 자식이었으나 외모는 물론이거니와 그 성품도 상반되었다. 흥부는 착하고 성실했으나 놀부는 심술궂고 매사에 욕심이 많았다. 사람들이 저마다 오장육부를 지녔지만 놀부는 오장칠부라, 왼쪽 갈비뼈 밑에 심술보 하나가 더 달려 있어 하는 짓마다 못되기가 이를 데 없었다. 그 행실을 일일이 나열하면 다음과 같다.

남의 선산에 묘지 쓰기, 초상집에서 노래하기, 남의 노적露積 곡식 따위를 한 데에 수북이 쌓음에 불 지르기, 가뭄 농사에 물꼬 빼기, 불난 곳에 부채질하기, 길 가운데 구덩이 파기, 외상 술값에 억지 쓰기, 소경 옷에 똥칠하기, 잠든 사람에게 뜸질하기, 달리는 사람에게 발 걸기, 걸인 보면 자루 찢기, 상인喪人 부모나 조부모가 세상을 떠나서 거상 중에 있는 사람 잡고 춤추기, 여승 보면 희롱하기, 새 초분草墳 묘지에 불 지르기, 애를 밴 여자 배 차기, 우는 아이에게 똥 먹이기, 물동이를 인 여자에게 입 맞추기, 상여꾼에게 형문刑問 죄인의 정강이를 때리던 형벌 치기, 채소밭에 물똥 싸기, 수박밭에 말뚝 박기, 장독간에 돌 던지기, 무덤을 옮겨 쓸 때 뼈 감추기 등 낮에 행악질모질고 나쁜 행동하는 것도 모자라 밤에는 도적질을 일삼으니 그 흉악하기가 이를 데 없었다.

형 놀부와 반대로 흥부는 마음씨가 착하고 선량해서 동네 사람들의 칭찬이 자자했다. 흥부의 행적을 나열하면 다음과 같다.

동네 어른들을 존경하고, 이웃 간에 화목하고, 친구와 서로 믿음이 있고, 굶어 죽어 가는 사람에게 먹던 밥을 덜어 주고, 추운 날씨로 병든 사람에게 입었던 옷을 벗어 주었다. 또 노인이 짊어진 짐을 자청해 져다 주고, 장마 때 큰 물가에 삯 안 받고 건네주고, 산에서 백골을 보면 깊이 파서 묻어 주고, 수절 과부 보쌈하면 쫓아가서 빼내 주고, 어진 사람 모함하면 대신 변명해 주고, 길 잃은 어린아이한테 부모를 찾아 주고, 주막에서 병든 사람 본가에 기별해 주고, 막 깨어난 벌레를 죽이지 않고, 자라나는 초목을 꺾지 않았다. 매일 좋은 일만 하느라 돈 한 푼 벌지 못하니 형 놀부는 이런 흥부를 볼 때마다 심사가 뒤틀렸다.

부모가 모두 죽고 놀부는 흥부와 함께 살고 있었다. 놀부는 부지런히 재물을 모았지만 흥부는 늘 가난했다.

어느 날 놀부는 잠자는 흥부를 깨워 소리쳤다.

"재물을 모을 생각은 하지 않고 매일같이 놀고먹으니 그 꼴이 보기 싫어 함께 못 살겠다. 비록 부모가 물려준 재산이 있다 하나 그것은 마땅히 장손인 나의 몫일 터이니 네게는 지푸라기 하나 돌아갈 것이 없다. 네 처자를 데리고 어서 멀리 떠나거라. 지체하다가는 요절을 면치 못하리라."

마음씨 고운 흥부는 땅에 엎드려 놀부에게 빌었다.

"저를 밖으로 내치시면 젊은 아내와 어린 자식을 데리고 뉘 집에 가서 의탁하며, 어떻게 먹여 살리겠습니까? 아우 하나 있는 것을 어찌 매정하게 나가라 하십니까?"

놀부는 성을 내며 소리쳤다.

"아버님이 살아생전에 글공부를 시키더니 말 하나는 잘하는구나. 듣기 싫으니 썩 나가거라!"

착한 흥부는 놀부의 말을 듣지 않을 수 없었다. 빈손으로 집을 나서니 불쌍한 흥부 아내는 어린 자식을 등에 업고 울며불며 따라나섰다. 이때부터 정처 없이 여기저기를 떠돌며 빌어먹었다. 두어 달이 지나자 이내 부끄러움도 없어졌다. 그러던 어느 날, 흥부는 가족을 데리고 다리 난간에 늘어앉아 이를 잡으며 말했다.

🍅 소설 한 장면　발단　형 놀부가 동생 흥부네 가족을 내쫓음

"기왕 빌어먹고 살 것이면 곡식이 풍부한 동네로 가자."

흥부는 살 만한 곳을 찾아 정처 없이 돌아다녔으나 마땅한 곳을 찾지 못했다. 결국 다시 고향 근처로 돌아오니 마침 인심이 좋은 한 마을에 빈집이 있어 그곳에 가족을 들였다. 빌어먹는 가운데에도 그럭저럭 여러 해가 지나니 자식들이 줄줄이 생겨났다. 가난은 버석버석 나날이 늘어가니 여러 식구 굶는 것이 초상난 집의 개에 비길 만했다. 흥부 아내는 견디다 못해 섧게 울며 말했다.

"자식들은 바글거리고 귀신에게 줄 쌀 한 줌이 없으니 애고애고 서러운지고. 이보시오 아기 아버지, 형님댁에 가서 쌀 좀 빌려 오소. 우리는 굶을지라도 자식들일랑은 살려내야지 않겠소?"

흥부가 걱정해 대답했다.

"형님댁이 지척이긴 하나 빌어본들 어찌 쌀을 내어 주겠소. 차라리 굶어 죽을지언정 안 가는 편이 아무래도 옳을 것 같소."

"주시고 안 주시는 것은 형님 처분에 달렸으니 되든지 안 되든지 헛일 삼아 한번 가 보시오."

흥부는 하는 수 없이 터진 헌 갓을 쓰고 누더기 삼베옷을 입고 구멍 뚫린 나막신을 두 발에 잘잘 끌고 꼭 얻어 올 심산으로 큼직한 구럭^{짚으로 만든 자루}을 짊어지고 집을 나섰다. 쫓겨나던 날을 생각하며 벌벌 떨며 걸어갈 적에, 저 혼자 혀를 차며 탄식하기를 그치지 않았다.

🍎 소설 한 장면 　전개　 흥부네 가족은 전국을 떠돌며 구걸하다 귀향함

"모진 목숨 죽지 않고 이 고생을 하는구나."

놀부가 사는 집 문 앞에 당도하니 그새 위세가 더 늘어서 가사家舍 사람이 사는 집 가 아주 웅장했다. 삼십여 칸 줄행랑을 일자로 지었는데, 한가운데 솟을대문이 하늘을 찌를 듯하고, 대문 안에 중문이요 중문 안에 벽문이 늘어섰다. 늙은 종이 흥부를 알아보고 손을 잡고 눈물 흘리며 말했다.

"이 모습이 웬일입니까?"

종은 흥부를 불쌍히 여기고 놀부에게 안내했다. 흥부는 놀부를 보자 눈물을 비 오듯 흘리며 엎드려 하소연했다.

"자식들이 굶어 죽어 갈 판이라 불고염치하고 이렇게 형님을 찾아왔습니다. 부디 형제간의 우애를 생각해서 쌀섬을 내려 주십시오. 봄이 되면 부지런히 일해 갚겠습니다."

놀부는 흥부의 이야기를 듣고 매우 못마땅한 얼굴로 말했다.

"어디서 보았더라? 당최 알 수가 없군."

흥부는 서러움에 눈시울을 붉혔다.

"갑술년에 집 나간 흥부입니다. 동부 동모 친형제로 이름자 항렬해 형님 함자는 놀 자ㆆ 부 자이고 아우 이름은 흥부라 하는 것을 벌써 잊으셨소?"

놀부는 버럭 화를 내며 소리쳤다.

"이놈, 왜 다시 찾아왔느냐. 썩 사라져라."

"형님, 제발 살려 주십시오."

흥부는 두 손을 비비면서 꿇어 엎드려 슬피 울었다. 놀부는 속으로 재빨리 생각했다.

'저놈이 달래서는 안 갈 테고, 쌀을 준다면 나중에 또 올 테니, 죽으면 굶어 죽지 맞아 죽을 생각은 없이 하는 것이 옳다.'

놀부는 단단한 몽둥이 하나를 들어 사정없이 흥부를 내리쳤다.

"이놈, 여기가 어디라고 기어들어 와 잔꾀를 부리느냐. 조금만 지체했다가는 잔뼈도 추리지 못할 테니 어서 가라."

다시 몽둥이를 번쩍 쳐드니 흥부는 제 형의 성미를 익히 아는지라.

"너무 노여워 마옵시고 평안히 계시옵소서. 못난 동생은 가옵니다."

인사를 마치고 마당을 돌아 나올 적에 문득 바라보니 놀부 아내가 마침 부엌에서 밥을 푸고 있었다. 흥부는 걸음을 멈추고 빌었다.

"형수님, 아우 흥부가 왔습니다. 밥 한 술만 주십시오."

그 모양을 본 놀부 아내는 제 서방을 나무랐다.

"저러한 억지꾼 놈은 단단히 매를 쳐서 보내야 하는데 어찌하여 그냥 보낸단 말인가."

아무것도 모르는 흥부는 배가 찢어지게 고픈지라 덥석 부엌으로 들어섰다.

"남녀가 유별한데 어디를 함부로 들어오는가?"

놀부 아내는 이때다 싶어 들고 있던 주걱으로 힘껏 흥부 뺨을 후려쳤다. 흥부는 정신이 혼미한 가운데에도 뺨에 붙은 밥알을 손으로 더듬었다.[1]

"형수님, 기왕이면 맞은편 뺨도 때려 주오. 그래야 굶은 아이들에게 밥알 구경이라도 시켜 줄 것 아니오."[1]

놀부 아내는 어이가 없어 그대로 흥부를 내쫓으니 흥부의 돌아오는 발걸음이 무겁기만 했다. 아무것도 모르는 흥부 아내는 여러 날 굶은 흥부를 형네 집에 보내 놓고 동리 어귀에 나가서 눈이 빠지게 기다렸다. 스물다섯이나 되는 자식들에게 쌀밥 먹일 생각을 하니 절로 마음이 흐뭇했다. 마침내 흥부가 나타나니 아무리 살펴도 빈손이고 빈 몸인지라 기대는 한순간에 허물어지고 주린 배는 더욱 찢어지는 듯했다. 흥부의 몰골을 보고 흥부 아내는 깜짝 놀라 물었다.

"이게 도대체 웬일입니까? 얼굴은 또 왜 그 모양이오?"

흥부는 거짓으로 꾸며 대답했다.

"형님은 나를 보고 크게 반기셨소. 좋은 술과 더운밥을 착실히 먹인 후에 쌀 닷 말과 돈 석 냥 썩 내주시기에 쌀 속에 돈을 넣어 오장치짚으로 만든 배낭에 묶어 지고 오지 않았겠소? 그런데 깊은 골에 도적 두 사람이 몽둥이 갈라 쥐고 솔밭에서 왈칵 나와 볼기짝 때리면서 약탈하니 하는 수 없이 빈손으로 돌아왔소. 그러니 형님 원망일랑 마시오."

흥부 아내가 그 말을 믿을 리 없었다.

"그렇다고 해도 내가 알고, 저렇다고 해도 내가 알지. 하나 있는 동생을 못 본 지가 몇 해인데 오늘같이 추운 아침에 형 보자고 간 동생을 이리 내친단 말이오. 이제 무슨 수로 자식들을 먹이고 입히는고. 물을 길어 팔아 보리오. 바느질품을 팔아 보리오. 아니면 나가서 술장수를 해 보리오."

흥부가 펄쩍 뛰었다.

---

[1] 놀부에게 내쫓기고 놀부의 아내에게 뺨을 얻어맞는 비극적인 상황 속에서도 해학을 잃지 않는 흥부의 모습이 나타난다. 또한, 놀부의 심술궂은 성격과 흥부의 착한 성품이 극명하게 대조된다.

"죽었으면 죽었지, 술장수가 웬 말인가? 품은 내가 팔겠소. 자네는 집에서 채전^{채소밭}이나 가꾸고, 자식들이나 잘 길러 내소."

이날 이후 흥부는 온갖 품을 팔러 다녔지만 도무지 신통치 않았다. 서울로 올라가서 종노릇을 했지만 일이 서툴러 금방 쫓겨났는가 하면, 대신 매를 맞아 주고 돈을 받으려고 병영에 갔다가 차례에 밀려 태장^{笞杖 볼기를 때리는 형벌} 한 대 못 맞고 빈손 쥐고 돌아오니[2] 흥부 아내가 품을 팔고 있었다. 오뉴월 밭 매기, 구시월 김장하기, 한 말 받고 벼 훑기, 방아 찧기, 베 짜기, 머슴의 헌 옷 깁기, 상가에서 빨래하기, 혼인이나 초상집에서 잡일하기, 채소밭에 오줌 뿌리기 등 밤낮으로 품을 팔았다. 그런데도 식구가 많아 늘 굶기 일쑤였다. 어느 날 지나가던 한 승려가 이들의 딱한 사정을 보고 일러 주었다.

"이 집 신세가 참으로 가련하오. 모든 게 터가 좋지 않기 때문이오. 좋은 집터 하나 가르쳐 드릴 테니 따라오시오."

흥부는 크게 기뻐하며 천 번 만 번 치하하고 승려의 뒤를 따라갔다. 얼마쯤 가던 승려가 배산임수^{背山臨水 뒤로는 산을 등지고 앞으로는 물을 마주 보는 땅의 형세}는 물론이고 무성한 숲과 긴 대 두른 곳에 집터를 정하는데, 명당이 따로 없었다. 흥부는 엎드려 사례하고 새로운 집터에 나무와 흙을 얼기설기 엮어 움막을 들였다.

긴 겨울이 지나고 봄이 도래했다. 정월 이월 얼음이 풀리니 버들은 연한 황록색이었다. 꾀꼬리는 노래하고 배꽃 백설 향기에 나비가 춤을 추었다. 삼월 동풍이 부는 이른 봄의 화창한 날씨에 온갖 새와 짐승이 즐길 적에 강남에서 날아온 제비 한 쌍이 흥부네 움막으로 날아드니 흥부가 좋아하며 제비 보고 치하했다.

"세상인심이 흉흉해 누구도 이 적막한 산중에 찾아올 리 없건마는 제비는 가난한 집 저버리지 않고 찾아왔구나."

제비는 좋은 진흙 물어다가 처마 안에 집을 지었다. 수컷이 날고 암컷이 그 뒤를 따르며 서로 사랑했다. 어느덧 알을 낳아 새끼를 까서 밥 물어다 먹이면서 새끼와 어미가 지저귀며 즐겼다. 그러던 어느 날, 천만뜻밖에 구렁이가 제비집에 들었는지라 흥부는 깜짝 놀라 막대기로 쫓아냈다.

"사방에 먹을 것이 널렸는데 어찌하여 제비집을 넘보느냐. 한 번만 더 얼

---

2) 관아에서 돈을 받고 남이 맞을 매를 대신 맞아 주는 '매품'을 말한다. 돈과 권력을 가진 자는 돈으로 처벌을 해결하지만, 가난하고 비천한 자는 돈을 버는 일조차 어려웠던 시대상을 엿볼 수 있다.

씬거리면 몸을 동강내겠다.”

그러나 이미 때가 늦어 제비 새끼 여섯 가운데 다섯이 죽었고 남은 하나마저 땅에 떨어져 발이 부러진 직후였다. 흥부는 제비 새끼를 손에 얹고 탄식했다.

“말 못하는 짐승일망정 가련하구나. 내 기어이 너를 살리리라.”

칠산 조기 칠산 바다에서 잡은 조기 껍질을 벗겨 두 다리에 돌돌 말고, 오색당사 五色唐絲 중국에서 들어온 다섯 가지 빛깔의 명주실로 친친 감아 제집에 넣었더니 십여 일 뒤 다리가 붙어 상처가 완쾌되었다. 제비가 힘껏 공중으로 날아올라 벌레도 잡아먹고 마음껏 지저귀니 흥부는 매일같이 제비집을 돌보며 다정히 지냈다. 이러는 사이에 달이 차고, 제비는 높이 날아올라 흥부에게 하직하고 강남으로 돌아가니 흥부는 빈 제비집을 바라보며 슬퍼했다.

한편 가난한 흥부네 집을 떠난 제비가 망망대해를 날아 제 나라로 돌아가니 제비 왕이 이상하게 여겨 물었다.

“너는 어찌하여 혼자 날아왔느냐?”

흥부네 제비가 구렁이를 만난 일과 흥부가 다리 치료해 준 일을 자세히 설명하니 제비 왕은 크게 감탄하며 말했다.

“흥부는 금세의 군자로다. 내가 박씨 하나를 내어 줄 터이니 내년 봄 다시 조선으로 돌아갈 때 반드시 가지고 돌아가 흥부에게 은혜를 갚으라.”[3]

겨울이 지나고 다시 봄이 찾아왔다. 제비 왕의 명을 받은 흥부네 집 제비는 하늘 높이 떠서 망망대해를 건너고 다시 흥부네 집을 정확히 찾아가 날개를 접었다. 주인 흥부는 제비를 보내고도 잊지 못해 자주 생각하다가 다시 봄이 되자, 이제나저제나 제비가 날아올 날만을 손꼽아 기다렸다. 마침내 삼짇날 음력 3월 초사흗날이 돌아오니 반가운 제비가 처마 안에 날아드는데 다리 부러졌던 그 제비가 틀림없었다.

“네가 왔구나. 가난한 내 집에 다시 찾아왔구나. 강남 수천 리를 날아서 찾아왔구나.”

덩실덩실 춤을 추며 반기는 중에 제비가 입에 물었던 것을 흥부 앞에 툭 떨어뜨렸다. 흥부는 집어 들고 아내를 급히 불렀다.

---

3) 흥부의 착한 마음씨를 칭찬하는 동시에 고전 소설의 일반적인 주제인 권선징악을 드러내고 있다. 이는 곧 흥부에게 좋은 일이 생길 것을 암시한다.

"이보시오, 빨리 와서 이걸 보소. 제비가 뭘 물어 왔소."

흥부 아내가 즉각 달려와 보고 반갑게 물었다.

"이건 박씨가 아닙니까?"

흥부 아내는 흙과 재를 잘 섞어 정성껏 박씨를 심었다. 얼마 지나지 않아 싹이 트는 것을 보니 박이 틀림없었다. 차츰 순이 뻗어 가고 나뭇가지를 꺾어 지붕 위로 길을 트니, 화창한 바람과 단비 내리는 호시절에 밤낮으로 무성해 삿갓 같은 넓은 잎이 온 집을 덮었다.

날이 가고 달이 찰 때마다 하나둘 박이 열리는데 모두 세 통이었다. 보통 박보다 더욱 크게 자라니 흥부 내외는 기뻐 어쩔 줄 몰랐다. 그 사이 팔월 추석이 닥쳤으나 흥부네 가난한 살림은 여전하니 어느 날 흥부와 아내는 박을 앞에 두고 의논했다.

"명절이 닥쳐도 차릴 음식이 없으니 어쩌겠소. 우리 저 박을 타서 속은 지져 먹고 껍질은 내다 팔아 쌀을 얻읍시다."

흥부 아내가 가만히 생각하니 뾰족한 수가 없는지라 동네로 내려가 큰 톱 하나를 얻어 와 부부가 함께 박을 타기 시작했다.

"어기여라 톱질이야, 당겨 주소 톱질이야, 어기여라 톱질이야, 박을 타서 쌀도 일고 껍질로는 물을 떠서 가지가지 잘 써 보세."

작년엔 정말 감사했습니다.

🍎 소설 한 장면 위기 흥부가 제비 다리를 고쳐주고 박씨를 선물로 받음

한창 톱질이 무르익을 무렵에 갑자기 박이 '퍽'하고 두 조각으로 갈라지며 푸른 옷을 입은 동자 한 쌍이 나타났다.

"이곳이 흥부 씨 댁이오?"

하고 물으니 흥부와 아내는 깜짝 놀라 뒤로 물러섰다.

"흥부가 맞소만, 대체 누구시오?"

동자는 손에 들고 있던 넓은 쟁반을 내려놓고 말했다.

"흥부 씨의 지극한 덕화가 금수까지 미쳐 몇 가지 약을 보내시니 백옥병에 담은 것은 죽은 사람을 되살아나게 한다는 환혼주요, 밀화 접시에 담은 것은 소경이 먹으면 눈이 밝는 개안주요, 호박 접시에 담은 것은 벙어리가 먹으면 말을 잘하는 개언초요, 산호 접시에 담은 것은 귀 막힌 이가 먹으면 귀 열리는 벽이롱이요, 설화지로 묶은 것은 영원히 죽지 않는 불사약이요, 금화지로 묶은 것은 영원히 늙지 않는 불로초입니다. 그 값이 수억만 냥에 이르는 보물이니 팔아서 쓰십시오."

동자는 말을 마친 뒤 홀연히 사라졌다. 흥부는 고개를 갸웃거렸다.

"어허, 괴이하다."

박 속을 들여다보니 물건들이 놓였는데 하나는 반닫이 농만 하고, 하나는 벼룻집만 했다. 뚜껑을 열어 보니 하나는 쌀이 가득, 하나는 돈이 가득했다.

🍎 **소설 한 장면** 절정 박에서 금은보화가 쏟아져 나옴

흥부 아내는 즉시 쌀로는 밥을 짓고, 돈으로는 반찬을 마련했다. 자식들과 더불어 배불리 먹으니 실로 오랜만의 포식이었다.

배가 부르자 흥부 부부는 다시 두 번째 박을 탔다.

"어기여라 톱질이야. 어기여라 톱질이야."

박이 쪼개지며 이번에는 온갖 보물이 쏟아져 나왔다. 아름다운 비단과 옷가지, 자개함과 농, 화려한 문방구며 책과 지물紙物 온갖 종이이 가득했다. 흥부와 아내는 좋아서 어쩔 줄 몰라 했다. 흥부가 크게 웃으며 아내에게 하는 말이 "이번에는 또 무엇이 들어 있을까. 남은 한 통도 톱질하세." 하고 슬근슬근 탁 타 놓으니, 천만뜻밖에 여인 하나가 아리따운 맵시를 하고 나오는데 눈부시게 고왔다.

"여기가 흥부 씨 댁이오?"

흥부는 깜짝 놀라 엎드려 절하며 물었다.

"그렇소만, 그대는 누구시오?"

여인이 대답했다.

"놀라지 마옵시고 제 말씀 들으십시오. 강남국 제비 왕의 명을 받들어 그대의 부실副室첩이 되고자 왔나이다."

흥부는 놀라 입을 다물지 못했다. 어느 틈에 박통 속에서 남녀 노비와 집 짓는 목수들이 꾸역꾸역 쏟아져 나와 땅을 닦고 나무와 흙으로 벽을 만들어 기와를 올리니 금세 기와집 수천 칸이 만들어졌다. 늘어섰던 남녀 종들이 박속에서 나온 온갖 재물을 집으로 옮기자 순식간에 마당이 정리되었다. 원채에는 아내, 별당에는 양귀비박에서 나온 여인을 말함를 두고 안팎 사랑 십여 채며 사면 행랑에 노속奴屬 종의 신분을 가진 사람들과 사람이 몰려들어 손님이 가득하니 매일같이 집 안팎이 시끌시끌했다.

흥부가 졸지에 벼락부자가 되었다는 소문은 꼬리에 꼬리를 물고 이어져 마침내 놀부의 귀에 들어갔다. 놀부는 그 소식을 듣고 가만히 생각했다.

'갑자기 재물을 얻었다면 필시 도적질을 했기 때문일 것이다. 어찌된 영문인지 알아본 뒤 재산을 빼앗아야겠구나.'

심술이 뻗친 놀부는 득달같이 흥부를 찾아갔다.

"이놈, 흥부야, 흥부 안에 있느냐? 형이 왔느니라."

소리치고 바라보니 대문은 높고 누각은 웅장했다. 문을 여럿 지나 안사랑 앞에 이르니 흥부가 제 형을 보고 버선발로 내려와 공손히 절을 했다.

"형님 오십니까. 안으로 드시지요."

놀부는 방에 앉자마자 큰 소리로 호통을 쳤다.

"이놈, 어디서 도적질을 했기에 이리 재산을 모았느냐?"

흥부가 놀라 대답했다.

"도적질이 웬 말입니까?"

흥부가 그동안 있었던 일을 죄다 들려주니 놀부는 믿지 않았다.

"그건 그렇고 모처럼 왔으니 집 구경이나 하자."

놀부는 흥부의 재물이 자기 것이라도 되는 양 이리저리 눈을 굴려 보는데 마침 화초장花草欌 화초 무늬를 넣은 옷장이 눈에 띄었다.

"형제 좋다는 게 무엇이냐? 네 것이 내 것이고 내 것이 또 네 것 아니냐. 저 옷장은 내가 가져가겠다. 나를 다오."

말을 마치고 지게를 내어 화초장을 지고 나오는데 하인을 붙여 준다고 해도 행여 빼앗길까 뒤뚱거리며 지고 오기를 마다하지 않았다. 놀부는 땀을 뻘뻘 흘리며 집에 돌아와 아내에게 말했다.

"여보게, 흥부 놈의 세간 밑천 하나를 내가 뺏어 왔네."

못되기가 놀부 뺨치는 놀부 아내는 눈이 휘둥그레져 물었다.

"그래, 무슨 수로 부자가 되었단 말이오?"

놀부가 흥부에게 들은 자초지종을 설명하자 놀부 아내는 펄쩍 뛰었다.

"정말 제비가 박씨를 물어다 주었단 말이오? 그렇다면 우리도 제비 다리를 치료해 줍시다."

부부는 좋은 방법이라도 찾았다는 듯 기뻐했다.

그날 이후 두 부부는 봄이 되기만을 기다리니 그렁저렁 겨울 지나 정월 이월 삼월이 되었다. 강남에서 오는 제비들이 각 집으로 날아들 적에 신수 불길한 제비 한 쌍이 놀부 집에 들어갔다. 놀부는 제비를 보고 집 짓기에 수고된다 하며 손수 흙을 이겨 메주덩이만 하게 뭉쳐 처마 안에 집을 지어 주었다. 또 검불을 많이 긁어 소 외양간 짚 깔듯이 담뿍 넣어 주었다. 아무것도 모르는 제비 한 쌍은 놀부가 마련해 준 집에 알 여섯을 덜컥 낳았다. 그런데 마음 바쁜 놀부 놈이 삼시三時 아침, 점심, 저녁로 만져 보아, 그만 알 다섯이 곯아 버리고 말았다. 겨우 하나가 살아남아 알을 깨고 나와서는 날기 공부를 익힐 때였다. 성질이 모진 놀부는 축문을 지어 제사해도 구렁이가 오지 않자, 제비집 밑에 자리를 깔고 앉아 빌었다.

"제발, 떨어지소, 떨어지소. 떨어져 다리가 툭 부러지소."

두 손을 싹싹 비비어도 종시 떨어지지 않았다. 그렁저렁 제비가 점점 커서 날게 되었는데 날이 갈수록 놀부는 제비가 훌쩍 날아가 버릴까 걱정되었다. 마침내 놀부는 제비집에 손을 넣어 곤히 자고 있는 제비를 끄집어냈다. 영문도 모르고 끌려 나온 제비는 억센 놀부 손아귀에 '뚝'하고 다리가 부러졌다. 놀부는 짐짓 아무것도 모른다는 듯 제가 부러뜨린 제비 다리를 비단으로 친친 감아 치료해 주었다.

"여봐라, 제비야. 딱 죽을 네 목숨을 내 재주로 살렸으니, 아무리 짐승인들 재생지덕再生之德 거의 죽은 목숨을 살려 준 덕을 잊으면 안 되느니라. 흥부의 제비가 세 통 박씨를 주었으니, 너는 갑절 더 보태어 여섯 통 열릴 박씨를 부디 입에 물고 오너라. 삼월까지 기다리지 말고 가는 즉시 출발해 정월 보름 안에 당도하면 오죽이나 좋겠느냐."

이윽고 달이 기울어 제비가 강남으로 날아가니 놀부는 희망에 들떠 손을 흔들었다. 다리가 부러진 제비는 힘겹게 날아가 제비 왕에게 사실을 고하니 제비 왕이 박씨 하나를 내어 주는데 황금 박씨였다. 봄이 되어 제비가 박씨를 물고 어김없이 놀부 집에 나타나니 무엇보다 좋아한 것은 놀부와 심술 맞은 그의 아내였다.

"반갑다, 제비야. 어디 갔다 이제 왔나. 지난해 네 다리를 치료해 주었거늘, 은혜를 잊지 않았다면 속히 박씨를 내놓아라."

손바닥을 떡 벌리니 제비가 입에 물었던 박씨를 떨어뜨렸다. 놀부 부부는 덩실덩실 춤을 추었다.

"얼씨구나, 이제 부자가 되는 건 시간문제구나."

자세히 살펴보니 박씨 속에 글자가 쓰여 있었다. 놀부는 급히 글 읽는 식솔을 불러 박씨를 보여 주었다. 놀부 식솔이 박씨를 보고 대답했다.

"큰일 났습니다. 이건 보수표가 아니오?"

무식한 놀부가 보수표를 알 리 없었다.

"보수표가 무엇이냐?"

"원수를 갚는다는 뜻이 아닙니까?"

놀부는 크게 웃었다.

"그게 무슨 말이냐? 부러진 다리를 치료해 주었거늘 원수가 웬 말이냐."

놀부는 크게 괘념치 않고 박씨를 땅에 심으니 아침에 심은 것이 오후가 되어 순을 내밀고 쑥쑥 줄기가 솟아났다. 놀부 아내가 깜짝 놀라 말했다.

"여보시오, 아기 아버지. 급히 줄기를 뽑아 버리시오. 아침에 씨앗을 뿌렸는데 저녁에 줄기가 웬일이오? 이건 요물이 틀림없소."

재물에 눈이 어두운 놀부는 장담하며 일렀다.

"나물이 되려는 것은 떡잎부터 알 것이니 네다섯 달이 지나가면 억만금 세간이 그 넝쿨에서 날 터이니 일찌감치 잘되지 않겠는가."

박은 달마다 갑절씩 더럭더럭 자라났다. 옆에서 순이 나고, 그 옆에 다시 순이 나고, 한 순이 커지기를 한 아름이 넘어갔다. 어디에다가 턱 걸치면 모두 다 무너졌는데 사당에 걸치면 사당이 무너져 신주神主 죽은 사람의 위패가 깨지고, 곳간에 걸치면 곳간이 무너지고, 온 동네 집집마다 부지불각不知不覺 자신도 알지 못하는 사이에 턱 걸치면 무너지고, 무너지면 값을 물어 주었다. 그렁저렁 이렇게 든 돈이 삼사천 냥이 넘었으나 놀부는 박을 탈 날만 기다리며 정성껏 보살폈다.

놀부의 극진한 보살핌 때문인지 커다란 박 십여 통이 열렸는데 박통을 보는 놀부 마음이 흐뭇했다. 마침내 놀부는 아내와 더불어 톱질을 시작했다.

"어기여라 톱질이야. 황금아, 콸콸 쏟아져 나와라."

슬근슬근 톱질 중에 박통 문이 열리고 노인 한 사람이 나왔는데 차린 복색이 제법이었다. 놀부가 말했다.

"흥부는 첫 통을 탈 때 동자가 왔다더니 내 박은 첫 통에서 노인이 나오는구나. 주머니마다 선약을 가득 담고 있겠지."

바삐 노인의 복장을 뒤지려 하는데 노인이 호통쳐 일렀다.

"이놈 놀부야, 옛 상전을 모르느냐? 조선 왔던 제비 편에 자세히 들어 보니 너희 놈들 이곳에서 부자로 산다기에 불원천리不遠千里 천 리 길도 멀다고 여기지 않음하고 나왔으니 네 처자, 네 세간을 박통 속에 급히 담아 강남 가서 고공雇工 머슴 살이를 하라."

놀부가 듣고 간담이 서늘해져 서 있는데 박통 속에서 계속 힘센 장사들이 쏟아져 나와 놀부를 에워쌌다. 놀부는 이 광경을 보고 노인에게 엎드려 애걸했다.

"아이쿠, 잘못했습니다. 제발 살려 주십시오."

노인이 소리쳤다.

"네놈 죄상을 생각하면 잡아다가 초당 앞의 말뚝에 거꾸로 매달고 대추나무 방망이로 두 발목 복사뼈 꽝꽝 때려 가며 부려먹을 것이지만 잘못을 뉘우치니 삼천 냥 벌금을 물리는 것으로 끝내겠다."

"삼천 냥이요?"

구두쇠 놀부는 놀라 기절할 뻔했다. 노인과 장정들은 결국 돈 삼천 냥을 고스란히 챙겨 감쪽같이 사라졌다. 화가 머리끝까지 치민 놀부는 내친김에 다시 두 번째 박을 타기 시작했다.

"어기여라 톱질이야."

슬근슬근 박을 타니 열댓 살 된 아이가 노란 머리카락에 창옷을 입고 박통 밖에 썩 나섰다. 놀부가 반겨 말했다.

"오, 이번엔 동자가 틀림없구나."

삼십 넘은 노총각이 그 뒤를 따라 또 나오니 놀부가 더 반겨 말했다.

"동자가 한 쌍이랬지."

그 뒤로 사람들이 꾸역꾸역 나오는데, 온갖 비렁뱅이들이 다 모인 듯했다. 놀부네 안마당을 장판_{장이 열린 곳}으로 알았는지 넓게 자리 잡고, 각 차비_{差備}가 늘어서서 가야금 '둥덩둥덩', 퉁소 소리 '띠루띠루', 해적_{奚笛 해금} 소리 '고깨고깨', 북 장단에 검무 추며, 번개 소고, 벼락 소고, 한편에서는 각설이 패가 덩실덩실 춤을 추는데 놀부 내외는 정신이 하나도 없었다. 놀부가 보다못해 말했다.

"저놈들을 집구석에 두었다는 싸라기 한 알도 안 남겠다."

결국 돈을 후하게 주어 밖으로 내보내는 방법밖에 없었다. 잡색꾼들을 보낸 후에 남은 박을 켜려고 하자 이제 겁이 덜컥 나는지라. 주변에 있던 사람들도 이구동성으로 만류했다.

"그만 타소, 그만 타소. 이 박통 그만 타소. 삼도에 유명한 자네 형세 하루 아침에 탕진했으니, 만일 이 통을 또 타다가 재변_{災變 갑작스러운 재앙으로 인한 사고} 또 나오면 무엇으로 막아 낼까. 필경 망신할 것이니 제발 그만 타소."

고집 많은 놀부는 가만히 머리를 굴린 끝에 말했다.

"뺀 칼을 도로 꽂는 것은 대장부의 할 일이 아니지. 무엇이 나오는지 끝까지 가 보자."

놀부는 톱을 끌어당겨 다시 박을 타기 시작했다.

"어기여라 톱질이야. 틀림없이 금은보화가 쏟아질 것이니 힘껏 박을 타세."

슬근슬근 박을 거의 타니, 뜻밖에도 상여를 멘 사람들이 우르르 쏟아져 나와 다짜고짜 놀부를 관에 눕혔다.

"무슨 짓들이냐?"

놀부는 화들짝 놀라며 물었다.

"그동안 지은 죄를 벌하고자 너를 데려가겠노라."

상여꾼들이 이구동성으로 대답했다.

"아이고, 살려 주십시오."

놀부는 이번에도 엎드려 빌지 않을 수 없었다.

"살고 싶으면 돈 일만 냥을 내놓아라. 그렇게 하면 빈 상여를 메고 가겠다."

이번에도 듣지 않을 수 없어 놀부는 고스란히 돈을 빼앗겼다. 세 번째 박
도, 네 번째 박도 마찬가지였다. 박을 탈 때마다 계속해서 각종 짐승과 요물,
요사스런 인간들이 쏟아져 나왔고 그때마다 놀부는 가진 재산을 내주어야
했다. 이러기를 아홉 차례, 마침내 놀부는 마지막 박 한 덩이를 남겨 놓았다.

"이러다가 패가망신하겠소. 이제 그만합시다."

놀부 아내가 말렸으나 놀부는 기어이 마지막 박마저 타기 시작했다.[4] 마침
내 박이 열리고 천병 백마가 물 끓듯이 나오는데 그 가운데 나오는 장수는 신
장이 팔 척이요, 얼굴은 먹빛 같고, 표범 머리에 고래 눈과 제비 턱, 범의 수염,
형세는 닫는 빨리 달리는 말과 같고, 황금 투구 쇄자 갑옷 돼지가죽으로 미늘을 꿰어 만든 갑옷 을 입고
준마 위에 높이 앉아 장팔사모 긴 창 빗겨 들고, 우레 같은 큰 목소리로 꾸짖었다.

"이놈 놀부야!"

늘어섰던 하인이며 구경꾼들이 깜짝 놀라 죄다 흩어졌다. 놀부 또한 정
신을 잃고 박통 옆에 기절해 넘어졌다. 장수는 걸음도 당당히 마루로 올라가
분부했다.

"놀부 놈을 일으켜 세워라."

군사들이 놀부의 고추 상투 늙은이의 조그만 상투를 비유하는 말 덥석 잡아 나입 拿入 죄인을 법정으로
잡아들이는 일 하니 장수가 쩌렁쩌렁 소리쳤다.

"욕심 많은 놀부야, 네 죄를 헤아리면 만 번 죽여도 아깝지 않다. 천지에 중
한 의가 형제밖에 또 있느냐. 한날한시에 태어나지 않았어도, 한날한시에 죽
는 것이 당연한 도리인데, 네 놈은 어이하여 동기 박대를 그리했느냐. 또한, 날
짐승 중에 사람 따르고 해 없는 게 제비로다. 내가 근본 생긴 모양, 제비 턱을
가졌기에 제비를 사랑했는데 제비 말을 들어 본즉 생다리를 꺾었다니, 그러한
몹쓸 놈이 어디에 또 있겠느냐? 내 당장 너를 죽여 그 흉악한 죄를 다스리고
싶으나 돌이켜 생각하니 죽은 자는 다시 살아날 수 없고, 형을 받은 자는 다시

---

4) 「흥부전」의 이면적 주제이기도 한, 지배층의 끝없는 탐욕이 드러난다.

거느릴 수 없는 고로 목숨을 살려 주니 이번은 개과하여 형제 우애하겠느냐?"

놀부는 눈물을 뚝뚝 흘리며 손이 닳도록 빌었다.

"장군님 말씀을 듣사오니, 소인의 전후 죄상은 금수만도 못하옵니다. 저의 목숨을 살려 주시면 옛 허물을 다 고치고 군자의 본을 받아 형제간 우애하고, 이웃과 화목해 사람 노릇 할 테니 제발 살려 주십시오."

장수는 비로소 고개를 끄덕였다.

"네 말이 그러하니 너를 용서하겠다. 부디 개과천선하라."

장수는 말이 끝남과 동시에 군사를 이끌고 홀연히 자취를 감추었다. 한참 만에 놀부가 정신을 차리고 둘러보니 하인들마저 뿔뿔이 흩어지고 집 안에 남은 것이라곤 하나도 없었다. 놀부 내외가 땅을 치며 슬피 우니 그 곡소리가 흥부의 귀에까지 들어갔다. 형이 박을 타다가 패가망신했다는 소식을 들은 흥부는 급히 달려와 제 형을 위로하고 가지고 있던 세간의 반을 떼어 놀부에게 주었다. 흥부가 지극정성으로 형을 대하니 놀부 또한 과거의 잘못을 뉘우치고 진심으로 동생에게 사과했다. 흥부 내외는 오래도록 장수하며 가난한 사람들을 보살피니 사람들이 이구동성으로 그들의 덕을 칭송했다.

아이고,
잘못했습니다……

🎬 소설 한 장면　결말　패가망신한 놀부가 잘못을 뉘우침

🔭 생각해 볼까요?

📖 **선생님** 「흥부전」에서 제비와 박은 어떤 역할을 하나요?
💬 2 ♥ 2

↳ **학생 1** 제비와 박은 흥부에게 복을 가져다주는 존재로서 극의 반전을 이끌어요. 사실 흥부가 부자가 된다는 설정은 현실성이 거의 없지요. 제비가 가져다준 박을 통해 부자가 된다는 설정을 역설적으로 이해하면, 흥부 혼자서는 가난의 굴레에서 결코 벗어날 수 없음을 의미하기도 해요.

↳ **학생 2** 가난한 흥부를 구원한 제비와 박은 당시 가난한 백성의 마음속에 자리한 구원자로서, 존재 자체만으로도 희망처럼 느껴졌을 거예요.

📖 **선생님** 「흥부전」의 표면적 주제와 이면적 주제는 무엇일까요?
💬 2 ♥ 2

↳ **학생 1** 「흥부전」은 표면적으로 형제간의 우애를 다루고 있지만, 이면적으로는 조선 후기 빈농과 지주의 갈등을 다루고 있어요. 놀부의 악행을 통해 가진 자의 횡포를 풍자하고, 흥부의 선행을 통해 가지지 못한 자의 설움을 표현하지요.

↳ **학생 2** 동시에 「흥부전」에서는 상류층과 하류층 사이의 갈등을 강조하고 있어요. 또한, 흥부의 모습을 희화화해 몰락한 양반의 허위와 가식을 풍자하려는 의도도 엿볼 수 있고요.

판소리계 소설 ▼ 🔍

연관 검색어   판소리 골계미 서민 예술

판소리계 소설이란 판소리 사설의 영향을 받아 만들어진 소설을 말한다. 대개 판소리가 나타난 이후에 정착되었지만, 「심청전」의 일부 이본처럼 판소리로 만들어지기 전에 이미 소설로 창작된 작품도 있다. 판소리계 소설은 이야기의 전개 방식, 주제 등 다양한 면에서 판소리 사설과 유사한 특징을 보인다. 하지만 판소리와 달리 기록문학으로서 각 작가의 다양한 의식을 반영한 이본들이 등장했고, 일부 내용이 새롭게 추가되거나 삭제되었다. 이후 19세기 말~20세기 초에 이르러, 몇몇 판소리계 소설은 새로운 관점에 의해 재창조되며 신소설로 이어지기도 했다. 대표적인 판소리계 소설로 「춘향전」과 「심청전」 「흥부전」이 있다.

우화 소설

✉ 우화 소설에 대하여

　우화 소설은 우화로 구성된 소설을 가리키는데, 이때 우화란 인간이 아닌 동물 또는 식물을 인간처럼 표현함으로써 교훈을 나타내거나 세태를 풍자하는 이야기를 말한다. 동물 또는 식물의 관점에서 이야기를 전개하기 때문에 색다른 시선을 활용할 수 있고, 웃음을 유발해 독자의 흥미도 끌 수 있다. 우화 소설은 전형적인 인물을 등장시켜 윤리적이거나 교훈적인 주제를 전달하고자 한다. 이러한 주제 의식을 잘 표현하기 위해 반어, 풍자, 아이러니 등 다양한 기법이 함께 쓰인다.

　우리나라에서 우화는 일찍이 창작되고 있었는데, 대표적인 작품으로 「구토 설화」, 「화왕계」 등을 꼽을 수 있다. 이후 우화는 「토끼전」, 「장끼전」, 「서옥기」 등 고려와 조선 시대의 많은 가전 및 의인 소설로 발전했고, 조선 후기 무렵부터 본격적으로 발흥했다. 이처럼 지배층의 억압과 민중의 고통을 간접적으로 보여 주던 우화 소설은 근대에 이르러 애국 계몽을 위해 다시 한번 등장했다. 그러나 인생과 사회의 부조리한 단면을 제시할 뿐, 빠르고 복잡하게 변화하는 현실을 총체적으로 반영하기는 어려워 이전만큼 부흥하지는 못했다.

토끼전

#우화   #세태풍자   #토의간   #판소리계소설

🍵 작품 길잡이

작가: 미상
갈래: 판소리계 소설, 우화 소설, 풍자 소설
배경: 시간 - 옛날 / 공간 - 용궁과 산속
성격: 해학적, 풍자적, 우화적, 교훈적
주제: 속고 속이는 인간 세태 풍자(자라·토끼), 허욕을 경계하고 위기를 극복하는
　　　　지혜(토끼)
출전: 완판본 『토끼전』

📷 인물 관계도

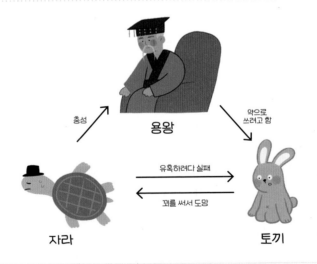

충성
용왕
약으로
쓰려고 함

유혹하려다 실패

꾀를 써서 도망

자라   토끼

자라　충성스럽지만 무능하고, 토끼의 꾀에 당하고 만다.
토끼　욕심을 부리다 위기에 처하지만 기지를 발휘해 벗어난다.

📋 구성과 줄거리

발단   **자라는 병에 걸린 동해 용왕을 위해 지상에 올라옴**

동해 용왕이 병에 걸리자 신하들은 백방으로 수소문해 약을 구한다. 약을 먹어도 낫지 않자 천하의 고명한 의원 세 명을 부른다. 세 의원은 토끼의 간이 특효약이라고 일러 준다. 동해 용왕은 토끼의 간을 구해 오라고 신하들에게 명한다. 그중 자라가 스스로 나서 동해 용왕을 위해 육지로 향한다.

전개   **토끼는 자라의 유혹에 빠져 용궁으로 향함**

자라는 산중에서 토끼를 만나 용궁에 가면 높은 벼슬을 주겠다고 유혹한다. 토끼는 반신반의하며 자라를 따라나선다. 토끼와 자라는 파도를 헤치고 용궁으로 간다.

절정   **토끼는 꾀를 발휘해 위기에서 벗어남**

용왕은 토끼를 보자 벌떡 일어나 토끼의 배를 가르라고 지시한다. 토끼는 용왕의 말을 듣고 놀라지만, 위기에서 벗어나고자 꾀를 생각한다. 토끼는 간을 육지에 두고 왔다고 둘러댄다. 용왕은 처음에는 토끼의 말을 믿지 않지만 이내 속아 넘어간다. 용왕은 토끼를 다시 물 밖으로 내보낸다.

결말   **토끼는 무사히 도망가고, 자라는 허탈하게 돌아감**

토끼는 육지에 도착하자 자라를 조롱하고 달아난다. 자라는 허탈한 마음으로 돌아선다. 경망스럽게 행동하던 토끼는 독수리에게 잡히지만, 다시 한번 기지를 발휘해 위기를 모면한다.

토끼전

천하의 모든 바다 가운데 동해, 서해, 남해, 북해가 가장 넓었다. 네 바다에 각각 용왕이 있었으니 동은 광연왕이요, 남은 광리왕이요, 서는 광덕왕이요, 북은 광택왕이라. 남, 서, 북의 세 왕은 무사태평한데 동해 광연왕만 병이 들어 천만 가지 약으로도 효험을 보지 못했다. 하루는 왕이 모든 신하를 모아놓고 의논했다.

"가련하도다. 과인이 죽으면 북망산 깊은 곳에 백골이 진토에 묻히니 세상의 영화며 부귀가 다 허사로다. 옛날에 여섯 나라를 통일한 진시황도 삼신산에 불사약을 구하려고 동남동녀 오백 명을 보냈고, 위엄이 사해에 떨치던 한 무제도 백대^{柏臺 중국 한 무제가 장안의 북서쪽에 지은 누대}를 높이 짓고 승로반^{承露盤 중국 한 무제가 불사약의 이슬을 받기 위해 구리로 만든 그릇}에 신선의 손을 만들어 이슬을 받았지만 여산^{廬山 중국의 루산 산}의 무덤 신세를 면치 못했다. 하물며 나처럼 작은 나라의 임금이야 일러 무엇하리오. 누대^{累代 여러 대} 상전^{相傳 대대로 이어 전함}하던 왕의 기업을 영결^{永訣 영원히 이별함}하고 죽을 일을 생각하니 망연하도다. 고명한 의원을 널리 구해 자세히 진찰한 후에 약으로 치료하는 것이 마땅하도다."

왕이 하교^{下敎 윗사람이 아랫사람에게 가르침}했다.

"과인의 병세가 위중하니 경들은 충성을 다해 명의를 널리 구해 과인을 살려서 군신이 더욱 서로 동락^{同樂}하게 하라."

한 신하가 출반주^{出班奏 여러 신하 가운데 혼자 나아가 임금에게 아룀}했다.

"신이 듣자오니 오나라 범상국, 당나라 장사군, 초나라 육처사는 지경^{地境 나라와 나라 사이}에서 제일가는 호걸이라 하오니 이 세 사람을 찾아보소서."

모두 쳐다보니 수천 년 묵은 잉어라. 왕이 신하를 보내 세 사람을 청하니 수일 만에 모두 왔다. 왕은 전좌^{殿坐 왕이 편전에 나오는 일}하고 치사^{致謝 감사하다는 뜻을 나타냄}하며 말했다.

"선생들이 천 리를 멀다고 여기지 않고 누지^{陋地 누추한 곳}로 왕림하시니 감사하노라."

세 사람은 공경하며 대답했다.

"저희는 진세^{塵世 세상} 부생^{浮生 덧없는 인생}으로 청운^{靑雲 높은 지위나 벼슬}과 홍진^{紅塵 세속적인 세상}을 하직하고 강산 풍경을 사랑해서 궁벽한 곳으로 임의로 왕래하며 무정한 세월을 헛되이 보내던 중입니다. 뜻밖에 대왕의 명을 받자오니 황송하옵기 가이 없사옵니다."

왕이 부탁했다.

"과인이 병든 지 지금 수년째가 되도록 약 신세를 지고 있지만 효험을 보지 못하고 있노라. 죽게 된 이 목숨을 선생들이 살려 주기를 바라노라."

세 사람이 아뢰었다.

"술은 사람을 미치게 하는 약이고 색色은 사람의 수한壽限 타고난 수명을 줄이는 근본이옵니다. 대왕이 술과 색을 과하게 하시어 이 지경에 이르셨으니 수원수구誰怨誰咎 누구를 원망하고 누구를 탓하겠느냐는 뜻 하오리까만 혹은 이르되 사람의 소년 한때의 예사라 하옵니다. 이렇듯이 병이 한번 들면 회춘하기 어렵나이다.[1] 푸른 산에 안개가 걷히듯, 봄바람에 눈이 슬듯사라지듯 오장육부가 마디마디 녹으니 화타華陀 중국 후한의 명의와 편작扁鵲 중국 전국 시대의 명의이 다시 살아나도 용수用手 손을 씀할 수 없사옵고, 금강초와 불사약이 구산丘山 산더미처럼 쌓였어도 즉효卽效 할 수 없사옵니다. 또 인삼과 녹용을 장복長服 오랫동안 계속 먹음해 재물이 쌓였어도 대속代贖 대신 속죄함할 수 없고, 용력勇力 뛰어난 역량이 절인絶人 남보다 아주 뛰어남해도 제어할 수 없나이다. 아무리 생각해도 천명이 궁진窮盡 다해 없어짐하심인지 대왕의 병환이 평복平復 건강을 회복함하기는 어렵나이다."

왕은 세 사람의 말을 듣고 정신이 산란해 말했다.

"그러면 어찌할꼬? 죽을 자는 다시 살지 못하리로다. 이 세상 일 년 일도 一到 저같이 좋은 이삼월 도리화桃李花 복숭아꽃과 자두꽃와 사오월 녹음방초綠陰芳草 여름철의 자연경관와 팔구월 황국단풍黃菊丹楓과 동지섣달 설중매화며 저렇듯이 아리따운 삼천 궁녀의 아미 분대粉黛 화장한 아름다운 여자를 비유함를 헌신짝처럼 버리고 나는 속절없이 황천객이 되게 됐으니 어찌 가련하지 않으리오. 효험이 없을지라도 선생들이 묘한 술법을 다해 약방문藥方文이라도 하나 내주시면 죽어도 여한이 없겠노라."

세 사람은 웃으며 대답했다.

"천병만약千病萬藥 천 가지 병이 있으면 약은 만 가지나 됨에 대증투제對症投劑 병의 증세에 따라 약을 쓰는 일 함은 당치 아니하옵고 신효神效한 것이 한 가지가 있긴 있사오니 토끼의 생간

---

1) 용왕은 주색에 빠져 병든 상태이다. 즉, 현실의 지배층이 권력을 이용해 풍류를 즐기는 데만 혈안이 된 모습을 고발하고 있다.

이옵니다. 그 간을 얻어 더운 김에 진어^{進御 임금이 먹는 일을 높여 이르는 말}하시면 즉시 평복하시오리다."

왕이 반갑게 말했다.

"토끼의 생간이 왜 좋은가?"

"토끼란 것은 천지개벽한 후 음양과 오행으로 된 짐승이라. 병은 음양오행의 상극^{相剋}으로도 고치고 상생^{相生}으로도 고치는 법입니다. 그러므로 토끼 간이 두루 제일 좋은 것이옵니다. 더구나 대왕은 물속 용신이시고 토끼는 산속 영물이라. 산은 양이고 물은 음이온데 간은 목기^{木氣}로 된 것입니다. 즉, 대왕이 토끼의 생간을 얻어 쓰시면 음양이 서로 화합할 것입니다."

세 사람은 말을 마치고 하직하며 말했다.

"녹수청산^{綠水青山} 벗님네와 무릉도원 화류^{花柳 꽃과 버들}촌에서 만나기로 언약하고 왔습니다. 대왕의 무궁한 회포를 다 못 펴 드리고 총총히 하직하옵니다."

세 사람은 말을 마치고 백운산으로 표연히 향했다. 왕은 세 사람을 보내고 즉시 만조백관^{滿朝百官 모든 신하}을 모아 놓고 하교했다.

"과인의 병에는 영약이 다 소용없고 오직 토끼의 생간만이 신효하다 하니 누가 인간 세상에 나가 토끼를 사로잡아 올꼬?"

한 대장이 출반주하며 아뢰었다.

"신이 비록 재주는 없사오나, 인간 세상에 나가 토끼를 사로잡아 오겠습니다."

모두 쳐다보니 머리는 두루주머니^{허리에 차는 작은 주머니} 같고 꼬리는 여덟 갈래로 갈라진 수천 년 묵은 문어라. 왕이 크게 기뻐하며 말했다.

"경의 용맹은 과인이 아는 바라. 경이 급히 인간에 나가 토끼를 사로잡아 오면 그 공을 크게 치하하리라."

왕이 문어를 장차 문성장군으로 봉하려 할 적에 한 장수가 뛰어 내달으며 문어를 크게 꾸짖었다.

"문어야, 네 아무리 기골이 장대하고 위풍이 약간 있다 하나, 언변이 없고 의사가 부족하니 네 무슨 공을 이루겠다 하느냐. 또한, 사람들은 너를 보면 영락없이 잡아다가 요리조리 오려 내어 국화 송이, 매화 송이 형형색색 아로새겨 혼인 잔치며 환갑잔치에 큰상의 어물 접시 웃기^{음식의 모양을 내기 위해 얹는 재료}로 긴요하게 쓴다. 또 재자가인^{才子佳人 재주 있는 남자와 아름다운 여자} 놀음상과 남서 한량들 술안주에 필요한 것이 네 고기라. 무섭고 두렵지 않으냐? 나는 세상에 나아가면 칠종칠금^{마음대로 잡았다 놓아주었다 함을 이르는 말}하던 제갈량의 신출귀몰한 꾀로 토끼를 사로잡아 오는 것이 여반장^{如反掌 손바닥을 뒤집는 것처럼 쉬움}이라."

모두 쳐다보니 수천 년 묵은 자라로 별호^{別號 별명}는 별주부^{鼈主簿}라. 문어가 자라의 말을 듣고 분기충천^{憤氣衝天 분한 마음이 하늘을 찌를 듯함}해 두 눈을 부릅뜨고 다리를 엉버티고 검붉은 대가리를 설설 흔들면서 벼락같이 소리를 질러 꾸짖었다.

"요망한 별주부야, 내 말을 잠깐 들어 보아라. 포대기에 싸인 어린아이가 감히 어른을 능멸하다니, 하룻강아지 범 무서운 줄 모르는 격이로구나. 네 죄를 의논하고 보면 태산이 오히려 가볍고, 하해^{河海 큰 강과 바다를 아울러 이르는 말}는 진실로 얕을지라. 또 네 모양을 볼 것 같으면 괴괴망측 가소롭다. 사면이 넓적해 나무 접시 모양이라. 저토록 작은 속에 무슨 의사 들었으랴? 세상 사람들이 너를 보면 두 손으로 움켜다가 끓는 물에 솟구쳐 끓여 내니 자라탕이 별미로다. 세가자제^{勢家子弟 권세 있는 집안의 자제}가 즐기나니 네 무슨 수로 살아올꼬?"

자라가 반박했다.

"너는 우물 안 개구리라. 하나만 알고 둘은 모르는구나. 자서^{子胥 중국 춘추시대의 정치가 오자서}의 겸인지용^{兼人之勇 혼자서 몇 사람을 당해 낼 만한 용기}도 검광^{劍光}에 죽었고, 초패왕^{楚覇王 항우}의 기개세^{氣蓋世 세상을 덮을 만한 기운}도 해하성^{垓下城}에서 패했으니, 우직한 네 용맹이 내 지혜를 당할쏘냐? 나의 재주를 들어 보라. 만경창파 깊은 물에 청천의 구름 뜨듯, 광풍에 낙엽 뜨듯, 기엄둥실^{물 위를 기는 듯이 헤엄치거나 떠 있는 모양} 떠올라서 사족을 바투 끼고 긴 목을 뒤움치고 넓죽이 엎디면 둥글둥글 수박 같고 편편납작 솥두께^{솥뚜껑}라. 나무 베는 초동^{樵童}이며 고기 잡는 어부들이 무엇인지 몰라보니 장구하기 태산이요, 평안하기 반석^{盤石}이라. 남모르게 변화무궁 육지에 당도해 토끼와 마주치면 잡을 묘계^{妙計} 신통하다. 광무군^{廣武君} 이좌거^{李左車 중국 조나라의 장수}의 초패왕을 유인하던 수단으로 간사한 저 토끼를 잡아 올 이 나뿐이라. 네 어이 나의 지모묘략^{智謀妙略 슬기로운 꾀와 묘책}을 따를쏘냐?"

문어가 자라의 말을 들으니 언즉시야^{言則是也 말하는 것마다 사리에 맞음}라. 하릴없이 뒤통수를 툭툭 치며 흔들흔들 물러났다.²⁾ 용왕은 별주부의 손을 잡고 술을 부어 권했다.

"경의 지모와 언변은 진실로 놀랍도다. 경은 충성을 다해 공을 이루어 수

---

2) 수궁 대신들은 용왕을 향해 충성심을 보이긴 하지만, 공을 세우기 위해 서로 헐뜯기도 한다. 이는 당시 부패한 관료들의 모습을 빗대어 비판한 것이다.

이 돌아오면 부귀영화를 대대로 유전하리라."

자라가 다시 아뢰었다.

"소신은 용궁에 있사옵고 토끼는 산중에 있사오니 그 형상을 알 길이 없사옵니다. 바라옵건대 성상은 화공을 패초牌招 임금이 승지를 시켜 신하를 부르던 일하사 토끼의 형상을 그려 주옵소서."

용왕은 도화서에 하교해 토끼 화상을 그리라 했다. 여러 화공이 둘러앉아 토끼 화상을 그리는데 각기 한 가지씩 맡아 그리되 천하 명산승지名山勝地 이름난 산과 경승지에서 경개景槪 경치 보던 눈, 두견과 앵무새 지저귈 때 소리 듣던 귀, 동지섣달 설한풍雪寒風에 방풍防風 바람을 막음하던 털, 만학천봉萬壑千峰 무수한 골짜기와 봉우리 구름 속에서 펄펄 뛰던 발 그리니, 두 눈은 도리도리, 앞다리는 짤막, 뒷다리는 길쭉, 두 귀는 쫑긋해 완연한 산토끼라.

왕이 보고 크게 기뻐하며 모든 화공에게 각기 천금씩 상급하고 그 화본 얼굴을 그림으로 그린 형상을 자라에게 주었다.

"어서 길을 떠나라."

자라가 재배하고 화본을 받아 들고 이리 접고 저리 접어 등에다 지려 하니 수침水沈 물에 가라앉음될 것이라. 한참 생각하다가 움친 목을 길게 늘려 한편에 집어넣고 도로 움츠리니 염려 없는지라. 용왕이 신기하게 여기고 친히 잔을 들어 권하며 말했다.

"경이 큰 공을 이루어 수이 돌아오면 부귀를 한가지로 하리라."

즉시 호혜청互惠廳에 전교傳敎 임금이 명령을 내림해 전곡錢穀 돈과 곡식의 다소를 생각하지 않고 별주부에게 사송賜送 임금이 신하에게 물건을 내림했다. 별주부는 천은에 감읍해 사은숙배謝恩肅拜 임금의 은혜에 감사하며 공손하게 절함하고 만조백관과 이별한 후에 집에 돌아와 처자와 이별할 때 아내가 당부했다.

"인간 세상은 위지危地 위험한 곳이니 부디 조심해 큰 공을 세워 수이 돌아오시기를 축수祝手 두 손바닥을 마주 대고 빎하옵니다."

자라가 대답했다.

"수요장단壽夭長短 오래 살거나 일찍 죽음이 하늘에 달렸으니 무슨 염려가 있으리오. 돌아올 동안 늙으신 부모와 어린 자식들을 잘 보호하시오."

행장을 수습해 소상강으로 들어가니 때는 방출화류放出花柳 꽃과 버들이 피어남 좋은 시절이라. 초목군생草木群生 모든 생물이 다 스스로 즐거움을 가졌고 작작灼灼 꽃이 화려하게 핀 모양한 두견화는 향기를 띠고 얼숭얼숭 호랑나비는 춘흥을 못 이겨서 이리

저리 흩날렸다. 청청한 수양 늘어진 시냇가에 날아드는 황금 같은 꾀꼬리는
벗 부르는 소리로 구십춘광九十春光 봄이 지속되는 90여 일 동안을 희롱하고, 꽃 사이에 잠든
학은 자취 소리에 자주 날고, 가지 위에 두견새는 불여귀不如歸를 화답하니
별유천지비인간別有天地非人間 이백의 시 「산중문답」의 한 구절로, 이상향을 뜻함이라. 소상강 기러기는
가노라고 하직하고, 강남서 나오는 제비는 왔노라고 현신現身 나타남하고, 조팝
나무 비쭉새 울고, 함박꽃에 뒤웅벌이다. 방울새 떨렁, 물떼새 찍걱, 접동새
접동, 뻐꾹새 뻐꾹, 까마귀 골각, 비둘기 국국 슬피 우니 어찌 아니 경景일쏘냐?
천산과 만산에 홍장紅粧 붉게 피어 있는 꽃 찬란하고 앞 시내와 뒤 시내에 흰 깁 거칠게 짠
비단을 편 듯, 푸른 대나무와 소나무는 천고의 절개요, 복숭아꽃과 살구꽃은
순식간에 봄이라. 기괴한 바윗돌은 좌우에 층층한데 절벽 사이 폭포수는 이
골짝 물, 저 골짝 물 한데 합수合水해 와당탕퉁텅 흘러가는 저 경개 무진無盡
좋을씨고.

　산천경개 구경 다 하고 나무 수풀 사이로 들어가 사면으로 토끼 자취 살
피니 각색 짐승이 내려왔다. 발발 떠는 다람쥐며 노루, 사슴, 이리, 승냥이,
곰, 도야지, 너구리, 고슴도치, 사자, 원숭이, 범, 코끼리, 여우, 담비, 성성이
라. 자라는 토끼의 자취가 안 보여 움츠린 목을 길게 늘여 이리저리 휘둘러
살펴보았다. 자라의 뒤로 짐승 한 마리가 오는데 화본과 방불彷佛 비슷함했다.
그 짐승 보고 그림 보니 영락없는 토끼로구나. 자라 혼자 기뻐하며 진가眞假

🗨 소설 한 장면　　발단　자라는 병에 걸린 동해 용왕을 위해 지상에 올라옴

^{진짜와 가짜}를 알려 할 때 저 짐승 거동 보소. 풀도 뜯고 싸리순도 뜯고 층암절벽 사이로 이리저리 뛰어 뺑뺑 돌며 강똥강똥 뛰놀고 있었다. 자라는 음성을 높여 점잖게 불렀다.

"고봉준령^{高峰峻嶺 높이 솟은 산봉우리와 험준한 산마루}에 신수도 좋다. 그대는 토 선생 아니신가? 나는 본시 수중 호걸인데 양계^{陽界 육지 세계를 수중 세계에 상대해서 하는 말}에 사는 좋은 벗을 널리 구하는 중이었소. 오늘에야 산중 호걸을 만나 기쁜 마음으로 청하니 선생은 부디 허락해 주시오."

토끼는 자신을 대접해 청함을 듣고 점잖은 체하며 대답했다.

"거 뉘라서 날 찾는고. 산이 높고 골이 깊은 이 강산은 경개가 좋은데 날 찾는 이 뉘신고. 수양산에 백이숙제^{伯夷叔齊}가 고비^{고사리}를 캐자고 날 찾는가.³⁾ 소부 허유^{巢父許由}가 영천수에서 귀 씻자고 날 찾는가. 부춘산 엄자릉^{嚴子陵 중국 후한 말에 은둔하며 지냈던 엄광을 말함}이 밭 갈자고 날 찾는가. 면산에서 불탄 잔디 개자추^{介子推 면산에 숨은 개자추를 찾기 위해 중국 진나라 문공이 산에 불을 질렀으나 나가지 않고 타 죽음}가 날 찾는가. 한 천자의 스승 장량^{張良 한신과 함께 중국 한나라 창업의 일등 공신}이 퉁소 불자고 날 찾는가. 상산사호^{商山四皓 중국 진시황 때 상산에 숨어 살던 네 명의 선비} 벗님네가 바둑 두자 날 찾는가. 굴원^{屈原 중국 초나라 사람으로 간언이 받아들여지지 않자 멱라수에 투신자살함}이 물에 빠져 건져 달라 날 찾는가. 시중천자 이태백이 글 짓자고 날 찾는가. 「주덕송^{酒德頌}」 유영^{劉伶 중국 진나라 때 시인이자 죽림칠현의 한 사람}이 술 먹자고 날 찾는가. 석가여래 아미타불 설법하자고 날 찾는가. 안기생^{安期生} 적송자^{赤松子 고대 중국에서 신선의 술법을 부릴 줄 알았다고 전해지는 두 사람}가 약 캐자고 날 찾는가. 한 종실 유황숙^{劉皇叔 유비}이 모사 없어 날 찾는가. 적벽강 소동파^{蘇東坡 중국 당송 팔대가의 한 사람으로 「적벽부」를 지음}가 선유^{船遊 뱃놀이}하자고 날 찾는가. 취옹정^{醉翁亭 중국 송나라 때 승려 지천이 만든 정자} 구양수^{歐陽修 중국 송나라 때 정치가 겸 문인}가 잔치하자고 날 찾는가."

토끼는 두 귀를 쫑그리고 사족을 부지런히 놀려서 옆으로 와 자라를 살펴보았다. 둥글넓적 거뭇 편편하거늘 괴이하게 여겨 주저할 즈음에 자라가 가까이 오라 불렀다. 서로 절하고 마주 앉자 자라가 먼저 말을 꺼냈다.

"토공의 성화^{聲華 세상에 드러난 명성}는 들은 지 오래된지라. 평생에 한 번 보기를 원했더니 오늘에야 호걸과 상봉했도다."

---

3) 토끼의 대사뿐만 아니라 작품 곳곳에 양반의 언어(한자어, 고사)와 평민의 언어(비속어)가 혼재되어 나타난다. 이는 판소리 사설이 판소리계 소설로 정착하는 과정에서 나타난 특징으로, 양반과 평민이 함께 향유한 문학 양식임을 보여 준다.

토끼가 대답했다.

"세상에 태어나서 사해를 편답遍踏 널리 돌아다님하며 인물 구경도 많이 했는데 그대 같은 박색은 처음이로다. 담 구멍을 뚫다가 정강이뼈가 빠졌는가 발은 왜 그리 뭉툭하며, 양반 보고 욕하다가 상투를 잡혔는가 목은 왜 그리 기다란가. 색주가色酒家 술과 여자를 파는 곳 다니다가 한량패에 밟혔는가 등은 어이 그리 넓적하오. 사면으로 돌아보니 나무 접시 모양이로다. 다 농담이니 너무 노여워하지는 마시오."

자라는 토끼의 말을 듣고 불쾌했지만 참고 대답했다.

"내 성은 별이요, 호는 주부로다. 등이 넓은 것은 물에 다녀도 가라앉지 않기 위함이고 발이 짧은 것은 육지에 다녀도 넘어지지 않기 위함이오. 목이 긴 것은 먼 데를 살펴보기 위함이고 몸이 둥근 것은 행세를 둥글게 하기 위함이라. 그러므로 수중의 영웅이요, 수족水族 물속에 사는 종족 의 어른이라. 세상에 문무겸전文武兼全 문과 무를 다 갖춤은 나뿐인가 하노라."

토끼가 말했다.

"내가 세상에 나서 만고풍상萬古風霜 오랜 고생 다 겪었는데 그대 같은 호걸은 처음 본다."

자라가 물었다.

"그대 연세가 어떻게 되기에 그다지 경력이 많다 하는고?"

토끼가 대답했다.

"내 나이로 말하자면 육십갑자六十甲子를 몇 번이나 지냈는지도 모를 터이오. 소년 시절에 월궁의 계수나무 밑에서 약 방아 찧다가 유궁후예有窮后羿 중국 하나라의 임금의 부인이 불로초를 얻으러 왔기에 내가 얻어 주었으니 삼천갑자 동방삭東方朔 서왕모의 복숭아를 훔쳐 먹고 장수했다고 알려진 인물은 내게 시생侍生 어른 앞에 자신을 낮추어 부르는 말 이요, 팽조彭祖 중국 요임금의 신하로 은나라 말까지 700여 년을 살았다는 인물 의 나이는 내게 비하면 구상유취口尚乳臭 입에서 젖내가 남 요, 종과 상전이라. 이러한즉 내가 그대에게 몇십 갑절 존장尊長이 아니겠는가?"

자라가 대답했다.

"자칭 천자라고 하는 것과 다름이 없구나. 내가 한 일을 대강 말할 터이니 들어 보라. 반고씨盤古氏 중국의 신화에서 세상을 처음 만든 신 생신날에 산곽産藿 해산미역 진상 내가 하고, 천황씨天皇氏 중국 태고의 전설적 인물 등극하실 때 술안주 어물 진상 내가 하고, 지황씨地皇氏 상고 시대의 제왕 의 화덕왕火德王 불을 다스리는 신 과 인황씨人皇氏 태고 때 있었다고 전하는 세 임금

중 하나의 구주九州 중국의 행정 구역를 마련하던 그 사적을 어제까지 기억하고 있도다. 수인씨燧人氏 태고 때 있었다고 전하는 세 임금 중 하나의 불을 내어 음식 익혀 먹는 일을 나와 함께했고, 복희씨伏羲氏의 팔괘八卦로 용마龍馬 하도수河圖數 오행 상생의 원리를 나와 함께 풀어냈고, 신농씨神農氏가 쟁기를 만들어 내고 온갖 풀을 맛보아서 의약을 마련할 제 내가 참견했고, 탁록涿鹿 지금의 북경 일대 들에서 치우가 싸울 적에 돌기를 내가 천거해 치우를 잡게 했고, 요임금의 '강구요康衢謠 중국 요임금 때 태평성대를 노래한 동요' 와 순임금의 '남풍가南風歌 순임금이 오현금을 만들어 지은 노래'는 어제 들은 듯 즐거워라. 우임금이 구 년 홍수 다스릴 적에 그 공덕을 내가 도왔고, 탕임금이 상림 들판에서 비를 내려 달라고 빌던 일이며, 주나라 문왕, 무왕과 주공의 찬란하던 예악 문물이 다 눈에 역력하도다. 이로 헤아려 보면 나는 그대에게 몇백 갑절 왕존장이 아니신가? 그나저나 세상 살아가는 재미나 서로 이야기해 보세."

토끼가 말했다.

"인간 재미를 말해 주면 오줌을 졸졸 쌀 것이고 그렇게 되면 둥글넓적한 몸이 오줌에 빠져서 더 헤어나지 못할 것이니 그 아니 불쌍한가?"

"어찌 됐던 대강 말해 보라."

"심산 풍경 좋은 곳에 산봉우리는 칼날같이 하늘에 꽂혔는데 배산임류背山臨流해 앞에는 봄물이 온갖 연못에 가득 차고, 여름 구름은 기이한 봉우리에 많이도 걸렸구나. 명당에 터를 닦아 초당 한 칸 지어 내니, 반칸은 청풍이요 반칸은 명월이라. 흙섬돌에 대사리짝이 정쇄精灑 매우 맑고 깨끗함하기 이를 데 없도다. 학은 울고 봉은 나는도다. 뒷산에서 약을 캐고 앞내에서 고기 낚아 입에 맞고 배부르니 어찌 즐겁지 아니한가? 청천에 밝은 달은 조요照耀 밝게 비쳐서 빛남하되, 만학천봉에 문이 홀로 닫혀 있도다. 한가한 구름은 그림자를 희롱하니 별유천지비인간이라. 몸이 구름과 같아 종적을 알 길이 없으니 세상 시비 없도다. 녹수청산 깊은 곳에 만화방초 우거지고, 난봉과 공작새의 서로 부르는 소리 이 봉 저 봉 풍악이라. 앵무새와 두견새, 꾀꼬리 소리 이 골 저 골 울리도다. 석양에 취한 흥을 반쯤 띠고 강산 풍경을 구경하며 곤륜산 상상봉에 흰 구름을 쓸어치고 지세 굽어보니 태산은 청룡이요, 화산은 백호요, 상산은 현무요, 형산은 주작이라.

적벽강의 무한한 경개를 풍월로 수작하고, 아미산의 반달 빛은 취중에 희롱하며, 삼신산에 불로초도 뜯어 먹고 동정호에서 목욕도 하다가 산속으로 돌아드니, 층암은 집이 되고 낙화는 자리 삼아 한가히 누웠으니, 수풀 사이 밝은 달은 은근한 친구 같도다. 소나무에 스치는 바람 소리가 은은하거늘 돌베개에 높이 누워 취흥에 잠이 드니 어디에선가 들리는 학의 소리가 잠든 나를 깨우는구나. 이윽고 일어나 한산 석경石徑 돌이 많고 좁은 길 빗긴 길에 청려장 靑藜杖 명아줏대로 만든 지팡이 짚고 배회하니 흰 구름은 천리만리 덮여 있고 밝은 달은 앞 시내와 뒤 시내에 얹혔구나. 금릉의 삼산은 푸른 하늘에 반 토막 고개를 내밀고, 진회의 강물은 백로주 끼고 갈라져 흐르도다. 도도한 내 몸 산수 사이에 누우니 무한한 경개는 정승 자리를 준다고 해도 안 바꿀 터라.

이화 도화 만발하고 푸른 버들가지 휘어지니 동서남북 미색들이 시냇가에 늘어앉아 섬섬옥수를 넌짓 들어 한가로이 빨래할 적에 물 한 줌을 덥벅 쥐어다가 연적 같은 젖퉁이를 슬근슬쩍 씻는 모습은 요지연瑤池宴 곤륜산에 있는 연못에서 벌어진 잔치을 방불한다. 오월이라 단옷날에 녹음방초 우거지고 녹의홍상綠依紅裳 곱게 차려입은 젊은 여자의 옷차림을 이르는 말 미인들이 버들가지 그네 매고 짝지어 추천하는 모양은 광한루 경개가 완연하다. 풍류 호걸 이 몸이 절대 가인 구경하니 아마도 세상 재미 아는 자는 나뿐인가 하노라."

자라가 웃으며 말했다.

"하하, 가소롭다. 우리 수궁 이야기 좀 들어 보소. 오색구름 같은 곳에 진주궁과 자개 대궐 반공半空 높지 않은 공중에 솟았는데 일월이 명랑하다. 이 가운데 날마다 잔치요, 잔치마다 풍류로다. 연꽃 같은 용녀龍女 용궁의 선녀들은 쌍쌍이 춤을 추며 천일주와 포도주며 금강초 불사약을 유리병과 호박 잔에 신선하게 담아 대모소반玳瑁小盤 거북의 등 껍데기로 만든 작은 밥상 받쳐다가 늘어놓고 '잡수시오'라고 권할 적에 심정이 황홀하니 헛장단 절로 난다. 아미산의 반바퀴 달과 적벽강의 무한한 경개며, 양자강, 소상강, 동정호, 파양호, 대동강, 압록강을 임의로 왕래하니, 흰 이슬은 강 위에 비껴 있고 물빛은 하늘을 접혔도다. 한들한들하는 돛대는 만경창파를 업신여기는 듯, 떨어진 노을은 외따오기 같이 날고 가을 물은 높은 하늘과 같은 빛일세. 평평한 모래에 기러기는 떨어지고 흰 갈매기 잠들 때라. 지극히 슬픈 통소를 불어 「어부사漁父辭 중국 초나라 때 정치가 굴원이 지은 글」로 화답하니 깊은 구렁에 숨은 교룡을 춤추게 하고 외로운 배에 있는 과부를 울리누나. 달은 밝고 별은 드문드문한데 까막까치는 남쪽으로 날아가네. 내 말은 다 정말이거니와 그대 하는 말은 백 가지 중 한 가지도 취할 것이 없도다. 흉한 말 감추고 좋은 말만 자랑하는 것을 내 어찌 모르리오. 그대 신세 생각하니 여덟 가지 어려움을 면하기 어렵도다. 두 귀를 기울이고 자세히 들어 보라.

동지섣달 엄동에 백설이 흩날리고 층암절벽 빙판 되고 만학천봉 막혔으니 어디 가서 발붙일까? 이것이 첫째 어려움이오. 먹을 것 전혀 없어 콧구멍을 핥을 적에 냉한 땀이 질질 흘러 팔자타령 절로 나니 이것이 둘째 어려움이오. 오뉴월 삼복 때 산과 들에 불이 나고 시냇물이 끓을 적에 산에서는 기름내고 털끝마다 누린내라. 짧은 혀를 길게 빼고 급한 숨을 헐떡일 적에 그 정상이 오죽할까. 이것이 셋째 어려움이오. 춘풍이 산들 불 때 풀잎이나 뜯어 먹으려고 산으로 들어가니 독수리 두 죽지를 옆에 끼고 살 쏘듯이 달려들 적에 빠르게 바위틈으로 들어가며 혼비백산하니 이것이 넷째 어려움이오. 천방지축 달아나서 조용한 곳을 찾아가니 매 쫓는 사냥꾼이 높은 봉에 우뚝 서서 냄새 잘 맡는 사냥개를 몰며 급히 쫓아올 적에 진땀이 바짝 나니 이것이 다섯째 어려움이오. 죽을 뻔한 후에 사냥 포수 일자총¯字銃 목표를 한방에 바로 맞힌다는 총을 들어 메고 길목에 질러 앉아 탄환 장약해 염통 줄기 겨냥하고 방아쇠를 당길 적에 꼬리를 샅에 끼고 간신히 도망쳐 숨을 곳을 찾아가니 이것이 여섯째 어려움이오. 소리는 우레 같고 대가리는 왕산王山 큰 산만 하며 허리는 반달 같고 터럭은 불빛 같구나. 칼 같은 꼬리를 이리저리 두르면서 주홍 같은 입을 열고 써레 같은 이빨을 딱딱이며 번개같이 날랜 몸을 동서남북 편답하니 당당한 산군山君 호랑이이라. 제 용맹을 버럭 써서 횃불 같은 두 눈깔을 번개같이 휘두르며 톱날 같은 앞발을 떡 벌린 채 숨을 한 번 '씩' 쉬면 수목이 왔다 갔다 하고, 소리 한 번 '응' 하고 지르면 정신이 아득하니 이것이 일곱째 어려움이라. 죽음을 면한 후 광야로 달려드니 나무 베는 목동과 소 먹이는 아이들이 창검과 몽치짤막하고 단단한 몽둥이를 들고 달려들어 치려 할 적에 지향 없이 도망하니 이것이 여덟째 어려움이라. 이렇듯 궁곤窮困할 적에 무슨 경황에 삼신산에 가 불로초를 먹으며 동정호에 가서 목욕할꼬. 그대는 다 영웅이라 이르니 어찌 아니 가소로운가. 하지만 실없는 농담이니 너무 노여워하지 마소."

토끼는 민망해하며 말했다.

"소진 장의蘇秦張儀 전국 시대의 변론가인 소진과 장의의 구변口辯 말솜씨인지 말씀도 잘도 하고 소강절邵康節 중국 북송 때의 학자의 추수推數 앞으로 닥쳐올 운수를 미리 헤아려 앎인지 영험도 하다. 남의 단처短處 부족한 점를 너무 떠벌리지 마시오. 듣는 이도 소견 있소. 만고의 대성大聖 공부자孔夫子 공자도 진채액陳蔡厄 공자가 진나라와 채나라에서 당한 액운에 욕보시고, 천하장사 초패왕도 대택^{大澤 큰 못}에 빠졌소. 화복이 하늘에 있고, 궁하고 달함이 명수^{命數 운명과} ^{재수}에 달렸거늘 수부에서 호강깨나 한다고 산간 처사로 있는 나를 괄시하니 무슨 연유인지 알 수 없노라."

자라가 변명했다.

"그런 게 아니라 친구끼리 서로 권하려 함이노라. 옛글에 이르기를 위태한 방위에는 들어가지 말라 했는데 그대는 왜 이같이 어수선한 세상에서 살고 있느뇨. 이제 나를 만난 김에 이 요란한 풍진을 하직하고 나를 따라 수부에 들어가면 선경도 구경하고 천도, 반도, 불사약, 천일주, 감홍로, 삼편주^{三鞭酒 삼페인}를 매일 장취하고, 악양루^{중국 후난성에 있는 누각} 경개도 보며 노닐 적에 세상 고락 꿈속에서나 생각할까?"

토끼는 자라의 말을 듣고 수상하게 여기며 대답했다.

"어허, 싫다. 그대 말은 좋으나 위태하도다. 속담에 이르기를 노루 피하면 범 만난다 했고, 불가대명^{佛家大命}은 독 안에 들어가도 못 면한다 했으니, 육지에서 살다가 공연히 수궁에 들어가리오? 수궁 고생이 육지 고생보다 더 하지 말라는 법 어디 있으며, 두 콧구멍이 멀쩡하게 뚫렸지만 호흡을 제대로 하지 못할 것이니 숨 못 쉬고 어이 살며, 사지가 멀쩡해도 헤엄칠 줄 모르거니와 만경창파 깊은 물을 무슨 수로 건너갈꼬. 팔자에 없는 남의 호강을 부질없이 욕심내 그대를 따라 수궁에 들어가다가는 필연코 칠성 구멍^{눈, 귀, 코, 입에} ^{해당하는 일곱 개의 구멍}에 물이 들어 하릴없이 죽을 것이오. 이내 목숨 속절없이 고기 배때기 안에서 장사 치르면 임자 없는 내 혼백은 창파 중에 고혼이 되어 어하^{魚蝦 물고기와 새우}를 벗으로 삼게 될 것이오. 그렇게 되면 일가친척 자손 중에 그 누가 나를 찾을까. 콩으로 메주를 쑤고 소금으로 장을 담근다 해도 도무지 곧이듣지 않을 것이니 다시는 그따위 말로 권하지 마오."

자라는 웃으며 말했다.

"그대는 한 가지만 알고 두 가지는 알지 못하는구나. 옛글에 이르기를 강의 먼 곳을 한 갈대로 건너간다 했으니 이태백은 고래를 타고 달 건지러 들어가고, 삼장 법사는 약수^{弱水 중국 서쪽에 있었다는 전설의 강} 삼천 리를 건너가서 대장경을 내어 왔노라. 또한, 한나라 사신 장건^{張騫 중국 후한 때의 외교가}은 뗏목을 타고 은하수에 올라가서 직녀의 지기석^{支機石 직녀가 베를 짤 때 베틀이 움직이지 않도록 받쳐 놓았다는 돌}을 주워 오고, 서왕 세계^{西往世界 불교에서 말하는 극락} 아난존자^{阿難尊者 석가모니의 제자 가운데 한 사람}는 연잎에 거북을 타고 만경창파를 임의로 헤쳤노라. 자신의 목숨은 하늘에 달렸거든 공연하게 죽을쏜가. 대장부로 태어나서 이다지 잔망屛妄 행동이 옹졸하고 경망함할까? 그대 상을 보니 미색이 누릇누릇 금빛을 띠었으니 이른바 금생어수金生於水 오행 중 금이 수를 생한다는 말라. 물과 상생이니 조금도 염려 말라. 목이 기다라니 고향을 바라보며 타향살이를 할 기상이오, 하관下觀 얼굴의 아래쪽이 뾰족하니 위를 구하면 역리가 되어 매사가 극난極難 극히 어려움하되, 아래를 구하면 순리가 되어 만사가 크게 길할 것이오. 또한, 두 귀가 좋긋하니 남의 말을 잘 들어 부귀를 할 것이고 미간이 탁 트였으니 용문龍門 중국 황허강 중류에 있는 여울목으로, 잉어가 이곳을 뛰어오르면 용이 된다고 함에 올라 이름을 빛낼 것이오. 음성이 화평하니 평생에 험한 일이 없을 것이라. 그대의 상격相格 관상이 가지가지로 구비됐으니 영화 부귀 무궁해 행락은 당명황唐明皇 중국 당나라 현종의 양귀비며 한 무세의 승로반承露盤 하늘에서 내리는 장생불사의 감로수를 받아 먹기 위해 만든 쟁반이요, 팔자는 곽자의郭子儀 중국 당나라 현종 때 안사의 난을 평정한 인물요, 부자로는 석숭石崇이요, 풍악으로는 요임금의 대황곡과 순임금의 봉조곡, 장자방의 옥퉁소가 자재自在 속박이나 장애가 없어 마음대로 함하고, 유시로 사마상여司馬相如 중국 전한의 문인 거문고에 탁문군이 담을 넘어올 것이오. 또한, 언변은 여섯 나라를 종횡하던 소진 장의에게 양두讓頭 지위를 남에게 넘겨줌할 것 전혀 없고, 경륜으로는 팔진도八陣圖로 지휘하던 제갈량이 적수가 못될 것이오. 이러한 기골 풍채와 경영 배포로 보아 경천위지經天緯地 천하를 잘 다스림의 영웅호걸이나 그대가 마치 팔팔 뛰는 버릇이 있어 본토에만 묻혀 있어서는 여러 가지 복락을 결단코 한 가지도 누리지 못하고, 도리어 전일과 같이 곤란한 재앙만 돌아올 것이오. 본토를 떠나 외지로 가야만 만사여의할 것이니 내 말을 추호도 의심하지 말고 나와 함께 수부로 들어가기로 결단하라. 나처럼 친구 잘 인도하는 사람을 만나 보기도 그대 평생 처음일 걸세. 토 선생 댁에 복성福星 길한 별이 비치었나니."

토끼는 아직도 의심하며 말했다.

"나의 기상도 이와 같이 출중하거니와 형의 관상하는 법이 신통하다마는 대저 수요궁달壽夭窮達 장수와 단명, 빈궁과 영달이라 하는 것이 다 상설相說 관상을 보는 사람이 하는 말로 되는 법은 아니니 치부할 상이라 해서 태산 상상봉 백운대 꼭대기에 누웠어도 석숭의 재물이 저절로 와서 부자가 될 것이오? 또 장수할 상이라 해서 걸주桀紂 포악한 임금의 상징적인 인물의 포락炮烙 불에 달군 쇠로 몸을 지지는 일하는 형벌을 당하면 살아날 수 있겠는가? 누구든지 제 상만 믿고 처신하다가는 십중팔구 패가망신할 것이오."

자라가 말했다.

"그대는 무식한 말만 하는도다. 누구든지 자기 관상대로 되는 것이오. 융준용안隆準龍眼 우뚝한 코와 용처럼 부리부리한 눈 한태조중국 한고조 유방는 사상의 정장亭長으로 창업한 임금 되셨고, 용자일표龍姿逸飆 임금의 뛰어난 몸가짐 당 태종은 서생으로서 나라를 얻고, 백면대이白面大耳 하얀 얼굴과 커다란 귀 송 태조는 필부로서 천자가 되고, 금반대채택蔡澤은 범수范睢 전국 시대 위나라의 달변가를 대신해 정승이 되었으니 왕후장상의 씨가 어찌 따로 있다 하겠소? 옛말에 이르기를 호랑이 굴에 들어가야 호랑이 새끼를 얻을 것이라 했으니, 대장부가 세상에 태어나 무엇이 무서워서 계집아이처럼 요리 빼끗 조리 빼끗 저물도록 시간만 허비하리오. 그대가 바위 구멍에 홀로 있어 무정한 세월을 보내고 초목과 같이 썩어지면 어느 누가 토 처사가 세상에 나온 줄 알겠는가. 이는 형산의 흰 옥이 진토 중에 묻힌 양상이요, 영웅호걸이 초야에 묻혀 있어 때를 만나지 못한 것이라. 도토리와 풀잎이며 칡 순과 잔디 싹을 천일주와 불사약에 비하면 어떠한가. 돌구멍 차가운 자리에 벗 없이 누워 있는 것이 그리도 좋은가. 분벽사창粉壁紗窓 하얗게 꾸민 벽과 비단으로 바른 창 반쯤 열고 운문병풍 그림 속에 원앙금침 비단 이불에 절대가인과 벗이 되어 밤낮으로 희롱하는 그 행락行樂과 비할쏘냐. 그대의 말은 졸장부의 말이고 내가 하는 말은 정론 아닌가? 온갖 방법으로 유예미결猶豫未決 망설이느라 결정하지 못함 하는 자는 자고로 매사불성每事不成 하는 일마다 실패함 하는 법이라. 옛날에 한신이 괴철의 말을 듣지 않다가 팽구烹狗 토사구팽의 화를 당하고, 대부종種이 범여范蠡 중국 춘추 시대 월나라의 재상 의 말을 들었던들 사금의 환이 없었으리니, 내 어찌 미리 일을 증험證驗 실제로 경험함 하여 후에 일을 도모치 아니하리오. 이제 내 말을 듣지 않고 후일에 나를 보고자 하려다가는 그대의 고故 고조高祖가 다시 살아와도 할 수 없으리니, 때가 한번 가면 다시 오지 않느니라. 세상 인심은 처음에는 좋아하다가 나중 되면 헌신같이 버리거니와 우리 수부는 동무를 한번 천거하면 처음부터 끝까지 한결같으니 앞길을 열어서 세상에 나서기에 이렇게 좋은 곳은 구해도 얻지 못하리오."

토끼는 자라의 말을 듣고 밑구멍이 옴질옴질해 쌩긋쌩긋 웃으며 말했다.

"내 형을 보니 시체時體 그 시대의 풍습이나 유행 사람은 아니로다. 의량意量 생각과 도량 이 넓고 위인이 관후하니 남을 속이지 않을 것 같소. 나 같은 부생浮生 덧없는 인생을 좋은 곳에 천거하니 감격하기 측량 없으나 수부에 들어가서 벼슬하기가 쉬울쏘냐."

자라는 이 말을 듣고 속으로 웃으며 생각했다.

'요놈, 인제야 속았구나.'

자라는 흔연히 대답했다.

"그대가 오히려 경력이 적은 말이로다. 역산에서 밭을 가시던 순임금도 당요唐堯 요임금의 천자 위位 수선受禪 임금의 자리를 물려받음하고, 위수에서 고기 낚던 강태공도 주문왕의 스승 되고, 산야에서 밭 갈던 이윤伊尹 탕왕을 보좌해 하나라의 걸왕을 멸망시킨 인물도 탕임금의 아형阿兄 형을 친근하게 부르는 말 되고, 표모漂母 빨래하는 나이 든 여자에게 밥 빌던 한신도 한 태조의 대장이 되었으니, 수부나 인간이나 발천하기는 마찬가지라. 이런고로 밝은 임금이 신하를 가리고 어진 신하가 임금을 가리나니 우리 대왕께서는 한 가지 재능과 한 가지 지조가 있는 선비라도 벼슬 직책을 맡기시는지라. 이렇기 때문에 나같이 재주 없는 인물노 주부 일품 자리에 외람히 올랐거늘, 하물며 그대같이 고명한 자격이야 수군절도사는 떼어 놓은 당상이지. 또한, 신수 좋은 얼굴을 능연각凌煙閣 중국 당나라 때 개국공신들의 초상을 그려 걸어 놓았던 누각에 걸어 두고 춘추에 빛나는 이름을 죽백竹帛 역사를 기록한 책에 드리우리니, 이것이 기남자奇男子 재주가 뛰어난 사나이의 보배로운 영광이라. 이 어찌 아름답지 않겠소. 토끼 가문 중에 시조始祖 되기는 아무 염려 없는지라."

토끼는 웃으며 말했다.

"형의 말은 그럴듯하나 어젯밤 꿈이 불길해 꺼림칙하도다."

자라가 말했다.

"내가 젊어서 해몽하는 법을 약간 배웠으니 그대의 몽사를 들려주오."

토끼는 어젯밤 꿈 이야기를 했다.

"칼을 빼서 배에 대고 몸에 피 칠을 하니 아마도 좋지 못한 정상을 당할까 염려되오."

자라는 토끼를 책망하며 말했다.

"아주 좋은 몽사를 가지고 공연히 고민하는구려. 배에 칼을 댔으니 칼은 금이라 금띠를 띨 것이요, 몸에 피 칠을 했으니 홍포紅袍 조선 시대 3품 이상의 관원이 입었던 옷를 입을 징조라. 이 어찌 공명할 길몽이 아니겠소? 장자의 나비 된 꿈은 달관의 꿈이요, 공명의 초당 꿈은 선각의 꿈이라. 그 외에 꿈이라 하는 것은 무비관몽無非觀夢 꿈으로 보이지 않는 것이 없음이요, 개시허몽皆是虛夢 모든 것이 헛된 꿈이라는 뜻이로다. 오직 그대의 꿈은 몽사 가운데 제일이니 수궁에 들어가면 만인 위에 거한다는 것이니 어찌 아니 좋을쏜가."

토끼는 점점 곧이듣고 희색이 만면해 말했다.

"노형의 해몽하는 법이 귀신 아니면 도깨비라 할 만하오. 소강절 이순풍夷順風 맹인이자 맹인 점쟁이들의 조상으로 여겨지는 신이 다시 살아온들 이보다 더할쏜가. 아름다운 몽조가 이미 나타났으니 내 부귀 어디 가랴. 떼어 놓은 당상은 좀이나 먹지. 하지만 만경창파를 어찌 득달하오?"

"그대는 조금도 염려 마오. 내 등에만 오르면 순식간에 득달할 터이니 그런 걱정은 행여 하지도 마소."

토끼가 크게 기뻐하며 말했다.

"세상 천하에 못 당할 노릇이 있으니 저 몹쓸 사람들이 일자총을 메고 암상스럽게 보채일 적에 송편으로 목을 따고 접시 물에 빠져 죽고 싶은 적이 한두 번이 아니었는데, 천만뜻밖에 그대 같은 군자를 만나 어두운 곳을 떠나 밝은 곳으로 가게 됐으니 이는 하늘이 도우심이라. 성인이 성인을 안다 했으니, 나 같은 영웅을 형 같은 영웅이 아니면 어찌 능히 알리오? 형이 아니었다면 나는 헛되이 산중에서 늙을 뻔했고, 나 아니었다면 수중 백성들은 어진 관원을 만나지 못할 뻔했도다."

토끼가 의기양양하여 자라 등에 오르려 할 즈음에 저 바위 밑에서 너구리 달 첨지가 썩 나서서 말했다.

"토끼야, 너 어디 가느냐? 내 아까 수풀 옆에 누워서 너희 둘이 하는 수작을 대강 들었지만 위태하다. 옛말에 위태한 지방에 들어가지 말라 했고 분수를 지키면 몸에 욕이 없다 했으니, 부귀를 탐내면 나중에 어찌 재앙이 없을쏘냐? 고기 배때기 안에서 장사지내기 십중팔구다."

토끼가 그 말을 듣고 두 귀를 쫑긋하며 물러날 적에 자라가 속으로 생각했다.

'몹쓸 놈이 남의 대사를 그르치니 좋은 일에 마가 끼는 격이로구나.'

자라는 짐짓 발을 빼는 듯 말했다.

"허허, 우습구나. 그대가 잘되면 내가 술잔이나 얻어먹으려니와 죽을 곳에 들어가는 데야 내게 무슨 좋을 일이 있을쏜가? 달 첨지가 토 선생 일에 대해 배를 앓고 꽃밭에 불 지르려 하는구나. 유유상종이라더니 졸장부뿐이라. 부귀가 저희에게 아랑곳 있나?"

비방하고 작별하려 하니 토끼가 생각하되 '천우신조하여 천재일시로 좋은 기회를 만났으니 때를 잃지 아니하리라' 하고 자라에게 달려들어 두 손을 덥석 쥐며 말했다.

"여보시오, 별주부. 누가 무슨 말을 한다 해도 일단 내 말이 우선이온대 형은 어째서 이다지 경솔하시오? 죽어도 내가 죽고 살아도 내가 살 것이니 아무 염려 말고 갑시다."

자라는 반색하며 말했다.

"형의 마음이 굳건해 변치 않는다면 내 어찌 태를 부리리오."

자라는 토끼를 얼른 등에 얹고 물로 살짝 들어가 만경창파를 희롱하며 소상강을 바라보고 동정호로 들어갔다. 이에 토끼는 흥에 겨워 혼잣말을 했다.

"홍진자맥紅塵紫陌 속세의 번화한 거리 장안 만호에 있는 벗님네야. 사람마다 백 년을 산다 해도 걱정 근심과 질병 사고를 빼면 태평 안락한 날이 몇 해가 되겠는가. 천백 년을 못 살 인생 안 놀고 무엇하리. 소상 동정의 무한한 경개를 나와 함께 즐기세."

의뭉할 손 별주부요, 미욱할 손 토끼로다. 자라의 허한 말을 꿀같이 달게 듣고, 서왕 세계 얻으려고 지옥으로 들어가며, 첩첩청산 버려두고 수중고혼水中孤魂 되러 가니 불쌍하고 가련하다. 붉은 고기 한 덩이로 용왕에게 진상 간다. 일개 자라의 첩첩이구喋喋利口 거침없고 빠른 말솜씨에 그 약은 체하던 경박한 토끼가 속았구나.

🗨 소설 한 장면　[전개]　토끼는 자라의 유혹에 빠져 용궁으로 향함

자라는 범이 날개 돋친 듯, 용이 여의주 얻은 듯 기운이 절로 나서 만경창파를 순식간에 헤엄쳐 가더니 곧 내리라 했다. 토끼는 자라의 등에서 내려 사면을 살펴봤다. 천지가 명랑하고 일월이 조요한데, 진주로 꾸민 집과 자개로 지은 대궐은 반공에 솟았으며, 수놓은 문지게^{마루에서 방으로 드나드는 안팎을 두꺼운 종이로 바른 외짝문}와 깁^{비단}으로 바른 창이 영롱한지라. 토끼가 홀로 기뻐 젠체하는데^{잘난 체하는데} 한편에서는 수군숙덕하며 수상한 기색이 있는지라.⁴⁾

토끼는 혼잣말로 '하늘이 무너져도 솟을 구멍 있다 하나 나야말로 속수무책이로다. 도덕이 높은 탕 임금은 한대옥을 면하시고, 만고 성인 공부자도 진채의 액을 면하시고, 천고 영웅 한 태조도 영양의 포위에서 벗어났으니, 설마 이내 몸을 삼킬쏘냐? 차차 하는 거동 보아 가며 감언이구^{甘言利口}와 신출귀몰한 꾀로 임시변통 목숨을 보전하되, 공명이 남병산에 칠성단 모으고 동남풍 빌던 수와 백등^{白登 중국 산시 성에 있는 산}에서 칠 일 동안 포위당한 진평^{陳平 중국 한나라 초기의 공신}이 화미인하던 꾀를 진심갈력^{盡心竭力 마음과 힘을 있는 대로 다함} 해 내겠노라' 하고 사족 바싹 웅크리고 죽은 듯이 엎드리니 전상에서 분부했다.

"토끼를 잡아들여라."

수족 물고기들이 일시에 달려들어 토끼를 잡아다가 정전^{正殿}에 꿇리니 용왕이 하교했다.

"과인의 병이 중한데 백약이 무효하더니, 네 간을 먹으면 살아나리라 하기에 너를 잡아 왔으니 죽는 것을 슬퍼 말라."

용왕이 군졸에게 명해 간을 내라 하니, 군졸이 명을 받들고 일시에 칼을 들고 날쌔게 달려들어 배를 단번에 째려 했다. 토끼는 달 첨지의 말을 듣지 않은 것을 후회했다.⁵⁾

'약명을 일러 준 도사 놈은 나와 무슨 원수인가? 소진의 구변이라고 해도 욕심 많은 저 용왕을 무슨 수로 꾀어내며, 관운장^{關雲長 관우}의 용맹인들 서리 같은 저 칼날을 무슨 수로 벗어날 수 있을까? 요행히 벗어난다 한들 만경창파 넓은 물에 무슨 수로 도망할까? 가련하다. 이내 목숨 속절없이 죽는구나.'

---

4) 서술자는 거리를 두고 등장인물들을 지켜보며 한두 마디씩 의견이나 평가를 보탠다. 이를 서술자의 편집자적 논평이라고 한다.

5) 자라의 달콤한 말에 속아 위기를 맞은 토끼를 통해 과분한 욕심을 경계하고, 토끼의 속물성을 비판하는 작품의 주제 의식을 알 수 있다.

토끼는 이리저리 생각하다가 문득 한 꾀를 떠올렸다. 그리고는 마음을 담대히 먹고 고개를 들어 전상을 바라보며 말했다.

"이왕 죽을 목숨이오니 한 말씀 아뢰고 죽겠나이다. 토끼 족속이란 것은 본시 곤륜산 정기 받고 태어나 일신을 달빛으로 환생해 아침 이슬과 저녁 안개를 받아먹고, 기화요초琪花瑤草 옥같이 고운 꽃과 풀와 좋은 물을 명산에 다니면서 매일 장복했으므로 오장육부와 심지어 똥집 오줌똥까지도 다 약이 된다 하나이다. 막걸리 오입쟁이들을 만나면 간 달라고 보채는 소리에 내답하기 괴롭사와 간 붙은 염통 줄기째 모두 다 떼어 내 청산유수 맑은 물에 설설 흔들어서, 고봉준령 깊은 곳에 깊이깊이 감추어 두고 무심중에 왔나이다. 온몸을 디 발기발기 찢는다 해도 간이라 하는 것은 한 점도 얻을 수 없을 터이오니 어찌하면 좋을는지? 저 미련한 별주부가 거기에 대해 일언반구도 없었으니 아무리 내가 영웅인들 수부의 일을 어찌 아오리까? 미리 알려 줬으면 염통 줄기까지 가져다가 대왕께 바쳐 병환을 회춘하시게 하고, 일등공신되어 부귀공명했으면 얼마나 좋았겠나이까? 만경창파 멀고 먼 길 두 번 걸음 별주부 너 탓이라. 하지만 병환이 시급하신데 언제 다시 다녀올는지 알 수 없나이다."

용왕이 듣고 어이없어 꾸짖었다.

⏱ 소설 한 장면   절정 토끼는 꾀를 발휘해 위기에서 벗어남

"발칙하고 간사한 요놈. 천지 사이 만물 가운데 제 배 속에 붙은 간을 무슨 수로 꺼냈다 집어넣었다 하겠는고? 요놈 언감생심焉敢生心 어찌 감히 그런 마음을 품을 수 있겠느냐는 뜻 어느 존전尊前이라고 거짓을 아뢰느냐."

용왕이 빨리 배를 째고 간을 올리라 하거늘 토끼 또한 아무리 생각해도 죽는 것밖에 다른 수가 없도다. 토끼는 '이것 참 독 안에 든 쥐요, 함정에 든 호랑이라. 하지만 말이나 한 번 더 하여보리라' 하고 다시 용왕에게 말했다.[6]

"옛말에 이르기를 지혜로운 자는 천 번 생각하는데 한 번 실수할 때가 있고, 우매한 자는 천 번 생각하는데 한 번 잘할 때가 있다 했사옵니다. 이런고로 어린아이 말도 귀담아 들으라 했사오니, 대왕의 지극히 밝으신 지감知鑑 사람을 잘 알아보는 식견으로 세세히 통촉해 보시옵소서. 만일 소신의 배를 갈랐다가 간이 있으면 다행이거니와 만약 간이 없으면 누구에게 간을 달라고 하오리까? 후회막급이실 터이니, 염라대왕의 아들인들 황건역사黃巾力士 불교의 신중 하나로 힘이 셈의 동생인들 한번 가면 다시 돌아오지 못할 황천길을 무슨 수로 면하오리까. 소신의 몸에 분명한 표가 하나 있사오니 바라건대 자세히 살피시고 의심을 푸시옵소서."

용왕이 듣고 말했다.

"이 요망한 놈, 네 무슨 표가 있단 말인가?"

토끼가 말했다.

"세상 만물의 생긴 것이 거의 같사오나 오직 소신만은 밑구멍이 셋이오니 어찌 표가 다르지 않겠습니까?"

왕이 말했다.

"네 말이 더욱 간사하도다. 어찌 밑구멍이 셋이나 된단 말인가?"

토끼는 말했다.

"그러하시면 소신의 밑구멍의 내력을 들어 보시옵소서. 하늘이 자시子時 밤 열한 시에서 새벽 한 시 사이에 열려서 하늘 되고, 땅이 축시丑時 새벽 한 시에서 세 시 사이에 열려 땅이 되고, 사람이 인시寅時 새벽 세 시에서 다섯 시 사이에 나서 사람 되고, 토끼가 묘시卯時 새벽 다섯 시에서 아침 일곱 시 사이에 나서 토끼 되었으니, 그 근본을 미루어 보면 생풀을 밟지 않는 저 기린도 근본은 저의 몸이요, 주려도 곡식을 찍어 먹지 아니하는 봉황도 소종래所從來 지내 온 내력가 저의 몸이라. 천지간 만물 가운데 오직 토 처사가

---

6) 토끼가 절체절명의 순간에 기지를 발휘하는 것은 토끼로 대표되는 서민층의 지혜를 의미한다.

본국이라. 이러하므로 옥황상제께서 명하시되 토 처사는 나는 새 가운데 조종祖宗 시조가 되는 조상이요, 기는 짐승 가운데 본방이라. 만물 가운데 제일 자별自別 본디부터 남다르고 특별하니 신체 만들기를 별도로 해 표를 주자고 하시고, 일월성신 세 가지 빛을 응하며 정직강유正直剛柔 정직하고 굳세며 부드러움 세 가지 덕을 겸해 세 구 명을 점지했사오니, 보시면 자연 통촉하시리라.”

용왕이 나졸에게 명해 적간摘奸 부정이나 거짓이 있는지 살핌하라 하니 과연 세 구멍이 분명히 있는지라. 왕이 주저하니 토끼가 말했다.

“대왕은 어찌 이다지 의심이 많으시나이까? 신신 같은 목숨은 하루 천만 이 죽어도 관계가 없사오나 대왕은 만승萬乘의 옥체로 동방의 성군이시라 경 중輕重이 판이히오니, 만일 불행을 당하시면 친리강토, 구중궁궐, 종묘사직, 억조창생을 누구에게 전하시렵니까? 소신의 간을 가져다 쓰시면 환후患候가 즉시 평복할 것이고 평복하시면 대왕은 만세나 향수하실 것이니, 소신이 일등공신 아니겠습니까?”

토끼가 첩첩이구로 발림살살 비위를 맞추어 달래는 일하며 용왕을 푹신 삶아 내는데 언사가 절절이 온당한지라. 고지식한 용왕은 폭 곧이듣고 생각하기를 ‘만 일 토끼 말이 사실이라면 죽은 후에 누구에게 물을쏜가? 차라리 잘 달래어 간을 얻음만 같지 못하다’ 하고 토끼를 궁중으로 불러 올려 상좌에 앉히고 공경하며 말했다.

“과인의 망령됨을 허물치 말라.”

토끼는 무릎을 싹 쓰러뜨리고 단정히 앉아 공손히 대답했다.

“불우의 환을 성현도 면치 못하거늘 하물며 소신 같은 것이야 일러 무엇 하오리까? 그러하오나 별주부가 자세치 못하고 충성치 못함이 가엾나이다.”

문득 한 신하가 출반주하여 말했다.

“옛글에 이르기를 하늘이 주시는 것을 받지 않으면 도리어 그 앙화殃禍 재앙 를 받는다 했사오니 토끼는 본시 간사한 짐승입니다. 흐지부지하다가는 간 을 잃어버릴 염려가 있을 듯하옵니다. 어서 급히 잡아 간을 내어 옥체를 보 중케 하옵소서.”

모두 쳐다보니 이는 수천 년 묵은 거북이었고 별호는 귀위 선생龜位先生이 었다. 왕은 크게 노해 꾸짖었다.

“토 처사는 충효가 겸전兼全 완벽하게 갖추어져 있음한 자이니 어찌 허언이 있으리오. 너는 잔말 말고 물러나 있으라.”

귀위 선생은 물러 나와 탄식해 마지않았다.

왕은 크게 잔치를 배설해 토끼에게 대접했다. 서왕모西王母는 술잔을 차지하고 연비는 옥소반을 받들어 드릴 적에 천일주와 포도주에 신선 먹는 교리화조交梨火棗 신선이 먹는 과일로 안주 하고, 백낙천白樂天 중국 당나라의 시인 백거이의 장진주사로 노래하며, 무궁무진 권할 적에 한 잔 또 한 잔이라. 술에 취해 세상의 갑자를 잃어버리는도다. 토끼 생각하되 '만일 내 간을 내주고도 죽지만 않는다면 내주고 수부에서 호강 누릴 만하다.'

날이 저물어 잔치가 파하자 용왕이 토 처사에게 말했다.

"토공이 과인의 병만 낫게 하면 천금 상에 만호후를 봉하고 부귀를 한가지로 누릴 것이니 속히 나아가 간을 가져오라."

토끼가 취한 중에 혼잣말을 했다.

'한 번 속기도 원통하거든 두 번 속을까?'

그런 뒤 토끼가 말했다.

"대왕은 염려 마시옵소서. 대왕의 은혜를 만분지일이라도 갚고자 하오니 급히 별주부를 같이 보내어 소신의 간을 가져오게 하옵소서."

이튿날 왕에게 하직하고 별주부의 등에 올라 만경창파 큰 바다를 순식간에 건너 육지에 내리자 토끼가 자라에게 말했다.

"내 너의 다리뼈를 추려 보내고 싶지만 용서하노니 너의 용왕에게 내 말 전해라. 세상 만물이 어찌 간을 임의로 꺼냈다 넣었다 하리오. 신출귀몰한 나의 꾀에 너의 미련한 용왕이 잘도 속았다 해라."[7]

자라가 하릴없이 뒤통수 툭툭 치고 무료히 회정回程 돌아가는 길하니 용왕의 병세와 별주부의 소식을 다시 알 길이 없더라.

토끼는 별주부를 보내고 희희낙락하며 너른 들에서 이리 뛰고 저리 뛰며 흥에 겨워 말했다.

"인제 살았구나. 수궁에 들어가서 배 째일 뻔했는데 내 꾀로 살아 돌아와서 예전 보던 만산 풍경 다시 보고, 옛적 먹던 산의 열매며 나무 열매 다시 먹을 줄 알았더냐."

---

7) 「토끼전」이 만들어진 시기는 17~18세기로 추정되는데, 당시 서민들은 지배계급의 부패와 무능으로 큰 불만을 품고 있었다. 그러나 서민들이 직접 불만을 표출하기는 어려웠기 때문에 예술 작품에서 우화적 기법을 사용해 지배계급을 에둘러 비판하곤 했다.

한참 이렇게 노닐 적에 난데없는 독수리가 살 쏘듯이 달려들어 사족을 홈쳐 들고 반공에 높이 나니 토끼의 위급이 경각에 달했다.

토끼는 스스로 생각했다.

'간을 달라 하던 용왕은 좋은 말로 달랬는데 이 미련하고 배고픈 독수리는 무슨 수로 달래리오.'

토끼는 창황망조^{蒼黃罔措 다급해 어찌할 바를 모름}한 중에 문득 한 꾀를 내어 말했다.

"여보, 수리 아주미니! 내 말 좀 잠깐 들어 보오. 아주머니 올 줄 일고 몇몇 달 경영해 모은 양식이 쓸데없어 한이니, 오늘 이렇게 늦게나마 만났으니 어서 바삐 갑시다."

"무슨 음식이 있다고 감언이설로 날 속이려 하느냐? 나는 수궁 용왕이 아니거든 내 어찌 너한테 속을쏜가?"

"여보, 수리 아주머니! 토진^{吐盡 다 털어놓음}하는 정담 들어 보시오. 사돈도 이리 할 사돈이 있고 저리할 사돈이 있다 함과 같이 수부의 왕은 아무리 속여도 다시 못 볼 사이지만 우리는 종종 서로 만날 사이거늘 어찌 감히 속이겠소. 건넛마을 이 동지가 납제^{臘祭 산짐승을 잡아 한 해 동안의 농사 형편과 그 밖의 일을 신에게 고하는 제사}사냥하느라 나를 심히 놀래기로 그 원수 갚기를 생각하더니, 금년 정이월에 그 집 맏배^{처음 낳은 새끼} 병아리 사십여 수를 둘만 남기고 다 잡아 왔소. 또 제일 긴한 용궁에 있던 꾀주머니도 내게 있으니, 아주머니는 듣도 보도 못한 물건이오니 가지기만 하면 조화가 무궁하지만, 내게는 다 부당한 물건이오. 아주머니에게는 모두 긴요한 것이니 나와 함께 어서 갑시다. 음식 도적은 매일 잔치를 한대도 다 못 먹을 것이고 꾀주머니는 가만히 앉았어도 평생을 잘 견디게 해주니 어찌 아니 좋겠소?"

미련한 독수리가 솔깃해하며 말했다.

"아무려나 가 보세."

독수리가 토끼의 처소 찾아가니, 바위 아래로 들어갈 때 조금만 놓아 달라고 토끼가 부탁하자 독수리가 말했다.

"조금 놓아주다가 아주 들어가면 어쩌나?"

토끼가 대답했다.

"그러면 조금만 늦춰 주오."

독수리 생각에 '조금 늦춰 주는 거야 어떠하리' 하고 한 발로 반만 쥐고 있었더니 토끼가 바위 아래로 점점 들어가다가 톡 채치며 말했다.

"바로 요것이 꾀주머니지."[8]

🐰 소설 한 장면   결말   토끼는 무사히 도망가고, 자라는 허탈하게 돌아감

8) 용왕과 독수리로 대변되는 지배층은 끝까지 토끼의 꾀에 넘어간다. 지배층의 어리석음이 반복되며 독자에게
   통쾌함을 선사할 뿐만 아니라, 거듭되는 위기를 풀어가는 토끼의 모습에서 강한 해학성을 느낄 수 있다.

🔭 생각해 볼까요?

선생님 「토끼전」의 근원 설화는 무엇인가요?
💬 1 ♥ 1

↳ **학생 1** 「토끼전」의 근원 설화는 「구토 설화」인데, 인도에서 유래된 불교 설화로 『삼국사기』에도 기록되어 있어요. 김춘추가 병력을 요청하기 위해 고구려에 갔다가 포로로 잡히자, 장수 선도해가 연개소문 몰래 김춘추를 돕기 위해 들려준 설화이지요. 「토끼전」은 외국에서 들어온 설화가 국내의 정치 현실과 조화를 이루어 풍자 소설로 발전했다는 점에서 의미가 커요.

선생님 「토끼전」의 사회적 배경은 어떠한가요?
💬 2 ♥ 2

↳ **학생 1** 「토끼전」은 백성들이 무능한 지배층을 향해 불만을 드러냈던 시대에 등장했어요. 백성들의 불만은 민란처럼 폭력적인 방식을 통해 표출되기보다 주로 설화, 판소리 등 간접적이고 문화적인 방식으로 표출됐어요.

↳ **학생 2** 작품 속에서 주색을 탐하다 병에 걸린 용왕과 토끼의 꾀에 넘어가는 용왕의 어리석음 등을 통해 당시 사회의 모습을 짐작할 수 있어요. 즉, 「토끼전」은 백성들에게 일방적인 희생을 강요하는 지배층의 탐욕과 무능한 집권층의 위선을 우회적으로 조롱하고 있지요.

선생님 「토끼전」에 등장하는 토끼와 자라는 어떤 인간형을 상징하고 있나요?
💬 2 ♥ 2

↳ **학생 1** 토끼는 허욕에 눈이 멀어 유혹에 넘어갔다가 기지를 발휘해 가까스로 목숨을 건져요. 여기서 힘없는 일반 백성의 모습을 엿볼 수 있어요. 반면 자라는 자신의 입신양명을 위해 용왕에게 충성을 바치지만, 목표를 이루는 데 실패해요. 충성심은 있지만 결국은 무능력하게 무너지는 사회 지도층의 모습을 뜻하지요.

↳ **학생 2** 그밖에도 용왕은 무능한 군주의 모습을 보여 주고, 너구리는 토끼에게 충고를 해 주는 등 진정한 친구의 모습을 대변하고 있어요.

선생님 「토끼전」의 발전 과정을 알아 볼까요?
💬 1 ♥ 1

↳ **학생 1** 「토끼전」은 근원 설화인 「구토 설화」로부터 출발했어요. 그리고 판소리 「수궁가」로 발전했지요. 판소리가 정착하면서 고전소설 「토끼전」이 창작되었고요. 이후 이해조가 「토의 간」이라는 신소설을 썼어요.

선생님 「토끼전」에는 용궁이라는 수중 세계와 산속이라는 육지 세계가 주요한 공간으로 등장해요. 토끼와 자라는 공간적 배경이 달라짐에 따라 어떤 모습을 보여 주나요?

💬 3 ♥ 3

↳ **학생 1** 용궁이라는 수중 세계는 지배층의 세계예요. 그러므로 토끼는 공손하게 행동하고 자라는 거만하게 행동하지요. 토끼는 용궁에서 빠져나가기 위해 온갖 꾀를 생각해 내며 용왕을 설득해요.

↳ **학생 2** 산속이라는 육지 세계는 피지배층의 세계예요. 그러므로 토끼는 의기양양하게 행동하고 자라는 토끼의 비위를 맞춰주거나 기를 펴지 못하지요. 용궁에서 위기를 모면한 토끼는 산속으로 돌아와 자라를 비웃고 꾸짖어요.

↳ **학생 3** 수중 세계와 육지 세계는 서로 대립하고 있어요. 그러면서 토끼의 이동으로 인해 수중 세계와 육지 세계가 반복적으로 나타나고요. 즉, 「토끼전」은 대립 구조와 반복 구조를 동시에 가지고 있지요.

판소리 열두 마당

연관 검색어   신재효   창본   판소리 다섯 마당

판소리는 소리꾼과 고수가 이야기를 창(노래), 아니리(사설), 발림(광대가 하는 보조 동작)으로 엮으며 구연하는 우리나라 민속악이다. 중간중간 고수나 관중이 추임새를 넣으며 이야기에 적극적으로 반응하기도 한다.

판소리 열두 마당은 우리나라의 대표적인 판소리 12편에 대한 명칭이다. 「춘향가」, 「심청가」, 「흥부가」, 「수궁가」, 「적벽가」, 「배비장타령」, 「변강쇠타령」, 「강릉매화타령」, 「옹고집타령」, 「장끼타령」, 「무숙이타령」, 「숙영낭자타령」이 있다. 송만재의 『관우희』에서는 「무숙이타령」, 「숙영낭자타령」 대신 「왈자타령」, 「가짜신선타령」을 포함하기도 한다. 현재는 열두 마당 중 다섯 마당, 즉 「춘향가」, 「심청가」, 「흥부가」, 「수궁가」, 「적벽가」만이 전해지고 있다.

장끼전

#우화   #유교풍자   #현실비판   #판소리계소설

🥄 작품 길잡이

작가: 미상
갈래: 국문 소설, 우화 소설, 판소리계 소설, 의인체 소설
성격: 우화적, 우의적, 풍자적, 현실 비판적
배경: 시간 - 조선 후기의 어느 봄날 / 공간 - 강원도의 어느 산골
주제: 조선 시대의 남존여비와 개가(改嫁) 금지에 대한 비판과 풍자
연대: 영·정조 무렵으로 추정됨
출전: 구활자본 『장끼전』

📷 인물 관계도

장끼	까투리의 충고를 무시하고 고집을 부리다 덫에 걸려 죽는다.
까투리	남편이었던 장끼가 죽자 장례를 치러준 뒤, 홀아비 장끼와 재혼한다.

📋 구성과 줄거리

발단   **장끼가 산에서 콩알을 발견함**

어느 겨울, 장끼와 까투리는 아홉 아들과 열두 딸을 데리고 먹이를 구하러 산기슭으로 간다. 이리저리 먹이를 찾아 헤매던 장끼는 콩알 하나를 발견하고 기뻐한다.

전개   **장끼와 까투리는 서로 다르게 해몽하며 다툼**

장끼가 콩알을 먹으려 하자 까투리는 지난밤의 불길한 꿈 이야기를 하면서 말린다. 장끼는 까투리의 말을 무시하고, 까투리의 꿈을 길하게 해몽하며 콩알을 먹겠다고 고집을 부린다.

위기   **장끼가 덫에 걸림**

까투리는 옛 성현의 말씀을 예로 들며 콩알을 먹지 말라고 한다. 하지만 장끼는 반론을 제기하며 고집을 꺾지 않는다. 결국 장끼는 콩알을 먹으려다 덫에 걸리고 만다.

절정   **장끼는 유언을 남긴 뒤 죽고, 까투리가 장례를 치러줌**

까투리는 죽어 가는 장끼를 보고 슬퍼한다. 자신의 처지를 한탄하는 까투리에게 장끼는 재혼하지 말라는 유언을 남기고 죽는다. 덫의 주인이 죽은 장끼를 가져가자 까투리는 장끼의 깃털 하나를 주워다가 장례를 치른다.

결말   **까투리는 홀아비 장끼의 청혼을 받아들임**

장끼의 장례식에 조문을 온 온갖 잡새가 까투리를 희롱하며 수작을 부린다. 까투리는 수절을 지켜야 한다며 거절하지만, 홀아비 장끼가 나타나 청혼하자 새로 결혼한다. 재혼한 장끼와 까투리는 아들딸 모두 시집과 장가를 보내고 명산대천으로 놀러 다니다가 함께 물속에 들어가 치위합(雉爲蛤)이라는 조개가 된다.

장끼전

　마침내 하늘과 땅이 열리고 만물이 번성하니 그 가운데 귀한 것은 인간이며 천한 것은 짐승이라. 날짐승도 삼백이요 길짐승도 삼백인데, 꿩의 모습을 볼라치면 의관衣冠은 오색이요 별호는 화충華蟲 꿩과의 새를 이르는 말이었다. 천성이 산새와 들짐승이라, 사람을 멀리해 푸른 숲 시냇가에 휘어 뻗은 소나무를 정자 삼고, 길게 펼쳐진 밭과 들에 널려 있는 곡식을 주워 먹고 살아갔다.

　그러나 임자 없이 생긴 몸이라 포수와 사냥개에게 툭하면 잡혀가서 삼태육경三台六卿 3정승과 6조 판서과 수령방백守令方伯 각 고을의 지방관과 관찰사, 다방골 제갈동지 살림살이는 넉넉하지만 늙고 건방지며 지체가 낮은 사람들이 질리도록 장복하고, 좋은 깃 골라내 사령使令 관아에서 심부름하던 사람의 깃대 장식과 전방廛房 가게 먼지떨이며 온 가지로 쓰이니 어찌 그 공적이 적다고 하겠는가?

　오랜 세월 숨은 자취와 좋은 경치를 보고자 구름 위로 우뚝 솟은 봉우리에 허위허위 올라가니, 날쌘 보라매는 여기서 '떨렁', 저기서 '떨렁' 하고 몽치 짤막한 몽둥이 든 몰이꾼은 여기서 '우여', 저기서 '우여' 했다. 냄새 잘 맡는 사냥개는 이리저리 컹컹거리며 나무 포기 떡갈잎을 뒤적뒤적 찾아 대니 살아날 길이 없었다.

　샛길로 가려 하나 여러 무리의 포수가 총을 메고 늘어섰으니, 엄동설한에 주린 몸은 어느 곳으로 가야 한단 말인가? 종일 푸른 산 더운 볕 아래로 펼쳐진 밭이며 너른 들에 혹시라도 콩알이 있을지 모르니 한번 주워 먹으러 가 볼까나.

　이때 장끼 수꿩 한 마리를 보니, 당홍대단唐紅大緞 비단의 종류 곁마기 두루마기에 초록궁초草綠宮綃 비단의 종류 깃을 달아 흰 동정을 씻어 입고, 주먹 같은 옥관자玉貫子 옥으로 만든 망건 관자에 꽁지 깃털 만신풍채滿身風采 사람의 겉모습이 빛나고 단정함이니 장부 기상이 역력했다.

　까투리 암꿩 한 마리를 보니, 잔누비 속저고리를 폭폭이 누벼서 위아래로 고루 갖추어 입고 아들 아홉과 딸 열둘을 앞세우고 뒤세우며 재촉하고 있었다.

　"어서 가자, 바삐 가자! 질펀한 너른 들에 이리저리 줄을 서서 너희는 저

골짜기를 줍고 우리는 이 골짜기를 줍자꾸나. 알알이 콩알을 줍게 되면 사람의 공양_{供養} 하루 세끼 음식을 먹는 일이 부러울 게 뭐 있으리. 하늘이 낸 만물은 모두 타고난 자기의 녹_祿이 있으니 한 끼의 포식도 자기 재수가 아닌가.”

장끼와 까투리가 들판에 떨어진 콩알을 찾으러 갈 때, 장끼가 붉은 콩알 한 알을 먼저 보고 눈을 크게 뜨며 말했다.

“어허, 이 콩알 먹음직스럽기도 하구나! 하늘이 주신 복을 내 어찌 마다하리오. 이것이 바로 내 복이니 어디 먹어 볼까.”

옆에서 장끼가 하는 양을 지켜보던 까투리는 불길한 예감이 들어 말렸다.

“아직 그 콩알을 먹지 마시오. 눈 위에 찍힌 사람 자취가 수상하오. 자세히 살펴보니 입으로 훌훌 불고 비로 싹싹 쓴 흔적이 괴이쩍으니 _{수상한 느낌이 있으니} 제발 그 콩알일랑 먹지 마오.”

“자네 말은 미련하기 짝이 없네. 지금은 동지섣달 눈 덮인 겨울이오. 첩첩이 쌓인 눈이 곳곳에 덮여 있어 날아다니는 새도 없거늘 사람의 자취가 어디 있다는 것이오?”

까투리도 지지 않고 입을 열었다.

“일의 이치는 그럴듯하오만 지난밤 꿈이 불길하니 잘 처신하오.”

장끼가 또 말을 받았다.

어허, 이 콩알 먹음직스럽기도 하구나! 어디 먹어 볼까.

🕐 소설 한 장면 　발단　 장끼가 산에서 콩알을 발견함

"내 간밤에 꿈을 하나 꾸었는데 황학黃鶴 전설에 나타나는 누런 빛깔의 학을 비껴 타고 하늘에 올라가 옥황상제께 문안을 드렸네. 상제께서 나를 보시고 산림처사山林處士 시골에 은거하며 글을 읽는 사람를 봉하시고 쌀 창고에서 콩 한 섬을 내주셨으니, 오늘 주운 이 콩알 하나가 어찌 반갑지 않겠는가? 옛글에 이르기를 '주린 자 달게 먹고 목마른 자 쉬 마신다'라고 했으니 어디 한번 주린 배를 채워 봐야겠네."

까투리는 지지 않고 또 말했다.

"당신 꿈은 그러할시 모르나 내가 꾼 꿈을 해몽해 보겠소. 어젯밤 이경二更 밤 아홉 시에서 열한 시 사이 초에 첫잠의 꿈이었는데, 북망산 음지 쪽에 궂은비가 흩뿌리더니 맑은 하늘에 떠있던 쌍무지개가 홀연히 칼로 변해 당신 머리를 뎅겅 살라 내는 것이 아니오? 당신 죽을 흉봉임에 틀림없소. 제발 그 콩알일랑은 먹지 마오."

장끼 또한 그대로 있지 않았다.

"염려 말게. 춘당대春塘臺 창경궁에 있는 누대 알성과謁聖科 임금이 공자를 모신 사당에 참배한 뒤 성균관에서 치른 과거에 문과 장원 급제하여 어사화御賜花 임금이 장원 급제한 사람에게 내린 종이꽃 두 가지를 머리 위에 꽂고 장안 큰 거리로 왔다 갔다 할 꿈이로다. 어디 과거에나 한번 힘써 봐야겠네."

까투리가 다시 말했다.

쌍무지개가 홀연히 칼로 변해 당신 머리를 뎅겅 잘라내는 꿈을 꿨소. 당신 죽을 흉몽임에 틀림없소. 제발 그 콩알일랑은 먹지 마오.

염려 말게. 장원 급제하여 어사화 꽂고 장안 큰 거리로 왔다 갔다 할 꿈이로다.

🖐 소설 한 장면 전개 장끼와 까투리는 서로 다르게 해몽하며 다툼

"야삼경夜三更 밤 열한 시에서 새벽 한 시 사이에 또 꿈을 꾸었는데, 당신이 천 근 무쇠 가마를 머리에 이고 만경창파 깊은 물에 풍덩 빠지는 게 아니겠소? 나 홀로 물가에 앉아 대성통곡했소. 이 꿈이야말로 당신이 죽는 꿈이지 뭐요. 부디 그 콩알일랑 먹지 마오."

장끼가 또 말했다.

"그 꿈은 더욱 좋은 꿈이 아니오? 명나라가 흥할 때, 구원병을 청해 오면 이 몸이 머리에 투구 쓰고 압록강 건너가서 중원을 평정하고 승전 대장이 되어 올 꿈이오."

까투리는 지지 않고 또 말했다.

"사경四更 새벽 한 시에서 세 시 사이에 또 꿈을 꾸었소. 노인은 당상堂上 대청 위에 있고 소년이 잔치를 하는데, 스물두 폭 구름 장막을 받쳤던 장대가 갑자기 우지끈 뚝딱 부러지며 우리 머리를 덮쳤소. 이 꿈은 좋지 않은 일을 볼 꿈이 분명하오. 오경五更 새벽 세 시에서 다섯 시 사이 초에 또 꿈을 꾸었소. 낙락장송이 뜰 앞에 가득한데 삼태성三台星 큰곰자리 부근을 지키는 세 무리의 별 태을성太乙星 전쟁과 사람의 생사를 다스리는 별이 은하수를 둘렀는데, 별 하나가 당신 앞으로 뚝 떨어집디다. 삼국 때의 제갈무후諸葛武侯 중국 삼국 시대 촉한의 정치가 제갈량가 오장원五丈原에서 운명할 때도 긴 별이 떨어졌다 하더이다."

장끼란 놈 더욱 신이 나서 말했다.

"그 꿈도 염려할 게 전혀 없네. 장막이 우리를 덮친 것은 푸른 산에 해 저물면 화초병풍 둘러치고 잔디 장판에 등걸로 베개 삼아 칡 잎으로 요를 깔고 갈잎으로 이불 삼아 자네와 나와 덮어쓰고 이리저리 뒹굴 꿈이오. 별이 내 앞으로 길게 떨어진 것도 길몽임에 틀림없소. 옛날 중국 황제 헌원씨 대부인이 북두칠성 정기를 받아 아들을 얻었고, 견우직녀성은 칠월 칠석 상봉이라, 자네가 귀한 아들을 낳을 꿈이오. 그런 꿈이라면 제발 좀 많이 꾸어 주게."

그러자 까투리가 또 한 가지 꿈 이야기를 했다.

"새벽녘 닭이 울 때 또 꿈을 꾸었소. 색 저고리 색 치마로 단장하고 푸른 산 맑은 물가에서 노니는데, 청삽사리가 입술을 앙다물고 난데없이 달려들어 발톱으로 할퀴는 것이 아니겠소? 아연실색啞然失色 뜻밖의 일에 얼굴빛이 변할 정도로 놀람하여 삼밭으로 달아나는데, 긴 삼대가 쓰러지고 굵은 삼대가 춤을 추며 몸에 친친 감겨 오니 이 몸 과부 되어 상복 입을 꿈이오. 제발 그 콩알을 먹지 마오."

이 말을 들은 장끼란 놈이 진노해 까투리 멱살을 잡고 이리 치고 저리 차며 큰 소리로 말했다.

"화용월태花容月態 꽃다운 얼굴과 달처럼 아름다운 자태 저 간사스러운 것이 기둥서방 놔두고 다른 남자와 즐기다가 어깻죽지 결박을 당해 이 거리 저 거리 종로 네거리를 북 치며 조리 돌리고 삼모장三稜杖 세모진 방망이과 치도곤治盜棍 조선 시대에 죄인의 볼기를 치던 곤장의 한 가지으로 난장亂杖 마구 때리는 고문을 맞을 꿈이로구나. 그 따위 꿈 얘기이거들랑 다시는 하지 말라! 정강이를 꺾어 놓을 테다."

그래도 까투리는 장끼를 아끼는 마음이 간절해 입을 다물지 않았다.

"기러기 물가를 울며 갈 때 갈대를 물고 나는 것은 장부의 조심하는 바이고, 봉황이 천 길을 날 수 있으뇌 주려도 좁쌀을 쏘아 먹지 않는 것은 군자의 염치라 하오. 당신이 비록 미물이라 하나 군자를 본받아 염치를 좀 알 것이며, 백이숙제 충렬 염치 주속周粟 중국 주나라의 국록을 먹지 않고, 장자방의 지혜 염치 사병벽곡辭病僻穀 건강을 이유로 벼슬을 사양하고 곡식을 끊음했으니 당신도 이런 것을 본받아 제발 그 콩알을 먹지 마오."

이 말을 들은 장끼 또한 그대로 있지 않았다.

"자네 말 참으로 무식하네. 예절을 모르거든 염치를 내 알겠느냐? 안자顔子 공자의 수제자 안회님 도학道學 염치로도 삼십까지밖에 못 살았고, 백이숙제의 충절 염치로도 수양산에서 굶어 죽었으며, 장자방의 사병벽곡으로도 적송자赤松子 비를 다스렸다는 신선의 이름를 따라갔소. 그러니 염치도 부질없고 먹는 것이 으뜸이 아니겠는가? 호타하滹沱河 보리밥 중국 후한의 황제 광무제가 토끼 고기와 함께 먹었던 보리밥을 문숙文淑이 달게 먹고 중흥 천자中興天子 됐고, 표모의 식은 밥을 달게 먹은 한신韓信도 한漢의 대장이 됐으니 나도 이 콩알 먹고 크게 될 줄 어찌 알겠느냐?"

까투리는 그래도 가만히 있지 않고 말했다.

"그 콩알 먹고 잘 된다면 말은 내가 먼저 하오리다. 잔디 찰방수망察訪首望 잔디로 덮인 무덤을 돌보는 사람으로 황천부사黃泉府使 죽어서 황천으로 가는 사신이 됨 제수除授 천거에 따르지 않고 임금이 직접 벼슬을 내림해 푸른 산을 생이별할 것이니 내 원망은 하지 마소. 옛글을 보면 고집 너무 피우다가 패가망신한 자 그 몇이오. 천고 진시황은 몹쓸 고집으로 부소扶蘇 진시황의 큰아들의 말을 듣지 않았다가 민심소동民心騷動 사십 년 이세二世 때 나라를 잃었고, 초패왕楚霸王 중국 진나라 말기의 무장 항우은 어리석은 고집을 부려 범증의 말을 듣지 않았다가 팔천 제자 다 죽이고 자살하고 말았으며, 초나라 회왕이 굴삼려屈三閭 중국 전국 시대 초나라의 정치가 굴원의 옳은 말을 고집불통으로 듣지 않다가

진무관^{秦武關}에 굳게 갇혀 가련공산^{可憐空山} 삼혼^{三魂 사람의 마음에 있는 세 가지 영혼}되어 강 위에서 우는 새 어복 충혼^{魚腹忠魂 멱라수에 투신자살한 굴원을 말함}이 부끄럽구려. 당신도 고집 너무 피우다가 목숨을 그르칠 것이오.”

하지만 장끼란 놈은 계속 고집을 부리며 말했다.[1]

“아무렴 콩알 먹고 다 죽을까? 옛글을 보면 콩 태^太 자가 든 사람은 모두 귀하게 되었소. 태곳적 천황씨는 일만 팔천 년을 살았고, 태호복희씨는 풍성이 상승해 15대를 전했소. 한 태조 당태종은 풍진세상에서 창업지주^{創業之主}가 되었으니 오곡, 백곡, 잡곡 가운데서 콩 태 자가 제일이오. 궁팔십^{窮八十} 강태공은 달팔십^{達八十 강태공이 80세까지 가난하게 살다가 주나라 문왕과 만나 정승이 된 뒤 80년을 호화롭게 산 일을 말함} 살아 있고, 시중천자^{詩中天子} 이태백은 고래를 타고 하늘로 올랐고, 북방의 태을성^{太乙星}은 별 중에 으뜸이 아니오? 나도 이 콩알을 달게 먹고 태공같이 오래 살고 태백같이 하늘에 올라 태을선관^{太乙仙官}이 될 것이오.”

장끼가 끝내 고집을 꺾지 않자 까투리는 할 수 없이 물러났다. 그러자 장끼란 놈이 얼룩 꽁지깃을 펼쳐 들고 꾸벅꾸벅 고갯짓을 하며 콩알을 주워 먹으러 다가가는 것이 아닌가. 반달 같은 혀뿌리로 날래게 콩알을 콱 찍으니, 두 고패^{깃대 따위의 높은 곳에 깃발이나 물건을 달아 올리고 내리기 위한 줄을 걸치는 작은 바퀴나 고리}가 둥그러지며 머리 위에서 와지끈 뚝딱하더니 장끼 놈이 꼼짝없이 덫에 잡혀 들고 말았다.

🖐 소설 한 장면 　위기　 장끼가 덫에 걸림

---

[1] 계속해서 고집을 부리는 장끼를 '장끼란 놈'이라고 지칭한 데서 서술자가 장끼를 부정적으로 바라보고 있다는 것이 드러난다.

이 꼴을 보고 까투리는 땅을 치며 말했다.

"이런 일을 당할 줄 몰랐단 말인가. 여자 말 잘 들어도 패가하고 계집의 말 잘 안 들어도 망신하네."

까투리는 넓은 자갈밭을 뒹굴다가 가슴을 치고 일어나 두 발을 땅땅 구르며 애통 절통해했다. 아홉 아들과 열두 딸, 친구들도 불쌍타 탄식하며 조문을 와 애곡하니 가련공산 낙목천^{落木天}에 울음소리만 들릴 뿐이었다. 까투리는 통곡하며 흰틴했다.

"공산야월^{空山夜月}에 두견새 울음소리가 들리니 슬픈 회포 더욱 섧구나. 『통감^{通鑑}』에 이르기를, 좋은 약은 입에 쓰나 병에는 이롭고, 충언은 귀에 거슬리나 헹실에는 이롭다 했소. 낭신도 내 말을 들었더라면 이런 변고를 왜 당했겠소. 답답하고 불쌍하다. 우리 부부 좋은 금실^{琴瑟 부부간의 사랑} 누구에게 말할 것인가. 슬피 서서 통곡하니 눈물은 못이 되고 한숨은 폭우가 되는구나. 애고, 가슴에 불이 붙네. 이내 평생 어찌할꼬?"

아직 숨이 끊어지지 않은 장끼가 덫 밑에 엎드려 말했다.

"에라, 이년 요란하다! 호랑이에게 잡아먹힐 줄을 미리 알면 산에 갈 이가 뉘 있으리? 미련은 먼저 오고 지혜는 그 뒤의 일이라 했는데 죽는 놈이 탈 없이 죽을까. 그것은 그렇다 치고 사람도 죽고 삶을 맥^{脈 기운이나 힘}으로 안다 하니 나도 죽지는 않겠는지 맥이나 짚어 보소."

까투리는 장끼의 맥을 짚고는 말했다.

"비위맥은 끊어지고, 간맥은 서늘하고, 태충맥은 굳어 가고, 명맥^{命脈}은 떨어지오. 애고, 이게 웬일이오? 원수요 원수. 고집불통이 원수요."

장끼란 놈 푸드덕 떨고 또 말했다.

"맥은 그러하나 눈청^{눈망울의 방언}을 살펴보게. 동자부처^{눈동자에 비친 사람의 형상}는 온전한가?"

까투리는 장끼의 눈청을 살펴본 뒤 한숨을 쉬며 말했다.

"이제는 속절없네. 오른쪽 눈의 동자부처는 첫새벽에 떠나가고, 왼쪽 눈의 동자부처는 지금 막 떠나려고 하네. 애고애고, 내 팔자가 왜 이다지도 기구한가. 상부^{喪夫 지아비를 잃음}도 자주 하는구나. 첫째 낭군 얻었다가 보라매에 채여 가고, 둘째 낭군 얻었다가 사냥개에게 물려 가고, 셋째 낭군 얻었다가 살림도 못한 채 포수에게 맞아 죽고, 이번 낭군 얻어서는 금실도 좋더니 아홉 아들과 열두 딸을 남겨 놓고는 혼사도 못 치른 채 콩알 하나 먹으려다 덫에 덜컥 치였으니, 속절없이 이별하겠구나. 도화살桃花煞을 가졌는가, 이내 팔자 험악하다. 불쌍하다 우리 낭군, 나이가 많아서 죽었나, 병이 들어서 죽었나, 망신살을 가졌나, 고집살을 가졌나. 어찌하면 살려낼꼬. 앞뒤에 서 있는 아들딸들은 어찌 혼인을 하겠으며 배 속에 든 유복자 해산구완해산을 돕는 일은 누가 할 것인가? 운림초당雲林草堂 넓은 들에 백년초百年草를 심어 놓고 백년해로 하자더니 삼 년도 못 지나서 영결종천永訣終天 죽어서 영원히 이별함 이별초가 되었구나. 저렇듯 좋은 풍채 언제 다시 만나 볼꼬? 명사십리 해당화야 꽃 진다고 한하지 마라. 너는 내년 봄이 되면 또다시 피겠지만 우리 낭군 이번에 가면 다시 오기 어렵구나. 미망未亡 남편은 죽었으나 아내는 따라 죽지 못하고 홀로 남아 있음 일세, 미망일세, 이내 몸이 미망일세."

까투리가 한참 동안 통곡하니 장끼란 놈이 눈을 반쯤 뜨고 말했다.

"자네, 너무 서러워 마소. 남편을 자주 잃는 자네 가문에 장가간 게 내 실수요. 이 말 저 말 하지를 말게. 죽은 자는 다시 살아나지 못하는지라, 이제 다시 보기 어려울 테니 나를 굳이 보려거든 내일 아침 일찍 먹고 덫 임자를 따라가소. 그러면 이 몸이 김천 장에 걸렸거나 청주 장에 걸렸거나, 그렇지 않으면 감령도監令道 감사 직무를 행하는 관아가 있는 곳나 병영도兵營道 병마절도사나 병영이 있는 고을나 수령도守令都 원이 직무를 행하는 관아가 있는 곳나 관청고官廳庫 수령의 음식물을 넣어 두던 광에 걸렸거나, 봉물封物 시골에서 서울 벼슬아치에게 선사하던 물건 짐에 얹혔거나 사또 밥상에 올랐거나, 그렇지도 않으면 혼인 폐백 건치乾雉 바짝 말린 꿩고기가 되어 있을 것이오. 내 얼굴 못 본다고 서러워하지 말고 자네 몸이나 수절해 정렬부인貞烈夫人 정조가 곧은 부인 되어 주게.[2] 불쌍하다 이내 신세. 울지 마라, 울지 마라, 내 까투리 울지 마라. 장부 간장이 다 녹아나니 네 아무리 슬퍼해도 죽는 나만 불쌍하도다."

그러면서 장끼란 놈은 안간힘으로 기를 썼다. 아래 고패를 벋디디고 위 고패를 당기면서 버럭버럭 기를 썼으나 살길은 전혀 없고 털만 쑥쑥 다 빠져 나갔다.

이때 망을 보고 있던 덫 임자인 탁 첨지가 서피鼠皮 쥐 가죽 회양 모자를 우그려 쓰고 허위허위 달려들더니, 장끼를 빼 들고는 희희낙락 춤을 추었다.

"지화자 좋을시고, 안 남산 벽계수에 물 마시러 네 왔느냐, 밖 남산 작작

---

2) 장끼는 죽어가는 와중에도 까투리에게 수절을 지키라고 요구한다. 이를 통해 당대 남성이 지닌 가부장적인 권위 의식을 엿볼 수 있다.

도화灼灼桃花 화려하게 핀 복사꽃 꽃놀이하러 네 왔느냐. 먹는 걸 밝히면 몸 망치는 줄 모르고서 식탐이 과해 콩알 하나 먹으려던 너를 내 손으로 잡았구나. 산신님께 치성을 드려 네 구족九族을 다 잡으리라."

그러더니 장끼의 비껴 문 혀를 빼내어 바위 위에 얹은 다음 두 손을 합장하고 빌었다.

"아까 놓은 저 덫에 까투리마저 걸리게 하옵소서. 나무아미타불 관세음보살."

꾸벅꾸벅 절하며 빌기를 마친 탁 첨지는 어깨를 우쭐거리며 내려갔다.

까투리는 바위에 얹힌 털을 울며불며 찾아다가 갈잎으로 소렴小殮 시체에 옷을 입히고 이불로 쌈하고 댕댕이새모래덩굴과의 여러해살이 덩굴풀로 내장하고 원추리로 명정銘旌 죽은 사람의 품계·관직·본관·성씨 등을 기록한 것을 써서 어린 소나무에 걸어 놓았다. 밭머리 사태 난데 금정金井 뫼를 쓰기 위해 판 구덩이 없이 산역山役 시체를 묻고 뫼를 만들거나 이장하는 일 해 하관下棺하고, 산신제山神祭와 불신제佛神祭를 지낸 후에 제물을 준비했다. 가랑잎에 이슬 받아 도토리 잔에 따라 놓고, 속잎 대를 수저 삼아 친가유무 형세대로 그렁그렁 차려 놓았다. 호상護喪 초상 치르는 데 필요한 온갖 일을 맡아 보살핌의 소임대로 집사執事를 나누어 정하니 의관 좋은 두루미는 초헌관이 됐고, 몸 가벼운 제비는 접빈객이 됐으며, 말 잘하는 앵무새는 진설陳設 제사 음식을 법식에 따라 차려 놓음을 맡았다. 따오기는 제상 앞에 꿇어앉아 축문을 읽었다.

유세차維歲次 제문 첫머리에 관례적으로 쓰는 말 모년 모월 모일 미망 까투리 감소고우敢昭告于 삼가 밝게 고합니다 현벽顯辟 남편 장끼 학생부군學生府君 생전에 벼슬 못한 사람이 형귀둔석形歸窀穸 육신은 무덤에 묻혔으나 신반실당神返室堂 신위를 집으로 모시고 신주기성神主旣成 신주를 이미 이루었으니 복유존령伏惟尊靈 엎드려 생각하건대 존령께서는 사구종신捨舊從新 옛것을 버리고 새것을 좇아 시빙시의是憑是依 여기에 의지하옵소서

축문이 끝난 뒤 제물을 치울까 말까 하는데, 마침 굶주린 솔개 한 마리가 날아오다가 아래를 내려다보며 말하는 것이었다.

"어느 놈이 맏상제부모나 조부모가 죽어서 상중에 있는 맏아들냐? 내 한 놈 데려가련다."

솔개가 득달같이 달려들어 두 발로 꿩 새끼 한 마리를 채 가지고는 공중으로 높이 떠올랐다. 층암절벽 상상봉에 덥석 올라앉아서는 꿩 새끼를 이리 뒤적 저리 뒤적 하며 말했다.

"감기로 십여 일 굶주려 입맛이 떨어졌더니 오늘에야 인간 제일미를 얼

었구나. 문어, 전복, 해삼 찜은 재상宰相의 제일미요, 전초좌반煎炒佐飯 졸이고 볶은 반찬 송엽주松葉酒는 수재秀才 중의 제일미요, 십년일경十年一莖 해궁도海宮桃 신선들이 먹는 복숭아는 서왕모西王母의 제일미요, 저 일년장춘一年長春 약산주藥山酒는 상산사호商山四皓 난리를 피해 상산에 은거했던 네 명의 선비 제일미요, 절로 죽은 강아지와 꽁지 안 난 병아리는 연鳶 솔개 장군의 제일미라. 크나 작으나 꿩 새끼 하나 생겼으니 배고픈 김에 먹고 보자.”

너울너울 춤추다가 아차 하고 돌아보니, 꿩 새끼는 바위 아래 절벽으로 떨어져 어디론지 자취를 감추어 버렸다. 솔개가 어처구니없어 탄식하며 말했다.

“삼국 명장 관공님이 화용도華容道 판소리 열두 마당 중 「적벽가」에 나오는 노래로, 싸움에서 패배한 조조가 관우에게 목숨을 구걸하는 장면으로 이루어짐 좁은 길에서 다 잡은 조조를 놓아주었음은 대의를 생각해서였겠다? 험악한 연 장군도 꿩 새끼 놓아주었으니 이 또한 적선이라 자손들이 창성하리로다.”

이때 태백산 갈까마귀가 북악北岳을 구경하다 배가 고파 요기를 하고 나서 까투리에게 조문하고 과실을 나눠 먹은 후 탄식하며 말했다.

“그 친구 풍채 좋고 심덕이 좋아 장수할 줄 알았더니, 불은 콩알 하나를

🗍 소설 한 장면 절정 장끼는 유언을 남긴 뒤 죽고, 까투리가 장례를 치러줌

잘못 먹고 비명횡사를 했단 말인가? 가련하고 불쌍하도다. 여보, 까투리 마누라님, 내 말 좀 들어 보오. 옛말에 이르기를 장수 나면 용마가 나고, 문장이 나면 명필이 난다 했소. 그대는 상부하고 나는 상처喪妻 아내의 장례를 치름해 오늘에 이르렀으니 이는 곧 삼물조합三物組合이 맞음이오. 꽃을 본 나비가 불을 망설이겠소? 또 물을 본 기러기가 어옹魚翁을 두려워하리오. 그 성세聲勢와 그 가문 내가 알고, 내 성세와 내 가문 그대가 알 터인즉, 우리 둘이 백년동락百年同樂함이 어떠하오?”

이 말을 들은 까투리가 한심해하며 톡 쏘아붙였다.

“아무리 미물인들 삼년상도 못 마치고 개가하는 것을 뉘 예문禮文에서 보았소? 옛날에 용은 구름을 따르고 범은 바람을 따른다 했고, 계집은 필히 지아비를 따르라 했거늘 어찌 임마다 따라가겠소?”

까투리의 말을 들은 까마귀가 제 경솔함은 모르고 크게 노해 말했다.

“가소로운 말이로다! 『시전詩傳』 「개풍장凱風章」에 이르기를 ‘유자칠인有子七人하되 막위모심莫違母心’이라 했으니, 이는 일곱 아들을 두고 개가할 때 탄식한 말이라. 사람도 그러한데 하물며 그대 같은 미물에게 수절이 가당한 말이던가? 자고로 까투리의 열녀 족문族門 가문을 내 일찍이 본 적이 없다.”

이때 조문을 끝낸 부엉이가 까마귀를 돌아보며 책망했다.

“몸뚱이도 검더니 주둥이도 고약하구나. 어른이 오시면 벌떡 일어나 인사를 할 일이지, 일어날 생각도 아니하고 그대로 앉았느냐?”

까마귀가 이 말을 듣고 가만있지 않았다.

“거만한 부엉아! 눈이 우묵하고 귀만 쫑긋하다고 다 어른이더냐? 내 몸 검다고 웃지 마라. 겉이 검다 한들 속까지 검을쏘냐? 이내 몸 응달진 산을 날아다니다가 검어진 것이니라. 내 부리 또한 비웃지 마라. 남월왕南越王 구천句踐이도 내 입과 흡사하나 삼시로 장복하고 십 년을 돌아들어 제후왕이 되었느니라. 옛글도 모르면서 어찌 진짜 어른을 꾸짖느냐? 내일 식후에 통문通文 여럿이 돌려 보는 통지문을 놓아 대동회大洞會 큰 동네의 모임이나 행사를 방 붙이고 양안良案 양민의 명부에서 제명하리라.”

까마귀와 부엉이가 서로 다투고 있을 때, 푸른 하늘에 외기러기가 구름 사이로 떠다니다가 내려와서 목을 길게 늘어뜨리고 소리 질러 꾸짖었다.

“너희가 무슨 어른이냐? 한나라 소자경蘇子卿 중국 전한의 정치가 소무이 북해상北海上에 십구 년을 갇혀 있을 때 고국 소식을 몰라 하기에 편지 한 장을 맡았다가 한나라 천자에게 바쳤으니, 이런 일을 보더라도 내가 진정 어른이지 어찌 너희가 어른이냐?"

이때 앞 연못 물오리가 일곱 번을 상처하고 혈육이 하나 없어 후처를 구하고 있었는데, 까투리의 상부 소식을 듣고 통혼^{通婚 혼인할 뜻을 전함} 도 아니한 채 혼인 잔치를 하겠다고 나선 것이었다. 옹옹 명안^{鳴雁} 기러기를 안부^{雁夫 기럭아비}장으로 삼았고, 관관저구^{關關雎鳩 끼룩끼룩 우는 징경이} 징경이^{물수리}를 함진아비^{신부네 집에 보낼 함을 지고 가는 사람} 로 삼았으며, 쾌활한 황새는 후행^{後行 혼인할 때 가족 중에서 신랑이나 신부를 데리고 가는 사람}을, 소리 큰 왜가리는 길방이를, 맵시 좋은 호반새는 전갈하인^{專喝下人 소식을 전하는 하인} 으로 삼았다.

이날 전갈하인 호반새가 들어와 뜬금없이 말했다.

"까투리 신부 계신가? 신랑이 들어가시네."

느닷없이 일을 당한 까투리는 울음을 뚝 그치고 말했다.

"아무리 과부가 만만하기로 궁합도 안 보고 혼인을 하자는 법이 어디 있소?"

뒤따라오던 오리가 불쑥 나서서 말했다.

"과부 홀아비 혼인에 예절 보고 사주 보리? 신부와 신랑 둘이 만나면 자연히 궁합이 되지 않겠소. 이러지 말고 택일이나 해 보세. 일상생기^{一上生氣}, 이중천의^{二重天宜}, 삼하절체^{三下絶體}, 사중유혼^{四中遊魂}, 오상화해^{五上禍害}, 육중복덕일^{六中福德日} 이요, 천덕일덕^{天德日德} 이 합했으니 오늘 밤이 으뜸이로다. 이성지합^{異性之合 남녀의 혼인}은 백복^{百福} 의 근원이거늘 잔말 말고 잠이나 자세."

슬피 울던 까투리 얼굴에 비로소 웃음이 번지었다.

"곧 죽어도 남자라고 음흉한 말은 제법 하네."

오리가 또 말했다.

"쓸데없는 소리 말고 이내 호강 한번 들어 보소. 영주 봉래 청강수에 모든 신선이 배를 타고 완월장취^{玩月長醉 달을 벗 삼아 오래도록 술에 취함} 하는 모습을 구경하고, 소상동성 넓은 물에 홍요백빈^{紅蓼白蘋 붉은 여뀌 풀과 흰 개구리밥} 을 집으로 삼아 오락가락 노닐면서 은린옥척^{銀鱗玉尺 아름답고 큰 물고기} 좋은 생선을 양껏 장복하니 천지간에 좋은 생애 물밖에 또 있는가?"

오리의 자랑을 듣고는 까투리가 반박했다.

"물 생애가 좋다 한들 육지 생애보다 좋을까? 육지 생애 이를 테니 우리 생애 들어 보오. 평원광야 넓은 들에 오락가락하며 노닐다가 층암절벽 높은 봉우리에 허위허위 올라가서 사해 팔방을 구경하고, 춘삼월 꽃 시절에 버들잎 새로울 때 황금 같은 꾀꼬리는 양류 간에 오락가락 춘풍도리春風桃李 복숭아꽃과자두꽃 꽃핀 밤에 소쩍새 슬피 울어 초목과 금수라도 심화가 산란하니 그도 또한 경_景이로다. 추구월 누런 국화 피었을 때 만산에 널린 실과를 주워다가 앞뒤로 쌓아 놓고, 치_雉 장군의 좋은 옷과 춘치자명春雉自鳴 봄철의 꿩이 스스로 옮 우는 소리 예나 지금이나 비길 데 없네. 물 생애가 좋다 한들 육지 생애 당하겠소?"

말문 막힌 오리가 할 말이 없어 잠자코 있는데, 그 옆에 조문 왔던 장끼란 놈이 썩 나서서 말했다.

"이 몸이 홀아비로 산 지 삼 년이 지났으나 마땅한 혼처가 없어 외롭게 지내 왔소. 오늘 그대가 과부가 되어 내가 조문하러 온 것은 하늘이 정한 배 필을 만날 운명이라. 우리 둘이 짝을 지어 아들딸 낳고 시집, 장가보내 백년 해로함이 어떠한가?"

장끼의 말 들은 까투리가 얼굴을 살짝 붉히며 말했다.

"죽은 낭군 생각하면 개가하기 야박하나, 내 나이 세어 보면 늙지도 젊지 도 않은 중늙은이 숫맛_{수놈의맛} 알고 살림할 나이구려. 오늘 그대 모습 보니 수절할 맘 전혀 없고 음란지심淫亂之心 불붙소. 허다한 홀아비가 여기저기서 통혼해 오나, 끼리끼리 논다 했으니 까투리는 장끼 신랑을 따라감이 실로 마땅한 일이오. 아무렴 같이 한번 살아봅시다."

까투리는 장끼의 통혼을 쾌히 승낙했다.[3] 장끼란 놈이 껄껄 푸드득 하더니 벌써 이성지합이 됐다.

가차 없이 거절당하고 이 모양을 멀거니 구경하던 까마귀, 부엉이, 물오리 는 무안해서 훨훨 날아갔다. 손님들도 그 뒤를 따라 모두 날아갔다. 깜장새, 방울새, 앵무, 공작, 기러기, 왜가리, 황새도 모두 날아갔다. 까투리는 새 낭 군 앞세우고, 아홉 아들과 열두 딸을 뒤세웠다. 그들은 눈보라를 무릅쓰고 운림벽계雲林碧溪로 돌아갔다.

다음 해 삼월 봄이 되니, 아들딸 시집 장가 다 보내고 명산대천_{이름난산과큰강} 으로 노닐며 다니다가 시월 십오 일에 양주부처兩主夫妻 내외가 함께 큰 물속

---

3) 까투리는 장끼의 유언을 지키지 않고 개가하며 당시의 봉건적 윤리의식에 저항하고 있다. 또한, 인간의 본능적 욕구 충족과 여성의 자아실현이라는 점에서 「장끼전」의 진보적 의식이 드러난다.

으로 들어가 조개가 됐다. 세상 사람들은 이를 가리켜 치입대수위합^{雉入大水爲蛤}이라 했으니 치위합^{雉爲蛤 꿩이 조개가 됨}이 바로 그것이다.

🐦 소설 한 장면 　결말　까투리는 홀아비 장끼의 청혼을 받아들임

🔭 생각해 볼까요?

선생님 「장끼전」에서 까투리는 네 번이나 개가를 해요. 이를 통해 무엇을 알 수 있을까요?

💬 2 ♥ 2

학생 1 조선 후기로 갈수록 남녀 불평등 사상은 더욱 강화되었어요. 이에 따라 여성의 지위는 점점 더 낮아졌고요. 따라서 「장끼전」에서 까투리가 네 번이나 개가하는 설정은 당시 사회상에 비추어 보아 거의 현실성이 없지요.

학생 2 그럼에도 불구하고 「장끼전」에서 까투리가 수차례 개가를 하는 것은 조선 후기 서민들의 의식을 반영한 결과라고 할 수 있어요. 여성의 권리를 조금이나마 존중하고, 인간의 본능적 욕구를 인정한 것이지요.

선생님 「장끼전」과 다른 판소리계 소설의 차이점은 무엇일까요?

💬 3 ♥ 3

학생 1 우선 판소리계 소설의 특징으로는 권선징악이 담긴 주제 의식과 현실적이고 합리적인 주제 의식을 꼽을 수 있어요. 전자는 선을 행하면 복을 받고, 악을 행하면 벌을 받는다는 '인과론'이에요. 후자는 현실의 경험과 합리적 가치를 중시하는 '합리주의'이고요.

학생 2 대부분의 판소리계 소설은 인과론과 합리주의가 대립했던 당시의 사회상을 반영하고 있어요. 그런데 「장끼전」에서는 주제의 이원화 현상이 나타나지 않고, 현실적 합리주의만을 강조해요.

학생 3 따라서 우화 형식의 「장끼전」은 판소리에서 소설로 넘어가는 과도기에 만들어졌으리라고 추정할 수 있어요.

선생님 장끼와 까투리의 성격을 각각 이야기해 볼까요?

💬 2 ♥ 2

학생 1 장끼는 경망스러우면서도 권위적인 성격을 지녔어요. 콩을 먹지 말라는 아내 까투리의 간곡한 부탁을 무시하고, 까투리가 간밤에 꾼 꿈들을 무조건 긍정적으로만 해석하지요.

학생 2 까투리는 신중하고 현명한 성격을 지녔어요. 산속에 수상하게 떨어져 있는 콩이 속임수일지도 모른다고 하며 타당한 이유를 들어 남편 장끼를 설득해요. 장끼의 장례를 치러주므로 신의를 지키는 성격이기도 하고, 홀아비 장끼와 재혼하므로 솔직한 성격이기도 해요.

선생님 「장끼전」의 발전 과정에 대해 말해 볼까요?

💬 4 🤍 4

↳ **학생 1** 「장끼전」은 「장끼 타령」이라는 판소리로 불리다가 도중에 전승이 끊긴 채 가사만 남아 소설화된 작품이에요. 하지만 「장끼전」 전체는 3·4조 혹은 4·4조, 즉 낭독하기 적합한 운문체로 이루어져 있지요. 또한, 해학적 표현이 많이 나타나 판소리계 소설임을 알 수 있어요.

↳ **학생 2** 「장끼 타령」은 판소리 열두 마당에 포함되기는 하지만, 고종 때 신재효가 판소리 사설을 여섯 마당으로 정리할 때는 목록에 포함되지 않았어요. 아마 「장끼 타령」은 그 이전에 판소리로서의 생명을 잃었을 거예요. 그러니 신재효가 「장끼 타령」을 판소리 여섯 마당에서 제외한 것이라고 볼 수 있지요.

↳ **학생 3** 「장끼전」의 판소리 대본은 「자치가」, 「화충가」, 「까토리가」 등으로 다양하게 존재해요. 하나의 이야기가 여러 형태와 명칭으로 나뉜 것은 판소리와 관련된 작품들에서 공통적으로 보이는 특징이기도 하지요.

↳ **학생 4** 한마디로 정리하면, 판소리 「장끼 타령」이 판소리 대본 「자치가」 등으로 발전한 뒤 판소리계 소설 「장끼전」으로 이어진 거예요.

유교적 여성관 ▾ 🔍

연관 검색어   남녀불평등   남존여비   여필종부

유교적 여성관을 한 마디로 정의하자면 '남존여비'라고 할 수 있다. 남자는 귀하게 여기지만 여자는 천하게 여긴다는 뜻으로, 근대 이전 동아시아에서 유교문화권의 세계관을 설명하는 음양 사상에 기원을 두고 있다. 유교의 기본 경전인 『주역』에서는 남자를 양(陽), 여자를 음(陰)으로 추상화한다. 양은 하늘, 높고 귀한 것, 남자를 의미하는 한편 음은 땅, 낮고 천한 것, 여자를 뜻하며 음은 양에 속하는 것으로 여겨진다. 아내는 반드시 남편을 따라야 한다는 뜻의 여필종부(女必從夫)도 이러한 가치관에서 나온 말이다.

유교 사상이 지배적이었던 조선 사회에서 여성은 사회적 활동을 금지당했고, 먼저 이혼을 요구할 수 없었으며, 교육과 상속의 기회에서 배제되는 등 여러 가지 불이익을 떠안았다. 현재, 유교적 여성관은 구시대의 유물이 되었으나 이에 기초한 남녀불평등 관념은 일상 속에도 여전히 남아 있다.

호질

#우화   #풍자   #양반의위선   #부도덕비판

🍵 작품 길잡이

작가: 박지원
갈래: 한문 소설, 풍자 소설, 단편 소설, 우화 소설
배경: 시간 - 해 질 무렵부터 이튿날 아침 / 공간 - 정나라 어느 고을
성격: 우화적, 우의적, 풍자적, 현실 비판적
주제: 양반 계급의 허위적이고 이중적인 도덕관에 대한 비판
연대: 18세기 후반
출전: 『열하일기』 「관내정사」

📷 인물 관계도

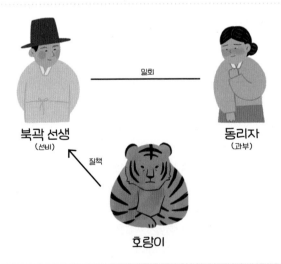

밀회

북곽 선생
(선비)

동리자
(과부)

질책

호랑이

북곽 선생	사람들에게 존경받는 선비이지만, 뒤에서는 위선적인 행동을 한다.
호랑이	인간들의 위선을 참다못한 나머지 엄하게 꾸짖는다.

🌸 작가와 작품 세계

박지원(朴趾源, 1737~1805)

조선 정조 때의 문장가이자 실학자. 자는 중미(仲美), 호는 연암(燕巖). 정조 4년(1780)에 청나라에 다녀온 뒤 『열하일기(熱河日記)』를 저술해 조선의 정치, 경제, 사회, 문화 전반에 걸쳐 일대 개혁을 일으킬 것을 주장했다. 이를 계기로 조선 사회의 가치 체계가 이용후생(利用厚生 기구를 편리하게 쓰고, 먹을 것과 입을 것을 넉넉하게 해 백성의 생활을 나아지게 함)의 실학사상으로 바뀌기 시작했다. 대표 작품으로 「양반전」, 「허생전」, 「호질」 등이 있고, 저서로는 『연암집』 등이 있다.

📖 구성과 줄거리

발단 **호랑이와 귀신들이 토론함**

해가 저물자 호랑이는 자기 몸에 붙은 귀신들과 저녁거리를 무엇으로 할지 의논한다. 여러 가지 의견을 듣고 난 호랑이는 선비를 잡아먹고자 결심하고 마을로 내려온다.

전개 **북곽 선생이 과부 동리자와 남몰래 만남**

학식이 풍부한 북곽 선생은 열녀로 소문이 자자한 이웃집 과부 동리자와 밀회를 즐긴다. 동리자에게는 성이 다른 아들 다섯 명이 있다.

위기 **북곽 선생이 수모를 당함**

동리자의 다섯 아들은 방 안에서 흘러나오는 북곽 선생의 목소리를 듣고는, 여우가 둔갑했다고 판단해 다 같이 방으로 쳐들어간다. 당황한 북곽 선생은 도망치다가 똥구덩이에 빠진다.

절정 **호랑이가 북곽 선생에게 설교함**

똥구덩이에서 겨우 빠져나온 북곽 선생은 입을 벌리고 있는 커다란 호랑이와 마주친다. 북곽 선생은 머리를 조아리고 엎드려 목숨을 구걸한다. 호랑이는 북곽 선생의 위선적인 행동을 엄하게 꾸짖는다.

결말 **북곽 선생이 허세를 부림**

날이 밝자 호랑이는 사라지고, 밭에 김매러 가던 농부가 땅바닥에 머리를 조아린 북곽 선생에게 그 연유를 묻는다. 북곽 선생은 그제야 성현의 말씀을 들먹이며 허세를 부린다.

호질

호랑이는 지덕문무知德文武를 겸비했을 뿐만 아니라 자상하고 효성이 지극했다. 또한, 지혜롭고 어질며 용맹하기까지 하여 하늘 아래 당할 상대가 없었다. 그러나 비위狒胃 전설상의 괴물는 호랑이를 잡아먹고, 죽우도 호랑이를 잡아먹으며, 박도 호랑이를 잡아먹고 산다. 오색사자五色獅子는 큰 나무가 있는 산에서 호랑이를 잡아먹으며, 자백은 날아다니며 호랑이를 잡아먹고, 표견도 날아다니며 호랑이와 표범을 잡아먹고, 황요는 호랑이와 표범의 염통을 꺼내서 먹는다. 활은 뼈가 없으니 호랑이와 표범에게 일부러 잡아먹혔다가 그 배 속에서 간을 뜯어 먹는다. 추이는 호랑이를 만나기만 하면 갈가리 찢어서 씹어 먹는다. 호랑이는 맹용이라는 짐승을 만나면 눈을 감고 감히 바라보지 못하는데, 사람은 맹용을 두려워하지 않으면서 호랑이를 두려워하니 호랑이의 위엄이 그 얼마나 엄청난 것인가!

호랑이는 개를 먹으면 취醉하고 사람을 먹으면 신神이 된다. 호랑이가 한번 사람을 먹으면 그 귀신은 굴각屈閣 호랑이에게 먹을 것을 찾아 준다는 귀신의 이름이 되어 호랑이의 겨드랑이에 붙는다. 굴각은 호랑이를 남의 집 부엌으로 이끌어 솥단지를 핥게 하는데, 그러면 주인이 배고파 아내에게 밥을 짓도록 한다.

호랑이가 또다시 사람을 먹으면 그 귀신은 이올彝兀 창귀 이름이 되어 호랑이의 광대뼈에 붙어산다. 이올은 높은 곳에 올라가 아래를 살피며 만약 함정이나 눈속임으로 장치된 화살이 있으면 먼저 가서 그것을 치워 버린다.

호랑이가 세 번째 사람을 먹으면 그 귀신은 육혼이 되어 호랑이의 턱에 붙는다. 육혼은 평소에 알던 친구의 이름들을 자꾸 불러댄다.

어느 날 호랑이가 귀신들에게 물었다.

"날이 저물어 가는데 어디 가서 먹을 것을 구할 수 있을까?"

굴각이 대답했다.

"제가 미리 점을 쳐 보았는데, 뿔도 없고 날개도 없으며 검은 머리카락을 지닌 놈이 걸릴 것입니다. 눈 위에 발자국을 남기되 비틀비틀 서툰 걸음을 하고, 뒤통수에 꼬리가 붙어 그것을 제대로 감추지도 못하는 놈입니다."

이올이 말했다.

"동문東門에 먹을 것이 있는데 그 이름이 의醫 의원라고 합니다. 입으로 온갖 약초를 다 먹어서 살과 고기가 향기롭지요. 서문西門에도 먹이가 될만한 것이 있는데 그 이름은 무巫 무당라고 합니다. 온갖 귀신에게 아첨하려고 날마다 목욕재계하여 고기가 깨끗하지요. 이 두 가지 중에서 골라 잡수시지요."

호랑이는 수염을 곤두세우고 엄하게 말했다.

"의醫란 의疑 여섯 가지 번뇌 중 하나와도 같으니 의심하는 것을 여러 사람에게 시험해 해마다 수만 명이나 되는 이들을 죽인다. 무巫라는 것은 무 없는 것을 있는 것처럼, 있는 것을 없는 것처럼 말함와 같으니 신을 속이고 백성을 현혹하여 해마다 남을 죽이는 수가 역시 수만 명에 이른다. 그래서 사람들의 분노가 뼈에 사무쳐 금잠金蠶 누에의 일종이 되었으니 독이 있어 먹을 수가 없다."

육혼이 말했다.

"숲에 가면 고기가 있는데, 어진 간과 의로운 담膽 쓸개을 가졌고 충성심과 순결한 지조를 지녔습니다. 악樂을 머리에 이고 예禮를 신고 다니며, 입으로는 백가百家 제자백가를 외우고 마음으로는 만물의 이치를 꿰뚫고 있습니다. 그 이름은 석덕碩德 덕망이 큰 선비이라고 하는데, 등살이 두둑하고 몸이 기름져서 다섯 가지 맛을 겸비하고 있습지요."

호랑이는 눈썹을 치켜세우고 침을 흘리며 하늘을 우러러 크게 웃으면서 말했다.

🗨 소설 한 장면   발단 호랑이와 귀신들이 토론함

"짐이 좀 더 자세히 듣고 싶구나."

귀신들은 앞다투어 호랑이에게 추천했다.

"하나의 음陰과 하나의 양陽을 도道라고 이르는데 선비들은 이를 꿰뚫어 보지요. 오행五行이 서로 생기고 육기六氣 하늘과 땅의 여섯 가지 기운가 서로 베풀어지는데 선비들이 이를 조화시키니 맛있는 것 중에 이보다 더 나은 것은 없을 것입니다."

그러나 호랑이는 달갑지 않은 낯빛으로 말했다.

"음양이라는 것은 본디 한 기운이 변화하는 것이다. 그런데 이것을 둘로 나누었으니 그 고기가 잡스러울 것이다. 또 오행은 정해진 자리가 있어서 서로 생기는 것이 아닌데 그들은 자子, 모母로 갈라져 짠맛과 신맛으로까지 나누어졌으니 그 맛이 또한 순수하지 않을 것이다. 또한, 육기는 스스로 행하는 것이니 이는 남이 베풀어 이끄는 것을 기다리지 않는 법이다. 이제 그들은 망령되게 재財 잘 다듬어 성취함와 상相 도와서 바로잡음이라 칭하며 사사로이 제 공功인 양하고 있으니, 그놈을 먹는다면 딱딱해 체하거나 토할지도 모른다."

한편 정鄭이라는 고을에 벼슬을 좋아하지 않는 선비가 있었으니, 그를 북곽 선생이라고 불렀다. 나이 사십에 손수 교정한 책이 만 권이요, 구경九經 5경과 『효경』, 『논어』, 『맹자』, 『주례』의 뜻을 보충해 다시 지은 책이 일만 오천 권이나 되었다. 이에 천자는 그 뜻을 가상히 여겼고 제후들은 그 이름을 흠모했다.

그 고을의 동쪽에는 동리자라는 미모의 과부가 있었다. 천자는 그 절개를 가상히 여기고 제후들은 그 현숙함마음이 어질고 정숙함 을 사모했다. 이에 그 고을의 사방 몇 리 땅을 동리과부지려東里寡婦之閭 과부 동리자를 표창함에 봉했다. 이렇듯 동리자는 수절守節 정절을 지킴을 잘하는 과부였다. 그러나 그에게는 아들이 다섯이 있었는데, 성姓이 제각각이었다.

어느 날 밤 다섯 아들이 서로 말했다.

"강북에는 닭이 울고 강남에는 별이 빛나는데 방에서 소곤대는 소리가 나니 어찌 이다지도 북곽 선생과 닮았을까?"

하고 다섯 아들이 차례로 문틈으로 들여다보았다. 이때 동리자가 북곽 선생에게 청했다.

"오랫동안 선생님의 덕을 사모해 왔습니다. 오늘 밤에는 선생님의 글 읽는 소리를 듣고 싶습니다."

하고 간청했다. 북곽 선생은 옷깃을 여미고 점잖게 앉아서 시를 읊었다.

"병풍에는 원앙새 있고 반딧불은 밝기도 해라. 가마솥과 세 발 솥은 무얼 본떠 만들었나_{동리자의 자식들이 형제지만 성이 제각각이라는 뜻}."

이를 엿보던 다섯 아들은 서로 말했다.

"『예기_{禮記}』에 이르기를, 과붓집 문 안에 들어가지도 말라고 했는데, 북곽 선생은 어진 선비니 그런 짓은 하지 않을 거야."

"소문에 이 고을의 성문이 낡아서 여우가 구멍을 팠다고 하더군."

"내가 듣기로 여우가 천년을 묵으면 사람으로 변할 수 있다는데, 그놈이 반드시 북곽 선생으로 둔갑했을 거야."

"나는 듣건대 여우의 갓을 얻는 자는 천석꾼_{곡식 1,000석을 거두어들일 만큼 땅과 재산을 많이 가진 부자를 비유적으로 이르는 말}이 되고, 여우의 신을 얻는 자는 대낮의 그림자를 감출 수 있고, 여우의 꼬리를 얻는 자는 남을 잘 꾀어서 사람들을 기쁘게 한다고 하니 저 여우를 죽여 나눠 갖자."

하고 다섯 아들이 함께 방으로 쳐들어갔다. 북곽 선생이 크게 놀라 도망 쳤다. 사람들이 제 얼굴을 알아볼까 봐 한쪽 다리를 목덜미에 얹고, 도깨비처럼 춤추고 귀신의 웃음소리를 내며 문밖으로 내닫다가 들판의 구덩이에 빠지고 말았다. 구덩이 안에는 똥이 가득 차 있었다. 그가 허우적거리며 기어

병풍에는 원앙새 있고 반딧불은 밝기도 해라. 가마솥과 세 발 솥은 무얼 본떠 만들었나.

📖 소설 한 장면　전개　북곽 선생이 과부 동리자와 남몰래 만남

올라 머리를 내밀고 바라보니 호랑이 한 마리가 길목을 가로막고 있는 것이 아닌가? 호랑이는 이맛살을 찌푸리며 구역질을 하고, 코를 싸쥔 채 고개를 돌리며 말했다.

"어이쿠, 그 선비 냄새 참으로 구리도다!"

북곽 선생은 머리를 조아리며 호랑이 앞으로 기어가서는 세 번 절한 뒤 무릎을 꿇고 말했다.

"호랑이님의 덕은 정말로 지극하십니다. 대인은 그 변화를 본받고, 제왕은 그 걸음걸이를 배우며, 자식들은 그 효성을 본받고, 장수는 그 위엄을 취하며, 거룩하신 이름은 신룡神龍과 비할 만하니 풍운의 조화를 일으키심에 저 깊은 궁벽한 땅의 천한 신민은 저 아래에 있을 따름이옵니다."

호랑이가 꾸짖었다.

"구린내가 나니 가까이 오지 마라! 내 듣기로 유儒선비란 족속은 유諛아첨함 하다더니 과연 그렇구나.1) 너는 평소에 세상의 악명을 모두 모아 나에게 덮어씌웠다. 이제 다급해지자 면전에서 아첨을 하니 누가 곧이듣겠느냐? 무릇

🫙 소설 한 장면　위기　북곽 선생이 수모를 당함

---

1) 보통 우화에는 부정적인 인물이 의인화되어 나타나는데, 「호질」에서는 의인화된 호랑이가 오히려 인간 사회의 부정적인 속성을 비판하고 있다. 이러한 우화적인 비판은 직접적인 비판보다 풍자의 효과가 더욱 크다.

천하의 이치는 하나뿐이니 호랑이의 본성이 악하다면 인간의 본성도 악할 것이요, 인간의 성품이 착하다면 호랑이의 성품 또한 착할 것이다. 너희들의 천만 가지 말이 모두 오상五常 사람으로서 지켜야 할 다섯 가지 도리에 있으며, 경계하고 권면하는 것은 모두 사강四綱 사람을 규제하는 네 가지 도덕에 있다. 하지만 서울이나 지방의 고을 사이에 코 베이고 발 잘리며 얼굴에 문신을 새긴 채 돌아다니는 자죄를 지어 형벌을 받은 자들은 모두 오품五品 다섯 가지 품계 중 가장 낮은 품계로, 여기서는 인품이 가장 낮은 사람을 말함의 사람들이로구나. 그럼에도 불구하고 밧줄, 먹 바늘, 도끼, 톱죄인들을 다스리는 형구이 늘 부족하기만 하니 그 악한 짓거리를 멈출 방도가 없구나. 그러나 호랑이에게는 예부터 이와 같은 형벌이 없으니, 이것만 봐도 호랑이의 성품이 어찌 사람보다 어질다 하지 않겠는가. 우리 호랑이들은 초목을 먹지 않고, 벌레와 물고기도 먹지 않고, 누룩이나 술 같은 퇴폐한 것도 즐기지 않으며, 자질구레한 것들을 엎드려 먹는 것도 참지 못하지. 오직 산에 들어가 노루나 사슴을 잡아먹고 들에 나가 말과 소를 잡아먹을 뿐이다. 그러나 먹고사는 일로 근심하거나 음식 때문에 송사訟事 백성끼리 분쟁이 있을 때 관부에 호소해 판결을 구하던 일를 한 적이 없으니, 호랑이의 도道야말로 광명정대光明正大 말이나 행실이 떳떳하고 정당함한 것이 아니겠느냐?

구린내가 나니 가까이 오지 마라!

🎬 소설 한 장면 　절정　 호랑이가 북곽 선생에게 설교함

그런데 너희는 호랑이가 노루나 사슴을 잡아먹으면 가만있으면서 말이나 소를 잡아먹으면 원수처럼 대하니, 이것은 노루나 사슴은 인간에게 은혜가 없지만 말이나 소는 너희들에게 공이 있어서 그런 것이 아니냐? 그런데도 소나 말들이 태워 주고 복종하는 수고로움과 충성하고 따르는 정성을 무시하고, 매일 도살하여 푸줏간을 가득 채우고도 모자라 뿔이나 갈기조차 남기지 않더구나. 그러고도 우리 먹이인 노루와 사슴까지 잡아 우리의 먹을 깃을 없게 하니, 하늘로 하여금 정사를 공평하게 한다면 너희가 죽어서 나의 밥이 되어야 하겠느냐, 놓아주어야 하겠느냐?

무릇 제 것이 아닌 것을 취하는 것을 '도盜'라하고, 생生을 빼앗고 물物을 해치는 것을 '석賊'이라 한다. 너희들은 밤낮으로 쏘다니며 팔을 걷어붙이고 눈을 부릅뜬 채 노략질하고 훔치면서도 아무런 부끄러움이 없다. 심지어는 돈을 형兄이라 부르기도 한다. 『진서晋書』에 따르면, 엽전에 뚫린 구멍을 보고 돈을 공방형 또는 가형이라 불렀다고 함. 또는 장수가 되기 위해 자신의 처를 죽이기도 하니 중국 전국 시대 위나라 병법가인 오기는 아내가 제나라 사람이라는 이유로 참소하는 무리가 있자 아내를 죽여 충성을 표함 이러고도 인륜의 도리를 논함은 말이 안 된다. 또한, 메뚜기에게서 먹이를 빼앗아 먹고, 누에에게 옷을 빼앗아 입고, 벌을 가두어 꿀을 긁어내고, 심지어 개미 알로 젓갈을 담가 조상에 제사 지낸다고 하니 그 잔인무도함이 너희보다 더한 것이 있겠느냐?

너희는 이치를 말하고 성품을 논한다. 걸핏하면 하늘을 일컫지만 하늘이 명한 바로써 본다면 호랑이나 사람이 다 한가지 동물이다. 하늘과 땅이 만물을 낳아 기르는 인仁으로 논하자면 호랑이, 메뚜기, 누에, 벌, 개미들도 사람과 함께 키워지는 것으로 서로 해칠 수 없는 것들이다. 그 선악을 분별해 보자면, 공공연히 벌과 개미의 집을 부수고 그 꿀과 알들을 긁어 가는 족속이야말로 어찌 천지간의 큰 도적이 아니겠느냐. 또한, 메뚜기와 누에의 살림을 빼앗고 훔쳐 가는 족속이야말로 어찌 인의仁義의 대적大賊이라고 하지 않을 수 있겠느냐?

호랑이는 일찍이 사슴은 잡아먹어도 표범을 잡아먹은 적이 없다. 이는 제 동포를 해치지 못하기 때문이다. 또 호랑이가 노루와 사슴을 잡아먹은 것을 따지면, 사람이 노루와 사슴을 잡아먹은 것만큼 많지는 않다. 호랑이가 말과 소를 잡아먹은 것을 따져도, 사람이 말과 소를 잡아먹은 것만큼 많지 않다. 더욱 어이없는 것은 호랑이가 사람을 잡아먹은 것이 사람이 서로 잡아먹은 것만큼 많지 않다는 점이다. 지난해 관중關中에 큰 가뭄이 들었을 때 백성이 서로 잡아먹은 것이 수만이요, 이에 앞서 산동山東 지금의 중국 산동성에 큰 홍수가 났을 때도 백성끼리 서로 잡아먹은 것이 수만이었다. 하지만 백성 끼리 서로 잡아먹는 일이라면 춘추 시대만 할까. 춘추 시대에는 덕을 세우 겠다며 군사를 일으킨 것이 열일곱 번이니, 피는 천 리를 흐르고 버려진 시체는 백만에 달했다.

그러나 호랑이는 가뭄을 알지 못하니 하늘을 원망할 까닭이 없고, 원한 과 은혜를 모르니 다른 동물에게 미움을 받을 까닭이 없으며, 오직 천명에 순종할 뿐이다. 그러므로 무당이나 의원의 간교함에 유혹될 일도 없다. 또한, 타고난 본성을 그대로 지니고 있어서 세속의 이해를 따지지 않는다. 이것이 호랑이의 지혜롭고도 성스러운 점이다.

우리 몸의 얼룩무늬 한 점만 엿보더라도 그 문文을 천하에 과시할 수 있고, 병기兵器 하나 쓰지 않고 다만 발톱과 이빨의 날카로움만 사용하니 그 무武를 천하에 빛낼 수 있다. 그릇에 호랑이와 원숭이를 그린 것은 그 효를 천하에 넓히는 것이요, 또 하루에 한 번 사냥해서 까마귀, 솔개, 참개구리, 말개미 등과 나누어 먹으니 그 인仁은 이루 다 쓸 수 없고, 고자질쟁이를 먹지 않고 불구를 먹지 않으며 상喪을 당한 자도 먹지 않으니 그 의義도 이루 다 쓸 수 없다.

그런데 너희들이 먹는 것을 보면 그 얼마나 어질지 못한가! 덫과 함정으로도 부족해 각종 그물과 창을 만들어 쓰고 있으니, 최초에 그물을 만든 자야말로 천하에 가장 큰 화를 끼쳤도다. 게다가 바늘이며 각종 창이 있고, 화포라는 물건을 터뜨리면 그 소리가 산을 무너뜨릴 듯하고 불기운은 음양을 다 토해내니 우레보다 더 광포하다. 그것도 모자라 보드라운 털을 입으로 빨아서 아교풀을 발라 끝이 뾰족한 것을 만들었으니, 그 모양은 대추 씨 같고 그 길이는 한 치도 채 못 되는데, 오징어 거품을 찍어 종횡으로 치고 찌르되, 휘어짐은 창 같고, 날카로움은 칼 같고, 예리함은 검 같고, 곧음은 화살 같고, 팽팽함은 활시위 같아, 이 병기兵器 붓으로 문자를 써서 온갖 못된 짓을 한다는 뜻가 한번 움직이면 온갖 귀신이 밤중에 곡할 지경이다. 그러니 서로 잡아먹는 잔인함이 너희 보다 더한 자 누가 있겠느냐?"

북곽 선생이 그 자리에 엎드린 채 머뭇거리다가 두 번 절하고 머리를 조 아리며 말했다.

"『시전』에 이르기를 비록 악인이라도 목욕재계하면 상제上帝를 섬길 수 있다고 했습니다. 궁벽한 땅의 천한 백성은 감히 저 밑바닥에 있을 따름입니다."

그는 숨을 죽인 채 호랑이의 말을 기다렸다. 그러나 호랑이는 오랫동안 아무 말도 없었다. 이에 황공하고 두려워 손을 맞잡고 머리를 조아리다가 고개를 들어 바라보니, 동녘이 밝았는데 호랑이는 이미 가 버리고 없었다. 마침 농부 한 명이 아침에 김매러 나오다가 물었다.[2]

"선생님, 무슨 일로 아침 일찍 들판에다 절을 합니까?"

북곽 선생은 엄숙히 말했다.

"성현의 말씀에 비록 하늘이 높다고 하나 감히 머리를 숙이지 않을 수 없고, 땅이 비록 두텁다고 하나 감히 기지 않을 수 없다고 했느니라."

옛 성현께서 하늘은 높고 땅은 두텁다고 하셨지.

🍎 소설 한 장면   결말   북곽 선생이 허세를 부림

---

2) 위선을 떨며 부도덕하게 살아가는 북곽 선생과는 달리, 농부는 하루하루 노동하며 부지런하게 살아가는 민중을 대표한다. 지배층과 피지배층의 대비가 극명하게 드러나는 부분이다.

생각해 볼까요?

 선생님 「호질」의 작가 박지원은 왜 호랑이를 통해 현실을 풍자했을까요?
💬 2 ❤️ 2

┗ **학생 1** 호질(虎叱)은 말 그대로 호랑이의 꾸짖음을 뜻해요. 호랑이는 예로부터 용맹하고 신령한 동물로 여겨졌지요. 작가는 위엄있는 호랑이를 통해 북곽 선생으로 대표되는 선비들의 위선적이고 비도덕적인 행태를 비판하고 있어요.

┗ **학생 2** 유교 사상이 뿌리 깊던 조선 시대에는 지배층을 자유롭게 비판하기 어려웠어요. 그래서 호랑이의 입을 빌리는 간접 화법으로 지배층을 비판한 거예요.

 선생님 연암 박지원이 쓴 소설들의 공통적인 특징은 무엇일까요?
💬 2 ❤️ 2

┗ **학생 1** 박지원은 무능한 양반 계급과 부패한 관료들을 통렬하게 비판하는 소설을 많이 썼어요. 대체로 평범하고 천대받는 인물들을 주인공으로 등장시켜 새로운 인간형을 제시했는데, 이들의 입을 빌려 당시 사회의 모순을 비판했어요.

┗ **학생 2** 박지원은 유교적인 가치관에서 벗어난 평등사상도 여러 번 보여 주었어요. 예를 들어 「열녀 함양 박씨전」에서는 남녀평등을 표현했고, 「광문자전」, 「예덕선생전」에서는 소외된 하층민을 내세워 청렴한 삶을 지향했지요.

┌───┐
│ **「금수회의록」**   ▼ 🔍 │
└───┘

연관 검색어   우화   의인화   신소설

「금수회의록」은 1908년에 발간된 안국선의 신소설로, 개화기에 등장한 소설 중 현실을 가장 강렬하게 비판한 작품이다. 작품 속 화자는 꿈속에서 짐승들이 인간들의 부패와 횡포에 대해 논하는 장면을 목격한다. 화자는 여덟 마리 짐승들의 말이 옳다고 여기며 오직 회개만이 인간을 구하는 길임을 깨닫는다.

「금수회의록」과 「호질」은 모두 우화 소설이라는 공통점이 있으며, 부패한 현실에 대한 개혁 의지를 강하게 드러낸다. 「금수회의록」의 화자는 꿈속에서 겪은 일을 서술하는 역할에 그치지만, 「호질」에서 북곽 선생과 동리자는 직접적으로 잘못을 저지른 인물로 등장한다. 「금수회의록」에는 여덟 마리 짐승들이 등장하지만 「호질」에는 호랑이 한 마리만 나온다는 점도 두 작품의 차이점으로 꼽을 수 있다.

까치전

#우화   #송사   #세태풍자   #선악대조

⚓ 작품 길잡이

작가: 미상
갈래: 우화 소설, 의인 소설, 송사 소설
성격: 교훈적, 풍자적, 비유적
배경: 시간 - 18세기로 추정 / 공간 - 황해도 안악군
주제: 무능한 관리와 부패한 사회상을 비판

📷 인물 관계도

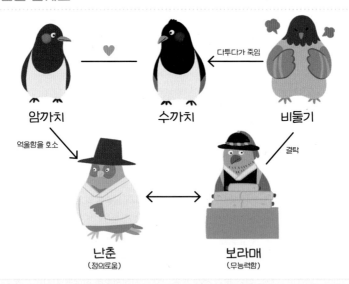

암까치 ♥ 수까치 ← 다투다가 죽임 ← 비둘기

암까치 → 억울함을 호소 → 난춘 (정의로움)

비둘기 → 결탁 → 보라매 (무능력함)

난춘 ↔ 보라매

암까치	죽은 수까치를 위해 진실을 밝히려고 애쓰던 중, 난춘을 만나 전화위복한다.
수까치	비둘기와 다투다가 억울하게 죽음을 맞이한다.
비둘기	심술궂고 욕심이 많으며 돈으로 위기를 모면하려다 벌을 받는다.

📋 구성과 줄거리

발단 까치 부부가 잔치를 엶

까치 한 쌍이 나무 위에 새로운 보금자리를 지은 뒤 기념 잔치를 연다. 두루미, 까마귀, 꾀꼬리 등 온갖 날짐승이 잔치에 참석하지만, 성품이 고약한 비둘기는 초대받지 못한다.

전개 비둘기가 수까치를 죽임

불만을 품은 비둘기가 까치 부부를 찾아간다. 비둘기는 수까치와 다투다가 그 과정에서 수까치를 죽이고 만다. 새들이 비둘기를 잡아 군수인 보라매에게 데려가지만, 모두 비둘기를 두려워한 나머지 증언하지 않는다.

위기 두꺼비가 거짓 증언을 함

과부가 된 암까치는 보라매에게 억울함을 호소한다. 보라매는 날짐승들을 불러 모아 증언을 듣는데, 비둘기에게 뇌물을 받은 두꺼비가 거짓 증언을 하자 그대로 믿는다. 비둘기는 곤장 세 대를 맞은 뒤 바로 풀려난다.

절정 암행어사가 등장함

암까치는 부당한 판결에 통곡하고, 날짐승들은 암까치를 가엾게 여겨 수까치의 장례를 치러 준다. 이후 암행어사인 난춘(봉황과 비슷한 상상 속의 새)이 고을에 와 사건을 원점에서 재수사한다. 마침내 수까치의 죽음에 관한 진실이 밝혀진다.

결말 비둘기가 심판을 받음

난춘은 두꺼비를 유배하고 비둘기를 처형한다. 암까치는 비둘기의 간을 꺼내 남편의 무덤 앞에 바치며 통곡한다. 시간이 흐른 뒤 수까치가 잠시 모습을 드러내고, 암까치는 1남1녀를 잉태한다. 이후 암까치 가문은 대대손손 부귀영화를 누리며 산다.

까치전

· 앞부분 줄거리
까치 부부는 나무 위에 보금자리를 짓고 잔치를 벌인다. 온갖 날짐승을 초대해 낙성연건축물이 완공된 것을 축하하는 잔치을 즐기는데 비둘기는 초대하지 않는다. 비둘기는 성품이 고약해 이것에 앙심을 품고 까치 부부를 찾아간다. 비둘기의 행패에 결국 수까치가 죽게 되고 뭇 새들이 비둘기를 잡아 사또 보라매에게 데려간다. 하지만 비둘기의 행패가 두려워 아무도 올바른 증언을 하지 못한다. 이에 보라매는 두꺼비를 관아로 소환한다.

차시此時 이때에 두민頭民 동네에서 나이가 많고 식견이 높은 사람 섬 동지의 이름은 두꺼비요, 자는 불룩이었다. 일찍이 육도삼략六韜三略 중국의 오래된 병서과 손오병서孫吳兵書 손자와 오자의 병서를 능통했다. 또 이전 쥐나라와 싸울 적에 다람쥐의 도원수都元帥가 되어 쥐나라를 파하니, 다람쥐는 그 공을 이룬 두꺼비에게 노직老職 노인에게 주던 벼슬 동지同知 조선 시대에 중추부에 속한 종2품 벼슬인 동지중추부사의 직분을 내렸다. 세상이 섬 동지라 부르니,

새로운 보금자리를 마련했어요.

기념으로 잔치를 열었답니다.

소설 한 장면 발단 까치 부부가 잔치를 엶

동지의 의사가 창해滄海넓고큰바다 같아 그른 일도 옳게 하고 옳은 일도 그르게 했다. 마침 비둘기의 처제가 심야에 두꺼비를 찾아가 금백 주옥과 채단采緞혼인 때신랑집에서신부집으로보내는비단을 주며 이르되, "동지님의 창해 같은 도량으로 이 일을 주선했으니 아무쪼록 수까치의 죽음이 희살戲殺장난을치다가실수로죽임되게 해 주옵소서."[1]

동지는 듣고 말했다.

"염려하지 말라. 내 들으니 책방冊房 구진매과 수청 기생 앵무가 총애를 받고 있다 하니, 금은보배를 드린 후에 여차여차하자."

하고 약속을 정했다.

"각 청 두목과 제반 관속에게도 뇌물을 쓰고 이리저리하면 고독단신孤獨單身 암까치가 어찌할 수 없으리라. 그런즉 저절로 희살이 되리라."

비둘기는 기뻐하며 두꺼비의 말대로 했다.

섬 동지 두민으로 관아에 소환되어 오니 연만 팔십이라. 숨이 차서 배때기를 불룩이고 눈을 껌벅거리고 입을 넙적이며 말했다.

"어찌 일호一毫한가닥의털이라는뜻으로극히작은정도나 속임이 있겠습니까. 본대로 아뢰리이다."

하니 군수는 기뻐하며 가까이 앉히고 물었다.

"나이 많고 점잖은 백성이구나. 어서 이실직고以實直告사실그대로고함해라."

섬 동지는 일어나 절하고 다시 말했다.

"늙은 제가 뭐라고 남의 원통한 일을 조금이라도 속이겠습니까? 소인은 근본이 길짐승이오나 나이가 많아 두민이 되었으니 까치 낙성연에서 본 것을 그대로 고하겠습니다. 그때 까치가 오직 비둘기만 초대하지 않아 저는 이상하게 여겼었습니다. 그런데 본디 까치와 비둘기는 서로 혐의가 있었습니다. 마침 지나가던 비둘기한테 까마귀가 청하자 비둘기는 말석에 참예하고 말했지요. 비둘기가 '금일은 봉황 대군의 국기일國忌日임금이나왕후의제삿날인데 풍악이 불가하다'라고 말하자 까치는 분해 취중에 비둘기를 책망했습니다. 까치가 '남의 잔치에 왔으면 음식이나 주는 대로 먹고 갈 것이지, 청치 아니한 데 와서 묻지도 않은 말을 하느냐'라고 하자 모든 손님이 그 말이 옳다

---

1) 비둘기는 상당한 재력을 소유했지만 못된 성품 때문에 잔치에 초대받지 못한다. 또한, 돈으로 수까치의 죽음을 무마하려고 한다. 따라서 비둘기는 당대 향촌 사회의 졸부이자 지배층과 결탁해 서민들을 수탈하던 세력을 상징한다.

했지요. 이에 비둘기가 무료無聊 부끄럽고 겸연쩍음하여 말했습니다. '저놈이 제 잔치에 왔다 하고 날 욕하는 것이 구태여 나한테만 하는 것이 아니다. 속담에 팽두이숙烹頭耳熟 머리를 삶으면 귀까지 익는다는 뜻으로 한 가지 일이 잘되면 나머지도 잘된다는 말이라고 했으니, 제 손님인들 어찌 부끄럽지 아니하리오. 국기일에 벌인 풍류 연락宴樂 잔치를 베풀고 즐김이 알려지면 중죄를 당할 것이니 돌아감이 옳다' 하온즉, 결곡한 까치가 분을 이기지 못해 비둘기에게 달려들어 걷어찰 적에 수만 장 높은 가지에서 허전 다리에 힘이 없어 쓰러질 듯 걷는 모양해 떨어져 죽으니, '나로 인해 죽는구나'라고 했고, 연후 비둘기가 정범正犯 범인이 되었나이다."

군수는 두꺼비의 말을 듣고 돌려보낸 후에 고민했다.

"이 일을 어찌할꼬?"

하니 뇌물을 받았던 책방 구진이 아뢰었다.

"저도 염탐하온즉 비둘기의 입장이 난처한 것이 분명하옵니다. 성정이 조급한 까치가 제 결에 질려 죽고 살아나지 못한 것을 애매한 비둘기가 정범이라고 하니 어찌 원통하고 억울하지 아니하겠사옵니까?"

구진이 말할 적에 앵무새도 말했다.

심술궂고 염치도 없는 비둘기 같으니!

나만 쏙 빼놓고 너희들끼리 잔치를 하다니!

📖 소설 한 장면　전개　비둘기가 수까치를 죽임

"비둘기의 처가 소녀의 사촌이옵니다. 엎드려 바라옵건대 사또님은 굽어 살펴 주시옵소서."

하며 애걸했다. 군수는 즉시 희살 보장報狀 보고서을 올린 후에 정범을 잡아 들여 국문하니 비둘기가 울며 아뢰었다.

"이 몸은 근본 충효를 본받고자 『사서삼경』과 『외가서』를 많이 보았습니다. 족히 육십사괘를 짐작하오며 충효를 효측하면서 본받아 법으로 삼으며 살았지요. 그런데 근년 정월에 신수身數를 본즉, 근년 수가 불길하게 나오는 것이 아니겠습니까? '관재 관아의 억압이나 착취로 인해 생기는 재앙 구설 시비하거나 헐뜯는 말 수가 있으니 연락하는 곳에는 가지 말라' 하는 것을 무심히 알고 지나갔는데 까치 낙성연에 우연히 들렀다가 이 지경에 이르오니, 오는 수는 면하기 어렵다는 말이 옳사오며 일전에 어려운 줄을 알지 못한단 말이 옳은 듯합니다. 저 암까치가 사리도 알지 못하고 이 몸을 모함했사오니, 이 몸의 사생死生 죽고 사는 것은 명철하신 사또 처분에 있사오니 더는 아뢰올 말씀이 없나이다."

하니 군수는 비둘기의 말을 다 듣고 명했다.

"감영監營 조선 시대에 관찰사가 직무를 보던 관아 보장報狀 어떤 사실을 상관에게 보고하던 일 또는 그런 문서의 회신을 기다려 결처 결정해 조처함 하리라."

암까치가 저를 모함하고 있습니다.

비둘기는 죄가 없습니다.

🖰 소설 한 장면   위기   두꺼비가 거짓 증언을 함

하고 엄수했더니, 하루는 보장이 회신했다. 드디어 결처하니 모든 증인 들은 풀어 주고 정범은 곧장 세 대에 방출했다. 비둘기는 기뻐 춤추며 "큰 죄를 면하기 어렵단 말은 허언이다. 돈만 있으면 귀신도 부릴 수 있다는 말이 옳도다."하고 의기양양하게 돌아가는지라.

• 뒷부분 줄거리

판결을 듣고 돌아온 암까치는 수까치의 시신을 붙들고 통곡한다. 여러 날짐승들은 불쌍한 암까치를 위해 수까치의 장례를 치러 준다. 세월이 흘러 암행어사로 내려온 난춘이 사건을 재조사해 두꺼비를 봉고파직하고 비둘기는 사형에 처한다. 암까치는 남편의 원수를 갚았음을 기뻐한다. 어느 날 잠깐 졸고 있던 암까치에게 수까치가 찾아오고 그 뒤 암까치는 잉태하여 1남 1녀를 낳는다. 암까치 가문은 대대손손 부귀영화를 누린다.

소설 한 장면　절정　암행어사가 등장함

🦜 소설 한 장면 | 결말 | 비둘기가 심판을 받음

🕊️ 생각해 볼까요?

 선생님 「까치전」에 등장하는 동물들은 각각 어떤 인물을 상징하나요?
💬 2 ♥ 2

↳ **학생 1** 군수로 등장하는 보라매는 무능력한 위정자를 상징해요. 비둘기는 위정자와 결탁해 백성을 수탈하는 지방 세력을, 지방 관리로 등장하는 두꺼비와 앵무새 등은 실세에 빌붙어 이익을 챙기려는 기회주의자를 의미하고요.

↳ **학생 2** 까치와 까마귀 등은 지배층의 횡포에 시달리며 살아가는 힘없는 백성을 뜻해요. 할미새는 사건의 진상을 폭로하는 개혁가를 상징하고, 암행어사로 등장하는 난춘은 부정한 권력을 심판하는 인물을 대변하지요.

 선생님 작품의 마지막 부분에서 암까치가 1남 1녀를 얻는 설정은 어떤 의미인가요?
💬 3 ♥ 3

↳ **학생 1** 백성들이 냉혹한 현실 속에서도 희망을 품을 수 있다는 걸 표현한 설정이에요.

↳ **학생 2** 수까치의 혼령이 나타나 대를 이을 수 있도록 암까치를 도와준 대목에서는 「흥부전」의 제비가 박씨를 물어다 준 것처럼 설화적 모티프를 차용했지요.

↳ **학생 3** 이는 암까치의 억울함을 조금이나마 풀어 주려는 의도에서 나타난 설정이에요. 암행어사를 등장시켜 수까치의 사망 원인을 밝혀낸 것과 같은 의미라고 할 수 있어요.

🔍 송사 소설 ▼

연관 검색어   공안 소설   선악 대립   갈등 해결

송사(訟事)란 백성 사이에 분쟁이 생겼을 때, 관청에서 판결을 내리던 일을 말한다. 송사 소설에서는 재판의 발생, 해결 과정, 결과가 소설의 구성 단계에 맞게 전개되는데 크게 원억형(冤抑型), 신원형(伸冤型), 화해형으로 구분할 수 있다. 원억형 작품에서는 억울한 피해자의 한을 강조함으로써 당시 사회의 부조리를 드러낸다. 신원형 작품에서는 한이 맺히고 풀리는 과정을 통해 독자에게 카타르시스를 선사한다. 화해형 작품에서는 비윤리적인 상태를 바로잡음으로써 악인을 교화하는 효과를 나타낸다. 「까치전」은 두 번의 송사를 거쳐 암까치의 한이 풀리는 결말이므로, 신원형 송사 소설에 해당한다.

풍자 소설

✉ 풍자 소설에 대하여

풍자 소설이란 풍자, 즉 직접 말하지 않고 우회적으로 비판하는 문학적 표현 방식을 사용한 소설이다. 주로 부조리한 사회적 현상이나 지배계급의 잘못을 바로잡고자 할 때 쓰인다. 풍자는 대상을 부정적으로 바라본다는 점에서 아이러니와 비슷하지만, 그보다 날카롭고 노골적인 비판을 가한다는 점이 다르다. 풍자의 목적은 대상을 교정하고 현실을 개선하기 위함이므로 현재 문제시되는 대상을 풍자하는 것이 유의미하다.

우리나라 문학에서 풍자 소설의 효시라고 할 수 있는 작품은 「구토 설화」이다. 고려 시대에는 가전 문학에서 풍자가 활발히 사용되었는데, 대표적인 작품으로 임춘의 「국순전」, 이규보의 「국선생전」, 이곡의 「죽부인전」 등이 있다. 이후 조선 시대에는 유교 사상을 풍자하는 「장끼전」, 임제의 「수성지」 등이 창작되었다.

시간이 흐르면서 풍자 소설은 더욱 다양한 방향으로 발전했다. 김시습은 『금오신화』에 실린 「남염부주지」에서 꿈의 형태를 빌려 역사적 현실을 풍자했고, 박지원은 「양반전」과 「호질」 등을 통해 당대 지배층의 횡포를 풍자하며 고발했다. 이후 일제 강점기에는 풍자 문학이 활발하게 창작되었는데, 대표적인 작가로 채만식을 꼽을 수 있다.

배비장전

#양반풍자   #허위의식   #해학   #희화화

🥢 작품 길잡이

작가: 미상
갈래: 풍자 소설, 골계(滑稽) 소설
성격: 풍자적, 교훈적, 해학적
배경: 시간 - 19세기 중엽 어느 봄철 / 공간 - 호남 좌도 제주군
근원 설화: 발치 설화(拔齒說話), 미궤 설화(米櫃說話)
주제: 양반의 위선과 이중성을 조롱하고 풍자함

📷 인물 관계도

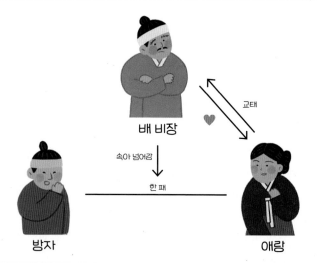

배 비장	제주에 새로 들어오며 여자를 멀리하겠다고 다짐하지만 애랑에게 반한다.
방자	배 비장의 하인으로, 애랑과 함께 배 비장을 골려 주려는 계책을 꾸민다.
애랑	관리들을 금방 유혹에 빠뜨릴 만큼 어여쁘고 젊은 기생이다.

🗒 구성과 줄거리

발단   김경 일행이 애랑과 정 비장의 이별 장면을 목격함

제주 목사로 부임하는 김경 일행이 제주에 도착했을 때, 그들은 우연히 정 비장과 애랑이 헤어지는 장면을 목격한다. 애랑의 교태에 넘어간 정 비장은 가진 물건을 모두 주는 것으로도 모자라 이빨까지 뽑아 준다.

전개   방자와 애랑 등이 배 비장을 골려 주고자 함

배 비장은 정 비장을 비웃으면서 자신은 여자의 유혹에 절대 빠지지 않겠다고 큰 소리친다. 이에 제주 목사, 방자, 애랑이 합세해 혼자 깨끗한 척하는 배 비장을 골려 줄 계책을 세운다.

위기   배 비장은 애랑에게 반해 상사병에 걸림

제주 목사를 비롯한 모든 관리가 한라산으로 꽃놀이를 간 날, 애랑은 숲속 시냇가에서 온갖 교태를 부리며 배 비장을 유혹한다. 마침내 유혹에 넘어간 배 비장은 방자를 시켜 자신의 마음을 애랑에게 전하고, 이후 애랑을 잊지 못해 상사병이 든다.

절정   배 비장은 애랑을 만나러 가다가 곤혹을 치름

배 비장은 방자를 통해 애랑과 편지를 주고받다가 우여곡절 끝에 애랑의 집까지 찾아간다. 그런데 애랑의 서방으로 꾸민 방자가 들이닥친다. 놀란 배 비장은 황급히 자루 속에 들어갔다가 잠시 틈을 타 피나무 궤 안에 몸을 숨긴다. 방자는 악귀가 붙은 피나무 궤에 불을 지르겠다며 위협하고, 궤를 톱으로 자르는 흉내도 내면서 배 비장의 혼을 쏙 빼놓는다.

결말   배 비장은 많은 사람이 지켜보는 가운데 망신을 당함

배 비장이 든 궤는 제주 목사와 육방의 아전들 및 군졸들이 지켜보는 가운데 동헌으로 옮겨진다. 자신이 바다 위에 던져졌다고 착각한 배 비장은 궤 문이 열리자마자 눈을 감은 채 알몸으로 허우적거린다. 그러다 동헌 댓돌에 머리를 부딪치며 비로소 자신이 처한 상황을 파악한다.

배비장전

천지간 인생사에 남녀를 가리지 않고 사람은 다 같겠지만, 사람마다 그 우열優劣은 천차만별이다. 남자 중에는 현인군자가 있는가 하면 어리석은 이와 천한 이도 있고, 여자 중에는 정부貞婦 절개가 곧은 아내와 열녀烈女가 있는가 하면 음탕한 이와 간사스러운 이도 있다. 그들의 본성은 아주 없어지지 않고 대를 이어오니, 예나 지금이나 알 수 없는 것은 형형색색 사람의 성질이라 하겠다.

사람의 성질이란 살고 있는 고장의 풍치風致를 닮기 마련인데, 산 좋고 물 맑은 고장 사람은 성질이 순하고 부지런하며 악하질 못하고, 산천이 험한 고장 사람은 성질이 우둔하고 간사하며 교활한 법이다.

호남湖南 좌도左道 전라도의 다른 이름 제주군제주도는 전라도에 속해 있었음 한라산은 옛날 탐라국耽羅國 주산主山이요, 남녘 제일의 명산이다. 그 높고 가파르며 아름다운 정기가 서려 기생 애랑이 태어났는지도 모른다.

애랑은 비록 천한 기생으로 태어났으나 그 맵시와 지혜가 누구보다 빼어났고, 영특한 꾀는 구미호가 환생을 한 듯 호색好色하는 사내가 걸려들면 상투 끝까지 빠져들어 헤어나질 못하게 했다.

한양에 문장과 재능이 뛰어난 김경金卿이라는 양반이 있었다. 그는 십오 세에 생원과 진사를 지내고 이십세 전에 장원 급제하여 제주 목사牧使 조선 시대에 관찰사의 밑에서 지방의 목을 다스리던 정3품 외직 문관를 제수받았다. 도임 길에 오른 김경이 육방六房 이방·호방·예방·공방·병방·형방 등의 여섯 부서을 선택할 때, 서강에 사는 배 선달문무과에 급제하고 아직 벼슬하지 아니한 사람을 불러 예방禮房을 맡기고 그를 높이 불러 비장裨將 조선 시대에 감사·유수·병사·수사·사신을 따라다니며 일을 돕던 무관 벼슬이라 했다.

배 비장은 팔도강산 경치 좋은 곳은 안 가 본 데가 없었다. 다만 제주는 육지에서 멀리 떨어진 섬이라 아직 구경을 못 해 봤는데 그곳으로 가게 되었으니 꽤나 기뻐했다. 그 좋아하는 모습을 보고 아내가 주의를 주었다.

"제주라 하는 곳이 비록 육지에서 멀리 떨어진 섬이나 미인이 많기로 유명합니다. 그곳에 계시다가 만약 주색에 빠져 돌아오지 못하신다면 부모님께 불효하는 것이고 더불어 첩의 신세를 망치는 것입니다."

배 비장은 펄쩍 뛰며 말했다.

"쓸데없는 염려를 하는구려. 내 절대로 계집은 가까이하지 않겠소."

배 비장은 전령패傳令牌 옛날 포도대장이 가지고 다니던 직사각형의 쪽패를 차고 김경을 따라 떠났다. 때는 바야흐로 무르익은 봄철이라 오얏꽃자두꽃, 복사꽃, 살구꽃이 흐드러지게 피었고, 풀과 버들이 푸르며 맑은 물은 잔잔하게 흘러 사방의 풍광이 아름답기 이를 데 없었다. 이런 경치에 취하여 사방을 두리번거리며 해남 땅에 이르니, 새로 부임해 오는 목사를 모셔 가려고 하인들이 미리 와 기다리고 있었다.

사또는 하인들의 인사를 받은 후에 사공을 불러 물었다.

"여기서 배를 타면 제주까지 며칠이나 걸리느냐?"

사공이 공손히 여쭈었다.

"날씨가 맑고 서풍이 살살 부니 아디바람의 방향을 맞추기 위해 돛을 매어 쓰는 줄에서 핑핑 소리가 나고 뱃머리에서 물결 갈라지는 소리가 절벅절벅 나면 하루에 천 리 길도 갈 수 있습니다. 그런데 가던 중에 태풍을 만나 표류하면 영국英國이라도 가겠지요. 만일 일이 잘못되면 바닷물도 먹고 숭어와 입도 맞추게 됩니다."

사또가 분부했다.

"당일 제주에 닿는다면 푸짐한 상을 내릴 테니 착실히 거행하라."

사공이 분부를 받고 일기를 살피는데, 마침 날씨가 청명하여 서풍이 솔솔 불어왔다. 그는 소리 높여 아뢰었다.

"사또, 배에 오르십시오."

사또 일행이 배에 오르자, 사공은 돛을 달아 바람에 맞추어 배를 움직여 망망대해로 나아갔다.

배가 추자도에 거의 다다랐을 때였다. 난데없이 태풍이 일어나고 사방이 어두워지더니, 태산 같은 물마루높이 솟은 물의 고비가 덮치면서 우르릉 철썩 뱃전을 때리고 콸콸 펄펄 뒹구는 것이었다. 드센 바람에 배 위의 띠집선실 지붕이 조각조각 흩어지고, 키는 꺾이고, 용총줄돛대에 매어 놓은 줄 마룻대가 동강나 버리고 말았다. 고물배의 뒷부분이 번쩍 들리면 이물배의 앞부분이 수그러지고, 이물이 번쩍 들리면 고물이 수그러져서 요란하게 조리질몹시 일렁거림을 비유한 말을 하는 듯 배가 기우뚱거렸다. 사또는 놀라 어리둥절하고 비장과 하인들은 이리 뛰고 저리 뛰고 했다.

사또는 노하여 사공을 꾸짖었다.

"이놈, 양반은 물길에 익숙지 못해서 떤다만, 물길에 익은 놈이 왜 그렇게 떠느냐?"

사공은 송구스럽게 말했다.

"소인이 어려서부터 허다한 바다를 다 다녔지만 이런 경우는 처음입니다. 용왕이 외삼촌이라도 살아나기는 어렵겠습니다. 살아나려면 이 물을 다 마셔야 할 터인데 누구의 배에다 이 물을 다 채우겠습니까?"

이 말을 들은 사람이 다 울고 비장들도 울었다. 그러나 사또의 명으로 고사를 지내고 나자 달이 뜨고 물결도 잠잠해졌다. 이후로 별 탈 없이 배는 순조롭게 제주에 다다랐다.

환풍정喚風亭에서 배를 내려 사방을 둘러보니 제주에서 제일 경치가 좋다는 망월루였다. 그곳을 살펴보니 청춘 남녀 한 쌍이 안타까움을 못 이겨 한숨을 쉬며 눈물짓고 있었다. 이는 구관 사또가 신임하던 정 비장鄭裨將과 수청 기생 애랑의 애타는 이별 장면이었다.

정 비장은 애랑의 손을 잡고 말했다.

"잘 있거라, 나는 간다. 제주가 물색이 좋단 말에 혹해 서울에서 이곳까지 내려온 것이 언제더냐. 너와 아리따운 연분을 맺고 세월을 보내면서, 맵시 있는 네 자태와 맑은 네 노랫소리에 고향 생각을 잊었었구나. 그런데 이별 이라니, 애달프구나. 푸른 강 맑은 물에 원앙새가 짝을 잃은 격이로구나. 사람 없는 높은 산 깊은 골에서 둘이 만나 희롱하다 이런 날을 맞았으니, 이별 이야, 이별이야, 애달프구나 이별이야! 애랑아, 부디 잘 있거라!"

애랑은 슬픔을 억지로 짜내어, 웃는 듯 찡그리는 듯 길게 한숨지며 답했다.

"여보, 들어 보시오. 나으리가 이곳에 계시는 동안은 이 몸이 먹고 입고 살기에 걱정 없이 세월을 보냈습니다. 그런데 이제 누구를 의지하라고 이렇게 갑작스레 떠나가십니까?"

"그대는 염려 마라. 내 올라가더라도 한동안 먹고 쓰기에 넉넉할 만큼 곡식을 내주고 갈 것이니."

그러고 나서 정 비장은 창고지기에게 명해 볏섬을 풀어 애랑에게 주도록 했다. 그뿐 아니라 애랑에게 준 재물들은 헤아릴 수 없을 만큼 많았다.

애랑은 눈물을 닦으면서 흐느껴 말했다.

"나으리께서 주신 것은 천금이라도 귀하지 않습니다. 백년가약이 한때의 부질없는 꿈이 되었으니 그것만이 애달플 뿐입니다. 나으리가 소녀를 버리고 집으로 돌아가 백발 부모를 위로하고 아름답고 귀여운 처자妻子를 만나 그립던 정회를 풀 때, 소녀 같은 보잘것없는 것이야 생각이나 하시겠습니까?

애고애고, 슬퍼라."

이에 정 비장은 완전히 마음을 빼앗기고 말았다.

"네 말을 들으니 정이 더욱 간절하구나. 네가 달라고 하면 내 지닌 것을 모두 줄 터이니 어서 말해 보아라."

그렇지 않아도 정 비장을 물오른 소나무 껍질 벗기듯 하려던 차에 애랑은 손뼉을 치고 좋아할 일이었다. 가지고 싶은 대로 다 준다니 피나무 껍질 벗기듯 아주 홀랑 벗겨 버리려고 했다.

"나으리, 들으시오. 갓두루마기_{안쪽에 짐승의 털가죽을 덧댄 두루마기}를 소녀에게 벗어 주고 가시면 한 자락은 펴서 깔고 또 한 자락은 덮고 두 소매는 착착 접어 베고 자면 나으리 품에 누운 듯 다정하지 않겠소?"

정 비장은 양피 갓두루마기를 훨훨 벗어 애랑에게 주었다.

"이 옷을 깔고 덮고 베고 잘 때 부디 나를 잊지 말거라."

애랑은 또 말했다.

"나으리, 또 들으시오. 나으리 가신 후 겨울 되어 추운 바람 불 때, 이 몸은 귀 시려 어찌 살겠소? 나으리가 지금 쓰신 돼지 껍질 휘양_{추울 때 머리에 쓰던 모자의 일종}을 소녀에게 벗어 주고 가시면 두 귀에 덥석 눌러 쓰고 땀을 흘릴 테니 얼마나 다정하겠소?"

말이 떨어지자마자 정 비장은 휘양을 벗어 애랑에게 주었다.

"손으로 매만지고 입으로 털을 불어 쓰면 엄동설한 추위라도 네 귀 시리지 않을 것이다. 이 휘양 쓸 때마다 부디 나를 잊지 마라."

애랑은 거기서 그만두지 않았다.

"여보 나으리, 허리에 차신 칼을 소녀에게 풀어 주시오."

정 비장은 칼을 만지며 그것만은 거절했다. 그러자 애랑이 애원했다.

"나으리 들으시오. 나으리를 생각하며 수절할 때 외간 남자가 달려들면 어쩌란 말이오? 나으리가 주고 가신 칼을 빼어 키 큰 놈은 배 찌르고 키 작은 놈은 목을 찔러 물리쳐야 하지 않겠소? 제발 그 칼을 제게 주오."

정 비장은 기분이 좋아 껄껄 웃으며 칼을 풀어 주었다.

"수절하는 여인을 범하는 놈들을 네 수단껏 잘 찌르면 만인은 못 당해도 한 사람은 물리칠 수 있을 것이다."

애랑은 칼을 받아 놓고 울면서 또 말했다.

"여보 나으리, 들어 보시오. 나으리 입으신 숙주_{삶아 익힌 명주실로 짠 비단옷} 창의_{벼슬아치가}

^{평상시에 입는 윗옷}를 소녀에게 벗어 주고 가시오."

"남자 옷이 네게 쓸데가 있겠느냐?"

"제 심정을 그리도 모르신단 말이오? 나으리의 옷을 입고 나가 이리저리 거닐다가 임 생각 절로 날 때 들어와 이 옷을 매만지면 온갖 시름 잊을 것이니 그 아니 다정하겠소?"

정 비장이 그 말에 넘어가 옷을 모두 훌렁훌렁 벗어 주니 애랑은 또 다음 것을 말했다.

"여보 나으리, 이별 후에 때때로 나으리 생각이 나면 그 답답하고 슬픈 마음을 무엇으로 풀겠습니까? 나으리가 지금 입고 계신 고의적삼^{여름에 입는 저고리와 홑바지}을 벗어 주시면 제 손으로 착착 접어 두었다가, 임 생각에 잠 못 이불 때 나으리와 함께 자는 듯 고의적삼 끌어안고 옷가슴^{윗옷의 가슴 부분}을 열어 보리다. 그리하여 향기로운 임의 땀내로 슬픔을 풀 것이니 그 아니 다정하겠소?"

그까짓 고의적삼쯤이 문제랴. 가죽이라도 벗어 줄 판이었다. 정 비장이 고의적삼마저 벗어 애랑에게 주니 그야말로 알비장이었다.¹⁾ 정 비장은 밑천을 가릴 길이 없어 할 수 없이 방자를 불렀다.

"가는 새끼 두 발만 가져오너라."

방자가 새끼를 가져오니 그것으로 개짐^{월경 때 샅에 차는 헝겊}을 만들어 가랑이에 차고서 두리번거리며 말했다.

"어허, 무던히도 춥구나. 섬이라서 그런지 바람이 매우 차구나."

그러나 애랑은 또 청했다.

"나으리, 또 한 번 들어 보시오. 옷은 그만 벗어 주고 이제 상투를 좀 베어 주시면 소녀의 머리와 함께 땋겠습니다. 그렇게 한다면 얼마나 다정하겠습니까?"

"그렇긴 하다만 나더러 중의 아들이 되란 말이냐?"

"여보, 내 말 좀 들어 보소. 나으리가 아무리 다정하나 소녀만 못하니 애달프고 원통하오. 창가에 마주 앉아 나를 보고 웃으시던 그 앞니 하나만 빼 주시오."

애랑이 이러고 통곡하니 정 비장은 어이없어 물었다.

"이젠 부모님이 물려주신 몸까지 헐라고 하니 그건 어디다 쓰려고 그러느냐?"

---

1) 지배층의 가식을 조롱하고 희화화하는 대목에서 서민의 익살을 느낄 수 있다.

애랑이 대답했다.

"앞니를 하나 빼 주시면 손수건에 꼭꼭 싸서 백옥함에 넣어 두고, 눈에 가물가물한 임의 얼굴 보고 싶고 귀에 쟁쟁한 임의 목소리 듣고 싶을 때면 종종 꺼내어 슬픔을 풀리다. 그러다 소녀 죽은 후에 관에 넣어 지니고 가면 한 몸으로 합장되어 다정치 않겠소?"

정 비장은 또 마음이 크게 흔들려 공방의 창고지기를 불렀다.

"여봐라, 장도리와 집게를 대령하라."

"예, 대령했습니다."

"너는 이를 얼마나 빼 보았느냐?"

"많이는 아니고 서너 말은 빼 보았습니다."

"이놈, 제주 사람 이는 죄다 뽑아 놓은 모양이로구나. 다른 이는 상하지 않게 앞니 한 개만 쑥 빼어라."

"소인이 이 빼는 데는 이골이 났으니 어렵하겠습니까?"

그러더니 작은 집게로도 쑥 빠질 것을 커다란 집게로 창과 칼을 다루듯이 한없이 어르다가 느닷없이 코를 탁 치는 것이었다. 정 비장은 코를 꽉 움켜쥐고 소리를 쳤다.

"어이쿠, 이게 웬 봉변이냐? 이놈, 너더러 이를 빼라고 했지 코를 빼라고 하더냐?"

"이를 쑥 빠지게 하느라 코를 좀 쳤습니다."

"너더러 이를 빼라고 한 내가 잘못이다."

이러고 있을 즈음 방자가 바삐 뛰어들어 왔다.

"사또, 어서 배에 오르십시오."

정 비장은 할 수 없이 일어섰다.

"노 젓는 소리에 배 떠난다 재촉하니 이제 떠날 수밖에 없구나."

애랑은 정 비장의 손을 잡고 발을 동동 구르며 탄식했다.

"나를 두고 어디 가오. 하루에 천 리를 가는 배에 나도 싣고 가시오. 살아서는 다시 못 볼 임아, 죽어 환생하여서나 다시 볼까. 임은 죽어 학이 되고 이 몸은 죽어 구름 되어 첩첩 흰 구름 속 가는 곳마다 같이 정답게 놀아 볼까."

이에 정 비장이 답했다.

"너는 죽어 높은 집 거울 되고 나는 죽어 해가 되어 서로 얼굴이나 비추어 보자."

    이렇게 작별할 때, 신관 사또의 앞장을 섰던 예방의 배 비장은 두 남녀의 하는 양을 보고는 방자를 불러 물었다.

    "저 건너편 망월루에서 청춘 남녀가 서로 붙잡고 떠나지 못하니 무슨 일이냐?"

    방자가 아뢰었다.

    "기생 애랑과 구관 사또를 모시고 있던 정 비장이 작별하고 있습니다."

    배 비장은 그 말을 듣고 버럭 화를 냈다.

    "한심한 장부로다. 부모처자와 떨어져 천 리 밖에 와서는 아녀자에게 넘어가 저러고 있다니 꼴좋구나."

    방자 놈은 배 비장의 말을 듣고 코웃음을 쳤다.

    "남의 말 쉽게 하지 마십시오. 나리도 애랑을 한 번만 보시면 오목 요^凹 자에 움을 묻어 살림을 차리고 싶을 것입니다."

    배 비장은 잔뜩 허세를 부리면서 방자를 꾸짖었다.

    "이놈, 양반을 어찌 알고 그런 경망스런 말을 하느냐?"

    방자는 지지 않고 대꾸했다.

    "그렇다면 소인과 내기를 하시지요."

한심한 장부로다.

너를 위해서라면 이도 뽑아줄 수 있다.

🍎 소설 한 장면   발단 김경 일행이 애랑과 정 비장의 이별 장면을 목격함

"무슨 내기를 하려고 하느냐?"

"나리께서 애랑에게 한눈을 팔지 않으시면 소인의 많은 식구가 나리님 댁에 가서 드난밥^{남의 집에서 고용살이를 하며 잠은 자기 집에서 자고 밥만 그 집에서 얻어먹는 것}을 먹고, 만일 애랑에게 반하시면 타시고 다니는 말을 소인에게 주십시오."

"좋다. 말값이 천금이라 해도 내가 너를 속이겠느냐?"

두 사람이 이렇게 수작하고 있을 때, 신관 사또와 구관 사또의 인수인계가 끝나고 새 사또가 도임^{到任 임명이나 발령을 받아 근무지로 감.}했다. 도임 절차가 끝나 모두가 제 처소로 돌아갔을 때는 이미 해가 진 뒤였다. 달이 뜨고 맑은 바람이 불어 태평한 기운이 완연한데, 모든 비장이 기생들을 골라잡고 방으로 들어가니 노랫소리와 비파 소리가 월야에 퍼지는 것이 운치를 더했다. 배 비장도 심사가 울적하여 남들처럼 놀고 싶었으나 정한 내기가 있어 혼자 있을 수밖에 없었다. 남아일언중천금이라 하였으니 어찌 딴마음을 먹을 수 있겠는가.

이때 여러 비장 동료들이 배 비장에게 전갈했다.

"방자야. 너는 예방 나리께 가서 '미인의 고장에 오셔서 수심에 잠겼으니 어쩐 일이십니까? 고향 생각 너무 마시고 미색을 골라 수청 들게 하고 정을 나누심이 좋을 줄 압니다'하고 여쭈어라."

내 여자 보기를 돌 같이 하리라.

🎭 **소설 한 장면** 〔전개〕 방자와 애랑 등이 배 비장을 골려 주고자 함

방자 놈은 분부를 듣고 배 비장에게 전갈을 했다. 배 비장은 방자에게 다시 전갈을 보냈다.

"그리 생각해 주시니 감사하오. 모처럼의 청을 물리치는 것은 도리가 아니나, 저는 원래 기생과 풍류를 즐기지 않으니 용서하시고 여러 동관들이나 재미있게 노시기 바랍니다."

그러더니 방자를 불러 분부했다.

"네 만일 기생 년을 내 앞에 보였다가는 엄한 매를 맞으리라."

이 소리를 사또가 듣고 일등 명기를 모두 불러 물었다.

"너희들 중 배 비장의 마음을 돌려놓는 사람이 있으면 큰 상을 줄 것이니 그리할 기생이 있느냐?"

애랑이 나섰다.

"소녀가 사또의 분부대로 하겠습니다."

"네 만약 배 비장의 절의를 꺾는다면 기생 중에 으뜸이 되리라."

"때는 좋은 봄철이니 내일 한라산에서 꽃놀이를 하십시오. 그러면 꾀를 내어 배 비장을 홀리겠습니다."

사또는 각 방의 비장과 짜고 새벽에 명을 내려 한라산으로 꽃놀이를 갔다. 산속으로 들어가니 꽃들이 다투듯 피어 있고 온갖 새들이 지저귀어 마치 아름다운 풍악을 듣는 듯했다. 사또와 여러 비장이 기생들과 어울려 술을 마시며 춘흥에 겨워 놀 때, 배 비장은 저 혼자 깨끗하고 고고한 체하며 소나무 아래 앉아 남의 노는 것을 비웃으며 글을 읊고 있었다.

그러다 우연히 숲속을 바라보니 한 미인이 보일 듯 말 듯 백만 가지 교태를 부리면서 봄빛을 즐기고 있었다. 그런데 그 여인이 옷을 훨훨 벗어 던지더니 물에 풍덩 뛰어드는 게 아닌가. 그러더니 물장구에 온갖 장난을 다 하며 손도 씻고 발도 씻고 배와 가슴과 목덜미도 씻고 여기도 씻고 저기도 씻고 한창 목욕을 하는 것이었다. 배 비장은 그 거동을 보자 몸이 근질근질해지고 정신이 흐릿해졌다. 그는 흘끗흘끗 눈을 뜨고 도둑질하다 쫓기는 사람처럼 숨을 헐떡거리며, 그 여자의 근본이 알고 싶어졌다.

'허! 저 여자 누군지는 모르겠으나 사내 여럿 녹였겠다.'

그러나 누구에게 물어볼 수도 없으니 군침만 꿀꺽 삼키며 아까워할 뿐이었다.

드디어 하루해가 저물어 사또는 관으로 돌아가려고 길을 재촉했다. 모든 비장과 기생, 하인도 일제히 길을 떠나는데, 배 비장은 딴마음을 먹고 배가 아프다며 앓는 소리를 냈다.

"벌써 넘어갔구나."

비장들은 이미 알아채고도 모르는 척 걱정을 해 주었다.

"예방께서는 침이나 한 대 맞으시오."

"아니오, 괜찮습니다. 병이 아니니 조금 진정하면 나을 것이오."

비장들은 웃음을 참으며 방자를 불러 일렀다.

"나리 병환이 대단치 않다 하니 진정되거든 잘 모시고 오도록 해라."

그러고는 다시 배 비장에게 말했다.

"사또께는 말씀을 잘 드려 놓을 테니 마음 놓고 진정한 후에 오시오."

"동관들께서 이처럼 염려해 주시니 감사하오이다. 사또께 잘 여쭈어 주시기 바랍니다. 아이고 배야!"

이때 짓궂기가 짝이 없는 동관 한 사람이 배 비장을 놀려 줄 생각으로 이렇게 말했다.

"염려 마시오. 사또께서는 동관께서 갑작스런 병이 났음을 짐작하신 것 같습니다. 배앓이는 계집의 손으로 문지르면 효험이 있다고 합니다. 기생한 년을 두고 갈 테니 잘 문질러 달라고 하시오."

"아니오. 내 배는 좀 달라서 기생을 보기만 해도 더 아프니 그런 말씀 마십시오."

"참으로 이상한 배구려. 우리가 천리 먼 곳에 같이 와서 의리가 친형제 같은데, 그처럼 괴로워하는 것을 보고 어찌 혼자 두고 갈 수 있겠소? 진정된 후에 같이 가도록 합시다."

"동관께서는 내 성미를 잘 모르시는 것 같습니다. 나는 병이 나면 혼자서 진정을 해야 낫지 형제지간이라도 옆에 있으면 낫기는커녕 더 아프니 사람을 살리려거든 어서 제발 먼저 가 주오. 애고 배야, 나 죽겠소!"

"정 그러시다면 혼자 두고 갈 수밖에. 우리가 간 후에 무정한 사람들이라 욕하지는 마시오."

동관들이 사또를 모시고 관으로 돌아갈 때, 배 비장은 그 여인을 보고 싶은 욕심을 주체할 수가 없었다.

"애 방자야! 애고 배야!"

"예?"

"나는 여기 온 후로 눈앞이 몽롱해서 지척을 분간 못 하겠다. 애고 배야, 애고 배야."

"소인도 나리께서 이러시니 정신이 없습니다."

"사또 가시는 걸 자세히 살펴보아라."

"저기 내려가십니다."

"애고 배야! 또 보아라."

"산모퉁이를 지나셨습니다."

"애고 배야! 다시 한 번 보아라."

"저기 멀리 가십니다."

"이제 배가 다 나았다."

배 비장은 목욕하는 여자를 보려고 골짜기 수풀에 몸을 숨기며 살금살금 걸어 들어갔다. 그리고 가느다란 소리로 방자를 불렀다.

"방자야."

방자는 말버릇이 고약해져 대답했다.

"어째서 부르오?"

"너 저 여인의 거동을 좀 보아라."

"저기 무엇이 있단 말이오?"

"소란 떨지 말고 조용히 구경하자꾸나."

백만 가지 교태를 다 부리며 놀고 있는 그 거동은 금도 같고 옥도 같았다. 배 비장은 드디어 이렇게 말했다.

"저것이 금이냐, 옥이냐?"

"금도 아니고 옥도 아니오."

"금도 옥도 아니라면 매화란 말이냐?"

"눈 속이 아닌데 어찌 매화가 피겠소?"

"그럼 양귀비란 말이냐?"

"온천물이 아닌데 어찌 양귀비가 목욕을 하겠습니까?"

"그럼 불여우란 말이냐? 애고애고 날 죽인다, 나를 죽여!"

"나리, 뭘 보고 그렇게 미쳤습니까? 소인 눈엔 아무것도 안 보입니다."

"이놈아! 저기 저 건너에 목욕하는 저것이 안 보인단 말이냐?"

"난 또 무엇을 보고 그러시나 했지요. 저 건너 목욕하는 여인을 말씀하시는 겁니까?"

"그래, 너도 이젠 보았구나. 상놈의 눈이라 양반의 눈보다는 많이 무디구나."

"예, 소인의 눈이 나리의 눈보다 무디어 저런 요망한 것이 안 보입니다. 그러나 마음도 양반과 상놈이 달라 나으리 마음은 소인보다 컴컴하고 음흉한가 봅니다. 남녀유별 체면도 모르고 처녀가 목욕하는 것을 보고 눈을 밝혀 탐욕스럽게 구경을 하니 말씀입니다. 요새 서울 양반들 계집이라면 체면이고 뭐고 욕심을 낼 데 안 낼 데 분간을 못 하고 함부로 덤비다가 봉변도 많이 당한답니다."

"뭐라고? 이놈이?"

"아녀자 목욕하는 것을 엿보다 그 친척들이 눈치채고 일시에 덮치면 꼼짝없이 혼만 날 것이니, 저 여자 볼 생각은 꿈에도 마시오."

무안을 당한 배 비장이 말했다.

"다시는 안 본다. 안 봐. 그런데 정신이 혼미해 아무리 안 보려고 해도 지남철^{자석}에 바늘 달라붙듯 눈이 자꾸 그리로만 가니 어쩐단 말이냐?"

방자는 이런 배 비장을 보고 있다가 버럭 소리를 질렀다.

너무 아름다워 정신이 혼미할 정도구나.

🎧 소설 한 장면   위기   배 비장은 애랑에게 반해 상사병에 걸림

"눈!"

"안 본다."

배 비장은 이렇게 말하면서도 어쩔 수 없이 여인에게로 눈길을 돌리는 것이었다. 그는 꾀를 내어 방자를 불렀다.

"이곳 경치가 참으로 좋구나. 서쪽을 살펴보아라. 저 불타는 일몰이 아름답지 않으냐? 그리고 동쪽을 보아라. 약수 삼천 리에 봄빛이 아득한데 파랑새 한 쌍이 날아가는구나. 남쪽을 또 보아라. 망망대해 천리 파도에 대붕大鵬^{하루에 9만 리를 날아간다는 매우 큰 상상 속의 새}이 날다가 지쳐서 앉아 있다."

방자는 짐짓 속는 체하고 배 비장이 가리키는 대로 눈을 돌려 살펴보았다. 그동안 배 비장은 여인을 훔쳐보기에 바빴다. 배 비장이 넋이 빠져 그 여인을 바라볼 때 방자가 말했다.

"저 눈은 일을 낼 눈이로군."

배 비장은 깜짝 놀라 두 손으로 눈을 가리면서 허둥거렸다.

"안 본다니까. 염려 마라."

이때 방자가 갑자기 기침을 했다. 그러자 그 여인은 깜짝 놀라는 체하고 후다닥 물 밖으로 뛰어나와서는 속곳을 안고 푸른 숲속으로 얼른 숨어 버렸다. 그 모습은 구름 속으로 들어가는 보름달과도 같았다. 배 비장은 멍하니 정신을 잃고 앉았다가 탄식하며 방자를 꾸짖었다.

"이놈, 네 기침 때문에 일이 글러 버렸지 않았냐. 고얀 놈 같으니라고!"

그러다 배 비장은 다시 입을 열었다.

"얘, 방자야! 너 가서 문안을 한 번 드리고 그 여인께 전갈해라. '나그네가 꽃놀이를 하다가 여행의 피로로 몹시 지쳤으니, 혹 음식이 있거든 기갈을 면하게 해 주시면 감사하겠습니다' 하고 말이다."

"나는 죽으면 죽었지 그런 전갈은 못하겠습니다. 초면에 어떻게 남의 여자에게 음식을 달라고 하겠습니까? 그러다가는 매 맞아 죽기 딱 알맞습니다."

"방자야! 매는 내가 맞을 것이니 너는 그냥 달아나 버리면 되지 않겠느냐?"

"나리의 지금 이 모습을 보니 죽을 때 죽더라도 그렇게 해야 할 것 같습니다."

방자는 슬금슬금 애랑에게 다가가서 헛절을 한 번 꾸벅하고는 이렇게 말했다.

"쉬! 애랑아, 배 비장이 벌써 너에게 홀딱 반했으니 음식이 있거든 좀 차려

주려무나."

애랑은 생긋 웃고서 정성스럽게 음식상을 차렸다. 그리고 맑은술까지 자라병에 가득 채워 내주었다.

"너의 나리 무례하지만 안된 마음에 이 음식을 보내니 어서어서 먹고 빨리빨리 가도록 해라."

방자가 애랑의 말을 전하고 음식을 올리니, 배 비장은 얼씨구나 좋다 음식을 받아 놓고 칭찬한 후에 물었다.

"내 진작에 이렇게 될 줄 알았다. 그런데 감에 이빨 자국이 나 있으니 어찌된 일이냐?"

"그 여인이 감꼭지를 이로 꽉 물어서 떼다 그리됐습니다."

배 비장은 껄껄 웃었다.

"나는 이 감이나 먹을 테니 음식은 네가 다 먹어라."

방자 놈은 짓궂게 그 감을 집어 들고 말했다.

"여인의 침이 묻어 더럽습니다. 소인이 먹겠습니다."

"이놈! 어림없는 소리 하지 말고 어서 이리 내놓아라."

배 비장은 감을 빼앗아 껍질째 달게 먹은 다음, 그 여인에게 또 한 번 전갈을 보냈다.

"가서 좋은 음식 감사히 잘 먹었다고 전한 뒤, 무례한 말씀이나 양과 음이 서로 만나 합함은 자연스런 이치인 바, 방탕한 화류객이 산에 올라왔다가 꽃을 찾는 벌과 나비의 마음처럼 주체할 수 없어 하니 이 마음을 헤아려 달라고 여쭈어라."

방자는 애랑에게 전갈을 한 뒤 다시 배 비장에게 돌아와 말했다.

"그 여인이 얘기는 다 듣지도 않고, 큰일 날 것이니 빨리빨리 돌아가라고 합디다."

배 비장은 한숨을 쉬고 탄식을 하면서 일어섰다.

"할 수 없다. 이젠 내려가자."

자기 처소로 돌아온 배 비장은 그 여인을 잊지 못해 상사병이 났다.

"한라산 맑은 정기를 모두 받고 태어나 그리 곱던가? 그 모습 잊을 수가 없으니 이 일을 어찌할꼬?"

배 비장은 마침내 큰 결심을 하고야 말았다.

"에라 모르겠다! 죽더라고 말이나 한 번 건네 보고 죽자."

그는 방자를 불렀다.

"방자야!"

"예, 부르셨습니까?"

"애고애고, 이리 좀 오너라. 내가 아무래도 죽을병이 든 것 같구나."

"무슨 병이기에 그처럼 앓는 소리를 내십니까? 패독산敗毒散 감기와 몸살을 다스리는 약
이나 두어 첩 드셔 보십시오."

"아니다. 패독산 따위를 먹고 나을 병이 아니다."

"그러면 망령이 드셨나 보구려. 망령에는 당약이 제일이랍디다."

"당약이라니 무슨 약이냐?"

"홍두깨를 삶은 것을 당약이라고 합니다. 젊은 양반 망령엔 당약이 제일
입니다."

"아니다. 내 병엔 따로 약이 있다. 하지만 그걸 얻기가 어렵구나."

"무슨 약인데 그렇게 어렵다는 말씀이십니까? 하늘에 뜬 별이라도 마음
만 먹으면 딸 수 있지 않겠습니까?"

"옳거니! 그 말만 들어도 속이 확 뚫리는구나. 내가 살고 죽고는 방자 네
손에 달렸느니라. 나 좀 살려다오."

"아따 나으리도, 죽긴 누가 죽습니까? 말씀이나 하시구려."

"오냐, 방자야. 어제 한라산 숲속에서 목욕하던 여인을 보았지 않느냐?
그 여인 때문에 이렇게 병이 났다. 죽을 지경이로구나. 네가 그 여자를 좀
볼 수 있게 해 주려무나."

"그 여자는 규중에 있으니 만나 볼 길이 없습니다."

배 비장은 길게 한숨을 내쉬더니 다시 입을 열었다.

"애야, 방자야. 그 여자가 음식을 차려 보냈다는 것은 내게 전혀 마음이
없진 않다는 뜻 아니냐? 가서 한 번 말이나 해 봐라."

"나으리! 어림없는 일입니다. 그 여인은 성깔도 있는 데다 절개가 굳으니
그런 생각일랑 하지 마십시오."

배 비장은 방자를 잡고서 애걸복걸했다.

"애야! 내가 편지를 써 줄 테니 전하고 오너라. 일만 잘되면 삼백 냥을 주마!
어떠냐?"

방자는 삼백 냥에 군침을 흘렸다. 그러나 관에서 오래 있다 구렁이가 된
놈이므로 돈이나 벌어 보자는 생각으로 배짱을 부렸다.

"소인은 그 편지 가져가지 못하겠습니다."

"방자야, 그게 무슨 말이냐? 내가 천 리 밖 이곳에 와서 터놓고 지내는 하인이 너밖에 더 있느냐? 네가 내 마음을 몰라주면 누가 알아준단 말이냐! 그러니 방자야, 잘 생각하여 나의 안타까운 마음을 풀어 다오!"

"나리! 소인이 나리와의 정의만을 생각하면 물불을 가리지 않고 밀어붙이겠습니다. 그러나 그러지 못할 사정이 있습니다."

"무슨 사정이냐? 어서 말해 보아라."

"소인은 세 살 때 아비가 죽고 늙은 어미 손에서 자라 열 살 때부터 방자 노릇을 해 왔는데, 한 달에 관가에서 주는 것이라곤 돈 두 냥뿐입니다. 그러니 온갖 심부름을 다 하노라면 신발값이나 되겠습니까? 먹고사는 것은 또 어떤가 하면, 각 방 나리들이 잡숫다 버리는 밥으로 어미와 그날그날 연명해 가는 형편입니다.

소인의 사정이 이러니, 갑자기 병신이라도 되어 나리도 늙은 어미도 모실 수 없다면 소인의 신세는 어찌 되겠습니까? 따라서 그렇게 위태로운 곳엔 갈 수 없습니다. 나리께서 살펴 주십시오."

"그런 일이라면 아무 염려 말아라. 매를 맞게 된다면 네 상처가 낫도록 해 줄 것이며, 네 어미는 내가 먹여 살리겠다. 그러니 어서 편지나 전하고 오너라."

배 비장은 얼굴에 미소를 띠고 궤를 덜컥 열더니 돈 일백 냥을 내주었다.

"얼마 안 되지만 우선 네 어미에게 갖다 주어 살림에 보태 쓰도록 해라."

방자는 그제야 못 이기는 척 응낙을 했다.

"나으리께서 정 그러시다면 편지를 써 주십시오."

"일의 성사는 네 수단에 달렸으니 눈치껏 잘해야 한다."

방자는 애랑에게 배 비장의 편지를 전했다. 편지 내용을 한마디로 줄이면 다음과 같다.

'낭자를 한 번 본 후 상사병이 들었습니다. 내가 죽고 사는 것은 낭자의 손에 달렸으니 모쪼록 이 마음을 알아주십시오.'

애랑이 편지를 다 읽고 나자 방자가 말했다.

"답장을 하되 대충 하지 말고 애가 타게 해라."

방자가 애랑의 답장을 받아 오니, 배 비장은 애랑의 편지를 두 손으로 받아 『대학大學』이라도 읽는 듯 읽어 내려갔다. 그러다 '미친 소리 말고 정신이나 차려라'라는 대목에 이르자 깜짝 놀라고 말았다.

"애고, 이 일을 어찌할꼬?"

곁에서 방자가 채근했다.

"나리, 실망 마시고 그 아래를 더 읽어 보십시오. 연^然 자가 있소그려."

배 비장은 다시 편지를 읽어 내려갔다.

'연이나^{그렇긴 하나} 장부의 몸으로 병을 얻었다 하시니 어찌 가슴이 아프지 않겠습니까? 나는 규중 여자이므로 출입을 마음대로 할 수 없으니, 깊은 달밤에 찾아와 몰래 안으로 들어오십시오. 그러면 한 베개를 베고 잘 수 있을 것입니다. 그러나 만약 실수한다면 그 몸이 위태로워질지도 모릅니다. 오시려거든 집 안이 번거롭고 닭과 개가 많으니 북창^{北窓} 쪽으로 살금살금 설어오십시오.'

"옳지, 연 자의 뜻을 알았다."

배 비장은 무릎을 탁 치고 껄껄 웃었다. 그렇게도 못 견디게 정신이 몽롱하고 온몸이 쑤시던 병도 감쪽같이 나았다.

기다리던 밤이 되자 배 비장은 옷을 잘 차려입고 서둘러 길을 나섰다. 그런데 방자가 참견하고 나섰다.

"나으리, 밤중에 몰래 유부녀를 만나러 가면서 비단옷을 입고 나서다니 생각도 없소. 그 번거로운 의관은 모두 벗으시오."

"초라하지 않겠느냐?"

"초라한 생각이 드시면 가지 마십시오."

"요란스럽게 굴지 마라. 내 벗으마."

배 비장은 방자의 말을 따라 의관을 벗어 던지고 몸을 덜덜 떨었다.

"얘야, 알몸으로 가란 말이냐?"

"그게 좋습니다. 누가 보면 한라산의 매사냥꾼으로 알겠습니다. 제주 복색^{服色 신분이나 직업에 따라 다르게 차려입던 옷의 꾸밈새와 빛깔}으로 차려입으시오."

"제주 복색은 또 뭐냐?"

"개가죽 두루마기에 노벙거지^{실, 삼, 종이 따위를 가늘게 비비거나 꼰 줄로 엮어서 만든 벙거지}를 걸치십시오."

"얘야! 그건 너무 심하지 않느냐?"

"심한 생각이 들거든 그만두십시오."

"아니다, 아니야. 개가죽이 아니라 돼지가죽이라도 뒤집어쓰마."

배 비장은 개가죽 두루마기에 노벙거지로 차려입었다.

"범이 보면 나를 개로 알겠다. 총을 한 자루만 들고 가자! 그러는 게 안전하지 않겠느냐?"

"그렇게도 겁나거든 차라리 가지 마오."

"애야! 네가 그리 마음을 다하는 줄 몰랐구나. 네가 못 갈 것 같으면 내가 업고라도 가마! 어서 가자, 방자야!"

그리하여 높은 담 개구멍을 찾아가서 방자가 먼저 기어들어 갔다.

"쉬! 나리, 두 발을 한데 모아 잘 들이미시오."

배 비장이 두 발을 들이밀자, 방자 놈은 안에서 두 발목을 모아 쥐고 힘껏 잡아당겼다. 배 비장의 부른 배는 걸려서 들어가지도 못하고 뒤로 빠지지도 못했다. 배 비장은 두 눈을 부릅뜨고 바드득 이를 갈며 말했다.

"애야, 조금만 놓아 다오."

방자가 갑자기 다리를 탁 놓자 배 비장은 땅에 곤두박질하고는 다시 일어나 앉으며 말했다.

"순조로운 일이 하나도 없으니 낭패로구나. 아이를 낳을 때에도 머리부터 낳아야 순산이라 하니, 내 상투를 먼저 들이미마. 너는 내 상투를 잘 잡고 안으로 끌어들여라."

방자 놈은 배 비장의 상투를 노벙거지째 힘껏 잡아당겼다. 한동안의 실랑이 끝에 드디어 펑 하고 담 안쪽으로 들어가 나동그라졌다.

"불 켜진 방으로 들어가서 욕심껏 놀다가 날이 새기 전에 나오십시오."

방자는 몸을 숨기고 배 비장의 거동을 엿보았다.

불 켜진 방에 가만가만 다가가서 침 바른 손가락으로 문구멍을 내고 안을 들여다본 배 비장은 정신이 아찔했다. 등불 밑에 앉은 여인이 천상에서 내려온 선녀 같았던 것이다. 그런데 그 선녀가 피우는 담배 연기가 문구멍으로 새 나왔다. 배 비장은 저도 모르게 재채기를 했다. 그러자 여인은 놀랐는지 문을 활짝 열면서 소리쳤다.

"도둑이야!"

배 비장은 겁에 질려 몸을 부들부들 떨면서 겨우 말했다.

"문안 드리오."

"범을 그리려다 강아지를 그린 것 같군. 아마도 어느 집 미친개가 집을 잘못 찾아 들어왔나 보다."

계집은 이렇게 말하고는 배 비장을 한 번 탁 쳤다. 그러자 배 비장이 말했다.

"나는 개가 아니오."

"개가 아니면 뭐냐?"

"배가요."

계집은 배 비장의 꼴을 보고는 웃으며 방으로 데리고 들어갔다. 둘이 정담을 나누다가 불을 막 껐을 때, 방자 놈이 고함을 쳤다.

"불을 켜고 문 열어라!"

계집이 깜짝 놀라는 체하고 몸을 떨며 당황하자 방자 놈은 더 큰 목소리로 소리쳤다.

"이 요사스러운 년, 내가 조금이라도 소홀하면 댓돌에 신 네 짝이 올려지니. 또 어느 놈과 미친 짓거리를 하느냐? 이 연놈들을 한주먹에 박살내리라."

배 비장은 혼비백산하여 허둥거렸으나 문이 하나밖에 없어 도망할 수도 없었다. 할 수 없이 알몸으로 이불을 쓰고 여자에게 물었다.

"저게 본 남편이오? 성품이 어떻소?"

"성품이 매우 포악합니다. 미련하기로는 도척^{중국 춘추 시대에 태산 기슭에서 9천 명의 졸개를 거느}렸다는 ^{악명 높은 도둑}이요, 기운은 항우장사^{項羽壯士 힘이 아주 센 사람을 비유}입니다. 술을 좋아하고, 화가 나면 대낮에도 칼을 뽑아 피 보기를 예사로 합니다."

계집의 말을 들은 배 비장은 애걸복걸하면서 여인에게 매달렸다.

"나를 제발 살려 주게."

계집은 미리 준비해 두었던 커다란 자루를 꺼내 와서는 아가리를 벌리고 말했다.

"이리 들어가시오."

"거기엔 왜 들어가라는 겐가?"

"글쎄 들어가면 살 수 있으니 어서 들어가시오."

배 비장이 자루에 들어가자, 계집은 자루 끈으로 상투를 감아 매고 등잔 뒤 방구석에 세워 놓고 불을 켰다. 이때 방자 놈이 문을 왈칵 열고 들어서며 소리쳤다.

"저 방구석에 세워진 것이 뭐냐?"

"그건 알아서 뭐하시려오?"

계집은 간드러지게 대답했다.

"이년아, 묻는 말에나 대답을 할 것이지 무슨 반문이냐? 주리 방망이 맛을 보고 싶으냐! 맛을 보고 싶다면 보여 주마."

계집의 음성은 더욱 간드러졌다.

"거문고에 새 줄을 달아 세워 놓은 것입니다."

그러자 방자 놈은 은근한 음성으로 능청을 떨었다.

"음, 거문고라면 한 번 타 볼까."

그러더니 대꼬챙이로 등을 탁탁 쳤다. 배 비장은 아픔을 참을 길이 없었으나 꾹 참고는 거문고 소리를 냈다.

"둥덩둥덩."

"음! 거문고 소리 한번 웅장하구나. 대현을 쳤으니 이제 소현을 쳐 볼까?"

이번엔 코를 탁 쳤다.

"둥덩둥덩."

"그놈의 거문고가 이상도 하다. 아래를 쳐도 위에서 소리가 나고 위를 쳐도 위에서 소리가 나니 말이다. 이 어떻게 된 놈의 거문고냐?"

계집은 대답했다.

"이건 특수한 거문고라서 그렇답니다."

"그러냐? 술을 한 잔 따라놓고 줄 골라라. 오늘 밤에 놀아 보자. 내 뒷간에 다녀오마."[2]

방자는 밖으로 나와서 가만히 귀를 기울이고 엿들었다. 자루 속에서 배 비장의 목소리가 들려왔다.

"이보오, 그자가 거문고를 꺼내라 하기 전에 다른 곳으로 나를 옮겨 주오."

계집은 자루를 열고 나서 윗목에 놓인 피나무 궤를 가리켰다.

"저 궤로 들어가시오."

궤 속으로 들어가 몸을 웅크리고 앉은 배 비장은 한심한 생각이 들었다. 그러나 그것이 모두 철석같이 믿고 있는 방자의 계교임은 꿈에도 생각지 못했다. 계집이 자물쇠를 덜커덕 채우니 이제는 독 안에 든 쥐 꼴이었다. 배 비장은 답답해 숨이 가빠 왔다. 이때 나갔던 사내가 다시 들어오면서 말하는 소리가 들려왔다.

"아까 잠깐 잠이 들었었는데 꿈에 백발노인이 나타나 나를 부르질 않겠

---

2) 이 대목은 '술을 한 잔 / 따라놓고 / 줄 골라라. / 오늘 밤에 / 놀아 보자. / 내 뒷간에 / 다녀오마'로 나눠 4·4조 율문체가 주는 리듬감을 느낄 수 있다.

느냐? 네 집에 거문고와 피나무 궤가 있느냐고 묻기에 그렇다고 대답했더니, 액신厄神 _{재앙을 가져온다는 악신}이 붙어서 장난을 하므로 패가망신할 징조라 하더라. 저 궤를 태워 없애 버려야겠다. 어서 짚 한 단을 가지고 와 불을 놓아라!"

배 비장은 눈앞이 캄캄했다.

'이젠 화장火葬인가. 이 일을 어찌한단 말이냐.'

이때 계집이 악을 썼다.

"이 궤는 먼 조상 때부터 전해 내려온 물건으로 업귀신_{살림을 보호하거나 보살펴 준다고 하는 귀신}이 깃든 궤인데, 이것을 불사르라니 안 될 말이오."

"이년아, 너랑은 못 살겠다. 내 이 궤를 가지고 집을 나가겠다."

사내가 궤를 덜컥 어깨에 지고 밖으로 나가려 하자 계집은 붙들고 늘어졌다.

"임자가 궤를 가져가면 나는 망하란 말이오? 이 궤는 못 가져가오."

"그렇다면 반으로 잘라 나누어 갖자."

사내는 커다란 톱을 가지고 와서 궤짝 위에 올려놓고 말했다.

"자, 어서 마주 잡고 톱질을 하자."

배 비장은 더 참지 못하고 소리를 질렀다.

"여보소, 그 계집에게 궤를 주구려. 토막을 내면 못 쓰게 되지 않겠소?"

> 당신의 남편이 온 모양이구려. 어쩌면 좋소.

> 우선 궤 안에 들어가 있으십시오.

⚇ 소설 한 장면　절정　배 비장은 애랑을 만나러 가다가 곤혹을 치름

그러자 사내는 톱을 내던지며 말했다.

"에그, 이놈의 업귀신이 사람이 되었나, 불침으로 찔러야겠다."

곧 불에 달군 송곳이 배 비장의 눈앞으로 내려왔다. 일이 이 지경에 이르자 배 비장은 가만있을 수 없었다.

"이보시오, 아무리 무식하기로서니 소중한 눈을 찌른단 말이오?"

"어허, 업귀신이 제 몸이 다칠 줄 알고 안달을 하니 딱하구나. 그 몸 상하지 않도록 궤를 바닷물에 던져 버려야겠다."[3)]

사내는 궤짝을 지고 밖으로 나갔다. 그리고 얼마쯤 가는데 어디서 한 사람이 나서며 물었다.

"그게 뭐냐?"

"궤요."

"그 궤를 내게 팔아라."

"그러시오."

사내는 궤짝을 관아로 지고 가 사또가 있는 동헌 _{고을 수령이 공무를 처리하던 중심 건물} 마당에 내려놓았다. 그리고는 물에 던지는 시늉을 하며 궤 틈으로 물을 붓고 흔들었다.

"업귀신아, 들어라! 이 파도에 띄울 테니 천 리 길을 떠나거라."

배 비장은 생각했다.

'에구, 궤가 벌써 물에 떴나 보구나. 이젠 죽었구나.'

그런데 얼마 후에 배 젓는 소리가 들려왔다.

"어기여차! 어기여차!"

물론 사령들이 거짓으로 흉내를 내는 소리였다. 배 비장은 발버둥을 치며 소리를 질렀다.

"이보소! 거기 가는 배는 어디로 가는 배요?"

"제주 배요."

"이 궤를 건져다가 죽을 목숨 살려 주오."

"궤 속에서 이상한 소리가 난다. 우리 배에 부정 타기 전에 멀리 떠밀어 버리자."

---

3) 「배비장전」의 방자는 다른 작품 속에서 주변 인물로만 등장했던 방자들과 달리, 배 비장의 허위와 이중성을 적극적으로 폭로하는 데 결정적인 역할을 맡고 있다.

"난 사람이오. 제발 살려 주오."

"어디 사람이냐?"

"제주에 사는 사람이오."

"제주라는 곳이 미색의 땅이라, 분명 유부녀랑 놀아나다가 그 꼴이 되었구나."

"예, 맞소이다."

"우리 배엔 부정이 탈까 못 올리겠고, 궤 문이나 열어 줄 테니 알아서 헤엄쳐 가거라. 그런데 바닷물이 짜 눈이 멀지도 모르니 눈을 감고 가라."

사공은 이렇게 말하고는 궤를 덜커덕 열었다. 배 비장은 알몸으로 뛰쳐나와 두 눈을 꽉 감고 이를 악물고 두 손으로 허우적거렸다. 한참을 이 꼴로 허우적거리다가 동헌 댓돌에다 머리를 부딪치자 배 비장은 두 눈을 번쩍 떴다. 자세히 살펴보니 동헌에 사또가 앉아 있고 전후좌우에 관속들과 기생, 노비들이 늘어서서 웃음을 참느라 두 손으로 입을 틀어막고 있었다.

사또는 웃으면서 물었다.

"어이하여 그 꼴이 되었는고?"

배 비장은 어리둥절하고 할 말이 없어 고개를 푹 수그리고 말았다.

> 난 사람이오.
> 제발 살려 주오.

🎧 **소설 한 장면**　**결말**　배 비장은 많은 사람이 지켜보는 가운데 망신을 당함

생각해 볼까요?

 선생님 「배비장전」의 소재가 된 근원 설화에는 무엇이 있을까요?
💬 2 ❤️ 2

↳ **학생 1** 사랑하는 기생과 이별할 때 이빨을 뽑아 준 소년의 이야기인 「발치 설화」가 애랑과 정 비장의 이야기에 녹아 있어요.

↳ **학생 2** 기생을 멀리하던 관리가 오히려 어린 기생의 계략에 빠져 알몸으로 뒤주에 갇힌 채 망신을 당하는 이야기인 「미궤 설화」도 애랑과 배 비장의 이야기에 녹아 있어요. 「미궤 설화」는 실화를 근거로 한 이야기라고 해요.

 선생님 「배비장전」의 가장 큰 특징은 무엇인가요?
💬 2 ❤️ 2

↳ **학생 1** 「배비장전」은 관료들이 불순한 목적으로 서로 어울리는 모습을 소재로 하며 그들을 풍자했어요. 특히 조선 후기의 하급 관인 사회의 위선적이고 호색적인 모습을 희화화하고 있지요.

↳ **학생 2** 게다가 배 비장이 애랑과 방자의 꾐에 빠져 위기를 겪는 대목은 해학과 풍자의 백미로 꼽혀요.

골계미

연관 검색어 해학 풍자 희화화

문학에서는 미의식을 크게 숭고미, 비장미, 우아미, 골계미의 네 가지 범주로 나눈다. 숭고미와 우아미는 있는 것과 있어야 할 것이 조화를 이루는 상태에서 느껴진다. 있는 것을 우위에 두며 현실을 긍정하면 우아미가 발생하고, 있어야 할 것을 우위에 두며 이상을 추구하면 숭고미가 발생한다. 비장미와 골계미는 있는 것과 있어야 할 것이 갈등하는 상태에서 나타난다. 있어야 할 것을 외면하며 현실을 부정적으로 인식하면 골계미가 느껴지고, 있어야 할 것을 추구하며 갈등하고 슬퍼하면 비장미가 느껴진다.

특히 골계미는 풍자로 대상을 조롱하거나 해학으로 익살을 불러일으킬 때 발생한다. 따라서 기존의 질서나 권위를 추락시키고 희화화함으로써 느껴지는 미의식이라고 할 수 있다. 골계미는 탈춤, 판소리, 사설시조 등 평민들이 주로 향유했던 문학 작품에서 잘 드러난다.

이춘풍전

#풍자   #남장화소   #가부장제비판   #여성의능력

⚓ 작품 길잡이

작가: 미상
갈래: 판소리계 소설, 풍자 소설, 세태 소설
성격: 풍자적, 해학적, 교훈적
배경: 시간 - 숙종 즉위 초 / 공간 - 서울, 평양
주제: 무능력한 가장을 비판, 진취적인 여성의 활약

📷 인물 관계도

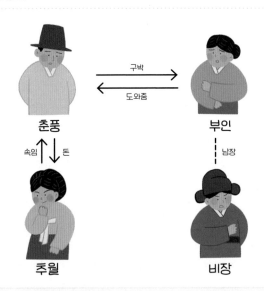

구박 →
← 도와줌

춘풍   부인

속임 ↑ ↓ 돈   ┊ 남장

주월   비장

춘풍	방탕하게 사느라 가산을 탕진했고, 허세를 잘 부리며 유혹에 약하다.
부인	성품이 훌륭하고 행동력이 뛰어나며 남편 춘풍을 깨우쳐 집안을 일으킨다.
추월	평양의 기생으로, 춘풍을 유혹해 재산을 가로챈다.

📋 구성과 줄거리

발단 **춘풍은 재산을 탕진하고 부인에게 집안 살림을 맡김**

부잣집 외동아들로 태어난 춘풍은 인물과 재주가 뛰어났으나, 부모님이 돌아가시자 주색잡기에 미쳐 가산을 탕진한다. 이에 춘풍은 부인에게 집안 살림을 맡기고, 다시는 주색잡기에 빠지지 않겠다는 증서를 써 준뒤 집안을 일으키길 바란다.

전개 **춘풍은 평양에서 기생 추월에게 홀림**

부인이 길쌈을 하며 살림이 넉넉해지자, 춘풍은 가산을 빼앗고 호조 돈을 빌린다. 장사를 하기 위해 평양에 간 춘풍은 추월에게 홀려 전 재산을 1년 만에 다 날리고 추월의 심부름꾼이 된다. 춘풍의 소식을 들은 부인은 뒷집 참판 댁 자제가 평양 감사로 내정된 것을 듣고는 참판 부인에게 잘 보여 인심을 얻는다. 참판 댁 자제가 평양에 부임하러 가는 날, 남장을 하고 회계 비장 직을 얻어 낸 춘풍의 처 또한 평양으로 떠난다.

위기 **춘풍과 추월은 관아에 잡혀 들어감**

추월은 남장한 춘풍의 부인, 즉 비장을 유혹하려 하지만 실패한다. 이후 비장은 평양 감사와 함께 춘풍을 잡아낸 뒤 호조 돈을 탕진한 죄로 곤장을 친다. 추월도 잡아들여 이자까지 받아 내고, 그 돈을 춘풍에게 돌려준다. 비장은 춘풍더러 서울로 가라고 명령하고는 먼저 돌아가 춘풍을 기다린다.

절정 **춘풍은 아내를 구박하고 다시 평양으로 가려 함**

서울 집으로 돌아온 춘풍은 직접 장사를 해 돈을 번 것처럼 자랑하고, 부인을 구박한다. 춘풍이 다시 평양으로 가려 하자 부인은 비장 차림으로 다시 나타나 춘풍에게 허드렛일을 시키며 그를 골려 준다. 비장이 춘풍에게 부인을 불러 음식을 준비시키라고 하니 춘풍은 자신의 부인을 찾지 못해 당황한다.

결말 **춘풍은 개과천선한 뒤 부인과 함께 집안을 잘 다스림**

비장은 춘풍의 집에서 자고 가겠다며 옷을 다 벗는다. 그제야 비장이 자기 부인임을 깨달은 춘풍은 잘못을 깊이 뉘우치고 개과천선한다. 이후 춘풍은 호조에서 빌린 돈을 모두 갚고, 부인과 함께 가정을 잘 다스리며 화목하게 산다.

이춘풍전

숙종 대왕 즉위 초에 사람들이 화합하고 풍년이 드니, 나라가 태평하고 백성이 편안했다. 비가 때맞추어 알맞게 내리고 바람이 고르게 불고 집집 마다 사람이 족하며 ^{수량이나 정도 따위가 넉넉하며}, 산에는 도적이 없고 길에 떨어진 물 건을 줍는 이도 없으니 요순 임금의 태평 시대와 같았다.

이때 서울 다락골에 이춘풍李春風이란 사람이 살았다. 부모는 생활이 매우 넉넉하여 장안의 제일가는 거부巨富인데, 안타깝게도 혈육이 춘풍 하나뿐이 었다. 춘풍의 부모는 그를 몹시 사랑하여 귀한 아들로 길러내니, 인물이 옥골 玉骨이요 헌헌장부軒軒丈夫 ^{풍채가 좋고 의기가 당당한 남자}라 못하는 것이 없었다.

그러던 어느 날 춘풍의 부모가 한꺼번에 세상을 뜨고 말았다. 춘풍은 망극 하여 삼년상을 마친 후, 친척이 없어 그를 가르칠 이 없으니 가산을 탕진하며 방탕한 생활을 했다. 오입쟁이 ^{노는 계집 혹은 음란한 사내와 방탕하게 놀아나는 사람}와 휩쓸려 다니 며 주야로 놀기만 하는데 그것이 한도 끝도 없었다. 모화관慕華館 ^{중국 사신을 영접하던 곳} 활쏘기와 장악원掌樂院 ^{조선 시대 궁중의 음악을 맡아보던 관청} 풍류하기, 산영에 바둑 두기, 장 기·골패骨牌 ^{납작하고 네모난 나무조각 32개에 각각 흰 뼈를 붙이고, 여러 가지 수효의 구멍을 판 노름 기구 또는 그것으로 하는 노름}. 쌍륙雙六 ^{주사위 돌을 던져 나오는 대로 윷놀이와 비슷하게 하는 놀이}·수투전 ^{사람·물고기·새·꿩·노루·별·말·토끼 따위를 그린} ^{80장의 투전}·육자배기 ^{남도의 대표적인 잡가의 하나로, 곡조의 굴곡이 많고 높낮이 차이가 많음}·사시랑이 ^{(엽전 24닢으로 5인} ^{1조가 되어 하는 노름}·동당치기 ^{투전이나 골패로 하는 놀음의 한 가지}·엿방망이 ^{투전이나 골패로 하는 놀음의 한 가지} 하기 와 아이 보면 돈 주기, 어른 보면 술 접대하기, 맛 좋은 일년주一年酒 며 벙거 짓골 ^{전골을 지지는 그릇} 열구자탕悅口子湯 ^{신선로에 여러 가지 채소를 넣고 버섯·호두·은행·지단 등을 얹어 장국을 붓고 끓이는} ^{전골} 너비할미 ^{얄팍하게 저며 양념을 해 구운 쇠고기로, 너비아비라고도 함} 갈비찜에 날마다 취해 놀다가, 청루 ^{기생집}의 미색들이 달려들어 수천 금을 한순간에 날려 버리니 천하의 부 자인들 남아날 것이 없었다. 그리되니 전에 놀던 청루 미색들도 슬슬 피해 가는 것이었다.

춘풍은 제 집에 돌아와 처한테 말했다.

"집이 가난해지면 현숙한 ^{어질고 정숙한} 아내가 생각난다 하더니, 애고 이제 어 찌할꼬."

춘풍의 처가 말했다.

"여보, 내 말 좀 들어 보소. 대장부로서 문무간文武間에 힘을 써서 과거에 급제하여 부모님께 영화를 뵈고 후세에 이름을 내면 패가^{敗家}를 할지라도 무엄치나 않지요. 그렇지 못하면 농업에 힘을 써서 처자를 굶기지 말고, 의식^{衣食}이나 호강하며 지내다가 말년에 자식에게 넘겨주고 내외가 평생을 같이 한다면 그것도 좋지 않겠소? 부모 재산을 하루아침에 다 없애고 노비 전답은 남에게 다 넘겨주고, 처자를 돌보지 않고 주색에 빠져 놀다 이렇게 되었으니 어찌 살자는 말이오. 제발 그러지 마오, 주색잡기^{酒色雜技} 좋아 마오. 자고로 오입한 사람치고 가산 탕진 안 한 사람이 없소. 미나릿골이 패두^{牌頭 죄인의 볼기를 치던 형조의 사령}는 청루 미색을 즐기다가 나중에는 신세를 망쳤고, 동문 밖 오 청두^{聽頭 통례문의 벼슬아치 밑에서 일하던 사람}도 투전 잡기를 즐기다가 말년에 걸인이 되었소. 남산골 화진이도 소년 시절엔 부자로서 주색잡기나 즐기다가 늙어서는 잘못 죽고, 모시전골 김 부자^{金富者}도 술 잘 먹고 허황되기로 장안에 유명하더니 수만금을 다 없애고 기름 장사를 다니오."

이렇듯이 말리니 춘풍이 대답했다.

"자네, 내 말 좀 들어 보오. 사환^{使喚 관청이나 가게의 심부름꾼} 대실이는 술 한 잔을 못 해도 돈 한 푼을 못 모으고, 이 각동^{규장각에서 심부름을 하던 아이}은 오십이 되도록 주색을 몰랐어도 남의 집 사환을 못 면했고, 탑골 복동이는 투전 골패 몰랐어도 수천 금을 다 날리고 굶어 죽었소. 이러니 반드시 주색잡기를 하여 가산이 기울었다고는 할 수 없지. 술 잘 먹는 이태백^{李太白}도 노자작^{술을 뜰 때 쓰는 가마우지 모양의 기구}과 앵무배^{앵무새 부리 모양의 술잔}로 백 년 삼만육천 일을 매일 취해 있었어도 한림학사^{翰林學士} 다 지냈고, 자골전 일손이는 주색잡기 하였어도 나중에 잘되어서 일품^{一品} 벼슬을 하였소. 이를 볼지라도 주색잡기 좋아하는 것은 남아^{男兒}에겐 흔한 일이오. 나도 이리 노닐다가 일품 벼슬하고 이름을 후세에 전하리라."

이리하여 조석^{朝夕} 끼니를 이을 수 없이 가산을 탕진하고 나니, 춘풍은 그 제야 뉘우치며 아내에게 사과하고 지성으로 빌었다.

"부디 노여워 마시오. 내 이제 깨달으니 지난 일이 모두 내 잘못이구려. 그런데 이렇듯 가난하게 되었으니 이제 어찌하면 좋단 말이오. 오늘부터 집안일을 모두 자네에게 맡길 것이니 자네 마음대로 다스려서 의식^{衣食}이나 줄지 말게 하소."

춘풍의 처가 말했다.

"부모님이 이루신 재산을 주색을 즐기느라 다 없애고 이 지경이 되었으니, 이후에 혹시 바느질 길쌈하여 돈푼을 모을지라도 다시 주색잡기에 빠지면 어떻게 돈을 아끼겠소?"

춘풍이 대답했다.

"자네가 나를 믿지 못하니, 이후로는 절대 주색잡기 않기로 수기^{手記 손으로 써서} ^{남기는 기록}를 써 줌세."

하더니 지필^{紙筆 종이와 붓}을 내어 수기를 썼다.

모년 모월 모일 기록을 남겨 전하노라. 오입 방탕하여 조상이 물려준 누만금을 주색잡기로 탕진하고, 이제야 그 잘못을 깨달으니 후회막급이라. 오늘 이후로 집 안일을 모두 아내 김씨에게 맡기니, 김씨가 살림을 다스린 후로는 누만금 재산이 라도 진정 김씨 재산이요, 가장 이춘풍은 돈 한 푼 곡식 한 말이리도 건드리지 않 기로 이같이 기록하오니, 일후에 만약 주색잡기를 하고 놀음을 하거든 이것을 가 지고 관청에 가서 법대로 할지니라. 가장 이춘풍은 보증하여 쓴다.

이름을 써서 주니 춘풍의 처가 말했다.

"이 수기를 가지고 관에 가 법대로 하라 하였으나, 가장^{家長}을 걸어 송사^{訟事} ^{백성끼리 분쟁이 있을 때, 관부에 호소하여 판결을 구하던 일}를 하면 되겠소?"

다시는 주색잡기에 빠지면 안 되오.

자네가 나를 믿지 못하니, 수기를 써 줌세.

📖 소설 한 장면　　발단　춘풍은 재산을 탕진하고 부인에게 집안 살림을 맡김

춘풍은 이 말을 듣고 수기를 고쳤다.

이에 김씨 앞으로 수기하노라. 이후 만약 엉뚱한 소리를 하거든 가히 못난 놈의 자식이라 할 것이니 이 수기에 적힌 대로 할지라.

김씨는 수기를 받아 농에 넣어 두고 이날부터 살림을 다스렸다. 김씨의 바느질 길쌈은 능란하여 셀 수 없이 많은 일을 했다. 닷 푼 받고 새 버선 짓기, 서 푼 받고 새 김볼 박기, 두 푼 받고 한삼汗衫 짓기, 서 푼 받고 헌 옷 깁기, 너 돈 받고 창옷예전에, 중치막 밑에 입던 윗옷의 하나 짓기, 닷 돈 받고 도포道袍 짓기, 엿 돈 받고 천익天翼 무관이 입던 옷으로, 철릭이라고도 함 짓기, 일곱 돈 받고 금침衾枕 이부자리와 베개 하기, 한 냥 받고 속적삼 누비기, 서 냥 받고 긴 옷 누비기, 두 냥 받고 바지 누비기, 너 냥 받고 관복官服 짓기, 겨울이면 무명길쌈, 여름이면 삼베길쌈, 가을이면 염색하기, 이렇게 사시사철 주야로 쉴 새 없이 일하고 돈을 벌어들였다. 이렇게 사오 년 모은 돈을 장변長邊 다달이 갚지 않고 이자와 원금을 함께 갚는 변리이며 월수 일수를 놓아 수천금을 모으니, 의식이 넉넉하고 가세가 풍족하여 부족할 것이 없었다.

춘풍은 아내 덕에 의복을 잘 차려입고, 기름진 고기와 맛있는 음식을 먹고 즐기며 제 집 술로 매일 취했다. 그러다 보니 마음이 교만하여 이전 행실이 저절로 생겨났다. 그는 호조戶曹 조선 시대에 6조 가운데 인구 및 부역, 조세, 경제 문제를 관리했던 관아 돈 이천 냥을 비싼 이자로 얻어내 박물군자博物君子 온갖 사물에 정통한 사람인 체하고 평양으로 장사를 떠나려 했다. 이에 춘풍의 처는 크게 놀라 말했다.

"서방님, 내 말 좀 들어 보소. 부모님 재산을 다 탕진하고 그사이 오 년을 아무 일도 안 해 물정物情도 어두운데 평양 장사는 가지 마시오. 평양 물정 들으니 번화 사치하고, 기생집 미인들이 돈 많고 허황한 자는 세워 두고 벗긴다 하오. 부디 가지 마오."

지성으로 만류하니 춘풍이 말했다.

"나도 또한 사람이오. 예전에 패가를 하였을 때 원통함이 골수에 맺혔소. 천금진산환부래千金盡散還復來 재산이 모두 흩어졌다 다시 돌아옴라 하였으니 나라고 매양 망하기만 할까. 내 속히 다녀옴세."

"연전에 살림이 결딴나 돈 한 푼 곡식 한 말을 건드리지 아니할 뜻으로 수기를 써서 내 농에 넣었는데 그 사이 잊으셨소? 의식을 내게 맡겨 편안히 앉아 먹고 부디 가지 마오."

춘풍은 이 말 듣고 대노하여 어질고 착한 아내의 머리채를 감아쥐고 이리 치고 저리 치며 역정을 내었다.

"천 리 먼 길 장삿길을 나서려는데 요망한 계집년이 잔말을 이리하냐?"

이렇듯 제 아내를 옥박지르고 집안 재물을 다 털어서 말에 싣고 떠나니, 아무도 말릴 수가 없었다.

춘풍은 이천오백 냥을 삿말 내어 실어 놓고, 좋은 말 반부담^{말 등에 싣는 작은 농}에 호피^{虎皮 호랑이의 털가죽} 안장 높이하고 의기양양 내려갔다. 연소문과 무학재를 지나 평양길 내려갈 제 청석골에 다다르니, 때는 춘삼월 호시절이라 꽃은 날려 분분하고 수양버들엔 꾀꼬리가 날아들었다. 춘풍은 가는 말을 재촉했다. 가는 길마다 피는 꽃과 푸른 잎은 산색^{山色}을 가리고 나비와 새는 봄철을 희롱했다. 동선령을 넘어 황주^{黃州} 병영^{兵營}을 구경하고, 평양을 바라보고 형제교^{兄弟橋}와 십리장림^{十里長林}을 지나 대동강에 다다라 모란봉을 쳐다보니, 그 아래 부벽루^{浮壁樓}가 둘러 있고 대동문^{大同門} 연광정^{練光亭} 제일강산이 다 보였다. 성 내에 들어서니 인가도 번성하고 물색도 번화했다.

춘풍은 청루 앞을 지나 객사^{客舍} 동편에 머물 곳을 정하고, 열두 바리 실어

나라고 매번 망하기만 할까.

🗨 소설 한 장면   전개   춘풍은 평양에서 기생 추월에게 홀림

온 돈을 차례로 들여놓고 삼사일 유숙하며 물정을 살피었다. 하루는 난간에 기대어 한 집을 바라보니, 집도 좋거니와 집주인 거동이 눈길을 끌었다. 그 여인은 평양 일색 추월秋月이라, 얼굴도 일색이요 노래도 명창이요 나이는 십오 세였다. 성중의 호걸豪傑이나 팔도의 한량들은 추월을 한 번 보면 수삼백 냥 쓰기를 물 쓰듯 했다.

추월은 서울의 부유한 장사치 이춘풍이 수천 냥을 싣고 와서 뒷집에 머문단 말을 들었다. 그녀는 춘풍을 홀리려고 벽계수碧溪水 청루 위에 사창紗窓을 반쯤 열어 두고 교태를 지으며 앉아 있었다. 춘풍이 얼른 그녀를 보니 얼굴은 푸른 하늘에 뜬 달과 같고, 형상은 모란화가 아침 이슬에 반쯤 핀 것처럼 보였다.

그 절묘한 맵시는 해당화가 그늘 속 그림처럼 하찮아 보이니 월궁月宮의 항아姮娥 상궁이 되기 전의 어린 궁녀를 높여 부르는 말라 할 만했다. 생긴 태도는 앵두화가 무르녹고 아미산蛾眉山 반륜월半輪月 반달이 맑은 강에 비친 것 같고, 서시西施 중국 오나라 임금 부차가 총애하던 월나라 미인가 다시 태어나고 양귀비가 다시 온 듯했다.

추월이 청루 위에 홀로 앉아 오동梧桐 복판腹板 가야금이나 거문고가 공명하는 부분 거문고를 무릎 위에 얹어 놓고 탁문군卓文君 중국 전한 때, 사마상여의 거문고 솜씨에 반해 함께 야반도주했다는 과부을 꾀어내던 사마상여司馬相如 봉황곡鳳凰曲을 타니, 춘풍은 심신이 황홀하여 미친 마음이 절로 났다. 춘풍은 본디 계집이라 하면 화약火藥 한 짐을 지고 모닥불에 보금자리를 치는 사내라, 모든 정신이 추월에게로만 향했다. 춘풍이 좋은 의복을 갖춰 입고 갈지자 걸음으로 중문 안에 들어서니, 추월이 계단 밑에 내려서서 춘풍의 적삼을 휘어잡고 난간으로 올랐다.

춘풍이 좌우를 살펴보니 집치레도 황홀했다. 육간대청六間大廳 좌우 퇴에 이층 난간이 맵시 있고, 방 안의 각장角壯 넓고 두꺼운 장판지과 장판 소란小欄 문지방이나 소반 따위의 기구에, 바탕을 파거나 가느다란 나뭇조각을 따로 붙여 턱이 지게 만든 물건, 반자 국화菊花 새긴 만자창卍子窓 창살이 만(卍) 자 모양으로 된 창과 산수병山水屛 운무병雲霧屛의 미인도가 아름다웠다.

벽장문엔 묵화墨畵로 죽엽竹葉을 쳐서 붙여 두고, 방에는 원앙금침을 개어 놓았다. 분벽주련紛壁柱聯 희게 칠한 벽과 기둥에 써 붙인 글을 둘러보니 동중서董仲舒 중국 전한 시대의 학자의 책문策文이며 제갈량諸葛亮의 출사표出師表며 적벽부 양양가가 구절구절 붙어 있었다. 놋 촛대와 등잔걸이가 여기저기 놓여 있고 요강·타구唾具 침을 뱉어 내는 그릇·재떨이·청동화로·소박 화로·삼층 화류장樺榴欌 화류로 판 장롱이 여기저기 널려 있고, 벼루의 용머리 장식이며 장목비꿩의 꽁지깃으로 만든 비·화문석花紋席 꽃돗자리에 계자다리 옷걸이가 소홀치 않았다.

추월이 추파를 반만 던져 영접하여 앉은 모양이 아리따운데, 고운 얼굴은 흰 분으로 아름답게 화장하고, 삼단 같은 머리채는 금봉채金鳳釵 봉황을 새긴 금비녀 로 단장하고, 의복은 비단 고쟁이에 무명 주단 단속곳, 통명주 깨끼적삼에 남 대단 홋단치마를 주름 잡아 입은 것이 간드러졌다. 단순호치丹脣皓齒 붉은 입술과 흰 치아라는 뜻으로, 아름다운 여자를 일컫는 말 로 웃는 양은 춘풍에 복숭아꽃과 오얏꽃 필 때 반만 핀 홍련紅蓮 같았다. 추월은 살짝 고개를 들어 잠깐 웃고 여쭈었다.

"먼 길 경성에서 평안히 오셨습니까? 뒷집에 거처하여 사오일 유숙하시면서 어이 그리 더디 찾아 주셨는지요."

이 말 저 말 다 버리고 주찬酒饌을 차려 왔는데, 국화 새긴 소반에 주전자 올려놓고 주르르 엮은 홍합·생선찜·오색 사탕·귤병橘餠 설탕이나 꿀에 졸인 귤 ·당대추 며 반달 같은 개피떡과 먹기 좋은 꿀합떡, 보기 좋은 화전花煎이 가득했다.

또한, 생치生雉 익히지 않은 꿩고기 에 영계찜, 전복을 갖추어 곁들이고, 어회·겨자·초장·생청生淸 꿀통에서 떠낸 꿀 을 사이사이 올렸다. 청술레 황술레배의 종류·벗긴 날밤·접은 곶감·은행·대추·청포도·흑포도며 머루·다래·유자·석류·감자·능금·참외·수박도 빠짐없이 갖추었다. 병甁으로 말하자면 거북병과 자라병과 오리병·왜화병·당화병·일출병·월출병을 갖추어 놓고, 술로는 이태백의 포도주며 도연명의 국화주, 안기생安期生의 과하주過夏酒, 석 달 열흘 백일주며 소주·황소주黃燒酒·일년주·계당주桂當酒·감홍노甘紅露·향기로운 연엽주蓮葉酒·산중 처사山中處士 송엽주松葉酒를 고루 갖춰 놓았다.

추월이 섬섬옥수로 술을 따라 춘풍에게 드렸더니 춘풍이 말했다.

"평양이 소강남所江南으로 들었으니 권주가나 들어 보세."

추월은 붉은 입술을 열어 권주가를 불렀다.

"잡수시오, 잡수시오, 이 술 한 잔 잡수시오. 백 년 삼만육천 일을 살아서도 우락중분미백년憂樂中分未百年 근심 있는 날과 즐거운 날을 둘로 나누면 백 년도 안 된다는 뜻 이니 권할 적에 잡수시오. 백 년을 못 살 인생 아니 놀고 어이할까. 이 술이 술이 아니라 한 무제漢武帝의 승로반承露盤 불사약인 이슬을 받으려 구리로 만들었다는 그릇 에 이슬 받은 것이오니 쓰거나 달거나 우선 잡수시오. 덧없는 우리 인생 한 번 돌아가면 뉘라 한 번 먹사오리. 살았을 제 먹사이다."

춘풍은 받아먹고 흥에 겨워 말했다.

"추월과 춘풍이 연분 맺어 하나 되어 놀아 볼까."

추월은 노래로 답했다.

"오얏꽃 희고 복숭아꽃 붉은 시절에 춘풍도 좋거니와, 이슬 희고 국화꽃 노란 시절에 추월이 밝았으니 춘풍春風이 좋을시고. 진실로 그럴 양이면 추월 춘풍 연분 맺어 놀아 볼까나."

이날부터 이춘풍은 장사는 내팽개치고 이천오백 냥을 마음 내키는대로 쓸 뿐이었다. 종일 취하여 주야로 놀기만 할 때, 추월이는 수천 냥을 취하려고 교태를 부리며 청했다.

"통 한단 쌍문초中國에서 나는 비단의 하나 도리 불수 능라陵羅 두꺼운 비단과 얇은 비단 초록 저고리 감만 사 주오. 은죽절銀竹節 여자의 쪽에 꽂는 대나무 모양의 은 장식품 금봉채 갖은 노리개도 해 주오. 두리 소반·주전자·화로·양푼·대야도 사 주오. 동래 반상·안성 유기· 구첩반상·실굽 다리도 사 주오. 요강·타구·새옹 남비·청동화로도 필요하오. 백통대·은대·금대·수복 담뱃대도 사 주고 문어·전복·편포마른 오징어도 안주하게 사 주오. 연안 백천延安白川 상상미上上米로 밥하게 팔아 주오. 동래 울산東來蔚山 장곽 해의長藿海衣 미역과 김도 사다 주오."

갖가지로 다 사 달라 하니 허랑한 이춘풍은 하나도 빼놓지 않고 사 주었다. 수천 냥을 비일비재로 내주니 일 년이 못 가서 돈주머니가 비었다.

철없는 춘풍은 추월의 간교奸巧는 추호도 알지 못했다. 추월이 춘풍의 재물을 다 빼앗고 그를 괄시하여 내치니 딱하고 가련하기 이를 데 없다. 춘풍을 만나면 보기 싫다며 거울을 내던지고 구박하기 일쑤였다. 춘풍이 성외 성내城外城內 한량閑良들에게 의론하되 괄시당하긴 마찬가지였다.

"전당포의 은촛댄가, 썩은 나무뿌리던가, 이러할 줄 몰랐던가."

"어디로 갈 것이오. 노자가 부족하면 한 푼 보태지요."

돈 한 냥 내주며 바삐 나가라 재촉하니, 춘풍은 분한 마음이 폭발하여 추월을 탓했다.

"원앙금침 마주하고 누워 대동강이 마르도록 이별하지 말자고 굳게 언약 하였는데, 이렇듯 깊은 맹세가 농담이었는가 진정이었는가. 날 이리 박대 하니 이것이 웬일인가."

추월은 이 말 듣고 낯빛이 변하여 말했다.

"내 말 좀 들어 보소. 청루 물정을 그리도 모르다니요. 노류장화路柳牆花 길가의 버들과 담 밑의 꽃이라는 뜻으로, 창녀나 기생을 비유는 인개가절人皆可折 누구나 꺾을 수 있음이라 했거늘, 평양 기생 추월의 성품을 몰랐단 말입니까? 당신이 가져온 돈냥을 나 혼자 먹지는 않았소."

이같이 구박하며 등을 밀어내며 가라 하니, 춘풍은 기둥 옆에 비켜서서 이리저리 생각해 보아도 자신이 한심하고 가련하기만 했다. 집으로 가자니 처자 보기 부끄럽고, 호조 돈 이천 냥을 빌려 한 푼 없이 돌아가면 곤장을 맞고 죽을 것이다. 서울로도 못 가겠고, 구걸 또한 못하겠고, 노자 한 푼 없으니 불원천리 가는 것도 못할 일이었다.

대동강 깊은 물에 풍덩 빠져 죽자니 그것도 차마 못하겠고, 목을 매 죽으려니 이도 차마 못할 짓이었다. 이럴 줄을 몰랐던가, 춘풍은 후회가 막급하여 서럽다, 슬프다 탄식만 했다.

춘풍은 이리저리 생각하다가 추월에게 간절히 빌었다.

"추월아 추월아, 내 말 잠깐만 들어 보아라. 우리 조선은 인정 많은 나라이거늘 어찌 그리 박절한가. 날 살려 주게. 내가 자네 집에 눌러앉아 물이나 긷고 불 심부름이나 하면 어떠할꼬."

추월은 춘풍을 흘겨보면서 대꾸했다.

"여보소 이 사람아, 자네가 전 행실을 못 고치고 '하네' 소리를 하려면 내 집에 붙어 있을 생각 마소."

이렇듯 구박하니 춘풍의 입에서 '아가씨'가 절로 나오고 존대가 절로 나왔다. 춘풍이 이날부터 추월의 집 심부름꾼이 되니 살았으되 죽느니만 못한 처지였다.

춘풍이 맨상투와 누더기 옷차림으로 이리저리 다니는 모양은 종로의 상거지와 같았다. 밥을 먹는 것도 이 빠진 헌 사발에 눌은밥, 된장이 제격이라, 수저도 없이 뜰아래나 부엌에 서서 먹으니 스스로 생각해도 목이 메어 밥이 넘어가지 않았다.

한량들은 청산에 구름 모이듯 주야로 추월의 집으로 모여 와서 온갖 희롱을 다 했다. 좋은 술 별별 안주에 술상이 낭자하고 노랫가락 주고받으며 한창 놀아날 적에, 춘풍이 뜰아래서 방 안을 엿보니 눈에는 풍년이요 입에는 흉년이었다.

그는 제 신세를 생각하며 노래를 지어 불렀다.

"세상사 가소롭다. 나도 경성 장부로 왈자^{曰가덕} 벗님 취담^{醉談}하여 청루 미색과 가무를 즐기니 하루아침에 수만금을 허비하고, 또 첩으로 삼아 이별 없이 살겠더니, 이 지경이 되었으매 세상사 가소롭다."

때는 엄동이라 바람은 솔솔하고 월색은 조용한데, 춘풍의 노래는 애절했다.

"울고 가는 저 기러기야, 내 진정을 들어 보고 내 고향에 전하여라. 우리 처자 그리워라, 나를 그리워하다 죽었는가 살았는가, 이리저리 생각하니 대장부 일촌간장 봄눈 슬 듯 하는구나. 그런 정 저런 정 다 버리고 전에 하던 가사나 하여 보세."

하고는 매화 타령梅花打令을 했다.

"매화야, 옛 등걸에 봄철이 돌아온다. 필만도 하다마는 백설이 분분하니 피지 말지, 어화 세상사 가소롭다."

이때 추월의 방에서 놀던 한량들이 춘풍의 노래를 듣고 의심하니, 추월이 무색하여 변명했다.

"서울의 이춘풍이라 하는 놈인데 내 집의 심부름꾼이오. 헛소리를 하니 괘념치 마소서."

한량들은 이 말을 듣고 춘풍에게 말했다.

"서울에 산다는 사람이 불쌍하구나."

하고 술을 한 잔 가득 부어 주었다. 춘풍이 갈증이 나고 또 갈증이 나 받아 먹으니 가련하기 짝이 없다.

한편 춘풍의 처는 가장과 이별하고 이 생각 저 생각에 주야로 탄식만 했다.

"멀고 먼 길 큰 장사에 소망을 이루어 평안히 돌아오기만을 천만 축수하며 기다리오."

그런데 춘풍은 오지 않고 풍문으로 들려오는 말이, 서울 사는 이춘풍이 평양으로 장사하러 갔다가 추월을 첩 삼아 흥청망청 노닐다가 수천금을 다 없애고 추월의 심부름꾼이 되었다는 것이다. 춘풍의 처는 이 말을 듣고 가슴을 치며 통곡했다.

"애고애고, 이 말이 웬 말인고. 청루 미색에 한 번 망하기도 어렵거늘, 천 리 타향에 나랏돈을 빌려 가지고 가서 또 낭패를 했단 말인가. 애고 답답해라, 누구를 바라고 산단 말인가. 전생에 무슨 죄를 지어 여자로 태어나서 서방 한 번 잘못 만나 평생을 고생하는구나. 내 팔자가 왜 이토록 기구한가. 이 제 어찌하여 산단 말인가. 박복한 내 팔자 도망하기도 어려우니 차라리 남 산 끝에 가서 나무에 목매달아 죽고 싶구나. 여자로 태어나서 이런 팔자 또 있을까. 염마국閻魔國 십대왕十大王은 아귀사자餓鬼使者를 빨리 보내어 내 목숨을 잡아가오."

한참을 통곡하더니 이를 갈며 말했다.

"내 평양을 찾아가서 추월에게 달려들어 머리채를 감아쥐고 춘풍에게 달려들어 허리띠에 목을 매어 죽여야지."

악을 쓰며 울다가 다시 한 번 생각하니 그리할 수도 없는 노릇이었다.

"어떻게 살아간단 말인가. 설사 가장을 경성으로 데려다가 산다고 해도 어찌해야 할지 모르겠네. 아무리 생각하여도 뾰족한 수가 없구나. 주야로 품을 팔아 전곡 빚을 다 갚고 의식 걱정 없이 백년해로나 하자고 했더니, 원수구나 원수야. 평양 장사 이 원수야."

이렇듯 지내다가 어느 날 춘풍의 처가 한 가지 계교를 생각해 내었다. 노대감이 돌아가신 뒷집 참판댁에 맏자제가 급세하어 깊은 벼슬을 다 지내고 참판으로 머지않아 평양 감사를 한다는 것이다. 그 댁이 빈한하여 국록을 타서 먹고사는데, 그중에 대부인**ᄉ이 있단 말을 듣고 바느질거리를 얻으려고 그 댁에 들어갔다. 후원 별당 깊은 곳에 참판의 대부인이 평상에 누웠는데, 형편이 가난하여 식사도 부실하고 초췌했다. 춘풍의 아내는 이 댁에 붙어서 가장을 살려내고 추월에게 당한 부끄러움을 씻어 보리라 마음을 단단히 먹었다. 그 이후 바느질을 하여 번 돈을 다 들여서 참판댁 대부인 조석 진지를 차려 가니, 부인이 받아먹고는 감지덕지했다.

"이 은혜를 어찌할꼬."

대부인은 주야로 근심하더니, 하루는 춘풍의 처한테 말했다.

"네가 형편도 어렵고 바느질로 살아간다는데, 날마다 상을 차려오니 먹기는 좋다마는 마음이 편치 않다."

춘풍의 아내가 여쭈었다.

"제 집에 음식이 있는데 혼자 먹기는 그래서 마님이 잡수실까 드린 것입니다. 황송하여이다."

대부인은 이 말 듣고 기특히 여겨 매일 생각했다. 하루는 참판 영감이 대부인을 문안하고 여쭈었다.

"요사이 무슨 좋은 일이 있길래 화색이 가득하십니까."

"앞집 춘풍의 처가 좋은 음식을 연일 차려 오니, 내 기운이 절로 나고 그 정성에 감격했느니라."

참판이 이 말을 듣고 춘풍의 처를 불러 고마운 뜻을 전하니, 대부인이 더욱 기특히 보고 사랑해 주었다.

날이 지나 드디어 참판 영감이 평양 감사로 가게 되었다. 집안 경사에 참판 댁이 희희낙락하고 있을 때 춘풍의 처가 대부인에게 공손히 아뢰었다.

"이번에 천은으로 평양 감사를 하셨으니 이런 경사 없습니다."

대부인이 말씀했다.

"나도 평양에 가려 하니 너도 함께 내려가서 춘풍이도 찾아보고 구경이나 하는 것이 어떠하냐."

춘풍의 처가 대답했다.

"저는 그만두고 제 오라비가 있사오니 비장神將 조선 시대에 감사를 따라다니며 일을 돕던 무관 벼슬 한몫 주시길 바라나이다."

대부인은 이 말 듣고 흔쾌히 대답했다.

"네 청이야 어찌 안 들어주겠느냐."

하고 감사에게 통지하니 감사는 그 자리에서 허락하고 바삐 거행토록 했다. 춘풍의 처는 없는 오라비를 있다 하고 제가 직접 평양에 가려는 것이었다. 집으로 돌아와 여자 옷을 벗어 놓고 남자 의복을 갖춰 입었다. 외올 망건·대모관자玳瑁貫子 거북이 등껍질로 만든 모자 를 쓰고, 제주 탕건濟州宕巾, 계양 태 제모립에 은 귀영자銀鉤纓子 벼슬아치의 갓끈에 달린 갈고리 산호격자珊瑚格子 대나무 갓끈의 대나무 토막 사이에 꿴 산호 구슬 를 두 귀 밑에 달고, 양색단兩色緞 윗저고리·자개묘초 양등거리·양피 두루마기·희천주熙川紬 겹 창의에 갑사 쾌자甲紗快子 좋은 비단으로 만든 전투복의 일종 장패將牌 띠로 가슴 한복판을 눌러 띠고, 대모 장도玳瑁粧刀 내외 고름에 비껴 차고 소상반죽瀟湘斑竹 중국 소상에서 나는 대나무 왜금선을 늘어지게 쥐고서 흐늘흐늘 걸어가니 의심할 바 없이 거동 황홀한 남자처럼 보였다.

저녁때가 되어 대부인에게 상을 올릴 적에 춘풍의 처가 엎드려 여쭈었다.

"춘풍의 처 문안드리나이다."

부인은 놀라 말했다.

"춘풍의 처가 남복男服은 어인 일인고?"

춘풍의 처 비장이 여쭈었다.

"저의 지아비가 방탕하여 청루에 오입을 하고 다니며 두세 번을 망해 먹었습니다. 그러더니 호조 돈 이천 냥을 비싼 이자 내고 얻어내어 평양에 장사를 하러 갔습니다. 그런데 추월을 첩으로 삼아 주야로 즐기다가 이천오백 냥을 추월에게 다 뺏기고 그 집 심부름꾼이 되었다 합니다. 제 마음 절통하던 차에 천만다행 사또 덕택으로 비장이 되어 내려가니, 추월에게 설욕하고 호조 돈 받아내고 지아비 데려다가 백년동락하게 되면 마님 덕택이니 저의 이 남복을 의심하지 마시옵소서."

대부인은 듣기를 마치고 크게 웃으며 말했다.

"네 말이 그러하니 불쌍하고 가련하다. 소원대로 하여 주마."

이때 마침 감사가 안에 들어오다가 노하여 호령했다.

"저놈이 어떤 놈이건대 마음대로 대청에 출입하느냐. 저놈을 어서 결박하라."

천둥같이 분부하니, 대부인은 웃으며 춘풍 처의 일을 자세히 일러 주었다. 말을 다 들은 감사는 크게 웃으며 기특하다 칭찬했다. 그러더니 좌우를 불러 입 밖에 내지 말라 단속하고 삼 일 잔치를 연 후에 헌신現身 _{아랫사람이 윗사람에게 예를 갖추어} 모습을 보임하니, 감사 빼고는 다 초면이라 수군수군 칭찬하며 말했다.

"회계 비장 잘났네. 다만 수염이 없으니 그것이 흠이다."

다음 날 떠날 적에 골고루 갖춘 행렬은 찬란하고도 엄숙했다. 빛 좋은 백마 등에 쌍교雙轎·독교獨轎·사인교四人轎며 좌우 청장 호강 있게 내려갈 제, 선배 비장·후배 비장·책방冊房까지 치레하고 호피 안장 높이 타고 비단부채 든 이군전병조의 한 분과이 햇빛을 가렸는데 그 모습이 화려했다. 이방·호방·예방·수배·인배·통인·관노官奴 역마부驛馬夫며 각 청 방자·군노軍奴·나장邏將이 좌우에 늘어서서 구파발을 지나고 숫돌 고개를 넘어서 파주읍에 숙소하고, 임진강 다다라서 전후 창병蒼屛을 둘러보니 보던 바 제일의 풍경이었다.

적벽강산赤壁江山 수한경水閑境을 여기저기 구경하고 동파역을 지나 장단읍에서 점심을 먹고 취석골 건너가 소파에서 하루 묵고 청석골에 다다르니 벽제 소리 권마성勸馬聲 _{높은 벼슬아치가 행차할 때 하졸들이 목청을 길게 빼어 외치던 소리}에 산천이 다 울리었다. 금천읍에서 점심 먹고 도저울 지나서 웃고개 넘어서니 평산 땅이었다. 앞고개를 넘어 태백산성 바라보고 남창역에서 말을 먹여 총수관에 숙소하고, 홍주원을 지나 구월산에 이르니 산세가 기묘했다. 봉산읍에서 점심 먹고 동선령을 넘어 정방 산성 바라보니 좌우 산성의 경개가 좋았다.

황주 병영과 중화읍에서 숙소하고 형제교에 다다르니, 영본부營本府 관수官守들이 나와 현신하고 모시는데, 천총千摠 _{정3품 무관직} 파총把摠 _{종4품 무관직}이 군문에 좌청룡 우백호 동서남북 청홍흑백으로 어지러이 늘어섰고, 길나장 _{수령이 외출할 때 길을 인도하는 사람} 군악대 새면 _{거문고, 가야금, 비파} 치는 소리가 산천을 진동했다. 녹의홍상 아름다운 미색들은 좌우에 늘어섰고, 전배 비장과 후배 비장은 좋은 말에 높이 앉아 앞뒤로 법도 있게 나아갔다. 장림을 지나 대동강변 다다르니 녹수청파 두 교산은 적벽강 큰 싸움에 방사원^{龐士院}의 연환계^{連環計 적벽 대전에서 조조의 배들을 도망가지 못하도록 쇠고리로 엮어 놓은 계책}로 육지같이 모였는데, 대동문 들어갈 제 전후좌우 구경꾼이 성이 무너질 듯 가득했다. 성루를 지나 객사에 현알^{見謁}하고 문에 들어가 선화당^{宣化堂 관찰사가 집무하던 정당}에 자리를 잡으니, 포를 세 발 쏜 후에 백여 명의 기생들이 낱낱이 인사를 했다.

사또가 분부했다.

"비장 책방 다 현신하라."

하루는 사또가 회계 비장더러 농담으로 놀리는 것이었다.

"각처 지방 책방까지 수청을 두었는데, 자네는 평양 같은 물색에 독수공 방을 한다니 그게 참말인가?"

"소인은 사오 년을 혼자 살아 색에 뜻이 없나이다."

회계 비장의 숨은 회포를 사또밖에 누가 알겠는가. 사또는 비장을 날로 믿어 일마다 맡기고 수만 냥을 상으로 내렸다.

한편 회계 비장은 춘풍과 추월을 염탐하다가 하루는 추월의 집을 찾아갔다. 중문에 들어가니 물통을 지고 가는 자가 있는데 행색도 참혹하고 모양도 가련했다. 삼 년이나 빨지 않은 옷을 누덕누덕 얽어 입고, 봉두난발에 낯조 차 씻지 못하였는지 추잡하기 이를 데 없었다. 비장이야 제 서방인 줄 알았 지만 춘풍은 제 아내인 줄 알 리 없었다.[1]

비장은 슬프고 분한 마음을 추스르고 추월의 방에 들어갔다. 간사한 추 월은 회계 비장을 또 홀리려고 교태를 부리었다. 각별히 술상을 만반진수로 차려 내오니, 비장은 약간 먹는 체하고 심부름하는 걸인에게 내주며 말했다.

"불쌍하구나. 네 본디 걸인이냐? 어찌 그 지경이 되었느냐."

춘풍은 뜰에 엎디어 아뢰었다.

"소인도 경성 사람인데 이리 온 사정이야 어찌 다 여쭈오리까. 나으리, 잡수시던 것을 소인 같은 천한 몸에게 주시니 그 은혜 감사 무지하여이다."

비장은 수일 후 춘풍을 잡아들여 형틀에 올려 매고 말했다.

"이놈, 들어라. 네가 이춘풍이냐?"

---

1) 고전 소설에서는 서술자가 작품 속에 개입해 자신의 주관적인 견해를 남기는 경우가 많다. 이를 서술자의 편집자적 논평이라고 하는데, 대부분 설의형 문장이나 감탄형 문장으로 나온다.

춘풍은 큰 소리로 대답했다.

"그러하옵니다."

"호조 돈 수천 냥을 빌리고 사오 년이 되도록 한 푼도 상납을 아니하였으니, 너는 그 돈을 다 어찌하였는고? 여봐라, 매우 쳐라."

사령 놈이 매를 들고 십여 차례 힘껏 치니 춘풍의 다리에 유혈이 낭자했다. 비장은 그 꼴을 보고 차마 더 치지는 못하고 말했다.

"춘풍아, 너는 그 돈을 어디로 갖다 없앴느냐, 바로 아뢰어라."

춘풍은 대답하여 아뢰었다.

"호조 돈을 가지고 평양 와서 일 년 동안 추월과 놀고 나니 한 냥도 남지 않았습니다. 다른 데에는 한 푼도 쓴 일이 없사옵나이다."

비장은 이를 갈며 추월을 잡아들인 후 형틀에 올려 매었다.

"사정없이 매우 쳐라."

호령하여 십여 대를 호되게 치고 신문했다.

"이년 바른대로 말하여라, 네 죄를 모르느냐?"

추월은 정신이 아득하여 겨우 여쭈었다.

"춘풍의 돈을 묻는 것은 소녀에게 부당하옵니다."

비장은 대노하여 말했다.

네 어찌 모르느냐. 호조 돈을 이자까지 쳐서 오천 냥을 바쳐라.

춘풍의 돈을 어찌 소녀에게 물으십니까.

🔔 소설 한 장면   위기   춘풍과 추월은 관아에 잡혀 들어감

"네 어찌 모르느냐. 막중 호조 돈을 감영에서 물어 주랴, 본부에서 물어 주랴? 네가 먹었거늘 무슨 잔말이 많으냐? 너를 쳐서 죽이리라."

곤장 오십 대를 중히 치며 서리같이 호령하니, 추월은 기가 막히고 질겁 하여 죽기를 면하려고 아뢰었다.

"나랏돈 중하고 관령이 지엄하니 분부대로 춘풍의 돈을 다 물어 바치리다."

비장이 명했다.

"호조에 공문을 띄워 너를 죽이라 하였으되, 네가 먼저 죄를 알고 돈을 모두 바치겠다고 하여 너를 살리니, 호조 돈을 이자까지 하여 오천 냥을 바쳐라."

"십 일 말미만 주시면 오천 냥을 바치리다."

춘풍의 처는 추월이 다짐하니 추월을 형틀에서 내려놓고 춘풍에게 일렀다.

"십 일 내에 오천 냥 받아 가지고 서울로 올라가라. 내가 특별한 사정이 있어 먼저 올라가니 내 뒤를 따라 올라와 집으로 찾아오라."

춘풍은 황공하여 아뢰었다.

"나으리 덕택으로 호조 돈을 다 받아내게 되었으니 은혜 백골난망이로 소이다. 서울로 가서 댁에 먼저 문안하오리다."

회계 비장은 사또에게 아뢰었다.

"추월에게 설욕하고 춘풍도 찾고 호조 돈도 받게 되었으니 은혜 감축 무 지하옵니다. 이제 소인이 존중한 처소에 오래 있기 죄스러우니 떠나게 해 주옵소서."

감사가 허락하니, 이튿날 감사에게 하직하고 상으로 받은 돈 오만 냥을 환전換錢하여 부쳤다. 그리고 여러 날 만에 집으로 돌아와 돈을 찾은 후 비장 옷을 벗어 놓고 춘풍이 오기를 기다렸다.

한편 평양 사또는 추월을 잡아들여 돈 오천 냥을 바치라고 명했다. 성화와 같은 재촉에 못 이겨 추월은 며칠 안으로 오천 냥을 갖다 바치었다. 춘풍이 비장 덕에 돈을 받아 가지고 옷을 잘 갖춰 입은 뒤 은안장 말을 타고 경성 제집을 찾아가니, 춘풍의 처가 문밖까지 마중 나와 춘풍의 소매를 잡고 깜 짝 놀라는 척 말했다.

"어이 그리 더디 오셨습니까. 그래 장사는 잘 이루시었소?"

춘풍은 제 처를 보고 점잖게 말했다.

"그새 잘 있었던가."

하고는 돈 오천 냥을 여기저기 벌여 놓고 장사에서 남긴 듯 의기양양하니,

춘풍의 아내는 술상을 소담히 차려 올렸다.

"자시오."

그러나 정성스런 상을 받은 춘풍은 교만한 태도로 제 아내를 꾸짖었다.

"안주도 좋지 않고 술맛도 없구나. 평양서는 좋은 안주로 매일 취하여 입맛이 좋았으니 평양으로 다시 가고 싶다. 아무래도 여기엔 못 있겠다."

하더니 젓가락을 그릇에 박고 고기도 씹어 뱉으며 푸념을 하는 것이었다.

"평양 일색 추월이와 좋은 술 좋은 안주에 호강하며 지냈는데, 집에 오니 온갖 것이 다 어설프기만 하구나. 호조 돈이나 갚고 평양으로 내려가 첩과 살아야겠다."[2]

그 거만한 짓은 차마 눈을 뜨고는 못 볼 지경이었다.

춘풍의 처는 상을 물려 놓고는 밖에 나가 비장 차림으로 다시 변장을 했다. 그러고는 오동수복烏銅壽福 검붉은 빛의 구리로 수(壽) 혹은 복(福) 자를 새긴 것 화간죽花竿竹 꽃무늬를 새긴 담뱃대 을 한 발이나 비껴 물고 대문 안에 들어서서 소리쳤다.

평양으로 다시 가고 싶다. 아무래도 여기엔 못 있겠다.

🖐 소설 한 장면   절정   춘풍은 아내를 구박하고 다시 평양으로 가려 함

---

2) 아직도 반성하지 않는 춘풍을 통해 당시 가부장제가 지닌 횡포를 폭로하고, 춘풍의 무능한 모습을 효과적으로 드러내고 있다.

"춘풍아, 왔느냐?"

춘풍이 자세히 보니 평양서 돈을 받아 주었던 회계 비장이었다. 그는 황급히 버선발로 뛰어내려와 땅에 엎디어 여쭈었다.

"소인이 오늘 왔는데 날이 저물어 내일 문안을 드리려고 하였습니다. 이렇게 나으리가 먼저 행차를 하시니 황공하옵니다."

비장이 대답했다.

"내 마침 이리 지나가다가 너 왔다는 말을 듣고 잠깐 들렀노라."

비장이 방 안으로 들어가니, 춘풍은 아무리 제 방이라고는 하나 감히 들어가지 못하고 문밖에 서 있었다.

"춘풍아, 들어와서 말이나 하여라."

춘풍이 아뢰었다.

"나으리 좌정하신 데를 어찌 감히 들어가오리까."

"잔말 말고 들어오라."

춘풍이 마지못해 들어가니 비장이 말했다.

"그때 추월에게 돈을 제때 받았느냐."

"나으리 덕택에 즉시 받았습니다. 못 받을 돈 오천 냥을 하루아침에 다 받았사오니 나으리의 덕이 태산 같습니다."

"그때 맞았던 매가 아프더냐."

"소인에게 그런 매는 상이나 마찬가지인데 어찌 아프다 하리까."

"네 집에 술이 있느냐."

춘풍이 일어서서 주안상을 들이려 하는데 비장이 꾸짖었다.

"네 계집은 어디 가고 네가 나서느냐. 네 계집을 빨리 불러 술상 준비를 못 시키겠느냐?"

춘풍이 황망하여 아무리 찾은들 제 처가 있을 리 없었다. 온 집 안과 동네를 찾아도 없는지라 손수 술상을 차려 내오니, 비장이 한두 잔 먹은 후에 취담으로 말했다.

"네 평양에서 추월의 집 심부름꾼을 할 때는 모양도 참혹하고 걸인 중 상거지였느니라. 추월의 하인 되어 봉두난발에 헌 누더기 발싸개를 하고 다니던 기분이 어떻더냐."

춘풍은 제 계집이 문밖에서 엿들을까 민망하였지만, 비장이 하는 말을 막을 도리는 없었다. 또 어떤 소리가 나올까 좌불안석하는 꼴은 혼자 보기가 아까울 정도였다.

이때 비장이 명했다.

"남산 밑 박 승지 댁에서 얼큰히 취해 네 집에 왔더니, 시장도 하거니와 해갈이나 하게 갈분葛粉 칡뿌리를 찧어 가라앉은 앙금을 말린 가루로, 갈증과 술독을 풀거나 오줌을 잘 나오게 하는 데 약으로 씀이나 한 그릇 가져오라."

춘풍이 밖으로 나와 아무리 제 계집을 찾은들 있을 리 만무했다.

춘풍이 들어와 주저주저하니 비장은 춘풍을 꾸짖었다.

"네 계집을 어디다 숨기고 나를 아니 보여 주는고?"

춘풍이 이 핑계 저 핑계를 대니 비장은 더욱 노했다.

"네 몹쓸 놈이로구나. 평양 일을 생각하여 보라. 네가 집으로 돌아왔다고 이리 제 중한 체를 하느냐?"

춘풍이 허둥지둥 갈분을 가지고 부엌으로 가 죽을 쑤는 꼴은 우습기 짝이 없었다. 한참을 꿈적거려서 갈분죽을 쑤어 주니 비장은 조금 먹는 체하고 춘풍을 주며 말했다.

"먹어라. 추월의 집에서 깨진 헌 사발에 누룽지 된장덩이를 찌그러진 숟가락도 없이 먹던 생각을 하며 먹어라."

춘풍은 받아먹으며 제 아내가 밖에서 다 들을까 전전긍긍했다. 비장이 말했다.

"밤이 깊었으니 네 집에서 자고 가야겠다."

비장이 의복과 갓망건을 벗으니, 춘풍은 감히 가란 말은 못하고 구경만 할 뿐이었다. 한 해 남짓 못 본 아내와 잠이나 잘까 하였는데, 비장이 자고 간다 하니 민망할 따름이었다. 그런데 비장이 훨훨 옷을 벗은 후 일어서니 완전한 계집이 아닌가. 춘풍은 깜짝 놀라 자세히 보니 분명한 제 아내였다. 춘풍이 어이가 없어 말도 못하고 있으니 춘풍의 처가 달려들며 말했다.

"이 사람아, 아직도 나를 모르겠는가."

춘풍은 그제야 깨닫고는 제 처의 손을 잡았다.

"이것이 웬일인가, 평양 회계 비장이 내 아내가 될 줄 꿈에도 생각지 못하였소. 설마 귀신이 내 눈을 홀린 것은 아니겠지?"

하며 원앙금침에 옛정을 다시 되살리니 그 은근함이 비할 데가 없었다.

춘풍이 말했다.

"어찌하여 평양 비장이 되었으며, 또 내가 아무리 잘못하였기로 가장을 형틀에 올려 매고 볼기를 치다니 그때 자네 마음이 상쾌하던가?"

춘풍의 처가 대답했다.

"그때 자청하여 돈 한 푼 곡식 한 말 손도 대지 않겠다며 수기 써서 맹세하지 않았소. 그런데 무슨 미친 마음으로 호조 돈 수천 냥을 빌려 가지고 평양 장사를 간다 하니 기가 막힙니다. 가지 말라고 말리니 이리 치고 저리 치고 가산을 몽땅 가져가 거지 신세가 되었지요. 그 후 꾀를 내 참판 댁 대부인께 바느질품을 판 돈으로 음식상을 자주 올려 정성으로 모시었소. 대부인이 감복하여 저를 끔찍이 사랑하시었소. 그 아드님이 평양 감사로 갈 때 비장으로 데려가 달라 하니 흔쾌히 허락하셨지요. 비장으로 내려갈 제는 임자를 보게 되면 반죽음으로 만들려 하였는데, 막상 만나 보니 불쌍해서 차마 더 치지 못하고 용서하고 말았소. 사오 년 줄곧 고생하던 생각을 하면 당신 맞던 매가 깨소금 같으오."

내외는 서로 웃으며 그간 일을 서로 다 풀어 버렸다. 호조 돈을 다 갚은 춘풍은 개과천선하여 주색잡기를 전폐하고, 집안 살림을 잘 다스려 형편도 부유해지고 아들딸도 낳았다. 평양 감사가 임기가 다 되어 돌아오니, 춘풍과 그의 처는 평생 신의를 끊지 않고 섬기어 모셨다. 이에 사람들은 춘풍의 아내를 가리켜 여중호걸女中豪傑이라 칭찬했다.

앞으로도 함께 잘 삽시다.

개과천선하니 행복하구나.

○ 소설 한 장면　결말　춘풍은 개과천선한 뒤 부인과 함께 집안을 잘 다스림

🔭 생각해 볼까요?

 선생님 「이춘풍전」이 창작되었을 무렵의 사회는 어떤 모습이었을까요?
💬 4 ❤️ 4

↳ **학생 1** 당시 조선 후기 사회는 여러 가지 모순에 심한 몸살을 앓고 있었어요. 정치적으로는 당파 싸움과 소수 양반 가문의 관직 독점 현상이 만연했지요. 몰락 양반이 대거 발생하고, 나아가 신분이나 관직을 사고파는 일까지 생겨났어요. 몰락 양반은 어려운 살림을 꾸려 가기 위해 돈이 필요했고, 신흥 부유층은 돈으로 명예를 사고자 했거든요.

↳ **학생 2** 농촌에서는 대지주가 많은 땅을 독점한 탓에 영세 농민이 농촌을 떠나고, 도시에서는 독과점 상인이 부를 축적해 영세업자를 몰아냈어요.

↳ **학생 3** 문학도 많은 변화를 겪었어요. 중국을 배경으로 과장된 인물과 허황된 사건을 다루던 경향에서 벗어나, 우리나라를 배경으로 하며 다양한 인물을 등장시킨 새로운 작품들이 창작되었지요.

↳ **학생 4** 이렇듯 「이춘풍전」을 비롯한 작품들은 주로 사회에 대한 불신을 바탕으로 당시 세태를 풍자하고, 기생에게 홀린 양반들이 주인공으로 등장한다는 특징을 꼽을 수 있어요.

 선생님 「이춘풍전」에서 춘풍의 부인은 어떤 인물인가요?
💬 2 ❤️ 2

↳ **학생 1** 춘풍의 부인은 남존여비의 유교 윤리가 지배하던 조선 시대에서 상상하기 어려운 여중 호걸의 모습을 보여 주고 있어요. 그녀는 결코 소극적이거나 순종적이지 않으며, 위기에 처한 무능한 남편을 구하기 위해 맹활약을 펼쳐요. 결국 방탕한 남편을 개과천선하게 만들고 다시 가정을 일으키지요.

↳ **학생 2** 춘풍의 부인은 자신의 권리와 지위를 스스로 향상시키는 새로운 여성상이라 할 수 있어요.

  선생님 「이춘풍전」이 왜 판소리계 소설로 분류되는지 이야기해 볼까요?
💬 1 ❤️ 1

↳ **학생 1** 판소리계 소설은 판소리 사설을 바탕으로 형성되었거나 판소리적 성격이 강한 고전 소설을 말해요. 「춘향전」, 「심청전」 등과 같은 작품이 대표적이지요. 물론 「숙영낭자전」처럼 소설을 기반으로 나중에 판소리 작품이 등장한 경우도 있지만요. 「이춘풍전」에는 운문체와 산문체의 혼합, 인물에 대한 해학적 묘사, 편집자적 논평 등 판소리계 소설의 특징이 나타나 있으므로 판소리계 소설로 분류할 수 있어요.

선생님 「이춘풍전」에 나타난 문제 상황과 해결 양상을 살펴 볼까요?
  3 ♥ 3

학생 1 첫 번째 문제 상황은 이춘풍이 방탕하게 사느라 선대로부터 물려받은 재산을 탕진했다는 거예요. 이춘풍의 부인이 부지런히 길쌈을 하며 생활하는 것으로 문제가 해결되지요. 이를 통해 양반 남성의 무능함, 남성 중심 사회의 허위를 풍자하고 있어요.

학생 2 두 번째 문제 상황은 장사를 하겠다고 평양으로 간 이춘풍이 기생 추월에게 홀려 나랏돈을 탕진했다는 거예요. 남자로 꾸민 이춘풍의 부인이 비장으로서 이춘풍을 꾸짖고, 추월로부터 돈을 되찾아 문제를 해결하지요. 이를 통해 이춘풍의 부인이 지닌 적극적인 면모가 강조돼요.

학생 3 세 번째 문제 상황은 서울로 돌아온 이춘풍이 여전히 허세를 부리며 부인을 무시하고 핍박했다는 거예요. 이춘풍의 부인은 다시 비장으로 꾸며 이춘풍을 꾸짖음으로써 문제를 해결하지요. 이를 통해 방탕하고 무능한 남편을 개과천선하게 하는 새로운 여성상을 드러내고 있어요.

남장 화소 ▾ 🔍

연관 검색어　　화소　가부장제　남녀평등

남장 화소란 여성 인물이 남자로 꾸며 나타나는 이야기를 말한다. 이때 화소(話素)는 이야기의 가장 작은 단위이다.

고전 소설에서는 남장 화소가 빈번하게 등장하는데, 「이춘풍전」에서도 춘풍의 부인이 비장으로 꾸며 남편 춘풍을 위기에서 구해준다. 이는 남성 중심 사회의 허위의식을 폭로하고 가부장제를 풍자하기 위한 장치이다. 당시의 사회적 시선을 고려해 남자로 분장하기는 하지만, 여성 인물이 능력을 발휘해 남성 인물을 구조함으로써 여성도 남성과 동등하다는 남녀평등 의식을 드러낸다. 또한, 적극적인 여성상을 강조하며 이야기에 흥미를 불어넣는 역할도 한다. 남장 화소가 녹아 있는 우리나라 고전 소설로는 「이춘풍전」을 비롯해 「홍계월전」, 「정수정전」 등이 있다.

옹고집전

#진짜와가짜   #인간의도리   #놀부형인물   #개과천선

⚓ 작품 길잡이

작가: 미상
갈래: 판소리계 소설, 풍자 소설
성격: 해학적, 풍자적, 교훈적
배경: 시간 - 미상 / 공간 - 옹정 옹연 옹진골 옹당촌
근원 설화: 장자못 설화
주제: 인간의 참된 도리에 대한 교훈, 권선징악

📷 인물 관계도

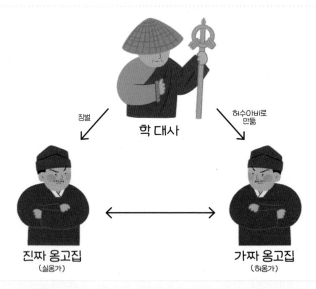

학 대사

징벌

허수아비로
만듦

진짜 옹고집
(실옹가)

가짜 옹고집
(허옹가)

학 대사	월출봉 취암사의 승려로, 옹고집을 징벌하기 위해 가짜 옹고집을 만든다.
옹고집	부유하지만 성질이 고약하고, 가짜 옹고집에게 밀려 집에서 쫓겨난다.

🏛 구성과 줄거리

발단　**성질이 고약한 옹고집은 매사에 고집을 부림**

옹고집은 성질이 고약해서 풍년을 좋아하지 않고 매사에 고집을 부린다. 또한, 병든 노모를 돌보지 않고 승려를 못살게 군다. 취암사 도승은 학 대사를 보내 옹고집을 질책하려고 한다.

전개　**학 대사가 허옹가를 만듦**

옹고집의 심술로 학 대사는 하인에게 매만 맞고 돌아간다. 궁리 끝에 학 대사는 옹고집을 징벌하기로 하고 허수아비로 허옹가를 만든다. 허옹가는 실옹가의 집에 가서 주인 행세를 하고, 두 사람은 서로 자기가 진짜라며 말다툼을 벌인다.

위기　**실옹가와 허옹가가 다툼**

옹고집의 자식과 아내까지 나서지만 누가 진짜 옹고집인지를 판별하지 못한다. 마침내 관가에 가서 송사를 하지만 허옹가는 실옹가보다 집안 사정을 더 잘 알고 있다. 패소한 실옹가는 곤장을 맞고 내쫓겨 걸식하는 신세가 된다.

절정　**실옹가는 취암사 도승의 가르침을 받고 집으로 돌아감**

허옹가는 실옹가의 집에 살면서 자식을 부지기수로 낳는다. 실옹가는 온갖 고생을 하다 살아갈 의지를 잃고 산중에 들어간다. 이때 취암사 도승이 나타나 잘못을 뉘우치는 실옹가에게 부적을 주면서 집으로 돌려보낸다.

결말　**실옹가가 개과천선함**

실옹가가 부적을 지니고 집으로 돌아가니 허옹가와 그 자식들은 모두 허수아비로 변한다. 옹고집은 완전히 새사람이 되어서 모친에게 효도하고 불교를 공경하기 시작한다.

옹고집전

옹정 甕井 밑바닥을 없앤 뒤 독을 묻어서 만든 우물 옹연 甕淵 옹연못 옹진골 옹당촌에 한 사람이 살았는데 성은 옹이요 이름은 고집이었다. 그는 성미가 고약하여 풍년이 드는 것을 싫어하고, 심술궂기가 이루 말할 데 없고 모든 일에 고집을 부렸다.

집안 형편을 살펴보면 석숭 石崇 중국 서진의 부자 이나 도주공 陶朱公 중국 월나라 범여가 도나라에서 장사해 큰 부를 이룬 데서 붙여진 이름 을 부러워하지 않을 만했다. 앞뜰에는 쌀가마가 가득히 쌓여 있고 뒤뜰의 드높은 담장 밑으로는 석가산 정원에 돌을 쌓아 산처럼 만든 것 이 우뚝했다. 석가산 위에는 아담한 초당을 지었는데, 네 귀에 매달린 풍경이 바람 따라 맑은 소리를 내며, 연못 속의 금붕어는 물결 따라 뛰놀았다. 동편 뜰의 모란꽃은 봉오리가 반쯤 입을 벌렸으며, 활짝 피었던 왜철쭉과 진달래는 춘삼월 모진 바람에 땅으로 분분히 떨어졌다. 서편 뜰 앵두꽃은 담장 안에 곱게 피고, 영산홍 자산홍은 한창이요 매화꽃 복사꽃도 제철이라 정원 빛이 찬란했다.

팔작집 네 귀에 모두 추녀를 달아 지은 집 기와지붕에 대청마루와 삼층 난간이 있고, 세살창 가느다란 창살을 넣어 만든 창 의 들장지 들어 올려 매달게 한 장지 와 영창 映窓 방을 밝게 하려고 방과 마루 사이에 낸 두 쪽의 미닫이 에는 안팎 걸쇠와 구리 사북 문고리를 튼튼하게 유지하면서 보기 좋게 꾸미려고 양쪽에 끼워 넣는 쇠붙이 조각 이 달렸는데, 쌍룡을 새긴 손잡이는 색깔도 영롱했다. 방안을 들여다보니 팔첩병풍이 펼쳐져 있고 한쪽으로 놋요강과 놋대야를 밀쳐놓았다.

며느리는 명주 짜고 딸아이는 수놓고, 곰배팔이 팔이 꼬부라져 펼 수 없거나 팔뚝이 없는 사람을 낮잡아 이르는 말 머슴 놈은 갈대 자리를 엮고 앉은뱅이 머슴 놈은 방아 찧고, 모두들 바빠 일하고 있었다. 그런데 불효막심한 옹고집은 팔십 늙은 모친이 병들어 누웠는데도 닭 한 마리, 약 한 첩도 봉양치 않고 아침엔 밥을 저녁엔 죽을 바쳐 겨우 남의 구설만 피했다. 불기 없는 냉방에 홀로 누운 어미는 슬피 울며 탄식했다.

"내 너를 낳아 기를 때 애지중지 보옥 寶玉 같이 사랑하여 이렇게 노래하곤 했느니라. 은자동아, 금자동아, 티 없이 맑은 백옥동아, 천지 만물 일월동아, 하늘같이 어질거라 땅같이 드넓거라. 금을 준들 너를 사랴 은을 준들 너를 사랴. 천생 인간 보배는 너 하나뿐이로다. 이같이 사랑하며 너 하나를 키웠더니, 그 공을 네 어찌 모르냐? 옛날에 효자 왕상 王祥 중국의 이름난 효자 은 얼음 속의 잉어를 낚아 병든 모친을 봉양했다는데, 그렇게는 못할망정 불효는 하지 말거라."

불경한 옹고집은 어미 말에 대꾸했다.

"진시황은 만리장성을 쌓고 아방궁을 높이 세워 삼천 궁녀를 찾아다니며 천년만년 살려고 하였소. 그러나 그도 먼 산의 일개 무덤 속에 죽어 묻혔고, 백전백승 초패왕도 오강烏江에서 자결했으며, 안연顔淵 공자의 제자 안회 같은 학자도 삼십 세에 요절했다고 합니다. 그러니 오래 살아 무엇하려오? 옛글에 인간 칠십 고래희古來稀 사람이 일흔 살까지 사는 것은 예로부터 매우 드물다는 뜻라 하였으니 팔십이 된 우리 모친 오래 산들 쓸데없고, 오래 살면 욕됨이 많아질 뿐이오. 도척중국 춘추 시대의 악명 높은 도적같이 몹쓸 놈도 있는데 어찌 나를 가지고 시비를 하우?"

이렇듯 못된 옹고집은 불도佛道 또한 업신여겨 중을 보면 잡아다 귀에 구멍을 뚫고 어깨에 뜸질하기 일쑤였다. 이놈의 심보가 이러하니 옹가의 집 근처에는 동냥중이 얼씬도 하지 못했다.

한편 월출봉 취암사翠庵寺에 도사 한 분이 있었는데, 높은 술법은 귀신도 놀랄 경지에 이르러 있었다. 하루는 도사가 학 대사를 불러 말했다.

"내 들자니 옹당촌에 옹 좌수라 하는 놈이 불도를 업신여겨 중을 보면 원수같이 군다 하는데, 네 그놈을 찾아가서 혼내 주고 돌아와라."

사람은 어차피 죽기 마련인데, 오래 살아 무엇하려오?

내 너를 낳아 기를 때 애지중지 사랑했더니, 그 공을 네 어찌 모르느냐?

◑ 소설 한 장면 발단 성질이 고약한 옹고집은 매사에 고집을 부림

학 대사는 분부를 받고 길을 나섰다. 그는 헌 굴갓^{벼슬을 가진 중이 쓰던 갓}과 마의 장삼^{麻衣長衫 소매가 길고 넓으며 삼베로 만든 승려의 윗옷}을 걸치고 백팔 염주를 목에 걸고는 육환장^{六環杖 여섯 개의 고리가 달린 지팡이}을 짚어 허우적허우적 산을 내려갔다. 때마침 계화가 활짝 피고 산새가 슬피 울며 가는 길을 재촉했다.

학 대사는 해가 지고 석양녘이 되어서야 옹가 집에 이르렀다. 안팎 중문 솟을대문^{행랑채의 지붕보다 높이 솟게 지은 대문}이 활짝 열렸기에, 목탁을 탁탁 치며 권선문^{勸善文 신자들에게 음식이나 물건 등 보시를 청하는 글}을 펼치고 염불을 하기 시작했다.

"천수 천안 관자재보살, 주상 전하 만만세, 왕비 전하 수만세, 시주 많이 하옵시면 극락세계로 가리다. 아미타불 관세음보살……."

이때 할미 종이 중문에 기대어서 넌지시 이르렀다.

"여보시오, 소문도 못 들었소? 우리 댁 좌수님이 춘곤증을 못 이겨 초당 에서 낮잠이 드셨는데, 잠이 깨면 동냥은 고사하고 귀만 뚫리고 갈 것이니 일찌감치 돌아가소."

학 대사가 대답했다.

"높은 누각 큰 집에서 중을 어찌 이렇게 소홀히 대접하오? 악한 일을 많이 한 집은 반드시 재앙이 있고, 선한 일을 많이 한 집은 반드시 경사가 있다고 하였소. 소승은 영암 월출봉 취암사에 사는데, 법당이 퇴락하여 천 리 길 멀다 않고 귀댁에 왔으니 황금 일천 냥만 시주하십시오."

합장 배례하고 목탁을 두드리니, 옹 좌수가 벌떡 일어나 미닫이를 드르륵 밀면서 소리쳤다.

"어찌 그리 요란하냐?"

종놈은 조심조심 여쭈었다.

"문밖에 중이 와서 동냥을 하나이다."

옹 좌수는 벌컥 화를 내며 눈알을 부라리고 소리 질렀다.

"괘씸하다 이 중놈아! 시주하면 어찌된다는 게냐?"

학 대사는 이 말을 듣고 육환장을 눈 위로 높이 들어 합장 배례하며 대답 했다.

"황금으로 일천 냥만 시주하시면 소승이 절에 가서 수륙제^{水陸齊 물이나 육지에서 떠도는 잡귀를 달래기 위해 드리는 불공}를 올릴 터인데, 아무 면 아무 촌 아무개라 외우면서 축원을 드리면 소원대로 되나이다."

옹 좌수는 비웃었다.

"네놈 말 참으로 가소롭다. 하늘이 만백성을 낼 때 부귀^{富貴} 빈천^{貧賤}, 자손 유무, 복이 있고 없고를 분별하여 내셨거늘, 네 말대로 한다면 가난할 자 어디 있으며 자식 없을 자 누가 있겠느냐? 속세에서 말하기를 사람 중에서 가장 못난 것은 중이라고 했겠다! 네놈 마음이 고약하여 부모 은혜 저버리고 머리 깎고 중이 되었을 게 뻔하다. 그러고는 부처님의 제자인 양 아미타불 거짓 염불에 동냥을 달라 하니, 불충불효 불측한 네놈에게 한 푼인들 주어 무엇하리?"

학 대사는 공손히 말했다.

"청룡사에 축원을 올려 만고영웅 소대성^{蘇大成 고전 소설 『소대성전』의 주인공으로, 중국 명나라 때 나라를 구한 영웅}을 낳아 나라에 충성하게 했으며, 천수경^{千手經 천수관음의 유래, 발원, 공덕 등의 내용이 담긴 불경}을 공부하여 주상 전하 만수무강하옵기를 조석으로 빌고 빌었습니다. 이 어찌 갈충보국^{竭忠報國 충성을 다해 나라의 은혜를 갚음} 아니며 부모 보은이 아니리까? 그런 말씀 마옵소서."

이에 옹 좌수는 대뜸 일렀다.

"네 무엇을 배웠는데 그렇듯 말하느냐? 지식이 있다면 내 관상이나 보아 다고."

학 대사는 옹 좌수의 상을 살피더니 말했다.

"눈썹이 길고 미간이 넓으시니 명성과 위세는 드날리겠습니다. 그러나 누당^{淚堂 눈 아래 오목하게 들어간 곳}이 없으시니 자손이 부족하고, 면상이 좁으시니 남의 말을 듣지 않으십니다. 또 수족이 작아 횡사^{橫死 뜻밖의 재앙으로 죽음}도 할 듯하고, 말년에 상한병^{傷寒病 추위 때문에 걸리는 병}을 얻어 고생하다 죽겠습니다."

이 말을 듣고 옹 좌수는 성을 내며 종놈들을 소리쳐 불렀다.

"돌쇠, 뭉치, 깡쇠야! 저 중놈을 잡아내라!"

말이 떨어지기가 무섭게 종놈들이 달려들어 굴갓을 벗겨 내던지고 학 대사를 휘휘 휘둘러 땅바닥에 내동댕이쳤다. 옹 좌수는 호통을 쳤다.

"이 미련한 중놈아 들어라. 진도남^{陳圖南 중국 송나라 때 신선이 되어 사람들을 이끌었다는 도인} 같은 이도 중이 될 수 없다면서 산속에 숨어 살았거늘, 너 같은 나쁜 중놈이 거짓 불도를 지껄이며 남의 돈과 곡식을 가져가려 하니 그냥 두지 못하겠다!"

그러더니 종들을 시켜 중을 눌러 잡고는 꼬챙이로 귀를 뚫고 곤장 사십 대를 호되게 쳐서 내쫓았다. 그러나 술법이 높은 학 대사는 태연히 월출봉 으로 돌아갔다.

학 대사가 절에 들어서니 여러 중이 달려 나와 보고 험한 꼴을 당한 연고를 물었다. 학 대사는 태연자약하게 대답했다.

"여차여차해서 여차여차하였노라."

그 말을 듣고 중 하나가 나서며 의견을 내놓았다.

"스승의 높은 술법으로 염라대왕께 전갈하여 강임도령^{무당이 아끼다는 귀신} 차사^{差使 중요한 임무를 받아 파견된 사람}를 놓고, 그로 하여금 옹고집을 잡아다가 지옥으로 보내 세상에 영영 나지 못하게 하옵소서."

"그럴 수는 없다."

다른 중이 또 나섰다.

"그러하오면 해동청^{매의 옛이름} 보라매^{난 지 1년이 안 된 새끼 매로 사냥에 쓰임}가 되어 푸른 하늘 구름 사이로 높이 떠다니다가, 옹가 놈에게 날쌔게 달려들어 대갈통을 덥석 쥐고 두 눈알을 꼭지 떨어진 수박 파듯 하십시오."

"아서라, 그것도 하지 못할 짓이다."

또 한 중이 나서며 말했다.

"첩첩산중 맹호^{猛虎}가 되어 깊은 밤에 옹가 놈을 물어다가, 사람 없는 험한 산 외진 골에서 뼈도 남기지 말고 드십시오."

학 대사는 또 고개를 가로저었다.

"그도 역시 안 되겠다."

다시 한 중이 여쭈었다.

"그러하오면 신미산 여우가 되어 분단장 곱게 하고 비단옷으로 맵시를 낸 다음 여색 밝히는 옹고집 품에 드십시오. 그런 후 아름다운 얼굴로 이렇게 말하며 옹고집을 속이는 것입니다. '첩은 본디 월궁 선녀이온데 옥황상제께 죄를 지어 인간계로 쫓겨났습니다. 이 몸 어디로 갈 바를 몰라 헤매는데, 산신님이 좌수님과 연분이 있다 하여 얘기해 주시기에 찾아왔나이다' 이러면서 온갖 교태를 다 보이면 옹고집이 필경 크게 혹하여 달려들 것입니다. 그리하면 등 쓸고 배 만지며 온갖 희롱 진탕 하다 병들어 말라죽게 하옵소서."

학 대사는 벌떡 일어나며 손을 내저었다.

"아서라, 그도 못 하겠다."

술법 높은 학 대사는 한 가지 괴이한 꾀를 냈다. 그는 짚 한 단을 가져다 허수아비 만들었는데 영락없는 옹고집의 상이었다. 거기에 부적을 써 붙이니 그 화상은 말대가리 주걱턱에 어디로 보나 옹가였다.

이 허수아비를 옹가 집으로 보냈더니, 사랑채를 차지하고 앉아 하인들에게 태연스럽게 분부를 내리는 것이었다.

"늙은 종 돌쇠야, 젊은 종 뭉치야, 깡쇠야, 어찌 그리 게으르게 자빠졌느냐? 말에 콩 주고 소여물 썰어라! 춘단아, 빨리 나와 방 쓸어라."

이리 보나 저리 보나 분명한 옹 좌수였다.

이때 실옹가實雍哥 진짜 옹고집을 뜻함가 들어서며 큰소리로 꾸짖었다.

"어떤 놈이 왔기에 이렇듯 사랑채가 소란하냐?"

허옹가虛雍哥 가짜 옹고집을 뜻함는 이 말 듣고 나앉으며 대꾸했다.

"그대 어떤 사람이기로 예의 없이 남의 집에 들어와 주인 행세를 하느뇨?"

실옹가는 버럭 성을 내며 호령했다.

"네가 내 집 재물을 탈취하려고 허락 없이 집 안으로 들어왔으렷다! 내 그냥 두지 않겠다! 깡쇠야, 이놈을 잡아내라!"

노복들이 얼이 빠져 이쪽도 보고 저쪽도 보았으나 이 옹 저 옹이 똑같았다. 두 옹이 아옹다옹 다투니 그 옹이 그 옹이요, 깊은 골에서 처사 찾기는 쉬울 망정 백주에 그 방에서 옹 좌수를 찾을 가망은 없었다. 입을 다물고 있던 종 하나가 안채로 들어가서 마님에게 아뢰었다.

옹고집의 버르장머리를 단단히 고쳐주겠다.

🌙 소설 한 장면　전개　학 대사가 허옹가를 만듦

"일이 났소, 아씨님! 좌수님이 둘이 되었으니 이런 일 처음 봅니다. 집안에 이런 변이 세상에 또 있겠습니까?"

마님은 자세한 얘기를 듣고는 대경실색大驚失色 몹시 놀라 얼굴빛이 하얗게 질림 했다.

"애고, 그게 웬 말이냐? 좌수님이 불도를 업신여겨 중만 보면 악행을 마구 하고 팔십 늙은 모친을 박대했는데 어찌 죄가 없겠느냐? 지신地神이 발동하고 부처님이 도술을 부려 하늘이 내리신 죄를 사람의 힘으로 어찌하리?"

마님은 춘단 어미를 불러들여 급히 분부했다.

"어서 가서 진위眞僞를 가려보라."

춘단 어미가 허둥지둥 사랑채로 나가 엿보니, 두 옹가가 "네가 옹가냐? 내가 옹가다!" 하고 서로 고집을 부리며 악을 쓰고 있었다. 그런데 말투와 행동이 똑같고 이목구비도 흡사해 누가 진짜 옹 좌수인지 알아볼 수가 없었다. 춘단 어미는 기가 막혀 말했다.

"'뉘라서 까마귀 암수를 알아보리오' 했다더니, 진짜 좌수를 누가 알아보리오?"

그러고는 허겁지겁 안채로 들어가 고했다.

"마님, 마님! 두 좌수님이 똑같아 쇤네는 전혀 알아볼 수 없사옵니다."

마님은 마침 생각난 듯 일러 주었다.

"우리 집 좌수님은 새로 좌수가 되어 도포를 성급히 입다가 불똥이 떨어져서 안자락에 구멍이 났다. 그것을 찾아보면 진위를 가릴 것이니 다시 나가 알아 오너라."

춘단 어미는 다시 사랑채로 나와 사랑문을 열어젖히며 말했다.

"알아볼 일 있사오니 도포를 보여 주십시오."

실옹가가 나앉으며 도포 자락을 펼치니, 구멍이 또렷한 것이 옹 좌수가 분명했다. 허옹가는 뒤따라 나앉으며 꾸짖었다.

"예라 이년, 가소롭다! 그런 표는 나도 있다."

허옹가가 앞자락을 펼쳐 보이니 거기도 또한 구멍이 뚜렷했다. 누가 진짜인지를 알 길이 전혀 없는지라, 답답한 춘단 어미는 안채로 들어가 마님에게 아뢰었다.

"이게 웬 변입니까? 불구멍이 두 좌수께 다 있으니 쇤네는 전혀 알 수 없습니다. 마님께서 몸소 나가 보시지요."

마님은 이 말 듣고 안색이 달라지며 탄식했다.

"우리 둘이 만났을 때 '여필종부 본을 받아 서산에 지는 해를 긴 노로 삼아 이별 없이 긴 영화를 누리며 살고 죽어도 한날 죽자' 천지에 맹세하고 일월로 증인을 세웠는데, 뜻밖에 변이 나니 이 일이 웬일일꼬? 도덕 높은 공부자孔夫子도 양호陽虎 중국 노나라 때 정치가로 공자와 대립했다고 알려진 인물에게 화를 입었다가 성인이 되었다 하지만, 이런 변이 어디 또 있단 말인가? 내 행실을 송백같이 굳게 하였거늘, 두 낭군을 어찌 섬기리오?"

이렇듯 탄식할 제 며늘아기가 여쭈었다.

"이 일로 집안의 체모가 서질 않으니 이 몸이 나아가 밝히겠습니다."

하고 사랑채로 나가 방문을 퍼뜩 열고 들어가니, 허옹가가 나앉으며 이르는 것이었다.

"아가 아가, 게 앉아 자세히 들어 보아라. 창원 땅 마산포에서 신행新行 결혼한 후 신랑이 신부네 집에 가거나 신부가 신랑네 집에 가는 일 올 때 말이다. 십여 필 말에 온갖 기물 싣고 내가 뒤따라오는데 발정 난 수놈 한 마리가 암말 보고 날뛰다가 실은 것을 모두 결딴냈지. 그래서 놋동이는 한복판이 뚫어져서 못 쓰게 되었길래 벽장에 넣었는데, 이 말이 거짓말이냐? 너의 시아비는 바로 나다!"

기가 막힌 실옹가도 앞으로 나앉았다.

"어허, 저놈 보게. 내가 할 말 제가 하니, 애고 이 일을 어찌하리? 새아기야, 내 얼굴을 자세히 보거라! 네 시아비는 내가 아니냐?"

며늘아기는 공손히 여쭈었다.

"우리 아버님은 머리 위로 금이 있고, 금 가운데 흰머리가 있사오니 그것을 보여 주십시오."

실옹가가 얼른 머리를 풀고 표를 보여 주니, 대갈통이 차돌 같아 송곳으로 찔러도 물 한 점 피 한 방울 안 날 것 같았다. 허옹가가 요술을 부려 실옹가의 흰 털을 뽑아 제 머리에 붙이니, 실옹가의 표는 없어지고 허옹가의 것이 분명했다.

"며느리야! 내 머리를 자세히 보아라."

허옹가가 머리를 들이미니 며늘아기가 살펴보고 말했다.

"틀림없는 우리 시아버님입니다."

실옹가는 복통할 노릇이라, 주먹으로 가슴을 치고 머리를 쿵쿵 두드리며 소리를 질렀다.

"애고애고, 허옹가를 아비라 하고 실옹가는 구박하다니, 기막혀 나 죽겠네!

이 억울함을 누구에게 하소연할꼬?"

이때 종놈들이 남문 밖 활터로 걸음을 재촉하여 서방님을 찾아갔다.

"서방님, 어서 집으로 가십시오! 변이 났습니다. 우리 댁 좌수님이 둘이 되었다니까요."

서방님은 종놈들의 말을 듣고 화살 전통^{화살을 담아 두는 통}을 걸어 멘 채 허둥지둥 집으로 달려왔다. 사랑으로 들어가니 허옹가가 태연자약 나앉으며 말했다.

"저 건너 최 서방네 소작료 열 냥은 받아 왔느냐? 그 돈에서 한 냥만 꺼내 술을 사 오라 일러라. 분해서 못 살겠다. 이놈이 우리 세간을 빼앗으려고 하질 않겠느냐?"

실옹가는 탄식하며 말했다.

"애고애고, 저놈 보게, 내가 할 말을 제가 다 하네."

아들놈은 이쪽도 보고 저쪽도 살펴보았으나 누가 아비인 줄 알 길이 전혀 없었다. 어리둥절해 서 있는데 허옹가가 나앉으며 재촉했다.

"네 어미더러 좀 나오라 하여라! 이런 변이 일어났는데 내외^{內外 남의 남녀 사이에 얼굴을 대하지 않음}할 것 전혀 없다!"

실옹가 아들놈은 안으로 들어가서 여쭈었다.

"어머님, 사랑방에 괴변이 나서 아버님이 둘이오니, 어서 나가 자세히 살펴보십시오."

마님이 사랑으로 나서니 허옹가가 선수를 치고 나섰다.

"여보 임자! 내 말을 자세히 들어 보시오. 우리 둘이 첫날밤 신방으로 들었을 때 말이오. 내가 동침하자 하였더니 당신이 언짢은 기색으로 싫다고 하지 않았소? 그래 내 다시 타이르며 좋은 말로 임자를 이렇게 얼렀었지. '이같이 좋은 밤은 백 년에 한 번뿐인데 어찌 허송을 하려 하오?' 그제야 임자가 마음을 바꿔 서로 동침하였으니, 그런 일을 더듬어서 진위^{眞僞}를 가려내시오."

실옹가의 아내가 곰곰이 생각하니 과연 그 말이 맞았다. 그리하여 허옹가를 지아비라 하니, 실옹가는 원통하고 절통하여 눈에서 불이 날 뿐이었다. 실옹가 아내는 마음을 정하지 못하고 말했다.

"두 분이 똑같으니 소첩인들 어찌 알겠소?"

하더니 안채로 들어가서 팔자 한탄을 했다.

"애고애고 내 팔자야! 여필종부로 한 낭군을 모셔 왔는데 난데없이 똑같은 두 낭군이 웬 변이란 말이냐. 전생에 무슨 죄를 지었기에 이년의 팔자 이리

드셀까. 애고애고 내 팔자야!"

이때 구불촌 김 별감이 문밖에 찾아왔다.

"옹 좌수 게 있는가?"

말이 떨어지기가 무섭게 허옹가가 썩 나섰다.

"이게 뉘신가? 허허, 이거 김 별감 아닌가. 달포를 못 보았는데 그새 댁내 편안한가? 나는 요새 집안에 변괴가 있어 편치 못하네. 어디서 온 누구인지 생김새와 하는 짓이 나와 똑같은 자가 제가 옹 좌수라 하며 내 재물을 빼앗으려 하고 있네. 온갖 계책을 부리면서 진짜 옹가 행세를 하니 이런 변이 어딨겠나? 옛말에 그의 아내는 알지 못하되 그의 벗은 안다고 하였으니, 자네는 나를 알아보겠지? 나와 자네는 뜻이 통하는 터, 명명백백 분별하여 저놈을 쫓아 주게."

실옹가는 이 말을 듣고 가슴을 쾅쾅 치며 호령했다.

"애고애고 저놈 보게! 제가 나인 체 태연히 들어앉아 좋은 말로 그럴듯하게 늘어놓네! 이놈 죽일 놈아, 네가 옹가냐? 내가 옹가지!"

김 별감은 이리 보고 저리 보며 어이가 없어 말했다.

"양 옹이 옹옹 하니, 이 옹이 저 옹 같고 저 옹이 이 옹 같아 분별치를 못하겠네! 관가에 가서 송사訟事 백성끼리 분쟁이 있을 때 관아에서 옳고 그름을 판결하는 일 나 하여 보게."

양 옹은 이 말을 듣고 관가로 달려가서 송사를 아뢰었다. 사또는 둘을 불러 놓고 양 옹을 살피는데, 얼굴도 흡사하고 의복도 똑같으므로 형방에게 분부했다.

"둘의 옷을 벗겨 보아라."

명을 듣고 형방이 나서서 양 옹을 발가벗기었다. 그러나 차돌 같은 대갈통과 가슴, 팔뚝, 다리, 발이 모두 같고 불알마저 흡사하니, 그 진위를 도무지 가릴 길이 없었다.

실옹가가 먼저 아뢰었다.

"이 몸의 조상은 대대로 옹당촌에 살아왔습니다. 그런데 천만뜻밖에 생면부지 모를 자가 이 몸과 행색을 똑같이 하고 태연히 나타난 것입니다. 그러고는 우리 집을 제 집이라, 우리 가솔을 제 가솔이라 하오니, 세상에 이런 변괴가 어디 또 있겠습니까? 현명하신 사또께서 저 놈을 엄문하시어 사리를 밝혀 주시옵소서."

허옹가도 아뢰었다.

"제가 아뢰고자 하던 것을 저놈이 다 아뢰었으니 다시 사뢸 말씀 없사옵니다. 하오나 명철하신 사또께서 샅샅이 살피시어 허실을 가려 주시옵소서. 그러면 죽어도 여한이 없겠나이다."

사또는 양 옹을 꾸짖어 입을 다물게 한 후, 육방의 아전과 내빈 ^{內賓} 행객 ^{行客}을 모두 불러 두 옹가를 살펴보게 했다. 그러나 실옹이 허옹 같고 허옹이 실옹 같아 전혀 알 수 없었다. 형방이 아뢰었다.

"두 사람의 호적을 참고하여 보십시오."

"허허, 그 말이 옳도다."

사또는 호적색 戶籍色 호적에 관한 일을 맡아보던 관원을 불러 놓고 양 옹에게 호적을 읊어 보라고 했다. 실옹가가 먼저 나앉으며 아뢰었다.

"아비의 이름은 옹송이옵고 할아버지는 만송이옵니다."

사또는 이 말 듣고 허허 웃으며 말했다.

"그놈의 호적은 옹송망송 흐리멍덩한 모양하여 전혀 알 수 없으니 다음 옹이 말하여라."

이때 허옹가가 나앉으며 아뢰었다.

"이 몸은 옹돌면 제일호 유학 幼學 벼슬을 하지 않는 유생 옹고집이요, 나이 삼십칠 세이옵니다. 부父 학생 學生 벼슬하지 않고 죽은 사람을 제사 지낼 때 명정·지방·신주 등에 쓰는 존칭은 옹송인데 절충장군 折衝將軍 정3품 당상관의 무관 이옵고, 할아버지는 평민이오나 오위장 五衛將 조선 때 오위도총부에 소속되어 오위의 군사를 거느리던 벼슬을 지내셨습니다. 고조할아버지는 맹송이요 본은 해주이오며, 처는 진주 최씨이옵니다. 아들놈은 골이온데 나이는 십구 세 무인생 戊寅生이요, 하인으로 천비 소생 돌쇠가 있사옵니다.[1]

다음으로는 저의 세간을 아뢰겠사옵니다. 논밭 곡식 합하여 이천백 석이요, 마구간에 기마가 여섯 필이요, 암수 돼지 합하여 스물두 마리요, 암탉 장닭 합하여 육십 수입니다. 그릇으로는 안성 방짜 유기 질 좋은 놋쇠를 녹여 부은 다음 다시 두드려 만든 그릇가 열 벌이요, 앞닫이 반닫이의 방언으로, 앞의 위쪽 절반이 문짝으로 되었고 아래로 젖혀 여닫게 된, 궤 모양의 가구 반닫이에 이층장, 화류 문갑, 용장, 봉장, 가께수리 귀중품이나 문서를 넣어두는 가구, 산수 병풍, 연화 병풍이 다 있사옵고, 모란을 그린 병풍 한 벌은 자식 신혼 시에 매화를 그린 폭이 찢어져 다락에 얹어 두었사옵니다. 책자로 말하면 천자·당음·당률·사략·통감·소학·대학·논어·맹자·시전·서전·주역·춘추·예기·

---

1) 당시 조선 사회에 가문과 시조를 중요하게 생각하던 풍조가 만연했음을 알 수 있다.

주벽·총목까지 있나이다. 또 은가락지가 이십 개, 금반지는 열 개, 비단은 청·홍·자색 합쳐서 열세 필이요, 모시가 서른 통이옵니다. 명주는 마흔 통이온데 그중 한 필은 큰 딸아이 첫 월경으로 개짐_{여자가 월경 때 사용하는 헝겊}을 명주 통에 끼웠더니 피가 조금 묻었으니, 이것을 보아도 명명백백히 알 것입니다. 진신_{물이 스며들지 못하게 들기름을 이용해 만든 가죽신}·마른신_{만들 때 기름을 사용하지 않은 가죽신}이 석 죽이요, 쌍코 줄변자_{남자가 신는 가죽신의 한 가지}가 여섯 켤레이온데 그중 한 켤레는 이달 초사흘 밤에 쥐가 코를 갉아 먹어 벽장 안에 넣었지요. 이것도 알아보시고 하나라도 틀리면 곤장 맞고 죽어도 할 말이 없을 것이옵니다. 하오나 저놈이 제 세간이 이렇듯 넉넉함을 얻어듣고 욕심을 내니, 무도한 저놈을 처치하여 후인_{後人}을 경계하옵소서."

사또는 얘기를 다 듣더니 고개를 끄덕이며 말했다.

"그대가 진짜 옹 좌수요."

그러더니 허옹을 당상으로 올려 앉히고 기생을 불러들였다.

"이 양반께 술을 권하여라."

이에 천하일색 기생이 술을 들고 권주가를 불렀다.

"잡수시오, 잡수시오, 이 술 한잔 잡수시오. 이 술 한잔 잡수시면 천년만년 사시리라. 이는 술이 아니오라 한무제가 승로반_{承露盤}에 이슬 받은 것이오니 쓰나 다나 잡수시오."

허옹가는 흥이 나서 술잔을 받아 들고 화답했다.

"하마터면 아까운 세간살이 저놈한테 다 뺏기고, 일등 미색이 권하는 맛난 술을 못 먹을 뻔하였구나! 그러나 성주께서 흑백을 가려 주시니, 그 은혜는 백골난망이오이다. 틈을 내시어서 한 차례 저의 집에 나오시오. 막걸리로 한잔 술대접하오리다."

"내 알았네. 가짜 놈은 알아서 처치하여 줌세."

사또는 뜰아래 꿇어앉은 실옹가를 불러 분부했다.

"네놈이 음흉한 뜻을 품고 남의 세간을 탈취코자 하였으니 귀양을 보내 마땅하나, 불쌍히 여겨 가벼이 처벌해 주마. 이놈을 당장 끌어내어 곤장을 쳐라."

그러고는 곤장 삼십 대를 매우 치고 죄목을 엄히 문초했다.

"네 이놈! 차후에도 네가 진짜 옹가라 하겠느냐?"

실옹가가 곰곰이 생각해 보니, 만일 다시 옹가라 고집하면 필시 곤장 맞아 죽을 게 뻔했다.

"예, 옹가가 아니오니 처분대로 하옵소서."

아전이 호령했다.

"저놈을 당장 끌어내거라."

이에 군노 사령들은 벌 떼같이 달려들어 옹가 놈의 상투를 움켜잡고 휘휘 휘둘러 내쫓았다. 실옹가는 별 수 없이 걸인 신세가 되고 말았다. 그는 고향 산천을 멀리하고 빌어먹고 다니며 대성통곡 한탄을 했다.

"답답한 내 신세야! 이 일이 꿈이냐 생시냐? 어찌하면 좋겠는고?"

무지하던 옹고집은 그제야 뉘우치고 애통해하며 말했다.

"나는 죽어도 싼 놈이지만, 호호백발 우리 모친 다시 한 번 봉양하고 싶구나. 어여쁜 우리 아내는 독수공방 홀로 누워 이리 뒤척 저리 뒤척 수심으로 지내는가? 금옥같이 사랑하던 어린 자식들 눈에 어려 못 살겠구나. 애고 애고, 나 죽겠네, 나 죽겠어! 이것이 꿈이던가 생시던가. 꿈이거든 어서 빨리 깨어나라!"

이때 허옹가는 의기양양 송사에 이기고 돌아오며 휘적휘적 춤을 추며 노

🎬 소설 한 장면 위기 실옹가와 허옹가가 다툼

래를 흥얼거렸다. 그는 이리저리 다니면서 능청스럽게 실옹가를 조롱했다.

"허허, 흉악한 놈이로다! 하마터면 고운 마누라를 빼앗길 뻔하였구나."

희색이 만면하여 집으로 들어서니, 온 집안 식솔들이 송사에 이겼다는 말을 듣고 반가이 맞이했다. 실옹가의 마누라는 펄떡 뛰어 내달으며 허옹가의 손을 잡고 물었다.

"그래 참으로 송사에 이겼소?"

"허허, 그리했다네. 그사이 편안하였는가? 세간은 고사하고 자칫하면 자네마저 놓칠 뻔했다네! 사또께서 명확히 가려 주셔서 자네 얼굴을 다시 보게 되었으니 이런 경사가 또 있을까? 불행 중 다행이로세!"

이렇게 희희낙락하다 보니 그럭저럭 날이 저물었다. 허옹가는 실옹가의 아내와 긴긴밤을 수작하다가 원앙금침 한자리에 누워 깊은 정을 나누었다. 이같이 즐기다가 실옹가의 아내가 잠깐 잠이 들었는데, 하늘에서 허수아비가 무수히 떨어져 내리는 것이었다. 깜짝 놀라 깨어나니 한낱 꿈이었다. 허옹가한테 꿈 이야기를 하니 허옹가는 고개를 끄덕이며 말했다.

"듣자하니 태몽인 듯하나, 꿈과 같다면 허수아비를 낳을 듯하네만 두고 보십시다."

그럭저럭 열 달이 차 실옹가의 아내가 해산을 하였는데, 돼지가 새끼를 낳듯 부지기수로 퍼 낳는 것이었다. 실옹가의 마누라는 자식이 많아 좋아라 하며 괴로움도 모르는 채 주렁주렁 길러 내었다.

한편 실옹가는 세간과 처자를 모조리 빼앗기고 곤장까지 맞고 쫓겨나니 살고 싶은 마음이 없었다. 차라리 죽으리라 결심하고 첩첩산중에 들어가 슬피 울고 있는데, 층암절벽 벼랑에 청려장靑藜杖 명아주의 줄기로 만든 지팡이을 짚은 백발 도사가 나타나 꾸짖는 것이었다.

"네 후회막급일 것이나 하늘이 주신 벌이거늘, 누구를 원망하며 누구를 탓하겠는가?"[2]

실옹가는 도사 앞에 나아가 합장 배례하며 애원했다.

"이 몸의 죄를 생각하면 천만번 죽어도 아깝지 않사옵니다. 허나 넓으신 도량으로 제발 살려 주셔서 백발 늙은 모친, 어린 처자를 다시 보게 하시옵

---

[2] 못된 행동을 한 대가로 벌을 받는, 불교의 인과응보 사상이 나타난다. 즉, 「옹고집전」에는 유교 사상뿐만 아니라 불교 사상도 드러나 있다.

소서. 이 소원을 들어주시면 지하로 돌아가도 여한이 없겠나이다. 제발 살려 주소서."

온갖 정성을 다 기울여 애걸하니 도사가 또 꾸짖어 말했다.

"천지간에 몹쓸 놈아! 지금도 팔십의 병든 모친을 구박하여 냉돌방에 두고 구박하려느냐? 또 불도를 업신여겨 못된 짓을 하려느냐? 너 같은 몹쓸 놈은 죽여 마땅하나, 사정이 안되었고 너의 처자가 불쌍하기에 풀어 주니 돌아가 개과천선^{改過遷善}하여라."

도사는 부적 한 장을 써 주면서 일렀다.

"이 부적을 몸에 지니고 집에 돌아가면 괴이한 일이 있을 것이다."

그러고는 온데간데없이 사라졌다.

실옹가는 즐거운 마음으로 고향에 돌아와 제집 문전에 다다랐다. 높은 누각과 청풍명월 맑은 경개는 옛날 풍취 그대로였다. 담장 안의 홍련화는 주인을 반기는 듯 활짝 피었고, 영산홍 자산홍도 아름다운 빛을 내었다. 실옹가는 옛집을 다시 찾아오니 지난날 잘못이 뉘우쳐지며 죽을 마음이 싹

천지간에 몹쓸 놈아!
또 못된 짓을 하지는 않겠지?
이 부적을 줄 터이니
돌아가 개과천선하여라.

◌ 소설 한 장면 절정 실옹가는 취암사 도승의 가르침을 받고 집으로 돌아감

사라졌다.

"가소롭다 허옹가야! 지금도 네가 진짜 옹가라고 큰소리를 칠 것이냐?"

이 소리를 듣고 늙은 하인이 허둥지둥 허옹가에게 아뢰었다.

"애고애고 좌수님, 저놈이 또 왔소이다. 천살^{天煞 하늘이 내리는 재앙}을 맞았는지 또 와서 지랄하니 이 일을 어찌하오리까?"

이럴 즈음 방에 있던 허옹가는 간 데가 없고, 난데없는 짚 한 단이 놓여 있었다. 또한, 허옹가의 수많은 자식들도 갑자기 허수아비가 되니, 온 집안 사람들이 그제야 알았다는 듯 박장대소를 했다.

옹 좌수가 부인에게 말했다.

"마누라, 그 사이 허수아비 자식을 저렇듯 무수히 낳았으니, 그놈이랑 얼마나 좋았길래 그랬을꼬? 한 상에서 밥도 같이 먹었는가?"

부인은 어처구니가 없어 아무 말도 못했다. 옹 좌수가 방 안을 돌며 살펴보니 이를 보아도 허수아비요 저를 보아도 허수아비라, 보고 또 보아도 허수아비 무더기가 분명했다. 부인은 실옹가를 맞이하여 한편으론 반갑기 그지없었으나, 또 한편으론 지난 일을 생각하고 매우 부끄러워했다.

도승의 술법에 탄복한 옹 좌수는 그로부터 모친에게 효도하고 불도를 공경하여 개과천선하니, 모두 그의 사람됨을 칭송해 마지않았다.

가소롭다 허옹가야! 지금도 네가 진짜 옹가라고 큰소리를 칠 것이냐?

🎬 소설 한 장면　　결말　실옹가가 개과천선함

🔭 생각해 볼까요?

선생님 「흥부전」의 놀부와 「옹고집전」의 옹고집은 어떤 공통점과 차이점을 보이나요?
💬 2   ❤️ 2

↳ **학생 1** 놀부와 옹고집은 모두 심술이 많고 인색해요. 마지막에 가서야 자신의 잘못을 뉘우치는 점도 비슷하고요.

↳ **학생 2** 그런데 놀부보다는 옹고집이 훨씬 개성적인 인물이에요. 옹고집은 승려를 싫어하는 나름의 철학을 내세우거나 모든 것을 잃고 절벽에 올라 신변을 비관하는 등 다양한 면모를 보여줘요.

선생님 「옹고집전」에 반영된 당시 사회는 어떤 모습이었을까요?
💬 1   ❤️ 1

↳ **학생 1** 옹고집은 조선 후기에 등장한 신흥 서민 부유층에 속해요. 당시에는 화폐 경제가 발달하면서 오직 부를 축적하는 데만 몰두해 인륜과 도덕을 저버린 사람들이 나타나기 시작했어요. 기존의 전통적인 가치 체계가 크게 흔들리고 사회도 부패하고 있었지요. 「옹고집전」은 그때 등장한 악덕 부자들에 대한 반감과 사회상을 반영해 만들어졌어요. 그래서 풍자적이고 해학적인 소설이에요.

선생님 옹고집의 못된 고집 두 가지를 말해볼까요? 또한, 그것을 바로잡아 주는 힘은 무엇일까요?
💬 2   ❤️ 2

↳ **학생 1** 옹고집의 못된 고집 중 하나는 불효이고 또 하나는 불교에 대한 멸시예요.

↳ **학생 2** 옹고집을 깨우쳐주는 것은 도술과 부적, 즉 초현실적인 힘뿐이에요.

선생님 「옹고집전」에 드러난 주제의식이 무엇인지 말해 볼까요?
💬 2   ❤️ 2

↳ **학생 1** 「옹고집전」에는 고전 소설의 대표적인 주제인 권선징악은 물론, 사람으로서 마땅히 해야 할 도리를 지켜야 한다고 강조해요. 옹고집은 평소 노모에게 불효하고 승려를 박대했어요. 타인의 입장을 배려하지 않아 벌을 받은 것이지요.

↳ **학생 2** 실옹가와 허옹가가 송사를 벌일 때, 허옹가는 가문의 이력을 상세히 읊은 덕분에 진짜라고 인정받았어요. 당시 조선 사회에서는 뼈대 있는 가문일수록 조상에 대해 잘 알아야 했거든요. 이는 공동체 사회의 윤리를 지키며 살아가야 한다는 뜻이에요.

선생님 「옹고집전」은 불교와 관련된 근원 설화가 판소리를 거쳐 소설로 정착된 작품이에요. 「옹고집전」의 근원 설화에 대해 알아볼까요?

 2 ♥ 2

↳ **학생 1** 「옹고집전」의 대표적인 근원 설화로 「장자못 설화」를 들 수 있어요. 「장자못 설화」는 인색한 부자가 승려에게 쇠똥을 주었다가 부자의 집에 번개가 내리쳐 못으로 변한다는 내용의 이야기예요. 부자는 못된 일을 한 대가로 초현실적인 벌을 받은 것이지요. 이는 「옹고집전」의 후반부와도 유사해요.

↳ **학생 2** 「옹고집전」의 또다른 근원 설화로 「쥐둔갑 설화」를 들 수 있어요. 「쥐둔갑 설화」는 변신담이기도 한데, 집주인이 버린 손톱과 발톱을 먹은 쥐가 집주인으로 둔갑해 진짜 집주인 행세를 한다는 내용의 이야기예요. 「옹고집전」에서는 쥐 대신 허수아비가 옹고집 행세를 하지요.

 입체적 인물 ▼ Q

연관 검색어 평면적 인물 전형성 개성

문학 작품에 등장하는 인물은 성격의 변화와 보편성 등의 기준에 따라 크게 두 가지 유형으로 나눌 수 있다. 하나는 평면적 인물이고, 또 하나는 입체적 인물이다.

평면적 인물은 작품이 전개되는 동안 성격이 바뀌지 않는 인물을 말한다. 많은 고전 소설의 주인공들이 이 유형에 속한다. 평면적 인물은 처음부터 끝까지 일관된 성격을 유지하므로 내면의 성장보다는 작품의 주제를 전달하는 데 효과적으로 활용된다.

입체적 인물은 작품 속에서 성격이 변화하는 인물을 말한다. 현대의 많은 예술 작품에 등장하는 인물들이 바로 입체적 인물이다. 입체적 인물은 상황에 따라 다양한 성격, 모습, 사고방식 등을 보여 주므로 이야기에 생동감을 부여하고, 독자에게 여러 가지 감정적 진폭을 선사한다.

「옹고집전」의 옹고집은 작품이 전개되는 동안 성격이 바뀌는 인물, 즉 입체적 인물이다. 따라서 옹고집의 극적인 성격 변화를 짚으며 이야기를 읽어 나갈 수 있다. 반면 「흥부전」의 흥부는 평면적 인물로, 작품의 처음부터 끝까지 선한 마음씨로 놀부를 용서하며 이야기를 마무리 짓는다.

양반전

#풍자   #사회비판   #허례허식   #신분제의동요

🍜 작품 길잡이

작가: 박지원(279쪽 '작가와 작품 세계' 참조)
갈래: 한문 소설, 풍자 소설, 단편 소설
성격: 풍자적, 사회 비판적, 사실적
배경: 시간 - 18세기 / 공간 - 강원도 정선군
주제: 양반들의 무기력하고 위선적인 생활에 대한 비판과 풍자
출전: 『연암집』권8 「방경각외전」

📷 인물 관계도

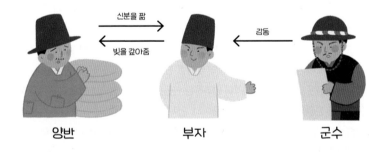

양반	성품이 어질지만 몹시 가난해 갚지 못할 만큼 환곡이 많다.
부자	부유하고 남을 도울 줄 아는 사람으로, 양반에게서 신분을 산다.
군수	양반과 부자의 이야기를 듣고 감동해 그들을 도와주려고 나선다.

📋 구성과 줄거리

발단 **양반이 오랫동안 쌓인 환곡 빚을 갚지 못해 관가에 잡혀 옴**

정선에 사는 한 양반은 성품이 어질지만 가난해 관가의 환곡을 빌려다 생활한다. 어느 날 관찰사가 나와 환곡을 조사하다가 이 사실을 알고는 양반을 옥에 가두라고 명한다. 양반의 처지를 잘 아는 군수는 이러지도 저러지도 못한 채 난감해한다.

전개 **부자가 양반의 환곡을 대신 갚아 주고 양반 신분을 사려고 함**

이웃에 사는 한 부자가 이 소식을 듣고 양반을 찾아간다. 부자는 양반에게 대신 곡식을 갚아 줄 테니 양반 신분을 달라고 제안한다. 양반은 흔쾌히 승낙하고, 부자는 약속대로 양반의 환곡을 관아에 대신 갚아 준다. 자초지종을 알게 된 군수는 부자를 칭찬하고, 직접 양반 매매 계약서를 써 주겠다고 나선다.

결말 **부자는 양반 노릇의 어려움을 깨닫고 양반 되기를 포기함**

군민이 모두 모인 자리에서 군수는 양반 매매 계약서를 작성한다. 부자는 양반으로서 지켜야 할 까다로운 품행 절차와 양반이 저지를 수 있는 횡포에 대한 설명을 듣고 기겁해 양반 되기를 포기한다.

양반전

양반이라는 말은 사족±族 문벌이 좋은 집안 또는 그 집안의 자손을 높여 부르는 것이다.

정선 고을에 한 양반이 살고 있었다. 그는 성품이 어질고 책 읽기를 매우 좋아했다. 또 군수가 새로 부임할 때마다 반드시 찾아가 예의를 표했다. 그러나 집이 찢어지게 가난해 해마다 나라의 곡식을 꾸어다 먹었는데 해가 거듭되니 꾸어 먹은 곡식이 천 석石에 이르렀다.

어느 날 강원도 관찰사가 여러 고을을 순행하다가 정선에 이르러 환곡還穀 봄에 백성들에게 곡식을 꾸어 주고 가을에 이자와 함께 서두던 일 장부를 검열하고는 크게 노해 소리쳤다.

"대체 어떻게 생겨 먹은 양반이기에 군량軍糧을 이토록 축냈단 말이냐?"

관찰사는 곧 그 양반을 잡아 가두게 했다. 군수는 그 양반이 워낙 가난해 관곡을 갚을 길이 없음을 딱하게 여기고 차마 가두지 못했지만, 그렇다고 별 뾰족한 방법도 없었다. 한편 당사자인 양반은 밤낮으로 울기만 할 뿐 해결 방안을 찾지 못하고 있었다. 부인이 기가 막혀 푸념을 했다.

워낙 가난해 관곡을
갚을 길이 없을 텐데 어쩌나……

🕯️ 소설 한 장면   발단   양반이 오랫동안 쌓인 환곡 빚을 갚지 못해 관가에 잡혀 옴

"당신은 평생 책 읽기만 좋아하더니 관곡을 갚는 데는 소용이 없구려. 쯧 쯧, 허구한 날 양반, 양반 하더니 그 양반이라는 것이 한 푼어치의 값도 안 되는 거였군요."

이때 마을에는 신분이 낮은 부자가 살고 있었다. 부자는 그 일을 듣고 가족과 의논을 했다.

"양반은 아무리 가난해도 존경을 받는데, 나는 비록 부자지만 항상 비천한 처지란 말이야.[1] 감히 말을 함부로 할 수도 없고, 양반을 만나면 몸을 구부린 채 종종걸음을 쳐야 하지. 엉금엉금 마당에서 절하기를 코가 땅에 닿도록 해야 하질 않나, 무릎으로 기어 다니질 않나, 언제나 이런 더러운 꼴을 당하고 살았단 말이다. 그런데 지금 가난한 양반이 환곡을 갚지 못해 옥에 갇히게 되었다고 하니 그 양반은 더 이상 양반 신분을 지키지 못할 것이다. 이 기회에 우리가 빚을 갚아 주고 양반 신분을 사서 가져야겠다."

부자는 양반을 찾아가 빌린 곡식을 자신이 대신 갚아 주겠다고 자청했다.

🖸 소설 한 장면　전개　부자가 양반의 환곡을 대신 갚아 주고 양반 신분을 사려고 함

---

1) 부자는 자신의 경제력에 걸맞은 신분 상승 욕구를 느껴 양반 신분을 사고자 한다. 조선 후기, 신흥 부유층이 등장하는 한편 일부 양반은 몰락해 가던 사회상을 엿볼 수 있다.

이 말을 들은 양반은 크게 기뻐하며 그 자리에서 허락했다. 부자는 곧 관가로 가서 곡식을 대신 갚아 주었다.

군수는 가난한 양반이 환곡을 모두 갚은 것을 이상하게 여겼다. 그는 몸소 양반을 찾아가 위로하고 곡식을 갚게 된 사정을 물어보려 했다. 이때 양반은 벙거지를 쓰고 소매가 없는 짧은 옷을 입은 채 길에 엎드려 '소인'이라고 자칭하며, 감히 군수를 쳐다보지도 못했다. 군수는 깜짝 놀라 그를 부축해 일으키며 물었다.

"선비님께서는 어찌 이다지도 스스로를 낮추시오?"

양반은 더욱 송구스러워하며 머리를 땅에 조아리고 엎드려 말했다.

"황송합니다. 소인은 감히 스스로를 낮추는 것이 아닙니다. 저는 이미 양반을 팔아서 관가의 곡식을 갚았으니, 이제부터는 곡식을 갚아 준 부자가 양반이옵니다. 그러니 소인이 어찌 감히 자신을 높이며 양반 행세를 할 수 있겠습니까?"

군수가 감탄하며 말했다.

"군자로구나, 부자여! 양반이로구나, 부자여! 부자이면서도 인색하지 않고 의리가 있으니, 그것이 군자이며 양반이지 무엇이란 말인가? 남이 당한 곤란을 그리도 급하게 여겼으니 어진 일이요, 천한 것을 싫어하고 존귀한 것을 추구하니 지혜로운 일이로다. 이 사람이야말로 진짜 양반이라고 할 수 있겠구나. 하지만 양반 자리를 사사로이 매매한 뒤 문서로 만들어 놓지 않는다면 훗날 송사의 꼬투리가 되기 쉽다. 내가 고을 사람들을 증인으로 한 뒤 문서를 만들어 신용이 될 수 있게 할 것이다. 그런 뒤 군수인 내가 서명을 할 것이다."

이리하여 군수는 관아로 돌아가 고을의 사족들과 아울러 농공상農工商 들도 모두 불러 모이라 했다. 사람들이 관아의 뜰에 모이자 군수는 부자를 향소 郷所 지방 수령의 자문 기관의 오른쪽 자리에 앉히고 양반은 공형 公兄 조선 시대에 각 고을에서 일한 호장, 이방, 수형리를 말함 아래 서게 했다. 그리고 문서를 만들었다.[2]

건륭 乾隆 중국 청나라 고종 때의 연호로, 1736년부터 1795년까지임 10년 구월 모일 이 문서를 만든다. 위

---

2) 첫 번째 문서에서는 양반이 지켜야 할 덕목과 의무를 설명한다. 이는 양반의 비생산성과 허례허식을 비판하기 위한 장치이다.

증서는 관곡을 갚아 주고 양반을 샀다는 것인데 그 값은 천 곡斛 곡식을 재는 그릇으로 스무 말 또는 열다섯 말이다. 무릇 양반이라는 계급은 그 명칭이 여러 가지이니 글을 읽는 자는 '선비'라 하고, 정치에 관여하는 자는 '대부'라 하며, 덕이 있는 자는 '군자'라 한다. 임금에게 하례를 할 때 무반武班은 서쪽에 서고 문반文班은 동쪽에 서는데, 이를 합쳐 양반이라고 하니 이 중에서 네 마음대로 고르면 된다.

그러나 양반이 되면 야비한 일을 절대 하면 안 되고, 옛사람을 본받아 그 뜻을 고상하게 지녀야 한다. 오경五更 오전 세 시에서 다섯 시 사이이면 잠자리에서 일어나 등불을 밝히고, 눈은 코끝을 바라보고 발꿈치는 엉덩이에 모으고 앉아 『동래박의東萊博議 중국의 여조겸이 편찬한 역사서로, 『춘추좌씨전』의 주석서』를 얼음판 위 표주박 밀듯 줄줄 외워야 한다. 굶주림과 추위를 참고 입으로 가난하다는 말을 하지 않는다. 이를 딱딱 부딪치며 뒤통수를 가볍게 두드리고 기침은 작게 해야 하고 입안에서 침을 가늘게 내뿜어 연진 도가에서 건강을 관리하는 방법의 일종을 한다. 탕건이나 갓을 쓸 때면 소맷자락으로 먼지를 쓸어 털어 내야 한다. 세수할 때는 얼굴을 세게 문지르지 말아야 하고 양치질을 하더라도 요란하게 소리를 내서는 안 된다. 계집종을 부를 때는 소리를 길게 하여 부르며, 신발을 땅에 끌며 느릿느릿 걸어야 한다. 『고문진보古文眞寶 중국 송나라 말에 황견이 편찬한 시문 선집』나 『당시품휘唐詩品彙 중국 명나라 때 고병이 엮은 당나라 시선집』를 깨알같이 베껴 쓰되 작은 글씨로 한 줄에 백 자를 쓴다. 손으로는 돈을 집지 말고 쌀값을 묻지 않는다. 아무리 더워도 버선을 벗지 않고 식사를 할 때에도 맨 상투 바람으로 밥상에 앉지 않는다. 밥을 먹을 때도 국부터 떠먹어서는 안 되고 씹을 때는 소리가 나지 않아야 한다. 또한, 젓가락으로 방아 찧듯이 해서는 안 되고, 생파는 먹지 않는다. 술을 마실 때 수염을 빨아서는 안 되고 담배를 피울 때도 볼우물이 파이도록 많이 빨아서는 안 된다. 화난다고 아내를 때려서도 안 되고 성이 나더라도 그릇을 던져서는 안 된다. 아이들에게 주먹질을 하지 말고 종들을 야단쳐 죽여서도 안 된다. 소나 말을 꾸짖을 때도 그것을 판 주인을 욕해서는 안 된다. 아파도 무당을 불러서는 안 되고, 제사 지낼 때도 중을 불러서 재를 드리면 안 된다. 추워도 화로에 손을 쬐지 말고, 말할 때도 침이 튀지 않게 해야 한다. 소를 잡아서도 안 되고, 도박을 해서도 안 된다. 이러한 모든 품행에 한 가지라도 어긋남이 있으면 이 문서를 관청에 가지고 가서 바로잡을 수 있다.

작성을 마친 다음 성주城主인 정선 군수가 결재하고 좌수座首와 별감이 서명했다. 이렇게 한 뒤 통인通引 관청의 심부름꾼이 큰북을 치듯 여기저기 도장을 찍는데,

그 모양이 북두칠성이 종으로, 삼성參星 오리온자리에 있는 세 개의 큰 별이 횡으로 늘어서 있는 것 같았다. 문서를 호장戶長 고을 아전의 우두머리이 다 읽고 나자 부자는 멍하니 있다가 말했다.

"양반이란 것이 겨우 이것뿐입니까? 나는 양반이 신선과 같다고 들었는데 겨우 이 정도라면 억울하게 곡식만 날린 것 같습니다. 원하건대 좀 더 이익이 있도록 고쳐 주시기 바랍니다."

그래서 다시 문서를 고쳤는데 거기에는 다음과 같이 써 있었다.[3]

무릇 하늘이 백성을 만들 때 넷으로 구분을 했다. 네 백성 가운데 가장 존귀한 것은 선비이니 이는 곧 양반이다. 양반의 이익은 박대하니 그들은 밭을 갈지도 않고 장사를 하지도 않는다. 글만 조금 하면 크게는 문과文科에 오르고, 그렇지 않더라도 진사進士는 할 수 있다. 문과에 급제하여 받는 홍패紅牌 과거에 급제한 사람에게 성적, 등급, 성명 등을 적어 주는 붉은색 문서는 두 자밖에 안 되지만, 수많은 것들이 갖추어져 있으니 돈주머니와 다를 바 없다. 진사는 나이 삼십에 처음 벼슬을 하더라도 이름 있는 음관蔭官 조상의 공덕으로 과거 시험을 보지 않고 벼슬을 하는 것이 될 수 있다. 귀밑이 일산日傘 지금의 양산 바람에 하얗게 되고, 배가 하인들의 "예." 소리에 커진다. 방에는 기생이 치장하고 있고 정원에는 목청 좋게 우는 학을 기른다. 가난해서 시골에 살더라도 모든 것을 제 마음대로 할 수 있다. 이웃의 소를 몰아다가 자기 밭을 먼저 갈고, 마을 일꾼들을 불러다가 제 논을 김매도 탓할 사람이 없다. 상놈들 코에 잿물을 들이붓고 상투를 잡아당기며 수염을 뽑는다 한들 어느 누구라도 불평하지 않을 것이다.

부자는 그 문서가 다 작성되기도 전에 혀를 내두르며 말했다.

"그만두시오, 그만둬. 참으로 어이가 없구려. 장차 나를 도둑놈으로 만들 작정이오?"

부자는 말을 마치자마자 머리를 이리저리 흔들면서 가 버렸다. 그리고 죽을 때까지 '양반'이라는 말을 두 번 다시 꺼내지 않았다고 한다.

---

3) 두 번째 문서에서는 양반이 누릴 수 있는 특권을 설명한다. 이는 양반이 백성을 수탈하고 횡포를 저지르던 모습을 비판하기 위한 장치이다.

🍎 소설 한 장면   결말   부자는 양반 노릇의 어려움을 깨닫고 양반 되기를 포기함

🔭 생각해 볼까요?

선생님 「양반전」에서는 양반의 어떤 점을 풍자하고 있나요?
💬 2 ♥ 2

↳ **학생 1** 쓸모없는 관념과 겉치레에만 매달리는 양반의 무능함을 꼬집고 있어요. 아무 일을 하지 않은 채 환곡을 계속 빌려다 먹은 「양반전」 속 양반이 바로 무능력한 양반의 전형이지요.

↳ **학생 2** 양반이라는 신분을 악용해 부당한 횡포를 일삼는 자들을 비판하고 있어요. 특히 군수가 작성한 양반 매매 계약서의 내용에 양반의 횡포가 적나라하게 나타나요. 평민인 부자는 그 내용을 듣고 양반을 '도둑놈'이라고 하지요. 이를 통해 당시 양반의 횡포가 얼마나 심했는지 알 수 있어요.

선생님 부자와 군수는 「양반전」 속에서 어떤 역할을 하고 있나요?
💬 3 ♥ 3

↳ **학생 1** 부자는 조선 후기의 신흥 상인 세력을 대표하는 전형적 인물이에요. 돈을 많이 벌어 넉넉한 생활을 하지만 신분 질서에 얽매여 있지요. 그러면서 부자는 결국 양반이 지닌 위선과 허위의식을 깨닫고 양반 신분을 거부함으로써 양반을 비판하는 역할도 맡았어요.

↳ **학생 2** 부자는 가난하고 무능력한 양반의 빚을 갚아 줘요. 이는 부모의 신분이 자식에게 대물림되는 귀속 신분 사회에서 본인의 노력 여하에 따라 신분을 획득할 수 있는 취득 신분 사회로 이행하고 있음을 보여 줘요. 여기서 한 가지 주목할 점은 부자 역시 당시 신분 제도의 피해자이면서도 개혁보다는 제도 안에 편입하고자 하는 소극성을 보여 준다는 거예요.

↳ **학생 3** 군수는 양반의 빚을 갚아 준 부자를 의로운 인물이라고 칭찬하며 양반 매매 계약서를 만들어요. 하지만 번거롭게 문서를 만드는 대목에서 부자가 양반이 되는 것을 방해하려는 목적을 읽어낼 수도 있어요. 즉, 군수 또한 이중적인 모습을 가진 인물이지요. 당시 지배층이 가진 모순과 비합리성이 군수를 통해 드러나고 있으니까요.

선생님 「양반전」에 반영된 당시 시대상은 어떠한가요?
💬 1 ♥ 1

↳ **학생 1** 양반과 부자는 서로의 이익을 위해 돈을 매개로 신분을 사고팔아요. 신분 질서가 흔들리던 동시에 배금주의(돈을 최고의 가치로 여기고 숭배하는 경향이나 태도) 가치관도 점차 강해지고 있었음을 확인할 수 있지요. 즉, 「양반전」에는 당시 사회의 모습이 무척 사실적으로 담겨 있어요.

선생님 작가 박지원이 「양반전」을 집필한 동기는 무엇일까요?

💬 1　❤️ 1

학생 1 박지원은 「방경각외전」을 지으며 스스로 서문을 썼는데 그 내용은 다음과 같아요. "무릇 선비란 하늘이 내리는 법이므로 사(士)와 심(心)이 더해지면 뜻(志)이 된다. 그렇다면 그 뜻은 모름지기 어떠해야 할 것인가? 권세와 이익을 염두에 두지 않고, 이름을 널리 알린다고 해도 선비의 입장을 떠나지 않고, 곤궁해도 선비의 지조를 잃지 말아야 할 것이다. 명분과 절의를 닦지 않고 부질없이 가문을 상품으로 삼아 남에게 팔았으니 장사치와 무엇이 다르리오. 이에 「양반전」을 쓴다." 요컨대 박지원은 양반다운 양반이 사라지는 세태가 안타까워 「양반전」을 집필했다고 할 수 있어요.

조선 후기 사회의 혼란과 신분제의 동요　▼ 🔍

연관 검색어　양반의 몰락　신흥 부유층　공명첩

조선 후기에는 사회의 여러 측면에서 많은 변화가 있었다. 정치적으로는 환국이 수차례 일어나 기강이 문란해졌고, 한 당이 정계를 장악하는 일당전제(一堂專制) 현상이 일어났다. 19세기에 이르면 소수 가문이 권력을 독점하는 세도 정치가 횡행했다.

경제적 측면에서는 모내기법이 전국적으로 퍼지며 노동력이 절감되고 수확량이 늘었다는 점을 꼽을 수 있다. 수리 시설이 확충되고 농기구, 농법, 농서가 다양하게 발달했다. 농사로 얻을 수 있는 소득이 늘어나자 부농이 점차 많아졌다. 목화, 인삼, 담배 등 상품 작물의 재배도 활발해졌다. 또한, 정부의 감독 없이도 광산 개발이 가능해져 광물 수요가 눈에 띄게 늘어났다. 대동법이 시행된 이후로는 민간 수공업도 발달하기 시작했다.

한편, 일당전제 현상과 세도 정치로 권력을 잡은 소수의 양반을 제외하면 나머지 양반들은 향촌 사회에서 겨우 위세를 유지할 뿐이었다. 대다수의 양반은 몰락 양반인 잔반으로 분화되었다. 그런데 임진왜란과 병자호란 이후 양반 신분을 사고파는 이들이 늘어나 양반의 수 자체는 크게 늘었다. 반면 상민의 수는 감소해 국가 재정이 악화되었다. 이에 따라 양반 중심의 신분제도 크게 흔들릴 수밖에 없었다. 신분제의 중간에 위치한 서얼, 중인 등은 적극적으로 신분 상승을 요구하며 상소를 올리거나 소청 운동을 전개했다. 노비의 수도 감소한 탓에 조선 후기 신분제는 더욱 동요했다.

광문자전

#사회풍자　　#위선비판　　#새로운인물상　　#인간애

⚓ 작품 길잡이

작가: 박지원(279쪽 '작가와 작품 세계' 참조)
갈래: 한문 소설, 단편 소설, 풍자 소설, 전기체 소설
성격: 풍자적, 비판적, 사실적
배경: 시간 - 조선 후기 / 공간 - 종루 저잣거리
주제: 권모술수가 판을 치던 당시 양반 사회 풍자
연대: 조선 영·정조 때
출전: 『연암집』권8 「방경각외전」

📷 인물 관계도

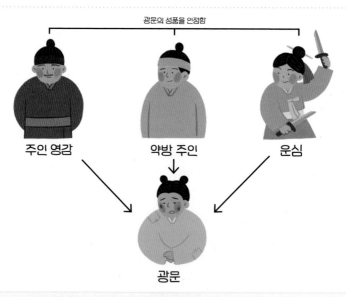

광문의 성품을 인정함

주인 영감　　약방 주인　　운심

광문

광문	외모가 볼품없고 행색이 남루하지만, 성품이 무척 훌륭하다.

📋 구성과 줄거리

발단　광문에게 위기와 기회가 찾아옴

거지들의 두목으로 추대된 광문은 어느 거지 아이를 죽였다는 누명을 쓰고 소굴에서 쫓겨난다. 광문은 동료 거지들을 피해 남의 집에 들어갔다가 발각되어 도둑으로 몰리지만, 죽은 거지 아이를 묻어줄 만큼 훌륭한 인품을 보여 준다. 이에 주인 영감은 광문이 의로운 사람이라고 생각해 그를 믿어주며 약방 점원으로 일할수 있게 돕는다.

전개　광문의 인품이 알려짐

약방에서 돈이 없어지는 사건이 벌어지자 약방 주인은 속으로 광문을 의심한다. 하지만 약방 주인의 처조카가 찾아와 자신이 진범임을 밝히고, 약방 주인은 광문에게 사과한다. 이후 광문의 거짓 없는 인품이 사람들 사이에서 화제가 된다. 광문이순수한 사람이라는 사실이 널리 알려지면서 모든 사람이 그를 호의적으로 대한다.

결말　모든 사람이 광문을 칭찬함

어느 날, 지체 높은 관리들은 물론이고 한양의 이름난 기생들까지 모두 모여 잔치를 연다. 그러나 운심은 콧대가 높아 쉽게 춤을 보여 주지 않는다. 뒤늦게 나타난광문이 콧노래로 장단을 맞추자 운심은 비로소 춤을 추기 시작한다. 이에 놀란 사람들은 광문과 친구가 되기를 원하고 그를 칭송하며 존경한다.

광문자전

　광문은 비렁뱅이다. 그는 예전부터 종루鐘樓 지금의 종각 시장 바닥을 돌며 밥을 빌었다. 길거리의 여러 비렁뱅이 아이들이 광문을 두목으로 추대해, 자기들의 보금자리인 구멍 집을 지키게 했다.

　하루는 날씨가 춥고 진눈깨비가 흩날렸는데, 아이들이 서로를 이끌며 밥을 빌러 나갔다. 그중 한 아이만 병에 걸려 따라가지 못했다. 얼마 뒤에 그 아이는 더욱 추워하더니 신음 소리마저 아주 구슬퍼졌다. 광문은 그를 매우 불쌍히 여겨 직접 구길하러 나가서 밥을 얻었다. 돌아와 병든 아이에게 먹이려고 했지만 아이는 벌써 죽어 버렸다.

　아이들은 돌아와서 광문이 아이를 죽인 것으로 의심했다. 그래서 서로 의논해 광문을 두들기고는 내쫓았다.

　광문은 밤중에 엉금엉금 기어서 동네 안의 어느 집으로 들어가다가 그 집 개를 깨웠다. 집주인이 광문을 잡아 묶자 광문이 외쳤다.

　"저는 원수를 피해서 온 놈입니다. 도둑질할 뜻은 없었습니다. 영감님께서 제 말을 믿지 않으신다면, 아침나절 종루 시장 바닥에서 밝혀 드리겠습니다."

　광문의 말씨가 순박했으므로 주인 영감도 마음속으로 광문이 도둑이 아닌 것을 알아챘다. 그래서 광문을 새벽에 풀어 주었다. 광문은 고맙다고 인사한 뒤 거적때기를 얻어 가지고 그 집을 나왔다. 주인 영감은 그런 그를 괴이하게 여겨 뒤를 밟았다.

　이때 마침 거지 아이들이 한 시체를 끌어다가 수표교水標橋 서울 청계천에 있는 다리 에 이르러 다리 아래로 던지는 것이 보였다. 광문은 다리 아래에 숨어 있다가 그 시체를 거적때기에 싸서 남몰래 지고 가다 서문 밖 무덤 사이에 묻었다. 그러고 나서 울면서 무슨 말인지 중얼거렸다.

　주인 영감은 광문을 잡고서 그 영문을 물었다. 광문은 그제야 앞서 일어났던 일과 어제 했던 일들을 다 말해 주었다. 주인 영감은 마음속으로 광문을 의롭게 여기고 그와 함께 집으로 돌아와 옷을 주고는 두텁게 대했다. 그리고 광문을 부유한 약방 주인에게 추천해 고용살이를 할 수 있게 해 주었다.[1]

---

1) 주인 영감은 신분에 관계 없이 인간의 참모습을 판별할 줄 아는 안목을 지니고 있다.

오랜 시간이 흐른 뒤 어느 날, 약방 주인은 문밖으로 나섰다가 다시 돌아와 방 안의 자물쇠를 살펴보기를 되풀이했다. 그러다가 자못 불쾌한 듯한 얼굴빛으로 돌아와 깜짝 놀라더니 광문을 물끄러미 바라보았다. 뒤이어 광문에게 무엇인가 말하려다가 얼굴빛을 바꾸더니 그만두었다.

광문은 약방 주인이 왜 그런지 이유를 정말 몰랐다. 날마다 잠자코 일만 했을 뿐, 감히 하직하고 떠나지도 못했다. 며칠이 지나자 약방 주인의 처조카가 돈을 가지고 와서 돌려주며 말했다.

"지난번 제가 아저씨께 돈을 꾸러 왔었는데 마침 아저씨가 계시지 않았어요. 그래서 제가 스스로 방에 들어가 돈을 가지고 갔었지요. 아마 아저씨께서는 모르고 계셨겠지요."

그제야 약방 주인은 광문에게 매우 부끄러워하면서 사과했다.

"나는 소인일세. 이 일 때문에 점잖은 사람의 마음을 상하게 했네그려. 내 이제 자네를 볼 낯이 없네."

그러고는 자기의 모든 친구와 다른 부자, 큰 장사치들에게까지 '광문은 의로운 사람'이라고 두루 칭찬했다. 그는 또 종실^{宗室 임금의 친족}의 손님들과 공경^{公卿 높은 벼슬아치}의 문하에 다니는 이들을 만날 때마다 광문을 칭찬했다. 그래서

광문은 사실 의로운 사람이구나.

🍎 소설 한 장면 발단 광문에게 위기와 기회가 찾아옴

공경의 문하에 다니는 이들과 종실의 손님들이 모두 광문을 이야깃거리로 삼아, 밤마다 그들의 베갯머리에서 식구들에게 들려주었다. 그리하여 몇 달 사이에 사대부들이 광문의 이름을 옛날 훌륭한 사람의 이름처럼 알게 되었다. 그래서 한양 사람들은

"광문을 우대하던 주인 영감이야말로 참으로 어질고도 사람을 잘 알아보는 분이지."

라고 칭찬했고, 더욱이

"약방 주인이야말로 정말 점잖은 사람이야."

하고 칭찬했다.

이때 돈놀이꾼들은 내체로 머리 장식품이나 구슬 비취옥 따위 또는 옷, 그릇, 집, 농장, 종 등의 문서를 전당 잡고서 밑천을 계산해서 빌려주었다. 그러나 광문은 남의 빚보증을 서면서도 전당 잡을 물건이 있는지 묻지 않았다. 천 냥도 대번에 승낙했다.

광문의 사람됨을 말한다면, 모습은 아주 더러웠고 말솜씨도 남을 움직이지 못했다. 입이 커서 두 주먹이 한꺼번에 드나들었다. 그는 또 망석중놀이^{음력 4} _{월 초파일에 행하는 무언 인형극}를 잘하고, 철괴춤^{중국의 신선인 이철괴를 흉내 낸 춤}을 잘 추었다. 당시에

🍎 소설 한 장면 　전개　광문의 인품이 알려짐

아이들이 서로 헐뜯는 말로,

"너희들의 형이야말로 달문이지."

라는 말이 유행했다. '달문'은 광문의 또 다른 이름이었다.

광문은 길에서 싸우는 이들을 만나면 옷을 벗어젖히고 함께 싸웠다. 그러다가 무슨 말인가 지껄이면서 머리를 숙이고 땅바닥에 금을 그었다. 마치 그들의 옳고 그름을 따지는 듯했다. 광문의 꼴을 본 시장 사람들은 모두 웃었다. 싸우던 자들도 역시 같이 웃다가 모두 흩어져 버리곤 했다.

광문은 나이 마흔이 넘도록 그대로 총각머리를 땋았다. 남들이 장가들기를 권하면 그는

"대체로 사람들은 아름다운 얼굴을 좋아하는 법이오. 그런데 사내만 그런 게 아니라 여인네들도 역시 마찬가지라오. 그러니 나처럼 못생긴 놈이 어떻게 장가를 들겠소?"[2]

라고 말했다. 남들이 살림을 차리라고 하면 이렇게 사양했다.

"나는 부모도 없고 형제, 처자도 없으니 무엇으로 살림을 차리겠소? 게다가 아침나절에는 노래 부르며 시장 바닥으로 들어갔다가 날이 저물면 부잣집 문턱 아래서 잠을 잔다오. 한양에 집이 팔만이나 있으니, 날마다 잠자는 집을 옮겨 다녀도 내가 죽을 때까지 다 돌아다닐 수 없을 정도라오."

한양의 이름난 기생들은 모두 아리땁고 예쁘며 말쑥했다. 그러나 광문이 칭찬해 주지 않으면 한 푼어치의 값도 나가지 못했다.

지난번에 우림아羽林兒 궁궐을 호위하던 병사와 각 전殿 왕과 왕비가 거처하는 전각 별감別監 각종 행사에 참여하거나 임금, 세자가 행차할 때 호위를 맡던 하인 또는 부마도위駙馬都尉 임금의 사위의 겸종傔從 시중 드는 사람들이 소매를 나란히 해 운심을 찾았다. 운심은 이름난 기생이었다. 그들은 당堂 위에 술자리를 벌이고 거문고를 타며 운심의 춤을 즐기려고 했다. 그러나 운심은 일부러 시간을 늦추면서 춤을 추려 하지 않았다.

광문은 밤에 찾아가 당 아래에서 어정거리다가 들어가서 그들의 윗자리에 서슴지 않고 앉았다. 광문은 비록 옷이 다 떨어지고 그 행동이 창피했지만, 그의 뜻은 몹시 자유로웠다. 눈이 짓물러서 눈곱이 낀 채로 술 취한 듯 트림하며 양털처럼 생긴 머리로 뒤 꼭지에다 상투를 틀었다. 자리에 앉아 있던

---

2) 광문은 추한 외모와 달리 훌륭한 성품을 가진 인물이다. 즉, 광문의 외모와 성품은 서로 반비례하며 외모가 성품을 더욱 부각한다.

사람들은 모두 깜짝 놀랐다. 서로 눈짓해서 광문을 몰아내려고 했다. 그러나 광문은 더 앞으로 다가앉아 무릎을 어루만지며 가락을 뽑아 콧노래로 장단을 맞추었다.

운심은 그제야 일어나서 옷을 갈아입고 광문을 위해 칼춤을 추었다. 자리에 앉았던 사람들은 모두 기뻐했다. 그들은 다시금 광문과 벗으로 사귀고 흩어졌다.

🍎 소설 한 장면   결말   모든 사람이 광문을 칭찬함

🔭 생각해 볼까요?

선생님 광문이라는 인물을 통해 강조되는 인간상은 무엇인가요?
💬 2 ♥ 2

↳ **학생 1** 광문은 미남도 영웅도 아니고, 그저 못생긴 거지에 불과해요. 어쩌다 거지들의 두목이 되지만 그 자리를 오래 지키지 못하고 쫓겨나지요. 하지만 광문은 천성이 선하고 신의가 있으며, 재물에 욕심을 내지도 않아요. 또한, 남녀를 차별하지 않고 분수를 지킬 줄 알며 이웃들의 싸움을 익살스럽게 중재하는 재치도 지니고 있지요. 박지원은 광문이라는 인물을 통해 신의, 정직, 평등, 조화 등의 가치를 강조하고자 했어요.

↳ **학생 2** 보통 고전 소설의 주인공은 재주와 능력이 뛰어난 재자가인(才子佳人)형 인물인 경우가 많아요. 하지만 광문은 외적 조건을 갖추지 못했음에도 불구하고 「광문자전」의 주인공이 되었어요. 아마도 박지원은 광문과 같이 성실하고 인품이 뛰어나며 신의를 지킬 줄 아는 근대적 인물상이 필요한 새 시대가 올 거라고 짐작했겠지요.

선생님 광문과 비슷한 유형의 인물이 등장하는 작품으로는 무엇이 있을까요?
💬 2 ♥ 2

↳ **학생 1** 박지원의 「예덕선생전」이 있어요. 「예덕선생전」의 주인공 엄 행수는 신분이 천하지만 분수에 맞는 삶을 살며 근면 성실한 태도를 보여 줘요. 엄 행수는 광문과 마찬가지로 박지원이 예찬하는 새로운 인물상이에요.

↳ **학생 2** 현대 소설로는 성석제의 「황만근은 이렇게 말했다」를 꼽을 수 있어요. 소설의 주인공 황만근은 유복자로 태어나 홀어머니를 모시고 사는데, 순진무구한 모습 때문에 사람들에게 바보 취급을 당해요. 하지만 황만근은 광문과 마찬가지로 자신의 삶을 우직하게 살아가며 이웃을 돌볼 줄 아는 선량한 인물이에요.

선생님 작가 박지원은 어떤 의도에서 「광문자전」을 지었을까요?
💬 2 ♥ 2

↳ **학생 1** 박지원은 광문이라는 인물을 내세워 유학자들의 가식과 위선을 조롱하고 있어요. 실례로 광문의 신의를 의심한 약방 주인이 광문 앞에서 스스로를 소인(小人)이라고 한 점, 부마도위를 비롯해 지체 높은 양반들이 광문에게 벗이 되어 달라고 청한 점은 양반의 권위가 사실상 보잘것없다는 사실을 인정하는 대목이에요.

↳ **학생 2** 박지원은 광문의 입을 통해 남녀가 서로 원하는 것이 결코 다르지 않다고 주장함으로써 기존의 가치에 도전하는 모습을 보여 줘요. 즉, 작가이자 실학자였던 박지원은 신분, 재산, 미모 따위로 사람의 가치를 평가하던 시대는 지났음을 강조하기 위해 「광문자전」을 지은 거예요.

선생님 「광문자전」이 지닌 근대적 성격에 관해 이야기해 볼까요?

💬 3   ♥ 3

↳ **학생 1** 광문은 자신의 신분이나 가난을 비관하지 않고 성실하게 살아가요. 이러한 광문의 태도는 삶을 가식적으로 사는 사람들에게 깨달음을 줄 수 있어요. 즉, 「광문자전」은 계몽성을 지니고 있지요.

↳ **학생 2** 광문은 남의 빚보증을 서줄 정도로 신의를 중시하고, 주변에서 집을 마련하라고 권해도 필요 없다고 말하며 물질에 욕심을 부리지 않아요. 당시 양반이나 부자들은 도덕적인 생활을 강조하는 척하면서 방탕, 허욕, 오만에 가득 찬 경우가 많았어요. 하지만 광문은 순진하고 소탈한 서민으로 등장하지요. 따라서 「광문자전」에서는 서민성이 강조되고 있어요.

↳ **학생 3** 광문은 비천한 신분인 데다가 보잘 것 없는 생활을 하는 인물이에요. 이후 주변 사람들에게 인품을 인정받긴 하지만 갑자기 광문의 신분이 상승하지는 않지요. 보통 고전 소설이라면 착한 일을 한 대가로 보상이 주어졌을 텐데 말이에요. 이를 통해 「광문자전」이 지닌 높은 현실성을 엿볼 수 있어요.

『연암집』 ▽ 🔍

연관 검색어   박지원   실학   북학파

『연암집』은 연암 박지원의 시가와 산문을 엮어 만든 시문집이다. 1932년 박영철이 편집 및 간행했으며 박지원의 문학과 사상을 엿볼 수 있는 중요한 자료들이 수록되어 있다.

『연암집』에 실린 대표적인 작품으로는 농촌경제의 실태와 문제점을 지적한 「한민명전의」, 국내 상업과 대외 무역을 발전시키기 위해 저술한 『열하일기』, 친지 김이소가 관직에 임명됨을 축하하고자 보낸 편지인 「하김우상서별지」, 농업 기술과 정책에 관해 쓴 『과농소초』 등이 있다. 또한, 실학 정신을 문학적으로 형상화한 「허생전」을 비롯해 「양반전」, 「마장전」, 「예덕선생전」 등 박지원이 창작한 한문 단편 소설들이 함께 실려 있다. 『연암집』에 담긴 박지원의 소설들은 대부분 당대 사회와 사람들의 모습을 사실적으로 그렸고, 지배층의 횡포와 타락을 풍자하며 통렬하게 비판했다.

염정 소설

✉ 염정 소설에 대하여

염정(艶情)은 이성을 그리워하고 사모하는 마음을 의미한다. 따라서 염정 소설은 남녀 주인공이 난관을 뛰어넘어 사랑을 성취하는 유형의 소설을 가리키며 연애 소설, 애정 소설이라는 용어와도 혼용된다.

염정 소설에서 남녀 주인공이 겪는 단계는 대개 만남, 시련, 사랑의 성취로 나눌 수 있다. 그러나 무엇보다 중요한 것은 남녀 주인공 사이의 순수한 연애 감정이다. 단지 자극만을 추구하는 성애 소설과 달리, 대부분의 염정 소설은 사랑을 통해 기성 질서에 맞서는 내용으로 이루어진다.

우리나라에서 염정 소설이 등장하기 시작한 때는 조선 후기이다. 임진왜란, 병자호란이 끝나갈 무렵의 조선 후기는 영웅 서사가 힘을 잃어가던 시기였다. 사람들은 집단적 사고에서 벗어나 점차 개인의 심리에 집중했다. 따라서 사랑이라는 아주 내밀한 개인의 감정을 다룬 염정 소설은 당시 민중에게 큰 사랑을 받으며 가정 소설과 쌍벽을 이룰 정도로 높은 인기를 구가했다.

우리나라 최초의 염정 소설로는 김시습의 『금오신화』 속 작품들을 꼽을 수 있고, 그 외의 대표적인 염정 소설로는 「숙영낭자전」, 「운영전」 등이 있다. 염정 소설 속 주인공들은 대부분 기존의 봉건적 질서에 순응하지 않고 개인의 사랑을 택함으로써 자아를 찾아간다. 한편, 기생과 양반 사이의 사랑을 표현하며 조선 후기 신분제의 동요를 빗댄 「춘향전」, 「채봉감별곡」 등의 작품도 염정 소설에 속한다.

춘향전

#정절   #사랑   #신분초월   #지배층의횡포

⚓ 작품 길잡이

작가: 미상
갈래: 국문 소설, 애정 소설, 판소리계 소설, 염정 소설
성격: 해학적, 풍자적
배경: 시간 - 조선 후기 / 공간 - 전라도 남원
주제: 신분을 초월한 남녀 간의 사랑
출전: 완판본 『열녀춘향수절가』

📷 인물 관계도

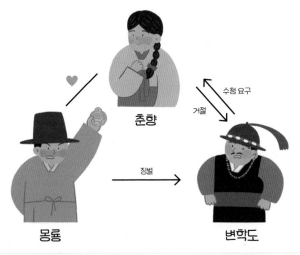

춘향   변학도로 인해 고초를 겪지만, 신분을 뛰어넘어 몽룡과 백년해로한다.
몽룡   과거에 급제한 뒤 암행어사가 되어 위기에 빠진 춘향을 구해준다.
변학도   전형적인 탐관오리로, 몽룡에 의해 엄한 벌을 받는다.

📋 구성과 줄거리

발단 **춘향과 몽룡은 광한루에서 만남**

몽룡의 아버지 이 한림은 남원 부사가 되어 남원에 부임한다. 어느 봄날, 남원 퇴기인 월매의 딸 춘향은 광한루로 나들이를 온다. 마침 바람을 쐬러 나온 몽룡이 춘향을 보고 첫눈에 반한다.

전개 **몽룡은 가족을 따라 한양으로 떠남**

하루하루 사랑을 키워 가는 춘향과 몽룡은 서로를 향한 마음이 깊어 잠시도 떨어져 있지 못한다. 어느 날 몽룡은 아버지로부터 한양으로 올라가라는 통보를 받는다. 몽룡은 어쩔 수 없이 슬퍼하는 춘향을 두고 한양으로 떠난다.

위기 **춘향은 정절을 지키다가 옥에 갇힘**

몽룡이 떠난 뒤 남원에 변학도라는 부사가 새로 부임한다. 변학도는 전형적인 탐관오리인데, 부임 첫날부터 기생들을 한 명 한 명 불러가며 점검하더니 춘향에게 수청을 들라고 명한다. 변학도의 명령을 거절한 춘향은 옥에 갇혀 온갖 고초를 겪는다.

절정 **과거에 급제한 몽룡이 암행어사가 되어 남원으로 옴**

장원 급제한 몽룡은 삼남 지방 암행어사에 임명된다. 때마침 변학도는 자신의 생일을 맞아 성대하게 잔치를 열었는데, 이때 몽룡이 암행어사로 출두해 변학도의 죄를 물은 뒤 엄한 벌을 내린다.

결말 **춘향과 몽룡은 행복한 일생을 보냄**

춘향은 옥에서 풀려난 뒤 몽룡을 따라 서울로 올라간다. 정식으로 혼인한 춘향과 몽룡은 백년해로하며 행복하게 산다.

춘향전

숙종 대왕肅宗大王 즉위 초의 일이라.[1]

대왕의 성덕聖德이 넓어 성자성손聖子聖孫 어진 임금의 자손이 대를 이으니 금고金鼓 군졸을 호령할 때 사용하는 징과 북 옥적玉笛 대금과 비슷한 취악기은 요순堯舜 시절이고 의관문물衣冠文物 문화와 문물은 우탕禹湯 중국 하나라의 우왕과 은나라의 탕왕의 버금이라. 좌우보필左右輔弼은 주석지신 柱石之臣 나라에 중요한 구실을 하는 신하이라. 조정에 흐르는 덕화德化가 향곡鄕曲 시골에까지 퍼졌 으니 사해四海에 굳은 기운이 원근에 어려 있다. 충신은 만조滿朝 조정에 가득함하고 효자와 열녀가 집집마다 있으니 미재미재美哉美哉 매우 아름다움라. 우순풍조雨順風調 비와 바람이 제때 순조롭게 나타남하고 함포고복含哺鼓腹 배불리 먹고 배를 두드리며 즐겁게 지냄하니 처처處處 곳곳에 '격양가擊壤歌 농부가 태평한 세월을 읊은 노래'가 끊이지 않더라.

이때 전라도 남원부에 월매라 불리는 기생이 있었다. 삼남三南 충청도, 경상도, 전라도의 명기였는데 일찍이 퇴기退妓 지금은 기생이 아니지만 전에 기생 노릇을 하던 여자를 이르는 말해 성씨 성을 가진 양반과 함께 세월을 보냈다. 다만 연장사순年將四旬 나이가 장차 마흔 살이 됨을 당해 일점혈육이 없는 것이 한스러웠다. 하루는 크게 깨쳐 가군家君 남편을 청입請入 들어오기를 청함해 여쭈었다.

"전생에 무슨 은혜 입었던지 이생에서 부부 되어 창기 행실 다 버리고 예모 禮貌 예절에 맞는 몸가짐를 숭상하고 여공女功 여자들이 하는 길쌈에 힘썼건만 무슨 죄가 진중珍重한 지 일점혈육이 없으니 육친무족肉親無族 가까운 피붙이가 하나도 없음 우리 신세 선영향화先塋香火 조상의 제사를 지냄는 누가 하며 사후감장死後勘葬 죽은 뒤 자손들이 장사를 치름은 어이하리. 명산대찰 名山大刹에 신공神功 신에게 드리는 공덕을 드려 자식을 낳게 되면 평생 한을 풀겠습니다."

이날부터 목욕재계하고 명산승지를 찾아가 지성으로 공을 들인 탓인지 그달부터 태기가 있었다. 십 삭十朔 열 달이 되매 하루는 향기 만실滿室 방에 가득 참하고 채운이 영롱하더니 혼미한 가운데 옥녀玉女를 낳으니 남자는 못 낳았지만 월매의 일구월심日久月深 날이 지나고 달이 깊어짐 바라던 마음이 잠깐 동안 풀리는구나. 이름을 춘향이라 하고 장중보옥掌中寶玉 손안의 보물 같이 길러 내니 일고여덟 살쯤 되었을 때 서책書冊에 취미를 붙여 예모 정절을 일삼으니 효행을 일읍一邑 온 고을이 칭송하더라.

---

[1] 작품의 대략적인 연대를 밝히며 사실성을 부여하고 있다.

이때 서울 삼청동에 이 한림翰林 예문관의 정9품 벼슬이라 하는 양반이 살았는데 세대명가世代名家 대대로 내려오는 명문가요 충신의 후예라. 하루는 임금이 충효록을 보고 충효자를 택출擇出해 자목지관字牧之官 지방의 원이나 수령 임용했다.

이 한림을 과천 현감縣監에서 금산 군수郡守로 이배移拜 전근 명령해 남원부사府使 제수除授 임금이 직접 관리를 임명함하니 이 한림은 사은숙배謝恩肅拜 임금의 은혜에 보답하고자 공손하게 절함하직하고 치행治行 길 떠날 준비를 함 차려 남원부에 도임했다. 그 뒤 사방이 안정되고 백성은 소리 높여 그를 칭송하더라.

이때 이 한림의 자제 이 도령이 나이는 이팔이요 풍채는 두목지杜牧之 중국 당나라의 시인이며 미남으로 유명했다고 함라. 도량은 창해滄海 같고 지혜는 활달했다. 문장은 이백이요 필법은 왕희지라. 이 도령이 하루는 방자를 불러 말했다.

"이 골에서 제일 아름다운 경치는 어디매뇨? 시흥춘흥詩興春興 시를 짓고 싶은 마음과 봄철에 절로 일어나는 흥과 운치 도도하니 절승경처 말해라."

방자가 대꾸했다.

"글공부하시는 도련님이 아름다운 경치를 찾아 무엇하리오."

이 도령은 짐짓 꾸짖었다.

"이놈, 무식한 말이로다. 자고로 문장재사文章才士 문장이 뛰어나고 재주가 많은 선비도 절승 강산 구경하기는 풍월작문 근본이라. 시중천자詩中天子 뛰어난 시인 이태백은 채석 강에서 놀았고 적벽강 추야월秋夜月에 소동파蘇東坡가 놀았고 심양강 명월에 백낙천白樂天 중국 당나라의 시인 백거이이 놀았고, 보은 속리산 문장대文藏臺 충청북도 보은군 속리산에 있는 누대에서 세조 대왕世祖大王 노셨으니 아니 놀든 못하리라."

이때 방자가 이 도령의 뜻을 받아 사방경개 아뢰었다.

"남원의 아름다운 경치 들어 보시오. 동문 밖으로 나가면 장림 숲속 선원 사가 좋사옵고, 서문 밖 관왕묘關王廟 관우의 영정을 모신 사당는 천고 영웅 엄한 위풍 어제 오늘 같사옵고, 남문 밖으로 나가면 광한루廣寒樓 오작교 영주각瀛洲閣이 좋고, 북문 밖으로 나가면 청천삭출靑天削出 푸른 하늘을 배경으로 깎은 듯이 튀어나와 있음 금부용金芙蓉 햇빛에 비치는 수려한 고산이 괴이하게 우뚝 서 있으니 기암奇巖 둥실 교룡산성蛟龍山城 남원 서쪽 7리 밖에 있는 산이 좋사옵니다."

이 도령은 고개를 끄덕이며 말했다.

"방자야, 네 말 들어 보니 광한루 오작교가 경개로다. 구경 가자."

이 도령은 사또 전에 들어가서 이 한림에게 공순히 여쭈었다.

"오늘은 화난和暖 날씨가 화창하고 따뜻함하니 잠깐 나가 풍월음영 시 운목韻目 한시에서 마지막

구가 두 자 또는 석 자의 운으로 이루어진 글 도 생각하고자 싶으니 순성巡城 성을 한 바퀴 돌아봄 이나 할까 하나이다."

사또는 크게 기뻐하며 허락했다.

"남주 풍물을 구경하고 돌아오되 시제詩題를 생각하라."

이 도령이 대답했다.

"부교父敎 아버지의 가르침 대로 하오리다."

이 도령은 물러 나와 방자에게 분부했다.

"방자야, 나귀 안장 지워라."

"나귀 등대等待 미리 준비하고 기다림 했소."

이 도령 거동 보소. 옥안신풍玉顔仙風 고운 얼굴을 채머리 곱게 빗어 밀기름에 잠재워 궁초댕기 석황石黃 천연 비소 화합물로, 염료 또는 화약에 쓰임 물려 맵시 있게 잡아 땋고 성천수주成川水紬 성천 지방에서 나는 고품질 비단 접동베 세백저細白苧 올이 가늘고 고운 흰 모시 상침上針 실밥이 드러나 보이게 옷의 가장자리를 꿰매는 것 바지 극상세목極上細木 최고로 좋은 세목 겹버선에 남갑사藍甲紗 대님 치고 쌍문초 긴 동정 중치막소매가 넓고 길며 옆이 터져 있는 네 폭짜리 윗옷 에 도포 받쳐 흑사黑絲 검은 실 띠를 가슴 위로 눌러 매고 육분 당혜唐鞋 예전에 사용하던 올이 깊고 앞 코가 작은 가죽신 끄는 구나.

"나귀를 붙들어라."

오작교 다리 가의 광한루에 서부렁섭적 힘들이지 않고 가볍게 건너뛰거나 올라서는 모양 올라 좌우를 둘러보니 산천물색이 새롭더라. 웨양루岳陽樓 중국 후난성 웨양에 있는 누각 고소대姑 蘇臺 중국 춘추시대 오나라의 왕 부차가 월나라를 격파하고 얻은 서시를 위해 쌓았던 누대 와 오초吳楚 중국 오나라와 초나라 동남 수東南水 는 동정호로 흐르고 연자燕子 누대의 이름 서북의 패택沛澤 숲이 우거져 들짐승이 숨어 사는 곳 이 완연하더라. 또 한곳 바라보니 백백홍홍白白紅紅 흰 꽃과 붉은 꽃 난만爛漫 많은 꽃이 활짝 피어 화려함 중에 앵무 공작 날아든다. 이곳이 호남의 제일성이라 했것다. 오작교 가 분명하면 견우직녀는 어디 있나? 이런 승지勝地 에 풍월이 없을쏘냐?

고명오작선高明烏鵲船 높고 밝은 오작의 배에

광한옥계루廣寒玉階樓 광한루 옥섬돌 다락이라

차문천상수직녀借問天上誰織女 감히 묻노니 하늘의 직녀 누구인가

지흥금일아견우至興今日我牽牛 지극히 흥겨운 오늘 내가 바로 견우로다

이때 내아內衙 지방 관청의 안채 에서 술상이 나와 일배주一盃酒 한 잔의 술 먹은 후에 취흥이

도도하고 경처의 흥에 겨워 이리저리 거닐었다. 황봉백접黃蜂白蝶 꿀벌과 흰나비 왕
나비는 향기 찾는 거동이라. 날아가고 날아오니 춘성春城의 안이요, 영주, 방장,
봉래가 눈앞이니 물은 은하수요, 경개는 옥경이다. 옥경이 분명하면 월궁月宮
항아姮娥 없을쏘냐?

때는 춘삼월 오월 단오일이렷다. 천중지가절天中之佳節 좋은 명절이라는 뜻으로, 단오를 이르는 말
이라. 이때 월매 딸 춘향이도 또한 시서음률에 조예가 있으니 천중절을 모
를쏘냐?

추천鞦韆 그네뛰기을 하려고 향단이 앞세우고 내려올 적에 난초같이 고운 머리
두 귀를 눌러 곱게 땋아 금봉채金鳳釵 봉황 모양의 금비녀를 정제하고 나군羅裙 엷은 비단 치마을
두른 허리 가는 버들 힘이 없이 드리운 듯, 아름답고 고운 태도로 가만가만
걸어 장림長林 속으로 들어가네. 녹음방초 우거지고 금잔디 좌르륵 깔린 곳에
황금 같은 꾀꼬리는 쌍거쌍래 날아들 적에 무성한 버들 백척장고百尺長高 아주
높은 곳 높이 추천을 했다.

수화유문水禾有紋 질이 좋고 무늬가 새겨진 비단 초록 장옷부녀자가 나들이할 때 머리에 써서 온몸을 가리던 옷 남방
사藍紡紗 남빛 누에고치의 실로 짠 명주 홑치마 훨훨 벗어 걸어 두고 자주 영초 수당혜繡唐鞋
아름답게 수놓은 가죽신를 썩썩 벗어 던져두고 백방사白紡絲 진솔속곳새 속옷 턱 밑에 훨씬
추켜올리고 연숙마練熟麻 잿물에 담갔다가 솥에 찐 삼 껍질 추천 줄을 섬섬옥수 넌지시 들어
양손에 갈라 잡고 백릉白綾 얇은 흰색 비단 버선 두 발길로 섭적 올라 발을 굴렀다.

세류細柳 가지가 몹시 가는 버드나무 같은 고운 몸을 단정히 놀리는데 옥비녀 은죽절銀竹節
대마디 모양으로 만들어 여자의 쪽에 꽂는 은 장식품과 밀화장도蜜花粧刀 평상복에 차는 작은 칼 옥장도玉粧刀며 광
원사光原絲 윤기가 나고 가공하지 않은 실 겹저고리 제색 고름에 태가 났다.

"향단아, 밀어라."

한 번 굴러 힘을 주고 두 번 굴러 힘을 주니, 발밑에 가는 티끌 바람 좇아
펄펄, 앞뒤 점점 멀어졌다. 머리 위의 나뭇잎이 몸을 따라 흔들흔들 오고갈
적에 살펴보니 녹음 속의 홍상紅裳 붉은 치마 자락이 바람결에 내비쳤다. 한없이
높고 넓은 하늘에 떠 있는 흰 구름 사이에 번갯불이 쏘는 듯, 바라보니 앞에
있다가 갑자기 뒤에 가 있는지라. 앞으로 얼른 하는 양은 가벼운 저 제비가
도화 한 잎 떨어진 것을 찾으려고 좇는 듯하고, 뒤로 번듯 하는 양은 광풍에
놀란 나비가 짝을 잃고 가다가 돌이키는 듯 무산선녀 구름 타고 양대陽臺 위에
내리는 듯, 나뭇잎도 물어 보고 꽃도 질끈 꺾어 머리에다 얹었다.

"향단아, 그네 바람이 독한지 내 정신이 어찔하다. 그넷줄 붙들어라."

그넷줄 붙들려고 무수히 진퇴하며 한창 노닐 적에 시냇가 반석磐石 위에 옥비녀 떨어져 쟁쟁하고 '비녀 비녀'하는 소리 산호채珊瑚釵 산호 비녀를 들어 옥반玉盤 옥으로 만든 그릇을 깨뜨리는 듯 그 모습은 세상 인물 아니로다.

이 도령이 혼비중천魂飛中天 혼이 중천에 떴다는 뜻으로, 몹시 허둥지둥함을 이르는 말하니 진실로 미혼지인未婚之人 아직 결혼하지 않은 사람이로다.

"방자야, 저 건너 화류花柳 꽃과 버들 중에 오락가락 희뜩희뜩 어른어른하는 게 무엇인지 알겠느냐?"

방자가 그쪽을 자세히 살피더니,

"이 고을 기생 월매의 딸 춘향이란 계집아이로소이다. 제 어미는 기생이오나 춘향이는 백화초엽百花草葉 온갖 종류의 꽃과 풀잎에 글자도 생각하고 여공 재질女工才質 바느질이나 길쌈 등 여인으로서 갖추어야 할 기술이며 문장을 겸전兼全 겸비해 여염처자閭閻處子 여염집의 처녀와 다름이 없나이다."

이 도령은 허허 웃고 방자를 불러 분부했다.

"기생의 딸이라 하니 당장 가서 불러오너라."

방자가 여쭈었다.

"설부화용雪膚花容 눈처럼 흰 살갗과 꽃처럼 아름다운 얼굴이 남방南方에 유명해 방方 관찰사, 첨사僉使 무관, 병부사兵俯使, 군수郡守, 현감縣監 작은 현의 수령, 관장官長님네 양반 오입쟁이들도 무수히 보려 했습니다. 그러나 장강莊姜 중국 춘추 시대 위장공의 부인의 색色과 임사姙姒 중국 주나라 문왕의 어머니 태임과 무왕의 어머니 태사의 덕행이며, 이두李杜 중국 당나라 때 시인 이백과 두보의 문필이며 이비二妃 중국 고대 순임금의 왕비인 아황과 여영의 정절을 품었으니 금천하지절색今天下之絶色이요, 만고여중군자萬古女中君子오니 불러오기 어렵나이다."

이 도령이 크게 웃으며 말했다.

"방자야, 네가 물각유주物各有主 물건마다 주인이 있음를 모르는구나. 형산 백옥과 여수 황금이 제각각 임자가 있느니라. 잔말 말고 불러오너라."

방자는 분부 듣고 서왕모西王母 요지연瑤池宴 요지, 즉 중국 곤륜산에 신선이 산다는 연못에서 벌이던 잔치에 편지 전하던 청조靑鳥 반가운 사자나 편지를 이르는 말같이 이리저리 건너갔다.

"여봐라, 이 애 춘향아."

방자가 소리 질러 부르니 춘향이 깜짝 놀라며 말했다.

"무슨 소리를 그따위로 질러 사람을 놀라게 하느냐?"

"이 애야, 말 마라. 일이 났다. 사또 자제분이 광한루에 놀러 오셨다가 너 노는 모양 보고 불러오라고 하신다."

춘향은 발끈 화를 내며 말했다.

"네가 미쳤구나. 사또 자제분이 나를 어떻게 알고 부른단 말이냐?"

"내가 네 말을 할 리가 없으니 네가 그르지 내가 그르냐? 너 그른 내력을 한번 들어 보라. 계집아이 행실로 추천을 할 양이면 네 집 후원 담장 안에 줄을 매고 추천하는 게 도리인지라. 광한루 멀지 않고 방초는 푸르렀는데 앞내 버들 뒷내 버들 광풍을 겨워^{이기지 못해} 흐늘흐늘 춤을 추는데 광한루 구경처^{求景處}에 그네를 매고 네가 뛸 적에 외씨 같은 두 발길로 백운^{白雲} 간에 노닐 적에 홍상 자락이 펄펄, 백방사 속곳 갈래 동남풍에 펄렁펄렁, 박속 같은 네 살결이 백운 간에 희뜩희뜩하니 그걸 도련님이 보시고 너를 부르시니 내가 무슨 말을 한단 말이냐. 잔말 말고 건너가자."

춘향이 대답했다.

"네 말이 일리가 있지만 오늘은 단오일이다. 나뿐 아니라 다른 집 처자들도 여기에서 추천했으니 그럴 수 있을 뿐 아니라, 내가 지금 시사^{時仕 아전이나 기생 등이 소속된 관아에서 맡은 일을 치르는 것}가 아니거든 여염집 사람을 호래척거^{呼來斥去 사람을 오라고 부른 뒤 금방 다시 쫓아 버리는 것}로 부를 리도 없고 부른다 해도 갈 리 만무하다."

방자가 광한루로 돌아와 이 도령에게 말하니 이 도령이 그 말 듣고 다시 분부했다.

"기특한 사람이구나. 언즉시야^{言則是也 옳은 말이라는 뜻}로다. 다시 가서 말을 전하되 이리이리해라."

방자가 춘향에게 건너갔지만 그사이에 제집으로 돌아간 뒤였다. 춘향의 집을 찾아가니 모녀간에 마주 앉아 점심을 먹으려던 찰나였다.

"너 왜 또 왔느냐?"

"도련님이 다시 전갈하시더라. 너를 기생으로서가 아니라 네가 글을 잘한다는 소문 듣고 청하는 것이니라. 여염집에 있는 처자 불러 보는 것이 이상하나 혐의^{嫌疑 꺼리고 미워함}로 알지 말고 잠깐 다녀가라 하시더라."

춘향의 도량^{度量 사물을 너그럽게 받아들여 처리하는 품성}한 뜻이 연분 되려고 그러한지 홀연히 생각하니 갈 마음이 생겼지만 모친의 뜻을 몰라 침음양구^{沈吟良久 무언가를 오랫동안 깊이 생각함}에 말을 하지 않고 앉았더니 모친이 썩 나앉아 정신없이 말했다.

"꿈이라 하는 것이 모두 허사는 아니로다. 간밤에 꿈을 꾸니 청룡 하나가 벽도지^{碧桃池 가장자리에 벽도 나무가 서 있는 연못}에 잠겨 있거늘 무슨 좋은 일이 있을까 했더니 우연한 일이 아니구나. 도련님 이름이 몽룡이라 하니 꿈 몽^夢 자 용 룡^龍

자 신통하다. 그나저나 양반이 부르시는데 아니 갈 수 있겠느냐? 잠깐 다녀 오너라."

춘향은 그제야 못 이기는 척 백모래 밭의 금자라가 걷듯, 대명전大明殿 대들보 호연胡燕 새의 한 종류 걸음으로 살짝 걸어갔다. 이 도령은 방자에게 "앉으라고 일러라."라고 분부하고 춘향의 고운 태도 단정히 앉는 거동을 자세히 살펴보았다. 마치 백색창파白色滄波 바다의 흰 물결 새 비 뒤에 목욕하고 앉은 제비가 사람을 보고 놀라는 듯, 별로 단장한 일 없이 국색國色 나라에서 가장 아름다운 사람 이라. 옥안玉顏 아름다운 얼굴을 상대하니 구름 사이로 내보이는 밝은 달이요, 단순丹脣 붉은 입술을 반개半開하니 못에 떠 있는 연꽃이로다. 네 얼굴 네 태도는 세상 인물 아니로다. 춘향이 추파秋波 맑고 아름다운 눈길를 잠깐 들어 이 도령을 살펴보니, 만고의 호걸이요 진세간塵世間 인간 세상의 기남자奇男子 뛰어난 남자라. 천정天庭 두 눈썹 사이 또는 이마 한가운데이 높으니 소년공명少年功名 젊은 사람이 일찍 입신양명함할 것이고 오악五嶽 이마, 턱, 코, 좌우 광대뼈에 조귀朝歸 아침이 돌아옴하니 보국충신輔國忠臣 나라를 돕는 충성스러운 신하 될 것이니 더욱 흠모해 아미蛾眉 미인의 눈썹를 숙이고 무릎을 단정히 하고 앉았더라. 이 도령이 물었다.

"성현聖賢도 불취동성不取同姓 같은 성씨끼리는 결혼하지 않음이라 일렀으니 네 성은 무엇이며 나이는 몇 살인가?"

"성은 성成가이옵고 나이는 열여섯 살입니다."

"허허, 그 말 반갑도다. 네 나이 들어 보니 나와 동갑 이팔이라. 성자姓字를 들어 보니 천정天定 하늘이 정함일시 분명하다. 이성지합二姓之合 결혼은 좋은 연분, 평생 동락平生同樂해 보자. 부모 구존俱存 부모가 모두 살아 있음하신가?"

"편모하偏母下입니다."

"몇 형제나 되는가?"

"올해 육십인 저의 모친과 무남독녀 저 하나뿐입니다."

"너도 남의 집 귀한 딸이로다. 하늘이 정해 준 연분으로 우리가 만났으니 만년락萬年樂을 이뤄 보자."[2]

춘향의 거동 보소. 춘향은 팔자청산八字靑山 미인의 고운 눈썹 찡그리며 주순朱脣 붉은 입술을 반개해 가는 목 겨우 열어 옥성玉聲 고운 음성으로 말했다.

"충신은 불사이군不事二君 두 임금을 섬기지 않음이고 열녀는 불경이부절不敬二夫節 두 남편을

---

2) 남녀가 개인의 자유의지에 따라 서로 사랑하는 자유연애 사상을 엿볼 수 있다.

^{섬기지 않는 정절}이라고 일렀습니다. 도련님은 귀공자^{貴公子}요 소녀는 천첩^{賤妾}이라. 한번 탁정^{托情 마음을 나눔}한 후에 버리시면 일편단심 이내 마음 독숙공방^{獨宿空房} 홀로 누워 우는 신세 되고 싶지 않나이다. 그런 분부 마시옵소서.”

“네 말을 들어 보니 기특하구나. 우리 인연 맺을 적에 금석뇌약^{金石牢約 쇠나 돌처럼 굳은 약속} 맺으리라. 네 집이 어디냐?”

“방자를 불러 물으소서.”

이 도령이 허허 웃었다.

“내 너더러 묻는 일이 허황하다. 방자야, 춘향의 집이 어디냐?”

방자는 손을 넌지시 들어 한쪽을 가리키며 말했다.

“행자목^{杏子木 은행나무}은 음양을 좇아 마주 서고, 초당문전^{草堂門前} 오동 대추나무 깊은 산중 물푸레나무, 포도 다래 으름^{으름덩굴 나무} 넌출^{칡 따위가 길게 뻗어 너절너절하게 늘어진 줄기} 휘휘 친친 감겨 단장^{短墻 나지막한 담} 밖에 우뚝 솟았는데 송정^{松亭 소나무 정자} 죽림^{竹林} 사이로 은은히 보이는 게 춘향의 집입니다.”

이 도령이 말했다.

“장원^{墻垣 담}이 정결^{淨潔}하고 송죽이 울밀^{鬱密 빽빽함}하니 여자 절행 알 만하도다.”

춘향이 일어나며 부끄러워하며 말했다.

우리 인연 맺을 적에 금석뇌약 맺으리라.

🎬 **소설 한 장면** **발단** 춘향과 몽룡은 광한루에서 만남

"시속인심 時俗人心 세상 사람들의 마음 씀씀이 고약하니 이만 가 보겠습니다."

"그럴듯한 말이로다. 오늘 밤 퇴령 退令 아전이나 심부름꾼 등에게 퇴근을 허락하던 명령 후에 너의 집에 갈 것이니 부디 괄시나 마라."

"저는 모르옵니다."

"네가 모르면 쓰겠느냐. 잘 가거라. 오늘 밤 다시 상봉하자."

춘향이 누에서 내려 건너가니 춘향 모가 나와 있었다.

"애고, 내 딸 다녀오냐. 도련님이 뭐라고 하시더냐?"

"조금 앉았다가 가겠노라 하고 일어나니 오늘 밤 우리 집에 오겠다고 하시옵니다."

"그래 어찌 대답했느냐?"

"모른다 했지요."

"잘했다."

이때 이 도령은 춘향을 보낸 후에 책실 冊室 독서하는 방 로 돌아왔지만 만사 萬事에 뜻이 없고 춘향 생각뿐이었다. 말소리 귀에 쟁쟁하고 고운 태도 눈에 삼삼하니 해가 지기를 기다리며 방자를 계속 불러 물었다.

"해가 어느 때나 되었느냐."

"동에서 아귀 트나이다 아침 해가 떠오르나이다."

이 도령이 크게 화가 나 말했다.

"이놈, 서쪽으로 지는 해가 동쪽으로 도로 가랴. 다시 살펴보라."

이윽고 방자가 말했다.

"일락함지 日落咸池 해가 짐 황혼 되고 월출동령 月出東嶺 달이 동쪽에서 나옴 하옵니다."

조금 있으니 하인 물리라는 퇴령 소리 길게 나니 이 도령은 신이 났다.

"좋다 좋다. 방자야, 등롱 燈籠 등불을 켜서 어두운 곳을 밝히는 기구 에 불 밝혀라."

이 도령은 통인 대령하고 춘향의 집으로 건너갈 적에 가만가만 걸으며 말했다.

"방자야, 상방 上房 사또가 머무는 방 에 불 비친다. 등롱을 옆에 꺼라."

삼문 三門 밖 썩 나서 협로지간 狹路之間 좁은 길 사이 에 달빛이 영롱하고 화간 花間 꽃들이 피어 있는 사이 에 푸른 버들 여러 번 꺾었으며 투계소년 鬪鷄少年 닭싸움을 붙이는 소년 아이들은 야입청루 夜入靑樓 밤늦게 기생 집에 들어감 했으니 지체 말고 어서 가자.

그렁저렁 춘향집 문전 당도하니 인적야심 人寂夜深 사람의 발길이 끊어질 만큼 깊은 밤 한데 월색은 삼경이라. 이때 춘향은 칠현금 七絃琴 일곱 줄을 매어 만든 거문고 을 비껴 안고 남풍시

南風詩 천하가 태평하고 백성이 잘사는 것을 노래한 시 를 희롱하다가 잠자리에서 졸고 있구나. 방자는 안으로 들어가면서 개가 짖을까 걱정돼 가만가만 춘향 방 영창 映窓 방을 밝게 하기 위해 방과 마루 사이에 낸 미닫이 두 쪽 밑에 들어가서 기척을 냈다.

"이 애 춘향아, 잠들었느냐?"

춘향이 깜짝 놀라며 물었다.

"네 어찌 왔냐?"

"도련님이 와 계시다."

춘향은 이 말을 듣고 가슴이 울렁울렁 부끄럼을 못 이기며 문을 열고 나왔다. 춘향은 바로 건넌방으로 건너가서 저의 모친을 깨웠다.

"애고 어머니, 무슨 잠을 이렇게 깊이 주무시오."

"아가, 무엇을 달라고 부르느냐?"

"누가 무엇을 달래었소?"

"그러면 어찌 불렀느냐?"

"방자가 도련님 모시고 오셨다오."

춘향 모는 이 말 듣고 향단에게 바삐 당부했다.

"향단아, 뒤 초당草堂 별채 에 좌석座席 등촉燈燭 등불과 촛불 을 마련해 두어라."

춘향 모가 나오는데 과연 인물이로다. 자고로 사람이 외탁 용모와 재질 등이 외가 쪽을 닮음 을 많이 하니 춘향 같은 딸을 낳았구나. 춘향 모가 두 손을 모으고 우뚝 서서 안부를 물었다.

"그새에 도련님 문안이 어떠하시오?"

"춘향의 모라고 하지? 평안한가?"

"겨우 지내옵니다. 오실 줄 몰라 영접이 불민不敏 어리석고 둔함 하옵니다."

"그럴 리 있나."

춘향 모가 앞에서 인도해 대문 중문 다 지나 후원을 돌아가니 연구年久 오래 됨 한 별초당에 등롱을 밝혔는데 못 가운데 쌍오리는 손님 오시노라 둥덩실 떠서 기다리는 모양이다.

처마에 다다르니 그제야 춘향이 사창紗窓 비단을 덧댄 창 을 반쯤 열고 나오는데 뚜렷한 일륜명월一輪明月 둥글고 맑은 달 이 구름 밖에 솟아난 듯 황홀했다. 부끄러이 당에 내려 천연히 서 있는 거동은 사람의 간장을 다 녹이는구나.

이 도령은 반만 웃고 춘향에게 물었다.

"곤困치 않고 밥은 잘 먹었느냐?"

춘향이 부끄러워 대답지 못하고 묵묵히 서 있거늘 춘향 모가 먼저 당에 올라 이 도령을 자리로 모신 뒤 말했다.

"귀하신 도련님이 누추한 곳에 오시니 황감하옵니다."

이 도령이 그 말 한마디에 말 궁기窮氣 언행이 궁색함가 열렸구나.

"그럴 리가 있는가. 광한루에서 우연히 춘향을 보고 연연戀戀 애틋하게 그리워함히 보내다가 탐화봉접探花蜂蝶 꽃을 찾아 여기저기 날아다니는 벌과 나비 취한 마음에 오늘 밤 온 뜻은 춘향 어미 보고 춘향과 백 년 언약을 맺고자 하니 자네 마음은 어떠한가?"

춘향 모가 말했다.

"가세家勢가 부족해 재상가 부당하니 준향과 백년가약한난 말씀 마시고 쉬시다 가옵소서."

"호사다마好事多魔로세. 춘향도 혼인 전이고 나도 미장전未丈前 장가들기 전이다. 육례六禮 혼인의 여섯 가지 의식는 못할망정 양반이 일구이언一口二言을 하겠는가? 내 저를 초취初娶 첫 번째로 맞은 아내같이 여길 테니 시하侍下 부모 또는 조부모가 살아 있는 사람라고 염려 말고 미장전도 염려 마소. 허락만 해 주소."

춘향 모가 이 말 듣고 앉았더니 몽조夢兆 꿈자리가 있는지라 연분인 줄 짐작하고 흔연히 허락했다.

"봉鳳이 나매 황凰이 나고 장군 나매 용마龍馬 빨리 달리는 말 나고 남원에 춘향 나매 이화춘풍이 꽃답구나. 향단아, 주반酒盤 술상 등대했느냐?"

"예."

앵무배에 술 가득 부어 이 도령에게 주니 이 도령이 잔 받아 손에 들고 탄식했다.

"내 육례를 하고 싶으나 그러지 못하고 개구멍 서방남의 눈을 피해 드나들면서 서방 노릇을 하는 남자를 얕잡아 일컫는 말으로 들고 보니 이 아니 원통하랴. 춘향아, 우리 이 술을 대례大禮 혼인할 때 치르는 큰 예식 술로 알고 마시자꾸나."

이 도령은 일배주 부어 들고 말했다.

"내 말 들어 보라. 첫째 잔은 인사주요, 둘째 잔은 합환주合歡酒 혼례 때 신랑 신부가 서로 잔을 바꾸어 마시는 술라. 이 술로 근본 삼으리라. 대순大舜 순임금의 아황娥皇 여영女英 귀히 귀히 만난 연분 지중至重타 했으되, 월하노인月下老人 부부의 연을 맺어 준다는 전설의 노인의 우리 연분 삼생가약三生佳約 맺은 연분, 천만년이라도 변치 아니할 연분, 백세상수百歲上壽 나이가 아주 많음 하다 한날한시에 죽게 되면 천하제일 연분이다."

춘향과 이 도령이 마주 앉았으니 일이 어찌 되겠는가? 사양斜陽 저녁때 비치는 햇빛을 받으면서 삼각산 제일봉에 봉학이 앉아 춤추는 듯, 두 팔을 들고 춘향의 섬섬옥수 겨우 겹쳐 잡고 의복을 공교하게 벗기는데 두 손길 썩 놓더니 춘향의 가는 허리를 담쏙 안았다.

"나삼을 벗어라."

춘향이 첫 경험이라 부끄러워 고개를 숙여 몸을 틀 적에, 이리 곰실 저리 곰실 녹수에 홍련화紅蓮花 붉은색 연꽃 미풍 만나 굼니는자꾸 부드럽고 가볍게 움직임 듯 이 도령이 치마 벗겨 제쳐 놓고 바지 속옷 벗길 적에 무한히 실랑이질옥신각신하며 남을 못 견디게 구는 짓을 했다. 이리 굼실 저리 굼실 동해 청룡이 굽이를 치는 듯하구나.

"아이고 놓아요, 좀 놓아요."

"에라, 안 될 말이다."

실랑이 중에 옷끈 끌러 발가락에 딱 걸고 끼어 안으면서 진득이 누르니 옷이 발길 아래 떨어졌다. 옷이 활딱 벗겨지니 형산의 백옥 덩이를 이에 비할 쏘냐? 이 도령은 춘향의 거동을 보려고 슬그머니 놓으면서,

"아차차, 손 빠졌다."

춘향이가 침금 속으로 들어가니 이 도령도 저고리 벗고 들어가 마주 누웠으니 그냥 잘 리가 없다.

골즙骨汁 뼈의 즙 낼 제 삼승三升 이불성글고 굵은 베로 만든 이불 춤을 추고, 샛별 요강은 장단 맞추어 청그렁 쟁쟁, 문고리는 달랑달랑, 등잔불은 가물가물하는구나.

어린것들이라 하루 이틀 지나니 부끄럼은 차차 멀어지고 이제는 기롱譏弄 실없는 말로 놀림도 하고 우스운 말도 하니 자연 사랑가가 되었다.

"춘향아, 이리 와 업히거라."

춘향이 샐쭉 부끄러워했다.

"부끄럽긴 무엇이 부끄럽단 말인가. 이미 다 아는 바이니 어서 와 업히거라."

이 도령은 춘향을 업고 추어올렸다.

"어따 그 계집아이, 똥집 장히 무겁구나. 네가 내 등에 업히니 기분이 어떠냐?"

"아주 좋소이다."

"나도 좋다. 좋은 말을 할 것이니, 너는 대답만 해라. 사랑이로구나, 사랑이야. 어화둥둥 내 사랑이야. 네가 금이냐?"

"금이라니 당치 않소. 팔년풍진 초한八年風塵楚漢 중국 초나라와 한나라 간에 8년 동안 이어졌던 전쟁을 말함 시절에 육출기계六出奇計 여섯 번의 기이한 계책을 내놓음 진평陳平 중국 전한의 공신이 범아부范亞父 중국 진나라 말에 항우의 신하였던 범증를 잡으려고 황금 사만을 흩었으니 금이 어이 남았으리까?"

"그러면 진옥이냐?"

"옥이라니 당치 않소. 만고영웅 진시황이 형산의 옥을 얻어 이사李斯 중국 전국 시대의 정치가의 명필로 명을 하늘로부터 받았으니 오래 살 것이며 길이 번창하리로다. 옥새玉璽를 만들어서 만세유전萬世遺傳 영원히 후손에게 물려줌을 했으니 옥이 어이 되오리까?"

"그러면 네가 무엇이냐. 해낭화냐?"

"해당화라니 당치 않소. 명사십리明沙十里 곱고 부드러운 모래가 끝없이 펼쳐진 바닷가 아니거든 해당화가 되오리까."

"네가 그러면 반달이냐?"

"반달이라니 당치 않소. 오늘 밤 초생이 아니거든 내가 어찌 벽공碧空 푸른 하늘에 돋은 명월이 되오리까?"

"에라 요것, 안 될 말이로다. 어화둥둥 내 사랑이지. 춘향아, 그만 내려오려무나. 백사만사百事萬事 모든 일가 다 품앗이가 있느니라. 내가 너를 업었으니 너도 나를 업어야지."

"애고, 도련님은 기운이 세서 나를 업었지만 저는 기운이 없어 못 업겠소."

"업는 수가 있느니라. 나를 돋워 업으려 말고 발이 땅에 자운자운하게닿을 듯 말 듯 하게 뒤로 잦은 듯하게 업어다오."

춘향이 도련님을 업고 툭 추어 놓으니 대중대강 어림잡아 헤아림이 틀렸구나.

"춘향아, 우리 말놀음이나 좀 해 보자."

"애고 우스워라. 말놀음이 무엇이오?"

"그야, 천하에 쉬운 일이지. 너와 내가 벗은 김에 너는 온 방바닥을 기어 다녀라. 내가 너의 궁둥이에 딱 붙어서 네 허리를 꽉 끼고 볼기짝을 치거든 흥흥거려 퇴김질모였던 힘을 갑자기 풀어 튕기거나 뻗치는 동작로 물러서며 뛰어라. 알심보기보다 야무진 힘 있게 뛰면 탈 승자乘字 노래가 있느니라."

이 도령이 들어가니 사또가 말했다.

"서울서 동부승지同副承旨 승정원의 정3품 벼슬 교지敎旨 임금이 관직을 임명해주는 내용의 문서가 내려왔다. 나는 문부사정文簿査定 문서상의 일을 조사하고 처리함 하고 갈 테니 너는 내행內行 집안 아낙네들의 여행을 배행陪行 윗사람을 모시고 따라감 해 내일 떠나거라."

이 도령은 부교 듣고 한편 반갑지만 한편 춘향을 생각하니 가슴이 답답해 맥이 풀리고 간장이 녹는 듯했다. 두 눈으로 더운 눈물이 펄펄 솟아 옥면玉面을 적시니 사또가 물었다.

"너 왜 우느냐. 내가 남원에서 일생 살 줄 알았느냐. 내직內職으로 승차陞差 높은 벼슬에 오름 하니 섭섭하게 생각 말고 오늘부터 치행등절治行等節 행장을 차리는 등의 절차 급히 차려 내일 오전에 떠나거라."

겨우 대답하고 물러 나와 내아內衙로 들어가 모친에게 춘향의 말을 울며 청했지만 실컷 꾸중만 들었다. 춘향의 집으로 가는데, 설움은 기가 막히나 길에서 울 수 없어 억지로 참는데 속에서 두부장 끓듯걱정이 있어 마음이 어지럽고 속이 부글부글 끓는 모양을 비유하는 말 했다. 이 도령은 춘향 집 앞에 당도하니 눈물이 왈칵 쏟아졌다. 춘향은 깜짝 놀라 왈칵 뛰어나오며 말했다.

"애고, 이게 웬일이오. 안으로 들어가시더니 꾸중 들으셨소. 오시다가 무슨 분함을 당하셨소. 서울서 무슨 기별이 왔다더니 중복重服 남편의 몇몇 친척이 상을 당했을 때 아홉 달 동안 입는 옷 을 입어 계시오. 점잖은 도련님이 이게 웬일이오."

춘향은 이 도령의 목을 안고 치맛자락을 걷어잡아 옥안玉顔에 흐르는 눈물을 이리 씻고 저리 씻어 주었다.

"울지 마오. 울지 마오."

울음이란 게 말리는 사람이 있으면 더 우는 법이니 춘향이 화를 내며 말했다.

"여보 도련님, 우는 모습 보기 싫소. 그만 울고 내력이나 말하오."

"사또께서 동부승지 하여 계시단다."

"댁의 경사인데 왜 운단 말이오?"

"너를 두고 가야 하니 내 아니 답답하냐."

"언제는 남원 땅에서 평생 사실 줄 아셨소. 어찌 나와 함께 가기를 바라오. 도련님 먼저 올라가시면 나는 여기서 팔 것 팔고 나중에 올라갈 테니 아무 걱정 마시오. 내가 올라가더라도 도련님 큰댁으로 가서 살 수 없을 것이니 큰댁 가까이 방이나 두엇 되는 조그마한 집이면 족하오니 염탐해 사 두소서. 우리 권구眷口 한집에 같이 사는 식구 가더라도 공밥 먹지 아니할 것이오. 그렁저렁 지내다가 도련님 나만 믿고 장가 아니 갈 수 있소? 부귀영총富貴榮寵 부귀를 누리며 임금의 은총을 받음 재상가의 요조숙녀 가리어서 혼정신성昏定晨省 아침저녁으로 부모의 안부를 물어서 살핌

할지라도 아주 잊지는 마소."

"그게 이를 말이냐. 사정이 여의치 않아 네 얘기를 사또께는 말씀 못 드리고 대부인전에 여쭈오니 꾸중이 대단하시며 양반의 자식이 부형따라 하향避鄕 서울에서 멀리 떨어진 시골에 왔다 화방작첩花房作妾 기생집에서 첩을 얻음하며 데려간단 말이 전정前程 앞길에도 괴이하고 조정에 들어 벼슬도 못한다는구나.3) 이러니 우리는 불가불 이별할 수밖에 없다."

춘향은 이 도령의 말을 듣고 고대이제 막 발연변색勃然變色 갑자기 화가 나서 얼굴빛이 변함했다. 붉으락푸르락 눈을 간잔지런하게눈꺼풀이 내려앉아 맞닿을 듯하게 떠니 눈썹은 꼿꼿, 코는 발심발심, 이는 뽀드득뽀드득, 매가 꿩 차는 듯했다.

"허허, 이게 웬 말이오."

춘향은 왈칵 뛰어 달려들며 치맛자락 와드득 좌르륵 찢어 버리고 머리도 와드득 쥐어뜯어 싹싹 비벼서 이 도령 앞에 내던졌다.

🍎 소설 한 장면 전개 몽룡은 가족을 따라 한양으로 떠남

---

3) 춘향과 몽룡의 신분적 격차는 두 사람의 사랑을 방해하는 요소이기도 하지만, 역설적으로 서로를 향한 사랑을 더욱 강하게 만들기도 한다. 두 사람이 신분을 초월해 사랑을 쟁취하는 과정에서 극적인 재미가 더해지고, 사랑의 숭고함 또한 강조된다.

"무엇이 어쩌고 어째요. 이것도 쓸데없구나."

명경明鏡 맑은 거울과 체경體鏡 온몸을 비출 수 있는 거울, 산호죽절珊瑚竹節 대마디처럼 생긴 산호 비녀을 내던지자 방문 밖에 탕탕 부딪쳤다. 춘향은 발도 동동 구르고 손뼉도 치며 돌아앉아 자탄했다.

"서방 없는 춘향이가 세간살이 무슨 소용이며 단장하여 누구 눈에 괴일꼬사랑을 받을꼬. 몹쓸 년의 팔자구나. 이팔청춘 젊은것이 이별할 줄 어찌 알았으랴. 애고애고, 내 신세야."

춘향은 천연히 돌아앉아 다시 신세타령을 했다.

"여보 도련님, 방금 하신 말씀 참말이오, 농말이오. 우리 둘이 처음 만나 백년 언약 맺은 일이 대부인과 사또께옵서 시키시던 일입니까? 빙자憑藉 핑계를 댐가 웬일이오. 광한루에서 잠깐 보고 내 집으로 찾아와서 침침무인沈沈無人 밤이 깊어 인적이 끊어짐 야삼경에 도련님은 저기 앉고 나는 여기 앉아 날더러 하신 말씀 '언덕을 두고 맹세하는 것은 하늘을 두고 맹세하는 것만 같지 못하고, 산을 두고 맹세하는 것은 하늘을 두고 맹세하는 것만 같지 못하다'라고 전년 오월 단오야에 내 손길 부여잡고 맑은 하늘 천 번이나 가리키며 만 번이나 맹세하시기에 내 정녕 믿었더니, 가실 때는 톡 떼어 버리시니 이팔청춘 젊은것이 낭군 없이 어찌 살꼬? 침침공방沈沈空房 깊은 밤에 홀로 빈방을 지킴 추야장秋夜長 기나긴 가을 밤에 상사相思 남녀가 서로 생각하고 그리워함 어이할꼬. 모질도다, 모질도다, 도련님이 모질도다. 독하도다, 독하도다, 서울 양반 독하도다. 원수로다, 원수로다, 존비귀천尊卑貴賤 사회적 지위나 신분의 높고 낮음 원수로다. 부부정夫婦情 유별하건만 이렇게 독한 양반이 세상에 또 있을까? 애고애고 내 신세야. 여보 도련님, 춘향 몸이 천하다고 함부로 버리셔도 되는 줄 아시오. 첩지박명妾之薄命 자신의 좋지 못한 팔자 춘향이가 식불감食不甘 음식을 먹어도 단맛을 모름 밥 못 먹고 침불안석寢不安席 잠자리가 편하지 않음 잠 못 자면 며칠이나 살 것 같소. 상사로 병이 들어 애통하게 죽으면 애원哀怨 슬프고 원망스러움한 내 혼신魂神 원귀가 될 것이니 존중하신 도련님이라 한들 어이 아니 재앙이리오? 사람대접 그리 마오. 애고애고 설운지고."

한참 이리 자진하여 섧게 울 적에 춘향 모가 상황도 모르고 나섰다.

"애고, 저것들 또 사랑싸움 났구나. 거참, 아니꼽다. 눈구석 쌍 가래톳허벅지 임파선이 부어서 생기는 멍울 설 일 많이 보는구나."

하지만 아무리 들어도 울음이 길구나. 하던 일 밀쳐놓고 춘향 방 영창 밖으로 가만가만 들어가 아무리 들어 봐도 이별이로구나.

"허허, 이것 큰일 났다. 동네 사람들 내 말 좀 들어 보오. 우리 집에 사람 둘 죽습니다."

춘향 모는 어간 마루^{방과 방 사이의 마루} 섭적 올라 영창문을 두드리며 우루룩 춘향에게 달려들어 주먹으로 겨누었다.

"이년 이년, 썩 죽어라. 살아서 쓸데없다. 시체라도 저 양반이 지고 가게 썩 죽어라. 저 양반 올라가면 누구 간장을 녹이려냐? 내 늘 이르기를 도도한 마음을 먹지 말고 여염 사람 가리어서 형세^{形勢 경제적인 형편} 지체^{대대로 내려오는 지위나 문벌} 너와 같고 재주 인물이 모두 너와 같은 봉황의 짝을 얻어 내 앞에 노는 모습 보았으면 너도 좋고 나도 좋지. 마음이 도고^{道高 교만하게 행동함}해 남과 다르더니 잘됐구나, 살냈어."

이번에는 두 손뼉 꽝꽝 마주치면서 이 도령 앞으로 달려들었다.

"나와 말 좀 합시다. 내 딸 춘향을 버리고 간다 하니 무슨 죄로 그러시오. 춘향이 도련님 모신 지 거의 일 년인데 행실이 그르던가, 예절이 그르던가, 침선^{針線 바느질}이 그르던가, 언어가 불순하던가, 행실이 잡스러워 노류장화^{路柳墻花 기생을 비유적으로 이르는 말} 음란하던가? 이 봉변 웬일인가. 칠거지악^{七去之惡 아내를 내쫓을 수 있는 일곱 가지 허물} 아닌 다음에야 버리면 안 되는 줄 모르는가. 양류천만사^{楊柳千萬絲 천만 개의 버들가지}인들 가는 춘풍 어이 막으며 낙화 낙엽되면 어느 나비 다시 올까? 백옥 같은 내 딸 춘향 화용신^{花容身 꽃처럼 아름다운 얼굴과 몸}도 세월 지나 백수^{白首 허옇게 센 머리} 되면 아름다운 시절은 다시 돌아오지 않고 다시 젊어질 수 없나니 무슨 죄가 진중하여 허송세월을 보내리까? 애고애고 설운지고. 못하오, 그리 못하오. 몇 사람 신세를 망치려고 안 데려가오?"

"여보 장모, 춘향만 데려가면 그만 아니오."

"그래, 안 데려가고 견뎌낼까?"

"너무 거세게 굴지 말고 여기 앉아 말 좀 들어 보소. 내 이 기가 막히는 중에 꾀 하나를 생각하고 있네만은 이 말이 입 밖에 나가면 양반 망신만 하는 게 아니라 우리 선조까지 망신당할 것일세. 내일 내행^{內行}이 나오실 적에 내행 뒤에 사당^{祠堂 신주를 모셔 놓은 곳}이 나올 테니 배행은 내가 하겠네."

"나는 그 말 모르겠소."

"신주^{神主}는 모셔 내어 내 창옷 소매에다 모시고 춘향은 요여^{腰輿 장례를 치른 뒤 혼백과 신주를 모시고 돌아오는 상여}에다 태워 갈 수밖에 없네. 걱정 말고 염려 마소."

춘향은 이 말 듣고 이 도령을 물끄러미 바라보았다.

"어머니, 마소 마소. 도련님 너무 조르지 마소. 우리 모녀 평생 신세 도련님 장중掌中에 매었으니 알아서 하라 당부나 하시오. 이번은 이별할밖에 수가 없네. 어차피 이별할 바에는 가시는 도련님을 왜 조르리까마는 우선 갑갑해 그러지요. 어머니는 건넌방으로 가옵소서. 내일은 이별인가 보오. 애고 애고 내 신세야. 이별을 어찌할꼬. 여보 도련님, 정말 이별을 할 테요?"

춘향과 이 도령은 촛불을 돋우어 켜고 서로 마주 앉아 갈 일 생각하고 보낼 일 생각하니 오열嗚咽 목메어 울 하며 얼굴도 대 보고 수족도 만져 보았다.

"날 볼 날이 몇 밤이오. 나쁜 수작 오늘 밤이 끝이니 나의 설운 원정原情 하소연 들어 보오. 연근육순年近六旬 나이가 예순에 가까움 나의 모친 일가친척 하나 없고 다만 나 하나라. 도련님께 의탁해 영귀榮貴 지체가 높고 귀함할까 바랐더니 조물造物이 시기하고 귀신이 작해作害 피해를 끼침해 이 지경이 됐구나. 도련님 올라가면 누구를 믿고 살아가리까? 천수만한千愁萬恨 온갖 근심과 한 나의 회포 어이하리. 온갖 꽃들이 만발할 제 수변행락水邊行樂 물가에서 노는 것 어이하며 황국黃菊 단풍 늦어갈 제 고절숭상孤節崇尙 높은 절개를 숭상함 어이할꼬. 독수공방 긴 긴 밤에 전전반측 어이하리. 쉬느니 한숨이요 흐르느니 눈물이라. 적막강산 달 밝은 밤에 두견의 울음소리를 어이하리."

"춘향아, 울지 마라. 너를 두고 가는 내가 일일一日 평분平分 골고루 나눔 십이시十二時를 낸들 어이 무심하랴. 울지 마라, 울지 마라."

"도련님 올라가면 행화춘풍杏花春風 봄날의 화창한 풍경 거리거리 취하느니 장진주將進酒 술을 권함요, 청루미색靑樓美色 집집마다 보이느니 미색이라. 호색하신 도련님이 밤낮으로 호강하실 때 나 같은 하방천첩遐方賤妾 먼 시골에 있는 천한 계집이야 손톱만큼이나 생각하오리까? 애고애고, 내 신세야."

"춘향아, 울지 마라. 한양성 남북촌에 아름다운 여인이야 많겠지만은 규중심처 깊은 정 너밖에 없었으니 한시라도 잊을쏘냐?"

서로 기가 막혀 못 떠날지라. 이때 이 도령을 데리고 갈 후배사령後陪使令 벼슬아치를 따라다니는 심부름꾼 이 헐떡헐떡 들어왔다.

"도련님, 어서 행차하옵소서. 안에서 야단이오. 사또께서 도련님 어디 가셨느냐 물으시기에 소인이 친구 작별차 문밖에 잠깐 나가셨노라 대답했사오니 어서 행차하옵소서."

"말을 대령했느냐."

"말을 마침 대령했소."

말은 가자고 네 굽을 치는데 춘향이 마루 아래 툭 떨어져 이 도령 다리를 부여잡았다.

"날 죽이고 가려면 가시오. 살려 놓고는 못 가오."

말을 못 잇고 혼절하니 춘향 모 달려들며 향단에게 일렀다.

"향단아, 어서 찬물 떠 오너라. 차를 달여 약 갈아라. 네 이 몹쓸 년아, 늙은 어미 어쩌려고 이러느냐."

춘향이 정신 차리고 말했다.

"애고, 갑갑해라."

춘향 모는 기가 막혀 이 도령에게 내뱉었다.

"여보 도련님, 님의 생때같은^{튼튼하고 병이 없는} 자식을 이 지경으로 만들다니 웬일이오. 우리 춘향 애통하게 죽게 되면 혈혈단신 이내 신세 누구를 믿고 사느냐 말인가?"

이 도령이 어이없어하며 말했다.

"이보게 춘향아, 네가 이게 웬일이냐. 나를 영영 안 보려느냐. 내가 한양 가면 장원 급제 출신^{出身 처음으로 관리가 됨}해 너를 데려갈 것이니 울지 말고 잘 있거라. 너무 울면 눈도 붓고 목도 쉬고 머리도 아프니라. 돌이라도 망두석^{望頭石 무덤 앞에 세우는 돌기둥 두 개}은 천만 년이 지나가도 광석^{壙石 무덤 속에 묻는 지석} 될 줄 모르고, 나무라도 상사목은 창밖에 우뚝 서서 일년춘절^{一年春節} 다 지나도 잎을 피울 줄 모르고, 병이라도 훼심병^{毀心病 너무 슬퍼해 생긴 병}은 오매불망 죽느니라. 네가 나를 보려거든 서러워 말고 잘 있거라."

"여보 도련님, 내 손으로 따른 술이나 받아 잡수시오. 행찬^{行饌 여행 갈 때 집에서 가지고 가는 음식} 없이 가실진대 나의 찬합^{饌盒 층층이 포갤 수 있는 음식 그릇} 간직해 숙소참^{宿所站 관리가 출장 갈 때 묵던 집} 잘 자리에 날 본 듯이 잡수시오. 향단아, 찬합과 술병을 내오너라."

춘향은 일배주 가득 부어 눈물을 섞어 올렸다.

"한양성 가시는 길에 강수 푸르거든 원함정^{遠含情 먼 곳에서 정을 품고 있는 사람}을 생각하시오. 천시가절^{天時佳節} 때가 되어 세우^{細雨 가는 비} 뿌리거든 길 가는 사람 가슴에는 수심이 가득하겠지요. 마상^{馬上}에 곤핍^{困乏 곤단}해 병날까 염려되니 방초무초^{芳草茂草 풀이 향기롭고 무성함} 저문 날에는 일찍 주무시고, 아침 날 풍우상^{風雨上}에 늦게야 떠나시어 한 채찍 천리마에 모실 사람 없사오니 부디부디 천금귀체^{千金貴體 천금같이 귀한 몸} 조심히 천천히 걸으시옵소서. 한양에 평안히 행차하시고 일자

一字음신^{音信 소식} 들사이다. 종종 편지나 하옵소서."

"소식 듣는 것은 걱정 마라. 남원으로 가는 인편^{人便} 없을쏘냐. 슬퍼 말고 잘 있거라."

춘향은 하릴없어 자던 침방으로 들어갔다.

"하루아침에 낭군과 이별하니 언제 다시 만나 보리. 천수만한^{千愁萬恨 이것저것 슬퍼하고 원망함} 가득하여 끝끝내 느꺼워라^{어떤 느낌이 마음에 북받쳐서 벅참}. 옥안운빈^{玉顔雲鬢 아름다운 얼굴과 구름처럼 탐스러운 머리카락} 공로한^{空老恨 아무것도 이룬 게 없이 늙어갈 때 느끼는 한}에 일월이 무정하다. 오동추야 달 밝은 밤은 어이 그리 더디 새며, 녹음방초 비낀 곳에 해는 어이 그리 더디 가는고. 이 상사 아시면 임도 나를 그리련만 독수공방 홀로 누워 한숨짓나니 구곡간장^{九曲肝腸 굽이굽이 사무친 마음속} 굽이 썩어 솟아나니 눈물이라. 야색^{夜色} 아득한데 가물가물 비치는 게 창밖의 형화^{螢火 반딧불}로다. 밤은 깊어 삼경인데 앉았다 한들 임이 올까, 누웠다 한들 잠이 올까? 임도 잠도 오지 않네. 이 일을 어이하리? 흥진비래^{興盡悲來 기쁨 뒤에 슬픔이 옴} 고진감래^{苦盡甘來 고생 끝에 즐거움이 옴} 예부터 있건마는 기다림도 적지 않고 그린 지도 오래건만 일촌간장^{一寸肝腸} 굽이굽이 맺힌 한을 임 아니면 누구라서 풀어줄꼬? 애고애고, 내 신세야."

앙천자탄^{仰天自嘆 하늘을 보며 탄식함}하며 세월을 보내는데 이때 이 도령은 한양으로 올라가며 숙소마다 잠 못 이루었다. '보고 지고 나의 사랑 보고 지고 주야불망 우리 사랑 날 보내고 그린 마음, 속히 만나 풀리라'하고 일구월심^{日久月心} 마음을 굳게 먹고 등과외방^{登科外方 과거에 급제해 지방관에 임명되는 일} 바라더라.

이때 수삭^{數朔 몇 달} 만에 신관^{新官} 사또 났으니 자하골 변학도라 하는 양반이었다. 문필도 유여^{有餘 넉넉함}하고 인물 풍채 활달하고 풍류 속에 달통하나 성정 괴팍한 중에 사증^{邪症 멀쩡한 사람이 때때로 미친 듯이 하는 짓}을 겸해 실덕^{失德}도 하고 오결^{誤決 잘못 처리함}하는 일도 많았다. 그래서 변학도를 아는 사람들은 다 고집불통이라고 했다. 변학도가 부임하자 신연하인^{新延下人 신임 감사나 수령을 그 집에 가서 데려오는 하인}이 현신^{現身 아랫사람이 윗사람에게 예를 갖추어 모습을 나타냄}했다.

"사령 등 현신이오."

"이방이오."

"그새 너희 골에 일이나 없느냐."

"예. 아직 아무 일 없습니다."

"네 골 관노^{官奴 관노비}가 삼남에 제일이라지."

"예. 그러하옵니다."

"또 네 골에 춘향이란 계집이 매우 절색이라지."

"예."

사또는 마음이 바쁜지라 바삐 명했다.

"급히 치행^{治行} 길 떠날 준비를 함 하라."

이때 신관 사또 출행 날을 급히 받아 내려올 제 위의^{威儀 위엄 있는 행동}도 장할 시고.

"에라 물러서거라."

행군 취타^{吹打 무리에서 나발을 불고 징이나 북 따위를 치는 군악} 풍악 소리 성동^{城東}에 진동하고, 삼현육각^{三絃六角 세 가지 현악기와 여섯 가지 관악기} 권마성^{勸馬聲 높은 관리가 행차할 때 행렬 앞에서 목청껏 부르는 큰 소리}은 원근에 낭자했다.

사또는 광한루에 포진하여 개복^{改服 옷을 갈아입음}하고 객사에 남여^{藍輿 뚜껑 없이 어깨에 메는 작은 가마} 타고 들어갈 때 백성에게 엄숙하게 보이려고 눈을 궁글궁글 돌리며 쳐다보았다. 사또는 객사에 연명^{延命 감사나 수령이 부임할 때 관청의 나무패 앞에서 임금의 명령을 알리던 의식}하고 동헌^{東軒}에 좌기^{坐起 관아에서 가장 높은 벼슬에 있는 이가 출근해 일을 시작함}한 뒤 도임상^{到任床 지방 관리가 근무지에 도착했을 때 대접하기 위해 차리는 음식상}을 받았다.

"행수^{行首 각 고을 관아의 관리 중 가장 높은 관리} 문안이오."

행수, 군관^{軍官} 집례^{執禮 지켜 행해야 할 예}를 받고 육방 관속 현신을 받은 뒤 사또는 분부를 내렸다.

"수노^{首奴 관노의 우두머리} 불러 기생 점고^{點考 일일이 점을 찍어 가며 사람의 수를 조사함}하라."

호장^{戶長 각 고을 아전의 맨 윗자리}이 분부 듣고 기생 안책^{案冊 각 관청에서 전임 관원의 성명 따위를 기록하던 책}들여 놓고 차례로 호명하는데 낱낱이 글귀로 부르는 것이었다.

"우후동산^{雨後東山} 명월이."

명월이가 나군^{羅裙 엷은 비단 치마} 자락을 걷어다가 세요흉당^{가슴 한가운데}에 딱 붙이고 아장아장 들어왔다.

"점고 맞고 나오^{나왔소}."

"고깃배는 강물을 따라 산의 봄을 사랑하니 이 아니 고운 춘색이냐. 도홍이."

도홍이가 들어오는데 홍상 자락을 걷어 안고 아장아장 걸어 들어왔다.

"점고 맞고 나오."

"단산^{丹山}에 저 봉이 짝을 잃고 벽오동에 깃드니 산수와 새가 신령스럽구나. 기불탁속^{飢不啄粟 아무리 굶주려도 조를 쪼아 먹지 않음} 굳은 절개 채봉이."

채봉이는 나군 두른 허리 맵시 있게 걷어 안고 연보^{蓮步 미인의 고운 걸음걸이}를 정히 옮겨 아장아장 걸어 들어왔다.

"점고 맞고 나오."

"청정지연淸淨之蓮 깨끗한 연꽃 불개절不改節 절개를 지켜 마음을 고쳐먹지 않음에 묻노라. 저 연화蓮花 어여쁘고 고운 태도 화중군자花中君子 연심이."

연심이는 나상羅裳 비단 치마을 걷어 안고 나말羅襪 비단 버선 수혜繡鞋 수놓은 신 끌면서 가만가만 들어왔다.

"좌부진퇴점고를 마친 뒤 인사를 드리고 물러남로 나오."

"화씨和氏 중국 춘추 시대 초나라 사람으로, 산에서 얻은 명옥을 왕에게 바쳤다고 함 같이 밝은 달 벽해碧海에 들었나니 형산백옥 명옥이."

사또는 마음이 바빠져 급히 분부했다.

"자주 불러라."

"예. …… 계향이 …… 운심이 …… 애절이 …… 강선이 …… 탄금이 …… 홍련이 …… 금낭이."

"한숨에 열두서넛씩 불러라."

호장은 분부 듣고 빨리 불렀다.

"양대선, 월중선, 화중선이, 금선이, 금옥이, 금련이, 농옥이, 난옥이, 홍옥이, 낙춘이."

"예. 등대했소."

고운 기생 그중에 많건마는 사또는 춘향의 소문을 높이 들었는데 아무리 들어도 춘향 이름 없는지라 수노 불러 친히 물었다.

"기생 점고 다 되어도 춘향은 왜 안 부르느냐. 퇴기라도 되느냐?"

"춘향 모는 기생이되 춘향은 기생이 아닙니다."

"춘향이가 기생이 아니면 어찌 규중에 있는 아이의 이름이 높이 나는가?"

"근본은 기생의 딸이온데 덕색德色이 장한 고로 권문세족 양반네와 일등 재사一等才士 한량들과 내려오신 등내等內 벼슬아치가 그 벼슬을 하고 있는 동안 마다 구경코자 간 청했습니다. 그런데 춘향 모녀 불청不聽하기로 양반 상하 물론하고 액내지간額內之間 한집안 사람 소인도 십 년에 한 번 정도 대면할 수 있사옵니다. 천정天定 하신 연분인지 구관舊官 사또 자제 이 도령과 백년가약 맺사옵고 도련님 가실 때에 입장후入丈後 장가든 후에 데려가겠노라 당부하고 춘향이도 그리 알고 수절守節 절개를 지킴하고 있습니다."

사또가 분을 내었다.

"이놈, 그게 어떠한 양반이라고 엄부시하嚴父侍下 엄한 부모를 모시고 있음요 미장전 도련님이 화방花房에 작첩作妾 첩을 얻음해 살자 할꼬. 이놈 다시는 그런 말을 입 밖에 내어서는 죄를 면치 못하리라. 잔말 말고 빨리 대령하라. 지체하다가는 공형公兄 각 고을의 호장, 이방, 수형리 이하로 각 청廳 두목을 일병태거一竝汰去 잘못이 있거나 필요하지 않은 관원을 물러나게 함할 것이니라."

육방이 소동, 각 청 두목이 넋을 잃고 "김 번수番手 번갈아 가며 호위하는 사람이 번수야, 이런 일이 또 있느냐. 춘향의 정절이 가련하다. 사또 분부 지엄하니 어서 가자 바삐 가자." 하니 사령 관노 뒤섞여서 춘향의 집 앞에 당도했다. 재촉 사령이 앞으로 나오면서 외쳤다.

"이리 오너라."

춘향이 깜짝 놀라 문틈으로 내다보니 사령 군노軍奴 관아에 속한 사내 종가 나왔구나.

"아차차, 잊고 있었네. 오늘이 그 삼일점고三日點考 수령이 부임한 뒤 사흘 만에 관속을 점고하던 일라 하더니 무슨 야단이 났나 보다."

춘향은 밀창문 여닫으며 청했다.

"허허 번수님네, 이리 오소 어서 오소. 뜻밖이오. 이번 신연新延 길에 노독路毒이나 아니 났으며 사또 정체政體 통치 형태 어떠한가? 구관 댁舊官宅에 가 계신가. 도련님 편지는 한 장도 없던가. 들어가세, 들어가세."

춘향은 김 번수며, 이 번수며 여러 번수 손을 잡고 제 방에 앉힌 후에 향단이를 불렀다.

"향단아, 주반상 들여라."

춘향은 여러 번수를 취하도록 먹인 후에 궤문 열고 돈 닷 냥을 내어놓았다.

"여러 번수님네, 가시다가 술이나 잡숫고 가소. 뒷말 없게 해 주소."

사령들이 약주에 취해 돈 받아 차고 흐늘흐늘 들어갈 제 행수 기생行首妓生 기생의 우두머리이 나오며 말했다.

"여봐라 춘향아, 너만 한 정절은 나도 있고 너만 한 수절은 나도 있다. 너 하나로 말미암아 육방이 소동하고 각 청 두목이 다 죽어난다. 어서 가자, 바삐 가자."

춘향은 할 수 없어 수절하던 그 태도로 대문 밖으로 썩 나서면서 말했다.

"형님, 형님, 행수 형님. 사람 그리 괄시하지 마소. 거기라고 대대 행수며 나라고 대대 춘향인가. 사람 한 번 죽으면 그만이오, 한 번 죽지 두 번 죽나."

춘향은 이리 비틀 저리 비틀거리며 동헌으로 들어갔다.

"춘향이 대령했소."

사또는 춘향을 보고 기뻐하며 말했다.

"춘향이 분명하구나. 어서 대상臺上으로 오르거라."

춘향이 상방上房에 올라가 염슬단좌斂膝端坐 무릎을 여미고 단정히 앉음하고 있을 뿐이로다. 사또는 춘향에게 크게 반해 분부했다.

"책방으로 가 회계會計 금품의 출납에 관한 사무를 보는 사람 나리를 모셔 오라."

회계 생원이 들어오니 사또 크게 기뻐하며 말했다.

"자네 보게. 저게 춘향일세."

"하, 고년 정말 예쁘구나. 잘생겼소. 사또께서 서울 계실 때부터 춘향, 춘향 하시더니 한번 구경할 만하오."

"자네 우리 둘 중신仲媒 서겠나."

"사또가 당초에 춘향을 부르시지 말고 매파를 보내시는 게 옳은 일이오만은 이미 불렀으니 이제 혼사할 수밖에 없소."

사또는 크게 기뻐하며 춘향더러 분부했다.

"오늘부터 몸단장 정히 하고 수청守廳을 들라."

"사또님 분부 황송하나 일부종사一夫從事 바라오니 분부를 시행 못하겠소."

사또가 웃으며 말했다.

"아름답구나. 네가 진정 열녀로다. 네 정절 굳은 마음 어찌 그리 어여쁘냐. 당연한 말이로다. 하지만 이李 수재秀才는 한양 사대부의 자제로서 명문 귀족 사위가 되었으니 한때 사랑으로 잠깐 노류장화路柳墻花 기생을 비유적으로 이르는 말 하던 너를 조금이라도 생각하겠느냐. 너는 근본 정절 있어 전수일절專守一節 오로지 한 가지 정절만을 지킴 했다가 홍안이 낙조落照 되고 백발이 난수亂垂 마구 흐트러짐 하면 세월이 흐르는 물결과 같음을 탄식할 제 불쌍하게 가련한 게 바로 너이니라. 네 아무리 수절한들 열녀 포양襃揚 칭찬하고 장려함 누가 하랴?"

춘향이 말했다.

"충신불사이군忠臣不事二君이요, 열녀불경이부烈女不更二夫이온대 수차로 분부가 이러하오니 생불여사生不如死 사는 게 죽는 것보다 못함 이옵고 열불경이부烈不更二夫이오니 처분대로 하옵소서."

사또는 크게 화가 나 큰 소리로 분부했다.

"이년, 들어라. 모반대역謀反大逆 임금이나 나라를 배신해 반역을 저지름 하는 죄는 능지처참陵遲處斬 머리, 몸, 손, 발을 토막 내서 죽이는 극형 하고, 거역 관장拒逆官長 백성이 고을 수령의 뜻을 거스름 하는 죄는 엄형정배 嚴刑定配 엄중한 형벌을 내리고 귀양을 보냄 하느니라. 죽는다고 서러워 마라."

춘향은 악을 쓰며 대답했다.

"유부녀를 겁탈하는 것은 죄가 아니고 무엇이오!"

사또는 어찌나 분하던지 연상 硯床 종이, 붓, 먹, 벼루 등의 문방제구를 놓는 작은 상 을 두드릴 적에 탕건 宕巾 갓 아래 받쳐 쓰는 관 이 벗겨지고 첫마디에 목이 쉬었다.

"저년을 잡아 내려라."

수청 통인이 달려들어 춘향을 대뜰 아래로 내리쳤다. 좌우에 나졸이 늘어서서 능장 稜杖 잡인들의 출입을 막기 위해 대궐 문에 서로 어긋나게 지르던 둥근 나무 , 곤장 棍杖 옛날에 죄인의 볼기를 치던 곤봉 , 형장 刑杖 이며, 주장 朱杖 붉게 칠한 몽둥이 을 집었다.

"형리 刑吏 를 대령하라."

"예, 형리요."

사또는 어찌나 분이 났던지 벌벌 떨며 기가 막혀 '허푸허푸' 했다.

"여봐라, 그년에게 무슨 다짐이 필요하리. 묻지도 말고 형틀에 올려 매고 정강이를 부수고 물고장 物故狀 죄인을 죽였다고 보고하는 글 을 올려라."

춘향을 형틀에 올려 매고 쇄장 鎖匠 감옥에 갇힌 죄인을 지키는 사람 이 거동 봐라. 형장이며 태장 笞杖 이며 곤장이며 한 아름 담쏙 안아다가 형틀 아래 좌르륵 놓으니

오늘부터 몸단장 정히 하고 수청을 들라.

유부녀를 겁탈하는 것은 죄가 아니고 무엇이오!

🕯소설 한 장면 위기 춘향은 정절을 지키다가 옥에 갇힘

서로 부딪치는 소리에 춘향의 정신이 점점 혼미해졌다.

집장사령이 호통했다.

"사또님 분부 지엄한데 이런 년한테 무슨 사정을 봐주오리까? 이년, 다리를 까딱 말라. 만일 요동하다가는 뼈 부러지리라."

집장사령은 검장檢杖 죄인을 몽둥이로 때릴 때 그 횟수를 셈 소리에 발맞추어 서면서 가만히 춘향에게 말했다.

"한두 개만 견디소. 어쩔 수가 없네. 요 다리는 요리 틀고 저 다리는 저리 트소."

"매우 치시오."

"예잇, 때리오."

딱 붙이니 부러진 형장개비는 푸르르 날아 공중에 빙빙 솟아 상방 대뜰 아래 떨어지고 춘향이는 아픈 데를 참느라고 이를 박박 갈며 고개만 빙빙 돌렸다.

"애고, 이게 웬일이여."

곤장 태장 치는 데는 사령이 서서 하나 둘 세건마는 형장부터는 법장法杖 법률에 의한 형장이라 형리와 통인이 닭싸움하는 모양으로 마주 엎디어서 하나 치면 하나 긋고, 둘 치면 둘 긋고, 무식하고 돈 없는 놈이 술집 바람벽에 술값 긋듯 그어 놓으니 한 일一 자가 되었구나.

춘향이는 저절로 설움에 겨워 맞으면서 울었다.[4]

"일편단심 굳은 마음 일부종사 뜻이니 한낱 매를 친다고 일 년이 다 못가서 일각인들 변하리까?"

이때 남원부 한량이며 남녀노소 없이 모여 구경할 제 좌우의 한량들이 한마디씩 했다.

"모질구나, 모질구나. 우리 고을 원님이 모질구나. 저런 형벌이 왜 있으며 저런 매질이 왜 있을까? 집장사령 놈 눈에 익혀 두어라. 삼문三門 밖에 나오면 급살을 주리라."

보고 듣는 사람이라면 어느 누가 아니 낙루落淚 눈물을 흘림 하랴.

---

4) 춘향이 변학도의 수청을 거절해 매를 맞고 옥에 갇히는 것은 시련인 동시에 사랑을 쟁취하고 좀 더 나은 현실로 가기 위해서 반드시 거쳐야 하는 통과 의례이다. 위기를 극복한 춘향은 몽룡과 혼인해 퇴기의 딸이라는 미천한 신분에서 벗어나 사대부의 정실부인이 될 자격을 얻는다.

열 치고는 그만둘 줄 알았더니 열다섯 채 딱 붙이니,

"십오야 밝은 달은 띠구름^{공중에 띠처럼 길게 떠 있는 구름}에 묻혀 있고 서울 계신 우리 낭군 삼청동에 묻혔으니 달아 달아, 너는 임이 보이느냐. 임 계신 곳 나는 어이 못 보는고."

스물 치고 그칠까 여겼더니 스물다섯 딱 붙이니,

"저 기러기 너 가는 데 어디냐? 가는 길에 한양성 찾아가 삼청동 우리 임께 내 말 부디 전해 다오. 나의 형상 자세히 보고 부디부디 잊지 마라."

옥 같은 춘향 몸에서 솟느니 유혈이요, 흐르느니 눈물이라. 피와 눈물 한 데 흘러 무릉도원 홍류수라. 춘향은 점점 악을 쓰며 말했다.

"소녀를 이리 말고 살지능지^{殺之陵遲 능지처참을 해서 죽임}하여 아주 박살^{撲殺}해 주면 초혼조^{招魂鳥 죽은 사람의 혼령을 부르는 새} 넋이 되어 적막공산^{寂寞空山} 달 밝은 밤에 도련님 계신 곳으로 가 파몽^{破夢 꿈에서 깨어남}이나 할까 하나이다!"

말 못하고 기절하니 통인은 고개 들어 눈물을 씻고 매질하던 저 사령도 눈물 씻고 돌아서네.

"사람의 자식으로 이 짓 못하겠네."

좌우에 구경하는 사람과 거행하는 관속들도 눈물을 씻고 돌아섰다.

"춘향이 매 맞는 모습, 사람 자식이라면 못 본다. 모질도다, 모질도다, 춘향 정절이 모질도다. 출천열녀^{出天烈女 하늘이 내린 듯 절개가 굳건한 열녀}로다."

남녀노소 할 것 없이 낙루하며 돌아설 때 사또인들 좋을 리가 있으랴?

"네 이년 관정^{官庭}에 발악하고 맞으니 좋은 게 무엇이냐. 앞으로 또 그런 거역 관장할까?"

반생반사^{半生半死} 저 춘향은 점점 더 악을 쓰네.

"여보 사또, 들으시오. 일념포한^{一念抱恨 한결같은 마음으로 원한을 품음} 부지생사^{不知生死 죽고 사는 것에 개의치 않음} 어이 그리 모르시오. 계집의 간절한 마음 오뉴월에 서리 치네. 혼비중천^{魂飛中天 정신없이 허둥댐} 다니다가 우리 성군^{聖君} 앉은 곳에 이 원정^{怨情 원망하는 마음}을 아뢰면 사또인들 무사할까? 그냥 죽여 주오."

사또는 기가 막혀 말했다.

"허허, 그년 말 못할 년이로고. 큰칼 씌워 하옥하라."

옥에 갇힌 춘향은 정신 차려 보니 신세 처량하여 통곡하며 울었다.

"송백^{松柏 소나무와 잣나무} 같이 굳은 절개 추호도 변할쏘냐?"

옥방 형상을 말하자면 무너진 헌 벽이며 부서진 창문 틈으로 바람 드나들고 헌 자리 벼룩 빈대 만신滿身 온몸을 침노하고, 흐트러진 머리카락은 이리 저리 산발하니 수절 정절 절대가인 참혹하게 되었구나.

이때 한양성 이 도령은 밤낮 시서詩書 『시경』과 『서경』을 아울러 이르는 말 백가어百家語를 숙독했으니 글로는 이백이요, 글씨는 왕희지라. 국가에 경사 있어 태평과太平科 국가에 경사가 있을 때 치르던 과거를 볼 때 서책을 품에 품고 장중場中 과거를 보는 마당 안에 들어가 좌우를 둘러보니 억조창생億兆蒼生 수많은 백성 선비 일시에 숙배肅拜 공경히 절한다는 뜻으로 편지 끝에 쓰는 말 했다. 어악풍류청아성御樂風流淸雅聲 궁중에서 벌이는 풍류의 아름다운 소리에 앵무새가 춤을 추었다. 대제학 택출하여 어제御題 임금이 친히 내리는 과거 시험의 주제를 내리니 도승지가 모셔 내어 홍장紅帳 위에 걸어 놓았다.

"춘당춘색이 고금동春塘春色古今同 춘당대의 봄빛은 예나 지금이나 같음이라."

뚜렷이 걸었거늘 이 도령이 글제를 살펴보니 익히 보던 바라. 종이를 펼쳐 놓고 해제解題 문제를 풂를 생각해 벼루에 먹을 갈아 당황모唐黃毛 중국에서 나는 족제비의 꼬리털로 만든 붓 무심필無心筆을 반중동 덤벅 풀어 왕희지 필법으로 조맹부趙孟頫 중국 원나라의 문인 체體를 받아 일필휘지一筆揮之 선장先場 가장 먼저 글을 제출하는 일하니 상시관上試官 과거 시험을 감독하는 우두머리 관원이 글을 보고 글자마다 비점批點 잘 쓰인 시문에 찍는 점이요 구절구절이 관주貫珠 글이나 글자가 잘 쓰였을 때 글자 옆에 적는 고리 모양의 동그라미 표시로다. 용사비등龍蛇飛騰 용이 살아 움직이는 것처럼 생동감 있는 필력을 비유적으로 이르는 말하고 평사낙안平沙落雁 모래펄에 기러기가 내려앉듯이 글씨가 매끈한 모양이라 금세의 대재大才로다. 금방金榜 과거에 급제한 사람의 이름을 써서 내건 종이의 이름을 불러 어주삼배御酒三盃 권한 후 장원 급제 휘장揮場 금방을 들고 과거 시험장을 돌아다니며 과거에 합격했다고 외치는 일이라. 신래新來 과거에 급제한 사람의 진퇴進退를 나올 적에 머리에는 어사화御賜花 임금이 문무과에 급제한 사람에게 내리는 종이꽃요, 몸에는 앵삼鶯衫 생원이나 진사에 급제했을 때 입는 연둣빛 예복이라. 허리에는 학대鶴帶 문관의 상징인 학을 수놓은 허리띠로다. 유가遊街 과거 급제자가 풍악을 울리며 거리를 돌고 선배나 친척을 찾아보는 일한 후에 산소에 소분掃墳 경사가 있을 때 조상의 산소에 가서 제사 지내는 일하고 전하에게 숙배하니 전하가 친히 어사또를 불러 말했다.

"경의 재주가 조정에서 으뜸이다."

도승지 입시入侍하사 전라도 어사를 제수하니 평생의 소원이라.

마패 하나 유척鍮尺 놋쇠로 만든 표준 자 일동 사모정 일벌 수의繡衣 암행어사가 입는 옷 일벌 내주니 전하에게 하직하고 본댁으로 나아갈 때 철관鐵冠 암행어사가 쓰는 갓 풍채가 심산맹호 같았다. 어사또 집으로 돌아와 부모를 뵌 후에 선산에 성묘하고 전라도로 내려와 걸인 옷으로 갈아입고 역졸을 불러 명했다.

"너희는 이제 발행發行 길을 떠남하여 고산, 진산, 무주, 용담, 진안, 장수, 운봉으로 넘어 아무 달 아무 날에 남원 읍내로 모여라!"

어사또는 중방中房 수령의 심부름꾼 을 불러 분부했다.

"너는 이제 발행하여 김제, 금구, 태인, 고부, 영광, 나주, 보성, 순천, 곡성으로 넘어, 아무 달 아무 날에 남원 읍내로 모여라."

어사또 행장을 차리는데 모양 보소.

뭇사람을 속이려고 모자 없는 헌 파립破笠 찢어진 헌 갓에 벌이줄물건을 얽어매는 줄 총총 매어 초사草紗 품질이 낮은 명주실 갓끈 달아 쓰고 당망건의 윗부분만 남은 헌 망건에 갖풀 관자당줄을 꿸 수 있도록 망건에 다는 작은 고리 노끈 당줄상투와 연결할 수 있도록 망건에 매단 줄 달아 쓰고 의뭉하게 헌 도복에 무명실 띠를 흉중에 둘러매고 살만 남은 헌 부채에 솔방울 선추扇錘 부채 고리에 다는 장식품 달아 일광을 가리고 내려올 때 어사또가 임실 근처에 당도하니 마침 농사철이었다. 농부들이 '농부가農夫歌'를 부르며 열심이었다.

어사또는 주령지팡이 짚고 서서 '농부가'를 구경하다 한마디 했다.

"거기는 대풍大豊이로고."

또 한편을 바라보니 이상한 일이 있었다. 중씰한중년이 넘은 노인들이 끼리끼리 모여 서서 등걸밭흙 속에 나무 밑동이 많이 남아있는 밭을 일구는데 갈멍덕갈대를 엮어 만든 삿갓 숙여 쓰고 쇠스랑 손에 들고 '백발가白髮歌'를 불렀다.

"등장等狀 여러 사람이 관청에 가서 이름을 적은 뒤 하소연하는 일 가자, 등장 가자, 하느님 전에 등장 가면 무슨 말을 하실는지. 늙은이는 죽지 말고 젊은 사람 늙지 말게. 하느님 전에 등장 가세. 원수로다, 원수로다 백발이 원수로다. 오는 백발 막으려고 우수右手에 도끼 들고 좌수左手에 가시 들고 오는 백발 두드리며 가는 홍안紅顔 끌어당겨 청사靑絲로 결박해 단단히 졸라매되 가는 홍안 절로 가고 백발은 시시時時로 돌아와 귀밑에 살 잡히고 검은 머리 백발 되었구나. 무정한 게 세월이라. 소년 향락 깊은들 왕왕이 달라가니 이 아니 광음光陰인가? 천금준마千金駿馬 잡아타고 장안대도長安大道 서울의 큰길 달리고저. 만고강산 좋은 경개 다시 한번 보고 지고. 절대가인 곁에 두고 백만교태百萬嬌態 사람의 마음을 끌기 위해 부리는 온갖 아양 놀고 지고. 화조월석花朝月夕 꽃이 핀 아침과 달 밝은 저녁 사시가경四時佳景 눈 어둡고 귀가 먹어, 볼 수 없고 들을 수 없어 할 일 없는 일이로세. 슬프다, 우리 벗님 어디로 가겠는가? 구월 단풍잎 지듯이 떨어지고 새벽하늘 별 지듯이 쓰러지니 가는 길이 어디인고. 어여로 가래질가래로 흙을 파헤치는 일이야, 아마도 우리 인생 일장춘몽인가 하노라."

어사또 반말하기는 공성어떤 일에 익숙해져 습관이 되어 버림이 났다.

"저 농부 말 좀 물어보면 좋겠구먼."

"무슨 말이오."

"이 골 춘향이가 본관에 수청 들어 뇌물을 많이 먹고 민정民政에 작폐作弊폐를 끼침한단 말이 사실인가."

"춘향이가 어디 사나?"

"아무 데 살든지."

"아무 데 살든지라니. 당신은 눈콩알 귀콩알눈구멍, 귓구멍이 없나? 지금 춘향이가 수청을 아니 들어 형장 맞고 옥에 갇혔으니 그런 열녀 세상에 드문지라. 옥결 같은 춘향 몸에 자네 같은 동냥치가 누설陋說 더럽고 추한 말을 하다간 빌어먹지도 못하고 굶어 뒤지리. 한양 올라간 이 도령인지 삼 도령인지 그놈의 자식은 일거후무소식一去後無消息 한번 가 버린 후 소식이 없음하니 인사人士 사회적 지위가 높거나 사회적 활동이 많은 사람가 그래서는 벼슬은커녕 남자 구실도 못 하지."

"아니, 그게 무슨 말인고."

"왜? 어찌 되나."

"되기야 어찌 되랴마는 남의 말이라고 구습口習 말버릇을 너무 고약하게 하는고."

"자네가 철모르는 말을 하니 그렇지."

농부는 수작을 파하고 돌아섰다.

"허허, 망신이로고. 자, 농부네들 일들 하시오."

하직하고 한 모롱이를 돌아드니 한 아이를 만났다. 아이는 주령 막대 끌면서 시조時調 절반 사설辭說 절반 섞어 늘어놓았다.

"오늘이 며칠인고. 천 리 길 한양성을 며칠 걸어 올라가랴. 조자룡의 월강越江하던 청총마靑驄馬가 있다면 오늘 안에 가련마는 불쌍하다. 춘향이는 이 서방을 생각해 옥중에 갇혀서 명재경각命在頃刻 목숨이 죽을 지경에 이름이니 불쌍하다. 몹쓸 양반 이 서방은 일거 소식 돈절頓絶 편지나 소식이 끊김하니 양반의 도리는 그러한가."

어사또는 이 말 듣고 아이에게 물었다.

"이 애, 어디 사니?"

"남원읍에 사오."

"어디를 가니?"

"서울 가오."

"무슨 일로 가니?"

"춘향의 편지 갖고 구관 댁에 가오."

"이 애, 그 편지 좀 보자꾸나."

"그 양반 철모르는 양반이네."

"웬 소리인고?"

"글쎄 들어 보오. 남아男兒 편지 보기도 어렵거든 하물며 남의 내간內簡 부녀자가 쓰는 편지을 보자고 한단 말이오."

"이 애 들어라. 행인임발우개봉行人臨發又開封 곧 길을 떠나려는 순간에도 편지의 겉봉을 떼서 내용을 본다는 뜻이란 말이 있느니라. 좀 보면 어떠하랴?"

"그 양반 몰골은 흉악하구만 문자 속은 기특하오. 얼른 보고 주오."

"후레자식이로고."

편지 받아 읽어 보니 사연이 구구절절이었다.

일차 이별 후 소식이 적조積阻 오랫동안 소식이 막힘하니 도련님 시봉侍奉 모시어 받듦 체후만안體候萬安 살아가는 형편이 편안함하옵신지 원절복모願切伏慕 간절히 원하며 공손히 사모함하옵니다. 춘향은 장대뇌상杖臺牢上 곤장을 맞고 감옥에 갇힘에 관봉치패官逢致敗 관으로부터 재난을 당하고 모든 것이 결딴남하고 명재경각이라. 지어사경至於死境 죽을 지경에 이름에 혼비황릉지묘魂飛黃陵之廟 혼이 저승으로 날아감해 출몰귀관出沒鬼關 혼이 저승으로 들어가는 문을 드나듦하니 첩신妾身이 수유만사雖有萬死 만 번 죽음나 단지 열불이경烈不二更이요 첩지사생妾之死生 첩의 죽고 사는 문제과 노모 형상이 부지하경不知何境 어떤 지경에 이를지 알지 못함이오니 서방님 심량처지深諒處之 깊이 헤아려 처리함하옵소서.

편지 끝에는 이렇게 적혀 있었다.

작년 어느 때에 임과 첩이 이별했던고
엊그제 겨울눈이 내리더니 또 가을이 가네
광풍 깊은 밤에 눈물이 눈처럼 떨어지니
어찌하여 남원 옥의 죄수가 되었나

혈서였는데 평사낙안 기러기 격으로 그저 툭툭 찍은 것이 모두 다 애고 흉告 애처로운 고백로다. 어사또 보더니 두 눈에 눈물이 들거니 맺거니 방울방울 떨어지니 아이가 한마디 내뱉었다.

"남의 편지 보고 왜 우시오."

"여기 있다 이 애, 남의 편지라도 설운 사연을 보니 자연 눈물이 나는구나."

"여보, 인정 있는 체하다 남의 편지 눈물 묻어 찢어지오. 그 편지 한 장 값이 열닷 냥이오. 편지값 물어내오."

"이것 보아라. 이 도령이 나와는 죽마고우인데 나와 함께 내려오다 볼일이 있어 완영完營 전주 감영에 들렀다. 내일 남원에서 만나자 언약했으니 나를 따라가 있다가 그 양반을 뵈어라."

"서울을 저 건너로 아시오. 편지 이리 내오."

상지相持 서로 자기의 의견만을 고집하며 양보하지 않음할 제 옷 앞자락을 잡고 실랑이하며 살펴보니 명주 전대돈이나 물건을 넣어 허리에 매거나 어깨에 두르기 편하도록 만든 자루를 허리에 둘렀는데 제기祭器 접시 같은 것이 들었거늘 깜짝 놀라 물러나며 물었다.

"이것 어디서 났소. 찬바람이 나오."

"이놈, 만일 천기누설하면 생명을 보전치 못하리라."

당부하고 남원으로 들어올 제 뒷산에 올라서서 사면을 둘러보니 산도 예전에 보던 산이요, 물도 예전에 보던 물이구나. 어사또는 남문 밖으로 썩 내달았다.

"광한루야, 잘 있었더냐. 오작교야, 무사하냐."

객사청청유색신客舍靑靑柳色新 타지에서 보는 푸른 버들 색이 새로움은 나귀 매고 놀던 데요, 청운낙수靑雲洛水 푸른 구름과 맑은 물는 내 발 씻던 청계수淸溪水라. 녹수진경綠樹秦京 푸른 나무가 늘어서 있는 중국 진나라의 수도 장안을 말함 넓은 길은 왕래하던 옛길이라.

오작교 다리 밑에 빨래하는 여인들이 계집아이와 섞여 앉아 있었다.

"애고애고, 불쌍하더라. 춘향이가 불쌍하더라. 모질더라, 모질더라. 우리 고을 사또 모질더라. 절개 높은 춘향이를 힘으로 겁탈하려 한들 철석같은 춘향 죽는 것을 두려워할까. 무정하다. 무정하더라. 이 도령이 무정하더라."

저희끼리 공론하며 추적추적 빨래하는 모양은 영양 공주, 난양 공주, 진채봉, 계섬월, 백릉파, 적경홍, 심요연, 가춘운김만중의 『구운몽』에 나오는 여덟 선녀 같다마는 양소유가 없으니 누구를 찾아 앉았는고.

일락서산 황혼시에 춘향 집 앞에 당도하니 행랑은 무너지고 몸채는 꾀기둥이나 그 밖의 구조물을 이르는 옛말를 벗었는데 과거에 보던 벽오동은 수풀 속에 우뚝 서서 바람을 못 이기어 추레하게겉모양이 허술하고 보잘것없게 서 있었다. 단장 밑에 백두루미는 함부로 다니다가 개한테 물렸는지 깃도 빠지고 다리를 징금 끼룩 뚜루룩 울음 울고 문빗장전 누렁개는 기운 없이 졸다가 구면객舊面客을 몰라보고 꽝꽝 짖고 내달으니, 어사또가 말했다.

"개야, 짖지 마라. 주인 같은 손님이다. 네 주인 어디 가고 네가 나와 반기느냐."

중문을 바라보니 내 손으로 쓴 충성 충忠 자 완연하더니 가운데 중中 자는 어디 가고 마음 심心 자만 남아 있고 와룡장자臥龍莊字 용처럼 힘있게 쓰인 글씨 입춘서立春書는 동남풍에 펄렁펄렁 이내 수심 돋우었다. 그렁저렁 들어가니 내정內庭 안뜰은 적막한데 춘향 모 거동 보소. 미음솥에 불 넣으며 신세 한탄하고 있다.

"애고애고 모질도다, 모질도다. 이 서방이 모질도다. 위경危境 위태한 지경에 처해 있는 내 딸 아주 잊어 소식조차 돈절하네. 애고애고 설운지고. 향단아, 이리와 불 넣어라."

춘향 모가 나오더니, 울안의 개울물에 흰 머리 감아 빗고 정화수 한 동이를 단하에 받쳐 놓고 땅에 엎드려 축송했다.

"천지지신天地之神 일월성신日月星辰은 화위동심化爲同心 한 가지 마음으로 행함 하옵소서. 다만 독녀 춘향이를 금쪽같이 길러 내어 외손봉사外孫奉祀 자식, 손주 등 직계 비속이 없어 외손이 대신 제사를 지냄 바라더니 무죄한 매를 맞고 옥중에 갇혔으니 살릴 길이 없사옵니다. 천지지신은 감동하사 한양성 이몽룡을 청운에 높이 올려 내 딸 춘향을 살려 주시옵길 바라옵니다."

빌기를 다한 후에, 춘향 모가 말했다.

"향단아, 담배 한 대 붙여 다오."

춘향 모가 담배를 받아 물고 후유 한숨 눈물지을 적에 어사또는 춘향 모의 정성을 보고 생각했다.

'내가 벼슬한 게 선영음덕先塋陰德 조상의 덕으로 알았더니 다 우리 장모 덕이구나.'

"그 안에 누구 있나."

"누구시오?"

"나일세."

"나라니 누구신가?"

어사가 들어가며 말했다.

"이 서방일세."

"이 서방이라니. 옳지, 이풍헌 아들 이 서방인가."

"허허, 장모 망령이로세. 나를 몰라, 나를 몰라."

"자네가 누구여?"

"사위는 백년지객이라 했으니 어찌 나를 모르는가."

춘향 모는 반겨하며 말했다.

"애고애고, 이게 웬일인고. 어디 갔다 이제 오나. 풍세대작風勢大作 바람이 세차게 붊 바람결에 실려 왔나. 하운기봉夏雲奇峰 기이한 모양의 산봉우리같이 솟아오르는 여름철의 구름 구름 속에 싸여 왔나. 춘향의 소식 듣고 살리려고 와 계신가. 어서어서 들어가세."

손을 잡고 들어가서 촛불 앞에 앉혀 놓고 자세히 살펴보니, 걸인 중에 상걸인이 되었구나.

"이게 웬일이오."

"양반이 그릇되매 형언할 수 없네. 그때 올라가서 벼슬길 끊어지고 탕진가산蕩盡家産 해 부친께서는 학장질서당 훈장 가시고 모친은 친가로 가시니 제각기 갈리었네.[5] 나는 춘향에게 내려와 돈 천이나 얻어 갈까 했더니 와서 보니 양가 이력 말이 아닐세."

춘향 모는 이 말 듣고 기가 막혀 말했다.

"무정한 이 사람아. 이별 후 소식이 없었으니 그런 인사가 있으며 후기後期 훗날 출세함 인지 바랐더니 어찌 이리됐나. 쏘아 놓은 살이 되고 엎질러진 물이 되었으니 수원수구誰怨誰咎 누구를 원망하고 누구를 탓하겠냐는 뜻 할까마는 내 딸 춘향 어쩔라나."

어사또는 짐짓 춘향 모가 하는 거동을 보려고 수작을 건넸다.

"시장해 죽겠네. 나 밥 한술 주소."

"밥 없네."

어찌 밥 없을까마는 춘향 모 홧김에 하는 말이었다. 이때 향단이 옥에 갔다 오더니 저의 아씨 야단 소리에 가슴이 우둔우둔 정신이 울렁울렁, 정처 없이 들어가서 가만히 살펴보니 전의 서방님이 와 계시구나. 어찌나 반갑던지 급히 들어갔다.

"향단이 문안드리오. 대감님 문안이 어떠하시며 대부인 기후 안녕하옵시며 서방님께서도 원로에 평안히 행차하셨습니까."

"오냐. 고생이 없느냐."

"소녀 몸은 무탈하옵니다. 아씨, 아씨 큰아씨. 마오, 마오, 그리 마오. 멀고 먼 천 리 길에 춘향 아씨 보려고 와 계신데 이 괄시가 웬일이오. 아씨가 아

---

5) 몽룡은 과거에 급제해 암행어사가 되었다는 사실을 감추고 춘향의 어머니 월매를 시험한다.

시면 지레 야단이 날 것이니 너무 괄시 마옵소서.”

부엌으로 들어가더니 먹던 밥에 풋고추 저리김치 ^{무나 배추를 소금에 익힌 김치} 양념 넣고 단간장에 냉수 가득 떠서 모반에 받쳐 주었다.

“더운 진지 차릴 동안에 시장하신데 우선 요기부터 하옵소서.”

“밥아, 너 본 지 오래로구나.”

여러 가지를 한데다가 붓더니 숟가락 댈 것 없이 손으로 뒤적여 한편으로 몰아치더니 마파람에 게 눈 감추듯 하는구나.

춘향 모가 말했다.

“얼씨구 밥 빌어먹기는 공성이 났구나.”

향단이는 저의 아가씨 신세를 생각해 크게 울지도 못하고 체읍 ^{涕泣 눈물을 흘리며 슬피 욺}하며 말했다.

“어쩔거나, 어쩔거나. 도덕 높은 우리 춘향 아씨 어찌 살리시려오. 어쩔거나, 어쩔거나.”

실성으로 우는 양을 어사또 보니 기가 막혔다.

“향단아, 울지 마라 울지 마라. 너의 아씨가 설마 살지 죽을쏘냐. 행실이 지극하면 사는 날이 있느니라.”

춘향 모가 말했다.

“애고, 양반이라고 오기는 있어서 대체 자네가 왜 이 모양인가.”

향단이 말했다.

“우리 큰아씨 하는 말을 조금도 괘념 마옵소서. 나이가 많아 노망한 중에 이 일을 당하니 홧김에 하는 말이라오. 더운 진지 잡수시오.”

어사또 밥상 받고 생각하니 분기탱천 ^{憤氣撑天 너무나 분함}하여 마음이 울적, 오장이 울렁울렁, 저녁밥이 맛이 없네.

“향단아, 상 물려라.”

담뱃대 투툭 털며 어사또가 말했다.

“여보소 장모, 춘향이나 좀 보아야지.”

“그러지요. 서방님이 춘향을 아니 보아서야 인정이라 하오리까.”

향단이 말했다.

“지금은 문 닫았으니 파루 ^{罷漏 통행 금지를 해제하기 위해 새벽 네 시쯤 종각의 종을 서른세 번 치던 일} 치거든 갑시다.”

이때 마침 파루를 뎅뎅 치는구나. 향단이는 미음상 이고 등롱 들고 어사또는 뒤를 따라 옥문 앞에 당도하니 인적이 고요하고 쇄장이도 간곳없었다.

이때 춘향이 비몽사몽간에 서방님이 오셨는데 머리에는 금관이요, 몸에는 홍삼이라. 상사일념에 목을 안고 만단정회^{萬端情懷 온갖 정과 회포} 하는구나.

"춘향아."

부른들 대답이 있을쏘냐. 어사또가 말했다.

"크게 한번 불러 보오."

"모르는 말씀이오. 예서 동헌이 마주치는데 소리가 크게 나면 사또 염문^{廉問 사정이나 형편 따위를 몰래 물어봄} 할 것이니 잠깐 기다리옵소서."

"무에 어때, 염문이 무엇인고. 내가 부를 테니 가만히 있소. 춘향아."

부르는 소리에 춘향이 깜짝 놀라 일어났다.

"허허, 이 목소리 잠결인가, 꿈결인가. 그 목소리 괴이하다."

어사또 기가 막혀 한마디 했다.

"내가 왔다고 말을 하소."

"왔다는 말을 하면 기절담락^{氣絶膽落 매우 놀라서 정신을 잃음} 할 것이니 가만히 계시옵소서."

춘향은 저의 모친 음성을 듣고 깜짝 놀라 말했다.

"어머니, 어찌 오셨소. 몹쓸 딸자식을 생각하며 천방지방^{天方地方 너무 급한 나머지 마구 날뜀} 다니다가 낙상^{落傷}하기 쉽소. 이후에는 오시지 마소서."

"나는 염려 말고 너나 정신을 차리어라. 여기 누가 왔다."

"오다니 누가 와요."

"그저 왔다."

"갑갑해 나 죽겠소. 일러 주오. 꿈속에서 임을 만나 만단정회했더니 혹시 서방님께서 기별 왔소? 언제 오신다는 소식 왔소? 벼슬 띠고 내려온다는 노문^{路文 옛날에 벼슬아치가 길을 떠날 때 도착 날짜를 목적지에 미리 알리던 공문} 왔소? 답답하오."

"너의 서방인지 남방인지, 걸인 하나 내려왔다."

"허허, 이게 웬 말인가. 서방님이 오시다니 몽중에 보던 임을 생시에 본다는 말인가."

문틈으로 손을 잡고 말 못하고 기가 막힌 채 춘향이 말했다.

"애고, 이게 누구시오? 아마도 꿈이로다. 상사불견^{相思不見 서로 그리워하면서도 만나지 못함} 그린 임을 이리 쉽게 만날쏜가? 이제는 죽어도 한이 없네. 어찌 그리 무정한가. 박명하다 나의 모녀. 서방님과 이별 후에 자나 누우나 임 그리워 일구

월심 日久月深 날이 지나고 달이 깊어 간다는 뜻으로, 세월이 흐를수록 그 정도가 심해짐 한이더니 이내 신세 이리 되어 곧 죽게 되니 날 살리려 오셨소?"

한참 이리 반기다가 임의 형상 자세히 보니 어찌 아니 한심하랴.

"여보 서방님, 내 몸 하나 죽는 것은 서러운 마음 없지만 서방님이 이 지경이 되다니 웬일이오."

"오냐 춘향아, 설워 마라. 인명이 재천인데 설마한들 죽을쏘냐."

춘향은 저의 모친을 불러 당부했다.

"한양성 서방님을 칠년대한 七年大旱 가문 날에 갈민대우 渴民待雨 가뭄에 지친 백성들이 비를 기다림 기다린들 나와 같이 자진턴가. 심은 나무가 꺾이고 공든 탑이 무너졌네. 가련하다 이내 신세 하릴없이 되었구나. 어머니, 니 죽은 후에라도 원이나 없게 해 주오. 내가 입던 비단 장옷 봉장 鳳欌 봉황의 모양을 새겨 꾸민 옷장 안에 들었으니 그 옷 팔아다가 한산세저 韓山細苧 충청도 한산에서 나는 세모시 로 바꾸어서 물색 곱게 도포 짓고, 백방사주 긴 치마를 되는 대로 팔아다가 관, 망, 신발 사 드리시오. 절병, 천은비녀, 밀화장도, 옥지환이 함 속에 들었으니 그것도 팔아다가 한삼 汗衫 두루마기나 저고리 따위에 길게 덧댄 소매 , 고의 袴衣 속적삼과 속곳 , 불초 不肖 아버지를 닮지 않았다는 뜻으로, 못나고 어리석은 사람을 말함 치 않게 해 주소. 오늘내일 사이에 죽을 년이 세간 두어 무엇할까? 용장, 봉장, 빼닫이 서랍장 를 되는대로 팔아다가 별찬 別饌 유별나게 잘 만든 반찬 진지 대접하오. 나 죽은 후에라도 날 본 듯이 섬기소서.

서방님은 제 말씀 들으시오. 내일이 본관 사또 생신이라. 취중에 주망 酒妄 심한 술주정 나면 저를 올려칠 것이니 형문 맞은 다리 장독 杖毒 매를 심하게 맞아 생긴 상처의 독 이 났으니 수족인들 놀릴쏜가? 만수운환 漫垂雲鬟 쪽 찐 머리가 가닥가닥 흐트러짐 흐트러진 머리 이렁저렁 걷어 얹고 이리 비틀 저리 비틀 들어가서 장폐 杖斃 곤장을 맞고 죽음 하거들랑 삯군인 체 달려들어 둘러업고 우리 둘이 처음 만나 놀던 부용당 芙蓉堂 남원에 있는 부용지의 별당 의 적막하고 요적 寥寂 고요하고 적적함 한 데 뉘어 놓고 서방님 손수 염습 殮襲 시신을 씻긴 후 수의를 갈아입히고 염포로 묶는 일 하되 나의 혼백 위로해 입은 옷 벗기지 말고 양지 끝에 묻었다가 서방님 귀하게 되어 청운에 오르거든 일시도 두지 말고 육진장포 六鎭長布 함경북도 육진에서 나는 베 개렴 改殮 다시 염습함 해 조촐한 상여 위에 덩그렇게 실은 후에 북망산천 北邙山川 무덤이 많은 곳 또는 사람이 죽어서 가는 곳 찾아갈 제 앞 남산 뒷 남산 다 버리고 한양성으로 올려다가 선산 발치에 묻어 주고 비문에 새기기를 수절원사춘향지묘 守節寃死春香之墓 수절하다 억울하게 죽은 춘향의 묘 라 여덟 자만 새겨 주오. 망부석 望夫石 여인이 남편을 기다리다 죽어 바위가 되었다는 전설의 돌 이 아니 될까? 서산에 지는 해는 내일 다시

오련마는 불쌍한 춘향이는 한 번 가면 언제 다시 올까? 신원伸寃 가슴에 맺힌 원한을 품이나 해 주오. 애고애고, 내 신세야. 불쌍한 나의 모친 나를 잃고 가산을 탕진하면 하릴없이 걸인 되어 이 집 저 집 걸식하다가 언덕 밑에 조속조속기운 없이 조는 모양 졸면서 자진하여 죽게 되면 지리산 갈까마귀 두 날개를 떡 벌리고 둥덩실 날아들어 까옥까옥 두 눈을 다 파먹은들 어느 자식이 쫓아 주리."

춘향이 애고애고 섧게 울 제 어사또가 달랬다.

"울지 마라. 하늘이 무너져도 솟아날 구멍이 있느니라. 네가 나를 어찌 알고 이렇듯이 설워하냐?"

어사또는 춘향과 작별하고 춘향 집으로 돌아왔다.

춘향이는 야삼경에 서방님을 번개같이 얼른 보고 옥방에 홀로 앉아 탄식했다.

"명천明天은 사람을 낼 제 별로 후박厚薄 두껍고 얇음이 없건마는 나는 무슨 죄로 이팔청춘에 임 보내고 모진 목숨 살아 이 형문 이 형장 무슨 일인고? 옥중 고생 삼사 삭에 밤낮 없이 임 오시기만 바라더니 이제는 임의 얼굴 보았으되 광채 없이 되었구나. 죽어 황천으로 돌아간들 제왕전諸王前에 무슨 말을 자랑하리."

춘향이 애고애고 섧게 울 제 자진해 반생반사하는구나.

육방六房 승정원 및 각 지방 관아에 둔 여섯 부서 염문 다한 후에 춘향 집 돌아와서 그 밤을 샌 연후에 이튿날 조사朝仕 벼슬아치가 아침마다 으뜸 벼슬아치를 만나는 일 끝에 근읍近邑 수령이 모여 들었다.

운봉 영장營將 팔도의 감영과 병영에 딸린 각 진영의 장관, 구례, 곡성, 순창, 옥과, 진안, 장수 원님이 차례로 모여들었다. 좌편에 행수군관行首軍官 우두머리 군관, 우편에 청령사령聽令使令 관에서 내리는 명령을 받아 전하는 사령, 한가운데 본관은 주인이 되어 하인 불러 분부했다.

"관청색官廳色 수령의 음식물을 맡아 보는 사령 불러 다담茶啖 손님에게 대접하는 다과을 올리라. 육고자 肉庫子 관청에 육류를 바치는 관노 불러 큰 소를 잡고, 예방禮房 불러 고인鼓人 악공을 대령하고, 승발承發 지방 관아의 아전 밑에서 잡무를 보던 사람 불러 차일遮日 천으로 만든 햇빛 가리개을 대령하라. 사령 使令 각 관아에서 심부름하던 사람 불러 잡인을 금하라."

이렇듯 요란할 제, 기치旗幟 옛날 군대에서 쓰던 깃발 군물軍物이며 육각六角 북, 장구, 해금, 피리, 한 쌍의 태평소로 이루어진 여섯 악기를 말함 풍류 반공에 떠 있고, 녹의홍상綠衣紅裳 연두저고리에 다홍치마 기생들은 백수나삼白手羅衫 흰 소매가 달린 비단 적삼 높이 들어 춤을 추고, 지화자 덩실

하는 소리 어사또 마음이 심란하구나.

"여봐라, 사령들아. 너희들의 원전에 여쭈어라. 먼 데 있는 걸인이 좋은 잔치에 왔으니 주효酒肴 술과 안주 좀 얻어먹자고 여쭈어라."

저 사령 거동 보소.

"어느 양반인데 우리 안전案前 하급 관리가 상급 관리를 일컫는 존칭 님 걸인 혼금閽禁 관아에서 잡인의 출입을 금하는 일 하니 그런 말은 하지도 마오."

등을 밀쳐 내니 어찌 아니 명관名官인가? 운봉은 그 거동을 보고 본관에게 청했다.

"저 걸인의 의관은 남루하나 양반의 후예인 듯하니 말석에 앉히고 술잔이나 먹여 보냄이 어떠하오?"

"운봉 소견대로 하오마는……."

본관의 '마는……' 소리 뒷입맛이 사납겄다.

운봉이 분부했다.

"저 양반 듭시라고 하라."

어사또가 들어가 단좌端坐 단정히 앉음 하고 좌우를 살펴보니, 당상堂上의 모든 수령 다담을 앞에 놓고 진양조 길고 느린 음조의 가락 양양洋洋 우렁차게 널리 퍼짐 할 제 어사또 상을 보니 어찌 아니 통분하랴? 모 떨어진 개상판개다리소반에 닥채 저붐 닥나무 가지로 만든 젓가락의 방언, 콩나물, 깍두기, 막걸리 한 사발 놓았구나. 상을 발길로 탁 차 던지며 운봉의 갈비를 직신거렸다 짓궂은 말이나 행동으로 자꾸 귀찮게 구는 모습을 뜻함.

"갈비 한 대 먹읍시다."

"다라도 잡수시오."

운봉이 이어서 말했다.

"이러한 잔치에 풍류로만 놀아서는 맛이 없으니 차운次韻 남이 지은 시의 운자를 따서 시를 지음 한 수씩 하면 어떠하오?"

"그 말이 옳다."

운봉이 운韻을 낼 제, 높을 고高 자, 기름 고膏 자 두 자를 내놓고 차례로 운을 달 제 어사또가 한마디 했다.

"걸인도 어려서 추구권抽句卷 옛글에서 좋은 구절을 뽑아 만든 책 이나 읽었는데 좋은 잔치에 참석해 주효를 포식하고 그저 가기 무렴無廉 염치가 없음 하니 차운 한 수 하겠습니다."

운봉이 반겨 듣고 필연筆硯 붓과 벼루 을 내주니 좌중이 다 못해 글 두 구句를 지었으되, 민정民情 백성의 형편을 생각하고 본관의 정체政體 통치 형태를 생각해 지었것다.

금준미주 천인혈 金樽美酒 千人血 금동이의 향기로운 술은 백성 천 명의 피요

옥반가효 만성고 玉盤佳肴 萬姓膏 옥소반의 기름진 안주는 백성 만 명의 기름이라

촉루낙시 민루락 燭淚落時 民淚落 촛불 눈물 떨어질 때 백성의 눈물 떨어지고

가성고처 원성고 歌聲高處 怨聲高 노랫소리 높은 곳에 백성의 원망 높더라

이렇듯이 지었으되, 본관은 몰라보고 운봉은 이 글을 보며 내념內念 속마음에 '아뿔싸, 일이 났다.' 라고 겁을 냈다.[6]

이때 어사또 하직하고 간 연후에 운봉은 공형 불러 분부했다.

"야야, 일이 났다."

공방工房 불러 포진鋪陳 방석이나 돗자리 단속, 병방兵房 불러 역마驛馬 단속, 관청색 불러 다담 단속, 옥 형리刑吏 불러 죄인 단속, 집사執事 불러 형구刑具 단속, 형방刑房 불러 문부文簿 문서와 장부 단속, 사령 불러 합번合番 숙직 단속, 한참 이리 요란할 제 물색없는눈치 없는 저 본관이 운봉에게 물었다.

"여보, 운봉은 어디를 그리 바삐 다니시오?"

"소피所避 오줌을 완곡하게 이르는 말하고 들어왔소."

주광酒狂 술주정이 심함이 난 본관이 분부했다.

"춘향을 급히 올리라."

이때 어사또 군호軍號 남몰래 서로 눈짓이나 말을 주고받음할 때 서리胥吏 보고 눈을 주니 서리, 중방中房 거동 보소. 역졸驛卒 불러 단속할 제 이리 가며 수군, 저리 가며 수군 수군, 서리 역졸 거동 보소. 외올망건하나의 올로 뜬 망건, 공단貢緞 무늬가 없는 두꺼운 비단 쌔기 갓에 씌운 직물 새 평립平笠 역졸이나 보부상이 쓰던 갓 눌러 쓰고 석 자 감발버선이나 양말 대신 발에 감는 좁고 긴 무명천 새 짚신에 한삼汗衫, 고의袴衣 남자가 여름에 입는 홑바지 산뜻 입고 육모방치 녹피鹿皮 사슴 가죽 끈을 손목에 걸어 쥐고 에서 번뜻 제서 번뜻, 남원읍이 우군우군, 청파 역졸青坡驛卒 거동 보소. 어사또는 달 같은 마패를 번뜻 들었다.

"암행어사 출두요!"

외치는 소리에 강산이 무너지고 천지가 뒤눕는 듯, 초목금수草木禽獸 풀과 나무, 날짐승과 길짐승인들 아니 떨랴.

---

6) 운봉은 한시의 내용으로 미루어 짐작해 암행어사가 출두하리라는 것을 눈치챈다.

남문에서

"출두요!"

북문에서

"출두요!"

동문, 서문 출두 소리 청천에 진동하고

"공형 들라!"

외치는 소리에 육방이 넋을 잃었다.

"공형이오."

등채 무장할 때 쓰는 채찍 로 후닥닥 치며 외쳤다.

"애고, 죽는다."

"공방, 공방!"

공방이 포진 들고 들어오며 말했다.

"안 하려던 공방을 하라더니 저 불속에 어찌 들랴."

등채로 후닥닥 치며 또 외쳤다.

"애고, 박 터졌네."

암행어사 출두요!

애고애고. 나 죽네!

🍎 소설 한 장면   절정   과거에 급제한 몽룡이 암행어사가 되어 남원으로 옴

좌수座首 지방의 자치 기구인 향청의 우두머리, 별감別監 좌수에 버금가는 자리 넋을 잃고, 이방, 호방 실혼失魂 정신을 잃음하고, 삼색나졸三色羅卒 관아에 딸린 나장, 군뢰, 사령 분주하네. 모든 수령 도망할 제 거동 보소. 인궤印櫃 도장을 넣어 두던 궤 잃고 과줄밀가루 반죽에 꿀과 기름을 섞은 뒤 기름에 지져 만든 과자 들고, 병부兵符 군대를 동원하는 표지로 쓰는 동글납작한 나무 잃고 송편 들고, 탕건宕巾 잃고 용수술이나 장을 거르는 데 쓰는 긴 통 쓰고, 갓 잃고 소반小盤 쓰고, 칼집 쥐고 오줌 누기. 부서지니 거문고요, 깨지느니 북, 장고라. 본관은 똥을 싸고 멍석 구멍 새앙쥐 눈 뜨듯 하고 내아로 들어갔다.

"어 추워라, 문 들어온다, 바람 닫아라. 물 마른다, 목 들여라."[7]

관청색은 상을 잃고 문짝 이고 내달으니 서리, 역졸이 달려들었다.

"애고, 나 죽네!"

이때 수의사또繡衣使道 어사또가 분부했다.

"이 골은 대감大監 이몽룡의 아버지이 좌정하시던 골이라, 훤화喧譁 시끄럽게 떠듦를 금하고 객사客舍로 사처徙處 장소를 옮김 하라."

"본관은 봉고파직封庫罷職 못된 짓을 한 관리를 파면하고 관가의 창고를 봉인하는 일 하라."

"본관은 봉고파직이오!"

어사또는 사대문에 방 붙이라 명했고 옥 형리 불러 호령했다.

"네 고을 옥수獄囚 감옥에 갇힌 죄인를 다 올리라."

죄인을 올리거늘, 각각 문죄 후에 무죄자 방송放送 죄인을 감옥에서 풀어 주던 일 할 제 형리에게 물었다.

"저 계집은 누구인가?"

"기생 월매의 딸이옵니다. 관정官庭에 포악한 죄로 옥중에 있사옵니다."

"무슨 죄인가?"

"본관 사또 수청하라고 불렀더니 수절이 정절이라 수청 아니 들려 하고, 관전官前에 포악한 춘향이로소이다."

어사또는 춘향에게 분부했다.

"수절한다고 관정 포악했으니 살기를 바랄쏘냐. 죽어 마땅하되 내 수청도 거역할까?"[8]

춘향은 기가 막혀 말했다.

---

7) 문장 성분의 어순을 바꾸는 도치법을 이용해 언어유희를 하는 대목으로, 긴장감과 해학성이 느껴진다.

8) 몽룡은 앞서 신분을 속이고 춘향의 어머니를 시험한 것과 마찬가지로, 춘향의 절개 역시 시험하고 있다.

"내려오는 관장官長마다 개개이 명관이로구나. 수의사또 들으시오. 층암절벽 높은 바위가 바람 분들 무너지며, 청송녹죽靑松綠竹 푸른 소나무와 푸른 대나무 푸른 나무가 눈이 온들 변하오리까? 그런 분부 마옵시고 어서 바삐 죽여주오."

어사또는 기가 막혀 금낭을 열고 옥지환을 꺼내 기생 불러 춘향 주니 춘향이 옥지환 보고 정신이 혼미해 어쩔 줄 모르다가 손에다 껴 보는구나.

"이전에 꼈을 때는 손에 꼭 맞았는데 그새 옥중 고생에 몸이 축나 그러한지 헐렁헐렁하는구나."

지환 보고 위를 보니 어제저녁 옥 문간에 걸객乞客 몰락한 양반이지만 의관을 갖추어 입고 남의 집에 얻어먹으러 다니는 사람 으로 왔던 낭군, 어사또 되어 앉았구나. 춘향이 반웃음 반울음에 말했다.

"얼씨구나 좋을시고. 어사 낭군 좋을시고. 남원 읍내 추절秋節 들어 떨어지게 되었더니, 객사에 봄이 들어 이화춘풍李花春風 오얏꽃에 스치는 봄바람이라는 뜻으로, 이몽룡이 춘향을 구해 줌을 비유하는 말 날 살린다. 꿈이냐 생시냐, 꿈을 깰까 염려로다."

이때 춘향 모는 삼문 밖에 서서 가만히 지켜보다가 춘향 노는 거동 보고 들어가고 싶지만 전날 어사에게 과하게 해 차마 들어가지 못하다가 춘향이 찾는 소리에 외쳤다.

"어사 장모 들어간다. 아들 낳기 힘쓰지 말고 춘향 같은 딸을 낳아 이런 즐거움들 보소! 얼씨구절씨구! 지화자 좋을시고!"

어사또 반만 웃고 수형리刑吏의 우두머리 불러 본관의 전후 죄목 낱낱이 적어내어 나라에 장계하고 옥중의 죄수들을 일병一竝 전부 방송하니 갇혔던 죄인들이 춤을 추고 어사를 송덕하며 만세를 부르더라.

한참 즐길 적에 춘향 모 들어와서 가없이 즐겨 하는 말을 어찌 다 설화說話하랴? 춘향의 높은 절개 광채 있게 되었으니 어찌 아니 좋을쏜가? 어사또 남원 공사公事 닦은 후에 춘향 모녀와 향단이를 서울로 치행治行 길 떠날 준비를 함 할 때 위의威儀 존경할 만한 거동 찬란하니 세상 사람들이 누가 아니 칭찬하랴. 이때 춘향이 남원을 하직할 때, 영귀榮貴 높고 귀함 하게 되었건만 고향을 떠나니 일희일비라.

놀고 자던 부용당아
너 부디 잘 있거라
광한루, 오작교며 영주각도 잘 있거라
봄풀은 해마다 푸르건만

왕손王孫은 돌아가서는 돌아오지 않네
이는 나를 두고 이름이라
제각기 이별할 제 만세무량 하옵소서
다시 보긴 망연茫然 아득함하구나

이때 어사또는 좌우 도를 순읍巡邑 고을을 돌아봄해 민정을 살핀 후에 서울로 올라가 어전御前에 숙배肅拜 왕에게 절을 하던 일하니 삼당상三堂上 육조의 판서, 참판, 참의 입시해 문부文簿를 사정査定한 후에 임금이 대찬大讚 크게 칭찬함하고 즉시 이조 참의吏曹參議 이조 정3품의 당상관 대사성大司成으로 봉하고, 춘향을 정렬부인貞烈夫人으로 봉했다. 사은숙배하고 물러 나와 부모 전에 뵈오니 성은聖恩을 축수祝壽하더라.

이때 이판吏判, 호판戶判, 좌우 영상左右領相 좌의정, 우의정, 영의정 다 지내고, 퇴사退仕 벼슬아치가 직위를 내놓고 물러나는 일 뒤 정렬부인과 더불어 백년동락하니 삼남 이녀를 두었다. 개개이 총명해 그 부친을 압두壓頭 상대편을 누르고 가장 좋은 자리를 차지함하더라. 계계승승繼繼承承해 직거일품職居一品 첫 번째 품계의 벼슬을 차지함하고 만세유전萬世流傳 대대로 전해져 내려옴했다.

부용당아, 광한루야, 오작교야.
부디 잘 있거라.

🍎 소설 한 장면 결말 춘향과 몽룡은 행복한 일생을 보냄

🔭 생각해 볼까요?

선생님 「춘향전」의 문학사적 의의는 무엇인가요?

💬 4 ♥ 4

↳ **학생 1** 「춘향전」은 판소리가 소설로 기록된 판소리계 소설이에요. 작품 속에 가요가 들어가 있어 리듬감이 살아 있고, 해학성도 뛰어나요. 장면 묘사와 인물 묘사 또한 사실적으로 표현되어 있고요.

↳ **학생 2** 조선 시대에 창작된 많은 소설의 배경이 중국인 반면 「춘향전」은 전라도 남원을 배경으로 해요. 그만큼 향토성이 잘 드러나 있지요. 「춘향전」의 배경이 비현실이 아닌 현실이라는 점도 중요해요. 그전까지 조선 시대의 많은 소설이 비현실적인 공간을 배경으로 삼았거든요.

↳ **학생 3** 「춘향전」에는 한문체와 국문체, 한시와 민요, 문어와 구어 등이 힌데 뒤섞여 있어요. 서민층을 대변하는 인물들의 특징도 전형적으로 드러나 있고요. 이러한 특징 때문에 「춘향전」은 대표적인 서민 소설로 평가받아요. 한문체와 문어체로 쓰여 귀족들이 주로 즐겼던 「구운몽」과는 대조를 이루지요.

↳ **학생 4** 춘향이 변학도에게 끝까지 저항했다는 점에서 지배층을 향한 민중의 투쟁 의식을 읽어낼 수 있어요. 하나의 작품에서 당시 사람들의 사고방식, 삶의 모습 등이 드러나므로 「춘향전」은 훌륭한 작품이라고 할 수 있지요.

선생님 미당 서정주는 「춘향전」을 소재로 「추천사」라는 시를 썼어요. 그렇다면 「추천사」는 「춘향전」의 갈등 구조 가운데 어디에 초점을 맞춰 창작되었을까요?

> 향단(香丹)아 그넷줄을 밀어라. / 머언 바다로 / 배를 내어 밀듯이 / 향단아. // 이 다소곳이 흔들리는 수양버들 나무와 / 배갯모에 뇌이듯 한 풀꽃 더미로부터, / 자잘한 나비 새끼 꾀꼬리들로부터 / 아주 내어 밀듯이, 향단아. // 산호(珊瑚)도 섬도 없는 저 하늘로 / 나를 밀어 올려 다오. / 채색(彩色)한 구름같이 나를 밀어 올려 다오. / 이 울렁이는 가슴을 밀어 올려 다오! // 서(西)으로 가는 달같이는 / 나는 아무래도 갈 수가 없다. // 바람이 파도를 밀어 올리듯이 / 그렇게 나를 밀어 올려 다오. / 향단아.

💬 2 ♥ 2

↳ **학생 1** 춘향의 갈등을 궁극적으로 분석해 보면 몽룡이나 변학도와는 무관하다고 볼 수 있어요. 춘향이 겪는 갈등의 원인은 어디까지나 자신의 비천한 신분에 근거하기 때문이에요.

↳ **학생 2** 춘향이 몽룡과 혼인해 정실부인이 된 후에야 비로소 춘향과 사회와의 갈등이 해소돼요. 따라서 「추천사」 속 춘향이 가고자 하는 '저 하늘'은 신분적 제약에서 벗어날 수 있는 장소를 뜻해요. 즉, 서정주의 「추천사」에는 신분적 제약을 떨쳐 내고자 하는 춘향의 욕망이 드러나 있어요.

선생님 「춘향전」의 표면적 주제와 이면적 주제는 각각 무엇인지 이야기해 볼까요?
 2 ♥ 2

↳ **학생 1** 「춘향전」은 춘향과 몽룡의 연애담을 다뤄요. 이에 따라 「춘향전」의 표면적 주제는 여성 주인공이 굳센 신념을 토대로 정절을 지킨다는 것이지요.

↳ **학생 2** 「춘향전」은 춘향과 몽룡이 연애한 후 혼인으로 결합하는 내용도 다뤄요. 이에 따라 「춘향전」의 이면적 주제는 춘향이 사대부와의 결합으로 신분적 제약에서 벗어난다는 것이지요. 당시 민중들의 신분 상승 욕구, 즉 신분의 제약에서 벗어나 자유롭게 인간 해방을 누리고자 하는 욕구가 반영되었거든요.

「춘향전」의 발전 과정 ▼ 🔍

연관 검색어   구비 문학   민중 예술   신소설

「춘향전」에는 춘향과 몽룡의 연애담뿐만 아니라 여성이 정절을 지키는 내용, 혼인으로 신분 상승을 이루는 내용, 탐관오리를 처벌하는 내용, 억울한 피해자의 원한을 풀어 주는 내용 등 여러 가지 이야기가 담겨 있다. 따라서 「춘향전」의 근원 설화도 무척 다양하다. 연애담에 관해서는 염정 설화, 정절에 관해서는 열녀 설화와 관탈민녀 설화, 탐관오리의 처벌에 관해서는 암행어사 설화, 억울한 송사에 관해서는 신원 설화 등이 나타나 있다. 이러한 근원 설화들은 오랫동안 민중 사이에서 전해져 내려오다가 판소리 「춘향가」로 이어졌다.

판소리 「춘향가」를 토대로 판소리계 소설 「춘향전」이 창작되었다. 판소리계 소설 「춘향전」은 개화기에 신소설 「옥중화」로 발전했다. 「옥중화」는 일제강점기에 활동한 작가 이해조가 「춘향전」의 내용을 개작한 작품으로, 1912년 1월부터 3월까지 『매일신보』에 연재되다가 같은 해에 단행본으로도 나왔다. 참고로 신소설이란 19세기 말부터 20세기 초까지 우리나라 개화기에 등장한 소설들을 지칭하는 말이다. 신소설은 주로 근대적인 사상이나 문물을 소개하고 사람들을 계몽하기 위해 만들어졌다.

현대에 이르러 「춘향전」은 영화, 드라마, 뮤지컬 등 여러 장르에서 다채롭게 변주되었다. 대표적으로 2005년 방영된 KBS 드라마 〈쾌걸춘향〉은 「춘향전」을 현대적으로 각색해 큰 인기를 얻었다.

운영전

#꿈   #비극적사랑   #신분초월   #외화와내화

⚓ 작품 길잡이

작가: 미상
갈래: 염정 소설, 애정 소설, 몽유 소설, 액자 소설
성격: 비극적
배경: 시간 - 조선 초기에서 중기 / 공간 - 안평 대군이 궁녀와 함께 있던 수성궁, 천상계
주제: 남녀 간의 지고한 사랑, 궁녀의 비극적인 삶
연대: 조선 숙종 때(17세기)

📷 인물 관계도

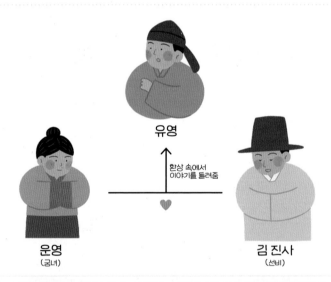

유영 학문이 깊지만 가난한 선비로, 환상을 통해 운영과 김 진사의 이야기를 듣는다.
운영 아름답고 글을 잘 짓는 궁녀이지만 김 진사와의 밀회가 드러나자 자결한다.
김 진사 사랑하는 운영이 자결하자 슬퍼하며 식음을 전폐하다가 죽는다.

📖 구성과 줄거리

발단　유영이 환상 속에서 운영과 김 진사를 만남

임진왜란이 끝난 뒤인 선조 34년 봄날, 유영이란 선비는 안평 대군이 살던 수성궁에 놀러 갔다가 술에 취해 잠든 뒤 깨어난다. 그때 유영의 눈앞에 운영이라는 궁녀와 김 진사라는 소년 선비가 나타난다. 운영과 김 진사는 유영에게 자신들의 슬픈 사랑 이야기를 들려준다.

전개　운영이 김 진사와 사랑에 빠짐

미모와 글솜씨가 모두 뛰어난 운영은 13세 때 대군의 부름에 따라 입궁한다. 어느 날 김 진사라는 소년 선비가 대군이 머무는 궁에 찾아와 시를 짓는다. 운영과 김 진사는 처음 본 순간부터 서로 사랑에 빠진다.

위기　운영이 수성궁을 탈출하려다 실패함

김 진사는 자신의 하인 특과 다른 궁녀의 도움으로 수성궁의 담을 넘나들며 운영을 만난다. 두 사람의 사랑은 더욱 깊어져 간다. 두 사람의 사랑은 더욱 깊어져 가지만, 운영은 자신들의 밀회가 드러날까 봐 두려워한다. 특은 운영에게 궁궐을 벗어날 수 있는 계책을 알려 주는 동시에 운영의 재물을 독차지하려는 욕심을 부린다. 이후 특의 배신으로 운영과 김 진사의 밀회가 탄로 난다.

절정　운영이 자결한 뒤 슬퍼하던 김 진사도 뒤따라 죽음

크게 노한 대군이 운영과 다른 궁녀들을 모두 죽이려 하자, 궁녀들이 나서서 운영을 변호한다. 대군은 분노를 가라앉히고 운영을 별궁에 가둔다. 그날 밤 운영은 목매 자결하고, 슬픔을 억누르지 못한 김 진사도 식음을 전폐하다가 죽음을 맞는다.

결말　운영과 김 진사가 유영에게 책을 남김

유영이 다시 한 번 잠에서 깨고 나니 운영과 김 진사는 모습을 보이지 않고, 귀신이 쓴 책만 한 권 남아 있다. 유영은 그 책을 가지고 돌아온 후 여러 명산을 다니며 산다. 이후 유영이 어떻게 생을 마쳤는지는 알 수 없다.

운영전

수성궁壽聖宮은 안평 대군세종의 셋째 아들의 옛집으로 장안성 서쪽 인왕산 밑에 있었다. 그곳은 산세가 수려하여 용이 서리고 범이 일어나 앉은 형상이었으며, 남으로는 사직社稷이 있고 동으로는 경복궁이 있었다. 인왕산 줄기가 굽이쳐 내려오다가 수성궁에 이르러서는 높은 봉우리를 이루었고, 그 위에서 내려다 보면 보이지 않는 곳이 없었다. 사방으로 통한 길과 저잣거리, 천 문門 만 호戶가 바둑판처럼 밀집된 것이 일일이 헤아릴 수도 없었다. 또한, 번화 장려하기 이를 데 없어 농쪽으로는 궁궐이 구름 사이에 은은히게 보이고 상서로운 구름과 맑은 안개가 퍼져 고운 빛을 자랑하니, 별유천지別有天地 별세계 경승지가 따로 없었다. 주당들은 노래하는 아이와 피리 부는 동자를 데리고 그곳에 가 놀고, 풍류객과 묵객墨客 글을 짓거나 그림을 그리는 사람들은 음풍농월吟風弄月 바람과 달을 벗 삼아 풍류를 즐김하며 돌아가는 것도 잊고 경치를 즐겼으니, 산천의 아름다움과 수려한 경치는 무릉도원武陵桃源 신선이 살았다고 전해지는 중국의 전설적인 명승지에 비할 만했다.

이때 남문 밖 옥녀봉 아래에 한 선비가 살았는데, 그는 바로 청파사인 靑坡士人 유영柳泳이었다. 나이 이십여 세에 풍채가 준수하고 학문이 깊었지만 집이 빈곤하여 의식衣食 의복과 음식을 아울러 이르는 말을 잇기도 힘들었다. 그는 울적한 심사를 달래려 경개 좋은 수성궁에 구경이라도 한번 가 보고 싶었으나, 행색이 걸인 같아 남의 비웃음을 받는지라 노상 망설이기만 할 뿐이었다.

마침내 신축년辛丑年 춘삼월 보름에 탁주 한 병을 사 가지고 궁문으로 들어가니, 구경 온 사람들이 손가락질을 하면서 웃는 것이었다. 유생은 부끄러워 어쩔 줄을 모르다가 곧바로 후원으로 들어갔다. 후원의 높은 데에 올라서 사방을 둘러보니, 임진왜란을 겪고 난 후라 장안의 궁궐과 성안의 화려했던 집들은 자취도 보이지 않았다. 무너진 담도, 깨진 기와도, 파묻힌 우물도, 흙덩어리가 된 섬돌도 찾아볼 수 없었다. 잡초와 나무만이 우거져 있었으며, 오직 동문 두어 칸만이 쓸쓸히 남아 있을 뿐이었다.

유생이 서원 깊숙이 들어가니 온갖 풀이 우거져서 맑은 못에 그림자가 드리웠고, 땅에 가득 떨어진 꽃잎은 미풍이 일 적마다 향내가 코를 찔렀다. 유생은 바위 위에 앉아 소동파蘇東坡의 시구詩句를 읊었다. 그러고는 탁주 한 병을 다 마시고 취하여 바위 옆 돌을 베고 누웠다.

잠시 후 술이 깨어 살펴보니 유객遊客 유람하는 사람들은 다 사라지고 없었다.[1] 주위를 둘러보니 동산에 벌써 달이 떠 있고, 안개가 버들가지를 포근히 감쌌으며, 바람은 꽃잎을 어루만지고 있었다. 그때 부드러운 말소리가 바람을 타고 들려왔다. 이상한 마음에 소리가 나는 곳으로 가 보니, 한 소년이 절세미인과 마주 앉아 있다가 유영을 보고 반갑게 맞이했다. 미인이 나지막한 소리로 누군가의 이름을 부르니 차환侍從 드는 계집아이 두 명이 숲속에서 나왔다. 미인은 차환을 보고 말했다.

"오늘 저녁 우연히 고인故人을 만났고, 기약에 없던 반가운 손님까지 만났으니, 이대로 밤을 보낼 수가 없구나. 가서 주찬酒饌 술과 안주을 준비하고 붓과 벼루도 가져오너라."

두 차환이 명을 받고 갔다가 곧 돌아왔는데, 그 동작이 새가 날아다니는 것처럼 빨랐다. 그들이 가져온 술병과 술잔, 자하주紫霞酒 신선이 마신다는 자줏빛 술, 진기한 안주는 모두 인간 세상의 것은 아니었다. 세 사람이 술을 석 잔씩 마시고 나자 미인이 권주가를 불렀다.

깊고 깊은 궁궐에 고운 님 여의니
하늘이 맺어 준 인연 미진한데 뵈올 길 없네
꽃피는 봄날에 그 얼마나 울었던가
밤마다 만난 것은 꿈일 뿐 참이 아니었네
지난 일 허물어져 티끌이 되었어도
부질없이 나를 울려 눈물짓게 하는구나

미인이 노래를 마친 후 흐느껴 우니, 구슬 같은 눈물이 흘러 얼굴을 뒤덮었다. 유영은 이를 이상히 여겨 물었다.

"내 비록 양갓집에서 태어나진 않았으나 글은 좀 알고 있소. 지금 그 가사를 들으니 격조가 맑고 뛰어난데 시상은 슬프니 매우 괴이하구려. 월색이 대낮처럼 밝고 맑은 바람이 솔솔 불어와 좋은 밤을 즐길 만하거늘, 서로

---

1) 기존의 몽유록계 소설은 꿈과 현실의 경계가 명확하고, 단순한 '현실-꿈-현실' 구조로 이루어진 경우가 많다. 그런데 「운영전」에서는 유영이 바로 입몽(入夢)하지 않고 운영과 김 진사를 만나 잠깐 술자리를 가진 뒤 취몽(醉夢)한다. 반면 각몽(覺夢) 과정에서 유영은 잠에서 깨어나 바로 현실로 돌아온다.

얼굴을 마주하고 슬피 울다니 어인 일이오. 술잔을 기울인 만큼 정의情誼 서로^{사귀며 친해진 정} 도 깊어졌는데, 이름도 모르고 회포도 풀지 못하고 있으니 그 또한 의아하구려.”

유영은 먼저 자기 이름을 말하고 소년에게 말하기를 청했다.

“어떤 이유가 있어 이름을 말하지 않는 것이온데, 구태여 알고자 한다면 가르쳐 드릴 수도 있겠으나 말을 하자면 장황합니다.”

그러더니 수심이 가득한 얼굴로 한참 후에 말했다.

“나의 성은 김이라 하옵니다. 나이 십 세에 시문詩文을 잘하여 학당學堂에서 유명했고, 십사 세에 진사 제이과에 올라 모두들 김 진사로 불렀습니다. 그런데 제가 나이가 이려 호탕함을 억누르지 못하고 또한 여인으로 인해 불효자식이 되고 말았으니, 이러한 죄인의 이름은 알아서 무엇하리까? 이 여인의 이름은 운영雲英이요, 저 두 여인의 이름은 녹주綠珠, 송옥宋玉이라 하는데 모두 옛날 안평 대군의 궁인이었습니다.”

진사는 운영을 돌아보면서 말했다.

“성상星霜 한 해 동안의 세월 이 여러 번 바뀌고 해와 달이 오래되었으니, 그때의 일을 그대는 모두 기억하고 있소?”

○ 소설 한 장면 　발단　 유영이 환상 속에서 운영과 김 진사를 만남

운영이 대답했다.

"마음에 쌓인 한을 하루라도 잊을 수 있겠습니까? 이제 이야기를 해 볼 것이오니 낭군님이 옆에 있다가 빠지는 것이 있거든 덧붙여 주십시오."

하고는 이야기를 시작했다.

세종 대왕에게는 여덟 왕자가 있었는데 셋째인 안평 대군이 가장 영특했지요. 그래서 상감이 매우 사랑하시어 나이 십삼 세에 사궁私宮에 나와 거처하시니 그 궁을 수성궁이라 했습니다. 대군은 밤에는 독서하고 낮에는 시를 읊고 글을 쓰면서 일각이라도 헛되이 보내지 않으셨습니다. 그때의 문인 재사才士들이 다 모여 실력을 겨루며 새벽닭이 울 때까지 담론談論을 했지만, 대군은 더욱 필법筆法 글씨나 문장을 쓰는 법이 뛰어나게 되어 이름이 났지요. 문종 대왕이 아직 세자로 계실 적에 집현전 여러 학사와 같이 안평 대군의 필법을 이렇게 칭찬하신 적도 있습니다.

"우리 아우가 만일 중국에 났더라면, 비록 왕희지에게는 미치지 못하겠지만 조맹부에게는 뒤지지 않을 것이오."

하루는 대군이 저희들에게 이르셨습니다.

"천하의 모든 재사는 반드시 맑고 고요한 곳에서 갈고 닦은 후에야 이루어지는 법이니라. 도성都城 문밖은 산이 고요하고 인가에서 좀 떨어져 있으니 거기에서 업을 닦으면 대성할 수 있을 것이다."

그러시고는 곧 그곳에 정사精舍를 짓고 이름을 비해당匪懈堂이라 하셨습니다. 그때의 문장가와 거필巨筆들이 다 모였는데, 문장에는 성삼문이 으뜸이었고 필법에는 최흥효가 으뜸이었습니다. 그러나 그들 모두 안평 대군의 재주에는 미치지 못했습니다.

하루는 대군이 취중에 궁녀에게 말씀하셨습니다.

"하늘이 재주를 내리실 때 남자는 풍부하게 하고 여자는 적게 했겠느냐. 지금 세상에 문장으로 자처하는 사람이 많지만 아직 특출한 사람이 없으니 너희도 또한 힘써서 공부하여라."[2]

대군은 궁녀 중에 나이가 어리고 얼굴이 아름다운 열 명을 골라, 『소학』,

---

2) 안평 대군은 남자만이 왕위를 이을 수 있는 왕조 사회에서 왕자로 살아가며 때때로 가부장적인 모습을 드러내지만, 궁녀들에게 학문을 가르치고 온유한 태도를 취하는 등 이중적인 모습을 보인다.

『언해』,『중용』,『대학』,『맹자』,『시경』,『통감』 등을 차례로 가르치셨습니다. 궁녀들은 오 년 이내에 모두 대성했지요. 그들의 이름은 소옥小玉, 부용芙蓉, 비경飛瓊, 비취翡翠, 옥녀玉女, 금련金蓮, 은섬銀蟾, 자란紫鸞, 보련寶蓮, 운영雲英이니, 운영은 바로 저였습니다. 대군은 저희들에게 명을 내리셨습니다.

"시녀로서 이제 궁문을 나가는 일이 있으면 그 죄는 죽어 마땅할 것이다. 또 외인 중 궁녀의 이름을 아는 이가 있다면 그 죄 또한 죽음을 면치 못할 것이다."

이리하여 열 궁녀들은 모두 공부에만 힘쓰게 되었고, 그 재주가 대군을 놀라게 할 정도가 되었습니다.

하루는 밤에 자란이 서에 긴히 물었습니다.

"여자로 태어나서 한 남자에게 시집가고자 하는 마음은 누구나 다 매한가지다. 네가 생각하고 있는 이가 누군지는 모르겠지만, 네 안색이 날로 수척해지기에 안타까이 여겨 이렇게 물으니 숨기지 말고 이야기해 보아라."

저는 일어나 고마움을 표하며 대답했습니다.

"궁인이 하도 많아 누가 엿들을까 두렵지만, 네가 지극한 우정으로 묻는데 어찌 숨길 수 있겠니?"

하고는 자란에게 자세한 이야기를 해 주었습니다.

지난가을 국화꽃 피고 단풍이 떨어지기 시작할 때 대군이 칠언사운七言四韻 십 수를 쓰고 계셨는데, 하루는 동자가 들어와 고하는 것이었어.

"김 진사라는 나이 어린 선비가 대군을 뵙겠다고 하옵니다."

"김 진사가 왔구나."

대군은 기뻐하며 김 진사를 반가이 맞아들이셨지. 김 진사는 베옷을 입고 가죽띠를 맨 선비였는데 얼굴과 행동이 신선계의 사람과 같더구나. 진사님이 대군께 절을 올리고 인사를 드렸어.

"제가 외람되이 많은 사랑을 입어 존명尊名존함을 욕되게 하고서야 인사를 올리니 황송하기 그지없사옵니다."

이에 대군은 위로의 말을 하시었지.

진사님이 처음 들어올 때에 이미 우리와 눈이 마주쳤으나, 대군은 진사님이 나이 어리고 착하므로 우리를 피하도록 하지는 않으셨어. 대군이 곧 진사님에게 청하셨지.

"가을 경치가 매우 좋으니 시 한 수를 지어 이 집을 빛나게 하여 주오."

진사는 공손히 사양하며 말했어.

"시의 격률도 모르는 소자가 어찌 감히 그리하겠나이까?"

이때 대군은 금련을 시켜 노래를 부르게 하시고, 부용에게는 거문고를 타게 하셨지. 또 보련에게 단소를 불게 하시고 나에게는 벼루를 받들게 하셨는데, 그때 내 나이 십칠 세였구나. 낭군을 한번 보자 정신이 어지러워지고 가슴이 울렁거렸는데, 진사님도 또한 나를 돌아보면서 웃음을 머금고 자주 눈여겨보시더라.

진사님이 붓을 들고 오언사운^{五言四韻} 한 수를 지으니 바로 이러했지.

기러기 남쪽을 향해 날아가니
궁 안엔 가을빛이 깊어지네
차가운 물에 연꽃은 구슬 되어 꺾이고
서리 내린 국화엔 금빛이 드리우네
비단 자리엔 홍안^{紅顔 젊고 아름다운 얼굴}의 미녀
옥 같은 거문고 줄엔 백운 같은 소리
유하주 한 말 들고 먼저 취하니
이 몸 가누기가 어렵기도 하여라

대군이 놀라워하며 말씀하셨어.

"참으로 천하의 기재^{奇才}로다. 어찌 너를 만나기가 어려웠던고."

궁녀들도 이구동성 감탄을 금치 못했지.

"이는 필시 신선이 학을 타고 이 세상에 오신 것이니, 이와 같은 사람이 또 어디 있으리오."

이때부터 나는 잠도 오지 않고 입맛도 없고 마음이 괴로워서 허리띠를 푸는 것조차 잊어버리곤 했는데, 너는 아무것도 눈치채지 못하더라.

말을 마치자 자란이 말했습니다.

"그래, 내 몰랐었구나. 이제 너의 말을 들으니 마치 술 깬 것처럼 정신이 맑아진다."

그 후로 대군은 자주 진사님과 만나셨으나, 저희는 서로 보지 못하게 한

까닭에 늘 문틈으로만 엿보았습니다.

하루는 제가 설도전薛濤箋 설도는 중국 당나라의 기녀로, 설도전이라는 작은 종이를 직접 만들어 시를 썼다고 함에다 오언사운 한 수를 썼습니다.

베옷에 가죽띠를 맨 선비
옥 같은 용모가 신선과 같은데
발 사이로 바라보고 또 바라보건만
어이하여 월하月下 부부의 연을 맺어 준다는 전설의 노인의 인연이 없는고
흐르는 눈물로 얼굴을 씻으니
거문고를 타면 한이 술에 우네
끝없이 일어나는 가슴속 원망을
머리 들어 하늘에 하소연하오

저는 그 시와 금비녀 한 쌍을 겹겹이 봉해 진사님에게 보내려고 했으나 방법이 없었습니다. 얼마 후 진사님이 오셨는데, 얼굴은 창백해져서 옛날의 기상은 아니었지요. 제가 벽을 헐어 구멍을 내고 봉서겉을 봉한 편지를 던졌더니,

진사님이 주워 가지고 집으로 돌아가셨습니다. 그것을 펴 보신 진사님은 슬픔을 이기지 못하고 저를 그리워하며 몸을 가누지 못하시는 것 같았습니다.

이때 한 무녀^{巫女}가 대군의 궁에 드나들면서 신임을 얻고 있었는데, 소문을 들은 진사님이 그 집을 찾아가기로 했습니다. 무녀는 나이 삼십도 안된 예쁜 여자로, 일찍 과부가 되고는 음녀^{淫女 성격이나 행동이 음란하고 방탕한 여자}로 자처하며 살고 있었습니다. 이 무녀가 기뻐하며 진사님을 밤새 붙들어 놓고 정을 나누며 같이 자리라 마음을 먹었더랍니다. 그리하여 다음 날 짙은 화장에 화려하게 몸을 꾸미고, 꽃 같은 담요와 옥 같은 자리를 깔아 놓고 계집종에게 망을 보게 했습니다. 김 진사가 와서 이를 보고 이상히 여기니 무녀가 말했습니다.

"오늘 저녁은 어떤 저녁이기에 이와 같이 훌륭한 분을 뵈옵게 되었을까."

김 진사는 무녀에게 아무 뜻이 없기에 대답도 않고 있으니 무녀가 또 말했습니다.

"과부의 집에 젊은이가 어찌하여 왕래를 꺼리지 않고, 점을 보러 왔으면서 왜 자기의 번민을 말하지 않는지요?"

"점이 신통하다면 어찌 내가 찾아오는 뜻을 알지 못합니까?"

이에 무녀는 곧장 영전^{靈前}에 나아가 신께 절한 후, 방울을 흔들고 몸을 떨면서 중얼거리는 것이었습니다.

"참으로 가련하도다. 그 뜻을 이루지 못할 뿐만 아니라 삼 년이 못 가서 황천의 사람이 되겠구나."

이를 듣고 진사님이 말했습니다.

"나도 알고 있습니다. 그러나 마음속에 맺힌 한을 백약으로도 고칠 수 없으니, 만일 당신이 편지를 전하여 준다면 죽어서도 영광이겠습니다."

"천한 무녀라 궁에서 부르시지 않으면 감히 들어갈 수 없습니다. 하오나 진사님을 위하여 한번 가 보도록 하지요."

무녀는 곧 편지를 가지고 궁에 들어와 저에게 가만히 전해 주었습니다. 방으로 들어와 뜯어보니 이러한 내용이었습니다.

처음 눈으로 인연을 맺은 후, 마음은 들뜨고 넋이 나가 마음을 진정치 못하고 궁을 향하여 애만 태웠지요. 이전에 벽 구멍으로 전해 주신 옥음^{玉音 누군가의 편지나 말을 높여 이르는 말}을 황송히 받았으나, 반도 읽지 못해 가슴이 메고 눈물이 떨어져 끝까지 다 보지도 못했으니 장차 어찌하오리까. 누워도 자지를 못하고, 음식은 목을 내려가지 않고, 병은 골수에 사무쳐 어떤 약도 효험이 없으니 저승이 보이는 것 같습니다. 오직 소원은 조용히 죽음을 따르는 것뿐이오나, 하늘이 불쌍히 여겨 혹 생전에 한 번만이라도 원을 풀게 해 주신다면 몸을 부수고 뼈를 갈아서라도 천지신명의 영전에 제를 올리겠습니다. 이제 또 무슨 말씀을 하오리까. 예를 갖추지 못하고 삼가 붓을 놓나이다.

사연 끝에 칠언사운 한 수가 적혀 있었으니 이러했지요.

저녁의 누각에 문 닫혔는데
나무 그늘 그림자 희미하여라
꽃은 떨어져 시냇물 위로 흐르고
어린 제비 흙을 물고 집으로 찾아가네
잠자리에 누워도 이루지 못할 꿈
먼 하늘엔 기러기도 없구나
눈에 선한 임 아무 말 없는데
꾀꼬리 울음소리에 옷깃을 적시네

편지를 다 보고 나니 기가 막혀 말도 나오지 않았고, 눈물이 다하자 피가 눈물을 이었습니다.
하루는 대군이 비취를 부르더니 이렇게 이르셨습니다.
"너희 열 명이 한방에 같이 있으니 공부에 전념할 수 없겠구나."
그러고는 다섯 명을 서궁에 가서 있게 하니, 저는 자란, 은섬, 옥녀, 비취와 같이 그날로 옮겨갔습니다. 옥녀가 말했습니다.
"향기로운 꽃, 맑게 흐르는 물, 꽃다운 수풀이 마치 별장과 같으니 참으로 훌륭한 독서당이라 할 만하구나."
이에 제가 대답했지요.
"산山 사람도 아니고 중도 아니면서 이 깊은 곳에 갇혔으니, 장신궁長信宮 중국 한나라 성제의 총애를 받던 후궁 반첩여가 조비연이라는 미인에게 성제의 사랑을 빼앗기고 쫓겨난 뒤 살았다는 궁이 따로 없다."
그랬더니 모든 궁인이 탄식하고 울적해하는 것이었습니다.
그 후로 저는 편지로 뜻을 이루고자 했고, 진사님도 지성으로 무녀를 찾아가 간절히 부탁했습니다. 그러나 무녀는 오기를 좋아하지 않았으니, 아마 진사가 자기한테 뜻이 없음을 유감으로 여기고 그랬을 것 같기도 합니다.

그로부터 두어 달이 지나 계절은 다시 가을이 되었습니다. 바람이 서늘하게 불고 국화는 황금빛을 토하고, 벌레는 소리를 가다듬고 흰 달은 환한 빛을 밝혔습니다. 시내에서 빨래하기 좋은 때라 궁녀들이 빨래할 날과 장소를 정하려 했으나 의견이 달랐지요. 남궁 사람들은 말했습니다.

"맑은 물과 흰 돌은 탕춘대湯春臺 북한산에 있는 정자인 세검정 위의 원원지 가 제일이란다."

그러자 서궁 사람들도 나섰습니다.

"소격서동昭格署洞 조선 시대에 별을 향해 제사 지내던 일을 맡아보던 관청 의 물과 돌은 바깥으로 더 내려가지 않는데 왜 가까운 곳을 두고 먼 데를 구하나?"

서로 고집을 부리므로 결정을 하지 못하고 그날 밤에는 그만두고 말았지요. 그 뒤 진사님을 그리워하는 저의 병이 깊어져 남궁과 서궁의 궁녀들이 의논한 끝에 소격서동으로 정했지요. 그리하여 모두들 중당에 모이자 소옥이 말했습니다.

"하늘은 쾌청하고 물이 맑으니 이때야말로 빨래를 할 때구나. 오늘 소격서동에다 휘장을 치는 것이 좋겠지?"

반대를 하는 사람은 없었습니다. 저는 서궁으로 돌아가서 흰 나삼羅衫 얇은 비단 적삼 에다 가슴속에 가득 찬 슬픔과 한을 써서 품에 넣고, 자란과 일부러 뒤처져 있다가 마부에게 일렀습니다.

"동문 밖 무당이 영험하다고 하니, 내 그 집에 좀 가야겠다."

이렇게 하여 무녀를 찾아가 좋은 말로 애걸했습니다.

"오늘 찾아온 것은 김 진사를 한번 만나보고 싶은 것뿐이니, 기별해 준다면 몸이 다하도록 은혜를 갚겠어요."

무녀가 내 말대로 사람을 보냈더니 진사님이 찾아왔습니다. 둘이 서로 만나니 할 말도 못 하고 눈물만 흘릴 뿐이었지요. 제가 편지를 주면서 말했습니다.

"저녁에 꼭 돌아올 것이니 낭군님은 여기에서 기다려 주옵소서."

그리고는 바로 말을 타고 갔습니다. 진사님에게 전한 편지의 사연은 이러했습니다.

일전에 무녀가 전해 준 편지에는 낭랑한 옥음이 종이에 가득했습니다. 슬프고도 기뻐서 마음을 진정하지 못한 채 답서를 보내고자 했사오나, 이미 전할 길이 없었습니다. 또한, 비밀이 샐까 두려워서 훨훨 날아가고 싶으나, 날개가 없으니 애가 끊어지고 넋이 빠져 죽을 날만 기다리고 있사옵니다. 죽기 전에 이 편지로써 평생의 한을 다 말씀드리오니, 바라옵건대 낭군께서는 저를 새겨 두옵소서. 저의 고향은 남쪽이옵니다. 부모님은 저를 여러 자녀 가운데서도 유달리 더 사랑하시어, 무슨 일이든 저 하고 싶은 대로 맡겨 두셨습니다. 또 삼강오륜의 행실과 『칠언당음七言唐音 중국 당나라의 훌륭한 시들을 모아 엮은 책』을 가르쳐 주셨습니다. 그러다 열세 살 때 대군의 부르심을 받아 부모 형제와 이별하고 궁중에 들어오니, 집으로 돌아가고픈 마음 금할 길이 없었습니다. 오늘 빨래하러 가는 행차에는 양 궁의 시녀들이 다 모인 까닭에 여기 오래 머물 수 없사옵니다. 눈물은 먹물로 변하고 넋은 비단실에 맺혔사오니, 바라고 원하옵건대 낭군님께서는 한 번 보아 주옵소서.

제가 말을 타고 다시 무녀의 집에 돌아오니, 진사님은 종일 울어 넋을 잃고 실성하여 제가 온 것도 알지 못하는 것 같았습니다. 제가 왼손에 끼고 있던 옥색 금반지를 빼내어 진사님의 품속에 넣어 주고 말했습니다.

"낭군께서는 저를 보고 박정하다 아니하시고 천금 같은 귀한 몸으로 더러운 집에 와서 기다리시니, 제가 비록 불민하오나 또한 목석이 아니오니 감히 죽음으로써 그 뜻을 받들겠나이다. 제가 앞뒤 틀린 말을 하지 않는다는 징표이니 이 반지를 받아 주십시오."

그러고는 갈 길이 바빠 작별을 고하니 눈물이 비처럼 흘러내렸습니다. 제가 진사님의 귀에다 대고 속삭였습니다.

"제가 서궁에 있으니 낭군께서 밤을 타 서쪽 담을 넘어 들어오시면 삼생三生 전생·현생·후생에 있어서 미진한 인연을 이을 수 있을 것입니다."

말을 마치고는 자란과 바삐 돌아와 먼저 궁문을 들어오니, 여덟 사람도 뒤따라 들어오는 것이었습니다. 잠시 후 제가 자란에게 말했습니다.

"오늘 저녁 나와 진사님과 금석金石의 약속이 있었으니, 오늘 오지 않으면 내일은 반드시 담을 넘어오리라. 오면 어떻게 대접할까?"

다음 날 과연 진사님이 서궁으로 오셨는데, 담이 높고 험하여 넘지를 못하셨습니다. 집에 돌아온 진사님이 근심을 하고 있는데, 특特이라 하는 어린 종이 이를 알고는 진사님을 위해 사다리를 만들었습니다. 매우 가볍고 접었다 폈다 하기에 아주 편리한 사다리였습니다. 그날 밤 진사님이 궁으로 향하려 할 때, 특은 털옷과 가죽 버선을 주면서 말했습니다.

"이것이 있으면 넘어가기가 수월할 것입니다."

마침내 진사님이 담을 넘어 숲속에 몸을 숨기니 달빛은 낮과 같이 밝았습니다.[3] 조금 있다가 사람이 안에서 나와 웃으면서 말했습니다.

"이리 나오소서."

진사님이 나아가 절을 하니 자란이었습니다.

"큰 가뭄에 비를 바라듯 진사님 오시기를 고대했는데, 이제야 뵈옵게 되어 저희들 마냥 기쁘오니 진사님은 의심하지 마옵소서."

자란은 이렇게 말하고는 바로 진사님을 모시고 들어갔습니다. 저는 사창 紗窓을 열고 금화로에 향을 피워 놓고 진사님을 기다렸습니다. 그리고 유리 같은 책상에다 『태평광기』 한 권을 펴들고 있다가 진사님이 들어오시자 일어나 절을 올렸습니다. 진사님도 답례를 했습니다. 저는 자란에게 부탁해 진수성찬을 차려 놓고 진사님께 자하주를 따라 권했습니다. 석 잔을 마시고 진사님은 좀 취한 듯이 말했습니다.

"밤이 얼마나 깊었는가?"

자란이 눈치를 채고는 휘장을 드리우고 문을 닫고 나가더이다. 제가 등불을 끄고 잠자리에 드니 그 즐거움은 가히 아실 것입니다. 밤은 곧 새벽이 되고 새벽닭은 날 새기를 재촉하기에 진사님은 바로 일어나 돌아가셨습니다.

이후로는 밤에 들어와서 새벽에 돌아가기를 하루도 빼먹는 날이 없었지요. 사랑은 깊어 가고 정은 두터워져 그만둘 수가 없었습니다. 그러다 보니 궁중에 쌓인 눈 위에 발자취가 남게 되었습니다. 궁인들은 그것이 진사님의 것인 줄 알고 걱정하지 않는 이가 없었습니다.

하루는 진사님이 좋은 일의 끝이 화가 될까 두려워하고 있는데 특이 들어와 물었습니다.

"저의 공이 매우 컸는데 저와 의논하지 않으시니 섭섭하옵니다. 진사님의 얼굴빛에 근심이 있는 것 같은데 무슨 까닭이옵니까?"

"안 보자니 병이 마음과 골수에 들고, 보자니 헤아릴 수 없는 죄를 지으니

---

3) 궁녀들은 궁궐 밖과 단절된 채 오로지 궁궐 안쪽에서만 생활한다. 궁궐의 담은 외부세계를 차단하는 동시에 궁녀들이 안평 대군의 절대적인 영향력 아래 놓여있음을 의미한다. 따라서 김 진사가 궁궐의 담을 넘는 것은 안평 대군의 권위에 도전한다는 뜻으로 해석할 수 있다.

어찌 근심하지 않겠느냐?”

“그러면 어찌하여 남몰래 업고 도망가지 않으십니까?”

특의 말을 듣자 진사님은 그렇게 하기로 마음을 먹었습니다. 그리고 그 날 밤, 특의 꾀를 저에게 말했습니다.

“특이 노비지만 지모智謀 슬기로운 꾀가 많아 이렇게 가르치니 그 계교가 어떠하오?”

저는 허락하고 말했습니다.

“저의 부모님과 대군이 주신 의복과 보화가 많은데, 이 물건들을 버리고 갈 수 없으니 어찌하면 좋으리까. 말 열 필로도 다 운반할 수 없습니다.”

진사님이 돌아가서 특에게 말하니, 특은 기뻐하면서 일러주었습니다.

“어려울 것 없습니다. 저의 벗 중에 장사 이십여 명이 있사온데, 이들을 시키면 태산도 옮길 수 있을 것입니다.”

그리하여 그 많은 의복과 보화를 밤마다 수습하여 이레 만에 바깥으로 옮겨 놓을 수 있었습니다. 일을 마치자 특이 말했습니다.

“이와 같은 보화는 본댁에 쌓아 두면 상전께서 의심할 것이오니, 산에다 구덩이를 파고 깊이 묻어 두는 것이 좋을 듯합니다.”

그런데 이는 특의 계략으로, 진사님을 산골로 끌고 들어가 죽이고는 저와 보화를 차지하려는 계획이었습니다. 그러나 진사님은 이를 알지 못했습니다.

하루는 진사님이 대군의 궁에 갔다 돌아와서 급히 이르는 것이었습니다.

“도망해야 하겠소. 군이 의심을 품고 있으니, 오늘 밤에 도망가지 않으면 후환이 있을까 두렵소.”

“지난밤 꿈에 흉악한 사람이 나타나 모돈선우冒頓單于 흉노국을 건설한 사람으로, 아버지를 죽이고 추장의 자리에 올라 아시아 최고의 유목 국가를 세웠음라 칭하면서, ‘이미 약속한 바 있어 장성長城 밑에서 오래도록 기다렸노라’ 하기에 깜짝 놀라 깨어 일어났습니다. 꿈이 예사롭지 않으니 낭군님도 생각하여 보옵소서.”

“꿈은 허망하다고 하는데 어찌 믿을 수 있겠소.”

“장성이라고 한 것은 궁궐 성벽이며, 모돈이라고 한 것은 특이니, 낭군님은 그 노복의 마음을 잘 알고 있으신지요?”

“그놈은 나에게 충성을 다했는데 어찌 악한 일을 하겠소?”

“낭군님의 말씀을 어찌 거역하겠습니까. 하지만 형제의 정을 나눈 자란에게는 말하지 않을 수 없겠습니다.”

그러고는 곧 자란을 불러 말했더니, 자란이 크게 놀라며 저를 탓하는 것이었습니다.

"어찌 스스로 화근을 부르려 하니? 한두 달 동안 만난 것도 족한데 담을 넘어 도망하는 것은 사람으로서 차마 할 수 없는 일이야. 천지는 한 그물 속 같으니 하늘로 올라가거나 땅으로 들어가지 않는 이상 도망간들 어디를 갈까. 또 잡힐 것 같으면 그 화는 너에게만 미칠까. 상서롭지 못한 꿈은 그만두고라도, 만약 길한 꿈을 꾸었다 해도 기쁘게 가지는 못할 것이야. 마음을 굽히고 정절을 지켜 평안히 있으면 천리天理를 듣는 것과 같아. 너의 얼굴이 좀 시들면 대군의 사랑도 흐려질 것이니, 일의 형세를 보아 병이라 하여 누워 있으면 반드시 고향으로 돌아가게 허락하여 주실 게야. 그때에 낭군과 같이 손을 잡고 가서 백년해로함이 가장 큰 계교이니, 어찌 그것은 생각지 못했니. 이제 특의 계교를 당하여 네가 사람을 속일 수는 있으나 감히 하늘을 속일 수야 있겠니?"

이에 진사님은 일이 이루어지지 못할 것을 알고는 한탄하면서 눈물을 머금고 나갔습니다.

하루는 대군이 서궁에 오셔서 철쭉꽃이 만발한 것을 보시고, 시녀들에게 명하여 오언절구를 지어 올리게 하고 칭찬하여 말씀하셨습니다.

"너희 글이 날로 발전하니 내 매우 흡족하구나. 다만 운영의 시에는 사람을 생각하는 뜻이 뚜렷이 담겨 있으니, 네가 따라가고자 하는 사람이 어떠한 사람이냐? 김 진사의 상량문上樑文 기둥에 보를 얹고 그 위에 마룻대를 올릴 때 이를 축복하는 글에도 의심할 만한 대목이 있었는데, 혹 김 진사를 생각하는 것이 아니냐?"

이에 저는 즉시 뜰에 내려가 머리를 땅에 대고 울면서 고했습니다.

"제 나이 아직 이십 아래이고, 또 부모님을 보지 않고 죽으면 구천九泉 땅속 깊은 밑바닥이라는 뜻으로, 죽은 뒤에 넋이 돌아가는 곳을 이르는 말에서도 원한이 되겠기에 지금까지 목숨을 부지하고 있었으나, 이제 대군에게 제 마음을 들켰사오니 한 번 죽기를 어찌 애석히 여기리까."

저는 바로 비단 수건으로 스스로 난간에다 목을 매었습니다. 이에 대군이 크게 노했으나 제가 죽는 것은 원하지 않으셨으므로 자란을 시켜 구하도록 했습니다. 진사가 그날 밤 들어오셨으나 저는 병이 들어 일어날 수가 없었습니다. 그래서 자란에게 부탁해 진사님을 맞이하고 술 석 잔을 권한 후, 봉서를 주면서 제가 말했지요.

"이후로는 다시 볼 수 없을 것이니, 삼생의 인연과 백년의 가약이 오늘 밤으로 다한 것 같습니다. 혹 하늘이 정한 인연이 끊어지지 않았으면 마땅히 구천에서 서로 찾게 되겠지요."

진사는 편지를 받은 채 기막혀하다가, 가슴을 치고 눈물을 흘리면서 나갔습니다. 자란은 차마 볼 수 없는지라 몸을 숨기고 울며 서 있었지요. 진사에게 준 편지의 내용은 이러했습니다.

박명한 운영 두 번 절하고 엎드려 사뢰옵니다. 변변치 못한 저를 불행하게도 낭군님께서 마음에 두시어, 서로 생각하기를 몇 날이며 서로 바라보기를 몇 번이었습니까. 다행히 하룻밤의 즐거움을 나누긴 했으나, 바다같이 크고 넓은 정은 다하지 못했나이다. 이제 조물주가 시기하셨는지 궁인이 알고 대군이 의심하시어 화가 미치었으니, 낭군께서는 작별한 후로 저를 가슴에 품어 두시고 상심치 마시옵소서. 또한, 공부에 힘써 과거 급제하여 벼슬길에 오르고, 후세에 이름을 날려 부모님을 기쁘게 하시옵소서. 제 의복과 보화는 모두 팔아 부처님께 바치고, 기도와 정성을 다하여 소원을 비셔서 삼생의 미진한 연분을 후세에 다시 잇게 하여 주시옵소서.

운영의 시에는 사람을 생각하는 뜻이 뚜렷이 담겨 있으니, 혹 김 진사를 생각하는 것이 아니냐?

이제 대군에게 제 마음을 들켰사오니 한 번 죽기를 어찌 애석히 여기리까.

 소설 한 장면 위기 운영이 수성궁을 탈출하려다 실패함 진사가 다 보지도 못하고 기절하여 쓰러지니, 집 사람들이 급히 조치하여 다시 깨어났습니다. 특이 진사님에게 물었습니다.

"궁인이 무슨 말을 했기에 이러시나이까?"

진사는 다른 말은 하지 않고 한 가지만 말할 뿐이었습니다.

"재보財寶 재화와 보물을 아울러 이르는 말 는 네가 잘 지키고 있느냐? 내 그것을 다 팔아서 부처님께 오래전에 한 약속을 실천할 것이다."

특이 집에 돌아와서 생각했습니다.

'궁녀가 나오지 않으니 그 재보는 하늘과 나의 것이겠지.'

그가 벽을 보고 남몰래 웃었지만 사람들은 알 수 없었지요.

하루는 특이 스스로 제 옷을 찢고 코를 쳐서 피가 흐르게 하고는, 온몸을 더럽히고 머리를 흐트러뜨린 채 맨발로 뜰에 엎드려 울면서 말했습니다.

"도적의 습격을 받았사옵니다. 저 한 몸으로 산중을 지키다가 수많은 도적들이 습격하기에 목숨을 걸고 도망쳐 왔습니다. 만일 그 보화가 아니었다면 제게 어찌 이와 같은 위험이 닥쳤겠습니까?"

특이 주먹으로 가슴을 치면서 통곡하자 진사님은 따뜻한 말로 위로하여 주셨습니다.

얼마 후 진사님이 특의 소행을 알고는 노복 십여 명을 시켜 불시에 그 집을 수색하니, 금팔찌 한 쌍과 운남보경雲南寶鏡 중국 운남에서 만든 거울 하나가 있을 뿐이었습니다. 이 말이 퍼져 궁인이 대군께 고하니, 대군이 크게 노하여 남궁인들에게 서궁을 찾아보게 했습니다. 그리하여 제 의복과 보화가 전부 없어진 것을 아셨습니다. 대군은 서궁 궁녀 다섯을 뜰에 불러들여 형장을 엄하게 차려 놓고 명하셨습니다.

"이 다섯 사람을 죽여서 다른 사람을 징계하라!"

그런 다음 집장執杖 곤장을 때리는 사람 한 사람에게 다시 명하셨습니다.

"수를 헤아리지 말고 죽을 때까지 쳐라!"

이에 다섯 사람이 호소했습니다.

"바라건대 한 번 말이나 하고 죽겠나이다."

그중 은섬이 사실을 고해 올리니, 대군이 노여움이 좀 풀리는 것 같으므로 소옥이 엎드려 울면서 아뢰었습니다.

"전날 빨래하러 갈 때에 성안으로 가지 말자고 한 것은 저의 의견이었으나, 자란이 밤에 남궁으로 와서 매우 간절히 청하기에 제가 안타까이 여겨 다른

궁녀들의 의견을 물리치고 따랐사옵니다. 운영의 훼절毀節 절개나 지조를 깨뜨림은 그
죄가 저에게 있사옵고 운영에게 있지 아니하오니, 저의 몸으로써 운영의
목숨을 이어 주옵소서."

이에 대군의 노여움이 풀어져서 저를 별당에다 가두고 다른 궁녀들은 다
돌려보냈는데, 그날 밤 저는 비단 수건으로 목을 매어 죽었습니다.[4]

운영이 옛일을 이야기하고 진사는 글로 기록하는데, 바로 그때로 돌아간
듯 자세했다. 두 사람은 마주 보고 슬픔을 억제하지 못하더니, 운영이 진사
에게 말했다.

"다음 이야기는 낭군께서 하옵소서."

이에 진사는 이야기를 하기 시작했다.

운영이 자결한 후 모든 궁인들이 통곡하지 않는 사람이 없었으니 부모가
돌아간 것과 같았습니다. 저는 부처님께 공양하겠다는 약속을 저버릴 수
없어, 구천의 영혼을 위로해 주고자 금팔찌와 보경을 다 팔아 백미 사십 석을
샀습니다. 그것을 청녕사로 보내어 재를 올리고자 하나, 믿을 만한 사람이
없어 특에게 전일의 죄를 사하고 말했습니다.

"내 운영을 위해 초례醮禮 혼인 예식를 베풀고 불공을 드려 발원을 빌고자 하니
네가 가지 않겠느냐?"

특이 그 즉시 절로 갔으나 삼 일을 궁둥이를 두드리면서 누워 놀기만 했습
니다. 그러다가 지나가는 마을 여인을 강제로 끌고 들어와 승당僧堂 승려가 머무는 방
에서 수십 일을 지내면서도 재를 올리지 않았습니다. 중들이 분히 여겨 재를
올리라고 했더니, 특이 마지못하여 하는 말이 기가 막힌 것이었습니다.

"진사는 오늘 빨리 죽고 운영은 다시 살아나 특의 짝이 되게 하여 주소서."

삼 일을 밤낮으로 비는 말이 오직 이것뿐이었답니다. 그리고 나서 특은
돌아와 거짓으로 이야기했습니다.

"운영 아씨는 반드시 살길을 얻을 것입니다. 재를 올리던 그날 밤 운영

---

4) 운영은 궁녀라는 신분적 제약으로 인해 자유롭게 사랑하지 못하고 자결로 생을 마감한다. 김 진사 또한 비극적 결
말을 맞이한다. 주인공의 실현 의지가 현실적 여건 때문에 좌절되고 있으므로 「운영전」에서 느껴지는 미적 범주
는 비장미이다.

아씨가 꿈에 나타나, 이토록 정성껏 발원해 주니 감사한 마음 이루 다할 수 없다면서 절하고 우는 것이었습니다. 그런데 중들의 꿈도 또한 그와 같았다고 합니다."

저는 그 말을 그대로 믿고 있었지요.

그런데 청녕사에서 독서를 하며 며칠 묵는 동안 중들로부터 특이한 일을 자세히 듣게 되었습니다. 분함을 이기지 못한 저는 목욕재계하고 부처님께 나아가 절을 하고 향불을 피우면서 빌었습니다. 그랬더니 칠 일 만에 특이 우물에 빠져 죽었습니다.

그 후부터 저는 세상일에 뜻이 없어 새 옷을 갈아입고 고요한 곳에 꼼짝도 않고 누워 있었습니다. 그런 채로 나흘을 먹지 않고 한 번 깊이 탄식한 다음에는 다시 일어나지 못할 몸이 되고 말았습니다.

이야기를 마치고 붓을 던진 두 사람은 마주 보고 슬피 울기를 그치지 않았다. 유영이 그들에게 위로의 말을 해 주니, 김 진사는 눈물을 흘리면서 사례하고 말했다.

낭군님, 이후로는 다시 볼 수 없을 것이니, 삼생의 인연과 백년가약이 오늘 밤으로 다한 것 같습니다.

운영이 자결하다니, 마치 부모님이 돌아가신 것 같구나!

📖 소설 한 장면 　절정　 운영이 자결한 뒤 슬퍼하던 김 진사도 뒤따라 죽음

"우리 두 사람 모두 한을 품고 죽으니, 염라대왕이 죄 없음을 가련히 여기시어 다시 인간으로 태어나도록 해 주시고자 했습니다. 그러나 지하의 즐거움이 인간 세상보다 못하지 않은데, 하물며 천상의 즐거움은 어떠하겠습니까? 저희는 인간 세상에 나가기를 원치 않습니다. 다만 오늘 이토록 슬퍼한 것은 대군이 돌아가신 고궁에 주인이 없고, 까마귀와 새들만 슬피 울고 사람의 자취가 이르지 않으므로 그리했을 뿐입니다. 또한, 병화兵火 전쟁으로 인한 화재를 겪은 후로 아름답던 집이 재가 되어 무너지고, 오직 섬돌에 핀 꽃만 향기를 발하고 뜰에 가득 돋아난 풀만 그 빛을 자랑할 뿐입니다. 인간사 변화가 이와 같거늘, 다시 옛일을 생각하니 어찌 슬프지 않겠습니까."

유영이 두 사람에게 물었다.

"그러면 그대들은 천상의 사람들입니까?"

"우리 두 사람은 본래 천상 선인仙人들로서 오래도록 옥황상제를 모시고 있었습니다. 그런데 어느 날 제가 반도蟠桃 3,000년에 한 번씩 열매를 맺는다는 전설의 복숭아를 따 가지고 운영과 같이 먹다가 그만 발각이 되고 말았습니다. 그 후 이 세상에 내려와 인간의 괴로움을 골고루 겪으니, 이제 옥황상제께서 모든 죄를 용서하고 삼청궁으로 불러 올리셨습니다. 저희는 다시 옥황상제의 향안香案 제사를 지낼 때 향로나 향이 담긴 상자를 올려놓는 상 앞에서 상제를 모시게 되었으므로, 돌아가기 전 바람의 수레를 타고 다시 옛날 놀던 곳을 찾아와 보았을 뿐입니다."

김 진사는 눈물을 흘리면서 운영의 손을 잡더니 또 말했다.

"바다가 마르고 돌이 불에 타 버린들 우리의 정은 사라지지 않을 것이오. 오늘 저녁 선비를 만나 이렇듯 따뜻한 정을 나누었으니, 속세의 인연이 없었다면 어찌 그럴 수 있었겠습니까? 바라옵건대 선비께서는 이 글을 가지고 돌아가 사람들의 입에 오르내리며 웃음거리가 되지 않도록 길이 잘 전해 주시면 감사하겠습니다."

그러고는 김 진사는 취하여 운영의 몸에 의지해 시 한 수를 읊었다.

꽃이 진 궁중에 연작燕雀 제비와 참새이 날고
봄빛은 옛날과 같은데 주인은 간 곳 없구나
깊은 밤 중천의 달빛은 차가운데
아직 푸른 이슬은 우의羽衣 선녀나 신선이 입는다는, 새의 깃으로 만든 옷를 적시지 않네 운영이 이에 답했다.

옛 궁궐의 어여쁜 꽃 봄빛이 새로우니
천년만년 우리 사랑 꿈마다 찾아오네
오늘 저녁 여기 와 놀며 옛 자취를 찾으니
쏟아지는 슬픈 눈물 수건을 적시네

　시에 취하여 유영도 잠깐 누워 있다가 산새 소리에 깨어났다.[5] 정신을 차려 일어나 보니 구름이 땅에 가득하고 새벽빛은 아득한데, 사방을 살펴보아도 사람은 보이지 않고 김 진사가 기록한 책자만이 있었다. 유영은 쓸쓸한 마음을 금치 못하고 신책神冊 귀신이 쓴 책을 가지고 돌아왔다. 그는 장 속에 감추어 둔 신책을 때때로 꺼내 보고는 망연자실하여 침식寢食 잠자는 일과 먹는 일을 전폐하기 일쑤였다. 그 후 오래도록 명산을 두루 찾아다녔는데, 마지막엔 어찌되었는지 알 수 없다고 전한다.

🪶 소설 한 장면　결말　운영과 김 진사가 유영에게 책을 남김

---

5) 유영이 각몽(覺夢), 즉 꿈에서 깨어나는 대목이다.

🔭 생각해 볼까요?

선생님 「운영전」의 표면적 주제와 이면적 주제는 각각 무엇인가요?

💬 2 ♥ 2

↳ **학생 1** 운영과 김 진사는 서로 사랑하지만 신분의 제약 때문에 헤어질 수밖에 없어요. 이별의 슬픔에 둘 다 죽음을 맞는 것도 안타깝지요. 따라서 「운영전」의 표면적 주제는 이루어질 수 없는 남녀의 비극적인 사랑이에요.

↳ **학생 2** 「운영전」에서 운영과 궁녀들은 자신들의 의지와 상관없이 안평 대군의 명을 따라야 하고, 함부로 궁궐을 벗어날 수도 없어요. 인간의 본성인 사랑조차 마음껏 할 수 없지요. 따라서 「운영전」의 이면적 주제는 억압된 삶에 대한 저항, 자유연애 사상이에요.

선생님 「운영전」은 외화와 내화가 구분된 액자 소설이에요. 이 점에 대해 이야기해 볼까요?

💬 2 ♥ 2

↳ **학생 1** 「운영전」은 크게 두 부분으로 나눌 수 있어요. 우선 유영이 궁에 놀러 왔다가 술에 취해 잠든 부분이 외화예요. 유영이 운영과 김 진사의 이야기를 듣는 부분, 운영과 김 진사가 자신들의 과거를 회상하며 이야기하는 부분은 각각 두 개의 내화이지요.

↳ **학생 2** 일반적인 액자 소설들과 달리, 내화가 이중으로 구성되어 있다는 점이 독특해요.

선생님 「운영전」과 다른 몽유록 소설을 비교해 볼까요?

💬 2 ♥ 2

↳ **학생 1** 「운영전」은 일반적인 몽유록 소설과 마찬가지로 액자형 구성을 취하고 있어요. 하지만 유영이 주인공들을 꿈속이 아닌 현실 속에서 만난 점이 달라요. 이는 일종의 환상 체험으로, 작품의 현실성을 강조하려는 의도가 담겨 있어요. 몽유록 소설의 발전된 형식이라 할 수 있지요.

↳ **학생 2** 보통 몽유록 소설에서는 꿈과 현실이 명확하게 구분되고, 등장인물이나 서술자도 꿈과 현실에서 동일하게 나타나는 경우가 많아요. 그런데 「운영전」의 구성은 좀 더 복잡해요. 외화는 전지적 작가 시점이고 현실을 배경으로 하며 유영을 주인공으로 내세우지만, 내화는 운영과 김 진사의 목소리로 전개되고 과거를 배경으로 하며 주인공도 운영과 김 진사예요.

선생님 「운영전」의 서술자는 알려지지 않았지만 여성일 것으로 추정돼요. 여성 작가가 쓴 작품은 남성 작가가 쓴 작품과 어떤 차이를 보이는지 이야기해 볼까요?

↳ **학생 1** 「운영전」에서는 남성뿐만 아니라 여성도 적극적으로 사랑을 하는 주체적 인물로 그려져요. 일방적으로 남성에게 사랑을 받고 버려지거나 떠난 남성을 그리워하지 않아요. 다른 궁녀들이 위기에 처한 운영을 돕기 위해 안평 대군에게 자비를 구하기도 해요. 「운영전」의 궁녀들은 남성의 사랑을 두고 서로 경쟁하는 관계가 아니라 서로 유대를 쌓아가는 인물들로 등장하지요.

↳ **학생 2** 「운영전」의 여자 주인공인 운영과 다른 궁녀들이 등장할 때는 궁궐이 주된 공간적 배경으로 나타나요. 이는 여성들이 먹고 자고 생활하는 공간이자 내밀한 이야기를 나누는 공간으로써 무척 사실적으로 묘사되었어요.

액자식 구성   ▾ 🔍

연관 검색어   외화   내화   교량적 양식

액자식 구성은 마치 액자처럼 이야기 속에 또 다른 이야기가 들어있는 소설의 구성 방식을 말하는데, 액자식 구성으로 전개되는 소설을 액자 소설이라고 한다. 둘 이상의 일화들이 연결되어 소설이 이루어지므로 교량적 양식이라고 칭하기도 한다.

액자 밖의 이야기는 외부 이야기, 즉 외화(外話)이며 액자 안의 이야기는 내부 이야기, 즉 내화(內話)이다. 일반적으로 내화는 외화에 종속되어 있지만, 사실 소설의 핵심은 내화인 경우가 많다. 외화는 내화의 신빙성을 높이거나 소설의 주제 의식을 강화하는 역할을 맡는다.

액자식 구성을 사용하면 서술자의 시점을 외화와 내화에 각각 분리할 수 있으므로 기존의 방식에서 탈피해 색다른 느낌을 줄 수 있고, 복수의 서술자를 설정해 더욱 풍성한 이야기를 전개하는 것이 가능하다. 하나의 외화 아래 여러 가지 내화가 존재하는 순환적 액자 구성 방식도 있고, 하나의 외화와 하나의 내화가 짝을 이뤄 진행되는 단일 액자 구성 방식도 있다. 액자식 구성이 적용된 대표적인 소설로는 김만중의 「구운몽」, 박지원의 「호질」과 「허생전」, 김동리의 「무녀도」, 김승옥의 「환상수첩」 등을 꼽을 수 있다.

구운몽

#유불선 #일장춘몽 #액자소설 #조신지몽

⚓ 작품 길잡이

작가: 김만중
갈래: 국문 소설, 양반 소설, 몽자류 소설, 영웅 소설, 염정 소설
성격: 불교적, 구도적, 전기적
배경: 시간 - 중국 당나라 때 / 공간 - 중국 남악 형산의 연화봉 선계(현실), 당나라
     의 수도와 변방(꿈)
주제: 인생무상과 부귀영화의 덧없음
연대: 조선 숙종 15년(1689)
출전: 완판본 『구운몽』

📷 인물 관계도

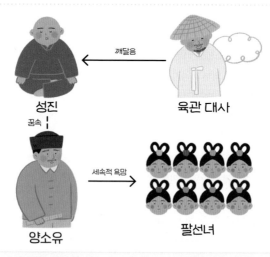

성진(양소유) 꿈속에서 온갖 부귀영화를 누리다가 인생무상을 깨닫고 불도에 정진한다.

❀ 작가와 작품 세계

김만중(金萬重, 1637~1692)

조선 후기의 문신. 호는 서포(西浦), 본관은 광산(光山). 현종 6년(1665) 문과에 급제한 뒤, 1671년 암행어사가 되어 경기도, 충청도, 전라도, 경상도의 민정을 두루 살폈다. 인현왕후 폐위에 반대하다가 1689년 남해에 유배되어 그곳에서 병사했다. 태어나기 전에 아버지를 잃은 그는 효성이 지극하기로 유명했으며, 어머니 윤씨를 위해 「구운몽」을 썼다고 전해진다. 「구운몽」은 전문이 한글로 쓰인 작품으로, 우리나라 소설 문학의 선구적 작품으로 손꼽힌다. 그 밖에 김만중의 문집으로는 『서포집』, 『서포만필』, 『고시선』 등이 있다.

🗒 구성과 줄거리

발단 　성진이 육관 대사의 심부름으로 용궁에 감

육관 대사는 당나라 때 천축(인도의 옛 이름)에서 왔으며 중국에 큰 절을 세우기도 한다. 그의 제자 중 성진이 가장 뛰어났는데, 성진은 육관 대사의 심부름으로 용궁(수부)에 가 용왕의 융숭한 환대를 받는다. 마침 선녀 위진군이 육관 대사에게 팔선녀를 보내 선물을 전하는데, 성진은 돌아가는 도중 팔선녀를 만나 즐거운 시간을 보낸다.

전개 　절로 돌아온 성진은 속세의 부귀영화를 그리워함

성진은 팔선녀를 그리워하며 자꾸만 속세의 부귀영화를 떠올린다. 결국 그는 지옥에 떨어져 인간 세상으로 환생하는 꿈을 꾼다. 꿈속에서 양소유가 된 성진은 환생한 팔선녀와 결혼하고 승상이라는 벼슬에 올라 온갖 부귀영화를 누린다.

절정 　양소유는 인생의 허무함을 깨달음

벼슬에서 물러난 양소유는 폐허가 된 궁궐터를 보고 문득 인생의 허무함을 느낀다. 이때 양소유는 한 노승을 만나는데, 노승이 지팡이로 난간을 두드리자 꿈에서 깨어난다. 모든 것이 온데간데없이 사라지고 양소유는 다시 성진으로 돌아온다.

결말 　성진은 깨달음을 얻고 팔선녀와 함께 극락세계로 감

육관 대사는 성진에게 세속적인 욕망이 하룻밤 꿈에 불과하다는 가르침을 준다. 꿈에서 깬 성진과 팔선녀는 육관 대사 앞에 엎드려 제자가 되기를 청한다. 육관 대사는 금강경을 통해 인생무상의 진리를 설법하고, 큰 깨달음을 얻은 성진과 팔선녀는 이후 극락세계로 간다.

구운몽

천하에 다섯 명산이 있었으니 동악 태산, 서악 화산, 남악 형산, 북악 항산, 중악 숭산을 가리켜 사람들은 오악 ^{五嶽} 이라 불렀다. 오악 중에 형산이 중국에서 가장 먼데, 구의산이 그 남쪽에 있고, 동정호가 그 북쪽에 있고, 소상강이 그 삼면에 둘러 있으니 경관이 가장 수려했다. 축융과 자개, 천주, 석름, 연화 다섯 봉우리가 가장 높으니, 수목이 울창하고 늘 구름과 안개로 가려져 있어 햇빛이 밝지 않으면 사람들이 그 진면목을 쉽게 볼 수 없었다.

당나라 때 한 노승이 서역 천축국 ^{天竺} 에서 중국으로 들어왔다. 노승은 제자 오륙백 인을 데리고 연화봉 아래에 초암을 크게 지었는데, 사람들은 그를 육여 화상이라 부르기도 하고 육관 대사라 부르기도 했다. 대사가 대승법 $^{大乘法\;중생을\;바른길로\;이끌어\;부처의\;경지에\;이르게\;하려는\;불교의\;가르침}$ 으로 중생을 가르치고 귀신을 다스리니 사람들은 대사를 공경해 생불 ^{生佛} 이라 불렀다. 많은 제자 가운데 성진이라는 중이 있었는데, 삼장경문 $^{三藏經文\;불교\;경전을\;세\;종류로\;분류한\;것}$ 을 모르는 것이 없고 총명함을 당할 사람이 없었다.[1]

대사는 매일 제자에게 불법을 강론했는데, 동정 ^{洞庭} 용왕이 흰옷을 입은 노인으로 변해 함께 경문을 들었다.

어느 날 대사는 제자들을 불러 말했다.

"나는 늙고 병들어 산문 밖에 나가지 못한 지 십여 년이다. 너희 중에 누가 수부 $^{水府\;물을\;다스린다는\;신의\;궁전}$ 에 들어가 나를 대신하여 용왕께 보답하고 돌아오겠는가?"

제자 성진이 대답했다.

"소자가 불민 $^{不敏\;어리석고\;둔함}$ 하오나 명을 받들겠습니다."

대사는 크게 기뻐하며 성진을 보냈다. 성진은 일곱 근이나 되는 가사 ^{袈裟} $_{승려가\;입는\;옷}$ 를 입고 육환장 $^{六環杖\;승려가\;짚는\;지팡이로,\;여섯\;개의\;고리가\;달려\;있음}$ 을 짚고 표연히 용궁을 향해 갔다.

이때 남악 위부인이 여덟 명의 선녀, 즉 팔선녀를 보내어 대사에게 안부를

---

1) 성진(性眞)이라는 이름에는 '불법을 통해 참된 본성을 깨닫는다'라는 의미가 담겨 있다. 이는 성진이 작품 속에서 겪을 사건들을 암시한다.

전했다. 대사가 부르니 팔선녀는 차례로 들어와 인사하고 무릎을 꿇고 앉아 부인의 말씀을 전했다.

"대사는 산 서편에 계시고 저는 산 동편에 있는데도 일이 많아 한 번도 불경을 듣지 못하오니, 사람을 대하는 도리가 없사옵니다. 또한, 이웃과 교제하는 뜻도 없기에 시비侍婢 곁에서 시중을 드는 계집종를 보내어 안부를 묻고, 하늘 꽃과 신선의 과일 그리고 칠보문금七寶紋錦 일곱 가지 보배로 짠 비단으로 정성을 표하고자 합니다."

하고 각각 선과仙果와 보배를 높이 들어 대사에게 드리니 대사가 친히 받아 제자에게 주어 불전에 공양하도록 하고 합장하며 말했다.

"노승이 무슨 공덕이 있기에 이렇듯 풍성한 선물을 받겠는가?"

하고 팔선녀를 잘 대접해 보냈다. 팔선녀는 대사에게 하직하고 산문 밖으로 나와 서로 손을 잡고 말했다.

"이 남악의 물 한 줄기, 산 하나가 다 우리 집 경계인데 육관 대사가 기거하신 후로는 동서로 나누어져 연화봉의 아름다운 경치를 지척에 두고도 구경하지 못한 지 오래되었다. 봄빛이 좋고 아직 해가 저물지 아니했으니 연화봉에서 시를 읊고 풍경을 구경한 뒤 돌아가 궁중에 자랑하는 것이 어떠한가?"

팔선녀는 서로 손을 잡고 천천히 걸어 올라가 폭포를 굽어본 뒤 물을 따라 내려가 돌다리에서 쉬었다. 때는 춘삼월이었다. 팔선녀는 몸과 마음이 산란하고 춘흥이 일어나 웃고 말하며 돌다리에 걸터앉아 경치를 즐겼다. 낭랑한 웃음이 물소리에 어울리고, 아름답고 고운 얼굴은 물 가운데 비치니 마치 주방周昉 중국 당나라 때 화가이 미인도를 갓 그려 낸 듯했다.

한편 성진은 용궁이 있는 동정으로 가서 물결을 헤치고 수정궁에 들어갔다. 용왕은 크게 기뻐하며 신하들을 거느리고 궁궐 문밖에 나와 성진을 맞았다. 궁에 들어가 자리를 정한 후에 성진이 대사의 말씀을 전하니 용왕은 잔치를 크게 베풀어 성진을 대접했다. 신선의 과일과 채소는 인간 세상의 음식과 달리 화려했다. 용왕은 잔을 들어 성진에게 삼 배를 권했다.

"이 술이 좋지는 않으나 인간 세상의 술과는 다르니 과인이 권하는 성의를 생각하라."

"술은 사람의 정신을 해하는 것이라 불가에서 크게 경계하니 감히 먹지 못하겠습니다."

용왕이 간곡히 권하니 성진은 감히 거절하기 힘들어 석 잔 술을 마신 후에 용왕에게 하직하고 연화봉으로 향했다. 성진이 산 아래에 이르자 취기가 크게 일어났다. 그는 사부가 취한 얼굴을 보면 무거운 벌을 내릴 것이라고 생각했다. 가사를 벗어 모래 위에 놓고 맑은 물에 얼굴을 씻는데, 문득 기이한 향내가 바람결에 진동하니 마음이 자연 호탕했다. 성진은 이를 이상히 여겼다.

"이 향내는 예사로운 초목의 향내가 아니다. 이 산중에 무슨 기이한 것이라도 있는가?"

하고 의관을 정제하고 길을 나서니, 팔선녀가 돌다리 위에 앉아 있었다.

성진이 합장하며 말했다.

"모든 보살님은 잠깐 소승小僧의 말씀을 들어 주시오. 천승賤僧 지위가 낮은 승려 은 연화 도량 육관 대사의 제자로서 사부의 명을 받아 용궁에 갔다 오는 길입니다. 이 좁은 다리 위에 보살님들이 앉아 계셔서 천승이 지나갈 수가 없으니 잠깐 자리를 옮겨 주실 수 있는지요."

팔선녀가 절하며 대답했다.

"화상이 정말 육관 대사의 제자라면 신통한 도술을 부릴 수 있을 터인데, 어찌 이같이 좁은 다리를 건너는 것을 염려하시며 아녀자와 길을 놓고 다투십니까?"

🍎 소설 한 장면　발단　성진이 육관 대사의 심부름으로 용궁에 감

성진은 크게 웃으며 대답했다.

"모든 낭자의 뜻을 헤아려 보니 값을 받고 길을 내주시고자 하는 듯하나 가난한 중이라 다른 보화는 없고 다만 백팔 염주가 있으니, 이것으로 값을 대신하겠습니다."

성진이 목의 염주를 벗어 손으로 만지더니 복숭아꽃 한 가지를 던지거늘 꽃이 네 쌍의 구슬로 변해 그 빛이 땅에 가득하고 향기가 천지에 진동했다. 팔선녀는 그제야 일어나며 말했다.

"과연 육관 대사의 제자로구나."

팔선녀는 구슬을 각각 하나씩 손에 쥐고 성진을 서로 돌아보고 웃으며 바람을 타고 공중을 향해 갔다. 성진이 돌다리 위에서 눈을 들어 보니 팔선녀는 간 곳이 없었다.

한참 후에 성진은 마음을 홀린 듯 돌아와 용왕의 말씀을 대사에게 전하자 대사가 말했다.

"어찌하여 늦었는가?"

"용왕이 극구 만류하기에 차마 떨치지 못하고 지체했습니다."

대사는 더 묻지 않았다.

성진이 돌아와 방에 누우니 팔선녀의 목소리가 귀에 쟁쟁하고 얼굴이 눈에 아른거려 마음을 진정하지 못하다가 문득 이런 생각이 미쳤다.

'남자로 태어나서 어려서는 공맹^{孔孟}의 글을 읽고, 자라서는 요순^{堯舜} 같은 임금을 섬기고, 밖으로는 백만 대군을 거느려 적진을 종횡무진으로 누비고, 안으로는 백관^{百官}을 장악하는 재상이 되어 임금을 섬기고 백성을 달래며, 눈은 아리따운 미색을 희롱하고, 귀는 좋은 풍류 소리를 들으며, 공명을 후세에 전하는 것이야말로 진실로 대장부의 일일 터인데 슬프다. 우리 불가에는 다만 한 바리때 밥과 한 잔 정화수에 수삼 권 경문과 백팔 염주가 있을 따름이구나. 그 도는 허무하고 그 덕은 사라져 없어지는 것이니 설사 도통한다 한들 넋이 한 번 불꽃 속에 흩어지면 그 누가 성진이 세상에 태어났던 것을 알아주리오.'

이런저런 생각으로 잠을 이루지 못하다 눈을 감으면 팔선녀가 앞에 앉았고 눈을 떠 보면 문득 간 데가 없었다. 성진은 크게 뉘우쳐 말했다.

"불법 공부는 마음을 정하는 것이 제일인데 사사로운 마음이 이렇듯 일어나니 어찌 앞날을 바라겠는가?"

성진은 즉시 염주를 굴리며 염불을 하는데, 갑자기 창밖에서 동자가 급히 부르며 대사가 찾는다고 알렸다. 동자를 따라 들어가니 대사가 소리를 높여 꾸짖었다.

"성진아, 네 죄를 아느냐?"

성진은 놀라 엎드리며 말했다.

"소자가 사부를 섬긴 지 십 년이 넘었지만 조금도 불순 불공한 일이 없었으니 무슨 죄인지 알지 못하겠습니다."

대사는 크게 화를 내며 말했다.

"네 용궁에서 술을 먹은 죄도 있고, 돌다리 위에서 팔선녀를 희롱한 죄는 어찌하며, 돌아온 뒤 선녀를 그리워하여 불가의 경계는 잊고 인간 부귀를 생각하니 어찌 공부를 제대로 하겠느냐? 네 죄가 중하니 이곳에서 벗어 나가고 싶은 데로 가거라."

대사는 성진의 마음을 속속들이 들여다보고 있었다.

"소자가 죄가 있어 아뢸 말씀이 없습니다만, 용궁에서 술을 먹은 것은 용왕이 권했기 때문이요, 돌다리에서 수작한 것은 길을 건너기 위함이었습니다. 그리고 방에서 망령된 생각을 했지만 바로 잘못인 줄을 알고 다시 마음을

팔선녀들의 목소리가 귀에 쟁쟁하고 그 얼굴이 눈에 아른거리는구나.

📖 소설 한 장면　전개　절로 돌아온 성진은 속세의 부귀영화를 그리워함

정했습니다. 설사 죄가 있다면 종아리를 때리셔서 경계하실 것이지 박절^{迫切}_{인정이 없고 쌀쌀함}하게 내치십니까?"

"네 마음이 크게 변해 산중에 있어도 공부를 이루지 못할 것이니 어서 나가거라. 연화봉을 다시 생각한다면 찾아올 날이 있을 것이다."

대사는 크게 소리쳐 황건역사^{黃巾力士} _{힘이 몹시 세고 황색 두건을 쓴 귀신 장수}를 불러 죄인을 염라대왕에게 보내라 분부했다. 성진은 눈물을 흘리며 사죄했다.

"옛적에 아난존자^{阿難尊者} _{부처의 제자}는 창가^{娼家}에서 창녀와 동침했지만 석가여래께서는 벌하지 아니했나이다. 소자가 비록 근신하지 않은 죄가 있으나 아난존자에 비하면 오히려 가벼운데 어찌 연화봉을 떠나 풍도^{酆都}_{도가에서 지옥을 이르는 말}로 가라고 하십니까?"

"아난존자는 창녀와 동침했으나 그 마음이 변치 않았지만, 너는 한번 요색^{妖色} _{아름다운 여자}을 보고 본심을 잃어버렸으니 어찌 아난존자와 비교할 수 있겠느냐? 썩 물러가거라."

성진은 마지못해 부처와 대사에게 하직하고 사제들과 헤어져 사자^{使者}를 따라 수만 리를 걸어 풍도에 들어섰다. 황건역사가 문을 지키는 군졸에게 말했다.

"육관 대사의 명으로 죄인을 잡아 왔노라."

귀졸^{鬼卒} _{귀신 졸개}이 대문을 열자, 황건역사가 성진을 삼라전^{森羅殿} _{우주 만물이 존재하는 궁전}의 염라대왕에게 데리고 가니 대왕이 말했다.

"너는 무슨 일로 이곳에 왔느냐?"

성진은 부끄러워하며 대답했다.

"소승이 사리가 밝지 못해 사부께 죄를 짓고 왔으니 대왕의 처분을 기다리겠습니다."

한참 후에 또 황건역사가 여덟 죄인을 데리고 들어왔다. 성진이 눈을 들어 보니 남악산 팔선녀였다. 염라대왕이 팔선녀에게 물었다.

"남악산의 아름다운 경치를 뒤로하고 왜 이런 데로 왔느냐?"

선녀들은 부끄러움을 감추지 못하며 대답했다.

"첩들이 위부인의 명을 받아 육관 대사께 문안하고 돌아오는 길에 우연히 성진 화상을 만나 문답한 일이 있었는데, 첩들이 경계를 더럽혔다 하여 대사께서 위부인에게 첩들을 넘겨 이곳에 오게 됐습니다. 첩들의 운명이 대왕의 손에 달렸으니, 원컨대 좋은 땅을 점지해 주십시오."

염라대왕은 저승사자에게 명해 성진과 팔선녀를 인간 세상으로 보냈다. 성진이 저승사자를 따라가는 도중에 큰바람이 일어 공중에 뜨는 바람에 천지를 분간하지 못했다. 바람이 그치고 눈을 떠 보니 땅에 서 있었다. 이윽고 한곳에 이르니 푸른 산이 사면을 둘러싸고 푸른 물이 잔잔한 데에 마을이 있었다. 사자는 성진을 기다리게 하고 마을로 들어갔다. 성진은 서너 명의 여인이 서로 말하는 소리를 들었다.

"양 처사處士 벼슬을 하지 않고 초야에 묻혀 사는 선비 부인이 오십이 넘은 후에 태기가 있어 임신한 지 오래인데 아직 해산하지 못했으니 이상한 노릇이다."

한참 후에 저승사자는 성진의 손을 잡고 말했다.

"이 땅은 당나라 회남노淮南道 수주秀州 고을이요, 이 집은 양 처사의 집이다. 처사는 너의 부친이요, 부인 유씨는 네 모친이다. 네 전생의 연분으로 이 집 자식이 되었으니 때를 잃지 말고 급히 들어가라."[2]

성진이 들어가며 보니 처사는 갈건葛巾 거친 칡으로 만든 두건을 쓰고 학창의鶴氅衣 선비가 입는 웃옷를 입고 화로 앞에서 약을 달이고 있었다. 부인이 신음하자 저승사자가 성진을 뒤에서 재촉하며 밀쳤다. 부인이 아기를 낳으니 남자였다. 성진은 점점 자라 연화봉에서 놀던 전생 일을 아득히 잊었다. 양 처사는 아들을 낳은 후에 매우 사랑해 말했다.

"이 아이의 골격이 맑고 빼어나니 천상의 신선이 귀양 왔다."

처사는 아이의 이름을 소유라 하고 자는 천리라 했다.[3] 양생이 십여 세가 되자 얼굴이 옥 같고 눈이 샛별 같아 풍채가 준수하고 지혜가 무궁하니 실로 대인군자였다.

하루는 처사가 부인에게 말했다.

"나는 세속 사람이 아니오. 봉래산 선관仙官으로 부인과 전생연분이 있어 내려왔는데, 이제 아들을 낳았으니 봉래산으로 돌아가겠소. 부인은 말년에 영화를 보시고 부귀를 누리시오."[4]

처사는 학을 타고 공중으로 올라갔다. 양생이 이십 세가 되자 얼굴은 백옥

---

2) 여기서부터 「구운몽」의 내화, 즉 꿈속 이야기이다. 내화는 지상이자 인간계를 배경으로 하고, 양소유가 입신양명해 세속적 욕망을 이루는 내용으로 전개된다.

3) 소유(少遊)라는 이름에는 '속세에서 잠시 즐겁게 지내다 간다'라는 의미가 담겨 있다. 이는 양소유의 인생이 한낱 꿈에 불과함을 암시한다.

4) 「구운몽」에는 유불선 사상이 혼재되어 있는데, 이 대목에서 신선의 존재를 인정하는 도교 사상이 드러난다.

같고, 글은 이태백 같고, 글씨는 왕희지같고, 지혜는 손빈孫臏 고대 중국의 병법가과 오기吳起 중국 전국 시대의 병법가도 그에게 미치지 못했다. 하루는 양생이 모친에게 말했다.

"과거 시험이 있다 합니다. 소자는 모친 슬하를 떠나 서울 황성에 유학하고자 합니다."

유씨는 양생을 만 리 밖으로 보내기 걱정되었으나 그의 뜻이 평범하지 않음을 알고 봉황이 새겨진 금비녀를 팔아 행장을 차려 주었다. 양생은 모친에게 하직하고 나귀 한 필과 서동書童 글방에서 글을 배우는 아이 한 명을 데리고 떠났다. 양생은 여러 날 가다가 화주화음현에 이르렀다. 양생이 춘흥을 이기지 못해 버들을 잡고 양류사楊柳詞를 지어 읊으니 그 소리가 청아하여 옥을 깨치는 듯했다.

버드나무 푸르러 베를 짠 듯하구나
긴 가지가 그림 같은 누각에 드리웠으니
원컨대 그대는 부지런히 심으시오
이 버들이 가장 멋지다오

버드나무 어찌 이리 푸르고 또 푸를까
긴 가지가 비단 기둥에 드리웠으니
원컨대 그대는 꺾지 마시오
이 나무가 가장 다정하답니다

마침 누각 위에 옥 같은 처자가 있었는데 낮잠을 자다가 그 청아한 소리를 듣고 잠에서 깼다. 처자는 그 소리를 필연 인간의 소리가 아니라고 생각해 반드시 누구인지 찾으리라 여겼다. 처자는 베개를 밀치며 주렴珠簾 구슬을 꿰어 만든 발을 반만 걷고 사방을 두루 보았다. 이때 양생과 눈이 마주쳤다. 이 처자는 진 어사의 딸로서 성은 진秦씨요, 이름은 채봉彩鳳이었다. 소저는 일찍이 모친을 잃고 형제가 없었다. 부친은 서울에서 벼슬을 하므로 소저가 홀로 종만 데리고 머무르던 차에 양생을 본 것이다.

"여자가 장부를 섬기는 것은 인간의 대사요, 백년고락이라. 상공의 거주지와 성명을 묻지 않았다가 후에 부친께 고해 매파媒婆 혼인을 중매하는 할멈를 보내려 한들 어디 가서 찾겠는가?"

집으로 돌아온 소저는 즉시 편지를 써 유모에게 주며 말했다.

"여관에 가서 양류사를 읊던 상공을 찾아 이 편지를 전하고 내 뜻을 전하십시오."

양생은 여관 밖에서 글을 읊다가 늙은 할미가 양류사를 읊은 나그네를 찾는 것을 보았다. 양생이 할미를 이끌고 여관에 들어가 물으니 소저의 유모가 그 이유를 설명했다.

"혹시 '양류사'를 읊으실 때 상면한 사람이 있으십니까?"

양생은 크게 기뻐하며 말했다.

"하늘의 신선이 누각에 있어 아리따운 거동이 아직도 눈에 선하구려. 내 성은 양씨요, 이름은 소유요. 집은 초나라 수주 고을이고 나이가 어려 배필을 정하지 못했소. 노모가 계시니 서로 부모께 고해야겠지만 배필 정하기는 한마디로 결단하겠소."

유모는 크게 기뻐하며 양류사에 화답한 진 소저의 편지를 건네주었다.

누각 앞에 버들을 심은 것은
낭군의 말을 매어 머물게 하려 함입니다
어찌 버들을 꺾어 채를 만들어
장대 章臺 진나라의 궁전 이름 길로 향하시는지요

양생은 글을 보고 탄복하고 즉시 글 한 수를 지어 유모에게 주었다.

버들 천만 실이
실마다 마음을 맺었구려
원컨대 달 아래 만나
즐거운 봄소식 전할까 하오

유모는 이를 받아 품 안에 넣고 여관 문밖으로 나갔다.

양생은 잠을 이루지 못하고 새벽닭 우는 소리를 들었다. 날이 밝으려 하자 서동을 불러 말을 먹이는데 갑자기 여관 밖이 소란했다. 양생이 놀라 밖을 보니 피난하는 사람들이 분주하게 달아나고 있었다. 양생은 한 사람을 붙잡아 그 이유를 물었다.

"신책장군구사량이라는 사람이 반역하여 자칭 황제라 칭하고 군사를 일으켰소. 이에 천자께서 노여워하시어 신책의 대병 ᴬᴮ을 단번에 쳐부수니 도적이 패군해 왔소."

하니 양생은 더욱 놀라 서동을 재촉해 남전산으로 들어갔다. 산수를 구경하다가 문득 보니 절벽 위에 수간 초당이 있는데 구름에 가렸고 학의 소리가 들렸다. 분명 인가가 있다고 생각한 양생은 바위 사이 돌길로 올라 찾아갔다. 도사가 앉았다가 양생을 보고 기뻐하며 물었다.

"너는 회남 양 처사의 아들이 아니냐?"

양생은 재배 ᴬᴮ 두 번 절함 하고 눈물을 머금으며 대답했다.

"소생은 양 처사의 아들입니다. 아버지와 이별하고 어머니를 의지하며 살았습니다. 재주가 심히 미련하나 요행으로 과거를 보러 가다가 화음 땅에 이르렀는데, 난리를 만나 살기를 도모해 이렇게 왔나이다."

도사는 벽 위의 거문고를 가리키며 물었다.

"너는 저것을 타느냐?"

양생이 대답했다.

"좋아하지만 선생을 만나지 못해 배우지는 못했습니다."

도사는 세상에 전하지 않은 곡조를 가르쳤는데, 그 소리는 청아하고 또렷해 인간 세상에서 듣지 못하던 소리였다. 도사는 양생에게 타라고 권했고, 양생은 도사의 곡조를 본받아 연주했다. 이를 기특히 여긴 도사는 옥통소 한 곡조를 불며 양생을 가르쳤고, 양생은 또 능히 따라 했다. 도사가 크게 기뻐하며 말했다.

"거문고와 통소를 네게 줄 테니 잃어버리지 말거라. 차후에 쓸 때가 있을 것이다."

양생은 절을 하며 말했다.

"바라건대 제자가 되고 싶습니다."

도사가 웃으며 대답했다.

"인간의 공명이 너를 따르니 네 피하지 못할 것이다. 어찌 나와 같은 노부 ᴬᴮ를 좇아 속절없이 늙겠느냐? 말년에 네 돌아갈 곳이 있으니 그런 생각은 하지 마라."[5]

---

5) 양소유는 자신이 꿈을 꾸고 있다는 걸 자각하지 못하지만 도사의 말을 통해 훗날 두 사람이 다시 만나리라는 것을 알 수 있다. 일종의 복선이다.

양생이 다시 재배再拜두 번 절함하고 말했다.

"소자가 화음 땅의 진씨 여자와 혼사를 의논했는데, 난리에 바쁘게 도망했으니 이 혼사가 이뤄지겠습니까?"

"네 혼사는 여러 곳에 있다. 진씨와의 혼사는 어두운 밤 같으니 생각지마라."

어느 날 양생은 도사를 모시고 자는데 문득 동방이 밝아 왔다. 도사는 양생을 불러 행장을 차려 주며 말했다.

"이제 난이 평정되었고 과거는 다음 봄으로 연기되었다. 대부인이 너를 보내고 주야로 염려하시니 어서 가거라."

양생이 새배하고 거문고와 퉁소를 가지고 동구 밖으로 나와 돌아보니 그집과 도사는 간데없었다. 처음 양생이 들어갈 때는 춘삼월이었는데 나올때에는 다른 것 같아 행인에게 물으니 추팔월이었다.

양생이 진 어사 집을 찾아오니 버들은 간데없고 집은 쑥밭이 되어 있었다. 양생은 속절없이 빈터에 서서 소저의 '양류사'를 읊으며 소식을 묻고자 했지만, 인적이 없어 어쩔 수 없이 여관으로 가 물었다.

"진 어사 가족은 어디로 갔소?"

"진 어사는 역적에 참여하여 죽고 그 소저는 서울로 잡혀갔는데, 죽었다고도 하고 궁중 노비가 되었다고도 하니 자세히 알지 못하겠습니다."

양생은 이 말을 듣고 슬픔을 이기지 못해 말했다.

"남전산 도사가 진씨와의 혼사는 어두운 밤 같다 하더니 진 소저는 분명히 죽었구나."

양생은 즉시 행장을 꾸려 수주로 돌아갔다. 유씨는 양생을 보낸 후에 경성이 어지럽다는 소식을 듣고 주야로 염려했는데 돌아온 양생을 보고 붙들며 울었다.

"작년에 황성으로 가 난리 중에 위험을 면하고 살아와 모자가 다시 상면하니 실로 천행이로다. 네 나이 열여섯 살이니 배필을 구해야겠지만 가문과 재주와 얼굴이 너와 같은 사람이 없구나. 경성 춘명문 밖 자청관紫清觀의 두련사라 하는 사람은 나의 외사촌 형제다. 지혜롭고 기개가 높아 명문 귀족을 다 알고 있다. 내가 그에게 편지를 부치면 너를 위해 어진 배필을 구해줄 것이다."

양생은 행장을 차려 하직하고 떠났다.

천자가 머무르는 낙양 땅에 이르러 풍경을 보기 위해 천진교天津橋에 가니 낙숫물은 동정호를 지나 천 리 밖으로 흐르고, 다리는 황룡이 굽이를 편 듯했다. 다리 가에 누각이 있었는데 단청은 찬란하고 난간은 층층했다. 금 안장을 한 좋은 말들이 좌우에 매여 있고 누각의 비단 장막은 은은한 가운데 온갖 풍류 소리가 들렸다. 양생은 누각 아래에 도착해 사람들에게 어떠한 잔치인가 물었다. 선비들이 이름난 기생을 데리고 잔치한다는 대답을 듣자 양생이 누각 위로 올라갔다. 모든 선비가 미인 수십 명을 데리고 떠들썩하게 담소하다 양생의 거동과 풍채가 단아함을 보고 모두 일어나 읍揖 두 손을 맞잡고 허리를 굽히는 인사하며 맞은 뒤 자리에 앉았다. 성명을 주고받은 후에 노생이라 하는 선비가 양생에게 과거를 보러 가는지 물었다.

"재주는 없지만 굿이나 보러 가는 길입니다. 오늘 잔치는 문장을 겨루기 위한 뜻이 있는 듯합니다. 소제小弟 자기를 낮추어 겸손히 이르는 말와 같이 지식이 비루鄙陋 품위가 없고 천함하고 재주가 용렬한 사람이 여러 공의 잔치에 참여하는 것은 극히 외람됩니다."

선비들은 양생이 나이가 어리고 언어가 겸손함을 보고 오히려 쉽게 여겨 말했다.

"양 형은 나중에 왔으니 글을 짓든 말든 술이나 먹고 가시오."

선비들은 양생에게 이어서 잔 돌리기를 재촉하고 온갖 풍류를 일시에 울리게 했다. 양생이 눈을 들어 보니 모든 창기가 풍악을 울리는데 한 미인만이 풍류도 말도 않고 앉아 있었다. 그 미인의 아름다운 얼굴과 얌전한 태도가 천하일색이었다. 양생은 정신이 황홀한데 그 미인도 자주 추파秋波 미인의 맑고 아름다운 눈길로 정을 보내는 듯했다. 그 미인의 앞에 글 지은 종이가 여러 장 있어 양생은 여러 선비를 향해 읍하고 말했다.

"저 글은 형님들의 글입니까? 주옥 같은 글들을 제가 구경해도 되겠습니까?"

여러 선비가 미처 대답하지 못하자 그 미인이 급히 일어나 글들을 양생 앞에 갖다 놓았다. 양생이 차례로 보니 글들이 모두 평범했다.

'낙양에 인재가 많다고 들었는데 이 글들을 보니 헛된 말이로구나.'

양생은 글들을 미인에게 주고 여러 선비에게 읍하며 말했다.

"궁벽한 벽지의 미천한 선비가 여러 뛰어난 문장을 보니 어찌 즐겁지 않겠습니까?"

이때 여러 선비가 술에 취해서 웃으며 말했다.

"양 형은 글만 좋은 줄 알고 더욱 좋은 일이 있는 줄을 알지 못하는구려."

"소제가 모든 형님의 배려로 함께 취했는데 제게도 더 좋은 일을 알려 주십시오."

그러자 왕생이라는 선비가 웃으며 대답했다.

"낙양은 예부터 인재의 고장이오. 저 미인의 성은 계요, 이름은 섬월이오. 얼굴이 아름답고 가무가 출중할 뿐 아니라 글을 알아보는 슬기 또한 신통해 한 번 보면 과거의 합격과 낙제를 정할 정도이오. 우리도 글을 지어 계랑과 오늘 밤 연분을 정하고자 하니 어찌 더욱 좋은 일이 아니겠소. 양 형도 흥이 돋거든 우리와 함께 글을 지어 우열을 다투는 게 어떻겠소?"

양생은 처음 세랑을 봤을 때부터 시를 지어 뜻을 시험코자 했지만, 여러 선비가 시기할까 주저했는데 이 말을 듣고 즉시 종이와 붓을 들었다. 거침없는 필체로 순식간에 세 장의 시를 쓰니, 바람 돛대가 바다에서 달리는 것 같고 목마른 말이 물에 닿은 듯했다. 여러 선비는 시구가 민첩하고 필법^{筆法}이 생생함을 보고 크게 놀랐다. 양생은 여러 선비를 향해 읍하며 말했다.

"이 글을 먼저 여러 형님께 드려야 마땅하나 오늘 좌중의 시관^{試官}은 계랑이오니 먼저 계랑에게 보여 주겠습니다."

양생이 시 쓴 종이를 계랑에게 주니 계랑은 샛별 같은 눈을 뜨며 옥 같은 소리로 높이 읊었다. 계랑의 소리는 외로운 학이 구름 속에서 우는 듯해 쟁과 거문고라도 미치지 못할 정도였다.

초나라 손이 서쪽에서 놀다가 진나라로 접어들어
누각에서 술을 마시며 낙양의 봄 경치에 취했도다
달 가운데 붉은 계수나무를 누가 먼저 꺾을 것인가
오늘날 문장이 스스로 거리낌 없는 사람을 만든다

여러 선비는 양생을 쉽게 여겨 글을 지어 보라 했지만 양생의 글이 섬월의 눈에 든 것을 보고 낙담하여 아무 말도 하지 못했다. 양생은 선비들의 기색을 보더니 일어나 하직 인사를 했다.

"소제가 여러 형님의 배려로 술에 취하니 감사하거니와 갈 길이 멀어 종일 담화하지 못하겠습니다. 훗날 여러 형님과 함께 벼슬해 잔치할 때 다시 뵙겠습니다."

선비들은 만류하지 않았다. 양생이 누각에서 내려가자 계랑이 바삐 내려와 말했다.

"이 길로 가시면 길가의 분칠한 담장 밖에 앵두화가 성한 곳이 나오는데 그곳이 바로 첩의 집입니다. 원컨대 상공께서 먼저 가시어 첩을 기다리시면 첩 또한 곧 따라가겠습니다."

양생은 머리를 끄덕이며 대답하고 알려준 길로 갔다. 계랑은 누각에 올라가 여러 선비에게 고했다.

"사람이 신의가 없으면 어찌 옳다 하겠습니까? 첩은 병이 있어 먼저 가니 원컨대 상공들은 종일토록 즐기십시오."

계랑은 하직하고 천천히 걸어 누각에서 내려갔다. 날이 저물자 객점客店에 머물던 양생이 계랑의 집을 찾아가니 계랑이 먼저 와 있었다. 계랑은 문 두드리는 소리를 듣고 내달아 손을 이끌고 중당으로 들어갔다. 둘은 이부자리에 누웠는데 즐거움이 그지없었다. 밤이 깊은데 계랑은 눈물을 머금고 탄식하며 말했다.

"첩의 몸을 이미 상공께 의탁했으니 이제 첩의 사정을 들어 보십시오. 첩은 조나라 땅 사람입니다. 첩의 부친이 이 고을 태수가 되었는데 타향에서 세상을 떠났습니다. 그때 가세가 기울고 고향이 멀어서 장사를 치를 길이 없었습니다. 결국 계모가 첩을 창가에 팔아 장례를 치렀습니다. 첩은 슬픔을 머금고 지금까지 부지했는데, 천행을 입어 낭군을 만나니 해와 달이 다시 밝은 듯합니다. 원컨대 낭군께서 첩을 비루하게 생각지 아니하신다면 물 긷는 종이라도 될까 합니다."

양생이 말했다.

"나는 본디 가난하여 처첩을 두는 것이 어려우니 자당慈堂 어머니께 말씀드려 아내로 삼겠네."

계랑이 바로 앉으며 말했다.

"낭군께서는 어찌 그런 말씀을 하십니까? 천하의 재주를 헤아려도 낭군께 미칠 사람이 없습니다. 과거 시험의 장원은 물론이거니와 승상과 장군까지 될 분이시니 천하 미색인들 어느 누가 따르지 않겠습니까? 그러니 어찌 저 같은 사람이 낭군의 아내가 되겠습니까? 낭군은 대부인을 모신 후에 첩을 버리시지나 마십시오."

"내 일찍이 화음 땅을 지나다가 진씨 가문 여자를 보았는데 그 얼굴과 재주가 계랑과 비슷했으나 불행하게 죽었으니 어디 가서 다시 어진 아내를 얻겠는가?"

"그 처자는 진 어사의 딸 채봉입니다. 진 어사가 낙양 태수로 오셨을 때 첩이 그 낭자와 더불어 친하게 지냈습니다. 그 낭자 같은 얼굴과 재주는 얻기 어려우나 이제는 속절없으니 다른 곳과 구혼하십시오."

"진 낭자와 계 낭자가 있는데 또 어디 가서 천하절색을 다시 구하겠는가?"

"낭군의 말씀이 진실로 우물 안 개구리 같습니다. 우리 창가로 말하면 절색이 셋이 있으니 강남의 만옥연이요, 하북의 적경홍이요, 낙양의 계섬월입니다. 첩은 모처럼 허황된 이름을 얻었지만 만옥연과 적경홍은 실로 절색입니다. 어씨 전하에 질색이 없다 하겠습니까? 옥연은 보지 못했지만, 경홍은 저와 형제처럼 지냈는데 반주 양민의 딸입니다. 일찍이 부모를 잃고 고모께 의탁했는데 열 살 때부터 빼어난 미색으로 하북河北 중국 허베이 지방에서 이름을 떨쳐 매파가 구름같이 모였지만 모두 물리쳤습니다. 하루는 첩이 경홍과 함께 상국사上國寺에 놀러 갔는데 경홍이 첩에게 '우리 두 사람이 진실로 뜻하던 군자를 만나면 서로 천거하여 함께 한 사람을 섬겨 백년을 해로하자'라고 제안했습니다. 첩은 이 제안을 허락했고 낭군을 만난 뒤 바로 경홍을 생각했지만 경홍은 산동 제후의 궁중에 있으니 이는 분명히 호사다마好事多魔 좋은 일에는 방해가 따르기 쉬움입니다. 제후의 첩이 되어 부귀가 극진하나 그 것은 경홍이 원하는 바가 아닙니다. 어찌 한번 경홍을 보고 이 정회를 풀겠습니까?"

양생이 물었다.

"창가에 비록 재색이 많으나 사대부 집의 규수는 보지 못하니 어찌 알겠는가?"

계랑이 대답했다.

"원컨대 낭군은 경성에 가셔서 두루 방문하십시오."

이때 닭이 울어 날이 샜다. 계랑이 말했다.

"이곳은 오래 머물 곳이 아니니 상공은 어서 떠나십시오. 이후에 모실 날이 있을 것이니 슬퍼 마십시오. 어제 여러 공자들의 앙심 품은 마음이 없겠습니까?"

양생은 눈물을 뿌리고 떠났다.

장안으로 들어간 양생은 숙소를 정한 후에 주인에게 자청관이 어디 있는

지 물었다.

"저 춘명문 밖에 있습니다."

양생은 즉시 예단禮緞을 갖추고 두련사를 찾아가니 나이 육십이 넘은 연사가 양생을 맞이했다. 양생이 재배하고 모친의 편지를 드리니 연사가 그 편지를 보고 말했다.

"혼처가 있는데 처자의 얼굴과 재주는 양생과 배필이다. 그 처자의 집안은 육대六代 공후公侯요, 삼대 정승이다. 양생이 이번에 장원 급제하면 혼사를 바랄 것이나 그 전에는 의논하지 못할 것이니, 양생은 보채지 말고 공부해 장원 급제부터 하라."

"누구의 집입니까?"

"춘명문 밖의 정 사도 집이다. 사도가 딸 하나를 두었는데 신선이요, 인간 사람이 아니다."

"원컨대 저를 불쌍히 여겨 그 소저를 보게 해 주십시오."

"죽기는 쉬워도 정 소저를 보기는 어렵다. 어이하면 좋은가? 너는 혹시 음률을 아느냐?"

"지난해 한 도사를 만나 한 곡조를 배워 압니다."

"재상가의 뜰이 엄숙하니 날지 못하면 들어갈 길이 전혀 없고, 또 경서와 예문禮文에 능통한 소저가 외출도 하지 않으니 어찌 그림자라도 볼 수 있겠는가? 다만 한 가지 계책이 있지만 듣지 아니할까 염려되는구나."

양생은 이 말을 듣고 일어나 재배하며 말했다.

"정 소저를 볼 수만 있다면, 무슨 말씀을 하셔도 다 듣겠습니다."

연사가 말했다.

"이월 그믐날은 정 사도의 생일이다. 해마다 생일날 향촉을 갖추어 우리 자청관에 시비를 보낸다. 그때 양생이 여자 옷을 입고 거문고를 타면 시비가 보고 돌아가서 부인께 고할 것이다. 그러면 부인이 반드시 청할 것이고, 그때 소저를 볼 수 있을 듯하다."

과연 그날이 되니 정 사도의 시비가 부인의 명으로 향촉을 가지고 왔다. 연사가 향촉을 받아 삼청전三淸殿에 가서 공양했다. 이때 양생이 여 도사의 의관을 하고 별당에 앉아 거문고를 탔다. 시비는 하직하다가 문득 거문고 소리를 듣고 물었다.

"내 일찍이 부인 앞에서 이름난 거문고 소리를 많이 들었지만 이런 소리는 듣지 못했는데 도대체 어떤 사람입니까?"

연사가 대답했다.

"엊그제 나이 어린 여관^{女官 나인}이 초나라 땅에서 와 황성을 구경하고 여기와 머물고 있다. 거문고를 타니 그 소리가 심히 사랑스럽더구나. 나는 본디 곡조를 모르는데 그대의 말을 들으니 진실로 잘하는 것 같구나."

"부인이 이 말씀을 들으면 반드시 청하실 것이니 사부님이 이 사람을 잡아 두십시오."

연사에게 이 일을 전해 들은 양생은 부인의 부르심을 기다렸다. 시비가 다시 돌아와 두련사에게 청했다. 연사는 시비를 데리고 별당으로 가 양생에게 물었다.

"최 부인께서 부르시니 여관은 나를 위해 잠깐 가 보는 것이 어떠한가?"

하니 양생이 여자 옷을 입고 화관^{花冠}을 바로 쓰고 거문고를 안고 나오는데 옛 여자 신선의 자태였다. 가마를 타고 정부^{鄭府 정씨의 집}에 가니 최 부인의 위의^{威儀 위엄}가 엄숙했다. 양생이 나아가 재배하니 대부인은 시비에게 명해 자리를 내주고 말했다.

"우연히 시비의 말을 듣고 신선의 음악 소리를 듣고자 청했는데 과연 여관을 보니 천상 선녀를 만난 듯하구나."

양생이 말했다.

"첩은 본디 초나라의 천한 사람이라 구름같이 동서로 떠돌다가 오늘날 부인을 모시니 하늘의 뜻인가 합니다."

부인이 양생의 거문고를 건네받아 무릎에 놓고 손으로 만지며 말했다.

"재목^{材木}이 진실로 묘하도다."

양생이 말했다.

"이 재목은 용문산에서 백 년 자란 오동나무로 만든 것입니다. 천금을 주고 사려고 해도 얻지 못하는 것이지요."

양생이 사지^{死地}에 들어온 이유는 정 소저를 보기 위함인데 날이 늦도록 소저를 보지 못하니 답답해 부인에게 고했다.

"첩은 예부터 전해 오는 곡조를 타오나 청탁을 알지 못합니다. 자청관에 와 들으니 소저가 지음^{知音 음악의 곡조를 잘 앎}을 잘하신다 합니다. 한 곡조 올려 가르치는 말씀을 듣고자 했는데 소저가 안에만 계시니 마음이 섭섭합니다."

부인은 정 소저를 불러오라고 시비에게 명했다. 한참 후에 소저가 비단

장막을 잠깐 걷고 나와 부인 앞에 앉았다. 양생이 일어나 절하고 눈을 들어 바라보니 태양이 붉은 안개 속에서 비치는 듯, 아리따운 연꽃이 물 가운데 핀 듯 심신이 황홀했다. 양생은 멀리 앉아 있는 소저의 얼굴을 자세히 보기 힘들어 일어나서 다시 고했다.

"한 곡조를 들려 드려 소저의 가르침을 듣고자 했는데, 화당華堂이 멀어 소리가 흩어지면 소저의 귀에 자세히 닿지 못할까 염려됩니다."

부인은 즉시 시비에게 명해 자리를 옮겼다. 양생이 고쳐 앉으며 거문고를 무릎 위에 놓고 줄을 고른 후 한 곡조를 타니 소저가 말했다.

"아름답다, 곡조여! 이 곡조는 예상우의곡霓裳羽衣曲이다. 그러나 음란한 곡조니 듣지 않는 것이 좋겠구나. 예부터 전해 오는 다른 곡조를 듣고자 한다."

양생이 이어 한 곡조를 타니 이는 진후주陳後主 중국 남북조 시대 진나라의 마지막 임금의 옥수후정화玉樹後庭花로 나라를 망친 음악이고, 양생이 또 한 곡조를 타니 이는 오랑캐에게 잡혀간 채문희蔡文姬 중국의 여성 문학가로, 채염이라고 부르기도 함가 두 자식을 생각한 곡조라 절개를 잃었다 하고, 또 한 곡조를 타니 이는 왕소군王昭君 중국 한나라 때 미인의 출새곡出塞曲 함경도 지방으로 길을 떠날 때 읊은 노래으로 오랑캐 땅의 곡조라 했다. 양생이 또 한 곡조를 타니 소저가 말했다.

"이 곡조를 듣지 못한 지 오래되었다. 여관은 보통 사람이 아니다. 옛날 혜숙야嵇叔夜 죽림칠현의 한 사람인 혜강의 광릉산廣陵散이라 하는 곡조다. 혜숙야가 도적을 쳐 파하고 천하를 맑게 하려고 하다가 뜻밖에 참소讒訴 남을 헐뜯고 죄가 있는 것처럼 꾸며 고하는 말를 당했다. 이에 분을 이기지 못하고 이 곡조를 지었거니와 후세에 전할 사람이 없었는데 여관은 어디서 배웠느냐?"

양생이 일어나 절하며 말했다.

"소저의 총명은 세상에 없습니다. 소첩의 스승 말씀도 그러했습니다."

또 한 곡조를 타니 소저가 말했다.

"이는 백아佰牙 중국 초나라 때 거문고의 달인의 수선조水仙操다. 백아의 지음이구나."

또 한 곡조를 타니 소저가 옷깃을 여미고 꿇어앉아 말했다.

"이는 공자의 의란조倚蘭操다. 우뚝 솟아서 어찌 이름을 붙이겠는가. 아름다움이여! 이에 지날 것이 없으니 어찌 다른 곡조를 원하겠는가?"

양생이 말했다.

"첩이 듣자오니 아홉 곡조를 이루면 천신이 내린다 하는데, 이미 여덟 곡조를 탔고 한 곡조가 남았으니 마저 탈까 합니다."

줄을 고쳐 다스려 타니 그 소리가 청량해 사람의 마음을 방탕^{放蕩 마음이 들떠} ^{갈피를 잡을 수 없음}하게 했다. 소저가 눈썹을 나직이 하고 말하지 아니하니 양생은 곡조를 더욱 빠르게 몰아쳤다.

"봉^{鳳 수컷 봉황}이여, 봉이여."

황^{凰 암컷 봉황}을 구하는 곡조에 이르자 소저는 눈을 들어 양생을 자주 돌아보며 옥같이 아름다운 얼굴에 부끄러운 빛을 띠었다. 그러다가 갑자기 일어나 안으로 들어갔다. 양생은 놀라 거문고를 밀쳐 내고 소저가 가는 데만 바라보니, 부인이 말했다.

"여관이 아까 탄 곡조가 무슨 곡소냐?"

양생이 말했다.

"선생께 배웠지만 곡조 이름은 알지 못하기에 소저의 가르침을 듣고자 했는데 소저는 이제 안 오십니까?"

부인이 시비를 명해 소저를 불렀으나 몸이 편치 않다고 전해 왔다. 양생은 이 말을 듣고 소저가 알아챘는지도 몰라 즉시 일어나 재배하며 말했다.

"소저가 옥체 불편하시다 하오니 소첩은 이만 물러가겠습니다."

부인은 양생에게 많은 비단을 주었지만 양생은 사양하고 돌아갔다. 부인이 들어가 물으니 소저의 병은 이미 나았다. 소저는 침소로 가 시녀에게 춘랑^{정 소저의 여자 노비}의 병이 어떠한지 물었다.

"오늘은 잠깐 나아 소저가 거문고 소리를 희롱하심을 듣고 일어나 세수했습니다."

춘운이 소저를 모시고 밤낮을 함께 거처하니 비록 주인과 종의 분수는 있으나 정은 형제 같았다. 이날 춘운이 소저의 방으로 와 물었다.

"아침에 어떤 여관이 거문고로 좋은 소리를 탄다 하여서 병을 억지로 참고 왔는데 무슨 까닭으로 그 여관이 속히 갔습니까?"

소저는 낯빛이 붉어지며 가만히 대답했다.

"내가 몸 가지기를 법대로 하고 말씀을 예대로 하여 나이가 열여섯 살이 되었지만 밖에 나가 외부 사람을 대면하지 아니했는데, 하루아침에 간사한 사람에게 평생 씻지 못할 욕을 입었으니 무슨 면목으로 너를 대면하겠느냐."

춘운은 놀라며 그 연유를 물었다.

"아까 왔던 여관은 얼굴이 아름답고 기상이 준수했다. 처음에 예상우의

곡을 타고 나중에 남훈곡南薰曲을 타기에 내가 그만하라 했지만 또 한 곡조를 타니 이는 사마상여中國 전한 때 문인가 탁문군中國 전한 때 부호인 탁왕손의 딸로 거문고를 잘 탔다고 함을 유혹하던 '봉구황곡鳳求凰曲'이었다. 그제야 자세히 보니 그 여관이 얼굴은 아름다우나 기상이 호탕해 아마도 계집이 아니었을 것이다. 분명 간사한 사람이 내 이름을 듣고 춘색을 구경코자 변장을 하고 온 것이다. 내 평생에 보지 못하던 사내를 데리고 반나절 서로 말을 주고받았으니 천하에 이런 일이 있을 수 있겠느냐? 부모님께도 차마 아뢰지 못했는데 춘랑에게만 말하는 것이다."

춘운이 웃으며 말했다.

"소저는 여관의 봉황곡을 듣고 사마상여의 봉황곡은 듣지 않았으니 어찌 그리 과하게 생각하십니까? 그 여관은 얼굴이 아름답고 기상이 호방하며 음률에 능통하니 참으로 사마상여인가 합니다."

소저가 말했다.

"비록 사마상여라도 나는 탁문군이 되지 않을 것이다."

하루는 소저가 부인을 모시고 중당에 앉아 있었는데 사도가 과거 방목榜目 과거 합격자들의 명부을 가지고 희색이 만연하여 들어오며 부인에게 말했다.

"내 아기의 혼사를 정하지 못해 밤낮으로 염려했는데 오늘 어진 사위를 얻었소. 이번에 장원한 사람은 성이 양씨이고 이름은 소유요, 나이는 열여섯 살, 회남 땅 사람이오. 풍채와 재주가 매우 뛰어나니 이 사람을 얻으면 어찌 즐겁지 아니하겠소."

부인이 말했다.

"열 번 듣는 것이 한 번 보는 것만 못하니 친히 본 후에 정하십시오."

이때 양생이 급제하여 임금이 한림학사를 제수하니 이름이 천하에 가득했다. 딸을 둔 명문 귀족들은 앞다퉈 매파를 보냈으나 한림은 정 사도와의 혼사를 생각해 모두 물리쳤다. 하루는 한림이 정 사도를 만나러 갔다. 사도는 머리에 계수나무 꽃을 꽂은 한림의 풍채가 아름답고 예의를 지키는 태도나 행동이 거룩해 기뻐하며 말했다.

"나는 팔자가 기구하여 아들이 없고 다만 딸자식만 있는데 혼처를 정하지 못했으니 한림이 내 사위가 되는 것은 어떠한가?"

"소자가 경성에 들어와 소저의 요조窈窕 여자의 행실이 정숙하고 암전함한 얼굴과 그윽한 재주와 덕행을 일찍부터 들었습니다. 하지만 문벌이 하늘과 땅 차이고 봉황과 오작烏鵲 까마귀와 까치 같으나 버리지 아니하시면 하늘 같은 은덕으로 여기겠습니다."

사도는 크게 기뻐하며 술과 안주를 대접했다. 한참 후에 부인이 소저를 불러 말했다.

"새로 장원으로 뽑힌 양 한림은 만인이 칭찬하는 인물이다. 네 부친이 이미 혼인을 허락하셨으니 우리 부처는 몸을 의탁할 곳을 얻었구나. 이제 무슨 근심이 있겠느냐."

"소녀가 말씀드리기 부끄러워 모친께 아뢰지 못했지만, 양 한림은 이전에 거문고를 타던 여관입니다. 간사한 사람의 꾀에 빠져 종일 말을 주고받았으니 어찌 그럴 수 있겠습니까?"

부인이 바로 대답하지 못하자 사도가 한림을 보내고 소저를 불러 말했다.

"오늘 용을 타고 하늘에 올라가는 경사를 보았으니 어찌 기쁘지 않겠느냐?"

부인이 소저의 말을 전하자 사도가 크게 웃으며 말했다.

"양 한림은 진실로 만고의 풍류남아로다. 옛적 왕유王維 중국 당나라 때 시인이자 화가 도악공이 되어 태평 공주太平公主의 집에 들어가 비파를 타고 돌아와 장원 급제해 만고에 칭찬이 자자했는데, 한림이 그렇게 했다니 참으로 기이한 일이로다. 너는 여관만 보고 한림은 보지 않았으니 무슨 상관이 있겠느냐? 그 일은 훗날 한림에게 물어보아라."

사도가 부인에게 말했다.

"올가을에 한림의 대부인을 모셔 온 후에 혼례를 행하겠지만 납채納采 신랑 측 혼주가 신부네 집에 청혼 편지를 보내는 의례는 먼저 받을 것이오. 그 뒤 즉시 날을 잡아 한림을 데려와 사위의 예로 대접할 것이오."

하루는 부인이 한림의 저녁 반찬을 장만하는데 소저가 이를 보고 말했다.

"한림이 화원에 오신 뒤로 의복과 음식을 어머니가 직접 챙기셔서 소저가 그 일을 하고자 했으나 인정이나 예법에 맞지 않아 못하고 있습니다. 춘운을 화원으로 보내 한림을 섬기게 해 어머니의 수고를 덜까 합니다."

부인이 말했다.

"춘운의 얼굴과 재주로 무슨 일을 못하겠느냐마는 얼굴과 재주가 너와 진배없지 않느냐. 이에 춘운이 먼저 한림을 섬기면 부인의 권한을 빼앗길까 염려되는구나."

소저가 말했다.

"춘운의 뜻은 소저와 함께 한사람을 섬기고자 하는 것이니 따르지 않을 이유가 없을 것입니다. 어머니는 춘운을 염려하시지만 한림이 나이 어린 서생으로 재상가 규방에 들어와 처녀를 희롱한 일을 보면 어찌 한 아내만 지키며 늙겠습니까?"

사도가 소저의 생각에 동의하자 이날 소저가 춘운에게 말했다.

"한림이 거문고 한 곡조로 규중 처녀를 희롱했으니 그 욕이 중하구나. 춘운이 아니면 누가 나를 위해 그 치욕을 씻어 주겠느냐? 종남산 자각봉은 산이 깊고 경개가 좋다. 춘운을 위해 별도의 작은 방을 지어줄 테니 화촉을 베풀어라. 또 사촌 형 십삼랑十三郞과 기특한 꾀를 내면 내 부끄러움을 씻게 될 것이다. 춘운은 내 뜻을 알고 수고를 아끼지 마라."

춘운이 말했다.

"소저의 말씀을 어찌 사양하겠습니까마는 훗날 무슨 면목으로 한림을 뵙겠습니까?"

"군사의 무리는 장군의 명령을 듣는다 했는데 춘랑은 한림만 두려워하는구나."

"죽기도 피하지 못하는데 소저의 말씀을 어찌 좇지 않겠습니까?"

한편 한림은 한가한 날이면 술집으로 가 술을 먹으며 기생도 구경했는데, 하루는 정 십삼이 한림에게 말했다.

"종남산 자각봉이 산천이 아름답고 경개가 좋으니 한번 구경함이 어떠하오?"

한림은 흔쾌히 승낙하고 술과 안주를 준비해 갔다. 한곳에 도착하니 아리따운 꽃과 풀이 흐드러지게 피어 있었다. 문득 시냇물에 나뭇잎이 떠내려와 건져 보니 '신선운외폐神仙雲外吠 신선의 개가 구름 밖에서 짖으니, 지시양랑래知是楊郞來 양랑이 오는 것을 알겠구나'라고 써 있었다. 한림은 크게 놀라 층암절벽으로 올라갔다. 날이 점점 저물고 길은 험했다. 의탁할 곳이 없어 배회하는데 갑자기 푸른 옷을 입은 어린 선녀가 한림을 보고 "양랑이 오십니다."라고 했다. 한림은 놀라 어린 선녀를 따라가니 층암절벽 위에 정자가 있었다. 온갖 화초가 만발하고 앵무와 공작이며 두견새 소리가 낭자하니 실로 선경仙境이었다. 한림이 황홀해하며 들어가니 비단 장막에 공작 병풍이 있었다. 한 선녀가 촛불을 밝게 켜고 서 있다가 한림을 보고 예를 올린 후 어찌 이제야 오시느냐고 물었다.

한림이 대답했다.

"소생은 인간 사람이라 신선과 혼약할 연분이 없는데 어찌 더디다 하십 니까?"

선녀는 여동女童 여자아이을 불러 차를 내오라 했다. 여동이 즉시 백옥 쟁반에 담은 신선의 과일과 유리잔에 넣은 자하주紫霞酒를 내왔는데 그 술이 인간의 술과 달랐다. 한림이 말했다.

"선녀는 무슨 일로 요지瑤池 곤륜산에 있는 연못의 무한한 경개를 버리고 이 산중에 와 외로이 머무십니까?"

선녀가 탄식하며 말했다.

"첩은 서왕모西王母 중국 신화에 나오는 신녀의 이름의 시녀로서 광한궁의 잔치 때 낭군이 첩을 보고 희롱했다 하여 옥황상제玉皇上帝께서 신노하시어 낭군은 인간계로 귀양 보내고 첩은 이 산중에 와 있습니다. 낭군은 전생의 일을 알지 못하시 는군요. 상제께서 첩의 죄를 용서하셔서 곧 승천하라는 분부가 있었지만 낭군을 만나 전생의 회포를 풀고자 아직 머물렀으니 한림은 의심치 마십시오."

한림은 이 말을 듣고 선녀의 손을 이끌어 침소로 들어가 회포를 풀었다. 어느덧 사창紗窓 비단을 바른 창이 밝아 오자 선녀가 한림에게 말했다.

"오늘은 첩이 승천하는 날이어서 모든 선관仙官이 첩을 데리러 올 것입니다. 낭군이 첩을 잊지 않으신다면 다시 만날 수 있을 것입니다."

하고 수건에 이별 시를 써서 한림에게 주었다. 한림은 옷소매를 떼어 그 글에 화답했다. 선녀는 그 글을 보고 눈물을 지으며 말했다.

"서산에 달이 지고 두견이 슬피 우니 한 번 이별하면 이 글귀뿐이군요."

선녀는 글을 받아 품에 품고 어서 가라고 재촉했다. 한림은 선녀의 손을 잡고 눈물로 이별했다. 한림은 집에 돌아와도 선녀의 말소리가 귀에 쟁쟁 해 꿈을 깬 듯했다. 도저히 잊을 수 없어 하는데 정 십삼이 돌아와서 한림에 게 말했다.

"어제 선경을 구경하지 못해 한이 되었으니 다시 놀아 봄이 어떠하오?"

한림은 기뻐하며 선녀가 있던 곳이나 보려고 성 밖으로 나와 보니 녹음 방초綠陰芳草 우거진 나무 그늘과 싱그러운 풀가 꽃보다 아름다운 초여름이었다. 한림과 정 십 삼이 술을 부어 마시는데 길가에 퇴락한 무덤이 있었다. 한림은 잔을 잡고 탄식하며 말했다.

"슬프다. 사람이 죽으면 다 저렇게 되는구나."

정 십삼이 말했다.

"형은 저 무덤을 알지 못할 것이오. 옛 장녀랑의 무덤이오. 장녀랑의 얼굴과 재덕은 만고에 으뜸이었는데 나이 스물에 죽자, 후세 사람들이 불쌍히 여겨 그 무덤 앞에 화초를 심어 망혼을 위로했소. 우리도 마침 이곳에 왔으니 한 잔 술로써 위로함이 어떠하오?"

하고 각각 제문을 지어 한 잔 술로 위로했다. 정 십삼은 무덤을 돌아다니다가 문득 비단 적삼 소매에 쓴 글을 주워서 읊었다. 한림이 살펴보니 자각봉에서 선녀와 이별할 때 건네주었던 글이었다. 땀이 나 등허리가 젖고 머리털이 하늘로 솟았다. 한림은 정생이 없는 때를 틈타 다시 술을 한 잔 부어 가만히 빌며 말했다.

"비록 유명幽明 저승과 이승은 다르지만 정은 같으니 혼령을 다시 보게 하라."

이날 밤 한림이 화원 별당에 앉아 있었는데 창밖에서 발자취 소리가 나기에 문을 열어 보니 자각봉 선녀였다. 한편으로는 반갑고 한편으로는 놀라며 옥 같은 손을 이끌자 선녀가 말했다.

"첩의 근본을 낭군이 아셨으니 더러운 몸을 어찌 가까이하겠습니까? 처음에 낭군을 속인 것은 행여 놀라실까 봐 선녀라 하고 하룻밤을 모셨던 것인데, 오늘 첩의 무덤을 찾아와 제사를 올리고 술을 부어 주시니 실로 즐거웠습니다. 또 제문을 지어 임자 없는 혼을 위로해 주시니 어찌 감격하지 않겠습니까? 은공을 잊지 못해 보답하러 왔지만 더러운 몸으로는 다시 상공을 모시지 못하겠습니다."

한림은 선녀의 소매를 잡고 말했다.

"사람이 죽으면 귀신이 되고 환생하면 사람이 되는 그 근본은 한가지다. 유명은 다르나 어찌 한번 맺은 연분을 잊을 수 있겠는가?"

하고 허리를 안고 들어가니 연모하는 정이 전날보다 백배나 더했다. 선녀는 날이 밝으면 출입을 할 수 없어서 그 뒤로는 밤에만 왕래했다. 하루는 정생이 두진인이라는 사람을 데리고 화원에 들어왔다. 한림은 일어나 예를 올렸다. 정생은 두진인에게 한림의 관상을 보라 했다.

"두 눈썹이 빼어나 눈초리가 귀밑까지 갔으니 정승을 지낼 상이요, 귀밑이 분을 바른 듯하고 귓밥이 구슬을 드리운 듯하니 어진 이름이 천하에 진동할 것입니다. 또 권세의 골격이 낯에 가득하니 병권兵權을 잡아 봉후封侯 제후로 임명함가 될 관상이지만 한 가지 흠이 있습니다. 상공은 숨겨 둔 첩을 가까이하십니까? 혹 옛 무덤을 지나다 슬픈 마음이 일어난 적이 있으십니까?

꿈속에서 계집을 가까이하십니까?"

계속 물으나 한림이 없다고 하자 두진인이 또 말했다.

"임자 없는 귀신이 한림의 몸에 어리었으니 여러 날이 지나지 않아 병이 골수에 들 것이나 구완^{아픈 사람이나 출산한 사람을 보살핌}치 못합니다."

한림이 인정하며 말했다.

"진인의 말이 그러하나 장녀랑이 나와 정회가 깊으니 어찌 나를 해하겠소? 사람이 오래 살고 일찍 죽는 것은 다 하늘이 정한 것이니, 내 관상이 부귀영화를 누릴 상이라면 장녀랑의 혼인들 어찌하겠소?"

진인은 한림의 마음대로 하라며 떠났다. 한림은 술에 취해 누웠다가 밤에 일어나 앉아 향을 피우고 장녀랑이 오기를 기다렸다. 그런데 갑자기 창밖에서 장녀랑이 박절하다며 우는 소리가 들렸다. 한림은 놀라며 문을 열고 들어오라고 했다. 장녀랑이 울면서 "나를 오라고 하면서 왜 부적은 머리에 붙이셨습니까?"라고 하니 한림이 머리를 만져 보았다. 과연 귀신을 쫓는 부적이 붙어 있었다. 한림은 크게 화가 나서 부적을 찢고 내달아 장녀랑을 잡으려 했다. 하지만 장녀랑이 안부를 전하고 울며 담을 넘어가니 붙잡지 못했다. 한림은 쓸쓸한 빈방에 혼자 누워 잠도 이루지 못하고 음식도 먹지 못하니 자연 병이 들어 얼굴이 파리해지고 몸도 말랐다. 사도 부부가 큰 잔치를 배설^{排設 의식에 쓰는 물건을 차려 놓음}하고 한림을 청했다. 사도가 한림에게 어떤 계집과 함께 자느냐고 물었다. 한림이 부인하자 정생이 말했다.

"형은 어찌 아녀자같이 부끄러워하는가? 형이 두진인의 말을 깨닫지 못하기에 형의 상투 밑에 부적을 넣고 그날 밤에 꽃밭 속에 앉아서 지켜 보았소. 그때 어떤 계집이 울며 창밖에 와 하직하고 가니 과연 두진인의 말이 그르지 아니했소."

한림이 더 이상 속이지 못하고 일의 전후를 아뢰자 사도가 웃으며 말했다.

"나도 젊었을 때 부적을 배워 낮에 귀신을 불렀는데, 이제 양랑을 위해 그 미인을 불러 양랑의 마음을 위로하겠다."

사도가 파리채로 병풍을 치며 장녀랑을 부르자 한 미인이 웃음을 머금고 병풍 뒤에서 나왔다. 한림이 눈을 들어 보니 과연 장녀랑이었다. 한림은 황홀해하며 사도에게 물었다.

"저 미인이 귀신입니까, 사람입니까? 귀신이면 어찌 대낮에 나옵니까?"

사도가 대답했다.

"저 미인의 성은 가씨요, 이름은 춘운이다. 한림이 빈방에 외로이 있어 춘운을 보내어 위로하기 위해 계획한 일이었다."

이에 한림이 웃으며 이는 위로가 아니라 희롱이라고 했다.

한편 한림은 고향에 계신 대부인을 모시고 와서 혼례를 치르려고 했다. 그런데 이때 토번吐蕃 중국 송나라와 당나라 때 티베트족을 이르던 말이 변방에 쳐들어와 하북河北을 나누었다. 연나라, 위나라, 조나라로 나뉘게 되자 천자가 진노해 조정 대신을 불러 의논했다. 양 한림이 천자 앞에 나아가 아뢰었다.

"옛날 한무제는 조서詔書를 내려서 남월왕의 항복을 받아냈으니, 원컨대 폐하는 천자의 위엄을 보이십시오."

천자는 즉시 한림에게 명해 조서를 만들어 세 나라에 보냈다. 조왕과 위왕은 즉시 항복하고 무명 천 필을 올렸지만, 오직 연왕은 땅이 멀고 군병이 강해 항복하지 않았다. 천자는 한림을 불러 말했다.

"선왕先王이 십만 군병으로도 항복 받지 못한 나라를 한림은 짧은 글로써 항복을 받고 천자의 위엄을 만 리 밖에 빛나게 했으니 어찌 장하지 아니하겠는가?"

천자는 한림에게 비단 이천 필과 말 오십 필을 상으로 내렸으나 한림은 사양하며 말했다.

"모두 현명한 임금님의 덕이오니 소신이 무슨 공이 있겠습니까? 연왕이 항복하지 않았으니 연국에 가서 연왕을 달래고 듣지 않으면 연왕의 머리를 베어 오겠습니다."

천자가 한림을 장하게 여겨 허락하고 병부兵符 군대를 동원하는 표지로 쓰이던 나무패를 주니 한림이 경건하게 절하고 나왔다. 한림이 정 사도에게 하직하고 가려는데 사도가 말했다.

"슬프다. 양랑이 열여섯 살 서생의 몸으로 만 리 밖으로 가니 늙은이의 불행이다. 내 늙고 병들어 조정 의논에 참여하지 못하나 상소해 다투고자 한다."

"장인께서는 염려하지 마십시오. 연나라는 구멍에 든 개미이니 심려 거두십시오."

한림이 화원에 들어가 행장을 차리고 떠나려 할 적에 춘운이 눈물을 흘리며 소매를 잡았다. 한림이 웃으며 말했다.

"대장부는 국사를 마주해 생사를 돌아보지 않으니 어찌 사사로운 감정을 생각할 시간이 있겠는가? 춘랑은 부질없이 슬퍼해 꽃 같은 얼굴을 상하게 하지 말고 내가 공을 이뤄 돌아올 때까지 소저를 편히 모셔라."

하고 길을 떠났다. 한림이 낙양 땅을 지날 때 열여섯 소년으로 옥절玉節 사신임을 증명하기 위해 돌이나 대나무로 만든 증표을 가지고 병부를 차고 비단옷을 입으니 위의가 늠름했다. 한림은 서동을 보내 계섬월을 찾았으나 이미 산중으로 들어간 지 오래였다. 한림은 크게 섭섭해하며 여관에 들어가 촛불로 벗을 삼고 앉았다가 날이 새자 글을 지어 벽 위에 쓰고 갔다.

연국에 도착한 한림이 연왕에게 천자의 위엄을 베푸니 연왕은 즉시 땅에 엎드려 항복하고 황금 일만 냥과 명마 백 필을 올렸다. 하지만 한림은 받지 않았다. 한단邯鄲 땅에 이르렀을 때 한 나이 어린 서생이 혼자 흰 미리 말을 타고 행차를 피해 길가에 섰는데 한림이 자세히 보니 풍채와 거동이 비범했다. 한림은 소년을 불러 누군지 물었다.

"소생은 하북 사람입니다. 성은 적씨요, 이름은 생이라 합니다."

"내 어진 선비를 얻지 못해 세상일을 의논하지 못했는데 그대를 만나니 어찌 즐겁지 아니하겠는가?"

한림은 적생을 데리고 산수를 구경하고 낙양 여관에 다다랐다. 계섬월이 높은 누각 위에 올라 한림의 행차를 기다리다가 한림을 보자 절하고 앉았다. 계섬월은 기쁨을 이기지 못해 눈물을 흘리며 말했다.

"첩이 상공과 이별한 후에 깊은 산중에 들어갔다가 상공이 급제하여 한림 벼슬을 하신다는 기별은 들었습니다. 하지만 이리 지나실 줄을 모르고 산중에 있었습니다. 이제 연나라의 항복을 받아 꽃 장식한 덮개 가마를 앞세우고 돌아오실 때 천지 만물과 산천초목이 다 환영하오니 첩이 어찌 모르겠습니까? 부인은 정하셨습니까?"

한림이 대답했다.

"정 사도라는 여자와 혼사를 정했지만 예식은 치르지 못했다."

날이 저물자 서동이 말했다.

"한림께서 적생을 어진 선비라 하셨는데 지금 섬랑의 손을 잡고 희롱하고 계십니다."

한림이 난간에 숨어 거동을 보니 과연 적생이 섬월의 손을 잡고 희롱하고 있었다. 한림이 나아가니 적생이 한림을 보고 놀라서 도망갔다.

섬월이 말했다.

"첩이 적생의 누이와 형제의 정을 맺었는데 그 정이 동기 같습니다. 적생을 만나니 반가워 안부를 물었는데 상공께서 의심하시니 첩의 죄가 백번 죽어도 아까울 것이 없습니다."

한림이 말했다.

"내 어찌 섬랑을 의심하겠는가? 어진 사람을 잃었으니 내 잘못이다."

한림은 섬월과 함께 잤다. 어느새 닭이 울어 날이 샜다. 섬월이 먼저 일어나 촛불을 돋우고 단장하는데 한림이 눈을 들어 보니 밝은 눈과 고운 태도가 섬월이었으나 자세히 보면 또 아니었다. 한림은 놀라며 물었다.

"그대는 누구인가?"

미인이 대답했다.

"첩은 본디 하북 사람입니다. 제 성명은 적경홍으로 섬랑과 결의형제한 사이인데, 오늘 밤 섬랑이 칭병稱病 병이 있다고 핑계를 댐하며 저에게 상공을 모시라 하여 첩이 대신 모셨습니다."

이때 섬월이 문을 열고 말했다.

"상공께서 새 사람을 얻은 것을 축하합니다. 첩이 일찍이 하북의 적경홍을 상공께 천거했었는데 어떠십니까?"

한림이 말했다.

"듣던 말보다 훨씬 낫구나. 어제 적생의 누이가 있다 하더니 그러하냐? 얼굴이 아주 똑같구나."

경홍이 말했다.

"첩은 본디 동생이 없습니다. 첩이 적생입니다."

"홍랑은 어찌 남장을 하고 나를 속였느냐?"

"첩은 본디 연왕의 궁중 사람입니다. 재주와 얼굴이 남보다 못하나 대인 군자를 섬기는 것이 소원이었습니다. 지난번 연왕이 상공을 맞아 잔치할 때, 벽 틈으로 상공의 기상을 잠깐 본 뒤부터 정신이 혼미해졌습니다. 그래서 죽기를 각오하고 남자의 복장을 한 채 연왕의 천리마를 훔쳐서 타고 상공을 따라 왔으니 엎드려 사죄합니다."

한림은 섬월을 시켜 경홍을 위로했다. 이날 한림이 떠나려 할 적에 섬월과 경홍이 말했다.

"상공이 부인을 얻으시고 나중에 첩 등이 모실 날이 있으니 상공은 평안히 행차하십시오."

이때 한림이 연왕에게 항복 받은 문서와 조공 받은 보화를 경성으로 들여가자, 황제는 크게 기뻐하며 모든 관리를 보내어 맞아들였다. 또 상을 내리고 예부 상서의 벼슬을 내렸다.[6] 한림이 은혜에 깊이 감사하고 물러 나와 정 사도 집으로 가니, 사도는 반가움을 이기지 못했다. 한림은 화원에 나와 춘운에게 소저의 안부를 묻고 귀한 정을 나누었다.

한림이 하루는 한림원에서 난간에 붙인 글귀를 읊으며 달을 구경하는데, 갑자기 바람결에 통소 소리가 들렸다. 한림이 하인을 불러 연유를 물으니 달이 밝고 바람이 순하게 불면 때때로 들린다 했다. 한림이 백옥 통소를 내어 곡조를 부니 맑은 소리가 청천에 사무쳐 오색구름이 사면에 일어나며 청학과 백학이 공중에서 내려와 뜰에서 춤을 추었다.

한편 황태후에게는 두 아들과 딸이 하나가 있었는데, 맏아들은 천자고 다른 아들은 월왕에 봉했고 딸은 난양 공주였다. 선녀가 명주를 가져와 공주의 팔에 걸자, 공주가 태어나니 옥 같은 얼굴, 난초 같은 태도, 민첩한 재주와 늠름한 풍채는 천상의 선녀였다. 서역국에서 백옥 통소를 진상했거늘 어떤 악공도 소리를 내지 못했다. 공주가 꿈을 꿀 때 선녀가 곡조를 가르쳤다. 공주가 깨어나 그 통소를 불어 보니 소리가 청아하여 세상에 듣지 못하던 곡조였다. 황제와 태후가 사랑해 항상 달 밝은 밤이면 불게 했는데 그때마다 청학이 내려와 춤을 추었다. 이날 밤 공주의 통소 소리에 춤추던 학이 한림원에 가서 춤을 추었다. 후에 궁인이 이 말을 황제에게 전하자 황제가 듣고 기특히 여겨 말했다.

"양 소유는 진실로 난양의 배필이다."

황제가 한림을 부마로 정하려 하니 태후가 크게 기뻐했다. 난양의 이름은 소화인데 통소에 그렇게 새겨져 있어서 소화라는 이름을 붙인 것이다.

천자의 명을 받고 입조한 상서尙書 양소유가 고금의 제왕을 역력히 의논하고 문장을 차례로 헤아리니, 황제가 기뻐하며 말했다.

"내 이태백을 보지 못해 한이었는데 경을 얻었으니 어찌 이태백을 부러워하겠는가? 경이 궁녀들에게 각각 글을 지어 주면 그 재주를 보고자 한다."

상서가 취흥이 일어나 붓을 한 번 휘두르니 구름과 바람이 일어나며 용과

---

6) 양소유는 나라가 위기에 처했을 때 용감하게 나서서 큰 공을 세운 뒤 부귀와 공명을 얻는다. 즉, 입신양명(立身揚名)이라는 유교적 가치가 나타나 있다.

뱀이 뒤트는 것 같았다. 순식간에 궁녀들에게 글을 지어 주니 궁녀들이 그 글을 황제에게 드렸다. 황제는 글을 보고 가상히 여겨 궁녀들에게 명해 어주御酒 임금이 신하에게 내리는 술을 이르던 말를 내리라 했다. 궁녀들이 다투어 각각 술을 드리니 상서가 삼십여 잔을 마셨다.

황제가 말했다.

"이 글 한 구절의 값을 논하면 천금과 같다. 옛글에 '모과木果 모과나무의 열매인데, 원래 발음은 '목과'지만 약재로 쓸 때는 '모과'라고 읽음를 던지거든 구슬로 보답하라' 했으니, 너희는 무엇으로 상서가 문장을 써 준 대가를 치르겠느냐?"

모든 궁녀가 봉황을 새긴 금비녀와 옥과 금으로 된 노리개, 옥가락지를 벗어 상서에게 내놓으니 잠깐 동안에 산같이 쌓였다. 황제는 웃으며 상으로 필묵과 벼루와 연적을 내렸다. 상서는 황제의 은혜에 깊이 감사하고 일어나 화원의 춘운에게 갔다. 상서는 춘운에게 종이, 필묵, 벼루, 연적과 봉황을 새긴 비녀, 가락지, 금 노리개를 보여 주었다.

다음 날 상서가 일어나 세수를 하는데 문지기가 월왕이 오셨다고 급하게 전했다. 상서는 월왕을 맞아 윗자리를 내주었다. 월왕이 말했다.

"과인은 황제의 명을 받고 왔소. 난양 공주가 자랐지만 부마를 정하지 못하고 있는 차에 황제께서 상서의 재덕을 사랑하시어 공주와 혼인하기를 원하십니다."

상서는 크게 놀라며 말했다.

"소신이 무슨 재덕이 있습니까? 황제 폐하가 이렇듯 은혜를 베푸시니 아뢸 말씀이 없지만 정 사도 여자와 혼인을 정해 납폐納幣 혼인할 때 사주단자를 교환한 후 혼인의 증거로 신랑 집에서 신부 집으로 보내는 예물를 한 지 삼 년이니, 원컨대 대왕은 저의 뜻을 황제께 아뢰어 주십시오."

이에 월왕이 아쉬워하며 돌아갔다.

한편 천자가 상서의 글과 글씨를 잊지 못해 태감太監 내시를 달리 이르는 말에게 명해 '즉시 다시 거두라' 했다. 궁녀들이 그 글을 깊이 간직했는데, 한 궁녀는 상서의 글이 쓰여진 부채를 들고 제 침실에 들어가 슬피 울었다. 이 궁녀는 진채봉으로 진 어사의 딸이다. 진 어사가 죽은 후에 궁의 노비가 되었는데 천자가 후궁으로 봉하려 했다. 그런데 황후가 진채봉의 재덕을 보고 자기 권리를 휘두를까 염려하여 말리자 천자가 난양 공주를 모시게 한 것이다. 하루는 진씨가 황태후를 모시고 봉래전에 갔다가 양 상서를 보게 되니 비록 상서는 진씨를 알아보지 못했지만, 진씨는 상서를 알아보고 슬픈 마음을 이기지 못했다. 눈물을 머금고 남이 알까 두려워 부채만 들고 물러가 상서를 피해 글을 읊으니 흐르는 눈물이 일천 줄이었다. 진씨가 옛일을 생각하며 상서의 글에 화답해 그 부채에 썼는데, 갑자기 태감이 급히 들어와 양 상서의 글을 다 거둬들이라 하신다 하자 진씨가 크게 놀라며 화답글을 부채에 썼다 고하고 죄를 지었으니 자결하겠다고 했다.

태감이 말했다.

"황상이 인후仁厚 어질고 덕이 두터움하시니 벌하지 않으실 것이오. 내 힘써 구완할 테니 염려 말고 갑시다."

진씨는 마지못해 태감을 따라갔다. 대감이 모든 궁녀의 글을 차례로 드리자 황제는 글마다 보다가 부채에 쓴 진씨의 글을 보고 괴이히 여겨 물었다. 태감이 말했다.

"진씨의 말을 들어 보니, 황상이 다시 찾으실 줄을 모르고 외람되게 화답해 썼고 말하며 죽으려 하기에 소신이 말린 다음 데려왔습니다."

황제는 진씨의 글을 다시 보았다.

비단 부채 둥긋해둥근 듯해 달 같으니
누각 위에서 부끄러워하며 만나던 생각이 나는구나
그대가 지척에 계서도 나를 알아보시지 못하니
잠시나마 자세히 보게나 할걸

황제가 보고 말했다.

"어떤 사람을 보았기에 글이 이러한가? 그러나 재주가 아까우니 살려는 주겠다."

태감에게 명한 뒤 진씨를 불러 그 사정을 묻자 진씨가 눈물을 흘리며 말했다.

"황상께서 하문下問하시니 어찌 속이겠습니까? 첩의 집이 망하지 않았을 때, 양 상서가 과거를 보러 가다가 첩을 보고 '양류사'로 서로 화답하고 결친結親 친분을 맺음하기를 언약한 일이 있었습니다. 상서가 봉래전에서 글을 지을 때 첩은 상서를 알아보았지만 상서는 첩을 알지 못해서 슬픈 마음을 이기지 못해 우연히 화답했으니, 첩의 죄는 백번 죽어 마땅합니다."

"너는 양류사를 기억하겠느냐?"

진씨가 즉시 양류사를 써서 주니 황상이 보고 말했다.

"너의 죄가 중하나 네 재주가 기특하니 용서한다. 돌아가 난양을 정성으로 섬겨라."

이날 황상이 황태후를 모시고 잔치를 하는데, 월왕이 양 상서의 집에서 돌아와 정 사도의 집에 납폐한 말을 고하니 황태후가 크게 노했다. 다음 날 황상이 양소유를 불러서 말했다.

"짐에게 누이동생이 있는데 경이 아니면 배필될 사람이 없어 청했다. 그런데 경이 정 사도와의 집 때문에 사양한다 들었다. 예부터 부마를 정하면 얻은 아내라도 소박하거늘 상서는 정씨 가문 여자에게 행례^{行禮 예를 치름}한 일이 없으니 무슨 해가 되겠는가?"

상서는 머리를 조아리며 말했다.

"소신은 먼 지방 사람으로 경성에 와 몸을 맡길 곳이 없어 정 사도의 은혜를 입어 묵을 곳을 정하고 납례^{納禮}를 해 장인과 사위의 의리를 맺고 부부의 뜻을 정했습니다. 이제까지 혼례를 이행치 못한 것은 맡은 국사가 매우 바빠 모친을 모셔 오지 못했기 때문입니다. 이제 소신을 부마로 정하시면 여자는 죽을 때까지 수절할 것이니 어찌 나라의 정치에 해롭지 않겠습니까?"

황상이 듣고 태후에게 말하니 태후가 크게 화를 내며 양 상서를 감옥에 가두라 명했다. 조정 백관이 모두 다투어 간^{諫 옳지 못한 일을 고치도록 말함}했지만 태후는 듣지 않았다.

이때 토번이 중국을 얕보아 삼만 명의 병사를 거느리고 쳐들어왔다. 군사들은 변경 지방에 있는 군과 현을 노략하고 선봉^{先鋒}은 이미 위교^{渭橋}에 이르렀다. 황상이 조정 대신을 불러 의논하니 모든 대신이 아뢰어 말했다.

"양 상서가 전일에도 삼 진^陳을 정벌했으니 지금도 양 상서가 아니면 당할 사람이 없을까 합니다."

황상은 태후에게도 말을 하고 허락해 달라 했다. 태후가 허락하자 즉시 사자^{使者}를 보내 양 상서를 불러 물었다.

"도적을 막는 일이 급한데 경이 아니면 제어하지 못할 것이니 어찌하면 좋은가?"

"신이 비록 재주는 없으나 수천 군사로 도적을 파해 죽을 목숨을 구해 주신 은덕을 만분지일이나 갚을까 합니다."

황상은 크게 기뻐하며 즉시 상서를 대사마大司馬 대원수로 봉하고 삼만 군사를 내주었다. 상서가 바로 황상에게 하직하고 군사를 거느려 위교로 나가 좌현왕을 사로잡으니 적의 기세가 크게 꺾여 도망가거늘 쫓아가 삼전 삼승하고 삼만 머리와 좋은 말 팔천 필을 얻었다. 상서가 황상에게 승전을 고하니 황상은 크게 기뻐하며 칭찬했다. 상서가 군중에서 상소했다.

"도적을 비록 파했으나 저들의 땅에 들어가 완전히 멸하고 돌아오겠습니다."

황상은 상서를 장하게 여겨 병부 상서 대원수 벼슬을 내리고 좋은 검과 도끼를 주고 하북, 농서 지방의 말을 징발해 상서를 돕게 했다. 상서가 수일 사이에 오십여 성城을 항복 받고 적질산 아래에 군사를 머물게 했는데, 갑자기 찬바람이 일어나며 까치가 진 안으로 들어와 울고 가기에 점을 쳐 보니 나쁜 것이 나타난 후에 좋은 일이 발생할 괘卦였다. 상서가 촛불을 밝히고 병서를 보는데 삼경쯤 되어 촛불이 꺼지며 냉기가 퍼져 깜짝 놀랐다. 문득 한 여자가 공중에서 내려오더니 팔 척의 비수를 들고 상서 앞으로 왔다. 상서는 자객인 줄 알고 태연한 기색으로 물었다.

"그대는 어떤 사람이기에 밤에 군중에 들어왔는가?"

"저는 토번국 찬보의 명으로 상서의 머리를 베러 왔습니다."

상서가 웃으며 말했다.

"대장부가 어찌 죽기를 두려워하겠는가?"

상서의 안색이 변함없자 검객은 칼을 땅에 던지고 염려하지 말라고 했다. 상서가 붙들어 일으키며 물었다.

"그대는 무슨 연유로 나를 해치지 않는가?"

"첩은 본디 양주 사람인데 이름은 심요연입니다. 일찍이 부모를 여의고 한 도사로부터 검술을 배웠습니다. 진해월, 김채홍과 함께 검술을 배운 지 삼 년 만에 바람을 타고 번개를 쫓아 천 리를 가게 되었습니다. 스승이 혹 원수를 갚거나 사나운 사람을 죽이고자 하면 항상 해월과 채홍을 보내고 첩은 보내지 아니하므로 연유를 물었습니다. 스승은 저의 재주가 부족해서 그런 것이 아니라고 말씀하셨습니다. 스승의 말에 따르면, 저는 인간 세상의 귀한 사람으로 대당국 양 상서의 배필이 될 것이니 사람을 살해해서는 안 된다는 것이었습니다. 이에 저는 검술을 배워 무엇하겠느냐고 물었습니다. 스승은 제게 양 상서를 백만 군중에서 만나 연분을 맺을 것이라고 말씀하셨습니다. 토번이 천하 자객을 모아들여 양 상서를 죽이려 하니 첩이 어서 나가 자객을 물리치고 양 상서를 구완하라고 하셨습니다. 첩이 토번국에 와 모든 자객을 물리치고 왔는데 어찌 상공을 해하겠습니까?"

상서는 여인의 말을 듣고 기뻐하며 말했다.

"낭자가 죽어 가는 목숨을 구완하고 또 몸을 허락하니 이 은혜를 어찌 갚겠는가? 낭자와 함께 백년해로하겠다."

두 사람이 옥장 玉帳 옥으로 장식한 장막 에 들어가니 달빛이 뜰에 가득하고 옥문관 玉門關 밖에 봄빛이 향기로웠다. 이때 요연이 문득 하직을 청했다. 상서가 말리자 요연이 말했다.

"상공의 용맹이라면 패한 도적을 쉽게 칠 수 있습니다. 첩이 돌아가 스승을 모시고 있다가 상서께서 회군 回軍 하신 후에 가서 모시겠습니다. 반사곡 盤蛇谷 에 가서 물이 없거든 샘을 파 군사에게 먹이고 돌아가십시오."

또 무슨 말을 묻고자 했으나 문득 공중으로 올라가 온데간데없었다. 상서가 군사를 거느리고 돌아오는 길에 좁은 곳에 이르니 군대가 지나가기 어려웠다. 겨우 수백 리를 기어 나와 들에 군대를 머물게 하니 군사들이 목말라했다. 마침 못의 물을 먹으니 일시에 몸이 푸르게 되고 말을 못하며 죽어 갔다. 상서는 크게 놀라며 문득 요연이 전해 준 반사곡이라는 말을 생각하고 즉시 샘을 팠지만 물이 나오지 않았다. 상서가 염려해 진을 옮기고자 하는데, 갑자기 북소리가 천지를 진동하며 산천이 다 응하니, 이는 적병이 험한 길을 막아 습격하고자 하는 것이었다. 여러 장수와 군사가 배고픔과 목마름이 심해 적병을 당할 재간이 없었다. 상서가 옥장 안에 앉아 묘책을 생각하다가 잠이 들었는데 꿈에 푸른 옷을 입은 여동이 나타나 상서에게 고했다.

"우리 낭자는 동정 용왕의 작은 따님이신데 상서께 말씀을 아뢰고자 하니 상서는 잠깐 행차하시지요."

상서가 여동을 따라 한참 들어가니 용궁의 위의 威儀 위엄 가 찬란했다. 여동 여러 사람이 나와 상서를 맞아 백옥으로 꾸민 의자에 앉혔다. 시녀 수십 명이 한 낭자를 모시고 나오는데, 아름다운 자태와 선명한 의복은 형언하지 못할 정도였다. 용녀가 들어와 예를 갖추어 절을 한 후 무릎을 꿇고 앉자 상서가 물었다.

"양 소유는 인간 천하 사람이요, 낭자는 용궁 선녀인데 어이 이토록 과히 하십니까?"

용녀가 일어나 재배하고 말했다.

"첩은 동정 용왕의 딸입니다. 부왕이 옥황상제께 조회 朝會 임금에게 문안드리고 정사를 아뢰는 일 할 때, 장張 진인眞人을 만나 첩의 팔자를 물어보았습니다. 그에 따르면, 저는 천상 선녀인데 죄를 짓고 용왕의 딸이 되었다고 합니다. 그러나 인간 양 상서의 첩이 되어 백년해로하다가 다시 불가로 돌아가 극락세계에서 천만 년을 지낼 것이라고 했습니다. 부왕이 이 말을 듣고 첩을 각별히 사랑하셨는데, 뜻밖에 남해 용왕의 태자가 첩의 자색을 듣고 구혼했습니다. 우리 동정은 남해 소속이라 부왕이 거역하지 못해 몸소 가서 장 진인의 말을 전하셨지만, 남해왕이 요망하다 하고 구혼을 더욱 재촉했습니다. 첩은 이를 피해 백룡담이라는 물에 와 살고 있습니다. 그러면서 물빛과 맛을 변하게 해 사람과 물상을 통하지 못하게 했습니다. 이제 귀하신 분이 오셨으니 첩이 의지할 곳을 얻었습니다. 상서의 근심은 첩의 근심이라 어찌 구완치 않겠습니까? 물맛을 다시 달게 할 것이니 군사가 먹으면 병이 나을 것입니다."

이 말을 듣고 상서가 동침을 원하니 용녀가 말했다.

"첩의 몸을 이미 상서께 허락하기로 했으나 부모께 고하지 아니했으니 불가하고, 또 남해 태자가 수만 군을 거느리고 첩을 얻고자 하니 그 우환이 상서께 미칠 것입니다. 또한, 첩이 몸의 비늘을 벗지 못했으니 귀인의 몸을 더럽힘이 불가합니다."

"낭자의 말씀이 아름다우나 낭자의 부왕이 나를 기다리니 고하지 않아도 부끄럽지 않고, 몸에 비늘이 있으나 신선의 연분을 정했으면 관계치 않으며, 내 백만 군병을 거느렸으니 남해의 태자를 어찌 두려워하겠소?"

상서가 용녀를 이끄니 그 즐거움은 인간 세상보다 백배나 더했다. 날이 새기도 전에 북소리가 급히 들리거늘, 용녀가 잠에서 깨어 일어나 앉으니 궁녀가 들어와 급히 고했다.

"지금 남해 태자가 무수한 군병을 거느리고 와 산 아래에 진을 치고 양상서와 사생을 다투고자 한다고 합니다."

상서가 크게 웃으며 일어나 보니 남해 군병이 백룡담을 여러 겹으로 에워싸고 있었고 함성 소리는 천지에 진동했다. 남해 태자가 외쳤다.

"네 어떤 놈이기에 남의 혼사를 방해하느냐? 너와 사생을 결단하겠다."

상서는 크게 웃으며 말했다.

"동정 용녀와 내가 부부의 인연이 있는 것은 하늘과 귀신도 다 아는 일인데 너 같은 놈이 감히 천명을 거스르느냐?"

상서가 깃발로 지휘해 백만 군병을 몰아 싸우자 천만 수족水族이 다 패했다. 별참군鼈參軍 별주부와 잉어 제독을 한칼에 베고 남해 태자를 사로잡아 죄를 묻고 놓아주었다. 용녀가 음식을 장만해 축하하고 천 석 술과 천 필 소로 군사를 먹였다. 양 원수가 용녀와 함께 앉았는데, 한참 후에 동남쪽에서 붉은 옷을 입은 사자使者가 공중에서 내려와 원수에게 고해 말했다.

"동정 용왕이 상서의 공덕을 치하하고자 했지만, 맡은 일이 있어 떠나지 못해 지금 응벽전에서 잔치를 벌여 상서를 청하십니다."

상서가 용녀와 함께 수레에 오르니 바람이 수레를 몰아 공중으로 날아가 동정호 용궁에 이르렀다. 용왕은 상서를 맞아 장인과 사위의 예를 갖추며 잔을 잡고 상서에게 사례했다.

"과인이 덕이 없어 딸 하나를 두고 곤란한 일이 많았는데, 양 원수의 위엄과 덕망으로 근심을 없애니 어찌 즐겁지 않겠소?"

"모두 대왕의 신령하심 때문인데 무슨 사례를 하십니까?"

상서는 술에 취해 하직을 고하며 말했다.

"궁중에 일이 많으니 오래 머물지 못하겠습니다. 바라건대 낭자와 훗날 기약을 잊지 마십시오."

상서는 용왕과 함께 궁문 밖으로 나왔다. 이때 문득 한 산을 보니 다섯 봉우리가 구름 속에 높이 있는데, 붉은 안개가 사변에 둘러 있었다. 상서가 용왕에게 물었다.

"저 산은 무슨 산입니까?"

"남악산이라 하는데 산천이 아름답고 경개가 거룩합니다."

"어떻게 해야 저 산에 올라 구경할 수 있겠습니까?"

상서가 수레를 타니 벌써 연화봉에 이르렀다. 죽장을 짚고 천봉만학千峰萬壑수많은 산봉우리와 산골짜기 을 차례로 구경하며 전쟁을 한탄했다. 이때 갑자기 종소리가 들려 그곳으로 올라가니 절이 있는데 법당이 아주 맑고 깨끗하고 중은 다 신선 같았다. 눈썹이 긴 한 노승은 골격이 푸르고 정신이 맑아 보였으나 그 나이를 헤아리기 어려웠다. 노승은 모든 제자를 거느리고 상서에게 예를 표했다.

"깊은 산속에 있는 중이 귀먹어 대원수의 행차를 알지 못해 산문 밖에 나가 대령치 못했습니다. 청컨대 상공은 허물하지 마십시오. 또 이번은 대원수가 아주 오신 길이 아니니 어서 법당에 올라 예불하고 가십시오."

상서는 즉시 불전으로 가 향을 피우고 두 번 절하고 계단을 내려왔다. 이때 발을 헛디디는 바람에 잠에서 깨니 몸이 옥장 속에 앉아 있었다. 상서가 장수들에게 꿈속 일을 말한 다음 함께 물가로 가 보니 부서진 비늘이 땅에 깔려 있고 피가 흘러 물 색깔이 붉었다. 상서가 물을 맛보니 과연 달거늘 군사와 말에게 먹이니 병에 즉시 효험이 있었다. 적병이 이 말을 듣고 크게 놀라 즉시 항복했다. 상서가 전령을 시켜 승전한 첩서捷書 싸움에서 승리한 것을 보고하는 글를 올리자 천자가 크게 기뻐했다.

하루는 천자가 황태후에게 아뢰었다.

"양 상서의 공은 만고의 으뜸이니 돌아온 후에 즉시 승상으로 봉할 생각입니다. 기왕이면 난양과의 혼사 문제 또한 양 상서가 마음을 바꾸어 허락하면 좋겠습니다만 만일 고집하면 공신功臣을 주지 못할 것이요, 혼인을 우격다짐으로 하지 못할 것이니 어찌하면 좋겠습니까?"

"양 상서가 아직 돌아오지 않았으니 정 사도의 여자를 다른 이와 혼인하게 하면 어떠한가?"

황상이 대답하지 않고 나가니 난양 공주가 이 말을 듣고 태후에게 들어갔다. 태후가 말했다.

"양 상서는 풍채와 문장이 세상에서 으뜸일 뿐 아니라, 퉁소 한 곡조로 네 연분을 정했으니 어찌 이 사람을 버리고 다른 데서 구하겠느냐? 양 상서가 돌아오면 먼저 네 혼사를 치르고 정 사도의 여자를 첩으로 삼게 하면, 양 상서가 사양할 바가 없을 텐데 네 뜻을 알지 못해 염려스럽구나."

공주가 대답했다.

"양 상서가 처음에 납폐했다가 다시 첩을 삼으면 예가 아니옵니다. 또 정 사도는 여러 대에 걸친 재상의 집인데 어찌 남의 첩이 되게 하겠습니까? 양 상서가 성공하고 돌아오면 후왕侯王으로 봉할 것이니, 두 부인을 취함이 마땅치 않겠습니까? 제가 직접 정 소저의 사람됨을 시험해 볼까 합니다."

한편 혼사를 파할 위기에 놓인 정 소저는 부모를 위해 태연한 척했으나 모습은 초췌했다. 하루는 한 여동이 비단 족자를 팔러 왔는데 이를 춘운이 보니 꽃밭 속에 공작이 수 놓여 있었다. 춘운이 족자를 가지고 들어가 소저에게 보이며 말했다.

"이 족자는 어떠합니까?"

소저는 족자를 보고 놀라 춘운으로 하여금 출처를 묻게 했다.

"우리 소저의 재주인데, 우리 소저가 객중에 계셔 급히 쓸 곳이 있어 팔러 왔으니 값의 많고 적음은 상관없습니다. 우리 소저는 이^李 통판^{通判 중국의 관직으로} _{조정 신하 가운데 군에 나가 정치를 감독하던 벼슬아치}의 누이입니다. 이 통판이 절동^{浙東} 땅에 벼슬 하러 갈 때 부인과 소저를 모시고 갔는데 소저가 병이 들어 가지 못하니 연 지촌 사삼낭의 집에 처소를 정해 계십니다."

정 소저는 많은 값을 주고 그 족자를 사서 중당에 걸어 두고 족자의 임자 를 보고자 했다. 시비가 사삼낭 댁으로 가 임자를 보고 돌아와 고했다.

"세상에 우리 소저 같은 사람은 없었는데 이 소저는 우리 소저와 버금가게 매우 훌륭하셨습니다."

하루는 사삼낭이 부인과 정 소저에게 와서 이 통판 댁 낭자가 소저를 한 번 뵙기를 청한다고 말했다. 다음 날 이 소저가 시비와 함께 왔다. 정 소저 가 나와 이 소저를 맞아 침실로 들어가 서로 마주 앉으니 월궁^{月宮}의 선녀를 만난 듯 그 광채가 비할 데 없었다. 정 소저가 말했다.

"저는 팔자가 기박하여 가 뵈옵지 못했는데, 이런 누추한 곳에 오시니 매우 감사합니다."

이 소저가 말했다.

"저는 본디 초야에 묻힌 사람입니다. 부친을 일찍 여의고 모친을 의지해 배운 일이 없습니다. 마침 소저의 아름다운 행실을 듣고 한번 모시어 배움 을 청하고자 했는데, 저의 더러운 몸을 무시하지 않으시니 평생의 소원을 푼 듯합니다. 또 듣자 하니 댁에 춘운이 있다 하오니 만나 볼 수 있겠습니까?"

춘운이 들어오자 이 소저가 감탄하며 생각했다.

'듣던 말과 같구나. 정 소저가 저러하고 춘운이 또 저러하니 양 상서가 어찌 부마를 구하겠는가?'

정 소저는 다음 날 또 시비를 보내 이 소저를 청해 춘운과 함께 앉아 종 일토록 문장을 의논했다. 하루는 이 소저가 와서 부인과 정 소저에게 하직 을 고했다.

"소저께 한 말씀 아뢰고자 하나 좇지 아니하실까 염려됩니다. 늙은 어미 를 위해 남해 관음보살의 얼굴과 모습을 그린 그림을 수놓았는데 문장 명 필을 얻어 제목을 쓰고자 합니다. 원컨대 소저께서 찬문^{贊文 서화 옆에 쓰는 글}을 지어 제목을 써 주시면 한편으로는 부모님의 마음을 위로하고, 한편으로는 서로 잊지 못할 정표로 삼겠습니다. 소저가 허락하지 않으실까 염려하여 족자를 가져오지 않았으나 거처하는 곳이 멀지 않으니 잠시 생각해 주십시오.”

정 소저가 말했다.

“부모님을 위하는 일을 어찌 따르지 않겠습니까?”

이 소저는 크게 기뻐하며 일어나 절하고 말했다.

“날이 저물면 글을 쓰기가 어려울 것이니 제가 타고 온 가마가 비록 더러우나 함께 가셨으면 합니다.”

정 소저가 허락하니 이 소저는 정 소저와 함께 흰 옥으로 꾸민 가마를 타고 갔다. 정 소저가 이 소저의 침실에 들어가니 보배와 음식들이 보통과 달랐다. 이 소저가 족자도 내놓지 않고 문필도 청하지 않자 정 소저가 민망해하며 말했다.

“날이 저물어 가는데 관음화상은 어디에 있습니까?”

말을 미처 마치기도 전에 군마軍馬 소리가 진동하며 기치창검旗幟槍劍 군대에서 쓰던 깃발, 창, 칼 따위이 사면을 에워쌌다. 정 소저가 크게 놀라 피하려 하자 이 소저가 말했다.

“소저는 놀라지 마십시오. 저는 난양 공주로 이름은 소화입니다. 태후 낭랑의 명으로 소저를 모셔 가려 합니다.”

정 소저는 공주의 말을 듣고 재배하며 말했다.

“여염집 천한 사람이 귀한 공주님을 알아 뵙지 못했으니 죽어 마땅합니다.”

난양 공주가 말했다.

“태후 낭랑께서 지금 난간에 의지해 기다리시니 원컨대 소저는 함께 가십시다.”

둘은 같이 가마를 타고 갔다. 난양 공주는 소저를 궐문 밖에 세워 놓고 궁녀에게 명해 호위하게 했다. 공주가 들어가 태후에게 입조入朝하고 정 소저의 자색과 덕행을 아뢰었다. 태후가 감탄하며 말했다.

“과연 소문이 사실이었구나.”

소저가 예를 마치자 태후는 자리를 내주며 말했다.

“양 상서는 일대 호걸이요, 만고 영웅이다. 부마로 삼으려 했는데 너의 집이 납채納采 신랑 측 집에서 신부 측 집에 혼인을 요청함를 먼저 받았다기에 억지로 빼앗지 못해 난양의 뜻으로 너를 데려왔다. 한 딸이 죽은 후에 난양이 외롭게 자랐는데, 네 자색과 덕행이 족히 난양과 형제가 될만하구나. 너를 양녀로 정해 난양이 너를 잊지 못하는 정을 표하고자 한다."

소저가 말했다.

"첩은 여염집 천인인데 어찌 난양 공주님과 형제가 되겠습니까? 복을 잃을까 두렵습니다."

태후가 말했다.

"내가 이미 정했으니 어찌 사양하느냐? 또 네 글재주가 용하다 하니 글 한 구절을 지어 나를 위로하라. 너의 재주를 보고자 한다."

난양이 말했다.

"정씨에게 혼자 시키기 미안하니 소녀가 함께 짓겠습니다."

태후는 기뻐하며 붓과 먹을 갖추라 명했다. '벽도화^{碧桃花 복숭아꽃}가 많이 핀 가운데 까치가 울자'를 글제로 내었다. 난양과 소저가 각각 붓을 잡고 글을 써 드렸는데 태후가 보시고 칭찬하며 말했다.

"내 두 딸에게는 이태백과 조자건이라도 그 실력이 미치지 못할 것이다."

이때 천자가 태후에게 입조하자 태후가 말했다.

"내 난양의 혼사를 위해 정 소저를 데려다가 양녀로 삼아 함께 양 상서를 섬기고자 하니 어떠하오?"

황상이 찬성하자 태후는 정 소저를 불렀다. 정 소저가 즉시 들어와 뵈니 황상이 여중서^{女中書} 진채봉에게 명해 비단과 필묵을 가져오라고 한 뒤 친필로 '정씨를 영양 공주로 봉한다'라고 썼다. 이에 영양 공주가 땅에 엎드려 절했다.

황상이 태후에게 말했다.

"두 누이의 혼사를 이미 결정하셨으니 진채봉을 생각하십시오. 진채봉은 본디 조관^{朝官}의 자식입니다. 그의 집이 비록 망했으나 그 재주와 심덕이 기특하고 또 양 상서와 언약이 있었다 하니, 공주 혼사에 첩으로 삼았으면 합니다."

태후는 즉시 진채봉을 불러 말했다.

"너를 양 상서의 첩으로 정하니 두 공주의 시를 차운^{次韻 다른 사람이 지은 한시의 운자를 따와 시를 지음}하라."

진채봉이 즉시 글을 지어 올리니 의사^{意思 무엇을 하려는 생각}와 필법이 신묘해 태후와 황상이 칭찬해 마지않았다.

한편 태후가 정 사도 집에 조서^{詔書}를 보내 이와 같은 사실을 정식으로 통보했다. 정 사도의 아내 최씨가 입조하자 태후는 정 소저를 양녀로 삼은 것에 대해 말했다. 최씨는 감사의 뜻을 전했다. 영양과 난양이 부인을 보고 서로 반겨함은 헤아리지 못할 바였다. 태후가 또한 춘운을 찾아 입조하게 하자 태후가 그 외모에 놀랐다. 또한 두 공주와 진씨가 지은 글을 말한 후 차운하라 하자 춘운이 사양치 못해 글을 지어 올리니 태후가 보고 탄복했다. 춘운이 물러가 두 공주를 뵙고 앉으니 공주가 진씨를 가리키며 말했다.

"그대는 화음 진씨 가문의 여자로 우리와 백 년을 함께할 사람이다."

춘운이 양류사를 지은 진씨냐고 물었다. 진씨가 눈물을 흘리며 양류사에 대해 말하자, 춘운과 진씨가 함께 슬퍼했다.

태후가 최 부인에게 말했다.

"양 상서를 속일 묘책이 있으니 부인도 나가서 정 소저가 죽었다고 하시오."

두 공주는 최 부인을 전송하고 춘운에게 말했다.

"너는 상서에게 정 소저가 죽었다고 속여라."

춘운이 말했다.

"전에 속인 일도 죄가 큰데 다시 속이면 무슨 면목으로 상서를 섬기겠습니까?"

두 공주가 말했다.

"태후께서 명하신 일이니 문제가 없을 것이다."

한편 양 상서가 돌아온다는 소문이 돌자 천자는 친히 위교에 나와 상서를 맞았다.

"만 리 밖에 가서 역적을 깨끗이 쓸어버린 공을 어찌 갚겠는가?"

하고 바로 그날 상서를 대승상大丞相 위국공魏國公으로 봉하고 화상畵像 형상을 그린 그림을 기린각麒麟閣에 그려 놓게 했다. 승상이 성은을 표하고 물러 나와 정 사도 집으로 가자 정 사도 일가가 모두 외당外堂 사랑방에 모여 정 소저 죽은 일을 말하고 승상을 위로했다. 승상이 사도 부처를 뵈니 별로 서러워하는 빛이 없었다.

사도가 말했다.

"사람의 생사는 하늘에 달려 있는 것이다. 오늘은 승상의 날이니 어찌 슬퍼하겠는가?"

승상이 화원에 들어가니 춘운이 달려 나오며 반겼다. 승상이 소저를 생각하며 눈물을 흘리자 춘운이 위로하며 말했다.

"승상께서는 너무 슬퍼 마시고 첩의 말을 들으십시오. 소저는 본디 천상에서 귀양 왔는데 하늘로 올라갈 때 첩에게 이르되, 양 상서가 납채를 도로 내주었으니 부당한 사람이라고 하셨습니다. 혹 내 무덤이나 내 제사를 지내는 대청에 들어와 조문^{弔問}하면 나를 욕하는 일이니 아무리 죽은 혼령인들 어찌 노하지 않을 수 있겠느냐고도 하셨습니다."

하루는 천자가 승상을 보시고 말했다.

"승상이 부마를 사양했지만 이제 정 소저가 죽었으니 또 무슨 말로 사양하겠는가?"

승상이 재배하며 말했다.

"정녀가 죽었으니 어찌 항거하겠습니까만 소신의 문벌이 미천하고 재덕이 천하고 비루하오니 당치 않다고 생각합니다."

천자는 기뻐하며 태사^{太史 역사를 기록하는 일을 담당한 중국의 벼슬아치}를 불러 좋은 날을 가리니 구월 보름이었다. 황상이 승상에게 말했다.

"경의 혼사를 확정하지 못했기에 미처 이르지 못했다. 짐에게 두 누이가 있으니 하나는 영양 공주요, 다른 하나는 난양 공주이다. 영양 공주는 정부인^{正夫人}으로 정하고, 난양 공주는 둘째 부인으로 정해 한날에 혼사를 행할 것이다."

구월 보름에 궐문 밖에서 혼례를 행할 때, 승상이 비단으로 만든 도포와 옥으로 된 띠를 하고 두 공주와 예를 이루니 그 위엄 있는 거동은 다 헤아리지 못할 바였다. 이날 밤은 영양 공주와 동침하고, 다음 날은 난양 공주와 동침했다. 또 다음 날에는 진씨 방으로 갔는데, 진씨가 승상을 보고 슬픔을 이기지 못해 눈물을 흘리자 승상이 연유를 물었다.

"승상이 첩을 알아보지 못하시니 저를 잊으신 것 같습니다. 그래서 슬퍼하는 것입니다."

승상은 자세히 보고 옥수^{玉手 아름답고 고운 손}를 잡고 말했다.

"낭자가 화음 진씨인 줄을 알겠구나. 낭자가 죽은 줄 알았는데 오늘 궁중에서 볼 줄 어찌 알았겠는가?"

둘 사이에 서로 즐기는 정이 두 날 밤보다 백배나 더했다. 다음 날 두 공주가 승상에게 술을 권하다가 영양 공주가 시비를 불러 진씨를 청하니 승상은 그 소리를 듣고 마음이 자연 감동해 갑자기 생각했다.

'내 일찍이 정 소저와 거문고 한 곡조를 의논할 때, 그 소리와 얼굴을 익히 듣고 보았는데 오늘 영양 공주를 보니 얼굴과 말소리가 매우 똑같구나. 나는 두 공주와 함께 즐거움을 나누는데 정 소저의 외로운 혼은 어디에 가서 의탁했을까?'

영양 공주를 보고 눈물을 머금자 영양 공주가 그 연유를 물었다.

"내 일찍이 정 사도 여자를 알았는데 공주의 얼굴과 소리가 정 소저와 매우 같아 그러합니다."

영양 공주가 승상의 말을 듣고 낯빛이 변해 안으로 들어가자 승상이 부끄러워 난양 공주에게 고했다.

"영양이 내 말을 그릇되다 여깁니까?"

난양이 말했다.

"영양 공주는 태후의 딸이요, 천자의 누이입니다. 정씨 여자가 비록 아름다우나 여염 처녀요, 또 이미 죽었는데 어찌 그러하십니까?"

승상은 즉시 진씨를 불러 '술을 마시고 영양 공주께 망발을 했다'라고 사죄의 말을 전했다. 진씨가 즉시 돌아와 승상에게 고했다.

"공주께서 막 화를 내시며 이르시되 '나는 황태후의 딸이요, 정녀는 여염집 천인입니다. 제 얼굴만 자랑하고 상공과 반나절을 함께 거문고로 수작했으니 행실이 아름답지 못하고, 또 혼인이 시기를 놓쳐 이루어지지 못하게 된 것에 심술이 나 청춘에 죽었으니 복도 좋지 못한 사람입니다. 죽은 정씨와 나를 비교하고 행실 없는 사람이라 생각하니 상공 섬기기를 원치 않습니다. 난양은 성질이 양순하고 인정이 많으니 상공과 백년해로하십시오'라고 말했습니다."

승상은 이 말을 듣고 크게 화를 내며 말했다.

"영양 공주는 천하의 형세만 믿고 가장을 업신여기는구나. 내가 부마 되기를 싫어한 것은 이 때문이다."

이에 난양 공주가 잘 타이르겠다 말하고 돌아갔으나 날이 저물도록 나오지 않다가 늦게야 시비를 시켜 승상에게 전갈했다.

"백번 알아듣도록 잘 타일렀지만 도무지 듣지 않습니다. 첩은 영양과 사생고락을 함께하기로 했습니다. 영양이 깊은 방에서 혼자 늙기를 결단하니 첩도 상공을 모시지 못하겠습니다. 바라건대 진씨와 함께 백년해로하십시오."

승상은 이 말을 듣고 분을 이기지 못해 빈방에 촛불만 대하고 앉아 있었는데 진씨도 승상에게 '첩 상공을 모시지 못하겠다' 하고 안으로 들어가 버렸다. 승상이 더욱 분해 잠을 이루지 못하는데 영양 공주의 방에 등촉이 휘황하고 웃음소리가 자자했다. 승상이 창틀 사이로 보니 진씨가 춘운과 함께 두 공주 앞에서 쌍륙雙六 주사위 놀이을 치고 있었다. 승상이 춘운을 보고 '어찌 왔을까?' 하고 의문을 품는데, 문득 진씨가 쌍륙을 다시 벌이며 말했다.

"내 말씀을 들으니 춘랑이 신선도 되고 귀신도 된다 하니 그 말을 자세히 듣고자 하오."

춘운은 쌍륙판을 밀치고 영양 공주를 향해 말했다.

"소저가 평소 저를 사랑하시면서 어찌 그런 말씀을 공주께 하십니까? 진씨가 들었으니 궁중에 귀 있는 사람이면 누가 아니 들었겠습니까?"

진씨가 말했다.

"춘랑은 어찌 우리 공주께 소저라 하는가? 공주는 대승상 위국공 부인이시오. 비록 나이는 어리나 작위가 이미 높으신데 어찌 춘랑의 소저이겠는가?"

춘운이 웃으며 말했다.

"십 년 넘게 부르던 습관을 고치기 어렵습니다. 꽃을 다투며 희롱하던 일이 마치 어제인 듯해서 그러했습니다."

두 사람은 서로 소리 내 웃었다. 춘랑의 일을 묻자 영양이 말했다.

"승상이 겁내는 거동을 보고자 했는데 승상이 사리에 어둡고 완고해 귀신을 꺼릴 줄 모르니, 예부터 색^色을 좋아하는 사람을 색중아귀^{色中餓鬼}라더니 과연 승상 같은 사람을 두고 말하는 것입니다."

그러자 모두 크게 웃었다. 비로소 승상은 영양 공주가 정 소저인 줄 알아보고 반가워 문을 열고 급히 보고자 하다가 갑자기 생각을 고쳐먹었다. '저들이 나를 속이니 나도 또한 속이리라' 하고 가만히 진씨의 방으로 돌아와 누웠는데 날이 이미 밝았다. 진씨가 나와 승상이 일어나기를 기다리는데, 승상의 신음 소리가 때때로 들리거늘 진씨가 들어가 물었다.

"승상께서는 기체^{氣體 몸과 마음}가 평안치 않으십니까?"

승상이 헛소리를 하며 손을 내젓고는 "너는 어떤 사람이냐?" 하고 묻자 진 숙인이라 대답하니 모른다고 했다. 진씨가 놀라 머리를 만져 보니 심히 뜨거웠다. 진씨가 승상의 병환을 안타까워하자 승상이 말했다.

"내 꿈에 정씨와 함께 밤새도록 말했더니 내 기운이 이러하다."

진씨가 두 공주에게 보고했다. 태후는 이 말을 듣고 두 공주를 불러 꾸짖었다. 두 공주가 마지못해 승상의 침소로 와서 영양은 밖에 서 있고 난양과 진씨가 먼저 들어갔다. 승상은 난양을 보고 알아보지 못하고 소리쳐 말했다.

"내 명이 다해 영양과 영결^{永訣 영원히 헤어짐}하고자 하는데 영양은 왜 오지 않는가?"

난양이 말했다.

"승상은 어찌 그런 말씀을 하십니까?"

"오늘 밤 정씨가 와 나에게 어찌 약속을 저버리냐며 술을 주기에 마셨더니 눈을 감으면 내 품에 눕고 눈을 뜨면 내 앞에 서니 정씨가 나를 원망함이 깊은 모양인데 내 어찌 살 수 있겠는가?"

승상이 벽을 향해 헛소리를 하고 기절한 척하자, 난양이 병세를 보고 겁이 나서 급히 나와서 영양에게 말했다.

"승상이 정 소저를 보고자 병이 들었으니 정 소저는 급히 들어가 보십시오."

영양은 의심했으나 난양이 영양의 손을 잡고 함께 들어가니 승상이 헛소리를 하는데 모두 성씨에 대한 밀이었다. 승상이 잠깐 일어나려고 하자 진씨가 몸을 붙들어 일으켜 앉혔다. 승상이 두 공주에게 말했다.

"내 두 공주와 백년해로하려 했는데 지금 나를 잡아가려 하는 사람이 있으니 나는 세상에 오래 머물지 못할 것 같습니다."

영양은 승상의 병세가 흉함을 보고 더 이상 속이지 못하고 나아가 앉으며 말했다.

"승상이 죽은 정씨를 이렇듯 생각하니 산 정씨를 보면 어떠하겠습니까? 첩이 정씨입니다."

승상이 믿지 않자 난양은 승상 앞으로 나아가 앉아 말했다.

"승상은 의심하지 마십시오. 태후가 정씨를 영양 공주로 봉해 첩과 함께 상서를 섬기게 했으니, 오늘의 영양 공주는 전일 거문고를 희롱하던 정 소저입니다. 그렇지 않으면 어찌 얼굴과 말소리가 같겠습니까?"

승상은 대답하지 않고 가만히 소리 내어 말했다.

"내가 정가鄭家에 있을 때 정 소저에게는 시비 춘운이 있었는데 춘운에게 물을 것이 있습니다."

난양은 즉시 춘운을 불렀다. 춘운이 들어와 앉으니 승상은 춘운만 남고 다 나가라 했다. 모두 나가자 승상이 일어나 세수하고 의관을 정제해 춘운으로 하여금 데려오라고 춘운이 웃음을 머금고 나와 전하자 모두 들어왔다. 승상이 화양건을 쓰고 궁금포를 입고 백옥선을 들고 안석에 비스듬히 앉으니 기상이 봄바람같이 호탕하고 정신이 가을 달같이 맑아 병들었던 것 같지 않았다. 난양이 말했다.

"상공의 기체가 지금 어떠하십니까?"

승상은 정색하며 말했다.

"요새는 풍속이 좋지 못해 부인들이 작당하고 가장을 조롱하니 내가 비록 어질지 못하나 대신의 위치에 있어 문란해진 풍속을 바로잡을 일을 생각해 병이 들었는데 이제는 나았으니 염려 마시오."

정 소저가 죽은 줄로 알고 있다가 살아 있다는 것을 알게 된 승상이 비록 정 소저를 속였으나 그리워하던 심사를 참지 못해 크게 웃으며 말했다.

"부인을 지하에 가서야 만날 수 있을까 했더니 오늘 일은 진실로 꿈속입니다."

승상이 정 소저의 옥수를 잡고 희롱하니 원앙새가 초목 사이의 푸른 물을 만난 듯, 나비가 붉은 꽃을 본 듯 그 사랑함을 이루 헤아리지 못할 바였다.

하루는 승상이 대부인을 모시고자 해 상소를 하는데 말이 지극하고 간절해 황상이 "양소유는 극진한 효자이다." 하고 황금 일천 근과 비단 팔백 필과 백옥으로 꾸민 가마를 주며 잔치하고 모셔 오라 했다. 승상이 물러 나와 두 공주와 진씨, 춘랑과 이별하고 길을 떠나 낙양에 다다르니 계섬월과 적경홍이 벌써 여관에 와 기다리고 있었다. 승상이 웃으며 말했다.

"두 낭자는 어찌 알고 왔는가?"

"대승상 위국공이자 부마도위駙馬都尉 임금의 사위의 행차를 깊은 산골에서도 다 아는데 첩들이 산림에 숨은들 어찌 모르겠습니까? 또한, 승상의 부귀는 천하의 으뜸이라 첩들도 즐겁거니와 소문에 두 공주를 부인 삼으셨다 하니 첩들을 받아들이시겠습니까?"

"한 분은 황상 폐하의 누이요, 또 한 분은 정 사도의 소저이다. 황태후가 양녀로 삼아 영양 공주로 봉했으니 계랑이 정한 바이다. 무슨 투기妬忌 질투가 있겠는가? 두 공주가 다 유한幽閑한 덕이 있으니 두 낭자의 복이다."

섬월과 경홍은 크게 기뻐했다. 승상은 길을 떠나 고향으로 갔다. 승상이 열여섯 살에 모친과 이별하고 과거에 갔다가 다시 사 년 사이에 대승상 위국공이 된 위의를 갖추고 대부인에게 돌아가 뵈니 부인 유씨가 손을 잡고 등을 어루만지며 말했다.

"네가 진실로 내 아들 양소유냐? 근근이 너를 키울 때 이리될 줄 어찌 알았겠느냐?"

대부인은 반가운 마음을 헤아리지 못해 승상의 손을 잡고 눈물을 흘렸다. 승상은 조상의 무덤에 제사 지내고 임금이 준 금과 비단으로 대부인을 위해 친구와 일가친척을 다 청해 큰 잔치를 베풀었다. 대부인을 모셔 경성으로 올라갈 때 각 도^{各道}의 수령이며 여러 고을의 태수^{太守}들이 모두 승상과 대부인을 모셨다.

황성에 이르러 대부인을 모시고 승상부에 들어가 황제와 태후에게 입조하니 황제가 만나 보시고 금과 비단을 많이 내리셨다. 택일하여 임금이 내려 준 새집에 대부인을 모시고 두 공주와 진 숙인 등을 다 예로써 알현하고 만조백관을 청해 삼 일을 잔치하니 그 휘황찬란함은 세상에 비할 데 없었다.

한참 후에 문지기가 고했다.

"문밖에서 두 여자가 승상과 대부인 뵙기를 청합니다."

승상이 대부인에게 고하고 부르사, 섬월과 경홍이 미리를 숙여 계단 아래에 서서 뵈니 진실로 절대가인이어서 모든 손님들이 다 칭찬해 마지않았다. 진 숙인과 섬월이 옛정이 있기에 서로 만나 슬픔과 기쁨을 이기지 못했다. 영양 공주는 섬월을 불러 술 한 잔을 주며 말했다.

"이것으로 나를 천거한 공을 사례한다."

이로부터 승상부 창기^{娼妓} 팔백 인을 동부와 서부를 만들어, 동부 사백 인은 섬월이 가르치고 서부 사백 인은 경홍이 가르치니 가무가 날로 새로워 그 누구도 미치지 못할 정도였다. 하루는 공주와 여러 낭자가 대부인을 모시고 앉았는데, 승상이 월왕의 편지를 들고 들어와 난양에게 주었다. 난양이 펴보니 다음과 같았다.

"지난번 국가에 일이 많아 낙유원^{樂遊原}에 말을 머물게 하는 좋은 기회와 곤명지^{昆明池}에서 배 타고 노는 즐거움을 이제껏 나누지 못했습니다. 지금 황상의 넓으신 덕과 승상의 공명에 힘입어 천하가 태평하니, 원컨대 승상과 함께 봄빛을 구경코자 합니다."

난양이 승상에게 말했다.

"월왕이 본디 풍류를 좋아해 무창^{武昌}의 명기^{名妓} 만옥연을 얻어 두고, 승상 궁중에서 보았던 미인들과 한번 다투어 보고자 하는 것입니다."

승상은 웃으며 고개를 끄덕였다. 영양 공주가 말했다.

"그렇다면 아무리 노는 일이라도 어찌 남에게 질 수야 있겠습니까?"

그러고는 계섬월과 적경홍을 쳐다보며 말했다.

"군병을 십 년 가르치는 것은 한 번 싸움의 승패를 위한 것이니 이날 승부는 다 두 낭자에게 있다. 부디 힘써 하라."

경홍이 큰 소리로 말했다.

"우리 두 사람이 관동 칠십여 주를 돌아다녔지만 당할 사람이 없었는데 만옥연 한 사람을 두려워하겠습니까?"

이럭저럭 월왕과 모이는 날이 되자, 승상이 의복과 안장 없은 말을 각별히 가다듬어 모양을 내고 계섬월과 적경홍 등 팔백 창기를 거느려 좌우에 있게 하니 진실로 춘삼월 복숭아꽃 속이었다. 월왕은 풍류를 성대히 하고 승상을 맞아 자리를 정했다. 승상과 월왕은 말도 자랑하고 활 쏘는 법도 시험했으며 어명을 받아 내려준 황봉주黃封酒를 부어 서로 권하고 황제에게 각각 사운四韻 시를 지어 보냈다.

이때 여러 빈객은 차례대로 쭉 벌여 앉아 있고 좋은 술과 맛난 안주를 한꺼번에 올리니, 위의가 찬란하고 음식이 충만했다. 월왕과 승상이 서로 첩등을 불러 재주를 보이기로 했다. 이에 계섬월과 적경홍, 월궁의 네 미인이 나와 뵈니 승상이 네 미인의 이름을 물었다.

월왕이 말했다.

"저 미인은 금릉金陵 지금의 중국 난징의 두운선이요, 진류陣留 중국 동한 말기에 있었던 지역의 소채아요, 무창武昌 지금의 중국 후베이성 우한시에 있었던 지역의 만옥연이요, 장안長安 지금의 중국 산시성 시안시의 옛 이름의 호영영입니다."

승상이 말했다.

"만옥연의 이름을 들은 지 오래되었는데, 그 얼굴을 보니 과연 소문과 같습니다."

이때 두 미인이 수레를 타고 와 고했다.

"양 승상의 소실小室입니다."

두 사람이 수레에서 내리거늘 하나는 심요연이요, 또 하나는 완연히 꿈속에서 보던 동정 용녀였다. 두 사람은 예로써 알현했다. 두 사람은 계섬월, 적경홍과 함께 앉았다. 월왕이 그 두 사람을 보니 자색이 섬월과 같았지만 고고한 태도와 뛰어난 기운은 더했다. 월왕이 기이히 여기고 월궁의 미인들도 다 안색이 바뀌었다. 월왕이 물었다.

"두 낭자는 어디 사람이며 성명은 무엇이냐?"

각각 심요연, 백능파라 답했다. 월왕이 또 물었다.

"두 낭자에게 무슨 재주가 있느냐?"

요연이 말했다.

"변방 밖 사람이라 음악 소리를 듣지 못했으니 대왕께서 즐기실 바는 없지만 다만 허랑한 검무를 배웠습니다."

월왕은 크게 기뻐하며 승상에게 말했다.

"낭자가 검무를 안다 하니 심히 유쾌한 일이다."

칼을 끌러 주자 요연이 한 곡조에 맞춰 검무를 추는데, 자유자재로 변화하고 기이한 법이 많아 월왕이 놀라 정신을 잃었다가 한참 후에야 말했다.

"세상 사람으로서 어찌 저럴 수 있겠는가? 낭자는 진실로 신선이로다."

월왕이 또 능파에게 물으니 능파가 대답했다.

"첩은 상강湘江 가에 살기에 항상 비파 타는 노래를 때때로 익혔으나 귀한 분께서 들음직은 할 듯합니다."

월왕이 말했다.

"상비湘妃 고대 중국 순임금의 두 아내이자 자매인 아황과 여영의 비파 소리를 옛사람의 시구를 통해서나 알 수 있었을 뿐이다. 낭자가 능히 하면 유쾌할 일이다. 어서 타 보라."

능파가 한 곡조를 타니 맑은 노래와 신통한 술법術法이 사람을 슬프게 하고 조화를 아는 듯했다. 월왕은 기이히 여겨 말했다.

"진실로 인간의 곡조가 아니다. 참으로 선녀로구나."

날이 저물어 잔치를 파하니 상으로 내린 금과 비단이 헤아리지 못할 정도였다.

이튿날 승상이 황상에게 입조할 때, 태후가 월왕에게 물었다.

"어제 승상과 춘색을 다투었다 하더니 승부는 어떠했는가?"

월왕이 대답했다.

"자고로 부마 중에 누가 승상같이 방탕했겠습니까? 청컨대 승상을 벌하십시오."

태후는 크게 웃고 술 한 잔으로 벌했다. 승상이 크게 취해 돌아올 때 두 공주도 함께 왔다.

한편 두 부인이 여섯 낭자와 서로 즐기는 뜻이 고기가 물에서 놀고 새가 구름에서 나는 것 같아서 서로 정을 잊지 못하니 비록 두 부인의 현덕賢德 현명함과 덕성에 감화를 받아서였지만 실은 전생의 인연 때문이었다. 하루는 두 공주가 서로 의논해 말했다.

"우리 이처육첩二妻六妾은 의가 골육 같고 정이 형제 같으니 어찌 천명天命이 아니겠는가? 타고난 성이 한 가지가 아니고 지위의 높고 낮음이 같지 않음은 족히 거리낄 일이 아니다. 마땅히 결의형제結義兄弟해 일생을 지내는 것이 어떠한가?"

여섯 낭자가 다 겸손히 사양하고 춘운과 섬월이 더욱 응하지 않자 정부인이 말했다.

"유비, 관우, 장비 세 사람은 군신 관계였지만 형제의 의가 있었으니 당초 미천함이 앞날을 성취하는 데 무슨 상관이었겠는가?"

두 공주는 이에 여섯 낭자를 데리고 관음화상 앞에 나아가 분향 재배한 뒤 형제의 의를 맺는 맹세를 하고 글을 지어 '각각 자매로 스스로 처신하라' 했다. 그러나 여섯 낭자가 오히려 명분을 지키어 말이 공순하나 정의情誼는 더 각별했다.

이때 천하가 아주 태평해 승상이 나가면 현명한 임금을 모셔 후원에서 사냥하고 승상이 들어오면 대부인을 모셔 북당北堂에서 잔치하니 세월이 물 흐르는 듯했다. 승상이 장상將相 장수와 재상을 아울러 이르는 말이 되어 권세를 잡은 지 이미 수십 년이었다. 슬하에 육남 이녀를 두어 자식 운도 다복했다.

어느 날 유 부인이 천수를 다하고 별세하자 승상이 슬퍼서 야윔이 점점 심해졌다. 승상은 나라의 일을 더 이상 하기 어렵다고 생각했다. 황상에게 상소해 '물러가고자 합니다'라고 했지만, 황상이 친필로 답장을 써 만류했다. 그 뒤 또 상소해 뜻을 간절히 하자 황상이 친필로 답장을 썼다.

"경의 높은 절개를 이루어 주고자 하지만, 황태후께서 승하하신 후에 어찌 차마 두 공주를 멀리 떠나보낼 수 있겠는가? 성남 사십 리에 별궁이 있으니 이름은 취미궁翠微宮이다. 이 궁은 한적하니 경이 은거함에 마땅할 것이다."

황상은 승상을 위국공魏國公에 봉하고 오천 호를 더 하사했다.

그럭저럭 구월이 되니 국화가 만발해 구경하기 좋은 때였다. 취미궁 서편에 누각이 있는데 올라 보면 팔백 리 진천秦川이 손바닥 펼친 모양으로 훤히 보였다. 승상이 부인과 낭자를 데리고 올라가 가을 경치를 즐기는데, 어느덧 석양은 기울고 구름은 나직이 깔렸으며 가을빛이 찬란하니 마치 그림 같았다.

승상이 옥통소를 내어 한 곡조를 부니 그 소리가 처량해 형경荊卿 진시황을 살해하려다가 실패한 인물이 역수易水 중국 연나라와 조나라의 국경을 이루던 강를 건널 때 고점리高漸離 형경의 벗가 비파를 켜고, 초패왕楚覇王 중국 초나라의 항우이 해하垓下 항우가 유방과의 싸움에서 패배한 곳에서 삼경에 우미인虞美人 항우가 아끼던 여인과 이별하는 노래 같았다. 모든 미인이 다 슬픔을 이기지 못하니 두 부인이 물었다.

"승상이 일찍이 공명을 이루고 오래 부귀를 누려 오늘날 좋은 풍경을 맞았는데, 퉁소 소리가 처량하게 들려 예전과 다르니 어찌 된 일입니까?"

승상은 옥퉁소를 던지고 난간에 기대어 밝은 달을 가리키며 말했다.

"동쪽을 바라보니 진시황 秦始皇 의 아방궁 阿房宮 진시황이 세운 궁궐 이 풀 속에 외롭게 서 있고, 서쪽을 바라보니 한무제 漢武帝 중국 전한의 제7대 황제 의 무릉 茂陵 이 가을 풀 속에 쓸쓸하며, 북쪽을 바라보니 당명황 唐明皇 중국 당나라 현종 의 화청궁 華淸宮 현종과 양귀비가 머물던 궁궐 에 빈 달빛뿐이라오. 이 세 임금은 천고의 영웅이어 서사해 四海 로 집을 삼고 억조창생 億兆蒼生 만백성 으로 신첩 臣妾 을 삼아 해와 달과 별을 돌이켜 천세를 지내고자 했지만 이제 어디 있는가? 내 장차 남해를 건너 관음께 뵈고, 오대 五臺 에 올라 문수보실에 예불해 불생불멸의 도를 얻고자 하나, 다만 그대들과 함께 반평생을 서로 따르다가 장차 멀리 이별하려 하니 자연 슬픈 마음이 퉁소 소리에 나타났던 것이오."[7]

여러 낭자도 다 남악 선녀로서 세속의 인연이 장차 다한 가운데 승상의

천고의 임금과 영웅 들은 어디로 갔는가? 모든 것이 허무하구나.

 소설 한 장면 절정 양소유는 인생의 허무함을 깨달음

---

7) 양소유는 인간 사내로서 누릴 수 있는 복을 다 누리고 있음에도 불구하고 인생의 무상함을 느낀다. 결국 불교에 귀의하려는 뜻을 밝히는데, 이는 곧 성진의 꿈이 끝나간다는 의미로도 해석할 수 있다. 또한, 「구운몽」에 나타나는 여러 사상 중 불교 사상이 드러난 대목이기도 하다.

말을 들으니 더욱 감동했다. 여러 낭자가 일제히 말했다.

"상공이 번화한 중에 이런 마음이 있으니 분명 하늘의 뜻입니다. 저희 여덟 사람이 마땅히 아침저녁으로 예불하며 상공을 기다릴 것입니다. 상공은 밝은 스승을 얻어 큰 도를 깨달은 후에 첩 등을 가르치십시오."

승상은 크게 기뻐하며 말했다.

"우리 아홉 사람의 마음이 서로 맞으니 무슨 근심이 있겠소."

낭자들이 술을 내어 와 작별하려 할 때, 문득 지팡이 끄는 소리가 난간 밖에서 나더니 한참 후에 한 노승이 나타났다. 눈썹이 한 자나 길고 눈은 물결 같아 얼굴과 동정動靜 사람이 일상적으로 하는 모든 행위이 보통 중은 아니었다. 대臺 흙이나 돌 따위로 높이 쌓아 올려 사방을 바라볼 수 있게 만든 곳 위에 올라 승상과 자리를 맞대고 앉아 말했다.

"산야山野의 사람이 대승상 뵙기를 청합니다."

승상은 일어나 답례하며 말했다.

"사부師傅는 어디에서 오셨습니까?"

노승은 웃으며 대답했다.

"승상은 평생 사귀던 오랜 벗을 모르십니까?"

승상은 한참 보다가 드디어 깨닫고 여러 낭자를 돌아보며 말했다.

"내 토번을 치러 갔을 때 꿈에 동정호에 갔다가 남악산에 올라 늙은 화상이 제자를 데리고 강론하는 모습을 보았는데 사부가 바로 그분이십니까?"

노승이 박장대소하며 말했다.

"옳소, 옳소. 비록 옳으나 꿈속에서 잠깐 만나 본 일은 기억하면서 십 년을 함께 머물렀던 일은 기억하지 못하니, 어느 누가 승상을 총명하다 하더뇨?"

승상은 노승의 말을 듣고 의아해하며 물었다.

"저는 열다섯 살 전에는 부모님 곁을 떠나지 않았고 열여섯 살에 급제해 줄곧 벼슬을 했습니다. 그리고 연국에 사신의 신분으로 갔었던 일과 토번을 정벌한 것 외에는 이곳을 떠나지 않았습니다. 그런데 십 년 동안 사부와 함께 생활했다니 저는 이해가 잘 되질 않습니다."

노승은 웃으며 말했다.

"승상은 오히려 꿈을 깨닫지 못했소."[8]

승상이 말했다.

---

8) 양소유는 세속적 욕망의 헛됨을 깨달았으나 자신이 아직 꿈을 꾸고 있다는 것은 알아차리지 못한다.

"사부께서 저를 깨닫게 하시겠습니까?"

노승이 대답했다.

"그건 어렵지 않습니다."

노승이 막대기를 들어 난간을 치니, 문득 흰 구름이 사면에 일어나 지척을 분간치 못했다. 승상이 크게 놀라 말했다.

"사부께서는 바른 도리로 가르치지 아니하시고 어찌 환술幻術 남의 눈을 속이는 술법 로 희롱하십니까?"

말을 마치기도 전에 구름이 걷히며 노승과 여러 낭자는 간데없었다.[9] 승상은 놀라며 자세히 보니 누대 궁궐은 간데없고, 몸은 홀로 작은 암자 가운데 앉아 있었다. 손으로 머리를 만지니 새로 깎은 흔적이 송송하고 백팔 염주가 목에 걸려 있으니 대승상 위의는 없고 연화 도장의 성진 소화상小和尙 화상은 승려를 높여 부르는 말로, 그 앞에 '작을 소' 자를 붙여 양소유를 이르는 '대승상'과 구별함 에 불과했다.

성진이 생각하되 '당초 한 번 잘못 생각한 것을 사부가 경계하려고 인간 세상에 나가 부귀영화와 남녀 정욕을 알게 하신 게구나' 하고 즉시 샘으로 가 세수한 뒤 장삼長衫을 바로 입고 고깔을 쓰고 방장方丈에 들어가니 모든 제자가 다 모여 있었다.

대사가 큰 소리로 말했다.

"성진아, 인간 세상의 재미가 어떠하더냐?"

성진은 고두叩頭 공경하는 뜻으로 머리를 땅에 조아림 하고 눈물을 흘리며 말했다.

"이제야 깨달았습니다. 제가 함부로 굴어 도심道心 부처의 깨달음을 얻으려는 마음 이 바르지 못하니 마땅히 앙화殃禍 죄를 지은 대가로 받는 재앙 를 받을 것을 염려하시어 사부께서 꿈을 통해 저의 마음을 깨닫게 하시니, 사부의 은덕은 천만 년이라도 갚지 못하겠습니다."

대사가 말했다.

"네 흥을 띠어 갔다가 흥이 다해 왔으니 내가 무슨 간섭을 하겠느냐? 또 네가 세상과 꿈을 다르게 아니, 꿈을 오히려 깨지 못했구나."

성진은 사죄하고 스승의 설법으로 꿈을 깨게 해 주도록 청했다.

이때 팔선녀가 들어와 사례하며 말했다.

---

9) 여기서부터 다시 「구운몽」의 외화, 즉 현실의 이야기이다. 외화는 천상이자 신선계를 배경으로 하고, 꿈을 통해 깨달음을 얻은 성진이 불교에 깊이 귀의한다는 내용으로 마무리된다.

"제자 등이 위부인을 모셔 배운 것이 없기에 정욕을 금치 못해 중한 죄를 입었었습니다. 사부의 구제하심을 입어 한 꿈에서 깨어났으니, 원컨대 제자 되어 같은 길을 가기를 바랍니다."

대사가 팔선녀에게 말했다.

"비록 뜻은 아름다우나 불법을 행하는 일은 깊고도 먼 것이오. 큰 역량과 큰 발원發願 신이나 부처에게 소원을 빎이 아니면 능히 이르지 못하는 것이니 선녀들은 스스로 헤아려 결정하시오."

팔선녀는 대사의 말을 듣고 곧 얼굴 위의 연지분을 씻어 버리고 각각 금전도金剪刀 금으로 만든 가위를 꺼내어 흑운 같은 머리를 깎고 다시 돌아와 말했다.

"제자 등이 이미 마음가짐과 얼굴을 다르게 했사오니 맹서하여 사부의 교령을 게을리하지 않겠습니다."

대사는 크게 웃으며 말했다.

"너희들이 진실로 꿈을 알았으니 다시는 망령된 생각을 하지 마라."

하고 즉석에서 대경법大經法을 베풀어 성진과 팔선녀를 가르치니 인간 세상의 모든 변화는 다 허망한 꿈 밖의 꿈이었다. 그들이 한마음으로 불법에 정진하니 모두 큰 깨달음을 얻어 극락세계로 들어갔다.

성진아, 인간 세상의 재미가 어떠하더냐?

사부께서 꿈을 통해 저희 마음을 깨닫게 하시니, 사부의 은덕은 천만 년이라도 갚지 못하겠습니다.

🕯 소설 한 장면　결말　성진은 깨달음을 얻고 팔선녀와 함께 극락세계로 감

🔭 생각해 볼까요?

선생님 「구운몽」에 담겨 있는 사상적 배경에 관해 말해 볼까요?

💬 3 ♥ 3

↳ **학생 1** 「구운몽」에는 우리나라 전통 사상의 기반이라 할 수 있는 유교, 불교, 도교 사상이 모두 나타나요. 즉, 유불선(儒佛仙)이 혼재되어 있지요.

↳ **학생 2** 성진이 양소유가 되어 누리는 입신출세와 부귀영달의 과정은 유교의 현세 주의와 일치해요. 소설의 배경인 신선 세계는 도교에 뿌리를 두고 있고요.

↳ **학생 3** 인생의 무상함을 깨닫는 성진의 모습은 불교의 핵심 사상인 공(空) 사상과 일치해요.

선생님 「구운몽」이라는 작품 제목에는 어떤 의미가 담겨 있을까요?

💬 2 ♥ 2

↳ **학생 1** 「구운몽」은 한자로 '九雲夢'이라고 써요. '九(구)'는 숫자 '9'라는 의미인데, 현실 세계의 성진과 팔선녀 또는 꿈속 세계의 양소유와 2처 6첩을 의미해요. '雲(운)'은 '구름'이라는 의미인데, 「구운몽」의 주제인 일장춘몽을 뜻해요. 구름이 일었다가 사라지는 짧은 순간을 인생에 비유한 것이지요.

↳ **학생 2** '夢(몽)'은 '꿈'이라는 뜻 그대로예요. 성진은 꿈을 통해 온갖 세속적 욕망을 맛보고, 꿈을 통해 깨달음을 얻어요. 인생이 무상하다는 것을 깨닫는 공간이 바로 꿈이지요.

선생님 육관 대사가 성진에게 깨우쳐 주고자 했던 진정한 가르침이란 무엇일까요?

💬 1 ♥ 1

↳ **학생 1** 육관 대사는 꿈에서 깨어난 성진이 감사하다고 말하자 아직도 꿈에서 깨지 못했다고 꾸짖어요. 그리고 성진에게 꿈과 현실은 다르지 않다고 말하지요. 다시 말해 소유가 곧 무소유이고, 무소유가 곧 소유이듯이 "모든 유형의 사물은 공허하다."라는 진리를 설파한 거예요.

선생님 「구운몽」에 영향을 끼친 설화는 무엇일까요?

💬 1 ♥ 1

↳ **학생 1** 몽자류 소설의 연원이 된 설화인 「조신지몽」이에요. 인생은 한순간의 꿈이 라는 일장춘몽을 주제로 다루지요. 「구운몽」 외에도 「조신지몽」의 영향을 받은 문학 작품들로는 남영로의 「옥루몽」, 이광수의 「꿈」 등이 있어요.

선생님 몽자류 소설과 몽유록계 소설 사이에는 어떤 공통점과 차이점이 있나요?

💬 4 ♥ 4

↳ **학생 1** 몽자류 소설과 몽유록계 소설은 모두 '현실-꿈-현실'의 환몽 구조라는 공통점을 가져요. 그런데 몽자류 소설은 대개 작품 제목에 '몽(夢)' 자가 들어가고, '꿈'이 작품 구조에서 중요한 역할을 해요. 이때 꿈속의 세계는 현실 세계보다 형이하학, 즉 세속적이에요. 현실 세계(꿈을 꾸기 전의 세계)는 곧 천상계이기에 비현실적이고, 꿈속의 세계가 인간 세계이기에 현실 세계보다 더 현실적인 느낌을 주지요.

↳ **학생 2** 몽자류 소설의 효시로는 김만중의 「구운몽」을 꼽을 수 있어요. 「구운몽」은 남영로의 「옥루몽」과 그 이본으로 볼 수 있는 「옥련몽」에 많은 영향을 주었어요.

↳ **학생 3** 몽유록계 소설은 작품 제목에 「몽유록」이 들어가는 경우가 많아요. 이때 몽유록의 '유' 자는 '놀 유(遊)' 자로 꿈속에서 놀다 가는 것을 의미해요. 몽유록계 소설은 몽자류 소설과는 달리, 꿈속 세계가 형이상학적이고 현실 세계가 형이하학적이에요.

↳ **학생 4** 대표적인 몽유록계 소설로는 임제의 「원생몽유록」이 있어요. 또한, 김시습이 지은 『금오신화』의 다섯 단편은 모두 몽환적 요소를 지니고 있는데, 그중에서도 특히 「취유부벽정기」, 「남염부주지」, 「용궁부연록」을 몽유록계 소설이라고 할 수 있지요.

불교의 공 사상 ▼ 🔍

연관 검색어　　열반　중도　반야바라밀다심경

공(空) 사상은 대승 불교의 기본 교리로, 모든 존재에 있어서 영원히 변하지 않는 실체는 없다는 사상이다. 실체, 본성, 자아 등의 개념들은 오직 인간의 의식 안에서만 의미를 가질 뿐, 고정적이거나 불변하지 않고 실제로 존재하지도 않는다는 것이다.

불교에서는 모든 존재가 독자적으로 존재하는 것이 아니라 원인인 인(因)과 조건인 연(緣)이 상호관계를 맺으며 생겨나고, 인연이 없으면 그 결과도 없다고 본다.

공 사상은 불교에서 진리를 밝힐 때 사용하는 방법 가운데 하나이므로 객관적 세계를 부정하거나 모든 게 실은 아무것도 아니라고 설명하지는 않는다. 이를 색즉시공 공즉시색(色卽是空空卽是色)이라고 한다. 사물의 본질은 공으로 파악할 수 있으며, 공은 그 사물을 떠나 성립할 수 없다는 의미이다.

심생의 사랑

#중인   #신분의차이   #비극적사랑   #혼사장애

⛵ 작품 길잡이

작가: 이옥
갈래: 한문 소설
성격: 비극적, 애상적, 교훈적
배경: 시간 - 조선 시대 / 공간 - 종로 근처
주제: 양반가 자제와 중인 계층 소녀의 신분 차이로 인한 비극적 사랑
출전: 『담정총서』 권11 「매화외사」

📷 인물 관계도

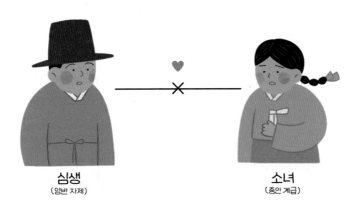

심생
(양반 자제)

소녀
(중인 계급)

심생   양반 가문의 자제로, 소녀를 사랑하지만 이루어지지 못하자 과거 공부를 포기한다.
소녀   부유한 중인 가문 출신이지만 지체가 낮아 심생과 이루어지지 못하고 죽는다.

❀ 작가와 작품 세계

이옥(李鈺, 1760~1815)

조선 후기의 문신. 자는 기상(其相), 호는 매화외사(梅花外史). 태종의 둘째 아들인 효령 대군의 후손이지만, 문신에서 무신으로 전신한 가문인 데다가 서자로 대를 이었다는 점, 노론이 득세하던 조선 후기에 소북 출신이라는 점 때문에 권력의 주변부로 밀려났다. 문체 반정 당시 정조로부터 옳지 못한 글을 짓는다고 평가받아 과거에 응시하지 못하는 벌인 정거(停擧)를 당했고, 군역에 강제로 복무케 하는 충군(充軍)을 두 차례나 받았다. 대표적인 작품으로 「열녀이씨전」 외 23편의 전(傳)이 있고, 귀향 가는 길에 쓴 『남정십편』과 영남 지방 견문기인 『봉성문여』 등이 있다.

📖 구성과 줄거리

발단   심생과 소녀가 만남

양반집 자제인 심생은 임금의 행차를 구경하고 돌아오다가 계집종에게 업혀 가는 한 소녀를 보고 그 뒤를 따라간다. 알고 보니 소녀는 은퇴한 중인의 외동딸로, 아직 혼인하지 않았다고 한다.

전개   심생과 소녀가 사랑을 함

심생은 20일 동안 밤마다 소녀가 사는 집의 담을 넘어가지만 좀처럼 소녀와 만나지 못한다. 심생이 밤마다 소녀를 찾아간 지 30일이 되자, 소녀는 심생의 진실한 사랑을 받아들이고 심생을 자신의 방으로 부른다. 소녀는 자신의 부모를 설득한 뒤 심생과 정을 통한다.

위기   심생과 소녀가 이별함

심생은 매일 밤 소녀를 찾아가는데, 이를 눈치챈 심생의 부모가 심생에게 절에 들어가 공부할 것을 요구한다. 심생은 불만을 품었으나, 부모의 압력과 친구들의 권유를 이기지 못한 채 책을 가지고 북한산성으로 올라가 과거 공부를 한다.

결말   심생과 소녀가 죽음

심생은 소녀가 보낸 유서를 받는다. 유서에는 소녀가 자신의 낮은 신분과 불행한 처지를 한탄하는 내용, 심생의 앞날을 축복하는 내용 등이 담겨 있다. 이후 심생은 과거 공부를 그만두고 무관이 되지만, 슬픔에 싸여 일찍 죽고 만다.

심생의 사랑

심생은 서울에 사는 선비였다. 스무 살의 나이에 용모가 매우 준수했고 풍치 있는 마음이 흘러넘쳤다.

심생이 운종가雲從街 지금의 종로에서 임금님 행차를 구경하고 돌아오는 길이었다. 건실하게 생긴 여종 하나가 한 소녀를 자줏빛 비단 보자기로 덮어씌워 업고 가는 것이 보였다. 또 다른 여종 하나는 붉은 비단 꽃신을 들고 그 뒤를 따르고 있었다. 보자기 겉으로 드러난 여인의 몸집을 어림해 보니 어린아이는 아닌 듯싶었다. 심생은 바짝 뒤를 쫓기도 하고, 졸졸 꽁무니를 따르기도 하고, 소매가 확 스치게 곁을 지나기도 하면서 한시도 여인에게서 눈을 떼지 않았다.

소광통교小廣通橋 청계천 남쪽의 지류인 청동천에 있던 다리에 이르렀을 때 문득 회오리바람이 일더니 자줏빛 보자기가 반쯤 젖혀졌다. 복사꽃 같은 뺨에 버들잎 같은 눈썹을 가진 소녀의 얼굴이 살포시 드러났다. 초록 저고리에 붉은 치마를 입고 화장을 짙게 한 것이 얼핏 보기에도 절세미인이었다. 소녀 또한 어떤 미

🎙 소설 한 장면　발단　심생과 소녀가 만남

소년이 남색 저고리를 입고 초립初笠 주로 어린 나이에 관례를 한 사람이 쓰던 갓을 쓴 채 왼쪽으로 오른쪽으로 따라 걸으며 자신에게 은근한 눈길을 주는 것을 보자기 속에서 희미하게나마 보고 있었다.

그러다 보자기가 벗겨지면서 버들잎 같은 눈매, 별 같은 눈동자의 두 눈이 순간 마주쳤다. 소녀는 놀랍고도 부끄러워 보자기를 여며 덮어쓰고 떠났다. 심생이 곧장 뒤따라갔으나 소공동 홍살문 안에 이르러 소녀는 어느 집 문으로 들어가 버렸다.

심생은 뭔가 잃어버린 듯이 멍하니 한참을 서성였다. 그러다가 이웃의 한 노파를 만나 그 집에 대해 자세히 물었다. 노파의 말에 따르면, 그 집은 호조에서 회계 일을 맡아보다 퇴직한 중인의 집인데 시집을 가지 않은 열예닐곱 살의 딸이 하나 있다는 것이었다.

소녀가 거처하는 방을 묻자 노파는 손가락으로 가리키며 말했다.

"이쪽 좁은 길로 죽 들어가면 회칠한 담장이 나오고, 담장 안을 보면 곁방이 하나 있을 거요. 거기가 바로 그 처녀가 기거하는 방이라오."

심생은 그 말을 잘 기억해 두었다.

이날 저녁, 심생은 부모님께 거짓말을 아뢰었다.

"같이 공부하는 친구가 밤을 함께 보내자고 청해 그리할까 하옵니다."

마침내 인정人定 밤 열 시경에 통행 금지를 알리던 종소리이 울리자 심생은 소녀의 집 담장을 넘어 들어갔다. 은은한 초승달 아래서 보니 창밖의 꽃나무들이 꽤나 아담했으며, 등불은 창호지를 환히 비추고 있었다. 심생은 등을 벽에 기댄 채 처마에 의지하고 앉아 숨을 죽이고 기다렸다. 방 안에는 여종 둘이 있었고, 소녀는 소리를 낮추어 꾀꼬리가 지저귀듯이 소설을 읽고 있었다.

삼경三更 밤 열한 시에서 새벽 한 시 사이이 되자 여종들은 이미 깊이 잠들었는데 소녀는 그제야 등불을 끄고 잠자리에 들었다. 그러나 한참 동안 잠을 이루지 못하고 뒤척이는 것이 무언가를 생각하는 듯싶었다. 심생은 소리도 내지 못한 채 그대로 앉아 있다가 새벽종이 울리자 다시 담장을 기어 넘어 밖으로 나왔다.

심생은 이때부터 날이 저물면 소녀의 집으로 갔다가 새벽녘에야 집으로 돌아오는 일을 습관처럼 되풀이했다. 스무날이 지나도록 그렇게 하기를 멈추지 않았다.

소녀는 초저녁엔 소설을 읽거나 바느질을 하다가 한밤중이 되면 등불을 끄고 그대로 잠들기도 하고 혹 번뇌하며 잠을 이루지 못하기도 했다. 심생이 그런지 예니레^{옛새나 이레}쯤 되는 날, 소녀는 문득 몸이 좋지 않다며 초저녁부터 자리에 누웠다. 소녀는 자주 손으로 벽을 치며 길고 짧은 한숨을 내쉬었는데, 그 소리가 창밖까지 들려왔다. 이런 일은 날이 갈수록 심해졌다.

스무날째 밤이었다. 소녀는 홀연 대청마루 뒤로 나오더니 벽을 따라 돌아와 심생이 앉아 있는 자리에 나타났다. 심생은 캄캄한 어둠 속에서 불쑥 일어나 소녀를 붙잡았다. 소녀는 조금도 놀라지 않으며 소리를 낮추어 이렇게 말했다.

"낭군은 소광통교에서 만났던 그분이 아니신지요? 저는 처음부터 낭군이 와 계시는 걸 알고 있었습니다. 벌써 스무날째로군요. 저를 붙들지 마시어요. 제가 소릴 지르면 여기서 나가실 수 없을 것이옵니다. 저를 놓아주시면 저쪽 문을 열고 낭군을 맞이하겠사오니 어서 제 말대로 하시지요."

심생은 그 말을 믿고 물러서 기다렸다. 소녀는 다시 벽을 따라 빙 돌아 들어가더니 방에 이르자 여종을 불러 말했다.

"어머니께 가서 주석으로 만든 큰 자물쇠를 좀 얻어 오너라. 밤이 너무 깜깜해 무섬증이 이는구나."

여종은 안방으로 가 자물쇠를 가지고 왔다. 소녀는 심생과 약속했던 뒷문으로 가 자물쇠를 걸더니 일부러 딸가닥 소리를 내며 손수 열쇠로 자물쇠를 채웠다. 그러고는 즉시 방으로 들어가 등불을 끄고 기척도 내지 않고 깊이 잠든 체했지만 실은 잠들지 않았다.

심생은 속은 것이 마음 아팠지만 한 번 보게 된 것을 다행으로 여겼다. 이날도 잠긴 문 앞에서 밤을 새우고 새벽에야 돌아갔다.

심생은 다음 날에도 또 갔으며, 그다음 날에도 또 갔다. 문이 잠겼다고 해서 조금도 게을리하지 않았다. 비 오는 날이면 비옷을 입고 갔으며 비에 젖는 것쯤은 개의치 않았다. 그렇게 또 열흘이 지났다.

한밤중이었다. 온 집안사람은 잠들었고 소녀 또한 등불을 끈 지 오래였다. 그런데 소녀가 갑자기 벌떡 일어나더니 여종들에게 불을 켜라 이르고 이렇게 말했다.

"너희들은 오늘 밤 윗방에 가서 자거라!"

두 여종이 문을 나서자, 소녀는 벽 위에서 열쇠를 가져다 자물쇠를 풀더니 뒷문을 활짝 열고 심생을 불렀다.

"방으로 들어오시지요."

심생은 생각해 볼 겨를도 없이 어느새 몸이 먼저 방에 들어와 있었다. 소녀는 다시 문을 잠그더니 심생에게 말했다.

"잠시만 앉아 계세요."

소녀는 안방으로 가더니 부모님을 모시고 왔다. 소녀의 부모는 심생을 보고 깜짝 놀랐다. 소녀가 말했다.[1]

"놀라지 마시고 제 말을 들어 보세요. 제 나이 열일곱, 그동안 문밖에 나가 본 적이 없었습니다. 그러하온데, 지난달 처음으로 집을 나서 임금님의 행차를 구경하고 돌아오던 길이었지요. 소광통교에 이르렀을 때, 불어온 바람에 보자기가 걷혀 올라가 마침 초립을 쓴 낭군과 얼굴을 마주치게 되었답니다. 그날 밤부터 이분이 매일 밤 오셔서 뒷문 아래 숨어 기다리신 게 오늘로 이미 서른 날이 되었어요. 비가 와도 오고 추워도 오고 문을 잠가 거절해도 또한 오셨습니다.

이 일을 어이할까 오랫동안 이리저리 헤아려 보았사온데, 만일 소문이 밖에까지 퍼져 이웃에서 알게 된다면, 저녁에 들어와 새벽에 나간 일을 두고

놀라지 마시고
제 말을 들어 보세요.

🍎 소설 한 장면   전개 심생과 소녀가 사랑을 함

---

1) 소녀는 부모님과 심생의 앞에서 자기 의견을 자유롭고 정확하게 표출한다. 「심생의 사랑」이 창작되었을 무렵, 여성들의 의식이 진보적으로 변화하고 있었음을 알 수 있다.

누군들 낭군이 그저 창밖의 벽에 기대어 있기만 했다고 여기겠어요? 실은 아무 일도 없었건만 저는 추악한 소문을 뒤집어쓰고 개에게 물린 꿩 신세가 되겠지요.

이분은 사대부 가문의 낭군으로, 한창나이에 혈기를 진정하지 못하고 벌과 나비가 꽃을 탐하는 것만 알아 바람과 이슬 맞는 것을 걱정하지 않으니 얼마 못 가 병이 들지 않겠습니까? 병들면 필시 일어나지 못할 터이니, 그리된다면 소녀의 손으로 해한 것은 아니오나 결국 소녀가 해한 꼴이 되겠지요. 남들이 모르는 일이라 해도 언젠가는 하늘이 제게 벌을 내릴 것입니다.

게다가 소녀는 중인 집안의 계집에 지나지 않아요. 절세의 미모를 가진 것도 아니요, 물고기가 숨고 꽃이 부끄러워할 만큼 아름다운 얼굴도 아니지요. 그렇건만 낭군은 못난 솔개를 송골매라 여기고 이처럼 제게 지극정성을 다하십니다. 이러한데도 낭군을 따르지 않는다면 하늘이 소녀를 미워하고 분명 복을 내리지 않을 것이옵니다.

아버지, 어머니. 소녀는 뜻을 굳혔사옵니다. 부디 걱정하지 마세요.

아아! 부모님은 늙어 가시는데 자식이라곤 저 하나뿐이니 사위를 맞아 그 사위가 부모님 살아 계실 적엔 봉양을 다하고 돌아가신 뒤엔 제사를 모셔 준다면 더 바랄 게 무엇이 있겠사옵니까? 일이 어쩌다 이렇게 되고 말았으나 이것도 하늘의 뜻입니다. 더 말해 무엇하겠어요?"

부모는 묵묵히 말이 없었고 심생 또한 할 말이 없었다.

심생이 잠시 후 소녀와 함께 있게 되었으니, 그토록 원하던 일이었으므로 그 기쁨은 짐작하고도 남는다.

심생은 그날 밤 이후 저녁에 가 새벽에 돌아오는 일을 하루도 거르지 않았다. 소녀의 집은 본래 부유해서 심생을 위해 화려한 옷을 많이 장만해 주었다.[2] 그러나 심생은 집에서 이상하게 볼까 봐 그 옷을 입지 못했다.

심생은 비밀을 깊이 감추었지만, 심생의 집에서는 심생이 밤마다 밖으로 나가서 오래도록 돌아오지 않는 것을 의심하게 되었다. 마침내 심생은 산사에 가서 공부에 전념하라는 분부를 받았다. 심생은 불만스러웠으나 집에서 다그치고 친구들이 이끌자 책을 싸 짊어 메고 북한산성으로 올라갔다.

---

2) 소녀의 아버지는 중인 계급으로 많은 부를 축적했다고 추정된다. 당시 조선 후기에는 경제력을 갖춘 중인층이 성장했는데, 관직에 활발히 진출하거나 신분 상승 운동을 벌이는 등 여러 방면에서 사회적 영향력을 행사했다.

선방에 머문 지 한 달이 가까워 올 즈음, 어떤 이가 찾아와 소녀가 쓴 한글 편지를 전했다. 뜯어보니 이별을 알리는 유서였다. 소녀가 이미 죽었던 것이다. 그 편지 내용은 대략 다음과 같았다.

봄추위가 매서운데 산사에서 공부는 잘되시는지요? 저는 낭군을 잊은 날이 없답니다. 저는 낭군이 떠나신 뒤 우연히 병을 얻었습니다. 병이 깊어져 약을 먹어도 소용이 없으니, 이제 곧 죽게 될 듯하옵니다. 저처럼 박명薄命 복이 없고 팔자가 사나움한 사람이 살아 무엇하겠는지요. 다만 세 가지 큰 한이 남아 있어 죽어도 눈을 감지 못할 것 같사옵니다.

저는 무남독녀인지라, 부모님의 사랑을 한껏 받으며 자라났지요. 부모님은 장차 데릴사위처가에서 데리고 사는 사위를 얻어 늘그막에 의지하려는 생각을 가지셨어요. 하온데 뜻하지 않게 좋은 일에 마가 끼어 천한 제가 지체 높은 낭군과 만났으니, 같은 신분의 사위를 얻어 오순도순 살리라던 꿈은 모두 어그러지게 되었습니다. 이 일로 인해 소녀는 시름을 얻어 끝내 병들어 죽기에 이르러 늙으신 부모님은 이제 영영 기댈 곳이 없어졌으니, 이것이 첫째 한이옵니다.

여자가 시집을 가면 계집종이라도 남편과 시부모가 계시지요. 세상에 시부모가

🌀 소설 한 장면　위기　심생과 소녀가 이별함

알지 못하는 며느리는 없는 법이랍니다. 하오나 저는 몇 달이 지나도록 낭군댁의 늙은 여종 한 사람 본 일이 없사옵니다. 살아서는 부정한 자취요, 죽어서는 돌아갈 곳 없는 혼백이 되리니, 이것이 둘째 한이옵니다.

아내가 남편을 섬기는 일이란, 음식을 잘해 드리고 옷을 잘 지어 드리는 일일 것입니다. 낭군과 함께 보낸 시간이 짧다고 할 수 없고, 제가 손수 지어 드린 옷도 적다고 할 수 없겠지요. 하오나 제가 낭군의 집에서 낭군께 밥 한 그릇 대접한 일이 없고 옷 한 벌 입혀 드릴 기회가 없었으니, 이것이 셋째 한이옵니다.

인연을 맺은 지 오래지 않아 급작스레 이별을 하고 병들어 누워 죽음이 가까워 오건만, 낭군을 뵙고 마지막 작별 인사도 할 수가 없사옵니다. 이런 아녀자의 슬픔이야 말해 무엇하겠사옵니까. 애간장이 끊어지고 뼈가 녹는 듯하옵니다. 연약한 풀은 바람 따라 흔들리고 꽃은 흙이 된다지만, 아득히 깊은 이 한은 어느 날에야 사라질는지요?

아아! 창을 사이에 두고 만나던 것도 이것으로 끝이옵니다. 낭군께서는 미천한 저 때문에 마음 쓰지 마시고 학업에 정진하시어 하루빨리 벼슬길에 오르시기를 바라옵니다. 부디 안녕히 계십시오. 부디 안녕히 계십시오.

편지를 본 심생은 울음이 터져 나오는 것을 참을 수 없었다. 그러나 소리 내어 통곡해 본들 이미 어쩔 수 없는 일이었다.

그 뒤 심생은 붓을 던지고 무과에 나아가 벼슬이 금오랑金吾郎 조선 시대에 의금부에 속한 도사를 이르던 말에 이르렀으나 그 또한 일찍 죽고 말았다.

매화외사작가 이옥의 호는 말한다.

"내가 열두 살 무렵, 시골 서당에서 공부하던 시절에는 날마다 동무들과 옛날이야기 듣기를 좋아했다. 하루는 선생님께서 심생의 일을 매우 자세히 이야기해 주시고는 이렇게 말씀하셨다.

'심생은 내 어린 시절의 동무이다. 이 사람이 산사에서 편지를 읽고 통곡할 때 내가 곁에서 지켜보았으며, 급기야 심생이 겪은 일을 듣게 되었고 지금까지 잊지 못하고 있다.'

또 이런 말씀도 하셨다.

'너희더러 심생의 풍류를 본받으라고 이 이야기를 해 준 게 아니다. 사람이 어떤 일에 대해서든 반드시 이루겠다는 뜻이 있다면 규방 여인의 마음도

얼을 수 있거늘, 하물며 글을 짓고 과거에 합격하는 일이 그보다 어렵겠느냐?'

우리는 그때 이 이야기를 듣고 참신한 이야기라 여겼는데, 훗날 『정사情史 중국 명나라의 문장가 풍몽룡이 편찬한 책으로, 남녀의 연애를 다룬 이야기가 많이 실려 있음 』라는 책을 읽어 보니 이와 비슷한 것이 퍽 많았다. 이에 심생의 일을 적어 『정사』에 빠진 것을 보충한다."

이제 와 후회해봤자 무슨 소용인가.

📺 소설 한 장면 결말 심생과 소녀가 죽음

생각해 볼까요?

선생님 소녀는 왜 자신의 처지를 '개에게 물린 꿩'에 비유했을까요?

💬 3 ♥ 3

↳ **학생 1** 조선 시대 여성에게는 정절이 중요했는데, 심생이 매일 밤 소녀의 집에 다녀간 사실이 알려지면 소녀는 혼처를 구하기 어려웠을 거예요. 비록 심생과 소녀 사이에 아무 일도 없었다고 해도 말이에요. 그러므로 소녀는 심생의 마음이 진심이라는 것을 확인한 뒤 그를 받아들이고자 했지요.

↳ **학생 2** 소녀는 자신과 신분이 다른 심생을 사랑한다는 이유만으로 시부모가 될 사람들의 얼굴을 보지 못하고, 심생에게 손수 옷을 입혀 주지 못하고, 따뜻한 밥한 끼를 차려 주지 못하는 신세가 되었어요. 소녀의 사랑은 누구에게도 축복받을 수 없었지요.

↳ **학생 3** 게다가 심생이 절로 쫓겨 간 이후, 소녀는 심생으로부터 짧은 소식조차 듣지 못했어요. 어쩌면 소녀는 심생을 사랑하는 순간부터 이러한 상황을 예견하고 있었는지도 몰라요. 자연스럽게 소녀는 자신의 신분과 처지를 비관할 수밖에 없었겠지요.

중인층의 성장 ▼ 🔍

연관 검색어   양 난   신분제의 동요   신분 상승 운동

조선 시대에는 주로 과거 시험을 통해 관리를 선발했다. 과거 시험은 소과, 문과, 무과, 잡과로 나뉘는데 잡과에 합격한 사람은 기술관이 되어 관직에 진출할 수 있었다. 중인층은 중에서도 역관은 중국과의 외교를 담당하며 부를 쌓았다. 외국문물을 자주 접하고 유교적인 사고방식에서 벗어나 넓은 세계를 경험한 덕분에 고위직으로 진출하거나 개화운동의 선구자가 되는 경우도 있었다.

당시에는 신분에 따라 관직에 진출했는데, 중인과 서얼은 아무리 능력이 뛰어나도 신분적 제약으로 인해 발목을 잡히곤 했다. 이들에 대한 사회적 차별 역시 만연해 중인끼리의 혼인이 늘어나고, 특수한 동류의식이 생겨났다. 중인들은 서로 모여 글을 짓는 시사(詩社)를 조직하거나 개혁 의지를 드러내며 신분 상승 운동을 주도하기도 했다.

가정 소설

✉ 가정 소설에 대하여

가정 소설은 가정(家庭), 즉 한 가족의 생활 공동체 안에서 벌어지는 일들을 다룬 소설이다. 주로 부모와 자식의 갈등, 본부인과 첩의 갈등, 계모와 전처가 낳은 자녀의 갈등을 다룬 작품이 많으며, 인물 간의 갈등이 주된 서사로 등장하다 보니 극적인 이야기가 많다. 또한, 선한 사람은 복을 받고 악한 사람은 벌을 받는다는 권선징악(勸善懲惡)의 주제로 평민층에서 많은 인기를 끌었다. 대부분 결말에서 교훈이 제시되거나 행복한 결말로 끝난다는 점도 가정 소설의 특징이다.

우리나라의 대표적인 가정 소설이자 국문 소설로 김만중의 「사씨남정기」를 들 수 있는데, 이 작품은 희빈 장씨가 왕비가 되고 인현왕후가 폐출당한 사건을 소재로 삼고 있다. 양반 사내가 여러 명의 첩을 거느리는 축첩 제도, 즉 일부다처제의 불합리성도 고발했다. 시간이 흘러 조선 후기에는 한 가문의 여러 세대를 다루는 가문 소설, 가계 소설도 크게 성행했다.

가정 소설은 국문으로 쓰인 경우가 많은데, 조선 시대 고전 소설의 독자층이 주로 사대부층의 부녀자였기 때문이다. 당시 여성들은 제대로 교육받을 기회가 없어 한자보다는 한글을 사용했다. 또한, 가정 소설은 그 내용상 대중적이고 통속적인 갈래로 여겨져 평민, 여성 사이에서 인기가 많았다.

장화홍련전

#계모   #후처   #가정비극   #무책임한가장

⚓ 작품 길잡이

작가: 미상
갈래: 가정소설, 계모형 소설
성격: 전기적, 교훈적
배경: 시간 - 조선 세종 대왕 때 / 공간 - 평안도 철산
근원 설화: 계모 설화, 신원 설화, 환생 설화
주제: 가정불화로 말미암은 비극과 한(恨)풀이

📷 인물 관계도

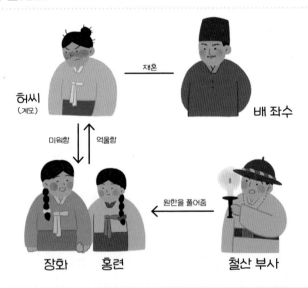

허씨
(계모)

재혼

배 좌수

미워함   억울함

장화   홍련

원한을 풀어줌

철산 부사

장화	계모의 모함으로 억울하게 호수에 빠져 죽지만, 원한을 풀고 다시 태어난다.
홍련	언니를 따라 죽은 뒤 철산 부사에 의해 억울함을 풀고 다시 태어난다.

🔖 구성과 줄거리

발단　슬하에 자녀가 없던 배 좌수가 장화와 홍련 자매를 얻음

평안도 철산 지방에 배무룡이란 좌수가 산다. 그는 슬하에 자녀가 없었는데, 그의 부인이 뒤늦게 장화와 홍련이라는 두 딸을 낳는다. 장화와 홍련은 용모와 재주가 뛰어나고 부모에게도 지극히 대하는 등 훌륭한 자매로 자란다.

전개　장씨 부인이 죽고 허씨가 두 번째 부인으로 들어옴

부인 장씨는 장화와 홍련을 낳은 뒤 병을 얻어 일찍 죽는다. 배 좌수는 후사가 없어 부득이 허씨를 두 번째 부인으로 맞는다. 허씨는 아들 셋을 줄줄이 낳은 뒤 전실의 딸들, 즉 장화와 홍련을 학대하기 시작한다.

위기　허씨의 모함으로 장화가 죽자 홍련도 뒤따라 죽음

허씨는 큰 쥐를 잡아 껍질을 벗긴 후 장화의 이불에 넣고, 장화가 부정을 저질러 낙태를 했다며 좌수를 속인다. 좌수는 허씨의 말을 믿고 아들 장쇠를 시켜 장화를 연못 속에 빠뜨린다. 홍련은 꿈에 나타난 장화를 통해 언니가 억울하게 죽었음을 깨닫고, 장화가 죽은 연못을 찾아가 그곳에서 죽는다.

절정　홍련의 원귀가 철산 부사 앞에 나타나 억울함을 호소함

철산에 부임한 부사들은 헛것을 보고 모두 죽어 나간다. 그러자 정동호란 사람이 자원해 부사로 온다. 정동호의 앞에 홍련의 원귀가 나타나 원한을 풀어 달라고 한다. 부사는 배 좌수와 허씨를 문초한 끝에 진실을 밝혀낸다. 계모 허씨는 능지처참을 당하고, 아들 장쇠는 교살을 당한다. 배 좌수는 훈계를 받고 풀려난다. 정동호는 연못에서 자매의 시신을 건져 낸 뒤 비를 세우고 혼령을 위로한다.

결말　장화와 홍련이 다시 태어나 복록을 누림

배 좌수는 세 번째 부인으로 윤씨를 맞는다. 배 좌수와 윤씨는 장화와 홍련의 현신인 쌍둥이 딸을 낳은 뒤 이름을 장화와 홍련이라고 짓는다. 훌륭하게 자란 장화와 홍련 자매는 평양의 부호 이연호의 쌍둥이 아들과 결혼해 아들딸을 낳고 복록을 누리며 산다.

장화홍련전

세종 대왕 시절 평안도 철산군에 배무룡이란 사람이 살았다.[1] 그는 향족
鄕族 지방 수령을 보좌하는 관리, 즉 향원이 될 수 있는 자격을 갖춘 집안 **출신**으로 좌수座首 지방에 설치된 국가 기관의 우두머리
를 지냈다. 배 좌수는 성품이 매우 순후淳厚하고 가산이 넉넉하여 남부러울
것이 없었다. 다만 슬하膝下에 자식 하나 없어 부부는 매양 슬퍼했다.

그러던 어느 날, 부인 장씨가 몸이 곤하여 침상寢牀에 기대 조는 동안, 문득
한 선관仙官이 하늘에서 내려와 꽃 한 송이를 주었다. 부인이 받으려 하자
홀연 회오리바람이 일더니 그 꽃이 선녀로 변하여 완연히 부인의 품속으로
들어오는지라, 놀라 깨어 보니 남가일몽南柯一夢 중국 당나라 때 사람인 순우분이 남쪽에 있는 홰나무 아래서
꿈을 꿨는데, 깨어나 보니 꿈속의 부귀영화가 헛되이 사라졌다는 데서 유래한 말이었다.

부인은 좌수에게 꿈 이야기를 하며 괴이하다고 했다. 좌수는 부인의 말을
듣고 기뻐하며 말했다.

"우리에게 자식이 없음을 하늘이 불쌍히 여겨 귀한 자식을 점지하신 것
이오."

과연 그날부터 태기胎氣가 있어 열 달이 차매, 하루는 밤중에 향기가 진동
하더니 순산하여 옥녀玉女를 낳았다. 아기의 용모와 기질이 특이하여, 좌수
부부는 몹시 사랑하며 이름을 장화薔花라 짓고 보물처럼 길렀다.

장화가 두어 살이 되면서 장씨에게 또다시 태기가 있었다. 좌수 부부는
밤낮으로 아들 낳기를 바랐으나 역시 또 딸을 낳았다. 서운하기는 하나 할
수 없어 이름을 홍련紅蓮이라 했다. 장화와 홍련이 점점 자라매 얼굴이 화려
하고 기질이 기묘할뿐더러 효행이 뛰어났다. 좌수 부부는 자매가 자라는
것을 보고 비할 데 없이 사랑했으나 너무 숙성함을 매우 염려했다.

그러던 중 불행히도 장씨는 갑자기 병을 얻어 자리에 눕게 되었다.

좌수와 장화가 정성을 다하여 약을 썼지만 증세가 날로 악화될 뿐 조금도
효험이 없었다. 장화는 초조하여 하늘에 축수祝手 두 손바닥을 마주 대고 빎하며 모친이
낫기를 바랐다. 하지만 장씨는 병이 나을 수 없음을 짐작하고 나이 어린 두

---

1) 「장화홍련전」은 1656년 평안도 철산 지방에서 있었던 실제 사건과 그 사건의 영향을 받은 설화들을 바탕으로 지어
졌다. 작품 첫머리에서 사건의 연대를 밝힘으로써 사실성을 더하고 있다.

딸의 손을 잡고 좌수를 청招하여 슬퍼하며 말했다.

"첩이 전생에 죄가 많아 오래 살지 못할 것 같습니다. 죽는 일은 슬프지 않으나 장화와 홍련을 기를 사람이 없어 지하에 가서도 눈을 감지 못할 만큼 슬프니, 이제 골수에 맺힌 한을 가슴에 품고 죽으려 합니다. 외로운 혼백魂魄이 바라는 바는 한 가지입니다. 첩이 죽은 후에 다른 여인을 취하실진대 낭군의 마음이 자연 변하기 쉬울 것이니 그것이 두렵습니다. 바라건대 낭군은 첩의 유언遺言을 저버리지 마시고 지난날의 정을 생각하시어, 이 두 딸을 불쌍히 여겨 장성한 후에 좋은 가문의 배필을 얻어 봉황鳳凰의 짝을 지어 주신다면 첩이 비록 어두운 저승에서라도 결초보은結草報恩 죽은 뒤에도 은혜를 잊지 않고 갚음하겠습니다."

그리고 긴 한숨을 쉬며 탄식한 후, 이내 숨을 거두었다. 장화와 홍련은 서로 안고 하늘을 우러러 통곡하니, 둘의 가련한 모습은 보는 사람으로 하여금 간장이 녹아내리게 했다.

그럭저럭 장사를 지낼 때가 되어 장씨를 선산에 묻고 두 딸은 효심을 다하여 조석으로 상식上食 상가에서 아침저녁으로 제사상 앞에 올리는 음식을 받들었다. 세월이 흘러 어느덧 삼년상을 마쳤다. 그러나 장화, 홍련의 망극함은 더해만 갔다.

🌱 소설 한 장면 발단 슬하에 자녀가 없던 배 좌수가 장화와 홍련 자매를 얻음

좌수는 비록 장씨의 유언을 생각하였지만 후사後嗣 대를 이을 자식를 생각하지 않을 수도 없어 혼처를 두루 구하였으나, 원하는 여인이 없으므로 부득이 허씨라는 여인을 맞았다.

허씨의 용모로 말할 것 같으면 양 볼은 한 자가 넘고, 두 눈은 퉁방울질낮은 놋쇠로 만든 방울눈이고, 코는 붉은 질흙으로 만든 병 같고, 입은 메기 아가리 같고, 머리털은 돼지털 같고, 키는 장승만 하고, 소리는 이리와 같고, 허리는 두 아름이나 되었다. 또한, 곰배팔이팔이 꼬부라져 붙어 펴지 못하거나 팔뚝이 없는 사람 요, 수중다리퉁퉁 부은 다리에 쌍언청이를 겸하였고, 그 주둥이를 썰어내면 열 사발은 족히 되고, 마마천연두 자국이 콩멍석 같으니 그 형용을 차마 바로 보기 어려운 데다가, 그 심사가 더욱 못되어 남이 놏할 노릇만 골라 가며 행하니, 잠시라도 집에 두기가 난감했다.

그것도 계집이라고 그달부터 태기가 있어 줄줄이 아들 삼 형제를 낳았다. 좌수는 민망하여 어찌할 바를 모르니 노상 딸과 더불어 죽은 장씨 부인을 생각하며 잠시 잠깐이라도 두 딸을 못 보면 삼추三秋같이 여기고, 돌아오면 두 딸의 침실부터 들어가 손을 붙잡고 눈물을 흘렸다.

"너희 자매가 깊은 규방에 있으면서 어미를 그리워함을 이 늙은 아비도

🗣 소설 한 장면　전개　장씨 부인이 죽고 허씨가 두 번째 부인으로 들어옴

매양 슬퍼하고 있다."

그럴수록 허씨는 시기심이 들끓어 올라 장화와 홍련을 모함하고자 꾀를 내었다. 이에 좌수는 허씨의 시기하는 마음을 짐작하고 크게 꾸짖었다.

"우리는 본래 가난하게 살았으나 전처의 재물이 많아 지금 풍족히 살고 있소. 그대가 먹는 것도 다 전처의 재물 덕이니 그 은혜를 생각하면 감지덕지해야 마땅한데, 저 어린것들을 괴롭게 하니 다시는 그러지 마오."

조용히 타일렀지만 시랑豺狼 승냥이와 이리 같은 마음이 어찌 뉘우칠 줄 알겠는가. 그 후로는 더욱 흉측해져서 두 자매를 죽일 꾀를 밤낮으로 생각했다.

하루는 좌수가 내당으로 들어와 딸들의 방에 앉으며 두 딸을 살펴보니, 장화와 홍련이 서로 손을 잡고 슬퍼하며 눈물로 옷깃을 적시는 것이었다. 좌수는 이것을 보고 매우 측은히 여겨 탄식했다.

'필시 죽은 어미를 생각하고 슬퍼하는 것이로다.'

좌수가 눈물을 흘리며 말했다.

"너희가 이렇게 장성하였으니, 어미가 살아 있었다면 오죽이나 기뻐했겠느냐. 그러나 팔자가 기구하여 허씨 같은 계모를 만나 구박이 심하니, 너희들의 슬픔을 짐작하고도 남는구나. 이후에 이런 일이 있으면 내가 알아서 너희 마음을 편케 하리라."

이때 흉악한 허씨는 창틈으로 이 광경을 엿보고는 더욱 분노하여 계책을 생각하다가, 문득 제 자식 장쇠를 불러 큰 쥐 한 마리를 잡아오게 했다. 그러고는 쥐의 껍질을 벗기고 피를 발라, 낙태落胎 한 형상을 만들어 장화가 자는 방에 들어가 이불 밑에 넣고 나왔다. 좌수가 들어오기를 기다려 이를 보이려고 하는데, 마침 좌수가 외당에서 들어오는 것이었다. 허씨는 좌수를 보고 정색을 하며 혀를 차니, 괴이하게 여긴 좌수가 그 연유를 물었다.

"집안에 해괴한 변이 있으나 낭군께서는 첩의 모함이라 하실 듯하기에 지금껏 발설치 못하였습니다. 낭군은 친어버이라, 나가면 생각하고 들어가면 반기는 정을 자식들은 전혀 모르고 부정한 일이 많이 생기나, 내 또한 친어미가 아니므로 짐작만 하고 있었습니다. 그런데 오늘은 늦도록 기동치 않기에 몸이 불편한건 아닌지 염려되어 들어가 보니, 과연 낙태를 하고 누웠다가 첩을 보고는 미처 수습치 못하여 쩔쩔매는 것이었습니다. 첩은 놀라기가 이루 다 말할 수 없었지만, 친딸이 아닌고로 저와 나만 알고 있습니다. 그런데 양반집 체면에 이런 일이 누설되면 어찌 얼굴을 들고 세상을 살아가겠습니까?"

좌수는 크게 놀라 부인의 손을 이끌고 장화의 방으로 들어가 이불을 들추어 보았다. 이때 자매가 잠이 깊이 들어 있었으니, 허씨는 그 피 묻은 쥐를 가지고 기겁을 하며 날뛰었다. 어리석은 좌수는 그 흉계를 모르고 놀라며,

"이 일을 장차 어찌하리오."

이때 흉녀가 말했다.[2]

"일이 매우 심각한 상황이니, 남모르게 저 애를 죽여 흔적을 없애면 남은 이런 줄은 모르고 첩이 전실 자식을 모해謀害 꾀를 써서 남을 해침하여 죽였다고 할 것입니다. 이런 사실을 남이 알면 부끄러움을 면치 못할 것이니, 차라리 이 몸이 먼저 숙어 모르는 세 나을까 합니다."

저 미련한 좌수는 그 흉계에 속아 급히 달려들어 붙들고 빌면서 울었다.

"그대의 진중한 덕을 내 이미 아는 바이다. 그대가 한시라도 빨리 방법을 일러 주면 아이를 처치하겠소."

이 말을 들은 흉녀는

'이제는 소원을 이룰 때가 왔다.'

하고 속으론 기뻐하면서도 겉으론 탄식하며 말했다.

"내가 죽어 사람들이 알지 못하게 하려 하였더니, 낭군이 이토록 염려하시니 부득이 참겠습니다. 그러나 저 아이를 죽이지 아니하면 장차 가문에 화를 면치 못할 것입니다. 기세양난其勢兩難 이러기도 어렵고 저러기도 어려움이니 빨리 처치하여 밖으로 드러나지 않게 하십시오."

좌수는 전처의 유언을 생각하면 슬픈 일이긴 하나, 일변 분노하여 장화를 죽일 묘책을 의논했다. 흉녀는 기뻐하며 말했다.

"장화를 불러 제 외삼촌 댁에 다녀오라 하고, 장쇠를 시켜 같이 가라 하여 도중에 뒤 연못에 빠뜨려 죽이는 것이 상책일까 합니다."

좌수는 이를 듣고 옳게 여겨, 장쇠를 불러 그 계교를 그대로 가르쳐 주었다.

두 소저는 죽은 어머니를 생각하고 슬픔에 빠져 있다가 잠이 깊이 들었으니, 어찌 흉녀의 이런 불측함을 알 수 있었으리오. 장화는 잠에서 깨어 심신心身이 울적하므로 이를 괴이쩍게 여겨 다시 잠을 이루지 못하고 일어나 앉았

---

2) 서술자는 계모를 흉녀(凶女), 즉 흉악한 여자라고 부른다. 이는 서술자의 주관적인 시선이 개입된 명칭으로, 서술자가 계모를 부정적으로 바라보고 있음을 뜻한다.

는데, 부친이 부르시기에 깜짝 놀라 일어나 나아갔다.

"너는 지금 네 외삼촌 집이 여기서 멀지 않으니 잠시 다녀오너라."

장화는 생각지도 못한 말을 들었으므로 한편 놀랍고 한편 슬퍼 눈물을 머금고 말씀드렸다.

"소녀는 어머니가 돌아가신 후부터 오늘까지 문밖을 나가 본 일이 없사옵니다. 한데 아버님은 어찌하여 이 깊은 밤에 알지 못하는 길을 가라 하십니까?"

좌수는 대노하여 꾸짖었다.

"네 오라비^{여자의 남자 형제를 두루 이르는 말} 장쇠를 데리고 가라 하였거늘 어찌 말대답을 하여 아비의 명을 거역하느냐."

장화는 이 말을 듣고 방성대곡하여 여쭈었다.

"아버님께서 죽어라 하신들 어찌 분부를 거역하겠습니까마는, 밤이 너무 깊었기로 어린 생각에 사정을 아뢰었을 따름입니다. 분부 이러하시니 황송하지만, 다만 부탁이오니 날이 새거든 가게 해 주십시오."

좌수는 비록 어리석으나 부모와 자식 간의 정에 끌려 망설였다. 흉녀는 이를 듣다 갑자기 문을 발길로 박차며 꾸짖어 말했다.

"너는 어버이의 명을 순순히 따라야 마땅하거늘, 무슨 말을 그리하며 아버님 명을 거역하느냐?"

장화는 이에 더욱 서러우나 할 수 없이 울며 아뢰었다.

"아버님의 분부가 이러하시니 다시 여쭐 말씀이 없습니다. 분부대로 하겠습니다."

장화는 침실로 들어가 자는 홍련을 깨워 손을 잡고 울면서,

"아버님의 뜻을 알지 못하겠거니와, 무슨 연고^{緣故}가 있는지 이 밤중에 외가에 다녀오라 하시니 마지못해 가긴 가지만, 아무래도 불길한 마음이 드는구나. 우리 자매가 어머니를 여의고 서로 의지하며 세월을 보내되 한시라도 떨어지지 않고 지냈는데 천만뜻밖의 일을 당하여 너를 적적한 빈방에 혼자 두고 가게 생겼구나. 아무쪼록 잘 있어라. 아무래도 내 가는 길이 좋지 못할 듯하나 되도록 쉬이 돌아올 것이니, 그사이 그리운 마음이 들지라도 참고 기다리거라. 우리 서로 생각하게 옷이나 바꿔 입고 가야겠다."

장화는 홍련과 옷을 바꿔 입은 후, 다시 손을 잡고 울며 아우를 걱정하여 말했다.

"너는 아버님과 계모를 극진히 섬겨 잘못을 저지르지 말고 내가 돌아오기를 기다려라. 내 가서 오랫동안 있지 않고 수삼 일[이삼일]에 다녀오겠다. 그동안 그리워 어이할꼬? 너를 두고 가는 마음 측량할 길 없나니, 너는 슬퍼 말고 부디 잘 있어라."

장화는 말을 마치고 대성통곡하며 손을 붙잡고 놓지 못하니, 슬프다, 생시에 그지없이 사랑하던 그 모친은 어찌 이런 때를 당하여 저 자매의 형상을 굽어살피지 못하는가.

흉녀는 밖에서 장화의 이러함을 엿듣고 들어와, 시랑 같은 소리를 지르며 말했다.

"네 어찌 이렇게 요란을 떠느냐?"

흉녀가 장쇠를 불러 말했다.

"네 누이를 데리고 속히 외가에 다녀오라 하였거늘 그저 있으니 어쩐 일이냐? 바삐 가고 더디지 마라."

돼지 같은 장쇠는 바로 염라대왕의 분부라도 받은 듯 소리를 벼락같이 지르며 어깨춤을 추고 삼간 마루를 떼굴떼굴 구르며 말했다.

"누님은 빨리 나오시오. 아버지 명을 거역하여 공연히 나만 꾸지람 듣게 하니 원통하기 짝이 없소."

재촉이 성화같으므로 장화는 어쩔 수 없이 홍련의 손을 떼어놓고 나오려 했다. 이때 홍련은 언니의 옷자락을 잡고 울며 쫓아 나왔다.

"우리 자매는 지금껏 잠시도 떨어지지 않았거늘, 갑자기 나를 버리고 어디를 가려고 합니까?"

장화는 홍련의 형상을 보며 간장이 마디마디 끊어지는 듯하나 홍련을 달랬다.

"내 잠시 다녀오겠으니 울지 말고 잘 있어라."

장화와 홍련은 설움에 겨워 말끝을 맺지 못하니, 노복[奴僕 사내종]들도 이 광경을 보고 모두 눈물을 흘렸다. 홍련이 언니의 치마폭을 잡고 놓지 않자, 흉녀가 들이닥쳐 홍련의 손을 잡아채며 꾸짖었다.

"네 언니가 외가에 가는데 어데로 죽으러 가는 줄 알고 어찌 이처럼 요망스럽게 구느냐."

이에 홍련은 맥없이 물러섰다. 흉녀가 장쇠에게 넌지시 눈짓하니 장쇠의 재촉이 성화같았다. 장화는 마지못해 홍련과 이별하고 부친에게 하직하고 말에 올라 통곡하며 길을 떠났다.

장쇠가 말을 급히 몰아 산골짜기로 들어가 한 곳에 다다르니, 산은 첩첩 천봉疊疊千峰이요 물은 잔잔 백곡百谷인지라, 초목이 무성하고 송백이 자욱하여 인적人跡이 적막한데 달빛만 휘영청 밝고 구슬픈 두견 소리 일촌간장一寸肝腸 애가 타는 마음을 다 끊어 놓는다.

장화가 굽어보니 송림 가운데 연못 하나 있는데, 크기가 사십여 리요 그 깊이는 알지 못할 정도였다. 한 번 보니 정신이 아득하고 물소리만 처량한데, 장쇠가 말을 잡고 내리라 하니 장화는 깜짝 놀라며 큰 소리로 나무랐다.

"어찌하여 이곳에 내리라 하느냐?"

장쇠가 대답했다.

"누이의 죄를 스스로 알 것이니 어찌 나에게 물으시오? 누이를 외가에 가라 함은 정말이 아니라, 행실이 그릇돼서입니다. 우리 착한 계모는 그 사실을 모르는 체하셨는데 이미 누이가 낙태한 일이 밝혀졌으므로 나를 시켜 남이 모르게 이 연못에 밀어 넣고 오라 하셨습니다. 그래서 이곳에 왔으니 누이는 속히 물에 들어가오."

장화는 이 말을 듣고 청천벽력靑天霹靂이 내리는 듯 넋을 잃고 소리를 질렀다.

"하늘도 야속하오, 이 일이 웬일이오. 무슨 일로 장화를 태어나게 하시고 또 천고에 없는 누명을 씌워 이 깊은 연못에 빠져 죽어 속절없이 원혼이 되게 하시는고? 하늘이여 굽어살피소서. 장화는 세상에 난 후로 문밖을 모르거늘, 오늘날 누명을 쓰게 되니 전생의 업보가 그렇게 중하던가. 우리 모친은 어찌 세상을 버리시고 슬픈 인생을 남겼던고. 죽기는 섭지 않으나 불측한 악명을 어느 세월에 다 씻거니와 외로운 홍련을 또 어찌하리오?"

통곡하다 기절하니, 그 정상은 목석의 간장이라도 서러워하련마는, 저 불측하고 무정한 장쇠 놈은 서서 다만 재촉할 뿐이었다.

"이 적막한 산중에 밤이 이미 깊었는데, 어차피 죽을 인생 발악해야 무엇 하나, 어서 바삐 물에 들라."

장화는 정신을 진정하고 말했다.

"나의 망극한 정지情地 딱한 처지를 들어라. 너와 나는 비록 이복이나 아비 골육은 한가지라. 이전의 우애하던 정을 생각하여 영영 황천으로 돌아가는 목숨을 가련히 여겨 잠시 말미를 주면, 삼촌 집에도 가고 어머니 묘에 하직 이나 하고 외로운 홍련을 부탁하여 위로하고자 하니, 이는 내 목숨을 보존코자 함이 아니니라. 변명하면 계모의 시기가 있을 것이요, 살고자 하면 아버님 명을 거역하는 것이니 명대로 하려니와, 바라건대 잠시 말미를 주면 다녀와 죽음을 청하겠노라."

간절히 비는 소리, 애원이 처절하나 목석같은 장쇠 놈은 조금도 측은한 빛이 없이 끝내는 듣지 않고 재촉만 성화같았다. 장화는 더욱 망극하여 하늘을 우러러 통곡했다.

"하늘은 이 억울한 사정을 살피소서. 이 몸 팔자 기박하여 칠 세에 어미를 잃고 자매가 서로 의지하여 서산에 지는 해와 동녘에 돋는 달을 대할 때면 간장이 슬퍼지고, 후원에 피는 꽃과 섬돌에 나는 풀을 보면 비감하여 눈물이 비 오듯 지내 왔는데, 삼 년 후 계모를 얻으니 성품이 불측하여 구박이 심한지라 서럽고 슬픈 마음을 이기지 못하오나, 밝으면 부친을 따르고 해가 지면 돌아가신 어머니를 생각하며 자매 서로 손을 잡고, 기나긴 여름날과 적막한 가을밤을 탄식으로 살아왔는데, 극악한 계모의 독수를 벗어나지 못해 오늘날 물에 빠져 죽사오니 이 장화의 억울함을 천지 일월성신은 바로잡아 주소서. 홍련의 일생을 어여삐 여기셔서 저 같은 인생을 본받게 하지 마옵소서."

장화가 장쇠를 돌아보며 말했다.

"나는 이미 누명을 쓰고 죽거니와, 저 외로운 홍련을 어여삐 여겨 잘 인도하여 부모에게 효도하고 길이 무량함을 바란다."

왼손으로 붉은 치마를 걷어잡고 오른손으로 월기탄^{장신구의 일종}을 벗어들고 신발을 벗어 못가에 놓고는, 발을 구르며 눈물을 비 오듯 흘리고 오던 길을 향해 대성통곡했다.

"불쌍하구나, 홍련아, 적막한 깊은 규중에 너 홀로 남았으니, 가엾은 네 인생 누구를 의지하고 살아간단 말이냐. 너를 두고 죽는 나는 쓰라린 이 간장이 구비구비 다 녹는다."

말을 마치고 너른 물속에 나는 듯이 뛰어드니 참으로 가련하도다. 갑자기 물결이 하늘로 치솟으며 찬바람이 일어나고 월광이 무색한데, 산중으로부터 큰 호랑이가 내달아,

"네 어미가 무도하여 죄 없는 자식을 모해하여 죽이니 어찌 하늘이 무심하겠느냐."

하며 달려들어 장쇠 놈의 두 귀와 한 팔, 한 다리를 떼어먹고 온데간데없으니, 장쇠는 기절하여 땅에 거꾸러지고 장화를 태웠던 말은 크게 놀라 집

으로 달려왔다.

흉녀는 밤이 깊도록 장쇠가 오지 않으므로 매우 이상히 여기는 와중에 갑자기 장화가 타고 간 말이 소리를 지르고 달려오기에 장화를 죽이고 온 줄 알고 내다본즉, 말이 온몸에 땀을 흘리고 들어오는데 사람은 없는지라, 흉녀는 크게 놀라 노복을 불러 불을 밝히고 말이 오던 자취를 더듬어 찾아가게 했다.

이윽고 한 곳에 다다라 보니, 장쇠가 거꾸러졌기에 놀라 자세히 살펴보니, 두 귀와 한 팔, 한 다리가 없고 피를 흘리며 인사불성이 되었는지라 모두가 놀라 어찌할 바를 몰랐다. 그때 문득 향내가 진동하며 찬바람이 소슬하므로 괴이하게 여겨 사방을 두루 살펴보니 향내가 연못 가운데서 나는 것이었다.

노복이 장쇠를 구하여 오니, 그 어미는 깜짝 놀라 즉시 약을 먹이고 상한 곳을 동여매 주었다. 장쇠가 비로소 정신을 차리자 흉녀는 크게 반가워하며 사연을 물었다. 장쇠는 전후 사연을 다 말했다. 그 말을 들은 흉녀는 더욱 원망하며 홍련마저 죽이려고 밤낮으로 생각했다. 좌수는 이로 인하여 장화가 애매하게 죽은 줄 깨닫고 한탄하며 서러워했다.

그러던 중 홍련은 이런 일을 전혀 모르다가 집안이 소란함을 보고 괴이하게 여겨 계모에게 그 연고를 물었다.

"장쇠는 요괴스런 네 언니를 데리고 가다가 길에서 호랑이를 만나 물려서 지금 병이 중하다."

홍련이 다시 사연을 물어보자, 흉녀는 눈을 흘기며 언성을 높이며,

"네 무슨 요사스런 말을 이토록 하느냐?"

하고 자리를 떨치고 일어나므로, 홍련은 이렇듯 계모의 박대함에 가슴이 터지는 듯하며 일신이 떨려 제 방으로 돌아와 언니를 부르며 통곡하다가 홀연 잠이 들었다. 비몽사몽非夢似夢 간에 물속에서 장화가 황룡을 타고 북해로 향하는데, 홍련이 내달아 물으려 하니 장화는 본 체도 안 하는 것이었다.

홍련이 울며 말했다.

"언니는 어찌 나를 본 체도 안 하고 혼자 어디로 갑니까?"

그제야 장화가 눈물을 뿌리며 밀했다.

"이제는 내 몸의 길이 달라서 옥황상제께 명을 받아 삼신산으로 약을 캐러 가는데, 갈 길이 바빠 정회를 베풀지 못하니 너는 나를 무정하다 여기지 말아라. 내 장차 때를 보아 너를 데려가마."

장화가 탄 용이 소리를 지르거늘, 홍련이 깨어나니 꿈이었다. 기운이 서늘하고 온몸에 땀이 나서 정신이 아득한지라, 홍련은 부친에게 이 사연을 전하며 통곡했다.

"오늘 일을 당하여 소녀의 마음이 무엇을 잃은 듯 자연히 슬프오니, 언니가 길을 가다 필경 무슨 연고가 있어 해를 입었나 봅니다."

좌수는 홍련의 말을 듣고 숨통이 막혀 한마디 말도 못 하고 다만 눈물만 흘리었다. 흉녀는 곁에 있다가 벌컥 성을 내며 말했다.

"조그만 것이 왜 그런 말을 해서 어른의 마음을 이다지도 상심케 하느냐?"

홍련은 울며 나와 생각했다.

'내 꿈 이야기를 여쭈니 부친은 슬퍼하시며 아무 말도 못 하시고, 계모는 낯빛을 바꾸어 이렇듯 구박하니, 이는 반드시 무슨 연고가 있기 때문이다.'

하지만 그 허실虛實 참과 거짓을 몰라 애태웠다.

하루는 흉녀가 나가고 없기에 장쇠를 불러 달래며 언니의 행방을 탐문하였더니, 장쇠는 감히 속이지 못하고 장화의 전후 사연을 거짓 없이 말했다. 홍련은 그제야 언니가 억울하게 죽은 사실을 알고 깜짝 놀라 기절했다가 겨우 정신을 차렸다.

"가련해라, 언니여! 불측해라, 흉녀여! 자상한 우리 언니 이팔청춘 꽃다운 시절에 망측한 누명 쓰고 창파에 몸을 던져 원혼 되었으니, 뼈에 사무친 이 원한을 어찌하여 풀어 줄까. 참혹하다 우리 언니, 불쌍한 이 동생을 적막한 빈방에 외로이 남겨 두고 어디 가서 안 오시나. 구천에 돌아간들 이 동생이 그리워서 피눈물을 흘리실 때 구곡간장이 다 녹았을 것이로다. 고금에 이르도록 이런 억울하고 원통한 일이 또 어디 있으리오. 하늘이시여 굽어살피옵소서. 소녀 삼 세에 어미를 여의고 언니를 의지하여 살아왔는데, 이 몸이 죄가 많아 모진 목숨 외로이 남았다가 이런 변을 또 당하니, 언니와 같이 더러운 꼴 보지 말고 차라리 일찍 죽어 외로운 혼백이라도 언니를 따라갈까 하나이다."

말을 마치니 눈물은 비 오듯 하며 정신이 아득했다. 아무리 장화의 죽은 곳을 찾아가고자 하나 처녀의 몸으로 문밖 길을 모르니 어찌 그곳을 찾아갈 수 있으랴? 침식을 전폐하고 밤낮으로 한탄할 뿐이었다.

하루는 파랑새 한 마리가 날아와서 백화가 만발한 사이를 오락가락하기에 홍련이 마음속으로 생각하기를,

'언니가 죽은 곳을 몰라 주야로 궁금하여 한이 되는데, 저 파랑새 비록 미물이나 저렇듯 왔다 갔다 하니 필경 나를 데려가려 왔나 보다.'

홍련은 슬픈 정회를 진정치 못하여 좌불안석坐不安席했다. 그러다가 문득 보니 파랑새는 간 곳이 없거늘, 서운한 마음 비할 데 없었다. 날이 다시 밝으매 홍련은 파랑새가 또 오기를 기다렸으나 끝내 오지 않자, 슬픔을 이기지 못하여 창에 기대 생각했다.

'이제는 파랑새가 오지 않아도 언니 죽은 곳을 찾아가려니와, 이 일을 아버님께 말씀드리면 못 가게 하실 터이니, 이 사연을 기록하여 두고 가야겠다.'

홍련은 즉시 종이와 붓을 가져와 유서를 썼다.

슬프옵니다. 일찍이 어머님을 여의고 우리 자매가 서로 의지하여 세월을 보냈는데, 천만뜻밖에 언니가 한 사람의 불측한 모해를 입어 죄 없이 몹쓸 누명을 쓰고 마침내 원혼이 되니, 어찌 슬프지 않으며 원통하지 않겠습니까? 홍련은 아버님 슬하에서 이미 십여 년을 모셨다가 오늘날 가련한 언니를 쫓아가매, 지금 이후로는 아버님을 다시 뵙지 못하고 음성조차 들을 길이 없습니다. 이런 일을 생각하면 눈물이 앞을 가려 가슴이 메는지라, 바라건대 아버님은 불초 여식을 생각하지 마시고 만수무강하시옵소서.

이때는 오경五更 새벽 세 시에서 다섯 시 사이이라. 월색月色이 가득하고 청풍이 소슬하였는데, 문득 파랑새가 날아와 나무에 앉더니 홍련을 보고 반기는 듯 지저귀었다. 그것을 보며 홍련이 말했다.

"네 비록 날짐승이나 우리 언니 있는 곳을 가르쳐 주려 왔느냐?"

파랑새가 듣고 응하는 듯해서 홍련이 다시 말했다.

"네 만일 가르쳐 주려 왔거든 길을 인도하면 너를 따라가겠다."

파랑새가 고개를 조아리며 응하는 듯하기에 홍련이 또 말했다.

"그리하면 네 잠시 여기 머물러 있거라. 함께 가자꾸나."

홍련이 유서를 벽에다 붙이고 방문을 나오며 일장통곡하여 말했다.

"가련하다, 내 신세. 이 집을 나가면 언제 다시 이 문전을 보겠는가."

몇 리를 못 가서 동녘이 밝아오자 점점 나아갔더니, 청산은 중중하고 겹겹이 겹쳐지고 장송은 울울한데 백조는 슬피 울어 사람의 심회를 돋우었다.

한 못가에서 파랑새가 주저하기에 홍련이 좌우를 살펴보니, 물 위에 오색

구름이 자욱한 속에서 슬픈 울음소리가 나며 홍련을 불렀다.

"너는 무슨 죄로 천금같이 귀한 목숨을 속절없이 버리려 하느냐. 사람이 한 번 죽으면 다시 살지 못하노니 가련하다 홍련아, 세상일은 헤아리기 힘드니 이런 일일랑 다시 생각지 말고 어서 돌아가 부모님께 효도하고, 성현 군자 만나서 아들딸 고루 낳아 기르며 돌아가신 어머님 혼령을 위로하여라."

홍련은 이것이 언니의 목소리임을 알아듣고 급히 소리 질러 말했다.

"언니는 전생에 무슨 죄가 있기에 나를 두고 이곳에 와 외로이 있습니까? 내 언니를 버리고 혼자 살 길이 없으니 언니와 함께 다니고자 합니다."

그러자 공중에서 울음소리가 그치지 아니하고 슬퍼하는데, 홍련은 더욱 서러워 정신을 차리지 못하다가 겨우 진정하여 하늘에 절하며 축수하여 빌었다.

"비나이다 비나이다, 빙옥*玉같이 맑은 우리 언니 천추에 몹쓸 누명 풀어 없애 주옵소서. 천지신명은 이 홍련의 억울하고 원통한 한을 밝게 굽어살피시옵소서."

방성대곡 슬피 울 때에, 허공에서 홍련을 부르는 소리에 더욱 비감하여 오른손으로 치마를 휘어잡고 나는 듯이 물속으로 뛰어드니, 슬프고도 애달

언니는 전생에 무슨 죄가 있기에 나를 두고 이곳에 와 외로이 있습니까?

🖐 소설 한 장면 위기 허씨의 모함으로 장화가 죽자 홍련도 뒤따라 죽음

프다. 일광이 무색하고 그 후로는 물 위에 안개 자욱한 속에서 슬피 우는 소리가 주야로 들리며 계모의 모해로 억울하게 죽은 사설을 자세히 뇌니, 이는 원근遠近 사람이 다 알게 하기 위해서였다.

차설 각설. 화제를 돌려 다른 이야기를 꺼낼 때 쓰는 말. 장화와 홍련의 한이 구천에 사무쳐 아문衙門 관청에 들어가 억울하고 원통한 사연을 아뢰려 하면 철산鐵山의 부사府使 조선 시대에 둔 대도호부사와 도호부사를 통틀어 이르던 말들이 매양 놀라 기절하여 죽어 갔다.

이렇듯이 철산 부사로 오는 사람들이 부임 이튿날이면 죽으므로, 그 후로는 부사로 오는 사람이 없어 철산군은 자연 폐읍이 되었고 해마다 흉년이 들어 굶어 죽을 지경에 이르니 백성들이 사방으로 흩어져 한 고을이 텅 비게 되었다.

이러한 사연으로 여러 번 장계狀啓 감사 또는 임금의 명을 받들고 지방에 나간 벼슬아치가 임금에게 보고하는 글를 올리니, 임금은 크게 근심하고 조정에서는 의논이 분분했다.

하루는 정동호鄭東鎬라는 사람이 부사로 가기를 자원했다. 그는 성품이 강직하고 체모가 정중한 사람이라 임금이 불러 분부를 내렸다.

"철산읍에 이상한 변이 있어 폐읍이 되었다 하여 염려하던 중, 경이 자원하니 심히 다행하고 아름다우나 또한 근심이 되는구나. 십분 조심하여 백성을 안정되게 하라."

부사는 임금의 은혜에 감사하고 물러 나와 즉시 도임하여 이방을 불러 말했다.

"내 들으니 이 고을에 관장이 도임하면 즉시 죽는다 하니 과연 그 소문이 옳으냐?"

이방이 대답하여 여쭈었다.

"아뢰옵기 황송하오나 오륙 년 이래로 부사 어른들이 있는 동안 밤마다 비몽사몽간非夢似夢間에 꿈을 깨지 못하고 죽으니 그 연고를 알지 못하겠나이다."

부사는 다 듣고 분부했다.

"너희들은 밤에 불은 끄지만 잠은 자지 말고 고요히 동정을 살피어라."

이방은 명령을 듣고 나갔다. 부사는 객사에 가서 등촉을 밝히고 『주역周易』을 읽는데, 밤이 깊은 후에 홀연히 찬바람이 일어나니 정신이 아득하여 어찌할 바를 몰랐다. 이때 난데없는 한 미인이 녹의홍상綠衣紅裳을 입고 완연히 들어와 절하는 것이었다. 부사는 정신을 가다듬고 물었다.

"너는 어떠한 여자인데 이 깊은 밤에 와서 무슨 사정을 말하려 하느냐?"

그 미인은 고개를 숙이고 몸을 일으켜 다시 절하며 아뢰었다.

"소녀는 이 고을에 사는 배 좌수의 딸 홍련이옵니다. 소녀의 언니 장화는 칠 세 때 소녀는 삼 세 되던 해에 어미를 여의고, 아비를 의지하여 살았더니, 아비가 후처를 얻었나이다. 후처의 성품이 사납고 시기가 극심하던 중 내리 아들 삼 형제를 낳았나이다. 계모가 아비에게 거짓된 말을 하여 소녀 자매를 박대함이 날로 심하였지만, 소녀의 자매는 그래도 어미라 계모 섬기기를 극진히 하였습니다. 그러나 계모의 박대와 시기는 날로 심해졌습니다. 그리고 아비는 소녀 자매를 애지중지하오며 어질고 좋은 배필을 구했는데 계모는 우리를 시기해 나이 이십이 되도록 정혼하지 못하게 히였습니다.

이는 다름 아니라 본디 아비는 본래 조상 때부터 대대로 내려오는 가업이 없었지만 소녀의 어미는 재물이 많아 노비가 수백 인이요, 전답이 천여 석이었습니다. 금은보화는 거재두량車載斗量 수레에 싣고도 그 양을 헤아려 본다는 뜻으로, 아주 많아서 흔한 상태를 이름이라 소녀 자매가 출가하면 재물을 다 가져갈까 시기하여 소녀 자매를 죽여 재물을 빼앗아 제 자식을 주고자 주야로 모해할 뜻을 두었나이다. 그

말풍선: 너는 어떠한 여자인데 이 깊은 밤에 와서 무슨 사정을 말하려 하느냐?

말풍선: 소녀는 이 고을에 사는 배 좌수의 딸 홍련이옵니다. 사또는 소녀의 슬픈 혼백을 불쌍히 여기시어 천추의 원한을 풀어 주시고 언니의 누명을 벗겨 주십시오.

🍎 소설 한 장면　절정　홍련의 원귀가 철산 부사 앞에 나타나 억울함을 호소함

리하여 제 스스로 흉계를 꾸미며 큰 쥐를 잡아 가죽을 벗겨 피를 발라 낙태한 형상을 만든 뒤 언니의 이불 밑에 넣고 아비를 속여 죄를 씌웠습니다. 그러고는 거짓으로 외삼촌 집에 다녀오라 하고는 갑자기 말을 태워 그 아들 장쇠 놈으로 하여금 데려다가 연못에 빠뜨려 죽게 했습니다.

소녀는 이 일을 알고 원통히 생각했습니다. 저 또한 장차 구차하게 살다가 또 어떤 흉계에 빠질까 두려워 마침내 언니가 빠져 죽은 연못에 빠져 죽었나이다. 죽음은 섧지 않으나 이 불측한 누명을 씻을 길이 없사옵기에 더욱 원통하여 부사님들께 사정을 아뢰고자 하였는데, 모두 놀라 죽으므로 뼈에 맺힌 원한을 풀지 못하였나이다. 이제 천만다행으로 정치를 잘하시는 사또를 맞아 감히 원통한 사정을 아뢰오니, 사또는 소녀의 슬픈 혼백을 불쌍히 여기시어 천추千秋의 원한을 풀어 주시고 언니의 누명을 벗겨 주십시오."[3]

미인이 말을 맺고 일어나 하직하고 나가기에 부사는 생각했다.

'당초에 이런 일이 있어 폐읍이 되었도다.'

하고 이튿날 아침 동헌東軒 공무를 처리하는 중심 건물에 나아가 이방을 불러 물었다.

"이 고을에 배 좌수라는 사람이 있느냐?"

"예, 있사옵니다."

"좌수의 전처와 후처의 자식이 몇이나 되느냐?"

"두 딸은 일찍 죽고 세 아들이 있나이다."

"두 딸은 어찌하여 죽었다 하더냐?"

"남의 일이오라 자세히는 알지 못하오나, 대강 듣기로는 그 큰딸이 무슨 죄가 있어 연못에 빠져 죽은 후, 그 동생도 자매의 정이 중하므로 주야로 통곡하다가 필경 제 언니 죽은 연못에 빠져 죽은 듯하옵니다. 그 뒤 한가지로 원혼이 되어 날마다 못가에 나와 앉아 울며 말하기를, '계모의 모해를 입어 누명을 쓰고 죽었노라' 하며 허다한 사연을 들려주니 행인들이 듣고 눈물을 흘리지 않는 사람이 없다고 하옵니다."

부사는 이방의 말을 다 듣고 즉시 관차官差 관아에서 파견하는 구실아치한테 분부했다.

"배 좌수 부부를 잡아들여라."

관차는 영을 듣고 삽시간에 잡아왔다. 부사가 좌수에게 물었다.

---

3) 장화와 홍련은 생전에 계모에게 반항하지 못하는 소극적인 태도를 보였는데, 모함을 당해 죽은 후에는 원귀로 나타나 하소연하고 신원(伸冤)을 요구하는 등 적극적인 태도를 보인다.

"내 들으니 전처의 두 딸과 후처의 세 아들이 있다 하는데 그것이 사실인가?"

"그러하옵니다."

"다 살아 있는가?"

"두 딸은 병들어 죽었고, 다만 세 아들이 있습니다."

"두 딸이 무슨 병으로 죽었는지 바른대로 아뢰면 죽기를 면하려니와, 그렇지 않으면 곤장을 맞고 죽으리라."

좌수는 얼굴이 흙빛이 되어 아무 말도 못 하는데, 흉녀 역시 이 말을 듣고 크게 놀라며 아뢰었다.

"어찌 추호라도 거짓을 말하거나 진실을 숨기겠나이까. 전처에게 두 딸이 있어 장성하더니 장녀 행실이 바르지 못해 잉태하여 장차 누설될까 염려하다 노복들도 모르게 약을 먹어 낙태하였사오나, 남은 이러한 줄도 모르고 계모의 모해인 줄 알 듯하기에 장화를 불러 경계하기를, '네 죄는 죽어 마땅하지만 너를 죽이면 남들이 나의 모해로 알겠기에 너의 죄를 사하겠으니, 차후로는 다시 이러한 행실을 하지 말고 마음을 닦아라. 만일 남이 알면 우리 집을 경멸할 것이니 무슨 면목으로 사람을 대하겠느냐' 하고 꾸중하였습니다. 그랬더니 자신의 죄를 알고 부모 대하기를 부끄러워하더니 스스로 밤에 나가 연못에 빠져 죽었습니다. 그 동생인 홍련이 또한 제 언니의 행실을 본받아 밤에 도주한 지 몇 해가 흘렀지만 그 종적을 모릅니다. 그러나 양반의 자식이 행실이 좋지 못해 나갔다고 해서 어찌 찾을 길이 있겠습니까? 이러므로 나타나지 못하였나이다."

부사는 듣기를 다 하고 다시 물었다.

"네 말이 그러할진대, 낙태한 것을 가져오면 내가 보고 사실을 알 것이다."

흉녀가 말했다.

"소녀의 친자식이 아닌 고로, 이런 일을 당할 줄 알고 낙태한 것을 잘 보관해 두었다가 가져왔나이다."

즉시 품속에서 내어드리니, 부사가 본즉 낙태한 것이 분명했다. 이에 분부했다.

"말과 사실이 어긋남이 없으나 죽은 지 오래되어 분명히 설명할 수 없구나. 내 다시 생각하여 처리할 것이니 우선 물러가 있거라."

그날 밤 홍련의 자매가 완연히 부사 앞에 나타나 절하고 여쭈었다.

"소녀들이 천만의외에 명관을 만나 누명을 씻을까 바랐는데, 사또께서 흉녀의 간특한 꾀에 빠지실 줄 어찌 알았겠나이까."

홍련의 자매가 슬피 울다가 다시 어쭈었다.

"일월같이 밝으신 사또는 깊이 통촉하시옵소서. 옛날에 순임금도 계모의 화를 입었다 하거니와, 소녀의 뼈에 사무친 원한은 삼척동자三尺童子라도 다 아는 바이거늘, 이제 사또께서 잔악한 계집의 말을 곧이듣고 깨닫지 못하시니, 어찌 애달프지 않겠나이까. 바라건대 사또께서는 흉녀를 다시 부르셔서 낙태한 것의 배를 가르고 보시면 반드시 깊이 헤아리는 바가 있을 것입니다. 그러니 소녀 자매를 가련히 여기셔서 법대로 처치해 주시고, 소녀의 아비는 본성이 착하고 어두운 탓으로 흉녀의 간계에 빠져 흑백黑白을 분별치 못하는 것이니 특별히 용서하여 주시기를 바라겠나이다."

말을 마치더니, 홍련의 자매는 일어나 절하고 청학을 타고 반공半空 허공에 솟아 올라갔다. 부사는 흉녀에게 속은 것을 깨닫고는 더욱 분노했다. 날이 밝기를 기다려 새벽에 좌기坐起 관아에서 벼슬이 가장 높은 관리가 출근해 일을 봄를 베풀고 좌수 부부를 성화같이 잡아들여, 다른 말은 묻지 않고 낙태한 것을 급히 들이라 하여 배를 가르게 할 때 그 호령이 서리 같았다. 칼을 가져와 배를 갈라보니, 그 속에 쥐똥이 가득했다. 관속들은 이를 보고는 모두 흉녀의 간계를 알고 저마다 침을 뱉고 꾸짖으며, 장화 자매의 억울한 죽음을 불쌍히 여기며 눈물을 흘리었다.

부사는 크게 노하여 큰칼을 씌우고 소리 높여 호령하여 말했다.

"이 간특한 것아, 네 천고에 불측한 죄를 짓고도 방자스럽게 교묘한 말로 나를 속였더냐? 내가 생각하는 바 있어 놔두었더니, 이제 또한 무슨 말을 꾸며 변명코자 하느냐? 네 국법國法을 가볍게 여기고 못 할 짓을 행하여 무죄한 전실 자식을 죽였으니 그 사연을 바른대로 아뢰어라."

좌수는 이 광경을 보고 자식의 원통한 죽음을 뉘우치며 눈물을 흘리면서 아뢰었다.

"소생의 무지한 죄는 성주의 처분을 따르오며, 비록 지방의 어리석은 백성인들 어찌 사리와 체모를 모르겠나이까. 전실 장씨는 가장 현숙하더니 불쌍히 죽고, 두 딸이 있었는데 부녀가 서로 의지하여 위로하며 세월을 보냈습니다. 그러나 후사를 돌보지 않을 수 없어 후처를 얻어 아들 삼자를 낳아 기꺼워했습니다.

그런데 하루는 소생이 내당에 들어가니 흉녀가 갑자기 낯빛을 바꿔 하는 말이, '영감이 매양 장화를 세상에 없이 귀히 여기시더니 행실이 잘못되어 낙태를 하였으니 들어가 보시오' 하여 방에 들어가 이불을 들추고 어두운 눈으로 본즉, 과연 낙태한 것이 확실했습니다. 미련한 소견에 전혀 깨닫지 못하고, 더욱이나 전처의 유언을 잊고 흉녀의 흉계에 빠져 자식을 죽인 것이 틀림없으니, 그 죄 만 번 죽어도 사양치 않겠습니다."

말을 마치고 배 좌수가 통곡하자 부사는 곡성을 그치게 하고 흉녀를 형틀에 올려 문초를 하니, 흉녀는 매를 이기지 못해 말했다.

"소첩의 친정은 대대로 거족巨族 대대로 번창하고 문벌이 좋은 집안이었으나 근래에 문중이 쇠잔하여 가세가 기울던 차, 좌수가 간청하므로 그의 후처가 되었습니다. 전실의 두 딸이 있었는데 그 행동거지가 심히 아름다웠나이다. 그리하여 내 자식같이 양육하여 이십에 이르렀는데 그 행실이 점점 불측하여 백 가지 말을 하면 한 마디도 듣지 않고 성실치 못한 일이 많아 원망이 심하였습니다.

하루는 그 자매의 비밀한 말을 우연히 엿들었습니다. 그 말을 듣고 보니 과연 소첩이 매양 염려하던 바와 같이 불미한 일이므로 마음에 놀랍고 분하였지만, 아비에게 이르면 반드시 모해하는 줄로 알 것이니 부득이 영감을 속이고 쥐를 잡아 피를 묻혀 장화의 이불 밑에 넣고 낙태했다 하였습니다. 그런 후 소첩의 자식 장쇠에게 계책을 가르쳐 장화를 유인하여 연못에 빠뜨려 죽였사온데, 그 아우 홍련이 또한 화를 두려워하여 밤중에 도주하였사옵니다. 법대로 처분을 기다리려니와 첩의 아들 장쇠는 이 일로 천벌을 입어 이미 병신이 되었사오니 죄를 사하여 주옵소서."

장쇠 등 삼 형제는 일시에 아뢰었다.

"소인 등은 다시 아뢸 말씀이 없사오나 다만 늙은 부모를 대신하여 죽을 것이니 늙은 부모는 사하심을 바랄 뿐이옵니다."

부사는 좌수의 처와 장쇠 등의 진술을 듣고 한편으론 흉녀의 소행을 이해하며, 또 한편으론 장화 자매의 원통한 죽음을 불쌍히 여겨 말했다.

"이 죄인은 다른 죄인과 달라 특별한 경우니 내가 임의로 처리할 수가 없다."

부사는 일을 감영에 보고했다. 감사는 이를 알고 크게 놀라 즉시 이를 조정에 장계하였더니, 임금이 보고 장화 자매를 불쌍히 여기어 하교했다.

"흉녀의 죄상은 말할 수 없이 흉측하니 능지처참하여 후일을 징계하고, 그 아들 장쇠는 목을 매달아 죽일 것이며, 장화 자매의 혼백을 신원伸冤 원통한 일을 풂하여 비를 세워 표하여 주고, 제 아비는 놓아주어라."

감사는 하교를 받자 그대로 철산부에 전달했다. 부사는 즉시 좌기를 베풀고 흉녀를 능지처참하여 효시하고, 아들 장쇠는 교살하고 좌수는 훈계로 다스렸다.

"네 아무리 어둡다 한들 어찌 흉녀의 간계를 깨닫지 못하고 애매한 자식을 죽음에 이르게 만들었는가? 마땅히 죄를 물어야 하나 자매의 소원도 있고 하니 네 죄를 특별히 사하노라."[4]

부사가 몸소 관속을 거느리고 장화 자매가 죽은 연못에 나아가 물을 치우고 본즉, 두 소저의 시체가 옥평상에 자는 듯이 누워 있는데 얼굴이 조금도 변하지 않아 마치 산 사람과 같았다. 부사는 관을 갖추어 명산을 택하여 안장하고 무덤 앞에 석자 길이의 비석을 세웠는데, '해동 조선국 평안도 철산군 배무룡의 딸 장화·홍련의 불망비'라 했다.

부사는 장사를 마치고 돌아와 피곤하여 잠시 졸고 있을 즈음, 문득 장화 자매가 들어와 절을 하며 아뢰었다.

"소녀들은 명관을 만나 뼈에 사무친 한을 풀었습니다. 또 해골까지 거두어 주시고 아비의 죄를 용서하여 주셨으니, 그 은혜는 태산이 낮고 황해가 얕아서 명명지중冥冥之中 어두운 저승이라도 결초보은하겠나이다. 장차 관직에 오를 것이니 두고 보시옵소서."

이렇게 말하고 간 데가 없거늘, 부사가 놀라 깨어 보니 침상일몽이었다. 과연 그로부터 차차 승진하여 통제사에 이르니 가히 장화 자매의 음덕이라 할 만했다.

배 좌수는 나라의 처분으로 흉녀를 능지처참하여 두 딸의 원혼을 위로하였으나, 마음에 쾌함이 없고 오직 두 딸의 억울한 죽음을 슬퍼하니 거의 미칠 듯했다. 할 수만 있으면 다시 이 세상에서 부녀지의父女之義를 맺어 남은 한을 풀고자 매양 축원하던 중, 집안에 조석공양朝夕供養 아침저녁으로 웃어른께 음식을 드림할 사람조차 없어 마음 둘 곳이 없으므로 부득이 혼처를 구했다. 그리하여 향족 윤광호의 딸에게 장가드니 나이는 십팔 세요, 용모와 재질이 비상하고, 성정 또한 온순하여 자못 숙녀의 풍도가 있으므로 좌수는 크게 기꺼워 금실이 유달리 좋았다.

---

4) 배 좌수는 허씨의 악행을 강력하게 제지하거나 장화와 홍련을 위해 적극적으로 나서지 않는다. 당시 일부다처제의 제도적 문제점과 더불어 가장의 무능력함이 한 가정을 어떻게 비극으로 몰고 가는지 잘 드러내고 있다.

하루는 좌수가 외당에서 두 딸의 생각이 간절하여 잠을 이루지 못하고 몸을 뒤척일 제, 장화 자매가 황홀히 단장하고 들어와 절하며 여쭈었다.

"소녀들 팔자가 기구하여 모친을 일찍이 여의고 전생의 업보로 모진 계모를 만나 애매한 누명을 쓰고 아버님과 이별하였으니, 억울하고 원통함을 이기지 못하여 이 원정을 옥황상제께 아뢰었습니다. 상제께서는 통촉하여 이르시기를 '너희 사정이 딱하나 이 역시 너희 팔자, 뉘를 원망하리요? 그러나 너희 아비와는 세상 인연이 미진하였으니, 다시 세상에 내려가 부녀지의를 맺어 서로 원한을 풀어라' 하시고는 물러가라 하셨는데 그 의향을 모르겠나이다."

좌수가 자매를 붙잡고 반길 때에 닭소리에 놀라 깨어 보니, 무엇을 잃은 듯 여취여광如醉如狂 이성을 잃은 상태를 비유하는 말하여 심신을 가누지 못했다. 후취 윤씨 또한 꿈을 꾸었더니, 선녀가 구름을 타고 내려와 연꽃 두 송이를 주며,

"이는 장화와 홍련이라, 그 억울한 죽음을 옥황상제께서 불쌍히 여기시어 부인께 점지하니 귀히 길러 영화를 보라."

하고 간 데 없기에, 윤씨가 깨어 보니 꽃송이는 손에 쥐어있고 향기가 방 안에 가득했다. 윤씨는 괴이하게 여겨 좌수에게 꿈 얘기를 전했다.

"장화와 홍련이 어찌 된 사람입니까?"

좌수는 이 말을 듣고 꽃을 본즉 꽃이 넘놀며 반기는 듯하므로 두 딸을 다시 만난 것 같아 눈물을 흘리고 두 딸의 전후 사연을 말하여 주었다. 둘은 "전일 몽사가 여차여차하더니 양녀가 반드시 부인께 태어날 징조인가 싶구료." 하고 서로 기뻐했다.

과연 윤씨는 그달로부터 태기가 있었는데, 열 달이 되어 갈수록 배가 크게 불러오니 쌍태가 분명했다. 달이 차매 몸이 피곤하여 침상에 의지하였더니, 이윽고 순산하여 쌍둥이 두 딸을 낳았다. 좌수는 밖에 있다가 들어와 부인을 위로하며 두 딸을 보니, 용모와 기질이 옥으로 새긴 듯 꽃으로 모은 듯 아름다워 연꽃과 같았다. 그들은 이것을 기이하게 여겨 '꽃이 화하여 여자 아이가 되었다'라고 하며 이름을 다시 장화와 홍련이라 짓고 보옥같이 길렀다.

세월이 흘러 사오 세에 이르매, 두 소저의 자태가 비상하고 부모를 효성으로 받들었다. 그들이 점점 성장하여 십오 세에 이르자 덕을 구비하고 재질이 또한 출중하므로 좌수 부부의 사랑함이 비길 데 없었다.

배필을 구하고자 중매쟁이를 널리 놓았으나 마땅한 곳이 없어 매우 근심했다. 한편 평양에 이연호라는 사람이 있는데 재산이 누거만累巨萬 굉장히 많은 재산이나 다만 슬하에 자식 하나 없어 슬퍼하다가 늦게야 신령의 현몽으로 쌍둥이 아들 형제를 두었다. 이름은 윤필·윤석이라 하는데, 이제 나이 십육 세로 용모가 화려하고 문필이 출중하여 딸 둔 사람들이 모두 탐내며 중매쟁이를 보내 청혼했다.

그 부모도 또한 며느리를 선택하는 데 신중하던 차에 배 좌수의 딸 쌍둥이 자매가 특출하다는 말을 듣고 크게 기꺼워 혼인을 청하였더니, 양가가 서로 합의하여 즉시 허락하고 택일하니 때는 구월 보름께였다.

이때 천하가 태평하고 나라에 경사가 있어 과거를 볼 제, 윤필의 형제가 참여하여 장원 급제를 했다. 임금이 그들 인재를 기특히 여기시어 즉시 한림학사를 제수하니, 한림 형제는 사은謝恩하고 말미를 청하니 임금이 허락하였다.

그리하여 한림 형제가 바로 집으로 내려오니, 이공李公이 잔치를 베풀고 친척과 친구들을 불러 즐기는 중이었다. 본관 수령이 각각 풍악과 포진鋪陳 바닥에 까는 멍석 을 보내고 감사와 서윤庶尹 한성부와 평양부에 한 명씩 두었던 종4품 벼슬 이 신래新來 과거에 급제한 사람 를 기리며 잔을 나누어 치하하니, 가문의 영화가 고금에 드물었다.

이럭저럭 혼인날을 맞이하여 한림 형제는 위의威儀 예법에 맞는 차림새 를 갖추고 풍악을 울리며 혼가에 이르러 예를 마치고, 신부를 맞아 돌아와 부모에게 현신現身 아랫사람이 윗사람을 처음 뵙고 인사하는 일 했다. 그 아름다운 태도는 한마디로 한 쌍의 명주明珠 요 두 낱의 박옥璞玉 천연 그대로의 옥 덩어리 이라, 부모들은 기꺼움을 헤아릴 길 없었다.

신부 자매가 부모를 효성으로 받들고 군자를 순순히 좇더니, 장화는 이남 일녀를 낳았다. 그의 장자는 문관으로 공경재상公卿宰相 영의정·우의정·좌의정 및 정2품 관리들을 비롯한 높은 벼슬아치를 통틀어 이르는 말 이 되었고, 차자는 무관으로 장군이 되었다. 딸은 경성 재상의 후실이 되어 모든 자녀가 다 귀하게 되었다. 홍련은 이남을 두었는데 장자는 벼슬이 정랑에 이르고, 차자는 학행學行이 높아 산림에 숨어 풍월을 벗 삼아 거문고와 서책을 즐겼다.

배 좌수는 구십이 되자 나라에서 특별히 좌찬성을 제수하였다. 그는 이것으로 여생을 마치고 윤씨 또한 세상을 뜨니, 장화 자매가 슬퍼했다. 한림 형제도 부모가 돌아가니 형제가 한집에 같이 살며 자손을 거느리고 지냈다.

장화 자매는 칠십삼 세에 더불어 죽고 한림 형제는 칠십오 세에 세상을 떠났는데, 그 자손이 아들딸을 많이 두어 복록을 누렸다고 한다.

소녀들 팔자가 기구하여 모친을 일찍이 여의고 전생의 업보로 모진 계모를 만나 애매한 누명을 쓰고 아버님과 이별하였습니다.

억울하고 원통함을 옥황상제께 아뢰니 다시 세상에 내려가 부녀지의를 맺어 서로 원한을 풀라고 하셨습니다.

📖 소설 한 장면   결말   장화와 홍련이 다시 태어나 복록을 누림

생각해 볼까요?

 선생님 「장화홍련전」의 의의와 한계는 무엇일까요?

  💬 2   🤍 2

  ↳ **학생 1** 「장화홍련전」은 계모와 전처 자식 사이에서 일어날 수 있는 문제점과 무능한 가장 때문에 가정이 깨지는 비극을 다루고 있어요. 이는 후처 제도의 제도적 모순을 꼬집는 동시에 가장의 무책임이 초래하는 부정적인 결과를 잘 보여 주지요.

  ↳ **학생 2** 「장화홍련전」은 계모 허씨가 악인으로, 장화와 홍련이 선인으로 등장해 권선징악을 강조하는 결말로 끝나요. 이처럼 「장화홍련전」은 고전 소설의 상식적 구도를 넘어서지 못했다는 한계를 지녀요.

 선생님 「장화홍련전」을 근원 설화와 연관 지어 분석해 볼까요?

  💬 3   🤍 3

  ↳ **학생 1** 「장화홍련전」은 「계모 설화」를 바탕으로 해요. 배 좌수의 첫 번째 부인 장씨가 세상을 떠나자, 허씨가 두 번째 부인으로 들어와 계략을 꾸며 장화와 홍련을 죽음으로 몰고 가지요.

  ↳ **학생 2** 또한, 「장화홍련전」은 「신원(伸寃) 설화」를 바탕으로 해요. 장화와 홍련의 혼백이 부사들 앞에 나타나자, 부사들은 놀라 죽고 말아요. 그중 정동호는 자원해서 철산 부사에 부임한 뒤 사건을 해결하지요.

  ↳ **학생 3** 「환생(還生) 설화」도 「장화홍련전」의 근원 설화 중 하나예요. 장화와 홍련은 배 좌수의 세 번째 부인 윤씨의 쌍둥이로 환생해요. 그런 뒤 훌륭한 배필을 만나 행복하게 살아요.

계모형 가정 소설

연관 검색어   계모 설화   권선징악   가문 소설

계모형 가정 소설에서 계모는 전형적인 악인으로 등장하고, 전처소생은 전형적인 선인으로 등장한다. 대부분의 고전 소설이 행복한 결말로 끝나는 것에 비해 계모형 가정 소설은 비극적인 결말로 끝나는 경우가 많다. 계모와 전처소생이 갈등을 빚는 동안 남편이나 아버지는 무기력한 모습을 보이는데, 이는 가부장적 질서가 몰락해 가는 것을 의미한다. 계모형 가정 소설은 서민과 부녀자층에서 큰 인기를 끌었으며, 대표적인 작품으로 「장화홍련전」, 「콩쥐팥쥐전」, 「정을선전」 등을 꼽을 수 있다.

콩쥐팥쥐전

#계모   #전처소생   #변신모티프   #신데렐라형설화

⚓ 작품 길잡이

작가: 미상
갈래: 가정 소설, 계모형 소설
성격: 교훈적
배경: 시간 - 조선 중엽 / 공간 - 전라도 전주 부근
주제: 권선징악

📷 인물 관계도

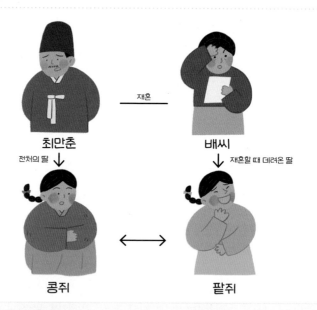

콩쥐	계모와 팥쥐의 괴롭힘에도 착한 마음씨를 잃지 않아 복을 받는다.
팥쥐	성품이 못되고 욕심이 많아 그에 따른 잔혹한 벌을 받는다.

📋 구성과 줄거리

발단   자식이 없던 최만춘은 뒤늦게 딸 콩쥐를 얻음

최만춘은 벼슬에서 퇴직한 후 전라도 전주에서 부인 조씨와 함께 살고 있다. 하지만 최만춘 부부에게는 자녀가 없다. 그들은 기도와 불공을 드린 끝에 어여쁜 딸을 얻는데, 아이를 낳은 지 얼마 되지 않아 조씨가 죽고 만다.

전개   두 번째 부인 배씨가 팥쥐와 함께 콩쥐를 괴롭힘

배씨가 팥쥐를 데리고 최만춘의 두 번째 부인으로 들어온다. 배씨는 콩쥐를 미워해 온갖 학대를 일삼는다. 어느 날 일을 마치고 외갓집 잔치에 가던 콩쥐는 새로 부임하는 감사의 행차를 피하다 신발 한 짝을 잃어버린다. 신발을 주운 감사는 신발 주인인 콩쥐를 찾아내 배필로 삼는다.

위기   팥쥐가 콩쥐를 연못에 빠뜨려 죽임

콩쥐의 행복을 시기한 팥쥐는 콩쥐네 집에 놀러 가 연못에서 함께 목욕하자고 제안한다. 팥쥐는 콩쥐를 연못으로 밀어 죽인 뒤, 콩쥐 행세를 한다. 하지만 감사는 콩쥐와 팥쥐가 바뀌었다는 사실을 전혀 눈치채지 못한다.

절정   콩쥐가 자신의 억울한 죽음을 밝힘

감사가 연못에 핀 큰 연꽃을 이상히 여겨 방 안에 꺾어다 두자, 팥쥐가 아궁이에 넣고 태워 버린다. 감사 댁에 불씨를 빌리러 온 이웃 할머니가 아궁이에서 나온 구슬을 집에 가져가니, 콩쥐가 나타나 억울함을 하소연한다. 할머니는 콩쥐의 묘책대로 감사를 집에 초대한다. 병풍 뒤에서 나온 콩쥐가 그간의 일을 아뢰자 감사는 뒤늦게 진실을 깨닫는다.

결말   팥쥐는 벌을 받아 죽고, 콩쥐는 행복하게 살아감

감사는 연못을 뒤져 콩쥐의 시체를 찾아낸다. 그런 뒤 조정의 명을 받아 팥쥐를 찢어 죽이고, 젓으로 담가 배씨에게 보낸다. 배씨는 젓이 된 팥쥐를 보고 까무러쳐 죽는다. 이후 감사는 콩쥐와 다시 인연을 맺어 행복한 삶을 산다.

콩쥐팥쥐전

    조선 시대 중엽, 전라도 전주 서문 밖에 최만춘이라는 한 퇴직 관리가 있었다. 아내 조씨와 이십여 년을 살았어도 슬하에 자식 하나 없어 근심하며 기도와 불공도 하고 가난한 이들에게 좋은 일도 많이 했다. 또한, 의약을 써 몸을 보하기도 하여 그러구러 하늘이 감동했던지 하루는 부부가 신기한 꿈을 꾸고 난 후 이내 부인에게 태기가 있었다.

    열 달이 차자 갑자기 그윽한 향기가 방 안에 감도는 가운데 고운 딸을 낳으니, 이름을 콩쥐라 시어 애지중지 길렀다. 그러니 이내 조씨의 명이 거기까지였는지 조물주가 시기했는지 콩쥐가 태어난 지 백 일 만에 세상을 떠나고 말았다. 최만춘은 뜻하지 않게 홀아비 신세가 되어 버렸다.

    만춘은 외롭고 쓸쓸할 때면 죽은 아내를 생각하며 눈물을 흘렸고, 어린 콩쥐를 안고 다니며 동네 아낙네들의 젖을 얻어 먹였다. 하루 이틀도 아니고 일 년을 그리했으니 그 고생이 어떠했을 것인가? 아무것도 모르는 콩쥐가 젖 찾는 소리를 죽은 어미의 혼령이 들었다면 그 흘리는 눈물이 비라도 되었을 것이다.

외롭고 쓸쓸하구나.
콩쥐도 어미가 그리울 텐데……

🕯 소설 한 장면　　발단 ▸ 자식이 없던 최만춘은 뒤늦게 딸 콩쥐를 얻음

하루는 콩쥐가 깊은 밤에 두 팔을 버둥거리며 어미를 찾았다. 최만춘의 마음은 그대로 타 녹는 듯했다. 이런 고생을 하며 한 해가 가고 두 해가 가니, 콩쥐의 나이 십여 세에 이르렀다. 그러자 오히려 이제는 고생이 호강으로 바뀌어 만춘은 딸이 지은 밥을 먹고 딸이 지은 옷을 입게 되었다.

콩쥐가 열네 살 되던 해에 최만춘은 배씨라는 과부를 얻어 부부의 즐거움을 누리게 되었다. 그리하여 집안일을 모두 배씨에게 맡기니 살림이 어떻게 되어 가는지를 몰랐다. 이때부터 콩쥐는 남모르게 고생을 하게 되었고, 설움으로 나날을 보내는 신세가 되었다.

원래 배씨는 처녀로 시집가서 팥쥐라는 딸 하나를 낳은 후 과부가 된 여자였다. 그는 천성이 요사하고 간악했으며, 그 딸 팥쥐 역시 마음이 곱지 못하고 얼굴조차 덕스럽지 못했다. 팥쥐는 터무니없는 모함으로 콩쥐를 고자질하기 일쑤요, 콩쥐가 못 되는 것을 자기가 잘되는 것보다 좋아했다. 그리하여 모녀 사이에 소곤소곤하는 소리가 나면 콩쥐의 신변에는 반드시 참혹한 일이 벌어지곤 했다. 그러나 최만춘은 배씨의 말이라면 팥으로 메주를 쑨다 해도 곧이들었으며 허물없는 콩쥐를 오히려 구박했다.

배씨가 하루는 두 딸을 불러 놓고 말했다.

"시골 사는 계집애가 농사일을 하지 않으면 밥도 먹어서는 안 되니, 콩쥐는 오늘부터 밭으로 김매러 다니거라. 팥쥐는 너보다 한 살 덜 먹었고 아직 어린 것이라 어찌 김을 맬 수 있겠느냐만, 그렇다고 집에 있으면 콩쥐가 제 자식만 사랑한다 할 것이니 팥쥐 너도 오늘부터 김매러 다니도록 해라."

하고 배씨는 팥쥐에게는 쇠 호미를 주어 집 근처 모래밭을 매게 하고, 콩쥐에게는 나무 호미를 주어 산비탈에 있는 자갈밭을 매게 했다.

콩쥐는 점심도 얻어먹지 못하고, 밭 한 고랑도 못 매었는데 그만 나무 호미의 목이 부러져 버렸다. 마음씨 나쁜 계모 밑에서 기를 펴지 못하는 콩쥐는 뒷일이 두려워 벌벌 떨기만 할 뿐이었다. 집에 돌아가면 호미를 부러뜨린 것도 죄목이 될 것이며, 김을 얼마 매지 못한 것도 허물이 될 터이니, 저녁은 별수 없이 굶게 될 형편이었다. 콩쥐는 어리고 약한 마음에 눈앞이 캄캄해 어찌할 바를 모르고 울고만 있었다.

그때 홀연히 하늘에서 검은 소 한 마리가 내려오더니 콩쥐를 보고 물었다.

"너는 무슨 일로 그리 우는 것이냐? 내게 자세한 이야기를 해 보아라."

콩쥐가 전후 사정을 이야기하자 검은 소가 말했다.

"그렇다면 곧장 하탕下湯 온천에서 물의 온도가 가장 낮은 곳에 가서 발 씻고, 중탕中湯 온천에서 물의 온도가 중간쯤 되는 곳에 가서 손 씻고, 상탕上湯 온천에서 물의 온도가 가장 높은 곳에 가서 낯을 씻고 오너라."

콩쥐는 그 말대로 손발과 낯을 씻고 한참 후에 돌아왔다. 그러자 검은 소는 좋은 호미와 온갖 과일을 치마폭에 싸 주고는 홀연히 사라져 버렸다.[1] 콩쥐는 그것들을 아버지와 어머니에게 보여 주고 팥쥐와 나누어 먹으려고 입에도 대지 않았다. 콩쥐가 밭 몇 마지기를 매어 놓고 집으로 돌아오니, 대문은 굳게 닫혔고 안에서는 저녁밥을 지어 맛있게 먹고 있는 듯했다. 콩쥐는 과일을 문틈으로 죄다 들이밀고서야 안으로 들어갈 수 있었다. 그러나 그것으로 끝났으면 오히려 괜찮겠으나, 통째로 빼앗긴 과일로 인해 노리어 화를 입게 되었다. 대번에 배씨의 호령이 떨어진 것이다.

"콩쥐, 네 이년! 어른이 시켜서 김인지 뭔지 매러 갔으면 일찍 마치고 돌아와 밥도 먹고 다른 일도 해야 할 게 아니냐? 그래, 여태껏 무엇을 했느냐? 그리고 이 과일은 어디서 났단 말이냐? 이 과일은 분명 불공드릴 때 쓰는 과일 같은데, 분명 아무 절 중놈에게 얻은 것이겠지? 그렇지 않고서야 어디서 났단 말이냐? 계집애가 나이 열댓 살 가까워 오니까 벌써부터 지나가는 행인을 홀려 먹는단 말이냐? 이 일을 아버지께서 알아봐라, 날벼락이 떨어지지 않겠느냐? 얘 팥쥐야, 이것 빨리 먹어치우고 아버지 눈에 띄지 않게 해라. 눈에 띄는 날이면 언니 년은 죽는 날이다. 저년은 실컷 먹었을 터이니 너나 얼른 먹어치워라."

콩쥐는 밥도 얻어먹지 못하고 그날 밤을 눈물로 지새웠다. 그날로부터 콩쥐에게는 생각지 않은 일과 갖은 고생이 끊임없이 닥쳐왔다.

하루는 계모 배씨가 콩쥐에게 새로운 일을 시켰다.

"오늘은 부엌의 빈 독에 물을 길어다 채워 놓아라."

콩쥐는 그 말대로 물을 길어다 부었다. 그러나 아무리 길어다 부어도 어찌 된 일인지 물이 독에 차지를 않았다. 아침부터 온종일 물을 길어 나르다 보니 기운이 빠져 진땀이 흐르고 고개가 부러질 것 같아 더 물을 길을 수가 없었다. 그렇다고 물을 채우지 않을 수도 없었다.

---

1) 소의 도움뿐만 아니라 이후 등장할 두꺼비의 도움, 잃어버린 신발에 서려 있는 상서로운 기운 등 비현실성이 강조된다.

다시 물동이를 머리에 얹고 우물로 가려는데, 마당 한쪽에서 맷방석^{맷통이나} ^{맷돌 밑에 까는 짚방석}만 한 두꺼비 한 마리가 엉금엉금 기어 오더니 큰 소리로 말했다.

"콩쥐야, 콩쥐야. 네 암만 물을 길어도 소용없다. 그 독은 밑 빠진 독이라 결코 차지 않을 테니 그렇게 혼자 애쓰지 말고 이르는 대로 해라. 밑이 빠진 틈이 손가락 하나 들락거릴 만하다. 네가 그 독을 조금 기울여 주면 내가 그 속에 들어가 한동안 구멍을 막고 있겠다."

그러나 콩쥐는 백 번 사양하며 듣지 않았다.

"내가 타고난 고생인데 어찌 남에게 미룰 수 있겠니?"

그러자 두꺼비가 성을 버럭 냈다.

"나도 그런 생각이 없는 바는 아니다. 그러나 너같이 마음씨 고운 아이를 너의 계모가 일부러 고생시키려 하고 있다. 그런데 나로 말하면 인간과 인연이 깊어 몇백 년을 살아오고 있는데, 나 같은 늙은 것이 그와 같은 일을 돌보지 않을 수가 없어서 각별히 생각해 여기 온 것이다. 그런데 네가 어찌 이렇듯 거절하여 이 늙은 것의 깊은 뜻을 무시하느냐?"

이에 콩쥐는 고마워하며 물독을 기울여 두꺼비가 엉금엉금 기어 그 밑으로 들어가게 해 주었다. 그리고 독을 바로잡아 놓은 다음 물을 길어다 부으니,

🔊 **소설 한 장면** 전개 두 번째 부인 배씨가 팥쥐와 함께 콩쥐를 괴롭힘

과연 몇 차례가 안 돼 독에 물이 가득 찼다. 계모 배씨에게 물독을 채웠노라고 아뢰니, 배씨는 겉으로는 만족한 척했으나 속으로는 이상한 생각을 품지 않을 수 없었다.

'저것이 일전에도 난데없는 과일을 얻어오더니 이번엔 밑 빠진 독에 물을 채워 놓았단 말이야. 아무래도 저년을 그냥 두었다간 큰일 나겠다. 도대체 저년이 어떻게 된 계집애이기에 남이 할 수 없는 일을 해내는 것일까?'

그렇게 세월을 보내던 중 콩쥐의 외갓집 조씨 댁에서 무슨 잔치가 있어 콩쥐를 불렀다. 그러자 염치없는 계모 배씨는 큰마누라 본가 잔치에 무슨 체면으로 나서려는지 콩쥐는 밀쳐놓고 제가 먼저 날뛰는 것이었다.

"콩쥐야, 내가 잠시 다녀올 테니, 너는 집이나 보고 있거라. 만약 너도 가고 싶거든 베 짜던 것이나 마치고 말리던 겉피 껍질을벗기지않은피 석 섬만 찧어 놓고 오도록 해라."

그러고는 비단 저고리를 입고 싸 두었던 가죽신을 꺼내 신고 한동안 수선을 피우더니 팥쥐만 데리고 떠났다.

콩쥐는 혼자 남아 눈물을 흘리며, 겉피 석 섬을 마당에 널어놓고 베틀 위에 올라앉아서 짤깍짤깍 베 짜기를 시작했다. 그러나 무슨 재주로 잠깐만에 베 한 필을 짜며 겉피 석 섬을 찧는단 말인가? 콩쥐는 얼마나 울었던지 정신을 못 차릴 지경이었다.

그런데 이게 웬일인가? 이제껏 보지 못한 어여쁜 여인이 찬란한 비단옷을 차려입고 신기한 향내를 풍기며 베틀 앞에 다가서더니 콩쥐에게 베틀에서 내려오라고 재촉했다.

"내 비록 재주는 없으나 베틀을 잡는다면 당장에 짜낼 것이니 아가씨는 곧 떠날 차비를 하시오."

콩쥐가 베틀에서 내려오자 여인은 순식간에 베 한 필을 다 짜고 베틀에서 내려오며 말했다.

"아가씨, 이제 일이 끝났으니 어서 외가에 가시오. 또한, 장차 좋은 기회도 있을 테니 참고 견디면 차차 고생을 면하고 호강을 누리게 될지도 모르는 일이오."

그러고는 비단 보자기를 풀어헤치더니 새로 지은 옷 한 벌과 댕기와 신발까지 새것으로 내주면서 말했다.

"나는 하늘에서 내려온 직녀로서 상제의 허락을 받고 이와 같이 왔으니 오래 머물지는 못하오."

그러더니 얼른 몸을 날려 공중으로 날아갔다.

넋을 잃고 바라보던 콩쥐는 가까스로 정신을 차려 마당으로 내려갔다. 아까부터 겉피를 쪼아 먹던 새 떼가 훌쩍 날아가 버렸는데, 겉피는 알맹이가 되어 그대로 남아 있었다. 알고 보니 새 떼는 겉피를 쪼아 먹은 게 아니라 껍질을 벗겨 놓았던 것이다.

이제야 콩쥐는 건넛마을 외갓집 잔치를 보러 가는데, 때는 바야흐로 춘삼월 좋은 계절이라 여러 가지 아름다운 꽃이 활짝 피었고 나는 새와 닫는^{뛰는} 짐승도 제각기 그 즐거움을 누리었다.

콩쥐는 그윽한 감회에 나비를 희롱하며 웃기도 하고 꽃도 탐내며 두서없는 생각에 잠겨서 길을 걸었다. 어느 시냇가에 다다르니 물도 맑고 고기가 떼 지어 노니는 것이 볼만했다. 콩쥐는 흐르는 물에다 손도 씻고 돌도 던져 고기도 놀래주곤 했다.

이때 뒤에서 감사^{監司 관찰사}가 도임^{到任 관리가 부임지에 도착함}하는 행차가 위엄을 갖춰 오느라고 벽제^{지위가 높은 사람이 지나갈 때 다른 사람의 통행을 금하던 일} 소리를 지르면서 다가오는 것이었다. 콩쥐는 허겁지겁 시냇물을 뛰어 건너려다 그만 신 한 짝을 빠뜨리고 말았다. 그러나 무섭고 다급한 마음에 감히 신을 건져 볼 생각도 못한 채 외가로 달려갔다.

뒤따른 행차가 그 길을 지나칠 때, 감사가 무심히 앞을 바라보니 시냇물에 이상한 서기^{瑞氣 상서로운 기운}가 눈에 띄었다. 부하를 시켜 가 보게 하니 신 한 짝을 들고 왔다. 감사는 매우 기이하게 여겨 부하에게 그 신짝을 간수하도록 일러두었다. 그리고 도임을 하자마자 신짝 잃어버린 사람을 찾아 각처로 사람을 보냈다.

이럴 즈음 콩쥐는 외가에 가서 외삼촌과 외숙모에게 절하며 인사를 올렸다. 그때까지 못 오는 줄 알고 섭섭히 생각하고 있던 외삼촌 내외는 매우 기뻐하며, 어머니가 돌아가신 후로 고생이 많음을 진심으로 위로하여 좋은 음식을 갖추어 차려 주었다. 그러자 계모 배씨는 좋지 않은 기색으로 말했다.

"콩쥐야, 베는 다 짜고 왔느냐? 말리던 겉피도 다 찧어 놓았느냐? 또 집은 어쩌려고 비워 두고 왔느냐? 그 비단옷은 어디서 훔쳐 입었느냐, 아니면 어떤 놈이 네 대신 해 주더냐?"

그러고는 남이 안 보는 틈틈이 콩쥐를 꼬집어 뜯었다. 콩쥐는 기가 막혀

할 수 없이 그사이 겪은 일을 낱낱이 아뢰었다. 콩쥐의 이야기를 듣고 있던 계모는 눈알이 튀어나오며 얼굴색이 파래졌다.

그때 손님들은 온 집 안이 꽉 차도록 모여 있었는데, 이 구석 저 구석에서 불쌍한 콩쥐 얘기를 하며 콩쥐의 행실을 칭찬하는 소리가 자자했다. 그런데 이때 마침 관가에서 차사差使 중요한 임무를 위해 파견하던 임시 벼슬 또는 그런 벼슬아치가 나와 동네를 돌아다니며 소리쳤다.

"이 동네에 신 한 짝을 잃은 사람이 있거든 이리 와서 말하고 찾아가시오."

차사는 콩쥐의 외갓집 문전에 이르더니, 잔치에 모인 사람들에게까지 일일이 그 신을 신겨 보았다. 그러자 배씨가 차사 앞으로 나서며 말했다.

"여보시오, 그 신 임자는 바로 나인데, 그 신짝을 잃고는 아까운 생각에 잠 한숨 이루지 못했소. 이리 주시오. 그 신은 어제 새로 사서 신고 당일로 잃어버린 것이오."

차사가 물어보았다.

"잃어버린 곳은 어디며 어찌하다가 잃어버렸단 말이오? 이 신짝은 내가 주운 것도 아니고 이번에 새로 도임하신 감사 사또께서 길에서 주우신 거요. 이 신 임자를 찾아 관가로 데려오라는 분부가 계시니, 만일 당신이 잃어버린 게 틀림없다면 이리 와서 신어 보시오."

신짝을 내놓자 배씨는 버럭 화를 내며 신발을 빼앗으려 했다.

"아니, 내 것 잃고 내가 찾아가는데 신어 보기는 무엇을 신어 보란 말이오? 신어 보지 않으면 내 것이 아닐까 싶어 그러시오? 어제 신을 사서 신고 이 집 잔치에 오다가 저 건너 벌판에서 잃어버렸소. 그래도 내 말을 못 믿겠소? 여러 말 말고 어서 이리 주시오!"

차사는 잠시 주저하다가 발을 내놓게 하고 그 신을 신겨 보았다. 그러나 발은 중간까지도 들어가지 않았다. 차사는 배씨의 무엄한 짓을 크게 나무라며 다른 사람들에게 차례로 신어 보게 했다. 그래도 맞는 사람이 없었다.

이윽고 다른 곳으로 옮겨가려 하는데, 콩쥐는 아무 말도 않고 구경만 했다. 그러자 손님으로 와 있던 어느 노부인이 차사를 불러 이르었다.

"그 신발을 잃은 사람을 어째서 관가에서 찾는지는 모르나, 이 가운데 콩쥐라 하는 아가씨가 신발을 잃고도 부끄러워 차마 말씀도 아뢰지 못하는 듯하니, 신 임자를 찾아서 주고 가시오. 그 아가씨는 생전에 처음으로 얻은 신이라 합니다."

차사는 그 말을 듣고 콩쥐를 불러내어 신을 신어 보게 했다. 콩쥐는 부끄러워하며 간신히 발을 내밀어 얌전한 발부리를 신짝 안에 들이미니, 살며시 쏙 들어가 맞는 것이 의심할 바 없는 콩쥐의 신이었다. 차사는 이내 가마 한 채를 꾸며 가지고 와서는 관가로 들어갈 것을 청했다. 그러나 콩쥐는 시집도 가지 않은 처녀의 몸이라 외삼촌에게 말씀을 여쭙고 동행키로 했다.

콩쥐의 가마가 관가에 당도하자 외삼촌이 먼저 안으로 들어갔다. 감사는 소식을 고대하던 참이라 신짝을 잃은 처녀가 문밖에 대령했다는 말을 듣고 적이 놀라는 기색이었다.

이번에 새로 도임한 감사는 성이 김씨였다. 김 감사는 일찍이 아들 하나 두지 못하고 부인을 잃은 외로운 신세였다. 부인과 사별한 후로는 첩도 두지 않고 스스로 마음을 가다듬며 세월을 보내고 있었다. 그런 만큼 자연 신기한 것을 즐겨 연구하는 성벽이 생겨 조그마한 일이라도 눈에 띄고, 귀에 들리는 것이 기이하다 여겨지면 기어이 알아내고야 말았다.

도임하던 날만 해도 이상한 서기를 본 데다 그곳에서 새 신짝을 얻었으므로 호기심에서 그 신 임자를 만나 보려 했던 것인데, 뜻밖에도 신 임자가 한 처녀라고 하니 매우 놀라울 뿐이었다.

감사는 그 자세한 연유를 콩쥐의 외삼촌에게 물었다.

"어떤 처녀이기에 신짝에서 그토록 서기가 생기는가?"

콩쥐의 외삼촌도 서기가 난 까닭에 대해서는 뭐라 대답할 수 없었으므로 결국 콩쥐가 친히 대답하도록 했다. 콩쥐는 모친을 여읜 일부터 시작하여 계모 배씨가 들어온 이후에 있었던 그동안의 일을 낱낱이 아뢰었다. 감사는 놀라는 한편 기뻐하며, 콩쥐의 외삼촌에게 콩쥐와 혼인할 뜻을 밝히고 그 의사를 물었다.

"저로서야 어찌 싫다 하겠습니까만, 콩쥐의 부친이 있으니 일단 물러가 상의하고 다시 돌아와 아뢰겠습니다."

최만춘은 콩쥐가 영화를 누리게 된 것을 싫어할 리 만무했다. 곧 혼인을 승낙하고 택일을 서둘러서 감사의 재취 부인으로 온갖 예를 갖추어 콩쥐를 시집보내었다.

그런데 배씨는 당초에 제가 영화를 누리려고 차사를 속였다가 발각되어 무안을 당한 후로는 콩쥐를 미워하는 마음이 더욱 심해진 터였다. 팥쥐도 또한 시샘이 북받쳐 이를 벅벅 갈면서 기회가 오기를 벼르었다.

"콩쥐 저년이 지금은 저렇게 고운 옷으로 단장을 하고서 감사의 부인이 되었지만, 내 솜씨 앞에서는 어차피 엉덩이를 벌리고 앉아 편안하게 호강은 못 할 것이야."

어느 날, 석류꽃이 한철을 지났고 쓰르라미^{저녁매미}가 목을 가다듬어 우는 소리에 문득 세월이 빠름을 깨달은 팥쥐는 서둘러 무슨 수를 써 보리라는 생각이 치밀어 감영^{監營 조선 시대에 관찰사가 직무를 보던 관아} 살림 채로 콩쥐를 보러 들어갔다. 그때 사또는 공청^{公廳 관청}에 나가고 콩쥐만 홀로 좋은 옷을 입고 아담하게 꾸민 후원 연못가 별당에서 연꽃을 구경하고 있었다. 팥쥐는 짐짓 반색을 하며 달려들어 능청스럽게 말을 걸었다.

"에구머니 언니, 그동안 혼자서만 편안히 시내셨구려. 보기 싫은 이 팥쥐는 언니가 출가하신 후 시시로 생각이 간절하여 어떻게 지내시는지 보러 왔소. 내가 전엔 철없이 응석처럼 한 노릇이 지금 생각하면 잘못한 것 같아 뉘우침이 뼈에 사무친답니다. 그렇더라도 언니는 그런 것을 속에다 품어두시지 마시오. 우리 자매 데면데면하게 지내지는 맙시다."

본래 악의가 없는 사람은 속기를 잘하는 법이다. 콩쥐는 그 말을 듣더니 역시 마음이 움직였다.

'저것이 그전엔 나를 그토록 모해했으나 그때는 철을 모를 때요, 이젠 나이가 들어 깨달은 바 있기에 저토록 사과하는 것이니 기특한 일이야.'²⁾

이렇게 생각하고 콩쥐는 좋은 음식도 대접하고 살아가는 형편도 물어보고 하면서 집 안 구경도 시켜 주었다.

이때 팥쥐는 내심으로 흉악한 생각을 하고 있었다.

'콩쥐 저년을 어떻게 하면 움도 싹도 없어지게 할꼬?'

팥쥐는 간악한 심술이 북받쳐 속으로 온갖 꾀를 짜내며 콩쥐를 따라갔다. 별의별 화초와 온갖 화초를 구경하다가 연못가 정자 앞에 이르자, 팥쥐는 문득 한 계책을 생각해 내고 콩쥐에게 목욕을 하자고 권했다. 그리하여 콩쥐와 팥쥐는 옷을 못가에 벗어 놓고 연못으로 들어가 목욕을 했다.

목욕을 하던 팥쥐는 슬금슬금 콩쥐를 깊은 곳으로 끌고 가서 별안간 연못 한가운데로 밀어 넣었다. 워낙 순식간의 일이라 어쩔 도리 없이 콩쥐는

---

2) 작품이 전개되는 동안 콩쥐는 변함없이 선량하고, 계모 배씨와 팥쥐 또한 변함없이 악하다는 데서 고전 소설의 평면적 인물상을 확인할 수 있다.

그대로 물속으로 가라앉아 버렸다. 슬프다! 콩쥐가 겨우 찾은 부귀영화를 마음껏 누려 보기도 전에 이렇듯 연못 귀신이 되고 말 줄이야 누가 알았으랴?

간악한 팥쥐는 콩쥐가 물속으로 들어가 물거품만 두어 번 솟구쳐 올렸을 뿐 이내 그대로 잠잠해지는 것을 제 눈으로 보고서야 마음이 통쾌해져서 뇌까렸다.

"이렇게 쉽게 될 일을 쓸데없이 오랫동안 마음을 썩였구나."

입가에 웃음을 띠며 급히 밖으로 나온 팥쥐는 콩쥐의 옷을 입고 제 옷을 치워 버린 다음 제가 마치 콩쥐인 양 별당 난간에 기대 연꽃을 바라보면서 못내 기뻐했다.

감사가 이때 공무를 마치고 안채로 들어가자 계집 하인이 아뢰었다.

"마님께서는 후원 별당에서 연꽃을 구경하고 계십니다."

감사는 발길을 후원으로 돌렸다.

김 감사는 콩쥐를 맞아들인 후로는 공무만 끝나면 콩쥐와 붙어 있으려고 하던 터였다. 그런데 콩쥐가 홀로 연꽃을 구경하고 있다는 말에, 자기도 함께 연꽃을 구경하고픈 생각이 들어 급히 별당으로 들어갔다. 그러자 그때까지

이렇게 쉽게 될 일을 쓸데없이 오랫동안 마음을 썩였구나.

🖐 소설 한 장면 　위기　 팥쥐가 콩쥐를 연못에 빠뜨려 죽임

난간에 기대어 꽃구경을 하고 있던 팥쥐가 재빨리 자리에서 일어나 웃음 띤 얼굴로 내려와 감사를 맞았다. 감사도 또한 기쁜 낯으로 부인의 손목을 잡고서 다시 별당 난간으로 올라가 웃으며 말했다.

"부인은 오늘 연꽃 구경으로 얼마나 즐겁소?"

그러면서 문득 부인의 얼굴을 보니, 전날까지의 모습과는 달리 거무티티할 뿐 아니라 우묵우묵 얽기까지 했다. 크게 놀라 낯빛이 달라지며 그 이유를 물으니 팥쥐는 이렇게 대답했다.

"종일토록 이곳에서 서성거리며 당신 오시기를 기다려 햇빛을 쐬니 이토록 검은빛이 되었습니다. 얽어 보이는 것은 다름 아니라, 아까 당신이 들어오시는 줄 알고 급히 뛰어가다가 그만 콩멍석에 엎어지는 바람에 이 모양이 되었습니다."

이 말을 듣자 감사는 늙은 남편을 사모하는 마음을 고맙게 여겨 여러 말로 위로하며 다만 얼굴이 상한 것만을 애석하게 여길 뿐, 사람이 바뀐 것은 전혀 깨닫지 못했다.

며칠이 지난 후였다. 감사가 몸이 불편하여 일찍 일을 마치고 들어와 연못가를 배회하고 있노라니, 못 가운데에 전날 보지 못하던 연꽃 하나가 눈에 띄었다. 꽃줄기가 유별나게 높이 솟아나 있었고 꽃 모양도 신기하여 아름답기 그지없었다. 감사는 노복을 시켜 그 꽃을 꺾어다가 별당 방문 앞에 꽂아 놓게 하고는 그 꽃을 사랑해 마지않았다.

그러나 팥쥐는 그와 같이 큰 꽃이 별안간에 곱고 아름답게 피어난 것을 보고 심상치 않게 여겨, 감사가 방을 떠나면 들어가 보곤 했다. 그런데 참으로 괴이한 것은 팥쥐가 방에서 나올 때마다 연꽃 속에 손이라도 있는 듯 팥쥐의 머리채를 바당바당 쥐어뜯었다. 팥쥐는 그 연유를 금세 알아차렸다.

"요것이 필시 콩쥐 년의 귀신이 붙은 것이다."

하고는 그 꽃을 뽑아다 불 아궁이에 처넣었다.

그 후 팥쥐는 안심하고 콩쥐의 세간도 마구 뒤지며 제 마음대로 하는데, 다시금 이상한 일이 벌어졌다. 바로 이웃에 사는 할멈이 불씨를 얻으려고 감사 댁 안채로 들어왔다. 예전부터 감사 부인과 친했던 터라 연못가 별당으로 가서 아궁이에서 불을 떠가려는 것이었다.

그런데 아궁이 속은 불씨 하나 없이 꺼져 있고 난데없는 오색 구슬이 가득했다. 노파는 허겁지겁 구슬을 치맛자락에 모두 쓸어 담아 집으로 가져와서 반단이 위쪽에 문짝이 달려 여닫을 수 있게 만든 궤 속에 감추어 두었다. 그랬더니 천만뜻밖에도 반단이 속에서 할멈을 부르는 소리가 들리는데, 그 소리가 감사 부인의 목소리와 흡사했다. 노파가 반단이 문을 열고 보니 감사 부인이 그 속에 들어앉아 있는 게 아닌가. 감사 부인은 노파에게 자기가 죽게 된 전후 사정을 이야기하고는, 이어서 한 묘책을 가르쳐 주었다.

노파는 감사 부인이 일러 주는 대로 잔치를 베풀어 자기의 생일이라 거짓말을 하고, 김 감사를 자기 집에 초대했다.

김 감사가 잔칫집에 와서 젓가락을 드니 한 짝은 길고 한 짝은 짧아 손에 제대로 잡히지 않았다.[3] 이에 노파의 소홀함을 나무라니, 노파가 미처 대답도 하기 전에 홀연 병풍 뒤에서 사람 목소리가 나면서 대답을 하는 것이 아닌가.

"젓가락 짝이 틀린 것은 그렇게 잘 아시는 양반이 사람 짝이 틀린 것은 어찌 그토록 모르십니까?"

'내외의 짝이 틀리다니, 이 무슨 말인고?'

아니, 어쩌다가 이런 일이······.

할머니, 감사합니다. 제가 바로 감사의 부인인 콩쥐랍니다.

🕯 소설 한 장면 절정 콩쥐가 자신의 억울한 죽음을 밝힘

---

3) 감사는 짝이 맞지 않는 젓가락을 통해 자신이 가짜 아내와 살고 있음을 눈치챈다. 즉, 젓가락은 감사에게 진실을 깨닫게 해 주는 소재이다.

감사가 속으로 이렇게 생각하다가, 그동안 아내의 거동이 종종 이상했음을 갑자기 깨닫고는 바삐 돌아가 알아보려고 급히 자리에서 일어서려 했다. 그때 별안간 병풍 뒤에서 녹의홍상을 입은 한 미인이 앞으로 나와 감사에게 절하며 물었다.

"영감께서는 첩을 몰라보십니까?"

감사는 깜짝 놀라 어찌할 바를 모르고 당황하다가 콩쥐에게 사연을 말하라고 재촉했다.

"이 몸은 의붓동생인 팥쥐에게 해를 입어 연못 귀신이 되었습니다. 그러나 기왕 이렇게 되었으니 영감께서는 팥쥐와 함께 내내 안녕하시기 바랍니다."

삼사는 곧 팥쥐를 잡아 분초하고 사람들을 시켜서 연못의 물을 치우게 하니, 과연 콩쥐의 시체가 웃는 낯으로 누워 있었다. 급히 건져내어 염하려 할 때 죽었던 콩쥐가 다시 숨을 쉬며 살아났다. 바로 그때 노파의 집에 있던 콩쥐는 온데간데없이 사라졌다.

감사는 팥쥐를 옥에 가둬 칼을 씌우고 사실을 조정에 보고했다. 며칠이 지나 조정에서 하회下回 윗사람의 대답가 있자 감사는 그 하회대로 형리를 시켜 팥쥐를 수레에 매어 찢어 죽이고, 그 송장을 젓으로 담아 항아리 속에 넣고 꼭꼭 봉하여 팥쥐의 어미를 찾아 전했다.

팥쥐 어미는 처음에 팥쥐가 흉계를 품고 콩쥐를 죽이러 들어갈 때, 조심하고 또 조심하여 일이 잘 성사되길 당부하여 보낸 후 곧 최만춘을 차 버리고 다른 서방을 얻었다. 혹시 있을지도 모르는 경우를 생각하여 후환을 미리 막기 위해서였다. 그리고 주야로 팥쥐의 덕을 보고자 기다리고 있던 중에, 관가로부터 선물이 온 것이다.

팥쥐 어미는 좋아라고 내달으며 서방을 안으로 불러들이고는, 항아리 아가리를 동여맨 노끈을 풀어 보았다. 큰 항아리에 가득 든 것은 젓갈이었다. 항아리 옆에는 따로 글씨를 쓴 종이가 들어 있었는데, 종이에는 이렇게 씌어 있었다.

'흉악한 계교로 사람을 죽이는 자는 누구든 이와 같이 젓으로 담그고, 딸에게 흉하고 독한 일을 시킨 자는 그 고기를 씹어 보게 하노라.'

팥쥐 어미는 이 글을 읽고 팥쥐의 소행이 탄로 나 결국 죽임을 당했음을 알고는 그만 기절하여 자빠졌다. 그리고 영영 일어나지 못했으니, 모녀가 지옥으로 손을 잡고 가 버린 것이다.

한편 김 감사는 콩쥐에게 자기의 허물을 사과하고 이웃 노파에게 상을 후히 내렸다. 그런 다음 다시 콩쥐와 더불어 다하지 못한 인연을 이으니, 아들 셋을 낳고 딸도 낳아 화평하고 즐거운 나날을 보냈다. 또한, 콩쥐의 부친 최만춘을 찾아내 현숙하고 덕이 있는 여자를 얻어 아들딸 낳고 단란한 살림을 이루게 해 주었다. 백성들에게는 어진 마음씨를 베풀어 가난한 사람에게 돈과 곡식을 후히 내려 그들을 구제하니, 김 감사 부부의 덕을 모든 백성이 칭송했다.

🍎 소설 한 장면   결말 팥쥐는 벌을 받아 죽고, 콩쥐는 행복하게 살아감

🔭 생각해 볼까요?

선생님 「콩쥐팥쥐전」이 신데렐라형 설화와 다른 점은 무엇인가요?
💬 2 ❤️ 2

↳ **학생 1** 「콩쥐팥쥐전」은 외국에 널리 퍼져 있는 신데렐라형 설화와 많은 면에서 유사해요. 조력자가 등장한다는 점, 결말에서 팥쥐와 계모가 징벌을 받는 점 등이 같지요.

↳ **학생 2** 「콩쥐팥쥐전」이 신데렐라형 설화와 다른 점은 남녀 주인공이 결혼하는 데서 이야기를 끝내지 않고, 그 이후의 사건을 소설적으로 재창조해 더욱 흥미롭게 묘사했다는 점이에요.

선생님 「콩쥐팥쥐전」를 비롯한 우리나라 고전 소설 속 가정 문제에 관해 이야기해 볼까요?
💬 3 ❤️ 3

↳ **학생 1** 고전 소설의 주제에는 크게 가정 문제, 애정 문제, 사회 문제라는 세 가지 유형이 있어요. 그중 가정생활의 모순과 갈등, 알력과 비극 등 가정 문제를 주요 소재로 다룬 작품을 가정 소설이라고 해요.

↳ **학생 2** 가정 소설은 조선 시대에 인기가 매우 높았어요. 처첩 간의 갈등과 비극, 계모와 전처소생 자녀 간의 갈등과 비극을 주로 다루며 독자들의 공감을 끌어냈거든요. 가정 소설에 등장하는 갈등 양상이 당시 현실에서도 빈번하게 일어났기 때문이지요.

↳ **학생 3** 예를 들어 「박씨전」, 「사씨남정기」에서는 선한 본부인과 악한 첩 사이의 갈등이 나타나요. 「장화홍련전」, 「콩쥐팥쥐전」에서는 선한 전처소생 자녀와 악한 계모 사이의 갈등이 나타나고요. 가정 소설은 아니지만 「홍길동전」에서 홍길동은 첩의 자식, 즉 서얼이라는 이유만으로 관직에 나아가지 못하지요. 이처럼 소설 작품을 통해 당시 가정 문제가 다양한 양상으로 일어나고 있었음을 알 수 있어요.

선생님 「콩쥐팥쥐전」이 아닌 다른 가정 소설들에 관해서도 알아볼까요?
💬 3 ❤️ 3

↳ **학생 1** 가정 소설이라는 갈래가 큰 인기를 끌었던 만큼 다양한 작품이 만들어졌어요. 대표적으로 「장화홍련전」, 「창선감의록」 등이 있지요.

↳ **학생 2** 그중 「창선감의록」은 조선 시대에 창작된 가문 소설로, 중국 명나라가 배경이고 '화진'이라는 사람의 집안 이야기를 다뤄요. 일부다처제와 가부장 제도 아래서 벌어지는 가족 갈등을 사실감 있게 묘사했어요.

↳ **학생 3** 「창선감의록」은 가족 구성원들이 화해하는 것과 동시에 국가의 위기도 잘 봉합되는 결말로 끝나요. 즉, 충(忠)과 효(孝)를 전면에 내세운 작품이지요.

선생님 「콩쥐팥쥐전」에 나오는 연꽃과 구슬은 어떤 의미일까요?

💬 2 ♥ 2

↳ **학생 1** 연꽃과 구슬은 한국 무속과 불교에서 자주 등장하는 소재예요. 꽃이 피고 짐을 반복하므로 재생, 영생, 불멸, 영원성 등을 상징하지요. 특히 연꽃은 진흙 속에서 아름다운 꽃을 피워요. 힘든 환경 속에서도 선한 마음을 잃지 않고 꿋꿋이 지냈던 콩쥐를 의미한다고도 볼 수 있어요.

↳ **학생 2** 구슬도 연꽃과 마찬가지예요. 동그란 형태는 물론 아궁이의 재에서 구슬로 변한 콩쥐가 다시 사람으로 변하는 과정을 통해 재생, 영생, 반복성 등의 상징을 읽어낼 수 있어요.

신데렐라형 설화

연관 검색어   가정   계모   구원자   권선징악

신데렐라형 설화는 계모 설화라고 불리기도 하며 우리나라에서는 콩쥐팥쥐형 설화로도 많이 알려져 있다. 계모와 전처소생 간의 갈등을 다루는 설화의 한 유형으로 대개 계모는 악인으로 등장하고 전처소생은 선인으로 등장한다. 처음에는 계모가 악인으로 나오다가 개과천선하는 이야기, 처음부터 선인으로 나오는 계모의 이야기 등 신데렐라형 설화는 전 세계적으로 퍼져 있는 이야기인 만큼 그 내용도 다채롭다.

대체로 신데렐라형 설화는 다음과 같은 줄거리를 따른다. 첫 번째, 아이가 친모를 여읜다. 두 번째, 아버지의 재혼으로 계모가 들어온다. 세 번째, 계모는 아이를 학대하거나 모함한다. 네 번째, 아이는 조력자의 도움이나 자신의 의지와 노력으로 위기를 극복한다. 이중 이야기의 중심이 되는 단계는 세 번째와 네 번째이다.

신데렐라형 설화의 주인공은 위기를 극복하는 단계에서 조력자의 도움을 받거나 외부로부터 행운을 얻기도 한다. 이때 도움과 행운은 갑작스럽게 주어지는 것이 아니라 평소 착한 행실을 보이던 주인공이 의지와 노력을 더함으로써 얻게 된다. 즉, 행복과 고난은 순환하는 것이며 고난을 참고 견디면 언젠가 행복이 찾아온다고 믿었던 당시 사람들의 생각이 반영되어 있다. 결말에서는 선인이 복을 받고 악인이 벌을 받는, 권선징악의 주제가 드러난다.

사씨남정기

#가부장   #숙종   #축첩제도   #권선징악

⚓ 작품 길잡이

작가: 김만중(463쪽 '작가와 작품 세계' 참조)
갈래: 국문 소설, 가정 소설, 목적 소설
성격: 풍간적(諷諫的 완곡한 표현으로 잘못을 고치도록 함), 가정적
배경: 시간 - 중국 명나라 초기 / 공간 - 북경 인근의 금릉 순천부
주제: 처첩 간의 갈등과 사씨의 고행
연대: 조선 숙종 15~18년(1689~1692)
출전: 『해재신해계동유동찰판』

📷 인물 관계도

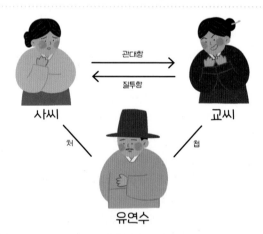

사씨	아름답고 현명한 여인으로, 교씨의 모함 때문에 집에서 쫓겨난다.
교씨	사씨와 유연수를 모함해 쫓아내고 재산을 차지한다.
유연수	교씨의 모함에 빠져 사씨를 버리지만 곧 사씨와 재회한다.

📖 구성과 줄거리

발단   장원 급제한 유연수는 학업을 갈고닦기 위해 출사를 미룸

유연수는 개국 공신 유기의 손자로, 인물이 출중하고 학식이 깊어 어린 나이에 장원 급제한다. 한림학사라는 벼슬을 받은 유연수는 젊을 때 학문을 더 갈고닦기 위해 조금 더 공부한 후 출사하고자 한다. 황제는 유연수의 뜻을 기특히 여겨 약간의 말미를 준다. 유연수는 과거 급제 후 현명하다고 소문난 사 소저와 혼인한다.

전개   유연수와 사씨 사이에 후사가 없어 교씨를 첩으로 맞음

유연수 부부는 금실이 좋았으나 후사가 없어 고민하던 중 교씨를 첩으로 맞아들인다. 아들을 낳은 교씨는 시기심이 많아 갖은 음해로 사씨를 모략한다. 유연수는 교씨의 음해에 넘어가 사씨를 내쫓고 교씨를 정실로 삼는다.

위기   정실이 된 교씨는 유연수를 몰아내고 재산을 차지함

유연수는 사씨를 내쫓은 일을 후회한다. 이를 눈치챈 교씨는 남몰래 정을 통하던 동청과 합심해 유연수의 편지를 훔친 뒤 거짓으로 꾸미고 엄 승상에게 밀고한다. 유연수는 귀양을 가고, 동청은 엄 승상의 도움으로 벼슬을 얻는다. 교씨는 재산을 챙겨 유연수의 집에서 나간다.

절정   누명을 벗은 유연수가 다시 벼슬길에 오름

집에서 쫓겨난 사씨는 길을 헤매다가 동정호 장군사에서 머문다. 사씨는 죽을 위기에 처한 유연수를 극적으로 구한다. 엄 승상은 부정을 저지른 일로 인해 숙청되고, 동청 또한 죽음을 맞는다. 유연수는 복권되어 다시 벼슬길에 오른다.

결말   교씨가 죽은 뒤 유연수와 사씨는 백년해로함

집으로 돌아온 유연수와 사씨는 집안사람들과 재회하고, 교씨에 의해 죽은 줄로만 알았던 아들 인아까지 되찾는다. 교활한 교씨는 결국 유연수에게 붙잡혀 죽음을 맞는다.

사씨남정기

명나라 가정嘉靖 명나라 11대 황제의 연호 연간1522~1566의 일이다. 금릉 순천부 땅에 한 사람이 살았는데, 성은 유劉요, 이름은 현炫이다. 그는 개국 공신인 유기劉琦의 자손이다. 유현은 사람됨이 현명하고 문장과 풍채가 좋았으며 일찌감치 벼슬에 들어 일세의 추앙을 받았다. 열다섯 살 때 시랑 최모의 딸을 아내로 맞았으나 자녀의 소생이 없었다. 근심으로 지내다가 늦게야 아들을 낳는데 얼마 되지 않아 부인이 세상을 떠났다. 부인을 잃은 그는 인생무상을 느끼고 벼슬에 뜻이 없어졌다. 유현은 병을 빙자하여 사직한 뒤에 집으로 돌아와서 한가로이 세월을 보냈다.

그에게 매제妹弟 누이동생가 있었는데 성행이 유순하고 정숙했다. 일찍이 선비 두홍杜洪의 아내가 되었고 두홍은 늦게야 벼슬을 했다. 유공의 아들 이름은 연수延壽라 했는데 어려서부터 숙성淑性 얌전하고 착함했고 문장과 재주가 뛰어났다. 유공은 아들을 기특히 여겨 사랑했으나 그 재롱을 죽은 부인과 함께 즐기지 못하는 것이 한이었다. 유연수는 열 살 때 이미 향시에 장원으로 뽑혔고, 열다섯 살에 과거에 급제해 한림학사를 제수받았다. 일찍 벼슬길에 나간 유연수는 십 년 동안 학업에 힘쓴 뒤에 출사할 것을 황제에게 청했다. 황제는 그 뜻을 기특히 여겨 오 년간 수학할 말미를 주었다.

유 한림이 급제 후에 성혼하려고 할 때 구혼하는 규수가 많았으나 좀처럼 허락하지 않았다. 유공이 매제 두 부인杜夫人과 함께 성중의 모든 매파를 청해 현철賢哲 어질고 사리에 밝음한 소저가 있는 집안을 물었으나 마땅한 상대가 없어서 좀처럼 결정하지 못했다. 하루는 매파가 찾아와 말했다.

"모든 말이 공변한쪽으로 치우치지 않고 공평함되지 못하니 제가 바른대로 소견을 말하겠습니다. 대감의 말씀이 부귀한 곳을 구하면 엄 승상 댁만 한 곳이 없고, 현철한 규수 낭자를 구하려면 신성현의 사謝 급사給事 댁 소저밖에 없으니 두 댁 가운데 택하십시오."

유공이 대답했다.

"부귀는 본디 내가 원하는 바가 아니오. 어진 규수를 택하려고 하오. 사 급사는 본디 대간臺諫 사헌부와 사간원 벼슬을 하다가 적소謫所 귀양살이하는 곳에서 억울하게 죽은 사람이라 진실로 강직한 인물인데, 그 집에 소저가 있는 줄은 몰랐소."

"그 소저의 용모와 덕행이 일세에 뛰어나니 더 여쭐 말씀이 없습니다. 제가 중매 일을 본 지가 삼십여 년인데 모든 재상 댁을 다니며 신부를 많이 보았으나 이같이 뛰어난 소저를 보기는 처음입니다. 대감님은 두 번 묻지 마십시오."

매파가 돌아간 뒤에 유공은 매제와 상의했다. 그러자 두 부인이 묘한 제안을 했다.

"사람의 덕행과 성질은 필법에 나타나니 사 소저의 필체를 얻어 봅시다. 우화암의 묘혜 스님을 불러서 관음화상의 관음찬觀音讚 관세음보살의 공덕을 찬양하는 글귀 을 사 소저에게 짓도록 청탁합시다. 사 소저의 친필을 보면 재덕을 짐작할 수 있고, 또 그것을 청하러 갔을 때 사 소저의 선을 보고 올 것이니 묘혜 스님은 매파처럼 좋은 말로만 우리를 속이지는 않을 줄로 압니다."

"관음찬은 매우 어려울 텐데 여자의 글재주로 어찌 감당할까?"

"어려운 글을 짓지 못하면 어찌 재원才媛 재주 있는 여자 이라 하겠습니까?"

유공은 매제의 말이 옳다 여기고 빨리 사 소저와 선을 볼 것을 재촉했다. 매제는 사람을 우화암으로 보내서 묘혜 스님을 불러왔다.

장원 급제도 했으니 어질고 현명한 규수를 아내로 맞아야겠군.

🔖 소설 한 장면 　발단　 장원 급제한 유연수는 학업을 갈고닦기 위해 출사를 미룸

"신부의 재덕과 용모를 알 길이 없으니 묘혜 암자에 기부하려던 이 관음화상을 가지고 가서, 사 소저에게 관음찬을 받아서 보내 주시오."

하고 화상을 내주며 간곡히 부탁했다. 묘혜는 그 화상을 들고 자기 암자의 일처럼 간청하고자 사 급사 집으로 갔다. 소저의 모친은 본디 불법을 신앙했으므로 전부터 알고 지내던 묘혜를 보고 바로 불러들였다. 묘혜가 안부 인사를 하자 부인이 반겨 하며 물었다.

"오래 보지 못했는데 오늘은 무슨 바람이 불어서 우리 집에 왔소?"

"아시는 바와 같이 소승의 암자가 퇴락해 금년에 정재淨財 깨끗한 재물를 얻어서 중수重修 새로 고침하느라고 댁에 올 틈이 없었습니다. 이제 역사가 끝났으니 마침 부인께 한 가지 청이 있어서 왔습니다."

"불사佛事를 위한 일이라면 어찌 시주를 아끼겠소마는 빈한한 집에 재물이 없어서 걱정이오. 청이라 함은 무엇이오?"

"소승이 청하려는 것은 재물 시주가 아니옵니다. 소승의 암자를 중수한 뒤에 어떤 시주 댁에서 관음화상을 보내 주셨는데 그림 뒤에 찬미의 글이 없는 것이 큰 흠입니다. 댁의 소저가 금석 같은 친필로 찬문을 지어 주십사 하고 청하러 왔습니다. 찬문은 산문의 보배라 그 공덕이 칠보七寶 일곱 가지 보배를 시주하는 것보다도 더 중하며 찬문을 써 주신 소저에게도 복이 도래할 것입니다."

부인은 하인을 시켜 소저를 불러오라고 명했다. 묘혜가 소저를 보니 용모가 관음보살이 강림한 듯이 황홀했다. 묘혜는 마음속으로 놀라며 합장 배례했다. 소저와 묘혜의 인사가 끝난 뒤에 부인이 소저에게 물었다.

"스님이 멀리 찾아와서 네 필체로 관음찬을 구하는데 네가 그 글을 지을 수 있겠느냐?"

소저가 대답했다.

"소녀에게 지으라고 하시더라도 노둔한둔하고 어리석어 미련한 제 재주로 어찌 감당할 수 있겠습니까? 더구나 시부 짓는 것은 여자가 경계할 일이라 했으니 스님의 청일지라도 사양할 수밖에 없습니다."

"관음보살님은 본디 여자의 몸이기 때문에 여자의 글을 받아야 더욱 좋습니다. 그러니 요즘 여자 중에서 소저가 아니면 누가 이 글을 지을 수 있겠습니까? 이런 소승의 간청을 물리치지 마십시오."

묘혜는 얼른 족자를 싸 가지고 온 책보를 풀어서 관음보살의 화상을 펼쳤다. 그러자 관음보살이 흰옷을 입고 머리도 빗지 않은 채 어린 사내아이를 품에 안고 물결을 헤치고 앉아 있는 모습이 나왔다. 그 화법이 정묘해 관음보살과 동자가 살아서 움직일 듯이 보였다.

사 소저는 그제야 더 사양하지 않고 손을 정결히 씻은 뒤에 관음화상의 족자를 벽에 걸어 모시고 분향 배례했다. 그런 다음 채필을 들고 앞으로 가서 관음찬 일백이십 자를 족자 밑 여백에 가늘게 썼다. 다시 그 아래에 연월일과 '정옥은사 배작서 精屋隱士 拜作書 정옥, 즉 사 소저가 은혜에 감사해 절하며 썼다는 뜻'라고 서명했다.

묘혜는 그 글의 뜻과 글씨의 모양을 극구 칭찬하고 유공 댁으로 돌아왔다. 묘혜의 회답을 기다리고 있던 유공과 두 부인은 묘혜가 돌려주는 관음화상의 족자를 받으면서 물었다.

"그 소저를 자세히 보았소?"

"족자 속의 관음님 얼굴과 같은 용모였습니다."

묘혜는 사 급사 댁의 모녀와 나눈 이야기를 자세히 보고했다. 유공은 묘혜의 말을 듣고 매우 기뻐했다.

"이 관음찬의 글과 글씨를 보니 그 재주와 덕행이 범인이 아니다. 매파의 말이 허언이 아니었으니 곧 예를 갖추어 다시 통혼하자."

남매가 합의하고 다시 매파를 사가 謝家 사씨 가문 로 보내서 통혼하려고 부탁했다. 매파는 즉시 행장을 꾸려 사 급사의 집으로 갔다. 사 소저는 개국 공신 사일청의 후예요, 사후영의 딸이었다. 사후영은 본디 청렴 강직하나 간신의 모해를 받고 소주로 귀양을 가 그곳에서 죽었다. 부인은 비분 悲憤 슬프고 분함 을 참고 소저를 데리고 고향 본집에 돌아와서 슬픈 세월을 보내며 소저를 애지중지 길렀다. 딸이 성장해 혼기가 되었으나 마땅한 혼처가 없어서 근심으로 세월을 보내고 있던 차에 매파가 찾아왔던 것이다.

"제가 유씨 문중의 명을 받아 귀댁 소저와 혼인하겠다는 뜻을 전하러 왔습니다. 신랑 되실 유 한림으로 말하면 소년에 등과해 벼슬이 한림학사에 이르니 귀 소저의 용색 容色 용모와 안색 과 일대가 기연인가 하옵니다."

부인은 이미 교씨가 유 한림과의 풍채가 범류 凡類 뛰어나거나 색다른 점이 없는 보통 사람들 에서 뛰어나다는 소문을 들은 지 오래였으나 인륜의 대사를 매파의 말만 듣고 혼인을 허락할 수가 없었으므로 소저가 아직 유약 幼弱 여리고 약함 하다는 핑계로 속 시원한 대답을 주지 않았다. 매파는 하는 수 없이 그냥 돌아와서 유공과 두 부인에게 사실대로 자세히 보고했다. 유공은 실망하고 오랜 생각 끝에 매파에게 물었다.

"그 댁에 가서 할멈은 뭐라고 말했나?"

매파는 처음 인사부터 하직하고 오던 인사말까지 자세히 되풀이해 말했다. 유공은 매파의 교섭 경과를 듣고 "내가 소홀하게 할멈에게 잘못 가르쳐 보냈었구나." 하고 매파를 돌려보냈다. 그리고 이튿날 유공이 직접 신성현으로 가서 지현知縣 지방을 다스리는 수령 을 찾아보고 정중하게 중매를 부탁했다.

"아들의 혼사로 사가에 매파를 보냈더니 규수의 모친이 규수의 유약함을 핑계로 허혼하지 않으려고 하오. 귀관이 나를 위해 사가에 가 주시는 수고를 아끼지 마시오."

유공이 부탁하고 돌아간 뒤에 지현이 사가로 찾아갔다. 부인에게 만나기를 청하자 부인은 딸을 미리 객당의 옆방에 깊이 숨겨 두고, 노복을 시켜서 지현을 객당 안으로 인도했다.

"성주께서 친히 누추한 곳에 왕림해 주시니 저희 집의 영광이옵니다."

지현이 대답했다.

"소관이 귀댁을 찾아온 것은 다름이 아니라 귀댁 소저의 혼사를 꼭 이루어 드리고자 하는 뜻에서입니다. 전임 이부시랑 참지정사 유공이 귀댁의 소저가 재덕을 겸비하고 자색이 비상함을 듣고 기특히 여길 뿐 아니라 사 급사의 청명 정직함을 항상 흠앙欽仰 공경하며 우러러 사모함 하오니 귀댁 소저를 며느리로 삼고자 하옵니다. 좋은 때를 잃지 마시고 허락하시면 제가 돌아가서 유공을 뵈올 낯이 있을까 합니다."

부인이 다시 전언해 대답했다.

"용우庸愚 못생기고 어리석을 한 여식이라 재덕이 부족하고 용모 또한 취할 것이 없는데 성주께서 이처럼 친히 오셨으니 어찌 사양하오리까? 성주께서는 돌아가셔서 쾌히 통혼하겠다는 뜻을 전해 주십시오."

지현은 크게 기뻐하며 돌아와서 유공에게 그 경과를 상세히 알렸다. 유공은 기뻐하며 지현의 수고를 치하했다. 곧 택일하고 혼례 준비를 시작하는 한편 사 급사의 가세가 빈한함을 알고 납폐納幣 혼인할 때 그 증거로 신랑의 집에서 신부의 집으로 보내는 예물 를 후하게 보냈다.

어느덧 길일이 되어 양가에서 큰 잔치를 베풀고 예식을 치르니 남풍여모 男風女貌 남자의 풍채와 여자의 용모 가 발월發越 용모가 깨끗하고 훤칠함 해 봉황의 쌍을 이루었다. 신부의 모친은 신랑의 신선 같은 풍채를 사랑해 딸과 아름다운 쌍을 이룬 것을 즐기면서도 남편이 그 모양을 보지 못함이 슬퍼 눈물로 옷깃을 적시었다.

어느덧 날이 지고 잔치 손님들이 돌아갔다. 유 한림이 첫날밤에 신부와 더불어 운우지락^{雲雨之樂 남녀가 육체적으로 나누는 즐거움}을 이루니 남녀의 정이 흡족했다. 이튿날부터 소저는 시아버지를 효성으로 받들고 남편을 즐겁게 섬겼다. 그러던 어느 날 유공이 우연히 병을 얻어서 백약이 무효하니 유공은 자신이 소생하지 못할 것을 깨닫고 매제에게 탄식하며 유언했다.

"현매^{賢妹 현명한 누이}는 나 죽은 후에 자주 왕래해 가사를 주관하고 잘못이 없게 해 주오."

또 아들 한림의 손을 잡고 당부했다.

"너는 앞으로 가사를 고모와 상의해 가문을 빛내도록 하라. 네 아내는 덕행과 식견이 높으니 가부를 불의로 섬기지 않을 것이다. 함께 공경하고 화락하거라."

이날 유공은 유족들에게 일일이 유언한 뒤 엄연한 자세로 숨을 거두었다. 한림 부부의 호천애통^{呼天哀痛 하늘을 향해 통곡하며 슬퍼함}은 비할 데 없었고 두 부인 또한 애통해했다. 영구를 선영에 안장하고 한림 부부가 집상^{執喪 예를 지켜 부모의 장례를 치름}하니 슬픔이 뼈에 사무쳐서 통곡하는 정상이 모든 사람의 눈시울을 적셨다. 어느덧 삼년상을 마치고 유 한림이 직임에 나가니 황제가 중용하려고 했다. 그러나 유 한림이 조정의 소인을 배척하는 기개가 강직하므로 엄 승상이 꺼리고 방해했다.

이러는 사이 세월이 훌쩍 지나갔다. 금실이 원앙과 같았으나 유 한림 부부에게는 말 못 할 고민이 있었다. 유 한림의 나이가 어느덧 삼십에 이르렀으나 슬하에 자녀가 없어서 늘 망연했다. 사 부인은 이를 근심하고 한림에게 호소했다.

"첩의 기질이 허약하고 원기가 일정치 못해 당신과 십여 년을 살았으나 아직까지 일점혈육이 없습니다. 첩의 무자한 죄가 존문^{尊門 남의 가문을 높여 부르는 말}에 용납하지 못할 것이나 당신의 관용하신 덕으로 지금까지 부지해 왔습니다. 이대로 가다가는 유씨 종사가 위태로우니 첩은 개의치 마시고 어진 여인을 취해 득남 득녀하면 가문의 경사일 뿐 아니라 첩의 죄도 면할 수 있을까 합니다."

유 한림은 허허 웃고서 부인을 위로했다.

"소생이 없다고 해서 당신을 두고 다른 첩을 얻을 수야 있소? 첩이 들어오면 집안이 어지러워지는 것은 당연지사인데 당신은 왜 화근을 자청하는 거요?[1] 그것은 천만부당하니 그런 생각은 하지 마시오."

이러던 어느 날 매파가 와서 사 부인에게 권했다.

"한곳에 마땅한 여자가 있는데 부인의 뜻에 맞을까 합니다."

"내가 구하는 여자가 어떤 줄 알고 하는 말이오?"

사 부인이 묻자 눈치 빠른 매파가 재빨리 대답했다.

"댁의 둘째 부인으로 구하시는 뜻이 요색을 취하심이 아니고 몸이 건강해 아들을 낳아서 후손을 이을 수 있는 여자인 줄로 압니다. 그렇지 못하고 용모와 재색만 잘난 여자는 부인께서 구하시지 않으실 줄 압니다."

"그 여자의 근본을 자세히 말해 보시오."

"양반댁 사람으로서 성은 교喬요, 이름은 채란彩蘭인데, 조실부모하고 지금은 그의 형에게 의지하고 있는데 방년 열여섯 살입니다."

부인이 남편 한림에게 매파의 말을 전하자 한림은 못 이기는 척 허락했다.

"내가 첩을 두는 것은 굳이 바쁘지 않은 일이오. 그러나 당신의 뜻이 정 그렇다면 받아들이겠으니 좋도록 하시오."

이대로 가다가는 유씨 종사가 위태로우니 첩은 개의치 마시고 어진 여인을 취해 득남 득녀하면 가문의 경사일 뿐 아니라 첩의 최도 면할 수 있을까 합니다.

당신의 뜻이 정 그렇다면 받아들이겠으니 좋도록 하시오.

🎭 **소설 한 장면** `전개` 유연수와 사씨 사이에 후사가 없어 교씨를 첩으로 맞음

---

1) 당시에도 처첩 간의 갈등으로 가정이 어지러워지는 것을 경계했음을 알 수 있다. 또한, 첩으로 들어오는 교씨의 악행을 암시하는 대목이기도 하다.

곧 교씨 집에 통혼하고 친척을 모아 간략한 잔치를 열어서 교씨를 두 번째 부인으로 데려왔다. 교씨는 유 한림과 본부인에게 재배하고 자리에 앉았다. 주빈 일동이 교씨를 바라보니 자태가 매우 아름답고 거동이 경첩輕捷 움직임이 가뿐하고 날쌤해 마치 해당화 꽃가지가 아침 이슬을 머금은 듯이 고왔다. 모두 입을 모아 교씨의 자색을 칭찬하는데 두 부인 혼자만은 안색이 우울해지며 한 마디도 하지 않았다. 날이 저물자 교씨를 화원 별당에 머무르게 하고 유 한림이 새로운 둘째 부인과 밤을 지냈는데 남녀의 정분이 각별했다.

이튿날 두 부인은 사씨에게 새로 맞은 교씨를 조심하라고 거듭 이르고 돌아갔다. 유 한림은 교씨 처소의 당호를 고쳐서 백자당百子堂이라 하고, 시비侍婢 곁에서 시중을 드는 계집종 납매 등 다섯 명이 교씨의 시중을 들게 했다. 교씨는 총명함이 지나쳐 교활한 솜씨로 유 한림의 마음을 잘 맞추고 본부인 사씨도 잘 섬겼다. 곧 교씨 몸에 태기가 있었으므로 유 한림과 본부인 사씨는 매우 기뻐했다.

한편 간사한 교씨는 아들을 낳지 못할까 염려한 나머지 여러 무당을 불러서 미리 점을 쳤다. 그러나 어떤 자는 생남한다고 하고 어떤 자는 생녀한다고도 하고 의견이 분분했다. 교씨는 무당들의 불길한 점괘에 마음을 놓지 못하고 근심으로 하루하루를 지냈다. 하루는 시비 납매가 교씨에게 이상한 말을 속삭였다.

"동리에 어떤 여자가 있는데 호가 십랑이라 합니다. 본디 남방 사람인데 여기 와서 우거寓居 임시로 거주함 중입니다. 재주가 비상해 모르는 것이 없으니 그 사람을 불러다가 물어보십시오."

교씨는 기뻐하며 십랑을 자기 거처로 불러들였다. 십랑은 교씨의 맥을 짚더니 태연하게 말했다.

"계집이 들었습니다."

교씨가 깜짝 놀라며 대책을 물으니 십랑이 대답했다.

"제가 일찍이 산중에 들어가서 도인을 만나서 수업하고 복중의 여맥을 남태로 변화시키는 술법을 배운 적이 있습니다. 부인께서 꼭 생남하시고 싶으시면 저의 그 묘한 술법을 한번 시험해 보십시오."

교씨는 반색하며 후한 상을 주겠다고 약속했다. 십랑이 술법을 펼치고 돌아가니 어느덧 십 삭+朔 열 달이 차고 교씨는 다행스럽게도 득남했다. 어린 아이의 이목이 뚜렷하고 세 살 된 아기만 하므로 한림은 본부인 사씨와 기쁨을 이기지 못했고 노복들도 모두 경희慶喜 경사스럽게 여겨 기뻐함하며 칭송했다.

교씨가 남아를 낳자 유 한림의 애정이 더욱 두터워지고 백자당을 떠나지 않았다. 아들의 이름 또한 장주라 부르며 장중보옥掌中寶玉 손안에 있는 보배로운 구슬같이 여겼다. 더구나 본부인 사씨가 아기에 대한 정이 극진했으므로 교씨가 낳은 아이인지 모를 정도로 둘의 정이 한층 깊어졌다.

이때 유 한림의 친한 벗이 하나 있었는데, 그 친구가 자기의 집사로 있던 남방 사람 동청을 천거해 문객으로 두라고 권했다. 유 한림이 동청을 불러서 사람됨을 보니 동청의 언사가 민첩해 흐르는 물 같았다. 유 한림은 믿는 친구의 추천이고 동청이 영리했으므로 집에 두고 서사書士 남을 대신해 글을 쓰거나 서류를 작성하는 일을 직업으로 하는 사람의 일을 시켰다. 동청의 위인이 간사하고 교활해 비위를 잘 맞추었으므로 순진한 유 한림은 동청을 신임하게 되었다.

한림의 사랑이 깊어가자 교씨는 노골적으로 사 부인을 밀어내고 자신이 그 자리에 앉을 생각을 드러냈다. 마침내 교씨는 무당 십랑을 불러서 사부인을 모해할 계교를 물었다. 재물에 매수된 십랑은 묘한 계교를 생각한 뒤에 교씨의 귀에 입을 대고 이리이리하면 사씨를 제거할 수 있다고 했다.

이때 마침 사 부인 몸에 태기가 있어 열 달 뒤에 순산 생남했다. 유 한림은 뒤늦게 얻은 아이를 인아라 이름 짓고 기뻐했다. 상하 비복들도 단념했던 본부인이 득남했으므로 신기히 여기고 교씨가 생남했던 때보다 몇 배로 경축했다. 교씨가 유 한림과 집안의 기색을 보고 질투가 더욱 심해져서 간장이 타오르는 듯 어쩔 줄 몰라 했다.[2] 십랑을 불러서 이 사실을 전하고 빨리 사씨 음해의 비방을 행하라고 재촉했다. 십랑은 곧 요물을 만들어서 서면에 묻고 교씨의 심복 시비인 납매를 시켜서 이리이리하라고 가르쳐 주었다. 이런 간악한 음모가 비밀리에 진행되고 있는 것은 교씨, 십랑, 납매, 이 세 사람 이외에는 아무도 알지 못했다.

나아가 한술 더 떠 교씨는 교활한 집사 동청과 몰래 사통私通 간통하고 있었으니, 실로 한 쌍의 요악지물妖惡之物 요사스럽고 간악한 인물이었다. 교씨의 침소인 백자당이 밖으로 담 하나를 격해 화원이 있었으며 화원의 열쇠는 교씨가 가지고 있었으므로 유 한림이 내당에서 자는 밤에는 교씨가 동청을 화원 문으로 불러들여 동침하고 음란을 일삼았다. 그러나 엄중한 비밀의 사통이라 시비인

---

2) 당시 여성들에게 투기, 즉 질투란 칠거지악으로 여겨질 만큼 부정적인 감정이었다. 교씨가 질투심이 강한 인물로 그려진 것은 교씨의 악행을 더욱 강조하기 위함이다.

납매만이 알 뿐이었다.

하루는 유 한림이 조정에 입번^{入番 입직}했다가 여러 날 만에 출번해 집으로 돌아와 보니 집안 분위기가 이상했다. 교씨 거처인 백자당으로 달려가니 교씨가 유 한림을 보고 울면서 호소했다.

"아이가 홀연히 발병해 죽을 지경이니 심상치 않습니다. 병세가 체증이나 감기가 아니고 필경 집안의 누가 모해를 해서 일으킨 귀신의 발동인가 합니다."

"설마 그럴 리야 있을까?"

유 한림이 교씨를 위로하고 아들의 방으로 가서 보니 아들이 헛소리를 하며 곧 죽기 직전이었다. 유 한림은 약을 지어다가 납매에게 급히 달여서 먹이게 하고 동정을 자세히 살펴보았으나 조금도 차도가 없었다. 유 한림의 총명도 점점 감해 갔는데 열 번 찍어서 안 넘어가는 나무가 없다는 속담처럼 교씨의 말에 귀를 점점 기울였다. 유 한림은 교씨에게 마음을 뺏겨 시간이 흐를수록 의심이 늘어서 모든 일에 줏대를 잃었다.[3]

유 한림이 장주의 병이 심상치 않음을 보고 매우 심통해 있을 때 교씨마저 칭병^{稱病 병이 있다고 핑계함}하고 식음을 끊고 밤이면 더욱 슬퍼해 유 한림의 마음을 불안하게 했다. 하루는 납매가 부엌에서 소세^{梳洗 머리를 빗고 얼굴을 씻음}하다가 한 봉의 괴이한 방예^{防豫 질병이나 재해에 미리 대처함}를 얻었다고 유 한림과 교씨에게 보였다. 그것을 본 교씨의 얼굴이 흙빛으로 변하고 말을 못하고 앉았다가 이윽고 울면서 말했다.

"제가 열여섯 살 때 이 댁에 들어와서 남에게 원망 들을 일은 하나도 하지 않았는데 누군가가 우리 모자를 이토록 모해하니 참으로 억울해서 죽을 지경입니다."

유 한림은 그 방예한 요물을 보고 묵묵히 말을 잇지 못하고 침통해하고만 있었다.

"한림께서는 이 일을 어떻게 처치하실 생각입니까?"

교씨는 이 기회에 유 한림의 결의를 촉구했다. 유 한림은 한참 생각한 끝에 대답했다.

---

3) 유 한림, 즉 유연수는 양반 사대부의 전형적인 인물로 묘사되어 있다. 축첩제도와 같은 봉건적 사고방식을 답습하고, 교씨의 이간질에 넘어가 사씨를 쫓아내며, 교씨에 의해 재산을 잃고 유배 가는 등 유약한 모습을 보인다.

"일이 비록 잔악하지만 집안에 의심할 잡인이 없으니 누구를 지목하고 문초하겠는가? 이런 요예지물은 아무도 모르게 불태워 버리는 것이 좋지 않겠는가?"

교씨는 문득 생각난 듯한 태도를 취하다가 참는 척하고 "말씀이 지당하십니다."라고 대답했다. 유 한림은 안심한 듯 납매에게 불을 가져오라고 명해 뜰에서 친히 살라 버리고 아무에게도 누설하지 말라고 일렀다. 유 한림이 나가자 납매가 교씨에게 불평스럽게 물었다.

"낭자께서는 한림의 의심을 계속 부채질해서 예정대로 일을 진행시키지 않고 왜 좋은 기회를 잃게 만드셨습니까?"

교씨는 납매에게 다음 계교를 말했다. 유 한림은 그 방예의 글씨가 교씨의 글씨임을 알았는데 그것이 또한 교씨 부인의 필적을 모방한 줄로 짐작하고 불에 살라서 증거를 없앴던 것이다. 유 한림은 전에 교씨가 사 부인의 투기를 은연중에 비방했을 때에도 믿지 않았는데 이번에 이런 일까지 있을 줄은 꿈에도 생각하지 못했다. 당초에 대를 이을 아들이 없어서 사 부인의 주선으로 교씨를 첩으로 맞아들였더니 지금 와서는 자기도 자식을 낳게 되자 악독한 계교로 교씨 소생을 저주해 없애려고 한다고 생각해 부인 대접을 소홀하게 했다.

이때 사 급사 댁에서 모친의 병환이 위중하다는 연락이 왔다. 사 부인은 연락을 받고 놀라서 유 한림에게 청했다.

"모친의 병환이 위중하시답니다. 지금 가 뵙지 못하면 평생의 한이 되겠으니 친정에 보내 주십시오."

"장모님 병환이 위독하시면 빨리 가시오. 나도 틈타 한번 가서 문안하겠소."

사 부인은 교씨를 불러서 자기 없는 사이의 가사를 부탁하고 인아를 데리고 친정으로 갔다. 이 무렵에 산동과 산서와 하남 지방에 흉년이 들어서 백성이 거산擧散 집안 식구나 한곳에 살던 사람들이 모두 뿔뿔이 흩어짐해 사방으로 유랑하게 되었다. 황제는 이 지방의 굶주림을 듣고 크게 근심해 조정에서 덕망 있는 신하 세 사람을 뽑아서 삼도로 나누어 보낸 뒤 백성을 살피라는 분부를 내렸다. 이때 유 한림이 세 신하의 한 사람에 뽑혀서 급히 산동 지방으로 가게 되었으므로 미처 사 부인을 보지 못하고 떠났다.

유 한림이 집을 떠난 뒤로 교씨가 더욱 마음을 놓고 방자하게 동청과 간통했다. 하루는 교씨가 동청에게 말했다.

"지금 한림은 멀리 지방을 순무巡撫 여러 곳을 돌며 백성을 살피는 일하고 있으며 사씨마저 집을 떠나서 없으니 계교를 단행할 가장 좋은 시기입니다. 사씨의 시비 설매가 우리 납매의 동생이니까 그 애를 달래서 사씨의 보물을 훔쳐내게 하겠어요."

이런 뒤에 납매는 설매를 불러서 금은과 보물을 주면서 꾀었다. 이에 귀가 솔깃해진 설매가 열쇠 꾸러미를 숨겨 가지고 가서 골방에 간수해 둔 보석 상자를 열고 사씨가 아끼던 옥지환을 훔쳐다가 교씨에게 주면서 내력을 고했다.

"이 옥지환은 한림 부부께서 가장 소중히 여기신 것입니다."

교씨는 기뻐하며 설매에게 후한 상금을 주고 동청과 함께 흉계를 시행시키기로 했다. 마침 이때 사씨를 모시고 갔던 하인이 신성현 친가에서 와 사급사 부인이 작고했다는 부고를 전해 왔다.

"사씨 댁에 무후無後 대를 이어 갈 자손이 없음하시고 가까운 친척도 없어서 우리 부인께서 손수 치상治喪 초상을 치름해 장례를 지내시니 교 낭자께 가사를 착실히 살피시라는 전갈이었습니다."

간사스러운 교씨는 부고를 받은 뒤 납매를 보내 극진히 사 부인을 위로하고 한편으로는 동청을 재촉해 흉계를 진행시켰다.

이때 유 한림은 산동 지방을 돌아보고 있었다. 하루는 배가 고파 주점에 들러서 밥을 사 먹는데 문득 어떤 청년이 들어와서 유 한림에게 읍했다. 유 한림이 답례하고 본즉 그 청년의 풍채가 매우 준매俊邁 재주와 지혜가 매우 뛰어남했다. 유 한림이 성명을 묻자 청년이 대답했다.

"소생은 남방 태생으로 성명은 냉진이라 하옵니다. 선생의 고성대명高聲大名 남의 성명과 이름을 높여 이르는 말을 듣고자 하옵니다."

암행 중인 유 한림은 다른 성명으로 대답하고 민간의 곤궁한 실정을 물었다. 그 청년의 대답이 영리하고 선명했으므로 유 한림은 감탄하고 계속 물었다.

"그대는 지금 어디로 가는 길인가? 그대가 비록 남방 사람이라 하나 서울 말을 하는군."

"저는 구름같이 동서로 표박漂泊 여기저기 떠돌아다니며 사는 것하며 정처가 없는 사람입니다. 서울에도 수년간 있다가 올봄에 이곳 신성현에 와서 반년을 지내고 고향으로 돌아가는 길입니다. 다행히 함께 수일 동안 동행하게 되니 좋은 인연이 될까 합니다.”

“그런가? 나도 외로운 길에서 마음이 울적한 참이니 자네를 만나서 다행일세.”

이날 이후 두 사람은 서로 동행하게 되었다. 그들은 낮에는 길을 가고 해가 지면 주막에서 자고 닭이 울어 밤이 새면 또 떠나가곤 했다. 유 한림이 밤에 잘 때에 보니 냉진의 속옷 고름에 어디에서 본 적이 있는 듯한 옥지환이 매여 있었다. 유 한림이 이상히 여기고 자세히 본즉 아무래도 눈에 익은 옥지환이라 의심하지 않을 수 없었다.

“내가 일찍이 서연^{西燕} 사람에게 배워서 옥류를 좀 분별할 줄 아는데 자네가 가진 그 옥지환이 예사 옥이 아닌 듯하니 좀 구경시켜 주게.”

냉진은 옥지환 보인 것을 뉘우치는 듯 머뭇거리다가 마지못하는 듯이 옷 고름을 끌러서 한림에게 내주었다. 유 한림이 손에 받아들고 자세히 보니 옥의 색깔과 형태, 새긴 제도가 자기 부인 사씨의 옥지환과 똑같았다. 의심 하면서 더욱 자세히 살펴보니 더 이상하게 푸른 털실로 동심결이 맺어 있지 않은가. 더욱 의심이 깊어져 냉진에게 물었다.

“참 좋은 보배로군. 그대는 이것을 어디서 구했나?”

냉진은 한참 뒤에 입을 열었다.

“북방에 있을 때 마침 아는 사람에게 얻었는데 형은 왜 그리 캐묻습니까?”

하고 옥지환의 출처를 알려 주지 않았다. 유 한림은 어떤 도적이 자기 부인의 옥지환을 훔쳤던 것을 이 사람이 우연히 산 것이 아닐까 하고 그 내막을 알아내려고 다시 물었다.

“자네가 그 옥지환에 동심결을 맺은 이유를 좀체 말하지 않으니 어찌 그동안 길동무로 친해진 우정이라고 하겠는가?”

그러자 냉진이 마지못한 듯이 대답했다.

“그동안 형과 정의가 깊어졌으므로 숨길 필요도 없지만 정든 사람의 정표로만 알고 나를 비웃지 말아 주십시오.”

두 길동무는 종일토록 통음^{痛飮 술을 매우 많이 마심}하고 다음 날 오후 각각 길을 나누어 이별했다. 유 한림은 냉진과 우연히 길동무가 됐으나 여러 날 동안 동행한 자의 근본을 알지 못했다. 더구나 자기 부인의 옥지환의 행방이 어찌 되었는지 궁금했으나 집과 멀리 떨어진 산동 지방을 암행 중이라 알아 볼 도리가 없었다. 그러나 유 한림의 의심과 걱정은 천 갈래 만 갈래로 심란하기만 했다. 반년 만에야 국사를 마치고 서울로 돌아온 유 한림은 즉시 사씨를 불러 옥지환에 대해 물었다.

"당신은 전에 부친께서 주신 옥지환을 어디에 간수해 두었소?"

"그대로 패물 상자에 넣어 두었는데 그건 왜 갑자기 물으세요?"

사 부인은 이상히 여기고 시비에게 금 상자를 가져오라고 명했다. 상자를 열고 안을 보니 다른 패물은 전부 그대로 있었으나 옥지환 한 개만 보이지 않았다. 사 부인은 깜짝 놀라서 고개를 내저었다.

"분명히 이 상자 속에 넣어 두었는데 이게 웬일일까요?"

유 한림의 안색이 급변하고 말을 하지 않으므로 더욱 당황해서 물었다.

"그 옥지환의 행방을 한림께서 아십니까?"

유 한림은 얼굴을 붉히고 대답했다.

"부인이 남한테 주고서 나에게 묻는 건 무슨 심사이오?"

이때 시비가 두 부인이 오셨다고 고했다. 유 한림은 황망히 나가서 고모를 맞아들여 인사를 나누었다. 두 부인이 먼 길의 무사 왕복을 위로했다. 유 한림이 두 부인에게 말했다.

"제가 출타 중 집안에 대변이 생겨서 고모님께 상의하러 가려던 참에 잘 오셨습니다."

"아니, 집안에 무슨 대변이 생겼기에?"

유 한림은 흥분을 진정하면서 냉진을 만난 일과 옥지환이 없어진 일을 낱낱이 고했다. 유 한림의 말을 듣고 있던 사 부인은 안색이 변하며 슬픔으로 몸을 떨었다.

"제가 못나서 이런 누명을 쓰게 되었으니 무슨 면목으로 한림을 대하겠습니까? 첩의 입으로는 변명하지도 않고 할 수도 없으니 죽이든지 살리든지 한림의 뜻대로 하십시오. 옛말에 이르기를 어진 군자는 참언讒言 모함하는 말을 신청 信聽 의심하지 않고 곧이 들음하지 말고 참소讒訴 거짓을 꾸며 남을 모함함하는 자를 엄중히 다스리라 했으니 한림은 살피셔서 억울함이 없게 하십시오."

두 부인은 변색을 하고 유 한림을 꾸짖었다.

"너는 어찌 누명을 씌워서 옥 같은 처자를 의심하느냐? 이것은 필경 집안에 악인이 있어 사씨를 모해함이 분명하다."

듣고 보니 고모의 말도 일리가 있었다. 유 한림은 곧 형장지구刑杖之具 죄인을 신문할 때 쓰는 도구를 갖추고 시비들을 엄중하게 문초했다. 애매한 시비는 죽어도 모를 수밖에 없었고 장본인인 설매는 바른대로 고백하면 죽을 것이 분명하므로 끝까지 고문을 참고 자백하지 않았다. 시비 가운데서 범인을 색출하지 못했으므로 두 부인도 할 수 없이 집으로 돌아갔다.

사 부인은 누명을 깨끗이 씻어 버리지 못하자 스스로 죄인으로 자처했다. 유 한림은 유 한림대로 참언을 하도 많이 들었으므로 역시 사 부인에 대한 의심을 풀지 않았다. 이렇게 되니 집안에서 기뻐하는 자는 자연 교씨 뿐이었다. 교씨는 이때다 싶어 유 한림에게 간했다.

"이제 사 부인을 어떻게 처리하실 생각입니까?"

유 한림은 묵묵히 대답했다.

"명백한 증거가 없으니 이대로는 다스릴 수 없고 선친께서 사 부인을 사랑하셨고, 숙모께서도 그토록 두둔하시니 어찌 처치하겠는가."

유 한림의 신중한 태도에 교씨는 불만을 더욱 키워나갔다. 이 와중에도 교씨가 잉태해 열 달이 차서 또 남아를 낳으니 한림이 이름을 봉추라 하고, 교씨 소생 형제를 사랑함이 장중보옥 같았다.

두 부인은 사 부인의 누명을 벗겨 주려고 사람을 시켜서 옥지환이 없어진 단서를 찾아보았다. 그러나 좀처럼 내막을 알 수 없었고 마침 아들 두억^{杜億}이 장사부^{長沙府} 총관으로 부임하므로 아들을 따라 장사로 가게 되니 자연스럽게 사씨의 일에서 멀어졌다. 사 부인은 가장 믿어 오던 보호자가 떠나감을 바라보며 슬피 울었다. 교씨는 원수같이 여기던 두 부인이 떠나자 기뻐하며 십랑을 불러들였다.

"두 부인이 이제 아들을 따라 멀리 가게 되었으니 이때에 빨리 계획대로 사씨를 해치우는 것이 좋겠네."

십랑이 찬성하고 계획을 진행하기로 하고 납매를 불러서 이리저리하라고 일렀다. 십랑의 말을 들은 납매는 설매를 불러서 계교를 일러 주었다.

"매우 중대한 일이니 교 낭자께 먼저 알리고 시작하는 것이 좋을 것 아니오?"

하고 설매가 교씨의 확실한 다짐을 받으려는 생각에서 말하자 납매도 찬성하고 교씨와 함께 만났다.

"지금 사 부인을 이 댁에서 내쫓으려면 아씨 아드님 장주 아기의 목숨을 끊어야 한림께서도 격분하시고 계교를 행할 수 있을까 합니다."

교씨도 자기 아들의 목숨을 희생으로 삼아야겠다는 말에는 깜짝 놀랐다. 그러나 사씨를 몰아내기 위해서는 다른 방도가 없는지라 마침내 허락했다.

유 한림은 아들 장주의 병이 낫지 않는 것을 근심하면서 납매와 설매에게 약시중을 시키고 있었다. 하루는 설매가 사씨 부인의 시비인 춘방을 시켜서 약을 달이게 한 후에 장주에게 먹일 때 몰래 독약을 섞어서 먹였다. 약을 먹은 장주는 전신이 푸르게 부어오르고 일곱 구멍에서 일시에 피를 흘리며 죽어 버렸다. 교씨와 유 한림이 대경실색하고 장주의 시체를 살펴보니 독약을 먹고 죽은 것 같으므로 약그릇을 가져와 남은 약을 개에게 먹여 보니 약을 먹은 개가 즉사했다. 유 한림은 얼굴이 흙빛으로 변하며 탄식했다.

"이건 필시 사씨의 소행일 것이다."

유 한림은 시비들을 시켜 사씨를 대문 밖으로 내치게 했다. 친척과 하인 들은 대문 밖에서, 쫓겨나가는 사씨와 이별하고 모두 동정의 눈물을 흘렸다. 뒤늦게 유모가 사씨 소생 인아를 안고 나오자 사 부인이 받아서 안고 차마 이별하지 못했다. 사 부인은 사랑스러운 아들 인아를 다시 유모에게 돌려주 고 죽으러 가는 죄인처럼 가마에 올랐다. 가마가 떠나자 어린 인아는 엄마를 따라가려고 애처롭게 울어 댔다. 사부인은 가마꾼에게 신성현으로 가지 말 고 유씨의 묘소로 가라고 분부했다. 가마가 묘소에 이르자 사씨는 시부모 묘전에 수간초옥數間草屋 몇 칸 안 되는 작은 초가을 짓고 거기서 홀로 살았다. 그 뒤로 한 적한 산중의 화조월석花朝月夕 꽃 피는 아침과 달 밝은 밤이라는 뜻으로 경치가 좋은 시절을 말함에 친부모와 시부모를 사모하는 효성이 지극했다.

사 부인을 태우고 갔던 가마꾼들이 유 한림 댁으로 돌아와서 사씨가 유 한림의 부친 묘소 밑으로 가서 거처를 삼으려 한다는 소식을 전했다. 교씨는 그 소식을 듣고 사씨가 친정으로 가지 않고 유씨 묘소로 간 것은 유씨 가문 에서 축출당한 것을 거역하는 방자스러운 소행이라고 분하게 생각하고 유 한림에게 그 부당함을 주장했다.

"사 부인은 조상께 죄를 지은 몸인데 어찌 감히 유씨 묘하에 있을 수 있 겠습니까? 빨리 거기서 쫓아 버려야 합니다."

유 한림은 침울한 마음으로 대답했다.

"이미 우리 집에서 쫓아 버렸으니 사 부인이 어디 가서 살든 죽든 상관할 것 없지 않소. 하물며 산소 부근에는 다른 사람도 많이 사는데 그것을 금할 수도 없으니 모른 척하고 잊어버립시다."

교씨는 후환을 없앨 요량으로 동청과 더불어 새롭게 흉계를 꾸몄다. 즉, 사 부인을 납치해 냉진의 첩으로 삼을 생각을 하기에 이른 것이다. 교씨는 두 부인의 필체를 흉내 내어 즉각 사 부인에게 서신을 보냈다. 산중에서 홀로 생활하다가 언제 무슨 변고를 당할지 알 수 없으니 자신을 찾아와 함께 보내자는 얘기였다. 평소 두 부인의 인정을 알고 있는지라 사 부인은 그렇게 하겠다는 답장을 써서 보냈다. 서신을 보낸 뒤 홀연히 잠이 와서 조는데 비몽사몽 간에 전에 부리던 시비가 와서 시아버님 유공이 부르신다고 말하면서 같이 가기를 청했다. 사 부인이 시비의 뒤를 따라서 어느 곳에 이르니 시비 여러 명이 나와서 맞아들였다. 사 부인이 시아버님의 침전에 이르러서 보니 완연히 생전 시아버님의 모습이었다. 사 부인이 반가워서 흐느껴 울었다. 유공은 사씨 부인을 가깝게 끌어서 슬하에 앉히고 말했다.

"두 부인의 편지는 진짜가 아니니 속지 말라. 더구나 자부子婦 며느리를 이르는 말에겐 칠 년 재액의 운수이니 마땅히 남방으로 멀리 피신하는 것이 좋다. 박해가 급하니 빨리 피신하라."

"외롭고 약한 여자의 몸으로 어찌 칠 년 동안이나 사고무친한 타향에 떨어져 있겠습니까? 앞으로 겪을 길흉을 가르쳐 주십시오."

"그 천수를 난들 어찌 알겠느냐? 다만 내가 일러두니 지금으로부터 육 년 뒤 사월 십오 일에 배를 백빈주白蘋洲 흰 마름꽃이 피어 있는 물가에 매어 두었다가 목숨이 위급한 사람을 구해 주어라. 이 말을 명심불망銘心不忘 마음에 깊이 새겨 두어 오랫동안 잊지 않음 했다가 꼭 그래야만 네 운수가 대통한다."

사 부인이 놀라서 눈을 뜨니 꿈결이었다. 사 부인이 꿈 이야기를 유모와 노복에게 해 주니 다들 신기하게 여겼다.[4] 꿈에서 가르친 대로 두 부인이 보냈다는 서신을 꺼내서 글씨의 자획을 자세히 살펴보니 역시 가짜가 틀림 없었다. 사 부인은 떠날 준비를 했으나 배를 얻지 못해 초조하게 배편을 기다렸다. 이때 노복이 안으로 달려 들어오면서 서울 두 부인으로부터 가마가 와서 사 부인을 맞아 가려고 하니 어찌할 것인지 물었다.

"내 어젯밤에 찬바람에 촉상觸傷 찬 기운이 몸에 닿아서 병이 일어남 해 일어나지 못하니 몸이 나으면 수일 후에 갈 테니 가마를 가지고 온 하인들을 보내라."

인부들은 어리둥절했으나 하는 수 없이 돌아갔다. 그들은 냉진이 사씨를 유괴하려고 보낸 사람들이었다. 가까스로 위기를 모면한 사씨는 마침내 남경

---

4) 사씨는 꿈에서 비현실적인 도움을 받아 다가올 위기에 미리 대처한다. 이는 사씨가 선량하기 때문에 주어지는 대가인 동시에 소설의 비현실성을 강조한다.

으로 가는 장삿배를 발견하고 노복과 함께 달려가서 태워 주기를 간청했다. 천만다행으로 그 장사꾼이 일찍이 두 부인 댁에서 사 부인을 본 적이 있었으므로 사 부인의 곤경을 동정하고 태워다 줄 것을 약속했다.

사 부인은 시부님 묘전으로 가서 하직 배례하고 유모, 시비, 노복 세 사람을 데리고 배에 올라 먼 길을 떠났다. 사씨가 배를 타고 떠난 직후에 냉진이 강도 수십 명을 데리고 유씨 산소 밑에 있는 사씨의 집을 밤중에 습격했으나 텅 빈 집에 주종의 인적은 묘연히 사라지고 없었다.

사 부인이 배를 타고 남방으로 향해 갈 때 만경창파萬頃蒼波 한없이 너른 바다에 바람이 일어서 배를 나뭇잎처럼 희롱했다. 사씨는 풍랑 속에서 병을 얻어 급히 뭍에 내리게 되었다. 마침 한 채의 집이 있어 사씨는 그 집에서 병을 구완아픈 사람을 간호함했다. 다행히 그 집의 여자가 매우 양순해 사씨 일행을 극진히 대접했다. 병이 나은 사씨가 감격하고 여자의 나이를 물었다. 처녀는 스무 살이라고 대답했다. 처녀의 덕택으로 병이 나아서 이별할 적에 사씨와 주변인 모두가 헤어짐을 여간 슬퍼하지 않았다. 사씨는 주인 여자에게 사례하려고 손에 끼었던 가락지를 주면서 치하했다.

"비록 미미하지만 이것을 그대 손에 끼고서 나의 마음으로 생각하시오."

사 부인이 굳이 가락지를 주었으므로 처녀는 감사하게 받고 이별을 안타까워했다. 사 부인도 그 처녀와 이별하기를 슬퍼하면서 집을 떠났다. 수일 뒤 이번에는 노복이 노독路毒 먼 길에 지치고 시달려서 생긴 피로나 병과 풍토병風土病 어떤 지역의 특수한 기후나 토질로 인해 발생하는 병에 걸려 객사하고 말았다. 사 부인은 충성스러웠던 노복의 죽음을 슬퍼하고 시체를 남향 언덕에 정성껏 안장했다. 그 뒤 길을 떠나가는 동안에 또다시 폭풍이 몰려오므로 배는 위험을 피해서 동정호의 위수를 따라서 악양루에 이르렀다.

악양루 밑에 배를 내린 사 부인은 날이 밝은 후에야 비로소 인가를 발견했다. 뱃사람들은 갈 길이 바쁘기 때문에 사씨에게 몸조심하라는 당부를 하고 떠나갔다. 사 부인은 처량한 마음에 눈물을 흘렸다. 여비도 떨어지고 갈 곳도 없었다.

"의탁할 곳이 없으니 장차 어디로 가랴. 아무리 생각해도 강물 속으로 몸을 감추는 수밖에 없다."

사 부인은 크게 탄식하고 소나무 껍질을 파서 '모년 모일 사씨 정옥은 이곳에서 눈물을 뿌리고 강물에 몸을 던졌다'라고 유서를 새긴 뒤 강물에 몸을

던지려고 했다. 유모와 시비가 망극罔極 어버이나 임금에게 상서롭지 못한 일이 생겨 몹시 슬퍼함해 통곡
하며 말렸다. 사 부인은 전날부터 굶주리고 잠을 자지 못해 지칠 대로 지쳤
으므로 잠시 유모의 무릎에 기댄 채 깜박 졸았다. 이때 비몽사몽간에 한 소
녀가 와서 어깨를 흔들었다.

"저의 낭랑娘娘 왕비나 귀족의 아내를 높여 이르는 말께서 부인을 모셔 오라는 분부를 하셨
습니다."

사 부인이 소녀를 따라서 어떤 곳에 이르니 고대광실의 전각이 강가에
즐비하게 빛나고 있었다. 전상으로 올라가서 보니 좌우에 두 분의 낭랑이
황금 교의에 앉아 있고, 그 좌우에 고귀한 여러 부인이 두 분의 낭랑을 모시고
있었다. 사 부인이 예를 마치자 낭랑이 자리를 권해 앉기를 청하니 사 부인은
자신이 처한 자초지종을 설명했다. 듣고 있던 낭랑은 눈물을 흘리며 참고
기다리라고 위로했다. 시간이 흘러 자리를 파하고 일어서니 문득 꿈이었다.

사 부인은 이상한 생각이 들어 강가의 대밭으로 들어가 보았다. 과연 한
묘당이 있고 현판에 황릉묘라고 써 있었다. 이것은 아황娥皇, 여영女英 두 비의
사당인데 사 부인의 꿈에 본 장소와 같으나 건물의 단청이 퇴색하고 황량
하기 말이 아니었다.[5] 사당 안으로 들어가서 전상을 바라보니 두 비의 화상이
꿈에 보던 용모와 조금도 다름이 없었다. 사 부인은 사당 안에서 분향하고
축원했다.

"제가 낭랑의 가르치심을 입어 성덕을 잊지 않겠습니다."

사 부인이 길을 나서려고 할 때 홀연히 두 사람이 부인 앞에 나타났다.
사 부인이 놀라서 바라보니 하나는 여승이요, 하나는 여동女童 여자아이이었다.

"그대들은 누구신가?"

여승이 황망히 읍하고 합장하며 대답했다.

"소승은 동정호洞庭湖 지금의 중국 후난성 북부에 있는 담수호 군산君山에 있는데 아까 비몽사몽
간에 관음보살님이 나타나셔서 '어진 사람이 환란을 만나서 갈 바를 모르고
강물에 빠지려고 하니 빨리 황릉묘로 가서 구하라' 하시므로 급히 배를 저어
왔는데, 과연 부인을 만났으니 부처님 영험이 신기합니다."

여승은 사 부인 일행을 인도해 배에 태우고 여동에게 노를 저어 가게 하

---

5) 아황과 여영은 고대 중국 순임금의 두 왕비로, 순임금이 죽자 슬프게 울다가 강에 몸을 던졌으며 그녀들이 흘린
눈물이 대나무에 떨어져 반점을 남겼다고 한다. 즉, 여성의 지조와 절개를 상징하는 인물들이다.

니 이내 순풍이 일어 배는 군산에 이르렀다. 일행이 다다른 곳은 동정호 한 가운데라, 사면이 다 물이요, 산은 푸른 대숲으로 덮여서 인적이 없는 한적한 곳이었다. 여승이 사 부인을 부축해 길을 찾아갔으나 기운이 다했고 산길이 험해서 열 걸음에 한 번씩 쉬면서 암자에 이르렀다. 수월암이라는 이절은 매우 한적하고 정결해 인세人世를 떠난 선경이었다.

사 부인은 곧 잠이 들어 이튿날 아침까지 깨지 못했다. 여승은 먼저 일어나서 불당을 소제하고 향을 피우며 부인을 깨워 예불하라고 권했다. 사씨는 유모들과 함께 불당에 올라 분향 배례했다. 사 부인이 눈을 들어 부처를 쳐다본 순간에 문득 놀라며 눈물을 흘렸다. 알고 보니 그 부처는 다른 불체佛體불상가 아니라 사씨가 십육 년 전에 자기가 찬을 지어서 쓴 백의관음의 화상이었다. 화상에 쓴 자신의 글씨를 보니 자연 놀라움과 슬픈 회포를 금할 수 없었던 것이다. 여승은 그 모습을 보고 깜짝 놀라서 물었다.

"그렇다면 부인은 사 급사 댁 소저가 아니십니까?"

"그렇습니다. 스님이 어찌 제 신분을 아십니까?"

"부인의 용모와 음성을 어디선가 본 듯해서 이상하게 생각했습니다. 소승은 관음화상의 찬을 당시의 소저에게 받아 간 우화암의 묘혜입니다. 소승이 유 대감 댁의 명을 받고 부인에게 관음찬을 받다가 보였는데 유 대감님이 크게 칭찬하시고 아드님 유 한림과 혼인을 정하셨던 것입니다."

사 부인이 유 한림의 부인이 된 이후의 전후 사실을 자세히 들려주자 묘혜는 탄식하며 사씨를 위로했다.

"세상일이 항상 이러한 법이니 부인은 너무 슬퍼하지 마십시오."

이런저런 말을 주고받는 중에 사 부인은 배가 풍랑을 만나고 어떤 인가에 들러서 휴양한 이야기를 들려주었다. 묘혜는 사 부인의 말을 듣고 대답했다.

"이름이 취영이라 하지 않던가요? 그 처녀는 소승의 질녀姪女조카딸입니다. 제 어미는 그 애가 어릴 때 죽고, 제 아비는 변씨를 후처로 취했는데 그 뒤 아비가 또 죽으니까 계모 변씨가 취영이를 소승에게 맡겨서 삭발시키라 하지 않았겠어요. 그래서 제가 취영이 관상을 보니 복록을 누릴 상이라 변씨에게 데리고 살도록 권했지요. 요사이 소문을 들으니 효성이 지극해 모녀가 잘 산다더니 부인이 우연히 만나 보셨습니다그려."

"역시 스님과의 인연으로 질녀의 덕을 보았던 모양입니다."

이날 이후 사 부인은 묘혜와 더불어 수월암에 머물렀다.

한편 교씨는 사 부인을 내쫓은 뒤 본실의 지위로 정당에 거처하면서 가사를 총괄했다. 그러나 간악이 날로 더해 가 비복들은 교씨의 혹독한 형벌을 견디지 못하고 사 부인의 인자한 대우를 그리워했다. 교씨는 유 한림이 조정에 입번入番 관아에 들어가 차례로 숙직함 또는 차례로 당직함할 때마다 동청을 백자당으로 불러들여 음란한 추행으로 밤을 새웠다. 교씨는 한술 더 떠 동청과 더불어 유 한림을 죽일 음모를 꾸몄다.

교씨와 동청이 이런 음모를 꾸미는 줄도 모르고 유 한림은 마음이 울적해서 친구를 찾아다니며 한담으로 기분을 풀었다. 하루는 동청이 책상 서랍에서 우연히 유 한림이 쓴 글을 보게 되었다. 동청은 그 글을 읽다가 희색이 만면해지며 말했다.

"하늘이 나를 돕는구나. 이제 어리석은 유 한림도 끝장이다."

옆에 있던 교씨가 의아한 얼굴로 물었다.

"무슨 좋은 방법을 찾았나요?"

"지금 한림이 쓴 글을 보니 황제와 엄 승상을 간악 소인에 비교해 비방하고 있습니다. 이 글을 가져다가 엄 승상에게 보이면 엄 승상이 황제께 알려서 한림을 엄형에 처할 것이 아닙니까? 그러면 우리는 이 집 재산을 차지해 마음

소설 한 장면 　위기　 정실이 된 교씨는 유연수를 몰아내고 재산을 차지함

놓고 즐겁게 살 수 있지 않겠습니까?"

동청은 소매 속에 유 한림의 글을 넣고 엄 승상을 찾아갔다.

"그대는 누군데 어떻게 왔는가?"

"저는 한림학사 유연수의 문객입니다. 그 사람이 승상님과 나라에 대한 반역 죄인인 것을 알았기 때문에 참지 못해 그 비행을 알려 드리려고 왔습니다."

엄 승상은 평소에 못마땅하게 여기던 유 한림의 약점을 알리러 왔다는 말에 귀가 번쩍 뜨였다.

"그래, 그가 나를 어떻게 모해하던가?"

"그 사람의 말을 들으면 항상 승상을 해치려고 하더니 어제는 술에 취해서 저에게 하는 말이 엄 승상은 군부君父를 그르치는 놈이라고 욕하면서 모든 일을 송宋 휘종徽宗 중국 북송 제8대 황제 시절에 비하고, 황제께서 엄명을 내려서 간하는 상소는 못할지라도 글을 지어서 내 뜻을 풀리라 하고 이 글을 쓰기에 글 뜻을 제가 물었습니다. 이에 유연수는 승상을 옛날의 유명한 간신들에게 비유하면서 짐짓 묘한 풍요風謠 그 지방의 풍속을 읊은 노래 의 글이라고 자랑했습니다. 그래서 제가 속으로 분격해 이 글을 훔쳐서 승상께 드리는 것입니다."

동청은 그럴듯한 거짓말을 붙여서 참소했다. 엄 승상이 종이를 받아서 본즉 과연 자신의 간악을 풍자해서 지은 글이 분명했다.

"흠, 유연수 부자만이 내게 항복하지 않고 음으로 양으로 나를 거역하더니 이제 죽고 싶은 모양이로구나."

엄 승상은 즉각 글을 가지고 궁중으로 들어가서 황제를 만났다. 황제가 글을 받아 보고 대로해 유연수를 잡아서 멀리 북방으로 귀양 보내라고 엄명했다. 유 한림이 벼락같은 흉변을 만나서 귀양길을 떠나는 날 교씨는 비복을 거느리고 전송하면서 거짓으로 통곡했다.

"한림께서 먼 곳으로 고생길을 떠나시는데 첩이 어찌 떨어져서 홀로 살겠습니까? 한림을 따라가서 생사를 같이하고자 하옵니다."

한림이 당부했다.

"내 이제 흉지로 가서 생사를 기약하지 못하니 그대는 집을 잘 지키고 조상의 제사를 받들게. 또한, 비록 인아가 사나운 어미의 소생이나 골격이 비범하니 거두어 잘 기르면 내가 죽어도 눈을 감을 수 있을 것이네."

"한림의 아들이 곧 제 자식이니 어찌 제 배를 앓고 낳은 봉추와 조금이라도 달리 생각하겠습니까?"

이때 집사 동청이 보이지 않으므로 한림은 어찌 된 일이냐고 비복에게 물었다.

"집을 나간 지 삼사 일이 되었습니다."

유 한림은 동청이 집을 나갔다는 말을 듣고 속으로 잘되었다고 생각했다. 유 한림은 호위하는 관졸이 재촉하므로 비복 약간 명만 데리고 먼 귀양길을 떠났다. 동청은 유 한림을 음해해 귀양 보내게 한 후에 엄 승상의 가인이 되었다가, 진유현 현령으로 출세했다. 동청은 득의양양해져 교씨에게 사람을 보내 기별했다.

"내 이제 진유현 현령이 되어 재명일再明日 모레 부임하게 되었으니 함께 갈 수 있도록 차비를 차리시오."

기별을 받은 교씨는 기뻐하며 집안사람들에게 거짓말했다.

"내 사촌 형이 먼 시골에 살다가 병으로 세상을 떠났다는 부고가 왔으므로 가야겠다. 내가 돌아올 때까지 집을 잘 지켜라."

교씨는 즉각 시녀 납매 등 다섯 명의 심복과 인아, 봉추 형제를 데리고 집을 떠났다. 집에 있던 금은주옥을 비롯한 값진 재물을 모두 꾸려 가지고 갔으나 아무도 막지 못했다. 교씨는 집을 떠난 사흘 동안 주야로 급행해 약속한 지점에 이르렀다. 동청은 부임 행차의 위의를 갖추고 벌써 와서 기다리고 있었다.

"인아는 원수 사씨의 자식인데 데려다 무엇하겠소? 빨리 죽여서 화근을 없앱시다."

교씨는 동청의 말을 듣고 시비 설매에게 분부했다.

"인아가 장성하면 너와 내가 보복을 당할 테니 빨리 끌어다가 물에 넣어서 자취를 싹 없애 버려라."

설매가 인아를 안고 강가로 가서 물에 던져 버리려고 할 때 천진난만한 어린아이는 색색 잠을 자고 있었다. 설매는 자기도 모르게 측은한 생각이 들어서 눈물을 흘리고 혼잣말을 했다.

"사 부인의 인덕이 저 강물같이 깊은데, 나는 부인이 억울하게 죽는 데 방조하고 이제 그 자식마저 해치니 어찌 천벌을 받지 않으랴?"

설매는 강가의 숲속에 인아를 감추어 두고 돌아와서 교씨에게 거짓말했다.

"아이를 물속에 던졌더니 물속에서 잠깐 들락날락하다가 가라앉고 보이지 않았습니다."

설매의 보고를 들은 동청과 교씨는 기뻐하며 임지로 부임했다.

한편 뜻밖의 화를 당한 유 한림은 고초를 겪으며 귀양지에 이르렀다. 날이 지날 때마다 유 한림은 눈물을 흘리며 옛일을 후회했다.

'아무래도 내가 실수를 한 모양이구나. 사 부인이 동청을 집사로 채용할 때부터 꺼려 하더니 그 슬기로운 사람 봄을 이제야 깨달았다. 내가 화근을 자초하고 사씨를 학대했으니 지하에 가서 무슨 면목으로 선조의 영혼을 대할 것이냐?'

한숨을 쉬는 동안에 눈물이 비 오듯 쏟아졌다. 이때부터 유 한림은 주야로 울화가 가슴을 태워 병이 들어 눕게 되었다. 그러나 약을 구할 길이 없어서 병은 점점 위중해질 뿐이었다. 그러던 중 하루는 비몽사몽 간에 한 노인이 와서 말했다.

"한림의 병이 위중하시니 이 물을 잡수시고 쾌차하시기 바랍니다."

유 한림은 이상히 여기며 물었다.

"노인은 누구신데 이 외로운 적객謫客 귀양살이를 하는 사람의 병을 구해 주려고 하십니까?"

"저는 동정 군산에 사는 사람입니다."

노인은 물병을 마당에 놓고 홀연히 떠나갔다. 깨 보니 병석에서 꾼 꿈이었다. 유 한림이 이상한 꿈이라고 생각하고 있던 차 이튿날 아침에 노복이 뜰을 쓸다가 놀라며 중얼거렸다.

"뜰 안의 마른땅에서 갑자기 웬 물이 솟아 나올까? 참 이상도 하다."

유 한림이 목이 타서 신음하다가 창을 열고 내다보니 물 나오는 곳이 꿈에 나타났던 노인이 물병을 놓고 간 그 장소였다. 유 한림이 노복에게 그 물을 떠 오라 해서 먹어 보니 맛이 달고 시원해서 감로수같이 좋았다. 유 한림의 병이 안개 가시듯이 낫고 기분이 상쾌해졌으므로 보는 사람들이 모두 신기하게 여기고 탄복했다. 이 소문을 들은 지방 사람들이 모여 와서 먹고 모두 수토병水土病 특정 지역의 물과 풍토로 인해 생기는 병이 나았다.

한편 동청은 교씨와 함께 진유현에 도임한 후에 착취를 일삼아 원성이 자자했다. 그럼에도 불구하고 엄 승상은 동청을 자기 사람으로 만들어 세력을 넓히려고 동청을 계림 태수桂林太守에 임명했다. 계림은 금은보화가 많이 나는 고을이었다. 동청은 교씨를 데리고 부임해 탐관오리의 수완으로 백성의 고혈을 수탈하기에 바빴다.

때마침 황제가 태자를 책봉하는 나라의 큰 경사가 있었다. 귀양지에 있던 유 한림도 임금의 은총을 입어 풀려났다. 유 한림은 서울 본집으로 돌아오지 않고 친척이 있는 무창으로 향했다. 여러 날 길을 가다가 장사 땅을 지나게 되었는데 마침 한여름이어서 여행이 어려웠다. 유 한림은 나무 그늘에서 쉬면서 전후사를 생각했다.

'신령의 도움으로 삼 년 동안의 귀양살이에서 수토병도 면했고, 또 집으로 돌아가게 되었으니 북경의 처자를 데려다가 고향에 두고 한가한 백성으로 지내면 얼마나 즐거우랴.'

하고 외로운 몸을 스스로 위로했다. 이때 갑자기 북쪽에서 왁자지껄히는 인성이 들리더니 붉은 곤장을 든 관졸과 각색 기치를 든 하인들이 쌍쌍이 오면서 길을 비키라고 호통을 했다. 유 한림이 무슨 어마어마한 행차인 줄 짐작하고 몸을 얼른 부근 숲속으로 숨기고 보니 한 고관이 금안金鞍 금으로 꾸민 안장 백마 위에 높이 타고 수십 명의 부하를 거느리고 지나갔다. 자세히 보니 그는 뜻밖에도 자기 집에서 집사로 일하던 동청이었다.

'아니, 저놈이 어떻게 높은 벼슬을 하고 이 지방을 행차해 갈까?'

하고 의심하며 일행의 거동을 살펴보니 태수의 지위임이 분명했다.

'아하, 저 간악한 놈이 천하의 세도가 엄 승상에게 아부해 저런 출세를 했구나.'

유 한림은 치밀어 오르는 분노를 느꼈다. 동청이 탄 말이 지나간 뒤에 곧 이어서 길을 비키라는 관졸의 호통이 들리더니 채의시녀彩衣侍女 무늬가 요란한 옷을 입은 시녀 십여 명이 칠보금덩을 옹위하고 지나갔다. 행렬이 다 지나간 후에 유 한림은 주점에 들러 점심을 사 먹었다. 이때 맞은편 집에서 여자 한 명이 나오다가 주점에서 점심을 먹는 유 한림을 보고 놀라면서 물었다.

"유 한림께서 어찌해서 이런 곳에 와 계십니까?"

유 한림도 놀라서 여자의 얼굴을 자세히 보니 다름 아닌 사씨의 시녀였던 설매였다.

"나는 이제 은사를 입고 귀양이 풀려서 황성으로 돌아가는 길이다마는 너는 어떻게 이곳에 왔느냐? 그래, 그동안 댁내가 평안하느냐?"

"대감님, 이리로 오십시오."

설매는 황망히 유 한림을 사람 없는 장소로 데리고 가 눈물을 흘리면서 말했다.

"사 부인께서는 비복을 사랑하셨는데 불충한 소비가 우둔한 탓으로 교 낭자의 시비 납매의 꼬임에 빠져 사 부인의 옥지환을 훔쳐냈으며, 교 낭자 소생 장주를 죽였습니다. 그리고 사 부인에게 그 죄를 씌워 축출케 하는 계교에 방조한 것이 모두 소비의 죄올시다. 그 근원은 모두 교 낭자가 동청과 사통해 갖은 추행을 일삼으면서 요녀 십랑과 공모해 꾸민 간계였습니다."

"내가 어리석어서 음부에게 속아 무죄한 처자를 보전치 못했으니 무슨 면목으로 세상과 조상께 대하랴?"

유 한림이 탄식하자 설매는 인아를 죽이려던 경과에 대해 말을 계속했다.

"인아 공자를 물에 넣어 죽이라는 명을 받고 강가까지 갔었으나, 차마 교 낭자 말대로 할 수가 없어서 길가의 숲에 숨겨 두고, 물에 넣었다고 거짓 보고 했습니다. 그러니까 어쩌면 인아 공자는 어떤 사람이 데려다가 잘 키우고 있을지도 모릅니다. 다행히 그렇게라도 되었으면 제 죄의 만분지일이라도 덜어질까 하고 공자의 생존을 신명께 빌어 왔습니다."

설매의 말을 들은 유 한림이 약간 미간을 폈다.

"너의 그 갸륵한 소행 덕에 인아가 살아 있다면 너는 그 애의 생명의 은인 이다."

"밖에 저를 데리러 온 사람이 있으니 더 이상 지체하면 의심받을까 겁이 납니다. 떠나기 전에 한 말씀 급히 아뢰고 가겠습니다. 어제 악주에서 행인을 만나서 들은 소식이온데 사 부인께서 장사로 가시다가 풍랑을 만나서 물에 빠져 돌아가셨다는 말도 하고, 다른 사람은 누군가의 도움으로 살아 계시 다고 풍문이 자자해 갈피를 잡지 못하겠으니 한림께서 수소문해 자세히 알아 보시고 선처하시옵소서."

설매는 말을 마치자 밖에서 부르는 동행 시비를 따라서 급히 나가 버렸다. 설매가 교씨의 행렬을 쫓아가자 교씨는 의심하며 늦게 온 이유를 추궁했다.

"낙마한 뒤 상처가 아파서 곧 오지 못했습니다."

그러나 교씨는 의심이 많고 간특한 인물이라 설매를 데리고 온 시비에게 다시 물었다.

"설매가 옷을 갈아입고 나오다가 그 앞집의 주점에서 어떤 관위를 만나서 한동안 이야기하느라고 이토록 늦게 되었습니다."

"그 사람이 누구더냐?"

"행주 땅에 귀양 갔다가 풀려서 돌아오는 유 한림이었습니다."

교씨는 깜짝 놀라서 행차를 멈추고 동청과 함께 선후책을 상의했다. 동청도 대경실색했다.

"그놈이 죽어서 타향 귀신이 될 줄 알았는데 살아서 돌아오니 만일 다시 득의하면 우리는 살지 못할 것이다."

동청은 건장한 관졸 수십 명을 뽑아서 유 한림의 목을 베어 오면 천금의 상을 주리라고 명했다. 소동이 일어난 것을 본 설매는 교씨에게 맞아 죽을 것을 겁내고 나무에 목을 매어 죽고 말았다. 소식을 들은 교씨는 잘되었다고 기뻐했다.

설매와 헤어진 유 한림은 강가를 떠나지 못하고 사방으로 배회했다. 그러다가 우연히 큰 소나무 껍질을 파서 거기에 글씨로 새긴 것을 발견했다.

'모년 모일 사씨 정옥은 이곳에서 눈물을 뿌리고 강물에 몸을 던졌다.'

유서를 발견한 유 한림은 그것이 곧 사 부인의 것임을 알아보고 깜짝 놀라서 통곡하다가 그대로 기절했다. 시동侍童 시중드는 아이이 황망히 구원하니 한림은 정신을 차리고 다시 탄식했다.

"현숙한 덕행을 지녔음에도 비명에 죽었으니 어찌 슬프지 않으랴. 억울하게 물귀신이 된 사씨에게 제사라도 지내서 위로하리라."

유 한림이 제문을 지으려 하자 눈물이 앞을 가려서 붓이 내려가지 않았다. 그 순간 갑자기 밖에서 함성이 진동했다. 놀라서 문을 열고 보니 장정 수십 명이 칼과 창을 들고서 들이닥쳤다.

"유연수만 잡고 다른 사람은 상하지 않게 하라!"

깜짝 놀란 유 한림은 뒷문으로 허둥지둥 달아났다. 그러나 얼마 가지 않아서 큰 물줄기가 앞을 가로막았다.

"유연수가 이 물가에 숨었으니 샅샅이 뒤져서 잡아라!"

뒤에서 추격하던 괴한들이 호통쳤다. 유 한림은 하늘을 우러러 호소했다.

"내가 선량한 처자를 학대했으니 어찌 천벌을 받지 않으랴. 남의 손에 죽느니보다는 차라리 물에 빠져 스스로 죽으리라."

유 한림은 물에 몸을 던지려는 순간 문득 배 젓는 소리가 들려왔다. 유 한림이 그 뱃소리 나는 곳을 찾아 허둥지둥 달려갔다.

한편 수월암의 묘혜 스님은 사 부인을 보호하며 세월을 보내고 있었는데 하루는 사씨에게 물었다.

"부인, 오늘이 사월 보름날인데 전에 하시던 말을 잊으셨나요?"

사씨가 놀라며 물었다.

"무엇 말이오?"

"금년 사월 보름날에 배를 백빈주에 매고 있다가 목숨이 위급한 사람을 구하라는 예언을 시부님 영혼이 말씀하셨다 했는데 오늘이 바로 그날입니다. 어서 백빈주로 배를 저어 가십시다."

사 부인은 급히 행장을 꾸렸다. 배에 올라 급히 노를 저어 가니 과연 언덕에서 한 남자가 쫓기고 있었다. 남자는 배를 향해 살려 달라고 구원을 청했다. 물가에 배가 닿자 유 한림이 뛰어오르면서 애원했다.

"도적놈들이 내 뒤를 쫓아오니 빨리 배를 저어 주시오."

유 한림이 조금만 늦었으면 추격하던 동청의 부하 관졸에게 잡힐 뻔했다. 체포 직전에 뜻하지 않게 배를 타고 떠나는 것을 본 괴한들은 호통을 치며 불렀다.

"배를 도로 돌려 대라. 그렇지 않으면 전부 죽여 버리겠다!"

묘혜는 못 들은 척하고 배를 저어 그들의 추격을 피해 갔다.

"그 배에 태운 놈은 살인한 죄인이다. 계림 태수께서 잡으라는 놈이니 그 놈을 잡아 오면 천금 상을 주실 것이다."

유 한림은 자기를 잡아 죽이려는 놈들이 보통 도적이 아니고 동청이 보낸 관졸임을 알았다. 머리끝이 쭈뼛해지고 전신에 소름이 끼친 유 한림은 묘혜를 향해 호소했다.

"나는 한림학사 유연수입니다. 살인한 죄가 없는데 저 도적놈들이 공연히 꾸며서 하는 소리입니다."

이때 배 안에 소복 차림으로 앉아 있던 젊은 여자가 유 한림을 보더니 깜짝 놀라며 울음을 터뜨렸다. 유 한림이 이상히 여기고 자세히 보니 자기의 부인 사씨였다.

"부인을 여기서 만나다니, 이것이 웬일이오?"

부부는 서로 부둥켜안고 한참을 통곡했다.

"내가 이제 무슨 낯을 들어 부인을 대하겠소. 부끄럽고 마음이 괴로워서 할 말이 없소. 그러나 부인은 정신을 진정하고 이 어리석은 연수의 불명을 허물하시오."

유 한림은 사 부인이 집을 떠난 후에 교씨가 십랑과 공모하고 방예로 저주한 일이며, 또 설매가 옥지환을 훔쳐내다가 냉진과 더불어 갖은 흉계를 꾸민 말을 다 전했다. 사 부인은 떨리는 음성으로 대답했다.

"한림께 이런 말씀을 듣지 못했으면 죽어도 어찌 눈을 감았겠습니까?"

하고 흐느껴 울었다. 한림은 또 설매를 꼬여서 장주를 죽이고 춘방에게 죄를 미루던 말과, 동청이 엄 승상에게 참소해 자기가 죽을 뻔했다는 말과, 교씨가 집 안의 보물을 전부 가지고 동청을 따라간 경과를 알리자 사 부인은 기가 막혀서 묵묵히 울고만 있었다. 유 한림은 하늘을 우러러 길게 탄식했다.

"다른 것은 참을 수 있다 하더라도 어린 자식 인아가 죄도 없이 부인의 품을 잃고 아비도 모르게 강물 속의 무주고혼無主孤魂 받드는 이 없이 떠도는 혼이 되었으니 어찌 견딜 수 있겠소?"

유 한림의 눈에서 눈물이 비 오듯이 흘러내렸다. 사 부인은 처음부터 너무 놀라서 말도 못 하고 있다가 유 한림의 말을 다 듣자 외마디 비명을 올리고 기절하고 말았다. 유 한림이 황급히 구호해 부인이 정신을 차리자 유 한림은 실의 상태에 빠진 부인을 위로하려는 듯, 또는 요행을 바라는 듯이 말했다.

"설매의 말을 들으니 인아를 차마 물에 던져 죽이지 못하고 길가의 숲속에

🍎 소설 한 장면　절정　누명을 벗은 유연수가 다시 벼슬길에 오름

숨겨 두었다 하오. 혹 하늘이 도우셨으면 어떤 고마운 사람이 데려다 키워 주고 있을지도 모르니 만나지 못하더라도 어디서라도 상관없이 살아 있기만 해도 내 죄가 덜할까 하오."

사 부인은 흐느껴 울면서 입을 열었다.

"설매의 그 말인들 어찌 믿을 수 있겠습니까? 설사 숲속에 놓아두었더라도 어린것이 어찌 살기를 바라겠습니까?"

서로 죽은 줄 알았다가 만난 부부는 반가운 것도 잠시 어린 인아의 생사로 새로운 슬픔에 사로잡혀서 오열했다.

"도대체 부인은 어떻게 이곳에 와서 나를 구해 주었소?"

"모년 모일에 이곳에서 사람을 구하라는 현몽을 들었습니다. 제가 아득히 잊고 있었던 것을 저 스님께서 기억하시고 있어서 오늘 배를 타고 왔습니다. 다행히 한림을 위급한 상태에서 구하게 되었으니 묘혜 스님은 우리 부부의 생명의 은인입니다. 아까 보셨다는 소나무에 유서를 새기고 물에 뛰어들려고 했을 때도 묘혜 스님이 구해 주시고 스님 암자에서 지금까지 보호해 주셨습니다."

유 한림은 즉시 일어나 묘혜 스님에게 사례했다.

"우리 부부가 묘혜 스님의 힘으로 살았으니, 그 태산 같은 은혜에 감사합니다."

그사이 배는 순풍을 타고 순식간에 암자가 있는 섬에 도달했다. 수월암에 이르자 묘혜는 객당을 소제해 유 한림을 맞아들이고 차를 대접했다. 사씨를 모시던 유모와 시녀가 유 한림을 보고 일희일비의 주종^{主從}의 회포를 금하지 못했다. 유 한림은 부인을 보고 말했다.

"무창으로 돌아가서 약간의 전량田糧 땅과 곡식을 수습해 앞일을 정한 후에 서울로 올라가서 가묘를 모시고 전죄前罪를 사하고자 하니 부인이 나를 버리지 않는다면 동행하기 바라오."

"한림께서 저를 더럽다 하지 않으시면 제가 어찌 역명하겠습니까? 제가 선산을 떠날 적에 친척을 모아서 가묘를 개축했습니다. 그런데 제가 이제 댁으로 돌아가는 것이 과연 어떨까 합니다. 제가 옛일을 죄로 생각한 적은 없으나 사람을 대하기가 부끄러워서 그렇습니다. 다시 입승하는 데 예절이 있어야 하지 않을까 합니다."

"아, 내가 너무 급하게 생각한 모양이오. 내가 먼저 가서 묘를 모셔 오고 다시 소식을 수소문한 후에 예를 갖추어서 데려가리다."

"한림의 외로운 몸이 또 도적의 무리를 만나시면 위태하니 조심해 가십시오. 동청이 폭도를 보내도 잡지 못했으니 필연 다시 잡아 죽이려고 할 것이 분명합니다. 한림은 성명을 바꾸고 변복으로 가십시오."

유 한림은 사 부인의 염려가 옳다 여기고 혼자 떠나서 여러 날 만에 고향 땅 무창에 이르렀다. 유 한림은 남아 있는 약간의 재산을 수습하고 선산을 수축하는 동시에 노복을 시켜서 농업을 경영하도록 지시했다. 한편 계림 태수로 도임해 가던 동청은 유 한림을 죽이려던 일이 실패로 돌아가자 교씨와 함께 당황해서 어쩔 줄을 몰랐다.

"유연수가 무사히 서울로 가면 우리 죄상을 황제께 아뢰고 자신의 원한을 풀 것이니 어찌 방심하겠소?"

동청은 즉각 유연수를 극력 수색해 잡으라고 엄명했다. 동시에 사씨 학대에 가담한 냉진에게 큰 벼슬을 내려 심복으로 삼고 백성들의 재물을 약탈했다. 이리하여 남방의 사람은 모두 동청의 학정을 저주하고 그를 죽여 고기를 씹으려고 벼르고 있어 민심이 흉흉해졌다. 교씨가 계림에 간 지 얼마 되지 않아서 데리고 온 아들 봉추가 병들어 죽었다. 교씨는 어미의 정으로 번민했다.

큰 고을 계림에는 자연 관사가 많아서 분망奔忙매우 바쁨했다. 동청이 자주 관하 소현에 순행해 집을 비우는 날이 많아 본아에 없는 동안은 냉진의 세상이었다. 냉진은 내외사를 다스리며 세도를 부리는 한편 요부 교씨와 새롭게 간통하고 추태를 재연했다. 교씨가 유 한림의 집에서 유 한림의 눈을 속이고 동청과 간통하던 버릇을 그대로 되풀이했던 것이다.

동청은 자기의 지위와 재산을 더 얻으려는 수단으로 계림 지방 백성의 재물을 수탈해 십만 보화를 만든 뒤 엄 승상에게 뇌물로 바치려고 했다. 냉진은 동청의 명을 받아 서울로 뇌물을 운반하는 책임을 졌다. 그런데 냉진이 서울에 와서 보니 이미 엄 승상의 세도가 무너진 뒤였다. 황제가 그의 간악함을 알고 관직을 삭탈하고 가산을 압수하는 소동 중이었다. 냉진은 깜짝 놀라서 등문고登聞鼓신문고를 울려서 법관에게 민정을 호소했다. 법관이 무슨 소송이냐고 묻자 냉진은 천연덕스럽게 우국양민의 열변으로 진술했다.

"저는 북방 사람인데 남방에 다니러 갔다 왔습니다. 계림 지방에서는 태수 동청이 학정을 일삼을 뿐 아니라 하늘을 속이고 무소불위해 행인을 겁박하고 재물을 탈취하는 등의 열두 죄목을 황제께 아룁니다.”

법관이 냉진의 진술대로 황제에게 아뢰자 황제가 대로하고 금오관을 파견해 동청을 잡아 가두라고 분부했다. 또한, 따로 순찰관을 보내서 민정을 조사하니 냉진이 고발한 사실이 그대로 증명되었다. 동청의 죄를 비호해 줄 엄 승상이 숙청되었으므로 그를 구해 줄 사람은 조정에 아무도 없었다. 간악한 동청이 간신의 세도를 믿고 갖은 악행으로 재물을 구산같이 쌓고 살기를 원했지만 어찌 불의의 뜻대로 되리오. 그는 속절없이 잡혀 와서 장안 네거리에서 요참腰斬 죄인의 허리를 베어 죽이던 형벌을 받았다. 동청이 백성에게 도적질한 재산을 몰수한 황금이 사만 냥이고 그 밖의 재물은 헤아릴 수 없을 정도로 많아 사람들을 놀라게 했다.

냉진은 동청을 배반한 덕으로 제 죄를 면했을 뿐 아니라, 동청이 엄 승상에게 보내던 뇌물 십만 냥을 고스란히 착복하게 되었다. 그리고 동청의 덕을 볼 때 간통하던 교녀를 데리고 부부 행세를 하며 살았다. 그러나 역시 서울에서 살기에는 뒤가 켕겨서 멀리 산동으로 피해 갔다. 둘은 산동으로 가는 도중에 어떤 여관에서 술에 만취해 정신없이 자고 있었다. 그들을 태우고 가던 차부車夫 마차를 끄는 사람 성대관이라는 사람이 본디 도적놈이었으므로 냉진의 행장에서 큰돈 냄새를 맡고 기회를 노리고 있다가, 그날 밤에 냉진의 재물을 송두리째 훔쳐 가지고 도망가 버렸다. 냉진과 교녀는 함께 잠에서 깬 후 도적 맞은 것을 알고 한탄했다. 이때 황제가 조회를 받고 각 읍 수령의 불치不治 정치를 제대로 하지 않음를 탐문하던 중 동청의 죄상 보고를 듣고 통탄했다.

“이런 도적을 누가 그런 벼슬에 천거했는고?”

“엄 승상의 천거로 진유현령에서 계림 태수로 승진했던 것입니다.”

승상 석가뇌가 보고해 올렸다.

“그렇다면 이 한 가지로 미루어 보면 엄 승상이 천거한 자는 모두 소인이요, 그가 배격하던 자는 모두 어진 사람임을 가히 알 수 있다.”

황제는 엄 승상의 잔당殘黨 패망하고 조금 남아 있는 무리를 부정적으로 이르는 말은 모두 벼슬을 삭탈하고, 엄 승상의 질시로 몰려서 귀양 갔거나 좌천되었던 신료를 다시 불러 관기를 일신했다. 따라서 관직을 빼앗겼던 가의대부嘉義大夫 조선 시대 종2품 문관의 품계 호연세로 도어사를 삼고, 한림학사 유연수로 이부시랑을 삼고 또 과거를 시행해 인재를 천하에서 구했다. 이때 외해랑이 급제해 문벌의 영화를 보전했으니 그는 유 한림의 부인 사씨의 남동생이었다.

사 부인이 두 부인을 찾아서 남방의 장사로 향할 때 두 부인은 이직하는 아들을 따라 함께 상경했다. 사 공자는 누님이 장사로 가다가 중간에서 낭패한 사실을 전혀 모르고 배를 얻어 타고 장사로 가려던 참에 서울의 조보를 보고 두 총관이 순천 부사로 영전된 것을 알았다. 마침 과거 시행의 시일이 머지않아 있었으므로 두 부인이 상경하기를 기다리며 과거 공부를 하다가 다행히 과거에 급제했다. 이때 마침 순천 부사로 승진한 두 총관이 부임 준비차 상경했다.

사 공자는 곧 누님의 소식을 물었으나 부사는 소식을 모른다고 눈물을 머금고 슬퍼했다. 사 공자는 누님이 장사로 가다가 중도에서 낭패하고 진퇴유곡進退維谷에 처해 물에 빠져 죽었다는 소문을 듣고 소식을 알리고 물가에 가서 찾았으나 생사를 모른다는 소식을 두 부인에게 보고했다.

"그때 그곳의 어떤 사람 말로는 어느 해 유 한림이 그곳에 와서 사 부인이 물에 빠져 죽었다는 필적을 보고 슬퍼하고 제문을 지어 제사를 지내려고 하다가 그날 밤에 도적에게 쫓겨서 어디로 간지 모른다고 합니다. 그러나 이제 조정에서 유 한림을 다시 벼슬에 영전시키려고 찾으나 아무도 알지 못한다 하오니 기쁨이 도리어 더욱 슬픔이 되었사옵니다."

"그렇다면 한림은 살아 있지 못했을 듯하다."

두 부인이 여러 사람을 보내서 사방으로 탐문하니 유 한림이 아직 죽지 않았다는 소문이 더 많았다. 사 공자는 용기를 얻고 행장을 차렸다. 악양루 근처의 강가에 이르러서 극진히 누님과 유 한림의 행방을 찾았다. 그러나 역시 행방이 묘연해 알 길이 없었다. 사 공자는 일단 단념하고 남양 지경이 장사와 멀지 않으니 도임한 후에 찾으려고 생각했다. 이때 유 한림은 이름을 고치고 행동을 취했으므로 그의 신분을 아는 사람이 없었다. 유 한림은 고향에서 비복에게 농사를 열심히 짓게 해 그 수확의 일부를 군산으로 보내니 심부름 간 동자가 돌아와 고했다.

"부인께서는 무사하십니다. 그런데 악주 관아에서 방을 붙이고 한림을 찾고 있습니다. 연고를 물어보았더니 황제께서 한림에게 이부시랑을 제수하시고 찾는 중이라 하십니다. 그래서 소복은 감격했으나 한림 허락을 받지 못했으므로 관원에게 고하지 못하고 빨리 소식을 알려 드리려고 달려왔습니다."

유 한림은 동자의 소식을 듣고 무창으로 나가서 신분을 밝혔다. 그리고 외로운 섬의 암자에서 좋은 소식을 기다리는 부인에게 이 소식을 전했다. 유 시랑의 신분이 된 유연수는 빨리 상경해 황제에게 복명하려고 역마를 몰아 길을 재촉해 갔다.

유 시랑이 남창부에 이르자 지방 장관이 명함을 드리고 인사하는데 뜻밖에도 처남인 남창부윤 사경안이었다. 반가운 마음에 서로가 술잔을 나누며 끝없는 이야기를 주고받다가 다하지 못하고 이별했다. 유 시랑이 서울로 나가서 황제에게 사은하자 황제가 친히 불러 보고 간신 엄 승상에게 속아서 유 시랑의 충성을 모르고 고생시킨 것을 후회했다.

유 시랑이 어전을 하직하고 집으로 돌아오니 비복들이 나와서 맞으며 눈물을 흘렸다. 당사가 황량하고 정자에 잡초가 무성해 주인이 없음을 여실히 나타내고 있었다. 유 시랑이 사당에 참배하고 통곡 사죄하고 두 부인을 찾아 사죄하매 부인이 흐느껴 울며 말했다.

"이 늙은 몸이 살았다가 현질賢姪 현명한 조카이 다시 벼슬하는 걸 보니 죽어도 한이 없다. 그러나 네가 제사를 폐한 지 오래니 그 죄가 어찌 가벼우랴?"

"제 죄는 만 번 죽어도 부족하오나 다행히 부부가 다시 만났으니 죄를 용서하소서."

두 부인은 사씨와 만났다는 말에 기쁨을 참지 못했다.

"조카의 액운이 이제야 다했구나. 옛날에 현인에게는 복을 내리고 악인은 재화를 만난다 하니 너는 이제 회과자책悔過自責 허물을 뉘우쳐 스스로 책망함 하겠느냐?"

유 시랑은 전후사를 모두 고하고 앞으로 다시는 그런 간악에 속지 않고 근신할 것을 다짐했다.

"그 같은 대악이 어찌 세상에 용납되겠습니까?"

하고 거듭 사과했다. 이때 모든 친척이 유 시랑을 찾아와서 하례하고 위로했다.

"이것은 모두 가운이니 어찌 인력으로 막을 수 있었으리오."

유 시랑이 친척들과 하직하고 강서로 갈 적에 그 위용이 매우 엄했다. 이때 사 추관이 누님을 데려오겠다고 말하자 유 시랑은 허락하고 자기는 강가에 가서 맞을 테니 먼저 떠나가라고 약속했다. 사 추관이 누님에게 미리 편지를 보내고 동정호의 섬 군산에 이르렀다. 사 부인이 미리 알고 기다리다가 만나서 수년 동안 그리던 정회를 푼 뒤에 유 시랑의 편지를 전했다. 사 부인이 편지를 받아 보니 남편은 방백을 했는지라 감격해 묘혜 스님에게 사은하고 유 시랑이 보내온 예물을 전했다.

"이것은 모두 부인의 복이지 어찌 소승의 공이겠습니까?"

부인은 묘혜 스님과 작별하고 강서로 향했다. 고향 집에 이르니 비복들이 감격해서 환영했다. 유 시랑 부부가 묘에 참배할 적에 제문을 지어서 부부가 재결합함을 보고하는 사의가 간절했다. 소문을 들은 강서 지방의 대소 관원이 모두 유 시랑을 찾아와서 예단을 드려 하례하고 또 사 추관에게 하례했다. 유 시랑은 큰 잔치를 베풀어 빈객을 접대했다.

사 부인은 남편을 만나서 다시 유씨 가문의 주부가 되었으나 새로운 슬픔이 있으니 바로 아들 인아의 생사 소식이었다. 사방으로 수소문했으나 인아의 행적은 묘연해 알 길이 없었다. 어느덧 신년을 맞으며 사 부인이 유 시랑에게 은근히 술회했다.

"그전에 제가 사람을 잘못 천거해 가사가 탁란했던 일을 회상하면 모골이 송연합니다. 지금은 그때와 다르고 제 나이도 사십에 이르러 생산하지 못한 지 십 년이라 밤낮으로 큰 걱정입니다. 후손을 위해 다시 숙녀를 얻어 생남의 길을 마련할까 합니다."

"후손을 위해 소실을 권하는 부인의 뜻은 고마우나 그 전에 교녀로 말미암아 인아의 생사를 알지 못하니 어찌 또다시 잡인을 집안에 들여놓겠소?"

사 부인은 한숨을 쉬며 말했다.

"제가 시랑과 동서同棲 한집에 같이 삶 삼십 년에 일점혈육이던 인아의 생사를 모르고 아직 사속嗣屬 대를 이을 아들이 없으니 지하에 가서 무슨 면목으로 조상을 뵈오리까?"[6]

하고 묘혜 스님의 질녀가 현숙하고 또 귀한 자식을 둘 팔자라 하면서 유 시랑의 첩으로 삼으라고 권했다. 유 시랑은 사 부인의 성의에 마지못해 부인의 생각에 맡기겠다고 허락했다.

"또 청할 일이 있습니다."

부인은 화제를 바꿔 남편에게 말했다.

"노복이 저를 시중하다가 조난한 배 안에서 죽었으니 그 영혼을 위로해 주고, 또 황릉묘가 황폐했으니 중수하고, 또 묘혜 스님의 암자가 있는 군산 동구에 탑을 세워서 모든 은혜를 갚고자 합니다."

---

6) 사씨는 교씨의 악행을 겪었음에도 불구하고 자식이 없어 대를 잇지 못하는 것을 한탄한다. 그만큼 당대 사회에서 후손을 낳아 가문을 이어나가는 일이 중요했음을 보여 준다.

유 시랑은 부인의 청은 마땅히 해야 할 사은의 지성이라 하고 많은 재물을 희사해 시설했다. 묘혜 스님은 유 시랑 부부가 보낸 후한 금백으로 수월암을 중수하고 군산 동구에 탑을 신축해 부인탑이라고 불렀다. 특히 황릉묘를 장엄하게 중수하고 노복의 영혼을 위로하려고 관곽 장례를 치를 때 쓰는 관 을 갖추어서 다시 후장을 지내니 사 부인의 기특한 뜻을 세상이 칭송해 마지않았다.

사씨의 사동이 황릉 묘지기에게 중수 비용을 전하고 돌아오는 길에 회룡령 땅에 들러서 묘혜 스님의 질녀를 찾아갔다. 이때 낭자가 그전에 알았던 사 부인의 사동을 보고도 채 알지 못하고 물었다.

"총각은 어떻게 또 이곳에 왔소?"

"낭자는 왜 저를 몰라보십니까? 연전에 사 부인을 모시고 장사를 가던 길에 댁에서 수일간 신세를 진 사환입니다."

"아참, 그랬군요. 제가 몰라 뵈어 미안합니다. 사 부인은 안녕하신지요?"

사동이 그 후에 지낸 사 부인의 사실을 대략 전하자 낭자는 사 부인이 누명을 벗고 시가로 돌아가서 잘 있다는 말과 그것이 모두 낭자의 고모님 묘혜의 공이라는 말을 듣고 매우 기뻐했다. 인사가 끝난 뒤에 사환은 사 부인이 보낸 편지를 낭자에게 내놓았다. 임 낭자가 감격하고 봉을 떼어 보니 사연이 매우 간곡했으므로 사 부인을 다시 한번 만나보고 싶었다.

한편 칠 년 전, 설매가 인아를 차마 물속에 던지지 못하고 가만히 강변의 숲속에 놓고 간 뒤의 일이었다. 인아는 잠에서 깨어 아무도 없으므로 큰 소리로 앙앙 울고 있었다. 이때 마침 남경으로 장사차 지나가던 뱃사람이 우는 어린아이를 찾아가 보니 얼굴 생김이 비범하고 우는 모습이 가엾어서 배에 태우고 갔다. 그러다가 갈 길이 멀고 남경 가서도 누구에게 맡겨야 했으므로, 도중의 연화촌에서 인아를 사람의 눈에 띄기 쉬운 곳에 내려놓고 갔었다.

이때 마침 임가의 아내 변씨가 꿈을 꾸었는데 문밖에 이상한 광채가 비치었으므로 놀라서 깨니 꿈이었다. 아내의 꿈 이야기를 들은 남편 임씨가 급히 밖으로 나가서 본즉 용모가 잘난 어린아이가 울고 있었으므로 안고 집으로 돌아왔다. 아내 변씨가 하늘의 꿈을 통해서 자기에게 준 귀동자라고 기뻐하고 고이 길렀다. 그러다가 변씨가 세상을 떠난 뒤로는 임 낭자가 친동생 같이 기르고 있었다. 효성이 지극하고 용모가 고운 임 낭자가 부모를 다 잃고 외롭게 지내게 되자 동정도 하고 탐도 나서 여러 군데서 혼인하기를 청했다. 그러나 임 낭자는 고모 묘혜 스님이 장차 귀한 몸이 되리라던 말만 생각했다.

사 부인은 임 낭자의 재덕을 생각하고 유 시랑에게 허락을 받은 뒤 사환
使喚 잔심부름을 시키기 위해 고용한 사람 을 그 연화촌으로 보내고 얼마 지나 다시 시녀와 가마
꾼을 보내서 임 낭자를 데려오게 했다. 임 낭자가 사 부인을 만나려 생각하던
차에 가마로 자신을 데리러 왔으므로 감사히 여기고, 얻어서 기르던 인아를
데리고 함께 사 부인을 만나 서로 반겼다. 인아를 자신의 동생이라 했기 때
문에 아무도 이상하게 생각하지 않았다. 사 부인은 임 낭자에게 유 시랑의
둘째 부인이 되기를 권했다. 임 낭자는 이것이 꿈인가 의심하면서도 고모의
예언을 생각하고 감격했다. 사 부인은 택일해 친척을 초대하고 잔치를 베
풀어 임씨를 성례시켰다. 임씨의 용모가 아름다운 숙녀이므로 유 시랑은
심중으로 기뻐하고 사 부인에게 말했다. "내 그대에게 정이 덜할까 염려하
노라." 하니 부인은 미소만 보이고 대답하지 않았다.

하루는 인아의 예전 유모가 임씨 방으로 들어가서 눈물을 흘리며 말했다.
"요전에 시비의 말을 들으니 낭자의 남동생 도련님이 예전에 제가 시중
들던 우리 공자와 얼굴이 똑같이 생겼다 하기에 한번 보러 왔나이다."

유모의 말을 의아스럽게 생각한 임씨가 유모에게 물었다.
"댁의 공자를 어디에서 잃었던가?"
"북경 순천부에서 잃었습니다."

임씨가 생각하기를 북경이 천 리인데 어찌 남경 땅에서 잃은 공자를 얻었
으랴 하고 의아했으나 시녀에게 인아를 불러오게 했다. 유모가 보니 어렸을
때 자기가 밤낮으로 안고 기른 인아가 틀림없었다. 반가운 생각으로 왈칵
끌어안으나 한편 의심을 가지지 않을 수 없었다.

"이 소년은 실로 내 모친이 낳은 친동생이 아니고 '모년 모월 모일'에 강
가에 버려진 어린아이를 주워다가 길러서 의남매가 되었다네. 만일 얼굴이
댁에서 기르던 공자와 같으면 혹 그런 연고 있는 소년인지도 모르겠네."

이때 소년이 먼저 유모를 알아보고 깜짝 놀라면서 물었다.
"유모, 왜 나를 몰라보는 거야?"
"아, 도련님!"

유모는 소년을 끌어안고 임씨에게 급히 고했다.
"이것 보십시오. 이 댁의 도련님이 아니면 어찌 나를 알아보고 이렇게 반가
워하겠습니까?"
"이 아이의 성명은 비록 모르나 전에 귀한 댁 아들로서 곱게 길렀던 것이

분명하고, 남경으로 가던 뱃사람이 어디서 데려왔으나 가다가 우리 집 근처에 버리고 간 것이오. 유모는 잘 알아보고 대감 부부께 말씀드리도록 하게."

유모는 임씨의 말을 듣고 크게 기뻐하면서 곧 사 부인에게 그 말을 전했다. 부인은 황망히 임씨 방으로 달려와서 소년을 보고 반신반의하면서 물었다.

"너는 나를 알겠느냐?"

인아는 사 부인을 자세히 보다가 울음을 터뜨리며 말했다.

"어머니, 어머니는 저를 몰라보십니까? 어머님이 집을 떠나신 후에 소자가 매양 그리워했습니다. 어릴 때 일이라 제 기억이 아득해 잘 모르겠으나 여자가 저를 안고 멀리 가다가 제가 잠든 사이에 강변 숲속에 두고 갔습니다. 잠에서 깬 뒤에 외롭고 무서워서 울고 있으니 큰 배를 타고 가던 사람이 저를 데리고 가다가 또 어떤 집 울 밑에 놓고 갔습니다. 그때 그 집의 사람들이 거두어 길러 주어서 편하게 지내다가 이제 뜻밖에 여기 와서 어머님을 뵈오니 이제는 죽어도 한이 없습니다."

사 부인은 인아의 손을 잡고 대성통곡했다.

"이것이 꿈이냐, 생시냐. 꿈이면 이대로 깨지 말아야겠다. 내 너를 다시는 못볼까 했더니 오늘날 집에 돌아온 것을 이렇게 만나니 어찌 하늘의 도움이 아니겠느냐?"

사 부인이 유 시랑에게 인아를 찾은 사실을 고하자 유 시랑이 급히 달려와서 자초지종을 듣고서 임씨를 칭찬하며 기뻐했다.

"우리가 이처럼 만나서 즐기는 경사는 모두 그대의 공이니, 그 은덕을 어찌 잊겠는가? 금후로는 나의 가장 큰 슬픔이 없어졌다."

온 집안이 경사를 축하하면서 인아의 모습을 보니 장부의 체격이 훤칠하고 그 준매함을 칭찬하지 않는 사람이 없었다. 멀고 가까운 친척이 모두 모여서 치하하는 동시에 임씨에 대한 대우가 두터워지고 비복들도 착한 임씨를 존경으로 섬겼다. 사 부인도 임씨 대하기를 동기처럼 아끼고 임씨 또한 사 부인을 형님같이 극진히 섬겼으며 보통 처첩 간의 투기 같은 감정은 추호도 없었다.

이 무렵에 교녀는 냉진과 함께 살다가 냉진이 역적 괴수로 잡혀 처형되자 도망가서 낙양 술집의 창기가 되었다. 낙양의 인사에게 웃음을 팔아 재물을 낚으면서 예전에 자신이 한림학사의 부인이라고 호언했으므로 낙양에서 교녀의 교태를 모르는 사람이 없었다. 유 시랑 댁의 사환이 마침 낙양에 왔다가 창녀 교씨의 유명한 평판을 듣고 술집에 가서 보니 분명히 교씨라 깜짝 놀라고 돌아와서 교녀의 소식을 전했다. 소식을 들은 유 시랑이 부인 사씨에게 말했다.

"교녀를 잡지 못할까 걱정했는데 낙양 청루에서 행색이 낭자하다니 내가 돌아갈 때에 잡아서 설욕하겠소."

"그러십시오. 교씨를 잡아서 제 원한을 풀어야겠습니다."

관대한 사씨도 교녀에 대한 철천지한은 풀리지 않았던 것이다. 그러나 사씨는 아들 인아를 만난 후로는 시름이 없었고 유 시랑은 사사로운 고민이 없어서 정성껏 백성을 돌보니 모든 백성이 농업과 학업에 힘썼으므로 태평성대를 구가했다. 황제가 그 공적을 들으시고 예부 상서로 승탁하시니 유 상서가 사은차 상경하게 되었다. 행차가 서주에 이르러서 창녀로 이름난 교녀를 염탐하니 분명히 그곳 화류계에서 군림하고 있었다. 유 상서는 수단 있는 매파와 상의하고 창녀 교씨를 시켜서 이러이러하라고 명했다. 매파는 교녀를 찾아서 말했다.

"이번에 예부 상서로 영전되어 상경하시는 대감께서 교 낭자의 향명享名 좋은 평판을 들으시고 소실을 맞아 총애코자 하시는데 낭자 의향은 어떠한가?"

교녀는 득의의 미소를 지었다. 매파가 교녀의 승낙을 고하자 유 상서는 인부를 갖추어서 교녀를 가마에 태워 본 행차와 따로 서울로 데려가도록 분부했다. 유 상서는 서울에 이르러 황제 어전에 사은하고 집으로 돌아와서 친척을 모아 놓고 경축 잔치를 크게 베풀었다. 이 자리에서 사씨는 임씨를 불러 두 부인을 뵙게 하고 말했다.

"이 사람은 그전의 교녀와 같지 않은 현숙한 사람이니 고모님께서는 그릇되게 보지 마십시오."

두 부인은 새사람이 비록 어진 사람이라도 나와는 상관없는 일이라고 담담한 태도를 취했다. 이때 유 상서는 빙글빙글 웃으며 두 부인과 좌중 손님들에게 말했다.

"오늘 이 즐거운 잔치에 여흥이 없으면 심심할까 합니다. 노상에서 명창을 얻어 왔으니 한번 구경하시오."

좌우에 명해 창녀 교씨를 부르라 했다. 이때 교자로 실려서 서울로 왔던 교녀가 사처에서 기다리고 있다가 승명하고 상서 댁으로 데려오자 가마 안에서 밖을 내다보고 놀라며 물었다.

"이 집은 분명히 유 한림 댁인데 왜 이리 가느냐?"

시녀는 시치미를 떼고 대답했다.

"유 한림은 귀양 가시고 우리 대감께서 이 집을 사서 살고 계십니다."

시비는 교녀를 인도해 유 상서와 사 부인 앞으로 데려갔다. 교녀가 눈을 들어서 보니 좌우에 있는 수많은 사람이 전부 낯익은 유연수 문중의 일족이라 벼락을 맞은 듯이 낙담상혼^{落膽喪魂 몹시 놀라거나 마음이 상해서 넋을 잃음}하고 말았다. 교녀는 땅에 엎드려서 목숨만 살려 달라고 애걸했다. 유 상서는 호통을 하며 꾸짖었다.

"네 죄를 아느냐?"

교녀는 몸을 사시나무 떨듯 떨었다.

"제 죄를 어찌 모르겠습니까마는 관대히 용서해 주십시오."

"네 죄는 일륜이니 음부는 들으라. 처음에 부인이 너를 경계해 음탕한 풍류를 말라 함이 좋은 뜻이거늘 너는 도리어 대죄를 짓고 아직도 살고자 하느냐?"

교녀는 머리를 땅에 박으면서 울었다.

"이 모든 것이 제 죄이오나 자식을 해친 것은 설매가 한 일입니다."

유 상서는 교녀의 비굴한 행색에 더욱 노했다. 곧 시동에게 엄명해 교녀의 가슴을 찢어 헤치고 심장을 꺼내라고 했다. 이때 사 부인이 시동을 만류했다.

"비록 죄가 중하나 대감을 모신 지 오랜 몸이니 시체는 완전하게 처치하십시오."⁷⁾

유 상서는 부인의 권고에 감동하고 동편 언덕으로 끌어내 교녀를 죽이게 명했다. 유 상서는 만고의 간부 교녀를 죽이고 흡족했다. 사 부인은 시녀 설매가 억울하게 죽은 것을 가엾이 여겨 뼈를 찾아서 잘 묻어 주었다. 그리고 십랑을 잡아서 치죄^{治罪 허물을 가려내 처벌함}하려고 찾았으나 전년에 금령^{禁令 금지하는 법령}의 옥사에 연좌되어 죽었다는 사실이 밝혀졌다.

임씨가 유씨 문중에 들어온 지 십 년이 지나는 동안에 계속해 삼 형제를 낳았는데, 모두 옥골선풍^{玉骨仙風 살빛이 희고 고결해 신선과 같은 풍채}이라 유 승상 부부는 팔십여 세를 안양^{安養 마음과 몸을 편하게 함}하고, 그 후대의 공자는 병부 상서에 이르고, 유웅은 이부 상서를 하고, 유준은 호부시랑을 하고, 유란은 태상경을 했다.

---

7) 사씨의 선량하고 관대한 성품이 드러나는 대목이다.

그 모친 임씨도 복록을 누려서 자부와 제손諸孫 여러 자손을 거느리고, 사씨 부인을 모시며 안락한 세월을 보냈다. 문필에 통달한 사씨 부인은 내훈內訓 부녀자의 행실에 규범이 될 만한 기록 십 편과 열녀전 십 권을 지어서 세상에 전하고 자부들을 가르쳐서 선도善道 바르고 착한 도리를 행하도록 권장했다. 이와 같이 착한 사람은 복을 받고 악한 사람은 앙화殃禍 어떤 일로 인해 생기는 재난를 받는 법이니 기록해 후세에 전하는 바이다.

🍎 소설 한 장면 결말 교씨가 죽은 뒤 유연수와 사씨는 백년해로함

선생님 「사씨남정기」의 창작 배경에 관해 알아볼까요?

💬 3 ♥ 3

↳ **학생 1** 「사씨남정기」에 표면적으로 드러난 공간적 배경은 중국이에요. 제목에 있는 '남'은 '남쪽'을 뜻하는데, 중국 장사(長蛇) 지역을 말하지요. 장사 지역은 중국 순임금의 두 왕비였던 아황과 여영이 머문 곳이자 굴원을 비롯한 중국의 충신들이 유배 가거나 목숨을 잃은 곳이기도 해요.

↳ **학생 2** 그런데 「사씨남정기」의 배경을 자세히 들여다보면, 조선 조정 내부의 암투를 간접적으로 드러내고 있어요. 주인공 유연수는 숙종을, 사씨 부인은 인현왕후를, 교씨는 희빈 장씨를 의미해요. 교씨의 음해로 사씨가 추방당하는 장면은 희빈 장씨의 음해로 인현왕후가 폐위된 사건을 빗댄 장면이고요.

↳ **학생 3** 작가 김만중은 실제로 인현왕후 폐위에 반대하다가 귀양을 가기도 했는데, 이러한 사실이 작품 창작에 영향을 미친 것으로 보여요. 작품 속에서 사씨가 쫓겨난 중국 장사 지역의 의미와도 일맥상통하지요. 옛 중국의 신하들도 충언을 하다가 장사 지역으로 유배 간 적이 있었거든요. 즉, 김만중은 소설을 통해 숙종의 잘못을 일깨워 주고자 했어요.

선생님 「사씨남정기」의 문학사적 의의는 무엇일까요?

💬 4 ♥ 4

↳ **학생 1** 작가 김만중은 태어나기도 전에 아버지를 잃고, 홀어머니 슬하에서 자라 효심이 아주 깊었다고 해요. 「사씨남정기」를 한글로 지은 것도 홀로 계신 어머니의 적적함을 달래주기 위함이었지요. 그 덕분에 「사씨남정기」는 상하 계층을 막론하고 널리 읽히며 긍정적인 평가를 많이 받았어요.

↳ **학생 2** 「사씨남정기」는 가정 소설의 전형을 제시한 작품으로서, 사대부 가문의 아녀자는 물론 서민 여성들에게도 인기가 많았어요. 작품 속에서 나타나는 사씨와 교씨의 대립은 선인과 악인의 대립이자 부녀자가 갖추어야 할 도리를 가르치는 역할을 했지요. 즉, 「사씨남정기」는 유교적 가치를 바로 세우기 위해 창작된 작품이에요.

↳ **학생 3** 작품 속에서 사씨는 유교적 가치에 경도된 나머지, 지나치게 봉건적이고 이상적인 인물로 그려져 있어요. 자신이 먼저 유연수에게 첩을 들이길 권한다거나 교씨로 인해 고난을 겪었음에도 다시 한번 임씨를 첩으로 들이고자 하니까요. 이를 통해 작가 김만중이 봉건적 도덕성에 얽매인 채 작품을 썼다는 한계를 알 수 있지요.

↳ **학생 4** 「사씨남정기」는 풍간(諷諫) 소설이기도 해요. 풍간 소설이란 누군가의 잘못을 바로잡기 위해 완곡한 표현으로 쓴 소설을 말하지요. 김만중은 숙종에게 깨달음을 주고자 실제 사건을 바탕으로 「사씨남정기」를 창작한 거예요.

선생님 「사씨남정기」를 통해 알 수 있는 당대 사회상을 말해 볼까요?

💬 3 ❤️ 3

↳ **학생 1** 유연수와 사씨는 매파를 통해 혼담을 주고받아요. 연애가 아니라 중매로 혼인이 이루어지던 사회상을 알 수 있지요.

↳ **학생 2** 사씨는 자꾸만 첩을 들여서라도 자손을 낳아야 한다고 말해요. 교씨로 인해 고난을 겪은 뒤에도 임씨를 첩으로 들이고자 하지요. 그만큼 당대 사회에서 축첩 제도가 일반적이었고, 가문의 대를 잇는 것이 중요했음을 알 수 있어요.

↳ **학생 3** 교씨의 모함을 받은 사씨는 유연수에 의해 집에서 쫓겨나요. 이를 통해 당시 여성들이 주체성을 지니고 행동하기가 어려웠다는 사실을 알 수 있어요. 남편의 가부장적 권위가 강했다는 것도 알 수 있고요.

희빈 장씨 🔽 🔍

연관 검색어 　숙종　 인현왕후　 남인

희빈 장씨의 본명은 장옥정으로, 숙종의 총애를 받아 아들(훗날 경종)을 낳고 정1품 희빈에 책봉되었다. 숙종은 인현왕후가 희빈 장씨를 질투했다는 이유를 들어 인현왕후를 폐위시킨 뒤 희빈 장씨를 왕비 자리에 올렸다. 이즈음 희빈 장씨의 집안과 친밀했던 남인들이 조정에 대거 등용되었는데, 이를 기사환국(1689년)이라고 한다. 이때 환국이란 급작스럽게 정권이 뒤바뀌는 국면을 뜻한다.

희빈 장씨가 점차 방자한 행동을 일삼자 숙종은 인현왕후를 폐위한 일에 후회를 느꼈다. 또한, 숙종은 연잉군(훗날 영조)을 낳은 후궁 최씨를 총애하기 시작했다. 마침 폐비 복위 운동이 일어나 숙종은 남인을 몰아내고 서인을 조정으로 불러들였다. 이를 갑술환국(1694년)이라고 한다. 갑술환국 이후 남인 세력은 급격히 쇠퇴했다.

갑술환국으로 인해 인현왕후가 복위되고, 희빈 장씨는 왕비에서 희빈으로 강등된 뒤 별궁으로 쫓겨났다. 인현왕후가 죽자 희빈 장씨는 인현왕후의 죽음을 기원하는 굿을 했다는 혐의로 자진(스스로 목숨을 끊음)을 명 받고 죽었다. 희빈 장씨는 숙종의 총애를 받으며 세자를 낳고 5년간 왕비 자리에 머물다 몰락하기까지 파란만장한 일생을 보냈다.

군담 소설

✉ 군담 소설에 대하여

  군담 소설은 전쟁을 배경과 소재로 하는 소설이다. 일반적으로 비범한 인물이 등장해 위기를 극복하고 성장한 뒤 전쟁에 나가 공을 세우거나 나라를 구하는 내용으로 전개된다. 공을 세운 주인공이 부귀영화를 누리거나 입신양명을 하며 행복한 결말을 맞는다.

  군담 소설은 역사 군담 소설과 창작 군담 소설로 나눌 수 있다. 역사 군담 소설은 실제로 있었던 전쟁을 소설화한 작품이다. 대표적인 역사 군담 소설로는 「임진록」, 「임경업전」, 「박씨전」 등이 있다. 역사 군담 소설은 특히 임진왜란 즈음부터 영조와 경조 대까지 활발하게 만들어졌다. 가장 많이 등장하는 전쟁은 임진왜란과 병자호란이다. 우리 민족이 겪은 수난과 충격을 예술로 치환함으로써 심리적으로나마 보상을 받으려는 목적인 경우가 많다.

  창작 군담 소설은 허구의 전쟁과 거기서 파생된 사건들을 그린 작품이다. 대표적인 창작 군담 소설로는 「유충렬전」, 「소대성전」, 「용문전」 등이 있다. 창작 군담 소설의 작가는 거의 알려지지 않았고, 현실과의 관련성보다는 독자가 흥미를 느끼는 데 주력한다. 따라서 소설의 공간적 배경이 중국인 경우가 많다. 창작 군담 소설은 조선 후기, 소설의 상품화라는 흐름을 타고 활발하게 창작되며 민중에게 큰 사랑을 받았다. 한편 「삼국지연의」, 「봉신연의」 등 중국의 군담 소설이 번역되어 우리나라로 들어오기도 했는데, 이를 번역 군담 소설이라고 한다.

박씨전

#여성영웅 #병자호란 #민족의자긍심 #애국

⚓ 작품 길잡이

작가: 미상
갈래: 군담 소설, 역사 소설, 국문 소설, 노술 소설
성격: 영웅적, 전기적, 역사적
배경: 시간 - 조선 인조 때, 병자호란 / 공간 - 한반도 전역
주제: 박씨 부인의 영웅적인 애국 충정, 청나라에 대한 적개심과 복수

📷 인물 관계도

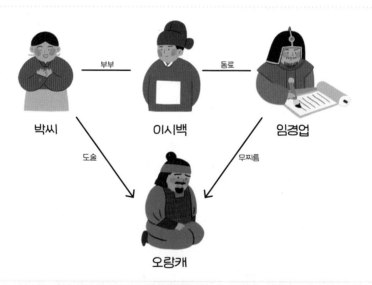

박씨 ──부부── 이시백 ──동료── 임경업

박씨 ──도술──→ 오랑캐 ←──무찌름── 임경업

박씨	뛰어난 능력에도 불구하고 추한 외모 때문에 무시를 받다가 환골탈태한다.
이시백	풍채가 좋고 문장이 뛰어나며 박씨와 함께 나라를 위기에서 구한다.

📋 구성과 줄거리

발단   **이시백과 박씨가 혼인함**

조선 인조 때 이시백이라는 총명한 젊은이가 있었는데, 박 처사가 찾아와 자신의 딸 박씨와 이시백의 혼인을 제안한다. 이시백은 아버지와 함께 금강산에 들어가 박씨와 혼례를 치른다. 그러나 신부 박씨의 외모가 추해 온 집안사람이 비웃으며 괄시한다.

전개   **박씨가 신통력을 발휘해 집안을 일으킴**

부인 박씨는 남편 이시백이 과거 시험을 보러 갈 때, 벽옥 연적을 주며 장원 급제 하도록 돕는다. 어느 날, 박씨는 허물을 벗고 아름다운 여인으로 거듭난다. 이시백은 여태까지 부인을 박대한 죄를 사과하고 박씨와 금실 좋게 살아간다. 이후 이시백은 평안 감사가 된다.

위기   **이시백은 오랑캐를 무찌르고, 박씨는 자객을 사로잡음**

이시백은 임경업과 함께 사신이 되어 명나라로 들어간다. 두 사람은 명군을 지휘해 오랑캐를 무찌르지만, 오랑캐의 세력은 나날이 강성해진다. 오랑캐 왕은 박씨와 임경업을 두려워해 자객을 보낸다. 이에 박씨가 기지를 발휘해 자객을 사로잡는다.

절정   **박씨가 적장 용울대를 죽인 뒤 용골대까지 제압함**

임경업이 의주에 있는 사이, 오랑캐 군이 물 밀듯 조선의 성안으로 들어오고 인조는 항복한다. 오랑캐 군은 마침내 박씨가 사는 피화당까지 온다. 박씨가 도술을 발휘해 적장 용울대를 죽이고 용골대까지 제압하자 오랑캐 군은 할 수 없이 본국으로 돌아간다.

결말   **임경업이 오랑캐 군을 무찌르고, 박씨는 큰 상을 받음**

임경업은 본국으로 돌아가는 오랑캐 군을 닥치는 대로 무찌른다. 능력을 발휘해 나라를 구한 박씨는 큰 상을 받고 이시백과 더불어 백년해로한다.

박씨전

때는 조선조 인조 대왕 시절의 이야기다. 한양성 안 북촌 안국방 安國坊에 재상 이귀 李貴의 아들로 이시백 李時白이라는 소년이 살았는데 총명하고 영리해서 하나를 들으면 열을 알고 풍채와 문장이 모두 뛰어나 칭찬하지 않는 사람이 없었다. 하루는 이귀의 집에 한 사람이 찾아와 말했다.

"명산대찰 名山大刹 이름난 산과 큰 절을 찾아다니며 돌부처를 벗 삼아 세월을 보내다가 쓸데없이 나이만 많아져 금강산에 머무르며 죽기만을 바라고 사는 박처사라고 하나이다."

노인은 간절한 눈빛으로 하룻밤 머물기를 청했다. 공이 이귀를 가리킴 마당으로 나가 자세히 보니 비록 차림은 남루하나 보통사람과 달라 보였다.

"귀하신 손님이 어쩐 일로 이렇게 누추한 곳에 오셨사옵니까?"

처사는 공손히 대답했다.

"상공께서 저처럼 바둑 두기와 통소 불기를 좋아하신다 하옵기에 천리를 멀다 않고 상공의 문하에 구경하려고 왔나이다."

공이 물었다.

"평생에 적수가 없는 것을 한탄하였는데 처사를 대하오니 반가움을 이기지 못하겠습니다. 선생의 높은 통소 소리를 어찌 따라 화답하겠습니까만 가르치심을 본받을까 하여 주인인 제가 먼저 시험해 보겠습니다."

하고 한 곡조를 부니 맑은 소리가 구름 속에 사무치는데, 그 노래에 이르기를, "창 앞에 모란 송이 다 떨어져 화단 위에 가득하도다." 했다.

처사는 노래를 다 듣고 칭찬하여 마지않았다.

"객이 주인의 노래만 듣기 미안하오니 통소를 빌려주시면 객도 미숙한 곡조로 화답할까 하나이다."

공이 불던 옥피리를 전해 주니 처사가 받아서 한 곡조로 화답하기를, "푸른 하늘에 날아가는 청학과 백학이 춤추고, 화원에서 꽃이 피어나도다." 했다.

공은 다 듣고 나서,

"저의 통소 소리는 다만 꽃송이만 떨어질 뿐인데 선인의 피리 소리는 봉황이 춤추고 떨어지는 꽃을 다시 피어나게 하시니 옛날 한고조 중국 한나라 제1대 황제 유방를 도와 천하를 통일한 장자방의 곡조와도 비교가 안 됩니다." 못내 칭찬했다.

그날 이후 두 사람은 주인과 식객이 되어 바둑과 퉁소 부는 일로 여러 날을 소일했다. 하루는 처사가 상공에게 부탁했다.

"듣자하니 상공께 귀한 아드님이 있다 하오니 한번 보고 싶사옵니다."

공이 아들 시백을 부르니 첫인상이 과연 만고의 영웅이라 처사는 기쁨을 이기지 못하고 즉시 상공에게 청했다.

"미천한 사람이 상공을 찾아온 것은 다름이 아니라 상공께 부탁드릴 일이 있어서입니다."

"무슨 말씀이신지요?"

"제게 딸이 하나 있는데 나이가 열여섯 살로 아직 부부가 될 인연을 정하지 못하였습니다. 저의 자식이 어리석고 둔하오나 존귀하신 가문에 받아들이실 만하오니 서로 혼사를 정하는 것이 어떻겠습니까?"

상공은 처사의 사람됨을 이미 꿰뚫었는지라 기뻐하여 혼인을 허락하였다. 둘은 즉시 택일을 하고 석 달 뒤로 혼인날을 정하자 처사는 표표히 산속으로 돌아갔다.

마침내 혼인날이 되자 공은 직접 후배^{혼인할 때 가족 중 신랑이나 신부를 데리고 가는 사람}를 서서 행렬을 이끌고 길을 떠났다. 신랑 이시백이 훌륭한 말에 관복을 갖추어 입고 큰길 위로 떳떳하게 가니 어린 풍채가 신선이나 다름없었다.

공은 경치를 구경하면서 점점 금강산으로 들어가니 인적이 뜸하고 흔적이 없으므로 찾을 길이 없어 주점을 찾아 쉰 뒤에 이튿날 다시 길을 나섰다. 산골짜기로 들어서니 인적은 전혀 없고 층층이 두견새 소리는 처량하여 사람의 어리석은 회포를 돕는 듯했다. 공이 자신의 일을 돌아보니 오히려 허황하여 후회해도 소용없었다. 어느 사이엔가 해는 서산으로 지고 달이 동쪽 고갯마루로 떠오르니 어쩔 수 없이 또다시 주막을 찾아가 쉬고, 이튿날 산골짜기로 찾아들었다. 깊은 산골짜기에서 갈 곳을 생각하니 어디로 가야 할지 전혀 방법이 없었다. 공이 나아갈 바를 몰라 망설이는데, 문득 산골짜기에서 유인곡^{幽人曲 은자의 노래}을 부르며 목동 세 사람이 내려오며 말했다.

"어서 오십시오. 이곳은 금강산이고 이 길은 박 처사 사는 곳으로 통하는 길입니다."

공은 반가워하며 물었다.

"처사가 그곳에 머문 지는 얼마나 됐느냐?"

동자는 미소를 지으며 대답했다.

"거기서 사신 지는 삼천삼백 년이라고 하더군요."

공은 크게 놀라 한탄했다.

"기이한 일이로다. 어찌 사람이 삼천삼백 년을 살 수 있단 말인가. 내가 지금껏 무엇에 홀려 허상을 좇았구나……."

공은 크게 실망하여 다시 주점으로 돌아왔다. 시백은 옆에서 부친을 위로했다.

"이미 엎질러진 일이니 모두 잊고 돌아가시는 것이 나을 것 같습니다."

공은 어찌할지 몰라 망설이며 이튿날 주점을 나섰다. 그때 한 사람이 대나무 막대기를 짚고 산속에서 내려오니 전에 보았던 박 처사였다. 처사는 상공을 보고 반기며 말했다.

"저 같은 사람과 인연을 맺어 여러 날을 깊은 산골짜기에서 불편한 마음으로 지내셨을 것 같아 죄송스러워 몸 둘 바를 모르겠습니다."

공은 그제야 박 처사를 알아보고 반갑게 손을 잡았다. 처사가 공을 데리고 산속으로 들어가니 좌우에 기화요초琪花瑤草 옥같이 고운 풀에 핀 구슬같이 아름다운 꽃가 만발하여 신선의 세상에 들어선 듯했다.

처사는 한 곳에 이르러 걸음을 멈추고 말했다.

"누추한 산중에서 예의와 도리를 모두 갖출 수 없어 죄송하기가 헤아릴 수 없사오나, 혼인의 예식을 되는대로 합시다."

공이 시백을 데리고 교배석交拜席 혼인할 때 신랑과 신부가 절을 주고받는 자리에 들어가니 처사가 신랑을 인도하여 내당으로 들어갔다. 공은 돌 마루로 나아가 앉았다. 이윽고 처사가 나와 송화주를 권했다. 처사가 저녁밥을 차려 먹인 후 다시 또 술을 권하니 술이 몹시 취하여 더 이상 먹을 수가 없었다. 공과 노복들은 술을 이기지 못하여 정신없이 졸았다. 조금 뒤에 깨어 보니 날이 이미 밝아 있었다. 처사는 공을 불러 말했다.

"이곳은 깊은 산골이라 후일 다시 오실 수 없으니 이번 길에 제 딸아이를 데리고 가십시오."

공은 옳다고 여겨 허락했다. 처사가 행랑을 꾸리는데, 신부의 얼굴이 얇은 비단 천으로 가려져 전신을 볼 수 없었다. 서울에 도착하여 집에 들어가니 일가 친척이 신부를 구경하려고 모두 모여들었다. 신부가 가마에서 내려 곁방으로 들어가 얼굴을 가렸던 얇은 비단 천을 벗어 놓으니 일대 가관이었다. 눈은 달팽이 구멍 같고 코는 심산궁곡의 험한 바위 같고 이마는 너무 벗어져 태상

노군太上老君 노자의 존칭이라는 노자의 이마 같고 키는 팔 척이나 되는 장신인 데다가, 팔은 늘어지고 한쪽 다리는 저는 듯해서 그 용모를 차마 눈을 뜨고 보지 못할 정도였다. 모든 사람이 다 경황 없어 하는 중에 부인은 공을 원망하며 말했다.

"서울에도 높고 귀한 집안의 아리따운 숙녀들이 많은데, 구태여 산속에 들어가 남의 웃음을 사게 하십니까?"

공은 부인을 크게 나무랐다.

"비록 괴상한 인물이라도 덕행이 있으면 한 가문이 매우 행복하고 복록을 누릴 것이니, 무슨 말씀을 그렇게 하시오? 하늘이 우연히 도우시어 어진 며느리를 얻어 왔는데, 부인은 사람을 알아보는 식견이 없구료. 다시는 그런 말을 하지 마오."

이때 시백이 박씨의 추하고 보잘것없는 얼굴을 보고 얼굴을 대하지 않으니 남녀 노비들도 또한 같이 박씨를 미워했다. 그러므로 박씨는 낮이고 밤이고 방 안에서 혼자 있으면서 잠자기만 일삼았다. 공은 그 낌새를 알고 시백을 불러 꾸짖었다.

"사람이 덕행을 모르고 겉보기에 아름다운 것만 찾으면 그 일이 곧 가문을 망치는 근원이라. 내 듣자하니 부부 사이가 화목하고 즐겁지 않다 하니,

⏀ 소설 한 장면 발단 이시백과 박씨가 혼인함

그렇게 해서 어떻게 이름을 알리고 집안을 다스린다는 말이냐.”

시백은 머리를 조아리고 잘못을 빌었다.

“제가 불효를 저지르고 인륜을 패망하게 하는 큰 죄를 지었습니다. 이후 다시는 가르치심을 저버리지 않겠습니다.”

상공은 또 하루는 노복들을 꾸짖어 말했다.

“내 들으니 너희들이 어진 윗사람을 몰라보고 멸시한다 하니 만일 다시 그렇게 하면 너희들을 엄하게 다스리리라.”

노복들은 두려워하며 일제히 잘못을 빌었다.

이때 부인은 박씨의 일을 몹시 원통하게 여겨 시비 계화를 불러 말했다.

“집안의 운수가 불행하여 허다한 사람 중에 저런 것을 머느리로 들였다. 쓸데없는 가운데서도 게을러 잠만 자고 여자들이 하는 길쌈질 재주도 없는 것이 밥만 많이 먹으려고 하니 어디다가 쓴다는 말인가. 오늘부터는 아침밥과 저녁밥도 적게 먹여야겠다.”

박씨에 대한 대접은 날이 갈수록 전만 못했다. 하루는 박씨가 공을 찾아 뵙고 한숨을 쉬며 말했다.

“제 얼굴과 모양이 추하고 볼품없어 부모께 효도도 못하옵고 부부간에 화락하지도 못하옵고 가정이 화목하지도 못하오니 이른바 무용지물입니다. 저를 자식으로 생각하신다면 후원에 초가집 세 칸만 지어 주시옵소서. 이후로 저는 그곳에 머무르겠습니다.”[1]

공은 그 모습을 보고 같이 눈물을 흘리며 불쌍히 여겼다.

“자식이 변변하지 못하여 너를 박대하니 이는 집안의 운수가 길하지 못한 탓이라. 그러나 내 때때로 타일러서 조심시킬 것이니 안심하여라.”

박씨를 달래 놓고 공이 시백을 불러 다시 꾸짖으니 그날부터 시백은 다시 박씨의 방에 들어갔다. 그러나 눈이 저절로 감기고 얼굴을 보니 기절할 지경이었다. 아무리 마음을 단단히 먹어도 그 괴물을 보고서야 어떻게 마음을 움직일 수 있겠는가? 공이 그 일을 알고 급히 후원에 곁방을 지어 주고 몸종 계화로 하여금 같이 지내도록 하니, 박씨의 불쌍하고 가련함을 차마 못 볼 지경이었다.

---

1) 박씨는 추한 외모 때문에 자기 방에서만 머물며 사람들과 별다른 교류 없이 외롭게 지낸다. 이는 박씨가 겪어야 하는 통과의례로, 역경을 극복한 뒤 변신을 거쳐 아름다워진 다음에야 비로소 영웅으로 거듭날 수 있다는 의미이다.

하루는 임금이 공의 벼슬을 일품一品으로 올려주고 궁궐에 들게 하였다. 그런데 급작스런 어명인지라 조복朝服 관리가 조정에 나아가 예의를 갖출 때 입는 옷의 색이 바랬고 새 옷은 미처 준비하지 못하였다. 여간 낭패가 아닌 상황에서 부인이 말했다.

"갑자기 일이 급하게 되었으니 바느질 잘하는 사람을 데려다가 지어 봅시다."

하며 서로 걱정을 태산같이 하였다. 마침 계화가 이 말을 듣고 후원의 초당에 들어가 상공의 벼슬이 높아진 일이며 조복으로 걱정을 하여 낭패스럽게 된 일을 여쭈니 박씨가 듣고 계화에게 말했다.

"일이 급하다면 조복 지을 옷감을 가져오너라."

계화가 신기하게 여겨 옷감을 가져오니 박씨가 재차 말했다.

"이 옷은 혼자 지을 옷이 아니니 도와줄 사람을 몇 명 불러오너라."

계화가 이 말씀을 상공에게 여쭈니 바느질을 도와줄 사람을 불러 보내었다. 박씨가 촛불을 밝히고 옷을 짓는데, 수놓는 법은 팔괘와 같고 바느질은 달 속 궁전에 산다는 항아姮娥 달나라에 살고 있다는 미인으로, 미인을 가리키는 말 혹은 달의 다른 이름으로도 쓰임 같으며, 대여섯 사람이 할 일을 혼자 하고 이삼일 동안 할 일을 하룻밤 사이에 해내니, 앞에는 봉황새를 수놓고 뒤에는 푸른 학을 수놓았는데 봉황은 춤을 추고 청학은 날아드는 듯했다. 이윽고 작업이 끝나 공에게 옷을 바쳤다. 공은 탄복해 마지않으며 말했다.

"이것은 신선의 솜씨지 인간의 솜씨는 아니구나."[2]

공이 이튿날 조복을 입고 대궐 안에 들어가 공손히 절을 하니 임금은 조복을 자세히 보다가 물었다.

"경의 조복을 누가 지었는가?"

공이 대답했다.

"신의 며느리가 지었습니다."

"며느리가 남편 정도 못 받고 굶주림과 추위에 파묻혀 외롭게 지내고 있구나. 대체 어떻게 된 일인가?"

공은 깜짝 놀라 엎드려 아뢰었다.

"전하께서는 어떻게 그처럼 자세히 아십니까?"

---

[2] 박씨는 추한 외모와 별개로 뛰어난 능력을 지니고 있다. 박씨의 시댁 식구 중에서는 시아버지인 이귀만이 유일하게 박씨의 능력을 인정해 준다.

"경의 조복을 보니 뒤에 붙인 청학은 신선의 세상을 떠나 푸른 바다 위로 왔다 갔다 하여 굶주린 모습이고, 앞에 붙인 봉황은 짝을 잃고 우는 형상이 분명하니, 그것을 보고 짐작하였노라."

공은 황망히 아뢰었다.

"신이 분명히 하지 못한 탓입니다."

"잘 알지 못하겠지만, 경의 며느리는 비록 아름답지 못하나 영웅의 풍채를 가지고 있도다. 푸대접하지 말라. 매일 흰쌀을 서 말씩 줄 것이니 지금부터 한 끼에 한 말씩 지어 먹이어라. 앞으로 경의 집안 식구들이 푸대접하는 것을 특별히 조심하라."

공은 집으로 돌아와 집안사람들을 모아 놓고 크게 꾸짖으며 임금의 분부를 전했다. 집안사람들이 박씨에게 매일 서 말씩 밥을 지어 들여 주었는데 박씨가 거뜬히 다 먹으니, 구경하는 사람들이 모두 다 놀라며 여장군이 났다 했다. 하루는 박씨가 공을 찾아와 청했다.

"집안이 매우 가난하지는 않지만 그렇다고 넉넉하지도 않으니, 저의 말씀대로 하십시오."

공은 반가워하며 물었다.

"어떻게 하자는 말이냐? 자세히 말해 보아라."

"내일 종로로 심부름꾼을 보내시면 각처에서 사람들이 말을 팔려고 모였을 것입니다. 여러 말 가운데 작고 볼품없는 말 하나를 돈 삼백 냥을 주고 사 오라고 하십시오."

공은 즉시 성실한 종을 불러 분부를 내렸다.

"내일 종로에 가면 말 장수들이 있을 것이니 말 하나를 사 오너라. 여러 말 중에서 비루먹고 파리한 망아지 한 마리가 있을 것이니 돈 삼백 냥을 주고 사 오너라."

노복들이 상공의 명을 받들어 종로에 나가 보니 과연 비루먹고 파리한 망아지 한 마리가 있는지라 임자를 찾아 값을 물었다.

"좋은 말이 널렸는데 저렇게 볼품없는 것을 사다가 무엇하려고 하십니까?"

말 임자는 의아하다는 듯 물었다.

"우리 대감께서 그렇게 사 오라고 분부하시었습니다."

노복이 말값을 치르려고 하자 말 장수는 고개를 저었다.

"그러면 닷 냥만 내고 가져가시오."

"삼백 냥을 받으시오."

"원래 값이 닷 냥인데 어떻게 지나치게 비싸게 값을 받으라고 하십니까?"

말 장수가 어떻게 된 일인지 몰라 의심하고 돈을 받지 않았다. 노복들은 마지못해 억지로 백 냥을 주고 이백 냥은 숨겨 가지고 말을 이끌고 돌아왔다.

"과연 말씀하신 것과 같은 망아지가 있어서 삼백 냥을 주고 사 왔습니다."

박씨는 노복더러 말을 가져오라 하여 자세히 보더니 말했다.

"이 말의 값으로 삼백 냥 비싼 값을 주어야 쓸데가 있는데 잘 알지 못하는 노복들이 백 냥만 주고 이백 냥은 숨겨서 말 장수를 주지 아니하였으므로 쓸데없으니 도로 갖다 주라 하십시오."

공은 즉시 바깥채로 나와 노복들을 불러 꾸짖었다.

"너희들이 말값 삼백 냥 중에 이백 냥을 감추고 일백 냥만 주고 사 왔으니 어찌 상전을 속이고 살아남길 바라느냐. 숨긴 돈 이백 냥을 가지고 가서 말 주인에게 즉시 주고 오너라."

노복들은 백배사죄하며 즉시 말 임자를 찾아가 이백 냥을 억지로 맡기고 돌아왔다. 박씨는 공에게 다시 여쭈었다.

"그 말을 한 끼에 보리 서 되와 콩 서 되로 죽을 쑤어 먹이되, 삼 년만 세심히 주의하여 먹이십시오."

공은 허락하고 노복들을 불러 박씨가 말한 대로 분부했다.

한편, 시백이 아버지의 명을 거역하지 못하여 내외간에 함께 잠을 자려고 하였으나 부인을 보면 차마 얼굴을 대할 마음이 없어져서 부부간의 정이 점점 더 멀어졌다. 박씨는 초당의 이름을 피화당避禍堂 재앙을 피하는 집이라고 써 붙이고 몸종 계화를 시켜서 뒤뜰 전후좌우에 갖가지 색의 나무를 심게 했다. 또 오색의 흙을 가져다가 동쪽에는 푸른 기운을 따라서 푸른 흙을 나무뿌리에 북돋우고, 서쪽에는 흰 기운을 따라서 흰 흙으로 북돋우고, 남쪽에는 붉은 기운을 따라서 붉은 흙으로 북돋우고, 북쪽에는 검은 기운을 따라서 검은 흙으로 북돋우고, 중앙에는 노란 기운을 따라서 노란 흙을 북돋우고 때를 맞추어 물을 정성으로 주었다. 그 나무들이 하루가 다르게 자라서 오색 구름이 자욱하고 나뭇가지에는 용이 서린 듯, 잎은 범이 호령하는 듯, 각색의 새와 무수한 뱀들의 변화가 끝이 없었다.

하루는 공이 박씨를 찾아와 물었다.

"저 나무를 무슨 까닭으로 심었으며, 이 집의 이름을 피화당이라고 하였는데, 무슨 까닭이냐?"

박씨가 대답했다.

"제가 어찌 하늘의 조화를 누설할 수 있겠습니까? 다음에 자연히 알게 되실 것이오니 남에게 말을 퍼뜨리지 마십시오."

공은 한탄해 마지않았다.

"너는 정말로 나와 같은 사람의 며느리가 되기에 아깝구나. 나의 팔자가 기박하여 도리를 모르는 자식이 아비의 가르침을 듣지 않고 부부간에 화목하고 즐겁게 지내지 않고 헛되이 세월만 보내고 있으니, 내 생전에 너희 부부가 화락하게 지내는 것을 보지 못할 것 같다."

이로부터 삼 년여가 흘렀다. 마구간의 망아지는 날이 갈수록 성장하여 걸음이 호랑이와 같이 날래지고 눈빛이 형형해졌다. 마침내 삼 년 기한이 다가오자 박씨가 시아버지에게 아뢰었다.

"아무 달 아무 날에 명나라 왕의 명을 받은 사신이 나올 것이니 그 말을 가져다가 사신이 오는 길에 매어 두십시오. 사신이 값을 흥정하면 삼만 냥에 파십시오."

공은 듣고 노복을 불러 분부한 후 사신이 오기를 기다렸다. 과연 그날 사신이 온다고 하니 노복들은 말을 끌고 나가 사신이 오는 길에 매어 두고 기다렸다. 지나가던 사신이 말을 보자 걸음을 멈추고 값을 물으니 노복은 시킨 대로 대답했다.

"값은 삼만 냥입니다."

사신은 매우 기뻐하며 삼만 냥을 아끼지 않고 내놓았다. 삼만 냥을 얻자 공의 집안은 재산이 일시에 풍족해졌다. 공이 박씨에게 물었다.

"삼만 냥이나 되는 많은 돈을 받았으니 어찌된 연고이냐?"

박씨가 대답했다.

"그 말은 천 리를 달리는 훌륭한 말이나, 조선은 작은 나라라 알아볼 사람도 없을 뿐 아니라 지역이 성기고 어설프게 생겨서 쓸 곳이 없습니다. 오랑캐 나라는 지역이 넓고 머지않아 쓸 곳이 있는데, 그 사신이 훌륭한 말을 알아보더니 삼만 냥을 아끼지 않고 사 간 것입니다."

공은 듣고 감탄해 마지않으며 말했다.

"너는 여자지만 만 리를 내다보는 눈이 있으니 정말로 내 며느리로 살기에는 아깝구나."

한편, 나라가 태평하고 곡식이 잘되므로 나라에서 인재를 선발하려고 과거를 시행했다. 시백도 역시 과거에 응시하기 위해 길을 떠날 준비를 했다. 전날 밤 박씨가 꿈을 꾸었는데, 뒤뜰 연못 가운데 벽옥^{碧玉 품질이 좋고 아름다운 옥} 연적이 놓였는데 푸른 용이 되어 고운 구름을 타고 하늘의 서울인 백옥경^{白玉京 옥황상제가 사는 곳}으로 올라가는 것이 보이므로, 박씨가 놀라 일어나니 한바탕의 꿈이라. 잠을 이루지 못하다가 뜰로 나가 보니 벽옥 연적이 놓여 있는데, 자세히 보니 꿈에서 본 연적이 분명했다. 박씨는 계화를 시켜 연적을 시백에게 보냈다.

"이 연적의 물로 먹을 갈아 글을 지어 바치면 장원 급제할 것입니다. 입신양명하시거든 부모님 앞에서 영화롭게 사는 모습을 보여 드리옵소서. 가문을 빛낸 후에 저처럼 운명이 기구한 사람은 생각하지 말고 이름난 가문의 아름다운 숙녀를 아내로 맞아 태평스럽게 일생을 함께 늙도록 하십시오."

계화는 박씨의 명을 받들고 가서 앞뒤 사연을 여쭈었다. 시백이 듣기를 다한 다음 연적을 받아 보니 천하에 없는 보배였다. 이튿날, 과거장으로 들어가 글의 제목이 발표되기를 기다렸다가 연적의 물로 먹을 갈아 단숨에 써 내려가니 용의 필치가 따로 없었다. 모든 사람을 앞서 글을 바치니 글이 매우 잘되어 고칠 데가 없었다. 한참 후에 방을 내걸었는데, 장원은 이시백이었다.

시백은 임금이 내린 어사화를 머리에 꽂고 몸에 금과 옥으로 된 띠를 두르고 말 위에 뚜렷이 앉아 집으로 돌아왔다. 집에 돌아와 큰 잔치를 베풀어 며칠을 즐기는데, 박씨는 참여하지 못하고 홀로 적막한 초당에 앉아 있을 뿐이었다.

그러던 어느 날 박씨가 공에게 아뢰었다.

"제가 시집온 지 사 년인데 친정의 소식을 알지 못하니, 잠깐 다녀올까 합니다."

공이 허락하자 박씨가 초당으로 돌아와 계화를 불러 말했다.

"내 잠깐 친정에 다녀올 것이니 너만 알고 번거롭게 남에게는 이야기하지 말라."

그날 밤, 훌쩍 말을 타고 떠난 박씨는 사흘 만에 바람처럼 돌아왔다.

"우리 며느리의 신기한 술법은 귀신도 짐작하지 못하겠구나. 그래, 아버님은 잘 계시더냐?"

공은 감탄하며 친정아버지의 안부를 물었다.

"아무 달 아무 날에 오신다고 하셨습니다."

박씨는 담담한 얼굴로 아버지의 뜻을 전했다.

하루는 공이 혼자 바깥채에 앉아 있는데 박 처사가 하나도 변하지 않은 모습으로 문을 열고 들어왔다. 공은 옷과 갓을 똑바로 차려입고 예의를 갖추어 인사를 마치고 자리를 잡아 앉았다. 자리가 무르익자 공이 처사에게 말했다.

"높으신 손님을 뵈오니 반가운 마음은 비길 데 없으나 한편으로는 미안한 마음을 헤아릴 수 없습니다."

처사가 물었다.

"무슨 말씀이신지 알고 싶습니다."

"내 자식이 못나고 변변치 못해서 귀한 따님을 박대하여 부부간에 화목하고 즐겁게 지내지 못하므로 늘 깨우쳐서 삼가게 하였습니다. 그러나 끝내 아비의 명을 거역하니 어떻게 불안하지 않겠습니까?"

처사는 수염을 매만지며 대답했다.

"공의 넓으신 덕으로 추한 자식을 지금까지 슬하에 두시니 감사한 마음이 끝이 없는데, 이렇게 말씀하시니 오히려 미안합니다. 사람에게 있어 팔자의 길하고 흉함과 괴롭고 즐거움은 하늘의 뜻에 달려 있는 것이니, 왜 지나치게 근심하겠습니까?"

공은 처사의 말을 듣고 더욱 미안하게 여겼다. 공이 처사와 함께 날마다 바둑과 음률로 시간을 보내더니 하루는 처사가 들어가 딸을 보고 조용히 일렀다.

"너의 액운이 다 끝났으니 누추한 겉껍질을 벗어라."[3]

처사는 딸에게 껍질을 벗고 모양을 변화하는 술법을 자세히 가르쳤다.

"네가 껍질을 벗고 모양을 바꾸어 누추한 허물을 벗거든, 그 허물을 버리지 말고, 옥으로 만든 상자를 만들어 달라고 하여 그 속에 넣어 두어라."

하고 나와 즉시 작별하는데, 아버지와 딸이 헤어지는 애달픈 정리는 다른 것에 비할 수 없었다. 처사는 며칠을 더 묵고 가라는 공의 청을 듣지 않았다. 아버지가 떠나자 박씨는 목욕을 깨끗이 하고 마음을 가다듬어 술법을 부

---

3) 「박씨전」의 내용은 구성상 두 부분으로 나뉜다. 전반부에서 박씨는 겉모습을 바꾸기 전, 시댁에서 고난을 견디며 스스로를 다스린다. 즉, 박씨가 수신제가(몸과 마음을 닦아 수양하고 집안을 다스림)하는 내용이다. 후반부에 이르러 박씨는 통과 의례를 무사히 마치고, 본격적으로 영웅의 면모를 보이기 시작한다.

렸다. 주문을 외자 흉한 허물이 하나씩 벗겨졌다. 날이 밝자 계화를 불러 들어오라 했다. 계화가 눈을 씻고 자세히 보니 아리따운 얼굴과 기이한 태도는 달나라 궁궐에 숨어 산다는 항아가 아니면 중국 무산에 살았다는 선녀라도 따르지 못할 것 같았다. 한 번 보고 정신이 아득하여 숨도 못 쉬고 멀찌감치 앉았는데, 박씨는 꽃과 달 같은 얼굴을 들고 붉은 입술을 반쯤 열어 계화에게 일렀다.

"내가 지금 껍질을 벗었으니 밖에 나가 야단스럽게 다른 사람에게 떠벌리지 말고, 대감께 아뢰어 '옥으로 된 상자를 만들어 주십시오' 하여라."

계화는 명을 받들어 급히 바깥채로 나와 기쁜 빛의 얼굴로 공에게 아뢰었다.

"피화당에 신기한 일이 있으니 급히 들어가 보십시오."

공이 이상하게 여겨 계화를 따라 들어가 방문을 열어 보니 향기로운 냄새가 코를 찌르며 한 소녀가 방 안에 앉아 있는데, 뛰어나게 아름다운 여인이 아닌가.

"네가 어떻게 오늘 절대가인이 되었느냐? 천고에 본 적이 없는 이상한 일이로구나."

박씨는 고개를 숙이고 아뢰었다.

내가 지금 껍질을 벗었으니 밖에 나가 야단스럽게 다른 사람에게 떠벌리지 말고, 대감께 아뢰어 '옥으로 된 상자를 만들어 주십시오' 하여라

🎬 소설 한 장면　전개　박씨가 신통력을 발휘해 집안을 일으킴

"제가 이제야 액운이 다 끝났기에 누추한 허물을 어젯밤에 벗게 되었으니, 옥함 하나를 만들어 주시면 그 허물을 넣어 두겠습니다."

공은 옥을 다루는 기술자를 불러 옥함을 만들어 며칠 만에 들여보내고 아들 시백을 불렀다.

"얼른 들어가 네 아내를 보아라."

시백이 의아한 마음에 급히 들어가 문을 열어 보니, 어떤 부인 한 사람이 단정히 앉았는데, 달나라 항아와 같고 정말로 요조숙녀였다. 한 번 보고는 정신이 아득해지는데 박씨의 얼굴을 잠깐 살펴보니 가을바람과 추운 눈발 같이 차가워 말을 붙일 수가 없었다. 시백은 감히 들어가지 못하고 계화에게 물었다.

"흉한 인물은 어디 가고 저런 달나라 항아가 되었느냐?"

계화는 웃음을 머금고 아뢰었다.

"부인이 어젯밤에 변화를 부려서 항아와 같이 되었습니다."

시백은 깜짝 놀라며 스스로 사물을 바로 보는 눈이 없음을 한탄했다. 삼사 년을 박대한 것을 생각하니 오히려 미안하고 부끄러워 바깥채로 나오니 지켜 섰던 공이 타일렀다.

"사람의 화복과 길흉은 마음대로 못하는 것이다. 네게 맡긴 사람을 삼사 년 박대하였으니 무슨 면목으로 아내를 대하려고 하느냐? 사물을 꿰뚫어 보는 눈이 이렇게 없고서야 공을 세워 널리 이름을 떨치기를 어떻게 바랄 수 있겠느냐. 앞으로는 모든 일을 이와 같이 하지 말라."

시백은 더욱 두렵고 감격스러워 아무 말도 못 하고 물러났다. 날이 저물어 시백이 피화당으로 다시 들어가니 박씨가 촛불을 밝히고 얼굴빛을 엄숙하게 갖추고 앉아 있었다. 감히 한마디도 하지 못하고 박씨가 먼저 말하기만을 기다리고 있으나 끝내 말이 없으므로 시백은 지난 일을 후회하며 말했다.

"부인이 이렇게 하시는 것은 내가 여러 해를 박대한 탓이로다."

부인은 요지부동 대답이 없고 어느덧 닭 우는 소리가 먼 마을에서 '꼬끼오' 했다. 바깥채로 나와 세수를 하고 어머님에게 문안하고 물러나 글방에서 지내고 종일토록 마음을 정하지 못하고 저물기를 기다렸다. 밤이 되어 다시 피화당에 들어가니 박씨의 엄숙함이 전날보다 더하여 갈수록 심했다. 시백은 죄지은 사람같이 박씨가 말할 때만을 기다리고 앉았는데, 밤이 또다시 새니 말없이 나와 양친에게 문안하고 서당으로 돌아왔다.

그날 저녁, 시백은 박씨를 찾아가 진심으로 사죄했다.

"부인을 삼사 년 동안 빈방에서 혼자 외로이 지내게 한 죄는 지금 무엇이라 말할 길이 없으나, 부인은 마음을 풀고 저를 용서하십시오."

시백은 슬픔을 못 이겨 눈물을 흘리었다. 박씨는 불쌍하고 가여운 마음이 들어 비로소 입을 열었다.

"제가 본래 모양을 감추고 추한 얼굴로 있었던 것은 서방님이 열심히 한마음으로 공부하길 바라서였고, 그사이 제가 아무 말도 하지 않은 것은 서방님이 잘못을 스스로 뉘우치길 바라서입니다. 본래의 얼굴을 찾았으니 한평생 마음을 풀지 않으려고 하였습니다. 허나 여자의 연약한 마음으로 장부를 속이지 못하여 지나간 일을 풀어 버리는 것이니 부디 이다음부터는 명심하십시오."

시백은 매우 기뻐하며 말했다.

"저같이 속세의 무식한 사람이 어찌 어진 부인의 마음을 헤아리겠습니까. 부디 용서하시어 저를 받아들이시지요."

박씨는 그제야 얼굴을 폈다.

"지나간 일은 다시 말씀하지 마시고 마음을 놓으십시오."

부부가 정답게 이야기를 시작하니 이미 자정 무렵이었다. 아리따운 손을 이끌고 잠자리에 들어 삼사 년 그리던 회포를 풀고 부부간에 즐거움을 함께 나누니, 그 정이 새로이 산과 같고 바다와 같았다. 그 후로부터 모부인이며 노복들이 전에 박씨를 박대한 것을 뉘우치고 자책하여 박씨의 신명함에 탄복하고 상공의 마음속에 품은 큰 책략을 못내 칭송하면서, 집안에 뜻이 맞아 화목하게 지내었다.

이 무렵, 이공이 연로해 벼슬을 하직하였는데 임금이 허락하고 시백을 승지 承旨 조선 시대에 승정원에 속해 왕명의 출납을 맡아보던 여섯 명의 정3품 관리를 일컫는 말 로 임명했다. 시백은 사은숙배하고 나라를 충성으로 섬기며 공적인 일에 부지런하니 이름과 덕망이 조정에 떨쳐졌다. 충성이 남다르므로 임금은 시백을 더욱 사랑하며 특별히 평안 감사직을 내리었다. 시백은 사은숙배하고 집에 돌아와 부모님에게 아뢰고 행장을 꾸려 길을 떠났다.

임지에 부임한 시백이 정성으로 백성을 보살피니 소문이 먼 곳 가까운 곳 할 것 없이 진동을 하고 조정에까지 미쳤다. 임금은 소문을 듣고 시백을 병조 판서로 임명하려고 불렀다. 시백이 여러 날 만에 서울에 도착하여 대궐에 들어가 숙배하니, 임금이 보고 반기어 칭찬해 마지않았다. 이 판서는 대궐에서 물러나와 집에 돌아와 부모님에게 문안한 뒤에 친척들과 옛 친구들을 모아 잔치를 벌여 여러 날을 즐기었다.

때는 갑자년 팔월이라, 중국의 남경이 갑자기 요란하므로 나라에서 병조판서 이시백으로 하여금 사신의 총책임자 상사로 삼았다. 상사는 장군 임경업을 부사에 임명한 뒤 어명을 받들어 명나라로 들어갔다. 명나라 황제는 조선의 사신이 들어온 것을 알고 영접하여 들였는데, 마침 가달이라는 오랑캐가 명나라를 침범했다. 나라가 위기에 처하자 명나라 승상 황자명이 천자에게 급히 아뢰었다.

"조선 사신 이시백과 임경업의 생김새를 보니 비록 작은 나라의 인물이나 만고의 흥망과 천지의 조화를 은은히 감추고 있사옵니다. 원하건대 이 사람들로 구원군의 사령관을 정하는 것이 마땅할 것입니다."

천자가 허락하니 두 사람이 명나라 군사를 거느리고 가달국에 들어가 크게 이기고 승전고를 울리며 돌아왔다. 천자는 상을 후하게 주고 조선으로 보내었다. 시백과 경업은 천자에게 하직하고 밤낮으로 달려서 조선에 도착하니, 임금은 이를 기특하게 여기었다.

"중국을 구하여 가달을 격파하고 이름을 천하에 떨치며 위엄이 조선에 빛나니 영웅의 재주는 이 시대의 으뜸이로다."

임금은 시백으로 하여금 우의정을 제수하고 임경업으로 하여금 부원수를 제수하였다. 이때 북쪽 오랑캐 나라가 점점 강성해져 도로 조선을 엿보므로 임금은 크게 근심하고 임경업으로 하여금 의주 부윤을 제수해 자주 침범해 오는 북쪽 오랑캐들을 물리치게 하였다.

한편, 즐거운 일이 지나면 슬픈 일이 온다는 것은 사람에게 흔한 일이라. 이공은 춘추 팔십에 홀연히 병을 얻어 점점 위중해지니 백 가지 약이 효험이 없었다. 공이 마침내 일어나지 못할 줄 알고 부인과 시백 부부를 불러 유언했다.

"내가 죽은 후 집안일을 소홀히 하지 말고 후사를 이어 조상님을 모시는 제사를 극진히 하여라."

공이 세상을 버리니 병상을 지키던 모부인 역시 슬퍼하다가 몇 달 만에 세상을 버리었다. 시백 부부는 부친 내외를 선산에 안장하고 애통해 마지않으며 삼년상을 치렀다.

한편, 북방 오랑캐들이 강성하여서 북쪽 변경을 침범하는데, 그때마다 임경업이 그들을 물리쳤다. 무지막지한 오랑캐 황제는 조선을 치려고 만조백관과 의논했다.

"우리나라는 지방이 광활한데도 조선의 장수 임경업을 이겨 억누를 사람이 없으니 어찌 답답하지 않겠는가. 어떻게 하면 조선을 차지할 수 있겠는가?"

여러 신하는 대답을 못했다. 이때 신하 중에 귀비라는 오랑캐 여자가 아뢰었다.

"조선에 한 신인이 사는데 백만 대군을 일으켜 보내도 그 신인을 잡기 전에는 꾀하기 매우 어렵습니다. 마침 제가 한 가지 계교를 생각하오니 자객을 구해서 조선에 내려보내어 신인을 없앤 후에 조선을 침범하는 것이 마땅합니다."

오랑캐 황제는 무릎을 치며 물었다.

"어떤 사람을 보낼까?"

귀비가 아뢰었다.

"조선 사람은 재물을 탐내고 여색을 좋아하오니 계집을 구하되, 지혜와 용맹을 고루 갖춘 계집을 보내면 일을 이룰 수 있을 듯합니다."

오랑캐 황제가 듣고 옳게 여겨 즉시 여러 사람과 의논하여 두루 구하였는데, 이때 육궁의 시녀 가운데 기홍대라 하는 계집이 있으니 인물은 당나라 현종 황제의 애첩인 양귀비 같고, 말주변은 소진과 장의^{중국 전국시대에 말을 잘하기로 유명했던 두 사람}를 비웃으며, 검술은 당할 사람이 없고, 용맹은 용과 호랑이 같았다. 황제는 기홍대를 불러 물었다.

"너의 지용^{智勇 지혜와 용기}과 재모는 이미 알았거니와, 조선에 나아가 성공할 수 있겠느냐? 조선에 나아가 신인의 머리를 베어 올진데, 이름을 천추^{千秋}에 유전^{遺傳}하게 하리라."

기홍대가 대답하여 아뢰었다.

"소녀가 비록 재주는 없으나 나라의 은혜가 망극하오니 어찌 물과 불이라도 피하겠습니까?"

길을 떠나려 할 때 귀비가 홍대를 불러 당부했다.

"조선에 나아가면 자연히 신인을 알게 될 것이다. 문답은 이렇게 저렇게 두 번 하고, 부디 재주를 허비하지 말고 조심스럽게 머리를 베어라. 돌아오는 길에 의주로 들어가 임경업의 머리마저 베어 돌아오되 부디 일을 그르치지 마라."

기홍대는 하직하고 조선으로 길을 떠났다.

이때 뜰을 거닐던 박씨가 문득 천문을 보고 깜짝 놀라 승상에게 당부했다.

"몇 월 며칠에 계집 하나가 집에 들어와 말을 이렇게 저렇게 길게 할 것이니, 조심하여 친근하게 대접하지 마시고 이렇게 저렇게 하여 피화당으로 이끌어 보내시면 제가 해결해 보내겠습니다."

승상이 물었다.

"어떤 여자이기에 찾아온다는 것이오?"

"그 계집은 얼굴이 기이하고 문필이 유창하고 아름다우며 백 가지 자태를 갖추고 있습니다. 만일 그 용모를 사랑하시어 가까이하시면 큰 우환을 면치 못할 것이니, 부디 간계에 속지 마시고 피화당으로 보내십시오. 그사이 술을 빚어 담그되, 한 그릇은 쌀 두 말에 누룩 두 되를 해서 넣고, 또 한 그릇은 딴것을 섞지 않은 순수한 술을 담아 두고 안주를 장만하여 두었다가 그날이 되면 저의 말대로 이렇게 저렇게 하십시오."

승상이 듣고 한편으로는 이상하게 여기고 있었는데 과연 그날이 되니 한 여자가 집에 들어와 문안을 하므로, 승상이 이상히 여겨 물었다.

"어떤 여자이기에 감히 남자가 거처하는 사랑에 들어오는가?"

그 여자가 대답했다.

"소녀는 강원도 회양淮陽 강원도 철원에 사는데, 일찍이 부모님을 여의고 정처 없이 떠돌아다니다가 우연히 관청에 잡히어 여종으로 등록이 되었사오니, 성은 모르고 이름은 설중매입니다."

공이 그 여자의 거동을 보니 예사 사람이 아니기에 계화를 불러 명했다.

"지금 해가 서산으로 지고 달이 동쪽 고개로 떠올라 밤이 깊어졌으니 후원의 피화당에 모셔 편히 묵도록 하여라."

계화가 모령의 여인을 피화당으로 안내하니 부인이 자리를 내주며 물었다.

"그대는 어떤 사람이기에 내 집에 찾아왔는가?"

여인이 대답했다.

"소녀는 먼 지방의 천한 기생인데 서울에 구경 왔다가 외람되게 높으신 댁을 찾아왔사오니, 황송하고 감사한 마음을 이길 수 없습니다."

부인은 계화를 불러 명했다.

"손님이 왔으니 술과 안주를 들여라."

계화가 명을 받들고 나가더니, 이윽고 맛좋은 술과 풍성하게 차린 안주 상을 갖추어 들여놓고 독주와 순수한 술을 구별하여 놓았다.

"술을 따르라."

계화가 독주는 그 여인에게 권하고 순한 술은 부인에게 드리니, 그 여자는 먼 길을 오느라 피곤하여 목마름이 심하던 차에 술을 보고 사양하지 않고 마셨다. 여자는 술이 몹시 취하여 말했다.

"소녀가 먼 길을 오느라 힘들고 피곤하던 차에 주시는 술을 많이 먹고 몹시 취하였으니, 베개를 잠깐 내어 주시기 바랍니다."

부인이 대답했다.

"어찌 내 집에 온 손님을 공경하지 않겠는가?"

여자가 잠이 들자 부인은 자는 체하다가 가만히 일어나 그 여자의 짐 꾸러미를 열었다. 보따리 속에 자그마한 칼 하나가 숨겨져 있는데 이상하게 생겼으므로 자세히 보니 주홍색으로 비연도飛燕刀라 새겨져 있었다. 부인이 그 칼을 다시 만지려 하자 그 칼이 나는 제비로 변하여 천장으로 솟구치며 부인을 헤치려고 자꾸만 달려들었다. 부인이 급히 주문을 외우니 그 칼이

📖 소설 한 장면 　위기　 이시백은 오랑캐를 무찌르고, 박씨는 자객을 사로잡음

변화를 못하고 멀리 떨어지는 것이었다. 부인이 그제야 칼을 집어 들고 소리를 벽력같이 지르니, 기홍대는 깊은 잠에 들었다가 뇌성 같은 소리에 눈을 떴다.

"무지하고 간특한 계집이구나. 너는 오랑캐 나라의 기홍대가 아니냐?"

부인의 호통이 쩌렁쩌렁 울렸다. 기홍대는 정신을 차려 아뢰었다.

"부인께옵서 어떻게 그리 자세히 알고 계십니까? 소녀는 과연 호국의 기홍대입니다. 이렇게 엄숙하게 물으시니 어떻게 된 영문인지 모르겠습니다."

부인은 눈을 부릅뜨고 화난 목소리로 꾸짖었다.

"기홍대야, 내 말을 들어라. 네가 겁도 없이 내 집에 들어와 당돌하게 나를 해치려 재주를 부리니, 이것은 아무리 보아도 귀비의 간계로다. 내 너를 죽여 분한 마음을 만분지일이나마 풀어야겠다."

하고 비연도를 들고 달려드니, 기홍대가 애처롭게 빌었다.

"황송하오나 부인 앞에서 한 말씀을 어떻게 속이겠습니까? 소녀가 어지간히 잡스러운 술법을 배운 탓으로 시키는 것을 거역하지 못하고 이와 같이 죄를 지었사오니 그 죄는 만 번 죽어 마땅한 것이오나 큰 은혜를 베푸시어 소녀의 목숨을 살려 주십시오."

부인은 칼을 잠깐 멈추고 말했다.

"내 사람의 목숨을 살해하는 것이 흔한 일이 아니고, 또한 너의 임금이 도리에 어긋나 분수에 넘치는 뜻을 고치지 아니하기에 너를 아직은 죽이지 않고 살려 보내는 것이다. 돌아가 너희 임금에게 내 말을 자세히 전하여라. 조선이 비록 소국이나 인재를 헤아리면 영웅호걸과 천하의 명장이 무리 가운데 있고, 나 같은 사람은 수레에 싣고 말로 될 정도라 그 수효를 알지 못하니라."

기홍대는 일어나 감사의 인사를 드렸다.

"신령 같으신 덕의 도움을 입어 죽을 목숨을 보전하오니, 감격하여 몸 둘 바를 모르겠습니다."

기홍대는 부인에게 백배사죄하고 길을 떠났다.

이튿날 승상이 대궐 안에 들어가 그 연고를 낱낱이 아뢰어 올리니, 임금과 조정의 신하들이 깜짝 놀라 얼굴빛이 하얗게 변하였다. 임금은 즉시 임경업에게 비밀리에 명령을 내리었다.

"오랑캐 나라에서 기홍대라는 계집을 우리나라에 보내어 이렇게 저렇게 한 일이 있었으니, 그런 계집이 혹 가서 달래거나 유인하려는 일이 있으면 각별히 조심하고 잘 방비하라."

임금은 박씨를 크게 칭찬하고 충렬 부인과 일품 녹봉을 내려 주었다. 한편, 기홍대는 본국에 돌아가 오랑캐 황제에게 아뢰었다.

"소녀가 이번에 명을 받잡고 큰일을 맡아서 만리타국에 갔사오나, 성공하기는 고사하고 만고에 짝이 없을 만한 영웅 박씨를 만나 겨우 목숨을 보전하였나이다."

하고 앞뒷일을 아뢰니 오랑캐 황제는 몹시 화를 내며 귀비를 불렀다.

"기홍대가 조선에 가서 신인과 명장을 죽이지 못하고 짐을 욕되게 하였으니 분하구나. 또한, 조선을 도모하지 못하게 되었으니 이 분한 마음을 어디가서 풀어야 할 것인가?"

귀비는 생각 끝에 대답했다.

"조선에 비록 신인과 명장이 있사오나 또 간신이 있어서 신인의 말을 듣지 아니할 것이고 명장을 쓸 줄도 모를 것입니다. 폐하가 군사를 일으켜 조선을 치되 남으로 육로에 나아가 치지 말고 동으로 백두산을 넘어 조선의 함경도로, 한양의 동쪽 문으로부터 들어가면 미처 방비할 수 없어 도모하기 쉬울 것입니다."

오랑캐 황제는 크게 기뻐하며 곧 한유와 용골대에게 명령을 내렸다.

"군사 십만 명을 불러 모아 귀비의 지휘대로 행군하여 동으로 백두산을 넘어 바로 조선 북쪽 길로 내려가 한양의 동쪽 문으로부터 들어가 이렇게 저렇게 하라."

귀비는 용골대를 불러 따로 말했다.

"그대는 행군하여 조선에 들어가거든 바로 날쌘 군사를 의주와 서울을 왕래하는 길 중간에 매복하여 소식을 통하지 못하게 하고, 한양에 들어가거든 우의정 집의 뒤뜰을 침범하지 말라. 그 후원에 피화당이 있고 후원의 초당 앞뒤에 신기한 나무가 무성하게 있을 것이니, 만일 그 집 후원을 침범하면 성공하기는커녕 목숨을 보전하지 못하여 고국에 돌아오지도 못할 것이니 각별히 명심하라."

두 장수가 명령을 다 듣고 십만 대병을 거느리고 동으로 행군하여 동해로 건너 바로 한양으로 향하는데, 백두산을 넘어 함경북도로 내려오며 봉홧불을 피우지 못하게 막고 물 밀듯 들어오니, 한양까지 수천 리 길을 내려오는 동안에도 아는 사람이 없었다. 이때 충렬 부인은 피화당에 있다가 문득천기를 보고 깜짝 놀라 급히 상공을 불렀다.

"북방의 도적이 침범하여 조선의 경계를 넘어 들어오니, 의주 부윤 임경업을 급히 불러 군사를 합병하여 동쪽으로 오는 도적을 막으십시오."[4]

승상은 깜짝 놀라며 물었다.

"오랑캐가 어디로 온단 말이오?"

"오랑캐들이 본래 간사한 꾀가 많으므로 북으로 나오면 임 장군이 두려워 의주는 감히 범하지 못하고, 백두산을 넘어 동쪽으로부터 동대문을 깨뜨리고 들어와 장안을 갑자기 습격할 것입니다. 제 말을 허황되게 여기지 마시고 급히 임금께 아뢰어 방비를 하십시오."

승상이 그 이야기를 다 듣고 급히 임금을 찾아가 아뢰니 임금이 듣고 크게 놀라며 조정의 모든 신하를 모아 의논하는데, 좌의정 원두표가 의견을 내놓았다.

"북쪽 오랑캐들이 꾀가 많사오니 부윤 임경업을 불러들여 동쪽으로 오는 도적을 방비하는 것이 옳을 것으로 생각합니다."

말을 채 마치기도 전에 대신 하나가 앞으로 썩 나섰다.

"좌의정이 아뢰는 말씀은 절대로 안 될 일입니다. 북쪽의 오랑캐가 임경업에게 패하였으니 무슨 힘으로 우리나라를 엿보며, 병사를 일으킨다고 하여도 반드시 의주로 들어올 것입니다. 만일 의주를 버리고 임경업을 불러 동쪽을 지키게 하면 도적들이 의주를 침범해 와 살육할 것이니 요망한 계집의 말을 들어 망령되이 동쪽을 막으라 하오니 어떻게 헤아림과 지혜가 있다고 할 수 있겠습니까? 이는 나라를 해롭게 하려는 것이니 잘 살피십시오."

임금이 말했다.

"박씨의 신명함은 보통 사람과 다른지라, 짐이 이미 그것을 경험한 바 있으니 어떻게 요망하다 하겠느냐. 그 말을 따라 동쪽을 막는 것이 옳을 것이다."

대신은 더욱 큰 소리로 대답했다.

"지금 나라 안이 태평하여 풍년이 들고 백성들 생활이 평안하여 '격양가 擊壤歌 풍년이 들어 농부가 태평한 세월을 즐기는 노래'를 부르는데, 이 같은 태평 세계에 요망한 계집의 말을 발설하여 우리나라를 놀라 움직이게 하면 민심을 흔들리게 하는 것입니다. 전하께서 이렇게 요망한 말씀을 들으시고 깊이 근심하시어 나랏

---

4) 후반부에서 박씨는 절세가인으로 변신한 이후, 능력을 발휘해 위기에 빠진 나라를 구한다. 즉, 박씨가 치국평천하(나라를 잘 다스리고 온 세상을 평안하게 함)하는 내용으로 이루어져 있다.

일을 살피지 아니하옵시니, 신은 원하건대 이 사람을 먼저 국법으로 다스려 민심을 진정시키십시오.”

모두 보니 이는 다른 사람이 아니라 영의정 김자점이라. 소인과 친하게 지내고 군자를 멀리하여 국정을 제 마음대로 하는지라. 이 같은 소인이 나라를 망하게 하려 하나 조정의 모든 대신이 그 권세를 두려워하여 말을 못 하는지라. 공이 항거하지 못하여 분한 마음을 이기지 못하고 집에 돌아와 부인에게 그간에 있었던 사연을 낱낱이 이야기를 하니, 부인이 듣고 하늘을 우러러보며 탄식했다.

“슬프다. 나라의 운수가 불행하여 그 같은 소인을 인재라고 하여 조정에 두어 나라를 망하게 하니 어찌 슬프지 않겠는가. 머지않아 도적이 한양을 침범할 것이니 신하 된 자로서 나라가 망하는 것을 차마 어떻게 보겠는가.”

부인은 말을 마치고 큰 소리로 통곡했다.

아니나 다를까. 며칠 후, 오랑캐들이 동대문을 깨뜨리고 물 밀듯 들어오 니 함성이 더욱 천지를 진동하는지라, 백성의 참혹한 모습은 글로써 기록하기 어려울 지경이었다. 적의 대장이 군사를 호령하여 사방으로 쳐들어와 살육하니, 시체가 태산같이 쌓이고 피가 흘러 내가 되었더라.

상황이 급변하자 이시백은 즉시 임금에게 아뢰었다.

“속히 남한산성으로 피난하시는 것이 좋을 것 같습니다.”

임금이 옳다고 여기어 즉시 옥교玉轎 임금이 타는 가마를 타고 남문으로 나와 남한산성으로 가는데, 앞에 한 무리의 군사가 내달아 좌우로 충돌하니 임금이 깜짝 놀라서 물었다.

“이 도적들을 누가 물리치겠는가?”

우의정이 말을 내몰며 대답했다.

“신이 이 도적들을 물리치겠습니다.”

이시백은 창으로 달려오는 적을 단번에 물리치고 가마를 호위하며 남한 산성으로 들어갔다. 이때, 오랑캐 장수 한유와 용골대가 장안을 빼앗고 들어 와 대궐 안으로 들어가니 대궐 안이 비어 있었다. 용골대는 아우 용울대에게 장안을 지켜 재물과 미인들을 거두어들이라 하고 군사를 몰아 남한산성을 에워쌌다.[5]

---

5) 판본에 따라 형이 용울대로, 아우가 용골대로 표기되기도 하며 울대가 율대로 표기된 판본도 있다.

이때, 충렬 부인 박씨는 일가친척을 피화당에 모여 있게 하였는데, 하루는 용울대가 군사를 거느리고 피화당에 이르렀다. 좌우를 살펴보니 나무마다 용과 범이 되어 서로 머리와 꼬리를 맞물리며 가지마다 새와 뱀이 되어서 변화가 끊임없고 살기가 가득 차 있었다. 용울대는 부인의 신묘한 기략과 술법을 모르고 피화당에 있는 재물과 여색을 빼앗으려고 급히 들어갔다. 그런데 청명하던 날이 갑자기 먹구름이 일어나며 뇌성벽력이 천지에 진동하고, 무성한 수목이 변하여 갑옷 입은 병사가 되어서 점점 에워쌌다. 가지와 잎은 창과 칼이 되어서 사람의 마음을 놀라게 했다. 용울대는 그제야 우의정 이시백의 집인 줄 알고 깜짝 놀라 도망가려다가 때가 늦어 죽고 말았다.

한편, 임금이 남한산성으로 행차한 후 오랑캐들이 물 밀듯 들어와 조정의 여러 대신을 사로잡아 놓고 눈 서리 같은 호령을 쳤다. 나라의 운수가 불행하여 이 지경에 이르렀으므로 영의정 최명길이 아뢰었다.

"싸움을 그칠 수 있도록 강화講和 싸움을 그치고 평화로운 상태가 됨 회담을 하는 것이 좋을 듯 합니다."

임금이 하늘을 우러러 탄식하고 글을 써서 오랑캐 진영에 보내니, 오랑캐가 바로 들어가 왕비와 세자, 대군 삼 형제와 임금의 후궁들을 다 사로잡아 묶었다.

한편, 뒤늦게 동생이 죽은 것을 안 용골대는 복수를 할 생각으로 군사를 다그쳐 우의정 집으로 달려갔다. 후원 초당에 다다르니 나무 위에 용울대의 머리가 걸려 있었다. 용골대가 칼을 빼들고 달려드는데 도원수 한유가 피화당에 무성한 나무를 보고 깜짝 놀라 용골대를 막아섰다.

"그대는 옛날 오나라 명장 육손이 어복포에서 제갈공명이 만든 팔진의 도형 속에 들어가 고생했던 일을 생각하여 험한 땅을 모르고 들어가지 말라."

용골대는 더욱 분하여 칼을 들고 땅을 두드려 하늘을 보고 탄식했다.

"그러하오면 용울대의 원수를 어떻게 해야 갚을 수 있습니까? 만리타국에 우리 형제가 함께 나와 큰일을 이루었지만 이렇게 동생이 죽었습니다. 동생의 복수를 못 하면 한 나라의 대장으로서 조그마한 여자에게 굴복하는 것입니다. 이는 옳지 못합니다. 그리고 어떻게 후세에 웃음을 면할 수 있겠습니까?"

용골대는 분한 마음에 군사를 호령하여 그 집을 에워싸고 한꺼번에 불을 지르라고 명령했다. 그러자 다섯 색깔의 구름이 자욱한 가운데 수목이 변하여 무수한 장수와 병사들이 되어 천지가 진동할 정도의 함성을 질렀다.

또한, 공중에서 신령한 장수들이 갑옷과 투구를 갖추어 입고 긴 창과 큰 칼을 들고 내려와 보이는 대로 오랑캐들을 쳐 죽이니, 창에 찔려 죽고 서로 밟히어 죽는 자가 수없이 많았다.

오랑캐 장수가 급히 군사를 후퇴시키니 그제야 날씨가 맑아지며 살벌한 소리가 그치고 신령스러운 장수들은 간 데 없었다. 오랑캐 장수들이 그 모습을 보고 더욱 분한 기운을 이기지 못하여 다시 칼을 들고 짓쳐^{함부로 마구 쳐} 들어가려고 하니 청명하던 날이 순식간에 구름과 안개가 자욱해지고 지척을 분간하지 못하게 되므로, 용골대가 감히 들어가지 못하고 용울대의 머리만 쳐다보고 하늘을 우러러 탄식했다. 그러자 홀연히 나무들 사이로 한 여자가 나서며 외쳤다.

"이 무지한 용골대야. 네 동생 용울대가 내 칼에 저렇게 되었는데, 너 역시도 내 칼에 죽고 싶어서 목숨을 재촉하느냐."

용골대는 이 말을 듣고 더욱 화가 나서 꾸짖었다.

"너는 어떤 여자이기에 대장부한테 그런 요망한 말을 하느냐?"

계화는 그 말을 들은 체 아니하고 용울대의 머리만 수시로 가리키면서 꾸짖어 욕했다.

"나는 충렬 부인의 몸종 계화인데 너의 일을 생각하니 불쌍하고 가소롭다. 네 동생 용울대는 나와 같은 여자의 손에 죽고 너는 나를 당하지 못하여 저렇게 분함을 이기지 못하니 어찌 가련하지 않겠는가."[6]

용골대가 분한 기운이 크게 솟아 쇠로 만든 활에 짧은 화살을 걸어서 쏘니 계화는 맞지 않고 예닐곱 걸음 가서 떨어졌다. 군사들이 명령을 받고 일제히 쏘았는데 아무도 맞히는 사람이 없었다.

용골대는 한 가지 꾀를 내어 간신 김자점을 불러들였다.

"너희도 이제 우리나라 백성이라, 어서 성안의 군사를 뽑아서 저 팔진도를 깨뜨리고 박씨와 계화를 사로잡아 들이라. 만일 그렇지 않으면 군법으로 다스리겠다."

호령이 엄숙하므로 김자점은 두려워하며 대답했다.

---

6) 박씨의 몸종 계화는 여성인데다가 노비라는 신분적 한계를 지니고 있지만 오랑캐 군과 능히 맞선다. 「박씨전」은 박씨뿐만 아니라 다른 여성 인물의 활약상까지 보여 줌으로써 봉건적 의식에서 탈피하고, 다양한 계층의 여성 독자를 끌어들여 소설 향유층의 저변을 넓힌다.

"어찌 장군의 명령을 거역하겠습니까?"

김자점이 공포를 쏘아 군사들을 호령하여 팔문을 에워싸고 좌우로 부딪쳐왔다. 그러나 팔문은 꿈쩍도 하지 않았다. 용골대가 한 가지 꾀를 내어 팔문 사방에 화약 가루를 묻고 한꺼번에 불을 지르게 했다. 그러자 불이 사방에서 일어나 무서운 기세로 집을 태웠다. 부인이 계화에게 시켜서 부적을 던지고 왼손엔 홍화선이라는 부채를 들고 오른손엔 백화선이라는 부채를 들고 오색실을 매어 불꽃 속에 던지니, 갑자기 피화당에서부터 큰바람이 일어나며 오히려 오랑캐 군사들 진중으로 불길이 몰아쳤다. 불빛 속에 들어가 천지를 구별하지 못하며 타 죽은 오랑캐 병사들의 수효를 알 수 없을 정도였다. 용골대는 깜짝 놀라 급히 병사들을 후퇴시키며 하늘을 우러러 탄식했다.

"병사를 일으켜 조선에 온 후 군사들의 피 한 방울도 흘리지 않고 공포 한 발에 조선을 차지하였는데, 이곳에 와서 여자를 만나 불쌍한 동생을 죽이고 무슨 면목으로 임금과 귀비를 뵈올 것인가."

통곡해 마지않는데, 여러 장수가 위로했다.

"아무리 하여도 그 여자에게 복수할 수는 없사오니 군사를 퇴각시키는 것이 좋을 것 같습니다."

하고 왕비와 세자, 대군과 장안의 재물과 여자들을 거두어 행군하니 백성들의 울음소리가 산천을 움직였다. 이때, 박씨 부인이 계화로 하여금 적진에 대고 크게 외치게 했다.

"무지한 오랑캐 놈아, 내 말을 들어라. 너희 왕은 우리를 모르고 너같이 입에서 젖비린내가 나는 자를 보내어 조선을 침략하고 노략질하니 나라의 운수가 불행하여 패망을 당하였지만, 무슨 까닭으로 우리나라의 중요한 사람들까지 끌고 가려고 하느냐. 만일 왕비를 모시고 간다면 너희를 땅속에 파묻어 버릴 것이니 신령님의 뜻을 돌아보거라."

오랑캐 장수는 이 말을 듣고 웃으며 말했다.

"너의 말이 매우 가소롭도다. 우리는 이미 조선 임금의 항복 문서를 받았느니라. 데리고 가는 것이나 안 데리고 가는 것은 우리의 손아귀에 달렸는데 구차스럽게 그런 말을 하지 말라."

계화가 다시 일렀다.

"그렇다면 나의 재주를 구경하라."

말을 마치자마자 무슨 주문을 외우는데, 갑자기 폭우와 눈보라가 내리고 얼음이 얼어 오랑캐 진지의 장수와 병졸이며 말굽이 그 얼음에 붙어 떨어지지 아니하여 한 발짝도 움직이지 못하였다. 오랑캐 장수는 그제야 깨달아 분부했다.

"처음에 귀비가 분부하시기를 '조선에 신인이 있을 것이니 부디 우의정 이시백의 집 후원을 침범하지 말라'고 하셨는데, 귀비의 부탁을 잊고 오히려 그 죄값으로 재앙을 당해 십만 대병과 용울대를 죄 없이 죽이고 무슨 면목으로 귀비를 뵈올 것인가. 우리가 이러한 일을 당하였으니 오히려 부인에게 비는 것이 좋을 것 같다."

오랑캐 장수들은 갑옷과 투구를 벗어 안장에 걸고 손을 묶어 팔문 앞에 나아가 땅바닥에 엎드려 용서를 빌었다.

"왕비는 모시고 가지 않겠습니다. 소장들에게 길을 열어 돌아가게 해 주십시오."

수없이 애걸하자 부인은 그제야 주렴을 걷고 나오며 큰소리로 꾸짖었다.[7]

"너희를 씨도 없이 땅속에 파묻어 버리려고 하였는데 내가 사람을 죽이는

🕯️ 소설 한 장면   절정   박씨가 적장 용울대를 죽인 뒤 용골대까지 제압함

7) 박씨는 계화를 앞세우다 뒤늦게 등장하는데, 이를 통해 외부에 직접 나서기를 꺼리는 양반 부녀자의 면모를 엿볼 수 있다. 이러한 대목에서는 봉건적 의식이 잔존해 있는 시대적 한계가 드러나기도 한다.

것을 좋아하지 않기 때문에 용서하는 것이다. 네 말대로 왕비는 모시고 가지 말 것이며, 너희들이 어쩔 수 없이 세자와 대군을 모시고 간다면 그도 또한 하늘의 뜻이니 부디 조심하여 모시고 가라. 나는 앉아서도 먼 곳의 일을 아는 재주가 있으니 그렇게 하지 않으면 내가 신장과 갑옷 입은 병사들을 모아 너희들을 다 죽이고 북경에 들어가 국왕을 사로잡아 분을 풀고 무죄한 백성을 남기지 않을 것이니, 내 말을 거역하지 말고 명심하라."

용골대는 다시 애걸하여 말했다.

"아우의 머리를 내어 주십시오. 우리는 부인의 말대로 조용히 고국에 돌아가겠습니다."

부인은 크게 웃으며 대답했다.

"옛날 조양자는 지백의 머리를 옻칠하여 술잔을 만들어 이전 원수를 갚았으니 나도 용울대의 머리를 옻칠하여 남한산성에서 패한 분을 만분지일이나마 풀 것이다. 너의 정성은 지극하나 각기 그 임금 섬기기는 꼭 같은 것이다. 아무리 애걸하여도 그것만은 들어줄 수 없다."

용골대가 이 말을 듣고 분한 마음이 하늘을 찌르나, 어떻게 할 수 없어 하직하고 행군하려 하니 부인이 다시 말하기를,

"행군하되 의주로 가서 임 장군을 보고 가라."

용골대는 그 비계를 모르고 마음속으로 생각하기를,

'우리가 조선 임금의 항복 문서를 받았으니 서로 만나는 것도 좋다.'

하고 다시 하직하고 세자와 대군과 장안의 재물과 여자들을 데리고 의주로 가는데, 잡혀가는 부인들이 하늘을 우러러 통곡하며 말했다.

"우리는 무슨 죄로 만리타국으로 잡혀가는가. 이제 가면 어느 날 어느 때 고국의 산천을 다시 볼 것인가."

눈물을 흘리며 소리 높여 우는 사람이 무수히 많았다. 부인은 계화에게 시켜 그들을 위로했다.

"인간의 괴로움과 즐거움은 흔한 일이라, 너무 슬퍼하지 말고 들어가면 삼 년 사이에 세자, 대군과 모든 부인을 모시고 올 사람이 있으니 부디 안심하여 아무 일 없이 도착하도록 하라."

한편, 오랑캐 군사가 처음 조선에 올 때 매복한 오랑캐 군사들이 길목을 지키고 있어서 한양과 의주를 연락하지 못하게 하니, 슬프다. 뒤늦게 이 사실을 안 임경업은 홀로 말을 달려 한양으로 향하는데 마침 의주로 오고 있는 용

골대를 만났다. 임경업이 앞에 나오는 선봉장의 머리를 단칼에 베어 들고 이리저리 휘젓고 다니니, 군사들의 머리가 가을바람에 낙엽 떨어지듯 했다. 한유와 용골대는 하늘을 우러러 통곡하며 박씨 부인의 계책에 빠졌다는 것을 깨닫고 몹시 후회했다. 즉시 글을 써 한양으로 올리니, 임금이 보시고 임경업에게 조서詔書 임금의 명령을 널리 알리기 위해 만든 문서를 내리어 오랑캐 군사들이 나아가게 하였다. 임금의 조서를 받자 임경업은 칼을 땅에 던지고 큰 소리로 통곡했다.

"슬프다. 조정에 만고의 소인이 있어 나라를 이렇게 망하게 하였으니 밝은 하늘이 무심하시도다."

분함을 이기지 못하여 다시 칼을 들고 적진에 뛰어 들어가 적의 장수를 잡아 엎드리게 하고 꾸짖었다.

"왕명을 거역하지 못하여 너희 놈들을 살려 보내는 것이니, 세자와 대군을 평안히 모시고 들어가라."

한바탕 통곡을 한 후에 보내었다. 한편, 오랑캐가 물러가자 임금은 박씨의 말을 처음부터 듣지 아니한 것을 뉘우치며 분부했다.

"박씨가 만일 대장부로 태어났다면 어떻게 오랑캐들을 두려워하였겠는가. 그러나 규중의 여자가 맨손에 혼자의 몸으로 오랑캐의 기운을 꺾어 조선의 위엄을 빛내었으니 이것은 예부터 이제까지 없었던 일이다."

박씨 부인을 충렬 부인에 정렬을 더 봉하고 일품의 봉록에 만금의 상을 내렸다.

당초에 박씨가 출가할 때 외모를 추하고 보잘것없게 한 것은 여색을 탐하는 사람이 혹하여 빠져들까 염려한 것이며, 형상을 탈바꿈하여 본색을 나타낸 것은 부부간에 화합하고자 한 것이고, 피화당에 있으면서 팔문진을 친 것은 나중에 순찰하고 돌아다니는 오랑캐를 막기 위한 것이고, 왕비를 못 모시고 가게 한 것은 오랑캐의 음흉한 변을 만날까 염려하였기 때문이고, 세자와 대군을 모시고 가게 한 것은 하늘의 뜻을 따랐던 것이고, 오랑캐 장수를 의주로 가게 한 것은 임 장군을 만나 영웅의 분한 마음을 풀게 한 것이라. 그 뒤로부터 박씨 부인은 나라에 무슨 일이 있으면 충성으로 극진히 하고, 노비와 몸종을 의리로 다스리고, 친척을 화목하게 하여 이름을 후세에 길이 전하게 되었다.

이 승상 부부가 이후로 자손이 집안에 가득하고 재상이 되어 팔십여 세를 누리고 부귀영화가 극진하니 온 조정 안과 한 나라가 우러르며 떠받들었다. 좋은 일이 지나가고 슬픈 일이 오는 것은 예로부터 흔한 일이라 박씨와 승상이 잇달아 우연히 병을 얻어 백 가지 약이 효험이 없으므로, 부부는 자손을 불러 뒷일을 당부했다.

"옛 성인이 말하시기를 세상에 살아 있는 것은 붙어 있는 것이고 죽는 것은 돌아가는 것이라 하셨으니, 우리 부부의 복록은 끝이 없다 할 것이다. 인생의 삶과 죽음이 이러하니 우리가 돌아간 뒤에 자손들은 지나치게 슬퍼하지 말아라."

말을 마치고 잇달아 숨이 끊어지니 그 자손들은 예절을 극진하게 차려 선산에 안장했다. 임금이 듣고 비감하여 베와 금은을 내리어 장사를 지내는 데 보태게 하였다. 이후에 자손이 대대로 관록이 끊이지 않고 가문이 융성했다.

본래 사람이 세상에 태어나서 남녀를 불문하고 재주와 인덕이 고루 갖추어지기 어려운 것인데, 박씨는 재덕뿐 아니라 신령스러운 기계와 신묘한 헤아림이 촉한 때의 제갈량을 본받았으니 오래도록 드문 일이었다. 여자로서 이런 재주를 가진 것은 드문 일이고 이것은 하늘의 뜻이 이렇기 때문이니, 특별히 드러나지 못하고 대강 전설을 통해서 기록하니 가히 한스럽다고 할 수 있다. 그 뒤에 계화도 승상 부부의 삼년상을 극진히 받들고 우연히 병이 들어 죽으니, 나라에서 그 사연을 듣고 장하게 여기어 충비忠婢 주인을 충실히 섬기는 계집종 로 봉하였다.

🔖 소설 한 장면　결말　임경업이 오랑캐 군을 무찌르고, 박씨는 큰 상을 받음

생각해 볼까요?

선생님 「박씨전」의 창작 배경에 관해 알아볼까요?

💬 2 🤍 2

↳ 학생 1 실존 인물인 이시백과 임경업 등을 등장시켜 병자호란의 참상을 극복하려는 보상 심리가 작품 속에 깔려 있어요.

↳ 학생 2 비록 실제 싸움에선 패했지만, 「박씨전」을 통해 정신적으로는 우리 민족이 승리했음을 드러내요. 따라서 「박씨전」은 민족 자주 의식을 높이려는 성격이 짙어요.

선생님 「박씨전」에 드러난 새로운 여성관은 어떠한가요?

💬 1 🤍 1

↳ 학생 1 「박씨전」의 주인공 박씨는 물론이고 박씨의 여자 몸종 계화, 오랑캐 군이 보낸 여자 자객 기홍대 등 아군과 적군을 가리지 않고 여성 인물들의 다양한 활약상이 나타나요. 남성 중심의 가부장 사회는 병자호란을 이겨내지 못했지만, 「박씨전」 속 여성 인물들은 능히 오랑캐를 물리치고 나라를 구하지요. 그러므로 여성 독자들에게 큰 인기를 끌었고요.

여성 군담 소설

연관 검색어   군담 소설   영웅 소설   여성 영웅

군담 소설은 전쟁을 소재로 다루기 때문에 남성이 주인공으로 등장하는 경우가 많다. 하지만 우리나라 군담 소설 중 여성이 영웅으로 등장해 자신의 능력을 펼치는 작품도 존재한다. 대표적인 작품으로 「박씨전」, 「홍계월전」, 「최척전」, 「금방울전」, 「정수정전」 등이 있는데, 대부분 양 난 이후 창작되었다.

이전까지 여성들은 연약하고 힘없는 존재 혹은 주체성을 갖추지 못한 존재로 여겨졌기 때문에 심리적으로 위축되었고, 활발하게 활동하려는 욕구를 키워나갔다. 이러한 상황 속에서 남성이 해내지 못한 일을 여성이 해낸다는 내용의 여성 군담 소설이 등장했다. 조선 후기에 이르러 서민 의식이 성장하고 여성의 권리에 대한 인식도 개선되면서 여성 영웅이 등장했다고 볼 수도 있다. 군담 소설 자체가 대체로 민중의 사랑을 받은 갈래였기 때문이다.

임경업전

#영웅   #비극   #병자호란   #정신적승리

⚓ 작품 길잡이

작가: 미상
갈래: 군담 소설, 역사 소설, 영웅 소설
성격: 비판적, 역사적, 민족적
배경: 시간 - 조선 인조 때 / 공간 - 조선, 중국
주제: 임경업의 비극적인 일생과 청나라(호국)에 대한 민족의 사기 진작

📷 인물 관계도

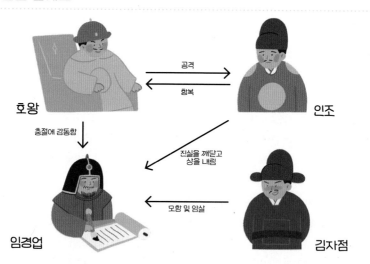

호왕

공격 →
← 항복

인조

충절에 감동함 ↓

진실을 깨닫고
상을 내림 ↙

임경업

← 모함 및 암살

김자점

임경업   나라를 구한 충성스러운 장군이지만, 모함에 빠져 죽는다.
김자점   성품이 비열하고 간언을 일삼으며 임경업을 미워한다.

🗓 구성과 줄거리

발단   충청도 충주에서 임경업이라는 소년이 태어남

충청도 충주에서 태어난 임경업은 어린 나이에 부친을 여의지만, 무예를 단련하고 병서를 읽으며 부지런히 능력을 쌓는다. 18세가 되어 무과에 장원 급제한 임경업은 임금의 명을 받아 천마 산성을 쌓으며 외적의 침입에 대비한다.

전개   임경업이 호국을 구하지만, 호국은 오히려 조선을 침범함

오랑캐 가달의 침입을 받은 호국이 명나라에 구원병을 청하자 임경업은 명군을 이끌고 출전한다. 임경업은 호국을 구하고 귀국하지만, 호국은 도리어 조선을 침략한다. 조정에서는 임경업을 의주 부윤으로 낸다. 호군은 임경업이 두려워 의주를 피해 바다로 침입한 뒤 조선왕의 항복을 받는다. 임경업은 회군하는 호군을 뒤쫓다가 인질로 잡혀가는 왕자들 때문에 포기한다.

위기   호왕은 임경업에게 명군을 공격하라고 요청함

명나라와 호국은 본격적으로 전쟁을 벌인다. 호왕은 임경업을 제거하기 위해 조선에 원병을 요청하고, 임경업에게 선봉장이 되어 명나라를 공격해 달라고 요청한다. 임경업은 마지못해 출정한다.

절정   임경업이 독보의 배신으로 사로잡힘

임경업은 거짓으로 싸우는 척하다가 명나라와 내통해 거짓 항복을 받고 귀국한다. 그 사실을 안 호왕이 임경업을 잡아들이지만, 임경업은 명나라로 달아난다. 이후 임경업은 명군과 함께 호국을 치려다 승려 독보의 배신으로 호국에 사로잡힌다. 호왕은 임경업의 당당한 태도에 감복해 인질로 잡았던 왕자들을 조선으로 돌려보낸다.

결말   김자점의 흉계로 임경업이 죽음을 맞음

김자점은 역모를 꾸미던 중 임경업 때문에 거사가 실패할 것을 염려해 임경업을 모함하고 살해한다. 임경업의 억울한 죽음을 뒤늦게 깨달은 임금은 김자점을 문초해 죽이고, 임경업과 그의 가문에 큰 상을 내린다.

임경업전

대명大明 숭정崇禎 중국 명나라 마지막 황제인 의종 때의 연호 말의 일이라, 조선의 동쪽에 있는 충청도 충주忠州 단월 땅에 한 사내아이가 태어나니 성은 임林이요 이름은 경업慶業이었다. 어려서부터 학업에 힘을 썼는데, 일찍 부친을 여의자 자모를 지극한 효성으로 섬기고 형제 우애하니 보는 사람마다 칭찬이 자자하더라.[1]

세월이 흘러 십여 세 되매, 밤이면 병서를 읽고 낮이면 무예와 말달리기를 일삼더라. 무오년戊午年 1618년에 이르러 나이 십팔 세라. 과거 기별을 듣고 경사 서볼에 올라와 부과에 응시하였다. 장원하여 즉시 전옥 수부 출륙조선 시대에 하급 관리에서 6품으로 승급하던 일하니, 그 위풍을 모두 칭찬했다. 삼 일 유가급제자가 시가행진을 하고 주변 사람을 찾아 인사하던 일를 마친 후에 조정에 말미를 얻어 고향으로 돌아가 모친을 뵌 뒤 하직하고 직사에 나아갔더라.

🍎 소설 한 장면   발단 충청도 충주에서 임경업이라는 소년이 태어남

---

1) 임경업은 한미한 집안에서 태어나 자신의 능력으로 입신양명한 실존 인물이다. 다른 고전 소설 속 영웅들과 달리 출생이 평범하다는 점에서 조선 후기에 강화된 민중 의식을 엿볼 수 있다.

삼 년 만에 백마강 만호^{白馬江萬戶}가 되어 임소에 도임한 후로 백성을 사랑하여 농업을 권하며 무예를 가르치니, 이로부터 백마강 백성을 잘 다스린다는 소문이 조정에 미쳤더라. 임경업의 사람됨을 들은 차시 우의정 원두표^{元斗杓}가 탑전^{榻前 임금 앞}에 엎드려 아뢰더라.

"신이 듣사온즉 천마 산성^{天磨山城}은 방어에 중요한 곳이라 들었사옵니다. 그런데 성첩이 퇴락하여 형용이 없다 하오니, 재주 있는 사람을 보내어 수보^{修補 허름한 곳을 수리함}함이 마땅할까 하나이다."

임금이 누가 적임자냐 물으니 우의정이 다시 말했다.

"백마강 만호 임경업이 족히 그 소임을 잘하리라 믿사옵니다."

임금이 즉시 경업을 천마 산성 중군^{中軍 어느 군대의 중심 부대} 으로 제수하시라. 경업이 새 부임지인 천마 산성에 도임한 후에 성첩을 돌아보니, 쉽게 수축하기 어려운지라. 즉시 왕에게 보고하여 사람을 뽑아 성역^{城役 성을 쌓거나 고치는 일} 할 것을 청하니 임금이 즉시 병조에 하사하사 건장한 군사를 택출하여 보내니라. 이때 경업이 군사와 백성을 거느리며 성역을 할 새, 소를 잡으며 술을 빚어 매일 호궤^{군사들에게 음식을 주어 위로함}하며 친히 잔을 권하여 위로했다.

"내가 나라의 명을 받아 성역을 시작하니, 너희는 힘을 다하여 부지런히 하라."

백마를 잡아 피를 마시며 다 함께 맹세하고, 춥고 더우며 괴롭고 기쁨을 극진히 염려하니 모든 군졸이 감격하여 제 일같이 열심히 하는지라. 하루는 경업이 친히 돌을 지고 군사 중에 섞여 올 새, 역군 등이 쉬거늘 경업이 또한 쉬었다. 한 역군이 말했다.

"우리 그만 쉬고 어서 가자. 사또가 알세라."

병졸들 틈에 섞여 있던 경업이 대답했다.

"임 장군도 쉬니 무슨 걱정이랴."

군졸들이 그 소리를 듣고 일시에 놀라 돌아보며 더욱 감격하더라.

이렇듯 진심하매, 일 년 만에 성을 다시 쌓았는데 한 곳도 허술함이 없는지라. 성이 완성되자 군사들을 호궤하여 상을 주고 일렀다.

"너희 힘을 입어 나랏일을 무사히 필역^{畢役 역사를 마침}하니 내 몹시 기쁘다."

군사들이 배사^{拜謝 존경하는 웃어른을 공경히 받들며 감사함}하며 대답했다.

"소인 등이 부모 같은 장군님의 덕택으로 한 명도 상한 군사 없사옵고, 또 상급이 후하시니 돌아가오나 그 은덕을 오매불망이로소이다."

경업은 즉시 왕에게 필역 장계狀啓 왕명을 받고 지방에 나가 있는 신하가 중요한 일을 왕에게 보고하던 일 또는 그런 문서를 올렸다. 상이 장계를 보고 기특히 여기사 가자加資 임기가 끝나거나 근무 성적이 좋은 관원의 품계를 올려 주던 일를 돋우시고 그 재주를 칭찬하였다.

이때는 갑자년 팔월이라. 나라에서 남경南京 지금의 중국 난징으로 동지사冬至使를 보낼 때가 되었다. 수천 리의 수로가 험하매, 상이 근심하사 조신 중에서 택용하사 이시백李時白을 상사上使로 정하고, 임경업을 군관으로 삼았다. 사신 일행이 떠날 새, 부모처자와 이별하는 슬픔을 머금고 승선 발행하여 남경에 무사히 도착하니, 이때는 갑자년 추구월이라.

호국胡國 북방의 오랑캐가 사는 나라이 강남江南에 조공하더니,[2] 가달可達이 강성하여 호국을 침범하거늘, 호왕이 강남에 사신을 보내어 구원병을 청하니 황제는 호국에 보낼 장수를 가렸다. 접반사接伴使 외국 사신을 접대하던 임시직 벼슬아치 황자명皇子明이 경업의 비상함을 주달奏達 임금에게 아룀하니 황제 듣고 즉시 경업을 명초命招 명령을 내려 신하를 부름하사 분부했다.

"조정이 경의 재주를 천거하매 경을 구원장으로 삼아 호국에 보내 가달을 치려한다. 경은 한 번 호국에 가서 가달을 격파하여 이름을 만천하에 빛냄이 어떠하느냐?"

경업은 땅에 엎드려 대답했다.

"소신은 본디 도략이 없사오니 중요한 임무를 어찌 당하오며, 하물며 타국지신他國之臣이오니, 장졸 등이 신의 호령을 따르지 않아 대사를 그르쳐 천명을 욕되게 할까 걱정되옵나이다."

상이 대희하사 상방 참마검을 주며 분부했다.

"장수 중에 군령을 어기는 자가 있거든 선참후계先斬後啓 먼저 처형한 뒤 임금께 고함 하라."

경업을 배拜명하여 도총 병마 대원수로 삼고, 조선 사신을 상사하니라. 이때 경업의 나이 이십오 세라. 사은 퇴장하여 교장에 나와 제장 군마를 연습할 새, 경업이 장대에 높이 앉아 손에 상방검尙方劍을 들고 하령했다.

"군대의 법은 엄한 것이니, 어기는 자는 목을 베겠다. 후회함이 없게 하라."

장졸이 청령聽令 명령을 주의 깊게 들음하매 군중이 엄숙하더라.

경업이 천자에게 하직할 때 상이 술을 주어 위로하니, 경업은 황은을 감축

---

2) '호국'은 1636년 조선을 침략해 병자호란을 일으킨 청나라를 뜻한다. 청나라를 세운 만주족은 본래 여진이라 불리다가 1616년 누르하치가 나라를 세우며 후금이라 칭했고, 1636년 홍타이지가 나라 이름을 청나라로 고쳤다.

^{感祝}하더라. 만조백관이 성 밖에 나와 전별할 새, 경업이 상사와 백관을 이별하고 행군하여 호국으로 가니, 가야 할 길이 삼천칠백 리라. 호왕은 구원장이 온다는 소식을 듣고 성 밖 십 리까지 나와 영접하여 친히 잔을 들어 관대하고, 대사마 대원수 벼슬을 내렸다. 경업은 벼슬을 받으며 명나라와 호국의 인수^{무관이 사용하던 사슴 가죽 끈}를 두 줄로 차고 청룡검을 비껴들고, 천리 대완마를 타고 대장군을 거느려 산곡에 다다라 진세^{陣勢 군대가 진을 치고 있는 모습}를 베풀더라.

가달의 진세를 바라보니 철갑 입은 장수가 무수하고 빛난 기치와 날랜 창검이 햇빛을 가렸으니, 그 형세 웅장하고 용맹하되, 다만 항오^{行伍 군대를 편성한 대오} 혼란한지라. 경업이 대희하여 부하 장수를 불러 각각 계교를 가르쳐 군사를 나누어 여러 입구를 지키고, 경업이 진전에 나와 싸움을 돋우니, 가달이 진문을 크게 열고 일시에 내달아 꾸짖었다.

"너희 전일에 여러 번 패하여 갔거늘, 네놈은 도대체 어떤 놈이건데, 감히 나와 싸우고자 하느냐. 속절없이 무죄한 군사만 죽이지 말고, 빨리 항복하여 잔명^{殘命 남은 목숨}을 보존하라."

경업이 대답했다.

"나는 조선의 장수 임경업이다. 명나라에 사신으로 왔다가 청병 대장으로 왔느니라. 무지한 말은 그만하고 승부를 결정하라."

가달이 대답했다.

"너보다 십 배나 더한 장수가 오히려 죽으며 항복하였거늘, 무명 소장이 감히 큰 말을 하느냐."

말이 끝남과 동시에 북이 울리며 모든 장수가 일시에 달려들었다. 경업이 맞서 싸워 선봉장 둘을 베고 진을 깨쳐 들어가 사면 복병을 일시에 내달아 짓치는지라^{함부로 마구 치는지라}. 가달의 장수 죽채^{竹釆}가 두 장수의 죽음을 보고 장창을 들어 경업을 에워싸고 치니, 경업은 도적을 유인하여 산골짜기 중으로 점점 들어가더라. 문득 일성포향^{一聲砲響 한 방의 큰 포 소리}에 사면 복병을 내달아 시살^{厮殺 싸움터에서 마구 침}하니, 적장이 당황해 진을 거두고자 하나 난군 중에 헤어져 대병에 죽은 바 되어 주검이 산 같은지라. 죽채는 여러 장수가 다 죽고 황망히 흩어진 데를 헤쳐 죽도록 싸우며 달아나거늘, 경업이 좌우충돌하며 소리쳤다.

"개 같은 도적놈아. 도망가지 마라. 어찌 두 번 북 치기를 기다리느냐?"

경업이 말을 채쳐 칼을 휘두르니, 죽채의 머리가 말 아래 떨어지고 남은 군사가 죽은 자 불가승수^{不可勝數 셀 수 없을 정도로 많음}라. 경업은 군사를 지휘하여 남은 군사를 사로잡고 군기와 마필을 거두어 돌아왔다. 한편 가달은 죽채의 죽음을 보고 감히 싸울 마음이 없어 패잔군을 거느려 달아나는지라. 경업이 대군을 몰아 따르니, 가달은 능히 대적하지 못하여 사로잡혔다. 경업은 돌아와 장대에 높이 앉아 분부했다.

"가달을 원문轅門 군문 밖으로 끌어내어 목을 베라."

가달은 혼비백산魂飛魄散하여 살기를 빌거늘, 경업이 꾸짖었다.

"네 어찌 무고히 기병起兵 병사를 일으킴하여 인국隣國 이웃나라을 침노하느냐?"

가달은 꿇어 대답했다.

"장군께서 소장의 목숨을 살려 주시면 다시는 두 마음을 먹지 않겠습니다."

경업은 군사에게 맨 것을 풀라고 분부했다.

"사람 목숨을 아껴서 용서하나니, 차후로는 이심二心 다른 마음을 먹지 마라."

가달은 머리를 조아려 사례하고 쥐가 구멍으로 숨듯 본국으로 돌아가니, 호국 장졸이 임 장군의 관후한 덕을 못내 칭송하더라. 경업이 데려온 장수와 군사가 하나도 상한 자가 없으니, 호국은 임 장군을 위하여 만세 불망비萬世不忘碑 공로나 업적을 오래오래 기릴 수 있도록 만든 비석를 무쇠로 만들어 세우니, 이름이 제국에 진동하더라.

가달을 원문 밖으로 끌어내어 목을 베라.

🎙️ 소설 한 장면 　전개　임경업이 호국을 구하지만, 호국은 오히려 조선을 침범함

경업이 환군하여 남경으로 돌아갈 때, 호왕은 수십 리 밖에 나와 전송하며 잔을 들어 사례했다.

"장군의 위덕威德으로 가달을 쳐 파하고 아국을 진정하여 주시니, 하해 같은 은혜를 어찌 만분지일萬分之一인들 갚을 바를 도모하리오."

이때 명나라 천자가 경업을 호국에 보내고 주야 염려하사 소식을 기다리더니, 경업의 승첩勝捷 싸움에 이김한 계문啓文 글을 써서 알림을 보고 기뻐했다.

"조선에 어찌 이런 명장이 있을 줄 생각이나 하였으리오."

경업이 돌아와 복명復命 명을 받고 처리함하니, 천자가 반기사 상빈례上賓禮 지극한 예로 대접하더라.

"경을 호국에 보내고 염려 무궁하더니, 이제 승첩하고 돌아오니 어찌 기쁨을 측량하리오."

즉시 설연設宴 잔치를 베풂하니, 경업은 황은을 사은숙배謝恩肅拜 임금의 은혜에 감사하며 공손하게 절을 올림하더라.

퇴조退朝 조정에서 물러남하고 이시백을 본대, 상사가 황망히 경업의 손을 잡고 물었다.

"그대와 더불어 타국에 들어와 수이 돌아감을 바랐는데, 천만 의외 황명으로 타국 전장에 보내고 내두사來頭事 앞으로 닥칠 일를 미리 알지 못해 염려했소. 다행히 하늘이 도와 만 리 밖에서 성공하여 이름을 삼국에 진동하니, 기쁘고 다행함을 다 어찌 기록하리오."

동반 하졸 등도 또한 하례하더라.

기사년 사 월이 되매, 중국에 들어온 지 이미 육 년이라, 돌아감을 주달하니, 천자가 사신을 인견引見 불러들여 접견함하사 말했다.

"경들이 짐의 나라에 들어와 대공을 세워 아름다운 이름을 타국에서 빛내니 어찌 기특하지 않겠소?"

천자는 친히 옥배玉杯에 술을 따라 주며 또 말했다.

"이 술의 뜻은 첫째는 사례하는 술이요, 둘째는 이별하는 술이니, 나라가 비록 다르나 뜻은 한가지라. 어찌 결연結緣 인연을 맺음치 아니하리오."

경업은 황감하여 잔을 받고 아뢰었다.

"소신이 미천한 재질로 중국에 들어와 외람히 벼슬도 받고, 또 이렇듯 성은을 입사오니, 황공 감축하와 아뢰올 바를 알지 못하겠습니다."

천자는 그 충의를 기특히 여겼다. 사신은 황제에게 하직하고 물러 나와 황자명皇子明을 보고 이별을 고하니, 자명은 주찬을 갖추어 사신을 접대하고 경업의 손을 잡고 떠나는 정회를 슬퍼하며 전송하더라.

조선의 사신이 중국에서 나올 새 먼저 임금에게 장계를 올려, 경업이 호국 청병장으로 천조天朝에 벼슬을 하여 도원수 되어 서번 가달을 쳐 승첩하고 나오는 연유를 계달신하가 임금에게 글을 써서 아뢈하였다. 왕은 장계를 보고 기특하게 여겼더라.

"이는 천고에 드문 일이라."

사신이 경성에 이르니 만조백관이 나와 맞아 반기며 장안 백성들이 경업의 일을 서로 전하여 칭찬 않는 이 없더라. 사신이 궐내에 들어와서 복명을 하니 상이 반기었다.

"먼길에 무사 회환回還하니 다행이다. 황제께서 경을 타국 전장으로 보내 이겼으니 조선의 빛남이 또한 적지 아니하오."

이때 신미년辛未年 춘삼월이라. 영의정 김자점金自點이 흉계를 감추어 역모逆謀를 품었지만 경업의 지용智勇 지혜와 용기을 두려워하여 감히 반심을 발하지 못하더라. 이때 호왕胡王이 가달을 쳐 항복 받고 삼만 병을 거느려 압록강鴨綠江에 와서 조선 형세를 살피거늘, 의주義州 부윤이 대경하여 한성부에 장계한지라.

상은 장계를 보고 놀라사 문무백관을 모으고 물었다.

"이제 호병이 아국을 엿본다 하니 어찌하리오."

제신이 아뢰었다.

"임경업의 이름이 호국에 널리 알려졌사오니, 그를 보내 도적을 막음이 마땅할까 하나이다."

상은 의윤依允 임금이 허락함하여 즉시 경업을 의주 부윤 겸 방어사義州府尹兼防禦使로 하고 김자점을 도원수都元帥로 하니, 경업이 사은숙배하고 내려가 도임했다. 호국 장졸 중에 경업이 의주 부윤으로 내려옴을 듣고 놀라지 않는 이 없으니, 이는 경업이 가달을 쳐 항복 받으며 위엄이 삼국에 진동하고 용맹이 출범한 연고라. 혼비백산하여 군을 거두어 달아나더라. 경업은 도임한 후로 군정을 살피고 사졸士卒 군사들을 연습시키더라.

호장은 가다가 도로 와 경업의 허실을 알고자 하여 압록강에 와 엿보는지라. 경업은 토병土兵 지방의 군사을 호령하여 일진을 엄살掩殺 갑자기 습격해 죽임하고 명령을 내렸다.

"되놈 옛날에 여진족을 낮잡아 이르던 말 을 잡아들이라."

군사가 되놈을 결박하여 들이거늘, 경업은 크게 꾸짖었다.

"내 연전에 너희 나라에 가 가달을 쳐 파하고 호국 사직을 보전하게 하였으니, 그 은덕을 마땅히 만세불망할 것이거늘, 도리어 천조를 배반하고 아국을 침범코자 하느냐. 너희 같은 무리를 죽여 분을 씻을 것이로되, 십분 용서하여 돌려보내나니, 빨리 돌아가 본토를 지키고 다시 외람된 뜻을 내지 말라."

되놈이 쥐 숨듯 돌아가 제 대장에게 이르니 대장이 소리쳤다.

"임경업이 공교한 말로 아국을 능욕하여 군심을 혹하게 하니, 맹세코 경업을 죽여 오늘날 한을 씻으리라."

병마 중에 정예精銳 날래고 용맹함 군사 칠천을 거느리고 압록강에 이르러 강을 사이에 두고 소리 질렀다.

"조선국 의주 부윤 임경업 필부匹夫 신분이 낮고 보잘것없는 사내 는 어찌 간사한 말로 나의 군심을 요동케 하느뇨? 재주 있거든 나의 철퇴를 대적하고, 불연즉그렇지 않으면 항복하여 죽기를 면하라."

경업이 대로大怒 크게 화를 냄하여 급히 배를 타고 물을 건너 말에 올라 청룡검을 비껴들고 호진胡陣에 달려들어 무인지경無人之境같이 좌충우돌하니, 적장의 머리가 추풍낙엽같이 떨어지고 서로 짓밟히며 물에 빠져 죽은 자가 불가승수더라. 경업은 필마단창匹馬單槍 말 한 필과 창 한 자루 으로 적진을 파하고 본진으로 돌아와 승전고勝戰鼓를 울리며 군사를 호궤할 새, 군졸이 일시에 하례하며 즐기는 소리가 진동하더라.

다음 날 평명平明 동틀 무렵에 강변에 가 바라보니 적군의 주검이 산같이 쌓이고 피가 흘러 내가 되었는지라. 다시 적병이 돌아가 호왕을 보고 패한 연유를 고하니, 호왕은 듣고 대로하여 다시 기병하여 원수 갚을 일을 의논하더라. 경업이 관중에 들어와 승전한 연유를 장계하니, 상은 크게 기꺼하고 후일을 염려하나 조신 등은 산처럼 마음이 든든해 국사를 근심할 이 없으니 가장 한심하더라. 이때 호왕은 경업에게 패한 후로 분기를 참지 못하여, 다시 제 장을 모아 의논하더라.

"여기서 의주까지 길이 얼마나 되느냐"

부하가 대답했다.

"열하루 길이니, 한편은 강 수풀이요 압록강을 곁으로 흐르고 있사오니 월강하여 마군^{기병}으로 대적한즉 수만 군졸이 둔취^{屯聚 군사가 머무는 곳}할 곳이 없고, 또한 군사가 패한즉 한갓 죽을 따름이니 기이한 계교를 내어 경업을 멀리 파한 후에 군사를 보내는 것이 좋을까 하나이다.”

호왕은 옳다고 여겨 용골대^{龍骨大}를 선봉으로 삼았다.

“네가 수만 군을 거느리고 황하수^{黃河水}를 건너 동해로 돌아가면 조선은 미처 기병치 못할 것이오. 의주서 알지 못하니 왕도^{王都}를 엄습하면 어찌 항복 받기를 근심하며, 성공하면 경업을 사로잡지 못하리오.”

용골대가 청령하고 군마를 조발^{早發 아침 일찍 출발함}할 새, 호왕은 당부했다.

“그대는 이번에 가서 반드시 조선의 항복을 받아 나의 위엄을 빛내고 대공을 세워 수이 반사^{班師 군사를 이끌고 돌아옴}하라.”

용골대는 청령하고 배를 타고 떠났다.

경업은 호병을 파한 후에 사졸을 조련하여 후일을 방비했는데, 조정에서는 호병을 파한 후에 의기양양하여 ‘태평가’를 부르고 대비함이 없었다. 이에 국운이 불행하여 불의지변^{不意之變 뜻밖의 변고}을 당한지라[3] 철갑 입은 오랑캐가 동대문으로 물밀듯 들어와 백성을 살해하고 성중을 노략하니 도성 만민이 물 끓듯 곡성이 진동하며, 부자·형제·부모·노소 서로 실신하여 살기를 도모하니, 그 형상이 참혹하더라. 이런 망극한 때를 당하여 조정에 싸울 사람이 없고, 종사의 위태함이 경각에 처했다.

상이 망극하사 시위 조신 육칠 인을 데리고 남한산성^{南漢山城}으로 피난할 새, 급히 강변에 이르러 배를 타니 백성들이 뱃전을 잡고 통곡하며 물에 빠져 죽는 자가 무수하니, 그 형상은 차마 보지 못할러라. 왕대비와 세자 대군 삼 형제는 강화로 가고, 남은 백성은 호적에게 어육이 되니라. 도원수 김자점은 이런 난세를 당하였지만 한 계교를 베풀지 못하더라. 호군이 강화로 들어가니 강화 유수 김경징^{金慶徵}이 술만 먹고 누워 있으니, 도적은 스스로 들어가 왕대비와 세자 대군을 잡다가 송파^{松坡}벌에 유진^{留陣 군사를 머물러 있게 함}하고, 세자 대군을 구류하고 외쳐 말했다.

“쉬이 항복하지 아니하면 왕대비와 세자 대군이 무사하지 못할 것이다.”

외치는 소리가 천지진동하더라. 이때 상은 모든 대신과 군졸을 거느리고

---

3) 후금은 1627년 정묘호란을 일으켜 조선을 공격했고, 청나라로 나라 이름을 고친 뒤 다시 한번 조선에 들어와 병자호란을 일으켰다. ‘불의지변’이란 바로 병자호란을 일컫는다.

외로운 성에 겹겹이 싸여 있으니 용루龍淚 왕의 눈물가 비 오듯 하더라. 김자점은 도적을 물리칠 계교가 없어 태연 부동하던 차에 도적의 북소리에 놀라 진과 군사를 무수히 잃고 군량을 탕진한 채 산성 밖에 결진하니, 도적이 다가와 또다시 외쳤다.

"항복을 아니하면 우리는 예서 과동過冬 겨울을 보냄하여 항복을 받고 갈 것이다. 너희는 그동안 무엇을 먹고 살려 하느냐. 쉬이 나와 항복하라."

산성을 굽어보며 외치는 소리가 진동하더라. 상은 듣고 앙천통곡仰天痛哭 하늘을 우러러 탄식함했다.

"안에는 양장이 없고 밖에는 강적이 있으니 외로운 신세를 어찌 보전하며, 또한 양식이 떨어졌으니 이는 하늘이 과인을 망케 하심이라."

대신과 더불어 항복할 것을 의논하는데, 제신이 아뢰었다.

"왕대비와 세자 대군이 다 호의 진중에 계시니 국가에 이런 망극한 일이 어디 있사오리까. 빨리 항복하사 왕대비와 세자 대군을 구하시고 종사를 보전하심이 마땅할까 하나이다."

다른 대신이 아뢰었다.

"옛말에 이르기를 영위계구 물위우후寧爲鷄口 勿爲牛後 닭의 입이 될지언정 소의 꼬리는 되지 말라는 뜻으로, 용두사미와 같은 말라 하였사오니, 어찌 적에게 무릎을 꿇어 욕을 당하리까. 죽기를 무릅쓰고 성을 지키면 임경업이 이 소식을 듣고 마땅히 달려와 호적을 파하고 적장의 항복을 받을 것이니 성상은 자연히 욕을 면하실 것입니다."

상이 대답했다.

"길이 막혀 인적이 통치 못하니 아무리 경업이라도 이 사실을 어찌 알리오. 목전 사세事勢 일이 되어가는 형세 여차하니, 아무리 생각하여도 항복할밖에 다른 묘책이 없구나."

말을 끝내고 앙천통곡하니, 산천초목이 다 슬퍼하더라.

병자년 십이월 이십 일에 상이 항서降書를 보내니, 그 망극함을 어찌 측량하리오. 용골대는 송파강에 결진하고 승전고를 울리며 교만이 자심하더라. 승전비를 세워 비양飛揚 잘난 체하고 거들먹거림하며 왕대비와 중궁은 보내고, 세자 대군은 잡아 북경北京으로 데려가려 하더라. 상은 경성에 와서 각 도에 강화했다는 유지諭旨 신하에게 내리는 글를 내렸다. 이때 임경업은 의주에 있어 이런 변란을 전혀 모르고 군사만 연습시켰는데, 유지를 받아 보니 용골대가 황해수를 건너 함경도로 들어와 봉화 지킨 군사를 죽이고 임의로 봉화를 들어 나아오니,

도성이 그 사이에 불의지변을 당한지라. 내막을 알게 된 경업은 통곡했다.

"내 충성을 다하여 나라 은혜를 갚고자 했는데 어찌 이런 망극한 일이 생겼을꼬."

경업은 이를 갈며 호병이 오기를 기다리더라. 호장이 조선 국왕의 항서와 세자 대군을 볼모로 잡아 들어갈 새, 세자 대군이 내전에 들어가 하직했다. 중전中殿이 세자 대군의 손을 잡고 눈물을 흘리니 떠나지 못하는지라. 상은 세자 대군을 나오라 하사 용루를 흘리며 말했다.

"과인의 박덕함을 하늘이 밉게 여기어 일이 이 지경에 이르렀다. 누구를 원망하며 누구를 한탄하리오. 너희는 만리타국에서 몸을 보호하라."

상이 대군의 손을 차마 놓지 못하거늘, 내군이 오열하며 아뢰었다.

"전하, 슬퍼하심은 무익하옵니다. 또한, 신 등이 가오니 설마 어이하리까. 복원伏願 엎드려 원함하오니 전하는 만수무강하소서."

상은 슬퍼하며 학사 이영李影을 불러 말했다.

"경의 충성을 능히 아나니, 세자 대군을 한가지로 보호하여 잘 다녀오라."

하니 세자 대군은 하직하고 나오며 망극함이 비할 데 없는지라. 한걸음에 세 번이나 엎어지며 눈물이 진하여 피 되니, 차마 못 볼 일이라. 대비와 중전은 방성대곡했다.

"너희를 하루만 못 보아도 삼추 같은데 이제 만리타국에 보내고 그리워 어찌하며, 언제 생환하리오."

좌우 시녀들 또한 일시에 비읍悲泣 슬피 욺하더라.

일일이 하직하고 궐문을 나서매, 장안 백성 등이 또한 울며 따르니, 길이 막히고 곡성이 처량하더라. 용골대가 세자 대군을 앞세우고 모화관慕華館과 홍제원弘濟院을 지나 고양·파주·임진강을 건너니 강물도 흐느끼는 듯했다. 개성부開城府 청석靑石 고개에 이르니 산세 험준한지라. 황주黃州 월파루月坡樓를 지나 평양平壤에 이르니 이곳은 해동 제일강산이라.

대동 일면에 대동강大洞江이 띠 두른 듯하고 이십 리 장림長林에 춘색이 가려模樣이나 경치가 매우 아름다움한데, 부벽루浮碧樓와 연광정鍊光亭은 강수에 임하였으니 촉처감창觸處感愴 가는 곳마다 마음이 동해 슬퍼함이라. 세자 대군은 군친을 사모하고 타국을 향하는 심사가 슬펐다. 이때는 정축년 삼월이라. 열읍列邑 여러 고을을 지나 의주 지경에 이르렀다.

차시 임경업은 밤이면 잠을 이루지 못하고 낮이면 높은 데 올라 호적이

오는 것을 기다리더라. 문득 바라본즉 호병이 승전고를 울리며 세자 대군을 앞세우고 의기양양하여 나아오거늘, 경업이 분기 대발하여 소리쳤다.

"이 도적들을 편갑片甲 갑옷 조각도 돌려보내지 말고 무찌르리라."

호장이 정제히 나아오는지라. 경업은 노기충천하여 맞아 내달아 칼을 들어 호장의 머리를 베어 내리치고, 진중을 짓쳐 들어가 좌충우돌하여 호병 베기를 무인지경같이 했다. 호병은 황겁하여 각각 헤어져 목숨을 도모하여 달아나고, 남은 군사 중에는 죽는 자가 무수했다.4) 호장은 상혼낙담喪魂落膽하여 십 리를 물러 진을 치고, 패잔군을 모아 의논하더라.

"경업은 용맹하니 장차 어찌하리오. 옳거니 좋은 수가 있다. 경업은 충신이라. 이제 조선 왕의 항서와 전교임금이 명령을 내림한 공문을 내어 보이면 반드시 귀순하리라."

호장은 즉시 진문에 나와 외쳤다.

"임 장군은 나아와 조선 왕의 전지傳旨 왕의 명령을 적은 문서를 받아 보라."

경업은 의아하여 물었다.

"네 감히 나를 속이려 하느냐."

용골대가 군사로 하여금 문서를 전하니, 경업은 문서를 받아 보고 앙천통곡하는지라.

"너의 국왕이 항복하고 세자 대군을 볼모로 잡아가거늘, 네 어찌 감히 왕명을 항거하여 역신이 되고자 하느뇨."

적장은 소리 높여 좋은 말로 설득했다. 경업이 하교를 보았는지라, 하릴없어 환도環刀를 검집에 꽂고 호진에 들어가서 세자 대군을 보고 실성통곡하더라. 세자 대군은 경업의 손을 잡고 당부했다.

"국운이 불행하여 이 지경에 이르렀거니와, 바라건대 장군은 진심하여 우리를 구하여 다시 부왕을 뵈옵게 하라."

경업이 대답했다.

"신이 이 기미를 알았으면 어찌 이런 망극하신 일을 당하리까. 신의 몸이 만 번 죽어도 아깝지 아니하오니, 복원 전하는 슬픔을 관억寬抑 격한 감정을 억누름하시고 행차하시면, 신이 진충갈력盡忠竭力 충성을 바치고 있는 힘을 다함하여 호국을 멸하고 돌아오시게 하오리다."

---

4) 임경업의 용맹스러운 모습을 드러내는 동시에 병자호란의 치욕을 풀고자 허구적 상상력을 가미했다.

세자 대군이 말했다.

"우리 목숨이 장군에게 달렸으니, 병자년 원수를 갚고 오늘 말을 잊지 말라."

"신이 비록 무재하오나 명대로 하오리이다."

경업은 세자 대군 앞을 하직하고 물러나와 용골대를 찾아갔다.

"내 감히 군명을 항거치 못하여 너를 살려 보내거니와, 세자 대군을 쉬이 돌아오시게 하되 만일 무슨 일이 있으면 너희를 무찌르리라."

용골대는 본국으로 돌아가 호왕을 만나고 조선의 항복을 받던 일과 세자 대군을 볼모로 잡은 일과 의주에 와서 임경업에게 패한 연유를 고했다. 호왕은 내처 군사를 몰아 남경을 치려 할 때 경업을 죽이고자 조선에 청병하는 글월을 보내었다.

상은 패문을 보고 탄식했다.

"병화를 갓 지내고 이렇듯 보채는 것을 보니, 백성이 어찌 편안하리오."

김자점이 아뢰었다.

"사세 여차하오니 시행하지 않을 수 없나이다."

상은 즉시 철기鐵騎 용맹한 기병 삼 천을 별택하고 의주 부윤 임경업을 대장으로 삼아 호국에 보냈다. 경업이 분함을 참고 군마를 거느리고 호진에 이르니, 호왕이 분부했다.

"장군과 더불어 합병하여 피섬을 치고, 이어 남경을 치고자 하는 고로 특별히 장군을 청했으니, 장군은 사양치 말라."

하고 군사를 발하여 보내려 하니, 경업은 하릴없이 탄식하고 가려 했다. 이 때 피섬을 지키는 장수는 황자명皇子明이라. 경업이 전일을 생각하니 진퇴유곡이라. 재삼 생각하다가 한 계교를 얻고 즉시 격서를 만들어 피섬에 전했다.

조선 국 임경업은 글월을 닦아 황노야皇老爺 노야는 노인의 존칭으로, 황자명을 말함 휘하에 올리옵니다. 이제 호왕이 피섬을 치고 삼국을 침범코자 하여 소장을 우리 국왕께 청하여 이곳에 왔사오니, 사세 난처해 먼저 통하나니 노야는 굴하여 거짓 항복하십시오. 추후 소장과 협력하여 호국을 쳐 멸하여 원수를 갚고자 하니, 노야는 익히 생각하소서.

황자명은 격서를 보고 일변 기꺼하며 일변 놀라 즉시 답서를 보냈다.

천만의외 친필을 보고 못내 기쁘며, 기별한 말을 그대로 하려니와 어느 때에 우리 만나 대사를 의논하겠소? 대저 장군은 삼가고 비밀히 주선하여 성공하기를 바라노라.

경업은 자명의 답서를 보고 탄식해 마지아니하더라. 명일에 행군하여 나아가 금고金鼓 북 모양의 종를 울리고 말에 올라 좌수에 청룡검을 잡고 내달으며 소리쳤다.

"너희는 조선국 대장군 임경업을 모르느냐. 너희는 어찌 나와 승부를 다투고자 하느냐. 일찍 항복하여 살기를 도모하라."

대명 장졸이 경업의 이름을 아는지라. 스스로 낙담상혼하여 한 번도 싸우지 아니하고 성문을 열어 항복하더라. 경업은 성내에 들어가 황자명을 보고 크게 반기며 진두에서 서로 말하고 돌아왔더라. 차야다음 날 밤에 경업이 자명의 진에 이르러 서로 술을 먹고 의논했다.

"우리 양국이 동심합력하여 호국을 칩시다."

본진에 돌아온 임경업은 피섬의 항복을 받은 문서를 호장에게 주어 보내고 군사를 거느려 바로 조선으로 나와 입궐 복병했다. 상에게 피섬의 항복을

🖥 소설 한 장면　위기　호왕은 임경업에게 명군을 공격하라고 요청함

받은 사연을 아뢰니, 상은 칭찬하고 호위대장을 겸찰兼察 한 사람이 여러 일을 겸하여 살핌했다. 이때 호장이 돌아가 호왕을 보고 피섬의 항복을 받은 문장을 주었다.

"경업이 처음 한가지로 남경을 치자 하더니, 진전에 임하여 아국 군사를 무수히 죽이고 도리어 제가 선봉이 되어 성하에 이르러 한 번 호령하매 피섬을 지키는 장수와 황자명이 한 번도 접전치 아니하고 문득 투항하니, 그 일이 가장 수상합니다."

호왕은 의심하여 출전 갔던 장수를 불러 물으니 이구동성으로 대답했다.

"경업이 출전하여 용병을 마지못해 하니, 이는 무슨 흉계가 있는 듯합니다."

호왕은 듣고 대로하여 급히 사자를 조선에 보내었다.

"경업이 피섬을 쳐 항복 받음이 분명치 아니하고, 또한 명을 받지 아니하고 스스로 돌아갔으니 문죄코자 하니, 급히 잡아 보내라."

상은 듣고 대경하사 조정을 모으고 의논하였다.

"경업은 과인의 수족이라. 이제 만리타국에 보내는 것은 차마 못할 바요. 사자를 그저 돌려보내면 후환이 될 터이니 경들은 무슨 묘책이 있느뇨."

자점이 곁에 있다가 생각하되, '경업을 두면 후환이 되리라' 하고 즉시 아뢰었다.

"이제 경업이 피섬의 항복을 받고도 명을 기다리지 아니하고 스스로 돌아왔으니, 그 죄 적지 아니하온지라, 잡아 보냄이 마땅할까 하나이다."

상은 마지못하고 경업을 패초牌招 왕명으로 신하를 부름하사 위로하였다.

"경의 충성은 일국이 아는 바이라. 타국에 가 수고하고 왔거늘, 또 호국 사신이 와 데려가려 하니, 과인의 마음이 슬프고 결연하나 마지못하여 보내나니 부디 조심히 다녀오라."

경업은 속으로 생각했다.

'내 이제 가면 필연 죽을 것이요, 내 죽으면 병자년 원수를 누가 갚으리오.'

왕명을 봉승奉承 웃어른의 뜻을 받듦하여 집에 돌아와 모친에게 그 사연을 고하니 대부인이 놀라 물었다.

"네 일찍 입신함을 즐기더니, 오늘날 이 지경을 당하니 어찌 망극치 아니하리오."

경업은 어머니를 위로하고, 부인과 다섯 아들을 불러 일렀다.

"나는 몸을 국가에 바쳐 부모를 봉양하지 못했소. 이제 만리타국에 들어가니 사생을 모를지라. 모친께 봉양함을 극진히 하여 내가 있을 때와 같이 하시오."

이때는 무인년 이월이라. 경업은 사신과 한가지로 발행하여 여러 날 만에 평안도 의주 압록강에 다다랐다. 강가에 이르자 경업은 새삼 탄식했다.

"남자가 세상에 처하여 마음을 펴지 못하고 어찌 남의 손에 죽으리오."

이날 밤 사경에 단검을 품고 도망하여 낮이면 산중에 숨고 밤이면 행하여 충청도 속리산에 이르니, 층암절벽層巖絶壁 몹시 험한 바위가 겹겹으로 쌓인 낭떠러지에 한 암자가 있더라. 속객은 없고 중 서넛이 있었는데 경업을 보고 괴이히 여기거늘, 경업이 대답했다.

"난시를 당하여 부모처자를 다 잃고 마음을 둘 데 없어 중이 되고자 하여 왔나이다. 원컨대 선사는 머리를 깎아 주시오."

중들이 괴이히 여겨 삭발해 주는 이 없는지라. 경업이 간절히 청하자 그제야 독보獨步라는 중이 삭발하여 주는지라. 경업이 중이 되어 낮에는 산중에 들고 밤이면 절에 머물러 종적을 감추니, 독보가 그 연고를 묻거늘, 경업이 대답했다.

"서로 묻지 말고 전하지 말라. 자연 알 때가 있으리라."

이때 호국 사신은 경업을 잃고 아무리 찾고자 한들 종적을 알 수 없었다. 하릴없이 돌아가 호왕에게 사연을 고하니, 호왕은 대로하여 외쳤다.

"부디 경업을 꼭 잡아 오라."

일월이 되었다. 산을 내려온 경업이 남경으로 들어갈 뜻을 두어 전선을 만들어 가지고 용산·마포 주인을 잘 사귀어 일렀다.

"소승은 충청도 보은 속리산 절 시주하는 회주會主 법회를 주관하는 법사이온데 연안과 백천 땅에 시주한 쌀이 오백 석이오니, 큰 배 한 척과 장정 삼십 명을 얻어 주면 짐을 반절 주리라."

주인은 이 말을 듣고 허락하는지라. 경업이 절에 돌아와 독보를 달래어 짐을 지우고 경강京江 주인의 집으로 오니, 선척과 격군사공을 돕는 하급 선원을 준비하였는지라. 경업이 택일해 행선할 새, 황해도를 지나 평안도로 향하거늘, 격군들이 이상한 낌새를 차리고 물었다.

"그대는 우리를 속여 어디로 가려 하느뇨?"

경업은 그제야 짐을 풀어 칼을 들고 선두에 나서며 호령했다.

"조선 국 대장군 임경업을 모르느냐. 내 소원이 있으니, 아무 말도 말고 남경으로 바삐 가자."

소리치니 격군 등이 말을 듣지 않는지라.

"세자와 대군을 모시러 가나니, 너희들은 내 영대로 좇으라."

격군들이 황망히 분부를 따랐다. 경업이 격군을 재촉하여 노를 저으니 일삭 一朔 한달 만에 남경 지경에 이르렀다. 배에서 내린 경업은 즉시 서신을 써서 황자명에게 보냈다. 황자명은 보고를 듣고 기특히 여겨 즉시 청하여 서로 반기더라. 찾아온 사연을 천자에게 이르니, 천자는 경업을 부르고 말했다.

"이별한 후 잊을 날이 없었는데 다시 만나 보니 그 기쁨을 어찌 측량하겠느냐. 그사이 세사가 번복하여 호국에 패한 바 되고, 조선이 또 패했다 하니 어찌 불행치 않으리오."

경업은 엎드려 아뢰었다.

"황자명과 의논하여 호국을 멸하려 합니다. 꼭 양국의 원수를 갚겠습니다."

천자는 기뻐하며 경업을 안무사 按撫使 지방의 변란이나 재난 때 왕명으로 파견되어 백성의 사정을 살피던 임시직 관리 를 배하는지라. 경업은 사은하고 황자명과 의논하여 호국을 치려 하더라. 차시 호국이 점점 강성하여 남경을 침노하거늘, 천자가 황자명으로 하여금 군사를 발하여 치라 하니, 자명은 경업과 더불어 오랑캐를 칠 일을 의논했다. 이때 경업이 데려온 독보란 중은 피섬에서 식리 殖利 재물을 불리고 이익을 늘림 하는 오랑캐와 가깝게 지내었다. 독보는 경업의 평소 행동을 유심히 살펴보았다가 호인에게 전해 주었다.

"우리 장군 임경업이 남경에 들어와 군을 거느려 북경을 쳐 병자년 원수를 갚으려 한다. 너희가 경업을 잡으려 하거든 내게 천금을 주면 잡아 주리라."

호인이 급히 돌아가 호왕에게 고하니, 호왕은 대경하여 천금을 내렸다.

"성사하거든 천금을 더 주리라."

호인은 돌아와 독보한테 천금을 주고 호왕의 말을 전하였다. 독보는 천금을 받고 꾀를 내어 한 군사를 사귀어 금을 주고 자명의 편지를 위조했다.

"임 장군께 드리라."

군사 놈은 금을 받고 봉서를 가져다가 장군에게 주었다. 경업이 떼어 보니 급한 전갈이었다.

'도적의 형세가 급하여 살을 맞고 패하였으니, 장군은 급히 와서 우리를 구하라.'

경업은 이상한 생각에 편지를 뜯어보니 필적이 다른지라, 그 군사 놈을 잡아들여 장문 杖問 곤장을 치며 신문함 하였다. 군사 놈은 아픔을 견디지 못하여 독보에게 미루는지라, 경업이 독보를 잡아들여 죄상을 묻고 명령했다.

"저놈을 끌어내어 베라."

함께 따라왔던 격군들이 독보의 죄상을 모르고 달려들자 독보가 슬피 우는지라. 경업은 관후한 마음에 죽이지 아니하고 놓아주었다. 십여 일 후에 독보는 또 편지를 만들어 군사로 하여금 임 장군에게 전달했다.

'향자 회답이 없으니 어인 일이며, 지금 위급하니 바삐 오라.'

경업은 독보가 또 그런 일을 저질렀으랴, 하는 생각에 이번에는 의심을 아니하고 제장에게 명하여 채를 지키게 하고 독보와 행선하여 만경창파^{萬頃}로 내려갈 새 독보가 가만히 호인과 통했다. 경업이 배를 재촉하여 가다가 바라보니, 뜸짚, 띠, 부들 따위로 거적처럼 엮어 만든 물건을 덮은 배가 무수히 내려오는지라. 경업은 의심하여 물었다.

"저기 오는 배는 무슨 배뇨."

독보가 대답했다.

"상고선^{商賈船 물건을 싣고 다니는 배}인가 하나이다."

경업은 의심 없이 배를 운행했다. 이날 밤 삼경 즈음에 문득 함성이 대진하거늘, 경업이 놀라 잠을 깨어 보니 무수한 호선^{胡船 호나라 배}이 사면으로 에워싸는지라. 그중에 한 소리가 있으니 이러했다.

"너를 기다린 지 오래다. 어서 항복해 죽기를 면하라."

경업은 대로하여 독보를 찾으니 이미 간 데 없는지라. 경업이 용력을 다하여 대적코자 하나 망망대해에 다만 단검으로 무수한 호병을 어찌 대적하리오. 전선에 뛰어올라 좌우충돌하여 호병을 무수히 죽이고 피하고자 하더니, 기력이 점점 시진한지라. 아무리 용맹한들 천수^{天數 하늘이 정한 운명}를 어찌 도망하리오. 곧 호인에게 잡히니, 호병이 배를 재촉하여 북경 지경에 다다르매, 호왕은 대희하여 삼십 리에 창검을 벌려 세우고 경업을 잡아들여 꾸짖는지라. 경업은 조금도 겁내지 않고 대꾸했다.

"이 무도한 오랑캐 놈아. 내 비록 잡혀 왔으나 너희들 보기를 초개^{草芥 지푸라기}같이 아나니. 죽이려 하거든 더디 하지 말라."

호왕은 버럭 소리를 질렀다.

"병자년에 네 나라의 항복을 받고 돌아왔거늘, 네 어찌 내 군사를 죽이며 네 청병으로 왔을 적에 내 군사를 해하였기로 문죄코자 하여 잡아 오게 했거늘, 너는 왜 도망하여 남경으로 들어간 것이냐?"

경업이 대꾸했다.

"내 나라를 위하여 원수를 갚고자 하거늘, 너의 간계로 우리 임금을 겁박하고 세자와 대군을 잡아가니, 그 분통함을 어찌 참으리오."[5]

"네 명이 내게 달렸거늘, 종시 굴하지 아니하는구나. 네가 항복하면 왕으로 봉하리라."

"병자년에 우리 주상이 종사를 위하여 네게 항복하여 계시는데 내 어찌 목숨을 위해 너에게 항복하리오. 다만 병자년에 끌려오신 세자와 대군을 뫼시고 돌아가지 못함이 서글프다."

호왕은 대로하여 무사에게 명했다.

"내어 베어라."

경업이 소리쳤다.

"내가 죽음을 두려워할 거 같으냐. 어서 죽여라."

호왕은 경업의 강직함을 보고 탄복하여 맨 것을 끄르고, 손을 이끌어 올려 앉히고 말했다.

내가 죽음을 두려워할 것 같으냐. 어서 죽여라.

🍎 소설 한 장면   절정   임경업이 독보의 배신으로 사로잡힘

---

5) 임경업은 명나라에 대한 의리를 지키거나 호왕 앞에서 죽음마저 불사한 충심을 내보이는 등 실리보다는 명분을 중시했던 당시 지배층의 보수적인 가치관을 내면화하고 있다.

"장군이 내게는 역신이나 조선에는 충신이라. 내 어찌 충절을 해하리오. 장군의 원대로 즉시 세자와 대군을 놓아주리라."

하거늘 세자와 대군이 기꺼워하며 궁문 밖으로 나와 기다리더라. 경업이 나아와 울며 절하자 세자와 대군은 경업의 손을 잡고 한가지로 위로했다. 그들을 보고 있던 호왕이 말했다.

"경업의 충절에 감동하여 경들을 보내나니, 각각 소원을 말하면 내 정을 표하리라."

세자는 금은金銀을 구하고 대군은 조선에서 잡혀 온 인물人物을 청하여 쉬이 가까운 시일 내에 돌아감을 원하니 호왕이 허락했다.[6)]

"각각 원대로 하라."

경업이 세자 대군을 모시고 나와 하직하거늘, 세자와 대군은 울며 말했다.

"장군의 대덕으로 고국에 돌아가거니와 장군을 두고 가니 가는 길이 어두운지라. 어찌 슬프지 아니하리오. 바라건대 장군은 쉬이 돌아옴을 도모하라."

경업이 아뢰었다.

"하늘이 도우사 세자와 대군이 본국에 돌아가시니 천만다행이오나 모시고 가지 못하오니 그 창연함을 어찌 측량하리까."

세자가 말했다.

"장군과 동행치 못하니 결연함이 비할 데 없는지라. 중로에서 기다릴 것이니 속히 돌아올 도리를 주선하라."

경업이 탄식했다.

"바라건대 지체치 마시고 바삐 가시면 신도 머지않아 돌아갈 것이니 염려하지 마소서."

세자와 대군은 경업과 이별하고 돌아오며 한탄했다.

"임 장군이 아니었던들 우리가 어찌 고국에 돌아오리오. 슬프다. 임 장군은 우리를 위하여 만리타국에서 삶을 돌아보지 아니하고 우리를 돌려보내되, 장군은 돌아오지 못하니 어찌 슬프지 아니하리오. 명천明天 밝은 하늘이라는 뜻으로 하느님을 가리킴 이 도우사 쉬이 돌아오게 하소서."

한편 황자명은 진을 지키고 싸워 승부를 내지 못하였는데 경업이 북경에 잡혀갔단 말을 듣고 깜짝 놀라 탄식했다.

---

6) '금은', 즉 물질을 중시하는 세자와 '인물', 즉 사람을 중시하는 대군의 모습이 대비된다.

"어찌 하늘이 대명*明을 이다지 망케 하는고."

이때 호왕은 경업을 어여삐 여겨 곁에 머물게 하고 미색과 풍악을 주어 상빈례로 대접했다. 그러나 경업은 조금도 마음을 변치 아니하고 오히려 호왕더러 일렀다.

"내 이리된 것이 다 독보의 흉계니, 독보를 죽여 한을 풀고 싶습니다."

호왕은 경업의 말을 듣고 좌우에 명했다.

"독보를 잡아들여 죽이라."

이리하여 경업을 배신하고 천금을 얻었던 독보는 만리타국에서 졸지에 불귀의 객이 되었다.

세자와 대군이 임진강臨津江을 건널 때 사관 승지 미주가 현알見謁 지체가 높고 귀한 사람을 찾아가 뵐하여 반기었다. 세자와 대군이 승지를 보고 슬퍼하며 양전에 문안하온 후 이르되, 임 장군이 잡혀 가다가 도망하여 남경에 들어가 황자명과 더불어 북경을 항복받고자 하던 사연과, 독보의 간계로 북경에 잡혀간 일과, 임 장군의 덕으로 세자와 대군이 놓인 곡절과, 세자와 대군이 구청求請 요청하던 일과, 호왕이 임 장군을 놓지 아니하는 곡절을 낱낱이 이르더라.

승지가 그대로 계달하니, 상이 보고 환희하며 경업을 못내 칭찬하더라. 세자와 대군이 도성에 가까이 오자 만조백관과 장안 백성 등이 나와 반기며 임 장군의 충의를 칭송했다. 세자와 대군이 급히 궐내에 들어가 대전에 드니, 상이 통곡하사 물었다.

"너희는 무사히 돌아왔는데 경업은 언제나 오리오."

때는 을유년이라. 이적에 호왕의 딸 숙모 공주淑慕公主가 있으니 천하절색이라. 부마를 가리더니, 호왕이 경업을 유의하여 공주더러 이르더라. 공주가 관상 보기를 잘하는지라, 경업의 상을 보게 하고 내전으로 청하거늘, 경업이 부마에 뽑힐까 저어하여 목화木靴 관복을 입을 때 신는 신발 속에 솜을 넣어 키 세 치를 돋우고 들어갔더니, 공주가 엿보고 물었다.

"들어오는 걸음은 사자 모양이요, 나가는 걸음은 범의 형용이니 짐짓 영웅이로되, 다만 키가 세 치 더하니 애달프다."

호왕은 이에 장군더러 일렀다.

"장군은 부마되어 부귀를 누림이 어떠한가."

장군은 사례하고 대답했다.

"어찌 그런 말씀을 하십니까. 저는 고국에 조강지처가 있사오니 존명을 받들 수 없습니다."

호왕이 계속 권유했지만 경업이 죽기로써 거절하니, 호왕이 서운해하였다. 경업이 돌아감을 청하니, 호왕이 결정하지 못하거늘, 제신이 일제히 아뢰었다.

"절개 높고 충의 높은 사람은 두어도 무익하고 보내어도 해로움이 없사오니, 의로써 보내시면 조선 또한 의로써 섬길 것이니 보내는 것이 마땅하나이다."

호왕은 예물을 갖추어 보내고 의주까지 호송했다. 이때 김자점의 위세가 조정에 진동한지라. 경업이 돌아온다는 패문이 왔거늘, 자점이 놀라 급히 상을 찾아갔다.

"경업은 반신이라. 황명을 거역하고 도망하여 남경에 들어가 우리 조선을 치고자 하다가, 하늘이 무심치 아니하여 북경에 잡혀 제 계교를 이루지 못하니 하릴없이 세자의 대군을 청하여 보내고 되쫓아 나오니, 어찌 이런 대역大逆을 그냥 두리까."

상이 대답했다.

"무슨 연고로 만고 충신을 해하려 하느냐. 경업이 비록 과인을 해롭게 하여도 아무도 해치지 못하리라."

상이 자신의 말을 듣지 않자 자점은 그날 저녁 동류同類 나이, 신분 등이 같거나 비슷한 무리 를 은밀히 불러 분부했다.

"경업이 의주에 오거든 역적으로 잡아 오라."[7]

경업이 격군과 호국 사신을 데리고 의주에 이르니, 사자가 당도해 일렀다.

"장군이 역률逆律 역적을 처벌하는 법률 로 잡아 오라 하신다."

하고 칼을 씌우며 재촉하는지라, 의주 백성 등이 울며 매달렸다.

"우리 장군이 만리타국에서 이제야 돌아오거늘, 무슨 연고로 잡아가는고."

경업은 의연히 말했다.

"모든 백성은 나의 형상을 보고 놀라지 말라. 나는 죄 없이 잡혀가노라."

남녀노소 없이 아무 연고인 줄 모르고 슬퍼하더라. 경업이 샛별령에 다다라 전일을 생각하고 격군을 불러 분부했다.

"너희가 부모처자와 이별하고 만리타국에 갔다가 무사히 회환하매, 너희의

---

7) 김자점 역시 실존 인물로, 자신의 위세만 중시하고 조국과 임금은 등한시하며 임경업을 모함한다. 이는 임경업의 강직한 모습과 대비된다.

은혜를 만분지일이나 갚고자 했는데, 시운이 불행하여 죽게 돼 다시 보기 어려우니, 너희는 각각 돌아가 좋이 있으라."

격군들이 차마 떠나지 못하고 울며 대답했다.

"아무 연고인 줄 모르거니와 장군의 충성이 하늘에 사무쳤으니 설마 어떠하리오. 과히 슬퍼 마소서."

경업은 삼각산三角山을 바라보고 슬피 울었다.

"대장부가 세상에 태어나 애매히 죽게 되니 뉘라서 신원伸寃 가슴에 맺힌 원한을 품 을 하여 주리오."

경업이 온다는 소식이 나라에 이르니, 상은 기뻐하며 승지에게 분부했다.

"경이 무사히 돌아오니 기쁘고 다행하여 즉시 보고 싶으나 원로를 왔으니 잘 쉬고 명일로 입시하라."

그러나 승지는 자점을 두려워하여 하교를 전하지 못한지라. 경업은 홀로 생각했다.

'친림親臨 임금이 몸소 나옴 하시면 내 죽어도 한이 없을 것이다. 세자와 대군이 나의 일을 알고 계신가, 모르고 계신가?'

주야 번민하여 목이 말라 물을 구하되 옥졸이 주지 아니하니, 이는 자점의 흉계로 전옥교도소의 우두머리 상하 소속에게 분부한 연고라. 경업은 탄식했다.

"옥졸 등이 나를 밉게 여기니, 이는 번번이 하늘이 나를 죽게 하심이니 누구를 한하리오."

다음 날에 상이 승전빗承傳色 내시부의 한 관직 환자를 보내어 경업을 부르니, 환자도 또한 자점의 동류라 주저하더라. 이때 마침 전옥 관원이 경업의 애매함을 불쌍히 여겨 경업에게 가만히 일렀다.

"장군을 역적으로 잡아 옥에 가둔 것은 다 자점의 모계니, 그대는 잘 주선하여 누명을 벗어라."

경업이 그제야 자점의 흉계인 줄 알고 통한하여 바로 몸을 날려 입궐하더라. 주상을 뵈옵고 관을 벗고 청죄請罪 저지른 죄에 맞는 벌을 청함 하니, 상이 경업을 보고 반기다가 문득 청죄함을 보고 대경하여 물었다.

"경이 만리타국에 갔다가 이제 돌아오니 반가운 마음을 진정치 못하거든 청죄라니 무슨 말이냐."

"신이 무신년에 북경에 잡혀가다가 중간에 도망한 죄는 만사무석萬死無惜 만 번 죽어도 아깝지 않음 이오나, 대명과 동심해 호국을 쳐 호왕을 베어 병자년 원수를 갚고 세자와 대군을 모셔오고자 한 것이옵니다. 그런데 의주서부터 목에 칼을 씌우고 끌려오니, 연고를 몰라 망극함을 이기지 못하였습니다. 그러나 오늘날 다시 천안을 뵈오니 이제 죽어도 한이 없사옵니다."

상이 대경하사 좌우에 명하였다.

"이 일이 어찌된 연고냐, 속히 자점을 들이라."

자점은 하릴없이 기망치 못하여 들어와 엎드렸다.

"경업이 역적이므로 잡아 가두어 품달稟達 높은 사람에게 여쭘 코자 하였나이다."

경업은 자점을 보고 소리쳤다.

"이 몹쓸 역적아, 네 벼슬이 높고 국록이 족하거늘, 무엇이 부족하여 찬역 簒逆 반역할 마음을 두어 나를 해하고자 하느뇨."

자점이 묵묵무언이거늘 상이 진노하여 소리쳤다.

"경업은 삼국에 유명한 장수요, 또한 천고 충신이라. 너희가 무슨 뜻으로 죽이려 하는가."

상은 큰 소리로 자점을 꾸짖은 뒤 물리쳤다.

그날 밤 자점은 가만히 군사를 동원하여 경업을 급습하니 갑작스런 습격에 경업은 경황없이 맞아 죽었다. 자점은 경업을 옥에 가두고 태연하게 금부로 가니라. 뒤늦게 경업이 돌아왔다는 소식을 듣고 대군은 발을 동동 굴렀다.

"임 장군이 어제 입성하여 어디 있느뇨."

조신 등이 눈을 끔벅이며 대답했다.

"신 등도 그곳을 모르나이다."

대군은 즉시 입시하여 상에게 임 장군의 일을 의논했다.

"충신을 모해하는 자는 역적이 분명하오니 국문하소서."

상에게 간절히 청하고 밖으로 나와 경업을 찾으니 아무도 간 곳을 알지 못하니라. 이는 자점이 모든 옥졸과 서리들의 입을 굳게 봉했기 때문이라. 그날 밤, 경업이 난장을 맞고 옥중에 갇혀 있다가 삼경에 숨을 거두니, 그때의 나이 사십육 세요, 기축년 일월 이십육 일이다.[8] 전옥 관원이 이 사연을 조정에 보하니 자점이 재빨리 보고했다.

"경업이 신세를 비관하다가 스스로 자결한 모양입니다."

세자 대군과 상은 그 소식을 듣고 슬퍼하더라.

---

8) 임경업은 나라를 위해 큰 공을 세웠음에도 비극적인 죽음을 맞는다. 이는 일반적인 고전 소설과 다른 독특한 점이다.

경업의 시신이 관에 넣어져 고향으로 향할 때 자손과 친척들이 시체를 붙들고 천지를 부르짖어 통곡하니, 낙루치 않는 이 없더라. 상이 승지를 보내어 위문하고, 대군이 친히 나아가 조문하며 예관禮官을 보내더라. 경업을 모함한 죄로 자점을 제주에 안치하고, 동류 등은 삼수·갑산·진도·거제·흑산도·금갑도에 정배定配 지방이나 섬으로 간 죄인이 그곳에서 정해진 기간 동안 감시를 받으며 생활하던 형벌하였다. 자점은 반심을 품은 지 오래다가 절도에 안치하니 더욱 앙앙하여 불의지심이 나타나는지라. 뒤늦게 우의정 이시백이 자점의 소위所爲 하는 일를 상달하니, 상이 대경하사 금부도사를 보내 잡아다가 국문鞫問 중죄인을 신문함 후에 가두었다. 이날 밤에 상이 일몽을 얻으니, 경업이 나아와 울며 아뢰었다.

"흉적 자점이 소신을 박살하고 일을 벌이고 있으니 바삐 죽이소서."

상이 놀라 깨달으니 경업이 앞에 있는 듯한지라. 날이 밝으매 자점을 올려 엄형 국문하시니, 자점이 복초지은 죄를 털어놓음하고 전후 역심을 품은 일과 경업을 모해한 일을 승복하는지라. 상이 대로하사 명하였다.

"자점의 삼족을 다 내어 저잣거리에서 능지처참하라. 또한, 함께 역모한 동류를 다 논죄하라."9)

그런 뒤 경업의 자식들을 불러 자점의 시신을 내주었다. 자식들이 비수를 들어 자점의 배를 갈라 오장을 끊고 간을 내어놓고, 축문을 지어 임공 영위에 고하더라. 다시 칼을 들어 흉적을 점점이 저며 씹으며, 흉적의 남은 시신을 장안 백성들이 점점이 저미고 깎아 맛보며 뼈를 돌로 짓이겨 꾸짖더라. 이날 밤에 비몽사몽간에 임 장군이 학을 타고 들어와 통곡하며 상에게 아뢰더라.

"신의 원사怨辭 원망하는 말함을 신원치 못하고 원수를 갚지 못할까 하옵더니, 오늘날 전하의 대덕으로 신의 원수를 갚아 주시고 역적을 소멸하시니, 신이 비로소 눈을 감사옵니다. 전하는 만수무강하소서."

상이 탄식하며 말했다.

"과인이 불명하여 주석지신柱石之臣 나라의 기둥이 될 만한 신하을 죽였으니, 어찌 통탄치 아니하리오."

상이 경업의 집을 정문旌門 충신, 효자, 열녀 들을 표창하기 위해 그들의 집 앞에 세우던 붉은 문하고 달 내에 서원을 세워 장군의 화상을 모시더라. 그 동생을 부르사 벼슬을 주니, 굳이

---

9) 역사적 사실과 달리 김자점이 처형되는 모습을 보여줌으로써 지배층에 대한 불만을 해소하고, 병자호란 패전으로 인한 상처를 치유 받고자 한다.

사양하고 받지 아니하는지라. 상이 이·병조에 "경업의 자손을 대대로 각별 중용하라." 라고 하교하고, 어필^{御筆}로 그 뜻을 써 경업의 동생과 아들을 불러 주니라. 이후에 경업의 처 이씨가 군의 죽음을 애달피 여겨 자결하니 그 충절이 방방곡곡에 퍼지는지라.

상은 소식을 듣고 달 서원에 열녀비를 세우니라. 그 뒤에 경업의 동생과 자손 등은 그 부형의 행적을 기록하여 세상에 전하고, 송림^{松林 소나무 숲} 간에 들어 오로지 농업에만 힘쓰더라.

🏮 소설 한 장면　결말　김자점의 흉계로 임경업이 죽음을 맞음

🔭 생각해 볼까요?

선생님 「임경업전」에서 지배 계층에 대한 비판 의식이 엿보이는 대목을 찾아볼까요?
💬 3　❤️ 3

↳ **학생 1** 실제로 김자점은 임경업을 모함한 이후 곧바로 죽지 않았어요. 그러나 「임경업전」에서 김자점은 잔인하게 처형당하지요. 이러한 역사적 사실의 변형에는 당시 민중의 의지가 반영되어 있어요.

↳ **학생 2** 당시 민중은 임경업 같은 유능한 장군을 두고도 병자호란에서 패배했다는 억울함, 김자점 같은 간신배 때문에 영웅을 적절히 활용하지 못했다는 불만 등 지배 계층을 향한 비판 의식을 지니고 있었어요. 임경업을 모함한 김자점이 비참한 최후를 맞이한 대목에는 이러한 민중 의식이 반영되었지요.

↳ **학생 3** 임경업은 호왕 앞에서도 당당하게 조선에 대한 충성심을 드러내고, 자신의 이익을 추구하기보다는 세자와 대군의 귀국을 요구해요. 나라를 등한시하는 지배층의 모습과 확연히 다르지요. 임경업의 영웅적 모습이 돋보일수록 지배층을 향한 비판 의식 역시 강해지고요.

선생님 「임경업전」은 기존의 영웅 군담 소설과 어떤 차이점을 보이나요?
💬 2　❤️ 2

↳ **학생 1** 「임경업전」에서는 실존 인물들이 등장해요. 주인공 임경업 장군은 물론이고 김자점, 이시백 등도 실존 인물이에요.

↳ **학생 2** 기존의 영웅 군담 소설은 모든 갈등이 잘 해결되는 방향으로 끝나는 경우가 많아요. 하지만 「임경업전」은 영웅이 최종 승리하는 결말이 아닌, 임경업이 김자점의 모함을 받아 암살당하는 비극적 결말로 끝나요. 죽은 임경업이 임금의 꿈속에 등장해 억울함을 호소하는 것도 독특하고요.

선생님 「임경업전」에 나타난 서술상 특징으로는 어떤 것들이 있을까요?
💬 3　❤️ 3

↳ **학생 1** 공간의 이동이 많다는 점을 특징으로 들 수 있어요. 임경업은 우리나라와 명나라를 오가며 다양한 일을 겪지요. 공간 이동이 많다 보니 사건도 긴장감 있게 흘러가고요.

↳ **학생 2** 전쟁의 참상을 보여주는 묘사가 사실적이라는 점도 특징으로 들 수 있어요. 전쟁 때문에 피지배층이 고통받고, 국토가 황폐해지거나 지배층의 분열이 일어나기도 하지요.

↳ **학생 3** 중간중간 서술자가 개입해 상황을 판단하고 의견을 개진한다는 점도 특징 중 하나예요. 이는 고전 소설의 일반적인 특징이기도 해요.

선생님 실제 임경업 장군의 생애는 어떠했는지 알아볼까요?

💬 4   🤍 4

↳ **학생 1** 임경업 장군은 1594년 태어나 1646년에 죽었어요. 충청도 충주 출신으로 자는 영백(英伯), 호는 고송(孤松)이에요. 광해군, 인조 때 명장으로 유명했지요.

↳ **학생 2** 임경업 장군은 이괄의 난을 평정하며 두각을 나타내기 시작했어요. 이후 병자호란 때 의주 부윤으로 있으면서 적의 진로를 차단하기도 했고요. 임경업 장군은 청나라(호국)의 요청으로 명나라를 치러 갔어요. 그런데 명나라와 내통하며 양쪽의 피해를 최소화했지요. 용맹한 무술 못지않게 실리까지 추구했던 인물이에요.

↳ **학생 3** 그러나 임경업 장군이 명나라와 내통했다는 사실이 알려지자, 청나라는 그를 포로로 잡아가려고 했지요. 임경업 장군은 청나라로 가는 도중에 탈주해 승려가 되었다가 명나라로 망명했어요. 이후 명나라 장군이 되어 청나라와 싸우다가, 명나라가 망하자 다시 청나라에 포로로 잡혔어요.

↳ **학생 4** 이즈음 조선에서는 김자점이 심기원과 대립하고 있었는데, 김자점은 심기원이 모반을 일으키려 한다고 주장했어요. 그러면서 임경업 장군도 심기원과 같은 부류라고 모함했고요. 임경업 장군은 누명을 쓰고 조선에 송환되어 억울한 죽음을 맞았어요. 이를 통해 「임경업전」에는 역사적 사실이 부분적으로 반영됐음을 알 수 있지요.

삼전도의 굴욕 ▾ 🔍

연관 검색어   병자호란 인조 청나라

청나라는 1636년, 대군을 이끌고 조선에 들어와 병자호란을 일으켰다. 인조는 강화도로 피신하려 했지만 청나라의 방해 때문에 남한산성으로 가 항전했다. 그러나 시간이 흐르며 물자가 떨어지자 어쩔 수 없이 청나라와 굴욕적인 강화를 맺었다. 이를 삼전도의 굴욕이라고 하는데, 삼전도에서 인조가 청나라 황제를 향해 세 번 무릎 꿇고 아홉 번 머리를 조아린 것을 가리킨다. 조선은 청나라와 군신 관계를 맺었고, 소현 세자와 봉림 대군을 비롯한 사람들이 청나라에 인질로 끌려갔다. 또한, 조선은 청나라에 해마다 조공을 바치고 전쟁을 지원하기 위해 군대를 보내기도 했다.

유충렬전

#전쟁 #영웅 #적강화소 #일대기적구성

🍵 작품 길잡이

작가: 미상
갈래: 군담 소설, 국문 소설, 영웅 소설
성격: 비현실적, 우연적
배경: 시간 - 중국 명나라 때 / 공간 - 명나라 조정과 중국 대륙
주제: 가문을 일으키고 나라를 구한 영웅의 충정
출전: 완판본 『유충렬전』

📷 인물 관계도

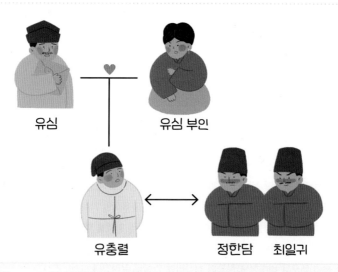

유심	유심 부인

유충렬 ⟷ 정한담 최일귀

유충렬	능력이 뛰어나고 정의로우며 나라와 가문을 부흥시킨다.
정한담, 최일귀	악인이자 간신으로, 훗날 유충렬에 의해 처단된다.

📋 구성과 줄거리

발단   유심 부부가 뒤늦게 자식을 얻음

중국 명나라 영종 황제 즉위 초, 자식이 없어 고민하던 유심 부부는 정성껏 치성을 드린 후 사내아이를 얻는다. 부부는 아이의 이름을 충렬이라고 짓는다. 유충렬은 문무를 겸비한 훌륭한 청년으로 성장한다.

전개   유심이 모함을 당해 조정에서 쫓겨남

반란의 기회를 엿보던 정한담과 최일귀는 유심을 모함해 귀양 보낸다. 유심의 가족은 뿔뿔이 흩어지는데, 유충렬은 하늘의 도움으로 목숨을 건져 부친의 친구인 강희주의 사위가 된다. 그러나 강희주는 유심의 누명을 벗기려고 상소했다가 귀양을 가고, 강희주의 가족 역시 사방으로 흩어진다.

위기   오랑캐가 나라를 유린하자 전국이 도탄에 빠짐

국력이 약해지자 사방에서 오랑캐가 들고일어난다. 그중 남적, 북적, 가달 등이 남경으로 쳐들어온다. 정한담과 최일귀는 오랑캐에 대적하러 나갔다가 오히려 항복한 뒤, 반란군의 우두머리가 되어 명나라를 공격한다.

절정   유충렬이 능력을 발휘해 적을 무찌름

황제가 오랑캐에 항복하기 직전, 유충렬이 나타나 도술로 적장의 목을 벤다. 유충렬은 뛰어난 무예로 오랑캐를 소탕하고, 호왕(오랑캐 왕)에게 잡혀간 황실 사람들을 구출해 돌아온다. 또한, 아버지 유심과 장인 강희주까지 함께 구출한다.

결말   나라는 평화를 되찾고, 유충렬은 부귀를 누림

전쟁이 끝나고 나라는 평화를 되찾는다. 유충렬은 헤어졌던 어머니와 아내까지 되찾고 높은 벼슬에 올라 오랫동안 부귀영화를 누린다.

유충렬전

중국 명나라 영종 황제 즉위 초의 일이었다.[1] 황실의 힘이 약하고 법령이 제대로 정해지지 못한 탓에 사방에서 오랑캐들이 강성해 모반謀反 국가나 군주의 전복을 꾀함 할 뜻을 품었다. 불안해진 천자는 남경에서 다른 곳으로 도읍을 옮기고자 했다. 이때 마침 창혜국고대 중국 동방에 있었던 나라 이름 사신이 당도해 뵙기를 청하니 천자는 반기며 천도를 의논했다. 사신이 대답했다.

"소신이 수년 전에 본국에서 천문을 본즉 북두칠성 정기가 남경에 하강하고, 삼태성 채색이 황성皇城 황제가 있는 나라의 수도 에 비쳤으며, 자미원紫微垣 황제를 상징하는 별자리 대장성이 남방에 떨어졌으니 이는 대처에 영웅이 날 징조였습니다. 하니 그대로 남경을 보존하옵소서."

천자는 크게 기뻐하고 도읍을 옮기고자 한 계획을 취소하니 인심人心 백성의 마음 이 평안했다.

이때 조정에 유심이라는 신하가 있었는데 선조 황제 개국 공신 유기劉基 명나라 제1대 황제인 주원장을 도와 명을 건국한 정치가이자 학자 의 13대 손이고, 전 병부 상서 유현의 손자로 벼슬이 정언 주부에 이르렀다. 위인이 정직하고 일심이 충정해 세상 공명은 일대에 제일이었다. 이와 같이 덕이 높아 만민이 칭송하는데 슬하에 혈육이 없어 걱정이었다. 유심의 부인 장씨는 이부 상서 장윤의 장녀이다. 부인 장씨가 하루는 주부 곁에 앉았다가 일심이 비감해 한탄했다.

"상공의 무후無後 자녀가 없음 함은 소첩의 박복함 때문이라. 첩의 죄를 논하자면 벌써 버릴 것이로되 상공의 음덕으로 지금까지 부지하오니 부끄러운 말씀을 어찌 다 하겠습니까? 듣자 하니 천하에 절승絶勝 경치가 무척 빼어남 한 산이 남악 형산衡山 이라 하오니 수고를 생각지 말고 산신께 정성이나 드려 봅시다."

주부는 이 말을 듣고 화를 내며 말했다.

"하늘이 점지하사 팔자에 없는 것인데, 빌어 자식을 낳는다면 세상에 자식 없는 사람이 있겠소?"

장 부인이 말했다.

---

1) 「유충렬전」은 공간적 배경을 중국 명나라로 설정해 독자에게 낯설고 신선한 느낌을 준다. 또한, 작중 사건이 외국에서 일어난 일이라고 밝힘으로써 사건 서술과 인물 설정이 자유롭다.

"지성이면 감천이라 했으니 그러지 마시고 우리도 빌어 봅시다."

주부는 이 말을 듣고 삼칠일 재계齋戒 의식을 치르기 위해 몸과 마음을 깨끗이 하고 나쁜 일을 멀리함 정히 하고 소복을 정제해 제물을 갖추고 축문을 별도로 지은 뒤 부인과 함께 남악산을 찾아갔다. 초입에 들어서니 산세 웅장해 봉봉이 높은 곳에 소나무가 가득하고, 강수는 잔잔해 탄금성彈琴聲 거문고 타는 소리을 돋우었다. 칠천십이 봉이 구름 밖에 솟아 있고 층암層巖 층층이 험하게 쌓인 바위 절벽에 각색 백화百花 온갖 꽃 다 피었는데, 강수성을 바라보며 수양가지 부여잡고 육칠 리를 들어가니 연화봉이로다. 일 층 단 별로따로 모아 노구밥신령에게 제사하기 위해 놋쇠나 구리로 만든 솥에 지은 밥을 가지런히 담아 놓고 부인은 단 아래에 궤좌跪坐 무릎을 꿇고 앉음 하고 주부는 단상 위에 엎드려 분향한 뒤 아들을 점지해 달라고 빌었다. 빌기를 다하니 지성이면 감천이라 황천인들 무심할까? 단상의 오색구름이 사면에 옹위하고 산중에 백발 신령이 하강해 정결케 지은 제물을 모두 흠향歆饗 신령이 제물을 취함 한다. 빌기를 다한 후에 돌아와 꿈을 얻으니 천상으로부터 구름이 영롱한 가운데 선인이 청룡을 타고 내려와 말했다.

"남악산 신령들이 부인 댁으로 가라고 지시하기에 왔사오니 물리치지 말아 주십시오."

말이 끝남과 동시에 부인 품으로 달려들거늘 놀라서 깨니 일장춘몽 황홀했다. 정신을 진정하고 주부에게 꿈을 이야기하니 주부가 즐거운 마음 비할 데 없어 생남生男하기를 만심 고대했다. 과연 이날부터 태기 있어 십 삭이 찬 후에 옥동자가 탄생할 제, 일원一員 선녀가 오운五雲 오색구름 중에 내려와 부인 앞에 꿇어앉아 백옥상白玉床에 놓인 과실을 부인에게 주며 말했다.

"소녀는 천상 선녀이온데, 금일 상제께서 분부하시되 자미원 장성將星 장군 이 남경 유심의 집에 환생했으니 내려가 산모를 구완출산한 사람을 간호함하고 유아를 잘 거두라 하시기에 제가 왔습니다.[2] 백옥병의 향탕수香湯水를 부어 동자를 씻기시면 백병百病이 소멸하고, 유리대琉璃帒 유리 주머니에 있는 과실을 산모가 잡수시면 명이 장생불사長生不死할 것입니다."

부인이 이 말을 듣고 유리대에 있는 과실 세 개를 모두 쥐니 선녀가 말했다.

"이 과실 세 개 중에 한 개는 부인이 잡수시고 또 하나는 공자에게 먹일

---

2) 유충렬은 천상계에 살던 신선이었지만, 하늘에서 죄를 지은 대가로 지상계에 내려와 인간으로 태어난다. 비범한 출생의 비밀과 함께 유충렬을 도와주는 조력자가 끊임없이 등장함으로써 유충렬의 신비한 면모가 강조된다.

것이요, 또 한 개는 일후에 주부가 잡수실 것입니다."

　말을 마치자 부인에게 하직하고 오운 속에 싸여 가니 허공에 어렸던 서기瑞氣 상서로운 기운가 떠나지 아니하더라. 부인과 주부는 선녀가 말한 대로 시행하고 아이 이름을 충렬이라 짓고 자는 성학이라 했다. 세월이 흘러 충렬이 일곱 살 됨에 골격이 뛰어나고 남달리 총명하며 글씨는 왕희지요, 문장은 이태백이며 무예는 손오孫吳 중국 춘추 전국 시대의 병법가인 손무와 오기를 말함에 다름 아니더라. 천문 지리는 흉중胸中 마음속에 갈마두고모아 두고 국가 흥망은 장중掌中에 매어 있으니 말 타기와 칼 쓰는 기술은 천신도 당치 못할 것이라.

　조정에 두 신하가 있었는데 한 명은 도총 대장都總大將 정한담이요, 또 한 명은 병부 상서兵部尚書 최일귀라. 벼슬은 일품인데 성격이 포악하기 이를 데 없었다. 일국의 권세가 그들의 손끝에 달렸다고 해도 과언이 아니었다. 일생 마음속으로 천자를 도모할 모반의 뜻을 품었으며 정언주부의 직간을 꺼렸고 또한 퇴재상 강희주의 상소를 꺼렸다. 영종 황제 즉위 초에 열국 제왕들이 각각 사신을 보내어 조공을 바쳤는데 오직 토번吐藩 서장족 오랑캐과 가달可達 변방 오랑캐 일족이 강포强暴 몹시 우악스럽고 사나움만 믿고 조공을 바치지 않았다. 이때를 놓칠세라 정한담과 최일귀 두 사람이 천자에게 아뢰었다.

🔖 소설 한 장면　발단　유심 부부가 뒤늦게 자식을 얻음

"토번과 가달이 천명을 거스르니 신 등이 비록 재주는 없사오나 그들의 항복을 받아 돌아오면 폐하의 위엄이 남방에 가득하고 소신의 공명은 후세에 전할 줄 아뢰옵니다."

천자는 남적의 강성함을 근심하다가 두 사람의 말을 듣고 기뻐했다.

"경들의 뜻대로 기병起兵 군사를 일으킴 하라."

유 주부가 조회하고 나오다가 이 말을 듣고 탑전榻前 임금의 앞에 들어가 아뢰었다.

"폐하, 어찌 기병을 허락하셨습니까? 왕신은 미약하고 외적은 강성하니 이것은 자고 있는 범을 찌름과 같고 드는 그물에 들어오는 토끼를 놓침이라. 한낱 새알이 천 근의 무게를 견디리까? 기병하지 마옵소서."[3]

천자가 유 주부의 말을 듣고 망설이고 있는 사이 한담과 일귀가 일시에 아뢰었다.

"유심이 가달을 못 치게 하니, 가달과 동심해 서로 내응內應 내통이 된 듯하옵니다. 유심을 먼저 죽이고 가달을 치는 것이 어떠한지요?"

간신들의 농간에 귀가 어두워진 천자가 이를 허락하니 대신들이 이구동성 말렸다. 그 처리를 한담에게 맡기니 한담이 유심을 잡아내어 꾸짖었다.

"너의 죄를 논지論之 하건대 선참후계先斬後啓 먼저 처형하고 뒤에 임금에게 알림 당연하나 국은이 망극하시어 네 목숨을 살려 주니 일후는 그런 말을 말라." 하고 연북燕北으로 귀양 갈 것을 명했다. 주부는 이 말에 분심忿心 억울하고 원통한 마음이 들끓어 소리쳤다.

"내 무슨 죄가 있어서 연북으로 간단 말인가!"

"어명이 이러하니 무슨 발명發明 잘못이 없음을 밝힘을 하느냐?"

한담은 큰 소리로 금부도사를 재촉해 유 주부를 연북으로 보내라고 명했다. 유 주부 하릴없어 달리 어떻게 할 도리가 없어 적소謫所 귀양지로 가려고 집으로 돌아오니 집 안에 곡성이 진동하더라.

주부는 충렬의 손을 잡고 부인에게 말했다.

"우리 연광年光 살아온 햇수이 반이 넘도록 일개 자녀 없었는데 황천이 감동해

---

3) 정한담과 최일귀는 토번과 가달을 정벌하기 위해 기병을 요구하지만, 유심은 이에 반대한다. 정한담과 최일귀는 병자호란 때 청나라를 공격하자고 주장한 척화파(斥和派)에 해당하고, 유심은 청나라와 화친을 맺자고 주장한 주화파(主和派)에 해당한다.

이 아들을 점지했소. 이제 봉황의 짝을 얻어 영화를 보려 했더니, 가운이 막히고 조물이 시기해 간신의 참소를 보아 만 리 적소로 떠나가니 생사를 알지 못할 것이오. 어느 날 다시 볼까? 나 같은 사람은 조금도 생각 말고 이 자식 길러 내어 후사를 받들게 하면 황천에 돌아가도 눈을 감고 갈 것이오. 내 부인의 깊은 은덕 후세에 갚으리다.”

유심은 슬퍼하며 대문을 나섰다. 이때 정한담과 최일귀는 유 주부를 적소로 보낸 후에 마음이 교만해져 별당으로 들어가 옥관 도사를 보고 천자를 도모할 묘책을 물었다. 도사가 문밖에 나와 천기天氣를 자세히 보고 들어와 속삭였다.

“천상의 삼태성三台星 큰곰자리에 있는 자미성을 지키는 별이 황성에 비쳤소이다. 신기한 영웅 하나가 황성 안에 살고 있나니 도모하기 어려울 듯하오.”

한담이 일귀에게 말했다.

“내 생각하니 유심이 연만年晚 나이가 아주 많음하되 자식이 없는 고로 수년 전에 형산에서 산제山祭하고 자식을 얻었다 합니다. 이제 도사의 말씀이 황성에 영웅이 있다 하니 의심하건대 유심의 아들이 아닌가 합니다.”

일귀가 대답했다.

가운이 막히고 조물이 시기해 간신의 참소를 보아 만 리 적소로 떠나가니 생사를 알지 못할 것이오.

아버지……

🖐 소설 한 장면　[전개]　유심이 모함을 당해 조정에서 쫓겨남

"적실^{的實} 틀림없이 확실함히 그러하면 유심의 집을 결딴내 후환이 없게 함이 옳을까 합니다."

두 사람은 나졸 십여 명을 차출해 그날 삼경^{三更} 밤 열한 시에서 새벽 한 시 사이에 유심의 집을 둘러싸고 화약과 염초를 갖추어 일시에 불을 놓으라고 지시했다. 이때 장 부인이 유 주부과 이별하고 충렬을 데리고 한숨으로 세월을 보내고 있었는데 이날 밤 삼경에 홀연히 한 노인이 홍선^{紅扇} 붉은색 부채 하나를 들고 와서 부인을 흔들었다.

"오늘 밤 삼경에 변란이 있을 것이니 이 부채를 가지고 있다가 화광^{火光} 불길이 일어나거든 부채를 흔들면서 후원 담장 밑에 은신하라. 불이 잦아들면 충렬을 데리고 남천^{南天}을 바라보며 도망하라."

장 부인이 놀라서 깨어 보니 꿈이라. 충렬은 깊이 잠들어 있고 과연 홍선 한 자루 금침^{衾枕} 이부자리와 베개 위에 놓였거늘 부채를 손에 들고 충렬을 깨워 앉히는데 사방에서 난데없이 불길이 치솟더라. 부인이 충렬의 손을 잡고 홍선을 흔들면서 담장 밑에 은신하니 어찌 아니 망극하랴. 불길은 일시에 온 집 안을 집어삼키고 재만 남기더라. 충렬을 안고 샛길로 나와서 남천을 바라보며 가없이 도망하는데 신세가 비참해 눈물이 앞을 가렸다.

한편 정한담과 최일귀는 유심의 집에 불을 놓고 모두가 죽었거니 안심하고 기뻐 어쩔 줄 몰라 하더라. 이때 도사가 밖으로 나와 천기를 살펴보고 방으로 들어와 소곤거렸다.

"어찌된 일인지 삼태성이 황성을 떠나 변양 회수^{淮水} 중국 중앙 지역에 흐르는 화이허 강에 비추었소. 생각하건대 유심의 가솔이 적소를 찾아 회수로 간 듯하오."

한담은 즉시 외당^{外堂} 사랑채에 나와 날랜 군사 다섯 명을 속출했다.

"너희는 당장 변양 회수로 가서 한 여인이 어린아이를 데리고 물을 건너려 하거든 결박하고 물에 처넣어라. 그렇게 하지 않으면 너희는 물론이고 회수의 사공까지 죽이리라."

나졸들이 나는 듯 회수로 달려가니 과연 여인의 울음소리가 들렸다. 나졸들은 인근 도적들을 시켜 장 부인 일가를 참살하라고 사주했다. 도적들이 즉시 부인을 결박한 뒤 적선^{敵船} 도적의 배에 추켜 달고 충렬을 물 가운데 내던지니 실로 가련하다. 결박당한 채 배 안에 거꾸러진 부인이 충렬을 찾은들 수중에 빠졌으니 대답할 수 있을쏘냐. 부인이 망극해 물에 빠져 죽고자 하나 큼직한 배 닻줄로 연약한 몸을 사면으로 얽었으니 어찌 불쌍치 아니하리오.

회수 사공 마용이라 하는 사람이 아들 셋을 두었는데 다 용맹이 과인過人 보통
사람보다 뛰어남하고 검술이 신묘했다. 장자 이름은 마철인데 일찍 상처하고 아직
취처娶妻 아내를 얻음치 못했으니 마침 장 부인의 얼굴을 보고 흑심이 동한지라.
이는 장 부인이 충렬을 낳을 때에 옥황玉皇이 선녀로 하여금 천도를 한 개
먹였으니 연광은 반이나 춘색은 불변이라. 그런 고로 회수 사공 놈이 충렬을
물에 넣고 부인은 데려다가 아내를 삼고자 해 이런 변을 지었던 것이다.

장 부인이 하릴없이 도적의 말에 실려 한곳에 다다르니 큰 산과 험한 고개
의 암석을 의지해 마을이 있는지라. 초옥 속에 들어가니, 큰 굴방이 있는데
사변에 주석으로 싸고 출입하는 문은 철편으로 지어 달고 그 방에 부인을
가두더라. 겨우 정신을 차린 부인이 한 가지 꾀를 내어 노석을 달랬다.

"팔자 사나워 물에 빠져 죽게 됐더니 다행히 덕을 입어 목숨을 구했소.
그대를 구완해 백 년 동거하고자 하니 이제부터 금은같이 아껴 주시오."

"그게 사실이오?"

도적은 부인의 말을 듣고 감격해서 소리쳤다.

"어찌 한 입으로 두말을 하겠소. 다만 미안한 일이 있으니 금월 초삼일은
나의 부친 기일이라 아무리 여자라도 부친의 제삿날 당해 백 년을 해로할
진대 어찌 기일을 가리지 아니하겠소."

도적은 이 말을 듣고 자기 아내라도 되는 양 정답게 대답했다.

"진실로 그러할진대 장인의 제삿날에 사위로서 어찌 정성을 다하지 않
겠소."

다음 날 부인의 말에 속은 도적이 노속奴屬 노비을 데리고 제물을 장만했다.
부인이 목욕하고 방으로 들어와 사면을 살펴보니 동벽상 위에 무엇이 놓여
있었다. 조심스럽게 떼어 보니 기묘한 것이로다. 비목비석非木非石 나무도 돌도 아님이요,
비옥비금非玉非金 옥도 금도 아님이라. 광채 찬란하여 일광을 가리고 훈색暈色 흐릿한 빛이
휘황하고 고금에 못 보던 옥함玉函 옥으로 만든 상자이라. 용궁조화가 아니면 천신의
솜씨였다. 자세히 살펴보니 전면에 황금대자黃金大字로 뚜렷이 글자가 새겨져
있는지라.

'대명국 도원수大明國都元帥 유충렬이 개탁開坼 봉한 편지를 뜯어보라는 뜻이라.'

부인은 옥함을 보고 놀라며 생각했다.

'유충렬은 내 아들 이름이거늘, 세상에 동성동명이 또 있단 말인가?'

부인은 옥함을 고쳐 싸서 그곳에 놓고 밤이 들기를 기다렸다. 마침내 밤이

되고 적한賊漢 흉악한 도둑이 제물을 많이 장만해서 부인의 방에 들여왔다. 부인이 받아 차차 진설陳設 제사나 잔치 때 법식에 따라 음식을 차림했다가 자야반子夜半 한밤중을 지냄에 제사를 파하고 음복飮福 제사 음식을 먹음한 후에 각각 잠을 청했다. 적한이며 노속이며 종일토록 곤하기로, 가권家眷 집안 식구이 다 잠이 들었다. 부인은 옥함을 내어 행장에 깊이 싸 가지고 밖으로 나와 북두칠성을 바라고 가없이 도망했다. 한곳에 다다르니 날이 이미 밝으며 큰길이 내닫거늘 행인더러 물은즉 영릉관 대로라. 주점에 들어가 조반을 구걸하여 먹고 종일토록 가니 몇 리를 온지 모르겠더라. 한 곳에 다다르니 산천은 수려하고 지형은 단정한데 이 땅은 친덕산 할임동이라. 그곳에 당도할 때 날이 저물고 부인이 노곤해 물가에 앉아 잠깐 졸고 있는 차에 노옹이 부인을 깨우며 말했다.

"이 산곡으로 들어가면 자연 구해 줄 사람이 있을 것이니 바삐 가라."

부인이 놀라서 깨고 보니 꿈이라. 일어나 차차 들어갈 제, 백옥 같은 고운 수족으로 험악한 산곡 길을 발 벗고 들어가니 모진 돌에 채며, 모진 나무에도 채며 열 발가락이 하나도 성한 데 없고 유혈이 낭자했다. 죽고 싶은 마음만 간절해진 부인이 주저앉아 슬피 울었다.

"만리 연경을 가자 하니 연경이 사만 오천육백 리라. 여자의 일신으로 어떻게 가며 몇 날이 지나지 않아서 이러한 변을 당했는데 연경으로 가는 도중에 내 절개 훼절毁節 절개나 지조를 깨뜨림하고 내 목숨을 부지할 수 없겠다. 차라리 이곳에서 죽어 백골이나 고향으로 흘러가게 하리라."

행장을 끌러 옥함을 내놓고 비단 수건으로 주홍 글자를 새겼다.

'모년 모월 모일에 대명국 동성문 안에 사는 유충렬 모 장씨는 옥함을 아들 충렬에게 전하노라. 죽은 혼백이라도 받아 보라.'

자자字字 각 글자를 새기고 수건으로 옥함을 매어 물속에 넣었다. 그런 다음 대성통곡하며 물에 뛰어드니 산곡 사이로 어떤 여인이 동이를 곁에 끼고 금간수에서 물을 긷다가 부인을 보고 급히 내려와 구하는 게 아닌가.

"부인은 무슨 일로 이러하십니까? 저의 집으로 갑시다."

부인이 문득 노인이 현몽하던 말을 생각하고 따라가니 암상 석경石經 거칠고 좁은 길 사이에 수간모옥數間茅屋 작고 비좁은 초가집이 정묘한데 채운彩雲 여러 빛깔로 아롱진 고운 구름이 어리었으니 군자 사는 데요, 신선 있는 곳이로다. 방으로 들어가 보니 갈건야복葛巾野服 갈포로 만든 두건과 베옷은 벽상에 걸려 있고 만권 서책은 안상案上 책상 위에 놓여 있으니 부인의 마음이 안정돼 고생하던 전후일과 연경을 찾아가던 도중에 봉변을 당하던 일을 낱낱이 고했다.

원래 이 집은 대명국 성종 황제 때에 벼슬하던 이인학의 아들 이 처사의 집이었다. 인학의 모친은 유 주부의 종숙모從叔母 아버지의 사촌 형제의 아내인데 이별한 지 여러 해였다. 서로 마음을 위로하고 음식 거처를 편히 공양하니 부인의 일신은 무양無恙 몸에 병이나 탈이 없음했다. 다만 흉중에 맺힌 한이 종시 떠나지 않은 채 세월을 보내더라.

한편 도적에 의해 물에 떨어진 충렬은 구사일생으로 큰 바위를 딛고 살아났다. 바위에 올라앉아 하늘을 우러러 어미를 찾았지만 간데없고 들리는 것은 물소리뿐이었다. 이때 남경 장사들이 재물을 많이 싣고 북경北京으로 떠나갈 제 회수에 배를 놓아 내려가더니 처량한 울음소리가 풍편風便 바람결에 들리거늘 급히 구하고 사연을 물으니 충렬이 울면서 대답했다.

"해상에서 수적을 만나 어머니를 잃고 슬퍼 웁니다."

충렬이 선원들과 이별하고 정처 없이 다니다가 어느 한곳에 이르니 이물은 멱라수汨羅水 중국 후난 성 동북부에 있는 미수이 강요, 곁에 놓인 정자는 회사정이라. 이곳으로 말하면 일전에 귀양 가던 유 주부가 지나치던 곳을 그 아들이 또 지나침이라. 귀양 가던 유 주부가 이곳 멱라수에 이르러 신세 한탄하며 죽고자 했었으니, 붓을 들어 회사정 동벽 상에 '대명국 유심은 간신의 참소를 만나 연경으로 먼 길 가게 되었도다. 맑은 절개 보일 곳이 없어 멱라수를 지나다가 물에 빠져 죽노라' 하고 쓴 뒤 물에 뛰어들었다. 이때 호위하던 무리가 황급히 건져 내어 목숨을 건진 뒤 다시 적소를 향해 길을 떠났다.

멱라수에 도착한 충렬 또한 마음이 절로 비감해 정자로 올라갔다. 사면을 살펴보니 동쪽 벽 위에 새로운 글 두 줄이 씌어 있거늘 충렬이 그 글을 보고 제 아비 죽은 줄 알고 정자 위에 거꾸러져 방성통곡했다.

"우리 부친이 연경으로 가신 줄만 알았더니 이 물에 빠지셨구나. 나 혼자 살아나면 무엇 하리. 회수에 모친을 잃고 멱라수에 부친을 잃었으니 무슨 면목으로 세상을 살아갈꼬. 나도 함께 빠지리라."

통곡하며 물가로 내려가니 충렬의 울음소리가 용궁에 사무치는지라.

이때 영릉 땅에 사는 강희주라 하는 재상이 있었는데 소년 시절에 등과해 승상 벼슬을 지내던 가운데 간신의 참소를 만나 벼슬을 그만두고 고향에 돌아와 머무는 중이었다. 고향에 내려온 뒤에도 매양 천자가 오결誤決 잘못 결정함하는 일이 있으면 상소해 구완하니 조정이 그 직간直諫을 꺼렸다. 그중에 특히 정한담과 최일귀가 가장 미워했다.

강 승상이 마침 본부에 갔다가 돌아오는 길에 우편 주점에서 자다가 꿈을 꾸었다. 오색구름이 멱라수에 어리었는데 청룡이 물속에 빠지려 하면서 하늘을 향해 무수히 통곡하고 백사장을 배회하는 꿈이었다. 마음속으로 이상하게 생각해 날 새기를 기다리다가 새벽닭이 울고 날이 밝자 멱라수로 바삐 달려갔다. 가서 보니 과연 어떤 동자가 물가에 앉아 울고 있는지라. 급히 달려들어 그 아이 손을 잡고 사정을 물으니 소년이 울며 신세를 한탄했다.

"소자는 남경 동성문 안에 사는 정언주부 유공의 아들입니다. 부친께서 간신의 참소를 만나 연경으로 적거하시다가 이 물에 빠져 죽은 흔적이 회사정에 있는 까닭에 소자도 이 물에 빠져 죽고자 합니다."

강 승상은 이 말을 듣고 크게 놀라며 물었다.

"이것이 웬 말이냐. 근년에 노병老病으로 황성을 못 갔더니 인사人事 세상에서 벌어지는 일가 변해 이런 변이 있단 말인가. 유 주부는 일국의 충신이라 동조同朝 같은 조정에서 벼슬하다가 나는 나이가 많이 들어 고향으로 돌아왔더니 유 주부 이런 줄을 꿈속에서나 생각했으랴. 나를 따라 함께 가자."

충렬이 대답했다.

"소자는 천지간 불효자인데 살아서 무엇 하겠습니까. 모친이 변양 회수에서 돌아가셨고 부친은 이 물가에서 돌아가셨으니 소자 혼자 살 마음이 없습니다."

승상이 달래었다.

"부모가 구몰俱沒 부모가 모두 세상을 떠남한데 너조차 죽는단 말이냐? 세상 사람이 자식을 낳고 좋아하는 이유는 바로 후사가 끊이지 않기 때문이다. 너조차 죽게 되면 유 주부 사당에 누가 향을 피우고 치성을 드릴쏘냐. 잔말 말고 따라오너라."

충렬이 어쩔 수 없어 강 승상을 따라가니 영릉 땅 월계촌이란 곳이었다. 승상이 충렬을 외당에 두고 안으로 들어가 부인 소씨더러 충렬의 말을 낱낱이 전하니 소씨가 충렬의 손을 잡고 물었다.

"네가 동성문 안에 사시던 장 부인의 아들이냐? 부인이 연만토록 자식이 없어 나와 같이 매일 한탄하더니 어찌하여 이러한 아들을 두고 황천객이 됐는가. 간신의 해를 입어 충신이 다 죽으니 나라인들 무사하랴. 다른 데 가지 말고 내 집에 있거라."

그러자 충렬이 배사^{拜謝} 존경하는 웃어른을 정중히 대접함하고 외당으로 나오더라.

강 승상에게는 아들은 없고 일녀^{一女}만 있었는데 부인 소씨가 여아를 낳을 적에 일원 선녀가 오운을 타고 내려오는지라. 부인이 혼미한 중에 여아가 탄생하니 용모 비범하고 거동이 단정해 총명 지혜 무쌍하다. 부모가 사랑해 택서^{擇壻} 사위를 고름하기를 염려하더니, 천행으로 충렬을 데려다가 외당에 거처하게 하고 자식같이 길러낼 제 충렬의 상^相을 보니, 구불가언^{口不可言} 차마 말할 수 없음이로다. 승상이 기뻐하고 내당에 들어가 부인과 혼사를 의논하니 부인 또한 기뻐하며 대답했다.

"나도 마음속으로 충렬을 사랑했는데 승상의 말씀이 또한 그러하시니 혼사를 치르도록 합시다."

승상이 밖에 나와 충렬의 손을 잡고 의견을 물은 뒤에 즉시 택일하고 길례^{吉禮} 경사스러운 예식를 행하니 신랑 신부의 아름다운 모습이 선인 적강^{謫降} 신선이 인간 세상에 내려오거나 사람으로 태어남 적실하다. 화촉동방^{華燭洞房} 첫날밤에 신랑 신부가 자는 방 깊은 밤에 신랑과 신부 평생 연분 맺었으니 서로 사랑한 말을 어찌 다 측량하며 어떻게 다 기록하리. 밤을 지낸 후에 이튿날 승상 양주^{兩主} 부부를 뵈니 승상 부부 즐거운 마음을 이기지 못하더라.

세월이 흘러 유생의 나이 열다섯 살이라. 이때 승상이 현서^{賢壻} 어진 사위라는 뜻으로 자신의 사위나 남의 사위를 높여 이르는 말를 얻고 말년에 근심이 없었으나, 다만 유 주부가 간신의 모함을 받아 몍라수에 빠져 죽었음을 생각하니 분심이 동하는지라. 나라에 글을 올려 유 주부를 설원^{雪寃} 원통한 사정을 풀어 없앰코자 하니 유생이 만류했다.

"대인의 말씀은 감격스러우나 간신이 만조^{滿朝} 조정에 가득 참하여 국권을 장악했으니 천자께서 상소를 듣지 않으실 것입니다."

승상은 듣지 않고 급히 행장을 차려 황성으로 올라가 퇴재상 권공달의 집에 거처를 정하고 상소를 지어 천자에게 올리라 하더라. 천자가 상소를 보시고 크게 화를 내며 조정에 내리어 보라 했다. 정한담과 최일귀는 강희주의 상소를 보고 분노해 즉시 궐내^{闕內}에 들어가 여쭈었다.

"퇴신^{退臣} 강희주의 상소를 보니 대역부도^{大逆不道}라. 충신을 왕망^{王莽} 중국의 정치가로 자신이 옹립한 황제를 독살하고 제위를 빼앗음에게 비해 폐하를 죽인다 하오니 이놈을 역률^{逆律} 역적을 처벌하는 법률로 다스려 능지처참^{陵遲處斬} 머리, 팔다리, 몸뚱이를 토막 내는 극형하옵고 일변^{一邊} 어느 한편 삼족을 멸해 주옵소서."

천자는 크게 화를 내고 즉각 강희주를 잡아들이라 명하더라. 한편 승상이 돌아오지 않자 충렬은 급히 행장을 꾸려 황성으로 길을 떠나고, 부인과 낭자는 유생과 이별하고 일가가 망극해 울음소리 떠나지 아니하더라. 불과 사오일 만에 금부도사가 내려와 월계촌으로 달려들어 소 부인과 낭자를 잡아내어 수레 위에 싣고 군사를 재촉해 황성으로 올라가더라. 가면서 집을 헐고 못을 파니 가련하다. 강 승상이 세대로 있던 집에 일조─朝 하루아침에 집 오리만 둥둥 떠 있다.

소 부인과 낭자 속절없이 잡혀 올라갈 제 청수에 다다르니 일모서산日暮西山이라. 객실에 들어가 잘 제, 금부 나졸 중에 장한이라는 군사가 있었다. 전일 강 승상 벼슬할 때 장한의 부친이 승상부 서리로서 득죄得罪 남에게 큰 잘못을 저질러 죄를 얻음해 거의 죽게 됐는데 강 승상이 구해 주어서 살았다. 장한의 부자가 그 은혜를 밤낮 생각했는데 장한이 지금 불쌍함을 이기지 못해 다른 군사 모르게 슬피 울었다. 이날 밤 삼경에 다른 군사들이 모두 잠이 들자 부인 머무는 방문 앞으로 가만히 다가갔다. 부인이 놀라 문을 열어 주자 장한이 말했다.

"소인의 아비가 나라에 득죄하여 죽을 뻔했었는데 대감이 살려 주셔서 그 은혜 골수에 사무쳐 갚기를 바랐습니다. 지금 이렇게 부인의 처지를 보고 소인이 어찌 무심할 수 있겠습니까? 바라옵건대 부인은 너무 염려 마옵소서. 오늘 밤에 도망하오시면 그 뒷일은 소인이 당할 것이니 조금도 염려 마옵시고 도망가 살기를 바라소서."

부인이 이 말을 듣고 마음이 조금 놓여 낭자를 데리고 주점 밖으로 나서니 이미 삼경이었다. 인적이 고요한데 동산을 넘어 십 리를 가니 청수에 이르렀다. 길을 안내한 장한이 하직하고 여쭈었다.

"신발을 놓고 가소서. 부인과 낭자가 이 물가에 빠져 죽은 표시를 하고 가시오면 후환이 없을 것이니 부디 살아나 후사를 보소서."

부인이 낭자의 신세를 생각하니 정신이 아득해, 비록 도망쳐 왔으나 청춘인 여자를 데리고 어디로 가 살며 혹 살아난들 승상과 현서와 이별하고 살아서 무엇하리. 차라리 이 물에 빠져 죽으리라 하고, 낭자를 속여 뒤를 보는 체하고 급히 신을 벗어 물가에 놓고 깊은 물에 뛰어드니 실로 가련하고 가련하다.

낭자가 모친을 기다려도 종시 오지 않거늘 급히 살펴보니 사면에 인적이 없는지라. 마음이 답답해 모친을 부르며 청수 가에 나와 보니 모친이 물가에 신을 벗어 놓고 간데없거늘, 발을 구르며 자신 또한 물가에 신을 벗어 놓고 빠져 죽으려 했다. 때는 오경이라 동방이 차차 밝아 오고, 마침 영릉골 관비官婢 한 사람이 외촌外村에 갔다가 회로回路에 청수 가에 다 다르니 어떤 여자가 물가에서 통곡하며 죽고자 하거늘 급히 데리고 왔다. 수양딸로 정하고 자색과 태도를 살펴보니 천상 선녀 같은지라. 만 가지로 달래어 다른데로 못 가게 하더라.

한편 유생은 강 승상의 집을 떠나 황성으로 정처 없이 가다가 뒤늦게 강희주가 잡혀 들어가고 집안이 풍비박산됐다는 소식을 듣게 됐다. 신세를 한탄해도 소용없어 산중에 들어가 삭발위승削髮爲僧 머리를 깎고 승려가 됨하리라 하고 청산을 바라고 종일토록 길을 떠났다. 어느 한곳에 다다르니 앞에 큰 산이 있고 천봉만학千峰萬壑이 충천衝天한 중에 오색구름이 구리봉에 떠 있고 각색 화초 만발한지라. 춘풍이 언듯하며 경쇠부처 앞에 절할 때 흔드는 작은 종 소리 들리거늘 차츰차츰 들어가니 오색구름 속에 단청丹靑하고 휘황한 고루거각高樓巨閣 높고 크게 지은 집이 즐비했다. 일주문을 바라보니 황금대자黃金大字로 '서해 광덕산 백룡사'라 뚜렷이 붙었거늘 산문으로 들어가니 일원 대승이 나오며 유생을 맞이했다.

"소승이 연로해 유 상공 오시는 행차를 동구 밖에 나가 맞지 못하니 소승의 무례함을 용사容赦 용서해 놓아 줌하옵소서."

유생이 깜짝 놀라 물었다.

"천생에 팔자 기박해 조실부모하고 정처 없이 다니다가 우연히 이곳에 와 대사를 만나니, 무슨 일로 이다지도 관대하시며 소생의 성은 또 어찌 아십니까?"

노승이 대답했다.

"어제 남악 형산의 화선관이 소승의 절에 왔다가 소승더러 부탁하기를 '내일 낮 열두 시경에 남경 동성문 안에 살았던 유심의 아들 충렬이가 올 것이니 잘 대접하라' 하시었소."

유생이 노승을 따라 들어가니 제승諸僧들이 합장 배례合掌拜禮 두 손바닥을 마주 대고 절함하며 반기는지라. 노승의 방에 들어가 석반夕飯을 먹은 후에 편히 쉬니 이곳이 선경仙境이라. 세상의 일을 모두 잊고 일신이 편안했다. 이후로는 노승과 함께 병서를 배우고 불경을 학론하니라.

이때 남경 조신 중에 도총 대장 정한담과 병부 상서 최일귀는 일상 꺼리던 유심과 강희주를 멀리 만 리 밖으로 유배보내고 조정 백관을 처결해 천자를 도모코자 연일 준비했다. 신기한 병법과 둔갑장신지술遁甲藏身之術 변신하거나 몸을 감추는 술법과 승천입지지책昇天入地之策 하늘로 날아오르고 땅으로 들어가는 술법과 변화위신지법變化爲神之法 귀신을 부리는 술법이며 악화두수지술握火杜水之術 불과 물을 조종하는 술법을 배워 통달했으니 인간 사람은 당할 이 없더라.

이때는 영종 황제가 즉위한 지 삼 년이 되는 춘정월이라. 국운이 불행하여 여러 오랑캐가 힘을 합쳐 천자를 도모하려 하고 특히 서천 삼십육 도 군장과 남만, 가달, 토번, 오국이 합세해 장사壯士 팔천여 명과 정병 오백만으로 주야 행군해 진남관에 다다라 격서檄書를 남경에 보내고 진남관에 웅거한지라. 백성이 난을 만나 사방팔방으로 피난하니 마을이 텅 비더라.4) 오랑캐의 침범 소식을 듣고 천자는 크게 근심하는데 이때 장안에 바람이 일어나며 일원 대장이 나타나 계하階下 층계 아래에 엎드렸다.

"소장 등이 비록 재주는 없사오나 한번 나가 남적을 함몰해 황상의 근심을 덜고 소장의 공을 세우겠습니다."

모두 보니 신장身長이 십여 척이고 면목이 웅장한데 황금 투구에 녹운포를 입은 것은 도총 대장 정한담이요, 면상이 숯먹 같고 안채가 황홀하며 백금 투구에 홍운포를 입은 것은 병부 상서 최일귀라. 천자가 크게 기뻐하며 양장兩將 두 장수의 손을 잡고 분부했다.

"경들의 충성 지략은 짐이 이미 아는지라, 남적을 함몰해 짐의 근심을 덜게 하라."

양장이 청령聽令 명령을 주의깊게 들음하고 각각 물러나와 정병精兵 우수한 병사 오천씩 거느려 행군했는데 얼마 지나지 않아 즉시 적에게 항복하고 되레 선봉장이 되어서 도성으로 군사를 휘몰아 오더라. 한담과 일귀는 적의 군사를 이용해 천자의 자리를 빼앗고자 거짓 항복을 했던 것이다. 소식을 전해 들은 천자는 크게 놀라 대신들을 돌아보니 이행이 원문轅門 군대가 주둔하는 곳의 문 밖에 엎드려 아뢰었다.

"소신이 재주는 없사오나 신자臣者 도리에 어찌 사직을 돕지 아니하오리까? 소신을 선봉으로 정하옵소서."

천자가 기뻐하사 즉시 이행으로 선봉을 삼아 도적을 막을 새, 이때 적에게 항복한 한담이 선봉이 되고 일귀는 중군 대장이 되어 급히 황성을 거쳐

---

4) 이때 '난'은 병자호란을 의미한다.

들어왔다. 기치창검旗幟槍劍 군대에서 쓰던 깃발, 창, 칼 따위를 통틀어 이르는 말 은 팔봉산 나무같이 벌려 있고, 투구 갑옷은 한천寒天 겨울의 차가운 하늘 에 일광같이 안채가 쏘이는 듯, 금고 함성金鼓喊聲 은 천지를 진동하고 목탁 나팔은 강산을 뒤흔드는 듯, 순식간에 들어와 도성을 빼앗았다. 천자가 금산성으로 피하고 대성통곡할 때 수문장이 들어와 고했다.

"해남 절도사가 군병을 거느려 왔나이다."

천자는 바삐 입시入侍하라 한 뒤 분부했다.

"즉시 절도사를 선봉으로 삼아 도적을 막으라."

한담이 이미 도성으로 들어가 백관을 호령하니 만조백관이 일조에 항복하더라. 이날 한담이 삼군을 새촉해 금산성을 져 파하고 옥새를 빼앗고져 해서 성하에 다다르니 명진 군사 길을 막거늘 부장 정문걸이 창으로 명진을 거쳐 좌우로 충돌하니 일신이 검광 되어 닫는빨리 뛰어가는 앞에 장졸의 머리 추풍낙엽이더라. 해남 군병을 순식간에 죽이고 산성 문밖에 달려들어 성문을 두드렸다.

"명제明帝야, 옥새를 내놓라!"

크게 소리치니 금산성이 무너지며 강산이 뒤넘는 듯했다. 성안에 있는 군사 혼백이 없었으니 그 아니 가련한가? 천자와 조정만이 황황급급해 북문을 열고 도망가 암석 사이에 은신하고 조서를 써 산동 육국에 주야로 가 구원병을 청했다.

육국의 왕이 이 말을 듣고 각각 군사 십만 명과 장수 천여 명을 조발한 뒤 급히 남경 명성원으로 보냈다. 육국이 합세하여 호산대 너른 뜰에 빈틈 없이 행군해 들어오니 천자가 기뻐하고 군중에 들어가 위로했다. 적진 형세와 수차 패함을 낱낱이 말하고 적응을 선봉으로 삼고 조정만을 중군으로 삼아 황성으로 들어왔다.

적장 정문걸이 선봉에 있다가 청병이 오는 것을 보고 필마단창匹馬單槍 말 한 필과 창 한 자루 으로 나가자 한담이 문걸을 다시 불러 물었다.

"적병이 저다지 엄장한데 장군은 어찌 경솔히 가려 하오."

문걸이 답했다.

"어찌 소장의 재주를 쉽게 생각하십니까? 남경이 비록 육국에 청병하여 억만 병이 왔지만 소장의 한칼 끝에 죽는 모습을 앉아서 구경하소서."

한담이 기뻐하고 장대에 높이 앉아 싸움을 구경할 새, 문걸이 창검을 좌우로 갈라 잡고 마상에 높이 앉아 나는 듯이 들어가며 호통을 쳤다.

"명제야, 옥새를 가져 왔느냐? 바삐 항복해 잔명을 보존하라."

억만 군중에 무인지경같이 횡행해 동장東將을 치는 듯 남장南將을 베고, 북장
北將을 베는 듯 서장西將을 치는도다. 문걸의 창검이 닿는 곳마다 싸울 군사가
없었으니 어찌 망극하지 아니할까.

천자가 조정만과 옥새를 갖고 용동수에 빠지고자 했는데 도망할 길이 없어
하늘을 우러러 탄식했다.

충렬은 서해 광덕산 백룡사에서 노승과 한가지로 세월을 보내고 있었다.
이때는 부흥 십삼 년 추칠월秋七月 음력 7월의 가을철 망간望間 음력 보름께이라. 한풍은 소소
하고쓸쓸하고 낙목落木은 분분한데 고향을 생각하며 신세를 생각할 제 홀로 앉아
비감하더라. 하루는 노승이 일어나 밖에 갔다 들어오며 충렬을 불러 물었다.

"오늘 천문天文을 보았느뇨?"

충렬이 급히 나와 보니 천자의 자미성이 떨어져 명성원에 잠겨 있고 남
경에 살기가 가득했다. 방으로 들어와 한숨지으며 낙루落淚 눈물을 흘림하니 노승이
벽장을 열고 옥함을 내놓으며 말했다.

"옥함은 용궁조화龍宮造化거니와 옥함을 싸맨 수건은 누구의 수건인지 자

> 천자의 자미성이 떨어져
> 명성원에 잠겨 있고
> 남경에 살기가 가득하구나.

🕯 소설 한 장면　위기　오랑캐가 나라를 유린하자 전국이 도탄에 빠짐

세히 보라."

충렬이 의심하고 옥함을 살펴보니 자신의 이름이 있는지라 깜짝 놀라 소리쳤다.

"남경 도원수 유충렬이 개탁하라?"

수건을 끌러 보니 글씨가 써 있는데 뜻밖에도 어머니의 글이었다.

'모년 모월 모일에 남경 동성문 안에 사는 충렬의 모친 장 부인이 이것을 아들 충렬에게 부치노라.'

"이게 어떻게 된 일입니까?"

충렬이 수건과 옥함을 붙들고 방성통곡하니 노승이 위로하며 말했다.

"수년 선에 변양 회수에 다다르니 기이한 오색구름이 수건에 덮였기에 바삐 가서 보니 옥함이 물가에 놓여 있었다. 임자를 찾아 주려고 가져와 간수했더니 오늘 보니 상공의 전쟁 기계가 옥함 속에 있었던 것이구나."

옥함은 원래 회수 사공 마철이 잠수질하다가 발견한 것이었다. 물질 중 큰 거북이가 옥함을 지고 나오자 거북을 죽이고 옥함을 가져와 제 집에 두었던 것이다. 전일 장 부인이 마철의 집에서 도망칠 때 옥함을 가지고 나와 수건에 글을 써 회수에 넣은 것을 백룡사 중이 발견해 보관하고 있었다. 충렬은 옥함을 어루만지며 소리쳤다.

"이것이 일정 충렬의 기물器物이니 옥함이 열릴 것이라."

함이 스르르 열리자 안에 갑주 한 벌과 장검 하나, 책 한 권이 들어 있는 것이 보였다. 투구의 광채가 찬란하고 속에는 금자로 '일광주'라 새겨 있었다. 갑옷을 보니 용궁조화 적실하다. 무엇으로 만든 줄 모를 터라. 옷깃 밑에 금자로 새겨 있고, 장검이 놓였지만 두미頭尾 처음과 끝가 없는지라. 신화경을 펴 놓고 칼 쓰는 법을 보니 '갑주를 입은 후에 신화경 일 편을 보고 천상 대장성을 세 번 보게 되면 사린 칼이 절로 펴져 변화무궁할 것이다'라고 쓰여 있었다. 즉시 시험하니 십 척 장검이 번듯하며 사람을 놀라게 하고, 한가운데 대장성이 샛별같이 박혀 있는데 금자로 '장성검'이라 새겨져 있었다. 충렬은 기물을 챙겨 행장에 간수하고 노승에게 말했다.

"천행으로 대사를 만나 갑주와 장검은 얻었지만 용마龍馬는 없으니 장군이 무용지지無容之地 사용할 땅이 없음입니다."

노승이 대답했다.

"옥황께옵서 장군을 대명국에 보내실 제, 사해용왕이 모르겠는가. 수년 전에 소승이 서역에 가올 제, 백룡암에 다다르니 어미 잃은 망아지가 있어 그 말을 데려왔으나, 내게는 부당^{不當}이라 송임촌 동장자에게 맡기고 왔다. 어서 그곳으로 가서 말을 얻은 후에 천자의 목숨이 경각^{頃刻}에 있사오니 급히 가서 구원하라.”

충렬은 송임촌을 찾아가 바삐 동장자를 만났다. 이때 천사마가 벽력 같은 소리를 내며 백여 장 토굴을 넘어 뛰어나와 충렬에게 달려들었다. 반가운 얼굴로 옷도 물며 몸도 대보니 웅장한 거동을 일필^{一筆 단번에 쏨}로 난기^{難記 기록하기 어려움}로다. 충렬은 하직하고 말 위에 앉아 남경을 바라보며 말했다.

“하늘이 나를 내고 용왕이 너를 낼 때 그 뜻이 남경을 돕게 하기 위함이다. 이제 남적이 황성에 강성해 천자의 목숨이 경각에 있다고 하니 대장부 급한 마음 일각이 여삼추라. 너는 힘을 다해 남경을 순식^{瞬息 잠깐 사이}에 득달하라.”

말이 유생의 말을 듣고 백운을 헤쳐 나는 듯이 솟구치니 사람은 천신^{天神}이요, 말은 비룡^{飛龍}이라. 남경으로 바람처럼 달려오니 금산성 너른 뜰에 살기가 충천하고 황성 문안에 곡성이 진동하더라.

천자는 옥새를 가지고 도망해 용동수에 빠져 죽고자 했는데 적진을 벗어날 길이 없어 쩔쩔매던 차였다. 고개를 들어 바라보니 문득 북편으로 천병만마^{千兵萬馬} 들어오며 천자를 불렀는데 정한담은 천자 되어 백관을 거느리고 최일귀는 대장 되어 삼군을 경계했다. 또한, 북적이 합세하여 형세 웅장함이 만고에 으뜸이라. 선봉장 정문걸이 의기양양해 명진 육국 청병을 한칼에 다 무찌르고 선봉을 헤쳐 진중으로 들어왔다.

“명제야, 항복하라! 내 한칼에 육국 청병 다 죽이고 또한 북적이 합세했으니 네 어이 당하겠는가. 바삐 나와 항복해 너의 모자를 찾아가라.”

하고 들어오니 천자는 어쩔 수 없이 옥새를 목에 걸고 항복하려고 했다. 중군 조정만과 명진에 남은 군사들은 슬퍼했다. 천자는 명성원이 떠나가게 방성통곡하며 항복하러 나오더라.[5]

충렬은 금산성 밑에서 망기^{望氣 기운을 보고 짐작함}했다. 형세가 위급함을 보고 바삐 중군소로 들어가 성명을 올려 적과 싸우기를 청했다. 조정만은 허락하며 충렬을 위로했다.

“그대 충성은 지극하나 지금 황상이 항복하려 하시고 또한 적진 형세 저러

---

5) 병자호란 당시, 청나라에 항복해 삼전도에서 굴욕적인 강화를 맺은 인조의 모습이 반영되어 있다.

하므로 그대 청춘이 전장백골戰場白骨 될 것이니 원통하고 망극하다."

충렬은 진문 밖으로 나서면서 벽력같이 소리쳐 적장을 불렀다.

"역적 정한담아! 남경 동성문 안에 사는 유충렬을 아느냐 모르느냐. 빨리 나와 목을 내놓아라."

선봉장 문걸이 크게 놀라 돌아보니 일광 투구에 안채 쏘이고 용인갑은 혼신을 감추고 천사마는 비룡이 되어 안개 속에 싸여 공중에서 소리만 나고 제 눈에는 보이지 않았다. 문걸이 창검만 높이 들고 주저주저하던 차에 벽력과 함께 문걸의 머리가 베어지니 옥새를 목에 걸고 진문을 나서던 천자가 그 광경을 보고 주위에 말했다.

"적장 베던 장수의 성명이 무엇이냐? 바삐 입시하라."

충렬은 말에서 내려 천자 앞에 무릎을 꿇었다. 천자가 급히 물었다.

"그대는 누구인데 죽을 사람을 살리는가?"

충렬은 저의 부친과 강희주 일을 절분切忿 몹시 원통하고 분함히 여겨 통곡하며 여쭈었다.

"소장은 동성문 안에 살던 정언주부 유심의 아들 충렬이옵니다. 만 리 밖에 있다가 아버지의 원수를 갚으려고 여기 잠깐 왔다가 폐하의 옥체가 어려우심을 보고 달려왔습니다. 전일에 정한담을 충신이라고 하시더니 충신도 역적이 되나이까? 그놈의 말을 듣고 충신을 원배遠配 먼 곳으로 귀양 보냄해 다 죽이고 이런 환을 만나시니 천지가 아득하고 일월이 무광無光 희망이 없음하옵니다."

천자는 이 말을 듣고 친히 계하階下로 내려와 충렬의 손을 잡았다.

"과인을 보지 말고 그대의 선조가 창건하던 일을 생각해 나라를 도와주면 공을 갚겠다."

충렬이 청명하고 물러나오니 남은 군사가 불과 일이백 명이라. 천자는 삼 층 단에 앉아 하늘에 제사하고 인검印劍 임금이 병마를 통솔하는 장수에게 주던 검을 끌러 내어 충렬에게 준 후에 대장 사명기司命旗에 친필로 '대명국大明國 대사마大司馬 도원수都元帥 유충렬'이라 써 내주었다. 원수는 사은하고 진법을 시험할 제, 장사일자진長蛇一字陳 뱀처럼 길게 한 줄로 진을 침을 치고 군중에게 호령했다.

"남북 적병이 억만 병이라도 나 혼자 당하려니 너희는 항오行伍 군대를 편성한 대오를 잃지 말라."

원수가 말하자, 적진 가운데 문걸의 죽음을 보고 일진이 진동해 서로 나와 싸우려 했다. 특히 삼군 대장 최일귀가 분기를 이기지 못해 백금 투구를 쓰고 장창대검을 좌우에 갈라 들고 적제마를 채질하며 나는 듯이 달려나왔다.

"적장 유충렬아, 바삐 나와 죽어라."

원수는 장대에 있다가 말을 듣고 바삐 나와 응성^{應聲 소리에 응함}했다.

"정한담은 어디 가고 너만 어찌 나왔느냐. 너희 두 놈의 간을 내어 우리 부모 영위전^{靈位前}에 재배^{再拜}하고 드리리라."

말이 끝남과 동시에 장성검이 번듯하며 일귀가 가진 장창대검이 부서졌다. 최일귀가 크게 놀라며 철퇴로 쳐봤지만 원수의 일신이 안 보이니 어이하리. 적진 중에서 옥관 도사 싸움을 구경하다가 크게 놀라며 급히 쟁^{錚 꽹과리}을 쳐 불러 모으니, 일귀가 겨우 본진으로 돌아와 정신을 잃었는지라.

원수는 북적 선봉 마룡을 죽이고 공중에서 소리쳤다.

"정한담아, 바삐 나와 죽기를 재촉하라. 네놈도 이와 같이 죽이겠다."

목소리만 들리고 모습은 보이지 않자 군사들은 혼란에 빠졌다. 한담은 용상을 치며 소리쳤다.

"억만 군중에 충렬을 잡을 자가 없느냐?"

한담이 직접 나서려고 하자 최일귀가 급히 만류했다.

"대장은 아직 참으소서. 소장이 당하리다."

기운을 차린 최일귀는 말에 다시 올라 나는 듯이 달려들며 소리쳤다.

"적장 유충렬은 어제 미결^{未決 해결하지 아니함}한 싸움을 결단하자."

원수는 적진을 바라보고 나는 듯이 들어가 혼신이 일광되어 가는 줄을 모른다. 원수는 장성검을 휘둘러 일귀의 머리를 베었다. 원수는 벤 머리를 칼끝에 꿰어 들고 천자 전에 바쳤다.

"이것이 최일귀의 머리가 적실하오니까?"

천자는 일귀의 목을 보고 대분^{大忿}하며 도마 위에 올려놓고 점점이 오렸다.

"이놈이 나를 속여 너의 부친을 만 리 연경에 보냈으니 어이하리오."

천자가 원수의 손을 잡고 백 번이나 치사하니 원수는 더욱 감축하고 군중으로 물러나왔다. 조정만이 즐거움을 측량하지 못해 대하^{臺下}에 내려 백배 치사하며 즐기더라.

한담은 장창대검을 다잡아 쥐고 호통을 크게 질러 원수를 불렀다.

"충렬아, 가지 말고 네 목을 바삐 납상^{納賞 대가로 바침}하라."

원수는 한담의 부름을 듣고 응성하니 천자가 원수에게 당부했다.

"한담은 천신의 법을 배워 만부부당지력^{萬夫不當之力 수많은 장부도 능히 당할 수 없을 만큼 뛰어난}

^{능력}이 있고 변화불측^{變化不測}하니 각별히 조심하라."

원수는 크게 웃고 진전^{陣前}에 나서 한담을 망견^{望見 멀리 바라봄}하니, 신장이 십여 척이요 면목이 웅장하더라. 황금 투구의 녹포운갑에 조화를 붙였으니 일대명장^{一代名將}이요 역적 될 만한지라. 원수는 기운을 가다듬고 신화경을 잠깐 펴 한담을 불렀다.

"네놈은 명나라 정종옥의 자식 정한담이 아니냐. 세대로 명나라 녹을 먹고 그 임금을 섬기다가 무엇이 부족해 충신을 다 죽이고 부모국을 치려 하느냐. 비단 천하 사람뿐 아니라 지하 귀신들도 너를 잡아 황제 전에 드리고자 할 것이다. 너 같은 만고역적이 살기를 바랄쏘냐."

한담이 분노하며 나오거늘 원수가 한담을 맞아 싸울 새 칼로 치게 되면 반합에 죽을 것이지만 산 채로 잡고자 해 장성검 높이 들어 한담을 내리쳤다. 그러나 한담은 간데없거늘 원수가 급히 물러나와 신화경을 바삐 펴 일편을 왼 후에 적진을 살펴보니 한담이 채운에 싸여 십여 척 장검 번뜩이며 원수를 따랐다. 원수가 그제야 깨닫고 중얼거렸다.

"한담은 천신이라 산 채로 잡으려 하다가는 도리어 환을 당하리라."

원수가 적진 뒤로 들어가 진중을 헤칠 듯하니 한담이 원수를 따라잡으려 급히 도는 통에 탄 말이 땅에 거꾸러졌다. 이때를 노려 원수가 급히 칼로 한담의 목을 치니 목은 맞지 않고 투구만 깨졌다. 적진에서 한담의 투구가 깨짐을 보고 대경해 급히 쟁을 쳐 무리를 거두었다. 간담이 서늘해진 한담은 이후 진문을 굳게 닫고 나오지 않았다. 원수가 진문을 깨고 들어가니 한담은 도사와 더불어 황황급급 도망쳐 호산대로 높이 올라가 피난하는지라.

원수는 도성에 들어 한담의 가권을 잡고 삼족을 다 잡아 본진으로 보냈다. 동시에 만조백관을 호령하며 천자를 모셔 환궁하고 한담의 가솔을 낱낱이 문죄 후에 씨 없이 베었다. 원수가 전일 살던 집터를 가 보니, 웅장한 고루거각 빈터만 남았더라. 슬픈 마음 진정하고 궐문을 향해 돌아서니 부모님 생각에 갑주 벗어 땅에 놓고 가슴을 두드리며 대성통곡했다.

"불효자 유충렬은 부모 잃고 도로에서 빌어먹다가 몸이 장성해 살던 터를 다시 보니 한숨 절로 난다. 우리 부모는 어디 가시고 이곳이 이런 줄을 모르시는가. 상전벽해^{桑田碧海 뽕나무밭이 푸른 바다로 변할 정도로 세상이 많이 변했음을 뜻함}한단 말을 곧이 듣지 않았는데 지금 내 꼴이 그렇구나."

도성에 돌아오니 충신은 다 죽고 남아 있는 자는 정한담의 동류^{同類}라. 날낱이 잡아내 처참하고 군중에 정한담을 찾아내라고 전령했다.

정한담이 호산대에서 도사와 의논할 새, 도사가 한 가지 꾀를 알려 주었다.

"이제 백계무책百計無策 온갖 계교를 써도 해결하지 못함입니다. 남은 군사로 남만과 서번과 호국 등에 보내어 구원병을 청해 한번 싸워 보고 사불여의事不如意 일이 뜻대로 되지 않음하면 도망해 후일을 도모함이 어떠합니까?"

한담은 패문牌文 문서을 지어 급히 오국에 제각기 보냈다. 오국 군왕이 각기 장수를 보내어 승전하기를 주야 기다리더니 뜻밖에 패군한 소식이 오자 각각 분노했다. 서천 삼십육 도 군장이며 가달 토번왕과 호국 대왕이 정병 팔십 만과 용장 천여 명이며 신기한 도사를 좌우에 앉히고 행군을 재촉하며 달려 드니 그 거동이 웅장하더라.

정한담은 청병이 오는 것을 보고 기운이 펄쩍 나서 최일귀며 부장 정문 걸이 죽었다는 말을 전했다. 청병은 정한담과 동심해 호산대에 진을 치고 격서를 남경으로 보냈다.

원수는 도성에 들고 조정만은 금산성하에 유진했는데 뜻밖에 조정만이 장계를 올렸다. 원수가 급히 개탁해 보니 정한담과 옥관 도사가 합력해 격 서를 보냈으니 급히 와 방적防敵 공격하는 적을 막음하라는 내용이었다. 원수가 듣고 크게 웃으며 말했다.

"정문걸과 최일귀가 천하 명장이었지만 내 칼끝에 죽었습니다. 하물며 오랑캐 군대야 비록 승천입지昇天立地 하늘로 오르고 땅속으로 들어감하는 놈이 선봉이 됐으나 한갓 장성검의 피만 묻힐 따름이라. 황상은 염려하지 마옵시고 소장의 칼 끝에 적장의 머리가 떨어지는 구경이나 하옵소서."

원수가 즉시 갑주를 갖추고 본진에 돌아와 군사를 신칙해 항오를 각별이 단속하고 적진에 글을 보내 싸움을 도울 제, 정한담이 오국 군왕 전에 한 꾀 를 말했다.

"도사의 재주는 소장이 십 년을 공부해 변화무궁하니 구 척 장검 칼머리에 강산도 무너지고 하해河海 큰 강과 바다도 뒤놉니다. 명진 도원수 유충렬은 천신이요 사람이 아니니 대왕이 억만 병을 거느려 왔다고는 하나 충렬을 잡기에는 접전할 장수가 없사옵니다. 만일 싸우다가는 우리 군사의 씨가 마르고 대왕 의 목숨을 보존하기 어려울 것입니다. 오늘 밤 삼경에 군사를 갈라 금산성을 치면 제 응당 구하려고 올 것입니다. 그때를 틈타 소장은 도성에 들어가 천자 에게 항복받고 옥새를 빼앗으면 제 비록 천신인들 제 임금이 죽었는데 무슨 면목으로 싸우겠습니까? 저의 꾀가 이러한데 대왕의 처분은 어떠합니까?"

호왕은 기뻐하고 한담을 대장으로 삼았다. 이 밤 삼경에 한담이 선봉장 극한을 불러 군사 십만 명을 주고 금산성을 치라고 했다. 극한이 청명하고 금산성으로 군사 십만 명을 나열해 쳐들어가니 생각지도 못한 환을 만나 황황급급한지라. 원수가 도성에서 적세를 탐지하고 있는데 한 군사가 와서 보고했다.

"지금 도적이 금산성으로 쳐들어와 군사를 다 죽이고 중군장을 찾아 횡행하니 원수는 급히 이곳으로 와 구원하소서."

원수는 크게 놀라 나는 듯이 적진을 헤쳐 중군에 들어갔다. 조정만을 구원해 장대에 앉히고 필마단창으로 성화같이 달려들자 천극한의 머리가 베이고 십만 군병과 팔공산 초목이 구시월 만난 듯이 순식간에 없어졌다. 원수가 본진으로 돌아와 칼끝을 보니 정한담의 머리가 아닌 되놈의 머리라.

한담은 급히 도성에 들었다. 성중에 군사는 없고 천자는 원수의 힘만 믿고 잠에 깊이 들었다가 뜻밖의 화를 당해 넋을 잃고 용상에 떨어졌다. 옥새를 품에 품고 말 한 필 잡아타고 엎더지며 자빠지며 북문으로 도망쳐 변수 가에 다다랐다. 한담이 궐내로 달려들어 천자를 찾았지만 간데없고 황후, 태후, 태자가 도망쳐 나올 때 달려들어 잡았다. 한담은 이들을 호왕에게 맡기고 북문으로 나섰다.

천자가 변수 가로 도망치는데 한담이 순식간에 달려들어 천자를 잡아 마하馬下에 엎지르고 호통쳤다.

"옥새를 주고 항서降書 항복하겠다는 글를 써 올리면 죽이지 않겠지만 그렇지 않으면 네놈의 노모와 처자를 한칼에 죽이겠다."

천자가 하소연했다.

"항서를 쓰자 한들 지필紙筆이 없다."

한담이 분노해 창검을 번득이며 명령했다.

"용포龍袍를 떼고 손가락을 깨어 항서를 쓰지 못할까."

천자가 용포를 떼고 손가락을 깨물려 하니 차마 못할 즈음에 황천인들 무심하리.

한편 원수는 금성산에서 적진 십만 명을 한칼에 무찌르고 바로 호산대로 득달했다. 적진 정병을 씨 없이 함몰코자 했는데 뜻밖에 월색이 희미해지고 난데없는 빗방울이 원수 얼굴 위로 내렸다. 원수가 이상한 생각에 잠깐 말을 멈춰 세우고 천기를 살펴보니 도성에 살기가 가득하고 천자의 자미성이 떨어져 변수 가에 비치고 있었다.

"이게 웬 변이냐. 순식간에 득달해 천자를 구원하라."

원수는 말에 채찍을 가하며 소리쳤다. 그러자 천사마가 한달음에 궁궐로 안내했다.

"이놈 정한담아, 우리 천자는 해치지 말고 나의 칼을 받아라."

원수가 한담의 목을 산 채로 잡아들고 말에서 내려 천자 앞에 복지했다. 천자는 백사장에 엎어져서 기절한 채 누워 있다가 원수가 일으켜 앉히자 그때서야 정신을 차렸다.

"소장이 도적을 함몰하고 한담을 사로잡아 말에 매달고 왔나이다."

천자가 황망 중에 원수란 말을 듣고 벌떡 일어나 앉았다. 원수가 복지하고 있는 것을 보자 달려들어 목을 안고 소리쳤다.

"네가 정말 충렬이냐. 정한담은 어디 가고 네가 어떻게 왔느냐. 죽을 뻔한 나를 네가 와서 살렸구나."

원수가 자초지종을 아뢴 후에 한담을 말에 묶고 도성으로 들어왔다.

이때 오국 군왕이 성중에 들었다가 한담이 사로잡혔단 말을 듣고 성중보화城中寶貨 일등미색一等美色을 탈취하고 황후와 태후 태자를 사로잡아 본국으로 돌아갔다. 천자는 원수를 붙들고 대성통곡했다.

"이 몸이 하늘한테 죄를 지어 나라가 망할 뻔했는데 그대를 얻어 회복했다. 그러나 부모처자를 되놈들에게 보내고 나 혼자 살아 무엇하리. 그대에게 천하를 전하니 그리 알라. 과인이 죽은 후에 혼백이나마 호국 땅에 들어가 모친을 만날 수 있다면 구천에 들어가도 여한이 없으리라."

천자가 스스로 궐내闕內 백화담에 빠져 죽으려고 하자 원수가 천자를 붙들어 용상에 앉히고 말했다.

"소신의 충성이 부족해 이 지경이 됐으나 신하 된 도리에 호국을 그냥 놔 두겠습니까? 소신이 재주는 없으나 호국에 들어가 황태후를 편히 모시고 돌아오겠습니다."

천자는 원수의 손을 잡고 낙루하며 부탁했다.

"경이 충성을 다해 호국을 쳐 멸하고 과인의 노모와 처자를 다시 보게 하면 살을 베어도 아깝지 아니하리오."

원수는 배사하고 나와 정한담을 끌러 계하에 엎드리게 한 뒤 물었다.

"이놈, 들어라. 네 자칭 황제라 하고 날더러 천의天意하늘의뜻를 모른다 하더니 어찌 내게 잡혀 왔느냐?"

한담이 대답했다.

"소인이 불행하여 도사 놈의 말을 듣고 이 지경이 됐으니 아뢸 말씀이 없나이다."

"도사 놈은 어디로 갔는고?"

"소인이 변수 가에 갔을 때 호국으로 들어간 듯합니다."

한담은 계속해서 말했다.

"소인의 죄가 중重합니다. 도사의 말을 듣고 정언 주부를 무함誣陷 없는 사실을 꾸며내 남을 모함함해 연경으로 귀양 가게 했습니다. 수일 전에 다시 잡아다 항복을 받고자 했지만 종시 말을 듣지 않아서 다시 호국 포판蒲坂중국 산시 성이라 하는 곳으로 귀양 보냈습니다. 그 뒤의 생사는 모릅니다."

원수는 이 말을 듣고 통곡했다.

"강희주는 죽었느냐 살았느냐?"

한담이 말했다.

"강 승상도 무함해 옥문관으로 귀양 보냈는데 중도에서 야간도주해 영릉 땅 청수에 빠져 죽었다 하더이다."

원수는 모친이 봉변당한 일이 한담의 소행인 줄 모르고 강 낭자 죽은 일만 절분해 한담을 대칼에 베고자 했지만 부친을 만난 후에 죽이리라 하고 결박한 뒤 전옥典獄 감옥에 가뒀다. 취조를 마친 원수가 갑주와 장검을 갖춰 천자에게 하직하고 나오려 하니 천자가 계하에 내려 손을 잡고 분부했다.

"짐의 수족을 만리타국에 보냈으니 과인의 마음이 어떠할꼬. 부디 충성을 다해 모친과 자식을 살려 수이 돌아오소. 만일 그동안에 환이 있으면 누구로 하여금 살아날까?"

십 리 밖까지 전송하며 만 번 당부하니 원수가 청명하고 필마단창으로 만리타국으로 들어갔다.

이때 호왕이 후환이 있을까 봐 각도 각관各道各關에 행관行關 관아에 공문을 보내던 일해 호국 들어오는 길의 인가를 없애고 물마다 배를 없애 인적이 통하지 못하게 했는지라. 원수는 전장에 고생하며 음식을 전폐한 날이 많았지만 부친의 소식을 알고자 유주에 득달해 자사를 잡아내 문죄問罪했다.

"네 이놈, 세대로 국록지신國祿之臣 나라로부터 녹을 받는 신하으로 국가가 불안한 가운데에도 네 몸만 생각하고 국사를 돌보지 아니했다. 또한, 정한담의 말을 듣고 유 주부를 네 고을에 귀양했다 하더니 어디 계시냐?"

"포판이란 곳으로 간 뒤에는 소식을 알지 못합니다. 장군의 성명은 무엇이며 무슨 일로 유 주부를 찾습니까?"

원수가 비감하며 대답했다.

"나는 이 고을에서 적거하신 유 주부의 아들이다. 부모의 원수를 갚으려고 적진에 들어가 천자를 구완하고 정한담과 최일귀를 한칼에 베었다. 오국 정병을 일시에 무찌르고 천자를 모셔 환궁했더니 뜻밖에 호국 왕이 들어와 나를 속여 도성을 엄살掩殺 별안간 습격해 죽임하고 황후를 잡아갔다. 그래서 북적을 함몰하고 황후를 모셔 가려고 가는 길에 들렀노라."

자사가 이 말을 듣고 계하에 내려 백배 치사하고 주육酒肉 술과 고기을 많이 내어 대접하고 십 리 밖까지 나와 전송하니라. 원수가 유주를 떠나 호국에 다다르니 풍설이 분분하고 도로는 험악해 인적이 없는지라.

호왕이 십만 병을 거느려 남경에 갔다가 한담이 사로잡혔단 말을 듣고 도성에 들어가 황후, 태후, 태자를 사로잡았다. 또 성중보화와 일등미색을 탈취해 본국으로 돌아와 잔치를 배설하고 방비를 어둑야주 튼튼히 했다.

원수는 호국 지경에 득달해 상남 뜰로 바삐 갔다. 호국 선우대가 구름 속에 보이거늘 창강 갈대 밑에서 천사마에게 물을 먹이고 자신의 낯을 씻었다. 사고무인四顧無人 주위에 사람이 없어 쓸쓸함 적막한데 난데없는 일엽편주一葉片舟 한 척의 조그마한 배가 강 위에 떠오더니 일원 선녀가 선창 밖으로 나와서 원수에게 예하고 금낭을 끌러 과실을 두 개 주며 말했다.

"행역行役 여행의 피로와 괴로움이 곤고困苦 딱하고 어려움하오니 이 과실 한 개를 드시고 한 개는 두었다가 나중에 쓰십시오. 지금 황후와 태후, 태자가 호국에 잡혀가서 동문대 도상에 온갖 형벌을 갖추고 자객을 재촉해 검술을 희롱하고 있습니다. 황후의 귀한 목숨이 경각에 있는데 어찌 바삐 가지 않습니까?"

원수가 대경해 과실 한 개를 먹고 천기를 살펴보니 태자의 장성이 떨어질 듯하고 자미성이 칼끝에 달렸다. 원수는 장성검을 펴 들고 천사마를 채질해 나는 듯이 들어갔다. 동문 밖 십 리 사장에 군사가 가득했다. 원수는 호왕을 큰 목소리로 불렀다.

"여봐라 호왕 놈아, 황후와 태후를 해치지 말라!"

자객이 비수를 번뜩이며 태자의 목을 치려 할 제 난데없는 벽력 소리가 청천에 떨어지며 일원 대장이 제비같이 들어오는지라. 일진이 황겁해 주저

주저하던 차에 동문 대도상에 장성검이 불빛 되어 십 리 사장 너른 뜰에 군사 씨 없이 다 베고 성중으로 달려들어 궐문을 깨치고 만조백관을 대칼에 무찔렀다. 원수는 용상을 쳐부수며 호왕의 머리를 풀어 손에 감아쥐고 동문대로로 급히 나왔다.[6]

황후와 태후, 태자가 자객의 검광 끝에 혼백이 흩어져 기절해 엎더졌는지라. 원수는 급히 달려들어 태자를 붙들어 앉혔다. 황후와 태후도 흔들어 앉히니 한 식경이 지난 후에야 겨우 인사를 차렸다. 원수가 복지해 말했다.

"정신을 차리옵소서. 대명국 도원수 유충렬이 호왕을 사로잡고 자객과 군사를 한칼에 다 죽이고 이곳으로 왔나이다."

태자는 이 말을 듣고 급히 일어나 황후의 목을 안고 소리쳤다.

"정신을 진정하시고 유충렬을 다시 보소."

황후와 태후는 유충렬이 왔단 말을 듣고 가슴을 두드리며 벌떡 일어났다.

대명국 도원수 유충렬이 호왕을 사로잡고 자객과 군사를 한칼에 다 죽이고 이곳으로 왔나이다.

🕐 소설 한 장면 　절정　 유충렬이 능력을 발휘해 적을 무찌름

---

6) 병자호란의 패전과 그로 인한 상처를 문학적으로 승화하고, 나라를 위기에서 구해줄 영웅의 출현을 간절히 바라는 민중 의식이 반영되어 있다.

"그대 정녕 유 원수냐. 북방 호지^{胡地 오랑캐가 사는 땅} 수만 리를 어찌 알고 왔는가? 그대 은덕을 갚아야 하는데 백골난망이라 어찌 다 갚으리오."

태자가 치사하고 천자의 존위를 바삐 물으니 원수가 바로 여쭈었다.

"소장이 도적에게 속아 금산성에 들어가니 적장 천극한이 십만 명을 거느리고 왔었습니다. 한칼에 다 베고 급히 돌아오다가 천기를 본즉 황상이 변수에 죽게 되었습니다. 급히 달려가 황상을 구하고 소장은 대비와 대군을 모신 후에 아비를 찾으려 하고 왔나이다."

세 사람은 백배치사하며 말했다.

"이제 돌아가 천자와 원수가 함께 결의형제하여 우리 모두 만세 유전할까 하노라."

태자는 원수의 칼을 뺏어 들고 호왕을 보고 소리쳤다.

"네 이놈아, 왕후를 질욕^{叱辱 꾸짖으며 욕함}하고 나에게 항복받아 너의 신하로 삼고자 하더니 청천 일월이 밝았거든 언감생심인들 하늘을 욕할쏘냐?"

분심을 참지 못해 장성검을 높이 들어 호왕의 머리를 베어 칼끝에 꿰었다. 그래도 분이 풀리지 않은 태자와 원수는 성중에 들어가 남은 군사를 다 죽였다. 그 뒤 준마 세 필을 구해 황후와 태자를 모시고 호국 옥새와 지도서^{地圖書}를 가지고 행군해 돌아왔다. 도로장을 불러 포판을 묻고 길을 재촉하며 올 때 원수가 부친을 생각하니 눈물이 비 오듯 했다.

"천자는 나 같은 신하를 두어 만리 호국 땅에서 죽을 뻔한 부모를 다시 만났지만 나는 포판에 있는 부친이 죽었는지 살았는지 모르는구나. 회사정에서 모친 잃고 만 리 북방에서 부친 잃고 영릉 천수에서 아내 잃었으니 살아서 무엇하며 죽어도 아깝지 않고 도리어 악귀가 될지도 모르겠구나. 포판으로 가서 우리 부친의 생사를 알아볼까?"

걸음걸음 슬피 우니, 태후와 태자가 원수의 손을 잡고 만단 위로하며 길을 재촉하더라. 여러 날 만에 포판에 득달하니, 이 땅은 북해상 무인지지^{無人之地 사람이 살지 않는 곳}라. 풍랑 소리 사람의 간장을 격동하고 소슬 한풍 원숭이는 슬피 울어 객의 수심을 돕는구나. 귀신이 난잡하니 귀양 온 유 주부가 혈혈단신 살 가망이 전혀 없다. 한담 일당의 농간에 의해 깊은 토굴에 갇힌 유 주부는 죽을 날만 기다리고 있었노라. 아버지의 유배지를 수소문한 원수는 드디어 제 아비 간힌 곳을 발견하고 뛰어들며 통곡했다. 죽어 가던 유 주부는 원수의 목소리를 듣고 중얼거렸다.

"내 아들 충렬은 회수에서 죽었는데 네가 정녕 혼신이냐? 혼백이라도 반 갑고 반갑다."

충렬은 울며 대답했다.

"소자 회수에서 죽을 뻔했지만 천행으로 살아나 도적을 함몰하고 천자 를 모시고 환궁하옵나이다. 밖으로 나와 보소서. 호국으로 가서 황후, 태후, 태자를 모시고 왔나이다."

유 주부가 크게 놀라며 소리쳤다.

"이게 웬 말이냐. 정녕 틀림없느냐? 내 아들 충렬은 가슴에 대장성이 박혀 있고 등에는 삼태성이 있느니라."

원수가 옷을 벗어 땅에 놓고 주부 곁에 앉으니, 샛별 같은 삼태성과 대장 성이 뚜렷이 박혀 있고 금자로 번듯하게 '대명국 도원수'라고 새겨져 있었다. 유 주부는 왈칵 뛰어 달려들어 충렬의 목을 안고 물었다.

"어디 갔다 이제야 오냐. 하늘에서 떨어졌느냐, 땅에서 솟았느냐. 만고역적 정한담이 우리 집에 불을 놓아 너의 모자 죽이려 했다고 했는데 어떻게 살아 나서 이렇게 장성했느냐?"

유 주부는 한참을 통곡하다가 기절했다. 원수는 행장을 급히 끌러 선녀 가 준 실과를 유 주부에게 먹였다. 또 유 주부의 팔과 다리를 주물러 정신을 회복하게 했다. 유 주부가 정신을 회복하니 난데없는 맑은 기운이 청천 일월 같았다. 유 주부는 아들의 손을 잡고 물었다.

"무슨 약을 얻었길래 이렇게 나를 구했느냐?"

황후와 태후는 주부가 회생함을 보고 급히 들어가 주부의 손을 잡았다.

"어찌 저리 귀한 아들을 두어 그대와 우리를 살려 내어 이곳에서 서로 만나 보게 하는고."

유 주부는 땅에 엎드려 말했다.

"이게 다 황상의 덕택입니다."

일행은 회포를 푼 뒤 서둘러 길을 떠났다. 일행이 양자강을 건너갈 때 남경 이 장차 사만 오천육백 리라. 황주에 달려들어 요기^{療飢}하고 나올 제, 멱라수 회사정에 있는 부친 글을 떼 버리고 황성으로 향했다.

한편 천자는 원수를 만리타국에 보내고 밤낮 한탄하고 천행으로 황후와 태후, 태자를 찾아올까 하여 축수했다. 이에 뜻밖에 원수가 장계를 올렸거늘 뜯어보니 이러했다.

'도원수 유충렬은 호국으로 들어가 호적을 함몰하고 황후, 태후, 태자를 모시고 오는 길에 포판으로 가 주부를 살려 내고 함께 본국으로 들어가는 중입니다.'

천자가 십 리 밖까지 나와 영접할 적에 황후와 태후가 달려들어 일변 반기며 일변 슬피 우니 차마 보지 못할 터이라. 태자가 복지하고 여쭈되 호국에 들어가 거의 죽을 뻔했는데 천행으로 원수를 만나 살아난 말을 아뢰었다. 포판에 들어가 주부를 살린 과정을 낱낱이 주달奏達 임금에게 아룀하니 천자는 충렬의 등을 만지며 위로했다.

"옛날 삼국 시절에 유비, 관우, 장비가 도원결의했더니 과인도 경과 결의 형제하리라."

그러자 유 주부가 엎드려 아뢰었다.

"소신은 연경으로 귀양 갔던 유심이옵니다. 자식의 힘을 입어 잔명이 살아나 폐하를 다시 뵈니 만행입니다. 폐하가 이렇듯 국사에 곤고하시되 소신의 충성이 부족해 죄사무석罪死無惜 죄가 무거워 죽어도 안타깝지 않음이로소이다."

천자는 유 주부란 말을 듣고 버선발로 뛰어내려와 주부의 손을 잡았다.

"이게 웬 말인가! 회사정에서 죽은 줄로만 알았는데 어떻게 살아왔는가? 과인이 불명해 역적의 말을 듣고 무죄한 우리 주부를 만리 연경에 보내었으니 누구를 원망할까. 모두 다 과인이 불명한 탓이로다. 그대의 얼굴을 보니 죄 많은 이 몸이 무슨 면목이 있어 사죄할까. 그대에게 공덕을 갚을진대 살을 베어 봉양하고 천하를 반분한들 어찌 다 갚을까."

치사하고 함께 도성에 들어오니 어느 누가 송덕하지 않으며 어느 누가 축수하지 않겠는가. 반 백성이 대로마다 몰려나와 만세를 외치며 원수의 덕을 칭송하고 천자의 무병장수를 기원했다.[7] 궁으로 돌아온 천자와 원수, 황후, 태후 등은 잔치를 열고 밤늦도록 전후 고생담을 설화했다.

이튿날 한담을 잡다 구정뜰에 엎드리게 하니 유 주부는 천자 곁에 앉아 온갖 형벌을 갖추고 물었다.

"네 이놈 정한담아, 전상殿上 전각이나 궁전의 위을 쳐다보라. 나를 아느냐 모르느냐. 네 자칭 천자라 하더니 만승천자萬乘天子도 두 팔이 없느냐. 조그마한 유심의

---

7) 유충렬은 천자에게 충성하고 나라를 구해 영웅이 된다. 국가적 위기에서 공을 세움으로써 명예를 쌓고자 하는 유교 관념이 나타나 있다.

아래에 복지하고 있구나. 너는 네 죄를 아느냐?"

한담이 대답했다.

"소신의 털을 빼어 죄를 논지해도 털이 모자라오니 죽여주옵소서."

유 주부가 분부했다.

"한담의 목을 베라!"

명령이 떨어지자 나졸이 달려들어 한담의 목을 매어 수레 위에 높이 싣고 장안 대도상大道上으로 달려가며 소리쳤다.

"이봐 백성들아, 만고역적 정한담을 오늘 베려고 하니 백성들도 구경하라."

백성들이 한담을 죽이러 간단 말을 듣고 남녀노소 상하 없이 놈의 간을 내어 먹고자 하여 동편 사람은 서편을 부르고 남촌 사람은 북촌 사람을 불러 서로 찾아 골목골목에서 빈틈없이 나오며 한담을 에워쌌다. 수레소를 재촉해 사지를 나눠 놓으니 장안 만민이 벌 떼같이 달려들어 점점이 오려 놓고 간도 내어 씹어 보고 살도 베어 먹어 보며 유 원수의 높은 덕을 칭송했다.

각도 각관에 회시하고 최일귀와 정한담의 삼족을 다 멸하고, 천자는 삼 층 단에 올라 천제하고 유심의 직첩職牒 조정에서 내리는 벼슬아치의 임명장을 돋우어 금자광록태부金紫光祿太夫 대승상大丞相 연국공燕國公에 연왕燕王을 봉하고 옥새, 용포龍袍에 통천관通天冠을 상급하고 만종록을 주었다. 원수에게는 대사마大司馬 대장군 겸 승상 위국공을 봉해 만종록을 점지하고, 남은 장수와 군사들에게도 차례로 벼슬을 주니 천자를 축수하며 원수를 송덕하는 소리가 천지에 진동하더라.

하루는 원수가 천자에게 아뢰었다.

"천은이 망극하여 부자는 만났지만 모친은 어디로 갔는지 모르겠습니다. 옥문관에 적거한 강 승상은 죽었는지 살았는지 소식을 알지 못하고 강 낭자는 청수에서 죽었으니 어느 세월에 만나 볼 수 있을지 알 수 없습니다. 낭자가 부탁한 대로 옥문관에 찾아가 강 승상의 뼈를 거둬 묻어 주고 회수에서 모친 제사를 지내고 강 낭자의 혼백을 위로하려 합니다. 그 후에 다른 데 취처娶妻 장가를 들어 아내를 얻음해 영화를 뵐까 하나이다."

천자가 비감하여 태후 전에 그 말을 고하니 태후는 강 승상의 고모라 이 말을 듣고 슬퍼하며 원수를 입시해 손을 잡고 울었다.

"강 승상은 나의 조카인데 지금까지 살아 있는지 몹시 궁금하다. 그대가 힘을 써 나의 몸은 살았지만 친정 일가는 강 승상 한 명뿐이라. 살았거든 데 려오고 죽었거든 백골이나 주워 와 주오."

원수는 태후를 위로하며 강 승상 집에 머물렀던 전후 사정을 들려주었다. 태후가 놀라며 물었다.

"이게 웬 말인가. 만고 영웅 유충렬이 충신인 줄만 알았더니 나의 손녀 사위가 되었구나. 어서 가서 생사를 알고 그대의 모친과 나의 손녀를 위로해 제사를 지내고 돌아오게."

원수는 천자와 부왕에게 하직하고 군을 재촉해 서번국에 들어갔다. 서천 삼십육 도 군장들이 충렬의 재주를 알고 달려와 낱낱이 항복했다. 원수는 장대에 높이 앉아 군왕을 잡아내 일일이 수죄數罪 범죄 행위를 들추어 냄하고 항서 삼십육 장을 연폭連幅 종이를 이어 붙임해 장계를 급히 쓴 뒤 남경으로 보냈다. 그런 다음 슬픈 마음 진정하고 성중으로 달려들어 수문장을 불러 천자의 공문을 보였다.

"적거한 강 승상이 어디 있느냐?"

수문장이 말했다.

"강 승상이 성중에 있었는데 십여 일 전에 남적이 달려들어 강 승상을 잡아내 호국으로 갔나이다."

원수는 이 말을 듣고 분심이 새로 나서 필마단검으로 남천쪽을 바라보고 구름을 헤쳐 나는 듯이 달려 들어갔다. 호국 지경에 다다르니 분기 더욱 탱천해 격서를 보냈다.

한편 가달 왕은 남경에서 데려간 일등미색들을 좌우에 앉히고 갖은 풍악으로 날마다 즐겼다. 데려간 도사 마음이 산란해 천기를 살펴보니 남경 도원수가 지경으로 들어오거늘 크게 놀라며 왕에게 고했다.

"남경 도원수가 지경에 들어오면 어떻게 합니까?"

문무제신文武諸臣을 모아 방적防敵 침입하거나 공격하는 적을 막음을 의논할 새, 장하에 삼원 대장이 백금 투구에 흑운포를 입고 삼천 근 철퇴를 들고 구 척 장검을 좌우에 들고 계하에 엎드렸다.

"소장 삼 형제는 번약 석장동에 사는 마철 등인데 남경 유충렬이 들어온단 말을 듣고 불원천리不遠千里 왔사옵니다. 소장들에게 선봉을 주시면 충렬의 목을 베어 오겠습니다."

모두 보니 신장이 십 척이요, 기골氣骨이 엄장한지라. 가달 왕이 기뻐하며 마철을 선봉으로 삼고, 마응은 중군을 삼고 마학은 후군으로 삼아 정병 팔십만을 조발해 석대산하에 유진留陣하고 도사와 문무백관文武百官을 거느리고 산에 올라 구경하더라.

강 승상이 되놈에게 잡혀가서 험악이 극심하되 종시 항복하지 않자 호왕이 대로해 미구未久 오래지 아니함에 죽이려 하더라. 그 순간 뜻밖에 유 원수가 들어와 죽이지 못하고 전옥에 가두어 두고 주려 죽게 하는지라. 호왕이 남경에서 데려온 계집 하나가 되놈에게 종시 훼절치 않고 일생 강 승상을 붙들고 떠나지 아니하고 밤마다 축원을 했다.

"유 원수 어서 와서 남적을 함몰하고 본국 사람을 살려 내어 부모 얼굴을 다시 보게 하옵소서."

원수가 필마단창해 호국에 달려드니 석대산하에 천병만마千兵萬馬 유진했으며 검술을 희롱하고 의기양양하거늘 원수가 순식간에 달려들어 적진을 짓밟았다.

"네 이놈 가달 왕아, 강 승상을 해치지 마라!"

대장 마철이 출마해 원수와 싸웠지만 원수의 창검에 맞아 떨어지는지라. 마웅, 마학은 제 형이 당하지 못할 줄 알고 일시에 달려들어 좌우로 쫓아오며 달려들었다. 그러나 일광주 용인갑은 천신의 수적手跡이요, 용궁의 조화라, 살 한 개 범하며 철환鐵丸 하나 맞을쏜가. 장성검 번개 되어 동천에 번듯하며 마철의 머리를 베고 남천에 번듯하며 마웅을 베고 중앙에 번듯 마학의 머리를 베었다. 원수는 적진 백만 대병을 순식간에 함몰하고 천사마를 재촉해 석대산하에 다다랐다. 호왕과 도사가 도망하는데 천사마 앞에 나는 제비도 가지 못하거든 하물며 사람이야 어찌 가리요. 경각에 달려들어 호왕을 치니 통천관이 깨어지고 상투마저 없어지는지라. 호왕이 벌벌 떨며 말했다.

"이는 내 죄가 아니라 모두 다 옥관 도사의 죄로소이다."

원수는 분한 중에 옥관 도사란 말을 듣고 물었다.

"도사는 어디에 있느냐?"

호왕이 일어나 앉아 도사를 가리키자 원수는 도사를 잡아내 꾸짖었다.

"너를 이곳에서 죽여 분을 풀고 싶지만 남경으로 잡아가 천자와 우리 부친 전에 바쳐 죽이리라."

원수가 도사의 두 손목을 끊고 두 발을 끊어 수레에 실었다. 그런 다음 옥문을 깨고 승상을 부르니 승상과 조 낭자가 호왕이 자신들을 죽이려고 찾는 줄 알고 크게 놀라며 기절하는지라. 원수가 바삐 들어가 승상 전에 여쭈었다.

"진정하옵소서, 소자는 회사정에 만났던 유충렬이옵니다. 대명국 도원수가 되어 남적을 함몰하고 호왕을 잡고 도사를 사로잡아 이곳에 왔나이다."

승상이 혼몽 중에 충렬이란 말을 듣고 벌떡 일어나 앉아 보니 과연 충렬이 분명했다. 왈칵 달려들어 손을 잡고 통곡하며 하는 말을 어찌 다 측량할 수 있을까. 조 낭자 곁에 앉았다가 원수란 말을 듣고 앞에 달려들어 물었다.

"장군님이 어떻게 알고 와서 죽은 사람을 살려내어 고국산천과 부모 동생을 다시 보게 하니 이런 일이 또 있을까. 천자님도 살아 계십니까?"

원수는 대답하고 승상에게 말했다. 집을 떠나 백룡사 부처를 만나 전쟁 기계를 얻은 후에 남적을 함몰하고 온 일을 낱낱이 고하니 승상이 기뻐하며 칭찬하더라. 원수는 조 낭자에게 자초지종을 물은 후에 치사하고 함께 궐문에 들어가 격서를 써서 토번국에 보냈다. 번왕은 원수가 온다는 말을 듣고 황겁하여 항서를 쓰고 채단을 갖추어 가달로 보냈다. 사신을 수죄하고 가달 왕과 번왕의 항서와 도사를 사로잡아 보내는 연유를 천자에게 장계하고 전일 가달 왕이 남경에서 데려간 미색들을 낱낱이 되찾았다.

미색들은 고국을 생각하고 부모를 생각하며 밤낮으로 한탄했는데 원수를 만난 뒤에 전후좌우 나열해 원수 전에 백배치사하고 승상을 모시고 원수를 따라왔다. 준마 삼백 필에 미색들을 다 태우고 조 낭자는 옥교를 타고 강 승상 곁에 앉아 행군을 재촉했다. 여러 날 만에 회수에 다다르니 소연한심蕭然寒心 쓸쓸한 마음이 절로 났다. 전에 듣던 풍랑 소리는 사람의 간장을 다 녹이고 전에 보던 좌우 청산은 장부 한심을 돋웠다.

원수는 모친을 생각하며 백사장에 내려앉아 가슴을 두드리며 제물을 장만해 제사를 지내려고 했다. 번양 회수 들어갈 적에, 남만 오국에서 받은 금은 채단과, 옥문관에 두고 갔던 군사와, 데려오는 미색들이 행군해 번양 성중으로 들어오니 모두가 나와 환영했다. 태수가 바삐 불러 천금을 내어 주며 제물을 장만할 제, 온갖 어육을 갖추고 온갖 채소 등대等待해 백사장 십 리 뜰에 백포청장白布靑帳 흰 베와 빛깔이 푸른 휘장을 둘러치고 제사를 준비하니 원수는 백의를 입고 백건白巾 백대白帶에 흰 갓을 쓰고 축문 일장 슬피 지어 회수 가로 나왔다.

조 낭자는 목욕재계한 뒤 소복을 입고 향로香爐를 들고 원수를 배행陪行하며 물가에 나올 적에 고금이 다를쏘냐. 남경 도원수 회수에 빠져 죽은 모친을 위해 제사한다는 말을 듣고 남녀노소 모두 원수의 공덕을 치사하며 그 얼굴을 보려 했다. 원수는 제소祭所로 들어와 삼 층 단 높이 만들어 단상에 제물을 진설하고 조 낭자는 향로를 단상에 올려놓고 낭자가 집사執事되어 분향하고 나오니 원수는 통곡하고 궤좌하며 독축讀祝 축문을 읽음하더라.

"유세차維歲次 부경 십칠 년 갑자 이월 갑인삭甲寅朔 이십팔 일 신사辛巳에 남경 동성문 안에 사는 불효자 충렬은 모친 장씨 전에 예를 갖추어 해상고혼海上孤魂을 위로하오니 혼백이나 받으소서. 오호嗚呼 슬플 때나 탄식할 때 내는 소리라! 우리 부모 연광이 반이 넘어 일점혈육이 없었기로 복중에 설운 마음 남악산에 정성 들여 천행으로 충렬을 낳아 놓고 애지중지 키워 내어 영화를 보려 했는데 간신의 해를 보아 부친이 만 리 연경으로 간 후에 모친만 모시고 있다가 피화避禍 재앙을 피함해 달아날 적에 이 물가에 다다르니 난데없는 해상수직海上水賊 사면으로 달려들어 우리 모친 결박한 뒤 풍랑 중에 내쳐 놓았다. 난리 통에 모친은 간데없고 천행으로 충렬만 살아나서 모친이 남긴 옥함을 얻었다. 전쟁 기계를 갖추어 도적을 함몰하고 정한담과 최일귀를 벤 후에 천자를 구완했다. 그 뒤 만 리 연경에 적거하신 부친을 모셔다가 천은을 입어 연왕이 되어 만종록을 받게 하고 남적을 소멸한 후에 강 승상을 살려 내고 이곳에 왔사오나 모친은 어디로 가셨는가. 호국에 갔던 부친은 살아왔는데, 옥문관 갔던 강 승상도 살아오고 호국에 잡혀갔던 고국 사람들도 살아오고 황후 태후 중한 옥체 번국에 잡혀갔다 살아왔는데 모친은 어디로 가고 살아올 줄 모르는가……."

울음소리가 용궁에 사무치니 들어선 수령 방백과 백성들이 방성통곡하는 소리에 강천이 창망했다. 제祭를 파한 후에 온갖 음식을 많이 싸서 해상에 들이치고 성중에 들어와 군사를 호군하고 길을 떠나갈 새 각 읍에 선문先文 도착 날짜를 미리 알리는 글 놓고 금릉 성중에 득달해 숙소하고 군사를 쉬게 하는지라.

장 부인은 활인동 이 처사 집에 있으면서 세월을 보냈는데 하루는 남경에 난리가 났단 말을 듣고 탄식했다.

"하릴없다. 이제는 주부가 속절없이 죽겠다. 우리 충렬이가 살아 있으면 평난平亂 난리를 평정함하고 부모를 찾으련만 죽은 것이 확실하다." 하고 방성통곡했다. 마침 이 처사가 번양에 갔다가 대명국 도원수 유충렬이 회수에서 제사하는 말을 듣고 백성들 속에 섞여 함께 구경했다. 한데 원수 축문 외는 소리를 듣고 급히 집으로 돌아와 장 부인에게 전후 본 것을 말하니 부인이 기뻐하며 서둘렀다.

"어서 가세, 내 아들 충렬이 살아왔네."

즉시 진중으로 달려가 아들 충렬을 얼싸안았다.

"네가 귀신이냐, 내 아들 충렬이냐. 내 아들 충렬은 회수에서 죽었는데 어떻게 살아온 것인가. 내 아들 충렬은 등에 삼태성이 표적으로 박혔느니라."

원수가 급히 옷을 벗고 곁에 앉으니 과연 삼태성이 뚜렷이 박혀 있고 금 자로 새긴 것이 어제 본 듯 완연하니 서로 붙들고 방성통곡하는 정이 만 리 호국에서 부친 만날 때의 배나 더한지라. 뜻밖에 모자상봉했으니 인지상정 이 고금이 다르겠느냐. 죽은 부모 다시 만나 영화 보게 되었으니 반갑고도 슬픈 정은 일구난설一口難說 내용이 길거나 복잡해 한마디로 설명하기 어려움이라.

강 승상이 옥교를 가지고 활인동에 들어가 부인 전에 예하고 부인을 모셔 성중에 들어왔다. 구경하는 여인들이 옥교를 잡고 부인 전에 백배 치하하고 송덕하는 소리에 산신령도 춤을 추고 강산도 즐기니 하물며 사람이야 말해 무엇할까. 부인이 낱낱이 위로하고 성안에 들어와 수일 즐기더니 길을 떠 남에 이 처사 가권을 모두 다 거느리고 황성으로 올라갔다. 활인동 어구에 삼장 석비를 세워 자초지종을 기록하고 서천 삼십육 도 사신이며 남만 오국 금은 채단 만여 필을 앞세우고 남경 인물이며 군사 좌우에 나열하고 각도 각과 방백 수령 전후에 옹위한데 구경하는 사람조차 백 리에 연속하니 낭자 한 거동은 천고에 처음이라.

원수가 모친과 승상을 모시고 길을 떠나 영릉을 바라보고 행군하며 올라 갈 적에 일희일비 슬픈 마음이 절로 났다. 수중에 죽은 부모 다시 만났으나 강 낭자는 어디 가서 만나 볼까. 모친 보고 승상 보니 남궁가북궁수南宮歌北宮愁 남쪽 집에서는 노래하고 북쪽 집에서는 근심함라. 모친은 옥교 안에서 희색이 만면했고, 승상은 수레 위에서 일희일비 슬픈 마음 처자를 생각하여 수심이 만면하더라. 원수 는 줄곧 강 낭자를 생각하며 영릉 성중으로 들어오니 이 땅은 승상의 고토 故土 고향라. 슬픈 마음을 어찌 다 측량하리오. 객사에 숙소하고 월계촌 소식을 알고자 해 사오일을 유련留連 차마 떠나지 못함하는지라.

한편, 강 낭자는 도망해 청수 가로 오다가 모친은 청수에 빠져 죽고 영릉 고을 관비에게 잡혀와 머무니 천한 기생 하는 행사가 예나 지금이나 다를 쏘냐. 낭자로 하여금 태수의 수청을 드리고자 해 수양딸을 삼은 후에 무수 히 훼절코자 한들 빙설 같은 맑은 절개 일시에 변하며 일월같이 밝은 마음 곤궁하다고 변할쏘냐. 이 꾀로 모피謀避 꾀를 써 피함하고 저 꾀로 모피하니 관장

官長에게 욕도 보고 관비에게 매도 많이 맞으니 가련한 그 한결같은 마음은 차마 보지 못할 일이라.

관비 딸 하나가 있었는데 제 몸은 미천하나 마음은 어질어 매일 강 낭자를 불쌍히 여겨 절개를 칭찬하며 제 어머니를 만류하고 낭자를 구완하며 매양 몸을 바꾸어 제가 수청하고 낭자는 구완해 살리는지라.

유 원수가 동헌東軒에 좌기하고 사오일 유련할 제 관비가 생각하되,

'원수는 호걸이요, 낭자는 미색이라. 이런 때를 당해 수청을 드리면 원수의 혹惑한 마음이 천만 냥을 아낄쏘냐.'

급히 들어가 이날 밤에 낭자를 보내고자 하더니 딸 연심이 이 기미를 알고 낭자더러 소곤거렸다.

"금야에 변을 당할 것이니 그대 생각해 사양치 말고 들어가면 내가 중로에 있다가 대신 들어갈 것이니 그리 알고 있으라."

이날 밤, 연심이 낭자를 내보내고 제가 들어가니 원수 등촉을 밝히고 낭자를 생각하며 금낭을 끌러 낭자의 글을 볼 제 일자일체一字一涕 글자를 하나 쓸 때마다 울 정도로 몹시 슬퍼서 글을 제대로 쓰지 못함 하니 한탄하고 그 밤을 지내는지라.

낭자는 연심을 보내고 침실에 돌아와 원수를 생각하며 자탄自歎하고 잠 못 들어 생각했다.

'원수의 성명을 들으니 나의 낭군과 동명이라, 낭군이 적실하면 응당 월계촌에 들어가 우리 집 소식을 물으련만 월계촌을 아니 가니 답답하고 원통하다. 연심이 어서 나오면 진위를 알아보리라.'

이튿날 연심이 나오다가 제 어미를 만나니 관비 그 기미를 알고 대로하여 원수 전에 아뢰고 낭자와 연심을 죽이고자 하여 급히 들어가 문안하고 여쭈었다.

"소인의 딸이 얼굴이 절색이요, 태도 있는 고로 상공 전에 수청을 보냈더니 제 몸은 피하고 다른 년이 대신 들어갔사오니 두 년을 치죄治罪하옵소서."

원수가 대로해 소리쳤다.

"대신 온 년을 나입拿入 죄인을 법정으로 잡아들임 하라!"

연심이 잡혀 들어 계하에 복지하니 원수가 물었다.

"너는 무슨 욕심으로 그런 짓을 했느냐, 죽을 때도 대신 갈까?"

연심이 말했다.

"소녀 비록 천비이오나 일생에 수절하는 사람을 불쌍히 여겼나이다. 수년

전에 어미가 외촌ᵂ村에 갔다가 어떠한 여자를 데려다가 수양딸을 삼아 동네마다 수청을 드리고자 했습니다. 그런데 그 여자의 굳은 절개가 청천에 일월같고 삼동三冬에 촛불같이 변할 길이 없는 고로 소녀가 매양 구제하옵더니 마침내 상공이 행차하셨기에 그 여자를 구완해 대신 왔사오니 죄를 주옵소서."

원수는 이 말을 듣고 마음이 절로 비감하여 의심이 나 다시 물었다.

"그 여자의 성명이 무엇이며 절개 있다 하니 뉘 집 여자냐?"

연심이 대답했다.

"그 여자 소녀와 사오 년을 동거했지만 종시 자신의 성명을 모른다 하고 뉘 집이란 말을 안 했습니다."

원수가 고이 여겨 물었다.

"적실히 그러할진대 바삐 입시하라."

낭자는 연심이 잡혀갔단 말을 듣고 신세를 자탄하더니 뜻밖에 관비 십여 명이 나와 잡아다가 계하에 복지하거늘 원수가 창문을 열고 낭자의 상을 보니 숙면熟面인 듯하고 심신이 비감해 자세히 보니 의상은 남루襤褸하나 기생妓生 되기 생심 밖이요, 천인 자식 아깝도다. 원수는 소리를 나직이 해 낭자더러 물었다.

"거동을 보니 천인 자식이 아니요, 여자의 말을 들었는데 수절을 한다 하니 뉘 집 자손이며 낭자는 누구건대 왜 수절을 하는지 자세히 말하라."

낭자는 계하에 복지해 원수의 말을 들으니 낭군과 이별할 때 하직하고 가던 말이 두 귀에 쟁쟁해 일분도 다름이 없는지라. 낭자가 전일은 도망해 왔기 때문에 거주성명을 속였는데 마음이 자연 비감해 진정으로 말했다.

"소녀는 강 승상의 무남독녀이옵니다. 부친이 만 리 연경에 귀양 간 유 주부를 위해 상소했더니 만고역적 정한담이 충신을 모함해 승상을 옥문관으로 귀양 보내고 소녀와 모녀를 금부도사와 잡아갈 적에 야간도주하던 중 모친은 물에 빠져 죽고 소녀도 죽으려고 했사옵니다. 그때 영릉 관비가 외촌에 갔다 오는 길에 저를 데리고 와 이 집에 머물게 됐는데 갖은 고초 무릅쓰는 중에 연심의 도움을 얻어 이때까지 살았습니다. 그런데 오늘은 이 말을 원수 전에 고하고 자결코자 하나이다."

원수는 이 말을 듣고 당에 뛰어 내려서며 소리쳤다.

"이게 웬 말인가."

원수는 영릉 태수를 바삐 불러 강 승상을 오라 했다.

강 승상이 처자를 생각해 잠을 못 자니, 몸이 곤해 졸고 있었다. 원수가 오란 말에 놀라서 들어오니 원수가 말했다.

"강 낭자가 살아왔나이다."

승상이 이 말을 듣더니 정신이 아득하고 천지가 캄캄한지라. 원수와 이별할 때 내어 주던 표를 내어놓고 상고相考 서로 견주어 고찰함 하니 일호一毫 털 한 가닥 도 의심이 없는지라. 승상은 낭자의 목을 안고 물었다.

"내 딸 경화야, 청수에 죽었다더니 혼백이 살아왔냐. 꿈이냐 생시냐. 너의 낭군 유충렬이 왔으니 소식 듣고 찾아왔냐. 우리 집이 소沼가 되어 버들 푸른 가지 빈 터만 남았으니 슬픈 마음 어찌 다 진정하리."

원수가 낭자를 보고 하는 말이며 세세細細 성남情談을 어찌 다 기록할까. 장 부인이 내동헌內東軒에 있다가 기별을 듣고 급히 나와 보니 낭자가 고부지례姑婦之禮 로 문안하고 살아난 말을 자상히 하니 장 부인이 손을 잡고 말했다.

"세상 사람이 고생이 많다 하나 우리 고부 같을쏘냐."

낭자를 데려간 관비 혼백이 상천上天하고 간장이 녹는 듯, 원수는 동헌에 높이 앉아 관비를 잡아들여 물었다.

"너를 죽일 것으로되, 너 같은 천기賤妓 년이 사람을 알아볼쏘냐? 청수에 가 낭자 구한 일로 방송하니 그 덕인 줄 알아라."

그리고 연심을 불러 무수히 치사하고 보내려 하니 낭자가 곁에 앉았다가 청했다.

"연심은 백년 은인이어서 평생을 한가지로 지내고자 하니 황성으로 데려 갑시다."

원수는 그 말을 옳게 여겨 연심을 불렀다.

"부인을 착실히 모셔라."

연심은 황공하게 여겼다. 원수가 전후사연을 낱낱이 기록해 나라에 장계하고 길을 떠날 때 장 부인은 금교를 타고 강 낭자와 조 낭자는 옥교를 타고 좌우로 모시고 강 승상은 수레를 타고 오국 사신이 모셨다.

청수 가에 다다르니 소 부인이 죽던 곳이라. 원수는 승상을 위해 영릉 태수를 바삐 불러 제물을 장만한 뒤, 승상을 주인 삼고 조 낭자는 집사 되고 원수는 축관祝官 제사 때 축문을 읽는 사람 되어 독축讀祝 축문을 읽음하며 통곡하는 말이 회수에서 모친 제사할 때와 다름이 없더라. 제를 파하고 행군하며 나올 적에 천자와 황태후며 연왕과 조정에서 충렬을 가달국에 보내고 주야 생각하며 장

부인을 찾아오는가 하여 일야^{日夜} 한탄했다. 그런데 뜻밖에 원수의 장계를 보고 즐거운 마음 측량없으며 장안 백성이 이 말을 듣고 각각 자식을 보려고 다투어 나오더라.

천자와 태후와 연왕이 백 리 밖까지 나와 맞을 새 원수의 위엄을 보니 금교 옥교 떠오는데 강 낭자는 좌편이요, 조 낭자는 우편이라. 좌우 청정^{靑旌 푸른 깃발} 고였는데 금수단^{錦繡緞} 양산^{陽傘 비단으로 만든 햇빛 가리개}대는 반공에 솟았도다.

장안 만민이 남적에게 잡혀갔던 며느리며 딸이며 동생들이 본국에 돌아온단 말을 듣고 호산대 십 리 뜰에 빈틈없이 마주 나와 각각 만나 옥수^{玉手} 나삼^{羅衫} 부여잡고 그리던 그 정곡^{情曲 간곡한 정} 못내 즐겨 하며 울음소리 웃음소리 반공에 뒤섞이어 호산대가 떠나갈 듯 원수를 치사하고 장 부인을 치사하는 소리 낭자해 요란했다. 금산성 밑에 다다르니 천자와 황태후 옥연^{玉輦}에 바삐 내려 장막 밖에 나섰다. 원수가 갑주를 갖추고 군례^{軍禮}로 현신하니 천자와 태후 원수의 손을 잡고 못내 치사했다.

"과인의 수족을 만리타국에 보내고 밤낮 염려했는데 이렇듯이 무사히 돌아오니 즐거운 마음 어찌 다 칭찬하며 회수에서 죽은 모친 데려온다 하니 만고에 없는 일이며 옥문관에 강 승상과 청수에 죽은 강 낭자를 살려오니 천추에 드문 일이라. 그대의 은혜는 백골난망^{白骨難忘 죽어서 백골이 되어도 잊을 수 없음}이라. 그 말이야 어찌 다하리오."

황태후도 원수를 치사한 후에 강 승상을 부르니 승상이 바삐 들어와 복지했다. 천자가 내려와 승상의 손을 잡고 위로했다.

"과인이 불명해 역적의 말을 듣고 충신을 원방에 보냈으니 무슨 면목으로 경을 대면하리오. 그러나 왕사^{往事 지나간 일}는 물론^{勿論 말할 것도 없음}하오."

황태후가 승상을 보고 하는 말이야 어찌 다 말로 다 하리. 연왕은 다른 사처^{私處 사적으로 머무는 곳}에 있다가 장 부인이 금교를 타고 오는 것을 보고 마음이 허공에 떠서 충렬이 나오기를 고대했다. 원수는 천자에게 물러 나와 부왕 전에 아뢰었다.

"불효자 충렬이 남적을 소멸하고 오는 길에 회수로 와 제사를 올리다가 천행으로 모친을 만나 이렇게 왔나이다."

연왕이 반가움을 측량치 못해 물었다.

"너의 모친이 어디 오느냐?"

장 부인이 모장^{毛帳 장막} 밖에 있다가 주부의 말소리를 듣고 반가운 마음을 어떻게 할 수 없어 달려 들어가니 연왕이 부인을 붙들고 물었다.

"그대 일정 장 상서의 따님인가. 멀고 먼 황천길에 죽은 사람도 살아오는 법이 있는가. 회수 만경창파 중에 백골이 되었을 적에 어떤 사람이 살려 왔나. 어느 집 자손이 모셔 왔나. 충렬아, 네가 정녕 살려 왔나."

북방 천리만리 호국 땅에서 잡혀 죽게 된 유 주부와 만경창파 회수 중에 십 년 전에 잃은 장씨 다시 만나 즐길 줄 어느 누가 알았을까. 또 일곱 살 자식을 환란 중에 잃었더니 다시 만나 영화 볼 줄 꿈속에서나 생각할까.[8] 장 부인이 석장동 마철의 집에 잡혀갔던 일이며, 옥함을 가지고 야간 도망해 환^患을 만나던 일이며, 옥함을 물에 놓고 죽으려 하다가 활인동 이 처사의 집에서 살아난 일을 낱낱이 말했다.

천자를 모시고 성중에 들어올 새 자식 만나 치하하는 소리며, 만조제신 ^{滿朝諸臣} 하례^{賀禮}하는 말을 어떻게 다 기록하리.

황후와 태후가 강 낭자를 입시해 전후 사정을 물을 적에, 부인이 고생한 말을 낱낱이 하고 서로 울며 장 부인이 치사하기를 마지아니하더라. 원수 는 천자와 부왕을 모셔 황극전에 전좌하고 오국 사신 예를 받아 문목수죄 ^{問目數罪 죄목을 따져 물음}한 연후에 옥관 도사를 잡아들여 계하에 엎드리게 하고 문초 했다.

"간사한 도사 놈아, 네 전일 정한담에게 말하기를 천재일시^{千載一時 딱 한 번의 기회} 라 급격물실^{急擊勿失 급하게 쳐서 때를 놓치지 말아야함}하라더니 어찌 조그마한 유충렬을 못 잡아서 너희 놈들이 먼저 다 죽느냐?"

도사가 말했다.

"패군지장^{敗軍之將 싸움에 진 장수}은 불가이어용^{不可而語勇 가히 용맹을 말할 수 없음}이라 하니, 죽은 들 무슨 한이 있으리까."

원수는 그놈의 재주에 탄복하고 군사를 재촉해 장안시에서 처참한 후에 오국 사신을 각각 돌려보냈다. 그런 다음 황성 동문 밖 인가를 다 헐어 별궁 을 지은 후에 직첩을 돋울 새, 산동 육국에서 들어오는 결총^{結總 토지세를 걷을 때 기준} ^{으로 삼는 논밭 면적의 전체 수}은 모두 다 연왕에게 부치고 원수에게 남평 여원 양국 옥새 를 주어 남만 오국을 차지해 녹을 부치게 했다. 또한, 대사마 대장군 겸 승

---

8) 유충렬의 가문은 모함을 당해 뿔뿔이 흩어진 뒤 전란까지 겪었지만, 결국 다시 만나 부귀영화를 누리며 행복하게 살아간다. 이 대목에는 가문 부흥을 소망하는 몰락 양반들의 심리가 반영되어 있다.

상 인수印綬 병권을 가진 무관이 발병부 주머니를 매어 차던 끈를 주어 슬하를 떠나지 못하게 했다. 장 부인을 정렬부인貞烈夫人 겸 동궁야후東宮耶后 동궁의 어머니 연국 왕후를 봉해 경양궁에 거처하게 하고, 강 승상에게 달왕 직첩을 주어 빈사지위賓師之位 빈객의 대우를 받는 지위에 있게 했다. 강 부인으로 하여금 정숙부인 겸 동궁후 언성 왕후에 봉해 봉황궁에 거처하게 하고 활인동 이 처사로 하여금 간의태부諫議太夫 도훈관都訓官에 이부 상서吏部尙書를 겸해 육조를 다스리게 했다. 또한, 영릉 관비 연심으로 하여금 남평왕의 후궁으로 봉해 봉황궁에서 강 부인을 모시게 하니 백성의 칭송이 천지에 진동하더라.

나라가 평화로우니 가문도 평화롭구나.

◌ 소설 한 장면   결말   나라는 평화를 되찾고, 유충렬은 부귀를 누림

📹 생각해 볼까요?

선생님 「유충렬전」은 일종의 복수극이라고 할 수 있는데, 이는 당시 시대적 상황과 어떤 연관이 있을까요?

💬 2 ♥ 2

↳ **학생 1** 「유충렬전」은 임진왜란과 병자호란으로 나라가 황폐해졌을 무렵 창작된 작품이에요. 전란 이후 나라에는 불안감과 패배 의식이 가득했고, 백성들은 하루 속히 나라가 안정되기를 바랐지요.

↳ **학생 2** 「유충렬전」에는 당시 민중의 심리가 반영되어 있어요. 황폐한 사회를 살아가야 하는 슬픔, 패전으로 인한 민족적 자존심의 회복을 바라는 마음, 청나라에 대한 적개심 등을 예로 들 수 있지요. 악인에게 통렬히 복수하고 징계하는 대목을 통해 고난에 대한 보상 심리도 엿볼 수 있어요.

선생님 천자, 유심, 강희주 등 각 인물의 가족들이 이별하고 재회하는 모습 속에는 어떤 의미가 담겨 있을까요?

💬 2 ♥ 2

↳ **학생 1** 「유충렬전」은 정치적 암투 때문에 가족 구성원이 생이별하면서 겪는 고난과 재회의 과정을 담고 있어요. 천자의 일가, 유심의 일가, 유충렬의 처가가 처한 상황은 안정된 삶을 영위하지 못하는 하층민의 비극적인 상황과 별반 다르지 않고요.

↳ **학생 2** 작품 속에 천자 일가의 고난이 그려진 데서 무능력한 왕권을 비판하려는 의도를 읽어낼 수 있어요. 천자라는 높은 지위에 있어도 아무런 힘을 발휘하지 못하고 가족들을 먼 곳으로 떠나보내야 했으니까요.

선생님 「유충렬전」에 나타난 주술적 상상력이란 무엇인가요?

💬 3 ♥ 3

↳ **학생 1** 유충렬은 천상의 신선(자미원 장성)으로 지내다가 죄를 짓고 지상으로 내려온 인물이에요. 전투에 나설 때는 신선의 도술처럼 가공할 파괴력으로 오랑캐들을 정벌해요. 덕분에 나라와 가정의 안위를 보존할 수 있었지요.

↳ **학생 2** 유충렬 외에 다른 등장인물들은 선녀가 가지고 온 천상의 과일을 먹고 기력을 찾거나, 난이 닥칠 때마다 꿈을 통해 현실의 위험을 예고받기도 해요. 즉, 「유충렬전」 속 환상성은 도교적인 상상력과 민간의 주술적 신앙이 결합되어 있어요. 현실에서 이루지 못하는 일을 이루고자 하는 바람에서 나타났지요.

↳ **학생 3** 유충렬은 비정상적 출생, 고귀한 혈통, 뛰어난 능력 등 영웅으로서 전형적인 특징을 지닌 인물이에요. 그만큼 당시 사람들이 영웅의 출현을 간절히 바라고 있었음을 알 수 있지요.

선생님 「유충렬전」에서 '영웅의 일대기 구조'는 어떤 양상을 보이고 있나요?

 3 3

 학생 1 유충렬은 명나라 관리 유심의 외아들로 태어나요. 그 전에는 천상계의 신선 이었고요. 이는 영웅이 '고귀한 혈통'으로 태어난다는 것을 뜻해요. 후사가 없던 유심 부부는 간절히 기도한 끝에 유충렬을 얻었지요. 이는 영웅의 '비정상 적인 출생' 혹은 '기이한 탄생'을 뜻해요.

 학생 2 유충렬은 계속되는 고난 속에서도 탁월한 능력을 발휘해요. 이는 영웅의 '뛰어난 능력'을 의미해요. 간신의 모해로 유충렬의 가족들이 뿔뿔이 흩어지는 것은 영웅의 '고난 및 위기'를 나타내고요.

 학생 3 유충렬이 도승을 만나 도술을 배우는 것은 '조력자의 도움'에 해당해요. 배운 도술을 토대로 능력을 발휘해 국가적 위기를 극복하는 것은 '고난 극복'이에요. 간신들의 반란을 무찌르고 행복한 결말을 맺는 것은 영웅의 '위업 달성'이라 는 구조를 뜻하지요.

병자호란 ▼ Q

연관 검색어   양 난   친명배금   남한산성

1623년 인조반정으로 인조가 왕위에 오르자, 조선은 명나라와 친하게 지내되 후금은 배척하는 정책을 내세웠다. 이에 후금은 조선을 침략해 정묘호란을 일으켰고, 나라 이름을 청으로 고친 뒤 조선을 다시 침략했다. 당시 조선에서는 전쟁을 피하자고 주장 한 주화론보다는 끝까지 항전해야 한다고 주장하는 척화론이 우위에 있었기 때문에 청의 군신 관계 요구를 받아들이지 않았다.

병자호란 도중 인조는 강화도로 피난하려 했지만 길이 막혀 남한산성으로 향했고, 남한산성이 포위되자 추위, 굶주림, 물자 부족 등으로 항전을 오래 이어나갈 수 없었다. 인조는 청과 굴욕적인 강화를 맺은 뒤 소현 세자, 봉림 대군(훗날 효종)을 비롯한 많은 조선 사람을 청으로 보내야만 했다. 인조의 뒤를 이은 효종은 북벌 계획을 추진했지만 뜻을 이루지 못했다.

조웅전

#무용담 #결연담 #자유연애 #유불선

⚓ 작품 길잡이

작가: 미상
갈래: 국문 소설, 영웅 소설, 군남 소설
성격: 영웅적, 초현실적
배경: 시간 - 18~19세기 / 공간 - 중국
주제: 나라의 은혜를 갚기 위한 충절, 자유연애 사상

📷 인물 관계도

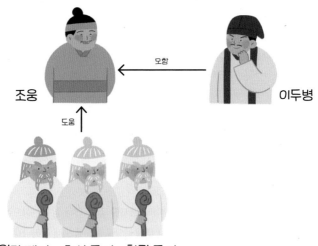

조웅 ← 모함 ← 이두병

조웅 ↑ 도움

월경 대사   화산 도사   철관 도사

조웅	고난을 극복하고 능력을 갈고 닦아 부귀영화를 누린다.
이두병	남을 모함하거나 황제를 끌어내리는 등 악행을 일삼는다.

🗒 구성과 줄거리

발단   조웅의 가족이 위기를 겪음

충신 조 승상은 간신 이두병의 참소로 인해 자결한다. 이에 천자는 조 승상의 아들 조웅을 궁중으로 불러 태자와 함께 지내게 한다. 이두병은 조웅까지 죽이려 하지만, 조웅의 어머니는 아들과 함께 피신한다.

전개   조웅이 훗날을 위해 능력을 갈고 닦음

천자가 죽고 태자가 새 황제로 오르지만, 이두병은 어린 황제를 외딴섬으로 보내고 스스로 황제가 된다. 한편 조웅은 도승들을 만나 무술을 익히고, 장 진사의 딸인 장 소저와 혼인한다.

위기   조웅이 오랑캐를 물리치고 태자를 구출함

변방의 오랑캐 서번이 위국을 침략해 오자 조웅은 위왕을 도와 서번을 격파한다. 그런 다음 조웅은 남해 절도로 가서 태자를 구출하고, 장 소저와도 재회한다.

절정   조웅이 이두병을 처단함

조웅은 위왕과 연합해 수십만 대군을 이끌고 황성으로 쳐들어간다. 이두병이 임명한 지방 관리들과 이두병의 군대를 차례차례 물리친 뒤, 이두병까지 처단한다. 태자는 다시 황제의 자리에 오른다.

결말   조웅은 서번의 왕이 되어 부귀영화를 누림

황제는 조웅의 공로를 인정해 제후로 봉한다. 조웅은 서번을 다스리며 행복하게 살아간다.

조웅전

• 앞부분 줄거리

중국 송나라 문제^{文帝 중국 전한의 제5대 황제} 때 공신^{功臣}이자 좌승상인 조정인은 간신인 우승상 이두병의 참소^{讒訴 남을 헐뜯어서 죄가 있는 것처럼 꾸며 윗사람에게 고함}로 인해 스스로 목숨을 끊는다. 황제는 조 승상의 죽음을 애석히 여긴 나머지 조 승상의 아들 조웅을 궁중으로 불러들여 태자와 함께 있게 한다. 태자는 조웅을 형제처럼 아꼈는데, 이두병은 후환이 두려워 천자의 사랑을 받고 있는 조웅을 죽이려 한다. 이후 문제는 세상을 떠나고 태자가 황제로 등극한다. 간신 이두병은 마음껏 권세를 부리다가 어린 황제를 외딴섬으로 축출하고 스스로 황제가 된다. 하루는 조웅이 거리에 나가서 이두병을 욕하는 글을 거리에 써 붙이고 온다. 그날 밤 조웅의 어머니는 이두병이 조웅을 죽이려 하는 꿈을 꾼 뒤 아들을 데리고 피신한다.

황제와 여러 신하들은 보고 나서 놀라며 분기등등^{憤氣騰騰 분한 마음이 치밀어 오름}했다. 우선 경화문 관원을 잡아들여 그때 잡지 못한 죄로 곤장을 쳐서 내치고는 크게 호령하며 조웅 모자를 결박하고 잡아들이라 하니 장안이 분분했다. 관원들이 조웅의 집을 에워싸고 들어가니 인적이 고요하고 조웅 모자는 없었다.

관원들이 돌아와서 도망한 사연을 아뢰니, 황제는 서안^{書案 책상}을 치며 크게 노해 대신들을 매우 꾸짖어 말했다.

"조웅 모자를 잡지 못하면 조신^{朝臣 신하들}에게 중죄를 내릴 것이니 바삐 잡아 짐의 분을 풀게 하라."

여러 신하가 두려워하며 매우 급하게 장안을 에워쌌다. 그러나 황성 삼십 리를 겹겹이 싸고 곳곳을 뒤져 본들 벌써 삼천 리 밖에 있는 조웅을 어찌 잡으리오. 끝내 잡지 못하니 황제는 분기를 참지 못하고 크게 호령했다.

"우선 충렬묘에 가서 조정인의 화상^{畵像 사람의 얼굴을 그림으로 그린 형상}을 가져오라."

관원이 명을 듣고 말을 달려 충렬묘에 가서 화상을 찾으니 또한 없는지라. 관원은 황망히 돌아와 화상이 사라진 연유를 아뢰어 보고했다. 황제는 서안을 치고 좌불안석하며,

"경화문 관원을 다시 잡아들여라."

했다. 곁에 있던 신하들은 마음이 급해 넋을 잃은 채 분주하더라.

순식간에 경화문 관원을 잡아들이니, 황제가 매우 화가 나 '불문곡직하고 끌어내어 효시 ^{梟示 죄인의 목을 베어 장대 끝에 매달아 여러 사람들에게 보이는 형벌}하라' 하니, 즉시 끌어내어 목을 매단 후에 아뢰니 또 명을 내렸다.

"충렬묘와 조웅의 집을 다 불태워라."

그러고도 침식 ^{寢食 잠자는 일과 먹는 일}이 불안하더라. 이에 여러 신하가 여쭈었다.

"웅은 여덟 살 어린아이이고 그 어미는 여인이라서 멀리 못 갔을 것입니다. 각 도의 고을에 급히 공문을 보내면 우물에 든 고기를 잡듯 할 수 있을 것입니다. 폐하께서는 근심하지 마소서."

황제도 옳다고 여겨 각 도의 고을에 행관 ^{行關 공문을 보냄}해 '조정 관료나 백성을 막론하고 조웅 모자를 잡아 바치면 천금의 상과 함께 만호후 ^{萬戶侯}에 봉할 것이리라' 했다. 각 도에서 행관을 보고 방방곡곡에 지휘해 조웅 모자 잡기를 힘쓰더라.

이즈음에 조웅 모자는 배에서 내려 선동 ^{仙童}이 일러 준 대로 한 산을 넘어 가니 인가가 많고 송죽이 빽빽한 고요하고 깨끗한 마을이 있었다. 마을 앞에 앉아 인물을 구경하니 사람의 거동이 유순하고 한가하더라.

조웅 모자는 우물가에서 물 긷는 사람에게 물을 얻어 마시고 여러 사람에게 하룻밤 지내기를 청했다. 그 가운데 한 사람이 인도해 한 집을 가리켜 주더라. 그 집에 들어가니 적막하고 고요해 남자는 없고 다만 나이 많은 여인과 젊은 처녀만 있거늘, 모자가 나아가 예를 표하고 방 안을 둘러보니 매우 맑고 깨끗해 사람의 모습이 비칠 듯하더라.

나이 많은 여인이 물었다.

"부인은 어디에 살고 있으며 어디로 가십니까?"

부인이 대답했다.

"신수가 불길해 일찍 남편을 여의고, 또 가정에 화를 만나 신명 ^{身命 육신과 생명}을 도망치듯 어린 자식을 데리고 갈 곳 없이 다니던 중에, 천우신조로 주인을 만난 것입니다.[1] 이곳은 어디오며 마을 이름은 무엇이옵니까?"

주인이 말했다.

---

[1] 조웅은 비정상적인 잉태나 출생의 과정을 거치지 않았다는 점에서 일반적인 고전 소설 속 영웅들과 차별화된 모습을 보여 준다.

"계량섬 백자촌이라 합니다."

주인은 딸을 시켜 저녁밥을 지어 왔다. 음식이 소담한 데다 종류가 많고 향기가 좋은지라. 모자가 포식하고 주인을 향해 무수히 치사致謝 감사하다는 뜻을 표시함하니, 주인이 도리어 사양했다.

"변변치 못하게 차린 밥으로 큰 인사를 받으니 오히려 마음이 불편하옵니다."

부인은 더욱 치사하고 바깥주인의 유무를 물었다. 주인이 길게 탄식하며 말했다.

"저의 팔자는 참으로 기박奇薄 운수가 사납고 복이 없음합니다. 남편은 일찍 계량 태수를 지내다 이 마을이 한적하고 외진 곳이기에 이 집을 지었지요. 그런데 오십 후에 딸 하나를 두고 별세했습니다. 그 뒤 저희는 고향에 돌아가지 못하고 이곳에 정착해 살고 있습니다."

부인은 주인의 처지를 듣고 탄식했다. 그 뒤 조웅 모자는 그 집에 머물렀다. 둘은 몸은 편하나 고향을 생각할 때면 상심하고 근심한 마음이 저절로 일어났다. 일월이 무정해 세월이 점점 저무는데 객지에서 해를 보내니 충충한 수회愁懷 근심스러운 마음와 무한한 분기憤氣 원통하고 분한 마음는 비할 데 없더라.

세월이 여류如流 물의 흐름과 같음해 부인의 나이는 마흔이요 웅은 아홉 살이라. 원래 백자촌은 백 가지 약초가 나서 마을 사람들이 이를 팔아 생계를 유지하기 때문에 마을 이름을 백자촌이라 했다. 하루는 주인이 부인에게 그윽이 말했다.

"꿈 같은 세상에 부평초 같은 인생이 백 세를 편히 살아도 여한이 무궁합니다. 그런데 부인의 나이는 방년芳年 꽃다운 나이이요, 곤궁하기가 막심하니 세상의 궁박窮迫 몹시 가난해 구차함을 혼자서 지고 어떻게 살려 하십니까?"

부인이 웃으며 대답했다.

"나도 세상이 덧없고 허무한 줄 알고 있습니다. 내 신세가 이러하고 남은 생이 멀지 않았으니 이제 얼마나 살겠습니까? 자식이 있으니 후사를 잇는 것만 생각하고 남은 목숨을 보전하는 중입니다."

주인이 말했다.

"부인의 말씀이 참혹하고 불쌍해 차마 보기 어렵사옵니다. 천지가 생겨날 때 청탁淸濁 맑음과 흐림을 가려서 사람과 만물을 구분해 만들 때 각각 짝을 정해 음양의 즐거움을 이루었습니다. 부인은 무슨 일로 인연이 끊어진 남편을 생각하며 무정한 세월을 재미없이 보내십니까? 흐르는 세월이 백발을 재촉하면 후회해도 돌이킬 수 없고 다시 젊어지기가 어렵습니다. 내가 한 가지 청하는 바가 있습니다. 내 사촌이 이 마을에 사는데 젊은 나이에 부인을 잃고 마땅한 혼처를 정하지 못해 밤낮으로 배필을 찾아 구하고 있습니다. 하늘이 인연을 보내어 부인을 만나게 되니 제 마음이 흡족합니다. 부인은 늙은이의 말을 욕되다 여기지 마시옵소서. 빙설 같은 정절을 잠깐 굽히시면 부귀가 극진하고 무궁한 즐거움을 생전에 누릴 것이니 깊이 생각하옵소서."

부인은 이 말을 듣고 이마가 서늘하고 분한 기운이 치밀어 올랐다. 늙은이의 말이기에 진정하고 변색하며 대답했다.

"고향을 떠나면 천해진다 하지만, 어찌 사람의 심정을 모르고 욕설로써 창부 대접하듯 하십니까? 인간의 천성이 같을망정 각자 가진 마음은 다릅니다. 욕설이 이러할진대 어찌 살고 싶은 마음이 있겠습니까?"

부인의 노기가 등등하니, 주인은 물러앉아 부인이 말을 듣지 않을 줄 알았다는 듯이 다시 달랬다.

"저는 부인의 어려운 신세를 불쌍히 여겨 이른 말이옵니다. 이토록 성내시니 오히려 제가 부끄럽습니다."

주인은 부인을 갖가지로 달래서 성난 기운을 풀게 했다. 부인은 이 말을 들은 후로 행여 무슨 화가 있을까 밤낮으로 염려했다. 하지만 늙은 주인은 저의 사촌에게 부인과 수작하던 말을 이르고 '그 마음이 빙설 같아 돌이킬 방도가 없겠다'고 했다. 사촌은 본디 강포强暴 몹시 우악스럽고 사나움한지라, 이 말을 듣고는 분하게 여겨 대답했다.

"아직은 그냥 두십시오. 그물에 든 고기이니 장차 어떻게 할 도리가 있을 것입니다."

하루는 조웅이 부인에게 말했다.

"우리가 여기에 온 지 거의 일 년입니다. 황성의 소식이 망연하옵고, 또한 이런 깊은 골짜기에 묻혀 있으면 사람이 우매해지고 심장이 상합니다. 소자는 나가서 두루 다니며 황성 소식도 듣고 선생을 정해 공부도 하고 싶습니다."

부인도 욕설을 들은 후로 더 이상 머물 뜻이 없었다.

"내 마음이 설령 편하다고 해도 어찌 너를 보내고 이곳에서 혼자 머물겠느냐? 나와 함께 가자."

조웅 모자는 이튿날 행장을 꾸려 주인에게 하직했다.

"주인의 은혜가 하해河海 큰 강과 바다만큼 넓음 같은데 조금도 갚지 못하고 떠나기가 매우 안타깝습니다. 은혜를 한 사람에게만 끼치기가 어렵사오니 떠나려 하옵나이다."

불시에 길을 나서니 주인은 망연히 손을 잡고 이별을 슬퍼했다. 주인은 후일에 다시 만날 것을 당부했고 부인도 못내 슬퍼하며 길을 떠났다.

부인은 웅을 데리고 조금씩 조금씩 걸어 수십 리를 갔다. 발이 붓고 기운이 다하자 웅이 모친의 거동을 보고 짐을 모두 합쳐 지었다. 겨우 십 리를 가서 주점을 찾아 쉬고 또 이튿날 짐을 갈라 지고 반나절이 되도록 갔으나 주점이 없는지라. 배가 매우 고프고 힘이 다해 길가에 앉아 있었더니 마침 말 탄 사람이 다가왔다. 웅이 반겨 먹을 것을 청하니 그 사람이 말에서 내려 말했다.

"내 집이 가까우면 함께 갔으면 좋으련만 어찌할 수 없구나."

그리고는 바랑등에 지고 다니는 자루 모양의 큰 주머니에서 다과를 내어 주었다. 웅이 치사하고 다과를 가지고 돌아와 모자가 먹으니 배고픔을 겨우 면할 수 있었다.

이러구러이럭저럭 일이 진행되는 모양 삼 일 만에 한곳에 이르니 그곳은 해산현 옥구역이라. 해가 아직 남아 있으나 발이 붓고 몸이 피곤해 쉬려고 들어가니 그 마을 사람들이 모여 행인들을 살피며 말했다.

"새 황제께서 각 도 고을에 공문을 보내 '조웅 모자를 잡아 바치면 천금의 상과 만호후에 봉할 것이라' 하니 우리도 천행으로 그들을 잡으면 벼슬을 할 수 있을 것이다."

조의 모자는 이 말을 듣고 가슴이 섬뜩하고 정신이 없었다. 급히 몸을 숨겨 그 역촌 마을을 떠나 도망가니 피곤한 기색도 없어지고 걷기 어렵던 발도 아프지 아니한지라. 깊은 산중에 들어가 바위 아래에 숨어 서로 붙들고 울며 말하기를,

"이제는 어느 곳에 가더라도 죽은 목숨이니 어찌하리오."

조웅 모자가 무수히 통곡하니 그 정상情狀 가엾은 상태은 차마 헤아리지 못할러라. 곧 날이 저물어 밤이 되니 때는 춘삼월이라. 온갖 꽃이 만발하고 수목이 울창한데 어두운 밤 적막 산중에 어디로 가리오. 바위를 의지하며 밤을 지샐 때 승냥이와 이리가 울고 호랑이와 표범이 오갔으나 조금도 두렵지 아니한지라. 이윽고 삼경에 뜬 달이 나무 그늘로 내려와 은은히 비추어 천봉만학千峰萬壑

^{수많은 산봉우리와 골짜기}을 그림으로 그려냈다. 무심한 잔나비^{원숭이}의 울음소리는 나그네의 심정을 더욱 슬프게 하고, 한을 품은 두견새는 꽃떨기에 눈물을 뿌려 점점이 맺어 두고 우니, 슬프다! 두견새 울음소리에 맺힌 심사를 생각하니 우리와 같도다! 이러한 공산^{空山 사람이 없는 산중}에 아무리 철석^{鐵石} 간장인들 울지 않고 어이하리.

부인은 웅을 붙들고 무수히 통곡했다. 울음소리에 청산이 찢어지는 듯하고 목석이 다 서러워하는 것 같은지라. 애통하며 밤을 지내니 하룻밤 사이에 눈이 붓고 얼굴이 크게 상해 다른 사람 같더라. 날이 밝은들 어디로 갈 것인가. 또한, 기갈^{飢渴 배고픔과 목마름}이 심해 한 걸음도 옮길 기운이 없는지라. 부인은 기운이 다해 우거진 수풀 위에 누워 있었다. 웅은 비록 어리지만 꽃을 꺾어 가져다가 부인에게 드리니 부인이 서러워하며 말했다.

"아무리 배가 고픈들 이것이 어찌 요기가 되겠느냐?"

이때 무슨 소리가 나기에 한편 반기며 한편 겁을 내어 살펴보니 대여섯 명의 여승이 오고 있었다. 부인이 여승에게 물었다.

"어느 절에 계시며 어디로 가십니까?"

한 여승이 물었다.

"부인은 어디에 사시길래 이런 산중에 외로이 계십니까?"

부인은 말했다.

"길을 잃고 이곳에 들어왔는데 기갈이 심해 오가지도 못하고 이렇게 앉아 있습니다."

여승들은 불쌍히 여겨 각각 가진 다과와 밥 두어 그릇을 주었다. 모자는 감사히 받고 사례하며 말했다.

"죽게 된 인생을 구해 주셨으니 은혜를 잊지 않겠습니다. 그런데 이곳에서 절까지는 얼마나 됩니까?"

여승들은,

"산중에는 절이 없고 저희들이 있는 절은 여기에서 백여 리쯤 되는 곳에 있는데 험한 산길을 어찌 가시겠습니까? 저희들이 절에 가는 길이라면 모시고 가고 싶으나 이 고을 태수가 새로 부임해서 문안 가는 길이라 형편상 어쩔 수 없사옵니다. 이 길을 수십 리를 가면 마을이 있사오니 그곳으로 가소서."

라고 말하고는 길을 떠났다. 조웅 모자는 여승들과 하직하고 돌아와 밥을 나누어 먹었다. 밥을 다 먹고 웅이 떠나기를 재촉하자 부인이 말했다.

"어디로 가자는 말이냐? 가는 길에 반드시 관원들에게 잡힐 것이니 어찌 남의 손에 죽으리오. 차라리 이 산중에서 굶어 죽는 것이 낫다."

웅이 말했다.

"사람의 목숨은 하늘에 달렸사옵니다. 하늘이 죽이면 죽을 것이요, 살리면 살 것입니다. 그런데 어찌 사람을 두려워해 이 산에서 짐승의 밥이 되고자 하십니까? 조금도 염려하지 마시고 마을로 나가시옵소서."

웅은 부인에게 가기를 재촉했다. 부인이 슬퍼하며 말했다.

"너는 앞으로 목소리를 크게 내지 말아라. 우리 둘이 길을 가면 반드시 행색으로 인해 잡힐 것이니 어찌 두렵지 않겠느냐? 내가 생각해 보니 행색을 다르게 하면 좋을 듯하다. 나는 삭발해 중이 되고 너는 상좌^{上佐 불도를 닦는 사람}가 되면 어느 누가 알겠느냐?"

웅이 말했다.

"목숨을 보전하는 것도 중요하지만, 어찌 유한한 머리카락을 없애오리까?"

부인이 달래어 말하기를,

"삭발을 한들 본래 중이 아닌데 행색에 무슨 상관이 있으랴? 너는 추호도

사람의 목숨은 하늘에 달렸사옵니다. 하늘이 죽이면 죽일 것이요, 살리면 살 것입니다. 조금도 염려하지 마시고 마을로 나가시옵소서.

📖 소설 한 장면 　발단　 조웅의 가족이 위기를 겪음

걱정하지 말아라. 나는 결단코 삭발하리라."

웅이 울며 말했다.

"굳이 그렇게 하신다면 소자도 삭발하겠습니다."

"참으로 답답하구나. 어린아이가 삭발을 하면 사람들이 이상히 여겨 의심할 것이다. 너는 그런 의심받을 행동을 하겠다고 하니 어찌 그리 미련한 것이냐."

웅은 부인이 뜻을 굽히지 않을 것임을 알고 말했다.

"그렇게 하도록 하십시오."

부인은 행장 속에서 가위를 꺼낸 뒤 웅에게 주며 말했다.

"나의 머리를 깎아라."

웅은 가위를 들고 머리를 깎으려 했으나 눈물이 솟아나 차마 깎지를 못했다. 웅이 계속 통곡하자 부인이 크게 책망하며 말했다.

"내가 여태까지 살아 있는 것은 다 너를 위해서다. 너는 비회悲懷 슬퍼하는 마음 를 없애고 나를 위로해야 옳거늘, 네가 먼저 나의 비회를 자아내고 말을 듣지 않고 거역하니, 내가 어찌 살겠느냐?"

그제야 웅이 울음을 그치고 가위를 잡아 머리를 깎았다. 웅은 어머니의 그 모습을 차마 보지 못해 가위를 던지고 어머니의 머리를 안고 통곡했다. 이 모습은 마치 목석이 눈물을 머금고 일월이 빛을 잃은 것 같더라.[2] 부인과 웅은 서로의 머리를 만지며 무수히 통곡했다. 부인은 웅의 눈물을 닦아주고 어루만져 달래며 말했다.

"웅아, 울지 마라. 내 마음 둘 데가 없구나."

부인은 옥 같은 뺨 위에 흐르는 눈물을 거두지 못하는지라. 웅은 울음을 그치고 어머니를 위로하며 말하기를,

"너무 서러워 마시고 마음을 진정하소서."

부인은 마지못해 정신을 차리고 행장 속에서 의복을 꺼냈다. 장삼을 지어 입고 머리에 고깔을 쓰니 웅이 모친의 거동을 보고 엎드려 통곡하더라. 부인은 슬픈 마음을 이기지 못하며 웅을 붙들고 무수히 달래어 앞세웠다. 죽장竹杖을 짚고 마을로 내려오니 누가 이들을 알아보겠는가. 조웅 모자는

---

2) 「조웅전」은 조웅이 힘들게 살아가는 전반부의 고행담, 조웅이 장 소저와 혼인하는 중반부의 결연담(연애담), 조웅이 태자를 구하고 이두병을 처단하는 후반부의 무용담으로 이루어져 있다. 이 대목은 전반부의 고행담에 해당한다.

그 뒤로 마을에 나아가 밥을 빌어먹고 다니더라.

• 뒷부분 줄거리

유랑하던 조웅 모자는 다행히 월경 도사를 만나 강선암으로 들어가 생활한다. 그 뒤 조웅은 병법과 무술을 전수 받는다. 조웅은 강선암으로 돌아가던 도중 장 진사 댁에서 유숙하다가 우연히 장 소저와 만나 혼인을 약속한다. 이때 서번西蕃 지금의 티베트 이 침입하자 조웅이 이를 물리친다. 한편 황제를 자칭한 이두병은 조웅을 잡기 위해 군대를 일으키지만 도리어 조웅에게 연패한 끝에 사로잡히고 만다. 섬으로 귀양 간 황제는 다시 복귀해 이두병 일파를 처단하고 조웅을 제후로 봉한다.

🍎 **소설 한 장면** 　전개　 조웅이 훗날을 위해 능력을 갈고 닦음

🍎 소설 한 장면   위기   조웅이 오랑캐를 물리치고 태자를 구출함

🍎 소설 한 장면   절정   조웅이 이두병을 처단함

🍎 **소설 한 장면** 　**결말**　 조웅은 서번의 왕이 되어 부귀영화를 누림

🔭 생각해 볼까요?

선생님 「조웅전」의 구성상 특징에 관해 이야기해 볼까요?

💬 3 🤍 3

↳ **학생 1** 「조웅전」은 역사 기술의 한 형태인 연대기적 서술 방식을 취하고 있어요. 이는 객관적인 서술 태도를 유지하기 위한 장치예요.

↳ **학생 2** 작품 곳곳에 여러 한시를 삽입해 구성의 변화를 줬어요. 소설 같은 산문에 시를 넣으면 산문체의 단조로움을 피할 수 있고, 서정적인 분위기를 자아낼 수 있어요. 시를 통해 사건이 어떤 식으로 전개될지 암시하거나 작품의 주제를 간접적으로 드러낼 수 있고요. 무엇보다 시를 활용해 인물의 내면 심리를 함축적으로 보여 줄 수 있기도 하지요.

↳ **학생 3** 「조웅전」은 내용상 군담 영웅 소설이라는 점에서 「유충렬전」과 비슷하지만, 「유충렬전」에 비해 사건이 현실적으로 묘사되었어요.

선생님 「조웅전」은 완판본, 경판본, 안성판본으로 다양하게 간행될 만큼 인기가 높았는데, 그 원인은 무엇이었을까요?

💬 4 🤍 4

↳ **학생 1** 「조웅전」은 주인공이 고난을 극복하고 빼앗긴 황제의 자리를 되찾아준다는 큰 줄거리 안에서 영웅의 활약상을 그리고 있어요. 부패한 정권과 싸워 이긴다는 설정은 당대의 정치 현실에 거부감을 지닌 독자들의 울분을 해소하기에 충분했을 거예요.

↳ **학생 2** 「조웅전」에는 자유연애 사상이 나타나 있는데, 이러한 지점이 독자의 호기심을 자극했을 거예요. 예나 지금이나 사랑 이야기를 소재로 한 작품은 인기가 많으니까요. 또한, 조웅과 장 소저는 혼인하기 전에 서로의 애정을 확인하는 등 당대의 보수적인 윤리 의식을 파격적으로 뛰어넘는 모습을 보여요. 이러한 대목은 「조웅전」이 대중의 기호에 맞게 풍속화되는 과정에서 덧붙여진 것일 수도 있어요.

↳ **학생 3** 게다가 주인공 조웅은 일반적인 고전 소설 속 주인공들과 달리 평범한 인물이에요. 보통 고전 소설의 주인공은 천상에서 살다가 지상으로 내려오거나 고귀한 혈통을 지닌 인물로 등장하거든요. 조웅의 출생이 특이하지 않다는 점에서 대중들은 오히려 조웅에게 자신의 모습을 투영하며 공감할 수 있었을 거예요.

↳ **학생 4** 게다가 「조웅전」은 국문으로 쓰인 소설이니 한자를 모르는 민중들도 쉽게 즐길 수 있었어요. 도술로 적을 물리치거나 초월적 능력을 지닌 조력자가 등장하는 등 비현실적인 내용도 당시 민중의 흥미를 끌었을 테고요.

선생님 「조웅전」에 드러난 '영웅의 일대기 구조'를 정리해 볼까요?

💬 3 ❤️ 3

↳ **학생 1** 주인공 조웅은 일반적인 영웅의 일대기 구조에 꼭 들어맞지는 않아요. 출생이 평범하므로 '고귀한 혈통', '비정상적인 잉태나 탄생', '기아와 구출'에는 해당하지 않으니까요.

↳ **학생 2** 조웅이 이두병 때문에 시련과 고난을 겪는 것, 위왕을 돕다가 번왕과 대립하는 것은 '위기와 고난'이라고 볼 수 있어요. 조웅이 도사들을 만나 도술을 갈고 닦는 것은 '비범한 능력'이라고 할 수 있고요.

↳ **학생 3** 하지만 조웅은 결국 이두병과 번왕을 물리치고 태자를 다시 황제의 자리에 돌려놓지요. 그런 다음 제후가 되어 부귀영화를 누리고요. 이는 '위기 극복과 성공'이라고 볼 수 있어요.

「최현전」 ▼ 🔍

연관 검색어   군담 소설   가문 소설   진보적 여성관

「최현전」은 작자와 창작 연대를 알 수 없는 군담 소설로, 「조웅전」과 구성이 비슷하다. 「최현전」의 전반부는 최윤성의 아들 최현이 위기를 만나 고생하는 고행담이고, 중반부는 최현이 월계와 영애라는 두 여성과 사랑하는 결연담(연애담)이다. 후반부는 최현이 가족과 재회한 다음 최현의 아들 최홍이 능력을 발휘하는 영웅담이다. 최윤성에서 최현, 최홍으로 이어지는 3대가 등장해 활약한다는 점이 독특한데, 이 때문에 「최현전」을 가문 소설이라고 보기도 한다. 한편, 월계와 영애라는 두 여성 인물은 최현과 자유롭게 사랑하는 자유연애 사상을 드러낸다. 특히 월계는 자신의 신념에 따라 행동하는 인물로, 당시 여성에 대한 인식이 조금씩 신장되고 있었음을 보여 준다.

「최현전」은 「조웅전」과 마찬가지로 영웅의 일대기적 구조를 일부 따르고 있고, 봉건적 충절을 주제로 내세운다. 두 작품 모두 중국을 배경으로 한다는 공통점이 있다.

사회 소설

✉ 사회 소설에 대하여

사회 소설이란 사회 현실에 깊은 관심을 가지며 사회 문제를 주된 내용으로 다루는 소설을 말한다. 작품 속 인물들이 살아가는 사회가 대표적인 예시로 등장하고, 인물들에게 영향을 미치는 사회적 권력들이 강조된다. 사회 현실이나 사회 문제에 대한 작가의 비판 의식이 함께 담겨 있는 경우도 많다. 즉, 사회 소설은 역사적 상황에 대한 냉철한 인식, 사실주의적 경향을 토대로 당대 사회의 모순과 폐해를 보여 준다.

사회 소설이 등장할 수 있었던 세계적인 배경으로는 산업 혁명을 꼽을 수 있다. 노동자와 그의 가족들이 겪는 힘겨운 삶을 그리는 소설에서부터 시작해 지방 소도시의 문제, 인종 차별, 정부의 부패상 등이 사회 소설을 통해 고발되어왔다. 우리나라에서도 다양한 사회적 문제를 다룬 「홍길동전」, 「허생전」, 「전우치전」 등이 만들어졌다. 이후 조세희의 연작소설 「난장이가 쏘아 올린 작은 공」이 발표되며 1970년대 산업화 시기의 사회적 문제들이 떠오르는 데 도움을 주기도 했다.

홍길동전

#적서차별   #사회비판   #이상향   #국문소설의효시

🥄 작품 길잡이

작가: 허균
갈래: 국문 소설, 영웅 소설, 사회 소설, 노술 소설
성격: 비판적, 현실적, 전기적
배경: 시간 - 조선 시대 / 공간 - 조선과 율도국
주제: 적서 차별과 봉건적 신분 제도 타파, 탐관오리 응징과 빈민 구제, 해외 진출
     사상과 이상국 건설에 대한 염원
연대: 조선 광해군 때
출전: 경판본 『홍길동전』

📷 인물 관계도

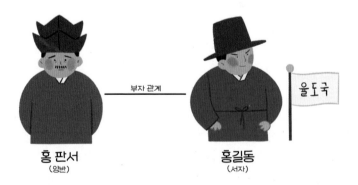

홍 판서
(양반)

부자 관계

홍길동
(서자)

율도국

홍길동   뛰어난 능력을 지녔음에도 서자라는 신분적 한계 때문에 고민한다.

❀ 작가와 작품 세계

허균(許筠, 1569~1618)

조선 중기의 문인이자 정치가. 자는 단보(端甫), 호는 교산(蛟山). 선조 때 문과에 급제한 후 벼슬에 올랐으나 세 번이나 파직되는 등 파란만장한 생활을 했다. 허균은 스승 이달이 서얼 차별 때문에 불우한 일생을 보내는 것을 보고 서얼 출신 문인들과 어울리며 당시 사회 제도의 모순을 과감히 비판했다. 국문 소설의 효시인 「홍길동전」은 봉건 체제의 모순과 부당성을 폭로한 그의 개혁 사상을 잘 나타내고 있다. 허균은 한문학에서 당대 제일의 문장가였으며 시와 비평에도 안목이 높아 『국조시산』 등의 시선집과 『성수시화』 등의 시 비평집을 편찬했다.

🗒 구성과 줄거리

발단　　**홍길동은 서자로 태어나 천대를 받음**
홍 판서와 춘섬 사이에서 홍길동이 서자로 태어난다. 홍길동은 어려서부터 능력이 훌륭했으나 서자의 신분 때문에 호부호형을 하지 못하자 마음속에 한을 품는다.

전개　　**홍길동은 활빈당의 두목이 됨**
집을 나온 뒤 도적의 두목이 된 홍길동은 무리의 이름을 활빈당이라 짓는다. 활빈당은 팔도 지방의 수령이 비리로 모은 재물을 빼앗아 빈민에게 나누어 준다.

위기　　**홍길동은 도술을 부려 임금에게서 벗어남**
임금은 포도청에 홍길동을 잡으라는 명령을 내린다. 홍길동은 허수아비를 이용해 도술을 부리며 이곳저곳에서 활약을 이어 나간다.

절정　　**홍길동은 조선을 떠난 뒤 율도국을 차지함**
조정에서는 홍길동을 회유하기 위해 병조 판서로 임명하지만, 홍길동은 제도라는 섬으로 가 군대를 조련하고 사람이 살기 좋은 곳으로 만든다. 이후 홍길동은 부친의 부음을 듣고 집으로 가 장례를 치른 다음 율도국을 차지하고 스스로 왕이 된다.

결말　　**홍길동은 율도국의 왕으로 살다 죽음**
홍길동은 율도국을 다스리다 세상을 떠나고, 그의 맏아들 현이 왕위에 오른다. 이후 율도국은 태평성세를 이어간다.

홍길동전

조선조 세종 때에 한 재상이 있었는데 성은 홍이요, 이름은 아무개였다. 대대로 명문거족의 후예로서 어린 나이에 등과^{登科}해 벼슬이 이조 판서에까지 이르렀다. 명망이 조야^{朝野}에 으뜸인 데다 충효까지 겸비해 그 이름을 온 나라에 떨쳤다. 그는 일찍이 두 아들을 두었다. 맏이는 이름이 인형인데 본처 유씨^{柳氏}가 낳은 아들이고, 둘째는 이름이 길동으로서 시비^{侍婢 시중드는 일을} ^{하는 여자 노비} 춘섬의 소생이었다.

길동이 태어나기 전, 공^公이 낮잠에 들었다가 꿈을 꾸었다. 갑자기 천둥벼락이 진동하며 청룡이 수염을 곤두세우고 공을 향해 달려들기에 놀라 깨어나니 꿈이었다. 공은 마음속으로 크게 기뻐하며 생각했다.

'용꿈을 꾸었으니 반드시 귀한 자식을 낳을 것이다.'

하고 즉시 내당으로 들어가니, 부인 유씨가 일어나 맞이했다. 대낮인 것을 생각하지 않고 공이 잠자리에 들려 하니 부인은 정색을 하고 말했다.

"상공께서는 위신을 생각지 않으시고 어찌 어리석고 경박한 사람처럼 행동하려 하십니까? 첩은 따를 수 없습니다."

부인은 말을 마치고 손을 떨쳐 버렸다. 공은 몹시 무안해 외당으로 나와 부인의 지혜롭지 못함을 탄식했다.

이때 마침 시비 춘섬이 들어와 차를 올리는데 그 자태와 얼굴 생김이 고운지라 조용한 때를 틈타 춘섬을 협실^{夾室 곁방}로 이끌고 들어가 바로 관계했다. 그 무렵 춘섬의 나이 열여덟이었다. 춘섬은 한 번 몸을 허락한 후에는 문밖에 나가지 않고 몸조심을 했다. 공은 춘섬을 기특하게 여겨 애첩으로 삼았다.

과연 춘섬은 그달부터 태기가 있어 열 달 만에 옥동자를 낳았는데, 아기의 기골이 비범해 실로 영웅호걸의 기상이었다. 공은 한편으로 기뻐하면서도 정실부인의 몸에서 태어나지 못한 것을 안타깝게 여겼다.

길동이 점점 자라 여덟 살이 되자 총명함이 보통 사람을 뛰어넘어 하나를 들으면 백 가지를 알 정도였다. 공은 길동을 애지중지했으나 출생이 천해, 길동이 호부호형^{呼父呼兄 아버지를 아버지라고 부르고 형을 형이라고 부름}하면 즉시 꾸짖어 그렇게 부르지 못하게 했다.

길동은 열 살이 넘도록 감히 아버지를 아버지라, 형을 형이라 부르지 못했다. 길동은 종들로부터 천대받는 것을 뼈에 사무치게 한탄하면서 마음 둘 바를 몰랐다.

추구월에 달은 고요하고 가을바람 소슬해 사람의 심회^{心懷 마음속 생각이나 느낌}를 돋우었다. 길동은 서당에서 글을 읽다가 문득 책상을 밀어내고 탄식하며 말했다.

"대장부가 세상에 태어나서 공맹^{孔孟 공자와 맹자}을 본받지 못할 바에야, 차라리 병법이라도 익혀 대장인^{大將印 장수의 신분을 나타내는 도장}을 허리춤에 비껴 차고 동정서벌 ^{東征西伐 여러 나라를 정복함}해 나라에 큰 공을 세우고 이름을 만대에 빛냄이 장부의 할 일이 아니겠는가? 나는 어찌하여 일신이 적막하고 부형이 있는데도 아버지를 아버지라 부르지 못하고 형을 형이라 부르지 못해 심장이 터질 듯하니 이 어찌 통탄할 일이 아니겠는가!"

길동은 뜰에 내려와 검술을 익히고 있었다. 이때 마침 공은 달빛을 구경하러 나왔다가 길동이 배회하는 것을 보고 즉시 불러 물었다.

"너는 무슨 흥^興이 있어서 밤이 깊도록 잠을 자지 않느냐?"

길동은 공경하는 자세로 대답했다.

아버지를 아버지라 부르지 못하고 형을 형이라 부르지 못해 심장이 터질 듯하니 이 어찌 통탄할 일이 아니겠는가!

🔲 소설 한 장면   발단   홍길동은 서자로 태어나 천대를 받음

"소인은 달빛을 즐기는 중입니다. 그런데 만물이 생겨날 때부터 오직 사람이 귀한 존재인 줄 아옵니다만 소인에게는 귀함이 없사오니 어찌 사람이라 하겠습니까?"

공은 그 말뜻을 짐작했지만 짐짓 책망하는 체하며 말했다.

"그게 무슨 말이냐?"

"소인은 대감 정기를 받아 당당한 남자로 태어났습니다. 또 부생모육지은 父生母育之恩 자식을 낳고 기르는 부모의 은혜이 깊사옵니다. 그러나 아버지를 아버지라 못 하옵고 형을 형이라 못 하오니, 어찌 사람이라 하겠습니까?"

길동은 이렇게 말하고 눈물을 흘렸다. 공은 비록 길동이 불쌍하다는 생각이 들었으나 그 마음을 위로하면 마음이 방자해질까 염려되어 크게 꾸짖어 말했다.[1]

"재상 집안에 천비의 소생이 너뿐이 아닌데, 너는 어찌 이다지 방자하게 구느냐? 앞으로 다시 이런 말을 하면 내 눈앞에 서지도 못하게 하겠다."

길동은 감히 한마디도 더 하지 못하고 다만 땅에 엎드려 눈물을 흘릴 뿐이었다. 공이 물러가라 하자, 그제야 길동은 침소로 돌아와 슬퍼해 마지않았다. 길동은 본래 재주가 뛰어나고 도량이 활달해 마음을 가라앉히지 못했다. 밤마다 잠을 이루지 못하더니 하루는 모친 침소에 가 울면서 아뢰었다.

"소자와 어머님이 전생의 연분으로 금세에 모자가 되었으니 그 은혜가 지극하옵니다.[2] 그러나 소자의 팔자가 기박해 천한 몸이 되었으니 품은 한이 깊사옵니다.[3] 장부가 세상에 살면서 남의 천대를 받을 수는 없는지라 설움을 억제하지 못하고 어머님 슬하를 떠나려 하오니, 엎드려 바라건대 어머님께서는 소자를 염려치 마시고 귀체를 잘 돌보십시오."

길동의 모친은 듣고 나서 크게 놀라며 말했다.

"재상가의 천한 출생이 너뿐이 아닌데, 어찌 마음을 좁게 먹어 어미 간장을 태우느냐?"

길동이 대답했다.

---

1) 홍길동의 아버지인 홍 판서는 상서로운 기운을 알아채는 안목을 가졌고 홍길동을 아끼지만, 보수적인 사회의 가치관을 내면화하며 적서차별에 순응하는 인물이다.

2) 전생의 인연이 현생에까지 이어졌다고 생각하는 대목에서 불교적 세계관을 엿볼 수 있다.

3) 길동은 아버지 홍 판서 앞에서 자신을 '소인'이라고 하는데 이는 공적인 자리에서 자신을 낮추는 호칭이다. 반면 어머니 앞에서는 자신을 '소자'라고 하는데 이는 부모 앞에서 아들인 자신을 낮추는 호칭이다.

"옛날 장충의 아들 길산은 천한 출생이었지만 열세 살에 그 어머니와 이별하고 운봉산에 들어가 도를 닦아 이름을 후세에 전했습니다.[4] 소자도 그를 본받아 세상을 벗어나려 하오니 어머니는 안심하시고 후일을 기다리십시오. 근간에 곡산댁의 눈치를 보니 상공의 사랑을 잃을까 하여 우리 모자를 원수같이 여기는 듯하옵니다. 잘못하면 큰 화를 입을 것 같사오니 어머니는 소자가 나감을 염려하지 마십시오."

길동의 말에 춘섬은 슬픔을 억누르지 못했다.

원래 곡산댁은 곡산 지방의 기생으로 공의 첩이 되었던 것인데 이름은 초란이었다. 초란은 교만 방자해 자기 마음에 맞지 않으면 공에게 고자질을 일삼으므로 집안에 폐단이 무수했다. 이런 가운데 자신은 아들이 없는데 춘섬은 길동을 낳아 공으로부터 늘 귀여움을 받으니 속으로 시기해 길동을 없애 버릴 마음만 먹고 있었다.

하루는 초란이 흉계를 꾸미고 무녀를 불러 말했다.

"내가 편히 살려면 길동을 없애는 수밖에 없다. 만일 내 소원을 이루어 주면 은혜를 후하게 갚겠다."

무녀가 듣고 기뻐하며 대답했다.

"지금 흥인문 밖에 관상을 잘 보는 여자가 있는데 사람의 상을 한번 보면 전후 길흉을 판단한다고 합니다. 그 사람을 청해 소원을 자세하게 말하십시오. 그 뒤 공께 소개해 그녀로 하여금 전후사를 자신이 본 듯 이야기하게 하면 공이 속아 넘어가 길동을 없애고자 할 것이니 그때를 틈타 이리이리 하면 어떻겠습니까?"

이에 초란은 크게 기뻐하며 먼저 은전 오십 냥을 주고 관상녀를 불러오도록 했다.

이튿날 공이 내실에 들어와 부인과 더불어 길동의 비범함을 이야기하면서 신분이 천함을 안타까워하고 있었다. 이때 한 여자가 들어와 마루 아래서 인사를 하자 공은 이상히 여겨 물었다.

"너는 누구인데 무슨 일로 왔느냐?"

"소인은 관상을 보는 사람이온데 우연히 상공 댁에 오게 되었사옵니다."

---

4) 조선 숙종 때 황해도 구월산을 중심으로 활동한 도둑들의 우두머리 장길산을 말한다. 장길산은 「홍길동전」이 쓰인 때로부터 약 100년 뒤의 인물로, 「홍길동전」이 후대에 전해지며 계속해서 내용이 덧붙여졌음을 알 수 있다.

공은 여자의 말을 듣고 길동의 장래를 알고 싶어 즉시 길동을 불러서 보였다. 여자는 길동의 상을 보다가 놀라며 말했다.

"이 공자의 상을 보니 천고 영웅이요, 일대 호걸이지만 지체가 부족하니 다른 염려는 없을 듯합니다."[5]

더 말을 하지 못하고 주저하기에 공과 부인이 크게 의심이 나서 재촉했다.

"무슨 말인지 바른 대로 이르라."

관상녀는 마지못하는 척하며 주위 사람들을 내보내고 말했다.

"공자의 상을 보니, 마음속에 조화가 무궁하고 미간에 산천 정기가 영롱해 실로 왕이 될 기상입니다. 장차 장성하면 온 집안이 멸하는 화를 당할 것이오니 상공께서는 유념하십시오."

공이 듣고 나서 놀란 나머지 한참 동안이나 묵묵히 있다가 마음을 진정시키고 일렀다.

"사람의 팔자는 피하기 어려운 것이니 너는 이런 말을 어디에도 누설해서는 안 된다."

이렇게 당부하고는 돈을 주어 보냈다.

그 뒤로 공은 길동을 산에 있는 정자에 머물게 하고 행동거지 하나하나를 엄하게 감시했다. 길동은 이런 일을 당하자 설움이 더욱 북받쳤지만, 육도삼략六韜三略 중국의 오래된 병서이라는 병법과 천문 지리를 공부하며 마음을 다스리고 있었다. 공은 이 사실을 알고 크게 근심하며 말했다.

"이놈이 본래 재주가 있으니 만일 분에 넘친 마음을 품게 되면 관상녀의 말과 같이 될 것인데 이를 장차 어찌하랴?"

이때 초란은 길동을 없애고자 거금을 들여 자객을 매수했는데 그 이름이 특재였다. 초란은 특재에게 전후 사정을 자세히 일러 주고는 공에게 가서 아뢰었다.

"며칠 전 관상녀가 얘기한 것이 귀신 같으니 길동의 앞일을 어떻게 처리하려 하십니까? 저도 놀랍고 두려우니 길동을 일찍 없애 버리는 것이 나을 듯하옵니다."

공은 이 말을 듣고 눈썹을 찡그리면서 말했다.

"이 일은 내가 알아서 할 터이니 너는 번거롭게 굴지 마라."

---

5) 개인의 능력이 아무리 출중해도 신분적 한계로 인해 입신양명할 수 없는 당시 사회의 적서차별이 반영되어 있다.

초란을 이렇게 야단치고 물리치기는 했으나 공은 마음이 산란해 밤이면 잠을 이루지 못하더니 병이 나고 말았다. 부인과 좌랑 인형이 크게 근심되어 어찌할 바를 모르고 있는데 초란이 곁에서 모시고 있다가 말했다.

"상공의 병환이 위중하심은 길동으로 인한 것입니다. 저의 좁은 소견으로는 길동을 죽여 없애면 상공의 병환도 완쾌되실 뿐 아니라 가문도 보존할 것이온데 어찌 이 점을 생각하지 않으시는지요?"

부인이 말했다.

"아무리 그렇다 해도 부모 자식 사이는 천륜이거늘 차마 어찌 그런 짓을 하겠느냐."

초란이 또 말했다.

"들자오니 특재라는 자객이 있는데 사람 죽이기를 주머니 속 물건 잡듯 한답니다. 그에게 거금을 주고 밤에 들어가 해치게 하면 상공이 아셔도 어쩔 수 없을 것이오니 부인은 잘 생각해 보십시오."

부인과 좌랑은 눈물을 흘리며 말했다.

"이는 차마 못할 짓이지만 첫째는 나라를 위함이요, 둘째는 상공을 위함이며, 셋째는 홍씨 가문을 보존하기 위함이니, 너의 생각대로 하려무나."

초란은 크게 기뻐하며 특재를 불러 사정을 자세히 이야기하고 오늘 밤에 급히 일을 행하라 했다. 특재는 이를 수락하고 밤이 되기를 기다렸다.

한편 길동은 원통한 마음에 산속 정자에 잠시도 머물고 싶지가 않았다. 그러나 상공의 명이 지엄하므로 어쩔 수가 없어 밤마다 잠을 설치고 있었다. 그런데 그날 밤, 촛불을 밝혀 놓고 『주역』을 읽고 있는데, 까마귀가 세 번을 울고 가는 것이었다. 길동은 이상한 예감이 들어 혼잣말을 했다.

"까마귀는 본래 밤을 꺼리거늘 저렇게 울고 가니 매우 불길한 징조로다."

길동은 잠시 『주역』의 팔괘로 점을 쳐 보고는 크게 놀라 책상을 밀치고 둔갑법으로 몸을 숨긴 채 동정을 살폈다. 사경四更 새벽 한 시에서 세 시 사이쯤 되자 한 사람이 비수를 들고 천천히 방문으로 접근했다. 길동은 급히 몸을 감추고 주문을 외웠다. 홀연 방 안에 한 줄기의 음산한 바람이 일어나면서 집은 간 데 없고 첩첩산중이 되었다. 크게 놀란 특재는 길동의 조화인 줄 알고 비수를 감추며 피하고자 했으나 갑자기 길이 끊어지면서 층암절벽이 앞을 가로막아 오도 가도 못하는 처지가 되었다. 사방으로 방황하고 있는데 어디선가 피리 소리가 들리기에 정신을 차리고 살펴보니 어린 소년이 나귀를 타고 오다가 피리 불기를 그치고 꾸짖었다.

"너는 무슨 일로 나를 죽이려 하느냐? 무죄한 사람을 해치면 어찌 천벌이 없겠느냐?"

길동이 주문을 외우자 홀연히 검은 구름이 일어나며 큰비가 쏟아지더니 모래와 자갈이 날리었다. 특재가 정신을 가다듬고 살펴보니 길동이었다. 길동의 재주가 대단하다고는 여기면서도 '어찌 나를 대적하리오' 하고 달려들면서 소리쳤다.

"너는 죽어도 나를 원망하지 마라. 초란이 무녀와 관상녀를 시켜 상공과 의논하게 하고 너를 죽이려 한 것이니, 어찌 네가 나를 원망하겠는가?"

길동은 분함을 잠지 못해 요술로 특재의 칼을 빼앗아 들고 호통을 쳤다.

"네가 재물을 탐내어 사람 죽이는 것을 능사로 여기니 너같이 무도한 놈을 죽여서 후환을 없애겠다."

한 번 칼을 휘두르니 특재의 머리가 방 가운데 떨어졌다. 길동은 분노를 이기지 못해 이날 밤에 바로 관상녀를 잡아다 특재가 죽어 있는 방에 밀어넣고 꾸짖었다.

"너는 나와 무슨 원수를 졌기로 초란과 짜고 나를 죽이려 했느냐?"

길동이 칼로 관상녀의 목을 베니 처참하기 그지없었다.[6]

길동이 두 사람을 죽이고 하늘을 살펴보니 은하수가 서쪽으로 기울어지고 달빛이 희미하고 삭풍^{朔風 겨울철 북풍}이 불어 대므로 마음이 더욱 울적해졌다. 길동은 분함을 이기지 못해 초란마저 죽이고자 하다가 상공이 사랑하는 여자라는 데 생각이 미치자, 칼을 던지고 달아나 목숨이나 건지기로 마음먹었다. 바로 상공 침소로 가 하직 인사를 올리고자 하는데 마침 공도 창밖의 인기척을 이상히 여겨 창문을 열고 살펴보니 길동이었다. 공은 길동을 불러 말했다.

"밤이 깊었거늘 네 어찌 자지 않고 이렇게 방황하느냐?"

길동은 땅에 엎드려 아뢰었다.

"소인이 일찍 부모님께서 낳아 길러 주신 은혜를 만분지일이라도 갚을까 했는데 집안에 불의한 사람이 있어 상공께 참소^{讒訴 남을 헐뜯어서 죄가 있는 것처럼 꾸며 윗사람에게}

---

6) 영웅의 일대기 구조가 나타난 다른 작품들과 다르게 「홍길동전」에서는 길동 혼자 뛰어난 능력을 발휘해 위기를 극복한다. 이는 길동의 독립적이고 진취적인 면모를 강조한다.

^{고활}하고 소인을 죽이고자 하기에 겨우 목숨은 건졌으나 상공을 오래 모실 길이 없어 오늘 상공께 하직을 고하옵니다."

공은 크게 놀라 물었다.

"무슨 변고가 있기에 어린아이가 집을 버리고 나가겠다는 거냐?"

"날이 밝으면 자연히 아시게 되려니와 소인의 신세는 뜬구름과 같사옵니다. 상공의 버린 자식이 어찌 갈 곳을 두겠습니까?"

길동은 두 줄기 눈물을 흘리며 말을 이루지 못했다. 공은 그 모습을 보고 불쌍한 마음이 들어 타일렀다.

"내 너의 품은 한을 짐작하겠으니 오늘부터는 호부호형을 허락하겠다."

길동이 절하고 아뢰었다.

"소자의 한 가닥 지극한 한을 아버지께서 풀어 주시니 죽어도 한이 없습니다. 엎드려 바라옵건대 아버지께서는 만수무강하시옵소서."

이렇게 말하고 하직하니 공은 붙잡지 못하고 다만 무사하기만을 당부했다. 길동은 또 어머니 침소로 가서 작별 인사를 했다.

"소자는 이제 슬하를 떠나려 하오나 다시 모실 날이 있을 것이니 어머니는 그사이 귀체를 보존하소서."

춘섬은 길동의 말을 듣고 무슨 변고가 있음을 짐작하나 굳이 묻지는 않고 하직하는 아들의 손을 잡고 통곡하며 말했다.

"네 어디로 가려 하느냐? 한집에 있어도 거처하는 곳이 멀어 늘 보고 싶었는데 이제 너를 정처 없이 보내고 어찌 잊을 수 있겠느냐. 부디 쉬이 돌아와 만날 수 있기를 바란다."

길동은 하직하고 문을 나와 멀리 바라보니 첩첩산중에 구름만 자욱했다. 정처 없이 발길을 옮기는 모양이 가련했다.

한편 초란은 특재에게서 소식이 없음을 이상하게 여기고 사람을 시켜 사정을 알아보았다. 사람이 알아보니 길동은 간데없고 특재와 관상녀의 시신만 방 안에 있더라는 것이었다. 이에 혼비백산하여 급히 부인에게 달려가 알리니 부인은 크게 놀라 좌랑을 불러 이 일을 말하고 공에게도 고했다. 공은 대경실색하며 말했다.

"길동이 밤에 와 슬피 하직하기에 이상하다 여겼더니 결국 이런 일이 벌어졌구나."

이에 좌랑은 감히 숨기지 못해 초란의 계교를 아뢰었다. 공은 더욱 분노해 초란을 내쫓고 조용히 둘의 시체를 없앤 후에 종들을 불러 이런 말을 입 밖에 내지 말라고 당부했다.

길동은 부모와 이별하고 정처 없이 떠돌다가, 어떤 경치 좋은 곳에 이르렀다. 인가를 찾아 점점 들어가니 인가는 없고 큰 바위 밑에 돌문이 닫혀 있었다. 가만히 그 문을 열고 들어가자 넓은 평원광야가 나타나는데 거기에는 수백 호의 집들이 즐비하게 들어서 있고 여러 사람이 모여 잔치를 벌이며 즐기고 있었다. 알고 보니 그곳은 도적의 소굴이었다. 길동이 굴 안에 들어서자 한 사람이 길동을 보고 예사롭지 않다는 듯 반겨 말했다.

"그대는 어떤 사람이기에 이곳에 찾아왔소? 이곳에는 영웅이 모여 있으나 아직 우두머리를 정하지 못하고 있소. 그대가 만일 용력勇力 용맹한 힘이 있어 참여할 마음이 나면 저 돌을 들어 보시오."

길동은 도적의 말을 듣고 다행히 여기며 절하고 말했다.

"나는 서울 홍 판서의 서자 길동인데 집에서 천대받기 싫어 아무 데나 정처 없이 다니다가 우연히 이곳에 들어왔소. 마침 모든 호걸이 나와 동료가 되기를 바라니 반갑기 그지없거니와 장부가 어찌 저만한 돌 들기를 걱정하겠소."

길동이 천 근이나 되는 돌을 번쩍 들어 수십 보를 걷다가 던지니 그 광경을 지켜본 도적들이 일시에 칭찬했다.

"과연 장사로다. 우리 수천 명 중에 이 돌을 드는 자가 없었는데 오늘 하늘이 도와 장군을 내려 주셨구나."

그들은 길동을 윗자리에 앉힌 뒤, 차례로 술을 권하며 백마를 잡아 그 피로써 맹세하면서 언약을 굳게 맺었다. 이에 모든 무리가 일시에 응낙하고 온종일 즐기며 놀았다. 그 뒤 길동은 여러 사람과 더불어 무예를 닦아 수개월 안에 군법을 엄히 세웠다.

하루는 여러 사람들이 한 가지 제안을 했다.

"우리는 예전부터 합천 해인사를 쳐 재물을 빼앗고자 했으나 지략이 부족해 실천에 옮기지 못했는데 장군님 의견은 어떠하신지요?"

길동이 웃으며 말했다.

"내가 장차 출동할 것이니 그대들은 내 지휘대로만 하라."

그리고는 푸른 도포에 검은 띠를 매고 나귀 등에 올랐다.

"내가 그 절에 가서 동정을 살펴보고 오겠다."

이렇게 말하고 가는 뒷모습은 완연한 재상가 자제였다. 길동은 절에 들어가 주지에게 먼저 말했다.

"나는 서울 홍 판서 댁 자제요. 이 절에 공부를 하려고 왔는데 내일 백미 이십 석을 보낼 것이니 음식을 깨끗이 장만하시오. 당신들과 함께 먹겠소."

길동은 절 안을 두루 살펴보며 뒷날을 기약하고 동구를 나오니 모든 중이 기뻐했다.

길동은 돌아와 백미 수십 석을 보내고 부하들을 불러 놓고 말했다.

"내가 아무 날 그 절에 가 이리이리할 것이니 그대들은 뒤를 따라와 이리이리하라."

그날이 다가와 길동은 부하 수십 명을 데리고 해인사에 당도했다. 중들은 길동을 반가이 맞이했다. 길동은 노승을 불러 물었다.

"내가 보낸 쌀이 부족하지는 않았소?"

"어찌 부족하겠습니까. 너무 황감했습니다."

길동은 맨 윗자리에 앉아 모든 중들을 청해 각기 상을 받게 하고 먼저 술을 마시며 차례로 권하니 모든 중이 황감惶感 황송하고 감격스러움해했다.

길동은 음식을 먹다가 모래를 슬그머니 입에 넣고 깨물었다. 그 소리가 크게 나니 중들이 듣고 놀라 사과를 했다. 길동은 일부러 화를 내어 꾸짖었다.

"음식을 어찌 이다지도 깨끗하지 않게 했소? 이는 반드시 나를 깔보고 업신여기는 짓이오."

길동은 부하들을 시켜 모든 중을 한 줄에 결박해 앉혔다. 중들이 겁이 나서 어쩔 줄을 몰라 했다. 이윽고 도적 수백 명이 일시에 달려들어 모든 재물을 제 것 가져가듯 했다. 중들은 보고 입으로만 소리 지를 따름이었다. 마침 외출했던 불목하니절에서 밥 짓고 물 긷는 일을 하는 사람가 돌아오다가 이 사태를 보고 관가에 알렸다. 이에 합천 원員 고을 수령은 관군을 뽑아 도적들을 잡아오게 했다. 군관 수백 명이 도적을 쫓다가 문득 소리가 나는 곳을 보니 송낙여승이 쓰는 모자을 쓰고 장삼 입은 중이 산에 올라가 외치고 있었다.

"도적이 저 북쪽으로 난 작은 길로 가고 있으니 빨리 가 잡으시오."

관군들은 그 중이 말한 대로 북쪽 작은 길 쪽으로 찾아갔지만 도적을 잡지 못하고 날이 저문 후에야 돌아갔다. 길동은 부하들을 남쪽의 큰길로 보내고 홀로 중의 차림으로 관군을 속여 무사히 소굴로 돌아왔다. 부하들은 이미 재물을 가져다 놓고 기다리고 있었다. 부하들이 모두 일어나 사례하자 길동은 웃으며 말했다.

"장부가 이만한 재주도 없어서야 어찌 여러 사람의 우두머리가 되리오."

그 뒤 길동은 이 도적의 무리를 일러 활빈당이라 칭했다. 활빈당은 조선 팔도로 다니며 각 고을 수령이 불의로 모은 재물이 있으면 탈취했다. 또 혹 가난하고 의지할 데 없는 사람이 있으면 구제하되, 백성의 재물은 하나라도 범하지 않고 나라의 재산에는 추호도 손을 대지 않았다.[7]

부하들은 길동의 뜻에 감복해 마지않았다.

어느 날 길동은 활빈당을 모아 놓고 말했다.

"탐관오리인 함경 감사가 백성을 착취해 백성이 견딜 수 없게 되었다. 우리가 그대로 둘 수 없으니 그대들은 나의 지휘대로 하라."

하고 아무 날 밤으로 약속을 정하고, 하나씩 몰래 들어가 남문 밖에 불을 질렀다. 감사는 크게 놀라며 불을 끄라 하니 관리며 백성이 한꺼번에 달려 나와 불을 끄고 다녔다.

활빈당 수백 명이 함께 성안으로 달려들어 창고를 열고 곡식과 무기를 찾아내 북문으로 달아나니 성안이 물 끓듯 시끄러웠다. 감사는 뜻밖의 변을 당해 어쩔 줄을 몰라 했다. 날이 밝은 후에 살펴보고서야 창고의 무기와

탐관오리인 함경 감사가 백성을 착취해 백성이 견딜 수 없게 되었다. 우리가 그대로 둘 수 없으니 그대들은 나의 지휘대로 하라.

📖 소설 한 장면   전개   홍길동은 활빈당의 두목이 됨

---

7) 활빈당의 행적을 통해 지배층의 수탈을 비판하고 빈민을 구제하려는 작가의 생각을 엿볼 수 있다.

곡식이 없어졌음을 깨닫고 크게 놀라 도적 잡기에 전력을 기울였다. 그런데 홀연 북문에 방이 붙었는데 다음과 같았다.

'아무 날 성안의 돈과 곡식을 훔친 자는 활빈당 당수 홍길동이라.'

이를 본 감사가 군사를 징발해 도적들을 잡으려 했다.

한편 길동은 여러 부하와 함께 곡식을 많이 훔쳤으나 행여 길에서 잡힐까 염려해 둔갑법과 축지법을 써서 처소에 돌아오니 날이 새고 있었다.

하루는 길동이 여러 부하를 모아 놓고 말했다.

"이제 우리가 합천 해인사에 가 재물을 탈취한 일과 또 함경 감영에 가 돈과 곡식을 훔쳤다는 소문이 파다하다. 나의 이름이 감영에 붙었으니 오래지 않아 잡히기 쉬울 것이다. 그러나 그대들은 마음 쓸 것이 없으니 이제 나의 재주를 보라."

길동은 즉시 짚으로 일곱 사람을 만들었다. 주문을 외워 혼백을 불어넣었다. 곧 일곱 명의 길동이 한꺼번에 벌떡벌떡 일어나 팔을 뽐내며 크게 소리치고 한곳에 모여 야단스럽게 지껄이니 누가 진짜 길동인지 알 수가 없었다. 이들 길동은 팔도에 하나씩 흩어졌는데 각각 사람 수백 명씩을 거느리고 다녀 어느 것이 진짜인지 가려낼 도리가 없었다.

이들 여덟 길동은 팔도를 돌며 바람과 비를 불러일으키는 술법을 부려 각 고을 양곡을 하룻밤 사이에 종적 없이 털어 내었다. 또 지방에서 서울로 올려 보내는 봉물封物 예전에 시골에서 서울 벼슬아치에게 바치던 물건들도 놓치지 않고 탈취했다. 팔도가 다 시끄러워져 사람들이 밤에는 잠을 설치고 낮에는 밖으로 나다니지 못했다. 이에 팔도의 감사들은 임금에게 장계狀啓 왕명을 받고 지방에 간 신하가 왕에게 중요한 일을 보고함를 올렸는데 그 내용이 대개 이러했다.

'홍길동이라는 대적이 난데없이 나타나 신통한 술법을 부리면서 각 고을의 재물을 탈취하고 서울로 보내는 봉물을 빼앗아 그 폐단이 극심하옵니다. 그 도적을 잡지 않으면 장차 어느 지경에 이를지 알지 못할 정도이옵니다. 엎드려 바라건대 성상께서는 좌우 포도대장에게 명해 그 도적을 잡게 하옵소서.'

임금은 장계를 보고 크게 놀라 포도대장을 불렀는데 연달아 팔도에서 장계가 올라왔다. 다 읽어 보니 도적 두목의 이름은 홍길동이라고 하고 돈과 곡식 잃은 날짜는 한날한시였다. 임금은 크게 놀라 말했다.

"이 도적의 용맹과 술법은 옛날 중국의 도적 치우蚩尤 특이한 술법을 사용했다는 전설상의 아무리 신기한 놈이라 한들 한 몸이 팔도에서 한날한시에 어떻게 도적질을 하리오? 이는 보통 도적이 아니어서 잡기 어려우니 좌포장과 우포장이 군사를 내어서 잡으라."

우포장 이흡이 아뢰었다.

"신이 비록 재주는 없으나 그 도적을 잡아오겠사오니 전하께서는 근심하시지 마옵소서. 하오나 좌우 포장이 어찌 한꺼번에 출전하겠습니까?"

임금은 옳다고 여기고 우포장에게 급히 출발하기를 재촉했다. 이흡이 하직한 후 수많은 관졸들을 거느리고 출발하면서 각각 흩어져 아무 날 문경에 모이기로 약속했다. 그런 다음 이흡은 포졸들 몇 명을 데리고 변복한 채다녔다.

하루는 날이 저물어 주막을 찾아 쉬고 있는데 갑자기 어떤 소년 서생이 나귀를 타고 들어와 인사를 했다. 이흡이 인사를 받자 그 소년은 갑자기 탄식하며 말했다.

"온 천하가 임금의 땅이 아닌 곳이 없고 모든 땅의 백성이 임금의 신하 아닌 이가 없으니, 소생은 비록 시골에 있으나 나라를 위해 근심을 하고 있습니다."

포장은 일부러 놀라는 체하며 물었다.

"그게 무슨 말이오?"

"홍길동이라는 도적이 팔도로 다니며 소란을 피워 인심이 동요하고 있는데 그놈을 잡아 없애지 못하니 어찌 분하지 않겠습니까?"

포장은 이 말을 듣고 말했다.

"그대가 기골이 장대하고 말하는 것이 충직하니 나와 더불어 그 도적을 잡는 것이 어떻겠소?"

소년이 응낙하며 말했다.

"내 일찍부터 도적을 잡고자 했으면서도 용력 있는 사람을 만나지 못해 그냥 있었는데 이제야 제대로 된 사람을 만났으니 어찌 다행이 아니겠습니까? 그러나 그대의 재주를 알 수 없으니 그윽한 곳에 가서 시험합시다."

이흡은 응낙하고 그 소년을 따라 함께 깊은 산중으로 갔다. 소년은 몸을 솟구쳐 층암절벽 위에 올라앉으며 말했다.

"그대가 힘을 다해 나를 차면 그 용력을 가히 알 것입니다."

소년이 벼랑 끝에 가 앉자 이흡은 생각했다.

'제 아무리 용력이 있은들 한 번 차면 어찌 떨어지지 않으리오.'

이흡이 젖 먹던 힘을 다해 두 발로 힘껏 차니 그 소년이 갑자기 돌아앉으며 말했다.

"진정 장사입니다. 내가 여러 사람을 시험해 보았지만 나를 움직이게 한 자가 없었는데 그 발에 차이니 오장이 다 울린 듯합니다. 이제 길동의 소굴로 들어가 탐지하고 올 것이니 여기서 기다리십시오."

포장은 속으로 의심은 되었으나 빨리 잡아오라고 당부하고는 앉아 있었다. 소년이 떠나자 홀연히 계곡으로부터 수십 명의 사내가 요란하게 소리를 지르며 내려왔다. 포장이 놀라 피하려고 하는데 그들은 삽시간에 달려와 포장을 묶으면서 꾸짖었다.

"네가 포도대장 이흡이렷다? 저승의 왕명을 받아 너를 잡으러 왔다."

그들이 쇠사슬로 포장의 목을 옭아매고는 풍우같이 몰아가니 포장은 혼이 빠져 어쩔 줄을 몰랐다. 한 곳에 이르러 소리를 지르며 꿇어앉히기에 포장이 정신을 가다듬어 보니 광대한 궁궐에 무수한 신장神將 신병을 거느리는 장수들이 주위에 늘어서 있고 위에서 꾸짖는 소리가 들려왔다.

"네 감히 활빈당 장수 홍길동을 쉽게 보고 잡으려 하느냐? 홍 장군은 하늘의 명을 받아 팔도를 다니며 탐관오리와 비리를 저지른 놈의 재물을 빼앗아 불쌍한 백성을 구휼하시는 분이시다. 너희 놈들이 나라를 속이고 임금께 무고해 옳은 사람들을 해하므로 너 같은 간사한 족속들을 잡아다가 다른 사람을 경계코자 하는 것이니 한탄치 말라."

이흡은 머리를 땅에 조아리며 빌었다.

"홍 장군이 나라를 돌며 민심을 소란스럽게 하시어 임금이 진노하시므로 신하의 도리로 앉아 있지 못해 명을 받잡고 나왔사오니 무죄한 목숨을 용서해 주옵소서."

애걸하고 또 애걸하니 길동은 그 거동을 보고 크게 웃으며 말했다.

"그대 머리를 들어 나를 보라. 나는 주막에서 만났던 그 소년이오. 곧 홍길동이다. 그대 같은 이는 수만 명이라도 나를 잡지 못할 것이다. 그대를 유인해 이리로 데려온 것은 우리의 위엄을 보여 주어 일후에 그대와 같은 자가 있거든 그대로 인해 말리게 하기 위한 것이다."

길동은 말을 마치고 군사에게 명해 이흡의 결박을 풀고 술을 권했다.

"그대는 부질없이 다니지 말고 빨리 돌아가라. 혹여라도 나를 보았다 하면 반드시 죄를 추궁당할 것이니 부디 그런 말은 입 밖에 내지 말라."

그리고는 부하들에게 이흡을 내보내라 했다.

'이것이 꿈인가 생시인가? 여기에는 어찌하여 왔을까?'

이흡은 길동의 신기한 조화에 놀라 일어나 가고자 했으나 갑자기 팔다리를 움직일 수가 없었다. 괴이하다는 생각이 들어 정신을 차리고 살펴보니 자신이 가죽 부대 속에 들어 있는 것이었다. 간신히 빠져 나오니 또 다른 가죽 부대 셋이 나무에 걸려 있었다. 그것들을 차례로 끌러 내자 처음 떠날 때 데리고 왔던 부하들이 들어 있었다. 그들은 서로를 보며 말했다.

"이게 어찌된 일인고? 우리가 떠날 때는 문경에서 모이자고 했는데 어찌 이곳에 왔을꼬?"

이흡이 주변을 두루 살펴보니 다른 곳도 아니고 서울의 북악산이었다.

"너희는 어째서 여기 왔느냐?"

세 사람이 아뢰었다.

"소인들은 주막에서 자고 있었는데 갑자기 바람과 구름에 싸여 이리로 왔사오니 어찌된 까닭인지 알지를 못하겠습니다."

이흡이 말했다.

"이 일이 너무나 허무맹랑하니 남에게 말하지 말라. 길동의 재주를 헤아릴 수 없으니 사람의 힘으로 어찌 그를 잡겠는가? 우리가 이제 그냥 돌아가면 반드시 죄를 면치 못할 것이니 몇 달 정도 기다린 후에 들어가자꾸나."

임금은 팔도에 공문을 내려 길동을 잡아들이도록 어명을 내렸다. 하지만 길동의 조화는 갈수록 무궁해져 서울의 큰길에 수레를 타고 다니기도 하고 각 고을에 미리 통고해 놓고는 쌍가마를 타고 왕래하기도 했다. 혹은 어사로 꾸며 탐관오리의 목을 자르고 임금에게 보고하되 임시 어사 홍길동이 올리는 공문이라고 했다. 이에 임금은 더욱 진노했다.

"이놈이 각 도에 다니며 이런 난리를 치는데도 아무도 잡지 못하니 이를 장차 어찌하리오?"

임금이 삼정승과 육판서를 모아 놓고 의논을 하는 중에도 연이어 장계가 올라왔다. 모두 다 팔도에서 홍길동이 장난한다는 내용이었다. 임금은 크게 근심해 주위를 돌아보면서 물었다.

"이놈은 아마 사람이 아니고 귀신인 것 같소. 조신 가운데 누가 그 근본을 짐작할 수 있겠소?"

한 사람이 나와서 아뢰었다.

"홍길동은 전임 이조 판서 홍 아무개의 서자요, 병조 좌랑 홍인형의 서제이옵니다. 그 부자를 잡아와 친히 문초하시면 자연히 알게 되실 줄 아옵니다."

"그런 말을 어찌 이제야 하는가?"

임금은 화를 내며 즉시 둘을 잡아들이라 명했다.

임금은 홍 아무개를 의금부에 가두고 먼저 인형을 불러들여 몸소 문초를 했다. 임금은 진노해 책상을 두드리며 말했다.

"길동이라는 도적이 너의 서제庶弟 아버지의 첩에게서 태어난 아우라는데 어찌하여 막지 않고 그냥 두어 국가에 큰 재앙을 불러오게 하느냐? 네가 만일 잡아들이지 않으면 네 부자의 충효도 돌아보지 않을 것이니 빨리 잡아들여 나라에 변이 없게 하라."

인형은 머리를 조아리며 아뢰었다.

"신의 천한 아우가 있어 일찍 사람을 죽이고 달아난 지 몇 년이나 지났는데 그 생사를 지금까지 알지 못합니다. 신의 늙은 아비는 그 때문에 신병이 위중한 나머지 목숨이 끊어질 지경에 이르렀습니다. 길동이 착하지 못해 전하께 근심을 끼쳤으니 신의 죄는 만 번 죽어도 애석하지 않사옵니다. 그러나 엎드려 바라옵건대 전하께서는 자비로운 은덕을 내려 신의 아비를 용서하시고 집으로 돌아가 조리하게 해 주시면 신이 죽음으로써 맹서하건대 길동을 잡아 저희 부자의 죄를 면할까 하옵니다."

임금은 감동해 즉시 홍 아무개를 사면하고 인형에게 경상 감사를 제수하면서 말했다.

"경이 길동을 잡지 못하면 감사로서의 자질이 없다고 볼 것이니라. 일 년 기한을 주니 그 안에 잡아들이도록 하라."

인형은 수없이 절하며 감사하고 임금에게 하직했다. 그리고 바로 그날로 경상 감사로 부임해서 각 고을에 방을 붙였다. 내용은 다음과 같았다.

"사람이 세상에 태어남에 오륜五倫이 으뜸이요, 오륜이 있음으로써 인의예지仁義禮智가 분명하거늘, 이를 알지 못하고 임금과 부모의 명을 거역해 불충불효하면 어찌 세상이 용납하리오? 내 아우 길동은 이런 일을 알 것이니 스스로 형을 찾아와 사로잡히라. 아버지께서 너로 말미암아 깊이 병환이 드셨고 전하께서도 크게 근심하시니 네 죄악은 가득 차서 흘러넘치는 바라.

이에 전하께서 나를 특별히 감사로 임명해 너를 잡아들이라 하신다. 만일 잡지 못하면 우리 홍씨 집안의 누대에 걸친 깨끗한 덕이 하루아침에 없어지리니 어찌 슬프지 않으랴? 바라건대 아우 길동은 이를 생각해 스스로 나타나 자수하면 너의 죄도 덜어질 것이요, 우리 가문도 보존할 것이니 자진출두하라."

감사는 이 방을 각 고을에 붙인 뒤 길동이 나타나기만을 기다리고 있었다.

어느 날 나귀를 탄 소년 하나가 하인 수십 명을 거느리고 감영 문밖에 와 뵙기를 청했다. 감사가 들어오라 하자 그 소년은 당상에 올라와 인사를 했다. 감사가 눈을 들어 자세히 보니 그토록 기다리던 길동인지라. 기쁘고도 놀라 주위 사람들을 물러가게 하고 길동의 손을 잡고 흐느껴 울면서 말했다.

"길동아, 네가 한번 집을 떠난 뒤 생사를 알 수 없어 아버지께서는 고칠 수 없는 병을 얻으셨다. 너는 갖가지로 불효를 끼칠 뿐 아니라 나라에 큰 근심을 불러일으키니 무슨 마음으로 불충불효를 하고 또한 도적이 되어 세상에 못할 죄를 짓느냐? 이 때문에 전하께서 진노하시어 나로 하여금 너를 잡아들이도록 하셨다. 이는 피치 못할 죄이니 너는 일찍 서울로 올라가 왕명을 받아라."

길동은 머리를 숙이고 말했다.

"제가 여기에 온 것은 부형을 위태로움으로부터 구하기 위함이니 어찌 다른 말이 있으오리까?[8] 대감께서 일찍이 천한 길동을 위해 호부호형을 허락하셨던들 어찌 여기까지 이르렀겠습니까? 이제 와서 지나간 일은 말해 봐야 쓸데없거니와 이제 이 몸을 결박하시어 서울로 올려 보내십시오."

그리고 다시는 말이 없었다. 감사는 이 말을 듣고 슬퍼하면서 공문을 쓴 다음, 길동의 목에 칼을 채우고 발에 차꼬_{두 개의 기다란 나무토막을 맞대고 그 사이에 구멍을 파서 죄인의} _{발목을 넣고 자물쇠를 채우는 기구}를 채워 죄인 호송용 수레에 태웠다. 그리고 건장한 장교 십여 명을 뽑아 길동을 호송하게 한 뒤, 밤낮으로 갑절의 길을 가도록 했다. 각 고을 백성은 길동의 재주를 익히 들어 아는지라 길동을 잡아 온다는 소문을 듣고 길에 모여 구경을 했다.

---

8) 홍길동은 적서차별이라는 유교적 가치관 때문에 고통받지만, 아버지와 형을 위험에 빠뜨리지 않기 위해 유교적 가치관을 존중하는 모습을 보인다.

그런데 팔도에서 다 길동을 잡아 올리니 조정과 서울 사람들이 어찌된 영문인지 몰라 어리둥절했다. 임금은 크게 놀라며 온 조정의 신하들을 모으고 몸소 죄인을 다스렸는데 여덟 명의 길동이 다투면서 말했다.

"네가 진짜 길동이지 나는 아니다."

서로 이렇게 말을 하니 누가 진짜 길동인지 분간할 수 없었다. 임금은 괴이하게 여기고 즉시 홍 아무개를 불러 명했다.

"자식을 알아보는 데는 아비만한 자가 없다 했으니 저 여덟 가운데서 경의 아들을 찾아내라."

홍공은 황공해 머리를 조아리면서 아뢰었다.

"신의 천한 자식 길동은 왼쪽 다리에 붉은 혈점이 있사옵니다. 그것을 자세히 살피시면 진짜 길동을 알 수 있을 것입니다."

그런 후에 여덟 길동을 보고 꾸짖었다.

"네 이놈! 지척에 임금님이 계시고 아래로 아비가 있는데 네가 이렇듯 천고에 없는 죄를 지었으니 죽기를 겁내지 말라."

이렇게 말하고 홍공은 피를 토하며 엎어져 기절했다. 임금이 크게 놀라 궐내의 약국에 명해 치료하게 했으나 효험이 없었다. 여덟 길동이 이를 보고 일제히 눈물을 흘리면서 주머니에서 환약을 한 개씩 꺼내 입에 넣어드리니 홍공은 잠시 뒤 정신을 차렸다.

여덟 길동이 임금에게 아뢰었다.

"소신의 아비가 국은을 많이 입었사온데 신이 어찌 감히 나쁜 짓을 하오리까마는 신은 본래 천비의 소생이라 아비를 아비라, 형을 형이라 못 하오니 평생 한이 맺혔기에 집을 버리고 도적의 무리에 들어갔사옵니다. 그러나 백성을 범하지 않고 각 고을 수령이 백성들에게 착취한 재물만 빼앗았을 뿐입니다.[9] 그렇게 한 지 이제 십 년, 이제 조선을 떠나서 갈 곳이 있사오니 엎드려 빌건대 전하께서는 근심하지 마시고 신을 놓아주소서."

말을 마치자 여덟 명이 한꺼번에 쓰러지니 자세히 본즉 다 짚으로 만든 허수아비였다. 임금은 더욱 놀라며 진짜 길동을 잡으라는 공문을 다시 팔

---

[9] 「홍길동전」이 지어진 당시는 임진왜란을 전후한 시기로, 사회 기강이 문란해지고 양반의 횡포가 극에 달했다. 서자 출신에 대한 차별도 점점 심해져 인재 등용의 문이 좁아지고 있었다. 작가 허균은 당대 사회의 문제점을 비판하고 사회를 개혁하기 위해 「홍길동전」을 창작했다.

도에 내렸다.

길동은 허수아비를 없애고 두루 다니다가 사대문에 글을 써 붙였다.

'소신 길동을 아무리 해도 잡지 못하실 것이오니 병조 판서 벼슬을 내리시면 잡히겠습니다.'

임금은 그 글을 보고 신하들을 모아 의논했다.

"도적을 잡으려 하다가 잡지 못하고 도리어 병조 판서를 제수하심은 이웃 나라에도 창피스러운 일입니다."

임금은 옳다고 여기고 경상 감사에게 길동을 잡아들이라 재촉했다. 경상 감사는 왕명을 받고는 황공하고 죄송해 어쩔 줄을 몰라 했다.

하루는 길동이 공중으로부터 내려와 경상 감사에게 절하고 말했다.

"제가 지금은 진짜 길동이오니 형님께서는 아무 염려 마시고 결박해 서울로 보내십시오."

감사는 이 말을 듣고 손을 잡고 눈물을 흘리면서 말했다.

"이 철없는 것아, 너도 나와 형제인데 부형의 가르침을 듣지 않고, 온 나라를 떠들썩하게 하니 어찌 애달프지 않겠느냐. 그러나 이제 진짜 몸이 와서 잡혀가기를 원하니 도리어 기특하도다."

급히 길동의 왼쪽 다리를 보니 과연 혈점이 있었다. 즉시 팔다리를 단단히 묶어 죄인 호송용 수레에 태운 후에 건장한 장교 수십 명을 뽑아 철통같이 둘러싸고 풍우같이 몰아갔다. 이런 가운데서도 길동의 안색은 조금도 변치 않았다.

호송 행렬은 여러 날 만에 서울에 다다랐다. 그러나 대궐 문에 이르러 길동이 몸을 움직이자 쇠사슬이 끊어지고 수레가 깨져 길동은 마치 매미가 허물 벗듯 공중으로 올라가며 나는 듯이 운무에 묻혀 버렸다. 장교와 모든 군사는 다만 공중을 바라보며 넋을 잃고 있을 따름이었다. 임금은 보고를 받고 탄식했다.

"천고에 이런 일이 또 어디 있으랴?"

신하 한 사람이 말했다.

"길동이 병조 판서를 한번 지내면 조선을 떠나겠다고 한 것으로 아옵니다. 그 소원을 풀면 제 스스로 전하의 은혜에 감사하오리니 그때를 틈타 잡는 것이 좋을까 하옵니다."

임금은 옳다 여겨 즉시 길동에게 병조 판서를 제수하고 사대문에 글을 써

붙였다. 이때 길동이 즉시 고관의 복장인 사모관대에 서띠^{조선 시대에 정1품 벼슬아치가}

^{허리에 두르던 띠}를 매고 수레에 의젓하게 앉아 큰길로 버젓이 들어 오면서 말했다.

"이제 홍 판서 사은^{謝恩 받은 은혜를 감사히 여겨 사례함}하러 온다."

병조의 하급 관리들이 길동을 맞이해 궐내에 들어간 뒤 여러 관원들이 의논했다.

"길동이 오늘 전하께 사은하고 나올 것이니 도끼와 칼을 쓰는 군사를 매복시켰다가 나오거든 일시에 쳐 죽이도록 하자."

길동은 궐내에 들어가 임금에게 엄숙히 절하고 말했다.

"소신의 죄악이 지중하옵거늘 도리어 은혜를 입사와 평생의 한을 풀고 돌아가옵니다. 전하와 영원히 작별하오니 부디 만수무강하소서."

말을 마친 후 몸을 공중에 솟구쳐 구름에 싸이며 사라지니 간 곳을 알 수가 없었다. 임금이 보고 감탄하며 말했다.

"길동의 신기한 재주는 고금에 드문 일이로다. 제가 지금 조선을 떠난다고 했으니 다시는 폐를 끼칠 일이 없을 것이다. 비록 수상하기는 하나 대장부다운 기개를 가졌으니 이후 염려는 없을 것이로다."

임금은 팔도에 사면^{赦免}의 글을 내려 길동 잡는 일을 그만두었다. 한편 길

소신의 죄악이 지중하옵거늘 도리어 은혜를 입사와 평생의 한을 풀고 돌아가옵니다.

🗂 소설 한 장면   위기   홍길동은 도술을 부려 임금에게서 벗어남

동은 활빈당이 있는 곳에 돌아와 부하들에게 명령했다.

"나는 다녀올 곳이 있으니 너희들은 아무 데도 출입하지 말고 내가 돌아오기를 기다려라."

길동은 즉시 몸을 솟구쳐 남경으로 가다가 한 곳에 다다랐다. 산천이 깨끗하고 인구가 번성해 가히 편안하게 살 만한 곳이었다. 남경에 들어가 구경하고 또 제도라 하는 섬에 들어가 산천도 구경하고 인심도 살피다가 오봉산에 이르렀다. 그곳은 제일가는 강산이라 둘레가 칠백 리요, 기름진 논이 가득해 사람 살기에 합당했다. 길동은 마음속으로 생각했다.

'내 이미 조선을 하직했으니 이곳에 와 은거하다가 큰일을 도모하리라.'

길동은 다시 돌아와 여러 부하에게 일렀다.

"그대들은 아무 날에 양천강변으로 가서 배를 많이 만들어 몇 월 며칠 경성 한강에서 기다려라. 내 임금께 청해 벼 일천 석을 구해 올 것이니 약속을 어기지 말라."

한편 홍공은 길동의 장난이 없으므로 차차 병이 나아지고 임금 또한 근심 없이 지내게 되었다. 구월 보름께 임금이 달빛을 받으며 후원을 거닐고 있었다. 이때 갑자기 한 줄기의 맑은 바람이 일어나며 공중에서 피리 소리가 맑게 울려왔다. 그러더니 한 소년이 내려와 임금 앞에 엎드렸다. 임금이 놀라서 물었다.

"선동仙童이 어찌 인간 세상에 내려왔으며 무엇을 하려 하느뇨?"

소년은 땅에 엎드려 아뢰었다.

"신은 전임 병조 판서 홍길동이옵니다."

"네가 깊은 밤에 어찌 왔느냐?"

"신이 전하를 받들어 만세를 모실까 했으나, 제가 천비의 소생이라 문文으로는 홍문관이나 예문관 벼슬길이 막혀 있고, 무武로는 선전관 벼슬길이 막혀 있사옵니다. 이런 까닭으로 팔도를 떠돌아다니면서 관청에 폐를 끼치고 조정에 죄를 지었던 것이온데 이는 전하로 하여금 아시게 하려 함이었습니다. 엎드려 바라건대 전하께서는 만수무강하시옵소서."

이렇게 말하고 길동은 공중으로 올라가 나는 듯이 가 버렸다. 임금이 그 재주를 칭찬했고 그 후로는 길동의 폐단이 없이 사방이 태평했다.

길동은 조선을 하직하고 남경 땅 제도라는 섬으로 들어가 수천 호의 집을 짓고 농업에 힘쓰며 무기를 만들고 군법을 연습했다. 이에 병사는 잘 훈련

되고 양식 또한 풍족하게 되었다.

하루는 길동이 화살촉에 바를 약을 구하러 망당산으로 가다가 낙천 땅에 이르렀다. 그곳에는 부자 백룡이라는 사람이 딸 하나를 두고 있었는데 재주가 비상해 애중하게 여겼으나 어느 날 광풍이 크게 불면서 그 딸이 없어져 버렸다. 백룡 부부는 슬퍼하면서 많은 돈을 들여 사방으로 찾았으나 종적을 찾을 수 없었다. 부부는 슬픔에 젖어 말을 퍼뜨렸다.

"누구라도 내 딸을 찾아 주면 재산의 반을 주고 사위로 삼으리라."

길동은 이 말을 듣고 측은한 마음이 들었으나 어찌할 도리가 없었다. 하릴 없이 망당산에 가서 약초를 캐다가 날이 저물어 주저하고 있는데 갑자기 사람 소리가 나며 등불이 밝게 비치는 것이었다. 등불 비치는 쪽을 찾아가니 사람이 아닌 괴물들이 앉아 지껄이고 있었다. 원래 이 괴물은 울동이라는 짐승인데 여러 해를 묵어 변화가 무궁했다. 길동이 몸을 감추고 활로 쏘니 그중 괴수가 맞았다. 모두 소리를 지르며 달아나기에, 길동은 나무에 의지해 밤을 지내고 두루 돌아다니면서 약을 캤다. 그런데 갑자기 괴물이 나타나 길동을 보고 물었다.

"그대는 무슨 일로 이 깊은 곳에 이르렀소?"

"내가 의술을 좀 알기에 이 산에 들어와 약초를 캐는 중이오."

"나는 이곳에 산 지 오래인데, 우리 왕이 부인을 새로 정하고 어젯밤 잔치를 하다가 하늘에서 내린 살煞 사악한 기운 을 맞아 위중하게 되었소. 그대가 명의라 하니 선약仙藥 신선의 약 으로 왕의 병을 고치면 큰 상을 받으리라."

길동은 생각했다.

'그놈이 어젯밤에 상한 그 놈이로구나.'

괴물은 길동을 인도해 문 앞에 세워 놓고 들어갔다가 한참 만에 들어오라고 청했다. 길동이 들어가 보니 그림으로 장식한 집이 넓고도 아름다운데 그 가운데 흉악한 것이 누워 신음하다가 길동을 보자 몸을 움직이면서 말했다.

"내가 우연히 천살을 맞아 위독한데 애들의 말을 듣고 그대를 청했으니 이는 하늘이 도우신 것이라. 그대는 재주를 아끼지 말라."

길동은 감사의 뜻을 표하고 말했다.

"먼저 몸의 내부를 치료할 약을 쓰고 다음으로 외부를 치료할 약을 쓰는 것이 좋을까 하오."

괴물의 왕이 응낙하자 길동은 독약을 꺼내 급히 온수에 타서 먹였다. 독약을 먹은 왕이 한참 만에 외마디 비명을 지르고 죽자 모든 요괴가 한꺼번에 길동에게 달려들었다. 길동은 신통술을 부려 모든 요괴를 후려치는데 갑자기 두 젊은 여자가 애걸했다.

"저희는 요괴가 아니라 잡혀 온 사람인데 남은 목숨을 구해 주셔서 부디 세상으로 돌아가게 해 주소서."

길동은 백룡의 일을 생각하고 거주지를 물었더니 하나는 백룡의 딸이요, 또 하나는 조철의 딸이었다. 길동은 요괴를 처치하고 두 여자를 구출해 각각 제 부모에게 돌려주었다. 부모들은 크게 기뻐하며 그날로 길동을 사위로 삼았다. 길동의 첫째 부인은 백 소저요, 둘째 부인은 조 소저였다. 길동이 하루아침에 두 아내를 얻어 두 집 가족을 거느리고 제도로 가니 모든 사람이 반겼다.

하루는 길동이 천문天文을 보다가 눈물을 흘리기에 주위에서 무슨 까닭으로 슬퍼하느냐고 물으니 길동이 탄식하면서 말했다.

"내가 하늘의 별을 보고 부모의 안부를 짐작했는데 지금 하늘을 보니 부친의 병세가 위중하구나. 그러나 내 몸이 먼 곳에 있어 거기에 이르지 못하는 것이 한이로다."

이 말을 들은 모든 사람들이 슬퍼했다.

이튿날 길동은 월봉산에 들어가 훌륭한 묘 터 하나를 구한 뒤 일을 시작해 석물石物 돌로 만든 여러 가지 물건으로, 무덤 앞에 세워 놓음을 국릉과 같이했다. 그리고 큰 배 한 척을 준비해 부하들로 하여금 조선국 서강강변으로 가서 기다리라 했다. 그런 다음 자신은 머리를 깎고 중의 모습으로 꾸민 뒤 작은 배 한 척을 타고 조선으로 향했다.

이 무렵 홍 판서는 갑자기 병을 얻어 위중해지더니, 부인과 아들 인형을 불러 말했다.

"내가 죽어도 여한이 없으나, 길동의 생사를 알지 못하니 눈을 감지 못하겠구나. 제가 살아 있으면 찾아올 것이니 적서를 구분하지 말고 제 어미를 잘 대접해라."

그러고는 숨을 거두었다. 온 집안이 슬픔에 잠겨 장사를 극진히 치르고자 하나 좋은 묘 터를 구하지 못해 난처해했다.

하루는 문지기가 들어와 고했다.

"문밖에 어떤 중이 와서 상전의 영전에 조문하려 합니다."

인형은 이상히 여겨 들어오라 했다. 그 중은 들어와 목을 놓아 크게 울었다. 모든 사람은 곡절을 몰라 서로 얼굴만 쳐다보았다. 그 중이 상주에게 한 번 통곡한 뒤 말했다.

"형님께서는 어찌 아우를 몰라보십니까?"

상주가 자세히 보니 아우 길동이었다. 인형은 길동을 붙잡고 통곡하며 말했다.

"아우야, 그 사이 어디에 가 있었더냐? 아버지께서 유언이 간절하셨는데 이제 오니 어찌 자식의 도리라 할 수 있겠는가?"

인형은 길동의 손을 이끌고 내당에 들어가 모부인母夫人 남의 어머니를 높여 부르는 말을 뵈옵고 모친 춘섬을 뵙게 했다. 어머니와 아들은 서로 부둥켜안고 한바탕 통곡했다. 춘섬은 눈물을 거두고 물었다.

"네가 어찌 중이 되었느냐?"

"소자 처음에 마음을 그릇되게 먹고 장난을 일삼다가 부형께서 화를 당할까 염려해 조선을 떠났지요. 그 뒤 머리를 깎고 중이 되어 지술地術 묏자리의 좋고 나쁨을 알아내는 술법을 배웠습니다. 이제 부친께서 세상을 하직하심을 짐작하고 좋은 묏자리를 구해 놓고 왔으니 염려 마십시오."

인형은 크게 기뻐하면서 말했다.

"너의 재주와 효성을 내 알고 있다. 좋은 터를 구했다니 무슨 염려가 있겠느냐."

다음 날 길동은 운구運柩 시체를 운반함해 제 모친과 형을 모시고 서강 강변으로 갔다. 그곳에는 길동이 부하들에게 시킨 대로 큰 배가 기다리고 있었다. 모두 배에 올라 화살같이 빨리 저어 가니 어느덧 산 위에 다다랐다. 인형이 자세히 보니 산세가 웅장한지라, 길동의 지식에 크게 놀라워했다. 길동이 부친의 산소를 제도 땅에 모시고 제사를 정성껏 지내니 모든 사람이 감탄해 마지않았다. 일을 마치고 함께 길동의 처소로 돌아오니 백씨와 조씨가 시어머니와 시숙을 맞이했다. 인형과 춘랑은 길동의 높은 재주에 탄복하고 또한 춘섬은 길동이 장성했음을 칭찬했다.

여러 날이 지나자 인형은 길동, 춘섬과 이별하면서 산소를 극진히 모시라 당부한 뒤 본국으로 출발했다. 본국에 이르자 모부인을 뵈옵고 전후 사실을 말씀드리니 모부인이 신기하게 여겼다.

세월이 흘러 길동이 삼년상을 마치고 모든 영웅을 모아 무예를 익히며 농업에 힘을 쓰니, 병사는 잘 조련되고 양식도 풍족했다.

　남쪽에는 율도국이라는 나라가 있었는데 기름진 평야가 수천 리나 되었다. 사면이 막혀 있어 금성金城 쇠처럼 튼튼한 성이 천 리요, 천부지국天府之國 땅이 매우 기름지고 농사가 잘 되는 나라 인지라 길동이 늘 마음속으로 생각해 오던 곳이었다.[10] 길동은 모든 사람을 불러 말했다.

　"내가 이제 율도국을 치고자 하니 그대들은 최선을 다하라."

　길동은 스스로 선봉장이 되어 그날로 진군했다. 그는 마숙으로 후군장을 삼아 잘 훈련된 병사 오만을 거느리고 율도국 철봉산에 다다라 싸움을 걸었다. 율도국 태수 김현충이 난데없는 군사를 보고 크게 놀라 왕에게 보고하는 한편, 한 무리의 군사를 거느리고 나와 싸웠다. 길동은 이를 맞아 싸워 한 번의 접전 끝에 김현충을 베고 철봉을 얻었다. 그러고는 정철로 하여금 철봉을 지키게 하고 대군을 지휘해 바로 도성을 치면서 격서檄書 어떤 일을 급히 여러 사람에게 알리는 글를 율도국에 보냈다.

　"의병장 홍길동은 이 글을 율도 왕에게 부치나니 대저 임금은 한 사람의

내가 이제 율도국을 치고자 하니 그대들은 최선을 다하라.

🖊 소설 한 장면　절정　홍길동은 조선을 떠난 뒤 율도국을 차지함

10) 율도국은 우리나라 고전 소설사에 등장하는 최초의 유토피아라는 점에서 주목할 만하다. 또한, 홍길동이 현실을 회피하기 위해 향한 곳이 아니라 기존 사회를 적극적으로 비판한 뒤 도달한 곳이라는 의미도 지니고 있다.

임금이 아니요, 천하 사람의 임금이라. 내 천명을 받아 병사를 일으켜 먼저 철봉을 파하고 도성을 향해 쳐들어가고 있으니 왕은 싸우고자 하거든 싸우고 그렇지 않으면 일찍 항복해 살기를 도모하라."

율도국의 왕은 다 보고 나서 소리쳤다.

"우리나라가 철봉을 굳게 믿고 있었거늘 이제 그것을 잃었으니 어찌 대항하랴?"

그러고는 모든 신하를 거느리고 나아가 항복했다. 길동은 성에 들어가 백성을 달래어 안심시키고 왕위에 오른 후, 전의 율도 왕을 의령군으로 봉했다. 마숙과 최철은 각각 좌의정과 우의정으로 삼고 나머지 여러 장수에게도 각각 벼슬을 내리니 조정에 가득 찬 신하들이 만세를 불러 하례했다.

길동이 왕이 되어 나라를 다스린 지 삼 년 동안 산에는 도적이 없어지고 길에서는 떨어진 물건을 주워 가는 이가 없으니 가히 태평성세였다.

하루는 왕이 백룡을 불러 당부했다.

"내가 조선 성상께 표문表文 자신의 생각을 적어 임금에게 올리던 글을 올리려 하니 경은 수고를 아끼지 말라."

백룡이 조선에 당도해 표문을 올리니 임금은 표문을 보고 크게 칭찬했다.

"홍길동은 진실로 기이한 인재로다."

임금은 인형을 사신으로 삼아 유서諭書 임금이 내리는 명령서를 내렸다. 인형이 성은에 감사한 후 돌아와 모부인 유씨에게 말씀드리니 모부인 또한 율도국에 가고자 했다. 인형은 모부인을 모시고 출발해 여러 날 만에 율도국에 이르렀다. 길동은 왕의 유서를 받은 뒤 모부인과 인형을 환대했다. 그들은 홍 판서의 산소를 찾아본 뒤 큰 잔치를 베풀어 즐겼다.

그 후로 여러 날이 되어 유씨가 홀연 병을 얻어 죽으니 홍 판서가 묻힌 선릉에 쌍장雙葬 함께 묻음했다. 인형이 본국으로 돌아와 임금에게 보고하자 임금이 그를 위로했다. 율도 왕이 유씨의 삼년상을 마친 후에 대비도 이어 세상을 떠나자 선릉에 안장하고 삼년상을 마쳤다.

그동안 왕은 아들 셋에 딸 둘을 두었으니 맏아들 현과 둘째 아들 창은 백씨의 소생이고, 셋째 아들 열은 조씨의 소생이었다. 두 딸은 궁인의 소생이었는데 모두 훌륭한 덕망과 재주를 지니고 있었다. 왕은 맏아들 현을 세자로 봉하고 그 나머지는 모두 군으로 봉했다. 또 두 딸은 부마를 간택해 얻으니 온 나라가 기뻐 경축했다.

길동이 왕위에 올라 태평성대로 나라를 다스린 지 삼십 년 되는 해에 갑자기 병이 들어 세상을 떠나니 그의 나이 칠십이 세였다. 그 뒤 왕비도 죽고 세자가 즉위했는데 길동이 남긴 덕과 새 임금의 덕망으로 나라는 대대로 번창하고 백성들은 태평성대를 누렸다.

⏱ 소설 한 장면   결말 홍길동은 율도국의 왕으로 살다 죽음

생각해 볼까요?

 선생님 율도국은 어떤 세상을 의미하나요?
💬 2 ♥ 2

↳ **학생 1** 길동은 조선을 떠나 활빈당을 이끌고 율도국이라는 나라를 차지해요. 길동의 율도국은 모든 백성이 먹을 걱정 없이 평화롭게 지낼 수 있는 곳, 올바른 정치가 이루어지는 곳이지요. 즉, 율도국은 가난과 지배층의 착취에 신음하는 백성의 이상향을 의미해요.

↳ **학생 2** 「홍길동전」의 작가 허균은 태평성대를 누리는 이상 국가의 모습을 제시함으로써 고통받는 피지배 계층인 독자들에게 위안을 주고자 했어요. 현실에서는 지배층이 피지배층을 극심하게 수탈하고 있었으니까요.

 선생님 「홍길동전」은 고전 소설의 한계를 어떻게 극복하고 있나요?
💬 2 ♥ 2

↳ **학생 1** 「홍길동전」은 영웅적 소설 구조와 비현실적인 사건들의 전개를 통해 고전 소설의 전형을 보여 줘요. 동시에 신분 제도의 문제와 문란했던 사회상을 사실적으로 고발하고 있지요. 따라서 「홍길동전」은 고전 소설이면서도 고전 소설의 한계를 극복한 작품이라 할 수 있어요.

↳ **학생 2** 우리나라 대부분의 고전 소설이 중국 소설의 소재와 주제를 모방한 데 비해, 「홍길동전」은 우리나라를 무대로 하며 한자가 아닌 한글로 창작되었어요. 덕분에 한자를 모르는 서민 계층도 작품을 즐길 수 있었지요.

> **훈민정음과 국문 소설**
>
> **연관 검색어** 세종 집현전 한글 언문

훈민정음이 창제되기 전, 우리나라에 우리말은 있으나 우리 글자는 없는 상황이었으므로 중국에서 한자를 빌려와 대신 사용했다. 이에 세종은 1443년 훈민정음을 창제했고, 과학적으로 만들어져 배우기 쉬운 한글을 백성들에게 널리 알리고자 했다.

조선 후기에 이르자 사회적·경제적으로 성장한 서민들을 중심으로 국문 소설이 유행했다. 이 시기에 만들어진 대표적인 국문 소설로 「홍길동전」, 「춘향전」, 「흥부전」, 「임진록」 등이 있다. 국문 소설의 유행에 힘입어 판소리 또한 판소리계 소설로 기록되기 시작했다.

허생전

#허례허식 #사회개혁 #실학사상 #무능한양반

⚓ 작품 길잡이

작가: 박지원(279쪽 '작가와 작품 세계' 참조)
갈래: 한문 소설, 단편 소설, 풍자 소설
성격: 풍자적, 비판적, 냉소적
배경: 시간 - 17세기 중반 / 공간 - 한반도 전역, 무인도, 장기도
주제: 무능한 사대부에 대한 비판과 새로운 삶의 각성 촉구
연대: 조선 정조 4년(1780)
출전: 『열하일기』 「옥갑야화」

📷 인물 관계도

변씨   한양 제일의 부자로, 사람을 보는 안목이 훌륭하다.
허생   글만 읽던 선비지만 뛰어난 지혜로 큰돈을 벌어들인다.

📋 구성과 줄거리

발단 허생이 부인의 잔소리를 듣고 집을 나감

허생은 남산 밑, 다 쓰러져 가는 초가집에 살고 있다. 그는 몹시 가난한데도 글 읽기만을 좋아해 그의 아내가 삯바느질로 살림을 꾸려 나간다. 참다못한 아내가 푸념을 하자 허생은 책을 덮고 탄식하며 집을 나간다.

전개 큰돈을 번 허생이 이상국을 건설함

집을 나온 허생은 만 냥을 빌리려고 한양 제일의 부자 변씨를 찾아간다. 변씨는 허생의 대범함을 인정하고 돈을 빌려준다. 매점매석으로 큰돈을 번 허생은 빈 섬에 변산의 도적들을 끌고 가 이상국을 건설한다. 그리고 다시 돌아온 허생은 변씨에게 빌린 돈을 열 배로 갚는다.

위기 허생이 이완에게 세 가지 계책을 제안함

변씨는 평소 잘 알고 지내던 이완에게 허생을 소개한다. 이완이 허생에게 국사를 도와 달라고 청하자, 허생은 인재 등용을 위한 세 가지 계책을 제안한다. 그러나 이완은 불가능하다는 말만 되풀이하며 허생의 제안을 받아들이지 않는다.

절정·결말 허생이 이완을 쫓아내고 종적을 감춤

허생은 사대부의 허례허식을 비판하며 이완을 질책하고 쫓아낸다. 놀라 달아난 이완은 이튿날 다시 허생을 찾아가지만, 허생은 이미 사라진 상태이다.

허생전

허생은 묵적동^{지금의 서울 충무로와 필동 일대}에 살았다. 남산 밑으로 곧장 가다 보면 우물이 하나 나오는데, 그 옆에 오래된 은행나무가 한 그루 서 있고 허생의 집 사립문이 은행나무를 향해 열려 있었다. 집이라야 비바람도 제대로 가리지 못할 두어 칸 초가에 불과했다. 그러나 허생은 오직 글 읽기만 좋아해 그의 처가 남의 바느질품을 팔아서 간신히 입에 풀칠을 하는 지경이었다.

하루는 허생의 처가 너무 배가 고파 울음 섞인 목소리로 말했다.

"당신은 평생 과거도 보지 않으면서 글을 읽어 무엇에 쓰시려오?"

허생은 웃으며 대답했다.

"나는 아직 독서를 익숙히 하지 못하였소."

처가 또 물었다.

"그렇다면 장인바치 일도 못하신단 말씀입니까?"¹⁾

"장인바치 일은 배우지도 않았는데 어찌 할 수 있겠소."

"그럼 장사도 할 수 없으시단 말씀입니까?"

"장사는 밑천이 없는 걸 어떻게 하겠소?"

처는 화를 내며 쏘아붙였다.

"밤낮으로 글만 읽더니 배운 것이라고는 '어찌 할 수 있겠소'라는 소리뿐이구려. 장인바치 일도 못한다, 장사도 못한다, 그러면 도둑질은 할 수 있소?"

허생은 읽던 책을 덮고 일어섰다.

"애석하구나! 내 본디 십 년 동안만 책을 읽으려 했거늘, 이제 겨우 칠 년에 이르렀을 뿐인데……."

허생은 곧장 운종가^{雲從街 종로의 거리 이름}로 나가서 길 가는 사람을 붙들고 물었다.

"한양에서 제일가는 부자가 누구요?"

어떤 사람이 변씨라고 일러주자 허생은 그 집을 찾아갔다. 그는 변씨에게 허리를 숙여 정중히 인사한 후 이야기를 꺼냈다.

"내가 집이 가난해서 무얼 좀 해 보려고 하니, 만 냥을 빌려주시오."

---

1) 조선 후기에는 양 난으로 인해 사회 기강이 문란해지고, 부를 쌓은 상인들이 득세함으로써 신분제가 동요했다. 허생의 아내는 선비인 남편에게 장사를 할 것을 권하고 있는데, 이는 당시 혼란했던 사회상을 반영한다.

허생의 하는 양을 보고 있던 변씨는 흔쾌하게 대답했다.

"좋소이다."

만 냥을 빌린 허생은 고맙다는 말 한마디도 없이 가 버렸다.

변씨 집의 자제들과 손들이 허생을 보니 거지와 다를 바가 없었다. 허리 띠라고 두르기는 했지만 술이 다 빠져 너덜너덜하고, 가죽신이라고 신기는 했지만 뒤꿈치가 다 빠져 있었다. 갓은 쭈그러지고 도포는 때에 절었으며, 코에서는 허연 콧물까지 흘러내리고 있었다. 허생이 돌아간 뒤 모두 어리 둥절해하며 말했다.

"아시는 분입니까?"

"모르네."

"잠깐 사이에 알지도 못하는 사람에게 만 냥을 빌려주시면서 그 이름도 묻지 않으시니 어찌 된 일입니까?"

"자네들이 알 바 아니네. 대체로 남에게 무엇인가를 빌릴 때는 반드시 자신의 사정을 장황하게 이야기하는 법이지. 자신의 신용을 내보이려고 애쓰지만 비굴한 얼굴빛을 숨길 수 없으며, 했던 말을 자꾸 반복하게 마련이네.

애석하구나! 내 본디 십 년 동안만 책을 읽으려 했거늘, 이제 겨우 칠 년에 이르렀을 뿐인데…….

○ 소설 한 장면　발단　허생이 부인의 잔소리를 듣고 집을 나감

그런데 저 손님은 형색이 비록 허술하지만 그 말이 간단했고, 그 눈빛은 오만했으며, 부끄러워하는 기색이 조금도 없었다네. 이는 재물이 없어도 스스로의 처지에 만족하고 있기 때문이지. 그가 해 보겠다는 일도 결코 작은 일은 아닐 것이니 나 또한 그 사람을 시험해 보고 싶은 마음이 생긴 것이네.[2] 게다가 주지 않았으면 또 모르거니와 이미 만 냥을 주었는데 이름을 물어서 무엇하겠는가?"

한편 허생은 집으로 돌아가다 말고 혼자 생각했다.

'안성은 경기도와 충청도가 갈라지는 곳이요, 충청도와 전라도와 경상도를 통괄하는 입구렷다.'

그는 곧장 안성으로 가서 서처를 마련했다. 그리고 대추, 밤, 감, 배, 석류, 귤, 유자 등속의 과일을 시세의 두 배 값을 주고 몽땅 사들였다. 허생이 과일을 독점해 버리니 나라 백성들이 잔치나 제사를 치를 수 없게 되었다. 얼마 안 가서, 허생에게 두 배의 값으로 과일을 팔았던 상인들이 도리어 열 배의 값을 주고 사 가게 되었다.[3] 허생은 길게 탄식하며 말했다.

"만 냥으로 나라의 경제가 좌지우지되니 이 나라 경제의 기반이 어떠한지를 알겠구나!"

허생은 과일을 판 돈으로 칼, 호미, 무명, 명주, 솜 따위를 사 가지고 제주도로 건너갔다. 그것을 팔아 말총^{말의 꼬리나 갈기의 털}이란 말총은 모조리 사들였다.

"몇 해 지나면 이 나라 사람들은 상투도 매지 못할 것이다."

허생이 그 물건들을 잘 보관해 두었더니 그의 말대로 얼마 지나지 않아 망건 값이 열 배로 뛰어올랐다.[3]

하루는 허생이 늙은 뱃사공에게 물었다.

"혹시 바다 밖에 사람이 살 만한 빈 섬이 없소?"

사공이 대답했다.

"있습지요. 일찍이 풍랑을 만나 서쪽으로 사흘 동안을 떠내려가 어떤 빈 섬에서 하룻밤을 묵은 일이 있소이다. 제 생각으로는 사문도^{沙門島}와 장기도

---

2) 신흥 상인 계층인 변씨는 짧은 시간 안에 허생의 됨됨이를 판단하고 많은 돈을 빌려주었다. 이를 통해 변씨가 사람을 보는 안목이 뛰어남을 알 수 있다.

3) 이처럼 특정한 상품을 대량으로 사들였다가 상품이 부족해 가격이 올랐을 때 한꺼번에 팔아 폭리를 취하는 행위를 매점매석이라고 한다. 허생이 사들인 과일, 말총은 각각 제사와 예법을 지키기 위해 꼭 필요했던 물건들이다. 즉, 허생은 허례허식을 비판하고자 과일과 말총을 사들인 것이다.

長岐島의 중간쯤으로 짐작되옵니다. 꽃과 나무들이 저절로 자라나고 온갖 과일과 채소들이 저절로 익고 있습디다. 노루와 사슴은 무리 지어 놀고, 물고기는 사람을 보고 놀라지 않더이다."

허생은 크게 기뻐하며 말했다.

"나를 그리로 인도해 주면 함께 부귀를 누릴 수 있을 것이오."

사공이 그러하기로 승낙하니 바람을 따라 동남쪽으로 가서 마침내 그 섬에 도착했다. 허생은 높은 곳에 올라 사방을 바라보더니 실망한 듯이 탄식했다.

"땅이 천 리도 못 되니 무엇을 해 보겠는가? 다만 땅이 기름지고 물이 깨끗하니 부자 영감 노릇은 할 수 있겠구나."

듣고 있던 사공이 말했다.

"텅 빈 섬에 사람이라곤 하나도 없는데, 대체 누구와 더불어 산단 말씀이오?"

"덕이 있으면 사람은 절로 모이게 마련이오. 본디 덕이 없음을 두려워할 뿐, 사람이 없음을 어찌 걱정한단 말이오?"

이즈음 당시 변산 주변에는 도적의 무리가 수천 명이나 우글거리고 있었다. 각 주州와 군郡에서는 포졸을 보내어 이들을 잡으려고 했지만 좀처럼 잡을 수 없었다.[4] 도적들 또한 함부로 나다니며 노략질을 못하니 굶주리고 궁핍한 지경에 이르렀다.

허생은 도적의 소굴로 찾아가 그 우두머리에게 물었다.

"천 명이 천 냥을 노략질하면 한 사람이 얼마씩 나누어 가지오?"

"그야 한 냥씩 나누어 갖겠지."

"그럼 당신들에게는 마누라가 있소?"

"없소."

"논밭은 있소?"

"논밭이 있고 마누라가 있으면 무엇이 부족해 도적질을 하겠소?"

"진정 그렇다면 마누라를 얻어 가정을 꾸리고 소를 사서 논밭을 갈려 하지 않는 게요? 그렇게 하면 도적이라는 말도 듣지 않을 뿐더러 집안에서는

---

4) 도적이 우글거리는 당대의 어지러운 현실을 엿볼 수 있다. 또한, 도적들을 구제의 대상으로 여기기보다는 소탕의 대상으로 보는 지배층의 인식이 드러난다.

마누라와 함께 즐거움을 누리고 집 밖에 나다닐 때에는 포졸에게 붙잡힐 걱정도 하지 않으며 먹고 입는 것도 풍족해질 텐데……."

"누군들 그러고 싶지 않아 이렇게 사는 줄 아오? 단지 돈이 없으니 문제지."[5]

"도적질을 하면서 어찌 돈이 없다고 근심한단 말이오. 내가 당신들을 위해 마련해 놓은 것이 있으니 내일 바다에 나와 보시오. 붉은 깃발을 단 것이 모두 돈을 실은 배들이니 마음대로 그것들을 가져가시오."

허생이 이렇게 약속하고 떠나자 도적들은 모두 그가 미쳤다며 비웃었다. 이튿날 아침, 도적들이 바다에 나가 보니 허생이 정말로 돈 삼십만 냥을 배에 싣고 왔다. 도적들은 모두 크게 놀라 허생에게 줄지어 절했다.

"오직 장군님의 명령을 따르겠습니다."

허생은 웃으며 말했다.

"힘닿는 대로 지고 가 보아라."

도적들은 앞다투어 돈을 짊어졌는데 한 사람이 백 냥 이상을 짊어지지 못했다. 그들을 보고 허생이 꾸짖었다.

"너희들은 기껏 백 냥도 짊어지지 못하면서 어찌 도적질을 한답시고 날뛴단 말이냐! 지금에 와서 너희들이 양민이 되려고 한들 이름이 이미 도적의 명부에 올랐으니 갈 곳이 없겠구나. 내가 여기서 너희들을 기다리고 있을 테니 각기 백 냥씩을 가지고 가 마누라 하나와 소 한 필씩을 구해 오거라."

"분부대로 거행하겠습니다."

도적들은 대답하고 제각기 흩어졌다. 허생은 이천 명이 일 년간 먹을 양식을 준비하고 그들을 기다렸다. 마침내 도적들이 모두 돌아왔는데 늦게 온 사람은 아무도 없었다. 허생은 이들을 배에 태우고 빈 섬으로 들어갔다. 허생이 이처럼 도적들을 몽땅 데려가니 이후 나라에 도적 떼로 시끄러운 일이 없어졌다.

그들은 섬에 이르러 나무를 베어 집을 짓고, 대나무를 엮어 울타리를 만들었다. 땅의 기운이 온전하기 이를 데 없으니 온갖 곡식이 무럭무럭 자라났다. 한 해나 세 해만큼 걸러 짓지 않아도 한 줄기에 아홉 개의 이삭이 달릴

---

5) 사회의 문란과 지배층의 수탈로 인해 몇몇 백성은 농사를 포기하고 도적이 되어 전국을 떠돌며 살 수밖에 없었다. 즉, 당시 피지배층이 겪어야 했던 고통스러운 삶이 반영되어 있다.

정도였다.

추수가 끝나자 삼 년간 먹을 양식을 비축해 놓고, 나머지는 전부 배에 신고 장기도로 가져가서 팔았다. 장기도는 일본의 속주屬州인데 삼십만여 호나 되는 가구가 살고 있었다. 때마침 장기도에 큰 기근이 들어, 가지고 간 것을 모두 팔아 치울 수 있었으니 기근에 빠진 사람들을 구하고도 은 백만 냥을 벌 수 있었다.

허생은 탄식하며 말했다.

"이제야 나의 조그만 시험이 끝났구나."[6]

그는 섬 안의 남녀 이천 명을 모두 모아 놓고 명령을 내렸다.

"내가 처음 너희들과 이 섬에 들어올 때는 먼저 너희를 부자로 만든 뒤 따로 문자도 만들고 의관衣冠 옷을 갖춰 입고 갓을 쓰는 예절을 새로 제정하려 했다. 그런데 땅이 좁고 내 덕 또한 부족하니 이제 나는 이 섬을 떠나려고 한다. 이후 아

이제야 나의 조그만 시험이 끝났구나.

🍎 소설 한 장면　　전개　　큰돈을 번 허생이 이상국을 건설함

---

6) 허생은 가난 때문에 어쩔 수 없이 도적이 된 사람들에게 생존을 위한 최소한의 조건을 마련해 주고, 이를 바탕으로 부족함 없이 살 수 있도록 돕는 이용후생(利用厚生)의 실학사상을 펼친다.

이를 낳거든 수저를 쥘 때 오른손으로 쥐도록 가르치고 하루라도 먼저 태어난 사람이 음식을 먼저 먹도록 하는 미덕을 가르쳐라."

허생은 섬에 남겨진 배들을 불태워 버리며 말했다.

"가지 않으면 오는 사람도 없을 것이다."

그리고 돈 오십만 냥을 바닷물 속으로 던지며 또 말했다.

"바다가 마르면 이 돈을 가져갈 사람이 있겠지. 백만 냥은 우리나라에도 용납할 곳이 없거늘, 하물며 이 작은 섬에서랴!"

마지막으로 허생은 글을 아는 자를 모두 배에 태워 함께 떠나며 말했다.

"이 섬에 화근을 없애야지."[7]

이때부터 허생은 나라 안을 누루 놀아다니며 가난하고 의지할 곳 없는 자들을 구제했다. 그러고도 은이 십만 냥이 남았다.

"이 정도면 변씨의 빚을 갚기에 충분하겠지."

허생은 곧 변씨를 찾아갔다.

"나를 기억하겠소?"

허생이 갑작스레 찾아와 묻자 변씨는 깜짝 놀라 말했다.

"그대의 얼굴빛이 조금도 나아지지 않았구려. 만 냥을 실패 보지 않았소?"

허생은 껄껄 웃으며 대답했다.

"재물로 얼굴이 기름지게 되는 것은 당신들에게나 있는 일이오. 만 냥이 어찌 도道를 살찌우겠소."

허생은 십만 냥을 변씨에게 주며 덧붙였다.

"내 일찍이 하루의 굶주림을 견디지 못해 글 읽기를 마치지 못했으니, 당신에게 만 냥을 빌렸던 것이 부끄러울 따름이오."

변씨는 크게 놀라서 자리에서 일어나 절하고 사양하며, 십 분의 일로 이자를 쳐서 받겠노라 했다. 이에 허생은 벌컥 화를 냈다.

"당신은 어찌 나를 장사치로 대접한단 말이오!"[8]

하고 옷자락을 떨치며 가 버렸다.

변씨가 몰래 뒤를 따라가니 허생이 남산 밑 작은 초가집으로 들어가는

---

7) 허생은 '화근'이라는 표현을 사용해 글을 깨우쳐 공부를 했지만 백성을 수탈할 뿐인 당시 지배층을 비판하고 있다.

8) 허생은 자신을 장사치로 대접하는 변씨에게 화를 내고 있다. 허생 역시 사대부들이 가진 사고, 즉 선비는 귀하고 장사치는 하찮다는 인식에서 벗어나지 못했음을 보여 준다.

것이 보였다. 마침 우물가에서 빨래를 하는 한 노파가 있기에 물었다.

"저 작은 초가는 누구의 집이오?"

"허 생원 댁입지요. 그는 가난하지만 글 읽기를 좋아했던 사람인데 어느 날 아침에 집을 나가서 오 년이 지나도록 돌아오지 않았지요. 지금은 그 부인이 혼자 살면서 그가 집을 나간 날에 제사를 올리고 있답니다."

변씨는 비로소 그의 성이 허씨임을 알고 탄식하며 돌아갔다.

이튿날 변씨는 허생을 찾아가 받은 돈 십만 냥을 모두 돌려주려고 했다. 허생은 단호히 거절을 했다.

"내 부자가 되고 싶었다면 어찌 백만 냥을 버리고 십만 냥을 취하겠소? 이제부터는 당신의 덕을 입으며 살아가려고 하니 종종 우리 집의 형편을 살펴서 양식이나 떨어지지 않게 하고 몸을 가릴 옷가지나 주시구려. 일생을 이와 같이 한다면 나는 그것으로 족하오. 무엇 때문에 재물을 가지고 내 마음을 고단하게 만들겠소?"

허생을 변씨는 여러 가지로 설득하려 했지만 허생은 끝내 그의 말을 듣지 않았다.

변씨는 이때부터 허생의 살림이 곤궁해질 때쯤 되면 손수 물건들을 날라다 도와주었다. 허생은 별 거리낌이 없이 그것들을 받았으나 혹시라도 지나치게 많다 싶으면 즉시 싫은 기색을 보이며 말했다.

"내게 재앙을 가져다주면 어떡하오?"

하지만 술을 가지고 가면 크게 반기며 취할 때까지 함께 마셨다. 이렇게 몇 년이 지나니 두 사람 사이의 우정은 날로 두터워졌다.

어느 날 변씨가 조용히 물었다.

"불과 오 년 사이에 어떻게 백만 냥이나 되는 돈을 벌었나?"

허생이 대답했다.

"알고 보면 쉬운 일이네. 조선은 배가 외국으로 통하질 않고 수레가 각 지역으로 두루 다니질 않는단 말씀이야. 다시 말하면 모든 물자가 그 자리에서 생산되어서 그 자리에서 소비된다는 말이지. 무릇 천 냥은 적은 돈이라서 한 가지 물품을 독점할 수 없지만, 천 냥을 열로 나눈다면 백 냥이 열이니 열 가지 물건을 고루 살 수 있겠지.

또한, 단위가 작으면 굴리기가 쉬운 까닭에, 한 가지 물건의 시세가 좋지 않아도 나머지 아홉 가지로 재미를 볼 수 있는 것이네. 이는 일반적으로 이

문을 남기는 방법이야. 하지만 이 방법은 조그만 장사치들이나 하는 짓이지.

이번에는 만 냥을 지녔다고 하세. 만 냥이면 한 가지 물건을 모조리 살 수 있지. 수레에 실린 것은 수레째, 배에 실린 것은 배째, 어느 고을에 있는 것이면 그 고을 것을 통째로 사 버릴 수 있지 않겠나? 마치 그물로 한 번에 훑어 내듯 몽땅 사 버리는 것이지. 예를 들면 육지의 산물 여러 가지 중에서 한 가지를 독점해 버린다거나, 해산물 중에서 한 가지를 독점해 버린다거나, 약재들 중에서 한 가지를 몽땅 사 버리는 것이지. 이렇게 되면 한 가지 물건이 모두 묶여 있는 동안 모든 장사치들이 고갈될 것이야. 그러나 이것은 백성을 상대로 도적질하는 것과 다름없으니, 훗날에라도 어느 관리가 이러한 방법을 쓴다면 반드시 그 나라는 병들고 말 것이야."

변씨가 다시 물었다.

"처음에 자네는 어떻게 내가 만 냥을 순순히 내줄 거라고 생각했는가?"

"반드시 상대가 자네이기 때문만은 아니었지. 능히 만 냥을 지닌 사람이라면 누구나 다 빌려주었을 것이야. 내가 스스로 내 재주가 족히 백만 냥은 벌 수 있다고 생각했으나, 운명은 하늘에 달려 있으니 내 어찌 자네가 돈을 빌려줄지를 미리 알 수 있었겠나? 그러니 나를 믿은 사람이 복이 있는 사람인 것이지. 부에서 더 큰 부를 누리는 것은 하늘이 명한 바인데 어찌 돈을 빌려주지 않았겠는가?

또한, 나는 이미 만 냥을 얻은 다음에는 그 복에 힘입어 행동할 뿐이니, 하는 일마다 성공한 것은 쉬운 일이었지. 만일 내가 내 재산으로 일을 시작했다면 그 성공과 실패는 알 수 없었을 걸세."

변씨가 또 물었다.

"지금 사대부들은 남한산성에서 오랑캐에게 당했던 치욕^{병자호란 때 인조가 남한산성에서 항전을 포기하고 삼전도에서 굴욕적인 항복을 한 일}을 설욕하려고 하고 있네. 지금이야말로 뜻 있는 선비로서 팔뚝을 걷어붙이고 그 슬기를 떨칠 때가 아닌가? 어찌 자네와 같이 뛰어난 사람이 스스로 어두운 곳에 숨어 파묻혀 지내려 하는가?"

허생이 대답했다.

"예로부터 초야에 묻혀 일생을 마친 사람이 한둘이었겠나? 조성기^{조선 숙종 때 성리학자}는 적국에 사신으로 갈 만한 인물이었지만 베잠방이^{베로 지은 남자용 홑바지}를 입은 선비로 늙어 죽었고, 유형원^{조선 효종 때 실학의 선구자}은 군량軍糧을 수송할 만한 재주가 있었지만 바닷가에서 한적한 삶을 보내고 있지 않나. 그러니 지금

나라를 다스린다는 자들의 꼬락서니를 가히 알 만하지 않은가. 나는 장사를 잘하는 사람이라 그 돈으로 아홉 나라 임금의 머리도 족히 살 수 있었지만, 모두 바다에 던지고 온 것은 이 땅에서 그 돈을 쓸 데가 없었기 때문이네."

이 말에 변씨는 한숨을 내쉬고 돌아갔다.

변씨는 본래 이완 정승과 친분이 있는 사이였다. 이완이 어영대장御營大將 왕을 호위하는 어영청의 종2품 벼슬이 되었을 때 변씨에게 물었다.

"위항委巷 서리, 중인, 평민들이 사는 곳과 여염閭閻 백성이 모여 사는 거리에 뛰어난 재주가 있어 큰 일에 쓸 만한 인재가 있소?"

변씨가 허생의 이야기를 하자 이완이 크게 놀라 말했다.

"기이한 일이로군! 그게 사실이오? 그 사람 이름이 무엇이오?"

"제가 그와 삼 년을 사귀었지만 여태껏 그의 이름도 모릅니다."

"그 사람은 필시 비범한 인물이로다. 나와 함께 찾아가 보세."

밤이 되자 이완은 수행 하인들을 물리치고 변씨와 함께 걸어서 허생을 찾아갔다. 변씨는 이완을 문밖에 세워 두고 혼자 들어가 허생에게 이완과 함께 온 연유를 말했다. 허생은 못 들은 체하고,

"자네가 차고 온 술병이나 내놓게."

즐겁게 술만 마시는 것이었다. 변씨는 이완이 이슬을 맞고 밖에 오래 서 있는 것이 민망해 수차례 이야기했다. 허생은 대꾸도 하지 않았다. 밤이 깊어지자 허생이 비로소 말했다.

"이제 손님을 청해도 되겠군."

이완이 들어왔지만 허생은 자리에서 일어서지도 않았다. 이완은 어찌할 바를 몰라 좌불안석하며 나라에서 어진 사람을 구하는 뜻을 설명했다. 허생은 손을 내저으며 막았다.

"밤은 짧은데 말이 길어서 듣기에 무척 지루하다. 지금 당신의 벼슬이 무엇이오?"

"대장을 맡고 있소이다."

"그렇다면 이 나라의 믿음직한 신하라 하겠군. 내가 와룡 선생臥龍先生 제갈량, 즉 숨어 있는 인재 같은 사람을 천거한다면 당신이 임금께 아뢰어 삼고초려三顧草廬 인재를 맞아들이기 위해 참을성 있게 노력함를 하게 할 자신이 있으시오?"

이완은 고개를 숙이고 한참 생각하더니 대답했다.

"그건 어렵소이다. 두 번째 계책을 들을 수 있겠소?"

허생은 냉랭하게 대꾸했다.

"나는 원래 두 번째라는 것은 배우지 못했소."

그러더니 이완을 외면하고 입을 다물어 버렸다. 이에 이완이 누차 묻자 못 이기는 척 대답했다.

"명나라 장군과 벼슬아치들은 조선에 베푼 옛 은혜^{임진왜란 때 명나라가 조선에 원군을 보냈던 일}가 있다고 하여, 나라가 망한 후 그 자손들이 우리나라로 많이 망명해 왔소. 그들은 지금 이리저리 떠돌아다니며 홀아비 생활을 하고 있다는데, 당신은 임금께 청해 종실의 여자들을 그들에게 두루 출가시키고 공신들의 재산을 털어 그들에게 나누어 줄 수 있겠소?"

이완은 또다시 머리를 숙이고 한참을 생각하더니 대답했다.

"그것도 어렵겠소이다."

"이것도 어렵고 저것도 어렵다 하면 대체 어떤 일이 가능하단 말이오? 좋소이다. 아주 쉬운 일이 있는데 당신이 한번 해 보겠소이까?"

"말씀을 듣고 싶소."

"무릇, 천하에 큰 뜻을 떨치고자 한다면 먼저 천하의 호걸들과 교분을 가

🗨 **소설 한 장면** 　위기　 허생이 이완에게 세 가지 계책을 제안함

지지 않으면 안 되오. 또한, 남의 나라를 치려면 먼저 첩자를 보내지 않고는 성공할 수 없소. 지금 만주의 무리들여진족이 갑자기 천하의 주인이 되어 중국인들과 친하지 못한 터에, 조선이 다른 나라보다 먼저 섬기게 되었으니 저들은 반드시 우리를 믿을 것이오.

이제 우리가 그들에게 '당唐, 원元 때처럼 우리의 자제를 보내어 학문도 배우고 벼슬도 하고 상인들도 자유롭게 출입하도록 해 주십시오'라고 청한다면 그들은 우리가 가까이하려는 것을 기뻐하며 허락할 것이 분명하오. 그러면 우리는 자제들을 뽑아 변발하고 호복胡服 오랑캐의 옷을 입혀 들여보내면 되지요. 그중 선비들은 빈공과賓貢科 외국인들이 응시하던 과거에 응시하고, 일반 백성은 멀리 강남으로 건너가서 장사를 하면서, 그 나라의 실정을 염탐하는 한편, 그 고장 호걸들과 친분을 맺는 것이오. 그때야말로 천하를 뒤집고 과거의 치욕도 씻을 수 있지 않겠소?

만약 주씨朱氏 중국의 명나라 황족를 구하지 못한다 해도 천하의 제후를 거느리고 적당한 인물을 하늘에 천거한다면, 잘하면 중국의 스승이 될 것이고 못되어도 백구伯舅 천자가 성이 다른 제후를 존중해 부르던 말의 나라제후국 중 가장 큰 나라의 지위는 잃지 않을 것이오."

이완은 넋을 놓고 듣고 있다가 말했다.

"사대부들이 모두 몸을 조심하고 예법을 숭상하고 있으니, 누가 변발과 호복을 받아들이겠소이까?"

허생은 크게 꾸짖어 말했다.

"이른바 사대부라는 것들이 대체 무엇이란 말이오?9) 이맥彝貊 중국에서 동쪽 나라를 일컫는 말의 땅에 태어나서 스스로 사대부라 칭하니 염치없지 않소. 게다가 옷은 흰옷만 입으니 이것이야말로 상복喪服이 아니고 뭐겠소? 또 머리를 묶어서 상투를 트니 이것은 남쪽 오랑캐들의 풍습과 다를 바 없지 않소. 그런데 무엇을 가지고 예법이라 한단 말이오?

번오기樊於期 중국 진나라 때 장수는 원수를 갚기 위해 자신의 머리를 아끼지 않았고, 무령왕武靈王 중국 춘추 전국 시대 조나라의 왕은 나라를 부강하게 만들기 위해 호복을 입는 것도 부끄러워하지 않았소. 그런데 명나라의 원수를 갚겠다고 하면서 겨우 머리털 자르는 것을 두려워한단 말이오?

---

9) 작가 박지원이 허생의 입을 빌어 당대 사대부들의 행태를 비판하는 대목이다.

또 장차 말을 타고 칼을 휘두르고 창을 던지고 활을 쏘고 돌을 던져야 할 상황인데 그 넓은 소매를 고쳐 입지 않고 예법만 논한단 말이오? 내가 세 가지를 말했는데 당신은 그중 한 가지도 제대로 못한다면서 어떻게 스스로 충직한 신하라고 자처한단 말이오!10) 당신 같은 자는 칼로 목을 베어야 하오!"

이렇게 외치고는 좌우를 돌아보며 칼을 찾아서 찌르려 했다. 이완은 크게 놀라 뒷문을 박차고 뛰어나가 도망쳐 버렸다.

이튿날 그가 다시 허생의 집을 찾았더니, 집은 텅 비어 있고 허생은 이미 떠나고 없었다.

내가 세 가지를 말했는데 당신은 그중 한 가지도 제대로 못한다면서 어떻게 스스로 충직한 신하라고 자처한단 말이오!

🍎 소설 한 장면   절정·결말   허생이 이완을 쫓아내고 종적을 감춤

---

10) 허생은 실리를 중시하는 인물로 이완에게 세 가지 계책을 제안한다. 하지만 이완은 명분을 중시하는 인물로 허생의 계책을 모두 거절한다. 이완의 모습에서 당시 집권층의 무능이 가감 없이 드러난다.

🔭 생각해 볼까요?

선생님 허생에게 장사란 어떤 의미인가요?

💬 2 ♥ 2

↳ **학생 1** 허생은 양반이지만 장사를 하는 특이한 행동을 보여 줘요. 아내의 잔소리를 듣고 홧김에 집을 나가 시작한 일이긴 하지만요. 허생은 매점매석이라는 비정상적인 상행위로 많은 돈을 벌어요. 허생 한 명이 전국의 물건값을 좌지우지했다는 것은 당시의 경제 구조가 얼마나 취약했는지 말해 주지요.

↳ **학생 2** 허생의 매점매석 때문에 과일과 망건이 전부 동이 나요. 그래서 양반들은 제사를 지내지 못하고, 예법을 지키지 못해요. 이는 작가 박지원이 양반의 허례허식을 간접적으로 비판한 것이라고 볼 수 있어요.

선생님 「허생전」의 '빈 섬'은 어떤 공간인가요?

💬 3 ♥ 3

↳ **학생 1** 허생은 어쩔 수 없이 도적이 된 사람들을 빈 섬으로 데리고 가 풍요로운 공동체를 만들어요. 따라서 '빈 섬'은 백성들이 안정된 삶을 살 수 있도록 허생이 포부를 펼치고 실험해 본 공간이에요.

↳ **학생 2** 도적들은 '빈 섬'에서 가정을 이루고 땀 흘려 일하며 생활해요. 가족 공동체를 바탕으로 한 농경 사회가 실현된 것이지요.

↳ **학생 3** 허생은 글을 아는 사람들을 골라 '빈 섬' 밖으로 보내요. 글을 아는 사람들이 계급을 나누거나 누군가를 수탈할 것을 염려해서 한 행동이지요. 따라서 '빈 섬'은 지배층과 피지배층의 구분이 없는 공동체라고 할 수 있어요.

선생님 허생은 매점매석을 통해 큰돈을 벌었지만 욕심내지 않고, '빈 섬'에서도 돈을 바닷물 속으로 던지는 등 특이한 모습을 보여 줘요. 이러한 허생의 모습에서 연상할 수 있는 사자성어는 무엇일까요?

💬 2 ♥ 2

↳ **학생 1** 안분지족(安分知足)이에요. 자신의 분수를 알고 만족할 줄 아는 모습이라는 뜻이지요. 허생은 자신의 목적을 실현하기 위해 알맞은 돈만 사용한 뒤 나머지는 욕심내지 않아요. 절제할 줄 아는 선비의 태도를 보여 주지요.

↳ **학생 2** 안빈낙도(安貧樂道)도 있어요. 가난을 편하게 여기고 도를 즐긴다는 뜻이에요. 허생은 가난한 생활을 불평하지 않고 학문에 정진했어요. 아내의 구박에 잠시 집을 나가긴 했지만 다시 돌아와 원래 생활을 되찾았고요.

선생님 「허생전」은 왜 미완으로 끝났을까요?
💬 2 🤍 2

↳ **학생 1** 「허생전」은 다른 고전 소설들과 달리 허생이 자취를 감춤으로써 뚜렷한 해결점이 없는 상태로 끝을 맺어요. 이는 허생의 비범하고 놀라운 행적을 좀 더 신비롭게 처리함으로써 그 여운을 짙게 남기려는 의도라고 해석할 수 있지요.

↳ **학생 2** 당시로서는 작가 박지원의 급진적인 사상을 받아들이기 어려웠을 거예요. 이를 예측한 박지원이 소설을 미완으로 끝내며 사회와의 갈등을 유보했을 수도 있지요.

 선생님 작가 박지원은 허생을 통해 무엇을 말하려고 했을까요?
💬 2 🤍 2

↳ **학생 1** 박지원은 허생을 통해 조선 시대 정치·경제·사회의 모순과 양반 사대부의 허위의식을 폭로하고자 했어요.

↳ **학생 2** 허생이 국가 경제를 실험한 것은 유학(留學)과 무역을 장려하기 위함이에요. 이상국을 건설하고 돌아온 허생이 이완에게 세 가지 계책을 제시한 것은 명나라 후손들과 결탁해 뛰어난 인재를 등용하기 위함이고요. 즉, 박지원은 당시 집권층의 무능과 허례허식을 질책하고, 진보된 문물제도를 본받아 나라의 후진성을 극복하려는 의도를 「허생전」에 담은 것이지요.

북학파	▾ 🔍

연관 검색어　　『연암집』　박제가　홍대용

북학파는 실학의 학파 중 하나로, 18세기 후반 노론 계열의 지식인들이 무리의 중심이었다. 당시 조선에는 명나라를 중화(中華)라고 부르며 숭상하고, 청나라를 오랑캐라 일컬으며 배척하는 화이론(華夷論)이 널리 퍼져 있었다. 북학파는 '이용후생(편리한 문물을 이용해 백성들의 삶을 널리 이롭게 함)'을 내세우며 청나라의 선진 문물을 도입해 조선 사회를 합리적으로 개선하고자 했다. 북학파의 대표적인 인물로는 박지원, 박제가, 홍대용 등이 있다. 박지원은 많은 풍자문학을 창작하며 위선적인 사회와 지배층을 고발했다. 박제가는 교역의 중요성을 설파하고 생산기술을 강조했다. 홍대용은 서양과학을 도입해 실학 정신의 기초로 삼을 것을 주장했다. 또한, 북학파는 중국 북경에 다녀오며 얻은 견문으로 문헌을 만들고 북학 사상을 체계화했다.